HARLAN COBEN

Suche mich nicht

GOLDMANN
Lesen erleben

HARLAN COBEN

Suche mich nicht

Thriller

Deutsch
von Gunnar Kwisinski

GOLDMANN

Die Originalausgabe erschien 2019
unter dem Titel »Run Away« bei Gran Central Publishing,
New York/Boston.

Dieses Buch ist auch als E-Book erhältlich.

MIX
Papier aus verantwortungsvollen Quellen
FSC® C014496
FSC
www.fsc.org

Verlagsgruppe Random House FSC® N001967

1. Auflage
Taschenbuchausgabe August 2020

Redaktion: Anja Lademacher
Umschlaggestaltung: UNO Werbeagentur, München
Umschlagmotiv: Gras: Getty Images / Xuanyu Han
Skyline: Ilina Simeonova/Trevillion Images
TH · Herstellung: AS
Satz: Uhl + Massopust, Aalen
Druck und Bindung: GGP Media GmbH, Pößneck
Printed in Germany
ISBN: 978-3-442-49062-2
www.goldmann-verlag.de

Besuchen Sie den Goldmann Verlag im Netz

Für Lisa Erbach-Vance,
Literaturagentin der Extraklasse,
in Liebe und Dankbarkeit

EINS

Simon saß auf einer Bank im Central Park – in Strawberry Fields, um genau zu sein – und spürte, wie ihm das Herz brach. Das bemerkte natürlich niemand – zunächst jedenfalls nicht. Erst als die Fäuste flogen und zwei Touristen, ausgerechnet aus Finnland, zu schreien anfingen, während neun weitere Parkbesucher aus den unterschiedlichsten Ländern den ganzen abscheulichen Vorfall mit ihren Handys filmten.

Aber bis dahin sollte noch eine Stunde vergehen.

In Strawberry Fields gab es weder Erdbeeren, noch konnte man diesen knapp einen Hektar großen Parkabschnitt als »Feld« (Einzahl) bezeichnen, und »Felder« (Plural) traf die Sache schon gar nicht. Aber der Name spielte auch nicht auf eine aktuelle oder frühere Nutzung dieser Fläche an, vielmehr bezog er sich auf den Beatles-Song *Strawberry Fields Forever*. Strawberry Fields ist eine dreieckige Fläche im Central Park West auf Höhe der 72nd Street und ist dem Andenken John Lennons gewidmet, der direkt gegenüber im Dakota Building erschossen wurde. Das Herzstück der Gedenkstätte ist ein rundes Mosaik aus schwarzen und weißen Steinen, die in dessen Mitte ein einzelnes Wort bilden:

IMAGINE

Tief bestürzt blickte Simon vor sich hin, nur gelegentlich blinzelte er. Touristen strömten herbei und machten Fotos mit dem berühmten Mosaik – Gruppenbilder, Selfies, manche knieten sich auf die Steine, manche legten sich darauf. Wie an fast jedem Tag war der Schriftzug IMAGINE mit frischen Blumen geschmückt, heute in Form eines Peace-Zeichens aus den Blütenblättern von roten Rosen, die seltsamerweise nicht wegwehten. Die Besucher warteten geduldig, bis sie an der Reihe waren – vielleicht weil es eine Gedenkstätte war – und dieses ganz besondere Foto machen konnten, das sie dann auf Snapchat, Instagram oder einer anderen von ihnen bevorzugten Social-Media-Plattform mit einem John-Lennon-Zitat posteten, zum Beispiel ein paar Zeilen aus einem Beatles-Song oder etwas aus jenem Lied, in dem alle Menschen in Frieden lebten.

Simon trug Anzug und Krawatte. Er hatte die Krawatte nicht gelockert, als er sein Büro im World Financial Center in der Vesey Street verlassen hatte, um hierherzukommen. Ihm gegenüber saß eine – wie nannte man sie heutzutage? Obdachlose? Berberin? Drogenabhängige? Psychisch Kranke? Bettlerin? – ganz nah am berühmten Mosaik und spielte für Kleingeld Beatles-Songs. Die »Straßenmusikerin« – vielleicht eine wohlwollendere Bezeichnung – schrammelte auf einer verstimmten Gitarre herum und krächzte mit gelben Zähnen etwas über Penny Lane, die »in her ears and in her eyes« sei.

Eine befremdliche oder zumindest komische Erinnerung schoss Simon durch den Kopf: Simon war ständig an diesem Mosaik vorbeigekommen, als seine Kinder klein gewesen waren. Paige musste etwa neun, Sam sechs und Anya drei Jahre alt gewesen sein, als sie von ihrem Apartment, das nur fünf Blocks von hier entfernt zwischen der Columbus Avenue und Central Park West an der 67th Street lag, regelmäßig über Strawberry Fields zur Alice-in-Wonderland-Statue am Ostrand des Parks spazierten. Was sonst fast nirgends auf der Welt erlaubt war, hier war es kein Problem. Kinder durften auf den gut drei Meter hohen Figuren von Alice, dem verrückten Hutmacher, dem weißen Kaninchen und ein paar scheinbar unpassenden Riesenpilzen herumklettern und -krabbeln. Und Sam und Anya liebten das, sie wuselten auf den Figuren herum, wobei Sam irgendwann immer zwei Finger in Alice' Bronze-Nasenlöcher steckte und Simon zurief: »Dad! Guck mal, Dad! Ich popel in Alice' Nase!«, woraufhin Sams Mutter Ingrid unweigerlich seufzte und leise »Jungs« murmelte.

Aber Paige, ihre Erstgeborene, war schon damals ruhiger gewesen. Sie setzte sich mit einem Malbuch und unbeschädigten Wachsmalstiften auf eine Bank – sie mochte es nicht, wenn ein Stift zerbrach oder sich die Papierhülle löste – und achtete penibel darauf, die vorgegebenen Linien auf keinen Fall zu übermalen, sich also an die vorgegebenen Grenzen zu halten, was auch im übertragenen Sinne typisch für sie war. Als sie älter war – fünfzehn, sechzehn, siebzehn –, setzte Paige sich oft auf eine Bank und schrieb Geschichten oder Liedtexte in ein Notizbuch, das ihr Vater im Papyrus-Schreibwarenladen an der Columbus Avenue für sie gekauft hatte. Allerdings setzte Paige sich nicht einfach auf irgendeine Bank. Wohl an die viertausend Bänke im Central Park waren durch hohe Geldspenden gewissermaßen »adoptiert« worden. Sie waren mit Plaketten versehen, meistens in Gedenken an irgendjemanden, so auch die, auf der Simon gerade saß:

IN GEDENKEN AN CARL UND CORKY

Paige fühlte sich aber besonders zu jenen Bänken hingezogen, die kleine Geschichten erzählten:

Für C&B, die den Holocaust überlebten,
und in dieser Stadt ein neues Leben anfingen …

Für meinen Schatz Anne. Ich liebe dich,
ich verehre dich, ich himmle dich an.
Willst du mich heiraten?

An diesem Ort begann unsere Liebe
am 12. April 1942 …

Die Bank, die Paige allen anderen vorzog, auf der sie mit ihrem neuesten Notizbuch stundenlang saß – und das war vielleicht ein erstes Anzeichen gewesen? –, erinnerte an eine mysteriöse Tragödie:

Für die schöne Meryl, 19 Jahre alt.
Du hast etwas viel Besseres verdient und bist so jung
gestorben. Ich hätte alles getan, um dich zu retten.

Paige war von Bank zu Bank gegangen, hatte die Inschriften gelesen und sich eine gesucht, die sie als Anregung für eine Geschichte nutzte. In dem Versuch, die Beziehung zu ihr zu vertiefen, hatte Simon probiert, es ihr nachzutun, er besaß jedoch nicht die Fantasie seiner Tochter. Er setzte sich dennoch zu ihr und las Zeitung oder fummelte mit seinem Handy herum, auf dem er die Weltmärkte checkte oder sich Wirtschaftsmeldungen ansah, während Paiges Stift über die Seiten flog.

Was war mit diesen alten Notizbüchern geschehen? Wo waren sie jetzt?

Simon hatte keine Ahnung.

Gnädigerweise endete *Penny Lane*, und die Sängerin/Bettlerin leitete direkt zu *All You Need Is Love* über. Ein junges Paar setzte sich neben Simon auf die Bank. Der junge Mann flüsterte deutlich hörbar: »Kann ich ihr auch Geld geben, damit sie aufhört?«, woraufhin seine Begleiterin kicherte. »Das ist ja, als würde man John Lennon noch einmal ermorden.« Einige Leute warfen ein paar Münzen in den Gitarrenkasten der Frau, die meisten blieben jedoch auf Abstand oder wichen mit einer Miene zurück, als hätten sie etwas gewittert, mit dem sie nichts zu tun haben wollten.

Aber Simon hörte ganz genau zu und hoffte, einen Anflug von Schönheit in der Melodie, dem Song, dem Text oder wenigstens in der Vorführung zu entdecken. Er bemerkte weder die Touristen noch die Fremdenführer noch den Mann ohne Hemd (der besser eins hätte tragen sollen), der Wasserflaschen für einen Dollar verkaufte, den hageren Typen mit dem Unterlippenbärtchen, der für einen Dollar einen Witz erzählte (»Sonderangebot: 6 Witze für 5 Dollar«), die alte Asiatin, die John Lennon zu Ehren Weihrauch verbrannte, die Jogger, die Hundeausführer oder die Sonnenanbeter.

Aber in der Musik war keine Schönheit zu finden. Nirgends.

Simons Blick verweilte auf der jungen Bettlerin, die John Lennons Vermächtnis verstümmelte. Ihre Haare waren matt und verfilzt. Die Wangen eingefallen. Das Mädchen war spindeldürr, zerlumpt, dreckig, ramponiert, obdachlos, verloren.

Außerdem war sie Simons Tochter Paige.

* * *

Simon hatte Paige seit einem halben Jahr nicht mehr gesehen – seit sie das Unverzeihliche getan hatte.

Und Ingrid hatte an diesem Punkt gänzlich mit ihr gebrochen.

»Diesmal lässt du sie in Ruhe«, hatte Ingrid zu ihm gesagt, nachdem Paige aus der Wohnung gerannt war.

»Soll heißen?«

Und dann hatte Ingrid, die wunderbare Mutter, die fürsorgliche Kinderärztin, die sich ganz der Aufgabe verschrieben hatte, bedürftigen Kindern zu helfen, gesagt: »Ich will sie hier im Haus nicht mehr sehen.«

»Das ist nicht dein Ernst.«

»Doch, Simon. Bei Gott, das ist es.«

Monatelang hatte er Paige gesucht, ohne dass Ingrid etwas davon wusste. Manchmal war er systematisch vorgegangen, zum Beispiel, als er einen Privatdetektiv beauftragt hatte. Meistens hatte er es jedoch aufs Geratewohl versucht, war unter anderem planlos durch gefährliche, drogenverseuchte Viertel gelaufen und hatte den Zugedröhnten und Unappetitlichen dieser Stadt ihr Foto gezeigt.

Ohne Erfolg.

Paige hatte vor Kurzem ihren 21. Geburtstag gefeiert. (Aber wie? Mit einer Party? Einem Kuchen? Drogen? Hatte sie überhaupt gewusst, dass sie Geburtstag hatte?) Simon überlegte, ob sie womöglich aus Manhattan in die College-Stadt zurückgekehrt war, in der das ganze Elend seinen Anfang genommen hatte. Daher war er an zwei Wochenenden, an denen Ingrid Dienst und daher keine Gelegenheit hatte, allzu viele Fragen zu stellen, in den Norden hinaufgefahren und hatte sich im Craftboro Inn am College einquartiert. Er war auf dem Quad, der großen Grünfläche auf dem Campus, herumgelaufen und hatte daran gedacht, wie begeistert sie alle fünf – Simon, Ingrid, die zukünftige Studentin Paige, Sam und Anya – hier angekommen waren und Paige beim Einräumen ihres Zimmers geholfen hatten. Ingrid und er waren fast absurd zuversichtlich gewesen und hatten diese Uni mit den vielen, großen Grünflächen und den umliegenden Wäldern als echten Glücksgriff für ihre in Manhattan aufgewachsene Tochter betrachtet. Aber er erinnerte sich natürlich auch daran, wie diese Zuversicht allmählich abgenommen hatte und schließlich ganz verschwunden war.

Ein Teil von ihm – den er nie offenbarte und dessen Existenz er sich selbst nicht recht eingestand – hatte die Suche nach ihr schon aufgeben wollen. Das Leben war, wenn auch nicht besser, so doch zumindest ruhiger geworden, seit Paige weggelaufen war. Sam, der im Frühjahr seinen Abschluss an der Horace Mann School gemacht hatte, erwähnte seine große Schwester kaum. Er hatte sich auf seine Freunde, den Highschool-Abschluss und Partys konzentriert – und bereitete sich gerade auf sein erstes Jahr auf dem Amherst College vor. Und Anya, tja, Simon wusste nicht, was sie über die ganze Sache dachte. Sie sprach nicht mit ihm über Paige – und auch nicht über so ziemlich alles andere. Ihre Reaktion auf seine Gesprächsversuche bestand häufig nur aus einem Wort, das wiederum meist nur aus einer Silbe bestand. Es gehe ihr »gut«, alles sei »'kay« oder eben »klar«.

Dann bekam Simon einen eigenartigen Hinweis.

Vor drei Wochen war er mit einem Nachbarn von oben, Charlie Crowley, Augenarzt mit eigener Praxis im Stadtzentrum, im Fahrstuhl nach unten gefahren. Nach kurzem Austausch der üblichen nachbarschaftlichen Höflichkeitsfloskeln hatte Charlie, der, wie fast alle Leute, auf die Anzeige neben der Fahrstuhltür blickte, die die Stockwerke herunterzählte, schüchtern und voller Bedauern gesagt, er »glaube«, Paige gesehen zu haben.

Simon, der auch auf die Anzeige blickte, hatte sich so beiläufig wie nur möglich nach Einzelheiten erkundigt.

»Das könnte, äh, im Park gewesen sein«, sagte Charlie.

»Sie ist durch den Park gegangen?«

»Nein, nicht direkt.« Sie hatten das Erdgeschoss erreicht. Die Tür glitt zur Seite. Charlie atmete tief durch. »Paige ... hat Musik gemacht, in Strawberry Fields.«

Charlie musste Simons verblüffte Miene gesehen haben.

»Sie wissen schon, äh, für Kleingeld.«

Simon spürte, wie etwas in ihm zerbrach. »Kleingeld? Wie ein ...?«

»Ich wollte ihr erst etwas geben, aber ...«

Simon signalisierte mit einem Nicken, dass es schon okay wäre und er bitte fortfahren sollte.

»... aber Paige war so weggetreten, dass sie mich gar nicht erkannt hat. Ich hatte Angst, dass sie es einfach für ...«

Charlie brauchte den Satz nicht zu beenden.

»Tut mir leid, Simon. Wirklich.«

Das war alles.

Simon überlegte, ob er Ingrid von der Begegnung erzählen sollte, hatte aber keine Lust auf die Konsequenzen, die das nach sich ziehen würde. Stattdessen ging er in der Pause öfter mal nach Strawberry Fields.

Paige traf er nicht.

Er fragte ein paar der Straßenmusiker, die dort spielten, ob sie sie kannten, zeigte ihnen ein Foto von ihr auf dem Handy, bevor er ein paar Scheine in ihren Gitarrenkoffer warf. Ein paar sagten Ja und stellten weitere Einzelheiten in Aussicht, falls Simon den Betrag im Koffer erhöhte. Simon tat das, doch die versprochene Gegenleistung blieb aus. Die Mehrheit behauptete weiterhin, sie nicht zu kennen, und jetzt, da er sie leibhaftig vor sich sah, verstand Simon auch, warum. Es gab so gut wie keine körperliche Ähnlichkeit zwischen seiner einst hübschen Tochter und diesem ausgemergelten Klappergestell.

Doch wenn Simon so in Strawberry Fields saß – meistens vor einem fast schon auf irrwitzig komische Weise ignorierten Schild mit der Aufschrift:

RUHEZONE – KEINE VERSTÄRKER UND MUSIKINSTRUMENTE

– fiel ihm etwas Seltsames auf: Die Musiker, die alle recht abgerissen und verwahrlost wirkten, spielten nie gleichzeitig oder versuchten sich gegenseitig zu übertönen. Die Wechsel zwischen den Straßengitarristen erfolgten bemerkenswert reibungslos, fast immer zur vollen Stunde.

Als gäbe es einen Terminplan.

Eine Spende von fünfzig Dollar verhalf Simon zu einem Treffen mit einem Mann namens Dave, einem der zerlumpteren Straßenmusiker mit einem riesigen grauen Haarhelm, von Gummibändern zusammengehaltener Gesichtsbehaarung und einem geflochtenen Zopf, der bis zur Mitte des Rückens reichte. Dave, der sowohl ein stark verwitterter Mittfünfziger als auch ein jung gebliebener Siebzigjähriger hätte sein können, erklärte ihm, wie die Sache lief.

»Früher hat ein Typ namens Gary dos Santos … kennen Sie ihn?«

»Der Name kommt mir bekannt vor«, sagte Simon.

»Ja, wenn Sie damals hier spazieren gegangen sind, Junge, Junge, dann erinnern Sie sich bestimmt an ihn. Gary war der selbst ernannte Bürgermeister von Strawberry Fields. Er war groß und kräftig. Hat hier zwanzig Jahre lang für Ruhe und Ordnung gesorgt. Und mit Ruhe und Ordnung meine ich totale Einschüchterung. Der Kerl war irre, verstehen Sie?«

Simon nickte.

»Dann ist Gary gestorben. 2013. Leukämie. Er war erst neunundvierzig. Und hier …«, Dave zeigte mit dem fingerlosen Handschuh in die Runde, »… ist die Hölle losgebrochen. Ohne den Fascho herrschte plötzlich totale Anarchie. Haben Sie mal Machiavelli gelesen? So war das hier. Tag für Tag gab es Streit zwischen den Musikern. Territorialkämpfe, verstehen Sie?«

»Ich verstehe.«

»Dann haben sie versucht, sich selbst zu organisieren, aber Sie müssen sich nur mal umgucken – die Hälfte der Leute hier kann sich kaum selbst anziehen. Na ja, und wenn ein Arschloch zu lange gespielt hat, hat das nächste einfach dagegengehalten, dann haben beide angefangen zu schreien und vor den kleinen Kindern zu fluchen. Manchmal haben sie sich auch geprügelt, und die Polizei ist gekommen. Sie verstehen, was ich meine, oder?«

Simon signalisierte mit einem Nicken, dass er das tat.

»Das hat unserem Ruf geschadet, von der Geldbörse gar nicht zu reden. Aber dann haben wir gemeinsam eine Lösung gefunden.«

»Und wie sieht die aus?«

»Ein Terminplan. Stündlicher Wechsel von zehn Uhr morgens bis sieben Uhr abends.«

»Ehrlich?«

»Ja.«

»Und das klappt?«

»Nicht perfekt, aber ziemlich gut.«

Wirtschaftliches Eigeninteresse, dachte Simon, der Finanzanalyst. Eine Lebenskonstante. »Und wie reserviert man eine Zeit?«

»Per SMS. Fünf Leute spielen hier regelmäßig. Die kriegen die besten Slots. Die anderen können sich für die Zeiten dazwischen anmelden.«

»Und Sie managen den Terminplan?«

»So ist es.« Dave schwoll vor Stolz die Brust. »Wissen Sie, ich weiß, wie man das regelt. Ich achte zum Beispiel darauf, dass Hal nie direkt vor oder nach Jules spielt, weil die beiden sich schlimmer hassen als meine Ex-Frauen mich. Außerdem achte ich auch ein bisschen auf so etwas wie Diversität.«

»Diversität?«

»Schwarze, Tussis, Bohnenfresser, Schwuchteln, und wir haben sogar ein paar Orientalen.« Er breitete die Hände aus: »Wir wollen ja nicht, dass die Leute glauben, dass alle Penner männliche Weiße sind. Denn das ist ein wirklich übles Vorurteil, verstehen Sie?«

Simon verstand das. Er verstand auch, dass es wahrscheinlich hilfreich sein würde, Dave zwei halbe Einhundert-Dollarscheine zu geben mit dem Versprechen, dass er die anderen Hälften bekommen würde, wenn er ihm mitteilte, wann seine Tochter wieder hier spielte.

Heute Morgen hatte Dave ihm eine SMS geschickt.

Heute 11 Uhr. Aber das haben Sie nicht von mir. Ich bin keine Petze.

Dann:

Bringen Sie mir das Geld um 10. Um 11 bin ich beim Yoga.

Deshalb war er hier.

Simon setzte sich Paige gegenüber, fragte sich, ob sie ihn erkennen würde und was er machen sollte, wenn sie die Flucht ergriff. Im Prinzip hielt er es für das Beste zu warten, bis sie fertig war, die paar Münzen und die alte Gitarre eingepackt hatte, und dann zu ihr zu gehen.

Er sah auf die Uhr. 11:58. Paiges Stunde näherte sich dem Ende.

Simon war im Kopf alle möglichen Sätze durchgegangen. Er hatte schon die Solemani-Klinik im Norden des Staats New York angerufen und einen Platz für Paige reserviert. Sein Plan sah folgendermaßen aus: Erzähl irgendwas, versprich alles, dränge, schmeichle, flehe, setze jedes Mittel ein, das erforderlich ist, um sie zum Mitkommen zu bewegen.

Ein anderer Straßenmusiker in ausgebleichter Jeans und zerfetztem Flanellhemd kam von Osten und setzte sich neben Paige. Als Gitarrenkasten verwendete er eine große schwarze Plastiktüte. Er tippte Paige aufs Knie und dann auf eine imaginäre Armbanduhr an seinem Handgelenk. Paige nickte und beendete *I Am The Walrus* mit einem ausgedehnten »goo goo g'joob«, riss die Arme in die Luft und rief der Menge, die ihr nicht zuhörte und schon gar nicht applaudierte, ein lautes »Vielen Dank!« zu. Sie raffte die wenigen Münzen und ein paar zerknitterte Ein-Dollar-Noten zusammen und legte die Gitarre überraschend vorsichtig in den Koffer. Diese einfache Bewegung – das Ablegen der Gitarre – traf Simon wie ein Schlag in den Unterleib. Simon hatte dieses Takamine-

Instrument mit ihr zusammen bei Sam Ash an der West 48th Street gekauft und es ihr zum sechzehnten Geburtstag geschenkt. Er versuchte, die Emotionen wachzurufen, die mit dieser Erinnerung einhergingen – Paiges Lächeln, als sie die Gitarre von der Wand nahm. Ihre Miene, als sie die Augen schloss und sie ausprobierte, das Gefühl, als sie ihre Arme um seinen Nacken schlang und »Danke, danke, danke!« rief, als er ihr sagte, dass sie ihr gehöre.

Doch die Emotionen, so sie denn echt waren, wollten sich nicht einstellen.

Die grausame Wahrheit war, dass Simon das kleine Mädchen nicht mehr in ihr entdecken konnte.

Oh, er hatte es schon seit einer Stunde probiert. Jetzt versuchte er noch einmal, sie anzusehen und sich das Bild des engelsgleichen kleinen Mädchens vor Augen zu führen, das er zum Schwimmunterricht ins *92 Y* in der 92nd Street gefahren hatte, das in den Hamptons auf Long Island in einer Hängematte gesessen hatte, während er ihr am verlängerten Labor-Day-Wochenende zwei komplette Harry-Potter-Bände vorgelesen hatte, das darauf bestanden hatte, ihr Freiheitsstatuenkostüm samt grüner Gesichtsfarbe schon zwei Wochen vor Halloween zu tragen, aber – und vielleicht war das ein Schutzmechanismus – es gelang ihm einfach nicht, auch nur eins dieser Bilder heraufzubeschwören.

Paige erhob sich schwankend.

Es ging los.

Also stand auch Simon auf der anderen Seite des Mosaiks auf. Sein Herz hämmerte in seiner Brust. Er spürte einen aufkommenden Kopfschmerz, als würde eine riesige Hand seinen Kopf umklammern und auf beide Schläfen drücken. Er sah erst nach links, dann nach rechts.

Er suchte ihren Freund.

Simon konnte nicht genau sagen, wie sie und damit seine ganze Familie in den Abwärtsstrudel geraten war, sah die Schuld aber bei diesem Freund. Ja, Simon wusste, dass eine Süchtige die volle Verantwortung für ihr gesamtes Handeln übernehmen musste, dass es einzig und allein ihre Schuld war und so weiter. Und die meisten Süchtigen (und damit auch ihre Familien) konnten lange Geschichten erzählen. Vielleicht lag der Ursprung der Sucht in der Schmerztherapie nach einer Operation. Vielleicht führten sie sie auf Gruppenzwang zurück oder behaupteten, dass ein einmaliges Experiment irgendwie zu mehr und Schlimmerem geführt hatte.

Irgendeine Rechtfertigung hatten alle parat.

Aber in Paiges Fall – nennen Sie es Charakterschwäche, schlechte Erziehung oder was auch immer – schien das alles erheblich einfacher zu sein:

Es gab die Paige, die Aaron noch nicht kennengelernt hatte. Und es gab die heutige Paige.

Aaron Corval war Abschaum – unverkennbarer, primitiver Abschaum –, und wenn man Abschaum mit Reinheit vermischte, war die Reinheit für immer beschmutzt. Simon hatte nie begriffen, was sie in ihm sah. Aaron war zweiunddreißig Jahre alt, elf Jahre älter als seine Tochter. In unschuldigeren Zeiten hatte dieser Altersunterschied Simon beunruhigt. Ingrid hingegen hatte ihn mit einem Achselzucken abgetan, aber sie kannte solche Dinge von früher, aus ihren Zeiten als Model. Inzwischen war der Altersunterschied ihr geringstes Problem.

Von Aaron war nichts zu sehen.

Ein winziger Hoffnungsschimmer keimte in ihm auf. War Aaron endlich weg vom Fenster? Hatte dieses Übel, dieses

Krebsgeschwür, dieser Parasit, der sich von seiner Tochter genährt hatte, sein Festmahl beendet und war zu einem kräftigeren Wirt gewechselt?

Das wäre zweifelsohne eine gute Nachricht.

Paige ging Richtung Osten zu dem Weg, der quer durch den Park führte. Sie schlurfte wie ein Zombie. Simon folgte ihr und machte sich bereit.

Aber was, fragte er sich, würde er tun, wenn sie sich weigerte mitzukommen? Das war nicht nur eine vage Möglichkeit, sondern das wahrscheinlichste Szenario. Simon hatte früher schon mehrmals versucht, ihr zu helfen, es war aber immer nach hinten losgegangen. Er konnte sie nicht dazu zwingen, mit ihm zu gehen. Das war ihm klar. Mithilfe seines Schwagers Robert Previdi hatte er sogar versucht, eine gerichtliche Einweisung für sie zu erwirken. Auch das hatte nicht geklappt.

Simon war jetzt direkt hinter ihr. Das abgetragene Sommerkleid hing schlaff an ihren Schultern. Die einst makellose Haut ihres Rückens zeigte braune Flecken – Sonne? Krankheit? Misshandlung?

»Paige?«

Sie drehte sich nicht um, zögerte keine Sekunde, und einen Moment lang gab Simon sich der Hoffnung hin, dass er sich geirrt hatte, dass Charlie Crowley sich geirrt hatte, dass dieses ungepflegte, widerlich riechende Klappergestell mit der kaputten Stimme nicht seine Erstgeborene war, dass diese Frau nicht seine Paige war, dass sie nicht diejenige war, die als Teenager in der *Abernathy-Academy*-Aufführung von *Anatevka* die Hodel gespielt hatte, wobei sie den Duft von Pfirsichen und Jugend versprüht und dem Publikum mit dem Song *Abschied vom Elternhaus* das Herz gebrochen hatte. Simon hatte alle fünf Aufführungen gesehen, und in jeder einzelnen waren ihm die Tränen in die Augen getreten, und mindestens einmal wäre er fast in lautes Schluchzen ausgebrochen, als Paiges Hodel sich an Tevje wandte und sagte: »Papa, Gott allein weiß, wann wir uns wiedersehen«, woraufhin ihr Bühnenvater erwiderte: »Legen wir unser Schicksal in seine Hände.«

Er räusperte sich und näherte sich ihr weiter: »Paige?«

Sie ging langsamer, drehte sich aber nicht um. Simon streckte eine zitternde Hand aus. Sie wandte ihm immer noch den Rücken zu. Er legte ihr die Hand auf die Schulter, spürte nur trockene, von papierner Haut bedeckte Knochen, und startete einen weiteren Versuch:

»Paige?«

Sie blieb stehen.

»Paige, ich bin's, Daddy.«

Daddy. Wann hatte sie ihn das letzte Mal Daddy genannt? Seit er sich erinnern konnte, hatte sie Dad zu ihm gesagt, genau wie ihre beiden Geschwister, und trotzdem war ihm das Wort einfach rausgerutscht. Seine Stimme brach, und er hörte das Flehen darin.

Sie drehte sich immer noch nicht zu ihm um.

Dann rannte sie los.

Damit hatte er nicht gerechnet. Paige hatte bereits drei Schritte Vorsprung, als er endlich reagierte. Simon hatte in letzter Zeit viel in seine körperliche Verfassung investiert. Gleich neben seinem Büro war ein Fitnessstudio, und der Stress, den der Verlust seiner Tochter verursacht hatte – so sah er es, er hatte sie verloren –, hatte ihn in der Mittagspause in diverse Cardio-Fitness-Boxkurse getrieben, wo er wie besessen trainierte. Er stürzte los und hatte sie schon nach ein paar Schritten eingeholt. Er packte Paiges spindeldürren Oberarm – er hätte den dünnen Bizeps mit Zeigefinger und Daumen umfassen können – und riss sie zurück. Vielleicht hatte er etwas zu heftig zugepackt, aber der Sprung, der Griff, das alles war einfach ein Reflex gewesen.

Paige hatte versucht zu fliehen. Er hatte getan, was nötig war, um sie aufzuhalten.

»Au!«, schrie sie. »Lass mich los!«

Hier waren jede Menge Menschen, und Simon war sicher, dass sich einige von ihnen wegen ihrer Schreie bereits umgedreht hatten. Eigentlich interessierte ihn das nicht, es bedeutete lediglich, dass Eile geboten war. Er musste sie so schnell wie möglich von hier wegbringen, bevor sich ein guter Samariter fand, der Paige »retten« wollte.

»Schatz, ich bin's, Dad. Komm einfach mit, in Ordnung?«

Sie wandte ihm immer noch den Rücken zu. Simon drehte sie herum, sodass sie ihn ansehen musste, aber Paige hielt sich den Arm vor die Augen, als leuchtete man ihr mit einem grellen Scheinwerfer ins Gesicht.

»Paige? Paige, bitte, sieh mich an.«

Ihr Körper erstarrte, dann entspannte er sich plötzlich. Paige nahm den Arm herunter und blickte langsam auf. Wieder keimte Hoffnung in ihm auf. Ja, die Augen waren tief in den Höhlen versunken, und die Stellen, die weiß sein müssten, waren gelb, aber in diesem Moment – vielleicht zum ersten Mal – sah er kurz noch etwas anderes darin aufblitzen – Leben.

Zum ersten Mal erblickte er etwas von dem kleinen Mädchen, das er von früher kannte.

Als Paige zu sprechen begann, hörte er endlich einen Widerhall der Stimme seiner Tochter: »Dad?«

Er nickte. Er öffnete den Mund, musste ihn wieder schließen, weil er zu überwältigt war, versuchte es noch einmal: »Ich bin hier, um dir zu helfen, Paige.«

Sie fing an zu weinen. »Es tut mir so leid ...«

»Schon gut«, sagte er. »Das wird schon wieder.«

Er streckte den Arm aus, um seine Tochter an sich zu ziehen, in Sicherheit, als eine weitere Stimme die Luft im Park wie die Sense des Schnitters zerteilte.

»Was zum Teufel ...«

Verzweiflung breitete sich in ihm aus. Er blickte nach rechts.

Aaron.

Paige zuckte zusammen und wandte sich von Simon ab. Simon versuchte, sie festzuhalten. Sofort riss sie ihren Arm los, und der Gitarrenkoffer schlug gegen ihr Bein.

»Paige ...«, sagte Simon.

Doch der Anflug von Klarheit, den er vor wenigen Sekunden noch in ihren Augen gesehen hatte, zerbarst in tausend Stücke.

»Lass mich in Ruhe!«, schrie sie.

»Paige, bitte ...«

Sie versuchte, sich rückwärts zu entfernen. Wieder griff Simon verzweifelt nach ihrem Arm, als würde er von einer Klippe abrutschen und versuchen, mit der Hand einen Ast zu erwischen. Paige stieß einen durchdringenden Schrei aus.

Köpfe drehten sich in ihre Richtung. Viele Köpfe.

Simon ließ sie nicht los.

»Bitte, hör einfach zu ...«

Dann trat Aaron zwischen sie.

Als die beiden Männer sich Auge in Auge gegenüberstanden, versteckte Paige sich hinter Aaron. Aaron wirkte ausgemergelt in seiner Jeansjacke über dem schmutzigen weißen T-Shirt – der aktuelle Heroin-Chic, allerdings ohne Chic. Er trug zu viele Ketten, einen vermeintlich modischen Dreitagebart und Arbeitsstiefel, was immer dann besonders lächerlich wirkte, wenn sie jemand trug, der ehrliche Arbeit nicht einmal dann erkannte, wenn sie ihm in die Eier trat.

»Alles okay, Paige«, sagte Aaron, der Simon immer noch aalglatt grinsend ansah. »Geh einfach weiter, Puppe.«

Simon schüttelte den Kopf. »Nein, warte …«

Doch es war, als würde Paige sich von Aarons Rücken abstoßen, so plötzlich rannte sie den Pfad entlang.

»Paige?«, rief Simon. »Warte! Bitte, lass uns …«

Sie verschwand. Simon machte einen Schritt zur Seite, um ihr zu folgen, doch Aaron trat ihm in den Weg.

»Paige ist erwachsen«, sagte Aaron. »Sie haben nicht das Recht …«

Simon ballte die Faust und schlug Aaron mitten ins Gesicht.

Er spürte, wie die Nase unter seinen Fingerknöcheln nachgab, und hörte die Knochen mit einem Geräusch brechen, als würde man mit einem Stiefel in ein Vogelnest treten. Blut floss.

Aaron ging zu Boden.

Im selben Moment fingen die beiden finnischen Touristen an zu schreien.

Simon kümmerte sich nicht darum. Er konnte Paige noch sehen. Sie bog links ab, verließ den Weg und verschwand zwischen den Bäumen.

»Paige, warte!«

Er wollte am auf dem Boden liegenden Mann vorbeilaufen und ihr folgen, doch Aaron bekam sein Bein zu fassen. Simon versuchte, sich loszureißen, sah dann aber, dass andere Menschen – wohlmeinende, aber unwissende Menschen – auf ihn zukamen. Es waren viele. Manche hatten ihre scheiß Smartphones in der Hand und nahmen das Ganze auf.

Alle schrien auf ihn ein, dass er sich nicht bewegen solle.

Schließlich befreite er sich mit einem kräftigen Tritt, stolperte kurz, kam wieder auf die Beine und wollte dem Weg bis zu der Stelle folgen, an der Paige abgebogen war.

Aber es war zu spät. Die Menge hatte ihn erreicht.

Jemand sprang mit ausgebreiteten Armen auf ihn zu und versuchte, ihn zu Boden zu werfen. Simon riss den Ellbogen hoch. Der Angreifer stieß ein »Uff« aus, und seine Umarmung lockerte sich. Jemand anders umschlang ihn an der Hüfte. Simon streifte ihn ab wie einen Gürtel, während er immer noch hinter seiner Tochter herrannte, sich wie ein Footballspieler kurz vor der Endzone bewegte, der von gegnerischen Verteidigern verfolgt wurde.

Aber schließlich waren es zu viele.

»Meine Tochter!«, schrie er. »Bitte … halten Sie sie auf …«

In dem Tumult hörte ihn niemand, oder vielleicht achtete auch einfach niemand auf die Worte dieses gewalttätigen Irren, der so schnell wie möglich außer Gefecht gesetzt werden musste.

Ein weiterer Tourist stürzte sich auf ihn. Und noch einer.

Als Simon schließlich ins Fallen geriet, hob er den Blick und sah, dass seine Tochter wieder auf dem Weg war. Er schlug hart auf den Boden. Dann prasselten Schläge auf ihn ein, weil er versuchte, wieder aufzustehen. Viele Schläge. Die Ärzte, die später drei gebrochene Rippen, zwei gebrochene Finger und eine Gehirnerschütterung diagnostizierten, nähten ihn außerdem mit dreiundzwanzig Stichen.

Er spürte nichts von alledem, nur, wie sein Herz zerbrach.

Wieder warf sich jemand auf ihn. Er hörte Rufe und Schreie, dann war auch die Polizei mit von der Partie, drehte ihn auf den Bauch, drückte ihm ein Knie ins Kreuz, legte ihm Handschellen an. Er hob noch einmal den Blick und sah, dass Paige halb versteckt hinter einem Baum stand und das Geschehen betrachtete.

»Paige!«

Aber sie kam nicht zurück. Stattdessen verschwand sie, und Simon wurde bewusst, dass er sie wieder einmal im Stich gelassen hatte.

ZWEI

Die Cops ließen Simon eine Zeit lang bäuchlings mit hinter dem Rücken gefesselten Händen auf dem Asphalt liegen. Cop eins, eine schwarze Polizistin, auf deren Namensschild HAYES stand, beugte sich zu ihm herunter, informierte ihn mit ruhiger Stimme, dass er festgenommen sei, dann las sie ihm seine Rechte vor. Simon trat um sich, schrie und brüllte, dass jemand – wer auch immer – seine Tochter aufhalten sollte, während Hayes ihm einfach weiter seine Rechte vorlas.

Als sie fertig war, richtete sie sich auf und wandte sich ab. Aber Simon hörte nicht auf, hinter seiner Tochter herzuschreien. Niemand hörte ihm zu, vielleicht weil er völlig irre klang, also versuchte er, sich zu beruhigen und einen etwas höflicheren Ton zu wählen.

»Officer? Ma'am? Sir?«

Sie ignorierten ihn und nahmen Zeugenaussagen auf. Mehrere Touristen zeigten den Polizisten Videos von dem Vorfall, in denen er, wie Simon vermutete, keine gute Figur machte.

»Meine Tochter«, sagte er wieder. »Ich habe versucht, meine Tochter zu retten. Er hat sie gekidnappt.«

Der letzte Satz war im Prinzip eine Lüge, aber er hoffte, damit eine Reaktion zu provozieren. Sie blieb aus.

Simon drehte den Kopf nach links und rechts und suchte Aaron. Er war nicht zu sehen.

»Wo ist er?«, schrie er, und klang wieder völlig irre.

Schließlich sah Hayes ihn an. »Wer?«

»Aaron?«

Nichts.

»Der Kerl, den ich geschlagen habe. Wo ist er?«

Keine Antwort.

Der Adrenalinschub flaute langsam ab, und ein Übelkeit erregender Schmerz durchströmte seinen Körper. Endlich – Simon hatte keine Ahnung, wie viel Zeit inzwischen vergangen war – zogen Hayes und ein großer weißer Cop mit dem Namensschild WHITE ihn hoch und zerrten ihn hinter sich her zu einem Streifenwagen. Sie bugsierten ihn auf die Rückbank, White setzte sich hinters Lenkrad und Hayes auf den Beifahrersitz. Hayes, die seine Brieftasche in der Hand hielt, drehte sich um und fragte: »Also, was ist geschehen, Mr Greene?«

»Ich habe mit meiner Tochter gesprochen. Ihr Freund ist dazwischengegangen. Ich habe versucht, um ihn herumzugehen …«

Simon hörte auf zu reden.

»Und?«, hakte sie nach.

»Haben Sie ihren Freund festgenommen? Können Sie mir bitte helfen, meine Tochter zu suchen?«

»Und?«, wiederholte Hayes.

Simon war wütend, aber nicht verrückt. »Es kam zu einer Auseinandersetzung.«

»Eine Auseinandersetzung?«

»Ja.«

»Erzählen Sie davon. Schritt für Schritt.«

»Wovon soll ich erzählen?«

»Von der Auseinandersetzung.«

»Erzählen Sie mir erst, was mit meiner Tochter ist«, sagte Simon. »Sie heißt Paige Greene. Ihr Freund, der sie meiner Ansicht nach gegen ihren Willen festhält, heißt Aaron Corval. Ich wollte sie retten.«

»Mhm«, sagte Hayes. Dann: »Also haben Sie einen Obdachlosen geschlagen?«

»Der, den ich geschlagen habe, war der …« Simon verstummte. Das brachte nichts.

»Wen haben Sie geschlagen?«, hakte Hayes nach.

Simon antwortete nicht.

»Klar, das dachte ich mir schon«, sagte Hayes. »Sie sind voller Blut. Sogar Ihre hübsche Krawatte. Ist die von Hermès?«

Das war sie, aber Simon sagte nichts mehr. Sein Hemd war immer noch bis zum Hals zugeknöpft, die Krawatte mit einem perfekten Windsorknoten gebunden.

»Wo ist meine Tochter?«

»Keine Ahnung«, sagte Hayes.

»Dann habe ich Ihnen nichts zu sagen, bis ich mit meinem Anwalt gesprochen habe.«

»Wie Sie meinen.«

Hayes drehte sich um und sagte nichts mehr. Die Polizisten brachten Simon zur Notaufnahme im *Mount Sinai West* in der 59th Street in der Nähe der 10th Avenue, wo er sofort geröntgt wurde. Ein Arzt mit Turban, der so jung aussah, dass er wahrscheinlich Probleme hatte, in Filme zu kommen, die nicht jugendfrei waren, schiente Simons Finger und nähte seine Kopfwunden. Bei den gebrochenen Rippen könne man nichts machen, erläuterte der Arzt, aber er solle sich »die nächsten sechs Wochen oder so körperlich schonen«.

Was dann folgte, war ein surreales Chaos: Die Fahrt zum

Strafgericht in der Centre Street 100, die Verbrecherfotos, die Fingerabdrücke, die Haftzelle. Genau wie im Film durfte er einen Anruf machen. Zuerst wollte Simon Ingrid anrufen, dann entschied er sich aber für seinen Schwager Robert, einen der besten Prozessanwälte in Manhattan.

»Ich schick sofort jemanden zu dir rüber«, sagte Robert.

»Kannst du das nicht machen?«

»Ich bin kein Strafverteidiger.«

»Glaubst du wirklich, dass ich einen Strafverteidiger brauche?«

»Ja, das glaub ich. Außerdem bin ich mit Yvonne im Haus an der Küste. Es würde zu lange dauern, bis ich in der Stadt bin. Warte einfach.«

Eine halbe Stunde später stellte sich ihm eine kleine Frau vor, vermutlich Anfang bis Mitte siebzig, mit lockigen grauen Haaren, die früher wohl einmal blond gewesen waren, und einem Blick voller Feuer. Sie begrüßte ihn mit einem kräftigen Händedruck.

»Hester Crimstein«, sagte sie. »Robert schickt mich.«

»Ich bin Simon Greene.«

»Ja, als Spitzenanwältin konnte ich mir das bereits zusammenreimen. Jetzt sprechen Sie mir nach, Simon Greene: ›Nicht schuldig.‹«

»Was?«

»Wiederholen Sie einfach, was ich gesagt habe.«

»Nicht schuldig.«

»Wunderbar, ganz ausgezeichnet, es treibt mir die Tränen in die Augen.« Hester Crimstein beugte sich näher zu ihm. »Das sind die einzigen Worte, die Sie noch sagen dürfen – und Sie sagen sie nur ein einziges Mal, und zwar dann, wenn der Richter Sie fragt, wie Sie plädieren. Verstanden?«

»Verstanden.«

»Müssen wir das noch ein paarmal proben?«

»Nein, ich glaube, das krieg ich hin.«

»Guter Junge.«

Als sie in den Gerichtssaal traten und sie sagte: »Hester Crimstein für die Verteidigung«, ging ein Raunen durch die Menge. Der Richter hob den Kopf und zog eine Augenbraue hoch.

»Rechtsanwältin Crimstein, was für eine Ehre. Was führt Sie in meinen bescheidenen Gerichtssaal?«

»Ich bin nur hier, um einen groben Justizirrtum zu verhindern.«

»Davon bin ich überzeugt.« Der Richter verschränkte die Arme und lächelte. »Es ist schön, Sie wiederzusehen, Hester.«

»Das ist nicht Ihr Ernst.«

»Sie haben recht«, sagte der Richter. »Das ist es nicht.«

Hester wirkte erfreut. »Sie sehen gut aus, Euer Ehren. Die schwarze Robe steht Ihnen.«

»Was, dieses alte Ding?«

»Macht Sie schlanker.«

»Das tut sie, nicht wahr?« Der Richter lehnte sich zurück. »Worauf plädiert der Beschuldigte?«

Hester sah Simon an.

»Nicht schuldig«, sagte er.

Hester nickte beifällig, und der Staatsanwalt verlangte eine Kaution in Höhe von fünftausend Dollar. Hester legte keinen Einspruch gegen die Höhe der Summe ein. Nachdem sie das juristische Theater hinter sich gebracht hatten, die Papiere unterschrieben und die bürokratischen Wogen geglättet waren, durften sie gehen, und Simon machte sich auf den

Weg zum Haupteingang. Doch Hester stoppte ihn, indem sie ihm die Hand auf den Unterarm legte.

»Nicht da entlang.«

»Warum nicht?«

»Da warten sie.«

»Wer?«

Hester drückte auf den Fahrstuhlknopf, blickte auf die Lichter über der Tür und sagte: »Kommen Sie mit.«

Sie nahmen die Treppe und gingen zwei Etagen hinunter. Hester führte ihn zur Rückseite des Gebäudes und zog ihr Handy heraus.

»Bist du am Eggloo an der Mulberry, Tim? Gut. In fünf Minuten.«

»Was ist los?«, fragte Simon.

»Seltsam.«

»Was?«

»Sie reden immer noch«, sagte Hester. »Obwohl ich Sie aufgefordert habe, das zu unterlassen.«

Sie gingen einen dunklen Flur entlang. Hester übernahm die Führung. Sie bog rechts ab, dann noch einmal rechts. Schließlich kamen sie an einen Mitarbeitereingang. Die Leute zeigten ihre Dienstausweise vor, um reinzukommen, doch Hester drängte sich einfach durch den Ausgang nach draußen.

»Das dürfen Sie nicht«, sagte ein Wachmann.

»Verhaften Sie uns.«

Das tat er nicht. Sekunden später waren sie draußen. Sie überquerten die Baxter Street, gingen durch den grünen Columbus Park, an drei Volleyballplätzen vorbei und stießen auf die Mulberry Street.

»Mögen Sie Eis?«, fragte Hester.

Simon antwortete nicht. Er deutete auf seinen geschlossenen Mund.

Hester seufzte. »Ich erlaube Ihnen zu sprechen.«

»Ja.«

»Bei Eggloo gibt es ein unwiderstehliches Marshmallow-Schoko-Eis-Sandwich. Ich habe meinen Fahrer beauftragt, zwei für unterwegs zu besorgen.«

Der schwarze Mercedes wartete vor der Tür. Der Fahrer hatte die Eiscreme-Sandwiches. Er reichte Hester eins.

»Danke, Tim. Simon?«

Simon lehnte das Angebot mit einem Kopfschütteln ab. Hester zuckte mit den Achseln. »Dann ist es deins, Tim.« Sie biss in ihres und setzte sich auf den Rücksitz. Simon setzte sich neben sie.

»Meine Tochter …«, setzte Simon an.

»Die Polizei hat sie nicht gefunden.«

»Und was ist mit Aaron Corval?«

»Mit wem?«

»Dem Typen, den ich geschlagen habe.«

»Holla … immer langsam mit den jungen Pferden. Das sagt man nicht einmal im Scherz. Sie meinen den Typen, den Sie angeblich geschlagen haben.«

»Egal.«

»Nein, das ist nicht egal. Nicht einmal unter vier Augen.«

»Okay, ich hab's begriffen. Wissen Sie, wo …«

»Er ist auch abgehauen.«

»Was meinen Sie mit abgehauen?«

»Was ist an ›abgehauen‹ nicht zu verstehen? Er ist geflohen, bevor die Polizei etwas über ihn in Erfahrung bringen konnte. Was gut für Sie ist. Kein Opfer, kein Verbrechen.« Wieder biss sie in ihr Eis und wischte sich die Mundwinkel ab. »Der Fall wird sowieso bald zu den Akten gelegt werden, aber… Hören Sie, ich habe eine Freundin. Sie heißt Mariquita Blumberg. Sie ist eine echt harte Nuss – nicht so ein Schätzchen wie ich. Aber sie ist die beste PR-Kraft in der Stadt. Sie muss sich sofort um die Öffentlichkeitsarbeit in Ihrem Fall kümmern.«

»Eine PR-Kraft? Wozu brauche ich eine…«

»Das erkläre ich Ihnen gleich, im Moment würde mich das von der Arbeit abhalten. Erzählen Sie mir erst, was passiert ist. Alles. Von Anfang bis Ende.«

Simon erzählte es ihr. Hester wandte ihm ihr schmales Gesicht zu. Sie gehörte zu den Menschen, die den Begriff »ungeteilte Aufmerksamkeit« zu einer Kunstform erhoben hatten. Anfangs hatte sich ihre unbändige Energie in Bewegung ausgedrückt. Inzwischen schien sie sich in einem Laserstrahl gebündelt zu haben, der direkt auf ihn gerichtet war. Ihr Mitgefühl schien fast greifbar zu werden, so sehr konzentrierte sie sich auf jedes seiner Worte.

»O Mann, das tut mir leid«, sagte Hester, als er fertig war. »Das ist wirklich scheiße.«

»Dann verstehen Sie mich.«

»Ja.«

»Ich muss Paige finden. Oder Aaron.«

»Ich kann noch mal bei den Polizisten nachhaken, meine aber verstanden zu haben, dass die beiden abgehauen sind.«

Noch eine Sackgasse. Simons Körper fing an zu schmerzen. Sämtliche Schutzmechanismen, sämtliche chemischen Reaktionen, die die Schmerzempfindung abschwächten oder blockierten, schienen auf einmal zu versagen. Der Schmerz wurde nicht langsam stärker, er durchflutete ihn schlagartig.

»Und wozu brauche ich eine PR-Kraft?«

Hester zog ihr Handy heraus und fing an, damit herumzuspielen. »Ich hasse diese Dinger. So viele Informationen und Einsatzmöglichkeiten, aber eigentlich machen sie einem nur das Leben kaputt. Sie haben Kinder, ja? Äh, selbstverständlich. Wie viele Stunden verbringen die am …« Sie verstummte. »Das ist nicht der richtige Zeitpunkt für diesen Vortrag. Hier.«

Sie reichte ihm ihr Handy.

Simon blickte auf ein YouTube-Video mit 289 000 Aufrufen. Als er das Vorschau-Bild und die Überschriften sah, wurde ihm schwer ums Herz.

REICH SCHLÄGT ARM
WALL STREET WATSCHT WICHSER
VAGABUNDEN
REICHER KNACKER MACHT MITTELLOSEN
NIEDER
BANKER BELEIDIGT BERBER
HABENDER HAUT HABENICHTS

Er sah Hester an, die mitfühlend mit den Achseln zuckte. Sie streckte die Hand aus und tippte mit dem Zeigefinger auf PLAY. Das Video war von jemandem mit dem Alias »ZorraStiletto« aufgenommen und vor zwei Stunden gepostet worden. ZorraStiletto hatte von drei Frauen – vielleicht seine Ehefrau und die beiden Töchter? – auf ihn geschwenkt, als der Tumult seine Aufmerksamkeit auf sich zog. Die Linse zuckte nach rechts, und im entscheidenden Moment hatte sich auch die Brennweite richtig justiert, um einen anmaßend wirkenden Simon zu erfassen – warum zum Teufel hatte er sich nicht umgezogen oder zumindest die verdammte Krawatte abgelegt? –, als Paige sich gerade von ihm losriss und Aaron zwischen sie trat. Natürlich sah es aus, als würde ein reicher, privilegierter Mann eine viel jüngere Frau belästigen (und vielleicht noch Schlimmeres), die dann von einem furchtlosen Obdachlosen gerettet wurde.

Als die zierliche und verängstigte junge Frau hinter dem Rücken ihres Retters in Deckung gegangen war, fing der Mann im Anzug an zu schreien. Die junge Frau flüchtete. Der Mann im Anzug versuchte, sich an dem Obdachlosen vorbeizudrängen und ihr zu folgen. Simon wusste natürlich, wie die Geschichte weiterging. Trotzdem sah er mit weit aufgerissenen Augen zu, als bestünde noch die Chance, dass der Mann im Anzug nicht so blöd wäre, auszuholen und dem tapferen Obdachlosen ins Gesicht zu schlagen.

Doch genau das geschah.

Es floss Blut, als der hilfsbereite obdachlose Samariter zu Boden ging. Der gefühllose Reiche im Anzug versuchte, über das am Boden liegende Häufchen Elend hinwegzusteigen, doch der obdachlose Samariter packte sein Bein. Als ein Asiate mit Baseballkappe – zweifelsohne ein weiterer guter Samariter – den Streit schlichten wollte, rammte der Mann im Anzug auch ihm einen Ellbogen auf die Nase.

Simon schloss die Augen. »O Mann.«

»Jup.«

Als Simon die Augen wieder geöffnet hatte, missachtete er die Kardinalregel für den Umgang mit Artikeln und Videos im Internet: *Niemals die Kommentare lesen.*

»Die Reichen glauben, sie könnten mit so etwas durchkommen.«

»Er wollte das Mädel vergewaltigen! Was für ein Glück, dass ein Held dazwischengegangen ist.«

»Der reiche Knacker sollte lebenslänglich in den Knast wandern. Punkt.«

»Ich wette, Richie Rich kommt davon. Wäre er schwarz, hätte man ihn erschossen.«

»Der Typ, der die Frau gerettet hat, ist so unglaublich tapfer. Wenn der Bürgermeister es zulässt, dass der Geldsack sich freikauft…«

»Die gute Nachricht ist«, sagte Hester, »dass Sie auch ein paar Fans haben.« Sie nahm das Handy, scrollte runter und zeigte auf einen Kommentar:

»Wahrscheinlich kriegt dieser Obdachlose Lebensmittelmarken. Glückwunsch an den Anzugträger, dass er den Abfall entsorgt.«

»Wenn dieser stinkende Crystal-Meth-Penner sich einen Job besorgen würde, statt auf Staatskosten zu leben, bezieht er vielleicht auch keine Prügel mehr.«

Auf den Profilbildern seiner »Unterstützer« waren entweder Adler oder amerikanische Flaggen zu sehen.

»Fantastisch«, sagte Simon. »Die Psychos sind auf meiner Seite.«

»Hey, tun Sie das nicht einfach so ab. Ein paar von denen könnten in der Jury sitzen. Obwohl es natürlich keine Jury geben wird. Nicht einmal einen Prozess. Tun Sie mir einen Gefallen.«

»Welchen?«

»Tippen Sie auf ›Aktualisieren‹.«

Er wusste nicht genau, was sie meinte, daher streckte Hester die Hand aus und drückte oben auf den Pfeil. Die Seite wurde neu geladen. Hester deutete auf die Anzahl der Aufrufe. Die Zahl hatte sich in den gut zwei Minuten von 289 000 auf 453 000 erhöht.«

»Glückwunsch«, sagte Hester. »Sie haben einen viralen Hit gelandet.«

DREI

Simon starrte durchs Fenster ins Nichts, sodass das wohlbekannte Grün des Parks vor seinen Augen verschwamm. Als der Fahrer von der Central Park West in die West 67th Street bog, murmelte Hester: »Uh-oh.«

Simon drehte den Kopf.

Vor seiner Wohnung parkten Übertragungswagen in zweiter Reihe. Rund zwei Dutzend Demonstranten standen hinter blauen Holzabsperrungen mit der Aufschrift:

POLICE LINE – DO NOT CROSS
NYPD

»Wo ist Ihre Frau?«, fragte Hester.

Ingrid. Er hatte überhaupt nicht an sie gedacht oder daran, wie sie auf das Ganze reagieren würde. Außerdem fiel ihm gerade auf, dass er keine Ahnung hatte, wie spät es war. Er sah auf die Uhr. Halb sechs.

»Bei der Arbeit.«

»Sie ist Kinderärztin, stimmt's?«

Er nickte. »Im New York Presbyterian Hospital in der 168th Street.«

»Wann hat sie Feierabend?«

»Heute Abend um sieben.«

»Fährt sie mit dem Auto zurück?«

»Nein, sie nimmt die U-Bahn.«

»Rufen Sie sie an. Tim holt sie ab. Wo sind Ihre Kinder?«

»Weiß ich nicht.«

»Rufen Sie die auch an. Die Kanzlei hat eine Suite in Midtown. Da können Sie bis morgen bleiben.«

»Wir können ins Hotel gehen.«

Hester schüttelte den Kopf. »Da finden die Sie. Die Suite ist besser, und es ist ja nicht so, dass wir Ihnen das nicht in Rechnung stellen.«

Er schwieg.

»Auch das wird vorbeigehen, Simon, wenn wir das Feuer nicht noch anfachen. Morgen oder spätestens übermorgen werden die Idioten sich auf den nächsten Nachrichtenskandal stürzen. Amerikas Aufmerksamkeitsspanne liegt praktisch bei null.«

Er rief Ingrid an, aber da sie heute in der Notaufnahme arbeitete, schaltete sich sofort die Mailbox ein. Simon hinterließ eine ausführliche Nachricht. Dann rief er Sam an, der schon Bescheid wusste.

Sam sagte: »Das Video ist mehr als eine Million Mal aufgerufen worden.« Sein Sohn wirkte gleichermaßen schockiert und beeindruckt. »Unglaublich, dass du Aaron geschlagen hast.« Dann wiederholte er. »Du.«

»Ich wollte nur zu deiner Schwester.«

»Es klingt aber so, als ob du ein reicher Rambo wärst.«

»So war das nicht.«

»Ja, ich weiß.«

Schweigen.

»Der Fahrer, Tim, wird dich also abholen.«

»Nicht nötig. Ich bleib bei den Bernsteins.«

»Bist du sicher?«

»Ja.«

»Haben die wirklich nichts dagegen?«

»Larry sagt, das ist kein Problem. Ich bin gerade mit ihm vom Training zurück.«

»Okay, wenn du es für besser hältst.«

»Zumindest ist es einfacher.«

»Ja, klingt einleuchtend. Aber wenn du es dir anders überlegst …«

»Ja, schon klar.« Dann sagte Sam leiser. »Ich hab … also, Paige … in dem Video sah sie …«

Wieder schwiegen beide.

»Ja«, sagte Simon. »Ich weiß.«

Dreimal versuchte Simon, seine Tochter Anya zu erreichen. Sie ging nicht ran. Schließlich sah er auf dem Display, dass sie zurückzurufen versuchte. Als er den Anruf annahm, meldete sich allerdings nicht Anya.

»Hey, Simon, hier ist Suzy Fiske.«

Suzy wohnte zwei Etagen unter ihm. Ihre Tochter Delia und Anya kannten sich, seit sie als Dreijährige zusammen im Kindergarten waren, und jetzt gingen sie zusammen zur Schule.

»Ist alles okay mit Anya?«

»Oh, ihr geht's gut. Ich meine, mach dir ihretwegen keine Sorgen. Sie ist natürlich vollkommen aufgelöst. Wegen des Videos, und so weiter.«

»Sie hat's gesehen?«

»Ja. Kennst du Alyssa Edwards? Sie hat es allen Eltern gezeigt, als sie vor der Schule standen, um die Kinder abzuholen. Aber die Kids hatten es … du kennst das ja. Der ganze Klatsch und Tratsch.«

Ja, er kannte das. »Gibst du mir Anya bitte mal?«

»Ich halte das für keine gute Idee, Simon.«

Mir doch scheißegal, was du davon hältst, dachte er, klugerweise – eine steile Lernkurve nach seinem mittäglichen Ausfall? – sprach er es nicht aus.

Suzy konnte schließlich wirklich nichts dafür.

Er räusperte sich und versuchte, so ruhig wie möglich zu sprechen. »Könntest du Anya bitten, ans Telefon zu kommen?«

»Ich kann's versuchen, Simon, natürlich.« Offensichtlich wandte sie sich vom Handy ab, denn ihre Stimme klang jetzt leiser. »Anya, dein Dad würde gerne mit dir … Anya?« Jetzt klang alles gedämpft. Simon wartete. »Das wird jetzt nichts. Sie schüttelt nur den Kopf. Hör zu, Simon, sie kann so lange wie nötig hierbleiben. Vielleicht kannst du es später noch mal versuchen, oder Ingrid ruft an, wenn sie von der Arbeit zurück ist.«

Es hatte wirklich keinen Sinn, das jetzt zu erzwingen. »Danke, Suzy.«

»Tut mir wirklich leid.«

»Noch mal vielen Dank für deine Hilfe.«

Er drückte auf den »Beenden«-Button. Hester, die mit ihrem Eiscreme-Sandwich neben ihm saß, starrte vor sich hin.

»Ich wette, Sie wünschen sich, Sie hätten das Eis genommen, als ich es Ihnen angeboten habe, oder?« Dann: »Tim?«

»Ja, Hester.«

»Haben Sie das zweite Eis noch im Gefrierfach?«

»Habe ich.« Er reichte es nach hinten.

Hester nahm das Sandwich und zeigte es Simon.

Er sagte: »Sie stellen mir auch das Eis in Rechnung, oder?«

»Nicht ich persönlich, nein.«

»Ihre Kanzlei.«

Sie zuckte die Achseln. »Warum sollte ich Sie sonst so drängen?«

Hester gab Simon das Eis. Er biss hinein, und für einen Moment ging es ihm besser.

Aber lange hielt es nicht an.

* * *

Die Suite der Kanzlei befand sich in einem Bürohochhaus, eine Etage unter Hesters Büro, und das sah man ihr an. Die Teppichböden waren beige. Die Möbel waren beige. Die Wände waren beige. Die Sofakissen … beige.

»Tolle Inneneinrichtung, finden Sie nicht auch?«, fragte Hester.

»Sehr hübsch, wenn man auf Beige steht.«

»Der politisch korrekte Begriff lautet Erdtöne.«

»Erdtöne«, sagte Simon. »Also wie Schmutz.«

Das gefiel Hester. »Ich nenne es Frühe Americana.« Ihr Handy surrte. Sie las eine SMS. »Ihre Frau ist unterwegs. Ich bringe sie rauf, sobald sie hier ist.«

»Danke.«

Hester ging. Simon riskierte einen kurzen Blick auf sein Handy. Es waren zu viele SMS und verpasste Anrufe. Er ignorierte sie alle, außer die von Yvonne, die sowohl seine Partnerin bei PPG Wealth Management als auch Ingrids Schwester war. Sie musste er informieren. Also schickte er eine SMS:

Mir geht's gut. Lange Geschichte.

Die kleinen Punkte zeigten ihm, dass Yvonne ihm antwortete:

Können wir irgendetwas tun?

Nein. Vielleicht muss morgen jemand für mich einspringen.

Kein Problem.

Ich erzähl dir so schnell wie möglich, was passiert ist.

Yvonnes Antwort bestand aus ein paar beruhigenden Emojis, die besagten, dass er sich Zeit lassen sollte und alles wieder gut werden würde.

Er überflog die anderen SMS.

Keine von Ingrid.

Er ging ein paar Minuten auf dem beigen Teppichboden des Apartments auf und ab, checkte die Aussicht, setzte sich auf die beige Couch, stand wieder auf, ging noch etwas auf und ab. Er ließ die Mailbox alle Anrufe annehmen, bis er sah, dass Anyas Schule sich meldete. Als er ranging und »Hallo« sagte, wirkte der Anrufer erschrocken.

»Oh.« Simon erkannte die Stimme von Ali Karim, dem Rektor der Abernathy Academy. »Ich hatte nicht erwartet, dass Sie rangehen.«

»Ist alles in Ordnung?«

»Mit Anya ist alles in Ordnung. Es geht nicht um sie.«

»Okay«, sagte Simon. Ali Karim gehörte zu den Akademikern, denen man ihren Beruf äußerlich ansah: Tweed Blazer mit Lederflicken an den Ellbogen, struppige Koteletten, zu lange Haarbüschel am Rand der sich ausbreitenden Glatze. »Was kann ich für Sie tun, Ali?«

»Die Sache ist etwas kompliziert.«

»Mhm.«

»Es geht um den Wohltätigkeitsball für die Eltern.«

Simon wartete.

»Wie Ihnen bekannt ist, trifft sich morgen Abend das Organisationskomitee.«

»Natürlich ist mir das bekannt«, sagte Simon. »Ingrid und ich sind stellvertretende Vorsitzende.«

»Ja. Genau darum geht es.«

Simon spürte, dass er das Handy fester umklammerte. Der Rektor wollte, dass Simon etwas sagte, das Schweigen brach. Aber Simon schwieg weiter.

»Einige der Eltern sind der Ansicht, es wäre besser, wenn Sie morgen nicht kommen.«

»Welche Eltern?«

»Das möchte ich lieber nicht sagen.«

»Warum nicht?«

»Simon, machen Sie es mir nicht schwerer als nötig. Sie sind aufgebracht wegen des Videos.«

»Ach«, sagte Simon.

»Wie bitte?«

»Ist das alles, Ali?«

»Äh, nicht ganz.«

Wieder wartete er, dass Simon das Schweigen brach. Wieder tat Simon ihm diesen Gefallen nicht.

»Wie Sie wissen, werden beim Wohltätigkeitsball dieses Jahr Spenden für die National Coalition for the Homeless gesammelt. Im Zuge der aktuellen Entwicklungen sind wir der Ansicht, dass Sie und Ingrid als stellvertretende Vorsitzende zurücktreten sollten.«

»Welche aktuellen Entwicklungen?«

»Ach, kommen Sie, Simon.«

»Er ist kein Obdachloser. Er ist ein Drogenhändler.«

»Das kann ich nicht beurteilen …«

»Ich weiß, dass Sie das nicht können«, unterbrach Simon ihn. »Deshalb sage ich es Ihnen ja.«

»… aber das Empfinden ist oft wichtiger als die Realität.«

»Das Empfinden ist oft wichtiger als die Realität«, wiederholte Simon. »Bringen Sie das auch den Kindern bei?«

»Es geht darum, das zu tun, was für die Wohltätigkeitsorganisation am besten ist.«

»Der Zweck heiligt die Mittel, was?«

»Das habe ich nicht gesagt.«

»Sie sind wirklich ein großartiger Pädagoge, Ali.«

»Ich habe den Eindruck, dass Sie verletzt sind.«

»Eher enttäuscht, aber okay, spielt auch keine Rolle. Schicken Sie uns einfach unseren Scheck zurück.«

»Wie bitte?«

»Sie haben uns schließlich nicht wegen unserer einnehmenden Persönlichkeit zu stellvertretenden Vorsitzenden gemacht. Sie haben das getan, weil wir viel Geld für diesen Ball gespendet haben.« Ingrid und er hatten das Geld nicht nur gespendet, weil sie das Anliegen unterstützten. Bei solchen Sachen ging es selten allein um das Anliegen. Das Anliegen war nur ein Nebenprodukt. Es ging darum, den Kontakt zur Schule und den zuständigen Personen wie Ali Karim zu intensivieren. Wenn man ein Anliegen unterstützen wollte, sollte man das Anliegen unterstützen. Oder brauchte man als Anreiz wirklich ein langweiliges Dinner mit gummiartigem Lachs zu Ehren eines beliebigen Superreichen, damit man sich für die gute Sache einsetzte? »Und da wir jetzt keine stellvertretenden Vorsitzenden mehr sind …«

Alis Stimme klang ungläubig. »Sie wollen Ihre Spende an die Wohltätigkeitsorganisation zurückziehen?«

»Ja. Am liebsten wäre es mir, wenn Sie den Scheck per Express schicken, aber wenn er übermorgen hier ankommt, ist das auch in Ordnung. Schönen Tag noch, Ali.«

Er legte auf und warf das Handy auf das beige Kissen auf der beigen Couch. Er würde die Spende der Wohltätigkeitsorganisation trotzdem zukommen lassen – so scheinheilig konnte er nicht sein –, allerdings nicht über den Wohltätigkeitsball der Schule.

Als er sich umdrehte, standen Ingrid und Hester vor ihm und sahen ihn an.

»Ein eher persönlicher als juristischer Ratschlag«, sagte Hester. »Meiden Sie in den nächsten Stunden den Kontakt zu anderen. Menschen neigen dazu, voreilige und dumme Entscheidungen zu treffen, wenn sie so unter Druck stehen. Damit meine ich natürlich nicht Sie. Aber Vorsicht ist die Mutter der Porzellankiste.«

Simon starrte Ingrid an. Seine Frau war groß und wirkte nahezu majestätisch mit ihren hohen Wangenknochen und den immer modisch wirkenden kurzen, inzwischen leicht angegrauten blonden Haaren. Während des Studiums hatte sie nebenbei als Model gearbeitet, und ihr Typ war als »reservierte, eisige Skandinavierin« beschrieben worden. Das war wohl immer noch der erste Eindruck, den man von ihr hatte, was ihre Berufswahl – Kinderärztin, die Kindern mit Wärme und Herzlichkeit begegnen musste – etwas überraschend erscheinen ließ. Die Kinder fanden sie jedoch nie reserviert. Sie fassten sofort Vertrauen zu Ingrid. Es war fast ein bisschen unheimlich, wie sehr sie sie sofort ins Herz schlossen.

Hester sagte: »Dann überlasse ich das mal Ihnen beiden.«

Sie führte nicht aus, was »das« sein sollte, aber wahrscheinlich war das auch nicht nötig. Als sie alleine waren, reagierte Ingrid mit einem Was-soll's-Achselzucken, und Simon fing an zu erzählen.

»Du hast gewusst, wo Paige ist?«, fragte Ingrid.

»Das hab ich dir doch erzählt. Charlie Crowley hat mir einen Hinweis gegeben.«

»Dem du dann nachgegangen bist. Und daraufhin hat dir dieser andere Obdachlose, dieser Dave ...«

»Ich weiß nicht, ob er obdachlos ist. Ich weiß nur, dass er den Zeitplan für die Musiker macht.«

»Willst du dich jetzt wirklich mit mir um Worte streiten, Simon?«

Das wollte er nicht.

»Dieser Dave ... er hat dir also erzählt, dass Paige da sein würde.«

»Er nahm an, dass sie da sein würde, ja.«

»Und du hast mir nichts davon gesagt?«

»Ich wusste es nicht genau. Warum hätte ich dich beunruhigen sollen, wenn da im Endeffekt vielleicht gar nichts dran war?«

Sie schüttelte den Kopf.

»Was ist?«

»Du belügst mich nie, Simon. Das ist einfach nicht deine Art.«

Das stimmte. Er belog seine Frau nie, und in gewisser Hinsicht tat er das auch jetzt nicht, nicht ganz, aber er kaschierte die Wahrheit, und das war schlimm genug.

»Tut mir leid«, sagte Simon.

»Du hast es mir nicht erzählt, weil du Angst hattest, dass ich dich davon abhalten würde.«

»Zum Teil«, sagte Simon.

»Warum sonst?«

»Weil ich dir sonst auch den Rest hätte erzählen müssen. Wie ich nach ihr gesucht habe.«

»Obwohl wir beide vereinbart haben, dass wir das nicht tun?«

Genau genommen war es keine Vereinbarung gewesen. Ingrid hatte die Regeln aufgestellt, und Simon hatte nicht widersprochen, aber es war wohl nicht der richtige Zeitpunkt für solche Feinheiten.

»Das konnte ich nicht… Ich konnte sie nicht einfach gehen lassen.«

»Und was noch? Dachtest du, ich hätte es gekonnt?«

Simon schwieg.

»Glaubst du, dir tut das mehr weh als mir?«

»Nein, natürlich nicht.«

»Quatsch. Du findest mich kaltherzig.«

Fast hätte er noch einmal »Nein, natürlich nicht« gesagt, aber empfand er es nicht tatsächlich ein wenig so?

»Wie sah dein Plan aus, Simon? Noch einmal in die Rehaklinik?«

»Wieso nicht?«

Ingrid schloss die Augen. »Wie oft haben wir versucht…?«

»Einmal zu wenig. Das ist alles. Einmal zu wenig.«

»So hilfst du ihr nicht. Paige muss von sich aus dahinkommen. Verstehst du das nicht? Ich habe sie nicht ›einfach gehen lassen‹…«, Ingrid spie die Worte aus, »… weil ich sie nicht mehr liebe. Ich habe sie gehen lassen, weil sie verschwunden ist – und wir können sie nicht zurückholen. Verstehst du das? Wir können es nicht. Sie muss von sich aus zurückkommen.«

Simon sank auf die Couch. Ingrid setzte sich neben ihn. Nach einer Weile legte sie ihren Kopf an seine Schulter.

»Ich hab's versucht«, sagte Simon.

»Ich weiß.«

»Und ich hab's verbockt.«

Ingrid zog ihn an sich. »Das wird schon wieder.«

Er nickte, obwohl er wusste, dass es das nicht werden würde, nie wieder.

VIER

DREI MONATE SPÄTER

Simon saß mit Michelle Brady in seinem weitläufigen Büro im 38. Stockwerk gegenüber dem früheren Standort des World Trade Centers. Er hatte die beiden Türme an jenem schrecklichen Tag einstürzen sehen, aber nie darüber gesprochen. Er hatte sich weder die Dokumentationen noch die Berichte oder die Sondersendungen zu den Jahrestagen angesehen. Das hätte er nicht ausgehalten. Rechts in der Ferne, auf der anderen Seite des Flusses, stand die Freiheitsstatue. Hinter den näher gelegenen Wolkenkratzern sah sie klein aus, stand dort einsam im Wasser, wirkte trotzdem entschlossen mit der in die Luft gereckten Fackel, ein grünes Fanal, und obwohl Simon seiner Aussicht größtenteils längst überdrüssig geworden war – so spektakulär eine Aussicht auch sein mochte, wenn man Tag für Tag dasselbe sah, wurde es schal –, tröstete ihn der Anblick doch immer wieder.

»Ich bin Ihnen so dankbar«, sagte Michelle mit Tränen in den Augen. »Sie waren uns wirklich ein guter Freund.«

Er war kein Freund. Eigentlich nicht. Er war Finanzberater und sie seine Klientin. Trotzdem rührten ihn ihre Worte. Es war das, was er hören wollte – so sah er seinen Job. Aber war er dann nicht doch ein Freund?

Vor fünfundzwanzig Jahren, nach der Geburt von Rick und Michelle Bradys erstem Kind Elizabeth, hatte Simon ein Ausbildungskonto eingerichtet, damit Rick und Michelle anfangen konnten, für den Universitätsbesuch ihrer Tochter zu sparen.

Vor dreiundzwanzig Jahren hatte er ihnen bei der Erstellung eines Hypothekenplans für ihr erstes Haus geholfen.

Vor einundzwanzig Jahren hatte er sich um die Papiere und weitere Angelegenheiten gekümmert, damit sie ihre Tochter Mei aus China adoptieren konnten.

Vor zwanzig Jahren hatte er Rick bei der Kreditfinanzierung geholfen, mit dem er einen Spezial-Druck-Service aufgebaut hatte, der inzwischen Kunden in allen fünfzig Bundesstaaten hatte.

Vor achtzehn Jahren hatte er Michelle bei der Einrichtung ihres ersten Kunststudios geholfen.

Im Lauf der Jahre hatten Simon und Rick sich über die geschäftliche Expansion, diverse Zahlungsmodalitäten, die Gesellschaftsform seiner Firma und seinen Rentenplan ausgetauscht, darüber, ob er ein Auto kaufen oder leasen sollte, ob eine Privatschule für die Mädchen bezahlbar oder eine zu große Belastung wäre. Sie hatten über Investments, ein ausgeglichenes Portfolio, die Gehaltsabrechnung der Firma, die Kosten des Familienurlaubs, den Kauf einer Angelhütte am See und über eine neue Küche gesprochen. Sie hatten 529 Konten eingerichtet und wieder und wieder die Erbschaftsangelegenheiten überarbeitet.

Vor zwei Jahren hatte Simon Rick und Michelle bei der Suche nach einer guten Finanzierungsmöglichkeit für Elizabeths Hochzeit geholfen. Natürlich war Simon auch eingeladen gewesen. Es flossen viele Tränen, als Rick und Michelle ihre Tochter auf den Altar zuschreiten sahen.

Vor einem Monat hatte Simon sich dann in derselben Kirche auf derselben Kirchenbank zu Ricks Trauergottesdienst eingefunden.

Jetzt half Simon Michelle, die immer noch mit dem Verlust ihres Lebenspartners kämpfte, mit den wenigen Dingen klarzukommen, die sie immer Rick überlassen hatte: Konten ausgleichen, Tankkarten einrichten, überprüfen, welche Mittel auf gemeinsamen und getrennten Konten lagen, wie sie das Geschäft am Laufen hielt oder ob sie lieber verkaufen sollte.

»Ich bin einfach froh, dass wir helfen können«, sagte Simon.

»Rick hat sich darauf vorbereitet«, sagte sie.

»Ich weiß.«

»Als hätte er es gewusst. Dabei wirkte er immer so fit. Gab es gesundheitliche Probleme, die er mir vorenthalten hat? Hat er davon gewusst? Was meinen Sie?«

Simon schüttelte den Kopf. »Ich glaube nicht, nein.«

Rick war mit achtundfünfzig Jahren an einem schweren Herzinfarkt gestorben. Simon war weder Anwalt noch Versicherungsagent, aber als Finanzberater achtete er auch darauf, das Vermögen seiner Klienten gegen alle Eventualitäten abzusichern. Also hatte er mit Rick darüber gesprochen. Wie die meisten Männer seines Alters hatte Rick sich hinsichtlich seiner eigenen Sterblichkeit äußerst zugeknöpft gegeben.

Simon hörte das Handy in seiner Tasche surren. Er hatte eine strikte Regel, die auch sein neuer Assistent Khalil kannte. Keine Unterbrechungen, wenn er mit Klienten sprach. Das sollte nicht überheblich klingen, aber in sein Büro kamen Leute, die über etwas reden wollten, das ihnen viel bedeutete.

Ihr Geld.

Schütteln Sie ruhig verständnislos den Kopf. Vielleicht macht Geld nicht glücklich, aber … ach Unsinn. Geld kann, erheblich besser als alles andere, das Sie beeinflussen können, dieses schwer fassbare Ideal hervorbringen und absichern, das wir Glück nennen. Geld lindert Stress. Es ermöglicht eine bessere Ausbildung, besseres Essen, bessere Ärzte – und bis zu einem gewissen Grad auch Seelenfrieden. Geld gewährleistet Behaglichkeit und Freiheit. Mit Geld erkauft man sich Erfahrung und Bequemlichkeit und vor allem auch Zeit, die, wie Simon inzwischen wusste, ganz oben neben Gesundheit und Familie stand.

Wenn Sie das auch so sehen – und selbst, wenn Sie das nicht tun –, ist die Auswahl der Person, der Sie die Verwaltung Ihrer Finanzen übertragen, fast ebenso wichtig wie die eines Arztes oder eines Geistlichen, wobei Simon ergänzen würde, dass ein Finanzberater stärker ins Alltagsleben eingebunden ist. Sie arbeiten hart. Sie sparen. Sie planen. Es gibt praktisch keine wichtige Lebensentscheidung, die nicht in irgendeiner Form von Ihrer finanziellen Situation abhängt.

Eine fast schon Angst einflößende Verantwortung, wenn man in Ruhe darüber nachdachte.

Michelle Brady hatte jedenfalls seine ungeteilte Aufmerksamkeit verdient. Und da jeder wusste, dass er nicht gestört werden wollte, musste das Vibrieren des Handys in seiner Tasche darauf hindeuten, dass etwas sehr Wichtiges passiert war.

Er sah verstohlen auf den Computermonitor. Eine Nachricht vom neuen Assistenten Khalil:

EIN POLIZEI-DETECTIVE IST HIER UND WILL SIE SPRECHEN.

Er starrte so lange auf die Nachricht, dass Michelle es bemerkte.

»Alles okay?«, fragte sie.

»Mir geht's gut. Es ist bloß …«

»Was?«

»Es ist etwas dazwischengekommen.«

»Oh«, sagte Michelle. »Ich kann noch mal wiederkommen, wenn …«

»Geben Sie mir zwei Sekunden, sodass ich …?« Er deutete auf das Telefon auf dem Schreibtisch.

»Natürlich.«

Simon nahm den Hörer ab und drückte die Taste, um die Verbindung zu Khalil herzustellen.

»Ein Detective namens Isaac Fagbenle ist auf dem Weg zu Ihnen.«

»Er ist im Fahrstuhl?«

»Ja.«

»Halten Sie ihn an der Rezeption fest, bis ich mich bei Ihnen melde.«

»Okay.«

»Haben Sie die Kreditkartenformulare für Mrs Brady vorbereitet?«

»Ja.«

»Lassen Sie sie unterschreiben. Stellen Sie sicher, dass die Karten für sie und Mei noch heute ausgestellt werden. Zeigen Sie ihr, wie das mit den Daueraufträgen funktioniert.«

»Okay.«

»Danach müsste ich auch wieder zur Verfügung stehen.«

Simon legte den Hörer auf und sah Michelle in die Augen. »Ich bitte vielmals um Entschuldigung für diese Unterbrechung.«

»Ist schon in Ordnung«, sagte sie.

Aber das war es nicht. »Sie wissen von, äh, der Situation, in die ich vor ein paar Monaten geraten bin?«

Sie nickte. Alle wussten es. Simon war inzwischen ein Mitglied in der Ruhmeshalle für Virale-Video-Bösewichte, Seite an Seite mit dem Zahnarzt, der den Löwen Cecil geschossen hatte, und dem rassistischen Anwalt, der im Restaurant ausrastete. Das Frühstücksfernsehen auf ABC, NBC und CBS machte sich am nächsten Morgen über ihn lustig. Die Kabelsender auch. Wie Hester Crimstein vorhergesagt hatte, war der zweifelhafte Ruhm noch ein paar Tage auf kleiner Flamme weitergekocht, dann aber schnell wieder abgekühlt, und gegen Ende des Monats war das Ganze nahezu in Vergessenheit geraten. In der ersten Woche war der Zähler des Videos auf acht Millionen Aufrufe hochgeschossen. Jetzt, fast drei Monate später, stand er gerade einmal auf achteinhalb Millionen.

»Was ist damit?«, fragte Michelle.

Vielleicht sollte er das lieber nicht ansprechen? Oder vielleicht doch? »Ein Polizist ist auf dem Weg nach oben, um mit mir zu sprechen.«

Von seinen Klienten erwartete er, dass sie sich ihm gegenüber öffneten, tja, war es da fair, wenn es sich dabei um eine Einbahnstraße handelte? Natürlich ging es Michelle eigentlich nichts an, da er aber die ihr zustehende Zeit unterbrach, hatte er das Gefühl, sie hätte ein Recht darauf, den Grund zu erfahren.

»Rick sagte, die Anschuldigungen seien fallen gelassen worden.«

»Das ist richtig.«

Auch in dem Punkt hatte Hester recht behalten. Da man

von Aaron und Paige in den letzten drei Monaten nichts gesehen oder gehört hatte, blieb es dabei: kein Opfer, kein Verbrechen. Es schadete auch nicht, dass Simon finanziell gut gestellt war, und dass Aaron Corval, wie Simon zu seinem Leidwesen – wenn auch nicht zu seiner Überraschung – feststellte, ein ziemlich langes Vorstrafenregister hatte. Hester und die zuständige New Yorker Staatsanwaltschaft hatten in aller Stille und fern von neugierigen Blicken einen Deal gemacht.

Natürlich hatten sie es nicht schriftlich festgehalten. Es sollte nicht zu sehr nach »eine Hand wäscht die andere« aussehen. Nicht so offensichtlich jedenfalls. Doch andererseits: Hey, zufällig lief da gerade eine Spendenkampagne, falls Simon und Ingrid etwas dazu beitragen wollten? Auch Rektor Karim hatte sich zwei Wochen nach dem Vorfall wieder gemeldet. Er hatte sich nicht direkt entschuldigt, bot aber seine Unterstützung an und wies Simon darauf hin, dass die Greenes Teil der akademischen Abernathy-»Familie« seien. Simon war drauf und dran, ihm mitzuteilen, dass er sich verpissen sollte, aber Ingrid erinnerte ihn daran, dass Anya bald in die neunte Klasse käme, also hatte Simon gelächelt, den Scheck zurückgeschickt, und das Leben ging weiter.

Der einzige kleine Vorbehalt bestand darin, dass die Staatsanwaltschaft noch etwas warten wollte, bevor sie das Verfahren offiziell einstellte. Der Vorfall musste so weit in der Vergangenheit liegen, dass man ihn im Rückspiegel kaum noch erkannte und die Medien nichts bemerkten und keine Fragen über Privilegien oder Ähnliches stellen würden.

»Wissen Sie, warum die Polizei hier ist?«, fragte Michelle.

»Nein«, sagte Simon.

»Dann sollten Sie lieber Ihren Anwalt anrufen.«

»Daran hatte ich auch schon gedacht.«

Michelle stand auf. »Dann gehe ich jetzt mal.«

»Tut mir wirklich leid.«

»Machen Sie sich darüber keine Gedanken.«

Simon konnte durch eine Glaswand aufs Großraumbüro blicken. Khalil trat an die Tür, und Simon forderte ihn mit einem Nicken auf hereinzukommen.

»Khalil hilft Ihnen bei dem Papierkram. Sobald das mit dem Polizisten erledigt ist...«

»Passen Sie einfach auf sich auf«, sagte Michelle.

Sie schüttelten sich kurz die Hände. Khalil führte sie aus dem Büro. Simon atmete tief durch. Er nahm den Hörer vom Telefon und rief Hester Crimsteins Büro an. Sie meldete sich sofort.

»Ich höre«, sagte Hester.

»Was?«

»So meldet sich ein Freund immer. Vergessen Sie's. Was gibt's?«

»Ein Cop ist hier und will mich sprechen.«

»Wo ist hier?«

»In meinem Büro.«

»Ehrlich?«

»Nein, Hester, das ist ein Telefonstreich.«

»Wunderbar. Klugscheißer sind meine Lieblingsmandanten.«

»Was soll ich machen?«

»Flachpfeifen«, sagte sie.

»Was?«

»Diese Flachpfeifen wissen ganz genau, dass ich Ihre prozessbevollmächtigte Anwältin bin. Sie dürften gar nicht mit Ihnen in Kontakt treten, ohne mich vorher zu informieren.«

»Und was soll ich jetzt machen?«

»Ich bin unterwegs. Reden Sie nicht mit ihm. Oder mit ihr. Ich will hier nicht sexistisch erscheinen.«

»Es ist ein Er«, sagte Simon. »Ich dachte, die Staatsanwaltschaft wollte die Anklage fallen lassen – weil es ja kein Verbrechen gab.«

»Das haben sie, und es gab keins. Bleiben Sie, wo Sie sind. Sagen Sie kein Wort.«

Es klopfte leise an der Tür, und Yvonne Previdi, Ingrids Schwester, trat in sein Büro. Yvonne war nicht ganz so schön wie ihre Schwester, das Ex-Model – oder war Simon da voreingenommen? –, aber viel modebewusster. Sie trug einen rosafarbenen Bleistiftrock, eine cremefarbene, ärmellose Bluse und Valentino-Pumps mit goldenen Nieten und zehn Zentimeter hohen Absätzen.

Er hatte Yvonne vor Ingrid kennengelernt, als sie beide ein Praktikum bei Merrill Lynch gemacht hatten. Sie waren sofort beste Freunde geworden. Das war sechsundzwanzig Jahre her. Kurz nach Beendigung des Praktikums hatte Yvonnes Vater Bart Previdi zwei Teilhaber in seine wachsende Firma aufgenommen – seine Tochter Yvonne und seinen noch nicht Schwiegersohn Simon Greene.

PPG Wealth Management – die P im Namen standen für die beiden Previdis, das G für Greene.

Motto: Wir sind ehrlich, aber nicht sehr kreativ bei der Namensgebung.

»Was läuft da mit dem heißen Cop?«, fragte Yvonne.

Yvonne und Robert hatten vier Kinder und lebten im schicken Vorort Short Hills in New Jersey. Auch Ingrid und Simon hatten kurz versucht, in einen Vorort zu ziehen, und waren direkt nach Sams Geburt aus ihrem Apartment in der

Upper West Side in ein Haus im Kolonialstil gezogen. Sie hatten das gemacht, weil man das einfach so machte. Man blieb so lange in der Stadt wohnen, bis das erste oder zweite Kind da war, dann zog man raus in ein hübsches Haus mit Palisadenzaun und einem Garten in einen Vorort, in dem es gute Schulen und viele Sport- und Freizeitmöglichkeiten gab. Aber Ingrid und Simon hatten sich dort nicht wohl gefühlt. Ihnen fehlte das Stadtleben, die Anregungen, der Trubel, der Lärm. Wenn man in der Großstadt einen nächtlichen Spaziergang machte, gab es immer etwas zu sehen. Wenn man im Vorort einen nächtlichen Spaziergang machte … eben nicht. Die vielen freien Flächen – die stillen Gärten, die endlosen Fußballplätze, die Stadtbäder, die Softball-Plätze der Little League – das war alles so verdammt klaustrophobisch. Die Ruhe hatte an ihren Nerven gezehrt. Also waren sie gependelt – und zwei Jahre später wieder nach Manhattan gezogen.

War es im Nachhinein betrachtet ein Fehler?

Mit solchen Fragen konnte man sich verrückt machen, aber Simon glaubte es nicht. Die gelangweilten Vorstadtkids experimentierten eher noch mehr als ihre städtischen Pendants, spielten noch mehr mit dem Feuer. Und Paige war eine gute Schülerin gewesen. Erst als sie die Großstadt verlassen hatte und auf ein ländliches College gegangen war, hatten die Probleme begonnen.

Aber vielleicht war das auch nur eine Rechtfertigung. Wer wusste das schon?

»Hast du ihn gesehen?«, fragte Simon.

Yvonne nickte. »Er ist gerade an der Rezeption. Was will er hier?«

»Weiß ich nicht.«

»Hast du Hester angerufen?«

»Ja. Sie ist unterwegs.«

»Er sieht verflixt gut aus.«

»Wer?«

»Der Cop. Sieht aus, als gehörte er aufs Cover der *GQ*.«

Simon nickte. »Gut zu wissen, danke.«

»Soll ich mich um Michelle kümmern?«

»Khalil macht das schon, aber vielleicht guckst du noch mal kurz rein.«

»Geht klar.«

Yvonne wandte sich ab, um zu gehen, als ein großer Schwarzer in einem eleganten grauen Anzug in die Tür trat. »Mr Greene?«

Tatsächlich, direkt aus der *GQ*. Der Anzug wirkte nicht nur maßgeschneidert, sondern als wäre er für ihn, und nur für ihn entworfen, gefertigt und angepasst worden. Er saß wie ein Superheldenkostüm oder eine zweite Haut. Sein Körper sah aus wie aus Stein gemeißelt. Sein Kopf war kahl rasiert, der Bart perfekt gestutzt und nicht nur die großen Hände, sondern alles an dem Mann schien zu schreien: »Cooler als ihr.«

Yvonne drehte sich noch einmal kurz um und bedeutete Simon mit einem Nicken: »Siehst du, was ich meine?«

»Ich bin Detective Isaac Fagbenle vom NYPD.«

»Sie dürften nicht hier sein«, sagte Simon.

Der Detective präsentierte ein so strahlendes Lächeln, dass Yvonne unwillkürlich einen Schritt zurücktrat. »Tja, wissen Sie, es ist ja auch nicht einfach ein normaler Termin, oder?« Er zog seine Marke. »Ich würde Ihnen gern ein paar Fragen stellen.«

Yvonne rührte sich nicht.

»Hi«, sagte er zu ihr.

Yvonne war ausnahmsweise einmal sprachlos und winkte kurz. Simon runzelte die Stirn.

»Ich warte auf meine Anwältin«, sagte Simon.

»Handelt es sich um Hester Crimstein?«

»Ja.«

Isaac Fagbenle durchquerte das Büro und nahm unaufgefordert Simon gegenüber Platz. »Sie ist gut.«

»Mhm.«

»Eine der Besten, habe ich gehört.«

»Stimmt. Und sie würde nicht wollen, dass wir uns unterhalten.«

Fagbenle zog eine Augenbraue hoch und legte die Beine übereinander. »Nicht?«

»Nein.«

»Dann weigern Sie sich, mit mir zu reden?«

»Ich weigere mich nicht. Ich warte nur, bis meine Anwältin hier ist.«

»Also werden Sie jetzt nicht mit mir reden?«

»Wie ich schon sagte, warte ich auf meine Anwältin.«

»Und Sie gehen einfach davon aus, dass ich das auch tue?«

Seine Stimme klang jetzt hart. Simon sah Yvonne an. Sie hatte es auch gehört.

»Wollten Sie das damit sagen, Simon? Ist das Ihr letztes Wort?«

»Ich verstehe nicht, worauf Sie hinauswollen.«

»Ich will wissen, ob Sie sich wirklich weigern, mit mir zu sprechen?«

»Nur bis meine Anwältin hier ist.«

Isaac Fagbenle seufzte, stellte die Beine nebeneinander und stand auf. »Dann bis bald.«

»Sie können an der Rezeption warten.«

»Gut, das werde ich aber nicht.«

»Sie müsste gleich hier sein.«

»Simon … darf ich Sie Simon nennen?«

»Kein Problem.«

»Sie kümmern sich hingebungsvoll um Ihre Klienten, stimmt's?«

Simon sah Yvonne an, dann wandte er sich wieder an Fagbenle. »Wir versuchen es.«

»Was ich meine, ist, Sie verschleudern das Geld Ihrer Klienten nicht einfach so, richtig?«

»Richtig.«

»Und ich bin da genauso. Wissen Sie, meine Klienten sind die Steuerzahler der Stadt New York. Ich werde ihre hart verdienten Dollars nicht dafür vergeuden, bei Ihnen an der Rezeption zu sitzen und Finanzzeitschriften zu lesen. Verstehen Sie?«

Simon antwortete nicht.

»Wenn Sie und Ihre Anwältin Zeit haben, können Sie ja aufs Revier kommen.«

Fagbenle strich seinen Anzug glatt, griff in die Jackentasche und zog eine Visitenkarte heraus. Er gab sie Simon.

»Dann tschüss.«

Simon betrachtete die Karte und entdeckte etwas, das ihn überraschte. »Die Bronx?«

»Wie bitte?«

»Hier steht, dass Ihr Revier in der Bronx ist.«

»Das stimmt. Die Leute hier in Manhattan vergessen gelegentlich, dass New York City fünf Bezirke hat. Da wären die Bronx, Queens, …«

»Aber der Angriff …«, Simon stoppte, setzte noch einmal

an, »… der *vermeintliche* Angriff hat im Central Park stattgefunden. Und der ist in Manhattan.«

»Ja, das ist richtig«, sagte Isaac Fagbenle und präsentierte noch einmal sein strahlendes Lächeln. »Aber der Mord wurde in der Bronx begangen.«

FÜNF

Als Elena Ramirez das aberwitzig große Büro mit der aberwitzigen Aussicht betrat, wappnete sie sich für das Unvermeidliche. Er enttäuschte sie nicht.

»Was, Sie sind Ramirez?«

Elena war diese Skepsis gewohnt, die manchmal das Ausmaß eines kleinen Schocks annahm.

»In Fleisch und Blut«, sagte sie. »Vielleicht sogar ein bisschen viel Fleisch, was?«

Der Klient – Sebastian Thorpe III – musterte sie so unverhohlen, wie er es bei einem Mann nie getan hätte. Das war keine übermäßige Empfindlichkeit ihrerseits oder so etwas. Es war einfach eine Tatsache. Alles an Thorpe stank nach Geld – das ›III‹ in seinem Namen, der maßgeschneiderte Nadelstreifenanzug, die rötliche ›reicher Junge‹ Gesichtsfarbe, die im Wall-Street-Stil der 80er nach hinten gegelten Haare, die silbernen Manschettenknöpfe in Form eines Bullen und eines Bären.

Thorpe starrte sie an – irgendjemand musste ihm wohl gesagt haben, dass dies sein vernichtendster Blick wäre.

Elena fragte: »Wollen Sie auch meine Zähne prüfen?«

Sie öffnete weit den Mund.

»Was? Nein, natürlich nicht.«

»Sind Sie sicher? Ich kann mich auch umdrehen.« Sie tat es. »Jede Menge Arsch da hinten, was?«

»Hören Sie auf damit.«

Thorpes Büro war ganz im Stil »Früher amerikanischer Dämlack« gehalten, alles in Chrom und Weiß, in der Mitte ein Zebrafell, als wollte er darauf posieren. Ein reiner Showroom, in dem der Faktor Arbeit keine Rolle spielte. Er stand neben einem weißen Schreibtisch, der so groß war, dass man einen Honda Odyssey Minivan darin unterstellen konnte. Auf dem Schreibtisch stand ein gerahmtes Foto – ein extrem gestelltes Hochzeitsfoto von Thorpe im Smoking mit einem selbstgefälligen, breiten Lächeln neben einer knackigen Blondine, die sich auf Instagram vermutlich als »Fitness-Model« bezeichnete.

»Na ja, es liegt nur daran, dass Sie die besten Referenzen hatten«, erläuterte Thorpe.

Was bedeutete, dass er mehr Glamour für sein Geld erwartet hatte – keine pummelige, nur gut eins fünfzig große Mexikanerin in weiter Mom-Jeans und bequemen Schuhen. Wenn diese Leute ihren Namen hörten, erwarteten sie Penelope Cruz oder eine zierliche Flamencotänzerin und nicht jemanden, der aussah wie die Haushaltshilfe in ihrem Strandhaus.

»Gerald sagt, Sie seien die Beste«, legte Thorpe nach.

»Und die Teuerste, also lassen Sie uns anfangen, ja? Soweit mir bekannt ist, wird Ihr Sohn vermisst.«

Thorpe nahm sein Handy, tippte darauf herum und zeigte ihr das Display. »Das ist Henry. Mein Sohn. Er ist vierundzwanzig.«

Auf dem Foto trug Henry ein blaues Polohemd und lächelte hölzern – so, als hätte er sich bemüht, es aber nicht richtig hingekriegt. Elena beugte sich vor, um sich das Bild genauer anzusehen, aber der Schreibtisch zwischen ihnen war zu breit. Also traten sie an ein Fenster, von dem aus man eine mordsmäßige Aussicht auf das Zentrum von Chicago und den Chicago River hatte.

»Hübscher Junge«, sagte sie.

Thorpe nickte.

»Seit wann wird er vermisst?«

»Seit drei Tagen.«

»Haben Sie es der Polizei gemeldet?«

»Ja.«

»Und?«

»Sie waren sehr höflich. Sie haben mir zugehört, eine Vermisstenmeldung aufgenommen, haben Henry irgendwie ins System eingegeben, oder so etwas, und das alles nur, weil ich bin, wer ich bin …«

Er war weiß, dachte Elena, und er hatte Geld. Das war alles. Das reichte schon.

»Ich höre ein ›Aber‹«, sagte Elena.

»Aber er hat mir eine SMS geschickt. Henry, meine ich.«

»Wann?«

»Am Tag, an dem er verschwunden ist.«

»Was stand in der SMS?«

Wieder tippte Thorpe kurz auf seinem Handy herum und reichte es ihr. Elena nahm es und las:

Fahre mit ein paar Freunden nach Westen. Bin in 14 Tagen zurück.

»Das haben Sie der Polizei gezeigt?«, fragte Elena.

»Das habe ich.«

»Und die haben trotzdem eine Vermisstenmeldung aufgenommen?«

»Ja.«

Elena versuchte sich vorzustellen, wie sie reagiert hätten, wenn ein Schwarzer oder ein Latino zur Polizei gegangen wäre, um seinen Sohn als vermisst zu melden, und ihnen so eine SMS gezeigt hätte. Man hätte ihn ausgelacht, und er wäre unverrichteter Dinge wieder gegangen.

»Es gibt noch ein…«, Thorpe sah nach oben, »…›Aber‹, wenn Sie so wollen.«

»Und das wäre?«

»Henry hatte auch ein paar Probleme mit der Polizei.«

»Was für Probleme?«

»Kleinkram. Drogenmissbrauch und -besitz.«

»War er im Gefängnis?«

»Nein. So viel war es nicht. Er musste Sozialdienst leisten. Eine Jugendstrafe ohne Eintrag ins Führungszeugnis. Verstehen Sie?«

O ja, Elena verstand.

»Ist Henry früher schon mal verschwunden?«

Thorpe starrte durchs Fenster.

»Mr Thorpe?«

»Er ist schon mal ausgerissen, wenn Sie das meinen.«

»Mehr als einmal?«

»Ja. Aber das war etwas anderes.«

»Mhm«, sagte Elena. »Wie sind Sie und Ihr Sohn miteinander klargekommen?«

Ein trauriges Lächeln breitete sich auf seinem Gesicht aus. »Früher wunderbar. Wir waren beste Kumpel.«

»Und jetzt?«

Er tippte sich mit dem Zeigefinger ans Kinn. »Unsere Beziehung war in letzter Zeit etwas angespannt.«

»Warum das?«

»Er mag Abby nicht.«

»Abby?«

»Meine neue Frau.«

Elena nahm das gerahmte Foto vom Schreibtisch. »Ist das Abby?«

»Ja. Ich weiß, was Sie denken.«

Elena nickte. »Dass sie verdammt scharf ist?«

Er schnappte den Rahmen aus ihrer Hand. »Ihr Urteil über mich können Sie sich sparen.«

»Ich habe Sie nicht beurteilt. Ich habe Abby beurteilt. Und mein Urteil lautet, dass sie verdammt scharf ist.«

Thorpe runzelte die Stirn. »Vielleicht war es ein Fehler, Sie anzurufen.«

»Vielleicht, aber lassen Sie uns rekapitulieren, was wir über Ihren Sohn Henry wissen. Erstens: Er hat Ihnen eine SMS geschickt, in der er Ihnen mitgeteilt hat, dass er mit ein paar Freunden vierzehn Tage in den Westen fährt. Zweitens: Er ist schon früher verschwunden, sogar mehrmals. Drittens: Er wurde aufgrund einiger Drogenvergehen verhaftet. Habe ich etwas vergessen? Ach ja, viertens: Er lehnt Ihre Beziehung mit Abby ab, die, wenn ich sie so ansehe, ungefähr in seinem Alter ist.«

»Abby ist fast fünf Jahre älter als Henry«, fauchte Thorpe.

Elena sagte nichts.

Thorpe schien vor ihren Augen in sich zusammenzufallen. »Ich hatte auch nicht damit gerechnet, dass Sie mich ernst nehmen.« Er gestikulierte abweisend. »Sie können gehen.«

»Ja, ja, nicht so schnell.«

»Wie bitte?«

»Sie sind ganz offensichtlich besorgt wegen seines Verschwindens«, sagte Elena. »Meine Frage lautet, warum?«

»Spielt keine Rolle. Ich werde Ihnen keinen Auftrag erteilen.«

»Tun Sie mir den Gefallen«, sagte sie.

»Die SMS.«

»Was ist damit?«

»Es klingt bestimmt albern.«

»Probieren Sie's.«

»Als Henry damals verschwunden ist … na ja, da ist er einfach verschwunden.«

Elena nickte. »Er hat Ihnen keine Nachricht zukommen lassen, dass er verschwindet. Er ist einfach abgehauen.«

»Genau.«

»Ihnen so eine SMS zu schicken – das passt also nicht zu ihm.«

Thorpe nickte langsam.

»Und das ist alles?«

»Ja.«

»Das sind keine sehr überzeugenden Indizien«, sagte Elena.

»Das hat die Polizei auch so gesehen.«

Thorpe rieb sich das Gesicht. Sie sah jetzt, dass er eine Zeit lang nicht mehr geschlafen hatte, dass die Wangen zwar rosig waren, die Haut zwischen den Augen aber zu blass und farblos.

»Danke für Ihr Kommen, Miss Ramirez. Ich brauche Ihre Dienste nicht.«

»O doch, ich glaube, das tun Sie«, sagte Elena.

»Wie bitte?«

»Ich habe mir erlaubt, schon vor meiner Ankunft ein paar Nachforschungen anzustellen.«

Er sah sie an. »Was meinen Sie damit?«

»Sie sagten, Ihr Sohn hätte eine SMS von seinem Handy geschickt.«

»Ja.«

»Bevor ich hierhergekommen bin, habe ich dieses Handy angepingt.«

Thorpes Augen verengten sich. »Was heißt das genau? Angepingt?«

»Ganz ehrlich? Ich habe keine Ahnung. Die Kurzfassung lautet, dass ich mit einem Technikgenie namens Lou zusammenarbeite. Lou kann ein Ping – was auch immer das ist – an ein Handy schicken, und das Handy pingt seinen aktuellen Aufenthaltsort zurück.«

»Also konnten Sie feststellen, wo Henry ist?«

»Theoretisch schon, ja.«

»Und Sie haben das gemacht?«

»Lou hat's gemacht, ja.«

»Und wo ist er?«

»Genau das ist das Problem«, sagte Elena. »Es gab keine Antwort auf unser Ping.«

Thorpe blinzelte ein paarmal. »Das verstehe ich nicht. Wollen Sie sagen, sein Handy hätte ... Sie zurückpingen müssen?«

»So ist es«, sagte Elena.

»Vielleicht hat Henry sein Handy einfach ausgeschaltet.«

»Nein.«

»Nein?«

»Das ist ein weit verbreiteter Irrglaube. Nur weil man das Handy ausschaltet, wird das GPS nicht ausgestellt.«

»Also kann einen jeder jederzeit aufspüren?«

»Theoretisch braucht die Polizei einen wichtigen Grund und muss einen gerichtlichen Beschluss erwirken, um den Netzanbieter zum Senden eines Pings aufzufordern.«

»Sie haben es trotzdem gemacht«, sagte Thorpe. »Wie?«

Elena antwortete nicht.

Thorpe nickte langsam. »Verstehe«, sagte er. »Und was bedeutet es nun, dass Sie sein Handy nicht zum Pingen bringen konnten?«

»Könnte alles Mögliche bedeuten. Auch etwas ganz Banales. Vielleicht hat Henry damit gerechnet, dass Sie jemanden wie mich anheuern, und hat sich ein anderes Handy besorgt.«

»Sie haben da jedoch Zweifel?«

Wieder zuckte Elena mit den Achseln. »So wie ich das sehe, beträgt die Wahrscheinlichkeit fünfzig Prozent – vermutlich etwas mehr –, dass es eine rationale Erklärung für das Ganze gibt und es Henry gut geht.«

»Trotzdem sind Sie der Ansicht, dass ich Sie beauftragen sollte?«

»Sie haben auch eine Einbruchsversicherung abgeschlossen, obwohl die Wahrscheinlichkeit, dass Ihre Wohnung ausgeräumt wird, nur im Bereich von einem halben Prozent liegt.«

Thorpe nickte. »Gut ausgedrückt.«

»Ich würde sagen, zumindest für Ihren Seelenfrieden wäre es hilfreich, mich zu beauftragen.«

Thorpe spielte mit seinem Handy, bis er ein Foto seines jüngeren Ich mit einem Baby im Arm fand. »Gretchen … meine erste Frau … wir konnten keine Kinder bekommen. Wir haben alles versucht. Hormone, Operationen, drei Runden In-vitro-Befruchtungen. Dann haben wir Henry adoptiert.«

Jetzt hatte er ein Lächeln im Gesicht, in dem allerdings viel Wehmut lag.

»Wo ist Gretchen jetzt?«

»Sie ist vor zehn Jahren gestorben, als Henry noch auf die Highschool ging. Ich habe mein Bestes versucht. Wirklich. Ich habe gespürt, dass er mir entgleitet. Ich habe ein Sabbatjahr genommen, um mehr Zeit mit ihm zu verbringen. Aber je mehr ich ihn festzuhalten versuchte …«

»Desto mehr hat er sich freizumachen versucht«, sagte Elena.

Als Thorpe den Blick hob, waren seine Augen feucht. »Ich weiß nicht, warum ich Ihnen das erzähle.«

»Hintergrundinformationen. Ich muss alles wissen.«

»Ich weiß genau, wie das alles klingen muss. Deshalb habe ich Gerald gebeten, mir den besten Privatdetektiv in Chicago zu besorgen. Wissen Sie, Miss Ramirez, trotz der Drogen, trotz dieser SMS, trotz seiner Probleme mit Abby … ich kenne meinen Sohn. Und bei dieser Geschichte habe ich ein schlechtes Gefühl. So einfach ist das. Es fühlt sich einfach vollkommen falsch an. Klingt das plausibel?«

»Ja«, sagte sie leise. »Das tut es.«

»Miss Ramirez?«

»Nennen Sie mich Elena.«

»Elena, bitte finden Sie meinen Jungen.«

SECHS

Simon wusste genau, dass er aus der Reserve gelockt werden sollte.

Er wusste, dass Detective Fagbenle versuchte, ihn auf die Palme zu bringen, ihm eine Falle zu stellen oder so etwas, aber er wusste auch, dass er nichts Unrechtmäßiges getan hatte. »Berühmte letzte Worte eines Verurteilten«, sagte Hester hinterher zu ihm, und er würde Fagbenle keinesfalls gehen lassen, nachdem er diese Atombombe hatte platzen lassen – und das wiederum wusste Fagbenle ganz genau.

»Wer wurde ermordet?«, fragte Simon.

»N-n.« Fagbenle wedelte spöttisch scheltend mit dem Zeigefinger. »Ich darf doch nicht mit Ihnen reden, bis Ihre Anwältin da ist.«

Simons Mund war trocken. »Ist es meine Tochter?«

»Tut mir leid. Wenn Sie nicht auf das Recht auf anwaltliche Beratung verzichten …«

»Ach, um Himmels willen«, fauchte Yvonne. »Seien Sie ein Mensch.«

»Ich verzichte auf dieses Recht und so weiter«, sagte Simon. »Ich rede auch ohne meine Anwältin mit Ihnen.«

Fagbenle sah Yvonne an. »Sie sollten wohl lieber gehen.«

»Paige ist meine Nichte«, sagte Yvonne. »Geht es ihr gut?«

»Ob es ihr gut geht, weiß ich nicht«, sagte Fagbenle

und starrte ins Großraumbüro, »das Mordopfer ist sie aber nicht.«

Erleichterung. Reine, süße Erleichterung, als hätte jedes einzelne Körperteil kurz vor dem Ersticken gestanden.

»Wer dann?«, fragte Simon.

Fagbenle antwortete nicht sofort. Er wartete, bis Yvonne den Raum verlassen und die Tür hinter sich geschlossen hatte – sie hatte versprochen, am Fahrstuhl auf Hester zu warten. Fagbenle starrte noch einen Moment durch die Glaswand. Vielen Besuchern kam es wohl seltsam vor, ein Büro zu haben, in dem man nie ganz unbeobachtet war.

»Hätten Sie etwas dagegen, mir zu sagen, wo Sie gestern Abend waren, Simon?«

»Um welche Zeit?«

Fagbenle zuckte mit den Achseln. »Sagen wir, die ganze Nacht. Ab sechs Uhr abends.«

»Bis sechs war ich hier. Dann bin ich mit der U-Bahn nach Hause gefahren.«

»Mit welcher Linie?«

»Der Eins.«

»Von der Station an der Chambers Street?«

»Ja. Dann bin ich am Lincoln Center ausgestiegen.«

Fagbenle nickte, als wäre das bedeutsam. »Wie lange dauert das insgesamt? Von hier bis da, meine ich. Zwanzig Minuten, eine halbe Stunde?«

»Eine halbe Stunde.«

»Dann waren Sie um achtzehn Uhr dreißig zu Hause?«

»Kommt hin.«

»War jemand da?«

»Meine Frau und meine Tochter.«

»Sie haben auch einen Sohn, richtig?«

»Ja, Sam. Aber er studiert.«

»Wo?«

»Amherst. In Massachusetts.«

»Ja, ich weiß, wo Amherst ist«, sagte Fagbenle. »Sie sind also nach Hause gekommen, und Ihre Frau und Ihre Tochter waren da?«

»Ja.«

»Haben Sie die Wohnung wieder verlassen?«

Simon überlegte einen Moment lang. »Zweimal.«

»Wo waren Sie?«

»Im Park.«

»Wann?«

»Um sieben und dann noch mal um zehn. Ich bin mit dem Hund rausgegangen.«

»Oh, wie nett. Was für einen Hund haben Sie?«

»Eine Havaneser-Hündin. Ihr Name ist Lazlo.«

»Ist Lazlo nicht ein Männername?«

Er nickte. Das stimmte. Sie hatten Lazlo an Sams sechstem Geburtstag bekommen. Sam hatte auf diesen Namen bestanden, ganz egal, welches Geschlecht der Hund hatte. Es war so gelaufen, wie nicht anders zu erwarten. Nachdem sie die Hündin hatten, war die Aufgabe, sich um sie zu kümmern, trotz aller vorher gemachter gegenteiliger Beteuerungen von Sam und seinen beiden Schwestern, dem einzigen Familienmitglied zugefallen, das der Anschaffung nur widerwillig zugestimmt hatte.

Simon.

Ebenso wenig überraschend war es gewesen, dass er inzwischen komplett in Lazlo vernarrt war. Er liebte es, mit ihr spazieren zu gehen, vor allem wenn er von der Arbeit nach Hause kam, und Lazlo ihn wie einen freigelassenen

Kriegsgefangenen begrüßte – ausnahmslos, jeden Tag – und ihn begeistert zum Park zerrte, als wäre sie noch nie dort gewesen.

Lazlo war inzwischen zwölf Jahre alt. Sie ging jetzt langsamer. Sie hörte auch sehr schlecht, sodass sie an manchen Tagen erst merkte, dass Simon nach Hause kam, wenn er schon in der Wohnung stand, und das machte Simon trauriger, als es das eigentlich dürfte.

»Abgesehen von den Spaziergängen mit dem Hund haben Sie die Wohnung also nicht verlassen?«

»Nein.«

»Also waren Sie alle drei die ganze Nacht zu Hause.«

»Das habe ich nicht gesagt.«

Fagbenle lehnte sich zurück und breitete die Arme aus. »Erzählen Sie.«

»Meine Frau ist zur Arbeit gegangen.«

»Sie ist Kinderärztin am New York Presbyterian Hospital, richtig? Dann hatte sie offenbar Nachtschicht. Demzufolge waren Sie die ganze Nacht mit Ihrer Tochter Anya in der Wohnung.«

Simon stutzte. Der Polizist wusste, wo seine Frau arbeitete, und kannte den Namen seiner Tochter. »Detective?«

»Nennen Sie mich Isaac.«

Auf keinen Fall, hätten seine Kinder gesagt. »Wer wurde ermordet?«

Die Bürotür flog auf. Hester Crimstein mochte von kleiner Statur sein, bewegte sich aber mit langen, raumgreifenden Schritten. Sie stürmte direkt auf Fagbenle zu.

»Wollen Sie mich verarschen?«

Fagbenle blieb gelassen. Er erhob sich langsam, überragte Hester um mehr als einen Kopf und streckte die Hand aus.

»Detective Isaac Fagbenle von der Mordkommission. Ist mir eine Freude, Sie kennenzulernen.«

Hester starrte ihm ins Gesicht. »Nehmen Sie die Hand weg, bevor Sie sie verlieren – wie Ihren Job.« Dann drehte sie sich um und sah Simon mit einem wütenden Blick an. »Und mit Ihnen muss ich auch ein Wörtchen reden.«

Hester schimpfte noch eine Weile. Dann bestand sie darauf, dass sie in einen Konferenzraum ohne Fenster umzogen. Ein Ortswechsel. Wahrscheinlich ein psychologischer Trick, obwohl Simon nicht wusste, wie er funktionieren sollte. Kaum hatten sie den Raum jedoch betreten, übernahm Hester das Kommando. Sie setzte Fagbenle auf eine Seite eines langen Konferenztischs. Simon und sich platzierte sie ihm gegenüber.

Als alle bereit waren, nickte Hester Fagbenle zu und sagte: »Okay, legen Sie los.«

»Simon …«

»Nennen Sie ihn Mr Greene«, fauchte Hester. »Er ist nicht Ihr Kumpel.«

Fagbenle sah aus, als wollte er widersprechen, lächelte dann aber. »Mr Greene.« Er griff in die Tasche und zog ein Foto heraus. »Kennen Sie diesen Mann?«

Hester legte eine Hand auf Simons Unterarm. Er sollte nicht antworten oder anderswie reagieren, bevor sie es erlaubte. Der Arm diente dabei als Erinnerung.

Fagbenle schob das Foto über den Tisch.

Es war Aaron Corval. Der Dreckskerl hatte das gleiche abstoßende und selbstgefällige Grinsen im Gesicht wie damals, als Simon es aus ihm herausgeprügelt hatte. Er stand auf irgendeiner Wiese mit Bäumen im Hintergrund und hatte den Arm um eine andere Person gelegt, die Fagbenle jedoch abgeschnitten hatte – auf der linken Seite sah man noch ihre Schulter –, und Simon fragte sich sofort, ob diese Person Paige gewesen war.

»Ich kenne ihn«, sagte Simon.

»Wer ist er?«

»Er heißt Aaron Corval.«

»Er ist der Liebhaber Ihrer Tochter, richtig?«

Hester drückte seinen Arm. »Es ist nicht seine Aufgabe, die Beziehung zu beschreiben. Fahren Sie fort.«

Fagbenle deutete auf Aarons selbstgefälliges Gesicht. »Woher kennen Sie Aaron Corval?«

»Wirklich?« Wieder Hester.

»Gibt es irgendein Problem, Ms Crimstein?«

»Ja, das gibt es. Sie vergeuden unsere Zeit.«

»Ich wollte nur wissen …«

»Stopp.« Sie hob die flache Hand. »Sie machen sich lächerlich. Wir alle wissen, woher mein Mandant Aaron Corval kennt. Tun wir einfach so, als hätten Sie Mr Greene und mich schon durch Ihre einfühlsamen, wenn auch durchsichtigen Vernehmungstechniken eingelullt, sodass wir vollkommen entspannt sind. Wir sind Wachs in Ihren Händen, Detective, also lassen Sie uns zur Sache kommen, okay?«

»Okay, soll mir recht sein.« Fagbenle beugte sich vor. »Aaron Corval wurde ermordet.«

Damit hatte Simon gerechnet, doch als er die Worte hörte, warf es ihn trotzdem kurz aus der Bahn. »Und meine Tochter …?«

Hester drückte seinen Arm.

»Wir wissen nicht, wo sie ist, Mr Greene. Sie vielleicht?«

»Nein.«

»Wann haben Sie sie das letzte Mal gesehen?«

»Vor drei Monaten.«

»Wo?«

»Im Central Park.«

»War das an dem Tag, an dem Sie Aaron Corval angegriffen haben?«

»Wow«, sagte Hester. »Das ist ja beinahe so, als wäre ich gar nicht da.«

Fagbenle sagte: »Ich frage noch einmal: Gibt es irgendein Problem?«

»Und wieder antworte ich: Ja, es gibt ein Problem. Es gefällt mir nicht, wie Sie die Sache darstellen.«

»Sie meinen, dass ich das Wort ›angreifen‹ für das Geschehen verwende?«

»Genau das meine ich.«

Er lehnte sich zurück und legte die Hände auf den Tisch. »Wenn ich das richtig verstanden habe, wurde die Anklage in dieser Angelegenheit fallen gelassen.«

»Mir egal, was Sie verstanden haben.«

»Einfach so aus der Sache rauszukommen. Bei den vielen Zeugen und Beweisen. Interessante Geschichte.«

»Mir ist auch egal, was Sie interessant finden, Detective. Ihre Darstellung des Vorfalls gefällt mir nicht. Wenn Sie das bitte umformulieren könnten.«

»Wer vergeudet jetzt Zeit, Frau Anwältin?«

»Ich möchte nur, dass die Vernehmung korrekt abläuft, Sie Teufelskerl.«

»Okay. Der vermeintliche Angriff. Der Vorfall. Kann Ihr Mandant die Frage jetzt beantworten?«

Simon sagte: »Ja, ich habe meine Tochter seit dem Vorfall im Central Park nicht gesehen.«

»Und Aaron Corval? Haben Sie ihn seitdem gesehen?«

»Nein.«

»Sie haben in den letzten drei Monaten also absolut keinen Kontakt zu Ihrer Tochter oder Mr Corval gehabt, richtig?«

»Die Frage wurde schon beantwortet«, fauchte Hester.

»Lassen Sie ihn bitte antworten.«

»Das ist richtig«, sagte Simon.

Fagbenle lächelte kurz. »Dann darf ich davon ausgehen, dass Sie und Ihre Tochter Paige sich nicht sehr nahestehen, was?«

Auch das ließ Hester nicht durchgehen. »Was sind Sie? Familienberater?«

»Ist nur eine kleine Beobachtung. Was ist mit Ihrer Tochter Anya?«

»Was soll mit seiner Tochter Anya sein?«, entgegnete Hester.

»Mr Greene hat vorhin erwähnt, dass er und Anya abends alleine waren«, sagte Fagbenle.

»Was hat er?«

»Das hat Ihr Mandant mir erzählt.«

Wieder warf Hester Simon einen finsteren Blick zu.

»Mr Greene, Sie sind also um zehn Uhr abends noch einmal mit dem Hund spazieren gegangen, richtig?«

»Ja, das ist richtig.«

»Haben Sie oder Anya danach noch einmal die Wohnung verlassen?«

»Holla«, sagte Hester und bildete mit den Händen ein T. »Auszeit.«

Fagbenle wirkte gereizt. »Ich würde die Befragung gern fortsetzen.«

»Und ich würde Hugh Jackman gern von oben bis unten

ablecken«, sagte Hester. »Wir werden also beide mit einer kleinen Enttäuschung leben müssen.« Hester stand auf. »Warten Sie hier, Detective. Wir sind gleich wieder da.«

Sie zog Simon aus dem Raum und weiter den Flur entlang, wobei sie die ganze Zeit etwas in ihr Handy tippte. »Den offensichtlichen Tadel überspringe ich fürs Erste.«

»Und ich überspringe den Teil, in dem ich mich rechtfertige und Sie daran erinnere, dass ich nicht wusste, ob meine Tochter das Mordopfer war.«

»Das war ein Trick.«

»Wie mir sehr wohl bewusst ist.«

»Was geschehen ist, ist geschehen«, sagte sie. »Was haben Sie ihm schon erzählt? Alles?«

Simon berichtete von dem Gespräch.

»Sie haben gesehen, dass ich gerade eine SMS geschickt habe«, sagte Hester.

»Ja.«

»Bevor wir wieder reingehen und etwas Dummes sagen, will ich, dass mein Ermittler so viel wie möglich über Corvals Ermordung herausfindet – Zeitpunkt, Umstände, Methode und so weiter. Sie sind nicht dumm, also wissen Sie, weshalb unser stattlicher Detective hier ist.«

»Ich bin ein Verdächtiger.«

Sie nickte. »Es gab einen ernst zu nehmenden ›Vorfall‹«, Hester malte mit den Fingern Anführungszeichen in die Luft, »zwischen Ihnen und dem Verstorbenen. Sie haben ihn gehasst. Sie haben ihn für die Drogenprobleme Ihrer Tochter verantwortlich gemacht. Also sind Sie ein Verdächtiger. Genau wie Ihre Frau. Und… na ja, Paige. Ich gehe davon aus, dass sie die Hauptverdächtige ist. Haben Sie für gestern Nacht ein Alibi?«

»Wie schon gesagt, war ich die ganze Nacht zu Hause.«

»Mit?«

»Anya.«

»Ja, das wird nicht reichen.«

»Warum nicht?«

»Wo genau war Anya in der Wohnung?«

»Die meiste Zeit in ihrem Zimmer.«

»War die Tür offen oder geschlossen?«

Simon merkte, worauf es hinauslief. »Geschlossen.«

»Sie ist ein Teenager, oder? Die Tür geschlossen, vielleicht laute Musik auf dem Kopfhörer. Sie hätten sich also jederzeit rausschleichen können. Wann hat Anya sich schlafen gelegt? Sagen wir um elf. Dann hätten Sie danach gehen können. Gibt es Überwachungskameras im Haus?«

»Ja. Aber es ist ein altes Gebäude. Es gibt Möglichkeiten, hinauszukommen, ohne erfasst oder gesehen zu werden.«

Hesters Handy meldete sich. Sie nahm es ans Ohr und sagte: »Ich höre.«

Der Anrufer redete. Und während er das tat, wurde Hester blass. Sie sagte kein Wort. Ziemlich lange nicht. Als der Anrufer fertig war, sagte sie schließlich mit für ihre Verhältnisse sanfter Stimme. »Mail mir den Bericht.«

Sie legte auf.

»Was ist?«, fragte Simon.

»Die Polizei glaubt nicht, dass Sie es waren. Korrektur: Sie *kann* nicht glauben, dass Sie es waren.«

SIEBEN

Ash beobachtete, wie die Zielperson vor dem verfallenen Zweifamilienhaus hielt.

»Fährt er einen Cadillac?«, fragte Dee Dee.

»Sieht so aus.«

»Einen Eldorado?«

Dee Dee hörte nie auf zu reden.

»Nein.«

»Bist du sicher?«

»Es ist ein ATS. Eldorados baut Cadillac schon seit 2002 nicht mehr.«

»Woher weißt du das?«

Ash zuckte die Achseln. Er wusste einfach eine Menge.

»Mein Daddy hatte einen Eldorado«, sagte Dee Dee.

Ash runzelte die Stirn. »Dein *Daddy?*«

»Wieso? Hast du etwa gedacht, ich erinnere mich nicht mehr an ihn?«

Seit sie sechs Jahre alt war, hatte Dee Dee bei Pflegeeltern gelebt. Ash war mit vier Jahren zum ersten Mal in eine Pflegefamilie gekommen. Im Laufe der nächsten vierzehn Jahre hatte er bei mehr als zwanzig gelebt. Dee Dee kam wohl ungefähr auf die gleiche Anzahl. Bei drei Gelegenheiten hatten sie insgesamt acht Monate in denselben Familien verbracht.

»Er hatte ihn natürlich gebraucht gekauft. Ziemlich verschlissen. Der Boden war weggerostet. Aber Daddy hat den

Wagen geliebt. Er hat mich bei sich vorne sitzen lassen. Ohne Sicherheitsgurt. Die Ledersitze waren völlig rissig und haben mir die Beine zerkratzt. Oft hat er das Radio laut gestellt und manchmal auch mitgesungen. Daran erinnere ich mich am besten. Er hatte eine schöne Stimme, mein alter Herr. Er hat gelächelt, angefangen zu singen, und dann hat er irgendwie das Lenkrad losgelassen und mit den Handgelenken gesteuert. Weißt du, was ich meine?«

Ash wusste es. Er wusste auch, dass Daddy mit einer Hand gesteuert hatte, während er die andere Hand zwischen die Beine seiner jungen Tochter steckte, aber jetzt schien nicht der richtige Moment, das anzusprechen.

»Daddy hat den verdammten Wagen geliebt«, sagte Dee Dee und zog eine Schnute. »Bis …«

Ash konnte nicht anders. »Bis?«

»Vielleicht war das der Wendepunkt, nach dem alles den Bach runtergegangen ist. Als Daddy die Wahrheit über den Wagen erfahren hat.«

Ash zuckte jedes Mal kurz zusammen, wenn sie ihn »Daddy« nannte.

Die Zielperson stieg aus dem Auto. Ein korpulenter Mann in Jeans, alten, billigen Stiefeln und einem Flanellhemd. Er trug einen Bart und eine tarnfarbene Boston-Red-Sox-Baseballkappe, die für seinen Kürbiskopf zu klein war.

Ash deutete mit dem Kinn nach vorne. »Ist das unser Mann?«

»Sieht so aus. Wie ist der Plan?«

Die Zielperson öffnete die Hintertür des Wagens, und zwei junge Mädchen mit hellgrünen Schulrucksäcken stiegen aus. Seine Töchter, wie Ash wusste. Die größere, Kelsey, war zehn. Die kleinere, Kiera, acht.

»Wir warten.«

Ash saß hinterm Lenkrad. Dee Dee auf dem Beifahrersitz. Ash hatte sie seit drei Jahren nicht mehr gesehen. Bis zu ihrem Wiedersehen vor Kurzem war er davon ausgegangen, dass sie tot war. Er hatte gedacht, dass es peinlich werden würde – zu viel Zeit, zu viel Distanz –, aber sie waren schnell wieder in ihre alten Muster zurückgefallen.

»Und was war los?«, fragte Ash.

»Was?«

»Mit dem Eldorado von deinem Dad. Als alles den Bach runterging? Was für eine Wahrheit hat er erfahren?«

Das Lächeln verschwand aus ihrem Gesicht. Dee Dee rutschte auf dem Sitz herum.

»Du musst es mir nicht sagen.«

»Doch«, sagte sie. »Das will ich.«

Beide starrten durch die Windschutzscheibe aufs Haus der Zielperson. Ash legte die Hand auf die Hüfte mit dem Pistolenholster. Er hatte seine Instruktionen. Er hatte keine Ahnung, was der korpulente Mann getan hatte – was irgendjemand von denen auf der Liste getan hatte –, aber manchmal war es auch das Beste, möglichst wenig zu wissen.

»Wir sind zum Abendessen in dieses schicke Fischrestaurant gefahren«, fing Dee Dee an. »Das war kurz bevor meine Oma gestorben ist. Sie hat uns also eingeladen. Mein Dad war ein Steak-Typ. Immer. Er hat Fisch gehasst. Richtig gehasst, meine ich.«

Ash hatte keine Ahnung, worauf die Story hinauslaufen könnte.

»Dann kommt der Kellner zum Tisch und fängt an, die Tagesgerichte vorzulesen. Er hat eine Tafel dabei, auf die sie die Tagesangebote mit Kreide geschrieben hatten. Nobel, oder?«

»Schon.«

»Jedenfalls kommt der Kellner zum Fischgericht und liest mit seinem seltsamen Akzent vor: ›Der Koch empfiehlt heute die…‹, er macht so eine Geste, als ob es ein Auto bei *Der Preis ist heiß* wäre, ›… Dorade vom Grill mit Walnuss-Petersilien-Pesto.‹«

Ash drehte sich um und sah sie an. Man hätte glauben sollen, dass die Zeit Dee Dee übel mitgespielt hätte, bei all dem, was sie durchgemacht hatte, aber sie war schöner denn je. Sie hatte ihre goldblonden Haare zu einem dicken Zopf zusammengebunden, der bis unter die Schulterblätter auf ihren Rücken hinabhing. Ihre Lippen waren voll, die Haut makellos. Die Augen leuchteten in einem klaren Smaragdgrün, von dem die meisten Leute annahmen, dass es sich um Kontaktlinsen oder irgendwelche kosmetischen Tricks handelte.

»Daddy hat den Kellner dann gebeten, das noch einmal zu sagen, den Namen von dem Fisch, und als der Kellner das macht, dreht Daddy…«

Herrje, Ash wünschte, sie würde aufhören, ihn so zu nennen.

»… dreht Daddy durch. Na ja, er stürmt einfach aus dem Restaurant. Wirft dabei den Stuhl um und alles Mögliche. Weil sein Auto, sein supercooles Auto, nach einem Fisch benannt ist! Damit ist Daddy nicht klargekommen, verstehst du?«

Ash sah sie nur an. »Ist das dein Ernst?«

»Natürlich ist das mein Ernst.«

»Es ist nicht nach einem Fisch benannt.«

»Was? Weißt du nicht, was eine Dorade ist?«

»Doch, das weiß ich, aber Eldorado ist ein mythisches goldenes Land in Südamerika.«

»Aber es ist auch ein Fisch, stimmt's?«

Ash antwortete nicht.

»Ash?«

»Ja.« Er seufzte. »Ja, es ist auch ein Fisch.«

Die Zielperson kam wieder aus dem Haus. Er ging zu seiner Garage.

»Und sie müssen alle unterschiedlich erledigt werden?«, fragte Ash.

»Nicht unbedingt unterschiedlich, aber man darf keine Verbindung finden.«

Er durfte also nicht wie in Chicago vorgehen. Aber es gab ja auch noch diverse andere Möglichkeiten.

»Beobachte das Haus«, sagte er.

»Soll ich diesmal nicht mitkommen?«

Sie klang verletzt.

»Nein. Setz dich ans Steuer. Lass den Motor an. Behalt die Tür im Auge. Wenn jemand aus dem Haus kommt, ruf mich.«

Er wiederholte die Anweisungen nicht. Die Zielperson war in der Garage verschwunden. Ash ging darauf zu.

Folgende Informationen hatte er über die Zielperson: Name, Kevin Gano. Seit zwölf Jahren mit seiner Highschool-Liebe Courtney verheiratet. Die vierköpfige Familie Gano lebte im Obergeschoss dieses Zweifamilienhauses an der Devon Street in Revere, Massachusetts. Kevin war vor einem halben Jahr von der Alston-Meat-Packing-Fabrik in Lynn entlassen worden, in der er die letzten sieben Jahre gearbeitet hatte. Seitdem hatte er erfolglos nach einem neuen Job gesucht, sodass Courtney im letzten Monat gezwungen war, wieder eine Stelle als Rezeptionistin in einem Reisebüro an der Constitution Avenue anzunehmen.

Kevin versuchte, sich nützlich zu machen, und holte die Mädchen täglich um zwei von der Schule ab. Deshalb war er jetzt zu Hause, während es in diesem Arbeiterviertel ansonsten ruhig war.

Als Ash auf ihn zuging, stand Kevin an seiner Werkbank und schraubte einen DVD- oder Blu-Ray-Player auf – er verdiente mit kleineren Reparaturen ein paar Dollar. Er blickte auf und lächelte Ash freundlich zu. Ash erwiderte das Lächeln und richtete seine Pistole auf ihn.

»Wenn Sie ruhig bleiben, wird alles gut.«

Ash trat in die Garage und zog die Tür hinter sich zu. Er richtete die Pistole dabei die ganze Zeit auf Kevin, den er keinen Moment aus den Augen ließ. Kevin hatte den Schraubenzieher noch in der Hand.

In der rechten Hand.

»Was wollen Sie?«

»Legen Sie den Schraubenzieher weg, Kevin. Wenn Sie kooperieren, kommt niemand zu Schaden.«

»Unsinn«, sagte Kevin.

»Was?«

»Sie haben Ihr Gesicht nicht verhüllt.«

Guter Einwand.

»Das ist eine Maske. Machen Sie sich also keine Sorgen.«

»Unsinn«, wiederholte Kevin.

Kevin sah zur Seitentür, als wollte er dahin flüchten.

»Kelsey und Kiera«, sagte Ash.

Als er die Namen seiner Töchter hörte, erstarrte er.

»Das kann jetzt auf die eine oder andere Art laufen. Wenn Sie es bis zur Tür schaffen, werde ich Sie erschießen. Dann muss ich dafür sorgen, dass es wie ein misslungener Einbruch aussieht. Das heißt, ich gehe ins Haus. Was machen

Kelsey und Kiera da gerade, Kevin? Hausaufgaben? Fernsehen? Oder essen sie gerade was? Egal. Ich geh rein und mache Dinge, die so schrecklich sind, dass Sie froh sein können, dann schon tot zu sein.«

Kevin schüttelte den Kopf. Tränen schossen ihm in die Augen. »Bitte.«

»Oder«, sagte Ash. »Sie lassen sofort den Schraubenzieher fallen.«

Kevin ließ den Schraubenzieher auf den Boden fallen.

»Ich versteh das nicht. Ich hab niemandem etwas getan. Warum tun Sie das?«

Ash zuckte mit den Achseln.

»Bitte tun Sie meinen Töchtern nichts. Ich mach alles, was Sie wollen. Aber tun …« Er schluckte und richtete sich weiter auf. »Und … und was jetzt?«

Ash durchquerte die Garage und drückte Kevin die Mündung der Pistole auf die Schläfe. Kevin schloss die Augen, bevor Ash abdrückte.

Der Knall hallte laut und anhaltend durch die Garage, Ash bezweifelte aber, dass er draußen jemandem auffiel.

Kevin war schon tot, als er auf dem Boden aufschlug.

Ash beeilte sich. Er drückte Kevin die Pistole in die rechte Hand und schoss eine Kugel direkt in den Boden. Jetzt hatte er Schmauchspuren an der Hand. Er nahm das heruntergefallene Handy und entsperrte es mit Kevins Daumen. Dann scrollte er schnell durch die Kontakte, bis er die Nummer seiner Frau gefunden hatte.

Courtney war mit je zwei Herzen vor und hinter ihrem Namen markiert.

Herzen. Kevin hatte neben dem Namen seiner Frau Herzen eingegeben.

Ash tippte einen einfachen Text ein. Tut mir leid. Bitte vergib mir.

Er tippte auf SENDEN, ließ das Handy auf die Werkbank fallen und ging zurück zum Wagen.

Nicht hetzen. Einfach ganz ruhig gehen.

Ash schätzte die Wahrscheinlichkeit auf achtzig bis fünfundachtzig Prozent, dass das Selbstmordszenario akzeptiert wurde. Da war die Schusswunde im Kopf – in der rechten Schläfe, wie ein Rechtshänder es normalerweise machte, wenn er sich erschießen wollte. Deshalb hatte Ash sich gemerkt, in welcher Hand Kevin den Schraubenzieher gehalten hatte. Es gab eine Abschiedsnotiz. Kevin hatte Schmauchspuren an der Hand. Bei der zweiten Kugel würde man wohl vermuten, dass Kevin beim ersten Versuch noch zurückgezuckt war, bevor er dann Ernst gemacht hatte.

Also würden sie das Selbstmordszenario vermutlich akzeptieren. Zu achtzig, fünfundachtzig Prozent, vielleicht sogar eher neunzig, wenn man die Tatsache berücksichtigte, dass Kevin arbeitslos und deshalb vermutlich verzweifelt war. Wenn ein Cop sehr genau hinschaute oder zu viel CSI guckte, würde er vielleicht ein paar Dinge finden, die nicht richtig passten. So hatte er zum Beispiel nicht genug Zeit gehabt, Kevin aufzurichten, bevor er den zweiten Schuss abgefeuert hatte. Wenn sich also jemand von der Spurensicherung richtig Mühe gab, die Flugbahn der Kugel zu ermitteln, könnte ihm auffallen, dass der Schuss kurz über dem Boden abgegeben worden war.

Vielleicht hatte auch jemand in diesem Moment Ash oder den Wagen gesehen, was auch dazu führen konnte, dass ein paar Leute die Augenbrauen hochziehen würden.

Aber das war alles recht zweifelhaft.

Dee Dee und er würden jedenfalls längst weg sein. Das Auto würden sie säubern und irgendwo zurücklassen, sodass es keine Spuren gab, die zu ihnen führten.

Ash war gut darin.

Er stieg auf der Beifahrerseite ein. Im Block hatte sich kein Vorhang bewegt. Es waren keine Türen geöffnet worden und keine Autos vorbeigefahren.

Dee Dee fragte: »Ist er …?«

Ash nickte.

Dee Dee lächelte und fuhr los.

ACHT

Als er wieder nach Hause kam, erwartete Ingrid Simon an der Tür. Sie umarmte ihn.

»Ich war todmüde und gerade eingeschlafen«, sagte Ingrid, »als die Polizei vor der Tür stand.«

»Ich weiß.«

»Dann klingelte es plötzlich Sturm. Es hat ewig gedauert, bis ich wach war. Ich dachte, es wäre ein Paket oder so was, aber eigentlich achten die unten ja darauf und nehmen sie an.«

»Die unten« waren die Portiers des Hauses. Ingrid machte eine Nachtschicht pro Woche in der Notaufnahme. Die Portiers wussten, dass sie dann am nächsten Tag schlief. Falls also ein Paket kam, nahmen sie es entgegen und gaben es Simon, wenn er um halb sieben nach Hause kam.

»Ich hab mir schnell einen Sweater übergezogen. Dieser Cop ist raufgekommen und hat mich befragt. Er wollte doch tatsächlich wissen, ob ich ein Alibi habe. Als ob ich eine Verdächtige wäre.«

Simon wusste natürlich längst Bescheid. Ingrid hatte sich sofort bei ihm gemeldet, als der Portier ihr mitgeteilt hatte, warum sie rausgeklingelt wurde. Daraufhin hatte Hester eine Kollegin aus ihrer Kanzlei geschickt, um Ingrid bei der polizeilichen Vernehmung zur Seite zu stehen.

»Und gerade hat Mary aus der Notaufnahme angerufen.

Die Cops waren doch wirklich im Krankenhaus und haben überprüft, ob ich da war. Ist das nicht unglaublich?«

»Mich haben sie auch nach einem Alibi gefragt«, sagte Simon. »Hester hält es für Routine.«

»Ich versteh es trotzdem nicht. Was genau ist eigentlich passiert? Aaron wurde getötet?«

»Ermordet, ja.«

»Und wo ist Paige?«

»Das weiß anscheinend niemand.«

Lazlo legte eine Pfote auf Simons Bein. Ingrid und er sahen nach unten in die schmachtenden Augen der Hündin.

»Lass uns mit ihr Gassi gehen«, sagte Simon.

Fünf Minuten später überquerten sie die Central Park West an der 67th Street. Lazlo zog kräftig an der Leine. Links von ihnen, vor aller Augen, aber dennoch etwas versteckt, lag ein winziger, farbenfroher Spielplatz. In einer anderen Ära, die noch gar nicht so lange her war, waren sie erst mit Paige, dann mit Sam und später mit Anya hergekommen. Sie hatten sich auf die Bank gesetzt, von der sie, ohne den Kopf drehen zu müssen, den ganzen Spielplatz überblicken konnten. Und so hatten sie sich inmitten dieses riesigen Parks in dieser riesigen Stadt nicht einmal einen Block von ihrer Wohnung entfernt sicher gefühlt.

Sie gingen an der *Tavern on the Green* vorbei, dem berühmten Restaurant, und bogen nach rechts in Richtung Süden ab. Eine Gruppe Schulkinder in identischen gelben T-Shirts – sodass sie beim Ausflug gut zu sehen waren – stapfte an ihnen vorbei. Simon wartete, bis sie außer Hörweite waren.

»Der Mord«, sagte Simon, »war grausam.«

Ingrid trug einen langen, dünnen Mantel. Sie steckte die Hände in die Taschen. »Erzähl.«

»Aaron wurde verstümmelt.«

»Wie?«

»Soll ich dir wirklich die Details schildern?«, fragte er.

Ingrid lächelte. »Seltsam.«

»Was?«

»Du bist doch derjenige, dem bei den Gewaltszenen in nicht jugendfreien Filmen schlecht wird«, sagte sie.

»Und du bist die Ärztin, die beim Anblick von Blut kaum blinzelt«, beendete er den Gedankengang. »Aber vielleicht versteh ich das jetzt besser.«

»Inwiefern?«

»Das, was Hester mir erzählt hat, hat mich nicht geschockt. Vielleicht weil es real war. Da reagiert man einfach. Wie du bei einem Patienten in der Notaufnahme. Bei einem Film kann ich mir den Luxus gönnen wegzuschauen. Im richtigen Leben …«

Seine Stimme verklang.

»Du schindest Zeit«, sagte Ingrid.

»Was dumm ist, das ist mir schon klar. Laut Hesters Quelle hat der Mörder Aaron die Kehle aufgeschlitzt, und sie meinte, dass das noch eine sehr rücksichtsvolle Darstellung ist. Der Schnitt muss sehr tief gewesen sein. Er wurde fast enthauptet. Sie haben ihm drei Finger abgeschnitten. Außerdem haben sie ihm noch …«

»Prä- oder postmortal?«, fragte Ingrid in dienstlichem Ton.

»Was?«

»Die Amputationen. War er da noch am Leben?«

»Das weiß ich nicht«, sagte Simon. »Spielt das eine Rolle?«

»Schon möglich.«

»Ich kann dir nicht folgen.«

Lazlo blieb stehen und begrüßte einen Collie, indem sie sich gegenseitig am Hintern beschnüffelten.

»Wenn Aaron noch am Leben war, als er zerstückelt wurde«, sagte Ingrid, »könnte jemand versucht haben, ihm Informationen zu entlocken.«

»Was für Informationen?«

»Keine Ahnung. Aber im Moment ist unsere Tochter nicht auffindbar.«

»Du meinst …?«

»Ich meine gar nichts«, sagte Ingrid.

Sie blieben stehen. Ihre Blicke trafen sich, und für einen kurzen Moment verlor Simon sich in ihrem Blick, trotz all der Menschen, die vorbeigingen, trotz des Schreckens, den sie erlebten, und sie verlor sich in seinem. Er liebte sie. Sie liebte ihn. Banal, aber es war einfach so. Beide gingen ihren Berufen nach, erzogen ihre Kinder, erkämpften Siege und erlitten Niederlagen, ließen sich zwischenzeitig treiben, lebten ihr Leben, die langen Tage, die kurzen Jahre, und ganz gelegentlich dachte man mal daran, kurz innezuhalten, seinen Partner anzusehen, seinen Lebenspartner, der oder die einen auf dem einsamen Lebensweg begleitete, einmal richtig anzusehen, und man erkannte, warum man die Sache gemeinsam anging.

»Für die Polizei«, sagte Ingrid, »ist Paige nur ein wertloser Junkie. Sie werden nicht nach ihr suchen, und falls sie es doch tun, dann nur, um sie als Komplizin oder Schlimmeres zu verhaften.«

Simon nickte. »Also liegt es an uns.«

»Ja. Wo wurde Aaron ermordet?«

»In ihrer Wohnung in Mott Haven.«

»Kennst du die Adresse?«

Er nickte. Hester hatte sie ihm gegeben.

»Dann lass uns da anfangen«, sagte Ingrid.

* * *

Der Uber-Fahrer setzte sie an zwei Betonbarrikaden ab, die wie in einem Kriegsgebiet die Straße versperrten. »Weiter komme ich nicht.« Der Fahrer namens Achmed drehte sich um und sah Simon stirnrunzelnd an. »Sind Sie sicher, dass es hier ist?«

»Ja, das ist es.«

Achmed sah sie unsicher an. »Wenn Sie etwas kaufen wollen, weiß ich einen sicheren Ort, wo man …«

»Alles bestens, danke«, sagte Ingrid.

»Nichts für ungut.«

»Kein Problem«, sagte Simon.

»Sie, äh, werden mich doch wegen dieser Sache nicht mit nur einem Stern bewerten, oder?«

»Sie sind ein reiner Fünf-Sterne-Mann«, sagte Simon und öffnete die Beifahrertür.

»Wenn wir könnten, würden wir Ihnen sechs geben«, ergänzte Ingrid.

Sie stiegen aus dem Toyota. Simon trug einen grauen Trainingsanzug und Sneakers, Ingrid Jeans und einen Pullover. Beide trugen Baseballkappen, sie trug eine mit dem klassischen NY-Abzeichen der New York Yankees, er mit einem Golfclub-Logo, einem Geschenk von einer Wohltätigkeitsveranstaltung. Unauffällige Freizeitkleidung, um sich anzupassen, was absolut nicht klappte.

Das vierstöckige, heruntergekommene Backsteinhaus

schien nicht so sehr zu zerfallen, sondern vielmehr wegzublättern und an den Nähten wie ein alter Mantel auszufransen. Die Feuertreppe sah aus, als würde sie beim leichtesten Stoß abbrechen, und schien aus mehr Rost als Metall zu bestehen, sodass sich die Frage stellte, ob Verbrennungen schlimmer waren als Tetanus. Auf dem Gehweg hatte jemand eine schwer misshandelte Matratze auf einen Stapel schwarzer Müllsäcke geworfen. Die kurze Treppe zum Eingang sah aus, als würde sie Betonstaub absondern. Auf die metallisch graue Tür hatte jemand ein paar verschnörkelte Graffiti-Buchstaben gesprüht. Autoteile und alte Reifen lagen auf dem mit reichlich Unkraut überwucherten Nachbargrundstück, und das Ganze war aus irgendeinem seltsamen Grund mit einem neuen Maschendrahtzaun umgeben, der oben mit NATO-Draht versehen war – als ob jemand etwas von dem Zeug hier klauen wollte. Beim Gebäude rechts daneben, einst vermutlich ein stolzes New Yorker Stadthaus, waren mehrere Fenster mit Sperrholz vernagelt. Es verbreitete eine Aura von Einsamkeit und Verzweiflung, die Simon einmal mehr das Herz brach.

Hier hatte Paige, sein Baby, gewohnt.

Simon drehte sich um und sah Ingrid an. Auch sie starrte das Haus mit leeren Augen an. Ihr Blick wanderte hoch über die Dächer zu den dahinter stehenden hoch aufragenden Sozialblöcken.

»Und was nun?«, fragte Simon.

Ingrid sah sich um. »Wir haben das nicht richtig durchdacht, oder?«

Sie trat zu der mit Graffiti beschmierten Tür, drehte ohne zu zögern den Knauf und drückte kräftig. Die Tür öffnete sich widerstrebend. Im »Foyer« – wenn man es denn so nennen wollte – umgab sie ein abgestandener, ätzender Geruch, modrig und faulig. Eine nackte Glühbirne hing an der Decke und tauchte alles in einen matten Fünfundzwanzig-Watt-Schein.

Sie hat hier gewohnt, dachte Simon. Paige hat in diesem Haus gewohnt.

Er dachte an Unterschiede in der Lebensführung, an Fehlentscheidungen und Weggabelungen, daran, welche Gründe, welche Scheidewege Paige in diesen Vorhof der Hölle geführt hatten. Es war seine Schuld, oder? Natürlich war es das irgendwie. Der Schmetterlingseffekt. Wenn man eine Kleinigkeit änderte, veränderte sich alles. Die allgegenwärtigen Was-wäre-wenns. Könnte er doch die Zeit zurückdrehen und es anders machen. Paige wollte Schriftstellerin werden. Angenommen er hätte einen ihrer Essays an seinen Freund bei diesem lokalen Literaturmagazin geschickt, das sich über Spenden finanzierte, und es veröffentlichen lassen? Hätte sie sich dann mehr aufs Schreiben konzentriert? Die Columbia University hatte ihr nicht vorzeitig einen Studienplatz zugesagt. Hätte Simon seine Alma Mater drängen sollen, seine alten Kommilitonen bitten sollen, ihren Einfluss bei der Zulassungsstelle geltend zu machen? Yvonnes Schwiegervater saß im Vorstand vom Williams College. Sie hätte bestimmt etwas organisieren können, wenn er es vorangetrieben hätte. Aber das waren natürlich nur die großen Entscheidungen. Jede Kleinigkeit hätte ihren Lebensweg beeinflussen können, oder? Für ihr Zimmer im Studentenwohnheim hatte Paige sich eine Katze gewünscht, er hatte ihr keine geschenkt. In der siebten Klasse hatte sie mit Merilee gestritten, die damals ihre beste Freundin war, und er als ihr Vater hatte nicht versucht, den Streit zu schlichten. Paige mochte American

Cheese auf ihrem Truthahn-Sandwich, keinen Cheddar, aber Simon hatte das gelegentlich vergessen und den falschen genommen.

Man konnte sich selbst in den Wahnsinn treiben.

Außerdem war sie so ein braves Mädchen gewesen. Die beste Tochter der Welt. Paige hasste es, in Schwierigkeiten zu geraten, und wenn es doch einmal passierte, selbst wenn es nur um Kleinigkeiten ging, schossen ihr sofort Tränen in die Augen, sodass Simon es nicht übers Herz brachte, sie auszuschimpfen. Aber vielleicht hätte er es tun müssen. Vielleicht hätte ihr das geholfen. Aber sie fing doch so verdammt leicht an zu weinen, und das ging ihm so unter die Haut, weil er doch – und er hatte nie den Mut gehabt, ihr das zu erzählen – selbst so nah am Wasser gebaut war, zu nah, und dann vorgab, dass etwas mit seinen Kontaktlinsen nicht in Ordnung war, er an einer nicht existierenden Allergie litt oder gleich ganz den Raum verließ, statt zuzugeben, dass er, ihr Vater, leicht in Tränen ausbrach. Vielleicht wäre es für sie einfacher gewesen, wenn er dazu gestanden hätte, vielleicht hätte sie dann irgendein Ventil gefunden oder sich ihrem Vater nahe gefühlt. Doch der hatte sich in seinem fehlgeleiteten Männlichkeitswahn auf die Idee versteift, dass sie sich sicherer und beschützter fühlen würde, wenn ihr Dad nicht weinte. Aber im Endeffekt hatte er sie dadurch nur noch verwundbarer gemacht.

Ingrid war schon die ersten Stufen der verzogenen Treppe hinaufgegangen. Als sie merkte, dass Simon ihr nicht folgte, drehte sie sich um und fragte: »Alles okay?«

Er riss sich zusammen, nickte, folgte ihr. »Zweiter Stock«, sagte er. »Apartment B.«

Auf dem ersten Treppenabsatz lagen zerbrochene Holz-reste, die wahrscheinlich einmal zu einem Sofa gehört hatten. Außerdem standen dort zerdrückte Bierdosen und übervolle Aschenbecher. Simon warf einen kurzen Blick in den Flur, bevor er weiter die Treppe hinaufging. Oben stand ein dünner Schwarzer im Unterhemd und abgewetzter Jeans. Er hatte einen so dichten und lockigen weißen Bart, dass es aussah, als würde er ein Schaf essen.

Im zweiten Stock wurde ihnen durch einen einzelnen Streifen gelben Polizei-Absperrbands mit der Aufschrift »CRIME SCENE DO NOT CROSS« das Weitergehen untersagt. Es war hüfthoch angebracht. Simon zögerte. Ingrid nicht. Sie duckte sich, ohne ihren Schritt zu verlangsamen, und tauchte darunter hindurch. Simon folgte ihr. Vor der gelben Metalltür mit dem Buchstaben B war weiteres Absperrband angebracht, dieses Mal in Form eines X, sodass man es zerreißen musste. Auch das schien Ingrid egal zu sein. Sie ergriff den Knauf und versuchte, ihn zu drehen.

Er rührte sich nicht.

Sie trat zurück und forderte Simon mit einer Geste auf, es zu probieren. Er versuchte, den Knopf nach rechts und links zu drehen, drückte und zog.

Abgeschlossen.

Die Wände, die sie umgaben, waren womöglich so verrottet, dass Simon mit der Faust hindurchschlagen konnte und sie so in die Wohnung kamen. Aber diese abgeschlossene Tür würde nicht nachgeben.

»Hey.«

Das kurze, in einem ganz normalen Tonfall ausgesprochene Wort zerriss die schale Luft wie ein Pistolenschuss. Simon und Ingrid zuckten zusammen und drehten sich um. Es war der dünne Schwarze mit dem Schafsbart. Simon hielt

Ausschau nach einem Fluchtweg. Doch es gab nur den Weg, den sie gekommen waren, und den blockierte der Neuankömmling.

Langsam und ohne nachzudenken trat Simon einen Schritt vor, sodass er zwischen Ingrid und dem Mann stand.

Einen Moment lang sagte keiner etwas. Die drei standen sich einfach in dem schmuddeligen Flur gegenüber und rührten sich nicht. Im Stockwerk über ihnen drehte jemand die Musik auf, sodass ein laut hämmernder Bass und zorniger Gesang ertönten.

Dann sagte der Mann. »Sie suchen Paige.«

Es war keine Frage.

»Sie«, sagte der Mann und deutete mit einem knochigen Finger auf Ingrid. »Sie sind Ihre Mutter.«

»Woher wissen Sie das?«, fragte Ingrid.

»Sie sehen genau wie Paige aus. Oder sieht Paige wie Sie aus?« Er strich sich über den Schafsbart. »Ich bring das immer durcheinander.«

»Wissen Sie, wo Paige ist?«, fragte Simon.

»Sind Sie deshalb hier? Suchen Sie sie?«

Ingrid trat einen Schritt näher an ihn heran. »Ja. Wissen Sie, wo sie ist?«

Er schüttelte den Kopf. »Tut mir leid.«

»Aber Sie kennen Paige?«

»Ja, ich kenne sie. Ich wohne direkt unter ihnen.«

»Wohnt hier noch jemand anders, der das vielleicht weiß?«, fragte Simon.

»Noch jemand anders?«

»Ein Freund oder so etwas.«

Der Mann lächelte. »Ich bin ein Freund von ihr.«

»Dann vielleicht noch ein anderer Freund.«

»Ich glaube nicht.« Er deutete mit dem Bart auf die Tür. »Versuchen Sie, in die Wohnung zu kommen?«

Simon sah Ingrid an. Die sagte: »Ja, wir wollten nur sehen, ob …«

Seine Augen verengten sich. »Was wollten Sie sehen?«

»Um ehrlich zu sein, weiß ich es selbst nicht«, sagte Ingrid.

»Wir suchen sie einfach«, ergänzte Simon.

Der Mann strich sich noch ein paarmal über seinen Schafsbart und zog daran, als wollte er ihn verlängern. »Ich kann Sie reinlassen«, sagte er.

Er griff in die Tasche und zog einen Schlüssel heraus.

»Woher haben Sie …?«

»Wie ich schon sagte, bin ich mit ihr befreundet. Haben Sie keinen Freund, der einen Schlüssel zu Ihrer Wohnung hat, falls Sie sich ausschließen oder so etwas?« Er kam auf sie zu. »Wenn die Polizei sauer ist, weil das Absperrband kaputt ist, werde ich Ihnen die Schuld geben. Kommen Sie, gehen wir rein.«

* * *

Die Wohnung war eine enge Bruchbude, etwa halb so groß wie Paiges Zimmer im Studentenwohnheim. Darin befanden sich zwei Matratzen, eine lag rechts an der Wand auf dem Boden, die andere war links an die Wand gelehnt. Nur Matratzen. Keine Betten. Und auch sonst keine Möbel.

Hinten rechts in der Ecke stand Paiges Gitarre. Daneben lag ihre Kleidung in drei Stapeln auf dem Boden. Das Zimmer sah aus, als wäre ein Wirbelsturm hindurchgefegt, aber ihre Kleidung war ordentlich gefaltet. Simon starrte sie an und spürte, wie Ingrid ihre Hand in seine schob und sie drückte. Paige hatte sich immer gut um ihre Sachen gekümmert.

Auf der linken Zimmerseite war ein eingetrockneter Blutfleck auf dem Holz.

»Ihre Tochter hat nie jemandem etwas getan«, sagte der Schwarze. »Außer sich selbst.«

Ingrid sah ihn an. »Wie heißen Sie?«

»Cornelius.«

»Ich bin Ingrid. Das ist Paiges Vater Simon. Aber Sie irren sich, Cornelius.«

»Wieso?«

»Sie hat auch anderen Menschen wehgetan, nicht nur sich selbst.«

Cornelius überlegte einen Moment, bevor er nickte. »Das stimmt wohl, Ingrid. Aber sie hat so viel Gutes in sich, wissen Sie? Trotz allem. Sie hat oft mit mir Schach gespielt.« Er sah Simon an. »Sie hat mir erzählt, dass Sie ihr das beigebracht haben.«

Simon nickte, traute sich nicht, etwas zu sagen.

»Sie ist gern mit Chloe spazieren gegangen. Das ist mein Hund. Ein Cockerspaniel. Sie sagte, Sie hätten zu Hause auch eine Hündin. Und dass sie sie vermisst. Ich verstehe, dass Paige Ihnen wehgetan hat, aber ich spreche von ihren Absichten. Ich hab das früher schon oft gesehen und werde es bestimmt noch öfter sehen. Es ist der Teufel – er ergreift Besitz von einem. Er pikst und stößt einen, bis er deine Schwachstelle gefunden hat, und dann bohrt er sich direkt durch die Haut in die Blutbahn. Es kann der Alkohol sein. Oder das Glücksspiel. Es kann ein Virus sein, Krebs oder sonst irgendetwas. Oder eben Heroin, Koks, Meth oder eine andere Droge. Das sind alles bloß verschiedene Formen des Teufels.«

Er drehte sich um und betrachtete das Blut auf dem Boden.

»Der Teufel kann sogar ein Mann sein«, sagte Cornelius.

»Ich gehe davon aus, dass Sie Aaron auch kannten«, sagte Simon.

Cornelius starrte einfach weiter auf den Fleck. »Meinen Vortrag, wie der Teufel ins Blut kommt, kennen Sie ja schon?«

Ingrid sagte: »Ja.«

»Aber manchmal muss er gar nicht piksen und stoßen. Manchmal übernimmt das ein Mensch für ihn.« Cornelius blickte auf und sah sie an. »Es gefällt mir nicht, jemandem den Tod zu wünschen, aber eins sage ich Ihnen – manchmal bin ich hier hochgekommen, und er war so weggetreten … Paige auch … sie lagen in ihrem eigenen Kot, und ich habe ihn angesehen, überlegt, was er getan hat, und hatte einen Tagtraum …«

Er verstummte.

»Haben Sie mit der Polizei gesprochen?«, fragte Ingrid.

»Sie haben mich befragt, aber ich habe ihnen nichts zu sagen.«

»Wann haben Sie Paige das letzte Mal gesehen?«

Cornelius zögerte. »Ich hatte irgendwie gehofft, dass Sie mir das sagen.«

»Wie meinen Sie das?«

Im Flur wurde es laut. Cornelius steckte seinen Kopf durch die Tür. Ein junges Paar torkelte auf ihn zu, die Arme umeinander gelegt, die Gliedmaßen so verschlungen, dass man kaum erkennen konnte, wo ein Körper endete und der andere begann.

»Cornelius«, sagte der junge Mann leicht lallend, »was geht, Mann?«

»Alles in Ordnung, Enrique. Wie geht's dir, Candy?«

»Ich liebe dich, Cornelius.«

»Ich liebe dich auch.«

»Machst du die Wohnung sauber?«, fragte Enrique.

»Nein. Ich wollte nur nachsehen, ob alles in Ordnung ist.«

»Der Typ war ein Haufen Scheiße.«

»Enrique!«, mahnte Candy.

»Was ist?«

»Der Mann ist tot.«

»Dann ist er jetzt eben ein toter Haufen Scheiße. Besser so?«

Enrique spähte durch die Tür, sah Simon und Ingrid und fragte. »Wer ist das?«

»Nur ein paar Cops«, sagte Cornelius.

Ihr Benehmen veränderte sich sofort. Das Schlendern wurde zielgerichteter.

»Äh, nett, Sie kennenzulernen«, sagte Candy.

Sie entwirrten ihre Gliedmaßen, beschleunigten ihren Schritt und verschwanden durch eine Tür am Ende des Flurs. Cornelius lächelte so lange, bis das Paar um die Ecke verschwunden war.

»Cornelius?«, sagte Ingrid.

»Hm.«

»Wann haben Sie Paige das letzte Mal gesehen?«

Er drehte sich langsam um, ließ den Blick durch das erbärmliche Zimmer schweifen. »Was ich Ihnen jetzt erzähle«, sagte er, »tja, das habe ich der Polizei aus leicht nachvollziehbaren Gründen nicht gesagt.«

Sie warteten.

»Sie müssen das verstehen. Ich habe das vielleicht alles ein bisschen beschönigt, als ich ihnen erzählt habe, wie nett Paige zu Chloe und mir war. Eigentlich war sie eine Katastrophe. Ein Junkie. Wenn sie in meiner Wohnung war – also, wenn sie zu mir kam, um Schach zu spielen oder einen Happen zu essen –, wenn ich ehrlich bin, und das sage ich nicht gerne, habe ich sie die ganze Zeit im Auge behalten. Sie kennen das, oder? Ich habe immer Angst gehabt, dass sie irgendetwas klaut, weil Junkies das eben machen.«

Simon wusste, wovon er sprach. Paige hatte sie auch beklaut. Aus Simons Portemonnaie war Geld verschwunden. Und nachdem auch ein paar von Ingrids Schmuckstücken nicht mehr aufzufinden waren, hatte Paige in einem nahezu oscarreifen Auftritt ihre Unschuld beteuert.

Weil Junkies das eben machen.

Ein Junkie.

Seine Tochter war ein Junkie. Simon hatte sich nie erlaubt, das auszusprechen, aber als er es aus Cornelius' Mund hörte, traf es ihn wie ein harter, unausweichlicher Schlag.

»Zwei Tage bevor Aaron umgebracht wurde, habe ich Paige das letzte Mal gesehen. Unten an der Haustür. Ich bin gerade reingekommen, und sie kam die Treppe heruntergestürmt. In einem Wahnsinnstempo. Als ob jemand hinter ihr her wäre. Sie rannte so schnell, dass ich befürchtete, sie würde fallen.«

Cornelius blickte zur Seite, als könnte er sie noch sehen. »Ich habe die Hände ausgestreckt, um sie zu stützen, falls sie stürzt.« Cornelius demonstrierte es, indem er die Arme hob, die Handflächen nach oben. »Ich habe sie gerufen, aber sie ist einfach an mir vorbei aus dem Haus gerannt. Ist nicht einmal langsamer geworden. Na ja, aber das war ja nicht das erste Mal.«

»Was war nicht das erste Mal?«, fragte Ingrid.

Cornelius wandte sich ihr zu. »Dass Paige so an mir vorbeigestürmt ist. Als ob sie so weggetreten war, dass sie gar nicht wusste, wer ich bin. Oft ist sie dann zum leeren Haus nebenan gerannt. Haben Sie es gesehen, als Sie gekommen sind?«

Beide nickten.

»Vorne ist der NATO-Draht, aber an der Seite ist eine Öffnung. Sie ist dahin gegangen, um sich ihren Schuss von Rocco zu holen.«

»Rocco?«

»Der Dealer hier. Aaron hat für ihn gearbeitet.«

Ingrid sagte: »Aaron hat mit Drogen gehandelt?«

Cornelius zog eine Augenbraue hoch. »Überrascht Sie das?«

Simon und Ingrid sahen sich an. Das tat es nicht.

»Die Sache ist die, wenn ein Junkie dringend einen Schuss braucht, könnte man ihm die Verteidigungsreihe einer NFL-Footballmannschaft in den Weg stellen, und er würde durchkommen. Was ich damit eigentlich sagen will ist, dass das Seltsame an der Sache gar nicht war, dass sie aus dem Haus gestürmt ist.«

»Sondern was?«, fragte Simon.

»Paige hatte Abschürfungen im Gesicht.«

Es rauschte in Simons Ohren. Seine Stimme schien von weit weg zu kommen. »Abschürfungen?«

»Auch ein bisschen Blut. Als ob sie verprügelt worden wäre.«

Simon ballte die Fäuste. Die Wut breitete sich in ihm aus,

heizte seinen ganzen Körper auf. Drogen, Junkie, weggetreten, ganz egal – damit kam er irgendwie klar oder konnte es zumindest verdrängen.

Aber jemand hatte seine kleine Tochter geschlagen.

Simon sah es vor sich, wie eine gefühllose Hand zur Faust geballt wurde – genauso fest, wie seine jetzt geballt war –, ausholte, ein höhnisches Grinsen, und die Faust sauste direkt ins Gesicht seiner hilflosen Tochter.

Wut, Zorn, Rage packten ihn.

Wenn Aaron es getan hatte – und er irgendwie von den Toten auferstehen würde und in diesem Moment hier wäre –, würde er ihn umbringen, ohne zu zögern und ohne einen zweiten Gedanken daran zu verschwenden. Ohne Reue. Ohne Schuldgefühle.

Er würde ihn erledigen.

Simon spürte Ingrids Hand auf seinem Arm, eine zärtliche Berührung, vielleicht der Versuch, ihn aus seiner Wut herauszuholen.

»Ich verstehe Ihre Gefühle«, sagte Cornelius und sah Simon an.

»Und was haben Sie getan?«, fragte Simon.

»Wer sagt denn, dass ich etwas getan habe?«

»Weil Sie meine Gefühle nachvollziehen können«, sagte Simon.

»Das heißt nicht, dass ich etwas getan habe. Ich bin nicht ihr Vater.«

»Sie haben also nur die Achseln gezuckt und sich nicht weiter darum gekümmert.«

»Gut möglich.«

Simon schüttelte den Kopf. »Sie würden so etwas nicht einfach durchgehen lassen.«

»Ich habe ihn nicht umgebracht«, sagte Cornelius.

»Wenn Sie es getan hätten«, sagte Simon, »würde es nie diesen Raum verlassen.«

Cornelius sah Ingrid an. Sie nickte, als wollte sie Simons Worte bestätigen.

»Bitte erzählen Sie uns, was weiter passiert ist«, sagte Ingrid.

Cornelius zupfte an seinem weißen Bart herum. Er sah sich noch einmal im Zimmer um, zog eine Grimasse, als hätte er es gerade zum ersten Mal betreten und erkannt, wie dreckig es war.

»Ja, ich bin hier raufgekommen.«

»Und?«

»Und ich habe an die Tür getrommelt. Sie war abgeschlossen. Also habe ich meinen Schlüssel genommen, genau wie heute, und habe die Tür geöffnet.«

Die Musik oben stoppte. Jetzt war es völlig still im Raum.

Cornelius sah auf die rechte Matratze hinunter. »Aaron lag hier. Besinnungslos. Er stank so schlimm, dass ich kaum atmen konnte. Eigentlich wollte ich nur noch raus und die ganze Sache vergessen.«

Er hielt inne.

»Und was haben Sie dann getan?«, fragte Ingrid.

»Ich habe mir seine Fingerknöchel angesehen.«

»Wie bitte?«

»Die Fingerknöchel an Aarons rechter Hand waren verletzt. Es waren frische Verletzungen. Also wusste ich Bescheid. War auch keine große Überraschung. Er hatte sie geschlagen. Dann habe ich mich neben ihn gestellt …«

Wieder hielt er inne. Dieses Mal schloss er die Augen.

Ingrid trat neben ihn. »Schon okay.«

»Wie schon gesagt, es waren Tagträume, Ingrid. Vielleicht … vielleicht hätte ich mehr getan, wenn sich die Gelegenheit ergeben hätte. Ich weiß es nicht. Wenn das Arschloch wach gewesen wäre. Wenn er wach gewesen wäre und versucht hätte, sich zu rechtfertigen. Vielleicht wäre ich dann einfach durchgedreht. Wissen Sie, was ich meine? Aber so stand ich da, und habe auf diesen Haufen Dreck heruntergeblickt. Und vielleicht, dachte ich mir, würde ich ja dieses Mal, nach dem, was ich gesehen hatte – vielleicht würde ich ja dieses Mal mehr tun, als nur den Kopf zu schütteln und wieder davonzuschlurfen.«

Cornelius öffnete die Augen.

»Aber ich habe es nicht getan.«

»Sie sind wieder gegangen«, sagte Ingrid.

Er nickte. »Enrique und Candy sind den Flur entlanggekommen, genau wie heute. Ich habe die Tür geschlossen und bin wieder nach unten gegangen.«

»Und das war alles?«

»Das war alles«, sagte Cornelius.

»Seitdem haben Sie Paige nicht mehr gesehen?«

»Weder Paige noch Aaron. Als Sie auftauchten, dachte ich, dass ich mich vielleicht geirrt hätte.«

»Geirrt? In welcher Hinsicht?«

»Ich dachte mir, vielleicht ist Paige ja gar nicht ins leere Haus zu Rocco gegangen. Vielleicht ist sie nach Hause gerannt und hat Mommy und Daddy erzählt, was passiert war. Vielleicht sind die dann hier rausgekommen und … na ja, Sie sind ihre Eltern. Ihr Fleisch und Blut. Vielleicht haben Sie mehr getan, als nur einem Tagtraum nachzuhängen.«

Cornelius musterte ihre Gesichter.

»So war es nicht«, sagte Simon.

»Ja, das weiß ich inzwischen auch.«

»Also müssen wir sie finden«, sagte Simon.

»Auch das ist mir klar.«

»Wir müssen ihrer Spur folgen, Schritt für Schritt, seit sie hier rausgerannt ist.«

Cornelius nickte. »Das heißt, Sie müssen mit Rocco sprechen.«

NEUN

Cornelius hatte ihnen beschrieben, wie sie zu Rocco kamen. »Ihr duckt euch durch die Öffnung im Zaun. Er ist in dem verlassenen Gebäude hinten auf dem Grundstück.«

Simon wusste nicht recht, was er erwarten sollte.

Im Fernsehen hatte er schon oft gesehen, wie Drogen in verfallenen innerstädtischen Slums von Männern mit finsteren Blicken, Pistolen, Kopftüchern und tief hängenden Jeans gedealt wurden, wobei die eigentliche Abwicklung meist von kleinen Kindern auf Fahrrädern erledigt wurde, weil man die leichter wieder aus dem Gefängnis bekam oder so etwas, aber wahrscheinlich war das auch nur so ein Fernsehunsinn. Als er mit Ingrid vor der Lücke im Zaun stand, war niemand zu sehen. Kein bewaffneter Wächter, und anscheinend stand auch niemand Schmiere. In der Ferne hörte er leise Stimmen, die wahrscheinlich aus dem verfallenen Gebäude kamen, die zu erwartende Gefahr war jedoch noch nicht zu sehen.

Was keineswegs bedeutete, dass die Lage sicher war.

»Also«, sagte Simon zu Ingrid, »wieder einmal stellt sich die Frage, wie sieht unser Plan aus?«

»Woher zum Teufel soll ich das wissen?«

Sie beäugten die Öffnung im Zaun.

»Lass mich zuerst reingehen«, sagte er. »Falls es nicht sicher ist.«

»Also lässt du mich allein hier draußen stehen? Klar doch, hier ist alles vollkommen sicher.«

Sie hatte recht.

»Ich könnte dich auch auffordern, nach Hause zu gehen«, sagte er.

»Das könntest du«, stimmte Ingrid zu, als sie den Maschendrahtzaun ein Stück zur Seite zog und durch das Loch auf das verlassene Grundstück schlüpfte.

Simon folgte ihr schnell. Das Unkraut reichte ihm bis zu den Knien. Beide hoben beim Gehen die Füße, als würden sie durch tiefen Schnee stapfen, weil sie fürchteten, über verrostete Achsen, Bremstrommeln, Reifen, Motorteile, zersprungene Windschutzscheiben oder Scheinwerfer zu stolpern.

Sie hatten sich an ein paar Tipps gehalten – oder, je nach Betrachtungsweise, an ein paar Vorurteile –, bevor sie sich auf den Weg in dieses Viertel gemacht hatten. Ingrid hatte ihren Schmuck abgenommen, einschließlich ihres Ehe- und Verlobungsrings. Simon trug nur seinen Ehering, der nicht sehr viel wert war. Insgesamt hatten sie etwa hundert Dollar in bar dabei. Ein Raub – und immerhin spazierten sie gerade in eine Drogenhöhle – lag zwar im Bereich des Möglichen, wäre aber nicht sehr einträglich.

Die äußere Stahltür in den Keller stand offen. Simon und Ingrid starrten in die Dunkelheit hinab. Sie sahen einen Betonboden. Sonst nichts. Geräusche drangen aus den Tiefen hervor – gedämpfte Stimmen, Flüstern vielleicht, vielleicht auch leises Lachen. Ingrid machte den ersten Schritt, doch davon wollte Simon nichts wissen. Mit ein paar schnellen Sprüngen eilte er vor ihr die Treppe hinunter und stand auf dem feuchten Betonboden, noch bevor Ingrid die zweite Stufe erreicht hatte.

Zuerst fiel ihm der Geruch auf – dieser schreckliche schwefelige Mief von faulen Eiern, vermischt mit etwas Chemischem, einem Geschmack nach Ammoniak, den er nicht von der Zunge bekam.

Die Stimmen waren jetzt klarer zu hören. Simon ging darauf zu. Er bewegte sich nicht besonders vorsichtig und bemühte sich auch nicht, leise zu sein. Es wäre ein Fehler, sich an sie heranzuschleichen. Er wollte die Typen auf keinen Fall erschrecken, sodass sie womöglich etwas Dummes taten.

Ingrid holte ihn ein. Als sie den zentralen Kellerraum erreichten, verstummten die Stimmen, als hätte man sie abgeschaltet. Simon sah sich um, obwohl der Gestank ihm zu schaffen machte. Er versuchte, durch den Mund zu atmen. Rechts von ihm lungerten vier Personen herum, als hätten sie keine Knochen im Körper oder als wären sie alte Socken, die jemand dort hingeworfen hatte. Das Licht war gedämpft. Simon sah kaum etwas, außer ihren weit aufgerissenen Augen. Sie lagen auf einem zerrissenen Futon und einer Art Sitzsack. Pappkartons, die ursprünglich billigen Wein enthalten hatten, waren zu provisorischen Tischen umfunktioniert worden. Darauf lagen Löffel, Feuerzeuge, Gasbrenner und Spritzen.

Niemand bewegte sich. Simon und Ingrid blieben einfach stehen. Die vier Personen auf dem Boden – waren es vier? oder mehr? schwer zu sagen bei diesem Licht – blieben ruhig liegen, als wären sie getarnt und hofften, nicht gesehen zu werden, solange sie dort reglos verharrten.

Es vergingen noch ein paar Sekunden, bis sich jemand in der Gruppe rührte. Ein Mann. Er erhob sich ganz langsam, wie in Zeitlupe, ein riesiger Mann, der sich vom Boden erhob wie Godzilla aus dem Wasser. Sein ganzer Körper schien sich auszudehnen, bis er den Raum füllte. Als er schließlich aufrecht stand, berührte sein Scheitel beinahe die Decke. Der große Mann schlurfte auf sie zu wie ein Planet auf zwei Beinen.

»Was kann ich für euch tun, meine Lieben?«

Seine Stimme klang angenehm, umgänglich.

»Wir suchen Rocco«, sagte Simon.

»Das bin ich.«

Der riesige Mann streckte eine Hand aus, die aussah, als gehörte sie einer der Ballonfiguren in Macy's Thanksgiving Day Parade. Als Simon ihm seine Hand reichte, verschwand sie zwischen ein paar Hautfalten. Roccos Lächeln war so breit, dass es sein Gesicht in zwei Hälften zerteilte. Er trug eine Yankees Baseballkappe, die gleiche wie Ingrid, wobei seine viel zu klein wirkte, fast wie dieses Maskottchen mit dem riesigen Baseball als Kopf. Rocco war tiefschwarz. Er trug einen Hanf-Hoodie mit Känguru-Tasche, Jeans-Shorts und Birkenstock-Sandalen.

»Kann ich Ihnen irgendwie helfen?«

Es klang locker, jovial, vielleicht ein bisschen bekifft. Die anderen Personen im Raum machten mit dem weiter, was sie vorher schon getan hatten, wozu sie die Feuerzeuge, Brenner und Tütchen mit unbekannten – zumindest Simon unbekannten – Pulvern oder sonstigen Inhalten brauchten.

»Wir suchen unsere Tochter«, sagte Ingrid. »Ihr Name ist Paige.«

»Sie soll vor Kurzem hier gewesen sein«, ergänzte Simon.

»So, so?« Rocco verschränkte griechisch-römische Säulen vor seiner Brust. »Wie kommen Sie darauf?«

Simon und Ingrid sahen sich an.

»Wir haben es gehört«, sagte Simon.

»Von wen?«

Auf dem Boden brüllte jemand: »Von wem!«

»Was?«

Ein weißer Hipster mit einem zu langen Soul-Patch und Slim-Jeans, deren Beine in Pseudoarbeitsstiefeln steckten, rappelte sich auf. »Von wem gehört, nicht von wen. Also wirklich, Rocco. Dativ.«

»Mist, stimmt, entschuldige.«

»Das kannst du besser, Mann.«

»War halt ein Fehler. Mach da kein großes Ding draus.«

Rocco wandte sich wieder Simon und Ingrid zu. »Wo waren wir?«

»Paige.«

»Richtig.«

Stille.

»Sie kennen Paige doch, oder?«, fragte Simon.

»Ich kenne sie, ja.«

»Sie ist …«, Ingrid suchte nach dem richtigen Wort, »… eine Ihrer Klientinnen?«

»Ich rede eigentlich nicht über meine Klienten. In welcher Branche ich in Ihrer Vorstellung auch tätig sein mag, Vertraulichkeit ist jedenfalls eine Schlüsselkomponente.«

»Ihr Geschäft interessiert uns nicht«, sagte Ingrid. »Wir versuchen nur, unsere Tochter zu finden.«

»Sie scheinen eine nette Frau zu sein, Miss …?«

»Greene. Und Doktor.«

»Sie scheinen eine nette Frau zu sein, Dr. Greene, und ich hoffe, dass Sie es nicht persönlich nehmen, aber sehen Sie sich um.« Er breitete die Arme aus, als wollte er den ganzen Keller umfangen. »Sieht dies wie ein Ort aus, an dem wir der Familie erzählen, wo ihre Lieben sich womöglich verstecken?«

»Tut sie das?«, fragte Simon.

»Tut sie was?«

»Versteckt sie sich vor uns?«

»Das werde ich Ihnen nicht verraten.«

»Würden Sie es mir für zehntausend Dollar verraten?«, fragte Simon.

Es wurde still.

Rocco rollte etwas näher an sie heran, fast wie dieser Fels im ersten Indiana-Jones-Film. »Sie sollten Ihre Stimme ein wenig senken.«

»Das Angebot steht«, sagte Simon.

Rocco rieb sich das Kinn. »Sie haben zehn Riesen dabei?«

Simon runzelte die Stirn. »Äh, nein, natürlich nicht.«

»Wie viel haben Sie dabei?«

»Vielleicht achtzig, hundert Dollar. Warum? Wollen Sie uns ausrauben?« Simon hob die Stimme. »Aber das, was ich gesagt habe, gilt für alle hier im Raum. Zehn Riesen, wenn Sie mir sagen, wo Paige ist.«

Ingrid blickte hoch in Roccos Gesicht und zwang ihn so, ihr in die Augen zu schauen. »Bitte«, sagte sie. »Ich glaube, Paige ist in Gefahr.«

»Wegen dem, was mit Aaron passiert ist?«

Als der Name fiel – als Rocco ihn aussprach –, veränderte sich die Atmosphäre im Raum.

»Ja«, sagte Ingrid.

Rocco legte den Kopf auf die Seite. »Was ist da Ihrer Ansicht nach passiert, Dr. Greene?«

Er klang ruhig und entspannt, aber Simon meinte, noch etwas anderes in seiner Stimme zu hören. Ein Knistern, eine gewisse Schärfe. Langsam spürte er, was nur zu offensichtlich war. Rocco mochte eine freundliche Fassade zur Schau stellen. Er mochte wie ein großer, zum Leben erwachter Teddybär wirken.

Aber Rocco war ein Drogendealer, der sein Territorium schützte.

Die Brutalität von Aarons Ermordung deutete auf einen Drogenmord hin, oder? Und wenn Aaron für Rocco gearbeitet hatte …

»Aaron interessiert uns nicht«, sagte Ingrid. »Auch dieser Ort, Ihre Geschäfte und alles, was damit zu tun hat, interessieren uns nicht. Was immer mit Aaron passiert ist, Paige hatte nichts damit zu tun.«

»Woher wissen Sie das?«, fragte Rocco.

»Was?«

»Ganz im Ernst. Woher wollen Sie wissen, dass Paige nichts damit zu tun hatte, was Aaron passiert ist?«

Simon übernahm. »Haben Sie Paige gesehen?«

»Das habe ich.«

»Dann wissen Sie es.«

Rocco nickte bedächtig. »Ein starker Windstoß könnte sie umschmeißen. Schon klar. Trotzdem könnte sie einen Mann unter Drogen setzen und ihn aufschlitzen, wenn er bewusstlos ist.«

»Zehntausend Dollar«, wiederholte Simon. »Wir wollen nur unsere Tochter wieder nach Hause holen.«

Es wurde still im feuchten Keller. Rocco stand mit ausdrucksloser Miene da. Er überlegt, dachte Simon. Er unterbrach ihn nicht. Ingrid auch nicht.

Dann sagte eine Stimme: »Hey, ich kenn Sie.«

Simon drehte sich um und sah in die Ecke. Es war der Grammatikhipster. Er zeigte auf Simon und schnippte mit den Fingern. »Sie sind dieser Typ.«

»Wovon redest du da, Tom?«

»Das ist dieser Typ, Rocco.«

»Was für ein Typ?«

Grammatikhipster steckte die Daumen durch die Gürtelschlaufen und zog seine Jeans hoch. »Das ist der Typ aus dem Video. Der Typ, der Aaron geschlagen hat. Im Central Park.«

Rocco steckte die Hände in die Känguru-Tasche seines Hoodies. »Hey. Ich glaube, du hast recht.«

»Ich sag's dir, Rocco. Das ist der Typ.«

»Wirklich?« Rocco sah Simon an. »Sind Sie der Typ aus dem Video?«

»Ja.«

Rocco ergab sich spöttisch, indem er die Hände hob und einen Schritt zurücktrat. »Oh, mein Gott, bitte schlagen Sie mich nicht.«

Grammatikhipster Tom lachte. Die anderen stimmten ein.

Später würde Simon behaupten, dass er die Gefahr schon gespürt hatte, bevor alles aus dem Ruder lief.

Es mochte tatsächlich etwas Ursprüngliches im Menschen geben, einen Überlebensmechanismus aus den Zeiten als Höhlenmensch, in denen überall und jederzeit Gefahr lauerte, der auch im modernen Menschen schlummerte, ein sechster Sinn oder Instinkt, der in unserer Gesellschaft so gut wie nie gebraucht wurde, der aber trotzdem noch vorhanden war, trotzdem aktiv werden konnte, auch wenn er in den Tiefen unseres genetischen Codes verborgen war.

Als der junge Mann in den Keller torkelte, sträubten sich Simons Nackenhaare.

Rocco sagte: »Luther?«

Der Rest spielte sich innerhalb von einer oder höchstens zwei Sekunden ab.

Luther trug kein Hemd, sodass seine vollkommen unbehaarte Brust glänzte. Er war Anfang zwanzig, drahtig – er schien nur aus angespannten Muskeln zu bestehen – und hüpfte auf den Zehen wie ein Bantamgewichtsboxer, der ungeduldig auf die Startglocke wartete. Er starrte Simon und Ingrid mit weit aufgerissenen Augen an, dann zog er ohne zu zögern eine Pistole.

»Luther!«

Luther zielte. Ohne jede Vorwarnung, ohne zu zögern, ohne ein Wort. Luther zielte einfach und drückte ab.

»PENG!«

Simon schwor, dass er spürte, wie die Kugel an seiner Nase vorbeiflog, dass er es zischen hörte, als sie an ihm vorbeisauste. Er erinnerte sich daran, wie sein Schwager Robert beim Golfen mal den Ball mit dem Schaftansatz getroffen hatte, woraufhin er an seiner Nase vorbeiflog und den Caddy neben ihm traf, der eine Gehirnerschütterung erlitt. Klingt nach einem dummen Vergleich, aber obwohl das Ganze nicht länger als eine Sekunde gedauert haben konnte, waren seine Gedanken in diese Richtung abgeschweift – zu einem Golfausflug in Paramus, New Jersey –, als die Kugel an ihm vorbeipfiff und ihm Blut auf die Wange spritzte.

Blut …

Ingrid verdrehte die Augen nach hinten, als sie zusammensackte.

Simon sah ihren Sturz in Zeitlupe. Der primitive Überlebensinstinkt, der ihm wohl zur Flucht geraten hätte, war verschwunden. Er sah, wie Ingrid, sein Leben, blutend auf den Betonboden stürzte, und ein anderer Instinkt gewann die Oberhand.

Beschütze sie.

Ohne nachzudenken warf er sich über sie, versuchte, seinen Körper so zu platzieren, dass er möglichst viel von ihrem bedeckte, während er gleichzeitig festzustellen versuchte, ob sie noch lebte, wo die Wunde war, ob er die Blutung stillen konnte …

Irgendwo in einem anderen Teil seines Gehirns wusste er, dass Luther noch da war, die Pistole noch in der Hand hielt und höchstwahrscheinlich noch einmal schießen würde. Aber das war ein zweit- oder gar drittrangiger Gedanke.

Beschütze sie. Rette sie …

Er riskierte einen Blick. Luther trat auf ihn zu und richtete die Pistole nach unten auf seinen Kopf. Dutzende Gedanken schossen Simon durch den Kopf – tritt ihn, roll dich zur Seite, versuch, ihn irgendwie, ganz egal wie, zu treffen, bevor er noch einmal abdrückt.

Aber er konnte nichts machen. Auch das sah er.

Es war keine Zeit, irgendetwas zu unternehmen, um sich zu retten. Also zog er Ingrid noch weiter unter sich und legte sich so über sie, dass nichts von ihrem Körper frei lag. Er senkte den Kopf und wappnete sich.

Simon hörte den Schuss.

Und Luther fiel zu Boden.

ZEHN

Ash stellte die Kaffeetasse auf den Tisch. Dee Dee senkte den Kopf zum Gebet. Ash bemühte sich, nicht die Augen zu verdrehen. Dee Dee beendete ihr Gebet wie immer mit den Worten: »Möge die Leuchtende Wahrheit ewig währen.«

Ash saß ihr gegenüber. Die Zielperson hieß Damien Gorse. Er war Besitzer eines Tattoo-Studios in einer Einkaufsmeile in New Jersey, auf das sie gerade von der gegenüberliegenden Straßenseite aus blickten. Sie starrten den Namen auf der Markise an.

Dee Dee fing an zu kichern.

»Was ist daran so komisch?«

»Der Name des Studios.«

»Was ist damit?«

»Tattoos While U Wait«, sagte Dee Dee. »Überleg doch mal. Wie soll das denn sonst gehen? ›Hey, Mann, hier ist mein Arm, mach einen Totenschädel und gekreuzte Knochen drauf, ich hol ihn in zwei Stunden wieder ab.‹«

Sie hielt sich den Mund zu, während sie weiterkicherte. Es war in jeder Beziehung hinreißend.

»Da ist was dran«, sagte Ash.

»Stimmt doch, oder? Tattoos While U Wait. Also ehrlich. Welcher Name war denn dann die zweite Wahl?«

Auch er kicherte jetzt, entweder weil der Witz ganz gut

war, wahrscheinlich aber eher, weil ihr Kichern ansteckend war. Dee Dee machte ihn kirre. Sie konnte zum Wegrennen nerven, das war keine Frage, aber meistens fürchtete er, dass diese Jobs zu Ende gingen und sie wieder aus seinem Leben verschwand.

Dee Dee merkte, dass er sie seltsam ansah. »Was ist?«

»Nichts.«

»Ash?«

Also sagte er es einfach. »Du musst nicht zurückgehen.«

Dee Dee sah ihn mit diesen verdammt schönen grünen Augen an, in denen man sich auf alle Zeit verlieren konnte. »Natürlich muss ich das.«

»The Shining Truth ist keine leuchtende Wahrheit. Es ist eine Sekte.«

»Das verstehst du nicht.«

»Das sagen alle Sektenanhänger. Du hast die Wahl.«

»The Shining Truth ist die einzige Option.«

»Komm schon, Dee Dee.«

Sie lehnte sich zurück. »Wenn ich dort bin, bin ich nicht Dee Dee. Das hab ich dir noch gar nicht erzählt.«

»Wie meinst du das?«

»In Truth Haven. Da nennen sie mich Holly.«

»Ehrlich?«

»Ja.«

»Sie haben dich gezwungen, deinen Namen zu ändern?«

»Sie haben mich zu gar nichts gezwungen. Holly ist mein *Truth*, mein wahrer Name.«

»Die Namensänderung steht im Sekten-Einmaleins unter Indoktrination an erster Stelle«

»Es zeigt, dass ich ein neuer Mensch bin. Ich bin nicht Dee Dee. Ich will nicht Dee Dee sein.«

Er verzog das Gesicht. »Also soll ich dich jetzt Holly nennen?«

»Du nicht, Ash.« Sie streckte die Hand über den Tisch und legte sie auf seine. »Du hast Holly immer gesehen. Du warst der Einzige.«

Er spürte ihre warme Hand auf seiner. Einen Moment lang blieben sie so sitzen, ihre Hand auf seiner, und Ash wünschte sich, der Moment würde nie vergehen. Wie dumm. Er wusste, dass er nicht andauern würde. Nichts war von Dauer. Aber er saugte ihn einfach in sich auf und genoss ihn.

Dee Dee lächelte, als wüsste sie genau, was er fühlte. Vielleicht tat sie das. Sie hatte ihn schon immer auf eine Art durchschaut, wie es sonst niemand konnte.

»Es ist in Ordnung, Ash.«

Er antwortete nicht. Sie tätschelte ihm kurz den Arm und zog die Hand dann langsam zurück, wollte sie nicht plötzlich wegziehen.

»Es wird spät«, sagte sie. »Wir müssen langsam auf unsere Positionen gehen.«

Er nickte. Sie gingen zu dem gestohlenen Auto mit den gestohlenen Nummernschildern. Sie fuhren den Highway ein Stück nach Norden und bogen an der Downing Street ab. Die kleine Ortsstraße führte zur Rückseite eines ShopRite-Supermarkts. Sie parkten in der Nähe des Ausgangs, abseits der Überwachungskameras. Dann gingen sie durch ein bewaldetes Gebiet und kamen an der Rückseite des Tattoo-Studios wieder heraus.

Ash sah auf die Uhr. Das Studio schloss in zwanzig Minuten.

Mord war einfach, wenn man ihn einfach hielt.

Ash hatte die Handschuhe schon an. Er war von oben bis unten schwarz gekleidet. Die Sturmhaube hatte er noch nicht aufgesetzt, weil die Dinger zu warm waren und juckten, wenn man sie zu lange trug. Aber er hielt sie bereit.

Hinter dem Tattoo-Studio stand ein rostiger grüner Müllcontainer. An einem Seitenfenster leuchtete ein Neon-Schriftzug: »PIERCINGS – WO IMMER SIE WOLLEN«. Drinnen sah Ash die Silhouette einer Person, die den Boden fegte. Auf dem Parkplatz standen nur noch zwei Fahrzeuge – ein Toyota Pick-up, der hoffentlich dem letzten heutigen Kunden gehörte, und hinten, am Müllcontainer, vom Highway aus nicht sichtbar, der Ford Flex mit Holzdesignverkleidung von Damien Gorse.

Ihre Informationen, so knapp sie auch gehalten waren, besagten, dass Gorse das Studio immer als Letzter verließ und abschloss.

Der Plan sah so aus, dass sie warten würden, bis Damien Gorse das Studio abschloss und zum Auto ging, wo sie ihn dann bei einem »missglückten Raubüberfall« töten würden.

Die Glocke läutete, als die Vordertür des Studios geöffnet wurde. Ein Mann mit einem langen roten Pferdeschwanz trat heraus, drehte sich noch einmal um und rief: »Danke, Damien.«

Damien rief dem Mann mit dem Pferdeschwanz eine Antwort zu, die sie aber nicht verstanden. Der Mann nickte und stapfte auf den Toyota Tundra zu. Auf dem Weg sah er seinen vollständig bandagierten Arm breit grinsend an.

»Vielleicht ist er nur zurückgekommen, um ihn abzuholen«, flüsterte Dee Dee.

»Was?«

»Den Arm. Du weißt schon. Tattoos While U Wait?«

Im Laden hörte die Silhouette auf zu fegen.

Sie kicherte, als der Mann mit dem Pferdeschwanz in den

Toyota stieg, ihn anließ und sich in den Verkehr auf dem Highway einfädelte.

Dee Dee rückte näher an ihn heran. Sie roch, wie es nur schöne Frauen können, nach Akelei, Flieder und ein bisschen nach Ambrosia. Ihre Nähe lenkte ihn ab. Das gefiel ihm nicht.

Ash rückte ein Stück zur Seite und setzte die Sturmhaube auf.

Im Laden ging das Licht aus.

»Showtime«, sagte Dee Dee.

»Bleib hier.«

In geduckter Haltung lief Ash auf den Parkplatz zu. Er versteckte sich hinter einem Baum und wartete. Er betrachtete den Ford Flex. Durch die Pseudo-Holzverkleidung sah er aus wie eine Familienkutsche, obwohl Gorse unverheiratet war und keine Kinder hatte. Vielleicht gehörte er seiner Mutter. Oder seinem Vater. Wenn sie mehr Zeit gehabt hätten, würde Ash all das wissen, denn dann hätte er seine eigenen Informationen eingeholt. Aber das alles zu wissen war häufig, entschuldigen Sie das Wortspiel, Overkill.

Erledige einfach den Job, verzieh dich, hinterlass keine Spuren.

Der Rest war nur überflüssiges Beiwerk.

Es half auch, die Sache methodisch anzugehen. Er würde keine zehn Sekunden brauchen, um zum Auto zu kommen. Zögere nicht. Gib ihm keine Chance zu reagieren. Geh auf ihn zu und verpass ihm zwei Schüsse in die Brust. Normalerweise würde er einen Kopfschuss vorziehen, aber erstens würde ein Räuber das eher nicht tun, und zweitens war schon Kevin Gano durch einen Kopfschuss gestorben.

Es war nicht nötig, sich zu wiederholen.

Natürlich gab es ansonsten keinerlei Verbindung zwischen Damien Gorse und Kevin Gano. Ash benutzte andere Pistolenmarken und -modelle, die er sich auf völlig verschiedene Arten besorgt hatte. Ganos Tod war ein »Selbstmord« im Großraum Boston gewesen, während es sich bei Gorse um einen misslungenen Raubüberfall in New Jersey handeln würde.

Die Strafverfolgungsbehörden würden keine Verbindung finden.

Mehr noch, selbst Ash fand keine weiteren Verbindungen zwischen Kevin Gano, Damien Gorse und den anderen. Sie waren alle zwischen vierundzwanzig und zweiunddreißig Jahre alt. Alle lebten in unterschiedlichen Landesteilen. Alle hatten unterschiedliche Schulen besucht und arbeiteten in verschiedenen Branchen. Natürlich musste es eine Schnittmenge geben, irgendetwas mussten die Zielpersonen gemeinsam haben, und wenn Ash mehr Zeit hatte oder mehr Informationen bekam, würde er herausbekommen, was das war.

Aber im Moment hatte er beides nicht, und das war in Ordnung so.

Die Türglocke des Tattoo-Studios läutete.

Ash hielt die Pistole in der Hand. Natürlich trug er Handschuhe. Die Sturmhaube hatte er aufgesetzt. Im Lauf der Jahre hatte Ash die Erfahrung gemacht, dass eine Sturmhaube das periphere Sehen behinderte, daher hatte er die Augenlöcher schon vorher etwas vergrößert. Er blieb in der Hocke und wartete. Links hatte Dee Dee sich dem Parkplatz genähert. Er runzelte die Stirn. Sie müsste es eigentlich besser wissen und sich von hier fernhalten. Aber so war Dee Dee.

Gorse kam von rechts auf ihn zu. Dee Dee war links von

ihm. Ausgeschlossen, dass er sie entdeckte, bevor die Kugeln ihn trafen.

Sie wollte einfach nur besser sehen können.

Trotzdem gefiel es ihm nicht.

Als er das Knirschen von Schritten auf Kies hörte, drehte er den Kopf nach rechts und blickte zum Gebäude hinüber.

Damien Gorse ging daran entlang.

Perfekt.

Jetzt brauchte Ash nur noch den richtigen Zeitpunkt abzupassen, aber eigentlich war die Fehlertoleranz ziemlich groß, besonders nach hinten heraus. Wenn er zu früh losging, konnte Gorse vielleicht noch umkehren und auf die Straße oder in den Laden zurückrennen, selbst wenn das unwahrscheinlich war. Wenn er zu spät losging, saß Gorse vielleicht schon in seinem Wagen, aber Glas hielt schließlich keine Pistolenkugeln auf.

Aber all das spielte auch keine Rolle. Sein Timing war perfekt.

Gorse streckte die Hand aus und drückte die Fernbedienung seines Autos. Ash hörte das wohlbekannte Piepen, als die Türen entriegelt wurden. Er wartete, bis Damien Gorse auf Höhe des Wagenhecks war. Ash richtete sich auf und ging mit schnellen Schritten auf ihn zu. Nicht rennen. Rennen erschwert das Zielen.

Gorse hatte gerade die Hand zum Türgriff ausgestreckt, als er Ash entdeckte. Er drehte sich zu ihm um und sah ihn mit einem fragenden Blick an. Ash hob die Waffe und schoss Gorse zweimal in die Brust. Es knallte lauter, als Ash erwartet hatte, was aber kein Problem war. Gorses Körper fiel gegen den Wagen. Einen Moment lang schien der Wagen ihn zu stützen, bis er schließlich in den Kies rutschte.

Als Ash auf die Leiche zueilte, sah er am Rand seines Blickfelds, wie Dee Dee ein Stück nach rechts ging, um besser sehen zu können. Darum konnte er sich jetzt nicht kümmern. Er beugte sich herunter, überzeugte sich, dass Gorse tot war, und durchwühlte die Taschen des Mannes. Er zog das Portemonnaie heraus. Außerdem trug Gorse eine große TAG-Heuer-Armbanduhr. Er nahm auch die an sich.

Dee Dee kam näher.

»Mach, dass du wegkommst«, fauchte er.

Er wollte gerade aufstehen, als er Dee Dees Gesichtsausdruck sah.

Sie starrte über seine Schulter. Ash spürte, wie sein Herz einen Schlag aussetzte.

»Ash?«, sagte sie.

Dann deutete sie mit dem Kinn nach vorne.

Ash fuhr herum. Da, neben dem grünen Müllcontainer, stand ein Mann mit einem Plastiksack.

Der Mann – nein, eigentlich eher ein Teenager, ein verdammtes Kind, Himmelherrgott noch mal! – musste durch die Hintertür des Studios gegangen sein, um den Müll rauszubringen. Er hielt den Beutel immer noch hoch, als wäre er mitten in der Bewegung erstarrt, wie versteinert stand er aufgrund der Ereignisse, deren Zeuge er geworden war.

Der Junge starrte Ash, der eine Sturmhaube trug, einfach nur an.

Und er starrte Dee Dee an, die keine trug.

Scheiße, dachte Ash.

Ihm blieb keine Wahl. Er richtete die Pistole auf ihn und drückte ab, aber der Junge war schon losgerannt. Er ging hinter dem Müllcontainer in Deckung. Ash rannte auf ihn zu und drückte noch einmal ab. Der Junge krabbelte auf Händen und Füßen, und die Kugel flog über ihn hinweg. Er verschwand geduckt im Hintereingang und schlug die Tür zu.

Scheiße!

Ash hatte sich entschieden, diesen Mord mit einem Revolver zu begehen, einem Sechsschüsser. Vier Schüsse hatte er schon abgegeben, also blieben ihm noch zwei. Die durfte er nicht vergeuden. Allerdings durfte er auch keine Zeit vergeuden. Es würde nur ein paar Sekunden dauern, bis der Junge die Polizei rief oder …

Eine Alarmglocke schrillte.

Sie war so laut, dass Ash kurz stehen blieb und sich mit den Händen die Ohren zuhielt. Er drehte sich um und sah Dee Dee an.

»Hau ab!«, rief Ash.

Sie nickte, kannte das Protokoll. Verschwinden. Er überlegte, ob er das Gleiche tun sollte – ob er hier abhauen sollte, bevor die Polizei kam. Aber der Junge hatte Dee Dees Gesicht gesehen. Er konnte sie beschreiben.

Also musste der Junge sterben.

Ash versuchte, den Knauf an der Hintertür zu drehen. Die Tür öffnete sich. Seit seinem ersten Schuss waren vielleicht fünf Sekunden vergangen. Wenn im Laden eine Waffe war, hatte der Junge sie höchstwahrscheinlich noch nicht gefunden. Ash stürmte hinein und sah sich um.

Von dem Jungen war nichts zu sehen.

Er hatte sich versteckt.

Wie viel Zeit blieb Ash noch? Nicht genug. Aber.

Das Gehirn ist ein Computer, also war es in der kurzen Zeit, die er brauchte, um einen Schritt zu gehen, viele Wahrscheinlichkeiten und mögliche Lösungen durchgegangen. Der erste Gedanke war naheliegend und aus dem Instinkt geboren: Der Junge hatte Dee Dees Gesicht gesehen. Er konnte sie identifizieren. Ihn am Leben zu lassen, war daher faktisch und eindeutig gefährlich für Dee Dee.

Schlussfolgerung: Er musste sterben.

Beim nächsten Schritt wurde ihm jedoch klar, dass diese Bauchentscheidung womöglich etwas voreilig und extrem war. Ja, der Junge hatte sie gesehen und konnte sie womöglich identifizieren. Aber was genau würde er sagen? Eine schöne Frau mit langem blondem Zopf und grünen Augen, die nicht in New Jersey lebte, keinerlei Beziehung zu New Jersey hatte, den Staat bald wieder verließ und vermutlich in ihre Kommune, ihre Zuflucht, ihren ›Haven‹ oder wie auch immer sie das Ding nannte, zurückkehren würde … wie sollte die Polizei sie finden?

Aber angenommen, Dee Dee schaffte es nicht bis dahin? Angenommen, die Polizei schnappte sie, bevor sie weit genug entfernt war. Der Junge konnte sie identifizieren. Doch andererseits – sehen Sie, wie das Gehirn arbeitet? –, was soll's.

Die nackten Fakten: Dee Dee hatte auf einem Parkplatz gestanden, als Damien Gorse ermordet wurde. Das war alles. Außerdem hatte dort ein Mann mit Sturmhaube und Pistole gestanden – wieso sollte jemand annehmen, dass die beiden zusammengehörten? Hätte sie nicht auch eine Sturmhaube getragen, wenn sie an dem Mord beteiligt gewesen wäre? Konnte Dee Dee nicht ohne Weiteres behaupten, dass sie nichts mit dem Mord zu tun hatte, dass sie nur zufällig in diese Situation hineingeraten war, selbst wenn man sie tatsächlich aufgrund der Aussage des Jungen schnappen und identifizieren sollte?

Im Tattoo-Studio trat Ash einen weiteren Schritt nach vorne.

Es war immer noch alles still.

Ehrlich, wenn er darüber nachdachte, wie standen die Chancen, dass es für Dee Dee gefährlich werden konnte, wenn der Junge am Leben blieb? Wenn man alles zusammennahm – die Vor- und Nachteile abwog –, war es nicht der beste, nicht der erfolgversprechendste Weg abzuhauen, bevor die Polizei kam? Rechtfertigte es den Zeitverlust, den er für die Verfolgung dieses verängstigten Jungen in Kauf nahm, sodass er das Risiko einging, selbst gefasst zu werden? Vor allem wenn man die aberwitzig geringe Möglichkeit dagegenhielt, dass das Überleben dieses Zeugen Dee Dee schaden könnte?

Lass den Jungen leben.

Ash hörte eine Sirene.

Außerdem gefiel es ihm nicht, ihn zu töten. Oh, er würde es tun, natürlich, und ohne Probleme. Aber den Jungen umzubringen, kam ihm plötzlich so überflüssig vor, und wenn sich die Möglichkeit bot, konnte man im Zweifel doch auch ebenso gut die Seite der Guten wählen, oder? Er glaubte nicht an Karma, aber man musste dem Karma ja auch nicht gleich einen Stoß in die Rippen verpassen.

Sirenen. Sie kamen näher.

Es war der Glückstag des Jungen.

Ash drehte sich um. Er rannte zur Hintertür, denn jetzt blieb ihm nur noch eine Möglichkeit: Flucht.

In diesem Moment hörte er ein Klicken von der Schranktür neben dem Ausgang.

Fast wäre Ash weitergerannt.

Doch das tat er nicht.

Er öffnete die Tür. Der Junge lag auf dem Boden und hatte den Kopf mit seinen zitternden Händen bedeckt, als wollte er Schläge abwehren.

»Bitte«, sagte der Junge, »ich verspreche, dass ich nichts …«

Er hatte keine Zeit, sich das anzuhören.

Ash verwendete nur eine Kugel für einen Kopfschuss, sodass er für alle Fälle noch eine weitere übrig hatte.

ELF

Alle flohen aus dem Kellerraum.

Aus dem Augenwinkel sah Simon, dass Rocco sich Luther wie einen Wäschesack über die Schulter warf und zum Ausgang sprintete. Ein paar Sekunden, vielleicht auch etwas länger, blieb Simon noch liegen, um seiner Frau Deckung zu geben. Als ihm klar wurde, dass die Gefahr vorbei war, zog er das Handy heraus und wählte den Notruf. Sirenengeheul durchschnitt die stickige Luft.

Vielleicht hatte schon jemand vor ihm angerufen. Vielleicht hatten die Sirenen auch nichts mit diesem Vorfall zu tun.

Ingrid hatte die Augen geschlossen. Blut strömte aus einer Wunde zwischen ihrer rechten Schulter und dem oberen Brustkorb. Simon bemühte sich, den Blutfluss zu stoppen, riss sich sein Hemd herunter und presste es auf die Wunde. Er versuchte nicht, Ingrids Puls zu fühlen. Wenn sie tot war, würde er es früh genug erfahren.

Beschütze sie. Rette sie.

Über den Notruf teilte man ihm mit, dass Hilfe unterwegs sei. Zeit verging. Wie viel Zeit, konnte Simon nicht sagen. Er war mit Ingrid allein in diesem widerlichen, feuchtkalten Keller. Und irgendwie musste er plötzlich daran denken, wie sie sich kennengelernt hatten, in einem Restaurant in der 69th Street, nur zwei Blocks von ihrem jetzigen Wohnort entfernt. Yvonne hatte das Date arrangiert, kurz nachdem Ingrid in die

Vereinigten Staaten zurückgekehrt war. Er war als Erster da gewesen, hatte nervös an einem Fenstertisch gewartet, und als sie hereinkam, mit hoch erhobenem Kopf und majestätischen Bewegungen wie auf dem Laufsteg, war ihm fast die Luft weggeblieben. Ganz egal, ob es kitschig klang – oder ob es alle so machten –, Simon hatte jedenfalls schon beim ersten Date sein ganzes zukünftiges Leben mit dieser Partnerin vor Augen gehabt, er griff immer seeeehr weit vor, stellte sich vor, dass er und diese Frau verheiratet waren, Kinder aufzogen und sich später, wenn sie älter wurden, am Küchentisch gegenübersaßen, im Bett lasen und all das. Was hatte er gefühlt, als er Ingrid das erste Mal sah? Er fand sie umwerfend. Das war sein erster Gedanke gewesen. Sie wirkte fast zu perfekt, zu beherrscht und zu selbstbewusst. Später erfuhr er, dass das nur Show war, dass Ingrid von denselben Ängsten und Unsicherheiten geplagt wurde wie wir alle, dass es Teil des menschlichen Daseins war und sich alle anständigen Menschen für Angeber hielten und glaubten, fast überall fehl am Platz zu sein.

Egal. Dort, an jenem hellen Fenstertisch an der Ecke West 69th Street und Columbus Avenue hatte ihre Beziehung ihren Anfang genommen und hier, in diesem feuchten, dunklen Keller in der Bronx, könnte sie jetzt ihr Ende finden.

»Ingrid?«

Es war nicht mehr als ein klägliches Flehen.

»Bleib bei mir, bitte.«

Die Polizei kam an, kurz danach die Rettungssanitäter. Sie zogen ihn von Ingrid weg und übernahmen. Er saß mit an die Brust gezogenen Knien auf dem Beton. Ein Polizist stellte ihm ein paar Fragen, aber er hörte sie nicht, starrte nur auf seine Frau, mit der sich die Sanitäter beschäftigten.

Eine Sauerstoffmaske verdeckte den Mund, den er so oft geküsst hatte, den er auf jede erdenkliche Art geküsst hatte, von beiläufig bis leidenschaftlich. Er sagte nichts, sah einfach nur zu. Er fragte nicht, ob sie noch lebte, ob sie sie retten konnten. Er hatte zu viel Angst, sie zu stören, sie abzulenken, als wäre Ingrids Lebensfaden so dünn, dass er durch jede noch so kurze Unterbrechung reißen könnte wie ein ausgeleiertes Gummiband.

Simon würde später sagen, dass er sich an den Rest nur verschwommen erinnerte, doch in Wahrheit schleppte er sich in Zeitlupe und strahlenden Farben dahin – wie Ingrid auf die Trage gelegt und zum Krankenwagen geschoben wurde, wie er mit ihr hinten einstieg, den Tropf anstarrte, die ernste Miene des Sanitäters, Ingrids blasse Haut, wie er dem Heulen der Sirene lauschte, sich über den irrsinnig langsamen Verkehr auf dem Major Deegan Expressway ärgerte, wie sie dann endlich anhielten, durch die Türen in die Notaufnahme stürmten, ein Pfleger ihn freundlich, aber bestimmt beiseitezog und zu einem der gelben Plastik-Schalensitze im Wartezimmer führte.

Er rief Yvonne an und erzählte ihr in groben Zügen, was passiert war. Als er fertig war, sagte Yvonne: »Ich fahre direkt zu euch und hole Anya ab.«

Simon kam seine eigene Stimme fremd vor. »Okay.«

»Was soll ich ihr sagen?«

Er spürte, wie ein Schluchzen ihm die Kehle zuschnürte, und schluckte es herunter. »Keine Einzelheiten, bleib einfach bei ihr.«

»Hast du Sam angerufen?«, fragte Yvonne.

»Nein. Er schreibt eine Biologieklausur. Er braucht nichts davon zu erfahren.«

»Simon?«

»Was ist?«

»Du kannst nicht klar denken. Seine Mutter wurde angeschossen. Sie muss operiert werden.«

Er kniff die Augen zu.

»Ich hol Anya ab«, sagte sie. »Robert holt Sam. Sie sollten hier bei euch sein.«

Yvonne verkniff sich ein »genau wie ich« – entweder weil die Kinder wichtiger waren, oder weil Ingrid und sie sich nicht sehr nahestanden. Sie stritten sich nicht, gingen immer höflich miteinander um und hegten auch keinen erkennbaren Groll gegeneinander, das Bindeglied zwischen den beiden Schwestern war aber eindeutig Simon.

Yvonne hakte noch einmal nach. »Ist das okay so, Simon?«

Zwei Polizisten erschienen und ließen ihre Blicke in Cop-Manier durch den Raum schweifen. Sie entdeckten Simon und kamen auf ihn zu.

»Ja, ist okay«, sagte Simon und legte auf.

Am Tatort hatte Simon den Schützen bereits beschrieben, aber die Polizisten wollten weitere Details. Er begann, alles zu erzählen, kam aber nur langsam voran, weil er den Kontext, also Aaron, dessen Ermordung und alles, was damit zusammenhing, unerwähnt ließ. Außerdem war er nicht bei der Sache, weil er die ganze Zeit auf die Tür starrte, darauf wartete, dass ein Arzt erschien – eigentlich eher ein Gott –, um ihm mitzuteilen, ob seine Welt zusammengebrochen war oder nicht.

Fagbenle stürmte ins Wartezimmer. Die beiden Polizisten gingen zu ihm, und die drei steckten in einer Ecke die Köpfe zusammen. Simon nutzte die Pause, um ein weiteres Mal zur Rezeption zu gehen und nach dem Zustand seiner Frau zu fragen, woraufhin ihm die Rezeptionistin einmal mehr mitteilte, dass es nichts Neues gebe und der Arzt sicher gleich komme, sobald sich etwas änderte.

Als Simon zu seinem Platz zurückgehen wollte, stand Fagbenle direkt hinter ihm. »Ich versteh das nicht. Was haben Sie in der Bronx gemacht?«

»Wir haben unsere Tochter gesucht.«

»Und dafür sind Sie in eine Drogenhöhle gegangen?«

»Unsere Tochter ist drogensüchtig.«

»Haben Sie sie gefunden?«

»Nein, Detective. Und falls Sie es noch nicht gehört haben, meine Frau wurde von einer Kugel getroffen.«

»Das tut mir wirklich leid.«

Simon schloss die Augen, winkte ab.

»Wie ich gehört habe, waren Sie auch am Tatort des Mordes.«

»Das ist richtig.«

»Warum?«

»Wir haben da angefangen.«

»Angefangen womit?«

»Mit der Suche nach unserer Tochter.«

»Und wie sind Sie aus der Wohnung in die Drogenhöhle nebenan geraten?«

Simon wusste, dass er dazu besser nichts sagte. »Was spielt das für eine Rolle?«

»Warum wollen Sie es mir nicht sagen, Simon?«

»Weil es keine Rolle spielt.«

»Wenn ich ehrlich bin«, sagte Fagbenle, »sieht das alles nicht gut für Sie aus.«

»Wenn ich ehrlich bin«, sagte Simon, »interessiert mich nicht, wie das aussieht.«

Simon ging zurück zu seinem gelben Plastik-Schalensitz.

»Occams Rasiermesser«, sagte Fagbenle. »Kennen Sie das Konzept?«

»Ich habe keine Lust auf Spielchen, Detective.«

»Es besagt…«

»Ich weiß, was es besagt.«

»…dass die einfachste Erklärung normalerweise die richtige ist.«

»Und was ist die einfachste Erklärung, Detective?«

»Sie haben Aaron Corval umgebracht«, sagte er. Einfach so. Ohne Gefühlsregung, Zorn oder Überraschung. »Oder Ihre Frau. Ich würde es Ihnen beiden nicht verübeln. Der Mann war ein Monster. Er hat Ihre Tochter langsam vergiftet, sie vor Ihren Augen ermordet.«

Simon runzelte die Stirn. »Ist das jetzt die Stelle, an der ich zusammenbreche und ein Geständnis ablege?«

»Nicht doch, hören Sie einfach zu. Ich rede von der guten, alten moralischen Zwickmühle.«

»Mhm.«

»Frage: Würden Sie jemanden umbringen? Antwort: Nein, natürlich nicht. Frage: Würden Sie jemanden umbringen, um Ihr Kind zu retten? Antwort: …?«

Fagbenle hob die Arme und zuckte die Achseln.

Simon setzte sich wieder hin. Fagbenle zog sich einen in der Nähe stehenden Stuhl heran und setzte sich neben ihn. Er sprach leise.

»Sie könnten sich aus Ihrem Haus geschlichen haben, als Anya schlief. Oder Ingrid könnte in ihrer Pause rüber in die Bronx gelaufen sein.«

»Das glauben Sie doch selbst nicht.«

Er drehte die Hand in einer abwägenden Geste hin und

her. »Ich habe gehört, Sie haben sich auf Ihre Frau geworfen, als der Täter auf sie schießen wollte. Dass Sie ihr mit Ihrem Körper Deckung gegeben haben.«

»Worauf wollen Sie hinaus?«

»Sie waren bereit zu sterben, um jemanden, den Sie lieben, zu retten«, sagte Fagbenle und beugte sich etwas weiter vor. »Da braucht es nicht sehr viel Fantasie, sich vorzustellen, dass Sie für sie töten würden?«

Um sie herum herrschte ein Kommen und Gehen, Simon und Fagbenle bekamen nichts davon mit.

»Ich habe eine Idee, Detective.«

»Ich bin ganz Ohr.«

»Ein Mann namens Luther hat auf meine Frau geschossen.« Simon beschrieb ihn genau so, wie er es schon zweimal zuvor getan hatte. »Warum ziehen Sie und Ihre Leute nicht los und nehmen ihn fest?«

»Das haben wir schon.«

»Moment. Sie haben ihn?«

»Das war nicht schwer. Wir sind der Blutspur gefolgt: Er lag bewusstlos etwa zwei Blocks weiter auf dem Boden.«

»Der Große, Rocco, hat ihn aus dem Keller geschafft. Er hat ihn getragen.«

»Rocco Canard. Ja, kennen wir. War Mitglied einer Gang. Luther Ritz, wie er mit vollem Namen heißt, hat für Rocco gearbeitet. Genau wie Aaron. Wahrscheinlich wollte Rocco ihn verstecken. Als er die Blutspur gesehen hat, hat er ihn in einer Gasse abgelegt. Das vermuten wir jedenfalls. Sie müssen ihn identifizieren, damit eindeutig geklärt ist, dass er derjenige ist, der geschossen hat.«

»Geht klar«, sagte Simon. »Wie schwer sind seine Verletzungen?«

»Er wird durchkommen.«

»Hat er bei der Festnahme noch irgendetwas gesagt?«

»Ja«, sagte Fagbenle und lächelte breit, »er sagte, Sie und Ingrid hätten auf ihn geschossen.«

»Das ist eine Lüge.«

»Das wissen wir auch. Ich verstehe aber trotzdem nicht, was genau passiert ist. Warum hat er geschossen?«

»Ich weiß es nicht. Wir haben uns mit Rocco unterhalten, als …«

»Sie und Ihre Frau?«

»Ja.«

»Dann sind Sie beide, tja, einfach in diese Drogenhöhle hineinspaziert und haben ein bisschen mit dem Bandenchef geplaudert?«

»Wie Sie schon sagten, Detective. Was tut man nicht alles, um einem geliebten Menschen zu helfen.«

Die Antwort schien Fagbenle zu gefallen. »Fahren Sie fort.«

Simon erzählte ihm, was passiert war, und ließ dabei nur einen entscheidenden Punkt aus.

»Und dann ist Luther hereingekommen und hat auf Sie geschossen.«

»Ja.«

»Ohne Vorwarnung?«

»So ist es.«

»Da haben Sie's.« Wieder lächelte er breit. »Wieder Occams Rasiermesser.«

»Inwiefern?«, fragte Simon.

»Rocco ist Drogendealer. Luther und Aaron haben für ihn gearbeitet. Das ist ein sehr gewalttätiges Umfeld. Am Ende ist Aaron tot, und Luther schießt auf Sie – wo wir gerade darüber sprechen, wer hat eigentlich auf Luther geschossen?«

Ein Mann ließ sich in den gelben Plastik-Schalensitz ihnen gegenüber fallen. Er hielt sich den blutgetränkten Kopfverband.

»Simon?«

»Was ist?«

»Ihre Frau wird von einer Kugel getroffen. Sie werfen sich über sie, um sie zu schützen. Luther will sie erledigen. Wer hat ihn davon abgehalten?«

»Ich habe niemanden gesehen«, sagte er.

Fagbenle hatte etwas an seiner Stimme bemerkt: »Ich habe nicht gefragt, ob Sie jemanden gesehen haben. Ich habe gefragt, wer Sie vor Luther gerettet hat?«

Doch in diesem Moment rannte Anya in den Warteraum. Simon stand auf, als seine Tochter auf ihn zustürzte, ihre Arme um ihn schlang und ihn dabei fast umwarf. Er schloss die Augen, drückte sie an sich und versuchte, die Tränen zurückzuhalten. Anya vergrub ihr Gesicht an seiner Brust.

»Mom …«, schluchzte sie gedämpft.

Fast hätte er gesagt: »Das wird schon wieder«, oder »Sie schafft das«, aber er wusste nicht, warum er sie weiter belügen sollte. Er öffnete die Augen. Yvonne kam auf ihn zu und küsste ihn auf die Wange, während er Anya noch im Arm hielt.

»Robert ist auf dem Weg zu Sam«, sagte sie.

»Danke.«

Dann trat ein Mann im Krankenhauskittel in den Raum. »Simon Greene?«

Langsam löste Anya ihren Griff und ließ ihren Vater los.

»Das bin ich.«

»Kommen Sie bitte mit. Der Arzt möchte Sie sprechen.«

ZWÖLF

Man hört oft, dass der Umgang mit den Patienten für Ärzte im Krankenhaus eigentlich mehr oder weniger egal sei. So, als wollten Patienten Ärzte, die ihre Arbeit kühl, mechanisch wie Roboter erledigen, die sich nicht von Gefühlen ablenken lassen. Oder wie man so schön sagt, ein Chirurg soll ordentlich schneiden und nicht so viel nachdenken.

Simon wusste, dass Ingrid anderer Ansicht war.

Sie glaubte, dass sich die meisten Patienten einen echten Menschen als Arzt wünschten – einen fürsorglichen, einfühlsamen Menschen. Dass Patienten eine Person suchten, die sie als einen Mitmenschen betrachtete, der Schmerzen empfand und Angst verspürte, der Trost und Unterstützung brauchte. Ingrid nahm diese Verantwortung sehr ernst. Wenn Eltern ihr Kind zu ihr brachten, verstand es sich für sie von selbst, dass es kaum eine Situation gab, in der Menschen verletzlicher war. Sie standen unter Stress, hatten Angst und waren verwirrt. Ärzte, die das nicht begriffen, die ihre Patienten wie ein anatomisches Objekt behandelten, das repariert werden musste wie ein MacBook in der Service-Werkstatt, machten den Praxisbesuch nicht nur unangenehmer als nötig, sie neigten auch dazu, bei der Diagnose etwas zu übersehen.

Manchmal war man, so wie er gerade, verängstigt, verletzt, gestresst und verwirrt, wenn man einer Ärztin gegenüber Platz nahm, deren Worte das eigene Leben mehr als alles andere verändern konnten. Es konnten die schlimmsten oder die schönsten Worte der Welt sein, oder sie konnten, wie in diesem Fall, irgendwo dazwischenliegen.

Ingrid hätte Dr. Heather Grewe ganz sicher gemocht, die trotz aller Erschöpfung Mitgefühl ausstrahlte. Grewe versuchte, ihm Ingrids Zustand zu erklären, versuchte es mit einer Kombination aus Alltagssprache und medizinischen Fachbegriffen. Simon konzentrierte sich auf die wesentlichen Informationen.

Ingrid lebte noch.

Gerade so.

Sie lag im Koma.

Die nächsten vierundzwanzig Stunden waren entscheidend.

Simon nickte immer wieder, aber irgendwie hatte er bei den Worten der Ärztin die Bodenhaftung verloren. Er versuchte, ihr zuzuhören, seine Gedanken schweiften jedoch immer wieder ab. Yvonne, die neben ihm saß, blieb dagegen mit beiden Beinen auf dem Boden. Sie stellte Zwischenfragen – vermutlich gute. An der niederschmetternden Diagnose änderte dies alles nichts. Und noch etwas konnte man hier über Ärzte erfahren: Auch wenn wir sie manchmal für Götter halten, es ist erstaunlich, wie begrenzt ihr Wissen und ihre Möglichkeiten sind, und das erfüllt uns gleichzeitig mit Demut.

Sie überwachten Ingrids Zustand, viel mehr konnten sie aber im Moment nicht tun, nur abwarten. Dr. Grewe erhob sich und streckte die Hand aus. Simon stand auf und schüttelte sie. Und auch Yvonne ergriff die Hand der Ärztin. Im Moment durften noch keine Besucher zu Ingrid ins Zimmer, also taumelten sie durch den Flur zurück in den Wartebereich. Fagbenle schnitt Simon den Weg ab und nahm ihn beiseite.

»Sie müssen etwas für mich tun«, sagte er.

Simon, der immer noch ziemlich benommen war, nickte kurz. »Okay.«

»Sie müssen sich etwas ansehen.«

Er reichte Simon eine kleine Papptafel, auf der sechs Fotos angebracht waren, drei oben und drei unten. Lauter Porträts. Unter jedem Foto stand eine Nummer.

»Ich möchte, dass Sie sich das genau ansehen und mir sagen, ob …«

»Nummer fünf«, sagte Simon.

»Lassen Sie mich ausreden. Ich möchte, dass Sie sich das genau ansehen und mir sagen, ob Sie einen oder mehrere Männer erkennen.«

»Ich erkenne Nummer fünf.«

»Woher kennen Sie Nummer fünf?«

»Das ist der Mann, der auf meine Frau geschossen hat.«

Fagbenle nickte. »Es wäre gut, wenn Sie ihn auch bei einer persönlichen Gegenüberstellung identifizieren.«

»Reicht das nicht?«, fragte Simon und deutete auf die Papptafel.

»Ich halte es für besser, wenn wir es auch persönlich machen.«

»Im Moment möchte ich in der Nähe meiner Frau bleiben.«

»Das können Sie. Der Verdächtige liegt auch hier – die Schusswunde wurde behandelt. Kommen Sie.«

Fagbenle ging den Flur entlang. Simon drehte sich um und forderte Yvonne mit einem Nicken auf mitzukommen. Es war nicht weit. Das Zimmer lag am Ende des Flurs.

»Haben Sie Rocco auch geschnappt?«, fragte Simon.

»Wir haben ihn festgenommen, ja.«

»Was hat er gesagt?«

»Sie und Ihre Frau wären in sein Etablissement gekommen, er stand mit dem Rücken zum Eingang, es wurde geschossen, er ist geflohen. Er hat keine Ahnung, wer geschossen hat, wer getroffen wurde oder was sonst so passiert ist.«

»Das ist Unsinn.«

»Wirklich? Rocco, einer der großen Drogendealer der Bronx, belügt uns? Wow, ich bin schockiert.«

»Haben Sie ihn nach meiner Tochter gefragt?«

»Er kennt sie nicht. ›Für mich sehen die weißen Weiber alle gleich aus‹, hat er gesagt. ›Besonders die Junkies.‹«

Simon zuckte nicht zusammen. »Können Sie ihn in Haft nehmen?«

»Mit welcher Begründung? Sie haben selbst gesagt, dass Rocco Sie nicht angegriffen hat, richtig?«

»Richtig.«

»Luther hat abgedrückt. Ach, wo wir gerade über ihn reden.«

Er blieb an einem Raum stehen, vor dem ein Polizist in Uniform saß. »Hey, Tony«, sagte Fagbenle.

Tony, die Wache, sah Simon an.

»Wer ist das?«

»Der Ehemann des Opfers.«

»Oh.« Tony nickte Simon zu. »Tut mir leid.«

»Danke.«

»Er will ihn identifizieren«, sagte Fagbenle. »Ich gehe davon aus, dass der Täter noch bewusstlos ist.«

»Nein, er ist wach.«

»Seit wann?«

»Etwa fünf bis zehn Minuten.«

Fagbenle sah Simon an. »Dann ist es wahrscheinlich nicht die beste Idee, das jetzt zu machen.«

»Warum nicht?«

»Protokoll. Die meisten Zeugen haben Angst, dem Täter von Angesicht zu Angesicht gegenüberzustehen.«

Simon runzelte die Stirn. »Bringen wir das einfach hinter uns.«

»Es stört Sie nicht, dass er Sie sieht?«

»Er hat mich gesehen, als er auf meine Frau geschossen hat. Wieso sollte mich das stören?«

Fagbenle zuckte die Achseln und stieß die Tür auf. Im Fernseher lief ein spanischer Sender. Luther saß aufrecht im Bett. Seine Schulter war verbunden. Er musterte Simon finster und sagte: »Was will der denn hier?«

»Ach, dann kennen Sie den Mann?«, fragte Fagbenle.

Luthers Blick sauste von links nach rechts. »Äh …«

Fagbenle sah Simon an. »Mr Greene?«

»Ja, das ist der Mann, der auf meine Frau geschossen hat.«

»Das ist eine Lüge.«

»Sind Sie sicher?«, fragte Fagbenle.

»Ja«, sagte Simon. »Ich bin sicher.«

»Die haben auf mich geschossen«, rief Luther.

»Wirklich, Luther?«

»Ja. Er ist ein Lügner.«

»Und wo genau war das?«

»Hier, in die Schulter.«

»Nein, Luther, ich meine den geografischen Ort.«

»Hä?«

Fagbenle verdrehte die Augen. »An welchem Ort, Luther?«

»Oh, da im Keller. Bei Roccos Haus.«

»Und warum haben wir Sie in einer Gasse versteckt zwei Blocks entfernt gefunden?«

Die Verblüffung stand Luther ins Gesicht geschrieben. »Äh, ich bin abgehauen. Vor ihm geflohen.«

»Und haben sich in der Gasse versteckt. Auch als die Polizisten Sie gesucht haben?«

»Hey, ich mag halt keine Cops, weiter nichts.«

»Wunderbar. Vielen Dank für die Bestätigung, dass Sie am Tatort waren. Das hilft uns wirklich sehr.«

»Ich hab auf niemanden geschossen. Sie haben keinen Beweis.«

»Besitzen Sie eine Pistole, Luther?«

»Nein.«

»Und Sie haben auch nie mit einer geschossen?«

»Mit einer Pistole?« Sein Blick wurde argwöhnisch. »Einmal vielleicht. Ist Jahre her.«

»Mann, Luther, gucken Sie denn nicht fern?«

»Was denn?«

»Krimis.«

Luther wirkte verwirrt.

»Irgendwann sagt immer irgendein dämlicher Täter: ›Ich habe nicht geschossen‹, so wie Sie gerade, und dann sagt der Cop, dass ein Test auf Schmauchspuren durchgeführt wurde – klingelt da etwas, Luther? – und dass Schmauchspuren gefunden wurden, normalerweise in Form von Schießpulverpartikeln an der Hand und der Kleidung des Täters.«

Luther wurde blass.

»Und wissen Sie, sobald sie das alles haben, die Cops, meine ich – in diesem Fall bin ich das –, haben sie den Täter praktisch auf frischer Tat ertappt. Wir haben Zeugen, Schmauchspuren und damit den wissenschaftlichen Beweis, dass unser dämlicher Täter ein Lügner ist. Damit ist er erledigt. Normalerweise gesteht er dann und versucht, einen Deal zu machen.«

Luther lehnte sich blinzelnd zurück.

»Wollen Sie uns mitteilen, warum Sie geschossen haben?«

»Ich war's nicht.«

Fagbenle seufzte. »Jetzt fangen Sie an, uns zu langweilen.«

»Warum fragen Sie nicht ihn?«, sagte Luther.

»Wie bitte?«

Luther nickte in Richtung Simon. »Fragen Sie ihn.«

Simon atmete ein paarmal tief durch. Seit er den Raum betreten hatte, hatte er das Ganze verdrängt, aber jetzt stürzte alles wieder auf ihn ein. Ingrid, die Frau, die er liebte wie keine andere, kämpfte hier ganz in der Nähe, in diesem Gebäude, um ihr Leben – wegen dieses Arschlochs. Ohne darüber nachzudenken, trat Simon einen Schritt aufs Bett zu und hob die Hände, um den Drecksack zu erwürgen, dieses Nichts, dieses wertlose Miststück, das versucht hatte, einem so wundervollen, strahlenden Wesen das Leben zu nehmen.

Fagbenle streckte den Arm aus, um Simon aufzuhalten, es war jedoch eher ein mentales Hindernis als ein physisches. Er sah Simon an und schüttelte verständnisvoll, aber bestimmt den Kopf.

»Was soll ich ihn fragen, Luther?«, hakte Fagbenle nach.

»Was die beiden bei Rocco wollten. Sagen wir mal, dass ich es getan habe. Hab ich eigentlich nicht, aber tun wir einfach mal so, sagen wir … wie heißt das noch … hypodermisch, dass ich es war.«

Fagbenle bemühte sich, nicht die Stirn zu runzeln. »Gut, legen Sie los.«

»Vielleicht brauchte Rocco Schutz.«

»Warum sollte Rocco Schutz brauchen?«

»Ich weiß nicht. Ich spreche hypodermisch.«

»Also hat Rocco dich beauftragt, auf Dr. Greene zu schießen?«

»Doktor?« Er richtete sich auf. »Wovon sprechen Sie? Ich hab nicht auf'n Doktor geschossen. Das können Sie mir nicht anhängen.« Er zeigte auf Simon. »Ich hab bloß auf seine Alte geschossen.«

Simon wusste nicht recht, ob er um sich schlagen oder in Gelächter ausbrechen sollte. Wieder packte ihn die blanke Empörung darüber, dass selbst dieser wertlose Haufen Nichts die Macht hatte, einen so vitalen, hochgeschätzten und geliebten Menschen wie Ingrid zu zerstören – und ihm wurde klar, dass es auf dieser Welt keine Gerechtigkeit gab, keine Kontrollinstanz, keine höhere Macht, sondern dass überall nur willkürliches Chaos herrschte. Er wollte diesen Dreckskerl umbringen, ihn zertreten wie Ungeziefer, auch wenn Ungeziefer nicht einmal annähernd so gefühllos und gefährlich war, daher – los, zerquetsche dieses Nichts, tu es zum Wohle der Menschheit, da gibt es nichts zu verlieren, alle können nur gewinnen. Aber dann fühlte er sich selbst bei diesem Gedanken nur noch ausgelaugt, weil ihm klar wurde, dass selbst das sinnlos wäre. Das Ganze war nichts als ein gewaltiger, schlechter Witz.

»Ich hab nur meinen Boss beschützt«, sagte Luther. »Notwehr, verstehen Sie?«

Simons Handy vibrierte. Er blickte aufs Display. Eine SMS von Yvonne:

Wir können jetzt zu Ingrid.

* * *

Als Simon ihr Zimmer betrat – als er den ersten Blick auf Ingrid warf, wie sie in diesem Bett lag, ruhiger als schlafend, voller Schläuche, die an gurgelnden Maschinen hingen –, als er das leibhaftig vor Augen hatte, bekam er weiche Knie und sank zu Boden. Er fing den Sturz nicht ab. Wahrscheinlich hätte er es gekonnt, wahrscheinlich hätte er die Hände ausstrecken und sich rechts am Handlauf festhalten können. Doch das tat er nicht. Er ließ sich fallen, ließ sich so fallen, dass er hart aufschlug, und stieß dann einen stillen Schrei aus, weil er wusste, dass er es brauchte.

Als das vorbei war, stand er auf und hatte keine Tränen mehr in den Augen. Er setzte sich zu Ingrid, nahm ihre Hand und sprach mit ihr. Er versuchte nicht, sie mittels Willenskraft zum Weiterleben zu bewegen, und erzählte ihr nicht, wie sehr er sie liebte oder so etwas. Wenn Ingrid ihn hören konnte, würde sie so etwas nicht hören wollen. Erstens war sie keine Freundin von melodramatischen Szenen, vor allem aber würde sie nicht wollen, dass er solche Gedanken äußerte, solange sie nichts darauf entgegnen konnte. Liebes- oder Verlusterklärungen ohne Entgegnung waren für sie bedeutungslos. So als würde man mit sich selber Fangen spielen. So etwas musste auf Gegenseitigkeit beruhen.

Also erzählte er von alltäglichen Dingen wie seiner Arbeit, ihrer Arbeit, dem Küchenumbau, der eines Tages an-stehen konnte (oder auch nicht), über Politik, die Vergangenheit und ein paar Lieblingserinnerungen, in denen sie sich gerne verlor. Auch das war Ingrid. Es gefiel ihr, wenn er gewisse Geschichten ein ums andere Mal wiederholte. Dann hörte sie ganz genau zu, ein Lächeln umspielte ihre Lippen, und er wusste, dass sie bei ihm war, dass sie mit ihm an diesen Ort zurückgekehrt war, um alles noch einmal mit einer Klarheit zu erleben, wie es nur wenige Menschen konnten.

Heute umspielte kein Lächeln ihre Lippen.

Irgendwann – Simon wusste nicht, wie viel Zeit vergangen war – legte Yvonne ihm die Hand auf die Schulter. »Erzähl mir, was passiert ist«, sagte sie. »Alles.«

Also tat er das.

Yvonne sah ihrer Schwester die ganze Zeit ins Gesicht. Sie und Ingrid hatten sehr unterschiedliche Lebenswege beschritten, was vielleicht auch die Kluft zwischen ihnen erklärte. Ingrid hatte anfangs auf großem Fuß gelebt – hatte gemodelt, war gereist und hatte auch ein wenig mit Drogen experimentiert, was seltsamerweise dazu geführt hatte, dass sie Paige gegenüber weniger verständnisvoll gewesen war. Yvonne dagegen war immer die pflichtbewusste, anständige Tochter gewesen, die viel gelernt und ihre Eltern geliebt hatte, die auf dem Pfad der Tugend geblieben war.

Im Endeffekt hatte Ingrid ihren eigenen Worten zufolge die Erfahrung gemacht, dass die Erkundung der Welt einem letztlich nur half, sein Zuhause zu finden. Sie war zurückgekommen und hatte am Bryn Mawr College ein Studienvorbereitungsjahr absolviert, in dem sie sich sämtliche Voraussetzungen für das Medizinstudium in kürzester Zeit angeeignet hatte. Mit einer Entschlossenheit und Fokussierung, die

Yvonne bei jedem anderen Menschen zweifelsohne bewundert hätte, tat Ingrid sich im Medizinstudium, den Praktika und der Facharztausbildung hervor.

»Du kannst nicht hierbleiben«, sagte Yvonne, als Simon zu Ende gesprochen hatte.

»Was soll das heißen?«

»Ich bleibe hier bei Ingrid. Aber du kannst hier nicht einfach herumsitzen, Simon. Du musst Paige suchen.«

»Ich kann hier jetzt nicht weg.«

»Doch, das musst du. Du hast keine Wahl.«

»Wir haben uns immer gegenseitig versprochen…« Simon sprach nicht weiter. Er würde Yvonne nicht erzählen, was sie schon wusste. Ingrid und er waren eine Einheit. Wenn einer krank wurde, war der andere für ihn da. So lautete die Regel. Das war ein Teil der Abmachung, die sie getroffen hatten.

Yvonne wusste, was er meinte, schüttelte aber trotzdem den Kopf. »Ingrid wird wieder aus diesem Koma erwachen. Oder auch nicht. Aber wenn sie aufwacht, wird sie Paiges Gesicht sehen wollen.«

Er antwortete nicht.

»Du findest Paige nicht, wenn du hier rumsitzt.«

»Yvonne…«

»Wenn sie könnte, würde Ingrid dir das auch sagen, Simon. Das weißt du ganz genau.«

Ingrids Hand fühlte sich leblos an, als würde kein Blut darin fließen. Simon starrte seine Frau an, suchte nach einer Antwort oder zumindest einem Zeichen, aber sie schien immer kleiner zu werden, sich vor seinen Augen aufzulösen. Die Gestalt im Bett wirkte nicht mehr wie Ingrid, sondern wie eine leere Hülle, als hätte ihr Wesen den Körper schon verlassen. Er war nicht so naiv zu glauben, dass der Klang von Paiges Stimme Ingrid wieder zurückholen könnte, aber er glaubte verdammt noch mal auch nicht, dass seine Anwesenheit an der Bettkante das bewirken konnte.

Simon ließ Ingrids Hand los. »Bevor ich gehe, muss ich …«

»Ich kümmer mich um die Kinder. Ich kümmere mich ums Geschäft. Ich kümmere mich um Ingrid. Geh.«

DREIZEHN

Die Nacht ging zu Ende, und es dämmerte schon, als der Wagen Simon wieder an den Betonbarrikaden absetzte. Auf der Straße war niemand – jedenfalls war niemand wach. Auf dem Gehweg vor dem überwachsenen, leer stehenden Grundstück, nur gut einen Meter von der Stelle entfernt, an der Ingrid und er vor gerade mal ein paar Stunden durch den Zaun geklettert waren, schliefen zwei Männer. Jemand hatte Polizei-Absperrband angebracht, doch das war in der Mitte durchgerissen worden und flatterte in der morgendlichen Brise.

Simon näherte sich dem heruntergekommenen, vierstöckigen Backsteingebäude, das seine Tochter ihr Zuhause genannt hatte. Dieses Mal ging er ohne Zögern oder Furcht hinein. Er stieg die Treppe hinauf, blieb dann aber im ersten Stock stehen, anstatt in den zweiten weiterzugehen. Es war noch nicht einmal sechs Uhr morgens. Natürlich hatte Simon nicht geschlafen. Er war erschüttert und aufgekratzt wegen einer Sache, die bald geklärt sein würde.

Er klopfte an die Tür und wartete. Möglicherweise weckte er ihn auf, aber das war ihm ziemlich egal. Nach kaum zehn Sekunden wurde die Tür geöffnet. Cornelius sah aus, als hätte auch er nicht viel geschlafen. Die beiden Männer sahen sich lange in die Augen.

»Wie geht's ihr?«, fragte Cornelius.

»Sie schwebt in Lebensgefahr.«

»Kommen Sie lieber rein.«

Simon wusste nicht, was er erwartet hatte, als er in Cornelius' Wohnung trat – etwas Ähnliches wie die dreckige Bruchbude, die Paige ihr Zuhause genannt hatte? –, aber dann war es, als wäre er durch ein magisches Portal in eine andere Welt getreten. Die Wohnung hätte in eine dieser Schöner-Wohnen-Sendungen gepasst, die Ingrid sich gern ansah. Eingebaute Eichenregale umrahmten die Fenster an der Rückwand. Rechts stand ein grünes viktorianisches Plüschsofa. Die Schmuckkissen darauf waren mit Pflanzenmotiven bestickt. Links hingen Farbdrucke von Schmetterlingen. Auf einem mit Schnitzereien verzierten Holztisch stand ein Schachspiel, und Simon sah Paige vor sich, wie sie mit Cornelius spielte, dabei die Stirn runzelte und sich eine Haarsträhne um den Finger wickelte, während sie konzentriert über einen Zug nachdachte.

Ein Cockerspaniel kam aus der Ecke geschossen und wedelte so heftig mit dem Schwanz, dass er kaum das Gleichgewicht halten konnte. Cornelius nahm ihn hoch und drückte ihn an sich. »Das ist Chloe.«

Vor den Büchern in den Regalen standen Fotos. Familienfotos. Viele. Simon trat näher heran, um sie sich genauer anzusehen. Sein Blick blieb sofort am ersten Bild hängen, einem klassischen Familienfoto vor einem regenbogenfarbenen Hintergrund – ein jüngerer Cornelius, eine Frau, die aussah, als wäre sie seine Ehefrau, und drei lächelnde Jungs im Teenageralter, von denen zwei Cornelius schon über den Kopf gewachsen waren.

Cornelius setzte den Hund wieder auf den Boden und trat zu ihm.

»Das Foto muss so acht bis zehn Jahre alt sein. Tanya und ich haben hier in der Wohnung drei Jungs großgezogen. Sie sind inzwischen erwachsen. Tanya … ist vor zwei Jahren gestorben. Brustkrebs.«

»Das tut mir leid«, sagte Simon.

»Wollen Sie sich setzen? Sie sehen ganz schön erschöpft aus, Mann.«

»Ich fürchte, wenn ich mich einmal hingesetzt habe, komme ich nicht wieder hoch.«

»Wäre sicher nicht das Schlechteste. Sie brauchen eine Pause, bevor Sie weitermachen.«

»Später vielleicht.«

Cornelius stellte das Familienfoto behutsam wieder weg, als wäre es extrem zerbrechlich, und deutete auf das Porträtbild von einem Marine in Uniform.

»Das ist Eldon. Unser Ältester.«

»Ein Marine?«

»Ja.«

»Er sieht aus wie Sie.«

»Das stimmt.«

»Waren Sie beim Militär, Cornelius?«

»Marine Corporal. Im Zweiten Golfkrieg. Operation Desert Storm.« Cornelius drehte sich um und sah Simon an. »Sie wirken nicht überrascht.«

»Bin ich auch nicht.«

Cornelius rieb sich das Kinn. »Haben Sie mich gesehen?«

»Nur einen Moment.«

»Aber lange genug, um es sich zusammenzureimen?«

»Wahrscheinlich wäre ich auch so darauf gekommen«, sagte Simon. »Ich weiß nicht, wie ich Ihnen danken soll.«

»Lassen Sie's. Ich habe Luther reingehen sehen, also bin ich ihm gefolgt. Ich hätte ihn außer Gefecht setzen müssen, bevor er auf Ingrid schießen konnte.«

»Sie haben uns das Leben gerettet.«

Cornelius ließ seinen Blick über die Familienfotos schweifen, als könnten sie ihm irgendeine Weisheit offenbaren. »Warum sind Sie zurückgekommen?«, fragte er.

»Das wissen Sie.«

»Um Paige zu finden.«

»Genau.«

»Sie ist auch dorthin gegangen. In den Keller. Genau wie Sie.« Cornelius ging in die hintere Ecke des Raumes. »Seitdem habe ich sie nicht mehr gesehen.«

»Und dann wurde Aaron ermordet.«

»Ja.«

»Glauben Sie, dass sie Paige umgebracht haben?«

»Ich weiß es nicht.« Cornelius hockte sich hin. Er öffnete eine Schranktür, hinter der ein Safe sichtbar wurde. »Aber Sie müssen sich auf schlechte Nachrichten gefasst machen, ganz egal, wie das hier weitergeht.«

»Das habe ich«, sagte Simon.

Cornelius drückte seinen Daumen auf die Tür. Simon hörte das Piepen, als der Safe seinen Fingerabdruck prüfte. Die Tür öffnete sich. »Und Sie sollten diesmal nicht ohne Rückendeckung reingehen.«

Cornelius griff in den Safe und nahm zwei Pistolen heraus. Dann erhob er sich, schloss den Safe und die Schranktür. Er reichte Simon eine Waffe und behielt die andere.

»Das müssen Sie nicht«, sagte Simon.

»Sie sind doch nicht nur hergekommen, um sich zu bedanken, oder?«

»Nein.«

»Dann lassen Sie uns Rocco suchen gehen.«

* * *

Die Judge-Lester-Patterson-Houses waren einer der ältesten und größten Sozialwohnungskomplexe der Stadt. Er bestand aus fünfzehn gleichförmigen Backstein-Hochhäusern, nahm eine Fläche von fast sieben Hektar ein und beherbergte mehr als eintausendachthundert Familien.

Cornelius ging voran. In Haus sechs waren die Fahrstühle außer Betrieb, also nahmen sie die Treppe. Trotz der frühen Stunde waren schon viele Leute auf den Beinen. In den Treppenhäusern liefen lachende Kinder herum, die sich für die Schule fertig machten. Erwachsene begannen ihre täglichen Wanderungen zu den nächsten Bus- und U-Bahn-Haltestellen, um zur Arbeit zu fahren. Fast alle verließen das Gebäude, gingen also die Treppe hinunter, sodass Cornelius und Simon gegen den Strom schwimmen mussten, zwei Lachse auf dem Weg in den achten Stock.

Roccos Mutter und seine Geschwister wohnten in Apartment 8C. Zwei Kinder rannten aus der Tür und ließen sie offen stehen. Simon klopfte dagegen, und eine Frauenstimme bat ihn herein.

Simon trat ein. Cornelius blieb an der Tür stehen. Rocco erhob sich aus einem Fernsehsessel und starrte ihn an. Wieder war Simon von den Ausmaßen des Mannes eingeschüchtert. Eine Frau kam aus der Küche.

»Wer ist das?«, fragte sie.

Rocco durchbohrte Simon mit seinem Blick. »Mach dir darüber keine Sorgen, Mama.«

»Erzähl mir nicht, dass ich mir keine Sorgen machen soll. Das ist meine Wohnung.«

»Schon verstanden, Mama. Er wollte gerade wieder gehen.« Rocco trat direkt vor Simon und richtete sich zu seiner vollen Größe auf. Simon stand Auge in Auge mit seinen Brustmuskeln. »Nicht wahr?«

Simon legte den Kopf auf die Seite, sodass er an Rocco vorbeigucken konnte, was nicht einfach war. »Ich suche meine Tochter«, sagte er zu Roccos Mutter. »Ich glaube, Ihr Sohn weiß, wo sie ist.«

»Rocco?«

»Hör nicht auf ihn, Mama.«

Doch davon wollte sie nichts wissen. Als seine Mutter auf ihn zukam, schien der große Mann zusammenzuschrumpfen. »Weißt du, wo die Tochter dieses Mannes ist?«

»Nein, das weiß ich nicht, Mama.« Er klang wie ein Zehnjähriger. »Wirklich, Mama.«

Jetzt wandte sie sich an Simon. »Wie kommen Sie darauf, dass er das weiß, Mister?«

»Lass mich kurz mit ihm reden, Mama.« Rocco ging in Richtung Tür. »Ich hab das im Griff.«

Rocco setzte seine Masse ein, um Simon in den Flur zu schieben, folgte ihm nach draußen und schloss die Tür hinter sich. »Das ist nicht cool, Mann – zu meiner Mama zu kommen.« Er entdeckte Cornelius. »Was zum Teufel machen Sie hier?«

»Ich geh ihm nur zur Hand.«

Rocco schnippte mit den Fingern und zeigte auf ihn. »Jetzt hab ich's. Sie waren es, der ihn zu mir geschickt hat. Macht, dass ihr hier rauskommt. Beide.«

Simon rührte sich nicht. »Rocco?«

Der große Mann sah zu ihm hinunter. »Was ist?«

»Meine Frau liegt im Koma und kämpft ums Überleben. Einer Ihrer Männer hat in Ihrem Keller auf sie geschossen. Meine Tochter wird vermisst. Sie wurde zuletzt in diesem Keller gesehen.« Simon blinzelte nicht, zitterte nicht und rührte sich nicht von der Stelle. »Ich werde hier nicht weggehen, bis Sie mir alles erzählt haben, was Sie wissen.«

»Glauben Sie, dass ich Angst vor Ihnen habe?«

»Das sollten Sie«, sagte Cornelius. »Sehen Sie ihn sich an, Rocco. Er ist verzweifelt. Sie sind klug genug, um zu wissen, dass es sich nicht lohnt, sich mit einem Verzweifelten anzulegen.«

Rocco sah ihn tatsächlich an. Simon hielt seinem Blick stand.

»Ich werde der Polizei sagen, dass Sie Luther befohlen haben, auf uns zu schießen.«

»Was? Sie wissen ganz genau, dass das nicht stimmt.«

»Sie haben seinen Namen gerufen.«

»Weil ich ihn stoppen wollte, Mann. Er sollte nicht schießen!«

»Das kann ich nicht beurteilen. Ich glaube, dass es ein Befehl war. Ich glaube, Sie haben ihn aufgefordert, uns zu erschießen.«

»Ach, verstehe.« Rocco breitete die Arme aus. Er sah erst Simon, dann Cornelius an. »So läuft das jetzt also?«

Cornelius zuckte mit den Achseln.

»Ich will nur meine Tochter finden«, sagte Simon.

Rocco wiegte den Kopf, als müsste er darüber nachdenken. »Gut, okay. Aber dann verschwinden Sie.«

Simon nickte.

»Ja, sie ist zu mir gekommen. Paige, meine ich. Sie ist in

den Keller runtergekommen. Ich habe sofort gesehen, dass jemand sie verprügelt hatte.«

»Hat sie gesagt, wer das war?«

»Ich brauchte nicht fragen. Ich wusste es.«

»Aaron.«

Rocco sparte sich die Antwort.

»Und warum hat Luther auf uns geschossen?«

»Weil er verrückt ist.«

Simon schüttelte den Kopf. »Es muss mehr dahinterstecken.«

»Ich habe ihn nicht dazu aufgefordert.«

»Wer dann?«

»Hören Sie, die Branche, in der ich tätig bin – das ist nicht einfach. Irgendjemand versucht immer, in unser Revier einzudringen. Ja, natürlich, Aaron war ein Drecksack. Aber er war auch einer von uns. Wir nehmen an, dass eine rivalisierende – nennen wir es Firma – ihn abserviert hat. Vielleicht die Fidels.«

»Die Fidels?«

Cornelius sagte: »Kubanische Gang«, und trotz der ganzen Anspannung, weil seine Frau um ihr Leben kämpfte und seine Tochter weiß Gott wo war, musste Simon laut auflachen. Das Geräusch hallte durch den Flur. Menschen drehten sich um und starrten ihn an.

»Das ist doch wohl ein Witz.«

»Ist es nicht.«

»Eine kubanische Gang namens die Fidels?«

Ein Lächeln umspielte Cornelius' Lippen. »Der Anführer heißt Castro.«

»Das haben Sie sich ausgedacht.«

»Ich schwöre, bei Gott.«

Simon fuhr wieder zu Rocco herum. »Warum ist Paige zu Ihnen gekommen, nachdem sie verprügelt worden war?«

»Was glauben Sie?«

»Sie wollte einen Schuss«, sagte Simon. »Haben Sie ihr etwas gegeben?«

»Sie hatte kein Geld.«

»Ist das ein Nein?«

»Ich betreibe keinen Wohltätigkeitsverein«, sagte Rocco.

»Und was ist dann passiert?«

»Sie ist gegangen, Mann. Und das Nächste, was ich gehört habe, war, dass Aaron tot ist.«

»Glauben Sie, dass es Paige war?«

»Ich würde auf die Fidels setzen«, sagte er. »Aber ja, durchaus möglich, dass Paige ihn umgebracht hat. Oder Sie waren es, Mann. Vielleicht glaubte Luther das. Luther ist auch da gewesen, als Paige in den Keller kam. Überlegen Sie mal. Sagen wir, ich wäre Vater. Wenn irgendein Typ meine Tochter verprügelt, so wie Aaron es mit Ihrer gemacht hat, würde ich mich rächen. Vielleicht haben Sie das ja getan.«

»Was habe ich getan?«

»Vielleicht haben Sie Aaron umgebracht. Und jetzt suchen Sie Ihre Tochter, um Ihre Mission zu Ende zu bringen.«

»Das habe ich nicht getan«, sagte Simon.

Aber irgendwie wünschte er sich, dass er es getan hätte. Rocco hatte recht. Wenn jemand deiner Tochter etwas antut, bist du als Vater verpflichtet, ihn aufzuhalten, ganz egal wie. Das hatte Simon nicht. Er hatte Paige aus den Fingern gleiten lassen und immer wieder versucht, ihr nutzlose Rettungsleinen zuzuwerfen, anstatt zu tun, was ein Mann tun musste.

Alles, um sein Kind zu retten.

Beschütze sie. Rette sie.

Was für ein Vater war er eigentlich?

»Wahrscheinlich ist sie irgendwo hier in der Gegend«, sagte Rocco. »Sie können sie suchen, Mann, das kann ich Ihnen nicht verübeln. Aber sie ist ein Junkie. Selbst wenn Sie sie finden, wird das kein Happy End.«

* * *

Sie gingen zurück in Cornelius' Wohnung. Als Simon die Tür hinter sich schloss, griff er in die Jackentasche und zog die Pistole heraus.

»Hier«, sagte Simon und reichte sie ihm.

»Behalten Sie sie.«

»Sind Sie sicher?«

»Absolut«, sagte Cornelius.

»Glauben Sie, dass Rocco sie findet?«

»Bei der Belohnung?«

Simon hatte Rocco am Ende des Gesprächs ein simples Angebot gemacht. Wenn Sie Paige finden, gebe ich Ihnen fünfzigtausend Dollar.

»Ja«, sagte Cornelius, »wenn sie noch hier in der Gegend ist, findet er sie.«

Es klopfte an der Wohnungstür.

»Stecken Sie die Waffe wieder in die Tasche«, flüsterte Cornelius. Dann fragte er laut: »Wer ist da?«

Die Stimme klang nach einer alten Frau mit osteuropäischem Akzent – vielleicht einem polnischen oder russischen. Sie sagte: »Hier ist Lizzy, Mr Cornelius.«

Cornelius öffnete die Tür. Das Aussehen der Frau passte exakt zu ihrer Stimme – sie war alt und klein. Sie trug eine seltsame weiße Robe, lang und weit, fast wie ein Nachthemd.

Ihre langen grauen Haare fielen lose und ungekämmt ihren Rücken hinab und schienen im Wind zu wehen, obwohl sich kein Lüftchen regte.

»Kann ich etwas für Sie tun, Miss Sobek?«, fragte Cornelius.

Die ältere Frau blickte mit ihren großen Augen an Cornelius vorbei und entdeckte Simon. »Wer sind Sie?«, fragte sie.

»Ich heiße Simon Greene, Ma'am.«

»Paiges Vater«, fügte Cornelius hinzu.

Die ältere Frau musterte Simon mit einem so bleiernen Blick, dass er fast einen Schritt zurückgewichen wäre. »Sie können sie noch retten, ist Ihnen das klar?«

Als er das hörte, lief ihm ein Schauer über den Rücken.

»Wissen Sie, wo Paige ist?«, fragte Simon.

Miss Sobek schüttelte den Kopf, sodass die langen grauen Haare wie ein Perlenvorhang vor ihrem Gesicht tanzten. »Aber ich weiß, was sie ist.«

Cornelius räusperte sich und versuchte, die Sache voranzutreiben. »Wollten Sie mir etwas sagen, Miss Sobek?«

»Oben ist jemand.«

»Oben?«

»Im zweiten Stock. Eine Frau. Sie hat sich gerade in Paiges Wohnung geschlichen. Ich dachte, Sie sollten das wissen.«

»Haben Sie die Frau erkannt?«

»Ich hab sie noch nie gesehen.«

»Danke, Miss Sobek. Ich geh gleich mal nachsehen.«

Cornelius und Simon traten wieder in den Flur. Miss Sobek eilte davon.

»Warum ist sie mit dieser Information zu Ihnen gekommen?«, fragte Simon, als er ihm durch den Flur folgte.

»Ich bin nicht einfach nur ein Bewohner.«

»Sind Sie der Hausmeister?«

»Ich bin der Eigentümer.«

Sie gingen die Treppe hinauf und den Flur entlang. Das gelbe Absperrband an der Wohnungstür, das den »Tatort« versiegelte, wie Simon sich noch einmal bewusst machte, war zerrissen. Cornelius griff nach dem Knauf. Simon merkte, dass er – absichtlich? unbewusst? – die Hand auf die Pistole in seiner Tasche gelegt hatte. War das so, wenn man eine Waffe trug? War sie immer da, wie ein Beruhigungsmittel, das in stressigen Situationen Entspannung und Trost spendete?

Cornelius stieß die Tür auf. Eine Frau stand im Raum. Falls es sie erschreckte, dass sie hier so reinplatzten, gelang es ihr gut, sich das nicht anmerken zu lassen. Sie war klein und stämmig, vielleicht lateinamerikanischer Herkunft, trug einen blauen Blazer und eine Jeans.

Sie ergriff zuerst das Wort. »Sind Sie Simon Greene?«

»Wer sind Sie?«

»Mein Name ist Elena Ramirez. Ich bin Privatdetektivin. Ich muss Ihre Tochter sprechen.«

* * *

Elena Ramirez zeigte ihnen eine schicke, geprägte Visitenkarte, irgendeine Privatdetektivlizenz und ein Papier, das sie als FBI-Agentin im Ruhestand auswies. Sie waren wieder in Cornelius' Wohnung. Die beiden Männer saßen in Ledersesseln, Elena Ramirez hatte auf dem grünen Plüschsofa Platz genommen.

»Und wo ist Ihre Tochter, Mr Greene?«, fragte sie.

»Ich versteh das nicht. Laut Ihrer Visitenkarte sind Sie aus Chicago.«

»Das ist korrekt.«

»Warum wollen Sie dann meine Tochter sprechen?«

»Es geht um einen Fall, den ich bearbeite«, erwiderte Ramirez.

»Was für ein Fall?«

»Das kann ich nicht sagen.«

»Miss Ramirez?«

»Bitte nennen Sie mich Elena.«

»Elena, mir ist jetzt wirklich nicht nach Spielchen. Es interessiert mich nicht, was für einen Fall Sie bearbeiten, und ich habe auch keinen Grund, mich zugeknöpft zu geben, also werde ich ganz offen sein und hoffe, dass Sie das auch sind. Ich weiß nicht, wo meine Tochter ist. Deshalb bin ich hier. Ich suche sie. Ich habe im Prinzip keine Spur, nehme allerdings an, dass sie sich im Umkreis eines Kilometers von unserem aktuellen Aufenthaltsort einen Schuss setzt. Können Sie mir so weit folgen?«

»Problemlos«, sagte Elena.

»Und dann tauchen Sie hier auf – eine Privatdetektivin aus Chicago – und wollen mit meiner Tochter sprechen. Ich würde auch gern mit ihr sprechen. Genau genommen würde ich nichts lieber tun. Vielleicht sollten wir uns also gegenseitig helfen.«

Simons Handy surrte. Er hielt es in der Hand, sah ständig nach, ob eine neue SMS gekommen war, spürte alle zehn Sekunden ein Phantom-Vibrieren. Doch dieses war echt.

Yvonne hatte eine SMS geschickt.

Stabilisiert sich, was laut Arzt gut ist. In ein Einzelzimmer verlegt.

Noch im Koma. Sam und Anya sind hier.

»Nur, damit ich wirklich alles richtig verstehe«, sagte Elena Ramirez, »Ihre Tochter wird vermisst. Ist das korrekt?«

Simon blickte immer noch aufs Handy-Display. »Ja.«

»Seit wann?«

Zurückhaltung brachte ihn nicht weiter. »Seit ihr Freund ermordet wurde.«

Elena Ramirez ließ sich Zeit, verschränkte die Arme, dachte nach.

Simon sagte: »Elena?«

»Ich suche auch eine vermisste Person.«

»Wen?«

»Einen vierundzwanzigjährigen Mann, der aus dem Großraum Chicago verschwunden ist.«

Cornelius sagte zum ersten Mal etwas, seit sie sich hingesetzt hatten. »Seit wann wird er vermisst?«

»Seit letzten Donnerstag.«

Simon fragte: »Wer ist er?«

»Den Namen darf ich nicht nennen.«

»Himmelherrgott, Elena, wenn Ihr vermisster Vierundzwanzigjähriger ein Bekannter meiner Tochter ist, können wir vielleicht helfen.«

Elena Ramirez überlegte einen Moment lang. »Sein Name ist Henry Thorpe.«

Simon nahm sein Handy und tippte etwas ein.

»Was tun Sie?«, fragte sie.

»Mir sagt der Name nichts. Ich frage meinen Sohn und meine andere Tochter. Die kennen Paiges Freunde besser als ich.«

»Ich glaube nicht, dass Paige und Henry Freunde waren.«

»Und welche Beziehung bestand dann zwischen ihnen?«

Elena Ramirez zuckte die Achseln. »Unter anderem deshalb bin ich hier. Genau das möchte ich herausbekommen. Ohne zu sehr ins Detail zu gehen, sieht es so aus, dass Henry Thorpe kurz vor seinem Verschwinden entweder mit Ihrer Tochter oder vielleicht mit ihrem Freund Aaron Corval in Kontakt stand.«

»Was war das für ein Kontakt?«

Sie zog einen kleinen Notizblock heraus, leckte an ihrem Finger und begann, darin zu blättern. »Zuerst gab es einen Anruf. Vom Handy Ihrer Tochter an Henrys. Das war vor zwei Wochen. Dann haben sie sich eine Weile SMS geschickt, später dann E-Mails.«

»Worum ging es in den SMS und den E-Mails?«

»Das weiß ich nicht. Die SMS werden vermutlich auf ihren Handys sein. Wir können nicht darauf zugreifen. Die E-Mails wurden gelöscht. Wir sehen zwar, dass welche geschickt wurden, mehr wissen wir aber nicht.«

»Wie kommen Sie darauf, dass dieser Informationsaustausch bedeutsam war?«

»Ich weiß nicht, ob er das war, Mr Greene. So arbeite ich. Wenn jemand verschwindet, suche ich nach etwas Außergewöhnlichem – etwas, das nicht Teil ihres normalen Tagesablaufs ist.«

»Und diese E-Mails und SMS …«

»Sind außergewöhnlich. Oder kennen Sie einen Grund dafür, dass Henry Thorpe, ein vierundzwanzigjähriger Mann aus Chicago, plötzlich Kontakt zu Ihrer Tochter oder Aaron Corval hat?«

Simon brauchte nicht lange zu überlegen: »Hat Henry Thorpe schon einmal Drogen genommen?«

»Gelegentlich.«

»Dann könnte das der Grund sein.«

»Möglich«, sagte Elena. »Aber man kann auch in Chicago Drogen kaufen.«

»Vielleicht geht es um etwas Professionelleres in der Art.«

»Möglich. Aber das glaube ich nicht, und Sie?«

»Ich auch nicht«, sagte Simon. »Außerdem werden sowohl meine Tochter als auch Ihr Klient vermisst.«

»So ist es.«

»Wie kann ich Ihnen dann helfen?«, fragte Simon.

»Die erste Frage, die ich mir gestellt habe, lautete: Warum haben sie sich erst per SMS übers Handy und dann per E-Mail über den Computer verständigt?«

»Und?«

»Und wie drogensüchtig waren sie? Ihre Tochter und ihr Freund.«

Simon sah keinen Grund zu lügen. »Sehr.«

Cornelius schnippte mit den Fingern, als er dahinterkam. »Wahrscheinlich hat Paige ihr Handy verkauft. Um an Geld für einen Schuss zu kommen.« Er sah Simon an. »Passiert hier in der Gegend dauernd.«

»Das Handy ist nicht mehr eingeschaltet«, pflichtete Elena ihm bei, »daher würde ich das auch vermuten.«

Simon war nicht überzeugt. »Dann hat Paige erst ein Handy und danach dann einen Computer verwendet?«

»Ja.«

»Und wo ist dieser Computer jetzt?«

»Den hat sie wahrscheinlich auch verkauft«, sagte Cornelius.

»Das nehme ich auch an«, sagte Elena. »Sonst hätte sie ihn wohl mitgenommen, als sie verschwand. Oder der Mörder hat ihn geklaut. Die Schlüsselfrage lautet aber, wie sie überhaupt an einen Computer gekommen ist? Sie wird ihn kaum gekauft haben, oder?«

»Eher nicht«, sagte Simon. »Na ja, wenn sie ihr Handy verkauft hat, um sich Drogen zu besorgen, warum hätte sie das Geld dann für einen Computer wieder ausgeben sollen?«

»Also hat sie ihn vermutlich gestohlen.«

Simon ließ das einen Moment lang auf sich wirken. Seine Tochter. Junkie. Verkauft ihre Sachen. Diebin.

Und was noch?

»Können Sie gut mit Computern umgehen, Mr Greene?«

»Simon. Und nein.«

»Wenn man weiß, was man tut – wie Lou, mein Techniker –, kann man die IP-Adresse herausbekommen«, sagte Elena. »Manchmal findet man so den Standort des Computers bis auf eine Stadt, eine Straße oder sogar eine Person genau.«

»Konnte Lou feststellen, wem der Computer gehörte?«

»Nein«, sagte Elena. »Aber er befand sich in Amherst, Massachusetts. Ganz genau auf dem Campus von Amherst College. Studiert da nicht Ihr Sohn?«

VIERZEHN

Anya schlief in einem der gelben Schalensitze, als Simon und Elena den Warteraum des Krankenhauses betraten. Den Kopf hatte sie an die bowlingkugelgroße Schulter ihres Onkels Robert gelehnt. Robert, Yvonnes Mann, war ein großer, rundlicher, auf burschikose Art charmanter, fast kahler ehemaliger Football-Spieler, der das Herz auf der Zunge trug. Er war ein toller Prozessanwalt – die Geschworenen liebten sein einnehmendes Lächeln und seine Menschlichkeit, hinter denen er sein scharfes Juristenhirn verbarg, und sie liebten die überlebensgroßen Schritte, mit denen er bei einem Kreuzverhör auf und ab ging. Außerdem war Robert – von Yvonne abgesehen – Simons bester Freund.

Robert schob Anya behutsam in eine andere Position, sodass er aufstehen konnte, ohne sie zu wecken. Er begrüßte Simon mit einer Monsterumarmung. Umarmungen gehörten zu Roberts Stärken, und einen Moment lang schloss Simon die Augen und genoss sie.

»Alles okay bei dir?«

»Nein.«

»Hatte ich auch nicht erwartet.«

Die beiden Männer ließen sich los. Beide blickten auf die schlafende Anya hinab.

»Sie lassen niemanden unter achtzehn in Ingrids Zimmer«, erläuterte Robert.

»Also ist Sam …?«

»Er und Yvonne sind bei ihr, ja. Zimmer sieben eins sieben.«

Robert warf einen fragenden Blick auf Elena Ramirez. Simon dachte sich, dass sie es ihm auch selber erklären konnte, also klopfte er Robert nur auf die Schulter, bedankte sich und ging zu Zimmer 717. Cornelius war zu Hause geblieben. Er konnte nichts mehr tun – er hatte schon mehr als genug getan – und glaubte, seine Zeit sinnvoller einsetzen zu können, indem er vor Ort die Augen offenhielt.

»Aber wenn Sie mich brauchen …«, hatte Cornelius ergänzt, als sie die Handynummern austauschten.

Simon öffnete die Tür zu Ingrids Zimmer. Sofort waren die Geräusche wieder da: Die verdammten piepsenden Maschinen- und Sauggeräusche und das Klacken und Rattern, die alles andere als Liebe und Geborgenheit ausstrahlten.

Sam, sein Sohn, sein wunderbarer achtzehnjähriger Junge, saß auf dem Stuhl am Bett seiner Mutter. Er drehte sich um und sah seinen Vater an. Sein Gesicht war tränenüberströmt. Sam war schon immer ein emotionaler Junge gewesen oder, wie Ingrid es liebevoll nannte »nah am Wasser gebaut«. Genau wie sein Vater. Als Simons Mutter vor drei Jahren starb, hatte Sam vier Stunden pausenlos und ohne nachzulassen geweint, er hatte einfach nicht aufgehört, und Simon fand es unglaublich, dass der Junge so lange aus voller Kehle schluchzen konnte, ohne vor Erschöpfung ohnmächtig zu werden.

Man konnte Sam nicht beruhigen, wenn er in diesem Zustand war. So schlecht es ihm auch gehen mochte, körperlicher Kontakt machte es nur noch schlimmer. Er musste allein sein, sagte er ihnen. Es ging unweigerlich nach hinten los, wenn man versuchte, ihn irgendwie zu trösten oder zu bremsen. Schon als kleines Kind hatte Sam ihn mit flehendem Blick angesehen und gesagt: »Lass mich einfach zufrieden, bis es aus mir raus ist, okay?«

Yvonne stand am Fenster. Sie lächelte Simon halbherzig zu.

Simon durchquerte den Raum. Er legte seinem Sohn die Hand auf die Schulter, beugte sich herunter und küsste seine Frau auf die Wange. Seiner Ansicht nach sah Ingrid schlechter aus – blasser, welk, wie in so einer Filmszene, wo Leben und Tod miteinander kämpfen und der Tod gerade die Oberhand hat.

Er hatte das Gefühl, dass eine Hand in seine Brust griff und sein Herz herumdrehte.

Er sah Yvonne in die Augen und signalisierte ihr mit einem Blick zur Tür, dass er gerne einen Moment mit Ingrid und seinem Sohn alleine wäre. Yvonne verstand ihn sofort. Ohne ein Wort zu sagen, verschwand sie aus dem Zimmer. Simon zog sich einen Stuhl heran und setzte sich neben Sam, der ein rotes T-Shirt mit einem Sriracha-Hot-Sauce-Logo trug. Sam liebte Shirts mit Logos. Dies hatte Ingrid ihm vor zwei Wochen gekauft, nachdem er ihnen erzählt hatte, dass das Essen im College ganz okay sei, aber mit Sriracha-Soße deutlich besser schmecke. Ingrid war pflichtbewusst ins Internet gegangen, hatte ein Sriracha-T-Shirt gesucht und es ihm zuschicken lassen.

»Alles gut?«

Das war eine dumme Frage, aber was sollte man sonst sagen? Seinem Sohn liefen immer noch stille Tränen über die Wangen, und als Simon die Frage stellte, verzog sich Sams Gesicht, als müsste er eine weitere Woge zurückhalten. Sam war sehr glücklich oben in Amherst. Während Paige auf dem College ein wenig Heimweh gehabt hatte – warum zum Henker hatte er dem nicht mehr Aufmerksamkeit geschenkt? Warum hatten sie stattdessen auf die unzähligen ungebetenen Ratschläge gehört, erst einmal abzuwarten und nicht sofort alles für sie zu tun? –, hatte Sam sich also sofort kopfüber mit den anderen Studienanfängern ins Campusleben gestürzt. Jeder, den er kennenlernte, war die coolste Person der Welt. Und sein Zimmergenosse Carlos, ein extrem lässiger und stoischer Typ mit Unterlippenbärtchen aus Austin, war sogar noch cooler.

Ingrid hätte es vermutlich geärgert, dass Simon ihn da herausgerissen hatte.

Sams Blick war weiterhin auf seine Mutter gerichtet. »Was ist passiert?«

»Was haben deine Tante und dein Onkel dir erzählt?«

»Nur, dass auf Mom geschossen worden ist. Sie sagten, ich müsse auf dich warten.«

Wieder hatten Yvonne und Robert das Richtige getan. »Du weißt, wer Aaron ist, oder?«

»Der Typ, mit dem Paige …«

»Ja. Er wurde ermordet.«

Sam blinzelte.

»Und Paige ist verschwunden.«

»Ich versteh das nicht.«

»Sie haben zusammen in der Bronx gewohnt. Deine Mom und ich sind hingefahren, um Paige zu suchen. Da wurde auf sie geschossen.«

Er informierte seinen Sohn über die Details, ohne eine Pause zu machen, ohne Luft zu holen, und hörte auch dann noch nicht auf, als Sam langsam blass wurde und immer stärker blinzelte.

Irgendwann fragte Sam: »Glaubst du, dass es Paige war? Glaubst du, dass sie Aaron umgebracht hat?«

Damit nahm er Simon den Wind aus den Segeln. »Wie kommst du darauf?«

Sam zuckte nur mit den Achseln.

»Ich muss dich etwas fragen, Sam.«

Sam richtete seinen Blick wieder auf das Gesicht seiner Mutter.

»Hast du Paige in letzter Zeit gesehen?«

Er antwortete nicht.

»Sam, das ist wichtig.«

»Ja«, sagte er leise. »Ich hab sie gesehen.«

»Wann?«

Er ließ seine Mutter nicht aus den Augen. »Sam?«

»Vor ungefähr zwei Wochen.«

Das ergab keinen Sinn. Vor zwei Wochen war Sam im College gewesen. Er hatte ein paar Ferientage gehabt, war aber so begeistert vom Campusleben, dass er dort geblieben war. Sofern er nicht gelogen hatte. Sofern er das College, die verdammte Sriracha-Soße, Carlos, den Collegesport und all das nicht in Wahrheit hasste.

»Wo?«, fragte Simon.

»Sie war bei mir in Amherst.«

Wieder war er verblüfft. »Paige war auf dem Campus?«

Er nickte. »Mit dem Peter-Pan-Bus. Kostet von Manhattan nur vierundzwanzig Dollar.«

»War sie allein?«

Er nickte.

»Wusstest du, dass sie dich besuchen kommt?«

»Nein. Sie hatte mir vorher nichts gesagt. Sie ... stand einfach vor der Tür.«

Simon versuchte, sich das vorzustellen – der Quad, der aussah, als stammte er direkt aus einem Werbefilm, mit lauter jungen, fitten Studenten, die Frisbee spielten oder im Sonnenschein ihre Bücher lasen, wurde von einer Person infiltriert, die vor einem Jahr ebenso gut dorthin gepasst hätte, jetzt aber allenfalls als abschreckendes Beispiel dienen konnte – wie eins von diesen Unfallwagenwracks auf dem Parkplatz eines Polizeireviers, mit denen Jugendliche anschaulich vor den Folgen von Alkohol am Steuer gewarnt werden sollten.

Es sei denn, es war …

»Wie sah sie aus?«, fragte Simon.

»Genau wie in dem Video.«

Die Worte löschten den Funken Hoffnung.

»Hat sie dir gesagt, warum sie zu dir raufgekommen ist?«

»Sie wollte von Aaron wegkommen.«

»Hat sie auch gesagt, warum?«

Sam schüttelte den Kopf.

»Und was ist passiert?«

»Sie hat gefragt, ob sie ein paar Tage bei mir pennen kann.«

»Davon hast du uns nichts erzählt.«

Sam sah weiter Ingrid an. »Sie hat mich gebeten, euch nichts davon zu sagen.«

Simon wollte ihm eine Standpauke halten über den Mangel an Vertrauen in seine Eltern, aber es war nicht der richtige Zeitpunkt. »Und dein Zimmergenosse hatte nichts dagegen, dass sie bei euch schläft?«

»Carlos? Der fand es cool. Hat sie als eine Art Schulprojekt betrachtet, bei dem man Unterprivilegierte unterstützte oder so etwas.«

»Wie lange ist sie geblieben?«

Er sprach leise. »Nicht sehr lange.«

»Wie lange, Sam?«

Wieder schossen ihm Tränen in die Augen.

»Sam?«

»Lange genug, um uns auszunehmen«, sagte er. Die Tränen strömten, liefen seine Wangen hinab, aber er sprach mit klarer Stimme. »Paige hat sich auf Carlos' Luftmatratze auf den Fußboden gelegt. Wir sind eingeschlafen. Als wir wieder aufwachten, war sie weg. Und mit ihr unser Zeug.«

»Was hat sie mitgenommen?«

»Unsere Portemonnaies. Die Laptops. Carlos hatte einen Diamant-Ohrstecker.«

»Wieso hast du mir nichts davon erzählt?«

Er konnte den Zorn in seiner Stimme nicht ausstehen.

»Sam?«

Er antwortete nicht.

»Hat Carlos es seinen Eltern erzählt?«

»Nein. Ich hatte ein bisschen Geld übrig. Ich bin dabei, das zu regeln.«

»Sag mir, um wie viel es geht, dann regeln wir das sofort. Und was ist mit dir?«

»Ich habe bei dir im Büro angerufen«, sagte Sam. »Ich habe Emily erzählt, dass ich die Kreditkarte verloren habe. Sie hat mir eine neue geschickt.«

Simon erinnerte sich wieder. Er hatte keinen zweiten Gedanken daran verschwendet. VISA-Karten gingen dauernd verloren oder wurden geklaut.

»Im Moment nutze ich die Computer in der Bibliothek. Ist kein großes Problem.«

»Wieso hast du mir das nicht erzählt?«

Es war dumm, darauf herumzureiten, aber er konnte nicht anders.

Das Gesicht seines Sohns verzog sich. »Es ist meine Schuld«, sagte Sam.

»Was? Nein.«

»Wenn ich es dir gesagt hätte …«

»Nichts, Sam. Das hätte absolut gar nichts geändert.«

»Stirbt Mom?«

»Nein.«

»Das weißt du doch gar nicht.«

Womit er recht hatte.

Er widersprach nicht und log auch nicht weiter. Es brachte nichts. Die Lügen würden Sam nur noch mehr aufregen, statt ihn zu beruhigen. Er sah zur Tür. Yvonne beobachtete sie durch das kleine Fenster darin. Simon ging hinüber. Und wenn man so eng mit jemandem befreundet war und so viel Zeit zusammen verbrachte, wie er und Yvonne, dann las man einfach die Gedanken des anderen.

Daher verließ Simon das Zimmer, und Yvonne kümmerte sich weiter um Sam.

Elena Ramirez saß ganz hinten im Flur und spielte mit ihrem Handy herum.

»Erzählen Sie«, sagte sie.

Das tat er.

»Das erklärt, warum Paige den Laptop benutzt hat«, sagte Elena.

»Und was jetzt?«, fragte Simon.

Elena rang sich tatsächlich ein Lächeln ab. »Dann betrachten Sie uns also als Team?«

»Ich denke, wir können uns gegenseitig helfen.«

»Das sehe ich auch so. Wir müssen die Verbindungen finden.« Elena tippte wieder auf ihrem Handy herum. »Ich schicke Ihnen ein paar Daten über Aarons Familie. Morgen früh findet eine Art Trauerfeier für ihn statt. Vielleicht sollten Sie hinfahren. Möglicherweise lässt Paige sich dort blicken. Halten Sie Ausschau nach jemandem, der sich in der Nähe versteckt. Wenn nicht, sprechen Sie mit der Familie. Versuchen Sie herauszubekommen, woher Aaron und Henry Thorpe sich kennen könnten.«

»Okay«, sagte Simon. »Und was tun Sie?«

»Ich besuche jemand anders, den Henry Thorpe kontaktiert hat.«

»Wen?«

»Den Namen kenne ich nicht«, sagte Elena. »Ich habe nur einen Ort.«

»Wo?«

»Ein Tattoo-Studio in New Jersey.«

FÜNFZEHN

Das Corval Inn and Family Tree Farm lag im äußersten Osten Connecticuts, nahe der Grenze zu Rhode Island. Simon war um halb neun da. Elena Ramirez zufolge sollte die Trauerfeier für Aaron um neun beginnen.

Das Inn war ein weißes Farmhaus im Federal Style mit geschmackvollen Erweiterungsbauten auf beiden Seiten. Grüne Korbstühle säumten die umlaufende Veranda. Auf einem Schild stand »Familienbesitz seit 1893«. Das perfekte Postkartenmotiv aus New England. Rechts stiegen Leute aus einem Bus, um eine Heuwagenfahrt zu machen. Die Scheune hinten war ein »blökender und gackernder Streichelzoo«, in dem »Kuscheleinheiten mit Ziegen, Schafen, Alpakas und Hühnern« angepriesen wurden, wobei Simon sich fragte, wie man wohl mit einem Huhn kuschelte.

Zur Weihnachtszeit kamen die Besucher, um sich ihren eigenen Tannenbaum zu schlagen. Im Oktober wurde das Gebäude zur verwunschenen Farm mitsamt »verwunschenem Labyrinth«, »verwunschenem Silo«, »verwunschener Heuwagenfahrt« (Schlüsselwort: verwunschen) mit dem »verwunschenen kopflosen Reiter«. Außerdem konnte man zu den entsprechenden Jahreszeiten Kürbisse und Äpfel ernten. Und in der kleinen Hütte rechts konnte man seinen eigenen Apfelsaft pressen.

Simon parkte und ging zum Haupteingang des Inn. Auf

einem verzierten Schild neben der Tür stand »Pensionsgäste«. Simon ignorierte es und betrat das Foyer. Die Einrichtung stammte aus der Periode, in der das Haus gebaut worden war, und war nobler, als Simon erwartet hatte. Kirschholzstühle mit Windsor-Rückenlehnen standen neben Mahagoni-Sofas mit Löwentatzen-Füßen. Die Standuhr neben dem offenen Kamin wirkte wie ein übergroßer Wachposten. Hinter den Glasscheiben eines der Mahagoni-Schränke war edles Porzellan ausgestellt, in einem anderen in Leder gebundene Bücher. An den Wänden hingen Ölgemälde wackerer, ernst dreinblickender Männer – die dahingeschiedenen Patriarchen der Corval-Familie.

»Kann ich Ihnen helfen?«

Eine Frau saß hinter dem Schreibtisch und lächelte ihn an. Das Karo-Design ihrer Bluse hatte er auch schon in italienischen Restaurants gesehen, die sich zu sehr bemühten, authentisch zu wirken. Er überlegte, ob die Frau Aarons Mutter war, ließ den Blick aber weiter über die Ölgemälde schweifen, bis er an einem gerahmten Foto mit einem lächelnden Paar hängen blieb. Hinter dem Kopf der Frau war eine umrahmte Sechzig zu sehen. Auf einer Plakette unter dem Foto stand:

DIE CORVALS
WILEY UND ENID

Simon sagte: »Ich komme wegen der Trauerfeier.«

Die Frau musterte ihn mit einem misstrauischen, wenn nicht gar feindseligen Blick. »Darf ich fragen, wie Sie heißen?«

»Simon Greene.«

»Ich kenne Sie nicht, Mr Greene.«

Er nickte. »Ich kannte Aaron.«

»Sie kannten Aaron«, sagte sie mit vor Unglauben bebender Stimme, »und sind hier, um ihm Respekt zu erweisen?«

Simon ersparte sich die Antwort. Die Frau zog eine Broschüre aus dem Schreibtisch und schlug sie behutsam auf. Sie griff nach der Lesebrille, die an einer Kette um ihren Hals hing, und setzte sie auf. »Gehen Sie an der Scheune entlang. Hier biegen Sie rechts ab. Sie kommen am Maislabyrinth vorbei. Gehen Sie nicht hinein. Wir mussten diese Woche schon zweimal Mitarbeiter reinschicken, um Leute rauszuholen. Also gehen Sie weiter außen herum.«

Sie deutete auf die Karte.

»Kurz dahinter führt ein Weg in den Wald. Folgen Sie ihm, bis Sie zu einem grünen Pfeil an einem Baum kommen, der nach rechts zeigt. Der ist für die Wanderer. Sie biegen an dieser Stelle links ab.«

»Kompliziert«, sagte Simon.

Sie reichte ihm die Broschüre und sah ihn stirnrunzelnd an. »Diese Lobby ist den Übernachtungsgästen des Inn vorbehalten.«

»Und so gastfreundlich.«

Er bedankte sich und verließ das Inn. Die Heuwagenfahrt hatte angefangen – ein Traktor zog in einem schrecklich langsamen Tempo einen Anhänger mit ein paar Leuten darin. Alle lächelten, blickten dabei aber etwas unbehaglich drein. Eine Familie – Mann, Frau, Tochter, Sohn – winkte ihm zeitgleich zu. Er winkte zurück, und … peng … schon hatte er einen Zeitsprung in die Vergangenheit gemacht, als er mit den Kindern zum Apfelpflücken nach Chester, New York, gefahren war, gleich im Norden New Jerseys. Es war ein wunderschöner Herbsttag gewesen, und natürlich erinnerte er sich sofort daran, dass er Paige auf die Schultern genommen hatte, damit sie einen der höheren Äste erreichen konnte, am besten erinnerte er sich jedoch an Ingrid im dunklen Flanellhemd, Jeans und Stiefeln, während er dastand und sich bemühte, nicht die glückliche, unschuldige und wunderbar unwissende Familie anzustarren. Er hatte sich ihr damals mit der kichernden Paige auf den Schultern zugewandt, woraufhin Ingrid ihn angelächelt und sich eine Strähne hinters Ohr gestrichen hatte, und selbst in diesem Moment, allein bei dem Gedanken daran, wie sich ihre Blicke damals begegnet waren, spürte Simon, dass er weiche Knie bekam.

Er zog sein Handy aus der Tasche und starrte ein paar Sekunden aufs Display, versuchte, allein durch die Kraft seines Willens die Ankunft einer guten Nachricht zu erzwingen. Es klappte nicht.

Er ging an der Streichelzoo-Scheune entlang. Die Hühner liefen frei herum. Eins kam auf ihn zu, blieb stehen, sah ihn an. Simon überlegte, ob er es streicheln sollte. Ein Mann im Overall hielt unter Verwendung von Eiern und einem Brutkasten einen Vortrag. Der Mais im Labyrinth war drei Meter hoch. Am Eingang hatte sich eine Schlange gebildet, und ein Schild informierte die Gäste über das diesjährige Motto des Labyrinths: »Fünfzig Staaten – findet sie alle.«

Er sah den Wanderweg, folgte ihm, wie man es ihm beschrieben hatte, bis zu dem grünen Pfeil, der nach rechts zeigte, und bog dort links ab. Der Wald wurde immer dichter. Er drehte sich um, konnte die Lichtung aber nicht mehr sehen.

Simon ging weiter, der Pfad fiel erst leicht ab, wurde dann aber immer steiler. In der Ferne meinte er, fließendes Wasser zu hören. Vielleicht einen Bach. Der Pfad führte nach rechts, und der Wald wurde lichter, bis Simon schließlich eine kleine Wiese erreichte – eine perfekte, quadratische, von Menschenhand geschaffene Lichtung. Ein paar kleine Grabsteine standen dort, umgeben von einem nicht mehr als dreißig Zentimeter hohen Palisadenzaun.

Ein Familienfriedhof.

Simon blieb stehen.

Auf der anderen Seite der Wiese toste tatsächlich ein Bach. Davor stand eine ausgeblichene Teakholzbank. Simon glaubte nicht, dass es den Toten viel bedeutete, aber für die Lebenden war es ein Zen-artiger Ort zum Meditieren und zum Trauern über diejenigen, die von ihnen gegangen waren.

Ein Mann, den Simon als Aarons Vater Wiley Corval erkannte, stand alleine auf der Fläche und starrte auf einen neuen Grabstein hinab. Simon wartete. Schließlich hob Wiley Corval den Kopf und sah ihn an.

»Wer sind Sie?«, fragte er.

»Ich heiße Simon Greene.«

Wiley Corval sah ihn fragend an.

»Ich bin Paiges Vater.«

»War sie es?«

Simon sagte nichts.

»Hat sie meinen Sohn umgebracht?«

»Nein.«

»Warum sind Sie sich da so sicher?«

»Das bin ich nicht.« Der Mann war im Begriff, seinen Sohn zu beerdigen. Das war nicht der Zeitpunkt für Lügen. »Ich könnte Ihnen antworten, dass meine Tochter keine Mörderin ist, aber das würde Ihnen nicht viel Trost bieten, oder?«

Wiley Corval starrte ihn nur an.

»Ich glaube aber nicht, dass Paige es getan hat. Der Tod … es war eine Gewalttat. Kennen Sie die Einzelheiten?«

»Ja.«

»Ich glaube nicht, dass sie das gekonnt hätte.«

»Aber Sie wissen es nicht, oder?«

»Nein, ich weiß es nicht.«

Er wandte sich ab. »Gehen Sie.«

»Paige wird vermisst.«

»Mir egal.«

In der Ferne hörte Simon lautes Kinderlachen, wahrscheinlich aus dem Maislabyrinth. Aaron Corval war hier aufgewachsen, hier, in diesem zum Leben erwachten Norman-Rockwell-Gemälde, und wenn man sich dann ansah, wohin das geführt hatte. Aber musste man nicht fairerweise festhalten, dass auch Paige eine idyllische Kindheit gehabt hatte, wenn auch in einer etwas anderen Form? Und zwar nicht nur theoretisch. Wir alle sehen die netten Palisadenzäune, die hübschen Fassaden, die beiden lächelnden Eltern, die gesunden Geschwister und all das, aber irgendwo wissen wir auch, dass wir keine Ahnung haben, was hinter geschlossenen Türen passiert, dass es dort zu Zornesausbrüchen und Misshandlungen kommt, dass Träume platzen und Erwartungen enttäuscht werden.

Doch auch das war bei Paige nicht der Fall gewesen.

War ihr Leben perfekt gewesen?

Natürlich nicht.

War ihr Leben nahezu perfekt gewesen?

So nah, dachte Simon, wie man dem kommen konnte.

Trotzdem war ihre Tochter der schlimmsten Versuchung erlegen, die da draußen lauerte. Simon hatte sich Tausende

Fragen gestellt, über jede seiner Entscheidungen gegrübelt – hatte er ihr genug Aufmerksamkeit entgegengebracht, ihren Freunden und Interessen genug Beachtung geschenkt, sie bei ihren Hobbys unterstützt? Waren sie zu streng gewesen? Oder zu lax? Einmal war Simon vor Wut explodiert und hatte tatsächlich beim Essen vor Zorn ein Glas zu Boden geworfen. Nur ein einziges Mal. Vor Jahren. Er erinnerte sich daran, wie Paige, die damals erst acht war, angefangen hatte zu zittern.

War das der Grund?

Man dachte über jeden dieser verdammten Momente nach, obwohl seine Mutter ihn gewarnt hatte: »Kinder kommen nicht mit Bedienungsanleitung auf die Welt«, und man schnell lernte, dass die Kinder bestimmte Veranlagungen geerbt hatten, dass im Wettstreit zwischen Vererbung und Erziehung immer die Vererbung die Oberhand behielt – trotzdem fragte man sich, wenn etwas schiefging, wenn die Seele des Kindes von düsteren Einflüssen geplagt wurde, wann zum Teufel man einen Fehler gemacht hatte.

Hinter ihm fragte eine Frau: »Wer ist das?«

Simon fuhr herum. Auch sie hatte er auf dem Foto im Foyer gesehen – es war Aarons Mutter Enid. Sie wurde von anderen Personen begleitet, zehn oder zwölf, schätzte Simon, darunter auch ein Mann mit Priesterkragen und einer Bibel in der Hand.

»Nur ein netter Gentleman, der die falsche Abzweigung genommen hat«, sagte Wiley Corval.

Simon überlegte, ob er das richtigstellen sollte – direkt auf Konfrontationskurs gehen, zum Teufel mit den Nettigkeiten –, kam aber zu dem Schluss, dass es vermutlich nach hinten losgehen würde. Er murmelte eine Entschuldigung und ging an der Familie und den Freunden vorbei zurück Richtung Farmhaus. Paige hatte ihm erzählt, dass Aaron ein Einzelkind war, also gab es keine Geschwister, die Simon befragen konnte, und da die anwesenden Personen viel älter als Aaron waren, nahm Simon an, dass kein enger Freund von ihm darunter war – sofern Junkies wie Aaron überhaupt enge Freunde hatten.

Und was jetzt?

Lass sie ihre Trauerfeier in Ruhe abhalten, dachte er. Ganz egal, was aus ihrem Sohn geworden war, Wiley und Enid hatten ihn verloren – ein für alle Mal, nachdem er plötzlich eines brutalen, unnatürlichen Todes gestorben war. Lass ihnen diesen Moment.

Als er wieder aus dem Wald heraus war, kam eine Gruppe zehn- bis elfjähriger Kinder aus dem Labyrinth. Sie klatschten sich atemlos ab. Simon zog sein Handy aus der Tasche – eine Menge Nachrichten. Aber zuerst öffnete er seine Favoriten. Auf Platz eins stand Ingrid, auf zwei Yvonne, dann folgten Paige (deren Nummer nicht mehr aktiv war, trotzdem behielt er sie in den Favoriten), Sam und Anya. Die Kids nach Alter geordnet. Nur fair.

Er tippte auf Yvonnes Nummer.

»Keine Veränderung«, sagte Yvonne.

»Ich muss bei ihr sein.«

»Nein, musst du nicht.«

Er drehte sich um und sah die Kids an, die aus dem Maislabyrinth gekommen waren. Alle hatten jetzt ihre Handys gezückt, einige machten Fotos, Selfies und Gruppenbilder, andere beschäftigten sich mit, tja, was man halt mit diesen Geräten so machte.

»Stell dir vor, es wäre umgekehrt«, sagte Yvonne. »Auf

dich wäre geschossen worden. Du würdest im Koma liegen. Würdest du wollen, dass Ingrid neben dir sitzt und deine Hand hält? Oder …«

»Okay, okay. Ich hab's ja begriffen.«

»Also, hast du Aarons Familie gefunden?«

Er erzählte ihr, was gerade geschehen war.

»Und wie sieht dein Plan aus?«

»Hierbleiben und abwarten, bis die Trauerfeier vorbei ist. Dann versuche ich noch einmal, mit ihnen zu reden.«

»Der Vater klingt nicht besonders zugänglich«, sagte Yvonne. »Eine Mutter könnte da etwas verständnisvoller sein.«

»Sexistisch«, sagte er.

»Jau.«

»Wie läuft die Arbeit?«

»Wir kriegen das hin.«

Simon legte auf und ging zu seinem Wagen zurück. Dann nahm er noch einmal das Handy und hörte seine Mailbox ab. Aus irgendeinem Grund waren die Infos über die Schießerei noch nicht zu den Zeitungen vorgedrungen, daher ging es in den meisten SMS dankenswerterweise um die Arbeit, und nicht darum, dass ihm jemand Mut zusprechen wollte. Er rief ein paar Klienten zurück, ohne seine Situation zu erwähnen, sodass es sich wie ein normaler Arbeitstag anfühlte. Die Routinetätigkeit hatte etwas Beruhigendes.

Er verdrängte Ingrids Situation. Das wusste er. Er wusste auch, dass das im Moment der beste Weg war.

Eine halbe Stunde später, während er mit Dr. Daniel Brocklehurst, einem Neurochirurgen vom Mount Sinai Hospital, über die finanziellen Vor- und Nachteile des Ruhestands in Florida gegenüber dem in Arizona sprach, sah Simon die Trauergemeinde über den Hügel zurückkommen.

Wiley Corval und der Priester führten sie an. Wileys Rücken war gebeugt vor offensichtlichem, eigentlich fast schon melodramatischem Gram, der Priester hatte ihm den Arm auf die Schulter gelegt und flüsterte ihm, wie Simon vermutete, tröstende Worte ins Ohr. Die anderen Trauergäste stapften hinter ihnen her, einige blinzelten im Sonnenschein, andere nickten entgegenkommenden Touristen zu.

Hinter der Gruppe – weit hinter der Gruppe, wenn man es recht bedachte – folgte Enid Corval, Aarons Mutter. Für einen kurzen Moment hatte Simon das Bild einer Herde Gazellen vor Augen, und er, der Löwe, machte sich bereit, das Tier zu schlagen, das sich am weitesten von der Gruppe entfernt hatte. Ein albernes Bild, aber was sollte man machen.

Das wäre dann Enid, die Mutter.

Simon beobachtete sie weiter. Enid wirkte fahrig. Sie sah auf die Uhr, ging langsamer, blieb immer weiter hinter den anderen Trauernden zurück. Alleine.

Seltsam, dachte Simon. Sie war die Mutter des Verstorbenen. Man sollte meinen, dass ein paar von den anderen bei ihr blieben, sie in den Arm nahmen und sie trösteten. Das tat jedoch niemand.

Sie war auch anders gekleidet. Der Rest der Gruppe, einschließlich Wiley Corval, hatte sich für den Dunkelblauer-Blazer-khaki-Hose-Slipper-ohne-Socken-Stil entschieden – auch wenn nicht alle genau das trugen. Ein Jachtclub für Arme. Enid trug eine Mom-Jeans, weiße Sneakers mit Klettverschluss und einen knallgelben ausgeleierten Pullover mit Zopfmuster.

Wiley und der Geistliche gingen die Verandatreppe hinauf. Die Rezeptionistin, die Simon den Weg erklärt hatte, begrüßte ihn an der Tür mit einem Wangenkuss. Die anderen Trauernden folgten Wiley.

Außer Enid.

Sie war jetzt so weit hinter der Gruppe, dass sie noch draußen war, als die Tür zufiel. Sie blickte erst nach links, dann nach rechts, dann ging sie außen um das Inn herum nach hinten.

Simon wusste nicht recht, was er tun sollte. Aussteigen und sie direkt ansprechen? Bleiben, wo er war, und nachsehen, wohin sie ging?

Als Enid Corval hinter dem Inn verschwand, stieg Simon aus dem Wagen, um sie nicht aus den Augen zu verlieren. Sie stieg in einen Pick-up, ließ den Motor an und legte den Rückwärtsgang ein. Simon lief zu seinem Wagen zurück und drückte den Startknopf.

Eine halbe Minute später folgte er Enid Corvals Pick-up die Tom Wheeler Road hinab.

Die Straße war von niedrigen Mauern gesäumt, die dem weiten Farmland, das sich auf beiden Seiten erstreckte, ein wenig Schutz boten. Simon wusste nicht genug über diese Gegend – waren das echte Farmen, oder dienten sie nur als Kulisse für Touristen? Die meisten sahen jedenfalls ziemlich heruntergekommen und verlassen aus.

Nach einer Viertelstunde fuhr der Pick-up auf einen unbefestigten Parkplatz mit artverwandten Fahrzeugen, der zu einem Gebäudekomplex gehörte. Er sah kein Schild, das auf den Namen oder die Funktion des Etablissements hinwies. Enid stieg aus dem Pick-up und ging zu einer umgebauten Scheune mit einer Aluminiumverkleidung, die aussah, als hätte man sie zusammengesteckt. Sie erstrahlte im künstlichen Grellorange einer Clownsperücke.

Simon bog ebenfalls auf den Parkplatz ein und fuhr, etwas unsicher wegen seines Audis, in die hinterste Ecke. Er sah nach links. Hinter der Scheune standen Dutzende Motorräder in zwei schnurgeraden Reihen, sodass sie von der Straße aus nicht zu sehen waren. Fast alles Harley Davidsons. Simon wusste nicht viel über Motorräder, hatte nie auf einem gesessen, aber selbst aus der Entfernung erkannte er das kultige Harley-Logo auf diversen Maschinen.

Enid ging über den Parkplatz zur Schwingtür im Saloonstil. Zwei groß gewachsene Männer in Leder-Chaps und mit schwarzen Bandanas kamen heraus, bevor sie die Tür erreichte. Die dicken, etwas schwabbeligen Arme waren voller Tattoos. Beide hatten Bäuche und die unvermeidlichen Bärte. Biker.

Sie begrüßten Enid herzlich mit Händeschütteln und Umarmungen. Sie gab einem einen Wangenkuss und verschwand durch die Tür. Simon überlegte, ob er warten sollte, bis sie wieder herauskam – dies war eindeutig nicht seine Szene –, doch das wäre vermutlich Zeitverschwendung. Er machte den Motor aus, stieg aus dem Wagen und ging zur Saloontür.

Als er sie aufstieß, erwartete er fast, dass die Musik schlagartig stoppen und sich alle umdrehen würden, um den Neuankömmling anzustarren. Das tat aber niemand. Außerdem lief keine Musik. Im Fernseher, der so alt war, dass noch eine Zimmerantenne darauf stand, lief ein Baseballspiel. Die Bar war seltsam. An manchen Stellen fast zu weitläufig, vielleicht war es eine Art Tanzfläche, Simon bezweifelte jedoch, dass hier in letzter Zeit getanzt worden war. Hinten rechts in der Ecke stand eine Jukebox, die aber nicht eingesteckt war. Der Boden unter seinen Füßen war größtenteils ebenso unbefestigt wie der des Parkplatzes.

Enid Corval setzte sich auf einen Hocker am Tresen. Dafür, dass es erst elf Uhr vormittags war, herrschte recht lebhafter Betrieb. Auf den rund dreißig Hockern saßen etwa zehn Personen – in gleichmäßigen Abständen, nie direkt nebeneinander – wie Männer an Urinalen in einer öffentlichen Toilette. Alle beugten sich über ihren Drink, den Blick in abweisendem Sprich-mich-nicht-an-Modus nach unten gerichtet. Rechts spielte eine Gruppe Biker Pool auf einem Billardtisch mit hässlichen Rissen im grünen Tuch.

Überall standen Pabst-Blue-Ribbon-Bierdosen.

Simon trug ein Anzughemd mit Krawatte und schwarzen Slippers – schließlich war er auf dem Weg zu einer Trauerfeier gewesen –, wohingegen die Hälfte der Männer hier ärmellose Baumwollshirts trug, ein Outfit, das kein Mann über vierzig auch nur in Erwägung ziehen sollte, ganz egal, wie gut er gebaut war. Und diese Typen waren nicht gut gebaut.

Hut ab, dachte Simon, dass es ihnen egal war.

Er setzte sich auf einen Hocker zwei Plätze neben Enid. Sie blickte nicht von ihrem Drink auf, sah auch nicht flüchtig zu ihm herüber. Auf der anderen Seite neben ihm nickte ein Mann rhythmisch mit dem Kopf, auf dem er einen Strohhut trug, allerdings lief keine Musik, und er trug auch keine Kopfhörer. Die Rückwand war nahezu komplett mit einem Regenbogen aus rostigen Nummernschildern bedeckt – wahrscheinlich repräsentierten sie alle fünfzig Bundesstaaten, aber Simon hatte weder Zeit noch Lust, das zu überprüfen. Er sah Neonwerbung für Miller-High-Life- und Schlitz-Bier. Ein seltsam verzierter Kronleuchter hing von der Decke herab. Genau wie das Inn war auch diese Bar in dunklem Holz gehalten, das war aber auch die einzige Ähnlichkeit – es war gewissermaßen der ärmste unter den armen Cousins des prächtigen dunklen Holzes im Inn.

»Was nehmen Sie?«

Die Haare der Barkeeperin hatten die Farbe und die Struktur des Heus auf den Heuwagen. Die Frisur glich einem Quasi-Vokuhila und erinnerte Simon an die Eishockeyspieler der Achtzigerjahre. Sie hatte entweder schwierige fünfundvierzig Jahre hinter sich oder entspannte fünfundsechzig, und es stand außer Frage, dass sie alles schon mindestens zweimal gesehen hatte.

»Welches Bier gibt es?«, fragte er.

»Wir haben Pabst. Und Pabst.«

»Ich überlasse Ihnen die Entscheidung.«

Enid blickte immer noch auf ihren Drink und hatte kaum flüchtig zu ihm herübergesehen, als sie sagte: »Sie sind Paiges Dad.«

»Hat Wiley es Ihnen erzählt?«

Sie schüttelte den Kopf, immer noch ohne ihn anzusehen. »Kein Wort. Warum sind Sie gekommen?«

»Um ihm meinen Respekt zu erweisen.«

»Sie lügen.«

»Ja, das stimmt. Aber ich möchte Ihnen mein Beileid aussprechen.«

Sie reagierte nicht oder ließ es sich nicht anmerken. »Also, warum sind Sie hier?«

»Meine Tochter wird vermisst.«

Die Barkeeperin öffnete die Dose und stellte sie auf den Tresen vor ihn.

Jetzt drehte Enid den Kopf und sah ihn an. »Seit wann?«

»Seit Aaron ermordet wurde.«

»Das kann kein Zufall sein.«

»Wohl nicht.«

»Wahrscheinlich hat Ihre Tochter ihn ermordet und ist geflohen.«

Einfach so. Ohne jede Gefühlsregung in der Stimme.

»Spielt es eine Rolle«, fragte Simon, »wenn ich sage, dass ich das nicht glaube?«

Enid machte eine abwägende Geste. »Spielen Sie gelegentlich?«

»Nein.«

»Na ja, aber Sie sind irgendein großer Aktienhändler oder so etwas, stimmt's?«

»Ich bin Finanzberater.«

»Ja, was auch immer. Auch da müssen Sie Chancen und Risiken abwägen, oder? Sie versuchen herauszubekommen, was sicher und was riskant ist, richtig?«

Simon nickte.

»Dann kennen Sie auch die beiden wahrscheinlichsten Möglichkeiten, oder?«

»Welche meinen Sie?«

»Erstens: Ihre Tochter hat Aaron umgebracht und ist auf der Flucht.«

»Und zweitens?«

»Aarons Mörder hat sie entführt oder auch umgebracht.« Enid Corval trank einen Schluck. »Wenn ich so darüber nachdenke, ist die zweite Möglichkeit deutlich wahrscheinlicher.«

»Wie kommen Sie darauf?«, fragte Simon.

»Junkies sind nicht besonders gut darin, keine Spuren zu hinterlassen und der Polizei zu entwischen.«

»Dann glauben Sie nicht, dass sie ihn umgebracht hat?«

»Das habe ich nicht gesagt.«

»Nehmen wir mal an, Sie hätten recht«, sagte Simon, der versuchte, die Sache distanziert und methodisch anzugehen. »Warum sollte jemand Paige entführen?«

»Keine Ahnung. Ich sag's nur ungern, aber vermutlich ist sie tot.« Sie trank noch einen Schluck. »Ich versteh immer noch nicht richtig, was Sie hier wollen.«

»Ich hatte gehofft, dass Sie etwas wissen.«

»Ich habe Aaron seit Monaten nicht gesehen.«

»Kennen Sie diesen Mann?«

Simon reichte ihr sein Handy. Elena Ramirez hatte ihm ein Foto von ihrem vermissten Klienten Henry Thorpe geschickt.

»Wer ist das?«

»Sein Name ist Henry Thorpe. Er ist aus Chicago.«

Sie schüttelte den Kopf. »Ich kenne ihn nicht. Wieso?«

»Er könnte in die Sache verwickelt sein.«

»Inwiefern?«

»Ich habe keine Ahnung. Deshalb bin ich hier. Er wird vermisst.«

»So wie Paige?«

»Ja.«

»Ich fürchte, ich kann Ihnen nicht helfen.«

Ein mürrischer Biker mit kahl rasiertem Kopf zog den Hocker zwischen ihnen zurück, damit er sich auf den Tresen lehnen konnte. Simon bemerkte das schwarze Eiserne-Kreuz-Tattoo und vielleicht ein halbes Hakenkreuz, das zur Hälfte unter seinem Ärmel versteckt war. Der Biker bemerkte, dass Simon es gesehen hatte, und starrte ihm in die Augen. Simon starrte zurück und spürte, wie der Zorn in ihm aufstieg.

»Was guckst du?«, fragte Biker Boy.

Simon blinzelte nicht und rührte sich nicht.

»Ich hab dich gefragt …«

Enid sagte: »Er gehört zu mir.«

»Hey, Enid, ich wollte nicht …«

»Außerdem störst du eine private Unterhaltung.«

»Ich, äh … das hab ich nicht gewusst.«

Biker Boy klang ängstlich.

»Ich wollte nur ein paar Bier holen, Enid.«

»Schon okay. Gladys bringt sie euch rüber. Warte einfach beim Pooltisch.«

Und damit war Biker Boy verschwunden.

»Enid«, sagte Simon.

»Ja.«

»Was ist das hier für ein Laden?«

»Ein Privatclub.«

»Ihrer?«

»Wollen Sie sich nach Ihrer Tochter erkundigen oder nach mir?«

»Ich versuche nur, mir einen Reim auf das alles zu machen.«

»Auf was?«

»Würde es Ihnen etwas ausmachen, mir etwas über Aaron zu erzählen?«

»Was genau?«

»Ich weiß es nicht. Irgendetwas. Alles.«

»Keine Ahnung, was das bringen soll.«

»Es muss hier irgendwelche Hinweise geben«, sagte er, wobei die Worte selbst in seinen Ohren seltsam hohl klangen. »Irgendwelche Verbindungen. Ich weiß nicht, was das sein könnte, habe aber den Eindruck, dass ich etwas übersehe. Also stelle ich Fragen, arbeite mich vor und hoffe, dabei auf etwas zu stoßen.«

Sie runzelte die Stirn. »Da müssen Sie sich schon was Besseres einfallen lassen.«

»Auf meine Frau wurde gestern geschossen«, sagte Simon.

Enid sah ihn fragend an.

»Sie lebt, aber … wir haben Paige gesucht. In ihrer Wohnung. In der Wohnung, in der Aaron umgebracht wurde.«

Er erzählte ihr die Geschichte und trank zwischendurch gelegentlich einen Schluck von seinem Pabst. Simon wusste nicht mehr, wann er das letzte Mal so früh am Tag ein kaltes Bier getrunken hatte, aber hier und heute kam es ihm richtig vor. Während er erzählte, ließ Simon seinen Blick durch den Raum schweifen. Biker Boy war nicht der Einzige mit rassistischen Tattoos. Hier trugen mehrere Typen Hakenkreuze, und ja, er war in der Unterzahl und hatte im Moment ganz andere Probleme, aber so war Amerika heutzutage, sein Land, in dem dieser Scheiß öffentlich zur Schau gestellt wurde und Zustimmung fand, und er spürte, wie sein Blut trotz all der anderen Probleme kochte.

»Sie haben gesehen, wo Aaron aufgewachsen ist«, sagte Enid, als er fertig war.

»Auf der Farm.«

»Es ist keine echte Farm. Es ist eine Touristenattraktion, aber trotzdem. Hübsch, oder?«

»Scheint so.«

»Scheint so«, wiederholte sie und nickte. »Als Aaron klein war, hat er im Inn gewohnt. Damals haben sie nur sechs Zimmer vermietet. In den anderen hat die Familie gelebt. Dann haben sie angebaut. Erst haben sie alle zehn Zimmer vermietet. Vor fünf, sechs Jahren haben wir dann die anderen Häuser gebaut, sodass es jetzt vierundzwanzig Zimmer sind. Wir haben auch ein ziemlich gutes Restaurant. Wiley nennt es immer ein ›Bistro‹. Er findet, es klingt schicker. Der Souvenirshop läuft auch gut. Es gibt dort alle möglichen Mitbringsel, Kerzen und solchen Schrott. Ich schweife ab, oder?«

»Absolut nicht.«

»Sie wollten etwas über Aaron wissen.«

Simon antwortete nicht.

»Na ja, Aaron war sogar als Kind schon immer ein bisschen düster, wenn Sie verstehen, was ich meine.«

Einer der Tätowierten, der an der Hintertür stand, sah Enid an. Enid nickte, und der Mann ging hinaus.

»Ich verstehe einfach nicht, wie Ihnen das helfen soll«, sagte sie.

»Sie?«

»Was?«

»Sie sagten ›Damals haben sie nur sechs Zimmer vermietet‹. Sie.«

»Na und?«

»Ich hätte erwartet, dass Sie ›wir‹ sagen und nicht ›sie‹.«

»Damals war es noch kein ›Wir‹«, sagte sie. »Ich war noch nicht mit Wiley verheiratet.«

»Wann damals?«

»Als Wiley noch im Inn wohnte.«

»Aber Sie sagten, Aaron hätte dort gelebt.«

»Ja. Mit Wiley. Ich bin seine Stiefmutter. Ich bin erst dazugekommen, als er neun war. Ehrlich gesagt bin ich nicht der mütterliche Typ. Das überrascht Sie jetzt, oder? Aaron und ich haben uns nie besonders nahegestanden.«

»Und seine richtige Mutter? Wo ist die?«

Enid blickte zur Hintertür. Der Tätowierte kam wieder herein. Er stellte sicher, dass Enid ihn gesehen hatte. Ihr Glas war leer. Gladys mit der Heufrisur schenkte unaufgefordert nach.

»Mrs Corval?«, sagte Simon.

»Nennen Sie mich Enid.«

»Enid, was ist mit Aarons leiblicher Mutter geschehen?«

»Das hat nichts mit der ganzen Sache zu tun.«

»Vielleicht schon.«

»Wie das?« Enid drehte sich um, legte einen Arm auf den Tresen und sah ihm direkt in die Augen. »Also, ich habe Aaron vom ersten Tag hier gesagt: Rühr es nicht an. Niemals. Nicht mal probieren. Er hat Tag für Tag gesehen, was das Scheißzeug mit einem macht. Trotzdem wurde er in einem drogenverseuchten Drecksloch ermordet. Also verraten Sie mir, Mr Greene: Wie soll seine leibliche Mutter etwas damit zu tun haben, dass Aaron so ein Ende genommen hat? Und, wo Sie gerade dabei sind: Wie sollte seine leibliche Mutter etwas damit zu tun haben, dass Ihre Tochter sich in Luft aufgelöst hat?«

»Das weiß ich nicht«, sagte Simon.

»Da müsste man die Schuld wohl eher bei mir suchen, finden Sie nicht?«

Simon antwortete nicht.

»Sein Dad und ich haben geheiratet. Als Teenager wollte er dann hier abhängen. Das ist das Problem, wenn man an einem ruhigen Ort aufwächst. Die Leute finden es zauberhaft oder so etwas. Aber Schönheit langweilt. Sie nimmt einen gefangen. Und jemand wie Aaron, er ist einfach ruhelos. Das ist einfach sein Charakter. Genau wie ich, obwohl wir nicht ein Fleisch und Blut sind.«

Er wollte fragen, was der Sinn und Zweck dieses Ladens war, wusste aber, dass ihn das nicht weiterbringen würde. Er schaltete einen Gang höher und fragte: »War Aarons leibliche Mutter heute bei der Trauerfeier?«

Enid hielt den Kopf gesenkt.

»Können Sie mir wenigstens sagen …«

»Nein«, sagte Enid. »Sie war nicht da.«

»Lebt sie noch? Hatte sie irgendeine Beziehung zu ihrem Sohn?«

»Ich kenne Sie nicht, Mr Greene.«

»Doch, das tun Sie. Ich meine, Sie wissen genug. Es interessiert mich nicht, was Sie hier machen, was im Inn läuft oder sonst irgendetwas. Ich will Ihnen absolut keinen Ärger machen. Aber, auf die Gefahr hin, dass es etwas eintönig klingen mag, meine Tochter wird vermisst.«

»Und ich verstehe nicht, inwiefern das etwas mit uns …«

»Wahrscheinlich hat es nichts damit zu tun«, unterbrach er sie. »Allerdings macht es nicht diesen Eindruck, oder? Die Polizei glaubt, dass Paige Aaron getötet haben könnte, um sich zu retten. Oder dass ich es getan hätte. Oder meine Frau. Um unser Kind zu schützen. Vielleicht war es aber auch ein fehlgeschlagener Drogendeal. Das sind lauter gute Theorien, aber dennoch bitte ich Sie um Ihre Hilfe.«

Sie fing an, ihr Glas zu schwenken, hatte den Blick auf den Schnaps gerichtet.

»Lebt Aarons Mutter oder nicht?«

»Ganz ehrlich?« Enid sah ihn an und musterte sein Gesicht sehr lange. »Ich weiß es nicht.«

»Sie wissen nicht, ob sie am Leben oder tot ist?«

»So ist es.« Enid wandte sich an Gladys. »Besorg meinem Freund hier noch ein Bier und bring es uns in die Ecknische. Wir müssen uns ein Weilchen unterhalten.«

SECHZEHN

Der Eingang zum Tattoos While U Wait war mit altmodischen orange-weiß gestreiften Holzabsperrungen gesichert.

Elena Ramirez entdeckte zwei voll ausstaffierte Streifenwagen und zwei weitere PKWs, die wie Zivilfahrzeuge aussahen. Sie parkte ihren Ford Fusion Mietwagen mit dem aufdringlichen Kirschduft in der Einfahrt zwischen den Absperrungen und der Straße.

Ein Polizist runzelte die Stirn und kam auf sie zu.

»Sie müssen weiterfahren.«

»Was ist hier los?«

»Bitte entfernen Sie Ihr Fahrzeug vom Grundstück.«

Elena hätte ihm ihre Papiere vorlegen können, aber das hätte vermutlich nichts gebracht. Außerdem hatte sie keine Ahnung, was passiert war und warum die Polizei das Studio abgeriegelt hatte, und es war nie gut, sich völlig unbedarft in so eine Situation zu begeben.

Es war Zeit, ein paar Nachforschungen anzustellen.

Elena bedankte sich bei dem Polizisten, legte den Rückwärtsgang ein und fädelte sich wieder auf den Highway ein. Hundert Meter weiter hielt sie vor einem *Sonic Burger*. Sie nahm ihr Handy heraus und führte ein paar Telefonate. Nach etwa einer halben Stunde kannte sie die Details über den Doppelmord vom Vortag.

Die beiden Opfer waren Damien Gorse, Alter: neunundzwanzig, Mitbesitzer des Studios, und der achtzehnjährige Ryan Bailey, ein Schüler im letzten Highschool-Jahr, der dort ein paar Stunden in der Woche aushalf. Der vorläufige Bericht besagte, dass beide bei einem fehlgeschlagenen Raubüberfall erschossen worden waren.

Fehlschlag, dachte Elena, war hier genau das richtige Wort, denn die Polizei lag völlig falsch.

Sie führte noch ein paar Telefonate, wartete, bekam eine Bestätigung. Dann fuhr sie die hundert Meter auf dem Highway zurück und hielt vor den Absperrungen. Derselbe Polizist schob eine von ihnen zur Seite, sodass sie vorbeifahren konnte. Er deutete nach links auf einen freien Platz, auf dem sie parken konnte. Sie bedankte sich und fuhr dorthin.

Elena sah in den Rückspiegel und probte das verständnisvolle Wir-sitzen-alle-in-einem-Boot-Lächeln. Herrje. Das würde schrecklich werden. Polizisten und ihre Egos. Harte Nummer. Wenn man noch einen Klacks albernes Territorialverhalten, das übliche Pimmelfechten und die seltene Gelegenheit, einen Mordfall zu bearbeiten, drauflegte – ganz zu schweigen von einem Doppelmord –, war mit einem Eiertanz epischen Ausmaßes zu rechnen.

Ein Mann, den Elena auf Ende dreißig, vielleicht vierzig schätzte, trat aus der Vordertür des Tattoo-Studios, zog seine Schutzhandschuhe aus und kam auf sie zu. Sein Gang wirkte selbstbewusst, aber nicht großspurig. Er sah verteufelt gut aus. Eher der Holzfällertyp als der hübsche Jüngling. Das, was man früher »kernig« nannte. Wenn sie noch auf einen bestimmten Typus stehen würde – und seit Joels Tod hatte Elena das Gefühl, in dieser Hinsicht gelähmt zu sein –, wäre er es.

Der Polizist nickte ihr mit einem knappen Lächeln zu, eine angemessene Begrüßung unter diesen Umständen.

»Sie müssen Special Agent Ramirez sein«, sagte der Mann.

»Im Ruhestand.«

Sie schüttelte seine Hand. Sie war groß. Wie Joels. Wieder spürte sie ein Stechen.

»Ich bin Detective Dumas. Alle nennen mich Nap.«

»Nap«, wiederholte sie, »wie …?«

»… wie in Napoleon, genau.«

»Ich bin Elena. Ich arbeite inzwischen als Privatdetektivin.«

»Ja, meine Chefin hat mich informiert.«

»Handelt es sich um Staatsanwältin Loren Muse?«

»So ist es.«

»Ich habe gehört, sie soll gut sein.«

»Stimmt«, sagte Nap. »Das ist sie.«

Kein Unmut darüber in seiner Stimme, dass er eine junge Frau als Vorgesetzte hatte. Auch keine halbseidene Geste, die so etwas andeutete. Ein gutes Zeichen.

Die Sache lief folgendermaßen: Die Firma, für die Elena arbeitete, VMB Investigations, gehörte zu den angesehensten Detekteien im Lande und hatte Niederlassungen in Chicago, New York, Los Angeles und Houston. Privatdetektive wie die von VMB brauchen Zugang zu Daten, daher spendete die Firma großzügig für verschiedene politische Kampagnen und Polizei-Wohltätigkeitsorganisationen. Einer der Gesellschafter von VMB, Manny Andrews, hatte den Gouverneur maßgeblich unterstützt. Dieser Gouverneur hatte Loren Muse zur Staatsanwältin ernannt. Also hatte Manny Andrews den Gouverneur angerufen, der Gouverneur hatte Muse angerufen, und Muse hatte schließlich den für diesen Fall zuständigen Ermittlungsleiter, Detective Nap Dumas, angerufen.

Die Botschaft: Kooperieren Sie.

Daran war nichts Verbotenes. Wenn Sie aufgrund dieses Austauschs von Gefälligkeiten die Luft anhalten, sind Sie hoffnungslos naiv. Auf der Welt lief es schon immer nach dem Motto ›Eine Hand wäscht die andere‹. Wenn das zum Erliegen kam, im Guten wie im Schlechten, würde auch die Gesellschaft nicht mehr funktionieren.

Polizisten sträubten sich allerdings häufig gegen diesen Austausch von Gefälligkeiten, was zu dem territorialen Pimmelfechten führte, für das Elena sich gewappnet hatte. Nap Dumas schien damit allerdings keine Probleme zu haben. Fürs Erste.

»Folgen Sie mir«, sagte er.

Er ging links am Haus entlang. Elena, die immer noch hinkte, weil sie vor langer Zeit eine Kugel abbekommen hatte, schloss zu ihm auf.

»Ich habe den Fall erst vor einer Stunde übernommen«, sagte Nap, »daher kenne ich den Stand der Dinge selbst noch nicht so ganz.«

»Vielen Dank, dass Sie mich an den Tatort lassen.«

Ein schwaches, wissendes Lächeln umspielte Dumas' Lippen. »Keine Ursache.«

Elena ersparte sich eine weitere Antwort.

»Besteht die Möglichkeit, dass Sie mir sagen, welches Interesse Sie an der Sache haben?«

»Ich habe einen Fall«, sagte Elena. »Es könnte Überschneidungen geben.«

»Holla«, sagte Dumas, »jetzt aber nicht zu viele Details auf einmal.«

Sie lächelte. Vor sich sah Elena einen Ford Flex mit Holzdesignverkleidung. Zwei ganz in Weiß gekleidete Polizisten von der Spurensicherung suchten den Tatort ab.

»Können Sie mir sagen, worum es in Ihrem Fall geht?«, fragte er.

Sie überlegte, ob sie mit harten Bandagen spielen und darauf hinweisen sollte, dass seine Chefin ihn bereits zur Kooperation aufgefordert hatte und dass sie wegen des Anwaltsgeheimnisses nicht über den Fall sprechen könnte, aber das kam ihr dann doch nicht richtig vor. Dieser Nap schien in Ordnung zu sein. Wenn nicht mehr als das. Eine gute Aura, hätte Elenas Mutter gesagt. Elena stand solchen Dingen skeptisch gegenüber – Dingen wie ersten Eindrücken oder Bauchgefühl –, denn, ehrlich gesagt, konnten einen auch absolute Psychos an der Nase herumführen. Tatsächlich ließ sich Elena allerdings so gut wie nie an der Nase herumführen. Sie hatte im Lauf der Jahre gemerkt, dass ihr Bauchgefühl besser funktionierte, als sie erwartet hatte. Wenn sie auf Typen traf, bei denen es sie auf Anhieb gruselte, stellte sich im Endeffekt immer heraus, dass sie wirklich gruselig waren. Und die Typen – die wenigen Typen –, bei denen sie eine positive Aura verspürte? Bei denen stellte sich heraus, dass sie vertrauenswürdig waren.

Und Nap erinnerte sie an Joel. Ihren Joel. Gott sei ihr gnädig.

Der stechende Schmerz wanderte zu ihrem Herzen und setzte sich dort fest.

»Nap?«

Er wartete.

»Ich halte es für besser, die Sache langsam anzugehen«, sagte Elena.

»Aha?«

»Ich werde Ihnen nichts vorenthalten«, sagte Elena, »aber im Moment würde ich gerne ihre ganz unvoreingenommene Meinung hören.«

»Unvoreingenommen«, wiederholte Dumas.

»Ja.«

»Sie meinen, ohne Kontext und Fakten?«

»Sie scheinen eine ehrliche Haut zu sein.«

»Genau wie Sie.«

»Können wir für den Moment nach meinen Regeln spielen?«

Nap zögerte noch kurz. Doch als sie den Ford Flex erreichten, nickte er zustimmend und kam sofort auf den Punkt. »Wir gehen davon aus, dass die ersten Schüsse hier gefallen sind, als Damien Gorse in seinen Wagen stieg.«

»Dann wurde Gorse zuerst erschossen?«

»In dem Punkt sind wir ziemlich sicher, ja.« Nap legte den Kopf schräg. »Ist das wichtig?«

Sie antwortete nicht.

Er seufzte. »Schon gut. Unvoreingenommen.«

»Wie viele Schützen?«, fragte Elena.

»Das wissen wir nicht. Vorläufige ballistische Untersuchungen deuten allerdings darauf hin, dass beide Opfer mit derselben Waffe getötet wurden.«

»Dann war es vielleicht ein Einzeltäter?«

»Schwer zu sagen, sieht aber danach aus.«

Elena ließ den Tatort auf sich wirken. Sie sah die Rückseite des Gebäudes an und dann nach oben. »Keine Überwachungskameras auf dem Parkplatz?«

»Nein.«

»Und drinnen?«

»Auch nicht. Nur eine normale Alarmanlage mit Panikknopf und Bewegungsmelder.«

»Ich gehe davon aus, dass man dort bar bezahlen kann.«

»Ja.«

»Was machen sie mit dem Geld?«

»Einer der beiden Besitzer – Gorse war einer von ihnen – nimmt das Geld jeden Abend mit nach Hause und verstaut es in ihrem Safe.«

»Ihrem Safe?«

»Wie bitte?«

»Sie sagten ›in ihrem Safe‹. Die beiden Besitzer haben einen gemeinsamen Safe?«

»Sie wohnen zusammen, ja. Und, um Ihre nächste Frage zu beantworten, Gorse wurde ausgeraubt. Das Geld, sein Portemonnaie und ein paar Schmuckstücke sind verschwunden.«

»Dann glauben Sie, dass es ein Raubüberfall war?«

Nap lächelte schräg. Auch dieses Lächeln erinnerte sie an Joel. Verdammt. »Tja, das habe ich geglaubt«, sagte er.

Was er meinte, war offensichtlich. Ich habe es geglaubt – bis Sie hier aufgetaucht sind.

»Und wo ist der Mitbesitzer?«, fragte sie.

»Auf dem Rückweg vom Flughafen. Er müsste jeden Moment hier sein.«

»Flughafen?«

»Sein Name ist Neil Raff. Er war in Miami in Urlaub.«

»Ist er ein Verdächtiger?«

»Ein Geschäftspartner, der zum Zeitpunkt eines Mordes eine Reise macht?«

»Okay«, sagte sie. »Natürlich ist er das.«

»Wie ich schon sagte, wir stehen noch ganz am Anfang.«

»Haben Sie eine Idee, wie viel Geld Gorse bei sich hatte?«

»Nein, noch nicht. Uns wurde gesagt, dass es gelegentlich ein paar tausend Dollar gewesen sein können, an anderen Tagen aber auch so gut wie nichts. Hing offensichtlich davon ab, wie das Geschäft am jeweiligen Tag gelaufen ist und wie viele Leute mit Karte bezahlt haben.«

Es gab keine Kreidezeichnung von der Lage der Leiche, oder so etwas, aber Nap hatte Fotos vom Tatort. Elena musterte sie einen Moment lang.

»Glauben Sie, dass der Täter Gorse zuerst beraubt und dann erschossen hat«, fragte Elena, »oder hat er ihn erst erschossen und dann beraubt?«

»Er hat ihn erst erschossen«, sagte Nap.

»Sie scheinen sich ziemlich sicher zu sein.«

»Sehen Sie sich Gorses Taschen auf dem Foto an.«

Sie tat das und nickte. »Herausgestülpt.«

»Außerdem ist das Hemd aus der Hose gezogen, ein Ring ist am Finger geblieben, als wäre es zu schwierig gewesen, ihn abzuziehen – oder weil ihn jemand gestört hat.«

Elena sah das Problem. »Wo stand der Schütze?«

Nap zeigte es ihr. »Die ersten Polizisten, die hier ankamen, dachten, dass der Schütze einfach hergefahren ist und aus seinem Wagen gefeuert hat, oder dass er vielleicht geparkt und gewartet hat.«

»Sie glauben das nicht?«

»Möglich wär's«, sagte Nap. »Wahrscheinlich kam der Schütze aber aus dem Wald. Sehen Sie sich den Winkel an.«

Elena nickte.

»Der Mörder könnte auch«, fuhr Nap fort, »vorher hergefahren sein, den Wagen abgestellt und sich im Wald versteckt haben. Das glaube ich aber nicht.«

»Wieso nicht?«

»Weil während der Schießerei nur eine andere Person hier war – das zweite Opfer, Ryan Bailey. Bailey hat kein Auto. Er geht zu Fuß zum Einkaufszentrum und steigt dort in den Bus.«

Sie sah sich um und blendete Streifenwagen und Zivilfahrzeuge der Polizei aus. »Als die ersten Polizisten ankamen, standen da außer dem Wagen von Gorse noch weitere Fahrzeuge auf dem Parkplatz?«

»Nein«, sagte Nap. »Ansonsten war der Parkplatz leer.«

Elena sah zum Tattoo-Studio hinüber.

»Wenn also jemand – zum Beispiel der Mörder – hergefahren und den Wagen auf dem Parkplatz abgestellt hätte, wäre das Gorse aufgefallen, als er ging.«

»Das sehe ich genauso«, sagte Nap. »Damien Gorse ist der Besitzer. Es ist Geschäftsschluss. Wenn ein fremdes Auto auf seinem Parkplatz gestanden hätte, wäre er meiner Ansicht nach hingegangen und hätte es sich angesehen. Sofern es keinen Fluchtwagenfahrer gab.«

Elena runzelte die Stirn. »Fluchtwagenfahrer?«

»Klassischer Polizistenjargon. Jedenfalls werden wir uns die Videos aller Überwachungskameras in der Nähe ansehen.«

»Wenn ich das richtig verstanden habe, hat eines der Opfer den Notruf gewählt.«

»Ryan Bailey. Das zweite Opfer.«

»Was hat er bei dem Anruf gesagt?«

»Nichts.«

»Nichts?«

Nap erläuterte seine Arbeitshypothese. Der Schütze erschießt Damien Gorse am Ford Flex. Dann durchwühlt er die Taschen des Toten, nimmt das Geld, die Uhr, die Brieftasche und zieht ihm die Ringe vom Finger, als die Tür geöffnet wird und Ryan Bailey herauskommt. Bailey sieht, was passiert, rennt wieder rein, drückt den Alarmknopf und versteckt sich im Schrank.

Elena runzelte die Stirn.

»Was ist?«

»Bailey hat den Alarm im Studio ausgelöst?«

Nap nickte. »Der Alarmknopf ist direkt neben der Hintertür.«

»Ist es ein stiller Alarm?«, fragte sie.

»Nein.«

»Laut?«

»Der Alarm? Ja, sehr laut.«

Wieder runzelte Elena die Stirn.

»Was ist?«

»Zeigen Sie es mir.«

»Was soll ich Ihnen zeigen?«

»Das Innere des Studios. Den Schrank, in dem Ryan Bailey sich versteckt hat.«

Nap musterte sie einen Moment lang. Dann reichte er ihr ein paar Schutzhandschuhe. Sie zog sie über. Er tat das Gleiche. Dann gingen sie zur Hintertür.

»Ein voller Müllbeutel«, sagte Nap und deutete auf einen Beutel, der aufgeplatzt auf dem Boden lag. »Wir nehmen an, dass Bailey rausgekommen ist, um ihn in den Container zu werfen.«

»Und so den Täter gestört hat?«

»Unserer Theorie zufolge ja.«

Allerdings ergab sie leider keinen Sinn.

Ein anderer Polizist reichte ihnen Schutzanzüge mit Füßlingen. Elena zog ihn über ihre Kleidung. Ganz weiß – sie sahen beide aus wie riesige Spermien. Drinnen waren weitere weiß gekleidete Personen von der Spurensicherung. Der Schrank war direkt neben der Hintertür.

Wieder runzelte Elena die Stirn.

»Was ist?«

»Das passt nicht zusammen.«

»Wieso nicht?«

»Sie meinen, Ryan Bailey ist rausgegangen, um den Müll wegzuschmeißen.«

»Ja.«

»Er sieht, wie der Mörder Gorses Leiche absucht.«

»Ja.«

»Demnach wusste der Mörder nicht, dass der Junge im Studio war. Das wäre zumindest die logischste Variante.«

»Ich weiß es nicht … wahrscheinlich. Und weiter?«

»Ryan Bailey geht also raus. Er sieht den Mörder. Er rennt zurück und drückt den Alarmknopf. Dann versteckt er sich im Schrank.«

»Ja.«

»Und der Mörder liefert ihm also eine heiße Verfolgungsjagd. Er sucht Bailey. Dabei plärrt die ganze Zeit der Alarm.«

»Ja. Na und?«

»Wieso?«, fragte sie.

»Was meinen Sie mit ›wieso‹? Ryan Bailey hatte den Mörder gesehen. Er konnte ihn identifizieren.«

»Also wollte der Mörder ihn zum Schweigen bringen?«

»Ja.«

»Dann müssten wir einen professionell geplanten Raubüberfall ausschließen«, sagte Elena.

»Wieso?«

»Kennen Sie irgendeinen Profi, der keine Sturmhaube oder Maske getragen hätte? Ein Profi wäre abgehauen, als der Alarm losging. Denn was hätte der Junge uns schon erzählen können? Ein Mann mit einer Sturmhaube hat seinen Chef umgebracht? Das ist alles. Der Mörder kann ihn nur aus einem Grund ins Studio verfolgt und umgebracht haben: Ryan Bailey konnte ihn identifizieren.«

Nap nickte. »Oder es war jemand, den die beiden kannten.«

»Jedenfalls«, sagte Elena, »glaube ich nicht, dass es zu meinem Fall passt. Mein Täter ist ein Profi. Er hätte eine Maske getragen.«

»Und was ist Ihr Fall?«

Dann entdeckte sie den Computer auf dem Verkaufstresen. Sie wusste nicht, mit wem Henry Thorpe in Kontakt gestanden hatte – nur dass die Kommunikation über eine IP-Adresse und ein WLAN stattgefunden hatte, das sich in diesem Gebäude befunden hatte.

Elena wandte sich an Nap. »Darf ich mir den Computer näher ansehen?«

SIEBZEHN

Enid Corval und Simon hatten es sich auf dem gerippten Stoff in der Ecknische des »Privatclubs« bequem gemacht.

Das meiste hatte Simon sich schon zusammengereimt. Nicht über Aarons Mutter. Was das anging, hatte er keinen Schimmer. Sondern über diesen Club. Sie verkauften irgendetwas unter der Hand. Wahrscheinlich Drogen. Dies hier war keine Bar oder Kneipe. Es war ein Privatclub. Da galten andere Regeln. Das Inn war nur Tarnung, die legale Fassade, außerdem wurde darüber vermutlich viel Geld gewaschen, das hier hängen blieb.

Natürlich konnte er mit seinen Vermutungen vollkommen danebenliegen. Seine Theorie, wenn man es denn so nennen mochte, stand auf tönernen Füßen, allerdings würde er sie sowieso nur zur Sprache bringen, wenn es absolut unvermeidlich war.

Trotzdem hatte er den Eindruck, dass sie zutraf.

»Wir führen eine etwas altmodische Ehe, Wiley und ich.« Sie hielt inne und schüttelte den Kopf. »Ich weiß gar nicht, warum ich Ihnen das erzähle. Liegt wahrscheinlich daran, dass ich alt werde. Aaron ist tot. Und vielleicht haben Sie recht, Mr Greene.«

»Simon.«

»Ich bleibe lieber bei Mr Greene.«

»Womit habe ich vielleicht recht?«

Enid breitete die Arme aus. »Vielleicht hängt das alles zusammen? Das Zeug in der Vergangenheit. Und das, was jetzt passiert ist. Woher soll ich das wissen?«

Simon musste nicht lange warten. Enid fuhr fort.

»Ich bin nicht von hier. Ich bin in Billings, Montana, aufgewachsen. Wie ich in dieser Ecke von Connecticut gelandet bin, brauchen Sie sich nicht anzuhören. Wohin einen der Wind trägt. So ist das Leben. Aber als ich Wiley kennenlernte, hatte er einen achtjährigen Sohn namens Aaron. Viele Frauen finden das attraktiv. Den alleinstehenden, alleinerziehenden Vater. Das schöne Inn und die Farm. Wenn sich jemand nach dem Jungen erkundigte oder fragte, was mit seiner Mutter geschehen ist, hat Wiley die Frage höflich zurückgewiesen. Er sprach nicht gerne darüber. Meist traten ihm dabei die Tränen in die Augen. Selbst bei mir.«

»Aber dann?«

»Oh, ich hatte die Geschichte schon gehört, bevor er sie mir erzählte. Jeder hier kennt das eine oder andere Detail davon. Wiley und die Mutter des Jungen haben sich in einer Lebensphase kennengelernt, in der er nichts mit dem Inn zu tun haben wollte. Wie jeder, der hier aufgewachsen ist, hat auch Wiley sich danach gesehnt, hier wegzukommen. So ist er mit dem Rucksack durch Europa getourt und hat eine junge Frau kennengelernt. Bruna. In der Toskana. Das hat Wiley mir erzählt. Sie haben eine Zeit lang zusammen im Weinberg gearbeitet. Er sagte, die Arbeit im Weinberg sei so ähnlich gewesen wie die Arbeit im Inn. Auf jeden Fall hat es ihn daran erinnert. Er hat ein wenig Heimweh davon bekommen, hat er gesagt.« Sie deutete mit dem Kinn auf sein Pabst. »Sie trinken Ihr Bier gar nicht.«

»Ich muss noch fahren.«

»Zwei Bier? Ach, kommen Sie, benehmen Sie sich nicht wie ein Mädchen.«

Aber das musste er. Ingrid konnte stundenlang harte Sachen trinken, ohne dass man ihr etwas anmerkte. Wenn Simon zwei Bier getrunken hatte, versuchte er, mit einer Steckdose zu knutschen.

»Und was ist passiert?«

»Sie haben sich verliebt. Wiley und Bruna. Romantisch, oder? Sie haben einen Jungen bekommen. Aaron. Eine glückliche Geschichte bis, tja, Bruna gestorben ist.«

»Sie ist gestorben?«

Enid wurde still. Auffällig still.

»Wie?«, fragte er.

»Autounfall. Frontalzusammenstoß auf der Autostrada A11, und ja, Wiley hat dieses Detail jedes Mal erwähnt. Autostrada A11. Ich hab das mal nachgeschlagen. Warum, weiß ich auch nicht. Sie verbindet Pisa und Florenz. Bruna wollte ihre Familie besuchen, sagte er. Und er wollte nicht mit. Sie haben noch drüber gestritten, bevor sie losfuhr. Na ja, eigentlich hätte Wiley neben ihr im Wagen sitzen sollen. So hat er es erzählt. Also gibt er sich die Schuld. Es fällt ihm sehr schwer, darüber zu sprechen. Er wird dann immer ganz rührselig.«

Sie sah ihn über ihr Glas hinweg an.

»Das klingt, als wären Sie skeptisch«, sagte Simon.

»Tut es das?«

»Ja.«

»Wiley erzählt das mit viel Gefühl. Mein Mann ist ziemlich theatralisch. Sie würden ihm jedes Wort glauben.«

»Aber Sie haben ihm nicht geglaubt?«

»Oh, doch, ich habe ihm geglaubt. Aber, na ja, ich habe

mich auch gefragt, warum Bruna ihre Familie besuchen fährt, ohne ihren kleinen Sohn mitzunehmen. Das würde man doch tun, oder? Wenn Sie als junge Mutter über die …«, sie malte Anführungszeichen in die Luft, »… Autostrada die Familie besuchen fahren, würden Sie ihr Baby mitnehmen.«

»Haben Sie Wiley das gefragt?«

»Nein, ich habe das nie angesprochen. Warum auch? Wer würde eine solche Geschichte schon anzweifeln?«

Es wurde kühl in der stickigen, biergeschwängerten Luft. Simon wollte eine Anschlussfrage stellen, mehr noch aber wollte er, dass Enid die Geschichte von sich aus erzählte. Also schwieg er.

»Nach dem Unfall ist Wiley nach Hause zurückgekommen. Hierher. Ins Inn, meine ich. Er hatte Angst, dass Brunas Familie womöglich einen Sorgerechtsstreit anfangen oder ihn aufhalten würde – schließlich waren die beiden nie offiziell verheiratet oder so etwas –, also ist er mit dem Baby in die Staaten geflohen. Die beiden sind ins Inn gezogen …«

Ihre Stimme wurde leiser, und sie zuckte die Achseln.

Das war alles.

»Also«, sagte Simon, »ist Aarons Mutter tot.«

»Das hat Wiley gesagt.«

»Aber als ich Sie gefragt habe, ob sie noch lebt, sagten Sie, Sie wüssten es nicht.«

»Sie sind ein Blitzmerker, Mr Greene.« Sie hob ihr Glas und lächelte. »Warum zum Henker erzähle ich Ihnen das überhaupt?«

Sie starrte ihn an und wartete auf eine Antwort.

»Weil ich ein ehrliches Gesicht habe«, schlug Simon vor.

»Sie sehen aus wie mein erster Ehemann.«

»War er ehrlich?«

»Oje, nein.« Dann: »Aber, verdammt, er war fantastisch im Bett.«

»Dann haben wir ja etwas gemeinsam.«

Enid schnaubte. »Ich mag Sie, Mr Greene. Und was soll's? Ich weiß zwar nicht, wie es Ihnen weiterhelfen soll, aber trotzdem … ich hab schon ein paar seltsame Dinge erlebt. Und das Böse bleibt. Das Böse verschwindet nicht. Wenn man das Böse verscharrt, gräbt es sich selbst wieder aus. Wenn man das Böse mitten im Meer versenkt, kommt es in Form einer Flutwelle wieder zurück.«

Simon wartete einfach.

»Bewahren Sie Ihre alten Reisepässe auf?«, fragte sie. »Ich meine, wenn sie abgelaufen sind?«

»Ja.«

Tatsächlich riet Simon auch seinen Klienten, das so zu machen, einfach für den Fall, einmal beweisen zu müssen, dass man irgendwo war. Er war ein großer Freund davon, offizielle Unterlagen für alle Fälle aufzubewahren.

»Wiley macht das auch. Aber er hat sie versteckt, sie sind in einem Aktenschrank im Keller eingeschlossen. Aber ich habe sie gefunden. Und soll ich Ihnen was sagen?«

»Nur zu.«

Enid hielt die Hand seitlich an den Mund und flüsterte gut hörbar: »Wiley war nie in Italien.«

* * *

Das Büro im Tattoos While U Wait hatte Glaswände, sodass man von dort aus die Tattoo-Stühle, die Künstler und den Wartebereich sehen konnte und umgekehrt. Der Computerbildschirm war jedoch zur Holzwand gerichtet, also hatte derjenige, der am Schreibtisch saß, zwar so gut wie keine Privatsphäre, Besucher und Kunden konnten aber nicht sehen, ob er womöglich surfte oder browste oder wie immer man das heutzutage nannte.

Es handelte sich um einen Doppelschreibtisch, an dem sich zwei Personen gegenübersaßen. Darauf lagen jede Menge Zettel und Papierschnipsel, drei Drogeriemarkt-Lesebrillen und etwa ein Dutzend Stifte und Marker. Links lagen eine Tüte Hustenbonbons mit Kirschgeschmack, ein paar Taschenbücher und dahinter diverse offenbar unsortierte Rechnungen.

In der Mitte des Schreibtischs stand ein etwas verblichenes Foto von sechs breit lächelnden Männern. Die beiden Männer, die vorne standen, hatten sich gegenseitig die Arme um die Schultern gelegt, während die hinteren vier sie vor der Brust verschränkt hatten. Das Foto war vor dem Studio entstanden – vermutlich am Eröffnungstag, wie Elena aus den bunten Bändern und der riesigen Spielzeugschere schlussfolgerte. Die Kleidung, die Gesichtsbehaarung, die Posen – die ganze Atmosphäre erinnerte an ein Albumcover der Doobie Brothers.

Elena nahm das Foto und zeigte es Nap. Der nickte und deutete auf den Mann vorne rechts.

»Das ist das Opfer. Damien Gorse.«

Naps Finger glitt auf den Mann daneben – ein kräftiger Mann in Motorradkluft mit angegrautem Schnäuzer. »Das ist sein Partner Neil Raff.«

Elena setzte sich auf den Drehstuhl vor dem Monitor. Die Computermaus war rot und hatte die Form eines Herzens. Einen Moment lang starrte Elena sie nur an. Ein Herz. Damien Gorses Computermaus war herzförmig. Als Ermittler versuchte man, einen Schritt nach dem anderen zu machen und analytisch zu denken, weil das normalerweise die besten Ergebnisse brachte. Man konzentrierte sich auf sein Ziel – in diesem Fall die Suche nach Henry Thorpe –, aber Joel hatte sie immer wieder aufgefordert, darüber das Grauen nicht zu vergessen und gelegentlich auch an die unwiderruflich zerstörten Leben der Betroffenen zu denken. Damien Gorse hatte auf diesem Stuhl gesessen und mit dieser herzförmigen Maus seinen Computer bedient. Die herzförmige Maus war ein Geschenk gewesen – sie musste ein Geschenk gewesen sein, so etwas kaufte man sich nicht selbst –, und die Person, die sie ihm geschenkt hatte, wollte Damien damit sagen, dass er geliebt wurde.

»Lass dir nicht von Emotionen die Gedanken vernebeln«, hatte Joel immer wieder gesagt. »Nutz sie als Ansporn.«

Als Elena die Maus berührte, wurde der Bildschirm hell. Ein Foto erschien, das Damien Gorse und Neil Raff rechts und links neben einer älteren Frau zeigte. Die drei standen breit lächelnd an irgendeinem Strand.

In der Bildschirmmitte erschien eine Box, in die ein Passwort eingegeben werden musste. Elena sah Nap an, als würde der es wissen. Er zuckte nur die Achseln. Der Computer war mit gelben Post-it-Zetteln übersät. Sie inspizierte sie, suchte nach einem Passwort, ihr fiel aber nichts ins Auge. Sie öffnete die oberste Schublade. Nichts.

»Haben Sie jemanden, der den hacken kann?«, fragte sie.

»Ja, er ist aber noch nicht da.«

Die Eingangstür flog auf, und Neil Raff, der Mann, den sie auf dem Foto gesehen hatte, stürmte ins Tattoo-Studio. Er trug kein Leder, sondern ein Jeans-Outfit – das fast noch altmodischer wirkte als die Kleidung auf dem Foto –, und der

Schnäuzer war inzwischen komplett weiß, trotzdem erkannte man ihn sofort. Mit vom Weinen geröteten und geschwollenen Augen sah er sich etwas benommen in seiner eigenen Firma um, als sähe er sie zum ersten Mal.

Nap eilte auf den Mann zu. Elena beobachtete ihn. Nap legte ihm die Hand auf die Schulter, senkte den Kopf leicht und sprach leise mit ihm. Er war gut. Auch jetzt erinnerte seine Art sie ein wenig an Joel. Das berührte sie. Gott, wie sie Joel vermisste. Alles an ihm. Sie vermisste die Gespräche, die Gesellschaft, seine Wärme, aber im Moment vermisste sie vor allem den Sex. Manchen Leuten mochte das seltsam vorkommen, aber mit Joel Liebe zu machen war das Größte, was sie je erlebt hatte und erleben würde. Sie vermisste sein Gewicht auf ihr. Sie vermisste den Blick, mit dem er sie ansah, wenn er in ihr war, als wäre sie die einzige Frau auf Gottes grüner Erde. Sie vermisste es – und das war nicht sehr feministisch –, dass Joel, der sie deutlich überragte, ihr ein Gefühl von Sicherheit gab.

Diese Gedanken waren ihr gekommen, weil ihr etwas dämmerte, als sie die Fotos von Gorse und Raff betrachtete und ihr Naps Worte wieder einfielen, dass sie das Bargeld zu Hause in *ihrem* Safe aufbewahrten, vor allem aber, als sie das Entsetzen in Neil Raffs Gesicht sah – sie kannte die herzergreifende Qual, die alles verzehrende Bestürzung, die einen erfasste, wenn man nicht etwa seinen Freund oder Geschäftspartner verlor, sondern seinen Lebensgefährten.

Vielleicht projizierte sie auch nur ihre eigenen Gefühle auf ihn – sie glaubte es allerdings nicht.

Nap brachte Raff dazu, sich auf die Ledercouch im Wartebereich zu setzen. Er rollte einen Stuhl hinüber, sodass er dem bestürzten Mann direkt gegenübersaß. Nap hatte zwar ein Notizbuch in der Hand, wollte aber offenbar nicht das Risiko eingehen, nicht hundertprozentig fokussiert und mitfühlend zu wirken, also schrieb er nichts auf. Elena wartete. Sie hatte kaum eine andere Wahl.

Eine halbe Stunde später, nachdem sie ihr Beileid bekundet hatte, bewegte Elena die herzförmige Maus noch einmal und erweckte den Bildschirm zum Leben. Das Foto erschien.

»Ach herrje«, sagte Raff. Er sah Nap an. »Hat jemand Carrie Bescheid gesagt?«

»Carrie?«

»Damiens Mutter. O mein Gott, sie wird am Boden zerstört sein.«

»Wie erreichen wir sie?«

»Ich ruf sie an.«

Nap schwieg.

Raff sagte: »Sie wohnt jetzt in einer Eigentumswohnung in Scottsdale. Alleine. Damien ist das Einzige, was sie hat.«

Ist, dachte Elena. *Ist das Einzige, was sie hat.* Präsens. Machten viele so.

»Hatte Damien Geschwister?«, fragte Nap.

»Nein. Carrie konnte keine Kinder kriegen. Damien war adoptiert.«

»Und sein Vater?«

»Kein Kontakt. Es gab eine unschöne Scheidung, als Damien drei Jahre alt war. Seitdem hatte Damien nichts mehr mit ihm zu tun.«

Elena deutete auf die weiße Box auf dem Bildschirm. »Kennen Sie Damiens Passwort?«

Raff blinzelte und wandte den Blick ab. »Natürlich kenne ich sein Passwort.«

»Würden Sie es mir sagen?«

Er blinzelte wieder, als ihm die Tränen in die Augen schossen. »Guanacaste.«

Er buchstabierte es.

»Das ist eine Provinz in Costa Rica«, sagte Raff.

»So, so«, sagte Elena, weil sie nicht wusste, was sie sonst hätte sagen sollen.

»Da … da waren wir auf unserer Hochzeitsreise. Es ist unser Lieblingsort.«

Elena drückte die Enter-Taste und wartete, bis die Icons auf dem Bildschirm erschienen.

»Was suchen Sie?«, fragte Raff.

»War das Damiens Computer?«

»Es ist unser Computer, ja.«

Wieder Präsens.

»Gibt es in Ihrem Netzwerk noch weitere Computer?«, fragte sie.

»Nein.«

»Was ist mit den Kunden? Haben die Zugriff auf Ihr Netzwerk?«

»Nein. Es ist passwortgeschützt.«

»Und das ist der einzige Computer?«

»Ja. Wir nutzen ihn gemeinsam, wobei ich nicht besonders gut damit umgehen kann. Manchmal setze ich mich ran und nutze ihn, dann sitzt Damien gegenüber. Aber meistens benutzt Damien ihn.«

Elena konnte auch nicht besonders gut mit Computern umgehen – dafür hatte ihre Firma Lou eingestellt –, die Grundlagen beherrschte sie aber. Sie öffnete den Browser und sah sich die Chronik an. Da Neil Raff sich die letzten fünf Tage in Miami aufgehalten hatte, musste Damien Gorse für die letzten Seitenaufrufe verantwortlich sein.

»Ich versteh immer noch nicht, wonach Sie suchen«, sagte Raff.

Sie entdeckte viele Bildersuchen. Bei den meisten handelte es sich, wie vielleicht nicht anders zu erwarten, um die unterschiedlichsten Tattoos. Rosen- und Stacheldraht-Tattoos, Totenschädel mit gekreuzten Knochen, Herzen in allen erdenklichen Größen und Varianten. Eine von Pennywise, dem Clown aus Stephen Kings *Es*, und mehrere, in denen Geschlechtsakte gezeigt wurden, darunter auch, äh, von hinten (wer ließ sich so ein Motiv stechen?), aber auch andere mit dem Wort »Mom« und Grabsteine für verstorbene Freunde, komplette Sleeves für die Arme und jede Menge flügelartige Motive, für den unteren Rückenbereich, die man früher Arschgeweih genannt hatte (oder immer noch nannte).

»Wir suchen dort nach Inspirationen«, sagte Raff. »Wir zeigen den Kunden, was es schon gibt, um es dann weiterzuentwickeln.«

Auch der Rest der Browser-Chronik schien Routine zu sein. Damien Gorse war auf Rotten Tomatoes gewesen und hatte dort Kinokarten gekauft. Er hatte sich bei Amazon Socken und Kaffee-Pods gekauft. Er war auf einer dieser DNA-Seiten gewesen, wo man seine Abstammung ermitteln lassen konnte. Elena hatte auch oft darüber nachgedacht, so einen Test zu machen. Ihre Mutter war Mexikanerin und schwor Stein und Bein, dass Elenas leiblicher Vater auch von dort stammte, er war aber schon vor ihrer Geburt gestorben, und Mom reagierte immer ziemlich seltsam, wenn Elena nachfragte, also konnte man nicht wissen.

»Vielleicht kann ich helfen?«, sagte Raff. Es war eher ein Flehen als eine Frage.

Elena sah weiter auf den Bildschirm. »Kennen Sie – oder kannte Damien – jemanden namens Henry Thorpe?«

Er überlegte. »Nein, nicht dass ich wüsste.«

»Er ist vierundzwanzig. Aus Chicago.«

»Chicago?« Raff überlegte. »Ich bin ziemlich sicher, dass ich niemanden kenne, der so heißt. Und Damien hat den Namen auch nicht erwähnt. Warum fragen Sie?«

Elena überging die Frage. »Sind Sie oder Damien in letzter Zeit in Chicago gewesen?«

»Ich war in meinem letzten Highschool-Jahr da. Soweit ich weiß, ist Damien nie dort gewesen.«

»Was ist mit dem Namen Aaron Corval – klingelt da etwas bei Ihnen?«

Raff strich sich mit der rechten Hand über den Schnäuzer. »Nein, ich glaube nicht. Ist er auch aus Chicago?«

»Connecticut. Aber er wohnt in der Bronx.«

»Nein, tut mir leid. Verraten Sie mir, warum Sie das fragen?«

»Für den Moment wäre es besser, wenn Sie einfach meine Fragen beantworten.«

»Okay. Mir sagen beide Namen nichts. Wenn Sie wollen, kann ich in der Kundendatei nachsehen.«

»Das wäre gut.«

Raff griff ihr über die Schulter und fing an zu tippen.

Nap sagte: »Könnten Sie die gesamte Kundendatei für uns ausdrucken?«

»Sie glauben, dass einer unserer Kunden …?«

»Ich will nur alle Möglichkeiten in Betracht ziehen«, sagte Nap.

»Wie schreibt sich Thorpe?«, fragte Raff.

Sie schlug vor, dass er beide Möglichkeiten ausprobierte,

mit und ohne *e* am Ende. Nichts. Das galt auch für Aaron Corval.

»Wer sind die Männer?«, fragte Raff. Seine Stimme klang jetzt schärfer. »Was haben sie mit Damien zu tun?«

»Sie sagten, dass nur Sie und Mr Gorse diese IP-Adresse und dieses WLAN genutzt haben?«

»Ja, und?«

»Fragen Sie mich nicht nach technischen Erklärungen«, sagte sie, »aber Henry Thorpe ist mit jemandem in Kontakt getreten, dessen Rechner diese IP-Adresse hat.«

Nap hörte einfach zu.

»Und was heißt das?«, fragte Raff jetzt deutlich schärfer.

»Das heißt genau das, was es besagt. Jemand hat von diesem Computer aus mit Henry Thorpe kommuniziert.«

»Na und? Dieser Thorpe kann ebenso gut ein Tintenverkäufer sein.«

»Das ist er nicht.«

Elena starrte ihn an.

»Damien hatte vor mir keine Geheimnisse«, sagte Raff.

Hatte. Jetzt doch in der Vergangenheitsform.

»Vielleicht wurde unser Computer gehackt oder so etwas.«

»Das wurde er nicht, Neil.«

»Was wollen Sie damit andeuten?«

»Ich will gar nichts andeuten. Ich stelle nur Fragen.«

»Damien würde mich nicht betrügen.«

Darauf wollte sie eigentlich nicht hinaus, aber vielleicht musste sie auch das in Betracht ziehen. Vielleicht ging es um eine Liebesbeziehung. War Henry Thorpe schwul? Die Frage hatte sie gar nicht erst gestellt. Andererseits – wer stellte diese Frage heutzutage noch?

Und wenn es so war – wenn Damien und Henry eine Affäre

hatten –, was hatte Aaron Corval damit zu tun? War er nicht mit Paige Greene zusammen gewesen? Könnte das irgendetwas mit der Angelegenheit zu tun haben? Ging es womöglich um irgendwelche Liebschaften, an die Elena nicht gedacht hatte?

Sie glaubte es nicht.

Nap tippte ihr auf die Schulter. »Kann ich Sie kurz sprechen?«

Elena stand auf. Sie legte Raff die Hand auf den Arm. »Mr Raff?«

Er sah sie an.

»Ich will gar nichts andeuten. Wirklich nicht. Ich versuche nur herauszubekommen, wer das getan hat.«

Er nickte mit gesenktem Blick.

Nap ging zur Hintertür hinaus. Sie folgte ihm.

»Was gibt's?«, fragte sie.

»Aaron Corval.«

»Was ist mit ihm?«

»Es ist nicht schwer, Google zu benutzen«, sagte er. »Er wurde vor wenigen Tagen ermordet.«

»So ist es.«

»Wie wäre es, wenn Sie mir erzählen, was hier los ist.«

ACHTZEHN

Simons Rückweg nach Manhattan führte an der Corval Inn and Family Tree Farm vorbei.

Fast wäre er einfach daran vorbeigefahren – was sollte er hier noch, außerdem wollte er zurück ins Krankenhaus –, doch dann sagte er sich: Wer nicht wagt, der nicht gewinnt. Er bog ab und parkte an der gleichen Stelle wie vorher.

Das Inn war ruhig. Wenn die Trauergemeinde hier zu einem Empfang geladen war, als Enid sich in ihren Club abgesetzt hatte, war er offenbar inzwischen zu Ende. Er hielt nach bekannten Gesichtern Ausschau – suchte nach Personen, die bei der Trauerfeier unten am Bach gewesen waren –, doch das einzige ihm bekannte Gesicht war das der Frau mit der karierten Tischdecken-Bluse. Sie hatte eine Umgebungskarte auf dem Schreibtisch ausgebreitet und zeigte einem jungen Paar im Partnerlook – das Simon mit dem unzeitgemäßen Begriff Yuppies beschreiben würde – »den anspruchsvollsten Wanderweg auf der Farm.«

Die Frau hatte aus den Augenwinkeln heraus eindeutig gesehen, dass Simon hier wartete, was ihr ebenso eindeutig nicht gefiel. Simon wippte auf den Zehen und sah sich um. Rechts war eine Treppe. Er überlegte, ob er hinaufgehen sollte, aber wozu? Hinter ihm befand sich eine mit Spitzengardinen verhängte Glastür. Sie führte in einen anderen Raum.

Vielleicht fand der Empfang dort statt.

Als er darauf zuging, sagte die Frau hinter dem Schreibtisch: »Entschuldigen Sie, aber das ist ein Privatzimmer.«

Simon reagierte nicht darauf. Er streckte die Hand aus, drehte den Knauf und ging hinein.

Dort hatte tatsächlich eine Art Empfang stattgefunden. Reste von Sandwiches, Fingerfood und Gemüsesticks lagen auf einem fleckigen weißen Tischtuch mitten im Raum. Rechts von Simon stand ein antiker Rollschreibtisch mit Brieffächern und winzigen Schubladen. Wiley Corval saß daran. Er drehte sich um und stand auf.

»Was wollen Sie hier?«

Die Frau von der Rezeption trat in den Raum. »Tut mir schrecklich leid, Wiley.«

»Schon okay, Bernadette. Ich erledige das.«

»Bist du sicher oder soll ich …? «

»Ich mach das. Schließ bitte die Tür und kümmere dich um die Gäste.«

Sie durchbohrte Simon noch mit einem finsteren Blick, ging zurück in die Lobby und schloss die Tür etwas energischer als notwendig, sodass das Glas klirrte.

»Was wollen Sie?«, fragte Wiley knapp.

Wiley Corval trug jetzt eine braune Tweedweste mit Fischgrätmuster und Zinnknöpfen. Vom mittleren Knopfloch führte eine goldene Kette zur Westentasche, an der zweifelsohne eine Taschenuhr hing. Sein gestärktes weißes Hemd hatte weite Ärmel mit schmalen Manschetten.

Gekleidet für die Rolle als Gastwirt, dachte Simon.

»Meine Tochter wird vermisst.«

»Das sagten Sie bereits. Ich habe keine Ahnung, wo sie ist. Wenn Sie jetzt bitte gehen würden.«

»Ich habe ein paar Fragen.«

»Und ich brauche sie nicht zu beantworten.« Er richtete sich weiter auf und streckte die Brust heraus. »Ich bin in Trauer über den Verlust meines Sohnes.«

Es gab keinen Grund, behutsam vorzugehen. »Sind Sie das?«, fragte Simon.

Ein überraschter Ausdruck trat auf Wileys Gesicht – das hatte Simon erwartet –, aber er sah noch etwas anderes.

Angst.

»Ob ich was bin?«

»Aarons Vater.«

»Wovon sprechen Sie?«

»Sie sehen ihm überhaupt nicht ähnlich.«

Wileys Unterkiefer klappte herunter. »Ist das Ihr Ernst?«

»Erzählen Sie mir etwas über Aarons Mutter.«

Er sah aus, als wollte er explodieren, fing sich aber, und dann breitete sich ein Lächeln auf Wiley Corvals Gesicht aus. Ein unheimliches Lächeln. Extrem unheimlich. Fast wäre Simon einen Schritt zurückgewichen.

»Sie haben mit meiner Frau gesprochen.«

In diesem Augenblick wurde Simon etwas klar, vielleicht hatte Enid es angedeutet, vielleicht lag es daran, dass Wiley in Fleisch und Blut und für seine Rolle »kostümiert« vor ihm stand, vielleicht lag es aber auch an Wileys Gesichtsausdruck bei ihrer ersten, kurzen Begegnung im Wald.

Wiley Corval wirkte nicht, als würde er trauern.

Natürlich kommen hier sämtliche Klischees zum Tragen – jeder Mensch trauert auf seine eigene Art, und nur weil man einem Menschen den Schmerz nicht anmerkt, bedeutet das nicht, dass er keinen empfindet, denn vielleicht lässt er es sich einfach nur nicht anmerken –, doch all diese Erklärungen klangen hier hohl. Enid hatte ihren Mann als theatralisch bezeichnet. Jetzt begriff Simon, was sie meinte, weil alles, was er tat, so wirkte, als würde er schauspielern – auch seine Gefühle.

Dieser kleine Junge. Der allein mit einem Mann zusammengelebt hatte, der behauptete, sein Vater zu sein.

Simon versuchte, seine Fantasie im Zaum zu halten, sie verwandelte sich aber in ein bockendes Pferd, das wie wild herumsprang und dabei die übelsten Gedanken, die schlimmsten und verwerflichsten Szenarien aufwirbelte.

Das kann nicht wahr sein, sagte Simon sich.

Trotzdem.

»Ich besorge mir einen Gerichtsbeschluss.«

»Wofür?«, fragte Wiley, breitete die Hände aus und bot so ein Bild reinster Unschuld.

»Wegen seiner Herkunft.«

»Wirklich?« Wieder dieses verdammte, unheimliche Lächeln. »Aaron wurde eingeäschert.«

»Seine DNA finde ich schon noch irgendwo.«

»Unwahrscheinlich. Und wenn Sie seine und meine DNA irgendwo auftreiben, würde der Test zeigen, dass ich sein Vater bin.«

»Sie lügen.«

»Tu ich das?«

Das macht ihm Spaß, dachte Simon.

»Und nur aus Freude an einem Gedankenspiel – nehmen wir an, Sie würden diesen Test durchführen, und er würde zeigen, dass ich nicht Aarons leiblicher Vater bin. Was würde das beweisen?«

Simon antwortete nicht.

»Vielleicht hat seine Mutter mich betrogen. Welche Bedeutung hätte das nach all den Jahren? Der Test hätte dann also nicht bestätigt – rein hypothetisch natürlich –, dass ich Aarons Vater bin. Aber was würden Sie damit beweisen wollen?« Wiley trat zwei Schritte auf Simon zu. »Mein Sohn war ein Drogenhändler, der mit Ihrer süchtigen Tochter in der Bronx gelebt hat. Dort wurde er ermordet. Egal, von welchen Gerüchten Enid Ihnen erzählt hat, Sie werden einsehen müssen, dass der Mord nichts mit seiner Kindheit zu tun hat.«

Das klang plausibel. Im Prinzip konnte er nichts dagegen einwenden. Es gab absolut keinen Hinweis darauf, dass zwischen irgendwelchen Grausamkeiten, die einem kleinen Jungen in diesem Inn womöglich zugefügt worden waren, und seiner brutalen Ermordung über ein Jahrzehnt später in der Bronx eine Verbindung bestand.

Trotzdem.

Simon schaltete einen Gang hoch.

»Wann hat Aaron angefangen, Drogen zu nehmen?«

Das schmierige Lächeln war wieder da. »Das sollten Sie lieber Enid fragen.«

»Wann ist er ausgezogen?«

»Wann ist wer weggezogen?«

»Über wen reden wir denn? Aaron natürlich.«

Wieder lächelte er. Herrje, es machte ihm *wirklich* Spaß.

»Hat Enid Ihnen das nicht erzählt?«

»Was hat sie mir nicht erzählt?«

»Aaron ist nicht weggezogen.«

»Was wollen Sie damit sagen?«

»Enid hat diesen Laden. Eine Art Club.«

»Was ist damit?«

»Hinten drin ist eine Wohnung«, sagte Wiley. »Da hat Aaron gewohnt.«

»Bis wann?«

»Das kann ich nicht genau sagen. Aaron und ich … wir hatten uns entfremdet.«

Simon versuchte, das einzuordnen. »Und wann ist er in die Nähe des Lanford College gezogen?«

»Wovon sprechen Sie?«

»Er hat dort gewohnt. Ich glaube, Aaron hat in einem Club gearbeitet, als er Paige kennengelernt hat.«

Wiley lachte laut auf. »Wer hat Ihnen denn den Bären aufgebunden?«

Wieder lief Simon ein Schauer über den Rücken.

»Sie glauben, sie hätten sich in Lanford kennengelernt?«

»Haben sie nicht?«

»Nein.«

»Wo sonst?«

»Hier.« Er nickte, als er Simons überraschte Miene sah. »Paige ist hergekommen.«

»Zum Inn?«

»Ja.«

»Haben Sie sie gesehen?«

»Ja, das hab ich.« Er hatte aufgehört zu lachen, und auch das Grinsen war verschwunden. Mit ernster Stimme sagte er: »Ich habe sie auch später gesehen … danach.«

»Nach was?«

»Nachdem sie schon ein paar Monate mit Aaron zusammen war. Der Unterschied … was er ihr angetan hat …« Wiley Corval hielt inne und schüttelte den Kopf. »Wenn Sie meinem Sohn etwas angetan hätten, könnte ich Ihnen das kaum vorwerfen. Ich kann nur sagen, dass es mir leidtut.«

Blödsinn. Es tat ihm nicht leid. Das war nur Schauspielerei.

»Was wollte Paige?«, fragte Simon. »Als sie hergekommen ist?«

»Was glauben Sie?«

»Ich habe keine Ahnung.«

»Sie wollte sich mit Aaron treffen.«

* * *

Es ergab keinen Sinn.

Warum hätte Paige, eine allem Anschein nach glückliche, frisch gebackene College-Studentin, herkommen sollen, um einen Mistkerl wie Aaron Corval kennenzulernen? Woher hatte seine Tochter überhaupt von ihm gewusst? Waren sie sich früher schon irgendwo begegnet? Laut Wiley Corval anscheinend nicht. Paige war zum Inn gefahren, um Aaron kennenzulernen. War sie hergekommen, um Drogen zu kaufen? Auch das war unlogisch. So weit zu fahren, um Drogen zu kaufen – mehrere Autostunden von Lanford College entfernt –, wäre schlicht und ergreifend absurd.

Hatten Aaron und Paige sich irgendwie im Internet kennengelernt?

Das schien am wahrscheinlichsten. Sie hatten sich online kennengelernt, dann war Paige hergefahren, um Aaron persönlich zu treffen.

Aber wie? Wieso? Wie hatten sich ihre Wege gekreuzt? Paige schien nicht der Typ zu sein, der auf Online-Dating, Tinder oder so etwas stand – und selbst wenn sie das war, selbst wenn Simon hinsichtlich seiner eigenen Tochter sehr naiv war, hätte sie sich nicht jemanden suchen können, der näher am College lebte?

Es ergab keinen Sinn.

Hatte Wiley gelogen, als er sagte, dass Paige zum Inn gekommen war? Versuchte er, die Sache noch verworrener zu machen, um von dem abzulenken, was Enid ihm über Aarons Herkunft erzählt hatte?

Simon glaubte es nicht.

Wiley Corval war ein Widerling, unglaubwürdig und vielleicht – nein, wahrscheinlich – Schlimmeres. Aber was er über Paige gesagt hatte, dass sie hergekommen sei, um Aaron kennenzulernen, klang eindeutig nach der Wahrheit.

Simon fuhr zu Enids Club zurück, aber sie war nicht mehr da. Er nahm sein Handy und rief Yvonne an.

Yvonne meldete sich nach dem ersten Klingeln. »Wenn sich etwas tut, ruf ich dich sofort an.«

»Immer noch keine Veränderung?«

»Nein.«

»Und die Ärzte?«

»Nichts Neues.«

Simon schloss die Augen.

»Ich habe den ganzen Tag herumtelefoniert«, sagte Yvonne.

»Mit wem?«

»Mit Freunden, die gute Verbindungen haben. Ich wollte sicherstellen, dass wir hier wirklich die allerbesten Ärzte haben.«

»Und?«, fragte er.

»Und das haben wir. Erzähl mir von deinem Besuch in diesem Inn.«

Das tat er. Als er fertig war, sagte Yvonne einfach nur: »Heilige Scheiße.«

»Ich weiß.«

»Und wohin fährst du jetzt?«

»Das weiß ich noch nicht.«

»Doch, tust du«, sagte Yvonne.

Sie kannte ihn zu gut.

»Im College muss irgendetwas passiert sein, was Paige verändert hat«, sagte er.

»Seh ich auch so. Simon?«

»Ja?«

»Ruf mich in drei Stunden wieder an. Ich will wissen, ob du sicher in Lanford angekommen bist.«

NEUNZEHN

»An dem Wochenende«, erzählte Eileen Vaughan Simon, »hat Paige sich mein Auto geliehen.«

Sie saßen im Gemeinschaftsraum der Vier-Personen-WG. Das übergroße Erkerfenster im Studentenwohnheim gab den Blick auf den zentralen Platz von Lanford College frei, der wie ein noch feuchtes Gemälde vor üppigem Grün zu triefen schien. Eileen Vaughan war im ersten Jahr Paiges Zimmergenossin gewesen. An Paiges erstem Tag dort, als Simon, Ingrid, Sam und Anya die erwartungsfrohe neue Studentin hergebracht hatten, war Eileen Vaughan die Erste gewesen, die sie begrüßt hatte. Eileen war klug, freundlich und schien zumindest auf den ersten Blick die perfekte Zimmergenossin zu sein. Simon hatte sich »sicherheitshalber« und »nur für Notfälle« ihre Telefonnummer im Handy abgespeichert, und da war sie immer noch.

Simon und Ingrid hatten das College damals in nahezu euphorischer Stimmung verlassen. Sie waren im Sonnenlicht blinzelnd und Händchen haltend über den Campus zum Auto zurückgegangen, obwohl Sam sich über diese »eklige öffentliche Zurschaustellung von Gefühlen« beklagt und Anya es mit »Bäh, geht das auch ohne?« kommentiert hatte. Als sie wieder im Auto saßen, hatte Simon in Erinnerungen an seine eigenen College-Jahre geschwelgt, als auch er in einer solchen Vier-Zimmer-WG wie dieser im Studentenwohnheim gelebt hatte – die aber irgendwie auch wieder ganz anders gewesen war. In Simons WG war alles voller leerer Pizzakartons und Bierdosen gewesen, die Einrichtung war im Stil der frühen amerikanischen Kneipentour gehalten, wohingegen hier bei Eileen Vaughan alles in hellem Holz eingerichtet war, mit richtigen Möbeln und frisch gesaugten Teppichen, so als stamme es direkt aus dem Ikea-Katalog. An den Wänden hing nichts Ironisches oder College-Typisches, weder dekorative Wasserpfeifen, noch Che-Guevara-Poster oder … verdammt … überhaupt irgendwelche Poster, stattdessen fanden sich hier handgefertigte Wandteppiche mit geometrischen oder buddhistisch inspirierten Mustern. Das Ganze wirkte weniger wie eine Studentenbude, sondern eher wie der Showroom eines Studentenwohnheims, durch den man interessierte Studenten (und vor allem ihre Eltern) bei einem Campusbesuch führte.

»Hatte Paige das früher schon mal gemacht?«, fragte Simon Eileen.

»Sich mein Auto geliehen? Nein. Sie hatte mir vorher schon mal erzählt, dass sie nicht gerne fährt.«

Es war mehr als das, dachte Simon. Paige konnte nicht fahren. Eigentlich nicht. Sie hatte den Führerschein zwar bekommen, nachdem sie bei einer Fahrschule in Fort Lee Stunden genommen hatte, war seitdem aber nicht mehr gefahren, weil sie in Manhattan wohnte.

»Sie wissen ja, wie Paige war«, fuhr Eileen fort, ohne zu bedenken, dass das ›war‹ anstelle des ›ist‹ ihm einen Stich in die Brust versetzte. Andererseits war es natürlich zutreffend. Paige ›war‹ ein Teil dieses Colleges und wahrscheinlich auch Eileens Lebens gewesen, aber als er dieses gesund aussehende Mädchen ansah – ja, eigentlich müsste er sie als junge Frau bezeichnen, aber im Moment sah er Eileen als Mädchen, ein Mädchen wie seine Tochter –, spürte er einen dumpfen Schmerz in seinem Herzen, weil er daran dachte, dass seine Tochter hier sein sollte, dass sie eigentlich in einem der vier Schlafzimmer mit Boxspringbett und Schwanenhalslampe wohnen müsste.

Eileen sagte: »Selbst wenn Paige etwas aus dem Supermarkt oder der Drogerie brauchte, hat sie mich gebeten, sie zu fahren.«

»Sie müssen überrascht gewesen sein, als Paige gefragt hat, ob Sie ihr den Wagen leihen.«

Eileen trug eine Jeans und einen dunkelgrauen Rollkragenpullover mit Zopfmuster. Ihre langen roten, in der Mitte gescheitelten Haare fielen nach hinten über ihre Schultern. Sie hatte große leuchtend blaue Augen und roch nach Jugend, College und unerschöpflichen Möglichkeiten – und das machte ihn vollkommen fertig.

Ihre Stimme klang zögerlich. »Ja, das war ich.«

»Sie wirken verunsichert.«

»Darf ich Sie etwas fragen, Mr Greene?«

Er wollte sie auffordern, ihn Simon zu nennen, aber irgendwie wirkte die formelle Anrede in dieser Situation angemessener. Sie war eine Freundin seiner Tochter. Er erkundigte sich nach seiner Tochter.

»Natürlich.«

»Warum jetzt?«

»Wie bitte?«

»Das, was mit Paige passiert ist, ist lange her. Ich weiß, dass ich mich bereit erklärt habe, mit Ihnen zu reden, aber für mich war das auch nicht einfach.«

»Was war nicht einfach?«

»Das, was mit Paige passiert ist. Hier, meine ich. In Lanford. Wir haben hier beide in so einem kleinen Zimmer gewohnt, und … ich weiß nicht … zwischen uns ist eine Verbindung entstanden. Sie war sofort meine beste Freundin. Ich bin Einzelkind. Ich will das nicht zu hoch hängen, aber Paige war für mich wie eine Schwester. Und dann …«

Eileen hatte Wunden davongetragen, die verheilt waren, und jetzt riss Simon die Narben wieder auf. Er hatte zwar ein schlechtes Gewissen, aber Eileen war jung, und eine halbe Stunde, nachdem er die Suite verlassen hatte, würde sie ein Seminar besuchen, oder eine Mitbewohnerin würde mit ihr in der Cushman Cafeteria zu Abend essen, woraufhin beide in der Elders Library noch etwas lernten und danach vermutlich auf eine Wohnheimparty gingen – womit diese »Wunden« wieder fest verschlossen waren.

»Was ist passiert?«, fragte Simon.

»Paige hat sich verändert.«

Ohne jedes Zögern.

»Warum?«

»Das weiß ich nicht.«

Er überlegte, wie er weitermachen sollte. »Wann?«

»Gegen Ende des ersten Semesters.«

»Nach dieser Tour mit Ihrem Auto?«

»Ja. Oder eigentlich nicht. Irgendwas hat mit ihr vorher schon nicht gestimmt.«

Simon beugte sich etwas vor, achtete aber darauf, ihr nicht zu nahe zu kommen. »Wie lange vorher?«

»Das weiß ich nicht mehr. Ich erinnere mich nicht genau. Es war bloß so …«

Er nickte, damit sie fortfuhr.

»Ich weiß noch, dass ich ein komisches Gefühl hatte, als

Paige gefragt hat, ob sie sich das Auto leihen kann. Nicht nur, weil es ihr nicht ähnlich sah, sondern weil sie vorher schon ziemlich distanziert war.«

»Wissen Sie, warum?«

»Nein. Ich war verletzt. Und vielleicht auch ein bisschen sauer auf sie.« Eileen hob den Blick. »Eigentlich hätte ich auf sie zugehen müssen, wissen Sie? Statt beleidigt zu sein und das Ganze auf mich zu beziehen. Wenn ich eine gute Freundin gewesen wäre, hätte ich vielleicht …«

»Sie können nichts dafür, Eileen.«

Sie wirkte nicht überzeugt.

»Hat Paige vielleicht Drogen genommen?«, fragte Simon.

»Sie meinen, bevor sie Aaron kennengelernt hat?«

»Eine These besagt, dass Paige schon vorher Drogen genommen hat – und dass Aaron sie ihr beschafft hat.«

Eileen überlegte. »Das glaube ich nicht. Na ja, mir ist schon klar, dass wir über einen College-Campus reden und Drogen da angeblich überall zu haben sind. Aber so ist das hier nicht. Ich wüsste nicht einmal, wo ich etwas Stärkeres als Gras kaufen könnte.«

»Vielleicht war es genau das«, sagte Simon.

»Genau was?«

»Vielleicht wollte Paige etwas Stärkeres kaufen.«

»Und deshalb ist sie zu Aaron gefahren?«

»Das ist eine These.«

Eileen glaubte es nicht. »Paige hat ja nicht einmal Gras geraucht. Das soll jetzt nicht klingen, als wäre sie tugendhaft oder öde gewesen. Sie hat getrunken und so, aber ich habe sie nie bekifft oder high gesehen, oder wie immer Sie es nennen wollen. Das hat erst angefangen, nachdem sie Aaron kennengelernt hatte.«

»Es läuft also immer wieder auf dieselbe Frage hinaus«, sagte Simon. »Warum hat Paige sich Ihr Auto geliehen? Warum ist sie in diese ruhige Ecke Connecticuts gefahren?«

»Das weiß ich nicht. Tut mir leid.«

»Sie sagten, sie hätte sich verändert.«

»Ja.«

»Was war mit ihren anderen Freundinnen und Freunden?«

»Ich glaube …« Ihr Blick wanderte nach links. »Ja, im Nachhinein würde ich sagen, dass Paige sich einfach zurückgezogen hat. Von uns allen. Eine Freundin von uns, Judy Zyskind – kennen Sie sie?«

»Nein.«

»Judy wohnt hier jetzt auch mit in der WG. Sie ist bei einem Lacrosse-Spiel in Bowdoin, sonst würde ich sie bitten, Ihnen das zu erklären. Na ja, ich glaube ja nicht, dass das der Grund ist, aber Judy meinte, dass auf einer Verbindungsparty etwas vorgefallen sein könnte.«

Ein kalter Schauer durchzuckte Simon. »Was meinen Sie mit ›vorgefallen‹?«

»Wir sprechen hier auf dem Campus viel über sexuelle Übergriffe. Verdammt viel. Ich sage nicht, dass es zu viel ist. Es ist wirklich notwendig. Ich glaube aber, dass Judy das seitdem nicht mehr aus dem Kopf bekommt. Sobald sich also jemand zurückzieht, denken wir an nichts anderes. Ich weiß noch, wie Judy Paige eines Abends darauf angesprochen hat. Auf einen Typen, von dem Judy dachte, dass er Paige belästigt.«

»Wie heißt der Typ?«

»Das weiß ich nicht. Den Namen hat sie nicht erwähnt.«

»Und das war vor Aaron?«

»Ja.«

»Wie hat Paige reagiert?«

»Sie hat gesagt, dass das nichts mit der Sache zu tun hat.«

»Hat sie gesagt, was etwas damit zu tun hat?«

Eileen zögerte und wandte sich ab.

»Eileen? Hat sie so etwas erwähnt?«

»Ja.«

»Was?«

»Ich glaube, Paige wollte einfach nur ablenken. Damit wir sie in Ruhe lassen.«

»Was hat sie gesagt?«

»Sie sagte …«, Eileen drehte sich um und sah Simon in die Augen, »… dass es zu Hause Probleme gebe.«

Simon blinzelte, lehnte sich zurück und brauchte einen Moment, um das zu verarbeiten. Damit hatte er nicht gerechnet. »Was für Probleme zu Hause?«

»Das hat Paige nicht weiter ausgeführt.«

»Und Sie haben absolut keine Idee?«

»Ich dachte, na ja, bei dem, was hinterher passiert ist, mit Aaron, den Drogen und so … ich dachte, Sie und Dr. Greene hätten womöglich Probleme.«

»Hatten wir nicht.«

»Oh.«

In Simons Kopf drehte sich alles.

Probleme zu Hause.

Er versuchte, die Puzzleteile zusammenzusetzen. An der Ehe lag es nicht – zwischen Ingrid und ihm war es gut gelaufen, genau genommen sogar besser denn je. Finanziell war auch alles okay – Paiges Eltern waren beide auf dem Höhepunkt ihrer Karrieren und verdienten sehr gut. Und Paiges Geschwister? Auch da war alles normal gelaufen, ihm fiel nichts Außergewöhnliches ein. Einmal hatte es einen kleineren Zwischenfall mit Sams Naturwissenschaftslehrer gegeben … nein, das war ein Jahr vorher gewesen, und es hätte auch keinen ›Probleme zu Hause‹-Kommentar gerechtfertigt.

Falls nicht noch etwas passiert war, wovon Simon nichts wusste.

Aber selbst dann – selbst wenn Paige irgendwelche echten Probleme in der Familie gesehen oder sie sich eingebildet hatte –, wie hatte das zu Aaron und zur Fahrt nach Connecticut geführt?

Er fragte Eileen.

»Tut mir leid, Mr Greene, ich habe keine Ahnung.«

Eileen Vaughan blickte verstohlen auf ihr Handy, wie man früher auf seine Armbanduhr geblickt hätte. Sie rutschte auf der Couch herum, ihre Körpersprache strahlte plötzlich Unbehagen aus, und Simon wusste, dass er sie verlor.

»Ich habe gleich ein Seminar«, sagte sie.

»Eileen?«

»Ja.«

»Aaron wurde ermordet …«

Ihre Augen weiteten sich.

»… und Paige ist abgehauen.«

»Abgehauen?«

»Sie wird vermisst. Und ich glaube, dass Aarons Mörder jetzt auch hinter ihr her ist.«

»Versteh ich nicht. Wieso?«

»Keine Ahnung. Aber ich glaube, dass es um das geht, was sie zusammengeführt hat, den Grund dafür, dass Paige Kontakt zu Aaron aufgenommen hat. Deshalb brauche ich Ihre Hilfe. Ich muss herausfinden, was hier auf dem Campus mit

Paige geschehen ist und dann dazu geführt hat, dass sie sich Ihr Auto geliehen hat, um zu Aaron zu fahren.«

»Ich weiß es nicht.«

»Das habe ich begriffen. Ich habe auch begriffen, dass es Ihnen lieber wäre, wenn ich wieder gehe. Aber ich bitte Sie um Ihre Hilfe.«

»Was für Hilfe?«

»Fangen Sie ganz von vorn an. Erzählen Sie mir alles, was passiert ist, ganz egal, wie unbedeutend es auch erscheint.«

* * *

Paige sei zu einer von den »Emsigen« geworden, erzählte Eileen Vaughan.

»Einer von den was?«

»Von den Emsigen«, wiederholte Eileen. »Sie wissen doch, dass einem in der Orientierungswoche immer wieder erzählt wird, dass man sein kann, wer oder was immer man will, dass es eine Chance für einen Neuanfang ist und man jede Chance ergreifen soll?«

Simon nickte.

»Paige hat sich das zu Herzen genommen.«

»Das ist doch gut, oder?«

»Ich fand, dass sie es übertrieben hat. Sie wollte in einem Theaterstück mitspielen. Sie hat zwei A-cappella-Gruppen ausprobiert. Dann gibt es auf dem Campus diesen Club von Wissenschaftsnerds, die Roboter bauen. Da ist sie auch eingetreten. Sie hat sich für einen der Sitze für die Studienanfänger im Rechtsausschuss beworben und wurde gewählt. Sie war besessen vom Ahnenforschungsclub, der mit dem Genetikkurs zusammengearbeitet hat, um herauszubekommen, von wem man abstammt und so was. Außerdem wollte sie ein Theaterstück schreiben. Rückblickend war das alles zu viel.«

»Hatte sie einen Freund?«

»Nichts Ernstes.«

»Und der Kerl, den Ihre Lacrosse-Mitbewohnerin erwähnte?«

»Darüber weiß ich nichts. Wenn Sie wollen, schreibe ich Judy eine SMS.«

»Gerne.«

Eileen zog ihr Handy heraus, und ihre Finger tanzten über das Display. Als sie fertig war, nickte sie.

»Und ihr Studium?«, fragte Simon. »Was für Kurse hat sie belegt?«

Natürlich sollte ein Vater so etwas wissen, aber vor dieser ganzen Sache war Simon stolz darauf gewesen, nicht zu diesen Helikoptereltern zu gehören. Er wusste nicht, welche Kurse sie belegte, selbst in der Highschool nicht. Manche Eltern checkten täglich eine App namens Skyward, um sich zu vergewissern, dass ihr Kind seine Hausaufgaben machte oder gute Zensuren bekam. Simon wusste nicht einmal, wie man sich dort einloggte. Damals war er so eingebildet gewesen zu glauben, dass er deshalb ein besserer Vater war.

Halt dich zurück. Vertrau deinem Kind.

Und bei Paige war es leicht gewesen. Sie hatte genug Ehrgeiz. Sie tat sich hervor. Oh, was für eine Befriedigung Simon damals empfunden hatte, welche idiotischen Überlegenheitsgefühle gegenüber den seiner Ansicht nach so anmaßenden und übereifrigen Eltern, bei denen er damit geprahlt hatte, dass er nicht einmal sein Skyward-Passwort kannte, wie so ein Arschloch auf einer Party, das damit prahlt, wie toll es wäre, keinen Fernseher zu besitzen.

Welch ein Hochmut vor dem Fall.

Eileen erstellte eine Liste mit den Kursen, die Paige belegt hatte, und deren Dozenten. Sie reichte ihm das Blatt und sagte: »Jetzt muss ich aber wirklich los.«

»Hätten Sie etwas dagegen, wenn ich mitkomme?«

Sie sagte zwar, dass das in Ordnung sei, aber nur recht widerstrebend.

Auf dem Weg zur Tür überflog Simon die Liste. »Ist Ihnen beim Aufschreiben noch irgendetwas aufgefallen?«

»Eigentlich nicht. Die meisten Kurse waren ziemlich groß. Ich glaube nicht, dass die Dozenten sich wirklich an sie erinnern. Die einzige Ausnahme ist wohl Professor van de Beek.«

Sie überquerten den hellen grünen Quad.

»Was hat van de Beek unterrichtet?«

»Den Genetikkurs, den ich schon erwähnt habe.«

»Wo finde ich ihn?«

Im Gehen tippte Eileen auf dem Display herum. »Hier, das ist er.«

Sie reichte ihm das Handy.

Professor Louis van de Beek war jung, wahrscheinlich keine dreißig Jahre alt, und – auch wenn er nicht so ein Vater sein wollte – er sah aus wie einer der Professoren, bei denen junge Studentinnen ins Schwärmen gerieten. Seine etwas zu langen Haare waren so tiefschwarz, dass sie fast blau wirkten, und seine Haut etwas zu wächsern. Er hatte gute Zähne und ein nettes Lächeln. Auf dem Foto trug er ein enges schwarzes T-Shirt und hatte die gebräunten Arme vor der Brust verschränkt.

Was zum Henker war nur mit den Professoren in Tweedjacken passiert?

Unter dem Porträtfoto stand: Professor der Biowissenschaften. Außerdem waren seine Büroadresse im Clark House, seine E-Mail-Adresse, seine Webseite und schließlich die Kurse, die er gegeben hatte, aufgeführt, darunter auch Genetik und Genealogie.

»Sie sagten, er wäre eine Ausnahme.«

»Ja.«

»Warum?«, fragte Simon.

»Erstens war Genetik und Genealogie ein kleiner Kurs«, sagte sie. »Daher haben wir den Professor ziemlich gut kennengelernt. Aber für Paige war es mehr.«

»Inwiefern?«

»Professor van de Beek hat auch den Ahnenforschungsclub geleitet, von dem Paige, wie ich schon erwähnte, fast besessen war. Ich weiß, dass sie während seiner Bürozeiten bei ihm war. Häufig.«

Wieder runzelte Simon die Stirn. Eileen musste es gesehen haben.

»Nein, so habe ich das nicht gemeint.«

»Okay.«

»Als Paige hier ankam, wusste sie nicht, welche Hauptfächer sie belegen sollte. Das geht den meisten von uns so. Das wussten Sie doch, oder?«

Er nickte. Ingrid und er hatten das unterstützt. Du brauchst dich nicht festzulegen, hatten sie gesagt. Guck dich um. Probier neue Dinge aus. Du wirst schon merken, was das Richtige für dich ist.«

»Paige hat oft von ihrer Mom und deren Job gesprochen.« Sie ergänzte schnell: »Über Sie hat sie auch gesprochen, Mr Greene. Ich meine, ich glaube, dass sie auch Ihren Job interessant fand.«

»Schon okay, Eileen.«

»Jedenfalls hat sie ihre Mutter ein bisschen verehrt. Und Professor van de Beek ist auch der Berater für die Studenten im ersten Jahr, die sich auf ein Medizinstudium vorbereiten.«

Simon schluckte. »Paige wollte Ärztin werden?«

»Ja, ich glaube schon.«

Die Nachricht war ein weiterer Schlag. Paige hatte Ärztin werden wollen. Wie ihre Mutter.

»Also«, fuhr Eileen fort, »ich glaube zwar nicht, dass es etwas damit zu tun hat, dass sie Aaron kennengelernt hat, aber Professor van de Beek war ein wichtiger Teil ihres Lebens hier.«

Sie kamen am Ratner Wohnheim vorbei, in dem Paige und Eileen in ihrem ersten Jahr gelebt hatten, gingen genau an der Stelle vorbei, an der Simon seine Tochter vor einer Ewigkeit zum Abschied umarmt hatte.

Die schmerzhaften Tiefschläge nahmen einfach kein Ende.

Als Eileen vor dem Isherwood Building ein paar Freundinnen entdeckte, sagte sie, dass dort ihr Kurs stattfinde, und verabschiedete sich schnell. Er winkte ihr noch kurz hinterher und ging weiter zum Clark House. Als er ins Foyer trat, musterte ihn eine ältere Frau mit einem Gesicht, das seit der Eisenhower-Regierung schon alles gesehen hatte.

Auf einem kleinen Namensschild stand »Mrs Dinsmore«. Ohne Vornamen.

»Kann ich Ihnen helfen?«, fragte Mrs Dinsmore in einem Tonfall, der andeutete, dass die Hilfe nur widerstrebend gewährt werden würde.

»Ich suche Professor van de Beek.«

»Sie werden ihn hier nicht finden.«

»Wie bitte?«

»Professor van de Beek hat ein Sabbatjahr.«

»Seit wann?«

»Ich bin nicht befugt, weitere Fragen in dieser Angelegenheit zu beantworten.«

»Ist er hier oder auf Reisen?«

Mrs Dinsmore trug eine Brille an einer Halskette. Sie setzte sie auf und musterte ihn noch missbilligender. »Was verstehen Sie an ›nicht befugt, weitere Fragen zu beantworten‹ nicht?«

Simon hatte Louis van de Beeks E-Mail-Adresse aus dem Internetverzeichnis. Es schien sinnvoller zu sein, auf diesem Weg Kontakt zu ihm aufzunehmen. »Es war eine Freude, mit Ihnen zu reden, vielen Dank.«

»War mir auch eine Freude«, erwiderte Mrs Dinsmore mit gesenktem Kopf, während sie etwas notierte.

Simon ging zurück zu seinem Wagen. Er rief Yvonne an, die ihm auch diesmal mitteilte, dass sich an Ingrids Zustand nichts verändert hatte. Er wollte unzählige Fragen stellen, doch dann fiel ihm eine eigenartige Begebenheit ein. Am Anfang seiner Beziehung mit Ingrid hatte Simon sich ständig Sorgen über die Auslandsmärkte gemacht, über politische Unruhen und bevorstehende Quartalsberichte von Unternehmen – über einfach alles, was Einfluss auf die Wertpapierportfolios seiner Klienten haben könnte. Das war ganz normal und, oberflächlich betrachtet, sogar Teil seines Jobs, hatte aber dazu geführt, dass er als Finanzanalyst oft wenig fokussiert und effektiv agiert hatte.

»Das Gelassenheitsgebet«, hatte Ingrid ihm eines Abends gesagt. Sie hatte in einem seiner Hemden am Computer gesessen und ihm den Rücken zugewandt.

»Was?«

Er war zu ihr gegangen und hatte die Hände auf die Schultern seiner schönen Frau gelegt. Der Drucker hatte angefangen zu surren und ein Blatt Papier ausgeworfen. Sie hatte es genommen und ihm gereicht.

»Leg dir das auf den Schreibtisch«, hatte sie gesagt.

Natürlich hätte er dieses Gebet kennen müssen, aber er kannte es nicht. Er las es, und so seltsam es auch klingen mochte, es hatte sein Leben fast unverzüglich verändert.

Gott, gib mir die GELASSENHEIT, Dinge
hinzunehmen, die ich nicht ändern kann,
den MUT, Dinge zu ändern, die ich ändern kann,
und die WEISHEIT, das eine vom anderen zu
unterscheiden.

Nein, Simon war absolut nicht religiös, und das Gebet war nur kurz und banal. Trotzdem hallte es nach. Und, was noch wichtiger war, es passte auch auf seine jetzige Situation. An Ingrids Zustand konnte er nichts ändern. Sie lag im Koma, was ihm einen unablässig brennenden Schmerz bereitete, aber davon durfte er sich nicht verunsichern lassen, weil es töricht wäre zu glauben, dass er im Moment etwas daran ändern konnte.

Das konnte er nicht.

Also musste er es akzeptieren. Sich nicht darum kümmern. Er musste die Dinge ändern, die er ändern konnte.

Zum Beispiel seine Tochter suchen.

Als Simon bei seinem Auto war, rief er Elena Ramirez an.

»Irgendwas Neues?«, fragte er.

»Sie zuerst.«

»Paige hat Kontakt zu Aaron aufgenommen, nicht umgekehrt. Ich dachte immer, sie hätten sich am Lanford College kennengelernt, aber sie ist zu ihm gefahren.«

»Also kannte sie ihn schon vorher.«

»Irgendwie schon, ja.«

»Haben sich wahrscheinlich im Internet kennengelernt. Über eine Dating-App oder so etwas.«

»Warum hätte sie eine Dating-App nutzen sollen?«

»Warum macht das überhaupt irgendjemand?«

»Sie ist Studentin im ersten Jahr und ganz mit ihrem Studium und den neuen Freundschaften beschäftigt. Und das sage ich ohne die rosa Brille des Vaters.«

»Oh, alles klar.«

»Paige war so, und das ist nicht etwa nur meine Einschätzung, das hat mir ihre Zimmergenossin erzählt. Haben Sie schon mit den Typen im Tattoo-Studio gesprochen?«

»Damien Gorse. Beantworten Sie mir erst noch ein paar Fragen, Simon. Gibt es noch irgendetwas, das ich vielleicht wissen müsste?«

»Nur dass in Aarons Kindheit etwas ziemlich seltsam gelaufen ist, genauer gesagt etwas mit seinen Eltern.«

»Erzählen Sie.«

Also fasste Simon zusammen, was Enid ihm über Aaron und die tote italienische Mutter erzählt hatte. Hinterher war es still am anderen Ende der Leitung, bis er schließlich Tippgeräusche auf einer Tastatur hörte.

»Elena?«

»Ich versuche, Fotos von Aaron und seinem Vater zu googeln.«

»Warum?«

Es entstand eine Pause.

»Ich finde keine. Ich habe nur ein paar vom Vater am Inn. Wiley.«

»Wieso, worum geht es?«

»Das wird jetzt ziemlich seltsam klingen«, fing sie an.

»Aber?«

»Aber Sie haben Aaron und Wiley persönlich gesehen.«

»Ja.«

»Glauben Sie, dass sie Vater und Sohn sind? Leiblich, meine ich.«

»Nein.« Simon antwortete sofort, ohne darüber nachzudenken. »Ich meine … hören Sie. Ich weiß nicht. Irgendetwas stimmt da nicht. Wieso?«

»Es könnte auch Zufall sein.«

»Was?«

»Henry Thorpe wurde adoptiert«, sagte Elena. »Und Damien Gorse auch.«

Simon lief es kalt über den Rücken, trotzdem sagte er: »Das ist ziemlich weit hergeholt.«

»Ich weiß.«

»Paige wurde nicht adoptiert.«

»Auch das weiß ich.«

»Elena?«

»Ja?«

»Was hat Damien Gorse Ihnen erzählt?«

»Nichts, Simon. Gorse ist tot. Auch er wurde ermordet.«

ZWANZIG

Ash versuchte immer, auf alles vorbereitet zu sein.

Er hatte für beide Wechselkleidung im Auto. Es gelang ihnen, sich während der Fahrt umzuziehen, dann entsorgten sie die alten Sachen in einem Altkleidercontainer hinter einem Whole-Foods-Biomarkt nahe der Grenze zum Bundesstaat New York. Dann setzte Dee Dee sich eine Baseballkappe auf und kaufte in einem Rite-Aid-Drogeriemarkt zehn Dinge, von denen sie eigentlich nur zwei brauchte – Haarfärbemittel und eine Schere.

Er ging nicht mit in den Laden.

Überall waren Kameras. Sie sollen nach einer einzelnen Frau oder einem einzelnen Mann suchen. Verwirr sie. Bleib nicht zu lange an einem Ort.

Ursprünglich wollte Dee Dee sich einfach in der Toilette des Drogeriemarkts die Haare färben. Ash hatte ihr klargemacht, dass das ein Fehler wäre.

Bleib in Bewegung. Gib ihnen keine Hinweise, mit denen sie arbeiten können.

Sie fuhren noch knapp zwanzig Kilometer und stießen auf eine altmodische Tankstelle – schlechte Überwachungskameras, dachte Ash. Dee Dee ging mit der Baseballkappe auf dem Kopf in die Toilette. Mit der neu gekauften Schere trennte sie sich ihren langen blonden Zopf ab, schnitt sich die Haare kurz und spülte die abgeschnittenen Haare im Klo hinunter.

Dann färbte sie sich die kurzen Locken mittelbraun – keine zu auffällige Farbe –, setzte die Mütze wieder auf und kam heraus.

Ash hatte ihr gesagt, dass sie die ganze Zeit den Kopf leicht gesenkt halten sollte. Überwachungskameras filmten von oben. Immer. Also trug man eine Mütze mit Schirm und blickte nach unten. Manchmal, je nach Wetter, war eine Sonnenbrille gut. Unter anderen Bedingungen konnte sie allerdings Aufmerksamkeit auf sich ziehen.

»Das ist ein bisschen übertrieben«, sagte Dee Dee.

»Wahrscheinlich.«

Aber sie sträubte sich nicht. Und wenn Dee Dee mit seinen Vorsichtsmaßnahmen wirklich nicht einverstanden gewesen wäre, hätte sie sich gesträubt.

Als sie wieder auf dem Highway waren, nahm Dee Dee die Mütze ab und verwuschelte sich die Haare. »Wie seh ich aus?«

Als er einen kurzen Blick riskierte, machte es Kawumm in seinem Herzen.

Dee Dee zog die Knie an die Brust und schlief neben ihm auf dem Sitz ein. Ash betrachtete sie immer wieder verstohlen. An einer roten Ampel rollte er ein Hemd zusammen, das er auf dem Rücksitz liegen hatte, und schob es zwischen ihren Kopf und die Autotür, um sicherzustellen, dass sie es bequem hatte und sich nicht wehtat.

Drei Stunden später wachte Dee Dee wieder auf und sagte: »Ich muss pinkeln.«

Ash bog am nächsten Rastplatz ab. Sie setzten Baseballkappen auf. Ash kaufte Hähnchensticks und Pommes Frites zum Mitnehmen. Als sie sich wieder auf den Highway einfädelten, fragte Dee Dee: »Wohin fahren wir?«

»Wir wissen nicht, welche Informationen die Cops über dich haben.«

»Das ist keine Antwort auf meine Frage, Ash.«

»Du weißt, wohin wir fahren«, sagte er.

Dee Dee antwortete nicht.

»Ich weiß, dass es ziemlich nah an der Grenze in Vermont ist«, sagte Ash. »Den genauen Ort kenne ich aber nicht. Du wirst mich hinführen müssen.«

»Sie werden dich nicht reinlassen. Keine Außenstehenden.«

»Schon klar.«

»Vor allem keine Männer.«

Ash verdrehte die Augen. »Ja, logisch, wie auch sonst.«

»Das sind die Regeln. Keine außenstehenden Männer in Truth Haven.«

»Ich muss da nicht reinfahren, Dee. Ich will dich nur absetzen.«

»Warum?«

»Du weißt, warum.«

»Du glaubst, ich bin nicht mehr sicher.«

»Bingo.«

»Aber die Entscheidung, was sicher ist und was nicht, steht dir nicht zu«, sagte sie. »Und mir steht sie auch nicht zu.«

»Nicht verraten«, sagte Ash. »Es liegt in Gottes Hand.«

Sie lächelte ihm zu. Wie immer war es einfach umwerfend, selbst mit der neuen Frisur und der seltsamen Haarfarbe. Ihr Lächeln ging direkt ins Herz.

»Es ist nicht nur Gott. Es ist ›die Wahrheit‹.«

»Und wer erzählt euch die Wahrheit?«

»Für all diejenigen, die es niemals verstehen werden, ist es einfacher, ihn Gott zu nennen.«

»Er spricht mit euch?«

»Über seinen Vertreter auf Erden.«

Ash hatte sich über den Unsinn informiert, den ihre Sekte verbreitete. »Das wäre dann Casper Vartage?«

»Gott hat diese Wahl getroffen.«

»Vartage ist ein Betrüger.«

»Der Teufel will nicht, dass die Wahrheit gedeiht. Im Licht der Wahrheit stirbt der Teufel.«

»Und Vartages Gefängnisstrafe?«

»Dort wurde ihm die Wahrheit offenbart. In der Isolationshaft. Nachdem er geschlagen und gefoltert worden war. Wenn die Medien und Außenstehende jetzt schlecht über ihn reden, liegt es daran, dass sie die Wahrheit unterdrücken wollen.«

Ash schüttelte den Kopf. Zwecklos.

»Es ist die zweite Ausfahrt hinter der Grenze nach Vermont«, sagte sie.

Ash stellte einen anderen Radiosender ein. Der Klassiker aus den Siebzigern, *Hey, St. Peter* von Flash and the Pan, lief. Ash musste lächeln. In dem Song erscheint ein Mann am Himmelstor und fleht Petrus an, ihn hineinzulassen, weil er in New York City gelebt und seine Zeit in der Hölle damit schon abgegolten habe.

»Gibt es Musik auf dem Gelände?«, fragte Ash.

»Wir nennen es Truth Haven.«

»Dee Dee.«

»Ja, es gibt Musik. Viele Mitglieder sind wunderbare Musiker. Sie schreiben ihre eigenen Songs.«

»Aber Musik von außerhalb gibt es nicht?«

»Die würde nicht die Wahrheit verbreiten, Ash.«

»Eine von Vartages Regeln.«

»Bitte verwende nicht seinen Vorher-Namen.«

»Seinen Vorher-Namen?«

»Ja. Das ist verboten.«

»Vorher-Name«, wiederholte er. »So wie du jetzt Holly heißt?«

»Ja.«

»Hat er dir diesen Namen gegeben?«

»Der Rat der Wahrheit hat ihn mir gegeben.«

»Aus wem besteht der Rat der Wahrheit?«

»Aus der Wahrheit, dem Freiwilligen und dem Besucher.«

»Drei Personen?«

»Ja.«

»Alles Männer?«

»Ja.«

»Wie die Heilige Dreifaltigkeit?«

Sie sah ihn an. »Vollkommen anders als die Heilige Dreifaltigkeit.«

Es gab keinen Grund, diesen Punkt weiter zu vertiefen, dachte er. »Ich gehe davon aus, dass Casper Vartage die Wahrheit ist.«

»Ja, das ist er.«

»Und die anderen beiden?«

»Das sind die Nachkommen der Wahrheit. Sie wurden im Haven geboren und sind dort aufgewachsen.«

»Seine Söhne, meinst du?«

»So ist das nicht, für deine Zwecke aber schon, ja.«

»Deine Zwecke?«

»Das würdest du nicht verstehen, Ash.«

»Noch so ein Satz, den jede Sekte im Programm hat.« Bevor sie ihn zurechtweisen konnte, hob er eine Hand. »Und was passiert, wenn du die Wahrheit anzweifelst?«

»Die Wahrheit ist die Wahrheit. Per Definition. Alles andere sind Lügen.«

»Wow. Also ist alles, was euer Führer sagt, das Evangelium.«

»Darf denn der Löwe nicht ein Löwe sein? Er ist die Wahrheit. Wie kann das, was er sagt, nicht wahr sein?«

Ash schüttelte den Kopf, als sie die Staatsgrenze nach Vermont überquerten. Er sah sie immer wieder verstohlen an.

»Dee Dee?«

Sie schloss die Augen.

»Soll ich dich wirklich Holly nennen?«

»Nein«, sagte sie. »Das ist okay so. Wenn ich nicht in Truth Haven bin, bin ich auch nicht Holly, oder?«

»Mhm.«

Sie sagte: »Dee Dee kann Dinge tun, die Holly nicht tun kann.«

»Nettes moralisches Hintertürchen.«

»Gut, nicht?«

Ash versuchte, sich ein Grinsen zu verkneifen. »Ich glaub, ich mag Dee Dee lieber.«

»Ja, das glaube ich auch. Aber Holly ist vollständiger. Holly ist glücklich und kennt die Wahrheit.«

»Dee Dee?« Dann machte er eine kurze Pause, seufzte und sagte: »Vielleicht sollte ich jetzt doch Holly sagen?«

»Diese Ausfahrt.« Er fuhr ab. »Was ist, Ash?«

»Darf ich ganz offen sein?«

»Ja.«

»Wie kannst du diesen Blödsinn glauben?«

Er sah sie an. Sie zog die Beine hoch, sodass sie im Schneidersitz auf dem Sitz saß. »Ich liebe dich wirklich, Ash.«

»Ich liebe dich auch.«

»Hast du die Leuchtende Wahrheit gegoogelt, Ash?«

Das hatte er. Ihr Führer, Casper Vartage, war 1944 unter mysteriösen Umständen geboren worden. Seine Mutter behauptete, eines Morgens aufgewacht und im siebten Monat schwanger gewesen zu sein – im gleichen Moment, in dem ihr Ehemann, der die Truppen bei der Landung in der Normandie angeführt hatte, gefallen war. Natürlich lässt sich das nicht belegen. Aber so wird es erzählt. Als Jugendlicher in Nebraska galt Casper als »Getreide-Doktor«, bei dem Farmer in Dürrezeiten und bei ähnlichen Problemen Hilfe suchten. Auch dafür gibt es keine Belege. Vartage rebellierte gegen seine Kräfte – die Wahrheit sei so mächtig gewesen, dass er gegen sie habe ankämpfen müssen – und landete um 1970 herum wegen Betrug im Gefängnis. Für diesen Teil – den Betrug – gibt es Belege. Viele Belege.

Nachdem er bei einer Prügelei im Gefängnis ein Auge verloren hatte und in ein Höllenloch gesteckt worden war, das er als »Schwitzkasten« bezeichnete, bekam der gute alte Casper Besuch von einem Engel. Schwer zu sagen, ob Vartage diesen Teil einfach frei erfunden hatte, oder ob die Sonne diese Wahnvorstellungen hervorgerufen hatte. Jedenfalls ist der Engel, der ihn besuchte, im cleveren Mythos der Sekte als der Besucher bekannt. Der Besucher habe ihm von der Wahrheit und dem Symbol erzählt, das er hinter einem Felsen in der Wüste Arizonas suchen müsse, sobald er wieder in Freiheit sei, was er dann angeblich getan habe.

Es gab noch mehr solchen Unfug, eine klassische Nonsense-Mythologie, und jetzt hatte »Die Leuchtende Wahrheit« ein Stück Land, auf dem sie ihre vorwiegend weiblichen Jünger einer Gehirnwäsche unterzogen, sie schlugen, unter Drogen setzten und vergewaltigten.

»Ich erwarte von dir nicht, dass du die Wahrheit siehst«, sagte Dee Dee.

»Ich begreif einfach nicht, warum du nicht merkst, dass das eine durchgeknallte Sekte ist.«

Sie beugte sich zu ihm. »Erinnerst du dich noch an Mrs Kensington?«

Mrs Kensington, eine Pflegemutter, bei der sie beide eine Weile gleichzeitig untergekommen waren, hatte die ihr anvertrauten Kinder zweimal pro Woche in die Kirche gebracht – dienstagnachmittags zum Bibelstudium und Sonntagmorgens zum Gottesdienst. Immer. Sie hatte nicht einen einzigen Termin verpasst.

»Natürlich tust du das.«

»Sie war gut zu uns«, stimmte er zu.

»Ja, das war sie. Gehst du noch in die Kirche, Ash?«

»Kaum«, sagte er.

»Du hast es aber gemocht. Als wir klein waren.«

»Es war schön ruhig. Ich mochte die Ruhe.«

»Erinnerst du dich noch an die Geschichten, die man uns damals erzählt hat?«

»Klar.«

»Mrs Kensington hat sie alle geglaubt.«

»Ich weiß.«

»Hilf mir mal: Wie alt war Noah, als er die Arche gebaut hat?«

»Dee Dee.«

»Irgendwie so um die fünfhundert Jahre alt, wenn ich mich recht entsinne. Glaubst du wirklich, dass Noah zwei von jeder Art auf die Arche gebracht hat? Es gibt schon allein diverse Millionen Insektenarten. Glaubst du, die hat er alle an Bord gekriegt? Das alles ist dir und Mrs Kensington damals logisch vorgekommen – aber bei der Wahrheit ist das anders?«

»Das ist nicht dasselbe.«

»Natürlich ist es das. Wir haben in der Kirche gesessen, Mrs Kensington hatte Tränen in den Augen und hat genickt, wenn der Prediger uns von der Erlösung erzählt hat. Erinnerst du dich an die Geschichten?«

Ash runzelte die Stirn.

»Mal sehen, ob ich sie noch zusammenkriege: Ein himmlisches, männliches Baby, das sein eigener Vater war, wurde von einer verheirateten Jungfrau geboren. Dann hat der Vater des Babys – der auch er selbst war – es gefoltert und umgebracht. O ja, aber dann ist er wie ein Zombie von den Toten zurückgekehrt, und wenn man sein Fleisch isst, das die Form einer Oblate hat, sein Weinblut trinkt und verspricht, ihm den Hintern zu küssen, saugt er alles Böse aus dir heraus…«

»Dee Dee…«

»Warte, jetzt kommt das Beste. Der Grund dafür, dass das Böse überhaupt existiert – erinnerst du dich noch daran, Ash?«

Das tat er, er sagte aber nichts.

»Nicht. Oh, das wird dir gefallen. Das Böse existiert, weil eine hohlköpfige Tussi, die ihr Leben als Männerrippe begonnen hat, sich von einem sprechenden Reptil dazu hat überreden lassen, eine böse Frucht zu essen.« Dee Dee klatschte in die Hände und warf sich lachend gegen die Lehne. »Soll ich den restlichen Kram auch noch erzählen? Wie das Meer sich geteilt hat, die Propheten auf Tieren zum Himmel aufstiegen, Abraham seine Ehefrau mit dem Pharao verkuppelt hat… Und dann all diese ›heiligen‹ Männer, die heute in diesen römischen Anstalten voller homoerotischer Kunst leben und Kostüme tragen, bei denen eine Drag Queen rot anlaufen würde?«

Er fuhr einfach weiter.

»Ash?«

»Was ist?«

»Es klingt vielleicht, als wollte ich mich über das, was diese Menschen glauben, lustig machen«, sagte sie. »Oder über Mrs Kensington.«

»Das tust du.«

»Das tue ich nicht. Aber bevor man einen anderen Glauben für bescheuert hält, sollte man sich mal die Geschichten genauer angucken, die ›normale‹ …«, Dee Dee malte Anführungszeichen in die Luft, »… Menschen glaubhaft finden. Wir halten alle Religionen für irre – außer unserer eigenen.«

Er wollte es nicht zugeben, aber da war was dran. Trotzdem – etwas in ihrem Tonfall …

»Die Wahrheit ist mehr als eine Religion. Es ist ein lebendes, atmendes Wesen. Die Wahrheit hat es schon immer gegeben. Es wird sie immer geben. Die Götter der meisten Menschen haben in der Vergangenheit gelebt – vor Tausenden von Jahren, und stecken jetzt in alten Büchern fest. Warum? Glauben diese Menschen, dass Gott sie aufgegeben hat? Meiner ist hier. Heute. Im richtigen Leben. Wenn diese Wahrheit stirbt, wird sein Nachkomme weitermachen. Weil die Wahrheit lebt. Die Wahrheit ist, wie du sofort zugeben müsstest, wenn du das objektiv betrachten könntest, Ash, wenn du nicht seit deiner Geburt von den großen Religionen einer Gehirnwäsche unterzogen worden wärst, viel plausibler als sprechende Schlangen oder Elefantengötter.«

Ash sagte nichts.

»Ash?«

»Was ist?«

»Sprich mit mir.«

»Ich weiß nicht, was ich sagen soll.«

»Vielleicht liegt es daran, dass du die Wahrheit gehört hast.«

»Äh, nein, das ist es nicht.«

»Die Nächste rechts«, sagte sie. »Es ist nicht mehr weit.«

Sie waren inzwischen auf einer einspurigen Straße, die durch den Wald führte.

»Musst du wirklich zurückgehen?«, fragte Ash.

Dee Dee drehte sich um und starrte aus dem Fenster.

»Ich habe ein bisschen Geld gespart«, fuhr Ash fort. »Wir könnten irgendwohin fahren. Nur wir beide. Uns ein Haus kaufen. Du könntest mit mir zusammen Holly sein.«

Sie antwortete nicht.

»Dee?«

»Ja.«

»Hast du das gehört?«

»Ja.«

»Du musst nicht zurückgehen.«

»Psst. Wir sind gleich da.«

EINUNDZWANZIG

Simon rief die Nummer auf Professor van de Beeks Webseite an. Nach dem zweiten Klingeln wurde er zur Mailbox weitergeleitet. Simon hinterließ eine Nachricht, in der er van de Beek bat, ihn wegen seiner Tochter Paige Greene zurückzurufen. Um auf Nummer sicher zu gehen, schickte er auch noch eine E-Mail gleichen Inhalts.

Er rief Sam und Anya an, wurde aber bei beiden direkt zur Mailbox durchgestellt, was ihn nicht überraschte. Jugendliche sprachen nie am Telefon, sie schrieben sich nur. Er hätte es wissen können. Also schickte er beiden die gleiche SMS.

Alles okay? Du kannst ja mal anrufen.

Sam antwortete sofort.

Alles gut. Nein, nicht nötig.

Auch das überraschte ihn nicht.

Er machte sich auf den Rückweg nach New York City. Ingrid und er hatten einen gemeinsamen Stream oder eine Cloud oder was auch immer, damit seine Fotos und Dokumente und ihre Fotos und Dokumente alle am gleichen Ort lagen. Sie hatten auch gemeinsam einen Musikdienst, also forderte er Siri auf, Ingrids neueste Playlist abzuspielen, lehnte sich zurück und lauschte.

Als der erste Song auf Ingrids Playlist begann, musste er lächeln. *The Girl from Ipanema* in der Version von Astrud Gilberto aus dem Jahr 1964.

Grandios.

Simon schüttelte den Kopf, immer noch aus Ehrfurcht vor der Frau, die sich – warum auch immer – für ihn entschieden hatte, obwohl sie so viele andere Möglichkeiten gehabt hätte. Sie hatte sich für ihn entschieden. Und ganz egal, welche Hindernisse das Leben ihm in den Weg gestellt hatte, welche Entscheidungen er an den abstrusen Scheidewegen getroffen hatte, auf die er im Laufe der Zeit gestoßen war, die Tatsache, dass Ingrid sich für ihn entschieden hatte, hatte ihn mit innerer Ausgeglichenheit und Dankbarkeit erfüllt und immer wieder nach Hause geführt.

Das Handy klingelte. Der Name der Anruferin erschien auf dem Display des Navis.

Yvonne.

Er ging sofort ran.

»Es geht nicht um Ingrid«, sagte Yvonne sofort. »Bei ihr gibt es keine Veränderung.«

»Worum sonst?«

»Auch sonst ist alles okay.«

»Gut.«

»Heute ist der zweite Dienstag im Monat«, sagte sie.

Er hatte Sadie Lowenstein vergessen.

»Das ist aber kein Problem«, fuhr Yvonne fort. »Ich kann Sadie für dich anrufen und den Termin verschieben, ich kann auch selbst rausfahren, oder …«

»Nein, ich fahr hin.«

»Simon …«

»Doch, ich will zu ihr. Außerdem liegt es sowieso auf dem Weg.«

»Bist du sicher?«

»Ja. Wenn sich bei Ingrid irgendetwas verändert …«

»Dann ruf ich dich an. Oder Robert. Er übernimmt hier bald für mich.«

»Wie geht's den Kindern?«

»Anya ist bei eurer Nachbarin. Sam ist die ganze Zeit mit seinem Handy zugange, schreibt SMS oder so etwas. Er hat seit zwei Wochen eine neue Freundin. Hast du das gewusst?«

Wieder ein Schlag, wenn auch dieses Mal nur ein leichter. »Nein.«

»Die Freundin will aus Amherst herkommen und ihm im Krankenhaus Gesellschaft leisten, was ihn, trotz allem, zum Lächeln bringt, aber er hat ihr gesagt, dass sie noch warten soll.«

»Ich bin bald wieder da.«

»Sie vermissen dich, brauchen dich aber nicht, okay? Sie verstehen, was du tust.«

* * *

Sadie Lowenstein wohnte in einem Backsteinhaus im Kolonialstil in Yonkers, direkt nördlich von der Bronx. Es befand sich in einem nüchternen Arbeiterviertel. Sadie lebte hier seit siebenundfünfzig ihrer mittlerweile dreiundachtzig Jahre. Sie konnte sich etwas Besseres leisten. Das wusste Simon besser als jeder andere, schließlich war er ihr Finanzberater. Sie konnte sich auch eine Eigentumswohnung unten in Florida für die kalten Winter leisten, tat den Gedanken aber spöttisch ab. Kein Interesse. Sie flog zweimal im Jahr nach Las Vegas. Das war alles. Ansonsten gefiel es ihr in ihrem alten Haus.

Sadie rauchte immer noch und hatte eine entsprechend heisere Stimme. Sie trug ein altmodisches, weites Hauskleid. Simon setzte sich mit ihr an den alten Resopaltisch in der Küche, an dem Sadie früher mit ihrem Mann Frank und den Zwillingen Barry und Greg gesessen hatte. Sie waren nicht mehr hier. Barry war 1992 an AIDS gestorben. Frank war 2004 seinem Krebs erlegen, und Greg, der Einzige, der noch lebte, war nach Phoenix gezogen und kam nur selten zu Besuch nach Hause.

Der Fußboden hatte einen abgewetzten Linoleumbelag. Auf der Uhr über der Spüle wurden die Zahlen durch rote Würfel angezeigt, ein Souvenir einer ihrer frühen Reisen nach Vegas, damals, vor vielleicht zwanzig Jahren, noch mit Frank.

»Nehmen Sie Platz«, sagte Sadie. »Ich mache Ihnen etwas von dem Tee, den Sie so gern mögen.«

Es handelte sich um die Eigenmarke eines Kamillentees mit Zitrone und Honig. Eigentlich trank er keinen Tee. Für Simon war Tee ein dünner Möchtegern-Kaffeeersatz, und sosehr er sich wünschte, dass es nicht so wäre, stellte sich am Ende immer heraus, dass es kaum mehr als braunes Wasser war.

Aber vor zehn Jahren – vielleicht war es noch etwas länger her, er wusste es nicht mehr genau – hatte Sadie ihm genauso einen Tee gemacht und ihn gefragt, ob er ihm schmecke, worauf er »sehr gut« geantwortet hatte, und jetzt stand dieser Tee bei jedem seiner Besuche parat.

»Passen Sie auf, er ist heiß.«

Am vergilbten Kühlschrank hing ein Monatskalender mit den obligatorischen Fotos von Bergen, Flüssen und Ähnlichem. Früher hatten Banken solche Kalender verschenkt. Vielleicht taten sie das immer noch. Irgendwoher musste Sadie sie ja bekommen.

Simon starrte auf den Kalender, diese einfache, altmodische Kombination aus Zeitplaner und To-do-Liste.

Das tat er fast jedes Mal, wenn er hier war. Er starrte einfach auf die dreißig oder einunddreißig Kästchen (ja, im Februar auch mal auf achtundzwanzig oder neunundzwanzig – für die ganz Pedantischen). In den meisten – fast allen – Kästchen stand nichts. Sie waren weiß. Am Sechsten des Monats waren mit blauem Kugelschreiber die Worte »Zahnarzt, 14 Uhr« hineingekritzelt. Jeder zweite Montag war umkreist, weil die Müllabfuhr kam, und dort, am zweiten Dienstag jedes Monats war mit rotem Marker in dicken Großbuchstaben ein einziges Wort eingetragen:

SIMON!

Ja, sein Name. Mit dem Ausrufezeichen. Und Ausrufezeichen waren wirklich nicht Sadie Lowensteins Stil.

Das war alles.

Diesen Kalendereintrag – seinen Namen in Rot mit Ausrufezeichen – hatte er vor acht Jahren an eben diesem Kühlschrank gesehen, als er überlegte, ob er die Anzahl seiner Besuche reduzieren sollte, weil ihre Geldanlagen und die Ausgaben im Großen und Ganzen inzwischen geregelt waren und es eigentlich keinen Grund gab, jeden Monat herzukommen. Die wenigen Punkte konnte man auch telefonisch klären, oder ein Angestellter übernahm das, vielleicht konnte man noch über vierteljährliche Besuche nachdenken.

Doch dann hatte er zum Kühlschrank geblickt und seinen Namen auf dem Kalender gesehen.

Er hatte Ingrid von dem Eintrag erzählt. Yvonne auch. Sadie hatte keine Verwandten mehr in der Nähe. Ihre Freunde waren entweder weggezogen oder gestorben. Daher war ihr das so wichtig – sein Besuch, mit ihm an dem alten Küchentisch zu sitzen, an dem sie einst ihre Kinder aufgezogen hatte, während Simon ihr Portfolio durchsah und beide Tee tranken.

Seitdem war es ihm auch wichtig.

Simon hatte nie einen Termin bei Sadie verpasst. Nicht einen einzigen.

Ingrid wäre sauer gewesen, wenn er heute abgesagt hätte. Also war er hergekommen.

Er konnte von seinem Laptop auf ihr Portfolio zugreifen. Er ging ein paar Bestände durch, aber eigentlich war das nicht der Punkt.

»Simon, erinnern Sie sich an unseren alten Laden?«

Sadie und Frank hatten einen kleinen Laden für Bürobedarf im Ort gehabt, einen von denen, in denen man Papier und Stifte kaufte, Fotokopien machte oder sich Visitenkarten drucken ließ.

»Natürlich«, sagte er.

»Sind Sie in letzter Zeit mal daran vorbeigekommen?«

»Nein. Es ist jetzt ein Bekleidungsgeschäft, oder?«

»Das war es. Mit lauter hautengen Teenagerklamotten. Ich habe ihn oft Sluts-R-Us genannt, wissen Sie noch?«

»Ja, ich weiß.«

»Mir ist schon klar, dass das nicht sehr nett war. Na ja, Sie hätten mich früher mal sehen sollen. Ich war eine Schönheit, Simon.«

»Das sind Sie immer noch.«

Sie winkte ab. »Seien Sie nicht so herablassend. Aber damals wusste ich, wie ich meine Kurven einsetzen musste, wenn Sie wissen, was ich meine. Mein Dad hat oft fast einen Anfall gekriegt, wenn er gesehen hat, was ich anhatte.« Ein wehmütiges Lächeln umspielte ihre Lippen. »Franks Aufmerksamkeit war mir jedenfalls sicher, das kann ich Ihnen sagen. Der arme Junge. Hat mich am Rockaway Beach im Bikini gesehen – er hatte nicht den Hauch einer Chance.«

Sie drehte sich um und lächelte ihn an. Er lächelte zurück.

»Jedenfalls«, sagte Sadie, während das Lächeln und die Erinnerung verklangen, »hat dieser Nuttenkostümladen geschlossen. Es ist jetzt ein Restaurant drin. Raten Sie mal, was für Essen die dort anbieten?«

»Was für Essen?«

Sie zog an ihrer Zigarette und verzog das Gesicht, als hätte ein Hund auf ihr Linoleum gekackt. »Asiatische Fusionsküche«, spie sie aus.

»Oh.«

»Was zum Henker soll das sein? Bekommt man das im Fusionsrestaurant?«

»Ich weiß nicht.«

»Asiatische Fusionsküche. Es heißt Meschugges.«

»Wirklich? Das glaub ich nicht.«

»Dann aber so ähnlich. Wollen damit auch uns Juden anlocken, oder?« Sie schüttelte den Kopf. »Asiatische Fusionsküche. Also mal ehrlich, Simon.« Sie seufzte und spielte mit ihrer Zigarette. »Also, was ist los?«

»Wie bitte?«

»Mit Ihnen. Was ist los?«

»Nichts.«

»Halten Sie mich für *meschugge*?«

»Ist das jetzt Fusionitisch?«

»Sehr witzig. Ich habe es sofort gemerkt, als Sie reingekommen sind. Was ist los mit Ihnen?«

»Das ist eine lange Geschichte.«

Sie lehnte sich zurück, sah erst nach links, dann nach rechts und dann wieder zu ihm. »Glauben Sie, dass ich gerade sehr beschäftigt bin?«

Fast hätte er ihr alles erzählt. In Sadies Augen lagen so viel Weisheit und Mitleid, und es wäre okay für sie, wahrscheinlich hätte es ihr sogar gefallen – wenn man das so sagen konnte –, mit geübtem Ohr zuzuhören und ihm zumindest moralische Unterstützung zu geben.

Aber er tat es nicht.

Es ging nicht um seine eigene Privatsphäre. Er hätte eine Grenze überschritten. Simon war ihr Finanzberater. Er konnte ihr ein paar nette Anekdoten aus der Familie erzählen. Aber nicht so etwas. Seine Probleme blieben seine Probleme, nicht die seiner Klienten.

»Es ist etwas mit einem Ihrer Kinder«, sagte Sadie.

»Wie kommen Sie darauf?«

»Wenn man ein Kind verliert …« Sie hielt inne und zuckte die Achseln. »Ein Nebeneffekt der Sache ist, dass man eine Art sechsten Sinn entwickelt. Außerdem, na ja, was sollte es sonst sein? Okay, also, um welches Kind geht es?«

Es war leichter, es einfach zu sagen. »Meine Älteste.«

»Paige. Ich will nicht herumschnüffeln.«

»Sie schnüffeln nicht herum.«

»Darf ich Ihnen einen Rat geben, Simon?«

»Natürlich.«

»So macht man das doch, oder, Simon? Ratschläge geben. Sie kommen her und geben mir finanzielle Ratschläge. Weil Sie Experte in Geldangelegenheiten sind. Mein Fachgebiet ist … tja, ich habe jedenfalls immer gewusst, dass Barry schwul ist. Es war seltsam. Eineiige Zwillinge. Beide im gleichen Haus aufgewachsen. Barry hat immer dort gesessen, wo Sie jetzt sitzen. Das war sein Platz. Greg hat neben ihm gesessen. Aber die beiden waren von Anfang an unterschiedlich. Seit ich mich erinnern kann. Die Leute werden oft wütend, wenn ich sage, dass Barry vom ersten Tag an … ich weiß nicht … extravaganter war. Das heißt doch nicht, dass man schwul ist, sagen dann alle. Aber ich kenne die Wahrheit. Meine Jungs waren genetisch gleich – und doch verschieden. Wenn man beide genau kannte, hätte man, selbst als sie noch klein waren, sofort erraten, wer von ihnen schwul ist – nur zu, sagen Sie schon, dass das Stereotype sind. Barry mochte Mode und Theater. Greg stand auf Baseball und Autos. Man könnte sagen, dass ich zwei Klischees aufgezogen habe.«

Sie versuchte, darüber zu lächeln. Simon verschränkte die Finger und legte die Hände auf den Tisch. Manches davon hatte er schon früher gehört, aber über dieses Thema sprach Sadie nicht allzu oft.

Dann dämmerte ihm etwas.

Die Zwillinge. Genetik.

Die Geschichte von Barry und Greg hatte ihn schon beim ersten Mal fasziniert, weil er sich gefragt hatte, wie eineiige Zwillinge, die genau die gleiche DNA hatten und im gleichen Haus aufgewachsen waren, unterschiedliche sexuelle Vorlieben entwickeln konnten.

»Als Barry krank wurde«, fuhr Sadie fort, »haben wir nicht gemerkt, was das mit Greg angerichtet hat. Wir haben ihn ignoriert. Wir mussten mit dem unmittelbaren Schrecken zurechtkommen. Währenddessen hat Greg dabei zugeschaut, wie sein Zwillingsbruder dahinsiecht. Ich will jetzt nicht in die Details gehen, aber Greg hat sich nie von Barrys Krankheit erholt. Er hatte Angst, also ist er einfach … davongerannt. Ich habe das damals nicht begriffen.«

Greg war der einzige Begünstigte im Testament seiner Mutter, daher stand Simon in lockerem Kontakt zu ihm. Greg war inzwischen dreimal geschieden und derzeit mit einer achtundzwanzigjährigen Tänzerin verlobt, die er in Reno kennengelernt hatte.

»Ich habe ihn verloren, weil ich nicht aufgepasst habe. Aber auch …«

Sie verstummte.

»Auch was?«

»Auch weil ich Barry nicht retten konnte. Das war das Entscheidende, Simon. Bei all den Problemen, Gregs Angst, dass er vielleicht auch schwul sein könnte und so weiter … aber wenn ich Barry hätte retten können, wäre mit Greg auch alles in Ordnung gekommen.« Sie legte den Kopf auf die Seite. »Können Sie Paige noch retten?«

»Ich weiß es nicht.«

»Aber es gibt eine Chance?«

»Ja, die gibt es.«

Genetik. Paige hatte Genetik studiert.

»Dann gehen Sie sie retten, Simon.«

ZWEIUNDZWANZIG

Es gab keine Wegweiser nach Truth Haven, was nicht weiter überraschend war.

»Du musst da vorn links abbiegen«, sagte Dee Dee, »hinter dem alten Briefkasten.«

Alt war untertrieben. Der Briefkasten sah aus, als hätten vorbeikommende Teenager schon in Jimmy Carters Regierungszeit angefangen, täglich mit Baseballschlägern darauf einzuprügeln.

Dee Dee sah ihm ins Gesicht.

»Was ist?«

»Ich hab noch was anderes gelesen«, sagte Ash.

»Was?«

»Zwingen sie dich, Sex mit ihnen zu haben?«

»Mit …?«

»Du weißt, wen ich meine. Mit eurer Wahrheit oder diesem Besucher oder wie auch immer eure Führer sich nennen.«

Sie sagte nichts.

»Ich hab gelesen, dass sie euch dazu zwingen.«

Sie sagte leise: »Die Wahrheit kann man nicht erzwingen.«

»Klingt wie ein Ja.«

»Das erste Buch Mose 19, 32«, sagte sie.

»Was?«

»Erinnerst du dich noch an die Geschichte von Lot aus der Bibel?«

»Ernsthaft?«

»Erinnerst du dich daran oder nicht?«

Es wirkte ein bisschen wie ein Ablenkungsmanöver, trotzdem beantwortete er die Frage. »Vage.«

»Im ersten Buch Mose, Kapitel neunzehn, erlaubt Gott Lot, seiner Frau und ihren beiden Töchtern, der Zerstörung von Sodom und Gomorrha zu entfliehen.«

Er nickte. »Aber Lots Frau dreht sich doch noch mal um, was sie nicht darf.«

»Genau. Und darauf verwandelt Gott sie in eine Salzsäule. Was schon, na ja, verdammt bescheuert ist. Aber darauf will ich gar nicht hinaus. Mir geht es um Lots Töchter.«

»Was ist mit denen?«

»Als sie in Zoar ankommen, beklagen Lots Töchter sich, dass es dort keine Männer gibt. Also schmieden sie einen Plan. Weißt du noch, wie der aussah?«

»Nein.«

»Die ältere Tochter sagt zu ihrer jüngeren Schwester – ich zitiere das erste Buch Mose, Kapitel 19, Vers 32: ›Komm, geben wir unserem Vater Wein zu trinken und legen wir uns zu ihm, damit wir durch unseren Vater Nachkommen erhalten.‹«

Ash sagte nichts.

»Und das tun sie. Ja, Inzest. Direkt dort, im ersten Buch Mose. Die beiden Töchter machen ihren Vater betrunken, schlafen mit ihm und werden schwanger.«

»Ich dachte, die Wahrheit hätte nichts mit dem Alten oder Neuen Testament zu tun.«

»Hat sie auch nicht.«

»Warum benutzt du Lot dann als Rechtfertigung?«

»Ich brauche mich nicht zu rechtfertigen, Ash. Und ich brauche deine Erlaubnis nicht. Ich brauche nur die Wahrheit.«

Er starrte weiter durch die Windschutzscheibe.

»Für mich klingt das immer noch nach einem ›Ja, ich habe Sex mit ihnen.‹«

»Magst du Sex, Ash?«

»Ja.«

»Wenn du also in einer Gruppe wärst, in der du Sex mit vielen Frauen haben könntest, wäre das ein Problem für dich?«

Er antwortete nicht.

Schotter flog auf, als er in den Wald fuhr. An den Bäumen hingen »Betreten verboten«-Schilder – jede Menge davon in unterschiedlichen Farben, Größen und sogar Formulierungen. Als sie sich dem Tor näherten, kurbelte Dee Dee ihr Fenster herunter und vollführte eine komplizierte Geste, wie ein Baseballcoach an der dritten Base, der dem Runner signalisiert, eine Base zu stehlen.

Der Wagen hielt vor einem Tor. Dee Dee öffnete die Autotür. Als Ash das Gleiche tun wollte, stoppte sie ihn, indem sie ihm die Hand auf die Schulter legte und den Kopf schüttelte.

»Bleib sitzen. Lass beide Hände am Lenkrad. Nimm sie nicht weg, auch nicht, um dir die Nase zu kratzen.«

Zwei Männer in grauen Uniformen, die Ash an ein Bürgerkriegsrollenspiel erinnerten, kamen aus dem kleinen Wärterhaus. Beide waren mit AR-15 Sturmgewehren bewaffnet, trugen Vollbärte und musterten Ash finster. Ash versuchte, möglichst harmlos auszusehen. Er hatte seine eigenen Pistolen in Reichweite und war wahrscheinlich ein besserer Schütze als die beiden Poser, aber auch der beste Schütze kann es nicht mit zwei AR-15 aufnehmen.

Das begriffen allerdings viele Menschen nicht.

Es hatte nichts mit Talent oder Können zu tun. Selbst

LeBron James konnte mit einem platten Basketball nicht so gut dribbeln wie ein Freizeitspieler mit einem ordentlich aufgepumpten.

Dee Dee ging auf die Wachmänner zu und vollführte mit der rechten Hand eine Geste, die wirkte, als würde sie sich bekreuzigen, wobei sie allerdings eher ein Dreieck beschrieb. Die beiden Männer vollführten die gleiche Geste.

Ein Ritual, dachte Ash. Wie bei allen Religionen.

Dee Dee unterhielt sich ein, zwei Minuten mit den Männern. Sie ließen Ash keine Sekunde aus den Augen, was eine erhebliche Selbstdisziplin verlangte, wenn man Dee Dees Aussehen in Betracht zog. Ash hätte seinen Blick jedenfalls nicht abwenden können.

Vielleicht hatte das religiöse Leben ihn deshalb nie gereizt.

Die Wahrheit. Was für ein Blödsinn.

Sie kam zurück zum Wagen. »Fahr da einfach rechts ran.«

»Warum kann ich nicht einfach wenden und wieder wegfahren?«

»Wolltest du mich nicht gerade noch hier rausholen?«

Sein Herz machte einen Satz, als sie das sagte, aber ihr Das-war-nur-ein-Witz-Lächeln holte ihn in die Realität zurück. Er versuchte, sich die Enttäuschung nicht anmerken zu lassen.

»Du bist zurück«, sagte er. »Du bist in Sicherheit. Warum soll ich noch hier herumhängen?«

»Warte einfach kurz, okay? Ich muss noch etwas mit dem Rat klären.«

»Etwas klären? Was denn?«

»Bitte, Ash. Warte einfach.«

Ein Wachmann reichte ihr einen Stapel zusammengelegter Kleidung. Grau. Wie seine eigene. Dee Dee zog sie über die Sachen, die sie trug. Der andere Wachmann reichte ihr eine

Kopfbedeckung, die an eine Nonnenhaube erinnerte. Auch die war grau. Sie setzte sie auf und verschnürte sie unter dem Kinn.

Dee Dee bewegte sich immer mit hoch erhobenem Kopf und herausgestreckter Brust, der Inbegriff von Selbstbewusstsein. Jetzt stand sie gebeugt, mit gesenktem Blick, und wirkte unterwürfig. Die Verwandlung erschreckte ihn. Und sie ärgerte ihn.

Dee Dee ist verschwunden, sagte Ash sich. *Holly ist jetzt da.*

Er sah ihr hinterher, als sie durchs Tor trat, lehnte sich etwas nach rechts, um sie nicht aus den Augen zu verlieren, als sie den Weg entlangging. Dort liefen weitere Frauen herum, alle in den gleichen trostlos grauen Uniformen. Keine Männer. Vielleicht waren die in einem anderen Bereich.

Die beiden Wachmänner sahen, dass er Dee Dee und das Gelände betrachtete. Es gefiel ihnen nicht. Also stellten sie sich vor sein Auto, um ihm die Sicht zu versperren. Er überlegte, ob er den Gang einlegen, aufs Gas treten und die Saftsäcke über den Haufen fahren sollte. Stattdessen beschloss er, den Motor auszumachen und auszusteigen. Auch das gefiel den Wachmännern nicht, andererseits gefiel ihnen fast nichts von dem, was er tat.

Als er ausgestiegen war, fiel Ash als Erstes die Stille auf. Sie war rein, schwer, fast erdrückend – allerdings auf eine angenehme Art. Normalerweise hörte man überall Geräusche, selbst im tiefsten Wald, aber hier herrschte nichts als Ruhe. Ash rührte sich einen Moment lang nicht, wollte die Stille nicht zerstören, indem er die Autotür zuschlug. Er blieb stehen, schloss die Augen und versank in der Stille. Für einen kurzen Moment begriff er es. Oder er glaubte zumindest, dass er es begriff. Was es so reizvoll machte. Er hätte sich ihr hingeben können, dieser Stille, der Ruhe. Es wäre so einfach, die Kontrolle aus den Händen zu geben, die Vernunft und das Denken sausen zu lassen und einfach nur zu sein.

Sich zu unterwerfen.

Ja, das war das richtige Wort. Die anstrengende Geistesarbeit jemand anders überlassen. Nur arbeiten und den Moment leben. Sich von der Stille aufsaugen lassen. Dem Herzschlag in seiner Brust lauschen.

Aber das war kein Leben.

Es war ein Urlaub, eine Auszeit, ein Kokon. Es war die Matrix oder eine virtuelle Realität oder so etwas. Aber wenn man aufgewachsen war wie er – oder wie Dee Dee –, konnte eine behagliche Wahnvorstellung die harte Realität ausstechen.

Allerdings nicht auf Dauer.

Er zog eine Zigarette heraus.

»Rauchen ist verboten«, sagte ein Wachmann.

Ash steckte die Zigarette an.

»Ich habe gesagt …«

»Psst. Zerstören Sie die Stille nicht.«

Wachmann eins trat einen Schritt auf Ash zu, aber Wachmann zwei hob die Hand und stoppte ihn. Ash lehnte sich gegen den Wagen, nahm einen kräftigen Zug, legte den Kopf in den Nacken und stieß genüsslich eine Rauchwolke aus. Wachmann eins war nicht erfreut. Ash hörte ein Walkie-Talkie krächzen. Wachmann zwei beugte sich herunter und sprach flüsternd hinein.

Ash zog eine Grimasse. Wer nutzte denn heutzutage noch Walkie-Talkies? Hatten die keine Handys?

Ein paar Sekunden später flüsterte Wachmann zwei Wachmann eins etwas ins Ohr. Wachmann eins lächelte.

»Hey, Hitzkopf«, sagte Wachmann eins.

Ash stieß eine weitere Rauchwolke aus.

»Sie werden oben im Zentrum erwartet.«

Ash ging auf sie zu.

»In Truth Haven ist das Rauchen verboten.«

Ash wollte sich widersetzen, überlegte es sich aber anders. Er warf die Zigarette zu Boden und trat sie aus. Wachmann zwei hatte das Tor mit einer Fernbedienung geöffnet. Ash inspizierte die Technik – die Umzäunung, die Sicherheitskameras, die Fernbedienung. Alles Hightech.

Er wollte auf das offene Tor zugehen, aber Wachmann eins stoppte ihn mit dem AR-15.

»Sind Sie bewaffnet, Hitzkopf?«

»Ja.«

»Dann hätte ich die Waffe gern.«

»Oh, kann ich die Pistole nicht lieber behalten?«

Beide Wachmänner richteten ihre Sturmgewehre auf ihn.

»Das Holster ist auf meiner rechten Seite«, sagte Ash.

Wachmann eins griff danach, fand es nicht.

Ash seufzte. »Das ist Ihre rechte Seite, nicht meine.«

Wachmann eins tastete Ashs andere Körperseite ab und nahm ihm die .38er ab.

»Nette Wumme«, sagte der Wachmann.

»Legen Sie sie in mein Handschuhfach«, sagte Ash.

»Wie bitte?«

»Ich muss sie nicht mit reinnehmen, aber wenn ich nachher wegfahre, will ich sie dabeihaben. Legen Sie sie in mein Auto. Die Tür ist offen.«

Wachmann eins gefiel das nicht, aber Wachmann zwei bedeutete ihm mit einem Nicken, Ashs Bitte Folge zu leisten. Nachdem er es erledigt hatte, knallte Wachmann eins die Tür mit aller Kraft zu.

»Haben Sie noch weitere Waffen?«

»Nein.«

Wachmann zwei tastete ihn trotzdem flüchtig ab. Als er fertig war, forderte Wachmann eins ihn mit einer Geste auf, durchs Tor zu gehen. Sie flankierten Ash, als sie aufs Gelände gingen – Wachmann eins rechts von ihm, Wachmann zwei links.

Ash machte sich keine allzu großen Sorgen. Er nahm an, dass Dee Dee mit der Wahrheit, dem Freiwilligen oder sonst irgendwem gesprochen hatte und sie ihn sehen wollten. Dee Dee hatte es nicht direkt gesagt, aber es war ziemlich offensichtlich, dass jemand aus der Sekte ihn für diese Morde bezahlte. Dee Dee war nicht von sich aus auf die Namen gekommen und zahlte auch nicht aus eigener Tasche.

Irgendjemand aus der Sekte wollte diese Typen tot sehen.

Sie gingen den Hügel hinauf. Ash hatte keine Vorstellung davon, was ihn in Truth Haven erwartete, aber der treffende Begriff zur Beschreibung des Geländes war wohl ›klassisch‹. Auf der Lichtung erkannte Ash ein vermutlich dreistöckiges Gebäude, das sich im gleichen trostlosen Grau präsentierte wie die Uniformen. Es war rechteckig, funktional und hatte den Charme eines Kettenmotels am Straßenrand. Oder den einer Kaserne. Oder, was vielleicht noch treffender war, es sah aus wie ein Gefängnis.

Das trostlose Grau war allgegenwärtig – es gab keine Farbtupfer, keine Textur, keine Wärme.

Aber vielleicht war genau das der Sinn der Sache. Es gab nichts, keine Zerstreuung.

Natürlich sah man etwas von der Natur, auch wenn sie an den Rand gedrängt war, und darin lag natürlich eine gewisse Schönheit. Man fand hier Ruhe, Stille und Einsamkeit. Wenn man Probleme hatte, wenn man sich in der heutigen Gesellschaft fehl am Platz fühlte, wenn man verzweifelt versuchte, dem modernen Leben, dem damit verbundenen Lärm und den allgegenwärtigen Reizen zu entkommen, könnte man sich wohl keinen besseren Ort vorstellen? So funktionierten Sekten, oder? Sie suchten sich desillusionierte Außenseiter. Sie präsentierten ihnen einfache Antworten. Sie isolierten sie. Sie schafften Abhängigkeiten. Sie kontrollierten sie. Sie ließen nur eine Stimme zu und unterdrückten Widerspruch und Zweifel.

Sie machten sie gefügig.

Mehrere dreistöckige, trostlos graue Gebäude waren so ausgerichtet, dass zwischen ihnen ein Hof entstand. Die Wachmänner führten ihn darüber. Alle Fenster und Türen öffneten sich zu diesem Hof, sodass man von den Zimmern aus nicht einmal die Bäume sehen konnte. Der Hof war mit Rasen bewachsen, auf dem Holzbänke standen, die ebenfalls in trostlosem Grau gestrichen waren, und die Bänke waren, genau wie die Fenster, auf eine große Statue ausgerichtet, die auf einem hohen Podest stand, das auf allen vier Seiten den Schriftzug TRUTH trug. Die Statue war etwa fünf Meter hoch. Sie stellte einen verzückten Casper Vartage dar, der vor Freude, oder um seine Herde zu umfangen, die Arme gehoben hatte. Man sah sie von allen Fenstern aus – von überall starrte dir die Wahrheit ins Gesicht.

Auf dem Hof befanden sich weitere Frauen, alle in Uniformen und mit Kopfbedeckung. Keine sagte etwas. Keine gab ein Geräusch von sich. Keine warf auch nur einen kurzen Blick auf den Fremden in ihrer Mitte.

Ash hatte ein ungutes Gefühl.

Wachmann eins schloss eine Tür auf und winkte Ash hinein. Der Raum hatte einen glänzenden Holzboden. An den Wänden hingen die Porträtbilder dreier Männer, sie bildeten ein Dreieck. Oben hing das Bild der Wahrheit, auch bekannt als Casper Vartage. Seine beiden Söhne – man sah die Ähnlichkeit – hingen rechts und links unter ihm. Der Freiwillige und der Besucher, wie Ash annahm. In der Ecke lagen ein paar gestapelte Klappstühle. So weit die Inneneinrichtung. Wenn eine Wand verspiegelt gewesen wäre, hätte man den Raum für ein Tanzstudio halten können.

Wachmann eins und zwei traten ein und stellten sich neben die Tür.

Ash gefiel das nicht.

»Was soll das?«

Sie sagten nichts. Wachmann zwei ging. Er war jetzt allein mit dem schwer bewaffneten Wachmann eins. Der grinste ihn an.

Das ungute Gefühl nahm zu.

Ash fing an, sich geistig vorzubereiten. Angenommen – und das tat er ja –, die Aufträge für die Morde stammten von der Sekte. Dann waren die Leute, die er umgebracht hatte, eventuell ehemalige Sektenmitglieder, auch wenn ihm das auf den ersten Blick nicht sehr wahrscheinlich erschien. Gorse, zum Beispiel, war der schwule Besitzer eines Tattoo-Studios in New Jersey. Gano war ein verheirateter Familienvater im Großraum Boston. Trotzdem könnte das der Grund sein. Vielleicht waren sie als Jugendliche Anhänger der Wahrheit gewesen, die jetzt aus irgendeinem Grund zum Schweigen gebracht werden mussten.

Oder es gab ein anderes Motiv. Eigentlich spielte es auch keine Rolle.

Entscheidend war vielmehr, dass Ash seinen Job erledigt hatte. Er hatte sein Geld bekommen. Ash wusste, wie man

Geld so hin und her transferierte, dass man es nicht zurückverfolgen konnte. Er hatte alles bekommen – jeweils die Hälfte bei Annahme des Auftrags und die andere Hälfte nach dessen Erledigung.

Aber jetzt hatte die Sekte keine Verwendung mehr für ihn. Möglicherweise. Das wusste auch Dee Dee nicht – deshalb hatte er warten sollen. Der Auftraggeber kommunizierte über sie mit ihm. Also war sie womöglich zum Rat der Wahrheit gegangen, nachdem er sie am Tor abgesetzt hatte. Vielleicht hatte die Wahrheit oder einer seiner Ratgeber gesagt: »Nein, das war alles.«

Und angenommen, sie wollten sämtliche damit verbundenen Probleme ein für alle Mal aus der Welt schaffen.

Ash war Profi. Er würde niemals etwas ausplaudern. Das war Teil des Deals, für den sie bezahlt hatten.

Aber vielleicht wussten die Anführer der Sekte das nicht.

Vielleicht hätten sie ihm unter normalen Umständen einen größeren Vertrauensvorschuss gegeben, aber weil Ash und Dee Dee sich kannten – sogar eine ganz besondere Verbindung zueinander hatten –, hatten die Vartages das Gefühl, ihm schutzlos ausgeliefert zu sein.

Die einfachste Lösung des Problems? Der cleverste Schachzug für Vartage und seine Söhne?

Töte Ash. Begrab ihn im Wald. Lass sein Auto verschwinden.

Als Anführer der Sekte würde Ash das so handhaben.

Auf der anderen Seite des Raums wurde eine Tür geöffnet. Wachmann eins senkte den Blick, als eine Frau eintrat, die Ash auf Anfang fünfzig schätzte. Sie war groß, imposant und kam – im Gegensatz zu allen anderen, die er auf dem Gelände gesehen hatte – mit hoch erhobenem Kopf und herausgestreckter Brust auf ihn zu. Auch sie trug die graue Uniform, hatte aber rote, militärisch anmutende Streifen auf den Ärmeln. Sie strahlten wie Neonlichter in der Dunkelheit in all dem trostlosen Grau.

»Weshalb sind Sie hier?«, fragte sie.

»Ich habe nur eine Freundin abgesetzt.«

Sie musterte den Wachmann über Ashs Schulter hinweg. Der wand sich, als spürte er ihren Blick, und sah sie an. Die Frau war nicht die Wahrheit oder ein Teil der Dreifaltigkeit, bekleidete aber eindeutig einen höheren Rang als dieser Typ.

Wachmann eins nahm Haltung an. »Wie ich Ihnen gesagt habe, Mutter Adeona.«

»Adeona?«

Sie sah Ash an. »Der Name sagt Ihnen etwas?«

Er nickte. »Adeona war eine römische Göttin.«

»Das ist richtig.«

Als Kind hatte er diese alten Mythen geliebt. Er versuchte, sich an die Einzelheiten zu erinnern. »Adeona ist die Göttin der sicheren Heimkehr der Kinder oder so etwas. Sie hatte noch eine Partnerin.«

»Abeona«, sagte sie. »Es überrascht mich, dass Sie das wissen.«

»Tja, ich stecke voller Überraschungen. Sie verdanken Ihren Namen also einem Mythos?«

»Genau.« Sie lächelte breit. »Wissen Sie auch, warum?

»Das werden Sie mir sicher erzählen.«

»Alle Götter sind Mythen. Die nordischen, die römischen, die griechischen, die indischen, die jüdisch-christlichen, die heidnischen, ganz egal. Jahrhundertelang haben die Menschen sich vor ihnen verneigt, ihnen Opfer gebracht oder ihnen ihr Leben gewidmet. Dabei waren es lauter Lügen.

Traurig, finden Sie nicht auch? Wie erbärmlich, sein Leben so verblendet zu verbringen.«

»Schon möglich«, sagte Ash.

»Schon möglich?«

»Wenn man es nicht besser weiß, ist es vielleicht auch in Ordnung.«

»Das ist nicht Ihr Ernst, oder?«

Er antwortete nicht.

»Götter sind Lügen. Nur die Wahrheit hat Bestand. Wissen Sie, warum alle Religionen irgendwann zerfallen und in Rauch aufgehen? Weil sie nicht die Wahrheit sind. Anders als diese Mythen, war die Wahrheit schon immer da.«

Ash versuchte, nicht die Augen zu verdrehen.

»Wie heißen Sie?«, fragte sie.

»Ash.«

»Ash was?«

»Einfach Ash.«

»Woher kennen Sie Holly?«

Er sagte nichts.

»Vielleicht kennen Sie sie als Dee Dee.«

Er sagte immer noch nichts.

»Sie sind mit ihr vorgefahren, Ash. Sie haben sie hier abgesetzt.«

»Okay.«

»Wo waren Sie beide?«

»Warum fragen Sie sie nicht?«

»Das habe ich schon. Ich muss wissen, ob sie die Wahrheit sagt.«

Ash blieb reglos stehen. Mutter Adeona trat näher an ihn heran. Sie lächelte boshaft und fragte: »Wissen Sie, was Ihre Dee Dee gerade macht?«

»Nein.«

»Sie ist nackt. Auf allen vieren. Hinter ihr ist ein Mann und vor ihr ein weiterer.«

Sie lächelte immer noch. Sie wollte eine Reaktion provozieren. Er ließ sich nichts anmerken.

»Und? Was halten Sie davon, Ash?«

»Ich frage mich, was der dritte Mann tut.«

»Wie bitte?«

»Sie wissen schon. Wahrheit, Freiwilliger, Besucher. Wenn einer sie von hinten nimmt und einer von vorne, was macht dann der dritte?«

Sie lächelte immer noch. »Sie wurden an der Nase herumgeführt, Ash.«

»Wäre nicht das erste Mal.«

»Sie bietet ihre Gefälligkeiten vielen Männern an. Ihnen aber nicht, Ash.«

Er verzog das Gesicht. »Haben Sie das wirklich gerade als ›Gefälligkeiten‹ bezeichnet?«

»Das verletzt Sie tief. Ich weiß. Sie lieben sie.«

»Sehr einfühlsam. Kann ich jetzt zu meinem Wagen zurückgehen?«

»Wo waren Sie?«

»Das werde ich Ihnen nicht sagen.«

Ihr Nicken war kaum wahrnehmbar. Aber es erfüllte seinen Zweck. Wachmann eins trat vor. Er hielt einen Schlagstock in der Hand. Und dann geschahen zwei Dinge gleichzeitig. Zum einen erkannte Ash, dass es sich nicht um einen Schlagstock, sondern um einen Viehtreiber oder eine ähnliche Elektroschockwaffe handelte. Dann berührte der Viehtreiber seinen Rücken.

Sofort versank alles in einem Tsunami des Schmerzes.

Ash sank auf den Holzboden und zuckte wie ein Fisch auf dem Kai. Der Strom, der durch seinen Körper schoss, traf alles. Er legte sämtliche Schaltkreise in seinem Gehirn lahm. Er versengte die Nervenenden. Seine Muskeln krampften.

Um seinen Mund bildete sich Schaum.

Er konnte sich nicht bewegen. Er konnte nicht einmal richtig denken.

Er hörte Panik in der Stimme der Frau. »Ich … auf welche Stufe hast du ihn?«

»Auf der höchsten.«

»Ist das dein Ernst? Das bringt ihn um.«

»Dann können wir es auch gleich zu Ende bringen.«

Ash sah, wie die Spitze des Stocks noch einmal auf ihn zukam. Er wollte ausweichen, musste ausweichen, aber der Strom, der durch seinen Körper geflossen war, hatte sämtliche Schaltungen lahmgelegt, auch die Muskelsteuerung.

Als der Stab ihn wieder berührte, dieses Mal auf der Brust, spürte Ash, wie sein Herz explodierte.

Dann war alles dunkel.

DREIUNDZWANZIG

Keine Veränderung.

Simon konnte es nicht mehr hören. Sein Stuhl stand direkt an Ingrids Bett. Er hielt ihre Hand. Er starrte auf ihr Gesicht, beobachtete sie beim Atmen. Ingrid schlief immer auf dem Rücken, in der gleichen Haltung wie jetzt, sodass sie im Koma wirkte, als würde sie schlafen, was vielleicht naheliegend sein mag – vielleicht aber auch nicht. Irgendwie erwartete man doch, dass ein Mensch im Koma anders aussehen müsste, oder? Ja, die Schläuche und Geräusche waren nicht zu übersehen, außerdem trug Ingrid im Bett normalerweise Seidennegligés mit Spaghettiträgern, die er natürlich auch liebte. Wie auch die leicht verdrehte Körperhaltung, die breiten Schultern, das hervortretende Schlüsselbein.

Keine Veränderung.

Dies war das Fegefeuer, weder Himmel noch Hölle. Manche Menschen glaubten, das Fegefeuer wäre das Schlimmste – der Aufschub, die Unsicherheit, das aufreibende ewige Warten. Simon konnte diesen Gedanken nachvollziehen, aber im Moment kam er mit der Vorhölle ganz gut zurecht. Wenn Ingrids Zustand sich auch nur im Geringsten verschlechterte, würde er völlig durchdrehen. Er kannte sich gut genug, um zu wissen, dass sein Geisteszustand im Moment an einem seidenen Faden hing. Bei weiteren schlechten Nachrichten – wenn es mit Ingrid noch weiter bergab gehen würde …

Keine Veränderung.

Also verdrängen.

Okay, tu so, als würde sie schlafen. Er starrte ihr weiter ins Gesicht, die Wangenknochen so scharf, dass die Chirurgen hier sie als Skalpelle nutzen könnten, die Lippen, die er bei seiner Ankunft sanft geküsst hatte, weil er hoffte, eine Reaktion hervorzurufen, denn wenn Ingrid schlief – selbst im Tiefschlaf –, reagierten ihre Lippen instinktiv leicht auf seinen Kuss.

Jetzt taten sie das nicht.

Er musste daran denken, wie er sie das letzte Mal im Schlaf beobachtet hatte – auf Antigua während ihrer Hochzeitsreise, nur wenige Tage nachdem sie den Bund fürs Leben offiziell besiegelt hatten. Kurz vor Sonnenaufgang hatte Simon sie geweckt. Ingrid hatte neben ihm auf dem Rücken gelegen – so wie jetzt –, so wie immer. Natürlich waren ihre Augen geschlossen gewesen, sie hatte gleichmäßig geatmet, und Simon hatte sie einfach nur angestarrt, voller Staunen darüber, dass er ab jetzt jeden Tag so aufwachen würde – neben dieser wunderbaren Frau, die jetzt seine Lebenspartnerin war.

So hatte er sie zehn oder allenfalls fünfzehn Sekunden lang beobachtet, als Ingrid, ohne die Augen zu öffnen oder sich zu bewegen, sagte: »Hör auf damit, das ist unheimlich.«

Er lächelte bei dieser Erinnerung, während er an ihrem Krankenbett saß und ihre warme Hand hielt. Warm, ja. Lebendig. Durchblutet. Nicht ausgezehrt oder krank oder so, als läge sie im Sterben. Sie schlief nur und würde bald aufwachen.

Und dann würde sie als Erstes fragen, was mit Paige wäre.

Auch er hatte dazu ein paar Fragen.

Als er nach dem Besuch bei Sadie Lowenstein wieder in

seinem Auto gesessen hatte, hatte er Elena angerufen und ihr von Paiges Interesse an Genetik und Ahnenforschung berichtet. Normalerweise hielt sich Elena eher bedeckt, aber mit dieser Information schien sie direkt etwas anfangen zu können. Sie hatte ihn mit Fragen bombardiert, von denen er kaum eine hatte beantworten können.

Als Elena die Fragen ausgingen, erkundigte sie sich nach Eileen Vaughans Telefonnummer. Simon gab sie ihr.

»Worum geht's?«, fragte er.

»Hat womöglich nichts zu bedeuten, aber kurz vor seiner Ermordung ist auch Damien Gorse auf so einer DNA-Webseite gewesen.«

»Und was sagt uns das?«

»Ich will noch ein paar Dinge überprüfen, bevor wir das besprechen. Fahren Sie ins Krankenhaus?«

»Ja.«

Elena versprach, dorthin nachzukommen, und legte auf.

Mit den Kindern schien alles okay zu sein. Anya war bei Suzy Fiske, was Simon im Moment für das Beste hielt. Sam hatte sich mit ein paar Assistenzärzten angefreundet – er war gut darin, neue Freundschaften zu schließen – und saß jetzt in ihrem Aufenthaltsraum, wo er versuchte, für seine bevorstehende Prüfung zu lernen. Er war schon immer klug und vor allem auch fleißig gewesen. Simon, der als Schüler und Student gerade das Nötigste gemacht hatte, um durchzukommen, war immer wieder fasziniert vom Arbeitsethos seines Sohns – frühmorgens aufstehen, das Fitnessprogramm vor dem Frühstück, die Hausaufgaben hatte er meist schon Tage vorher erledigt –, und anders als andere Väter fragte Simon sich gelegentlich, ob er seinen Sohn nicht dazu anhalten sollte, den Fuß etwas vom Gas zu nehmen und die schönen Seiten des Lebens zu genießen. Sam war wirklich sehr ehrgeizig.

Im Moment würde er das natürlich nicht tun. Jetzt war das Lernen hoffentlich eine gute Ablenkung.

Keine Veränderung.

Also verdrängen – wobei er im Moment noch mehr von sich fernhielt als Ingrids Zustand.

Simon hielt sich selbst nicht für übertrieben fantasievoll, aber seit er von dem DNA-Test gehört hatte, lief seine Fantasie auf Hochtouren, sodass er auf diesen dunklen, hässlichen Weg abglitt, der mit Stacheldraht und Tretminen bestückt war und auf den er sich nie hatte begeben wollen, aber im Moment schien er keine andere Wahl zu haben.

Eileen Vaughans Worte hallten ihm in den Ohren. *Probleme zu Hause.*

Yvonne kam ins Krankenzimmer. »Hey«, sagte sie.

»Besteht irgendeine Möglichkeit, dass Paige nicht von mir ist?«

Rumms. Einfach so.

»Was?«

»Du hast mich schon verstanden.«

Simon drehte sich zu ihr um. Yvonne war blass und zitterte.

»Besteht eine noch so vage Möglichkeit, dass ich nicht Paiges leiblicher Vater bin?«

»Mein Gott, nein.«

»Ich muss einfach die Wahrheit wissen.«

»Was zum Teufel ist los mit dir, Simon?«

»Könnte sie mit einem anderen geschlafen haben?«

»Ingrid?«

»Wer sonst?«

»Ich weiß es nicht. Das ist doch wirres Gefasel.«

»Es ist also ausgeschlossen?«

»Absolut.«

Er drehte sich wieder um und sah seine Frau an.

»Simon, was ist los?«

»Du kannst das nicht mit absoluter Sicherheit sagen.«

»Simon.«

»Niemand kann das mit absoluter Sicherheit sagen.«

»Nein, natürlich kann das niemand mit absoluter Sicherheit sagen.« Ein Hauch von Ungeduld hatte sich in Yvonnes Stimme geschlichen. »Ich kann auch nicht mit absoluter Sicherheit sagen, dass du nicht noch irgendwelche anderen Kinder gezeugt hast.«

»Du weißt, wie sehr ich sie liebe.«

»Das weiß ich, ja. Und sie liebt dich ebenso sehr.«

»Aber ich kenne nicht die ganze Geschichte, stimmt's?«

»Ich weiß nicht, was du meinst.«

»Doch, das tust du. Es gibt eine verborgene Seite an ihr. Etwas, das sie selbst mir verheimlicht.«

»Jeder hat eine verborgene Seite.«

»Das meine ich nicht.«

»Dann weiß ich nicht, was du meinst.«

»Doch, Yvonne, das weißt du.«

»Wie kommst du jetzt auf so was?«

»Die Suche nach Paige hat mich darauf gebracht.«

»Und jetzt glaubst du, dass du nicht ihr Vater bist?«

Simon drehte sich wieder um, sodass er ihr direkt gegenübersaß. »Über dich weiß ich alles, Yvonne.«

»Glaubst du das wirklich?«

»Ja.«

Yvonne sagte nichts. Simon sah Ingrid an.

»Ich liebe sie. Ich liebe sie von ganzem Herzen. Aber es gibt Seiten an ihr, die ich nicht kenne.«

Sie sagte immer noch nichts.

»Yvonne?«

»Was soll ich dazu sagen. Ingrid hat diese etwas geheimnisvolle Aura, da hast du recht. Hat die Männer kirre gemacht. Und, hey, wenn du ehrlich bist, musst du zugeben, dass es auch dich angezogen hat.«

Er nickte. »Anfangs.«

»Du liebst sie von ganzem Herzen.«

»So ist es.«

»Trotzdem fragst du dich, ob sie dich aufs Übelste betrogen hat?«

»Hat sie das?«

»Nein.«

»Aber irgendwas ist da.«

»Es hat aber weder mit Paige zu tun …«

»Sondern womit?«

»… oder damit, dass auf sie geschossen wurde.«

»Aber es gibt Geheimnisse.«

»Natürlich hat sie eine Vergangenheit.« Yvonne hob die Hände, eher frustriert als verwirrt. »Wie jeder andere auch.«

»Ich hab keine. Und du auch nicht.«

»Hör auf damit.«

»Was für eine Vergangenheit hat sie?«

»Eine Vergangenheit, Simon.« Sie klang jetzt ungehalten. »Nicht mehr und nicht weniger. Es gab ein Leben vor dir – Uni, Reisen, Beziehungen, Jobs.«

»Aber das meinst du nicht. Du meinst etwas außerhalb der Norm.«

Sie runzelte die Stirn, dann schüttelte sie den Kopf. »Es steht mir nicht zu, dir das zu erzählen.«

»Dafür ist es zu spät, Yvonne.«

»Nein, das ist es nicht. Du musst mir vertrauen.«

»Ich vertraue dir.«

»Gut. Wir sprechen über Schnee von vorgestern.«

Simon schüttelte den Kopf. »Was auch immer hier vorgeht – was auch immer zu Paiges Veränderung und all diesen Zerstörungen geführt hat –, ich glaube, dass es vor langer Zeit begonnen hat.«

»Wie soll das gehen?«

»Weiß ich nicht.«

Yvonne trat näher ans Bett. »Darf ich dich etwas fragen, Simon?«

»Nur zu.«

»Der beste Fall: Ingrid erholt sich wieder. Du findest Paige. Paige geht es gut. Sie wird clean. Kommt völlig von den Drogen runter, meine ich. Lässt das ganze, hässliche Kapitel hinter sich.«

»Okay.«

»Dann beschließt Paige wegzuziehen. Neu anzufangen. Sie lernt einen Mann kennen. Einen wunderbaren Mann. Einen Mann, der sie auf ein Podest stellt, der sie mehr liebt, als sie sich in ihren kühnsten Träumen vorgestellt hat. Sie bauen sich ein tolles Leben auf, dieser Mann und Paige, und Paige will, dass dieser großartige Mann nie erfährt, dass sie früher einmal ein Junkie oder sogar noch etwas Schlimmeres war, dass sie in einer Drogenhöhle gelebt hat und Gott weiß was mit Gott weiß wem gemacht hat, um an einen Schuss zu kommen.«

»Ist das dein Ernst?«

»Ja, das ist mein Ernst. Paige liebt diesen Mann. Sie will nicht, dass das Strahlen in seinen Augen verblasst. Verstehst du das nicht?«

Als Simon seine Stimme schließlich wiederfand, flüsterte er: »Mein Gott, was verheimlicht sie mir?«

»Es spielt doch keine Rolle …«

»Natürlich tut es das.«

»… genau wie Paiges Drogenvergangenheit keine Rolle spielen würde.«

»Yvonne?«

»Was ist?«

»Glaubst du wirklich, dieses Geheimnis würde etwas daran ändern, was ich für Ingrid empfinde?«

Sie antwortete nicht.

»Denn in dem Fall wäre unsere Liebe ziemlich schwach.«

»Das ist sie nicht.«

»Aber?«

»Aber es würde deinen Blick auf sie verändern.«

»Das abgeschwächte Leuchten in den Augen?«

»Ja.«

»Du irrst dich. Ich würde sie ebenso sehr lieben.«

Yvonne nickte bedächtig. »Ja, das würdest du wohl.«

»Aber?«

»Aber ihre ferne Vergangenheit hat nichts mit all dem hier zu tun.« Yvonne hob die Hand, um seinen Protest im Keim zu ersticken. »Und ganz egal, was du sagst, ich habe es ihr versprochen. Es steht mir nicht zu, dir dieses Geheimnis zu offenbaren. Dabei wirst du es bewenden lassen müssen.«

Das würde Simon nicht tun – er musste es wissen –, aber genau in diesem Moment spürte er, wie sich Ingrids Hand wie ein Schraubstock um seine zusammenzog. Sein Herz machte einen Satz. Wieder drehte er sich zu ihr um, hoffte zu sehen, wie sie die Augen öffnete oder ihr ein Lächeln übers Gesicht huschte. Doch ihr ganzer Körper zog sich zusammen und zuckte. Sie öffnete die Augen nicht, vielmehr flatterten sie unkontrolliert, und er sah nur noch das Weiße darin.

Maschinen fingen an zu piepen. Ein Alarm ertönte.

Jemand stürzte in den Raum. Dann noch jemand. Eine dritte Person drängte ihn zur Seite. Weitere Personen strömten in den Raum und stellten sich um Ingrids Bett. Alles war in Bewegung. Sie stießen in einem an Panik grenzenden Tonfall und einem unverständlichem Medizinerjargon Anweisungen aus, als jemand anders, die sechste Person, die in den Raum kam, Yvonne und ihn sanft, aber bestimmt aus dem Zimmer schob.

* * *

Sie brachten Ingrid in einen OP.

Niemand sagte Simon etwas Genaues. Es habe einen »Rückschlag« gegeben, sagte ihm eine der Krankenschwestern, um dann den alten Klassiker hinterherzuschicken: »Der Doktor meldet sich so bald wie möglich bei Ihnen.«

Er wollte nachhaken, andererseits aber auch niemanden stören. *Kümmert euch einfach um Ingrid*, dachte er. *Macht sie gesund und erzählt mir hinterher, was los war.*

Er ging in einem vollen Warteraum auf und ab. Er kaute am Nagel seines Zeigefingers, eine Angewohnheit, die er früher lange nicht losgeworden war, bis er sie in seinem letzten College-Jahr endgültig abgelegt hatte. Zumindest hatte er das bis heute geglaubt. Er ging durch den Raum, von Ecke zu Ecke, blieb dort jeweils kurz stehen und lehnte sich für ein oder zwei

Sekunden an die Wand, weil er sich eigentlich am liebsten fallen lassen und auf dem Boden zusammenrollen wollte.

Er suchte nach Yvonne, wollte die verdammte Antwort über die Vergangenheit seiner Frau aus ihr herausschütteln, aber plötzlich war sie nicht mehr zu finden. Warum? Ging sie ihm aus dem Weg, oder wurde sie einfach bei der Arbeit gebraucht – ihr Geschäftspartner war schließlich außer Gefecht. Yvonne hatte irgendetwas darüber gesagt, dass sie sich ums Büro kümmern würde, dass sie ihre Kräfte einteilen und sich auf eine lange Durststrecke vorbereiten müssten, dass sie nicht beide gleichzeitig hier sein müssten.

Simons Gefühle Yvonne gegenüber schwankten zwischen Verärgerung und Wut. Aber er musste auch zugeben, dass ihr Argument, sich an das Ingrid gegebene Versprechen zu halten, etwas für sich hatte und sogar einen gewissen Edelmut bewies. Simon hatte Ingrid vor vierundzwanzig Jahren kennengelernt – drei Jahre vor Paiges Geburt. Wie konnte etwas, das vor Paiges Geburt geschehen war – ja sogar, bevor Simon und Ingrid sich begegnet waren –, unabhängig davon, wie absurd, verkommen oder schrecklich es gewesen war, etwas mit den Ereignissen der letzten Tage zu tun haben?

Das alles ergab absolut keinen Sinn.

»Simon?«

Plötzlich stand Elena Ramirez neben ihm. Sie fragte ihn, ob sich an Ingrids Zustand etwas verändert habe. Simon erzählte ihr, dass Ingrid operiert wurde, und sagte: »Also, was haben Sie erfahren?«

Sie gingen in die Ecke, die am weitesten vom Eingang und der Menschenmenge entfernt lag.

»Ich krieg das immer noch nicht zusammen«, sagte Elena leise.

»Aber?«

Elena zögerte.

»Sie haben etwas gefunden, stimmt's?«

»Ja. Aber ich sehe die Verbindung zu Ihnen nicht. Oder zu Ihrer Tochter.«

»Ich höre.«

»Fangen wir mit Paige und diesem Ahnenforschungsclub an.«

»Okay.«

»Wir wissen, dass Damien Gorse auf DNAYourStory.com, einer dieser DNA-Webseiten, war.« Sie sah sich um, als fürchtete sie, dass jemand mithören könnte. »Also habe ich meinen Klienten gebeten, die Bankkarten seines Sohns Henry darauf zu checken.«

»Und?«

»Es gab eine Zahlung an DNAYourStory. Genau genommen hatte Henry Thorpe sich sogar bei mehreren dieser Webseiten angemeldet.«

»Wow.«

»Genau.«

»Dann muss ich wohl auch Paiges Kreditkartenauszüge durchsehen«, sagte er. »Gucken, ob sie sich dort auch angemeldet hat.«

»Genau.«

»Was ist mit Aaron? War er auf der Webseite?«

»Das können wir nur feststellen, wenn wir einen Zahlungsauftrag finden. Glauben Sie, dass Sie seine Mutter fragen könnten?«

»Fragen kann ich sie, ich glaube aber nicht, dass sie uns helfen wird.«

»Einen Versuch ist es wert«, sagte Elena. »Aber nehmen

wir doch einfach mal an, sie alle hätten ihre DNA-Proben an dieselbe Webseite geschickt und sich testen lassen. Wissen Sie, wie diese Tests funktionieren?«

»Eigentlich nicht.«

»Man spuckt in ein Teströhrchen, schickt das ein, und die analysieren die DNA. Die unterschiedlichen Webseiten haben verschiedene Angebote und Schwerpunkte. Manche behaupten, sie könnten sich die Erbanlagen ansehen und so eine genetische Gesundheitsprognose erstellen – indem sie nach bestimmten Varianten suchen, die die Wahrscheinlichkeit erhöhen, dass Sie zum Beispiel an Alzheimer oder Parkinson erkranken. So in der Art.«

»Ist das zuverlässig?«

»Die wissenschaftliche Grundlage ist fragwürdig, aber darum geht es hier auch eigentlich nicht. Zumindest glaube ich das. Das Einsteigerpaket beinhaltet wahrscheinlich einfach das, womit diese Webseiten immer werben. Man erhält eine Aufschlüsselung der Abstammung – Sie erfahren, zum Beispiel, dass Sie, sagen wir, zu fünfzehn Prozent italienischer und zweiundzwanzig Prozent spanischer Abstammung sind oder so etwas. Vielleicht können Sie so auch die Migrationsbewegungen Ihrer Ahnen nachvollziehen, wann Ihre Vorfahren wo losgezogen sind und wann sie sich wo niedergelassen haben. Es ist ziemlich beeindruckend.«

»Ja, interessant, aber was hat das mit dieser Sache zu tun?«

»Ich bezweifle, dass es etwas damit zu tun hat.«

»Diese Tests«, sagte Simon, »verraten einem doch auch, wer die Eltern sind, oder?«

»Und andere Verwandte, ja. Und ich vermute, dass sowohl Henry Thorpe als auch Damien Gorse sich deshalb haben testen lassen.«

»Weil sie adoptiert wurden«, sagte Simon.

»Und sie nichts über ihre leiblichen Eltern wussten. Das ist der Schlüssel. Viele Adoptierte melden sich bei solchen Anbietern an, um etwas über ihre Eltern, mögliche Geschwister oder irgendwelche andere Blutsverwandte zu erfahren.«

Simon rieb sich das Gesicht. »Das könnte Aaron Corval auch getan haben. Um etwas über seine Mutter zu erfahren.«

»Ja. Vielleicht aber auch, um zu beweisen, dass sein Vater nicht sein Vater war.«

»Sie meinen, dass auch Aaron adoptiert gewesen sein könnte?«

»Möglich wäre es, ich weiß es aber noch nicht. Ein Problem dabei ist, dass diese Anbieter von DNA-Tests sehr umstritten sind. Viele Millionen Menschen haben sie bisher genutzt. Allein im letzten Jahr haben sich über zwölf Millionen Menschen dort angemeldet.«

Simon nickte. »Ich kenne auch viele, die Proben eingeschickt haben.«

»Ich auch. Trotzdem scheuen sich natürlich viele, ihre DNA an einen Internetanbieter zu schicken. Daher legen sie da extrem großen Wert auf Sicherheit und Privatsphäre, was ich durchaus nachvollziehen kann. Ich habe alle mir bekannten Kontakte angefragt. Ohne Gerichtsbeschluss werde ich von DNAYourStory.com keine Auskunft bekommen – und sie garantieren auf ihrer Webseite, gegen jeden Gerichtsbeschluss, der sie zwingt, irgendwelche Daten preiszugeben, bis um Obersten Gericht vorzugehen.«

»Aber die Verbindungen, die Sie gefunden haben …«

»… sind bisher sehr dürftig. Zwei Morde, zwischen denen ansonsten keinerlei Zusammenhang besteht – verschiedene Methoden, verschiedene Bundesstaaten, verschiedene Waffen –, können wir nur sehr vage über ein paar Mails mit einer Person aus Chicago verbinden. Vor Gericht wäre das weniger als nichts.«

Simon versuchte, all diese Informationen zu verarbeiten. »Sie glauben also, dass diese drei Männer – Aaron, Ihr Klient und dieser Gorse – miteinander verwandt sein könnten.«

»Ich weiß es nicht. Vielleicht.«

»Zwei von ihnen wurden ermordet«, sagte Simon. »Und der dritte – Ihr Klient – wird vermisst.«

»Richtig.«

»Womit natürlich eine Frage auf der Hand liegt.«

Elena nickte. »Paige.«

»Genau. Wie passt meine Tochter in diese Theorie?«

»Darüber habe ich auch schon eine ganze Weile nachgedacht«, sagte Elena.

»Und?«

»Es gibt Fälle, in denen die Polizei diese DNA-Tests für die Aufklärung von Verbrechen verwendet hat. Also könnte – fragen Sie mich nicht wie – Paige zufällig über ein Verbrechen gestolpert sein.«

»Was für ein Verbrechen?«

Elena zuckte die Achseln. »Ich weiß es nicht.«

»Und warum hat sie dann Kontakt zu Aaron Corval aufgenommen?«

»Wir wissen nicht, ob sie das getan hat. Wir wissen nur, dass Paige nach Connecticut gefahren ist, um sich mit ihm zu treffen.«

Simon nickte. »Vielleicht hatte Aaron Corval sich vorher bei ihr gemeldet.«

»Möglich. Der Punkt ist, dass es schwierig ist herauszubekommen, um was für Verbindungen es sich handelt. Mein

Techniker, Lou, arbeitet daran. Anfangs ist er davon ausgegangen, dass Henry eine verschlüsselte Messenger-App wie WhatsApp oder Viper benutzt hat, und dass er daher nicht den ganzen Chat-Verlauf sehen kann. Inzwischen nimmt Lou allerdings an, dass Henry über diese Stammbaum-Webseite kommuniziert hat – die haben eigene Messenger-Dienste – und dass es nur so aussah wie eine der üblichen Nachrichten-Apps.«

Simon sah sie mit leerem Blick an.

»Ja, ich versteh's auch nicht richtig«, sagte Elena und winkte ab. »Wichtig daran ist, dass Lou immer noch nach Namen sucht. Und meine Firma guckt sich Aaron Corvals Hintergrund an – seine Geburtsurkunde und so weiter –, damit es auch da vorangeht. Womit ich endlich beim springenden Punkt bin.«

Elena hielt inne und atmete tief durch.

»Und der wäre?«, fragte er.

»Ich habe noch eine weitere Verbindung gefunden.«

Ihre Stimme hatte einen seltsamen Unterton angenommen. »Zwischen ihnen allen?«

»Nein. Zwischen Henry Thorpe und Damien Gorse.«

»Und wie sieht die aus?«

»Beide wurden adoptiert.«

»Das wissen wir schon länger.«

»Und beide wurden von derselben Adoptionsagentur vermittelt.«

Peng.

»Die Agentur heißt Hope Faith.«

»Wo ist die?«

»In Maine. In einer kleinen Stadt namens Windham.«

»Das versteh ich nicht. Ihr Klient lebt in Chicago. Damien

Gorse hat in New Jersey gewohnt. Trotzdem wurden beide aus Maine adoptiert?«

»So ist es.«

Simon schüttelte verwundert den Kopf. »Und was machen wir jetzt?«

»Sie bleiben hier bei Ihrer Frau«, sagte sie. »Ich fliege nach Maine.«

VIERUNDZWANZIG

Als sie das letzte Mal auf dem Portland International Jetport in Maine gelandet war, war Joel noch an ihrer Seite gewesen. Joels Nichte und Patentochter hatte geheiratet. Die Feierlichkeiten sollten als »Themen-Hochzeit« in einem zünftigen Jugendlager begangen werden, dessen Namen an die amerikanischen Ureinwohner erinnerte – Camp Manu-Irgendwas – Elena konnte sich nicht mehr erinnern, und sie hatte sich nicht gerade darauf gefreut.

Zum einen, weil Joels Ex-Frau Marlene, eine hinreißende, gertenschlanke Schönheit, auch kam, sodass Elena den seltsamen Blicken von Joels Familie ausgesetzt sein würde, die absolut nicht verstand, was der knapp eins neunzig große, attraktive und charismatische Joel an der gerade mal eins fünfzig großen, gedrungenen und scheinbar reizlosen Elena fand.

Elena verstand es auch nicht so recht.

»Es wird lustig werden«, hatte Joel ihr versichert.

»Es wird zum Kotzen werden.«

»Wir haben eine eigene Hütte für uns beide am Wasser.«

»Haben wir das?«

»Okay, nicht für uns allein«, gab er zu. »Auch nicht am Wasser. Dafür haben wir Etagenbetten.«

»Wow, klingt ja fantastisch.«

Selbst im Idealfall hatte der Trip etwas von einem Alptraum. Elena mochte weder Camping noch die Natur, In-sekten, Bogenschießen, Kanufahren oder eine der anderen Aktivitäten, die in »Jacks und Nancys Hochzeits-Fahrplan« angepriesen wurden. Es war Anfang Juni. Vor den Schulferien wurden viele der Sommerlager in Maine für Feierlichkeiten oder auch als Orte der Ruhe und Entspannung vermietet, um zu Saisonbeginn schon einmal ein paar Dollar zu verdienen, bevor die Kinder dort einfielen.

Zu Elenas Überraschung war es dann doch ein schönes Wochenende geworden. Ihre Gruppe hatte die sogenannten Color Wars gewonnen, und ihre Erfahrung bei der Polizei war beim ganztägigen Kampf um die »Eroberung der Flagge« sehr hilfreich gewesen. Nachts – und diese Erinnerung verfolgte sie noch immer und würde sie auch für den Rest ihres Lebens verfolgen – hatte Joel eine Flasche Wein und zwei Gläser von einem der Feste abgezweigt, die im Laufe des Tages stattfanden. Er hatte die Gläser und die Flasche in einen großen Schlafsack gewickelt. Als das Licht ausging – auch das wurde wie bei einem richtigen Sommerlager mit einem auf der Trompete geblasenen Zapfenstreich angekündigt –, war Joel aus dem oberen Bett geglitten, hatte Elena an der Hand zum Fußballplatz geführt und sie unter dem dunkelblauen, klaren Sternenhimmel Maines geliebt.

Warum war der Sex mit Joel so gut gewesen?

Warum war es ihm gelungen, einen tief verborgenen Ort in ihrem Körper und ihrer Seele zu berühren, dem kein anderer Mann auch nur nahegekommen war? Tausendmal hatte sie versucht, das zu analysieren, und irgendwann war ihr klar geworden, dass es beim Sex, bei großartigem Sex, um Vertrauen und Verletzlichkeit ging. Sie hatte absolutes Vertrauen in Joel gehabt. Sie hatte es zugelassen, sich vollkommen zu öffnen und ihm völlig ausgeliefert zu sein. Sie hatten einander nicht bewertet, nicht gezögert, nicht gezweifelt. Sie wollte ihn glücklich machen, und er wollte sie glücklich machen, und gleichzeitig wollte sie egoistisch sein, und er wollte auch egoistisch sein. Andere Absichten hatten sie nie gehabt.

So etwas fand man nicht oft im Leben. Vielleicht ein- oder zweimal. Höchstwahrscheinlich nie.

Trotz gegenteiliger Beteuerungen wohlmeinender Freunde war Elena klar, dass sie das nie wieder erleben würde. Es gab keinen Grund, es zu versuchen. Sie verabredete sich nicht – viele Angebote erhielt sie sowieso nicht – und hatte kein Interesse an einer neuen Beziehung. Sie war keine Märtyrerin, versank nicht in Selbstmitleid oder so etwas. Sie wusste einfach, dass mit Joels Tod auch ein Teil von ihr gestorben war. Es gab da draußen niemanden, dem sie so vertraute, dem sie sich so verletzlich präsentieren würde. Das war eine Tatsache, vielleicht eine traurige, aber, wie sie in diesem erbärmlichen politischen Klima immer wieder zu hören bekam, interessierten Fakten sich nicht für Gefühle. Sie hatte eine wunderbare Beziehung gehabt, es war fantastisch gewesen, jetzt war es vorbei.

Ihr Zimmer im nahe gelegenen Howard Johnson's Motel bot eine Aussicht auf nicht nur eine, sondern sogar zwei Tankstellen und einen Seven-Eleven-Minimarkt. Sie hatte das Howard Johnson's aus rein nostalgischen Gründen dem im Vergleich dazu schickeren – das Wort sollte sie vielleicht in Anführungszeichen denken – Embassy Suite and Comfort Inn vorgezogen. Wenn sie früher, als sie klein war, in Texas mit der Familie ausgegangen waren, hatte es sie meistens zum Abendessen in eine Johnson's Motor Lodge mit dem typischen orangefarbenen Dach und der Kuppel mit Wetterfahne geführt. Elena und ihr Vater hatten immer die frittierten

Jakobsmuschelstreifen bestellt, immer, ohne Ausnahme, und im Moment, da ihre Gedanken mehr als üblich umherschweiften, klang ein Happen Nostalgie verdammt verlockend und würde ihr ausgezeichnet munden.

Als sie am Eingang nach dem Restaurant fragte, sah die Rezeptionistin sie an, als spräche sie Suaheli. »Wir haben kein Restaurant.«

»Sie sind ein Howard Johnson's ohne Restaurant?«

»So ist es. Die Portland Pie Company ist gleich um die Ecke. Und Dock's Seafood ist gut zwei Kilometer die Straße runter.«

Elena entfernte sich und googelte schnell noch etwas in der Lobby. Wieso hatte sie nicht mitgekriegt, dass schon seit vielen Jahren immer mehr Howard Johnson's Restaurants aufgegeben wurden? 2005 hatte es nur noch acht gegeben, und jetzt existierte nur noch ein einziges in Lake George, New York. Sie überschlug tatsächlich kurz, wie lange sie mit dem Auto nach Lake George brauchen würde – fast fünf Stunden.

Das war zu weit. Und die Bewertungen waren auch alles andere als überragend.

Stattdessen machte sie sich auf den Weg zu einer der Bars im Brauereistil, sah sich das Spiel an und trank zu viel. Sie dachte über die beiden wichtigsten Männer in ihrem Leben nach, ihren Vater und Joel, und dass ihr beide zu früh genommen worden waren. Ein Taxiunternehmen brachte sie zum Howard Johnson's zurück – die Abwesenheit des orangefarbenen Dachs und insbesondere der Wetterfahne hätten ihr verraten können, dass die Zeiten sich geändert hatten –, und sie schlief ein.

Am Morgen zog sie einen blauen Blazer und Jeans an und

sah sich im Navi die Strecke nach Hope Faith in Windham an. Eine halbe Stunde, kein Stau. Elenas Firma hatte ihr eine Vollmacht als anwaltliche Vertreterin beschafft, sodass sie im Namen der Familien sowohl von Henry Thorpe als auch des kürzlich ermordeten Damien Gorse sprechen konnte.

Die ganze Sache war extrem vage.

Die Hope Faith Adoption Agency hatte ihren Sitz in einem kleinen Bürokomplex hinter einem Applebee's-Restaurant am Roosevelt Trail. Der Besitzer, ein Mann mit einem widerspenstigen grauen Haarschopf namens Maish Isaacson, begrüßte sie mit einem nervösen Lächeln und einem schlaffen Händedruck. Er trug eine modische Schildpattbrille und einen wilden Bart.

»Ich wüsste nicht, wie ich Ihnen helfen kann«, sagte Isaacson zum dritten Mal.

Schweißperlen bedeckten seine Stirn. Als Elena Platz nahm, reichte sie ihm die Rechtsvollmacht. Isaacson las sie sorgfältig und fragte dann: »Wie lange ist es her, dass diese Kinder adoptiert wurden?«

»Bei Henry Thorpe sind es vierundzwanzig Jahre. Bei Damien Gorse schon an die dreißig.«

»Ich sag es noch einmal: Ich wüsste nicht, wie ich Ihnen helfen kann.«

»Ich würde gern sämtliche Unterlagen über diese Adoptionen sehen.«

»Von damals?«

»Ja.«

Isaacson legte die Hände aufeinander. »Ms Ramirez, Ihnen ist schon klar, dass es sich dabei um Inkognito-Adoptionen gehandelt hat?«

»Doch, das ist es.«

»Das heißt, selbst wenn ich diese Informationen hätte, dürfte ich die Vermittlungsakten dieser Adoptionen nicht entsiegeln.«

Er leckte die Spitze eines manikürten Fingers an, zog ein Blatt Papier aus einem Fach und schob es über den Schreibtisch, damit Elena mitlesen konnte. »Auch wenn die Gesetze nicht mehr so streng sind wie damals – wegen der Kinderrechte et cetera –, gibt es immer noch eine festgelegte Verfahrensweise für solche Fälle.«

Elena betrachtete den Zettel vor sich.

»Der erste Schritt ist also, zum Standesamt zu gehen – die Wegbeschreibung kann ich Ihnen geben – und einen Antrag beim Bezirksgericht zu stellen. Wenn das erledigt ist, schickt das Gericht Ihnen einen Termin für ein Gespräch mit einem Richter …«

»Dafür habe ich keine Zeit.«

»Mir sind hier die Hände gebunden, Ms Ramirez.«

»Die Familien haben die Adoptionen hier, in diesem Büro, beantragt. Sie haben Ihre Dienste genutzt, und jetzt wollen sie, dass ich mir die Unterlagen ansehe.«

Mit gesenktem Blick kratzte er sich den Kopf. »Bei allem gebotenen Respekt, aber die Familien haben hier eigentlich nichts zu sagen. Beide Adoptivkinder sind volljährig, daher fällt es in ihre Zuständigkeit, sich an das Gericht oder dieses Büro zu wenden. Wenn ich das richtig verstanden habe, ist Mr Gorse kürzlich verstorben. Ist das richtig?«

»Er wurde ermordet, ja.«

»O Gott, das ist ja schrecklich.«

»Deshalb bin ich übrigens auch hier.«

»Diese Tragödie macht mich betroffen, aber rein juristisch bedeutet das vermutlich, dass ein anderes Formular ausgefüllt werden müsste. Mir ist kein Fall bekannt, in dem das Adoptivkind gestorben ist und …«

»Ermordet wurde.«

»… und hinterher ein Elternteil … seine Mutter, wenn ich dieses Dokument richtig interpretiere … Informationen über seine leiblichen Eltern haben wollte. Ich bin nicht einmal sicher, ob sie einen Rechtsanspruch darauf hat. Was Henry Thorpe betrifft, er ist noch am Leben, oder?«

»Er ist unter mysteriösen Umständen verschwunden und wird vermisst.«

»Trotzdem«, sagte Isaacson, »sehe ich keine Möglichkeit, wie jemand – Elternteil, Vormund oder jemand anders – in seinem Namen einen Antrag stellen könnte.«

»Beide wurden hier adoptiert, Mr Isaacson.«

»Das ist mir bewusst.«

»Die beiden Männer – die beide über Ihre Agentur adoptiert wurden – standen kürzlich miteinander in Kontakt. Ist Ihnen auch das bewusst?«

Isaacson antwortete nicht.

»Jetzt ist einer tot, und der andere ist unter mysteriösen Umständen verschwunden und wird vermisst.«

»Ich muss Sie bitten zu gehen.«

»Sie dürfen mich gerne bitten«, sagte Elena.

Sie verschränkte die Arme, rührte sich aber nicht. Sie starrte ihn nur an.

»Mir sind hier die Hände gebunden«, wiederholte er. »Ich würde Ihnen gern helfen.«

»Haben Sie diese Adoptionen persönlich durchgeführt?«

»Wir haben im Laufe der Jahre viele Adoptionen durchgeführt.«

»Sagt Ihnen der Name Aaron Corval etwas? Vielleicht erinnern Sie sich an seinen Vater, Wiley. Die Familie besitzt eine Farm und ein Inn in Connecticut.«

Er sagte nichts. Aber er kannte ihn.

»Hat Mr Corval Ihre Dienste auch in Anspruch genommen?«

»Das weiß ich nicht.«

»Er ist auch tot. Aaron Corval, meine ich.«

Auch der letzte Rest Farbe wich aus seinem Gesicht.

»Wurde er hier adoptiert?«

»Das weiß ich nicht«, wiederholte er.

»Sehen Sie in den Akten nach.«

»Ich muss Sie bitten zu gehen.«

»Natürlich. Ich werde Ihrer Bitte jedoch nicht nachkommen. Sie haben damals hier gearbeitet, als diese Adoptionen vollzogen wurden.«

»Ich habe diese Agentur gegründet.«

»Ja, ich weiß. Sie beschreiben auf Ihrer Webseite wirklich sehr hübsch, warum Sie aufgrund der Probleme mit Ihrem Vater Kinder retten und sie in nette Familien vermitteln wollen. Ich weiß alles darüber. Und ich weiß alles über Sie. Sie scheinen ein anständiger Kerl zu sein, ein Mann, der immer sein Bestes gegeben hat, aber wenn irgendetwas in einer Ihrer Adoptionsakten nicht hundertprozentig in Ordnung ist …«

»Es ist alles in Ordnung.«

»Falls es das aber nicht ist, werde ich es herausfinden. Ich werde mich auf alles stürzen, was Sie je getan haben, und wenn ich einen Fehler finde, ganz egal ob es Absicht war oder nicht, werde ich an dieser Stelle den Hebel ansetzen. Sehen Sie mich an, Mr Isaacson.«

Er sah sie an und versuchte, ihrem Blick standzuhalten.

»Sie wissen etwas.«

»Tu ich nicht.«

»Doch, das tun Sie.«

»Jede Adoption hier wurde legal durchgeführt. Falls eine meiner Mitarbeiterinnen uns betrogen haben sollte …«

Endlich ging es voran. Elena beugte sich vor. »Falls das so war, Mr Isaacson, bin ich Ihre beste Freundin. Ich bin hier, um zu helfen. Lassen Sie mich in die Akten sehen. In Ihre Akten. Nicht in die Gerichtsakten. Ich werde den Betrug aufdecken und die Sache in Ordnung bringen.«

Er sagte nichts.

»Mr Isaacson?«

»Ich kann Ihnen die Akten nicht zeigen.«

»Warum nicht?«

»Sie sind weg.«

Sie wartete.

»Vor fünf Jahren hat es hier gebrannt. All unsere Aufzeichnungen sind verloren gegangen. Eigentlich war das kein Problem, weil ja alles Wichtige, wie schon erwähnt, im Standesamt aufbewahrt wird. Also selbst wenn ich Ihnen die Akten zeigen wollte – was ich aus juristischen Gründen sowieso nicht darf –, sind sie nur noch auf dem Standesamt zu finden. Sie werden da nachfragen müssen.«

Sie starrte ihn an.

»Sie verschweigen mir etwas, Mr Isaacson.«

»Hier wurde nichts Illegales getan.«

»Okay.«

»Und ich denke, was auch immer da passiert ist, na ja, es war das Beste für die Kinder. Und das war immer mein Anliegen. Das Wohlergehen der Kinder.«

»Das glaube ich Ihnen. Aber jetzt hat es jemand auf diese Kinder abgesehen und bringt sie um.«

»Ich wüsste nicht, was wir damit zu tun haben könnten.«

»Vielleicht haben Sie das ja auch nicht«, sagte sie, ohne darauf hinzuweisen, dass die Faith Hope Adoption Agency bisher die einzige Verbindung zwischen den Opfern war, die sie entdeckt hatte. »Vielleicht kann ich Sie entlasten. Erinnern Sie sich überhaupt noch an diese Fälle?«

»In gewisser Hinsicht schon. In anderer nicht.«

»Was wollen Sie damit sagen?«

»Für diese Fälle war eine erhöhte Verschwiegenheit vonnöten.«

»Inwiefern?«

»Es ging um unverheiratete Mütter.«

»Sind nicht viele der Mütter, mit denen Sie es zu tun haben, unverheiratet? Ich meine, das war doch auch damals schon so?«

»Ja«, sagte er leicht gedehnt. Er strich sich über den Bart. »Aber diese Mädchen kamen aus einem ziemlich strenggläubigen christlichen Ableger.«

»Was für einem Ableger?«

»Das habe ich nie erfahren. Ich glaube aber ..., dass sie keine Männer mochten.«

»Was soll das heißen?«

»Ich weiß es nicht. Wirklich nicht. Aber ich durfte die Namen der Mütter nicht erfahren.«

»Ihnen gehört das hier doch.«

»Ja.«

»Also mussten sie es abzeichnen.«

»Das habe ich auch. Und bei dieser Gelegenheit habe ich die Namen der Mütter dann ein einziges Mal gesehen. Ich kann mich aber nicht mehr an sie erinnern.«

Er erinnerte sich. Natürlich erinnerte er sich daran.

»Und wie hießen die Väter?«

»Sie wurden immer als unbekannt geführt.«

Er strich sich so fest über den Bart, dass Haare an seiner Hand hängen blieben.

»Sie haben vorhin eine Mitarbeiterin erwähnt«, sagte sie.

»Was?«

»Sie sagten, ›falls eine meiner Mitarbeiterinnen uns betrogen haben sollte‹.« Elena versuchte, ihm in die Augen zu sehen, aber er wich ihrem Blick aus. »Hat eine bestimmte Person diese Fälle bearbeitet?«

Er bewegte den Kopf. Vielleicht war es ein Nicken, unmöglich zu sagen, trotzdem fuhr sie fort, als wäre es eins gewesen.

»Wer war es?«

»Ihr Name«, sagte er, »ist Alison Mayflower.«

»Eine Sachbearbeiterin?«

»Ja.« Nach kurzer Überlegung ergänzte er: »Gewissermaßen.«

»Und diese Alison Mayflower war auch diejenige, die mit diesen Fällen zu Ihnen gekommen ist?«

Er antwortete leise, als wäre er weit entfernt. »Alison hat sich in größter Vertraulichkeit an mich gewandt. Sie sagte, sie wüsste von bedürftigen Kindern. Ich habe ihr meine Hilfe angeboten, die unter gewissen Bedingungen akzeptiert wurde.«

»Was für Bedingungen?«

»Erstens musste alles geheim gehalten werden. Ich durfte keine Fragen stellen.«

Elena nahm sich Zeit zum Nachdenken. Als sie beim FBI war, hatte ihr Team mehrere scheinbar legale Kirchen und Agenturen wegen illegaler Adoptionen hochgenommen. In manchen Fällen war die Nachfrage nach weißen Babys so hoch gewesen, dass die makroökonomische Realität der kapitalistischen Gesellschaft die Oberhand gewonnen hatte – Angebot und Nachfrage –, woraufhin ein höherer Preis verlangt wurde. In anderen Fällen gab es in der Vergangenheit eines der Adoptiveltern Vorkommnisse, die eine legale Adoption erschwerten. Also wechselte auch hier Geld den Besitzer.

Manchmal sehr viel Geld.

Elena musste vorsichtig sein. Sie war nicht hier, um Isaacson auffliegen zu lassen, weil er Babys verkauft hatte, oder was auch immer er vor zwanzig oder dreißig Jahren getan hatte. Sie wollte Informationen.

Als hätte er ihre Gedanken gelesen, sagte er: »Ich weiß wirklich nichts, was Ihnen weiterhelfen könnte.«

»Aber diese Alison Mayflower könnte vielleicht etwas wissen.«

Isaacson nickte langsam.

»Wissen Sie, wo sie jetzt ist?«

»Sie arbeitet seit zwanzig Jahren nicht mehr für mich. Ist weggezogen.«

»Wohin?«

Er zuckte mit den Achseln. »Ich hatte sie seit Jahren nicht mehr gesehen. Den Kontakt verloren.«

»Hatte?«

»Was?«

»Sie sagten ›hatte‹, nicht ›habe‹.«

»Ja, das habe ich wohl getan.« Er fuhr sich durch die Haare und stieß einen lauten Seufzer aus. »Ich weiß nicht, sie muss wohl wieder hergezogen sein. Jedenfalls habe ich sie letztes Jahr in einem Café in Portland gesehen. Sie hat da gearbeitet. In einem dieser komischen veganen Läden. Aber als sie mich gesehen hat …« Er sprach nicht weiter.

Elena hakte nach: »Als sie Sie gesehen hat…?«

»Sie ist nach hinten gegangen. Ich bin ihr gefolgt, nur um kurz ›Hallo‹ zu sagen, aber als ich dort war…« Er zuckte die Achseln. »Na ja, vielleicht war es doch nicht Alison. Sie sah anders aus – früher hatte sie lange pechschwarze Haare. Diese Frau hatte kurze schneeweiße, daher…« Er überlegte noch einen Moment. »Doch, es war Alison. Ich bin mir sicher.«

»Mr Isaacson?«

Er sah sie an.

»Wo ist dieses Café?«

FÜNFUNDZWANZIG

Das Erste, was Ash sah, als er seine Augen öffnete, war Dee Dees schönes Gesicht.

Er hätte meinen können, dass er gestorben wäre oder Halluzinationen hatte oder so etwas, aber dann würde Dee Dee wieder ihren normalen blonden Zopf tragen, nicht die kurzen kastanienbraun gefärbten Haare, die sie sich zulegen musste.

Aber vielleicht täuschte er sich auch. Vielleicht sah man beim Sterben das letzte Bild, das man vor Augen gehabt hatte, nicht das, das einem am besten gefiel.

»Es ist in Ordnung«, sagte Dee Dee mit der beruhigenden Stimme eines immer noch beunruhigend himmlischen Wesens. »Bleib einfach ganz ruhig liegen.«

Er blickte an ihr vorbei, während das Bewusstsein langsam wieder zurückkehrte. Ja, er war noch auf dem Gelände der Sekte. Der Raum war eher gar nicht als schlicht eingerichtet. Die Wände waren kahl, und er sah auch keine Möbel. Alles war im selben unvermeidlichen Grau gehalten.

Und es waren noch weitere Personen im Raum. Als Ash sich aufrichten wollte, versuchte Dee Dee, ihn daran zu hindern, aber er ließ sich nicht abhalten. Hinten in der Ecke saß Mutter Adeona, mit verschränkten Armen, den Blick zu Boden gerichtet. Rechts und links hinter dem Bett standen zwei Männer, die Ash von den Porträts im anderen Raum kannte – der Besucher und der Freiwillige.

Einer von Casper Vartages Söhnen – vielleicht der Besucher? – drehte sich wortlos um und verließ den Raum. Der andere wandte sich an Mutter Adeona und fauchte: »Da hast du noch mal Glück gehabt.«

»Tut mir leid.«

»Was hast du dir dabei gedacht?«

»Er war ein Außenseiter und ein Eindringling«, sagte Mutter Adeona immer noch mit gesenktem Blick. »Ich habe die Wahrheit verteidigt.«

»Das ist eine Lüge«, sagte Dee Dee.

Der Sohn brachte Dee Dee mit einer kurzen Geste zum Schweigen, während sein Blick immer noch die ältere Frau durchbohrte.

»Die Entscheidung steht dir nicht zu, Mutter.«

Die Frau blickte weiter zu Boden.

»Wenn du besorgt warst, hättest du zum Rat kommen müssen.«

Mutter Adeona nickte kleinlaut. »Du hast natürlich recht.«

Vartages Sohn wandte sich ab. »Du kannst gehen.«

»Bevor ich das tue…«, die ältere Frau ging zu Ash, »…möchte ich mich aufrichtig bei Ihnen entschuldigen.«

Als sie am Bett war, ergriff Mutter Adeona Ashs Hand mit beiden Händen. Sie sah ihm in die Augen und hielt seinem Blick stand. »Ich kann gar nicht in Worte fassen, wie leid es mir tut, Ihnen Schmerzen zugefügt zu haben. Möge die Leuchtende Wahrheit ewig währen.«

Die anderen beiden murmelten: »Möge die Leuchtende Wahrheit ewig währen.«

Mutter Adeona drückte Ashs Hand noch etwas fester.

In diesem Moment schob sie ihm einen kleinen Zettel zu.

Ash sah sie an. Mutter Adeona nickte fast unmerklich, schloss seine Hand um den Zettel und verließ den Raum.

»Wie fühlst du dich?«, fragte Dee Dee.

»Gut.«

»Dann zieh dich an, Süßer. Die Wahrheit will dich sprechen.«

* * *

Im veganen Green-N-Leen-Café standen alle angebotenen Speisen und Getränke mit bunter Kreide und in den Farben des Regenbogens auf einer Tafel. Neben dem naheliegenden »vegan« fanden sich auf der Tafel jede Menge anderer angesagter Modeworte wie »biologisch«, »fair trade«, »fleischlos«, »Tempeh«, »Falafel«, »Tofu«, »roh«, »100 % natürlich«, »ökologisch«, »frisch«, »glutenfrei«, »regional«, »umweltschonend« und »direkt vom Erzeuger«. Auf einem Schild stand in Form eines grünen Gemüsemosaiks »GRÜNKOHL YEAH!« und auf einem anderen »ESST SOJA STATT SCHNITZEL«. Rechts daneben stand eine Korkpinnwand, an der mit Reißzwecken Werbezettel für alle möglichen Ökomärkte, Yogastunden und vegane Kochkurse angebracht waren. (War das noch in Ordnung oder vielleicht doch schon Papierverschwendung?) Das ganze Gebäude hätte in Hanf gehüllt sein sollen und mehrere dieser Gummi-Armbänder tragen müssen, mit denen man irgendeinen guten Zweck unterstützte.

Alison Mayflower stand hinter dem Tresen.

Sie sah aus, als wäre sie gerade als Siegerin aus einem Casting für eine ältere, gesunde Veganerin hervorgegangen – groß, braun gebrannt, vielleicht einen Hauch zu dünn, hervortretende Wangenknochen, glänzende Haut und, genau wie Isaacson sie beschrieben hatte, mit so kurz geschnittenen und strahlend weißen Haaren, dass man sich unwillkürlich fragte, ob sie echt waren. Auch ihre Zähne waren strahlend weiß, ihr Lächeln hingegen wirkte verhalten, gehemmt, unsicher. Sie blinzelte viel, als Elena auf sie zuging, so als rechnete sie mit schlechten Neuigkeiten oder gar Schlimmerem.

»Was kann ich für Sie tun?«

Auf einem Trinkgeldglas stand: ANGST VOR DEM WECHSEL(geld) – WIR ERLÖSEN SIE DAVON. Das gefiel Elena. Sie reichte der Frau ihre Visitenkarte mit ihren privaten Telefonnummern. Die Frau nahm sie entgegen und las.

»Alison Mayflower«, sagte Elena.

Die Frau – Elena schätzte sie auf Anfang sechzig, obwohl sie jünger wirkte – blinzelte immer noch und trat einen Schritt zurück. »Der Name sagt mir nichts.«

»Doch, das tut er. Es ist Ihrer. Sie haben ihn geändert.«

»Ich glaube, Sie verwechseln mich …«

»Wir haben jetzt zwei Möglichkeiten, Alison. Entweder wir gehen jetzt sofort irgendwohin und führen ein Gespräch unter vier Augen, und dann verschwinde ich ein für alle Mal.«

»Oder?«

»Oder: Ich mache Ihnen das Leben zur Hölle.«

Fünf Minuten später saßen Elena und Alison in der hintersten Ecke des Cafés. Ein bärtiger Mann mit einem echten Männerdutt, den Alison Raoul genannt hatte, vertrat sie hinter dem Tresen. Raoul musterte Elena mit finsteren Blicken, während er mit einem Geschirrtuch Kaffeetassen abtrocknete. Elena bemühte sich, nicht die Augen zu verdrehen.

Als sie saßen, begann Elena sofort, den Grund für ihre Anwesenheit zu erläutern. Sie beschönigte nichts und redete nicht um den heißen Brei herum. Sie kam direkt auf den Punkt.

Ermordete, Vermisste, Adoptierte, von Anfang bis Ende.

Zuerst stritt Alison alles ab: »Ich weiß nichts darüber.«

»Natürlich tun Sie das. Sie haben Adoptionen für Faith Hope vermittelt. Sie haben Maish Isaacson gebeten, die Sache vertraulich zu behandeln. Ich könnte ihn herbringen, damit er das …«

»Das ist nicht nötig.«

»Also überspringen wir den Teil, in dem Sie vorgeben, nicht zu wissen, wovon ich rede. Es ist mir egal, ob Sie Babys verkauft haben oder sonst irgendetwas.«

Tatsächlich war es Elena keineswegs egal. Wenn diese Sache erledigt war und sich herausstellte, dass noch weitere Verbrechen begangen wurden, würde sie das den zuständigen Justizverfolgungsbehörden melden und mit ihnen zusammenarbeiten, damit Mayflower und Isaacson bestraft wurden. Im Moment lag ihre Priorität jedoch bei der Suche nach Henry Thorpe, und wenn sie die Behörden hinzuzog, würde das Ganze ins Stocken geraten.

Es hatte Zeit.

»Ich habe Ihnen die Namen gesagt«, fuhr Elena fort. »Erinnern Sie sich an diese Personen?«

»Ich habe sehr viele Adoptionen bearbeitet.«

Sie blinzelte wieder, saß in sich zusammengesunken auf ihrem Stuhl, presste das Kinn an die Brust und verschränkte die Arme. Beim FBI hatte Elena einiges über Körpersprache gelernt. Alison Mayflower musste irgendwann in der Vergangenheit misshandelt worden sein – vermutlich körperlich. Die Misshandlung war entweder durch die Hand einer Elternfigur oder in einer eheähnlichen Situation erfolgt. Oder beides. Das

Blinzeln war eine Art Vorbereitung auf eine Attacke. Das in sich Zusammensinken war das Flehen um Gnade, das den Angreifer beschwichtigen sollte.

Raoul bombardierte Elena weiter mit finsteren Blicken. Er war fünfundzwanzig oder vielleicht dreißig Jahre alt, kam also als Täter für Alisons Misshandlung nicht infrage. Vielleicht kannte Raoul ihre Geschichte und wollte sie nicht noch mehr leiden sehen. Vielleicht spürte er einfach, was los war. Man brauchte kein Experte für die Entschlüsselung nonverbaler Hinweise zu sein, um zu erkennen, dass Alison litt.

Elena probierte es noch einmal. »Sie haben das getan, um den Kindern zu helfen, nicht wahr?«

Ihre Miene hellte sich etwas auf. Sie blinzelte zwar immer noch hastig, aber jetzt war ein Anflug von Hoffnung zu erkennen. »Ja, natürlich.«

»Sie haben sie vor irgendetwas gerettet?«

»Ja.«

»Wovor?« Elena beugte sich vor. »Wovor haben Sie sie gerettet, Alison?«

»Ich wollte nur, dass sie ein gutes Zuhause finden. Das ist alles.«

»Aber diese Adoptionen hatten etwas Besonderes an sich, oder?« Elena versuchte, den Druck zu erhöhen. »Es musste heimlich geschehen. Also haben Sie diese Adoptionen über eine kleine Agentur in Maine abgewickelt. Ob dabei Geld geflossen ist oder so etwas, spielt keine Rolle.«

»Ich habe das getan«, sagte sie blinzelnd, »um den Jungs zu helfen.«

Elena nickte, um sie zum Weiterreden zu bewegen, bei einem Wort hatte sie jedoch die Ohren gespitzt.

Jungs.

Alison Mayflower hatte gesagt, sie hätte es getan, um den *Jungs* zu helfen. Nicht den Kindern, nicht den Babys oder den Kids.

»Sind es alles Jungs gewesen?«, fragte Elena.

Alison antwortete nicht.

»Sagt Ihnen der Name Paige …?«

»Nur Jungs«, flüsterte Alison und schüttelte den Kopf. »Verstehen Sie das nicht? Ich habe es getan, um diesen Jungs zu helfen.«

»Aber jetzt sterben sie.«

Eine einzelne Träne lief Alisons Wange hinunter.

Elena hakte noch einmal nach. »Wollen Sie einfach wegsehen und es geschehen lassen?«

»Mein Gott, was habe ich getan?«

»Reden Sie mit mir, Alison.«

»Ich kann nicht. Ich muss weg.«

Sie wollte aufstehen. Elena legte ihr eine Hand auf den Unterarm. Eine feste Hand. »Ich will Ihnen helfen.«

Alison Mayflower schloss die Augen. »Es ist bloß Zufall.«

»Nein, ist es nicht.«

»Doch, das ist es. Wenn man viele Adoptionen vermittelt, wird natürlich einigen Kindern im Leben etwas Tragisches zustoßen.«

»Woher kamen diese Jungs? Wer waren ihre Väter und ihre Mütter?«

»Sie verstehen das nicht«, sagte Alison.

»Dann erzählen Sie es mir.«

Alison zog ihren Arm weg und rieb die Stelle, an der Elena ihn festgehalten hatte. Ihr Gesichtsausdruck hatte sich verändert. Sie blinzelte noch immer, hatte immer noch Angst, aber jetzt lag auch Trotz in ihrem Blick.

»Ich habe sie gerettet«, sagte Alison.

»Nein, das haben Sie nicht. Was immer Sie getan haben, was immer Sie all diese Jahre geheim gehalten haben, es ist zurückgekommen.«

»Unmöglich.«

»Vielleicht dachten Sie, es wäre alles vergraben und vergessen, aber …«

»Mehr als vergraben. Es ist verbrannt. Ich habe sämtliche Beweise vernichtet. Ich weiß nicht einmal mehr die Namen.« Ihre Augen loderten, als sie sich über den Tisch beugte. »Glauben Sie mir. Es ist ausgeschlossen, dass jemand diesen Kindern etwas antut. Dafür habe ich gesorgt.«

»Was haben Sie getan, Alison?«

Sie sagte nichts.

»Alison?«

»Belästigt diese Lady dich, Allie?«

Elena unterdrückte einen Seufzer, als sie zu Raoul aufblickte. Raoul musterte sie finster mit in die Hüfte gestemmten Händen wie ein Hipster-Supermann.

»Dies ist ein Privatgespräch«, fauchte Elena. »Wenn Sie und Ihr Männerdutt sich einfach wieder hinter den Tresen verdrücken könnten …«

»Ich spreche nicht mit Ihnen, Lady. Ich spreche mit …«

In diesem Moment, ohne jede Vorwarnung, ergriff Alison Mayflower die Flucht.

Sie überrumpelte Elena. Gerade hatte Alison ihr noch kleinlaut gegenübergesessen – im nächsten Moment war sie in die Höhe geschnellt und durch den Korridor zur Hintertür gerannt.

Mist.

Elena war vieles, aber schnell war sie nie gewesen, und

seit ihrer Verletzung schon gar nicht mehr. Sie versuchte, ihr zu folgen, aber bereits als sie sich – von einem Grunzen begleitet – erhob, sah Elena, dass der Vorsprung der schlanken Veganerin zu groß war.

Als Elena ihr folgen wollte, traten Raoul und sein Männerdutt ihr in den Weg. Elena blieb nicht stehen. Er streckte die Hände aus, um sie aufzuhalten. Bei der ersten Berührung packte Elena seine Schultern und trat ihm kräftig in die Eier.

Erst sank Raoul auf beide Knie. Sein Männerdutt folgte ihm. Dann stürzte er der Länge nach zu Boden. Fast hätte Elena »Baum fällt!« gerufen.

Das tat sie natürlich nicht. Sie rannte nach hinten, vorbei an den Toiletten mit den Hippie-Perlenvorhängen anstelle der Türen, und warf sich gegen die Hintertür. Die Tür flog auf, und Elena stand in einer Gasse. Sie blickte nach rechts und nach links.

Aber Alison Mayflower war verschwunden.

SECHSUNDZWANZIG

Simon wartete immer noch auf Neuigkeiten vom Arzt und ging im Wartezimmer auf und ab, er hatte dabei jedoch ein paar der Dinge in Angriff genommen, die er mit Elena Ramirez besprochen hatte. Da er die Telefonnummer von Aarons Stiefmutter Enid nicht hatte, rief er im Corval Inn an, wo eine Frau, deren Stimme so klang wie die der Rezeptionistin, der er persönlich begegnet war, eine Nachricht entgegennahm.

So würde das nichts werden.

Der nächste Punkt auf der Agenda: Prüfe Paiges Kreditkartenzahlungen. Simon hatte für Paige ein Unterkonto angelegt, über das ihre Visa Card abgerechnet wurde. Er musste es zwar sperren lassen, als Paige anfing, mit der Karte Drogen für sich und Aaron zu beschaffen, hatte aber noch Zugriff auf die Auszüge. Er lud die Zahlungsausgänge herunter und sah sie durch.

Es war eine schmerzliche Angelegenheit. Anfänglich hatte seine Tochter typische, unschuldig-studentische Ausgaben gehabt – kleine Speisen in Esslokalen vor Ort, Schreibwaren und Logo-Sweatshirts im Lanford College Store, Hygieneartikel im CVS-Drogeriemarkt. Es gab auch zwei Zahlungen an Rita's Italien Ice in Poughkeepsie und noch eine über fünfundsechzig Dollar, vermutlich für ein Sommerkleid in einem Laden namens Elizabeth's Boutique.

Aber keine an DNAYourStory.

Allerdings fand Simon eine Zahlung von siebenundneunzig Dollar an eine Firma namens Ance-Story. Er googelte sie und stieß tatsächlich auf eine Ahnenforschungswebseite, die ihren Schwerpunkt darauf legte, »die Zweige Ihres Familienstammbaums zu ergänzen«, indem sie DNA-Tests durchführte. Er überflog die Seite, als eine erschöpfte Frauenstimme seinen Namen ausrief.

»Simon Greene?«

Dr. Heather Grewe trug immer noch ihren blauen OP-Kittel. Klassisch blau. Das gefiel Simon. Er fand die Farbe angemessen unaufdringlich und daher beruhigend. Zu viele der Pflegerinnen und Angestellten trugen ausgefallene oder witzige Kleidung, Farben wie leuchtend rosa und Blumenmuster oder Motive wie SpongeBob und Krümelmonster. Und obwohl Simon verstand, dass man, wenn man hier Tag für Tag arbeitete, auch mal etwas anderes sehen wollte, die bedrückende Umgebung mit etwas positiver Stimmung oder zumindest ein paar heiteren Farben bereichern wollte, änderte das doch nichts daran, dass er – sofern es nicht die Kinderklinik betraf – unscheinbare, seriöse Kittel vorzog, und so war er froh darüber, dass Ingrids Chirurgin einen solchen trug.

»Die OP Ihrer Frau ist beendet. Wir konnten sie stabilisieren.«

»Liegt sie noch im Koma?«

»Ja, das tut sie, aber wir konnten das aktuelle Problem entschärfen.«

Dr. Grewe begann, genauer zu erklären, was sie getan hatten, Simon konnte sich jedoch nicht auf die medizinischen Details konzentrieren. Das Gesamtbild schien noch dasselbe zu sein:

KEINE VERÄNDERUNG.

Als Dr. Grewe fertig war, bedankte Simon sich und fragte: »Kann ich meine Frau jetzt sehen?«

»Ja, selbstverständlich.«

Sie führte ihn in den Aufwachraum. Er wusste nicht, wieso ein im Koma liegender Körper erschöpfter aussehen konnte, aber Ingrids heftiger Kampf mit was auch immer hatte eine weitere Operation erforderlich gemacht, die sie eindeutig ausgelaugt hatte. Sie lag völlig still, genau wie vorher, wirkte jetzt aber noch matter, eingefallener und zerbrechlicher. Er hatte fast Angst davor, ihre Hand zu nehmen, als könnte sie in seiner abbrechen.

Aber er tat es dennoch.

Er versuchte, sich vorzustellen, dass Ingrid wieder auf den Beinen war, gesund, schön und strahlend. Er versuchte, an andere Zeiten im Krankenhaus zu denken, an glücklichere Zeiten. Ingrid mit einem ihrer Neugeborenen im Arm, das Bild verblasste jedoch sehr schnell wieder. Er sah nur noch diese Ingrid, schwach, kalkweiß, ausgezehrt, mehr tot als lebendig. Er starrte sie an und dachte an das, was Yvonne ihm über Vergangenheit und Geheimnisse erzählt hatte.

»Es ist mir egal.«

Das sagte er laut zu seiner komatösen Frau.

Ganz egal, was sie in der Vergangenheit getan hatte – er versuchte, sich das Schlimmste vorzustellen: Verbrechen, Drogen, Prostitution, selbst Mord –, er würde ihr vergeben. Ganz egal, was es war. Er würde ihr keine Fragen stellen.

Er stand auf und legte die Lippen ans Ohr seiner Frau.

»Ich brauche dich, komm einfach wieder zurück, Babe.«

Es war die Wahrheit. Gleichzeitig aber auch nicht. Was sie getan hatte, war ihm egal. Aber ein paar Fragen mussten dennoch gestellt werden. Um sechs ging er zur diensthabenden Schwester, vergewisserte sich, dass sie seine Handynummer hatte, dann verließ er die widerliche Krankenhausluft und trat auf die Straße. Normalerweise wäre er mit der U-Bahn nach Hause gefahren, aber er wollte über der Erde bleiben, für den Fall, dass jemand anrief. Um diese Uhrzeit dürfte die Fahrt vom Krankenhaus zu seiner Wohnung in der Upper West Side höchstens eine Viertelstunde dauern. Und solange er sein Handy bei sich hatte, konnte er sofort zurückkommen, falls es irgendwelche Veränderungen gab.

Er wollte sie nicht verlassen, aber er musste etwas erledigen.

Simon rief über die App einer Mitfahragentur einen Wagen und bat den Fahrer, an der Columbus Avenue in der Nähe der 75th Street vor einer Duane-Reade-Apotheke zu halten, die rund um die Uhr geöffnet hatte. Er ging hinein, kaufte eine Sechserpackung Zahnbürsten und sprang wieder in den Wagen. Als er zu Hause ankam – Mann, es musste eine Ewigkeit vergangen sein, seit er das letzte Mal in seiner eigenen Wohnung gewesen war –, umfing ihn die Stille in der Wohnung. Er schlich den Flur entlang und sah rechts ins Schlafzimmer.

Sam schlief auf der Seite mit fest angezogenen Beinen. So schlief er immer. Simon wollte Sam noch nicht wecken. Er ging in die Küche und öffnete die Schublade mit den Ziploc-Plastiktüten. Er nahm ein paar heraus und ging zum sogenannten Mädchenbadezimmer, das Paige sich mit ihrer kleinen Schwester Anya geteilt hatte.

Es war eine Art Running Gag geworden, dass die Kinder die Zahnbürsten nur ersetzten, wenn die Borsten nicht nur ausgefranst, sondern praktisch nicht mehr vorhanden waren, und so hatte Simon es sich schon vor Jahren zur Aufgabe gemacht, alle zwei Monate neue Zahnbürsten zu besorgen und sie auf eigene Faust auszutauschen. Das würde er auch heute tun, damit niemand merkte, was er vorhatte, obwohl das, tja, wer sollte schon darauf kommen?

Paiges Zahnbürste stand seit ihrem letzten Besuch im Zahnputzbecher, der vor … herrje, wie lange war das jetzt her?

Er fasste die Zahnbürste vorsichtig am Griff an und steckte sie in eine Plastiktüte. Er hoffte, dass genug DNA für einen Test daran war. Er wollte das Bad schon verlassen, blieb dann aber stehen.

Er vertraute Ingrid. Er vertraute ihr wirklich.

Dann entschied er sich aber doch, auf Nummer sicher zu gehen, und steckte auch Anyas Zahnbürste in eine Ziploctüte. Er ging ins andere Bad und tütete auch Sams ein.

Das alles kam ihm wie ein schrecklicher, hinterhältiger Betrug vor.

Als er fertig war, ging Simon in sein Zimmer und verstaute die Plastikbeutel in seinem Arbeitsrucksack. Er sah auf sein Handy. Nichts. Es war noch ziemlich früh, trotzdem schickte er Suzy Fiske eine SMS.

> Hey, ich bin kurz zu Hause. Falls Sie wach sind, könnten Sie Anya wecken und sie zum Frühstück herschicken?

Er fragte sich, ob er lange auf eine Antwort warten musste, aber dann sah er die blinkenden Punkte, die anzeigten, dass Suzy eine Antwort eintippte:

> Ich wecke sie sofort.
> Gibt es was Neues über Ingrid?

Er verneinte die Frage und bedankte sich bei Suzy wortreich dafür, dass sie sich um Anya kümmerte. Sie antwortete, dass es eine Freude sei, Anya bei sich zu haben, und sie sogar weniger Arbeit hätte, und obgleich Simon durchaus bewusst war, dass sie vor allem höflich sein wollte, ging er auch davon aus, dass ein Hauch Wahrheit darin lag. Suzy hatte zwei Töchter, und wie die meisten Schwestern in diesem Alter stritten sie sich oft. Wenn man in diese Mischung ein drittes Element einfügte, veränderte sich die Zusammensetzung häufig gerade so viel, dass das Ganze ein kleines bisschen angenehmer wurde.

Simon antwortete: Ich bin trotzdem wahnsinnig dankbar.

Er ging in die Küche zurück. Alle seine männlichen Freunde in New York City kochten plötzlich gerne. Oder sie behaupteten es jedenfalls. Sie schwadronierten eloquent über ein kompliziertes Risotto-Gericht, das sie kürzlich zubereitet hatten, oder über ein Rezept aus einem E-Mail-Verteiler des *New-York-Times*-Magazins oder so etwas. Seit wann, fragte er sich, versuchten Poser damit anzugeben, kochen zu können, und wann hatte das den Amateur-Weinkenner abgelöst? War Kochen nicht größtenteils lästige Routinearbeit? In Geschichtsbüchern oder alten Filmen hatten Köche doch immer einen der miesesten Jobs im Haus. Was würde wohl die nächste Plackerei sein, die zur großen Kunst erklärt wurde? Vielleicht das Staubsaugen? Würden seine Freunde anfangen, über die Wunderdinge zu philosophieren, die ihre Dysons und Hoovers vollbrachten?

Bei Stress neigen die Gedanken zum Abschweifen.

Der Punkt war, dass Simon die Zubereitung genau einer Speise beherrschte, es war gewissermaßen seine Spezialität, die er an jenen Wochenenden, wenn die Familie zusammen war und er, der Vater, in Stimmung war, mit großer Souveränität zum Frühstück servierte: Pfannkuchen mit Schokostückchen.

Das Geheimnis hinter Simons geliebtem Frühstücksrezept? Man konnte gar nicht genug Schokostückchen hineintun.

»Das ist eher Schokolade mit Pfannkuchenstückchen«, hatte Ingrid gescherzt.

Die Schokostückchen waren oben im Schrank. Ingrid achtete darauf, dass für alle Fälle immer welche im Haus waren, obwohl es lange her war, dass Simon sein Paradegericht zubereitet hatte. Das bedrückte ihn. Er vermisste die Zeit, als alle seine Kinder zu Hause waren. Wenn man Paiges tragischen Absturz mal außer Acht ließ (als ob er das jemals könnte), war der Auszug seiner Tochter für ihn viel traumatischer gewesen, als er erwartet hatte. Mit Sams Auszug hatte sich das Trauma verdoppelt. Seine Kinder verließen ihn. Sie wurden nicht mehr erwachsen – sie waren Erwachsene. Sie ließen ihn im Stich. Ja, es war richtig und der natürliche Lauf der Dinge, und es wäre viel schlimmer gewesen, wenn sie das nicht getan hätten. Trotzdem machte es ihm zu schaffen. Es war zu ruhig in der Wohnung. Er konnte das nicht ausstehen.

Als Sam seinen Highschool-Abschluss machte, hatte der Klassensprecher ein gut gemeintes Memo gepostet. Es handelte sich um das klassische Foto einer Selbsthilfegruppe mit einem hübschen Strand bei Sonnenuntergang und sanften Wellen. Der Text dazu lautete:

LIEBE DEINE ELTERN.
WIR SIND SO SEHR MIT DEM
ERWACHSENWERDEN BESCHÄFTIGT, WIR
VERGESSEN OFT, DASS SIE ALT WERDEN.

Ingrid und er hatten den Text zusammen in ebendieser Küche gelesen, woraufhin Ingrid gesagt hatte: »Lass es uns ausdrucken, zu einem Röhrchen zusammenrollen und es jemandem in seinen prätentiösen Arsch schieben.«

Herrgott, wie er sie liebte.

Als sie das lasen, hatte er gesessen, und Ingrid hatte hinter ihm gestanden. Sie hatte die Arme um seinen Hals geschlungen, sich so tief heruntergebeugt, dass er ihren Atem an seinem Ohr spürte, und geflüstert: »Wenn die Kinder aus dem Haus sind, können wir mehr reisen.«

»Und nackt in der Wohnung herumlaufen«, hatte Simon ergänzt.

»Äh … okay.«

»Und viel mehr Sex haben.«

»Die Hoffnung stirbt zuletzt.«

Er zog einen Schmollmund.

»Würde es dich glücklicher machen, wenn wir mehr Sex hätten?«, fragte sie.

»Mich? Nein. Ich hatte an dich gedacht.«

»Deine Opferbereitschaft ist beispiellos.«

Simon lächelte noch bei dem Gedanken daran, als Sam sagte: »Hey, Dads Pfannkuchen.«

»Genau.«

Seine Miene hellte sich auf. »Bedeutet das, dass es Mom besser geht?«

»Nein, leider nicht.«

Mist. Er hätte damit rechnen müssen, dass sein Sohn diesen Schluss zog, wenn er sah, wie er Pfannkuchen backte.

»Es bedeutet«, fuhr Simon fort, »dass sie wollen würde, dass wir etwas Normales tun und nicht einfach den Kopf hängen lassen.«

Er hörte selbst, dass seine »väterliche Stimme« alles andere als überzeugend klang.

»Es ist nicht mehr normal, wenn du Pfannkuchen machst«, sagte Sam. »Es ist etwas Besonderes.«

Da war etwas dran. Letztlich hatte er gleichzeitig recht und unrecht. Das Frühstück verlief normal – und es war etwas Besonderes. Anya kam von den Fiskes und umklammerte ihren Vater wie einen Rettungsring. Simon erwiderte die Umarmung, schloss die Augen und ließ sich mitreißen, so lange seine Tochter es brauchte.

Sie setzten sich an den runden Tisch – Ingrid hatte auf einen runden Tisch bestanden, obwohl ein rechteckiger besser in die Küche gepasst hätte, weil er »Gespräche fördere« – und obwohl zwei Stühle klaffend leer waren, fühlte es sich irgendwie, tja, normal und besonders an. Anya hatte sich schnell das ganze Gesicht mit Schokolade beschmiert, und Sam zog sie damit auf, dann fiel Anya wieder ein, dass ihre Mutter dieses Frühstück als Schokolade mit Pfannkuchenstückchen bezeichnet hatte.

Zwischendurch erlitt Sam einen kurzen Nervenzusammenbruch und weinte, aber auch das kam ihnen normal und besonders vor. Anya stand auf und umarmte ihren großen Bruder. Sam gestattete ihr das nicht nur, er ließ sich sogar von seiner kleinen Schwester beruhigen, was Simon einen Stich ins Herz versetzte, weil Ingrid diese Szene verpasste. Er würde sich jedoch daran erinnern. Und sobald Ingrid aufwachte, würde er ihr von dem Moment erzählen, als ihr Sohn bei seiner kleinen Schwester Trost gesucht hatte – ausgerechnet bei seiner kleinen Schwester! – und sie ihm den geben konnte, und eines Tages, wenn Simon und Ingrid alt oder tot waren, würden die beiden einander immer noch haben.

Der Gedanke würde Ingrid unglaublich glücklich machen.

Als Sam und Anya abwuschen – Familienregel: Wer kocht, braucht nicht abzuwaschen –, ging Simon ins Schlafzimmer zurück. Er schloss die Tür ab. Sie hatten dort ein Schloss angebracht, so ein simples Ding, das man einbaute, damit die Kinder nicht in einem unpassenden Moment hereinplatzten. Er öffnete Ingrids Schranktür. Hinten hingen sechs Kleidersäcke mit diversen Kleidern. Er öffnete den Reißverschluss des vierten, in dem sich ein konservatives blaues Kleid befand, und schob die Hand hinein bis ganz nach unten.

Hier hatten sie das Bargeld versteckt.

Er nahm einen Umschlag mit zehntausend Dollar heraus und steckte ihn in den Rucksack mit den Zahnbürsten. Dann sah er auf seinem Handy nach, ob er etwas Wichtiges verpasst hatte, und ging zurück in die Küche. Anya zog sich ihre Schulsachen an. Sie umarmte ihren Vater zum Abschied und machte sich zusammen mit Suzy Fiske auf den Weg. Als er die Tür hinter ihr schloss, führte er ein weiteres imaginäres Gespräch mit Ingrid, in dem es darum ging, was sie Suzy schenken sollten, wenn die ganze Sache vorbei war – einen Geschenkgutschein für dieses Dim-Sum-Restaurant, einen Wellnesstag im Mandarin Oriental oder etwas Persönlicheres wie ein Schmuckstück.

Ingrid würde es wissen.

Ihm wurde gerade bewusst, dass er andauernd solche imaginären Gespräche mit Ingrid führte, in denen er ihr alles erzählte, was er erfahren hatte, ihre Reaktion sah, und ihm war auch bewusst, dass er dabei die naheliegendste Frage aussparte, die Frage, die auch Elena und er in ihren Gesprächen aussparten und die an ihm nagte, seit diese ganze Abstammungsgeschichte ihr hässliches Haupt erhoben hatte.

Er warf sich den Rucksack über eine Schulter. »Sam? Bist du so weit?«

Sie fuhren mit dem Fahrstuhl nach unten und winkten ein Taxi heran. Wie fast jeder Taxifahrer in New York City sprach auch dieser leise in einer Fremdsprache in ein Mini-Headset, das Simon nicht sah. Das war natürlich nichts Neues, jeder kannte das, aber Simon dachte über die aberwitzig starke Familienbindung dieser Menschen nach. Sosehr er Ingrid auch liebte (und obwohl er imaginäre Gespräche mit ihr führte), hätte er sich nicht vorstellen können, dass er stundenlang am Telefon blieb und sich ununterbrochen mit ihr unterhielt. Mit wem redeten diese Fahrer den ganzen Tag? Wie sehr mussten sie geliebt werden, dass sie eine (oder mehrere) Personen hatten, die so viele Informationen mit ihnen teilen wollten?

»Mom hat einen Rückschlag erlitten«, sagte Simon zu seinem Sohn, »aber jetzt geht es ihr wieder besser.«

Er erklärte ihm, was passiert war. Sam biss sich auf die Lippe und hörte zu. Als sie das Krankenhaus erreichten, sagte Simon: »Geh rauf und setz dich zu ihr. Ich komme gleich nach.«

»Wohin fährst du?«

»Ich muss noch etwas erledigen.«

Sam starrte ihn an.

»Was ist?«

»Du hast zugelassen, dass Mom angeschossen wird.«

Simon öffnete den Mund, um sich zu verteidigen, sagte dann aber nichts.

»Du hättest sie beschützen müssen.«

»Ich weiß«, sagte Simon. »Es tut mir leid.«

Dann ging Simon und ließ seinen Sohn allein auf dem

Gehweg stehen. Er dachte an die Situation zurück. Er sah, wie Luther zielte. Er sah, wie er selbst auswich, sodass die Kugel Ingrid traf statt ihn.

Was für ein Schisser er war.

Aber war das so passiert?

War er wirklich ausgewichen? Er wusste es nicht. Er glaubte nicht, dass »Erinnerungen« real waren, aber … Als er einen Schritt zurücktrat und versuchte, die Sache objektiv zu betrachten, wurde ihm klar, dass er nichts davon gesehen hatte, dass Schuldgefühle die echten Erinnerungen nach und nach durch andere ersetzten, die ihn für immer verfolgen würden.

Hätte er mehr tun können? Hätte er sich in die Flugbahn der Kugel werfen können?

Vielleicht.

Irgendwie war ihm allerdings klar, dass dieser Gedanke nicht fair war. Es war alles so schnell gegangen. Er hatte keine Zeit gehabt zu reagieren. Das änderte aber nichts an der Realität. Er hätte mehr tun müssen. Er hätte Ingrid zur Seite stoßen müssen. Er hätte sich vor sie werfen müssen.

Du hättest sie beschützen müssen …

Er betrat den Shovlin Pavilion und fuhr mit dem Fahrstuhl in den elften Stock. Die Rezeptionistin führte ihn den Flur entlang zum Labor. Ein Laborant namens Randy Spratt begrüßte ihn mit einem Händeschütteln, ohne vorher den Latex-Handschuh auszuziehen.

»Ich verstehe nicht, warum wir das nicht auf dem offiziellen Weg erledigen können«, sträubte Spratt sich.

Simon öffnete den Rucksack und gab ihm die drei Plastikbeutel mit den Zahnbürsten. Ursprünglich hatte er nur Paiges Zahnbürste herbringen wollen, doch dann war er zu dem Schluss gekommen, dass er, wenn er schon diesen düsteren, unheilvollen Pfad einschlug, ihn auch bis zu Ende gehen konnte.

»Ich muss wissen, ob ich ihr Vater bin.« Simon deutete auf Paiges alte gelbe Zahnbürste. »Die hat Priorität.«

Natürlich machte Simon das nicht gerne. Es ging nicht um Vertrauen, sagte er sich. Es ging um Bestätigung.

Andererseits war Simon auch klar, dass das nichts weiter als ein großer, fetter Rechtfertigungsversuch war.

Egal.

»Sie sagten, Sie könnten die Ergebnisse beschleunigen«, sagte Simon.

Spratt nickte. »Geben Sie mir drei Tage.«

»Das reicht nicht.«

»Wie bitte?«

Simon griff in die Tasche und zog den Umschlag mit den Geldscheinen heraus.

»Ich verstehe nicht…«

»Das sind zehntausend Dollar in bar. Wenn Sie die Ergebnisse heute Abend haben, gebe ich Ihnen noch zehn.«

SIEBENUNDZWANZIG

Die Wahrheit lag im Sterben.

Zumindest hatte Ash diesen Eindruck, als er ihn vom Fußende des Betts aus betrachtete.

Casper Vartages Söhne standen rechts und links vom Bett, zwei bekümmerte Totenwächter, die ihren Vater durch seine letzten Tage geleiteten. Sie verströmten Trauer. Man spürte ihr Leid. Ash kannte die richtigen Namen der Brüder nicht – er wusste nicht einmal, ob überhaupt irgendjemand diese Namen kannte – und weder erinnerte er sich, noch interessierte ihn, wer der Besucher und wer der Freiwillige war.

Dee Dee stand neben Ash, die Hände gefaltet und den Blick gesenkt wie zum Gebet. Die beiden Brüder standen genauso da. In der Ecke schluchzten zwei Frauen in grauen Uniformen unisono, fast so, als hätten sie den Auftrag, einen Soundtrack zu dieser Szene zu liefern.

Nur die Wahrheit blickte mit offenen Augen nach oben. Er lag in einer Art weißer Tunika mitten im Bett, hatte einen langen grauen Bart und lange graue Haare. Er sah aus wie ein Renaissancegemälde Gottes, fast wie in *Die Erschaffung Adams* in der Sixtinischen Kapelle, die Ash zum ersten Mal in einem Buch in der Schulbibliothek gesehen hatte. Das Bild hatte ihn schon immer fasziniert, die Idee, dass Gott Adam berührte, als würde er auf den Ein-Schalter für die Menschheit drücken.

Der Gott auf dem Deckengemälde war kräftig und muskulös. Die Wahrheit war das nicht. Er schien fast in Echtzeit zu verfallen. Sein Lächeln war aber immer noch strahlend, seine Augen jenseitig, als Ashs und sein Blick sich begegneten. Für einen Moment, vielleicht sogar etwas länger, verstand Ash, was hier vorging. Der Wahrheit genügte ein Blick, um ihn auf seine Seite zu ziehen. Obwohl er todkrank im Bett lag, hatte der alte Mann ein fast übernatürliches Charisma.

Die Wahrheit hob eine Hand und winkte Ash heran. Ash sah Dee Dee an, die ihn mit einem Nicken aufforderte, zu ihm zu gehen. Der Kopf der Wahrheit bewegte sich nicht, aber seine Augen folgten Ash – auch das kannte man von einigen Renaissancegemälden. Er ergriff Ashs Hand. Sein Händedruck war erstaunlich kräftig.

»Danke, Ash.«

Ash spürte die große Anziehungskraft des Mannes, seinen Magnetismus. Natürlich hätte er niemals von ganzem Herzen daran geglaubt, aber obwohl Ash durchschaute, was hier geschah, berührte es ihn. Wir alle haben unsere Fähigkeiten. Manche können schneller rennen, sind stärker oder beherrschen Mathematik besser als andere. Wir sehen uns Sportler an, weil wir Ehrfurcht vor dem verspüren, was sie mit einem Ball, einem Puck oder sonst etwas anstellen können. Auch dieser Mann, Casper Vartage, hatte seine Fähigkeiten. Verrückte Fähigkeiten. Man konnte sich in ihnen verlieren, sich von ihnen hypnotisieren lassen, besonders wenn man zu den Leuten gehörte, die eher planlos durchs Leben irrten oder eine entsprechende Geisteshaltung hatten.

Zu diesen Leuten gehörte Ash nicht.

Ash hatte einen Plan, und im Moment war er neugierig und erschrocken. Seine Arbeit basierte auf Anonymität, über

Passwörter, anonyme Kommunikation, geschützte Webseiten und Apps. Nie traf er sich persönlich mit seinen Auftraggebern. Niemals.

Dee Dee wusste das. Sie kannte auch die Gefahren.

Er ließ die Hand des alten Mannes los und sah Dee Dee mit einem finsteren Blick an. Der Blick fragte, warum sie ihn hierhergebracht hatte, und ihre Antwort, ein wahrlich himmlisches Lächeln, schien ihm zu sagen, dass er Geduld haben sollte.

Die beiden schluchzenden Frauen verließen den Raum, und die beiden Wachmänner, darunter auch der Scheißkerl, der ihn mit dem Viehtreiber bearbeitet hatte, traten ein.

Einmal mehr gefiel Ash das nicht. Vor allem gefiel ihm das selbstzufriedene Lächeln im Gesicht von Wachmann eins nicht.

Der alte Mann musste sich sehr anstrengen, um zu sprechen, sagte aber schließlich: »Möge die Leuchtende Wahrheit ewig währen.«

Die anderen im Raum säuselten: »Möge die Leuchtende Wahrheit ewig währen.«

Ein Ritual. Ash konnte geistlose Rituale nicht ausstehen.

»Gehen Sie«, sagte der alte Mann zu Ash. »Die Wahrheit wird immer obsiegen.«

Der Wachmann grinste Ash zu, dann gaffte er Dee Dee an, ließ den Blick von oben bis unten über sie schweifen, sah Ash wieder an und wackelte mit den Augenbrauen. Ash zeigte keine Reaktion. Er sah Dee Dee an. Sie wusste Bescheid.

Langsam begriff er, was passierte.

Einer der Brüder gab Ash einen Schlüssel. »Ein neuer Wagen steht für Sie bereit. Nicht nachverfolgbar.«

Ash nahm den Schlüssel. Er würde bei der ersten Gelegenheit anhalten und das Kennzeichen sicherheitshalber gegen das von einem Wagen ähnlichen Typs austauschen. Und sobald er die Staatsgrenze überquert hatte, würde er es vermutlich noch einmal wechseln.

»Wir sind überzeugt, dass Sie das hinbekommen«, sagte der andere Bruder.

Ash antwortete nicht und machte sich auf den Weg zur Tür. Der Wachmann grinste ihn weiter unablässig an. Der Wachmann grinste immer noch, als Ash bei ihm war, sich umdrehte und sich vor ihn stellte. Der Wachmann grinste immer noch, als Ash, der das Messer in der Handfläche versteckt hatte, ihm mit der Klinge die Kehle aufschlitzte.

Ash trat nicht zurück. Er ließ sich das Blut aus der Halsschlagader ins Gesicht spritzen. Er zuckte nicht. Er wartete auf das Röcheln. Und er musste nicht lange warten.

Ash trat zum anderen Wachmann, der immer noch schockiert seinen Kollegen ansah, und nahm ihm die Waffe ab.

Wachmann eins, der mit der aufgeschlitzten Halsschlagader, fiel zu Boden, während er vergeblich versuchte, das Blut daran zu hindern, aus ihm herauszusprudeln. Es sah aus, als würde er sich selbst erwürgen. Dabei stieß er primitive, gutturale Laute aus.

Keiner rührte sich. Keiner sagte etwas. Alle sahen zu, wie der Wachmann sich zuckend auf dem Boden wälzte, bis diese Bewegung langsam nachließ und schließlich aufhörte.

Die beiden Vartage-Brüder wirkten verblüfft. Genau wie der überlebende Wachmann. Dee Dee lächelte genau wie vorher. Das überraschte ihn nicht. Ihn überraschte jedoch der wissende Blick der Wahrheit.

Hatte er gewusst, was Ash vorhatte?

Die Wahrheit nickte Ash knapp zu, als wollte er sagen: *Nachricht angekommen.*

Für Ash war es ganz einfach. Der Wachmann hatte ihm wehgetan, also musste er dafür zahlen. Schlägst du mich, schlage ich sehr viel kräftiger zurück. Massive Vergeltung. Massive Abschreckung.

Es war auch eine Nachricht an alle anderen im Raum. Wenn ihr mir übel kommt, werde ich euch noch übler kommen. Ash würde den Auftrag erledigen, den er bekommen hatte. Er würde sein Geld bekommen, und das war es dann. Es würde niemandem nützen, ihn übers Ohr zu hauen. Ihn übers Ohr hauen zu wollen, wäre einfach nur ein Riesenfehler.

Ash sah die Brüder an. »Ich gehe davon aus, dass Sie Leute haben, die das wieder sauber machen?«

Beide nickten.

Dee Dee reichte ihm ein Handtuch, damit er sich das Blut aus dem Gesicht wischen konnte. Er tat das schnell.

»Wir finden selbst raus«, sagte Ash.

Ash und Dee Dee gingen zurück zum Eingangstor. Dort erwartete sie ein Acura RDX. Er hielt Dee Dee die Beifahrertür auf. Als er dabei den Blick schweifen ließ, entdeckte er Mutter Adeona auf dem Hügel. Sie blickte zu ihm herab, und selbst aus der Entfernung sah er das Flehen in ihren Augen.

Sie schüttelte auf eine ominöse Art den Kopf.

Er tat nichts.

Ash ging um den Wagen und setzte sich hinters Lenkrad. Er fuhr den Waldweg zurück und sah, wie das Tor von Truth Haven im Rückspiegel kleiner wurde. Als er auf die Hauptstraße einbog und das erste Mal vor einer Ampel halten musste, zog er den Zettel heraus, den Mutter Adeona ihm gegeben hatte, faltete ihn und las die Notiz:

BRINGEN SIE IHN NICHT UM. BITTE.

Alles in Großbuchstaben. Dann kursiv darunter:

Zeigen Sie diese Nachricht niemandem, nicht einmal ihr. Sie haben keine Vorstellung davon, was hier wirklich geschieht.

»Was ist das?«, fragte Dee Dee.

Er reichte ihr den Zettel. »Mutter Adeona hat ihn mir zugesteckt, bevor sie mein Zimmer verlassen hat.«

Dee Dee las ihn.

»Was meint sie mit ›Sie haben keine Vorstellung davon, was hier wirklich geschieht.‹?«, fragte Ash.

»Keine Ahnung«, sagte Dee Dee. »Aber es freut mich, dass du mir vertraust.«

»Ich vertraue dir mehr als ihr.«

»Vielleicht hat das ja auch damit zu tun, dass ich dir heimlich das Messer zugesteckt habe.«

»Geschadet hat's jedenfalls nicht«, sagte Ash. »Wusstest du, dass ich ihn umbringe?«

»Massive Vergeltung. Massive Abschreckung.«

»Hast du dir Sorgen darüber gemacht, wie deine Führer reagieren?«

»Die Wahrheit wird sich immer durchsetzen.«

»Und den Wachmann zu töten war die Wahrheit?«

Sie sah aus dem Fenster. »Er stirbt. Das weißt du doch, oder?«

»Du meinst die Wahrheit?«

Dee Dee lächelte. »Die Wahrheit kann nicht sterben. Aber ihre derzeitige Verkörperung, ja.«

»Hat sein Tod etwas damit zu tun, dass ich diese Aufträge bekommen habe?«

»Ist das wichtig?«

Ash überlegte kurz. »Nein, eigentlich nicht.«

Sie lehnte sich zurück, zog die Beine an die Brust und umschlang sie.

»Was hältst du von Mutter Adeonas Notiz?«, fragte er.

Dee Dee fing an, mit einer zu langen Haarsträhne zu spielen, die sie bei ihrem Toiletten-Schnitt übersehen hatte. »Ich bin mir nicht sicher.«

»Wirst du die Wahrheit … äh … der Wahrheit berichten?« Noch während er es sagte, merkte er, wie seltsam der Versprecher klang. »Ich meine, erzählst du es ihm?«

»Ich versteh schon, was du meinst.«

»Und, wirst du es ihm sagen?«

Dee Dee überlegte: »Jedenfalls nicht sofort. Wir müssen uns erst auf unseren Job konzentrieren.«

ACHTUNDZWANZIG

Als Simon wieder auf der Intensivstation war, stellte er überrascht fest, dass Detective Isaac Fagbenle dort auf ihn wartete. Für eine oder zwei Sekunden keimte Hoffnung in ihm auf – hatten sie Paige gefunden? –, aber Fagbenles Gesichtsausdruck deutete darauf hin, dass er keine guten Nachrichten überbrachte. Die Hoffnung schwand noch schneller, als sie aufgekommen war, und wurde von dem ersetzt, was auch immer das Gegenteil war.

Verzweiflung? Sorge?

»Es geht nicht um Paige«, sagte Fagbenle.

»Worum dann?«

Simon blickte über die Schulter des Detectives zu Sam, der an Ingrids Bett saß. Keine Veränderung. Also konzentrierte er sich wieder auf Fagbenle.

»Es geht um Luther Ritz.«

Der Mann, der auf seine Frau geschossen hatte. »Was ist mit ihm?«

»Er ist raus.«

»Was?«

»Auf Kaution. Rocco hat sie gestellt.«

»Luther sitzt nicht in Untersuchungshaft?«

»Die Unschuldsvermutung. Der achte Verfassungszusatz. Wie Sie wissen, gehen wir hier in den Staaten immer noch davon aus.«

»Er ist frei?« Simon schnaubte. »Glauben Sie, dass Ingrid in Gefahr ist?«

»Eigentlich nicht. Die Sicherheitsmaßnahmen hier im Krankenhaus sind ziemlich gut.«

Eine Schwester rauschte an ihnen vorbei und bedachte sie mit einem gereizten Blick, weil sie im Weg standen. Die beiden Männer traten einen Schritt zur Seite.

»Die Sache ist die«, sagte Fagbenle, »dass Luthers Verurteilung keineswegs eine bombensichere Sache ist.«

»Wieso nicht?«

»Er behauptet, Sie hätten zuerst auf ihn geschossen.«

»Ich?«

»Sie oder Ihre Frau. Einer von Ihnen beiden.«

»Hatten Sie bei ihm nicht einen Schmauchspurentest gemacht?«

»Doch. Den versucht er mit zwei Behauptungen zu entkräften. Erstens hätte er ein paar Übungsschüsse abgegeben, die nichts mit Ihnen zu tun hatten. Und zweitens, für den Fall, dass man ihm das nicht abnimmt, will er zurückgeschossen haben, weil Sie zuerst auf ihn geschossen hätten.«

Simon spottete: »Wer glaubt denn so was?«

»Sie wären überrascht. Also, ich kenne nicht alle Einzelheiten, weiß aber, dass Luther sich auf Notwehr beruft. Das wird ein paar schwierige Fragen nach sich ziehen.«

»Zum Beispiel?«

»Zum Beispiel die, warum Ingrid und Sie überhaupt dort waren.«

»Wir haben unsere Tochter gesucht.«

»Genau. Also waren Sie besorgt und emotional aufgewühlt, oder? Sie sind in eine Drogenhöhle gegangen, die Ihre Tochter regelmäßig aufgesucht hat. Dort wollte Ihnen niemand sagen, wo sie war. Daraufhin waren Sie vielleicht noch mehr als besorgt und emotional aufgewühlt. Vielleicht waren Sie verzweifelt – so verzweifelt, dass Sie oder Ihre Frau eine Pistole gezogen haben …«

»Das kann nicht Ihr Ernst sein.«

»… und dann auf ihn geschossen haben. Auf Luther, meine ich. Also hat er zurückgeschossen.«

Simon verzog das Gesicht.

»Luther ist wieder zu Hause und erholt sich von einer schweren Verletzung …«

»Und meine Frau …«, Simon spürte, wie sein Gesicht rot anlief, »… liegt keine zehn Meter von uns entfernt im Koma.«

»Das ist mir bekannt. Aber, tja, irgendjemand hat offenbar auf Luther geschossen.«

Fagbenle trat näher zu ihm. Jetzt hatte Simon es – jetzt verstand er, worauf das hinauslief.

»Und solange wir nicht wissen, wer dieser Schütze war, kann Luthers Behauptung begründete Zweifel nach sich ziehen. Die Zeugen, sofern sich welche melden, werden Ihre Version der Ereignisse nicht unterstützen. Sie werden auf Luthers Seite stehen.« Fagbenle lächelte. »Sie hatten doch keine Freunde in dieser Drogenhöhle, oder, Simon?«

»Nein«, sagte Simon. Die Lüge ging ihm schnell und leicht über die Lippen. Cornelius hatte auf Luther geschossen und sie gerettet, aber das würde Simon niemals zugeben. »Natürlich nicht.«

»Genau. Daher gibt es auch keine anderen Verdächtigen. Luthers Anwalt wird vermutlich behaupten, dass Sie es waren, der auf Luther Ritz geschossen hat. Und dass Sie, nachdem alle anderen geflüchtet waren, genug Zeit hatten, Ihre Waffe zu verstecken. Und falls Sie Handschuhe getragen haben, haben Sie auch die verschwinden lassen. Oder so ähnlich.«

»Detective?«

»Was ist?«

»Nehmen Sie mich fest?«

»Nein.«

»Dann kann das alles warten, richtig?«

»Ich denke schon. Ich nehme Luther die Story nicht ab. Nur um das kurz klarzustellen. Eins finde ich aber schon seltsam.«

»Und das wäre?«

»Erinnern Sie sich noch daran, wie wir zu ihm ins Krankenzimmer kamen, um ihn zu identifizieren?«

»Ja.«

»Und Luther, tja, sagen wir, er ist nicht der Allerklügste, wenn Sie wissen, was ich meine. Er war so dumm zuzugeben, dass er am Tatort angeschossen wurde, wissen Sie noch?«

»Ja.«

»Er hat also eine etwas lange Leitung.«

»Okay.«

»Aber erinnern Sie sich noch an Luthers prompte Antwort, als ich ihn gefragt habe, warum er das getan hat?«

Simon antwortete nicht.

»Er hat auf Sie gezeigt, Simon, und gesagt: ›Warum fragen Sie nicht ihn?‹«

Simon erinnerte sich. Er erinnerte sich auch an die Wut, die ihn erfasst hatte, als er Luther angesehen hatte, diesen Abschaum der Menschheit, der beschlossen hatte, Ingrids Leben ein Ende zu setzen. Die Unverfrorenheit des Ganzen, und dass ein solcher Unmensch eine solche Macht haben sollte, hatte ihn in Rage versetzt.

»Er hat nach einem Strohhalm gegriffen, Detective.«

»Hat er das?«

»Ja.«

»Für so klug halte ich ihn nicht, Simon. Ich glaube, Luther weiß etwas und verheimlicht es uns.«

Simon überlegte einen Moment lang. »Und was soll das sein?«

»Sagen Sie es mir«, erwiderte Fagbenle. Dann: »Wer hat auf Luther geschossen, Simon? Wer hat Ihnen beiden das Leben gerettet?«

»Ich weiß es nicht.«

»Das ist gelogen.«

Simon sagte nichts.

»Und genau das ist der Haken an der Sache, mein Freund«, fuhr Fagbenle fort, »selbst wenn es gute Gründe dafür geben könnte – sobald eine Lüge im Raum steht, folgen ihr diverse weitere auf dem Fuße. Dann werden sich diese Lügen zusammenrotten und die Wahrheit zerstören. Also frage ich Sie noch einmal: Wer hat auf Luther geschossen?«

Sie starrten sich in die Augen, die nur wenige Zentimeter voneinander entfernt waren.

»Ich habe es Ihnen schon gesagt«, presste Simon zwischen zusammengebissenen Zähnen hervor. »Ich weiß es nicht. Ist sonst noch etwas?«

»Nein, ich glaube nicht.«

»Dann würde ich mich jetzt gerne zu meiner Frau setzen.«

Fagbenle klopfte Simon auf eine Art auf die Schulter, die gleichermaßen freundlich wie auch einschüchternd wirkte. »Ich melde mich.«

Als Fagbenle sich durch den Flur entfernte, klingelte Simons Handy. Er kannte die Nummer nicht und überlegte, ob er einfach die Mailbox drangehen lassen sollte – es gab heutzutage einfach viel zu viel Werbung, selbst auf dem Handy –, aber dann erkannte er die Vorwahl von Lanford. Er trat zur Seite und ging ran.

»Hallo?«

»Mr Greene?«

»Am Apparat.«

»Ich habe Ihre E-Mails und eine Nachricht auf der Mailbox erhalten, daher rufe ich zurück. Hier ist Louis van de Beek. Ich bin Professor am Lanford College.«

Er hatte fast vergessen, dass er diese Nachrichten hinterlassen hatte. »Vielen Dank für Ihren Rückruf.«

»Keine Ursache.«

»Ich rufe wegen meiner Tochter Paige an.«

Am anderen Ende war es still.

»Erinnern Sie sich an sie? Paige Greene.«

»Ja.« Seine Stimme klang, als käme sie von sehr weit weg. »Natürlich.«

»Wissen Sie, was mit ihr geschehen ist?«

»Ich weiß, dass sie das Studium abgebrochen hat.«

»Sie wird vermisst, Professor.«

»Das tut mir leid.«

»Ich glaube, dass am College irgendetwas vorgefallen ist. Ich glaube, das Ganze hat seinen Ursprung in Lanford.«

»Mr Greene?«

»Ja?«

»Wenn ich mich recht entsinne, lebt Ihre Familie in Manhattan.«

»Das ist richtig.«

»Sind Sie jetzt dort?«

»In der Stadt? Ja.«

»Ich unterrichte dieses Semester an der Columbia University.«

Simons Alma Mater.

»Vielleicht«, fuhr van de Beek fort, »sollten wir dieses Gespräch persönlich führen.«

»Ich kann in zwanzig Minuten da sein.«

»Ich brauche etwas mehr Zeit. Kennen Sie den Campus?«

»Ja.«

»Auf der Treppe vor dem Hauptgebäude befindet sich eine große Statue.«

Das Hauptgebäude war die Low Memorial Library. Die Bronzestatue – die seltsamerweise die *Alma Mater* genannt wurde – stellte die griechische Göttin Athene dar.

»Ja, die kenne ich.«

»Wir können uns dort in einer Stunde treffen.«

* * *

Die Polizei erschien im Green-N-Leen Vegan Café, weil jemand den Notruf gewählt hatte, als Raoul und sein Männerdutt durch Elenas Knietritt zu Boden gegangen waren. Zuerst wollte Raoul, der sich immer noch die schmerzenden Weichteile hielt, Anzeige erstatten.

»Sie hat mir in die Eier getreten!«, rief Raoul immer wieder.

Die Cops verdrehten die Augen, wussten aber, dass sie eine Anzeige aufnehmen mussten. Elena zog Raoul und den Männerdutt in die Ecke und sagte einfach: »Wenn Sie Anzeige erstatten, werde ich auch Anzeige erstatten.«

»Aber Sie …«

»Ich habe Sie niedergestreckt, ja, schon klar.«

Raoul hielt sich immer noch den Schritt, als hätte er einen verwundeten Vogel gefunden.

»Aber Sie haben mich zuerst attackiert«, sagte Elena.

»Was? Wie kommen Sie denn darauf?«

»Raoul, für Sie ist das Neuland. Für mich nicht. Das Überwachungsvideo wird zeigen, dass Sie zuerst die Hand ausgestreckt und mich angefasst haben.«

»Sie haben meine Freundin verfolgt.«

»Und Sie haben mich angegriffen, um mich davon abzubringen, also habe ich mich gewehrt. So wird das laufen. Und schlimmer noch. Ich meine, sehen Sie mich an, Raoul.« Elena breitete die Arme aus. »Ich bin klein und rundlich, und selbst wenn Sie eine ausgezeichnete Beziehung zu Ihrer femininen Seite haben und total *kumbaya* mit dem Feminismus sind, das Video, in dem eine kleine, rundliche Frau mittleren Alters Sie in die Eier tritt, wird viral gehen.«

Raouls Augen weiteten sich. Das hatte er nicht bedacht, sein Männerdutt allerdings womöglich schon.

»Wollen Sie das Risiko eingehen, Raoul?«

Er verschränkte die Arme vor der Brust.

»Raoul?«

»Okay«, sagte er im zickigsten Tonfall, den man sich vorstellen konnte. »Ich werde keine Anzeige erstatten.«

»Gut, aber wo ich jetzt so darüber nachdenke, könnte ich das vielleicht tun.«

»Was?«

Elena machte einen Deal. Alison Mayflowers »richtiger« Name – Allie Mason – und aktuelle Adresse im Tausch dafür, die Vergangenheit ruhen zu lassen. Alison wohnte auf einer Farm in der Nähe von Buxton. Elena fuhr hin. Es war niemand zu Hause. Sie überlegte, ob sie eine Weile vor dem Haus warten sollte, es sah aber nicht so aus, als wäre in letzter Zeit jemand da gewesen.

Als sie wieder im Howard Johnson's war, setzte sie sich in ihr Zimmer, das genauso aussah, wie man sich ein typisches Motelzimmer vorstellte, und plante ihr weiteres Vorgehen. Lou aus ihrem Büro hatte festgestellt, dass Allie Mason mit einer anderen Frau namens Stephanie Mars zusammen in einem Farmhaus wohnte.

War Stephanie Mars eine Freundin? Eine Verwandte? Eine Partnerin? War das wichtig?

Sollte Elena die halbe Stunde nach Buxton fahren und es noch einmal versuchen?

Es gab keinen Anlass zu glauben, dass Alison Mayflower dieses Mal entgegenkommender sein würde, aber andererseits war ihre Beharrlichkeit einer der Gründe dafür, dass Elena dicke Kohle machte. Buchstäblich. Und es war ja nicht so, dass die erste Begegnung keine Früchte getragen hätte. Das hatte sie. Irgendetwas an diesen Adoptionen war zweifelsohne anrüchig. Elena hatte das schon früher vermutet, aber nach dem Treffen mit Alison Mayflower war sie sich sicher. Sie wusste auch, dass die Kinder – zumindest nach Alison Mayflowers Ansicht – gerettet werden mussten. Außerdem gab es ein großes, neues Teil in diesem verwirrenden Puzzle, auch wenn Elena keinen Schimmer hatte, wie es hineinpassen sollte:

Alle adoptierten Babys waren Jungs gewesen.

Warum? Warum keine Mädchen?

Elena nahm einen Block und einen Stift zur Hand und erstellte eine einfache Grafik zum Alter der Opfer. Damien Gorse war der Älteste, Henry Thorpe der Jüngste.

Immerhin … der Altersunterschied betrug fast zehn Jahre. Zehn Jahre. Offenbar war Alison Mayflower eine lange Zeit daran beteiligt gewesen.

Das bedeutete, dass sie tief in die Sache verwickelt war. Sehr tief.

Ihr Handy klingelte. Es war Lou aus dem Büro. Er rief über eine spezielle App an, die er darauf installiert hatte. Über diese App waren die Anrufe nicht zurückverfolgbar, oder so etwas Ähnliches. »Die Informanten aus dem Weißen Haus verwenden die auch«, hatte Lou erzählt. »Deshalb werden sie auch nie erwischt.«

Lou verwendete sie allerdings nicht sehr oft.

»Bist du allein?«, fragte er, als sie sich meldete.

»Du willst doch jetzt wohl keinen Telefonsex, oder?«

»Äh, ja … nein. Klapp deinen Laptop auf, du Klugscheißerin.«

Sie hörte die Aufregung in seiner Stimme. »Okay.«

»Ich habe dir einen Link gemailt. Klick drauf.«

Elena öffnete ihren Browser und meldete sich bei ihrem E-Mail-Provider an.

»Hast du schon draufgeklickt?«

»Einen Moment, ja? Ich tippe mein Passwort ein.«

»Ehrlich? Du hast es nicht gespeichert?«

»Wie speichert man das?«

»Äh, vergiss es. Sag mir, wenn du den Link hast.«

Elena suchte Lous Mail und klickte auf den Link. Eine Webseite namens Ance-Story öffnete sich.

»Bingo«, sagte sie.

»Was? Wieso?«

»Lass mich eben noch kurz was überprüfen.«

Elena griff nach ihrem Handy und sah sich ihre SMS an.

Sie hatte eine von Simon Greene, der ihr mitteilte, dass auf der Kreditkartenabrechnung seiner Tochter Paige kein Zahlungsausgang an DNAYourStory verzeichnet war, dass er aber einen über neunundsiebzig Dollar entdeckt hatte an:

Ance-Story.

Sie erzählte Lou von Simons SMS. »Okay«, sagte Lou, »dann ist die Nachricht wohl noch wichtiger, als ich gedacht hatte.«

Elenas Blick wanderte die Homepage hinunter. Kein Zweifel – es war definitiv eine dieser DNA-Webseiten. Darauf befanden sich diverse Fotos von Menschen, die sich umarmten, und clevere Slogans wie »Entdecke, wer du wirklich bist« oder »Nur du bist du – finde deine einzigartigen, ethnischen Ursprünge«. Es gab weitere Links, die den potenziellen Kunden helfen sollten, »neue Verwandte zu finden« – so wie es die ekstatischen Personen auf den Umarmungsfotos bereits getan hatten.

Darunter wurden die Angebote aufgelistet, die den potenziellen Kunden zur Verfügung standen. Das Basispaket für neunundsiebzig Dollar beinhaltete eine Aufschlüsselung der Abstammung und die Möglichkeit, mit DNA-Verwandten in Kontakt zu treten. Das zweite Paket nannte sich »Auch für Ihre Gesundheit«. Für einen Aufschlag in Höhe von acht Dollar bekam man zusätzlich zum ersten Paket noch einen »kompletten medizinischen Bericht, der Ihnen ein gesünderes Leben ermöglicht«.

Über dem teureren Paket blinkte in Großbuchstaben das Wort »EMPFEHLUNG«. Welch eine Überraschung. Die Firma schlug den Kunden vor, mehr Geld für ihre Produkte auszugeben. Keuch.

»Bist du auf der Homepage?«, fragte Lou.

»Ja.«

»Klick auf ›Anmelden‹.«

»Okay.«

»Du siehst zwei Felder: Benutzername und Passwort.«

»Stimmt.«

»Okay, jetzt kommt der Teil, in dem ich dir die rechtliche Situation erläutern muss. Ich habe über die sichere App angerufen, weil ich herausbekommen habe, wie man auf Henry Thorpes DNA-Konto kommt.«

»Wie hast du das gemacht?«

»Willst du das wirklich wissen?«

»Nein.«

»Ich weiß, dass wir uns die Erlaubnis dazu von seinem Vater hätten holen können …«

»Aber er hat keinen Anspruch darauf. Das hat man mir heute schon erzählt.«

»Wenn wir uns also anmelden … na ja, ich weiß nicht, ob das hundertprozentig legal ist. Technisch gesehen könnte man es als hacken ansehen. Ich will dich nur warnen.«

»Lou?«

»Ja?«

»Gib mir den Benutzernamen und das Passwort.«

Er sagte sie ihr. Sie tippte sie ein. Eine Seite öffnete sich, auf der stand: »Willkommen zurück, Henry: Dies ist deine ethnische Herkunft.«

Henry war zu achtundneunzig Prozent Europäer, darunter achtundfünfzig Prozent Brite, zwanzig Prozent Ire, vierzehn Prozent aschkenasischer Jude, fünf Prozent Skandinavier und alles Weitere war vernachlässigbar.

»Scroll zum Seitenende runter«, sagte Lou.

Eine Überschrift lautete: »Ihre Chromosomen«.

»Siehst du den Link mit dem Titel: ›Ihre DNA-Verwandten‹?«

Sie bestätigte, dass sie ihn sah.

»Klick drauf.«

Eine neue Seite erschien. Die Überschrift lautete: »Nach Verwandtschaftsgrad sortierte Liste«. Darunter stand: »Sie haben 898 Verwandte.«

»Achthundertundachtundneunzig Verwandte?«, sagte Elena.

»Dann sollte Henry Thorpe sich lieber einen größeren Tisch fürs Thanksgiving-Dinner besorgen, was? Aber das ist normal, vielleicht sind es sogar eher wenige. Die meisten sind entfernte Cousins und Cousinen, mit denen man nur sehr wenig gemeinsame DNA hat. Aber klick mal auf Seite eins.«

Sie hörte die Begeisterung in seiner Stimme.

Elena klickte darauf. Es dauerte eine Weile, bis die Seite geladen war.

»Siehst du es?«

»Immer mit der Ruhe, ich hab hier ein Howard-Johnson's-WLAN.«

Und dann sah sie es. Und alles begann ineinanderzugreifen. So kam es ihr wenigstens vor. Als würden viele dieser großen Puzzleteile plötzlich zusammenpassen.

Unter der Rubrik »Henrys Halbgeschwister« waren vier Personen aufgelistet.

»Heilige Scheiße«, sagte sie.

»Jau.«

Damien Gorse aus Maplewood, New Jersey, stand an erster Stelle. Sein voller Name. Einfach so. Der ermordete Besitzer des Tattoo-Studios war ein Halbbruder von Elenas Klient.

Darunter, auch als »Halbgeschwister, männlich«, waren nur Initialen angegeben.

»AC aus dem Nordosten«, sagte Elena. Das war nicht schwer zu erraten. »Aaron Corval.«

»Wahrscheinlich.«

»Gibt es eine Möglichkeit, das zu verifizieren?«

»Ich arbeite dran. Weißt du, auf der Webseite dürfen sich die Leute nicht einfach anonym listen lassen. Man hat zwei Möglichkeiten. Entweder man gibt den vollen Namen an oder die Initialen. Sie müssen aber echt sein. Ich würde sagen, etwa die Hälfte der Leute entscheidet sich für den vollen Namen, die andere Hälfte für die Initialen.«

Darunter, auch als »Halbgeschwister, männlich«, standen die Initialen NB aus Tallahassee, Florida.

»Gibt es eine Möglichkeit, NB aufzuspüren?«

»Keine legale.«

»Und eine illegale?«

»Eigentlich nicht. Ich könnte ihm als Henry Thorpe eine Nachricht schicken und ihn fragen, ob er mir seinen richtigen Namen nennt.«

»Tu das«, sagte sie.

»Das verletzt …«

»Kann man es zu uns zurückverfolgen?«

»Hey, das ist kein Grund, ausfallend zu werden.«

»Dann los«, sagte Elena.

»Es macht mich total an, wenn du die Regeln brichst.«

»Na wunderbar. Außerdem müssen wir das den Behörden melden. Vielleicht kriegen die mit dem, was wir haben, einen Gerichtsbeschluss oder so etwas.«

»Schon vergessen, dass wir ihnen das, was wir haben, nicht geben können?«

»Ach ja, okay. Aber wir müssen NB warnen, wenn wir herausbekommen, wer er ist. Er könnte das nächste Opfer sein.«

»Es könnte auch noch mehr geben.«

»Was meinst du mit ›mehr‹? Mehr was?«

»Geschwister.«

»Wie kommst du darauf?«, fragte sie.

»Henry Thorpe hat seine DNA an mindestens drei solcher Webseiten geschickt.«

»Wieso hat er das getan?«

»Das machen viele. In je mehr Datenbanken man steht, desto höher ist die Chance, Blutsverwandte zu finden. Was ich damit sagen will, ist, dass er allein bei Ance-Story schon vier Halbbrüder gefunden hat. Er könnte woanders auf weitere gestoßen sein, das wissen wir aber nicht.«

»Das sind alles Halbbrüder, oder?«

»Richtig. Väterlicherseits.«

Sie blickte noch einmal auf die Webseite. »Was ist mit dem Letzten hier, dem vierten Halbbruder?«

»Was soll mit ihm sein?«

»Er ist als Kevin Gano aus Boston aufgeführt. Hast du ihn überprüft?«

»Ja. Und … Trommelwirbel … eine große Sache. Bist du bereit?«

»Lou.«

»Gano ist tot.«

Sie hatte diese Antwort erwartet, trotzdem war es wie ein Tiefschlag. »Ermordet?«

»Selbstmord. Ich habe mit der örtlichen Polizei gesprochen. Es gibt keine Auffälligkeiten. Er hatte seinen Job verloren und wirkte niedergeschlagen. Er ist in seine Garage gegangen und hat sich eine Kugel in den Kopf gejagt.«

»Aber sie haben auch nicht nach Auffälligkeiten gesucht«, sagte sie. »Wahrscheinlich wurde er …«

Sie stoppte. Sie schluckte.

»Elena?«

Sie sprach es nicht aus, aber plötzlich schien die Antwort auf der Hand zu liegen. Ein Selbstmord. Zwei Morde.

Und ein Vermisster.

Henry Thorpe war vermutlich tot. Wenn der Killer sicherstellen wollte, dass keine Verbindung zu den anderen entdeckt wurde – wenn er nicht wollte, dass sich ein Polizist die Verbindungen zwischen den Mordopfern auf, zum Beispiel, einer DNA-Webseite ansah –, brauchte er nur dafür zu sorgen, dass eines der Opfer für einen Ausreißer gehalten wurde.

Scheiße.

Suchte Elena einen Toten?

»Elena?«

»Ja, ich bin noch dran. Wir müssen uns noch etwas anderes ansehen.«

»Und zwar?«

»Wir wissen, dass sich auch Paige Greene bei Ance-Story angemeldet hat.«

»Ja, okay, sie ist aber keine Halbschwester. Das ist die komplette Liste. Nur Männer.«

»Vielleicht auf irgendeine andere Art.«

»Auf der Webseite ist eine interne Suchmaschine. Nutze sie.«

Sie gab ›Paige Greene‹ ein. Nichts. Sie gab ›Greene‹ und ihre Initialen ein und noch ein paar Möglichkeiten, die Lou vorschlug. Nichts. Sie ging die Verwandtenliste durch. Es gab noch einen Cousin ersten Grades, auch männlich, und mehrere Cousins und Cousinen dritten Grades.

Keine Paige. Kein PG.

»Paige Greene ist keine Verwandte«, sagte Lou.

»Was hat sie dann mit der ganzen Sache zu tun?«

NEUNUNDZWANZIG

Eine Nahverkehrs-App informierte Simon, dass er mit der U-Bahn in Richtung Süden insgesamt elf Minuten bis zur Columbia University brauchen würde. Das war deutlich schneller als eine Fahrt mit dem Taxi oder dem Auto. Simon wartete vor der Tür des Fahrstuhls, der in den Untergrund von Washington Heights herabfuhr, als sein Handy klingelte.

Die Nummer war unterdrückt.

»Hallo?«

»In zwei Stunden habe ich das Ergebnis des Vaterschaftstests.«

Es war Randy Spratt vom DNA-Labor.

»Prima«, sagte Simon.

»Wir treffen uns im Innenhof hinter der Kinderklinik.«

»Okay.«

»Mr Greene, sagt Ihnen der Ausdruck ›zahlbar bei Lieferung‹ etwas?«

Mann, es war faszinierend, wie anfällig die Menschen für kleinere Bestechungen waren. »Ich werde das Geld dabeihaben.«

Spratt legte auf. Simon trat einen Schritt zurück und rief Yvonne auf dem Handy an.

Sie meldete sich mit einem zaghaften »Hey.«

»Keine Sorge«, sagte er. »Ich ruf nicht an, um mich nach

Ingrids großem Geheimnis zu erkundigen. Du musst mir einen Gefallen tun.«

»Worum geht's?«

»Ich muss bei unserer Zweigstelle in der Nähe des Krankenhauses neuntausendneunhundert Dollar abheben.«

Die Summe musste unter zehntausend Dollar sein. Für jeden größeren Betrag musste man einen Transaktionsbericht für die FinCEN ausfüllen, was dazu führte, dass eine Meldung ans Finanzamt oder an die Strafverfolgungsbehörden erfolgte, und damit wollte Simon sich im Moment nicht beschäftigen.

»Kannst du das bitte arrangieren?«

»Bin schon dabei.« Dann: »Wofür ist das Geld?«

»Möglicherweise sind Ingrid und du nicht die Einzigen, die Geheimnisse haben.«

Es war eine kindische Bemerkung, aber was soll's.

Kaum hatte er aufgelegt, öffnete sich die Fahrstuhltür und gab den Blick auf eine schmuddelige, schlecht beleuchtete Kabine frei. Pendler strömten hinein, bis ein Warnton zu piepen anfing. In U-Bahn-Fahrstühlen, die so tief in die Erde hinabführten, kamen Städter wohl dem am nächsten, was Bergarbeiter Tag für Tag durchmachten – auch wenn das natürlich absolut nicht vergleichbar war.

Die Linie 1 war voll, wenn auch nicht so überfüllt, dass man sich wie in einer Sardinenbüchse vorkam. Simon beschloss stehenzubleiben. Er hielt sich an einer Stange fest. Normalerweise sah er aufs Handy, las Zeitung oder machte sonst irgendetwas, um sich von dem klaustrophobischen Gefühl abzulenken, das aufkam, wenn man mit Fremden eingeschlossen war. Aber seit Kurzem sah Simon sich gern die Gesichter der anderen Fahrgäste an. Ein U-Bahn-Waggon ist ein Mikrokosmos unseres Planeten. Man sah alle Nationalitäten, Glaubensrichtungen, Geschlechter, Überzeugungen. Man wurde Zeuge von öffentlichen Liebesbekundungen und Auseinandersetzungen. Man hörte Musik und Stimmen, Lachen und Weinen. Leute in Anzügen (so wie Simon meist auch) standen neben Bettlern. In der U-Bahn waren alle gleich. Alle zahlten den gleichen Fahrpreis. Alle hatten das gleiche Anrecht auf die gleichen Sitze.

Aus irgendeinem Grund war die U-Bahn für ihn seit ein, zwei Jahren kein Ort mehr, den es zu meiden galt. Seit es auf den Straßen dauernd Probleme mit Baustellen und Staus gab, war sie für ihn zu einer Art Zuflucht geworden.

Simon betrat den Campus der Columbia University durch den Haupteingang an der 116th Street am Broadway. Das erste Mal war er im vorletzten Highschool-Jahr durch diesen Eingang gegangen, als er sich die Uni zusammen mit seinem Vater angesehen hatte. Sein Vater, der großartigste Mensch, den Simon kannte, war Elektriker und in der IBEW-Gewerkschaft, Bezirk 102. Der Gedanke, dass eins seiner Kinder eines Tages auf eine Ivy-League-Universität gehen könnte, hatte ihn verblüfft und eingeschüchtert.

Dad hatte immer dafür gesorgt, dass Simon sich sicher fühlte.

Genau das war das Problem. Zwei Wochen vor Simons Abschluss war Dad auf dem Weg zu einem Job in Millburn, New Jersey, an einem schweren Herzinfarkt gestorben. Es war ein verheerender Schlag für Simons Familie – in vielerlei Hinsicht der Anfang vom Ende. Als Simon später eigene Kinder bekam, versuchte er sich zu erinnern, wie sein Vater mit ihm umgegangen war, wie ein Schüler, der einem Lehrer nacheiferte, er hatte jedoch immer das Gefühl gehabt, nicht mit ihm mithalten zu können.

Liebten Simons Kinder ihren Vater ebenso sehr, wie Simon seinen Vater geliebt hatte?

Respektierten sie ihn ebenso?

Fühlten sie sich bei ihm ebenso sicher?

Und vor allem: Wäre sein Vater jemals so unaufmerksam gewesen, dass seine Tochter ein Junkie hätte werden können? Hätte er untätig danebengestanden, wenn jemand auf seine Frau geschossen hätte?

Diese Gedanken beschäftigten Simon, als er den Campus betrat, auf dem er vier Jahre verbracht hatte.

Studenten eilten an ihm vorbei, die meisten mit gesenktem Kopf. Er hätte in das gängige Klagelied einstimmen können, dass die Jugend nur noch auf die kleinen Bildschirme starrte oder sich Stöpsel tief in die Ohren drückte, um sich von der Welt abzuschotten, um zwischen all den Menschen trotzdem völlig allein sein zu können – aber seine Generation war schließlich auch nicht besser, wozu also rumjammern?

Simon ging auf die Bronzestatue der griechischen Göttin der Weisheit, Athene, zu, die dort auf ihrem Thron saß. Wenn man genau hinsah, konnte man, wie Simon wusste, in der Nähe ihres linken Beins, versteckt in ihrem Umhang, eine winzige Eule entdecken. Die Legende besagte, dass das erste Mitglied eines neuen Jahrgangs, das die Eule fand, seinen Abschluss als Jahrgangsbester machen würde. Athene streckt den rechten Arm aus, angeblich um Besucher willkommen zu heißen, Simon sah darin meist aber eher die achselzuckende Geste seiner Oma, wenn sie sagte: »Ach, was soll man da machen?«

Sein Handy klingelte. Auf dem Display erschien der Name Elena Ramirez.

»Gibt's was Neues?«, fragte er.

»Ja, jede Menge.«

Elena erzählte ganz kurz, warum sie ursprünglich nach Maine gefahren war, und erwähnte, dass an den Adoptionen eindeutig etwas faul war. Dann konzentrierte sie sich auf das, was sie mithilfe ihres Technikers in Erfahrung gebracht hatte. Simon ging die Treppe hinauf zur Low Library, sank auf den kühlen Marmor und hörte Elena zu, die die Neuigkeiten kurz zusammenfasste – die Adoptionen, die Halbbrüder auf der DNA-Webseite, die plötzlichen Tode.

»Irgendjemand bringt sie alle um«, sagte Simon schließlich.

»Es scheint so, ja.«

Er wusste nicht recht, was er empfand, als sie ihm mitteilte, dass Paige, die sich für den gleichen DNA-Test angemeldet hatte, keine Blutsverwandte war. Es hätte ihn beruhigen sollen – vielleicht bedeutete es, dass er tatsächlich ihr Vater war –, aber dann kam ihm ein anderer Gedanke.

»Wir wissen es nicht genau«, sagte er.

»Was wissen wir nicht genau, Simon?«

»Dass Paige nicht doch eine Halbschwester ist.«

»Wieso?«

»Vielleicht hat Paige nicht ihren richtigen Namen angegeben. Ich habe von ein paar Fällen gelesen, bei denen Leute die DNA anderer Leute eingeschickt oder einen falschen Namen angegeben haben oder so etwas. Also könnte sie doch dieses andere Geschwister sein. Das mit den Initialen.«

»NB?«

»Ja.«

»Nein, Simon, das ist unmöglich.«

»Wieso?«

»NB ist männlich. Wenn Paige ihre eigene DNA eingeschickt hat, wäre aufgefallen, dass sie von einer Frau stammt, selbst wenn sie einen falschen Namen angegeben hätte. Das war die DNA eines Mannes. NB kann also nicht Paige sein.«

»Dann hat sie vielleicht ein anderes Pseudonym benutzt.«

»Möglich. Wir haben jetzt Zugriff auf Henry Thorpes Account. Da sind all seine Verwandten aufgeführt. Und seine nächste weibliche Verwandte ist eine Cousine dritten Grades.«

»Dann begreife ich es einfach nicht. Inwiefern ist Paige dann beteiligt?«

»Vermutlich hat es irgendwie mit Aaron zu tun, mehr kann ich aber auch nicht sagen. Vielleicht sind wir die Sache auch von Anfang an falsch angegangen.«

»Inwiefern?«

»Vielleicht hat Ihre Tochter die DNA von jemand anders eingeschickt und nicht ihre eigene.«

»Das habe ich mir auch schon überlegt. Aber wieso?«

»Ich weiß es nicht. Wir müssen herausfinden, wo sie war. Vielleicht ist Paige auf etwas Seltsames gestoßen. Ein Verbrechen oder einfach nur eine Unstimmigkeit. Irgendetwas, das sie zu Aaron geführt hat.«

Simon dachte darüber nach. »Lassen Sie uns einen Schritt zurückgehen, und gucken, was wir sicher wissen.«

»Ja, in Ordnung.«

»Erstens, all diese Männer haben denselben leiblichen Vater.«

»Richtig.«

»Höchstwahrscheinlich wurden alle über dieselbe kleine Adoptionsagentur in Maine vermittelt.«

»Richtig.«

»Und es gab eine Art Vertuschungsaktion. Der Name des Vaters steht nicht in den Adoptionsakten.«

»Soweit wir das bisher beurteilen können, ist auch das richtig, ja«, sagte Elena.

Simon nahm das Handy in die andere Hand, hielt es jetzt mit links. »Haben Sie etwas über die Fälle gelesen, bei denen ein Arzt, der auf Behandlungen bei Unfruchtbarkeit spezialisiert war, die Patientinnen letztlich mit seinem eigenen Sperma geschwängert hat? Ich glaube, das war in Indiana, wo eine Frau auf einer dieser DNA-Webseiten acht ihr unbekannte Geschwister entdeckt hat. Das ähnelt dem, was wir hier sehen. Als die Geschwister sich dann getroffen haben, sind sie dahintergekommen, dass der zuständige Arzt sein eigenes Sperma verwendet hatte, statt dasjenige aus einer Samenbank, wie er behauptet hatte.«

»Ja, ich erinnere mich«, sagte Elena. »Es gibt mehrere solche Fälle. Einen großen in Utah, und auch einen in Kanada.«

»Das scheint Sie aber nicht zu überzeugen.«

»Ich wüsste einfach nicht, wie das hier abgelaufen sein soll. Die Fälle waren doch ganz anders gelagert. Die Frauen haben ihre Babys ja nicht zur Adoption freigegeben. Sie wollten sie mehr als alles andere auf der Welt.«

Da war etwas dran.

»Uns fehlt immer noch irgendetwas«, sagte er.

»Das sehe ich auch so. Daher werde ich es noch einmal bei Alison Mayflower probieren, weil sie es war, die die Adoptionen lanciert hat. Ich werde ihr mit Gefängnis drohen und was sonst noch erforderlich ist. Außerdem werde ich versuchen, das Interesse des FBI für diese Sache zu wecken, das muss ich aber durch die Hintertür machen.«

»Warum?«

»Sie dürfen die Informationen, die Sie von mir haben, auf keinen Fall weitergeben. Jemand könnte behaupten, dass sie auf illegale Art erworben wurden – was ein Verwertungsverbot nach sich ziehen kann oder so etwas. Tja, und selbst wenn wir heute noch zum FBI gehen würden, hätte der Fall keine Priorität. Es könnte Tage oder sogar Wochen dauern, bis er bei jemandem auf dem Schreibtisch landet. So viel Zeit haben …« Sie verstummte. »Simon, bleiben Sie dran, ich bekomme gerade noch einen Anruf.«

Als Simons Blick über den Campus schweifte, fiel ihm ein, was seinen Vater bei ihrer gemeinsamen Besichtigung damals so beeindruckt hatte. Der zentrale Platz, der sich von der Treppe, auf der Simon gerade saß, über den College Walk, auf dem er hereingekommen war, bis über die South Fields erstreckte, wurde von zwei Bibliotheken begrenzt, der Low Library und der Butler Library.

»Zwei Bibliotheken, Simon«, hatte sein Vater kopfschüttelnd gesagt. »Kann man dem Lernen ein besseres Denkmal setzen?«

Seltsam, dass ihm dieser Gedanke gerade jetzt kam, aber es hielt Simon davon ab, an etwas anderes zu denken, an etwas, das ihn vielleicht vernichten könnte: Selbst wenn er herausbekam, was es mit diesen Halbbrüdern und Adoptionen auf sich hatte, wie sollte ihm das bei der Suche nach Paige helfen?

Elena meldete sich am Handy zurück. »Simon?«

Ein Mann eilte an ihm vorbei die Treppe hinauf, zweifelsohne zur Alma-Mater-Statue. Simon erkannte das Gesicht, er hatte es im Internet auf der Webseite von Lanford College gesehen – Professor Louis van de Beek. Mit dem Handy am Ohr stand Simon auf und folgte ihm.

»Ja, was gibt's?«, fragte er.

»Ich muss los. Alison Mayflower will sich mit mir treffen«, sagte sie.

DREISSIG

Ash parkte hinter dem Haus. Von der Straße war der Wagen zwar nicht zu sehen, Dee Dee stand aber trotzdem Schmiere. Ash sah hinten im Wagen nach. Alle Taschen waren da. Er öffnete sie und verteilte die Waffen auf dem Rücksitz.

Alles vorhanden und bereit.

Er nahm sich, was er brauchte, packte die anderen Waffen wieder ein und pfiff auf zwei Fingern. Als Dee Dee zurückkam, reichte er ihr eine FN 5.7.

»Du hattest Zeit zum Nachdenken«, sagte er.

»Worüber?«

»Mutter Adeonas Notiz. Aber sag mir erst, wer sie ist?«

»Sie dient in der Kammer der Wahrheit. Das ist die höchste Position, die eine Frau erreichen kann.«

»Glaubst du, dass sie eurer Sekte gegenüber loyal ist?«

»Nenn es nicht Sekte«, sagte Dee Dee. »Und ja, das glaube ich. Es gibt nur eine weitere Mutter, die Mutter Abeona. Beide waren von so reiner Wahrheit, dass er mit ihnen den Besucher und den Freiwilligen erschaffen hat.«

»Vartages Kinder«, sagte er, »sind also nur Halbbrüder?«

»Ja.«

»Und welcher ist Mutter Adeonas Sohn?«

»Der Freiwillige.«

»Mutter Adeona ist also die Mutter des Freiwilligen. Und Mutter Abeona die Mutter des Besuchers.«

»Genau.« Sie gingen zur Rückseite des Hauses. »Warum interessiert dich das, Ash?«

»Das tut es nicht. Aber es gefällt mir nicht, dass jemand aus dem inneren Kreis gegen uns arbeitet, dir etwa?«

»So habe ich das noch nicht gesehen.«

»Mutter Adeona hat mich foltern lassen, um in Erfahrung zu bringen, was wir vorhaben. Dann hat sie mir einen Zettel zugesteckt mit der Bitte, es nicht zu tun. Und das macht dir keine Sorgen?«

»O doch, es macht mir Sorgen«, sagte sie.

Ash sah sich um. »Dee Dee?«

»Ja.«

»Warum habe ich den Eindruck, dass du mir nicht alles erzählst?«

Sie lächelte und sah ihn an. Ash spürte, wie sein Herzschlag sich beschleunigte. »Du hast es gespürt, stimmt's? Als du bei ihm warst.«

»Vartage ist charismatisch. Das muss ich zugeben.«

»Und Truth Haven?«

»Es ist ruhig und friedlich«, stimmte er zu.

»Es ist mehr als das. Es ist voll heiliger Gelassenheit.«

»Und?«

»Weißt du noch, wie ich früher war?«

Das wusste er. Völlig durchgeknallt. Aber das war nicht ihre Schuld gewesen. Zu viele Pflegeväter, Lehrer, Berufsberater und spirituelle Führer, allen voran die Frömmlerischsten unter ihnen, hatten ihre Hände und unreinen Gedanken nicht von ihr fernhalten können.

»Ja, das weiß ich.«

»Hast du nicht den Eindruck, dass es mir besser geht, Ash?«

»Doch, das habe ich.« Die Sonne schien ihm in die Augen, er wollte sie aber weiter ansehen, also hielt er sich die Hand an die Stirn, halb zum Salut, halb als Sonnenschutz. »Aber es muss doch kein Entweder-oder sein.«

»Für mich schon.«

»Wir können dem entfliehen.« Er hörte etwas Unbekanntes in seiner Stimme. Verzweiflung? Sehnsucht? »Ich kann einen Ort für uns suchen. Einen friedlichen Ort, wie ihr ihn habt. Ruhig. Heiter und gelassen.«

»Das könnten wir tun«, sagte sie. »Aber es würde nicht von Dauer sein.«

Er wollte mehr dazu sagen, aber sie legte ihm ihren Zeigefinger auf die Lippen. »Die richtige Welt birgt für mich zu viele Verlockungen, Ash. Selbst jetzt, mit dir hier draußen, muss ich mich konzentrieren, die Disziplin aufrechtzuerhalten, sonst holt die Sucht mich wieder ein. Ich würde abstürzen. Und ich brauche mehr.«

»Mehr?«

»Ja.«

»Und diesen Wahrheit-Unsinn blindlings zu glauben, gibt dir mehr?«

»Oh, ich glaube nicht daran.«

»Moment mal. Was war das?«

»Die meisten religiösen Menschen glauben nicht an das Dogma, Ash. Wir nehmen uns, was wir brauchen, und verwerfen alles andere. Daraus basteln wir uns die Geschichte, die uns zusagt – mit einem gütigen Gott, einem rachsüchtigen Gott, einem zurückhaltenden Gott, einem Gott, der sich einmischt, ganz egal. Wir achten nur darauf, dass für uns etwas dabei herausspringt. Vielleicht erhalten wir das ewige Leben, während Leute, die wir nicht ausstehen können, in der Hölle brennen. Vielleicht bekommen wir etwas Handfesteres – Geld, Arbeit, Freunde. Man macht sich die Erzählung einfach passend.«

»Ich bin überrascht, das zu hören«, sagte Ash.

»Wirklich?«

Er legte die Hände um die Augen und näherte sich dem hinteren Fenster, sodass er in die Küche blicken konnte. Niemand da. Kein Licht. Mehr noch, der Küchentisch war mit einem langen weißen Tuch bedeckt, wie man es machte, wenn man für die Nebensaison schloss.

Dee Dee sagte: »Als die Wahrheit nach Arizona gereist ist, um das versteckte Symbol in der Wüste zu finden – das Symbol, auf dem unser ganzer Glaube an die eine Wahrheit beruht – soll ich dir erzählen, wie die Zukunft aussah, die ihm dort prophezeit wurde?«

Ash sah Dee Dee an.

»Wenn die aktuelle Verkörperung der Wahrheit stirbt und zur zweiten Ebene aufsteigt, würde er nicht von Männern ersetzt werden, vielmehr würde die Wahrheit in zwei Personen vereinigt und gestärkt werden, die die ganze Menschheit repräsentieren. Ein Mann. Und ihm würde eine Frau zur Seite stehen. Eine ganz besondere Frau.«

Dee Dee grinste.

Ash sah sie an. »Du?«

Sie signalisierte, dass er recht hatte, indem sie die Arme ausbreitete.

»Und das Symbol hat das wirklich prophezeit, dieses Zeug über einen Mann und jetzt eine Frau dazu?«

»Nein, natürlich nicht, Ash.«

Er verzog das Gesicht, um zu zeigen, dass er es nicht verstand.

»Das ist eine neuere …«, Dee Dee zeichnete mit den Fingern Anführungszeichen in die Luft, »… ›Auslegung‹.«

»Also weißt du's«, sagte Ash.

»Was weiß ich?«

»Du weißt, dass das alles Unsinn ist.«

»Nein, Ash, du begreifst das nicht. Wie jeder andere auch, ziehe ich mir das heraus, was ich brauche. Es ernährt mich. Nur weil ich weiß, dass das alles nicht wörtlich zu verstehen ist, nimmt das meinem Glauben nichts von seiner Kraft. Es verstärkt ihn sogar. So habe ich das Ruder in der Hand.«

»Mit anderen Worten«, sagte Ash, »du hast dir eine Möglichkeit erschaffen, Herrscherin zu werden.«

»Das ist deine Sichtweise. Es spricht nichts dagegen, dass du sie einnimmst.« Dee Dee sah auf die Uhr. »Komm. Es ist gleich so weit.«

Sie ging den Hügel hinauf. Ash folgte ihr.

»Unsere Aufträge«, sagte er, »haben die Wahrheit dazu inspiriert, diese neuen … äh … Auslegungen in deinem Sinne zu gestalten, oder?«

Dee Dee ging weiter. »Gott ist nicht der Einzige, dessen Wege unergründlich sind.«

* * *

Simon sagte: »Professor van de Beek?«

»Bitte nennen Sie mich Louis.«

Van de Beek sah aus wie auf seiner Webseite – jung, knabenhaft, glänzend, straffe Haut. Er trug auch das enge schwarze T-Shirt, genau wie auf dem Foto im Netz. Sein Blick glitt zur Seite, als sie sich die Hände schüttelten, aber er rang sich trotzdem ein Lächeln ab, eins – Simon konnte sich den perfiden Gedanken nicht verkneifen –, das einem half, die Gunst von Studentinnen zu gewinnen. Wie vielleicht die seiner Tochter. Oder war ein solcher Gedanke sexistisch?

»Das mit Paige tut mir wirklich leid«, sagte van de Beek.

»Inwiefern?«

»Wie bitte?«

»Sie sagten, es täte Ihnen leid. Was genau tut Ihnen leid?«

»Sagten Sie am Telefon nicht, dass sie vermisst wird?«

»Und das tut Ihnen leid, Louis?«

Der Mann wand sich bei dem Tonfall, und Simon schalt sich innerlich, weil er zu aggressiv war.

»Entschuldigen Sie«, sagte Simon jetzt sehr viel sanfter. »Es ist ... auf meine Frau wurde geschossen. Paiges Mutter.«

»Was? Oh, das ist ja furchtbar. Ist sie ...?«

»Sie liegt im Koma.«

Er wurde blass.

»Hi, Louis!«

Zwei Studenten – fürs Protokoll: beide männlich – hatten ihn auf ihrem Weg hinauf zur Low Library entdeckt. Sie blieben stehen und warteten auf eine Reaktion, aber ihre Begrüßung war nicht durchgedrungen.

Der andere Student sagte: »Louis?«

Simon konnte es nicht ausstehen, wenn Studenten ihren Professor mit dem Vornamen ansprachen.

Van de Beek erwachte aus der Trance, in die Simon ihn versetzt hatte. »Oh, hi Jeremy, hi Darryl.«

Er lächelte ihnen zu, aber der helle Schein, in dem sein Lächeln sonst erstrahlte, flackerte sichtbar. Die Studenten gingen etwas verlegen weiter.

»Sie wollten mir etwas sagen«, soufflierte Simon.

»Was? Nein, Sie hatten Nachrichten für mich hinterlassen.«

»Ja, und als Sie mich zurückgerufen haben, war mir klar, dass Sie mir etwas sagen wollten.«

Van de Beek fing an, auf seiner Unterlippe zu kauen.

Simon ergänzte: »Sie waren Paiges Lieblingsprofessor. Sie hat Ihnen vertraut.«

Das war bestenfalls eine Information aus dritter Hand, traf aber vermutlich zu und war zumindest schmeichelhaft.

»Paige war eine wunderbare Studentin«, sagte er. »Eine Studentin, wie wir sie uns alle wünschen, wenn wir uns entscheiden, in die Lehre zu gehen.«

Das schien ein Satz zu sein, den er in der Vergangenheit schon oft von sich gegeben hatte, trotzdem klang er aufrichtig.

»Also, was ist passiert?«, fragte Simon.

»Ich weiß es nicht.«

»Ich habe Ihnen eine kluge, wissensdurstige junge Frau geschickt. Sie war zum ersten Mal allein, weit weg von zu Hause und von der Familie.« Simon spürte, wie etwas in ihm aufstieg, etwas, das er nicht recht beschreiben konnte – eine Mischung aus Wut, Trauer, Reue und väterlicher Liebe. »Ich habe Ihnen vertraut, dass Sie auf sie aufpassen.«

»Wir haben es versucht, Mr Greene.«

»Und sind gescheitert.«

»Das können Sie so nicht sagen. Aber wenn Sie nur hier sind, um mir Vorwürfe zu machen …«

»Das bin ich nicht. Ich bin hier, weil ich sie finden muss. Bitte.«

»Ich weiß nicht, wo sie ist.«

»Erzählen Sie mir, woran Sie sich erinnern.«

Er blickte vom erhöhten Standort über die Rasenfläche.

»Wollen wir ein Stück laufen?«, sagte van de Beek. »Es kommt mir komisch vor, hier einfach so auf der Treppe zu stehen.«

Er ging die Stufen hinunter. Simon blieb an seiner Seite.

»Wie ich schon sagte, war Paige eine gute Studentin«, fing er an. »Super engagiert. Natürlich kommen viele Jugendliche so zu uns. Sie sind fast zu beflissen. Sie wollen alle Möglichkeiten nutzen und übernehmen sich dabei. Erinnern Sie sich noch an Ihre ersten Jahre auf der Uni?«

Simon nickte. »Ja.«

»Wo waren Sie, wenn ich fragen darf?«

»Hier.«

»Auf der Columbia?« Sie überquerten den College Walk in Richtung Butler Library. »Haben Sie gewusst, was Sie werden wollten, als Sie hier ankamen?«

»Ich hatte keinen Schimmer. Am Anfang habe ich Ingenieurwesen studiert.«

»Man sagt oft, dass die Universität einem das Tor zur Welt öffnet. In gewisser Hinsicht stimmt das natürlich. Meistens tut sie aber genau das Gegenteil. Wenn man herkommt, glaubt man, am Ende könnte man alles machen, einem würden alle Möglichkeiten offenstehen. Faktisch stehen Ihnen jedoch von Tag zu Tag weniger Möglichkeiten offen. Wenn Sie dann den Abschluss gemacht haben, kommt es oft zu einem harten Zusammenstoß mit der Realität.«

»Was hat das mit Paige zu tun?«, fragte er.

Schwach lächelnd wandte er den Blick ab. »Sie hat all das sehr schnell durchgemacht. Aber auf eine positive Art. Sie hatte ihre Berufung gefunden. Genetik. Sie wollte Ärztin werden. Eine Heilerin, wie ihre Mutter. Das war ihr schon nach wenigen Wochen klar. Sie ist so oft in meine Sprechstunde gekommen, wie ich es ihr erlaubt habe. Sie wollte wissen, welchen Weg sie einschlagen müsste, um meine wissenschaftliche Mitarbeiterin zu werden. Ich hatte den Eindruck, dass sie wirklich gut zurechtkommt. Aber dann hat sich etwas verändert.«

»Was hat sich verändert?«

Er ging weiter. »Es gibt Regeln, Mr Greene. Das müssen Sie verstehen. Auch dafür, was wir den Eltern von Studenten mitteilen dürfen. Wenn ein Student um Vertraulichkeit bittet, müssen wir sie gewähren – innerhalb gewisser Grenzen. Kennen Sie die von Title IX des Hochschulgesetzes abgeleiteten Regeln für Colleges und Universitäten?«

Simon stockte der Atem. Eileen Vaughan hatte bei seinem Besuch in Lanford erzählt, dass ihre und Paiges gemeinsame Freundin Judy Zyskind den Verdacht hatte, Paige könnte bei einer Verbindungsparty Opfer eines sexuellen Übergriffs geworden sein. Simon hatte das im Prinzip verdrängt, weil es erstens zu schrecklich war, und zweitens, was wichtiger war, weil Paige es abgetan hatte, als Judy sie darauf angesprochen hatte. Daran erinnerte Simon sich. Judy hatte mehrfach nachgehakt, und Paige hatte es – laut Eileen – nicht nur strikt von sich gewiesen, sondern das Gespräch beendet.

Sie sagte, es gäbe Probleme zu Hause …

Sie verließen den Pfad und erreichten die Glasfassade der Lerner Hall. Im Erdgeschoss war ein Café. Van de Beek wollte die Tür öffnen, doch Simon hielt ihn am Ellbogen fest.

»Wurde meine Tochter sexuell missbraucht?«, fragte er.

»Ich glaube schon.«

»Sie glauben schon?«

»Paige hat mich um ein vertrauliches Gespräch gebeten.

Sie war völlig aufgelöst. Bei einer Party auf dem Campus hatte es einen Vorfall gegeben.«

Simon spürte, wie sich seine Hände zu Fäusten ballten. »Sie hat es Ihnen erzählt?«

»Sie hat damit angefangen, ja.«

»Was heißt, ›sie hat damit angefangen‹?«

»Bevor sie mir irgendwelche Einzelheiten erzählen konnte, habe ich sie erst einmal darüber in Kenntnis gesetzt, dass ich die Richtlinien nach Title IX befolgen muss.«

»Was besagen diese Richtlinien?«

»Es geht um die Berichterstattungspflicht«, sagte er.

»Und was bedeutet das?«

»Wenn eine Studentin mir von einem sexuellen Übergriff erzählt, muss ich den Title-IX-Coordinator davon in Kenntnis setzen, ganz egal, was die Studentin dazu sagt.«

»Selbst, wenn die Studentin nicht will, dass Sie das tun?«

»Selbst dann. Genau. Ehrlich gesagt, gefällt mir diese Regel nicht. Ich verstehe natürlich, was sie bewirken soll. Ich erkenne den Sinn und Zweck. Aber ich glaube, es führt dazu, dass einige Studentinnen sich einem Lehrer nicht mehr ohne Weiteres anvertrauen, weil sie wissen, dass dieser Lehrer, ob er will oder nicht, einen Bericht über den Vorfall verfassen muss. Also sagen sie nichts. Und genau das ist hier auch passiert.«

»Paige hat nicht mit Ihnen geredet.«

»Sie ist dann praktisch aus meinem Büro gestürmt. Ich habe versucht, ihr zu folgen, aber sie ist weggerannt. Ich habe sie angerufen. Ich habe SMS geschickt. Und auch E-Mails. Einmal bin ich auch zu ihr ins Wohnheim gegangen. Sie hat sich geweigert, mit mir zu reden.«

Simon spürte, wie seine Fäuste sich weiter anspannten.

»Und Sie haben nicht darüber nachgedacht, ihre Eltern zu informieren?«

»Natürlich habe ich darüber nachgedacht. Aber dafür gibt es auch wieder Regeln. Ich habe auch noch einmal bei der zuständigen Stelle nachgefragt.«

»Was hat sie gesagt?«

»Es war ein Mann.«

Echt jetzt? »Was hat er gesagt?«

»Er hat mit Paige gesprochen. Sie hat bestritten, dass irgendetwas passiert ist.«

»Und Sie haben immer noch nicht daran gedacht, ihre Eltern anzurufen?«

»So ist es, Mr Greene.«

»Stattdessen hat meine Tochter, die womöglich vergewaltigt wurde, still gelitten?«

»Es gibt Regeln. Daran müssen wir uns halten.«

Das war Blödsinn, und wenn das alles vorbei war, würde Simon alles in seiner Macht Stehende tun, um die zuständigen Leute zur Rechenschaft zu ziehen, aber zunächst musste er sich auf seine Aufgabe konzentrieren. Er wollte das alles nicht. Er hätte sich viel lieber auf den Boden geworfen und um seine Tochter geweint.

»Und das war auch der Zeitpunkt, an dem Paige ins Straucheln geraten ist?«

Van de Beek überlegte. Seine Antwort überraschte ihn. »Nein, eigentlich nicht. Ich weiß, wie das klingt, aber als ich sie das nächste Mal gesehen habe …«

»Wann war das?«

»Ein paar Tage später. Paige ist zum Seminar gekommen. Es schien ihr besser zu gehen. Ich weiß noch, dass ich hinter dem Pult stand und sie angeguckt habe, weil ich etwas überrascht war, sie zu sehen, woraufhin sie mir kurz zugenickt hat, als wollte sie sagen: ›Mir geht's gut, machen Sie sich keine Sorgen.‹ Ein paar Tage später ist sie auch wieder in die Sprechstunde gekommen. Ich kann Ihnen gar nicht sagen, wie froh ich war, sie dort zu sehen. Ich habe versucht, das Thema anzusprechen, aber sie sagte, es sei keine große Sache und dass sie überreagiert habe. Ich will nicht sagen, dass alles wieder in bester Ordnung war. Ich habe gemerkt, dass sie etwas zu verdrängen versuchte. Ich habe sie gedrängt, sich Hilfe zu suchen, mit jemandem zu reden. Eine der größten Schwierigkeiten bei solchen Vorkommnissen liegt ja auch darin, dass die Frauen noch auf demselben Campus sind wie ihr mutmaßlicher Angreifer.«

»Vergewaltiger.«

»Was?«

»Nennen Sie ihn nicht einen mutmaßlichen Angreifer. Nennen Sie ihn einen Vergewaltiger.«

»Ich weiß nicht, ob er das war.«

»Eigentlich wissen Sie es schon, stimmt's?«

Er blieb stehen.

»Sie wissen es, oder?«

»Sie hat es mir nicht erzählt.«

»Aber Sie kennen seinen Namen.«

Er wandte den Blick ab. »Ich habe eine Vermutung. Inzwischen jedenfalls.«

»Was soll das heißen?«

Van de Beek fuhr sich mit der Hand durch die dichten Haare und stieß einen langen Seufzer aus. »Hier nimmt die Geschichte eine etwas bizarre Wendung, Mr Greene.«

Als hätte sie das nicht längst getan, dachte Simon.

»Ich kenne die zeitliche Abfolge nicht«, fuhr van de Beek

fort. »Ich bin nicht sicher, was zuerst passiert ist – Paiges Verfall oder …« Er hielt inne.

»Oder was?«

»Es gab …«, er machte eine Pause, als suchte er nach dem richtigen Wort, »… einen weiteren Vorfall auf dem Campus.«

»Einen Vorfall?«, wiederholte Simon.

»Ja.«

»Sie meinen, eine Vergewaltigung?«

Van de Beek zuckte. »Paige hat das Wort ›Vergewaltigung‹ nicht verwendet. Nicht ein einziges Mal. Nur fürs Protokoll.«

Jetzt war, wie Simon wusste, nicht der richtige Zeitpunkt, um eine Diskussion über Worte und ihre Bedeutung anzufangen. »Wurde wieder jemand angegriffen?«

»Ja.«

»Von demselben Studenten?«

Er schüttelte den Kopf. »Im Gegenteil.«

»Was heißt das?«

»Der Student, von dem ich glaube, dass er Paige angegriffen hat«, sagte van de Beek, der jetzt sehr bedächtig sprach, »war in diesem Fall das Opfer.«

Er sah Simon an. Der blinzelte nicht.

»Sein Name ist Doug Mulzer. Er ist Betriebswirtschaftsstudent im zweiten Semester aus Pittsburgh. Er wurde nach einer Verbindungsparty auf dem Campus mit einem Baseballschläger verprügelt. Ihm wurden beide Beine gebrochen. Und dann hat man ihm das dünne Ende des Schlägers …« Er begann zu stammeln. »Also, dieser Aspekt des Angriffs ist nie an die Öffentlichkeit gedrungen. Die Familie wollte nicht, dass es bekannt wird, trotzdem haben sich auf dem Campus Gerüchte verbreitet. Er ist immer noch in Pittsburgh und erholt sich.«

Ein eisiges Gefühl kroch Simons Rückgrat hinauf. »Und Sie glauben, dass Paige etwas damit zu tun hatte?«

Er öffnete den Mund, schloss ihn wieder, setzte noch einmal an. Simon sah, dass er seine Worte sehr sorgsam wählte. »Ich kann es nicht mit Sicherheit sagen.«

»Aber?«

»Aber am nächsten Tag hat Paige im Seminar die ganze Zeit gelächelt. Alle anderen waren darüber entsetzt, was passiert war, während Paige mich die ganze Zeit nur angestarrt und seltsam gegrinst hat. Da ist mir auch zum ersten Mal aufgefallen, dass sie glasige Augen hatte. Als hätte sie etwas genommen. Als ob sie high wäre.«

»Ihre Beweise sind also, dass sie bekifft war und gelächelt hat?«, fragte Simon. »Vielleicht hat sie gekifft, um den Schmerz zu betäuben.«

Van de Beek sagte nichts.

»Es interessiert mich nicht, was sie genommen hat«, sagte Simon, dem Bilder von dem abscheulichen Angriff durch den Kopf gingen. »Paige würde so etwas nicht tun.«

»Da gebe ich Ihnen recht.« Ein anderer Student kam vorbei und rief: »Hi, Louis!«, worauf van de Beek mit einem abwesenden Nicken reagierte. »Sie würde so etwas nicht tun. Jedenfalls nicht von sich aus.«

Simon erstarrte.

»Aber als Paige an dem Tag aus dem Seminar ging, fiel mir auf, dass ein Mann auf sie wartete. Kein Jugendlicher. Kein Student. Ein Mann, den ich etwa zehn Jahre älter als sie schätzen würde.«

Aaron, dachte Simon. *Es war Aaron.*

EINUNDDREISSIG

Sie dürfen die Informationen, die Sie von mir haben, auf keinen Fall weitergeben. Jemand könnte behaupten, dass sie auf illegale Art erworben wurden – was ein Verwertungsverbot nach sich ziehen kann, oder so etwas. Tja, und selbst wenn wir heute noch zum FBI gehen würden, hätte der Fall keine Priorität. Es könnte Tage oder sogar Wochen dauern, bis er bei jemandem auf dem Schreibtisch landet. So viel Zeit haben …«

Elena hörte ein Klicken in der Leitung. Ein anderer Anruf kam herein. Die Rufnummer war unterdrückt. Die meisten Leute hätten wohl erwartet, dass es sich um einen Werbeanruf handelte, aber Lou hatte irgendetwas am Handy so eingestellt, dass sie keine bekam. Die wenigen Anrufe, die sie bekam, waren normalerweise wichtig.

Und die letzte Person, der sie ihre Visitenkarte gegeben hatte, war Alison Mayflower.

»Simon, bleiben Sie dran, ich bekomme gerade noch einen Anruf.«

Sie nahm den Anruf an. »Hallo?«

»Äh, hi.« Eine flüsternde Frauenstimme. Nicht Alison Mayflower. Diese Frau klang jung – Mitte zwanzig oder Anfang dreißig. »Spreche ich mit Miss Ramirez?«

»Das tun Sie. Und mit wem spreche ich?«

»Oh, mein Name spielt keine Rolle.«

»Könnten Sie etwas lauter sprechen?«

»Entschuldigen Sie. Ich bin etwas nervös. Ich rufe … ich rufe für eine Freundin an. Sie haben sie heute in einem gewissen Café getroffen.«

»Fahren Sie fort.«

»Sie muss Sie sprechen – unbedingt sogar –, aber sie hat Angst.«

Alison Mayflower wohnte, wie Elena sich erinnerte, mit einer Frau namens Stephanie Mars zusammen. War sie die Anruferin?

»Verstehe«, sagte Elena so freundlich sie konnte. »Vielleicht können wir uns an einem Ort treffen, an dem sie sich wohlfühlt?«

»Ja. Das würde Alison gerne tun.«

»Können Sie kurz dranbleiben?«

»Okay.«

Elena beeilte sich. »Simon?«

»Ja, was gibt's?«

»Ich muss los. Alison Mayflower will sich mit mir treffen.«

Elena schaltete wieder zurück. »Ich weiß, wo Sie wohnen. Ich kann ganz vorsichtig …«

»Nein!«, sagte die junge Frau panisch in einer Art geflüstertem Aufschrei. »Die werden Sie verfolgen! Verstehen Sie das nicht?«

Elena hob tatsächlich eine Hand, um die Gesprächspartnerin zu beruhigen, was am Telefon natürlich keinen Sinn ergab. »Okay, natürlich, verstehe.«

»Die beobachten Sie. Und uns auch.«

Die Frau klang mehr als nur ein bisschen paranoid – aber schließlich waren schon mindestens drei Menschen ermordet worden.

»Keine Sorge«, sagte Elena in einem ruhigen, lockeren Tonfall. »Wir machen einen Plan. Einen, mit dem Alison und Sie sich wohlfühlen.«

Es dauerte fast zehn Minuten, bis sie eine Lösung gefunden hatten, die die Anruferin etwas zu beschwichtigen schien. Elena würde sich ein Uber-Taxi rufen und zum Cracker Barrel Old Country Store in der Nähe der Route 95 fahren und dann davor stehen bleiben. Stephanie – endlich nannte sie ihren Namen – würde zweimal die Scheinwerfer aufblenden und vorfahren.

»Was für ein Auto fahren Sie?«, hatte Elena gefragt.

»Das möchte ich lieber nicht sagen. Sicherheitshalber.«

Elena würde dann in das Auto steigen und zu Alison gebracht werden, die an einem »geheimen Ort« wartete. Ja, Stephanie sprach tatsächlich von einem »geheimen Ort«.

»Kommen Sie allein.«

»Das werde ich. Versprochen.«

»Wenn Ihnen jemand folgt, blasen wir es ab.«

Sie einigten sich darauf, dass Stephanie »anrufen und es einmal klingeln lassen würde« als Zeichen dafür, dass sie am Cracker Barrel angekommen war. Als sie aufgelegt hatten, setzte Elena sich auf ihr Bett und googelte Stephanie Mars. Sie fand nicht viel. Elena zog den blauen Blazer an, unter dem sie etwas mehr Platz für ein Holster und eine Pistole hatte. Sie überlegte, ob sie Simon zurückrufen sollte, schickte ihm aber stattdessen eine SMS, in der sie ihm mitteilte, dass sie hoffte, sich schon bald mit Alison Mayflower treffen zu können. Ihr Handy hing am Ladegerät. Sie informierte Lou, dass sie wegging, um jemanden zu treffen. Lou hatte einen Highend-Tracker in ihr Handy eingebaut, sodass das Büro sie notfalls rund um die Uhr orten konnte.

Eine Stunde verging, bevor der nächste Anruf von der unterdrückten Nummer kam. Elena wartete. Ein Klingeln und aufgelegt. Das Zeichen. Elena hatte die ganze Zeit ihre Taxi-Apps im Auge behalten. Eine davon zeigte, dass ein Wagen acht Minuten entfernt war. Eine Viertelstunde später war er da.

Das Cracker Barrel in South Portland war genauso pseudorustikal eingerichtet, wie man das von solchen Läden erwartete. Auf der Vorderveranda standen unzählige unbenutzte Schaukelstühle. Elena stellte sich vor dem Haus auf die Straße und wartete. Es dauerte nicht lange. Ein Fahrzeug blendete zweimal auf. Elena machte heimlich ein Foto vom Auto, wobei sie darauf achtete, dass das Kennzeichen zu sehen war, und schickte es an Lou.

Für alle Fälle. Man konnte nie wissen.

Als der Wagen vor ihr hielt, öffnete Elena die Beifahrertür und sah hinein. Die Fahrerin war eine attraktive junge Frau mit einer Red-Sox-Baseballkappe.

»Stephanie?«

»Bitte steigen Sie ein. Schnell.«

Elena war nicht sehr agil, daher brauchte sie einen Moment. Sie hatte sich kaum gesetzt und die Tür war noch nicht ganz zu, als Stephanie schon aufs Gaspedal trat.

»Haben Sie ein Handy?«, fragte Stephanie.

»Ja.«

»Legen Sie es ins Handschuhfach.«

»Warum?«

»Es soll alles zwischen Alison und Ihnen bleiben. Keine Aufnahmen, keine Anrufe, keine SMS.«

»Ich fühle mich nicht richtig wohl bei dem Gedanken, dass ich mein Handy abgeben soll.«

Stephanie trat auf die Bremse. »Dann beenden wir das gleich hier und jetzt. Sie sind auch bewaffnet, oder?«

Elena antwortete nicht.

»Legen Sie Ihre Waffe auch ins Handschuhfach. Ich weiß nicht, ob Sie für die arbeiten oder nicht.«

»Wer sind die?«

»Sofort bitte.«

»Einer der adoptierten Jungen wird vermisst. Ich arbeite für seinen Vater.«

»Und das sollen wir Ihnen einfach glauben?« Die junge Frau schüttelte fassungslos den Kopf. »Bitte legen Sie Ihr Handy und Ihre Pistole ins Handschuhfach. Sie bekommen sie zurück, nachdem Sie mit Alison gesprochen haben.«

Keine Chance. Elena zog ihr Handy und die Pistole heraus, öffnete das Handschuhfach, legte beides hinein und schloss es wieder. Im Notfall konnte sie sie schnell wieder herausholen.

Elena betrachtete Stephanie Mars im Profil. Sie hatte rötliche bis kastanienbraune Haare, vermutlich kurz geschnitten – mit der Baseballkappe war das schwer zu sagen – und war, in einem Wort, schön. Hohe Wangenknochen. Makellose Haut. Sie hielt das Lenkrad mit beiden Händen in der Zehn-vor-zwei-Position und konzentrierte sich sehr auf die Straße, fast wie eine Fahranfängerin.

»Bevor ich Sie zu Alison bringe, muss ich Ihnen ein paar Fragen stellen.«

»Okay«, sagte Elena.

»Wer genau hat Sie beauftragt?«

Elena wollte sagen, dass sie das nicht preisgeben dürfe, aber ihr Klient hatte ihr schon gesagt, dass es ihm nichts ausmache und es egal sei, wer es wisse. »Sebastian Thorpe. Er hat einen Jungen adoptiert, den er Henry nannte.«

»Und Henry wird vermisst?«

»So ist es.«

»Haben Sie irgendeine Idee, wo er sein könnte?«

»Ich arbeite daran.«

»Das verstehe ich nicht.«

»Was verstehen Sie nicht?«

»Wie alt ist Henry Thorpe?«

»Vierundzwanzig.«

»Inwiefern könnte seine Adoption etwas mit seinem heutigen Leben zu tun haben?«

»Vielleicht hat sie das gar nicht.«

»Sie ist ein guter Mensch. Alison, meine ich. Sie würde niemals jemandem Schaden zufügen.«

»Und ich will ihr auch keinen Schaden zufügen«, sagte Elena. »Ich will nur den Sohn meines Klienten finden. Aber genau das ist der Punkt. Wenn Alison etwas Illegales getan hat…«

»Das würde sie niemals tun.«

»Ich weiß. Aber irgendetwas an diesen Adoptionen ist nicht hundertprozentig vorschriftsmäßig abgelaufen, und wenn sie nicht kooperiert, tja, dann fällt das alles auf sie zurück. Hier brechen gerade alle Dämme.«

»Das klingt wie eine Drohung.«

»So ist es nicht gemeint. Es soll nur den Ernst der Situation deutlich machen. Ich gebe Alison die Chance, das Richtige zu tun – und so juristischem Ärger aus dem Weg zu gehen.«

Stephanie Mars umklammerte das Lenkrad fester. Ihre Hände zitterten. »Ich weiß nicht, was das Beste ist.«

»Ich will Sie beide nicht in Schwierigkeiten bringen.«

»Versprechen Sie, dass Sie niemandem etwas über diese Sache erzählen?«

Eigentlich konnte Elena das nicht versprechen. Es hing davon ab, was Alison Mayflower getan hatte. Trotzdem war ein kleiner Schwindel in dieser Phase ihre geringste Sorge. »Ja, ich verspreche es.«

Der Wagen bog rechts ab.

»Wo ist sie?«, fragte Elena.

»Meine Tante Sally hat hier ein Sommerhaus.« Die jüngere Frau rang sich ein Lächeln ab. »Da sind Alison und ich uns das erste Mal begegnet. Sie sind Freundinnen, Tante Sally und Alison. Na ja, und meine Tante lädt jedes Jahr zum Saisonbeginn zu einem Grillabend ein, und vor sechs Jahren waren Alison und ich unter den Gästen. Ich weiß, dass sie älter ist als ich, aber, tja, Sie haben sie ja gesehen. Sie ist in vielerlei Hinsicht jung geblieben. Wir sind uns im Garten am Grill begegnet – sie macht ein unglaubliches Flank Steak … Alison, meine ich –, und wir haben angefangen, uns zu unterhalten, und …« Sie zuckte mit den Achseln, lächelte und sah Elena kurz an. »Das war's.«

»Klingt nett«, sagte Elena.

»Haben Sie jemanden?«

Das Stechen. Immer dieses Stechen.

»Nein«, sagte Elena. Dann fügte sie hinzu: »Ich hatte jemanden, aber er ist gestorben.«

Elena wusste nicht, warum sie das erzählte. Vielleicht ein unbewusster Trick, um eine Verbindung aufzubauen. Oder sie hatte einfach das Gefühl, dass es mal gesagt werden musste.

»Er hieß Joel.«

»Das tut mir leid.«

»Danke.«

»Wir sind fast da.«

Sie fuhren in die Einfahrt. Am Ende stand eine Blockhütte,

eine echte – keine von diesen aus Fertigteilen zusammengesteckte und auch nicht so ein Pseudoteil wie das Cracker Barrel. Elena konnte sich ein Lächeln nicht verkneifen.

»Tante Sally hat einen guten Geschmack.«

»Ja, das hat sie.«

»Ist sie hier?«

»Nein, sie ist in Philadelphia und wird erst in ein paar Monaten wieder hier raufkommen. Ich schau hier einmal pro Woche vorbei, gewissermaßen als Hausmeisterin. Aber die Hütte kennt kaum jemand, und man sieht schon auf einen Kilometer Entfernung, wenn ein Auto kommt, daher hat Alison sich hier sicher gefühlt.« Sie hielt an und sah Elena mit ihren großen Augen an.

»Wir vertrauen Ihnen. Kommen Sie.«

Als sie ausstiegen, drängten sich zwei Worte auf: »grün« und »ruhig«. Elena atmete in der wirklich frischen Luft einmal tief durch. Toll. Ihr Bein schmerzte. Die alte Wunde, ihr ewiger Begleiter. Stephanie Mars hatte erzählt, wie sie Alison hier zufällig beim Grillen kennengelernt hatte. Schicksal, Vorsehung, Chaos – wie auch immer zwei Seelen sich finden. Joel hatte sie immer damit aufgezogen, dass sie, er und Elena, eine der niedlichsten »Zufallsbegegnungen« aller Zeiten gehabt hätten, und obwohl sie das immer wieder mit einer abfälligen Geste weggewischt hatte, hatte Joel womöglich recht gehabt.

Während einer Razzia auf dem Gelände einer rassistischen Miliz in der Umgebung von Billings, Montana, hatte Elena eine Kugel in den ›verlängerten Rücken‹ bekommen – eine freundliche Umschreibung für ihren Arsch. Der Schmerz war nicht so schlimm gewesen, wie man vielleicht erwarten sollte, zumindest nicht sofort. Das Ganze war also eher peinlich als schmerzhaft gewesen, und Elena, eine der wenigen Frauen lateinamerikanischer Herkunft in der Branche, hatte das Gefühl, sich und ihre Landsleute enttäuscht zu haben.

Während sie im nahe gelegenen Krankenhaus genas – wobei ihr Hintern häufig auf einem dieser ›Schwimmreifen‹ lag, damit auf die Wunde nicht unnötig Druck ausgeübt wurde –, trat Special Agent Joel Marcus erstmals in ihr Zimmer – und peng, in ihr Leben.

»Ich hatte ja keine Ahnung«, hatte Joel oft gescherzt, »wie viel Freude es mir in der Zukunft machen sollte, diesen Hintern über mir in der Luft zu sehen.«

Bei der Erinnerung lächelte sie kurz, als Stephanie die Tür aufstieß und rief: »Alison? Liebling?«

Keine Antwort.

Instinktiv griff Elena nach ihrer Waffe, aber die lag natürlich noch im Auto. Stephanie Mars eilte ins Haus. Elena folgte ihr durch die Tür. Stephanie ging nach links und wurde immer schneller. Elena drehte den Kopf in ihre Richtung und wollte ihr folgen.

Doch sie war stehen geblieben. Sie drehte sich langsam um und sah Elena an.

Im ihrem schönen Gesicht breitete sich genau in dem Moment ein Lächeln aus, als Elena spürte, wie ihr etwas Kaltes an den Hinterkopf gedrückt wurde.

Ihre Blicke trafen sich – der aus Elenas braunen Augen und der aus den wilden grünen Augen der Frau.

Elena wusste sofort Bescheid.

Als sie das Klicken hörte, dachte sie an Joel und hoffte, genau in dem Moment, bevor der Knall ertönte, dass sie wieder bei ihm sein würde.

ZWEIUNDDREISSIG

Ash stellte sich neben Elenas Leiche.

Sie war nach vorne gefallen, der Kopf war unnatürlich zur Seite gedreht, die Augen standen offen. Aus ihrem Hinterkopf floss Blut, doch Ash hatte schon vorher eine Plane ausgelegt, um die Reinigung zu erleichtern. Dee Dee legte ihm die Hand auf den Arm und drückte ihn. Er hob den Blick und sah das Lächeln. Ein Mann weiß die unterschiedlichen Arten zu lächeln bei seiner großen Liebe zu deuten – das Lächeln, wenn sie glücklich ist, das Lächeln, wenn sie etwas wirklich komisch findet oder das Lächeln, wenn sie dem Mann, den sie liebt, in die Augen sieht, und so weiter.

Ash kannte dieses Lächeln – das Lächeln, das sie sich für Akte extremer Gewalt aufsparte –, und er mochte es nicht.

»Ist es für dich etwas anderes«, fragte Dee Dee, »eine Frau zu töten, als einen Mann?«

Ash hatte keine Lust, darüber zu reden. »Wo ist ihr Handy?«

»Es liegt noch im Handschuhfach.«

Ash hatte einen batteriebetriebenen Störsender ins Handschuhfach gelegt, sodass das GPS-Signal, mit dem man ihren Aufenthaltsort feststellen konnte – und er nahm an, dass das jemand versuchte –, nicht übermittelt wurde. »Fahr das Auto nach hinten und bring mir das Handy.«

Dee Dee nahm sein Gesicht in beide Hände und fragte: »Alles okay, Ash?«

»Alles okay, aber wir müssen uns beeilen.«

Sie gab ihm einen kurzen Wangenkuss und eilte nach draußen. Ash begann, die Leiche in die Plane zu wickeln. Sie hatten schon ein Loch gegraben, sodass sie niemand finden würde. Wenn Dee Dee mit Elenas Handy zurückkam, würde er an alle, die sie suchen könnten, ein paar Mir-geht's-gut-SMS schicken. Es würde ein paar Tage dauern – vielleicht auch länger –, bis irgendjemand anfangen würde, ernsthafte Nachforschungen im Zusammenhang mit Elena Ramirez' Verschwinden einzuleiten.

Bis dahin würden Ash und Dee Dee ihre Aufträge abgearbeitet haben. Man würde keine Hinweise finden.

»Welche Ironie, oder«, hatte Dee Dee gesagt, als Ash ihr den Plan erklärte. Und obwohl die Bedeutung des Worts »Ironie« für Ash schwer fassbar war – er erinnerte sich, dass Leute sagten, Alanis Morissette hätte es in ihrem Song *Ironic* falsch verwendet –, schien es hier doch zu passen. Elena Ramirez hatte den Auftrag, den »vermissten« Henry Thorpe zu suchen. Aber Thorpe war die ganze Zeit tot gewesen. Und jetzt würde Elena Ramirez auch als »vermisst« gelten.

Dee Dee kam mit dem Handy und dem Störsender zurück ins Haus. »Hier ist es.«

»Wickel sie erst mal zu Ende ein.«

Sie salutierte spöttisch. »Du hast ja eine Laune.«

Ash beugte sich zur Leiche hinunter und nahm Elenas Hand. Es müssten noch genug elektrische Impulse durch ihren Körper laufen, sodass der Daumen das Handy noch entsperren konnte. Er drückte den Daumen auf den Sensor.

Bingo.

Das Hintergrundbild zeigte die breit lächelnde Elena, die einen viel größeren, ebenso breit lächelnden Mann umarmte.

Dee Dee sah ihm über die Schulter. »Glaubst du, dass das ihr Joel ist?«

»Ich nehme es an, ja.« Ash hatte das ganze Gespräch im Auto mitgehört, weil Dee Dee ihr Handy angelassen hatte. »Hast du überhaupt eine Tante Sally?«, fragte er.

»Nein.«

Er schüttelte fasziniert den Kopf. »Du bist gut.«

»Erinnerst du dich noch an unsere Aufführung von *West Side Story* auf der Middle School?«

Ash hatte beim Aufbau der Kulissen mitgearbeitet. Sie war eins der *Sharks*-Girls gewesen.

»Ich hätte Maria sein müssen – beim Vorspielen hab ich alle an die Wand gespielt –, aber Mr Orloff hat Julia Ford die Rolle gegeben, weil ihrem Vater der Lexus-Autohandel gehörte.«

Dee Dee sagte das weder zornig noch Mitleid heischend. Sie stellte etwas richtig. Ash war zwar zweifelsohne verliebt in sie, aber Dee Dee hatte wirklich das Zeug zum Star. Man sah es. In der Aula hatte niemand den Blick von ihr abwenden können, obwohl sie nur in der Tanzgruppe war.

Dee Dee hätte eine große Schauspielerin werden können, ein großer Star, aber welche Chance hatte sie schon bekommen, die Pflegekind-Schönheit, die sich andauernd erwachsene Männer vom Leibe halten musste?

Er sagte sanft: »Du warst fantastisch in dem Stück, Dee Dee.«

Sie war jetzt mit der Plane zugange, wickelte sie um die Leiche.

»Das meine ich ernst.«

»Danke, Ash.«

Er klickte auf das Symbol für »Einstellungen«, dann auf

das Datenschutz-Symbol. Dort klickte er auf Ortungsdienste und scrollte weiter auf Systemdienste. Wieder scrollte er nach unten, bis er »Wichtige Orte« fand. Als er die Liste ansehen wollte, verlangte das Display ein weiteres Mal nach einem Fingerabdruck. Er nahm Elenas Daumen und drückte ihn auf den Sensor. Dann änderte er das Passwort, damit er beim nächsten Mal ohne Fingerabdruck auf das Handy zugreifen konnte.

Die Menschen sind sich nicht bewusst, wie viel von ihrer Privatsphäre sie leichthin verschenken. Auf jedem iPhone konnte man jederzeit das tun, was Ash gerade tat: sich sämtliche Orte ansehen, an denen der Handybesitzer – in diesem Fall Elena Ramirez – in letzter Zeit war.

»Scheiße«, sagte er.

»Was?«

»Sie war beim Tattoo-Studio.«

»Wir haben doch die ganze Zeit gewusst, dass diese Möglichkeit besteht, Ash. Deshalb mussten wir schnell handeln.« Zuletzt war Elena Ramirez im Columbia Medical Center in der Nähe der 168th Street gewesen. Ash fragte sich, was sie da gewollt hatte. Dann fiel ihm etwas Besorgniserregenderes auf.

»Sie war in der Bronx.«

Dee Dee hatte gerade den Strick um die Plane gewickelt. »Am selben Ort?«

Er klickte darauf und nickte.

»Oh, das ist nicht gut.«

»Wir müssen uns beeilen.«

Er sah sich die Chronik und ihre SMS an. Die neueste SMS war vor acht Minuten angekommen. Sie lautete:

Haben Sie Alison schon getroffen? Bitte melden Sie sich, wenn Sie Zeit haben.

Dee Dee sah seine Miene. »Was ist los?«

»Es ist noch jemand nah dran.«

»Wer?«

Ash hielt Dee Dee das Handy hin, sodass sie das Display sehen konnte. »Wir müssen uns um einen Herrn namens Simon Greene kümmern.«

DREIUNDDREISSIG

Simon ließ sich auf einen U-Bahn-Sitz fallen. Ohne den Blick zu fokussieren, starrte er durchs gegenüberliegende Fenster und ließ die Unterwelt vorbeirauschen. Er versuchte einzuordnen, was er gerade erfahren hatte. Es ergab überhaupt keinen Sinn. Er hatte weitere Puzzleteile gefunden, wichtige Puzzleteile, vielleicht sogar die Erklärung dafür, was der Anlass für den Absturz seiner Tochter in die Drogensucht gewesen war. Aber je mehr Einzelteile er hatte, desto unschärfer wurde das Gesamtbild.

Als er wieder auf der Straße war, kam eine SMS von Yvonne.

> Das Geld liegt bereit. Du musst nur unterschreiben. Frag nach Todd Raisch.

Die Bank lag zwischen einem *Wendy's* und einer noblen Bäckerei. Es gab keine Schlange und nur einen Schalter. Er nannte seinen Namen und fragte nach Todd Raisch. Raisch war ganz Profi. Er bat Simon in ein Büro.

»Sind Hunderter in Ordnung?«, fragte er.

Simon bestätigte das. Raisch zählte das Geld auf den Tisch.

»Hätten Sie gern eine Tüte?«

Simon hatte eine Plastiktüte eingepackt, die Ingrid vor Kurzem von einem Besuch bei Zabar's mitgebracht hatte.

Er steckte das Geld hinein und verstaute die Tüte in seinem Rucksack. Er dankte Raisch und machte sich wieder auf den Weg.

Während er den Broadway entlang Richtung Krankenhaus ging, rief er Randy Spratt im Genetiklabor an. Als der sich meldete, sagte Simon: »Ich habe das Geld.«

»In zehn Minuten.«

Er legte auf. Simon prüfte, ob Elena Ramirez schon eine SMS geschickt hatte. Wahrscheinlich war es noch zu früh, trotzdem schrieb er einen kurzen Text:

> Haben Sie Alison schon getroffen? Bitte melden Sie sich, wenn Sie Zeit haben.

Keine direkte Antwort. Auf dem Display waren keine tanzenden Punkte zu sehen, die eine Antwort ankündigten.

Beim Gehen starrte Simon weiter aufs Handy, in erster Linie, um sich von dem bevorstehenden Treffen abzulenken. Den Vaterschaftstest hatte er übereilt gemacht, hatte fast panisch reagiert, ohne sich ernsthafte Gedanken über mögliche Konsequenzen zu machen. Jetzt aber, wo er ein paar Sekunden zum Nachdenken hatte – jetzt, wo ihm die Antwort, ob es ihm gefiel oder nicht, ins Gesicht springen würde –, fragte er sich, was er tun sollte, wenn seine schlimmsten Befürchtungen wahr wurden.

Mal angenommen, er wäre nicht Paiges leiblicher Vater?

Mal angenommen, er wäre auch nicht Sams oder Anyas leiblicher Vater?

Immer langsam mit den jungen Pferden, sagte er sich.

Aber eigentlich hatte er nicht die Zeit, langsam zu machen, oder? Die Wahrheit, ganz egal wie sie aussah, kam wie ein

Güterzug auf ihn zugerast. Er konnte es sich immer noch nicht richtig vorstellen. Erstens sah Sam genauso aus wie er, das sagten alle, und obwohl er selbst es nicht erkannte – tat das irgendjemand bei den eigenen Kindern? –, wusste er …

Was wusste er?

Es war einfach unmöglich. Ingrid würde ihm das niemals antun. Trotzdem machte diese nagende Stimme ihm zu schaffen. Er erinnerte sich, eine Statistik gelesen zu haben, die besagte, dass zehn Prozent aller Väter, ohne es zu wissen, Kuckuckskinder aufzogen. Oder waren es doch nur zwei Prozent? Oder war das alles Unsinn?

Als Simon den Innenhof hinter der Kinderklinik erreichte, saß Randy Spratt schon in einer Ecke auf der Bank. Spratt saß kerzengerade, hatte die Hände tief in die Taschen seines Trenchcoats vergraben, und sein Blick schoss herum wie ein verängstigtes Nagetier.

Simon setzte sich neben ihn. Beide Männer starrten vor sich hin.

»Haben Sie das Geld?«, flüsterte Spratt.

»Ihnen ist schon klar, dass dies keine Lösegeldübergabe ist, oder?«

»Haben Sie es oder nicht?«

Simon steckte die Hand in den Rucksack und griff nach der Plastiktüte. Er zögerte. Er musste diese Büchse der Pandora nicht unbedingt öffnen. Vielleicht war Unwissenheit in manchen Fällen doch ein Segen? Er hatte ein glückliches Leben geführt, ohne Ingrids »geheime Vergangenheit« zu kennen.

Genau. Und jetzt sieh dir an, wohin das geführt hatte.

Simon gab ihm das Geld. Einen Moment lang fürchtete er, dass Spratt es noch vor Ort zählen würde, aber die Plastiktüte verschwand sofort im Trenchcoat.

»Und?«, fragte Simon.

»Die gelbe Zahnbürste, von der Sie sagten, dass sie Priorität hätte.«

Simon spürte, wie sein Mund trocken wurde. »Ja.«

»Die habe ich vorgezogen, und das ist auch die einzige, für die ich ein abschließendes Ergebnis habe.«

Interessant, dass Spratt ihm das nicht gesagt hatte, bevor er das Geld bekam. Aber wahrscheinlich spielte das auch keine Rolle.

»Und wie lautet dieses Ergebnis?«, fragte Simon.

»Es ist positiv.«

»Moment, heißt das, dass …«

»Sie sind der leibliche Vater.«

Erleichterung, süße Erleichterung, durchflutete Simons Lunge und Adern.

»Und, wenn Sie mich fragen, selbst wenn es nur vorläufige Ergebnisse sind, aber es deutet alles darauf hin, dass Sie der leibliche Vater aller drei Kinder sind.«

Ohne ein weiteres Wort stand Randy Spratt auf und ging. Simon saß nur da, war nicht in der Lage, sich zu bewegen. Er beobachtete eine alte Frau im Krankenhauskittel, die über einen Rollator gebeugt zu einem Blumenbeet ging. Sie beugte sich hinunter, roch an den Blumen und erfreute sich an der Natur. Letzteres tat Simon auch, indem er einfach nur dasaß und zusah. Eine Gruppe junger Assistenzärzte saß auf dem Rasen und aß Gyros von einem nahen Food Truck. Alle sahen gleichermaßen erschöpft wie glücklich aus, genauso wie Ingrid als Assistenzärztin, wenn sie zwar absurd lange gearbeitet hatte, andererseits aber auch wusste, dass sie zu den wenigen Menschen gehörte, die ihre Berufung gefunden hatten.

Arzt zu sein, war, wie Simon wusste, wirklich eine Berufung.

Eigenartiger Gedanke, aber was sollte man machen. Vielleicht war er aber auch gar nicht so eigenartig. Simon hatte gerade erfahren, dass Paige dieselbe Berufung wie ihre Mutter hatte. Unter normalen Umständen hätte ihm das alles bedeutet. In mancher Hinsicht tat es das trotzdem noch.

Er musste sie finden.

Er sah auf sein Handy in der Hoffnung, etwas von Elena Ramirez zu finden. Keine neue Nachricht. Er schickte ihr noch eine SMS.

Der DNA-Test zeigt, dass ich Paiges Vater bin. Weiter keine Ahnung, wie sie an Aaron geraten ist, geht aber wohl um die illegalen Adoptionen. Rufen Sie mich an, wenn Sie mit Alison Mayflower fertig sind.

Es war Zeit, wieder zu Ingrid zu gehen. Er stand auf, legte den Kopf in den Nacken und schloss die Augen. Er brauchte noch einen Moment. Er hatte mit Ingrid zusammen ein paar Yogakurse besucht, sozusagen um die eheliche Bindung zu stärken, und die Kursleiterin hatte immer über die große Bedeutung des Atmens gesprochen. Also holte er tief Luft, hielt sie kurz an und ließ sie langsam wieder entweichen.

Es nützte nichts.

Sein Handy vibrierte. Elena antwortete:

Fahre für das Treffen über die Grenze nach Kanada, könnte daher ein paar Tage nicht erreichbar sein.
Wo werden Sie sein?

Kanada? Er wusste nicht recht, was er davon halten sollte.

Er tippte: Erst mal im Krankenhaus, später vielleicht woanders.

Er tippte auf *Senden* und wartete. Die tanzenden Punkte erschienen und signalisierten, dass Elena tippte.

Informieren Sie mich über neue Entwicklungen. Es ist unerlässlich, mich auf dem Laufenden zu halten, selbst wenn ich nicht antworten kann.

Simon antwortete, dass er das tun würde, ging durch den Sicherheitscheck des Krankenhauses und fuhr mit dem Fahrstuhl hoch zur Intensivstation. Er überlegte, ob er Elena fragen sollte, warum sie nach Kanada fuhr oder warum sie von dort womöglich nicht antworten konnte, dachte dann aber, dass sie ihm schon mitteilen würde, was er wissen musste. Als sich die Fahrstuhltür öffnete, kehrte der schreckliche Schmerz über das, was van de Beek ihm erzählt hatte, in zehnfacher Stärke zurück.

Was war Paige auf dem Campus zugestoßen?

Verdränge, sagte er sich. *Denk nicht daran, sonst bist du nicht in der Lage, den nächsten Schritt zu gehen.*

Da die Schwestern bei Ingrid waren, um sie zu waschen und umzuziehen, ging Sam im Flur auf und ab. Als er seinen Vater sah, umarmte er ihn kurz und kräftig.

»Entschuldige«, sagte Sam.

»Schon okay.«

»Ich hab's nicht so gemeint. Dass du nicht verhindert hast, dass auf Mom geschossen wurde, meine ich.«

»Ich weiß.«

Sam lächelte matt. »Weißt du, was Mom sagen würde, wenn sie gehört hätte, dass ich dir die Schuld gebe?«

»Was?«

»Sie hätte gesagt, dass das sexistisch ist. Sie hätte gesagt, wenn du angeschossen worden wärst, hätte ich ihr niemals die Schuld gegeben.«

Das gefiel Simon. »Weißt du was? Ich glaube, du hast recht.«

»Wo warst du?«, fragte Sam.

Simon wollte seinen Sohn schützen, was nur natürlich war, andererseits wollte er ihn nicht verhätscheln. »Ich habe gerade mit einem von Paiges Professoren gesprochen.«

Sam sah ihn an.

Er erzählte Sam in möglichst vagen Worten vom sexuellen Übergriff – er wollte ihn zwar nicht verhätscheln, aber er wollte seinen Sohn auch nicht einfach ins kalte Wasser werfen. Sam hörte zu, ohne ihn zu unterbrechen. Er bemühte sich, ruhig zu bleiben, aber Simon sah das verräterische Zittern seiner Unterlippe.

»Wann genau war das?«, fragte er, als sein Vater fertig war.

»Ich bin nicht sicher. Gegen Ende des ersten Semesters.«

»Sie hat mich einmal abends angerufen. Paige, meine ich. Aus heiterem Himmel. Na ja, bis dahin hatten wir uns gerade mal ein paar SMS geschickt und nicht ein einziges Mal miteinander telefoniert.«

»Was hat sie gesagt?«

»Sie hat nur gesagt, dass sie reden will.«

»Worüber?«

»Ich weiß es nicht.« Sam zuckte übertrieben die Achseln. »Es war ziemlich spät am Freitagabend. Ich war auf einer Party bei Martin. Ich hab gar nicht richtig zugehört. Ich wollte das Telefonat nur beenden. Tja, und das hab ich dann auch getan.«

Simon legte seinem Sohn die Hand auf die Schulter. »Es muss ja nicht derselbe Abend gewesen sein, Sam.«

»Klar«, sagte Sam mit sehr dünner Stimme. »Muss es nicht.«

Simon wollte weitere Fragen stellen, aber dann räusperte sich jemand hinter ihm. Er drehte sich um und war überrascht, den Mann zu sehen, der Ingrid das Leben gerettet hatte.

»Cornelius?«

Er trug immer noch die zerrissene Jeans und den zerzausten weißen Bart.

»Wie geht's Ingrid?«, fragte Cornelius.

»Schwer zu sagen.« Simon setzte Sam ins Bild. »Sam, das ist Cornelius. Er …« Simon konnte ihm nicht erzählen, dass Cornelius auf Luther geschossen und so nicht nur Ingrid, sondern auch Simon gerettet hatte. »Cornelius gehört das Haus in der Bronx, in dem Paige gewohnt hat. Er hat uns sehr geholfen.«

Sam streckte die Hand aus. »Nett, Sie kennenzulernen.«

»Gleichfalls, junger Mann.« Cornelius sah Simon an. »Kann ich Sie kurz sprechen?«

»Natürlich.«

»Ich muss sowieso mal zur Toilette«, sagte Sam und ging den Flur hinunter.

Simon wandte sich Cornelius zu. »Was ist los?«

»Sie müssen mitkommen«, sagte Cornelius.

»Wohin?«

»Zurück zu meiner Wohnung. Rocco kommt. Mit Luther. Sie müssen Ihnen etwas sagen.«

VIERUNDDREISSIG

Ash und Dee Dee hatten sich gut vorbereitet, daher ging alles sehr schnell.

Sie trugen Elenas Leiche zur Hintertür und warfen sie in eine Schubkarre. Ash fuhr die Karre in den Wald, während Dee Dee in der Hütte weiterputzte.

Ein Loch zu graben, dauert seine Zeit. Es wieder zu füllen, geht sehr viel schneller.

Als sie Richtung Süden fuhren, checkte Dee Dee Elenas Handy.

»Viel ist da nicht drauf«, sagte sie zu Ash. »Elena Ramirez ist eine große Nummer bei VMB Investigations. Das wussten wir schon. Ihr Klient war Henry Thorpes Vater. Das wussten wir auch schon.« Sie blickte auf. »Es wurde übrigens bewilligt.«

»Was wurde bewilligt?«

»Simon Greene. Du kriegst genauso viel Geld wie für die anderen.«

»Google ihn«, sagte Ash. »Vielleicht erfahren wir da etwas.«

Sie begann zu tippen. Sie brauchte nicht lange, bis sie auf die Webseite von PPG Wealth Management stieß, die Simons vollständige Biographie enthielt. Dort waren auch zwei Fotos von ihm zu sehen – ein Porträt und ein Gruppenbild mit dem gesamten PPG-Team.

Sie überquerten die Staatsgrenze.

»Der Akku ist runter auf zwölf Prozent«, sagte Dee Dee. »Haben wir ein Ladegerät dafür?«

»Guck mal in die Tasche hinter meinem Sitz.« Dee Dee hatte gerade den Arm ausgestreckt, um nachzusehen, als Elenas Handy vibrierte. Eine neue SMS von Simon Greene. Sie las sie Ash vor:

Der DNA-Test zeigt, dass ich Paiges Vater bin. Weiter keine Ahnung, wie sie an Aaron geraten ist, geht aber wohl um die illegalen Adoptionen. Rufen Sie mich an, wenn Sie mit Alison Mayflower fertig sind.

Ash bat sie, ihm das noch einmal vorzulesen. Dann sagte er: »Wenn wir nicht antworten, macht er sich womöglich Sorgen um Elena Ramirez und fängt an herumzutelefonieren.«

»Wie wäre es damit?« Sie fing an zu tippen

Fahre für das Treffen über die Grenze nach Kanada, könnte daher ein paar Tage nicht erreichbar sein.
Wo werden Sie sein?

Ash nickte.

Dee Dee starrte aufs Display, als Ash aufs Gas trat. »Er tippt eine Antwort«, sagte sie.

»Wir sollten die Nachrichten-App lieber abschalten, wenn du damit fertig bist.«

»Warum?«

»Ich weiß nicht, ob man die womöglich zurückverfolgen kann.«

Wieder vibrierte das Handy.

Erst mal im Krankenhaus, später vielleicht woanders.

»Krankenhaus«, wiederholte Dee Dee. »Soll ich fragen, welches?«

»Nein, dann wird er misstrauisch. Außerdem wissen wir es schon. In Elenas Chronik waren vor Kurzem mehrere Besuche in Upper Manhattan verzeichnet.«

»Guter Einwand. Also vielleicht so?«

Sie tippte es ein und las es ihm dann vor:

Informieren Sie mich über neue Entwicklungen. Es ist unerlässlich, mich auf dem Laufenden zu halten, selbst wenn ich nicht antworten kann.

Ash nickte und forderte sie auf, es abzuschicken. Das tat sie.

»Jetzt schalte es aus.«

Sie fuhren ein paar Minuten schweigend, bis Dee Dee fragte: »Was ist?«

»Das weißt du genau.«

»Ich weiß es wirklich nicht.«

»Simon Greenes SMS«, sagte Ash.

»Was ist damit?«

»Ich nehme an, der erwähnte Aaron ist Aaron Corval.«

»Das nehme ich auch an.«

»Aber wer ist Paige?«

»Aarons Freundin, oder?«

»Aber was hat ihr Vater damit zu tun?«

»Keine Ahnung.« Dee Dee wandte sich ihm zu und schob die Füße unter ihren Hintern. »Ich dachte, das Warum und Wieso interessiert dich nicht, Ash.«

»Tut es normalerweise auch nicht.«

»Es hat dir nicht gefallen, die Frau zu töten«, sagte Dee Dee. »Männer sind kein Problem, aber eine Frau?«

»Hör auf damit. Das ist es nicht.«

»Was dann?«

»Jemand ist es gelungen, eine Verbindung herzustellen. Damit werden die Motive und die anderen Details auch zu meiner Angelegenheit.«

Dee Dee drehte sich um und sah aus dem Fenster.

»Es sei denn, du vertraust mir nicht«, sagte er.

»Du weißt ganz genau, dass ich dir vertraue. Ich vertraue dir mehr als jedem anderen auf der Welt.«

Ash spürte ein leichtes Klopfen in seiner Brust. »Also?«

»Wie in den Symbolen zu lesen war, sollten der Besucher und der Freiwillige die beiden erstgeborenen Söhne der Wahrheit sein«, begann sie. »Der springende Punkt ist dabei natürlich die Männlichkeit. Töchter – und die Wahrheit hat mindestens zwanzig – spielen in der Führungsschicht keine große Rolle. Aber männliches Blut ist die reinste Verbindung, weil es das Einzige mit einer physischen Komponente ist. Eine Gattin teilt dein Blut nicht. Ebenso wie der beste Freund. Hinsichtlich des wissenschaftlichen Beweises ist also …«

»Dee?«

»Ja?«

»Spar dir die schönen Worte. Ich hab verstanden. Vartages Söhne erben seinen Thron.«

»Sie erben alles. Das ist die Kernidee. So steht es in den Symbolen. ›Die beiden Söhne werden aufsteigen.‹«

»Und was hat das mit dieser ganzen Sache zu tun?«

»Außerdem steht geschrieben«, sagte sie, »dass Truth Haven und der gesamte Besitz der Wahrheit zu gleichen Teilen unter den männlichen Erben aufgeteilt wird.«

»Okay, und?«

»Da steht nicht ›unter den beiden ältesten Söhnen‹. Verstehst du, was ich meine?«

Allmählich begriff Ash. »Vartage hat mehr als diese beiden Söhne?«

»Richtig.«

»Und die anderen Söhne …«

»… wurden zur Adoption freigegeben«, sagte Dee Dee. »Oder eher verkauft. Die Töchter wurden behalten. Die sollten sich nützlich machen. Aber die Söhne konnten erben und die Prophezeiungen zerstören. Das ist lange her – es war alles vor meiner Zeit.«

»Also hat Vartage seine anderen Söhne einfach verkauft.«

»Es war eine Win-win-Situation, Ash. Wir konnten die Prophezeiung mit den beiden Söhnen aufrechterhalten – und gleichzeitig einen Haufen Geld für den Haven einnehmen.«

»Wow.«

»Ja.«

»Und die Mütter haben dem einfach zugestimmt?«

»Manche schon«, sagte Dee Dee. »Andere nicht.«

»Und wie ist das abgelaufen?«

»Die Wahrheit hat mit vielen Frauen geschlafen. Natürlich sind einige schwanger geworden. Ihnen wurde gesagt, wenn das Kind männlich sein würde, wäre es zu Höherem bestimmt, was bedeutete, zum Greater Haven in Arkansas zu gehen. Das sei das Beste für ein männliches Kind.«

»Dann gibt es einen weiteren Haven in …«

»Nein, Ash, gibt es nicht.«

Er schüttelte nur den Kopf. »Und die Mütter haben das einfach geglaubt?«

»Manche haben es geglaubt, andere nicht. Die Mütter

haben einen inneren Kampf zwischen dem Weg der Wahrheit und ihren mütterlichen Instinkten ausgefochten. Normalerweise hat die Wahrheit gesiegt.«

»Und wenn die mütterlichen Instinkte gewonnen haben?«

»Dann wurde den Müttern gesagt, dass ihr Baby bei der Geburt gestorben ist.«

Ash war nicht oft perplex. Jetzt war er es. »Wirklich?«

»Ja. Es gab ein großes Begräbnis mit allem Drum und Dran. Manche Mütter glaubten, die Totgeburt wäre ihre Schuld, und wenn sie zugestimmt hätten, dass ihr Kind zum Greater Haven geschickt würde …«

»Mein Gott.«

Dee Dee nickte. »Die männlichen Babys wurden verkauft. Hast du eine Vorstellung davon, wie viel ein gesundes, männliches weißes Baby einbringen kann? Einen Haufen Kohle. Alison Mayflower, die immer noch loyal zur Wahrheit steht, ist als Mittlerin aufgetreten.«

»Wie viele Babys hat die Wahrheit verkauft?«

»Alle männlichen.«

»Das hab ich verstanden. Wie viele waren es?«

»Vierzehn.«

Er klammerte sich ans Lenkrad. »Und jetzt liegt die Wahrheit im Sterben.«

»Ja.«

»Und die Vartage-Jungs – der Besucher und der Freiwillige oder wie auch immer – fürchten, dass diese leiblichen Söhne Anspruch auf ihren Erbteil erheben.«

»Jahrelang hatten die Wahrheit, der Freiwillige und der Besucher – genau genommen wir alle – nichts zu befürchten. Es gab keine Möglichkeit, die adoptierten Jungs auf irgendeine Weise mit Truth Haven in Verbindung zu bringen. Sie waren übers ganze Land verteilt, und für alle Fälle hatte Alison Mayflower auch noch die Akten vernichtet. Für die Wahrheit war es also unmöglich, seine Söhne zu finden, und – was natürlich noch wichtiger war – für die Söhne war es unmöglich, die Wahrheit zu finden.«

»Und was ist dann schiefgelaufen?«, fragte Ash.

»Hast du von diesen DNA-Webseiten wie 23andMe oder Ance-Story gehört?«

Das hatte er.

»Tausende adoptierte Personen schicken ihre DNA ein und hoffen auf einen Treffer«, sagte Dee Dee.

»Dann gehe ich mal davon aus, dass einige Söhne der Wahrheit …«

»… voneinander erfahren haben, genau.«

»Und dann hat jemand die Verbindung zu Vartage hergestellt?«

»Richtig.«

»Wenn sich also zwei Söhne bei derselben Webseite anmelden, erfahren sie, dass sie Halbbrüder sind.«

»Genau. Dann kommen ein Dritter und ein Vierter dazu. Genau das ist erst kürzlich passiert.«

»Und irgendjemand in eurer Sekte beschließt, dass die beste Art, das Problem aus der Welt zu schaffen … darin besteht, äh, das Problem aus der Welt zu schaffen.« Ash sah sie an. Dee Dee lächelte wieder. »Im Tausch für eine Führungsposition?«

»So in der Art.«

Er schüttelte ehrfürchtig den Kopf. »Wie viel ist Truth Haven wert, Dee?«

»Schwer zu sagen, aber wahrscheinlich so an die vierzig Millionen Dollar.«

Das öffnete ihm die Augen. »Holla.«

»Aber es geht nicht nur ums Geld.«

»Ja, schon klar.«

»Spar dir deinen Zynismus einen Moment. Stell dir mal vor, was passieren würde, wenn die vierzehn weiteren Söhne ihren Erbteil beanspruchen würden. Das würde die Wahrheit faktisch zerstören.«

»Komm schon, Dee.«

»Was ist?«

»Kannst du mal aufhören mit der Wahrheit? Du weißt, dass das reiner Unsinn ist. Das hast du doch gerade zugegeben.«

Dee Dee schüttelte den Kopf »Du bist so verblendet, Ash. Ich liebe die Wahrheit.«

»Und du nutzt sie, um das zu bekommen, was du willst.«

»Ja, natürlich. Das widerspricht sich doch nicht. Niemand glaubt an jede Passage einer heiligen Schrift – man pickt sich die Rosinen heraus. Und jeder Pastor, der mit seiner Religion Geld verdient – ganz egal, ob er das glaubt, was er predigt –, bekommt da etwas heraus. So ist das Leben, mein Lieber.«

Das war eine ziemlich weit hergeholte Rechtfertigung, irgendwie war es allerdings auch die absolute Wahrheit.

Es wurde heiß im Auto. Ash schaltete die Klimaanlage an. »Wir müssen also nur noch zwei weitere Söhne eliminieren.«

»Ja. Einen in der Bronx und einen in Tallahassee.« Dann ergänzte Dee Dee: »Oh, und außerdem müssen wir jetzt noch Simon Greene loswerden.«

FÜNFUNDDREISSIG

Simon und Cornelius standen vor derselben Bankfiliale, in der Simon ein paar Stunden zuvor das Geld für den DNA-Test abgehoben hatte. Rocco hatte Cornelius geschickt, um Simon klarzumachen, dass er die Information nicht umsonst bekommen würde. Also stand Simon noch einmal vor der Bank, um weiteres Bargeld zu holen.

Weil er schon eine höhere Summe abgehoben hatte und keine Aufmerksamkeit erregen wollte, hatte er Yvonne um Hilfe gebeten. Gerade hatte er sie entdeckt und sah, wie sie auf ihn zukam.

»Irgendwelche Probleme?«, fragte er.

»Nein.« Yvonne sah Cornelius kurz an, den Schwarzen mit dem fadenscheinigen T-Shirt und dem dichten weißen Bart, und wandte sich dann wieder Simon zu. »Wer ist das?«

»Cornelius«, sagte Simon.

Yvonne wandte sich an ihn. »Und wer sind Sie, Cornelius?«

»Nur ein Freund«, sagte Cornelius.

Sie betrachtete ihn von oben bis unten und fragte dann: »Und wofür brauchen Sie das Geld?«

»Es ist nicht für ihn«, sagte Simon. »Er hilft mir.«

»Und wobei hilft er dir?«

Simon erzählte kurz von Rocco und Luther. Natürlich erwähnte er nicht, dass es Cornelius war, der Ingrid und ihm das Leben gerettet hatte. Als er mit seinem Bericht fertig war, wappnete er sich für Yvonnes Gegenargumente. Doch sie sagte nichts.

»Bleib außer Sicht«, sagte Yvonne. »Ich heb das Geld von meinem Konto ab.«

Simon wollte sagen, dass er es ihr zurückgeben würde, aber Yvonne war Ingrids Schwester und würde genervt reagieren, wenn er das anbot, also nickte er nur. Als Yvonne in die Bank trat, gingen Simon und Cornelius ein Stück die Straße hinab, um nicht direkt davor herumzulungern.

»Wäre ein guter Zeitpunkt, mich auf den aktuellen Stand zu bringen«, sagte Cornelius.

Simon tat das.

»Das klingt völlig wirr«, sagte Cornelius, als er fertig war.

»Jau.« Dann: »Warum haben Sie uns geholfen, Cornelius?«

»Warum nicht?«

»Ich meine das ernst.«

»Ich auch. Man bekommt nicht oft die Chance, im wahren Leben zum Helden zu werden. Wenn sich die Gelegenheit bietet, muss man sie beim Schopf packen.«

Cornelius zuckte mit den Achseln, als wäre es so einfach und verstünde sich von selbst, und Simon nahm einfach an, dass es vielleicht wirklich so war.

»Danke.«

»Außerdem war Ingrid freundlich zu mir.«

»Wenn sie aufwacht, werde ich ihr erzählen, was Sie getan haben, wenn Sie nichts dagegen haben.«

»Nein, ich hab nichts dagegen«, sagte Cornelius. »Haben Sie die Pistole noch, die ich Ihnen gegeben habe?«

»Ja. Glauben Sie, dass wir sie brauchen?«

»Man kann nie wissen. Aber nein, ich glaube nicht, dass Sie sie brauchen. Trotzdem werden wir ein paar Vorsichtsmaßnahmen ergreifen.«

»Soll heißen?«

»Das soll heißen, dass wir da nicht unbewaffnet mit mehreren Tausend Dollar in der Tasche hineinspazieren.«

»Okay.«

»Noch was«, sagte Cornelius.

»Ja?«

»Ich möchte nicht der schwarze Kumpel sein, der zu Tode kommt. Das kann ich schon in Filmen nicht ausstehen.«

Simon lachte zum ersten Mal seit einer gefühlten Ewigkeit.

Cornelius' Handy surrte, woraufhin er etwas zur Seite trat und das Gespräch annahm. Yvonne kam aus der Bank und gab Simon das Geld. »Ich habe neuntausendsechshundertfünf Dollar abgehoben.«

»Wie kommst du denn auf den Betrag?«

»Es sollte nicht genau der gleiche sein wie bei dir, damit nicht irgendwo ein Computer darüber stolpert. Sechshundertfünf, sechs, fünf. Der fünfte Juni. Sagt dir das Datum etwas?«

Das tat es. Das war der Geburtstag von Simons Patenkind Drew, Yvonnes ältestem Kind.

»Ich dachte, vielleicht bringt's ja Glück«, sagte sie.

Cornelius kam zurück. »Das war Rocco.«

»Was gibt's?«, fragte Simon.

»Er kommt in rund zwei Stunden zu mir. Er muss Luther noch ausfindig machen.«

Cornelius wartete vor dem Krankenhaus, als Simon und Yvonne wieder in Ingrids Zimmer gingen. Sie begrüßten Sam. Dann saßen sie zu dritt über eine Stunde lang am Krankenbett und warteten darauf, dass Rocco Cornelius das Startzeichen gab. Nach dem Schichtwechsel kam eine neue Schwester ins Zimmer, eine von diesen Paragrafenreiterinnen, die ihnen erklärte: »Es sind nur zwei Besucher gleichzeitig im Zimmer erlaubt. Hätten Sie etwas dagegen, sich abzuwechseln? Die dritte Person kann sich im Wartebereich hinten im Flur aufhalten.«

Sam stand auf: »Ich muss sowieso noch ein bisschen lernen.«

»Du solltest wieder nach Amherst fahren«, sagte Simon. »Deine Mutter würde das wollen.«

»Gut möglich«, sagte Sam. »Aber ich will es nicht. Ich will hierbleiben.«

Er stand auf und ging.

Yvonne sagte: »Er hat seinen eigenen Kopf.«

»Stimmt.« Dann: »Ich habe heute mit einem von Paiges Professoren gesprochen.«

»Oh?«

»Er glaubt, dass Paige auf dem Campus vergewaltigt worden sein könnte.«

Yvonne sagte nichts. Sie starrte nur ihre im Bett liegende Schwester an.

»Hast du mich verstanden?«

»Ja, ich habe dich verstanden, Simon.«

Er musterte ihr Gesicht, suchte nach einem verräterischen Zeichen. »Moment, du hast das gewusst?«

»Ich bin ihre Patentante. Sie… sie hat sich mir anvertraut.«

Er spürte, dass er rot anlief. »Und du bist nicht auf den Gedanken gekommen, mir das zu sagen?«

»Ich musste ihr versprechen, das nicht zu tun.«

»Wenn Drew also mit einem Riesenproblem zu mir käme und mich bitten würde, dass ich dir nichts davon erzähle …«

»Würde ich von dir erwarten, dass du dein Versprechen hältst«, sagte Yvonne. »Ich würde dir vertrauen, schließlich habe ich dich als seinen Patenonkel ausgesucht, damit Drew jemanden hat, an den er sich wenden kann, wenn er etwas nicht mit Robert oder mir besprechen will.«

Es hatte keinen Sinn, ausgerechnet jetzt darüber zu streiten. »Also, was ist passiert?«, fragte Simon.

»Ich habe Paige bei der Suche nach einer privaten Therapie geholfen.«

»Nein, ich meine, was genau ist da mit diesem Vergewaltiger passiert?«

»Das ist eine lange Geschichte.«

»Ist das dein Ernst, Yvonne?«

»Paige hatte Schwierigkeiten, sich an alle Einzelheiten zu erinnern. Er könnte ihr etwas in den Drink getan haben. Ich weiß es nicht. Sie hat es tagelang nicht gemeldet, daher war das Untersuchungsset für Vergewaltigungsopfer dann auch keine große Hilfe mehr. Ich hatte den Eindruck, die Therapie hat ihr gutgetan. Sie hat versucht, sich das wieder ins Gedächtnis zu rufen, sich langsam herangearbeitet.«

»Wie wäre es damit, das Arschloch anzuzeigen?«

»Ich habe ihr dazu geraten. Aber sie war noch nicht so weit. Sie konnte sich an so gut wie nichts erinnern. Sie konnte nicht einmal genau sagen, ob sie eingewilligt hat oder nicht.« Yvonne hob die Hand, um seine nächste Frage abzuwehren. »Es war ein gewaltiges Durcheinander, Simon.«

Er schüttelte den Kopf. »Du hättest es mir erzählen müssen.«

»Ich habe Paige angefleht, das zu tun. Wirklich. Selbst dann noch, als sie mir auch schon nichts mehr erzählt hat. Ja, irgendwann hat sie auch mit mir nicht mehr geredet. Sie sagte, es wäre alles wieder in Ordnung, jemand hätte sich darum gekümmert. Ich weiß nicht, was geschehen ist. Paige hat nicht mehr auf meine Anrufe reagiert, sie hatte etwas mit diesem Aaron angefangen …«

»Und du hast uns das einfach vorenthalten? Sie gerät in einen solchen Strudel, und trotzdem hast du kein Wort darüber gesagt.«

»Trotzdem habe ich kein Wort darüber gesagt. Dir jedenfalls nicht.«

Er traute seinen Ohren nicht. »Ingrid?«

Hinter ihnen klopfte es. Simon fuhr herum. Cornelius öffnete die Tür und steckte den Kopf ins Zimmer.

»Kommen Sie«, sagte er. »Rocco wartet.«

SECHSUNDDREISSIG

Ash bog vom Cross Bronx Expressway in Richtung Süden auf den Major Deegan Expressway ab.

»Man muss doch damit rechnen«, sagte Ash zu Dee Dee, »dass noch weitere der vierzehn Söhne ihre DNA an diese DNA-Webseiten schicken.«

Dee Dee nickte und schaltete das Handy wieder an, um zu checken, ob weitere SMS angekommen waren.

»Und was dann?«

»Die Wahrheit wird die Woche nicht überleben. Die juristischen Details verstehe ich nicht ganz, aber auf jeden Fall ist es nach der Testamentseröffnung erheblich schwieriger, seinen Anspruch auf einen Erbteil geltend zu machen.«

»Trotzdem«, sagte Ash. »Irgendwann wird jemand die Puzzleteile zusammensetzen.«

»Wieso?«

»Wenn ein weiterer Sohn der Wahrheit eine DNA-Probe abgibt und in die Datenbank aufgenommen wird.«

»Okay?«

»Dann sieht er, dass er drei oder vier Halbbrüder hat – und die sind alle tot.«

»Stimmt. Einer wurde bei einem Raubüberfall erschossen, einer hat Selbstmord begangen. Einer wird nur vermisst, ist vielleicht untergetaucht. Einer könnte – was weiß ich? – vielleicht von einem obdachlosen, vollkommen zugedröhnten, drogensüchtigen Spinner erstochen werden. Eine Ansammlung tragischer Zufälle. Und selbst das erfährt er nur, wenn er alle findet. Was gar nicht so einfach ist. Ihre Benutzerkonten bleiben auch nach ihrem Tod aktiv. Zuerst würde jeder neue Sohn also seinen toten Halbbrüdern eine E-Mail schicken. Sie würden nicht antworten. Wahrscheinlich würde er die Sache damit auf sich beruhen lassen, aber selbst wenn er sie irgendwie alle aufspürt, den Zusammenhang erkennt und die Strafverfolgungsbehörden aus verschiedenen Bundesstaaten dazu bringt, wegen dieser alten Verbrechen zusammenzuarbeiten, was finden die dann?«

Dee Dee hatte das alles bereits durchdacht.

»Ash?«

»Nichts«, sagte er.

»Genau. Also … Oh, einen Moment.«

»Was ist?«

»Eine SMS von Simon Greene.« Sie las sie vor.

Sind auf dem Weg zu Cornelius' Wohnung, wo wir uns zum ersten Mal begegnet sind. Könnte eine Spur sein. Wie sieht es bei Ihnen aus?

»Hast du eine Idee, wer Cornelius ist?«, fragte Ash.

»Nein.«

»Das ist nicht gut.«

»Wir kriegen das schon hin.«

»Und wie geht die Sache mit Mutter Adeona weiter?«, fragte er.

»Das weiß ich nicht.«

»Sie hat gesagt, dass ich dir nicht trauen darf.«

»Das tust du aber, Ash.«

»Ja, das tue ich, Dee Dee.«

Sie lächelte ihn an. »Darum kümmern wir uns später, okay?«

Sie fanden einen Parkplatz in der Nähe von ein paar Betonbarrikaden in Mott Haven in der Bronx. Beide nahmen sowohl Pistolen als auch Messer mit. Dieses Mal sollte es aussehen, als sei ihr Opfer erstochen worden – was hier, wie Ash annahm, unter den konkurrierenden Dealer-Lagern auf den Straßen vermutlich häufiger vorkam.

Er wollte gerade die Autotür öffnen, als sie »Ash?« sagte.

Ihr eindringlicher Tonfall stoppte ihn. Er sah sie an. Sie deutete mit dem Kinn nach vorne. Dann zog sie ihr Handy aus der Tasche und zeigte ihm das Foto, das sie von der Webseite von PPG Wealth Management heruntergeladen hatte.

»Das ist er doch, oder?«, fragte sie.

Ash sah das Bild an. Keine Frage. Simon Greene ging gerade ins Haus.

»Wer ist sein Begleiter?«

»Vermutlich Cornelius.«

Dee Dee nickte. »Ich glaube nicht, dass hier jemand erstochen wird, Ash.«

»Okay.«

Sie warf einen Blick auf die Tasche mit den Waffen auf dem Rücksitz. »Wahrscheinlich werden sie eher in einem Kugelhagel enden.«

* * *

Rocco war so unfassbar gigantisch, dass man bei jeder Begegnung aufs Neue von seinen Ausmaßen verblüfft war. Als er in Cornelius' Wohnung auf und ab ging, rechnete Simon fast damit, gleich ein »Fee-fie-fo-fum« wie aus *Jack im Reich der Riesen* zu hören.

Rocco beäugte die Bücher in den Regalen. »Haben Sie die alle gelesen, Cornelius?«

»Ja, habe ich. Sie sollten es auch mal probieren. Lesen erzeugt Mitgefühl.«

»Tatsächlich?« Rocco nahm ein Buch aus dem Regal und blätterte darin herum. »Haben Sie die fünfzig Riesen, Mr Greene?«

»Haben Sie meine Tochter?«, entgegnete Simon.

»Nein.«

»Dann habe ich auch keine fünfzig Riesen.«

»Wo ist Luther?«, fragte Cornelius.

»Immer mit der Ruhe, Cornelius. Er ist ganz in der Nähe.« Rocco griff zu seinem Handy. »Luther?«

Aus dem winzigen Handy-Lautsprecher ertönte eine Stimme. »Hier bin ich, Rocco.«

»Okay, bleib, wo du bist«, sagte Rocco. »Unser Freund hat das Geld nicht.«

»Ich habe Geld«, sagte Simon. »Zwar keine fünfzig Riesen, aber wenn Ihre Auskunft mir hilft, meine Tochter zu finden, erhalten Sie den vollen Betrag. Ich gebe Ihnen mein Wort.«

»Ihr Wort?« Roccos Lachen brachte seinen ganzen riesigen Körper zum Beben. »Und das soll ich Ihnen glauben, weil ihr Weißen so vertrauenswürdig seid?«

»Nein, nicht deshalb«, sagte Simon.

»Warum dann?«

»Weil ich ein Vater bin.«

»Ohhhh.« Rocco wackelte mit den Fingern. »Und das soll mich beeindrucken?«

Simon sagte nichts.

»Das Einzige, was mich beeindrucken würde, wäre Bargeld.«

Simon legte das Geld auf den Couchtisch. »Fast zehntausend Dollar.«

»Das reicht nicht.«

»Das ist alles, was ich in so kurzer Zeit auftreiben konnte.«

»Dann ciao.«

Cornelius sagte: »Ach komm schon, Rocco.«

»Ich will mehr.«

»Sie bekommen mehr«, sagte Simon.

Rocco zierte sich noch einen Moment, aber das Bargeld auf dem Couchtisch lockte ihn. »Also, es läuft folgendermaßen ab: Erst erzähle ich Ihnen etwas. Ist ’ne ziemlich große Sache. Aber dann wird mein Mann, Luther … bist du noch da, Luther?«

Aus dem Handy: »Ja.«

»Okay, bleib, wo du bist. Falls die hier eine Nummer abziehen wollen. Nur so zur Sicherheit.« Rocco ließ seine Zähne aufblitzen. »Also, wenn ich fertig bin, werde ich Luther auffordern, hier reinzukommen, weil er etwas noch viel Wichtigeres zu erzählen hat.«

Cornelius sagte: »Alles klar.«

Rocco nahm das Geld. »Ich habe eine bestätigte Meldung, dass jemand Paige gesehen hat.«

Simons Puls schoss hoch. »Wann?«

Rocco fing an, die Scheine zu zählen. »Zwei Tage nachdem ihr Macker ermordet wurde. Wie’s aussieht, ist Ihre Tochter noch eine Weile hiergeblieben. Vielleicht hat sie sich versteckt, keine Ahnung. Dann ist sie in die Sechs gestiegen.«

Die Linie sechs, dachte Simon. Am nächsten U-Bahnhof.

»In dem Punkt war sich jemand ziemlich sicher«, sagte Rocco, der immer noch zählte. »Nicht absolut, aber doch ziemlich sicher. Mein anderer Mann ist sich aber sicher, dass er sie gesehen hat. Vollkommen sicher, ohne jeden Zweifel.«

»Wo?«, fragte Simon.

Rocco war mit dem Geldzählen fertig und runzelte die Stirn. »Das sind ja nicht mal zehn Riesen.«

»Morgen besorg ich Ihnen die nächsten zehn. Wo hat er Paige gesehen?«

Rocco sah Cornelius an. Der nickte.

»Am Port Authority.«

»Dem Busbahnhof?«

»Ja.«

»Weiß jemand, wohin sie wollte?«

Rocco hustete in seine Faust. »Ich sag Ihnen was, Mr Greene. Ich werde die Frage beantworten. Dann wird Luther – mach dich bereit, Luther – Ihnen den Rest erzählen. Für fünfzig Riesen. Ich werde da nicht mit mir handeln lassen. Soll ich Ihnen sagen, warum?«

Cornelius sagte: »Jetzt komm schon, Rocco.«

Rocco breitete die Arme aus. »Denn wenn sie hören, was Luther zu sagen hat, werden Sie uns das Geld geben, damit wir den Mund halten.«

Simon sah Rocco in die Augen. Beide blinzelten nicht. Simon sah, dass Rocco es ernst meinte. Luther hatte etwas wirklich Wichtiges zu sagen.

»Aber zuerst lassen Sie mich Ihre Frage beantworten. Buffalo. Ihre Tochter – und das wurde von einer verlässlichen Quelle bestätigt – ist in einen Bus nach Buffalo gestiegen.«

Simon durchforstete sein Gehirn nach Personen, die er oder seine Tochter in Buffalo und Umgebung kannten. Ihm fiel niemand ein. Natürlich konnte sie auch irgendwo unterwegs ausgestiegen sein, also eigentlich überall im Staat New York, aber auch da fiel ihm niemand ein.

»Luther?«

»Ja, Rocco.«

»Komm rauf, okay?«

Rocco legte auf. Dann lächelte er Cornelius an. »Sie sind das gewesen, stimmt's, Cornelius?«

Cornelius antwortete nicht.

»Sie haben auf Luther geschossen.«

Cornelius starrte ihn nur an. Rocco lachte und hob die Hände.

»Hey, hey, keine Sorge, ich verrat's ihm nicht. Aber Sie werden ja gleich hören, dass er seine Gründe hatte.«

»Was für Gründe?«, fragte Simon.

Rocco ging zur Tür. »Notwehr.«

»Wovon reden Sie? Ich wollte ihn nicht …«

»Sie nicht, Mann.«

Simon sah ihn nur an.

»Denken Sie nach. Luther hat nicht auf *Sie* geschossen. Er hat auf Ihre Frau geschossen.«

Rocco lächelte und griff nach dem Türknauf.

Dann geschahen mehrere Dinge gleichzeitig.

Aus dem Flur rief Luther: »Achtung, Rocco!«

Instinktiv riss Rocco die Tür auf.

Dann flogen die Kugeln.

SIEBENUNDDREISSIG

Fünf Minuten zuvor hatte Ash die mit Graffiti beschmierte Tür aufgestoßen.

Er trat als Erster ins schlecht beleuchtete Treppenhaus. Dee Dee folgte ihm. Sie hatten die Waffen nicht in den Händen. Noch nicht. Aber für alle Fälle hatten sie sie schon griffbereit.

»Was will Simon Greene hier?«, flüsterte Ash.

»Vielleicht besucht er seine Tochter.«

»Aber warum hat er dann in der SMS an Elena Ramirez nichts davon gesagt? Warum hat er etwas über diesen Cornelius geschrieben?«

Dee Dee stellte einen Fuß auf die marode Stufe. »Das weiß ich nicht.«

»Wir sollten umkehren«, sagte Ash. »Erst noch ein paar Nachforschungen anstellen.«

»Dann kehr um.«

»Dee.«

»Nein, Ash, hör mir zu. Elena Ramirez und Simon Greene sind Krebsgeschwüre. Wir müssen sie jetzt entfernen, sonst fangen sie an zu wuchern und breiten sich aus. Du willst vorsichtiger sein? Gut. Geh zurück zum Wagen. Ich habe genug Feuerkraft, um das hier alleine zu erledigen.«

»Kommt nicht infrage«, sagte Ash. »Das weißt du ganz genau.«

Ein schwaches Lächeln umspielte ihre Lippen. »Bist du wieder mal sexistisch?«

»Du würdest mich auch nicht alleine lassen.«

»Das ist wahr.«

»Dieses Haus«, sagte er, »weißt du, woran es mich erinnert?«

Dee Dee nickte. »Mr Marshalls Brauerei. Der Geruch nach abgestandenem Bier.«

Es erstaunte ihn, dass sie sich daran erinnerte. JoJo Marshall war nicht einer von ihren, sondern von Ashs Pflegevätern gewesen. Ash musste für ihn an den Gärbottichen arbeiten. Dee Dee hatte ihn dort ein paarmal besucht und den Gestank hatte sie offenbar immer noch in der Nase – genau wie er.

Sie ging die Treppe hinauf. Mit zwei schnellen Sprüngen wollte Ash sich an ihr vorbeischieben, damit er vorgehen konnte, aber sie verstellte ihm den Weg und sah ihn missbilligend an. Also blieb er einen Schritt hinter ihr. Auf der Treppe begegnete ihnen niemand. In der Ferne hörten sie dumpfe Stimmen aus einem zu lauten Fernseher.

Sonst war es still.

Ash blickte in den Flur im ersten Stock, während Dee Dee weiter hinaufging.

Niemand. Das war gut.

Als sie den zweiten Stock erreichten, drehte Dee Dee sich zu ihm um. Ash nickte. Beide zogen ihre Pistolen. Sie hielten sie tief neben sich, und falls jetzt jemand die Tür öffnete, würde diese Person aufgrund der schlechten Beleuchtung möglicherweise nicht sehen, dass jeder von ihnen eine FN 5.7 mit einem Zwanzig-Schuss-Magazin trug.

Sie schlichen weiter zu Wohnung B. Ash klopfte an die schwere Metalltür.

Sie waren bereit.

Niemand öffnete.

Er klopfte noch einmal. Nichts.

»Irgendjemand muss da sein«, flüsterte Dee Dee. »Wir haben Greene doch reinkommen sehen.«

Ash sah sich die schwere Metalltür an, die zweifelsohne zum Schutz vor Einbrechern angebracht worden war. Bei der Montage hatte allerdings jemand einen dummen Fehler gemacht: Die Tür war aus Stahl, der Rahmen war jedoch aus Holz.

Und wenn man sich dieses Haus ansah, war es bestimmt kein hartes Holz.

Ash zog seine Waffe und signalisierte Dee Dee mit einem Nicken, dass sie sich bereit machen sollte. Er hob den Fuß und trat an der Stelle gegen die Tür, an der der Bolzen ins Holz ragte.

Das Holz zersplitterte wie ein Reisigbündel.

Die Tür flog auf. Ash und Dee Dee stürmten in die Wohnung.

Niemand.

Rechts und links an der Wand lagen zwei einzelne Matratzen. Dazwischen waren getrocknete Blutflecken zu sehen. Ash betrachtete alles, erfasste die Situation und wusste sofort, dass irgendetwas absolut nicht stimmte. Er sah auf den Boden und beugte sich herunter.

»Was ist?«, flüsterte Dee Dee.

»Gelbes Absperrband.«

»Was?«

»Dies war ein Tatort.«

»Das ergibt doch überhaupt keinen Sinn.«

Dann hörten sie, wie im Flur eine Tür geöffnet wurde.

Dee Dee reagierte sofort. Sie ließ die Pistole auf die Matratze fallen, trat auf den Flur und zog die Tür hinter sich in den kaputten Rahmen. Ein Mann war aus seiner Wohnung getreten. Er trug Kopfhörer und hatte die Musik so laut aufgedreht, dass Dee Dee sie aus fünf Metern Entfernung hören konnte.

Er hatte die Treppe schon fast erreicht, ohne sie gesehen zu haben. Sie blieb stocksteif stehen und hoffte, dass er sich nicht zu ihr umdrehte.

Das tat er aber.

Als der Mann sie sah, zog er die Kopfhörer heraus.

Dee Dee belohnte ihn mit ihrem Powerlächeln.

»Hallo«, sagte sie so, dass in der schlichten Begrüßung schon fast etwas Zweideutiges lag. »Ich suche Cornelius.«

»Falsche Etage.«

»Oh?«

»Cornelius wohnt im ersten Stock. Apartment B.«

»Ich Dummerchen.«

»Yeah.«

Er sah aus, als wollte er auf sie zukommen. Das wäre nicht gut. Sie steckte die Hand in die Gesäßtasche und machte das Springmesser bereit.

Sie würde dem Typen die Kehle durchschneiden müssen. Es musste schnell gehen und leise sein.

Dee Dee winkte ihm zu. »Danke für Ihre Hilfe. Passen Sie auf sich auf.«

Der Mann sah weiterhin aus, als wollte er auf sie zugehen, anscheinend sagte ihm aber ein primitiver Instinkt, dass es besser wäre zu gehen.

»Yeah«, sagte er und stoppte. »Sie auch.«

Sie sahen sich noch einen Moment an, dann drehte der

Mann sich um und eilte die Treppe hinab. Dee Dee lauschte noch kurz, ob er im ersten Stock stehen blieb, um Cornelius zu warnen, aber sie hörte, wie er das Erdgeschoss erreichte und die mit Graffiti beschmierte Tür aufstieß.

Als er weg war, kam Ash aus der Wohnung und reichte Dee Dee ihre Pistole. Er hatte alles mitgehört. Sie gingen leise zur Treppe und hinunter zu Wohnung B im ersten Stock. Ash legte ein Ohr an die Tür.

Stimmen. Mehrere.

Ash gab das Zeichen. Sie nahmen die Pistolen in Anschlag. Der Plan war einfach. Sie würden aus allen Rohren feuernd hineinstürmen und alle Anwesenden umbringen.

Ash richtete die Pistole auf das Schloss, um es aufzuschießen – für Feinheiten war keine Zeit –, aber plötzlich geschahen zwei Dinge gleichzeitig.

Der Türknauf drehte sich.

Und hinter ihnen im Flur rief ein Mann: »Achtung, Rocco!«

* * *

»Achtung, Rocco!«

Simon hörte die erste Salve, als Rocco die Tür aufzog.

Es heißt, wenn man in großer Gefahr ist, läuft die Zeit langsamer, fast wie bei Neo in *Matrix*, der in der Lage ist, Kugeln im Flug zu sehen und ihnen auszuweichen. Das war natürlich nur eine Illusion. Die Zeit läuft konstant. Aber Simon fiel wieder ein, dass er einmal gelesen hatte, dass diese Illusion dadurch entsteht, wie wir Erinnerungen speichern. Je eindringlicher und intensiver die Erinnerung an ein Ereignis ist – zum Beispiel an Momente, in denen man Todes-angst erlitten hat –, desto länger kommt einem dieser Moment vor.

Dieses Phänomen erklärt auch, warum die Zeit mit zunehmendem Alter immer schneller zu vergehen scheint. Als Kind sind viele Erfahrungen neu, also sind die Erinnerungen daran frisch und intensiv – und so scheint die Zeit langsamer zu laufen. Wenn man älter wird, besonders wenn man in Routinen gefangen ist, macht man nur wenige neue, lebhafte Erfahrungen, die Erinnerungen sind weniger intensiv, und die Zeit scheint nur so dahinzufliegen. Deshalb kommt ein Sommer einem Kind rückblickend auch vor, als hätte er ewig gedauert, während er für einen Erwachsenen nur ein flüchtiger Augenblick war.

Und in diesem Moment, als Simon einen Mann – Luther – zwischen den Feuerstößen schreien hörte, schien die Zeit bis zu den Knien in Melasse zu stecken.

Rocco zog die Tür ganz auf.

Simon stand gut zwei Meter hinter Rocco, daher versperrten der Rücken und die breiten Schultern des großen Mannes ihm die Sicht. Er sah nichts.

Aber er hörte die Schüsse.

Roccos Körper zuckte. Er zitterte und zuckte fast so, als würde er einen makabren Tanz vollführen. Dabei ging er langsam rückwärts.

Er wurde von weiteren Kugeln getroffen.

Als der große Mann schließlich auf den Rücken fiel, bebte das Haus. Roccos Augen waren offen und starrten blind zur Decke. Seine Brust war blutüberströmt.

Ein Mann von etwa dreißig Jahren hatte sich nach links gedreht und schoss in den Flur, wahrscheinlich auf den inzwischen stillen Luther. Eine Frau mit kurzen roten Haaren, vielleicht ein paar Jahre jünger als der Mann, richtete die Waffe nach unten und jagte Rocco noch zwei Kugeln in den Kopf.

Sie hob die Waffe und zielte auf Cornelius.

Simon rief: »Nein!«

Cornelius hatte schon reagiert und war unterwegs, aber es würde nicht reichen. Die Frau war zu nah an ihm dran, der Schuss zu einfach.

Sie konnte ihn nicht verfehlen.

Simon rannte auf sie zu, versuchte, zu der Frau zu kommen, bevor sie abdrücken konnte. Er brüllte, wollte sie ablenken und Cornelius so Bruchteile von Sekunden mehr Zeit verschaffen.

Als sie abdrücken wollte, erreichte Simon die Tür und versetzte ihr einen kräftigen Stoß. Die Türkante traf ihren Unterarm, sodass der Schuss danebenging.

Gleich weiter.

Simon landete auf den Beinen und griff sofort um die Tür herum nach dem Handgelenk der Frau. Er erwischte Haut – vielleicht den Arm – und versuchte, ihn zu umklammern. Er hatte ihn fast gepackt, fest gepackt, als sich jemand – vielleicht der Mann – von der anderen Seite gegen die Tür warf.

Die Tür knallte Simon ins Gesicht und schleuderte ihn nach hinten.

Er stürzte auf Roccos Leiche.

Die junge Frau trat in die Wohnung und richtete die Pistole auf Cornelius, der versuchte, seine Waffe zu ziehen, während er zum Fenster mit der Feuerleiter rannte.

Aber Cornelius war zu spät dran.

Er hatte keine Chance.

Simon wusste nicht, ob die Zeit sich verlangsamt hatte

oder die Berechnungen, die er im Kopf anstellte, schneller abliefen. Aber er erkannte jetzt die Wahrheit genau.

Es war unmöglich, dass sie beide, er und Cornelius, überlebten.

Keine Chance.

Also hatte er keine Wahl.

Noch im Liegen trat er gegen die Tür, damit sie vor der Frau ins Schloss fiel. Die Frau stoppte sie fast beiläufig, indem sie einen Fuß davorstellte. Ein schwacher Versuch, die Frau zu stoppen und sie vom Betreten des Zimmers abzuhalten.

Aber Simon hatte Zeit gewonnen.

Allerdings nicht genug Zeit, um das Gemetzel zu beenden.

Aber genug, um sich aufzurappeln und sich halb springend, halb krabbelnd auf Cornelius zu stürzen.

Das überraschte die Frau. Sie hatte erwartet, dass Simon sich auf sie stürzen würde. Aber er bewegte sich in die entgegengesetzte Richtung. Simon würde das nicht retten. Eher im Gegenteil. Er war jetzt direkt in der Schusslinie.

Nur sein Körper befand sich zwischen der Pistole der Frau und Cornelius.

Sie schoss trotzdem.

Simon spürte den brennenden Schmerz, als die Kugel ihn links in den unteren Rücken traf. Er blieb nicht stehen.

Eine weitere Kugel traf ihn in die rechte Schulter.

Simon stürzte sich auf Cornelius wie ein Footballspieler auf den gegnerischen Quarterback und schlang die Arme um die Hüfte seines Freundes.

Dabei stieß er Cornelius ins Fenster.

Auch für Cornelius musste sich der Lauf der Zeit verlangsamt haben. Er kämpfte nicht gegen seine natürlichen Instinkte an, wehrte sich nicht gegen den anstürmenden Simon, sondern folgte der Bewegung, ließ sich nach hinten fallen und nutzte die Zeit dazu, seine Pistole ganz aus der Tasche zu ziehen.

Beide Männer stürzten ins Fenster. Das Fenster zersplitterte.

Jetzt hatte Cornelius seine Pistole in der Hand. Er zielte über Simons Schulter und schoss noch im Fallen.

Irgendwie hörte Simon im Kugelhagel einen Mann grunzen, und eine Frau schrie: »Ash!«

Ineinander verschlungen knallten Cornelius und Simon auf den Gitterrost der Feuerleiter – Cornelius auf den Rücken und Simon, der seine Umarmung löste, auf ihn.

Beim Aufprall verlor Cornelius die Pistole. Simon sah, wie sie herunterfiel und ein Stockwerk unter ihnen auf dem harten Asphalt aufschlug.

Wieder schrie die Frau gequält: »Ash! Nein!«

Simons Augenlider zuckten. Sein Mund füllte sich mit etwas, das nach Kupfer schmeckte, und ihm wurde klar, dass es Blut war. Es gelang ihm, sich von Cornelius herunterzurollen. Er wollte sprechen, wollte Cornelius zur Flucht auffordern, weil die rothaarige Frau nicht getroffen worden war und sich bald wieder auf sie konzentrieren würde.

Aber er bekam kein Wort heraus.

Er sah Cornelius an. Der schüttelte den Kopf.

Er würde nicht gehen.

Das gesamte Geschehen – von dem Moment an, als Rocco den Knauf gedreht hatte, bis zu diesem Zeitpunkt – hatte keine fünf Sekunden gedauert.

An der Tür stieß die Frau einen primitiven, gutturalen Schrei aus.

Und jetzt, selbst in diesem Zustand, da er spürte, dass die Lebensenergie seinen Körper verließ, merkte Simon, dass die Frau auf sie zukam.

Hau ab, wollte er Cornelius zurufen.

Doch der würde nicht auf ihn hören.

Simon sah, wie die rothaarige Frau ans Fenster trat. Sie hatte die Pistole in der Hand.

Auch jetzt: keine Chance.

Mit letzter Kraft – und für alle überraschend – stieß Simon Cornelius die Feuerleiter hinab.

Cornelius stürzte hinunter, Kopf-Füße, Kopf-Füße, wie Saltos.

Das wird wehtun, dachte Simon. Vielleicht bricht er sich ein paar Knochen.

Aber es würde ihn wahrscheinlich nicht umbringen.

Mehr konnte er nicht tun. Das wusste Simon. Er hörte Sirenen. Sie kamen näher, würden zu spät sein. Er drehte sich auf den Rücken und sah nach oben in die grünen Augen der jungen Frau. Vielleicht gab es noch ein Fünkchen Hoffnung, Gnade darin zu sehen, vielleicht zögerte sie … doch als er sie sah, als ihre Blicke sich begegneten, wusste er, dass es vorbei war.

Sie würde ihn umbringen. Und zwar mit Freude.

Sie beugte sich aus dem Fenster, richtete die Pistole auf seinen Kopf.

Und dann war sie verschwunden.

Jemand hatte sie von hinten aus dem Fenster gestoßen.

Simon hörte einen Schrei und dann einen unschönen Aufprall, als sie auf dem Asphalt aufschlug.

Simon blickte auf und sah eine andere Frau – eine alte Frau in einer seltsamen grauen Uniform mit roten Streifen.

Sie sah ihn besorgt an, trat schnell auf die Feuerleiter und versuchte, seine Blutung zu stoppen.

»Es ist vorbei«, sagte die Frau zu ihm.

Er wollte sie fragen, wer sie war, ob sie Paige kannte oder was auch immer, hatte aber den Mund voll Blut. Er spürte, dass er immer schwächer wurde, sein Körper erschlaffte, und seine Augen drehten sich nach hinten. Während alles um ihn herum dunkel wurde, hörte er noch immer die Sirenen.

»Unsere Kinder sind jetzt in Sicherheit.«

Dann war alles schwarz.

ACHTUNDDREISSIG

Ein Monat verging.

Simon musste dreimal operiert werden, lag achtzehn Tage im gleichen Krankenhaus wie Ingrid, wurde mehrmals an einen Tropf mit Morphin gehängt und befand sich (bisher) seit zwei Wochen in Physiotherapie. Er hatte Schmerzen, sein Körper hatte Schaden genommen, sodass er womöglich – ein seltsames Andenken an Elena Ramirez – den Rest seines Lebens hinken oder sogar am Stock gehen würde, aber es hatte sich herausgestellt, dass seine Verletzungen nicht lebensbedrohlich waren.

Cornelius hatte die ganze Sache mit einem verstauchten Knöchel und ein paar blauen Flecken überstanden. Rocco und Luther waren tot. Genauso wie der Auftragsmörder Ashley »Ash« Davis. Seine Partnerin, ein junges Sektenmitglied namens Diane »Dee Dee« Lahoy, war auf dem Kopf gelandet und hatte sich den Schädel gebrochen. Sie war noch nicht wieder zu Bewusstsein gekommen, und alles deutete darauf hin, dass das auch nie geschehen würde.

Detective Isaac Fagbenle hatte versucht, es Simon zu erklären, wobei die unterschiedlichen Strafverfolgungsbehörden eine ganze Weile gebraucht hatten, um alle Informationen zusammenzutragen. Irgendwie ging es um eine Sekte namens Truth Haven, geheime Adoptionen und Auftragsmorde.

Die Einzelheiten blieben jedoch mehr als nur vage.

Die ganze Sache verkomplizierte sich noch dadurch, dass Casper Vartage, der Führer von Truth Haven, eines natürlichen Todes gestorben war. Seine beiden Söhne behaupteten, vollkommen unschuldig zu sein, und ließen sich von Spitzenklasse-Anwälten schützen. Eventuell, behaupteten die Anwälte, hätte Casper Vartage irgendetwas in die Wege geleitet – das könnten sie nicht sagen –, aber der sei ja jetzt tot, und seine Söhne wüssten nichts davon.

»Wir kriegen sie«, hatte Fagbenle Simon versichert.

Simon überzeugte das allerdings nicht. Die beiden Killer, die am ehesten gegen die Vartage-Söhne hätten aussagen können, waren tot oder lagen im Koma. Die größte Hoffnung schien die Polizei in die Frau zu setzen, die Simon das Leben gerettet hatte. Sie nannte sich Mutter Adeona. Ihr richtiger Name ließ sich nicht mehr feststellen, so lange war sie schon bei der Sekte. Und es gab auch eigentlich keinen Grund, sie länger festzuhalten. Sie hatte kein Verbrechen begangen, außer vielleicht Simon das Leben zu retten.

Und die Polizei wusste noch mehr. Sie ging davon aus, dass Ash und Dee Dee Elena Ramirez umgebracht hatten, weil sie von den illegalen Adoptionen erfahren hatte. Es gab ein Überwachungsvideo vom Cracker Barrel Old Country Store, auf dem man sah, wie sie in ein Auto stieg, das von Dee Dee Lahoy gefahren wurde. Darin war sie vermutlich zu einer leer stehenden Hütte gebracht und dort ermordet worden, ihre Leiche wurde jedoch noch nicht gefunden. Als die Mörder sich danach Elenas Handy angesehen und die SMS-Kommunikation mit Simon entdeckt hatten, wussten sie, dass sie auch ihn zum Schweigen bringen mussten. Und es gab noch weitere Informationen: Man wusste jetzt, wie die Halbbrüder, zu denen auch Aaron Corval gehört hatte, aufeinander aufmerksam geworden waren, dass sie geschworen hatten, ihre Verwandtschaftsbeziehung geheim zu halten, bis sie ihren Vater gefunden hatten, und dass ein Halbbruder namens Henry Thorpe auch seine Mutter ausfindig gemacht hatte, ein ehemaliges Sektenmitglied, die die Vartages daraufhin zur Rede gestellt und so gewarnt hatte.

Über Paige hatten sie nichts Neues herausgefunden.

In Simons fünfter Nacht im Krankenhaus, als er sehr starke Schmerzen hatte und die Infusionspumpe mit dem Morphin auf Teufel komm raus laufen ließ, war er irgendwann sehr benommen aufgewacht und hatte Mutter Adeona an seinem Bett sitzen sehen.

»Sie wollten alle seine Söhne abschlachten«, sagte Mutter Adeona zu ihm.

Das wusste Simon, auch wenn das Motiv weiter im Dunkeln lag. Vielleicht hatte die Sekte versucht, ihr früheres Verbrechen – den Verkauf von Kindern – zu verbergen. Vielleicht war die Ermordung dieser Männer aber auch ein absurdes Ritual, oder sie basierte auf einer Prophezeiung. Niemand schien es zu wissen.

»Ich glaube an die Wahrheit, Mr Greene. Sie gibt mir Kraft. Ich diene ihr schon fast mein ganzes Leben. Ich habe einen Sohn geboren, und die Wahrheit hat mir gesagt, dass er einer unserer nächsten Führer sein würde. Ich habe ihn in diesem Sinne erzogen. Ich habe einen weiteren Sohn geboren, und als die Wahrheit mir sagte, dass dieser Sohn nicht bei uns bleiben könne, habe ich ihn gehen lassen, obwohl das bedeutete, dass ich ihn nie wiedersehen würde.«

Simon beobachtete sie durch den dunstigen Schmerzmittelschleier.

»Aber im letzten Jahr habe ich mich auf einer DNA-Webseite angemeldet, weil ich wissen wollte, was aus meinem Sohn geworden ist. Eigentlich ganz harmlos. Ich wollte nur ein wenig mehr wissen. Ein kleines Stück von der ...«, sie lächelte fast, »... Wahrheit. Wissen Sie, was ich herausgefunden habe?«

Simon schüttelte den Kopf.

»Mein Sohn heißt Nathan Brannon. Er wurde von Hugh und Maria Brannon aufgezogen, zwei Lehrern in Tallahassee, Florida. Er hat ein Prädikatsexamen auf der Florida State University gemacht, seine Highschool-Liebe geheiratet und ist Vater von drei Jungs – der älteste ist zehn, und er hat sechsjährige Zwillinge. Er ist jetzt auch Lehrer – unterrichtet die fünfte Klasse – und dem Vernehmen nach ein guter Mensch.«

Simon versuchte, sich aufzurichten, aber die Medikamente hatten ihn ausgelaugt.

»Er wollte sich mit mir treffen. Mein Sohn. Aber ich habe ihm abgesagt. Können Sie sich vorstellen, wie schwer mir das gefallen ist, Mr Greene?«

Simon schüttelte den Kopf und sagte: »Nein, kann ich nicht.«

»Aber, wissen Sie, mir reichte es, zu wissen, dass mein Sohn glücklich ist. Das musste er sein. So hatte es die Wahrheit gewollt.«

Simon hob die Hand ein wenig. Die ältere Frau ergriff sie. So blieben sie einen Moment lang im Dunkeln sitzen mit den Krankenhausgeräuschen als ferner Hintergrundmusik.

»Doch dann habe ich erfahren, dass sie meinen Jungen ermorden wollten.« Jetzt senkte sie den Blick und sah ihm in die Augen. »Mein Leben lang habe ich mich allem gebeugt, habe alles für den Glauben zurückgestellt. Aber das ... wenn man sich zu sehr beugt, zerbricht man. Verstehen Sie?«

»Natürlich.«

»Also musste ich sie aufhalten. Ich wollte niemandem wehtun. Aber ich hatte keine Wahl.«

»Danke«, sagte Simon.

»Ich muss jetzt zurück.«

»Wohin zurück?«

»Nach Truth Haven. Es ist immer noch mein Zuhause.«

Mutter Adeona stand auf und ging zur Tür.

»Bitte.« Simon schluckte. »Meine Tochter. Sie war mit einem seiner Söhne zusammen.«

»Das habe ich gehört.«

»Sie wird vermisst.«

»Auch das habe ich gehört.«

»Bitte helfen Sie mir«, sagte Simon. »Sie haben selbst Kinder. Sie verstehen das.«

»Das tue ich.« Mutter Adeona öffnete die Tür. »Aber mehr weiß ich nicht.«

Mit diesen Worten verschwand sie.

Eine Woche später flehte Simon Isaac Fagbenle an, ihn die Akten lesen zu lassen. Fagbenle, der wohl Mitleid mit ihm hatte, ließ es zu.

Ingrids Zustand schien sich zu verbessern, in dieser Hinsicht gab es also einen Hoffnungsschimmer. Anders als man es oft im Fernsehen sieht, erwacht man nicht einfach so aus dem Koma. Es ist ein längerer Prozess, bei dem nach zwei Schritten vorwärts häufig ein Rückschritt erfolgt. Ingrid hatte zwischenzeitlich das Bewusstsein wiedererlangt und zweimal kurz mit ihm gesprochen. Beide Male war sie erfreulich klar gewesen. Seit dem letzten Mal war jedoch eine Woche vergangen, in der keine weitere Besserung erkennbar war.

Seit dem Tag seiner Einlieferung ins Krankenhaus hatte

Simon immer weiter nachgeforscht, weil er auf die wichtigste Frage immer noch keine Antwort erhalten hatte.

Wo war Paige?

Viele Tage lang bekam er keine Antwort, viele Wochen lang.

Letztendlich dauerte es einen Monat.

* * *

Einen Monat nachdem Simon angeschossen worden war, als er sich endlich wieder etwas besser fühlte, fuhr er zum Port Authority Busbahnhof und stieg in einen Bus nach Buffalo. Er starrte die gesamten sieben Stunden aus dem Fenster und hoffte wider jede Vernunft, irgendetwas zu sehen, das ihn auf eine Idee bringen würde.

Es klappte nicht.

Als er in Buffalo ankam, lief er zwei Stunden lang in der Nähe des Busbahnhofs herum. Simon war überzeugt davon, einen Hinweis zu finden, wenn er sich dort nur eine Weile umsah.

Er fand keinen.

Mit schmerzendem Körper – es war wohl doch noch zu früh für die anstrengende Tour gewesen – stieg Simon wieder in den Bus, zwängte sich in seinen Sitz und fuhr sieben Stunden lang zurück.

Wieder starrte er die ganze Zeit aus dem Fenster.

Wieder nichts.

Es war fast zwei Uhr morgens, als der Bus wieder am Port Authority ankam. Simon nahm die U-Bahn-Linie A Richtung Norden zum Krankenhaus. Ingrid war immer noch bewusstlos, lag aber inzwischen in einem Privatzimmer, in dem eine Liege stand, sodass er bei seiner Frau schlafen konnte. Manchmal hatte Simon das Gefühl, dass Sam und Anya ihn zu Hause brauchten. Meistens fuhr er jedoch abends nach Washington Heights, küsste seine Frau auf die Stirn und schlief neben ihr auf der Liege.

In dieser Nacht, einen Monat nachdem er angeschossen worden war, saß allerdings jemand anders in Ingrids Zimmer, als er dort ankam.

Das Licht war aus, er sah nur ihre Silhouette an Ingrids Bett.

Er erstarrte noch in der Tür. Seine Augen weiteten sich. Simon hielt sich die Hand vor den Mund, der Schrei war dennoch zu hören. Er spürte, wie seine Knie nachgaben.

In diesem Moment drehte Paige sich um und sagte: »Dad?«

Und Simon brach in Tränen aus.

NEUNUNDDREISSIG

Paige stützte ihren Vater und half ihm auf einen Stuhl.

»Ich kann nicht hierbleiben«, sagte Paige, »aber es ist jetzt einen Monat her.«

Simon versuchte immer noch, die Fassung wiederzuerlangen. »Einen Monat?«

»Ich bin clean.«

Und das war sie. Er sah es ihr an. Sein Herz machte einen Satz. Seine Tochter war blass, sah ausgelaugt und gehetzt aus, aber sie wirkte nüchtern, hatte einen klaren Blick und … Wieder schossen ihm Tränen in die Augen, dieses Mal vor Freude, er unterdrückte sie.

»Ich bin noch nicht so weit«, mahnte sie. »Vielleicht werde ich das niemals sein. Aber mir geht's besser.«

»Dann warst du die ganze Zeit …«

»Ich habe nichts von alledem gewusst. Wir dürfen keine elektronischen Geräte nutzen, keinen Kontakt zu Freunden und Verwandten oder überhaupt zur Außenwelt haben. Das sind die Regeln. Einen ganzen Monat lang keinerlei Kontakt. Es war eine Chance, Dad. Eigentlich sogar meine einzige Chance.«

Simon war völlig benommen.

»Ich muss zurück in die Klinik. Das musst du verstehen. Ich bin noch nicht bereit fürs richtige Leben. Ich habe vierundzwanzig Stunden Ausgang, und das nur wegen dieses Notfalls. Ich muss zurück. Selbst in der kurzen Zeit hier spüre ich schon, wie der Sog zunimmt …«

»Natürlich gehst du zurück«, sagte Simon. »Ich fahr dich.«

Paige drehte sich um und sah ihre Mutter an. »Das ist meinetwegen passiert.«

»Nein«, sagte Simon. »So darfst du nicht denken.«

Simon trat zu ihr. Sie wirkte immer noch so zerbrechlich, so verdammt zerbrechlich, und er machte sich Sorgen, dass Paige, wenn sie die Schuld bei sich sah, die Erlösung womöglich wieder in der Welt der Besinnungslosigkeit suchen würde.

»Es ist nicht dein Fehler«, sagte er. »Niemand gibt dir die Schuld, am allerwenigsten deine Mutter und ich. Okay?«

Sie nickte etwas zu zaghaft.

»Paige?«

»Ja, Daddy.«

»Erzählst du mir, was passiert ist?«

»Als ich in die Wohnung zurückgekommen bin und gesehen habe, dass Aaron tot ist … da hab ich mich versteckt. Ich dachte … ich dachte, die Polizei würde davon ausgehen, dass ich ihn umgebracht habe. Es war schrecklich, als ich gesehen habe, was man ihm angetan hat, aber etwas in mir … ich weiß nicht, Aaron war weg. Endlich war er weg. Irgendwie habe ich mich befreit gefühlt. Verstehst du?«

Simon nickte.

»Also bin ich zur Rehaklinik gefahren.«

»Woher kanntest du die?«, fragte er.

Sie blinzelte und wandte den Blick ab.

»Paige?«

»Ich war schon mal da«, sagte sie.

»Wann?«

»Erinnerst du dich noch daran, als du mich im Central Park gesehen hast?«

»Natürlich.«

»Davor war ich in der Klinik.«

»Moment mal. Wann?«

»Kurz davor. Um clean zu werden. Und es hatte geklappt. Dachte ich zumindest. Aber dann hat Aaron mich gefunden. Er hat sich eines Nachts in mein Zimmer geschlichen. Hat mir im Schlaf einen Schuss gesetzt. Am nächsten Tag bin ich mit ihm abgehauen.«

In Simons Kopf drehte sich alles. »Moment. Du warst in der Reha, bevor ich dich im Park gesehen habe?«

»Ja.«

»Das versteh ich trotzdem nicht. Woher kanntest du die Klinik?«

Paige sah zum Bett.

Simon konnte es nicht fassen. »Deine Mutter?«

»Sie hat mich hingebracht.«

Auch Simon sah Ingrid an, als würde sie gleich aufwachen und es ihm erklären.

»Ich bin zu ihr gegangen«, sagte Paige. »Meine letzte Hoffnung. Sie kannte die Klinik. Sie ist vor vielen Jahren mal dort gewesen. Die gehen da vieles anders an, hat sie gesagt. Also habe ich es ausprobiert. Und es hat funktioniert. Oder auch nicht. Es ist einfach, jemand anders die Schuld zu geben, aber vielleicht …«

Simon hielt stand, als die Enthüllungen wie Schläge auf ihn einprasselten, und er versuchte, sich auf die wichtigen Dinge zu konzentrieren.

Seine Tochter war wieder da. Seine Tochter war wieder da, und sie war clean.

Die nächste Frage stellte er so behutsam wie möglich. »Warum hat Mom mir nicht gesagt, dass sie dir hilft?«

»Ich habe sie gebeten, das nicht zu tun. Das war Teil unserer Abmachung.«

»Warum wolltest du nicht, dass ich das erfahre?«

Paige wandte sich ihm zu. Er sah in die schmerzerfüllten Augen seines Babys und fragte sich, wie lange es her war, seit er sie das letzte Mal so angesehen hatte, sie richtig angesehen hatte, so wie jetzt. »Dein Gesichtsausdruck«, sagte sie.

»Was?«

»Damals, als ich das letzte Mal versagt habe, dich enttäuscht habe, dein Gesichtsausdruck …« Sie sprach nicht weiter, schüttelte den Kopf, als wollte sie ihn frei bekommen. »Wenn ich wieder gescheitert wäre und dich so gesehen hätte, ich hätte mich wahrscheinlich umgebracht.«

Simon legte die Hand wieder auf seinen Mund. »Oh, Liebling.«

»Entschuldige.«

»Das musst du nicht. Bitte nicht. Ich muss mich dafür entschuldigen, dass ich solche Gefühle in dir hervorgerufen habe.«

Paige fing an, sich hektisch die Arme zu kratzen. Simon sah die Einstichstellen, die jedoch langsam zu verblassen schienen.

»Dad?«

»Ja?«

»Ich muss jetzt zurück.«

»Ich fahr dich.«

* * *

Auf dem Weg hielten sie kurz an der Wohnung. Paige weckte ihre beiden Geschwister. Simon filmte die Tränen, all die Tränen, die während dieser kurzen, aber so emotionalen Wiedervereinigung seiner drei Kinder flossen. Er würde es Ingrid vorspielen. Ganz egal, ob sie es im Koma hören konnte oder nicht. Er würde es immer wieder abspielen, für sie und für sich.

Die Fahrt hinauf in den Norden war lang. Es machte ihm nichts aus. Die ersten Stunden schlief Paige.

Und so war Simon allein mit seinen Gedanken.

So viele Emotionen erfüllten ihn. Erleichterung und Freude, weil er Paige wiedersah – und sie war clean! Dieses Gefühl überwog. Er versuchte, sich daran festzuklammern und die anderen zu ignorieren – die Angst vor der Zukunft, den Kummer darüber, dass er Paige durch seine Reaktion so viel Furcht eingejagt hatte, die Verwirrung, weil Ingrid ihm ihr großes Geheimnis vorenthalten hatte.

Wie konnte sie?

Wie hatte Ingrid ihm vorenthalten können, dass sie Paige in die Rehaklinik gebracht hatte? Wie konnte sie es ihm vorenthalten, nachdem er Paige im Park gesehen hatte und mit Aaron aneinandergeraten war? Es war eine Sache, ein Versprechen zu halten, das man seinem Kind gegeben hatte. Dafür hatte er Verständnis. Aber so lief das zwischen ihnen in der Partnerschaft nicht.

Sie erzählten sich alles.

Das hatte er zumindest geglaubt.

Simon fiel ein, dass Rocco ihm gesagt hatte, Luther hätte nicht auf ihn, sondern auf Ingrid geschossen. In diesem Moment wachte Paige auf und griff nach der Wasserflasche.

»Wie geht's dir?«, fragte er.

»Ganz gut. Die Fahrt ist wirklich lang, Dad. Ich hätte einfach mit dem Bus zurückfahren sollen.«

»Logisch … keine Chance.«

Simon lächelte ihr matt zu. Sie erwiderte das Lächeln nicht.

»Du darfst mich in der Klinik nicht besuchen«, sagte Paige. »Noch einen Monat lang nicht. Keine Besucher.«

»Okay.«

»Sie haben mich nur nach Manhattan fahren lassen, weil ich nicht wollte, dass du dir Sorgen machst.«

»Danke.«

Er fuhr ein Stück, ohne etwas zu sagen.

»Und wie ist das abgelaufen?«, fragte er schließlich.

»Wie ist was abgelaufen?«

»Als der erste Monat um war, hat die Klinik dir erlaubt, Kontakt zu uns aufzunehmen?«

»Ja.«

»Hast du gelesen, was passiert ist?«

Paige nickte. »Meine Betreuerin in der Klinik hatte es in den Nachrichten gesehen und mir davon erzählt.«

»Wann?«

»Gestern Abend.«

»Deine Betreuerin wusste also Bescheid und hat dir nichts davon gesagt?«

»Ja. Es war meine einzige Chance, Dad. Absolute Isolation. Ich hoffe, du verstehst das.«

»Natürlich.« Simon startete einen neuen Versuch. »Weißt du, wir haben uns mit deinem alten Vermieter Cornelius angefreundet.«

Paige sah ihn an.

»Er hat deiner Mutter das Leben gerettet.«

»Wie das?«

Er erzählte von ihrem Besuch in der Bronx – die ganze Geschichte, wie sie in ihre Wohnung gegangen, Cornelius begegnet und zu Rocco in den Keller heruntergestiegen waren.

»Cornelius war wirklich nett zu mir«, sagte Paige, als er fertig war.

»Er hat uns auch erzählt, dass du zwei Tage bevor Aaron umgebracht wurde, mit blutverschmiertem Gesicht aus dem Haus gerannt bist.«

Paige wandte sich von ihm ab und blickte aus dem Seitenfenster.

»Hat Aaron dich geschlagen?«

»Nur das eine Mal.«

»Schlimm?«

»Ja.«

»Also bist du weggerannt. Und dann hat ihn, laut Angaben der Polizei, dieser Auftragsmörder umgebracht.«

Paiges Stimme klang abwesend, als sie sagte: »Gut möglich.«

Aber er hörte, dass sie nicht die Wahrheit sagte.

Simon wusste, dass irgendetwas an der Theorie der Polizei über Aaron Corvals Ermordung nicht stimmen konnte. Einerseits war sie vollkommen logisch, sehr einfach und schien zu passen. Gewissermaßen. Die Sekte brachte die Jungs um, die illegal adoptiert worden waren. Aaron Corval war eins dieser Babys und somit eins ihrer Angriffsziele. Ash und Dee Dee waren an den Tatort zurückgekehrt, weil sie Simon umbringen mussten.

Aber woher hatten sie gewusst, dass Simon dort war?

Simon war sämtliche Informationen durchgegangen. Die E-ZPass-Daten für die Mautabrechnung ihres Wagens deuteten darauf hin, dass sie nicht in der Nähe des Krankenhauses waren. Also konnten sie ihm nicht von dort gefolgt sein.

Dann fiel Simon etwas anderes ein.

Ein Zeuge, Cornelius' Mieter Enrique Baez, hatte behauptet, Dee Dee kurz vor der Schießerei in Cornelius' Wohnung im zweiten Stock des Hauses gesehen zu haben.

Wieso? Was wollte sie im zweiten Stock?

Für die Polizei war das nur eine kleine Unstimmigkeit gewesen, keine große Sache: Solche unbedeutenden Ungereimtheiten gäbe es bei jedem Fall. Simon ging es jedoch nicht mehr aus dem Kopf. Also war er noch einmal hingefahren. Cornelius und er hatten mit Enrique gesprochen, und dabei war er auf einen möglichen Anhaltspunkt gestoßen:

Dee Dee hatte direkt vor Aarons und Paiges Wohnung gestanden.

Und wieder stellte sich die Frage: Warum? Sie hatten Aaron bereits umgebracht, was wollten sie noch in seinem Zimmer? Sie hatten die Tür eingetreten, um hineinzukommen, was Cornelius erst bemerkt hatte, als die Polizei nicht mehr im Haus war – warum hätten sie das tun sollen?

Das ergab keinen Sinn.

Es sei denn, sie waren vorher nie dort gewesen.

»Paige?«

»Ja?«

»Was hast du getan, nachdem Aaron dich verprügelt hat?«

»Ich bin weggerannt.«

»Wohin?«

»Ich … ich habe mir einen Schuss besorgt.«

Dann fragte er einfach: »Du hast nicht zufällig Mom angerufen?«

Schweigen.

»Paige?«

»Lass gut sein, bitte.«

»Hast du Mom angerufen?«

»Ja.«

»Und was hat sie gesagt?«

»Ich …« Sie kniff die Augen zu. »Ich habe ihr erzählt, was ich getan habe. Und dass ich abhauen musste.«

»Was hast du ihr noch gesagt, Paige?«

»Dad. Bitte. Bitte lass gut sein.«

»Nicht, bevor wir beide uns die Wahrheit erzählt haben. Und noch etwas, Paige: Die Wahrheit wird dieses Auto nicht verlassen. Niemals. Aaron war Abschaum. Sein Tod war kein Mord – es war Notwehr. Er hat dich Tag für Tag ein bisschen umgebracht. Hat dich vergiftet. Und als du dich von ihm losreißen wolltest, ist er wieder zurückgekommen und hat dich weiter vergiftet. Verstehst du?«

Seine Tochter nickte.

»Also, was ist passiert?«

»An dem Tag hat Aaron mich verprügelt, Dad. Mit seinen Fäusten.«

Wieder spürte Simon, wie Wut in ihm aufstieg.

»Ich habe es nicht mehr ausgehalten. Ich wusste aber, dass ich ausbrechen kann – ich konnte mich befreien –, wenn er nur …«

»… weg wäre«, vollendete Simon den Satz für sie.

»Weißt du noch, wie du mich im Park gesehen hast? Wie ich aussah?«

Er nickte.

»Ich musste mich aus seinem Würgegriff befreien.«

Simon wartete. Paige starrte nach vorne durch die Windschutzscheibe.

»Also ja, Dad, ich hab ihn umgebracht. Ich habe ihn umgebracht, sodass alles voller Blut war. Dann bin ich abgehauen.«

Simon fuhr einfach weiter. Er umklammerte das Lenkrad so fest, dass er fürchtete, es aus dem Armaturenbrett zu reißen.

»Dad?«

»Du bist meine Tochter. Ich werde dich immer beschützen. Immer. Und ich bin stolz auf dich. Du versuchst, das Richtige zu tun.«

Sie lehnte sich an ihn. Simon legte den Arm um sie, ließ die andere Hand am Lenkrad.

»Aber du hast Aaron nicht umgebracht.«

Sie erstarrte in seinem Arm.

»Verprügelt hat er dich, zwei Tage bevor er ermordet wurde.«

»Dad, bitte lass gut sein.«

Simon wünschte von ganzem Herzen, dass er das könnte. »Du hast deine Mutter angerufen. Genau wie du gesagt hast. Du hast sie um Hilfe gebeten.«

Paige drückte sich fester an ihn. Sie zitterte. Es quälte ihn, sie so zu bedrängen, aber sie mussten es zu Ende bringen.

»Hat Mom dich aufgefordert, dich an dem Abend aus der Wohnung fernzuhalten?«

Ihre Stimme war schwach. »Dad, bitte.«

»Ich weiß nämlich, dass deine Mom und ich diese Situation auf die gleiche Weise gesehen hätten. Wir hätten dich da wieder rausgeholt und zu dieser großartigen Rehaklinik gebracht – aber solange Aaron am Leben war, würde er dich finden, ganz egal, was für eine bizarre Beziehung ihr auch hattet. Ihr beide wart auf eine Art verbunden, die ich niemals verstehen werde. Aaron war wie ein Parasit, der getötet werden musste.«

»Und genau das habe ich getan«, sagte Paige. Sie versuchte, tapfer und selbstbewusst zu klingen. Es gelang ihr nicht.

»Nein, mein Schatz, das hast du nicht. Deshalb hat Luther auf Mom geschossen. Er hat sie an dem Abend gesehen. Das wollte er mir erzählen, bevor er erschossen wurde. Luther hat sie gesehen, als sie aus eurer Wohnung gekommen ist. Oder er ist sogar Zeuge ihrer Tat geworden, das weiß ich nicht. Als er deine Mutter dann ein paar Tage später bei Rocco gesehen hat, dachte er, sie wollte vielleicht auch ihn umbringen. Aaron hat für Rocco gearbeitet, stimmt's? Deshalb hat Luther die Waffe gezogen. Deshalb hat er erst auf Mom geschossen, nicht auf mich. Deshalb hat er immer wieder behauptet, es wäre Notwehr gewesen.«

Fagbenle hatte von Anfang an richtiggelegen.

Occams Rasiermesser. Kennen Sie das Konzept?

»Ich habe keine Lust auf Spielchen, Detective.«

»Es besagt …«

»Ich weiß, was es besagt.«

»… dass die einfachste Erklärung normalerweise die richtige ist.«

»Und was ist die einfachste Erklärung, Detective?«

»Sie haben Aaron Corval umgebracht. Oder Ihre Frau. Ich würde es Ihnen beiden nicht verübeln. Der Mann war ein Monster. Er hat Ihre Tochter langsam vergiftet, sie vor Ihren Augen ermordet.«

Fagbenle hatte sogar angemerkt, dass Ingrid in ihrer Pause in die Bronx hätte gehen können. Auf der Überwachungskamera sah man sie beim Verlassen des Krankenhauses.

Ingrid hatte den Ablauf geplant. Sie hatte dafür gesorgt, dass Aaron allein war.

»Paige?«

»Ich wusste nicht, dass Mom ihn umbringen will.«

Sie löste sich aus seinem Arm und setzte sich aufrecht hin.

»Ich bin früh wieder zur Wohnung zurückgekommen und habe gesehen, wie … Mom trug einen Krankenhauskittel. Er war vollkommen blutverschmiert. Wahrscheinlich hat sie ihn später weggeworfen. Als ich sie gesehen habe, bin ich ausgerastet und davongerannt.«

»Wohin?«

»In einen anderen Keller. So ähnlich wie der von Rocco. Ich hab mir zwei Schüsse gesetzt. Dann habe ich da stundenlang gelegen, wie lange, kann ich nicht sagen. Und als ich aufgewacht bin, ist die Wahrheit zu mir durchgedrungen.«

»Welche Wahrheit?«

»Meine Mom hatte jemanden umgebracht. Überleg doch mal. Es heißt, man muss den Tiefpunkt erreichen, bevor es wieder bergauf gehen kann. Wenn einem klar wird, dass man seine Mutter dazu gebracht hat, einen Menschen zu töten, dann ist man am Tiefpunkt.«

Sie schwiegen eine Zeit lang.

Dann fragte Simon: »Wie kommt's, dass Mom nicht in der Rehaklinik angerufen und gefragt hat, ob du dort bist?«

»Vielleicht hat sie das. Aber ich war ja noch nicht da. Ich habe zwei Tage gebraucht, um da raufzukommen.«

Und da lag Ingrid schon im Koma.

»Dad?«

»Was ist, mein Schatz?«

»Können wir das jetzt gut sein lassen?«

Simon überlegte kurz. »Ich glaube schon.«

»Und es verlässt niemals dieses Auto?«
»Niemals.«
»Das gilt auch für Mom.«
»Was?«
»Erzähl es ihr nicht, okay? Lass einfach gut sein.«

VIERZIG

In den Wochen, die vergingen, während Ingrid sich langsam erholte und das Leben wieder besser wurde, dachte Simon über die Bitte seiner Tochter nach.

Durfte das, was sie gesagt hatten, niemals das Auto verlassen? War es wirklich am besten, seiner Frau nicht zu sagen, dass er wusste, dass sie einen Menschen umgebracht hatte?

War es besser, mit diesem Geheimnis zu leben?

Oberflächlich betrachtet lautete die Antwort wohl Ja.

Simon beobachtete, wie seine Frau langsam wieder zu ihm und der Familie zurückfand.

Schließlich hatte Ingrid genug Kraft gesammelt, um nach Hause zurückzukehren.

Wochen und Monate vergingen. Gute Monate.

Auch Paiges Zustand verbesserte sich weiterhin. Schließlich wurde sie aus der Rehaklinik nach Hause entlassen.

Mit Beginn des neuen Semesters kehrte Sam zurück aufs Amherst College. Anya machte sich gut in der Highschool. Simon arbeitete wieder. Bald würde auch Ingrid zu ihren Patienten zurückkehren.

Das Leben tat mehr, als einfach nur zur Normalität zurückzukehren.

Das Leben war schön. Wirklich schön. Und wenn das Leben so schön war, sollte man vielleicht keine schlafenden Hunde wecken.

Sie lachten viel und freuten sich des Lebens. Sie machten wunderbare Spaziergänge im Central Park. Sie gingen mit Freunden essen und abends ins Theater. Sie genossen die Liebe, das Licht und die Familie.

Ingrid und Simon begrüßten Paiges Rückkehr und empfingen sie mit offenen Armen. Sie unterstützten sie, wo sie nur konnten, hegten dabei jedoch immer die Befürchtung, dass der Dämon, den Aaron ihr eingepflanzt hatte, zwar geschwächt war, womöglich aber noch in ihr schlummerte und nur auf den richtigen Moment wartete.

Weil Dämonen niemals starben.

Und Geheimnisse auch nicht.

Das war das Problem. Sie waren von all diesen guten Dingen umgeben. Aber das Geheimnis war eben auch da.

Eines Abends blieben Ingrid und Simon bei ihrem Spaziergang durch den Central Park in Strawberry Fields stehen. Normalerweise mied Simon diesen Weg. Hier hatte er gesehen, wie Paige diesen Beatles-Song gemeuchelt hatte. Welcher war das noch gewesen? Er erinnerte sich nicht mehr. Streichen Sie das. Er wollte sich nicht erinnern.

Aber Ingrid wollte sich auf die Bank setzen. Aus Gewohnheit las er die Inschrift auf der Plakette:

Dies ist für Jersey, den guten Hund, der diese Bank
gern mit Ihnen teilen würde.

Ingrid nahm seine Hand, starrte ins Nichts und sagte: »Du weißt es.«

»Ja.«

»Du verstehst auch, warum ich es getan habe.«

Er nickte. »Das tue ich.«

»Es war, als würde sie ertrinken. Und jedes Mal, wenn sie an die Oberfläche kam, hat er sie wieder nach unten gezogen.«

»Du brauchst dich dafür mir gegenüber nicht zu rechtfertigen.«

Er drückte Ingrids Hand und hielt sie fest.

»Du hast es geplant«, sagte er.

»Gleich nach ihrem Anruf.«

»Und du hast es brutal und blutig gemacht …«

»… damit die Polizei es für eine Auseinandersetzung unter Drogenhändlern hält«, sagte sie.

Er wandte den Blick kurz ab, dann sah er sie wieder an. »Warum hast du mich nicht um Hilfe gebeten?«

»Aus drei Gründen«, sagte sie.

»Ich höre.«

»Erstens, es ist mein Job, dich zu beschützen. Weil ich dich liebe.«

»Ich liebe dich auch.«

»Zweitens: Für den Fall, dass ich erwischt werde, sollte einer von uns in Freiheit sein, damit die Kinder jemanden haben.«

Simon konnte sich ein Lächeln nicht verkneifen. »Pragmatisch.«

»Ja.«

»Und drittens?«

»Ich dachte, du könntest es mir womöglich ausreden.«

Er sagte nichts. Hätte er den Plan zur Ermordung Aaron Corvals wirklich mitgetragen?

Er wusste es nicht.

»Was für ein Wagnis«, sagte er.

»Ja.«

Er starrte seine Frau an und war wieder einmal überwältigt.

»Ich liebe unsere Familie«, sagte Ingrid.

»Ich auch.«

Sie legte ihm die Hand auf die Schulter, wie sie es zuvor schon tausendmal getan hatte.

Es gibt nur wenige Augenblicke reiner Glückseligkeit im Leben. Meistens merkt man erst, wenn es vorbei ist, dass man gerade einen solchen Moment erlebt hat. Jetzt war das anders. Simon merkte, dass er einen solchen Moment erlebte, als er neben der Frau, die er liebte, saß.

Und sie merkte es auch.

Dies war Glückseligkeit.

Und sie würde nicht fortdauern.

EPILOG

Knapp ein Jahr nach ihrer Ermordung fand die Polizei Elena Ramirez' Leiche.

Sie sollte in Chicago beerdigt werden. Simon und Cornelius beschlossen, daran teilzunehmen. Sie flogen nicht, sondern fuhren mit dem Auto. Cornelius plante die Strecke und fand ein paar seltsame Museen und Sehenswürdigkeiten, die auf dem Weg lagen, sodass sie gelegentliche Pausen einlegen konnten.

Elena wurde neben einem Mann namens Joel Marcus zur letzten Ruhe gebettet.

Sie übernachteten in einem Hotel außerhalb von Chicago. Als sie sich am nächsten Morgen auf die Rückfahrt gemacht hatten, fragte Simon: »Hättest du was dagegen, wenn wir in Pittsburgh haltmachen?«

»Absolut nicht«, sagte Cornelius. Dann, als er Simons Miene sah, fragte er: »Was ist los?«

»Ich will nur jemanden besuchen.«

Als Simon an die Tür klopfte, öffnete ein junger Mann und spähte heraus. »Doug Mulzer?«

»Ja.«

Mulzer war nach dem Angriff auf Paige bisher weder körperlich noch emotional in der Lage gewesen, nach Lanford College zurückzukehren. Simon störte das nicht. Oder doch? Vielleicht hatte es schon genug Selbstjustiz gegeben.

»Mein Name ist Simon Greene. Ich bin Paiges Vater.«

Als sie wieder in New York City waren, setzte Simon Cornelius ab und fuhr ins Büro von PPG Wealth Management. Es war schon spät, aber Yvonne war noch da. Er nahm sie zur Seite und sagte: »Ich glaube, ich kenne Ingrids Geheimnis.«

* * *

Als er an diesem Abend ins Mietshaus trat, hielt Suzy Fiske ihm die Fahrstuhltür auf. Sie begrüßte ihn mit einem breiten Lächeln und einem Wangenkuss.

»Hey«, sagte sie, »ich habe gesehen, dass Sam aus Amherst gekommen ist.«

»Ja, er ist für die Semesterferien hergekommen.«

»Dann habt ihr jetzt alle drei bei euch?«

»Genau.«

»Muss toll sein.«

Simon lächelte. »Das ist es.«

»Außerdem habe ich gehört, dass Paige sich bei der New York University eingeschrieben hat?«

»Ja, aber sie wird weiter bei uns wohnen bleiben.«

»Das freut mich wirklich für euch.«

»Danke, Suzy. Ich weiß, dass ich mich schon tausendmal bedankt habe …«

»Und du hast uns den Gutschein für RedFarm geschenkt. Das war wirklich ein bisschen sehr großzügig. Wir haben jetzt schon viermal da gegessen.«

Der Fahrstuhl hielt in Simons Etage. Er stieg aus und schloss die Tür auf. *Zombie* in der Version von Bad Wolves lief über den Bluetooth-Lautsprecher in der Küche. Ingrid sang den Refrain mit:

»*What's in your head, in your head, zombie ...*«

Simon lehnte sich an den Rahmen der Küchentür. Ingrid drehte sich um und lächelte ihm zu.

»Hi«, sagte Ingrid.

»Hi.«

»Wie war der Trip?«

»Gut«, sagte er. »Traurig.«

»Dein Sohn ist da.«

»Hab ich schon gehört. Was kochst du?«

»Meinen berühmten asiatischen Lachs. Sein Lieblingsessen.«

»Ich liebe dich«, sagte er.

»Ich liebe dich auch.«

»Wo ist Paige?«

»In ihrem Zimmer. In fünf Minuten gibt's Abendessen, okay?«

»Okay.«

Er ging den Flur entlang und klopfte an ihre Tür. Paige sagte: »Herein.«

Obwohl inzwischen eine ganze Weile vergangen war, wirkte seine Tochter immer noch blass und gehetzt, und er fragte sich, ob sich das je wieder ändern würde. Es hatte schlimme Nächte mit Schweißausbrüchen, Alpträumen und Tränen gegeben. Es war ein stetiger Kampf, und er war sich nicht sicher, ob Paige ihn gewinnen konnte – er wusste, wie schlecht die Chancen standen –, aber vielleicht schaffte sie es. Er hatte viel über Aarons Einfluss auf Paige nachgedacht, über die eigenartige und befremdliche Beziehung, die sie gehabt hatten. Aber vielleicht war ja auch das ganz einfach. Wie Fagbenle gesagt hatte.

Man tötet einen Menschen, um sein Kind zu beschützen.

Man tötet einen Menschen, um einen Süchtigen zu retten.

»Ich habe nie verstanden, wie du ursprünglich mit Aaron in Kontakt gekommen bist«, sagte er. »Die Frage hat mich einfach nicht losgelassen. Elena Ramirez hat Henry Thorpes DNA-Webseite gefunden. Dort waren mehrere Halbbrüder aufgelistet, darunter auch Aaron. Aber du hast auch einen DNA-Test gemacht, stimmt's, Paige?«

»Ja.«

»Das habe ich nie verstanden – welche Verbindung zwischen dir und Aaron bestand. Wie konntest du dich zu einem so schrecklichen Menschen hingezogen fühlen?«

Paige hatte einen Kapuzenpulli aus einer Schublade genommen. Jetzt unterbrach sie ihre Tätigkeit und wartete.

»Weißt du, was mir an eurer Wohnung in der Bronx aufgefallen ist?«, fuhr er fort. »Da lagen zwei einzelne Matratzen – eine rechts und eine links an der Wand.« Er breitete die Arme aus. »Welches junge Paar teilt denn nicht das Bett?«

»Dad?«

»Lass mich das nur eben zu Ende bringen, okay? Ich habe heute Doug Mulzer in Pittsburgh besucht. Darüber müssen wir auch irgendwann reden, über das, was er dir angetan hat, aber vielleicht hast du das auch schon in der Therapie besprochen.«

»Hab ich, ja.«

»Okay, aber weißt du, er wurde zusammengeschlagen. Brutal.«

»Das war falsch«, sagte Paige.

»Gut möglich, aber vielleicht auch nicht. Darum geht's mir im Moment nicht. Aber Doug hat mir erzählt, dass ein Mann mit einer Sturmhaube auf ihn losgegangen ist. Es war Aaron, stimmt's?«

»Ja. Ich hätte ihm nie erzählen dürfen, was Doug mir angetan hat.«

»Warum hast du es dann getan?«

Paige antwortete nicht.

»Ich bin einfach nicht dahintergekommen. Aber dann hat Mulzer mir erzählt, was Aaron geschrien hat, während er auf ihn einschlug.«

Paige traten Tränen in die Augen. Simon auch.

»Meiner Schwester tut niemand weh.«

Paiges Schultern sanken herab.

»Als du den DNA-Test gemacht hast, hast du erfahren, dass Aaron dein Halbbruder ist. Aber nicht väterlicherseits.« Simon zitterte. »Ihr hattet beide dieselbe Mutter.«

Es dauerte ein paar Sekunden, doch dann gelang es Paige, den Kopf zu heben und ihn anzusehen. »Ja.«

»Ich habe mich bei deiner Tante Yvonne erkundigt. Das große Geheimnis deiner Mutter? Sie hat mit siebzehn nicht im Ausland als Model gejobbt. Sie war einer Sekte verfallen. Sie ist vom Anführer geschwängert worden. Aber sie haben ihr erzählt … sie haben ihr erzählt, dass es eine Totgeburt war. Sie dachte, dass sie das Baby womöglich absichtlich getötet haben. Sie hatte Selbstmordgedanken. Ihre Familie – deine Großeltern – hat sie da rausgeholt, und sie hat sich einer Deprogrammierung unterzogen. In einer Rehaklinik. In der Rehaklinik, in die sie dich gebracht hat.«

Seine Tochter ging durchs Zimmer und setzte sich aufs Bett. Simon setzte sich neben sie.

»Er war völlig kaputt«, sagte Paige. »Sein Vater hat ihn misshandelt, seit er ein kleines Kind war.«

»Aaron, meinst du?«

Sie nickte. »Und vergiss nicht, in welcher Situation ich

war. Doug Mulzer hatte mich im College attackiert, und als ich dann das Ergebnis dieses DNA-Tests bekam, war es, als wäre mein ganzes Leben nur eine riesige Lüge gewesen. Ich habe mich verloren gefühlt, war verwirrt und hatte Angst. Aber plötzlich hatte ich diesen neuen Bruder. Wir haben stundenlang geredet. Ich habe ihm von dem Angriff erzählt. Also hat er sich darum gekümmert. Es war schrecklich, aber irgendwie habe ich mich auch … na ja … beschützt gefühlt. Dann hat er mich unter Drogen gesetzt, und es war, als ob … es hat mir gefallen. Nein, ich fand's fantastisch. Ich konnte allem entkommen. Aaron hat dann dafür gesorgt, dass ich immer wieder Drogen genommen habe und …« Sie hielt inne, wischte sich Tränen aus den Augen. »Ich glaube, er hat gewusst, was er tat.«

»Was meinst du damit?«

»Ich glaube, Aaron gefiel der Gedanke, eine Schwester zu haben. Er wollte mich nicht verlieren. Er musste mich süchtig machen, damit ich ihn nicht wieder alleine lasse – und vielleicht … na ja, vielleicht wollte er sich auch an seiner leiblichen Mutter rächen. Er war das Kind, das sie weggeworfen hat – warum sollte er also das Kind, das sie behalten hat, nicht zerstören?«

»Und du hast deine Mutter nie darauf angesprochen?«

»Doch, das habe ich.« Sie holte tief Luft. »Ich bin nach Hause gekommen und habe Mom gefragt, ob sie vor mir schon ein Kind hatte. Ich habe sie angefleht, mir die Wahrheit zu sagen. Schließlich ist sie eingeknickt. Sie hat mir von der Sekte erzählt. Sie sagte, sie sei von einem schrecklichen Mann geschwängert worden, das Baby wäre aber gestorben.«

Wenn Simon Yvonnes Worten vertrauen konnte, glaubte Ingrid das immer noch.

»Ich hab gedacht, sie belügt mich immer noch. Aber …

tja … es hat mich nicht mehr interessiert. Ich war inzwischen schon ein Junkie und nur noch auf der Suche nach dem nächsten Schuss. Also habe ich ihren Schmuck geklaut – und bin damit zu meinem Bruder zurückgekehrt.«

Dieses kranke, verdorbene Band – es war mit Blut geschmiedet.

»Du hast gesagt, dass du am Tiefpunkt warst«, meinte Simon und spürte, wie sich etwas in seiner Brust verhärtete, sodass er kaum noch atmen konnte, »weil du deine Mutter dazu gebracht hast, jemanden zu töten …«

Paige kniff die Augen fest zusammen, so fest, als würde sie das alles wegwünschen.

»… aber sie hat nicht einfach nur ›jemanden‹ getötet …«

Beide wussten, was kam. Paige hielt die Augen geschlossen und wappnete sich für den Schlag.

»… sie hat ihren eigenen Sohn getötet.«

»Das dürfen wir ihr nicht sagen, Dad.«

Simon schüttelte den Kopf und erinnerte sich an das, was Ingrid und er sich auf der Bank im Central Park gelobt hatten. »Keine Geheimnisse mehr, Paige.«

»Dad …«

»Deine Mutter hat mir sogar die Wahrheit über Aarons Ermordung gesagt.«

Langsam wandte Paige ihm den Kopf zu, und Simon hatte den Eindruck, dass ihr Blick nie zuvor so klar war. »Das ist etwas anderes. Dieses Geheimnis würde sie zerstören.«

Draußen hörten sie Ingrid in einem fröhlichen Singsang rufen: »Essen ist fertig! Alle Hände waschen und zu Tisch.«

»Das dürfen wir ihr nicht erzählen, Dad.«

»Es könnte sowieso herauskommen. Vielleicht weiß sie es ja auch schon.«

»Sie weiß es nicht«, sagte Paige. »Die Adoptionsagentur hat die Akten nicht. Nur wir beide kennen die Wahrheit.«

Sie gingen zur Küche. Alle fünf – Simon, Ingrid, Paige, Sam und Anya – setzten sich. Sam erzählte von seinem etwas vertrottelten neuen Laborpartner im Psychologiekurs. Es war eine komische Geschichte. Ingrid lachte so sehr, dass ihre Augen tränten. Dann sah sie Simon mit diesem Blick an, der ausdrückte, wie glücklich und gesegnet sie doch waren, einem Blick, der besagte: Hey, erinnerst du dich noch an den Moment im Park? Auch dies ist einer dieser glückseligen Augenblicke. Er ist sogar noch besser, weil unsere Kinder bei uns sind. Wieder erleben wir einen solchen Moment und haben das Glück, ihn von ganzem Herzen genießen zu können, weil wir es bemerken.

Simon sah Paige an, die gegenüber am Tisch saß. Sie erwiderte seinen Blick.

Auch das Geheimnis saß mit am Tisch.

Wenn Simon schwieg, würde das Geheimnis immer bei ihnen bleiben.

Er fragte sich, was schlimmer war – für immer von diesem Geheimnis verfolgt zu werden, oder der Frau, die er liebte, zu sagen, dass sie ihren eigenen Sohn ermordet hatte.

Die Antwort schien auf der Hand zu liegen. Vielleicht würde sie morgen anders lauten. Heute Abend wusste er jedoch, was er zu tun hatte.

Simon mochte sich nicht in die Flugbahn der Kugel geworfen haben, als Luther auf Ingrid geschossen hatte. Aber jetzt würde er sich in die Flugbahn der Kugel stellen – ganz egal, wie weh es auch tat. Er lauschte dem schönen Lachen seiner Frau und wusste, dass er jeden Preis bezahlen würde, um es weiterhin hören zu dürfen.

Also legte er innerlich einen feierlichen Eid ab. Es würde keine Geheimnisse mehr geben.

Bis auf dieses eine.

Kaplan Publishing are constantly findin[illegible] difference to your studies and our excit[illegible] offer something different to students l[illegible]

This book comes with free MyKaplan online resources so that you can study anytime, anywhere. **This free online resource is not sold separately and is included in the price of the book.**

Having purchased this book, you have access to the following online study materials:

CONTENT	ACCA (including FBT, FMA, FFA)		FIA (excluding FBT, FMA, FFA)	
	Text	Kit	Text	Kit
Electronic version of the book	✓	✓	✓	✓
Knowledge checks with instant answers	✓		✓	
Material updates	✓	✓	✓	✓
Latest official ACCA exam questions*		✓		
Pocket Notes (digital copy)	✓		✓	
Study Planner	✓			
Progress Test including questions and answers	✓		✓	
Syllabus recap Videos		✓		✓
Revision Planner		✓		✓
Question Debrief and Walkthrough Videos		✓		
Mock Exam including questions and answers		✓		

* Excludes BT, MA, FA, FBT, FMA, FFA; for all other papers includes a selection of questions, as released by ACCA

How to access your online resources

Received this book as part of your Kaplan course?
If you have a MyKaplan account, your full online resources will be added automatically, in line with the information in your course confirmation email. If you've not used MyKaplan before, you'll be sent an activation email once your resources are ready.

Bought your book from Kaplan?
We'll automatically add your online resources to your MyKaplan account. If you've not used MyKaplan before, you'll be sent an activation email.

Bought your book from elsewhere?
Go to **www.mykaplan.co.uk/add-online-resources**
Enter the ISBN number found on the title page and back cover of this book.
Add the unique pass key number contained in the scratch panel below.
You may be required to enter additional information during this process to set up or confirm your account details.

This code can only be used once for the registration of this book online. This registration and your online content will expire when the examinations covered by this book have taken place. Please allow one hour from the time you submit your book details for us to process your request.

Please scratch the film to access your unique code.

Please be aware that this code is case-sensitive and you will need to include the dashes within the passcode, but not when entering the ISBN.

KAPLAN PUBLISHING

ACCA

Strategic Professional – Options

Advanced Audit and Assurance (INT & UK) (AAA)

EXAM KIT

KAPLAN PUBLISHING

British Library Cataloguing-in-Publication Data

A catalogue record for this book is available from the British Library.

Published by:

Kaplan Publishing UK
Unit 2 The Business Centre
Molly Millar's Lane
Wokingham
Berkshire
RG41 2QZ

ISBN: 978-1-83735-012-4

Acknowledgements

We are grateful to the Association of Chartered Certified Accountants and the Chartered Institute of Management Accountants for permission to reproduce past examination questions. The answers have been prepared by Kaplan Publishing.

CONTENTS

Versions of some questions in this Exam Kit may also be available on the ACCA Practice Platform on the ACCA Website. They are a very useful reference, in particular to attempt using ACCA's exam software. However, you should be aware that ACCA will decide when those questions will be amended for syllabus changes or replaced, so they may differ slightly from the versions in this Exam Kit.

This document references IFRS® Standards and IAS® Standards, which are authored by the International Accounting Standards Board (the Board), and published in the 2024 IFRS Standards Red Book.

Key features in this edition

In addition to providing a wide ranging bank of real past exam questions, we have also included in this edition:

- An analysis of the recent new syllabus examinations.
- Exam specific information and advice on exam technique.
- Our recommended approach to make your revision for this particular subject as effective as possible.

  This includes step by step guidance on how best to use our Kaplan material (Study Text, pocket notes and exam kit) at this stage in your studies.
- Enhanced tutorial answers packed with specific key answer tips, technical tutorial notes and exam technique tips from our experienced tutors.
- Complementary online resources including full tutor debriefs and question assistance to point you in the right direction when you get stuck.

You will find a wealth of other resources to help you with your studies on the following sites:

www.MyKaplan.co.uk

www.accaglobal.com/student

Quality and accuracy are of the utmost importance to us so if you spot an error in any of our products, please send an email to mykaplanreporting@kaplan.com with full details.

Our Quality Co-ordinator will work with our technical team to verify the error and take action to ensure it is corrected in future editions.

INDEX TO QUESTIONS AND ANSWERS

INTRODUCTION

The exam format of Advanced Audit and Assurance changed in September 2022. Accordingly any older ACCA questions within this kit have been adapted to reflect the new style of exam and the new guidance. The marking schemes included are indicative schemes which have been approved by ACCA as being representative of the real exam except where indicated.

One question in the kit is not adapted from a past exam question and is not exam standard but has been included to provide greater syllabus coverage.

The specimen exam is included at the end of the kit.

KEY TO THE INDEX

ANSWER ENHANCEMENTS

We have added the following enhancements to the answers in this exam kit:

Key answer tips

All answers include key answer tips to help your understanding of each question.

Tutorial note

All answers include more tutorial notes to explain some of the technical points in more detail.

Top tutor tips

For all questions, we 'walk through the answer' giving guidance on how to approach the questions with helpful 'tips from a top tutor', together with technical tutor notes.

These answers are indicated with the 'footsteps' icon in the index.

ONLINE ENHANCEMENTS

Answer debrief

For selected questions, we recommend that they are to be completed in full exam conditions (i.e. properly timed in a closed book environment).

In addition to the examining team's technical answer, enhanced with key answer tips and tutorial notes in this exam kit, online you can find an answer debrief by a top tutor that:

- works through the question in full
- explains key elements of the answer
- ensures that the easy marks are obtained as quickly as possible.

These questions are indicated with the 'video' icon in the index.

Answer debriefs will be available on MyKaplan at:

www.mykaplan.co.uk

Page number

SECTION A QUESTIONS

Planning and conducting an audit

SECTION B QUESTIONS

Planning and conducting an audit of historical financial information

Completion, review and reporting

Other assignments

Professional and ethical considerations, Quality management and Practice management

UK Syllabus only

INT Syllabus only

ANALYSIS OF PAST EXAMS

The table below summarises the key topics that have been tested in the new syllabus examinations to date.

	Specimen exam	Mar / Jun 22	Sept 22	Dec 22	Mar/ Jun 23	Sept / Dec 23	Mar/ Jun 24	Sep/ Dec 24
Regulatory Environment								
Regulatory framework including corporate governance							✓ (UK)	
Money laundering		✓						
Laws and regulations			✓				✓	✓
Professional & ethical considerations								
Code of ethics	✓	✓			✓	✓	✓	
Fraud and error								
Professional liability								
Quality management & practice management								
Quality management	✓	✓	✓		✓			✓
Advertising								
Tendering								
Acceptance of professional appointments	✓	✓		✓	✓		✓	
Planning & conducting an audit of historical financial information								
Risk evaluation:								
Audit risk	✓							
Business risk			✓	✓		✓	✓	✓
Risk of material misstatement		✓	✓	✓	✓	✓	✓	✓
Group audit situation	✓							✓
Planning and materiality			✓	✓				
Professional scepticism			✓	✓	✓	✓		
Audit evidence:								
Sufficient/appropriate								
Specific procedures	✓	✓	✓	✓	✓	✓	✓	✓
Analytical procedures/Data analytics	✓	✓						✓
Related parties								

	Specimen exam	Mar / Jun 22	Sept 22	Dec 22	Mar/ Jun 23	Sept / Dec 23	Mar/ Jun 24	Sep/ Dec 24
Work of experts								
Work of internal audit								
Outsourcing				✓				
Initial engagements								
Comparatives								
Joint audits								
Transnational audits						✓		
Completion, review and reporting								
Evaluating misstatements and resolving outstanding issues	✓	✓		✓	✓	✓	✓	
Subsequent events								
Going concern			✓					
Reporting implications	✓	✓	✓	✓		✓	✓	
Critical appraisal of a draft report					✓			✓
Reporting in relation to other information published with FS	✓							
Reporting to those charged with governance					✓			
Other assignments								
Interim review								
Due diligence		✓						
Prospective financial information			✓	✓	✓			
Sustainability assurance	✓							✓
Forensic audit						✓		
Insolvency (UK only)					✓			
Performance information (INT only)								
Levels of assurance								
Advantages and disadvantages of audit								
Current Issues								

EXAM TECHNIQUE

- **Divide the time** you spend on questions in proportion to the marks on offer:

  The **time allowed** for this exam is 3 hours and 15 minutes/195 minutes.

  Read each question carefully, reviewing the format and content of the requirements so that you understand what you need to do.

  There are 80 technical marks and 20 professional skills marks. Professional skills marks should be achieved as you work through the technical marks.

  If 15 minutes are spent reading the examination requirements, your time allocation should be 2.25 minutes per mark (180/80). This gives 90 minutes for section A and 45 minutes for each section B question.

  If you do not allow a specific amount of time for reading and planning your time allocation will be 2.4 minutes per mark (195/80). This gives 97 minutes for section A and 49 minutes for each section B question.

  If you plan to spend more or less time on reading and planning, your time allocation per mark will be different.

  Whatever happens, **do not overrun on any part of any question!** Always keep your eye on the clock.

- **Skim through the whole exam**, assessing the level of difficulty of each question.

- **Decide the order** in which you think you will attempt each question. Options include:

  - Tackle the question you think is the easiest and you are most comfortable with first.
  - Tackle the Section A question first as this has the most marks attributable.
  - Alternatively, attempt Section B questions first as these are less likely to cause you to overrun on time meaning you are more likely to have time to attempt all questions.
  - It is usual, however, that students tackle their least favourite topic and/or the most difficult question last.
  - Whatever your approach, you must make sure that you leave enough time to attempt all questions fully and be very strict with yourself in timing each question.

- At the **beginning of the exam** take time to:

  - **Read the questions and examination requirements carefully** so that you understand them, and
  - **Plan** your answers.

- Stick to the question and **tailor your answer** to what you are asked.

  - Pay particular attention to the verbs in the question.
  - Pay attention to the signposts in the question.
  - State your assumptions if you do not understand what a question is asking. Even if you do not answer in precisely the way the examiner hoped, you may be given some credit, if your assumptions are reasonable.

- If you **get completely stuck** with a question **leave it** and **return to it later**.

- Spend the **last five minutes** of the examination:
  - Reading through your answers, and
  - Making any additions or corrections.
- You should do everything you can to make things easy for the marker.

  The marker will find it easier to identify the points you have made if your **answers are well spaced out** and **clearly referenced to the requirement** being answered.
- **Written questions**:

  Marks are normally awarded for depth of explanation and discussion. For this reason, lists and bullet points should be avoided unless specifically requested. Your answer should:
  - Have a clear structure using subheadings to improve the quality and clarity of your response.
  - Be concise.
- **Briefing note format**:

  Question one will ask you to present your answer in the form of briefing notes. Professional marks are awarded for this format.

  Make sure that you use the correct format – there are easy marks to gain here.

EXAM SPECIFIC INFORMATION

THE EXAM

FORMAT OF THE ADVANCED AUDIT AND ASSURANCE EXAM

	Total marks	Technical marks	Professional skills marks
Section A: One compulsory question	50	40	10
Section B: Two compulsory questions	50 (25 per question)	40 (20 per question)	10 (5 per question)
Overall	**100**	**80**	**20**

Total time allowed: 3 hours and 15 minutes.

The 'current' date in all AAA exam questions will be set at 1 July 20X5. Year-end dates will then be flexed around this depending on the nature of the question. For example, a question set at the planning stage of the audit may have a year-end of 30 June 20X5 or 31 July 20X5. A question set at the completion stage of the audit may have a year-end of 31 January 20X5 or 31 March 20X5.

Note that:

- Question 1

  This question will comprise a case study, worth 50 marks and will be set at the planning stage of the audit, for a single company, a group of companies, or potentially several audit clients.

  You will be provided with detailed information which may include extracts of financial information, strategic, operational and other relevant information for a client business, as well as extracts from audit working papers, including results of analytical procedures.

  The requirements will predominantly focus on syllabus areas A, B, C and D which cover the regulatory environment, professional and ethical considerations, quality management and practice management, and planning and conducting an audit of historical information. Other syllabus areas such as other assignments and current issues may also be included in this question.

  Unless specified otherwise, all exhibits should be considered when carrying out risk evaluations and candidates should ensure that they carefully read the partner's email for any specific guidance in relation to how the information should be used.

  It is recommended that candidates review all the exhibits while planning their answers to the question but as mentioned should ensure they take note of any guidance given by the examining team in terms of which exhibits are relevant to each requirement. Thus, allowing for more detailed analysis and focus on specific information where relevant.

  It is often the case that there will be interactions between the exhibits which will impact on the analysis performed by candidates. Candidates are encouraged to spend adequate time planning and aim to obtain a holistic view and understanding of the issues present in the question.

In a Section A question, the partner's email will always set out the detailed requirements which are to be answered and the mark allocation. It is recommended that candidates refer to the partner's email first to ensure that they understand what they are being asked to do and the best way to allocate their time to each requirement.

Candidates should consider the requirements whilst working through the exhibits to enable a tailored response to be made which utilises the specific information given in the question. Candidates should note that any relevant client specific information will be provided, and speculative answers will not obtain credit.

- Questions 2 and 3

  One question will focus exclusively on completion, review and reporting. There are a number of formats this question could adopt, including, but not limited to, assessing going concern, considering the impact of subsequent events, evaluating identified misstatements and the corresponding effect on the auditor's report. You may also be asked to critique an auditor's report or evaluate the matters to be included in a report to management or those charged with governance.

  The other question could cover any syllabus area except completion, review and reporting. Therefore the question may focus on a different aspect of the audit process such as reliance on the work of others or ethical issues arising with an audit client.

  Alternatively the question may focus on non-audit engagements such as due diligence, examination of a forecast, forensic audits, etc. Current issues and developments may be examined in this question.

- All questions will be broken down into several sub-requirements that test a range of topics.

- The majority of marks are given for applying your knowledge to specific case studies. There is little scope for 'knowledge dumping'. Some questions, such as those which require detailed understanding of the auditing standards or safeguards set out in the ethical code, will award some marks for knowledge but you should restrict the amount of information you present here and should still ensure that the comments you make are relevant to the scenario presented.

- Current issues and developments within the profession are examinable. For this type of question it is likely that a technical article on the relevant topic will be issued during the syllabus period. Students are advised to check for any recent technical articles published by the ACCA Examining Team. Examiner's reports emphasise the need for students to read up on current issues and recommend that students do not solely depend on the text book for this exam.

- Discussion questions are generally disliked by students, possibly because there is no right or wrong answer. The way to approach this type of question is to provide a balanced argument. Where a statement is given that you are required to discuss, give reasons why you agree with the statement and reasons why you disagree with the statement.

- 20 professional marks are available throughout the exam and will be awarded for:
  - Communication (question 1 only)
  - Analysis and evaluation
  - Professional scepticism and judgement
  - Commercial acumen.

UK VARIANT SPECIFIC INFORMATION

The following are the key differences between the UK and INT variant exams:

- Insolvency is a syllabus area which is only relevant for UK variant exams. This will not necessarily be examined every sitting. If it is examined it is likely to be one requirement that is changed from the INT variant.
- Questions on ethics and auditor's reports will require knowledge of UK guidance e.g. the FRC Ethical Standard and UK versions of the ISAs. The basic knowledge is the same for UK and INT but there are some variations in ethical safeguards and the elements of a UK auditor's report.
- Practice the UK specific questions in the Study Text and this exam kit to help prepare you for any UK specific questions.

PASS MARK

The pass mark for all ACCA Qualification examinations is 50%.

DETAILED SYLLABUS

The detailed syllabus and study guide written by the ACCA can be found at:

https://www.accaglobal.com/gb/en/student/exam-support-resources/professional-exams-study-resources/p7/syllabus-study-guide.html

KAPLAN'S RECOMMENDED REVISION APPROACH

QUESTION PRACTICE IS THE KEY TO SUCCESS

Success in professional examinations relies upon you acquiring a firm grasp of the required knowledge at the tuition phase. In order to be able to do the questions, knowledge is essential.

However, the difference between success and failure often hinges on your exam technique on the day and making the most of the revision phase of your studies.

The **Kaplan Study Text** is the starting point, designed to provide the underpinning knowledge to tackle all questions. However, in the revision phase, pouring over text books is not the answer.

Kaplan online progress tests help you consolidate your knowledge and understanding and are a useful tool to check whether you can remember key topic areas.

Kaplan pocket notes are designed to help you quickly revise a topic area, however you then need to practice questions. There is a need to progress to full exam standard questions as soon as possible, and to tie your exam technique and technical knowledge together.

The importance of question practice cannot be over-emphasised.

The recommended approach below is designed by expert tutors in the field, in conjunction with their knowledge of the examiner and their recent real exams.

The approach taken for the applied skills level exams is to revise by topic area. However, with the professional stage exams, a multi topic approach is required to answer the scenario based questions.

You need to practice as many questions as possible in the time you have left.

OUR AIM

Our aim is to get you to the stage where you can attempt exam standard questions confidently, to time, in a closed book environment, with no supplementary help (i.e. to simulate the real examination experience).

Practising your exam technique on real past examination questions, in timed conditions, is also vitally important for you to assess your progress and identify areas of weakness that may need more attention in the final run up to the examination.

In order to achieve this we recognise that initially you may feel the need to practice some questions with open book help and exceed the required time.

The approach below shows you which questions you should use to build up to coping with exam standard question practice, and references to the sources of information available should you need to revisit a topic area in more detail.

Remember that in the real examination, all you have to do is:

- Attempt all questions in the exam
- Only spend the allotted time on each question, and
- Get at least 50% of the marks allocated!

Try and practice this approach on every question you attempt from now to the real exam.

EXAMINER COMMENTS

We have included the examiners comments to the specific new syllabus examination questions in this kit for you to see the main pitfalls that students fall into with regard to technical content.

However, too many times in the general section of the report, the examiner comments that students had failed due to:

- 'Misallocation of time'
- 'Running out of time' and
- Showing signs of 'spending too much time on an earlier question and clearly rushing the answer to a subsequent question'.

Good exam technique is vital.

STRATEGIC PROFESSIONAL COMPUTER BASED EXAMINATIONS

We advise consulting the ACCA Global website for additional CBE revision resources. On the ACCA website there is a CBE demonstration. It is **ESSENTIAL** that you attempt this before your real CBE. You will become familiar with how to move around the CBE screens and the way that questions are formatted, increasing your confidence and speed in the actual exam.

Be sure you understand how to use the **software** before you start the exam. If in doubt, ask the assessment centre staff to explain it to you.

Questions are **displayed on the screen** and answers are entered using keyboard and mouse.

For additional support with your studies please also refer to the ACCA Global website.

THE KAPLAN AAA REVISION PLAN

Stage 1: Assess areas of strengths and weaknesses

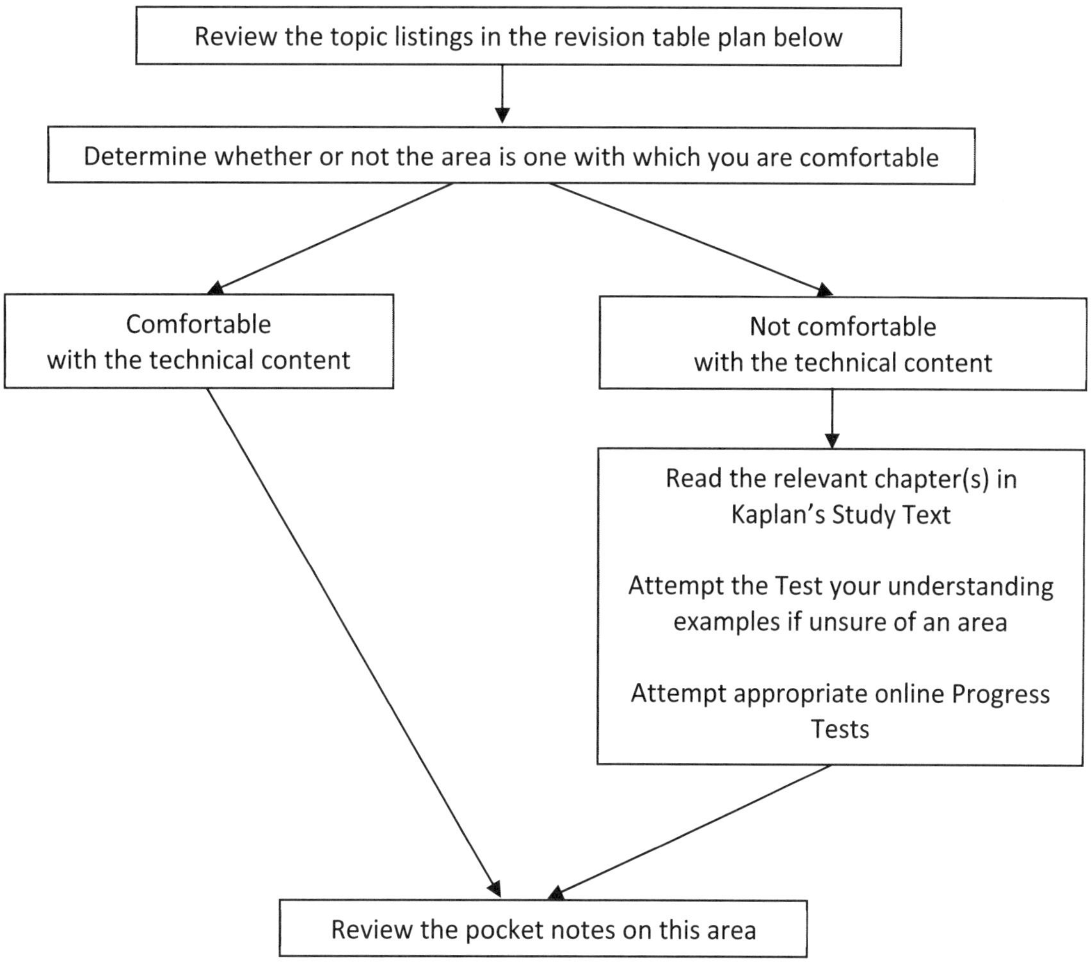

Stage 2: Practice questions

Follow the order of revision of topics as recommended in the revision table plan below and attempt the questions in the order suggested.

Try to avoid referring to text books and notes and the model answer until you have completed your attempt.

Try to answer the question in the allotted time.

Review your attempt with the model answer and assess how much of the answer you achieved in the allocated exam time.

Fill in the self-assessment box below and decide on your best course of action.

Comfortable with question attempt	Not comfortable with question attempts
↓	↓
Only revisit when comfortable with questions on all topic areas	Focus on these areas by: • Reworking test your understanding examples in Kaplan's Study Text • Revisiting the technical content from Kaplan's pocket notes • Working any remaining questions on that area in the exam kit • Reattempting an exam standard question in that area, on a timed, closed book basis

Note that:

The 'footsteps questions' give guidance on exam techniques and how you should have approached the question.

Stage 3: Final pre-exam revision

We recommend that you **attempt at least one three hour and 15 minute mock examination** containing a set of previously unseen exam standard questions.

It is important that you get a feel for the breadth of coverage of a real exam without advanced knowledge of the topic areas covered – just as you will expect to see on the real exam day.

Ideally this mock should be sat in timed, closed book, real exam conditions and could be:

- A mock examination offered by your tuition provider, and/or
- The last real examination.

KAPLAN'S DETAILED REVISION PLAN

Topics	Study Text (and Pocket Note) Chapter	Questions to attempt	Tutor guidance	Date attempted	Self-assessment
1 Planning and conducting an audit including group audits.	7 8 9	1 2 3 4 5	Evaluation of audit risk, business and risk of material misstatement is fundamental to AAA. However, rather than discussing definitions you need to be able to perform a risk assessment for specific information given in a scenario. It is imperative to understand the difference between the three types of risk in order to answer the question correctly. The ability to generate audit procedures to address specific risks is essential.		
2 Completion, review and reporting	10 11	20 21 22 23 24	At the completion stage of an audit you need to consider a number of issues: whether there is sufficient appropriate evidence on file; if the audit plan has been followed; whether there are any material errors in the information under review; and the impact of these issues on the reports you will have to issue. One of the fundamental weaknesses identified by the examiner is a lack of understanding regarding auditor's reports. It is therefore important that you are able to assess a scenario and identify how it might impact upon your audit opinion and auditor's report. You also need to be able to discuss the content and purpose of reports to those charged with governance.		

3	Other assignments	12 13 14 15 16 17	41 43 45 46 49	There are many non-audit engagements that you could be asked to plan and perform. These include: • Review of interim financial information • Examination of prospective financial information • Due diligence • Forensic audits You also need to be able to discuss the ethical or professional considerations of an auditor accepting these engagements.		
4	Professional and ethical considerations	1 2 3 4 5 6	55 56 57 58	You need to be able to discuss and apply the code of ethics to given scenarios. In addition you also need to consider a wide range of practice management issues, such as: quality management within the firm; legal requirements; commercial strategy; and professional liability.		
5	UK Syllabus: Auditing aspects of insolvency	19	62 63 64	Students studying for the UK variant of AAA need to understand the procedures for placing a company into liquidation or administration.		
6	INT syllabus: Performance information in the public sector	18	68	Students studying for the INT variant exam need to be able to comment on the relevance and measurability of performance information as well as describe procedures that can be used to audit such information.		

Note that not all of the questions are referred to in the programme above. We have recommended an approach to build up from the basic to exam standard questions. The remaining questions are available in the kit for extra practice for comprehensive question practise.

Section 1

PRACTICE QUESTIONS – SECTION A

PLANNING AND CONDUCTING AN AUDIT

1 HART

It is 1 July 20X5. You are a manager in the audit department of Broadway & Co, a firm of Chartered Certified Accountants, responsible for the audit of the Hart Group (the Group) for the year ending 30 September 20X5. The Group, a non-listed entity, owns and operates 50 theatres which stage third-party theatre productions including musicals and plays.

The following **exhibits** provide information relevant to the question:

1. Partner's email – an email which you have received from Tim Webber, the Group audit engagement partner
2. Background information – background information about the Hart Group's current structure and business activities.
3. Meeting notes – summary of events during the year as discussed in a meeting between Tim Webber and the finance director.
4. Goodwill calculation – calculation of goodwill arising on the acquisition of Morton Co.

This information should be used to answer the question **requirement** within your chosen **response option(s)**.

Required:

Respond to the instructions in the email from the audit engagement partner.

Note: The split of the mark allocation is shown in Exhibit 1 - Partner's email. (40 marks)

Professional marks will be awarded for the demonstration of skill in communication, analysis and evaluation, professional scepticism and judgement and commercial acumen.

(10 marks)

Exhibit 1 – Partner's email

To: Audit manager

From: Tim Webber, Group audit engagement partner

Subject: Audit planning for the Hart Group

Date: 1 July 20X5

Hello

You need to start planning the audit of the Hart Group (the Group) for the year ending 30 September 20X5, and to help with this, I have provided you with some relevant information. I met with the finance director yesterday to discuss a number of matters including some recent business developments. When determining materiality, please use revenue as your basis as this is a key focus for investors and providers of finance.

Using the information provided, I require you to prepare briefing notes for my own use, in which you:

(a) Using ALL exhibits, evaluate the significant business risks to be considered in planning the audit of the Hart Group. (8 marks)

(b) Using Exhibits 1–3, evaluate and prioritise the significant risks of material misstatement to be considered in planning the Group audit.

You will need to determine and apply an appropriate materiality threshold in your briefing notes.

Note: You are NOT required to consider risks of material misstatement relating to the acquisition of Morton Co at this point as this will be dealt with in part (c) below.

(12 marks)

(c) The Group was formed during the year with the parent company, Hart Co, acquiring its first subsidiary company. Therefore, this is the first year that the Group will prepare consolidated financial statements.

Using Exhibit 4:

(i) Justify why the acquisition of Morton Co and the goodwill arising on the acquisition have been identified as significant risks of material misstatement; and

(ii) Design the principal audit procedures which should be included in the audit plan in relation to the goodwill arising on the acquisition of Morton Co.

Note: You should consider ALL components of management's goodwill calculation (Exhibit 4) in your justification and procedures. (12 marks)

(d) Using Exhibit 3, discuss Broadway & Co's responsibilities in relation to the Group's non-compliance with laws and regulations in relation to the refurbishment of historical buildings without permission. (8 marks)

Thank you

Exhibit 2 – Background information

Hart Co, the parent company, owns a number of theatres across the country. Each theatre is a venue for hire. Third-party theatre production companies, which are responsible for the live performances and associated staff, pay a fee to hire the theatre for a specific period of time.

The other services provided by each theatre vary and include marketing services, technical assistance and ticket sales.

The Group's theatres are mainly old buildings, which are historical sites with protected status. Permission from the appropriate regulatory authority to refurbish the buildings will only be given if the historical features are retained. In the past, the regulatory authority has taken legal action where these rules have not been adhered to. Many of these buildings are in a poor state of repair and require substantial investment to maintain safe and appropriate access for all visitors.

Financing

The Group is owned by venture capitalists who provide a substantial amount of debt financing. Total debt financing available to the Group is $500 million of which $458 million has been used. As such, the Group has high levels of gearing and interest expenses are significant.

These debts are secured on the properties owned by the Group. There are also a number of covenants attached to the financing. The covenants cover several financial key performance indicators in relation to liquidity, revenue growth and operating profitability, including a requirement that the operating profit margin does not fall below 6%. Where covenants are breached, the Group has two years from the date of the breach to rectify the issue, or the debt will be required to be repaid in full.

Exhibit 3 – Meeting notes

Projected financial results

	Projected to 30 September 20X5	**Actual to 30 September 20X4**
	$million	**$million**
Revenue	446	397
Operating profit	28	26
Loss before income taxes	**(14)**	**(18)**
Total assets	**914**	**854**
Number of theatres at year end	50	47

Investment in the year

Upgrades and maintenance

The Group has a five-year programme to address the significant amounts of repair and maintenance in its theatre portfolio. The Group does not currently have finance in place to cover the costs of this five-year programme and is likely to be reliant on obtaining funding through government grants.

During the year, the Group spent $20 million on repairs and upgrades to two theatres. This included the replacement of seating and the creation of easy access seating areas in addition to routine maintenance.

Permission to modify the buildings was not obtained prior to the work taking place and the Group are in the process of trying to obtain retrospective permission for these modifications.

Government grant

A $15 million grant has been provided with respect to a three-year project where the Group will work with local schools. The funding period runs from 1 April 20X5 to 31 March 20X8 and payments are made annually on 1 April each year. The Group has recognised income of $2.5 million during the year in respect of this grant.

As part of the terms of the grant, the Group has targets for hours spent in local schools and the number of children who participate. The employee running this scheme on behalf of the Group has been absent from work due to sickness and as such, this programme has yet to commence.

Minimum ticket sales guarantee

A production at the Group's Phantom Theatre has suffered poor reviews and ticket sales to date have been significantly lower than projected. This production was due to run for a 12-month period from 1 January 20X5 to 31 December 20X5. The Group provided a minimum ticket sales guarantee to the third-party production company of $18 million. The finance director has estimated a payment of $4.5 million will be required based on current estimated ticket sales to 31 December 20X5. This assumes that ticket sales in the second half of the year will improve significantly over the level of ticket sales made during the six months to 30 June 20X5. The finance director advised that he will include this as a provision in the financial statements at the year end.

Exhibit 4 – Goodwill calculation

On 1 October 20X4, Hart Co, the parent company, acquired a 100% shareholding in Morton Co, a small theatre company which owns and operates three established theatres. This is the first time Hart Co has purchased another company and the transaction was completed very quickly. No final due diligence report in respect of Morton Co's financial and operational viability was prepared. Morton Co will be audited by Broadway & Co.

The goodwill calculation prepared by management at acquisition is shown below:

	Note	**$ million**
Cash consideration paid 1 October 20X4		22.0
Deferred consideration: $10 million payable on 30 September 20X6	1	8.3
Total consideration		30.3
Fair value of identifiable net assets	2	(15.5)
Goodwill		**14.8**

Note 1

Deferred consideration is contingent on the Morton Co theatres achieving revenue targets by 30 September 20X6. The amounts become payable on the same date. Management has assumed the full amount will be payable and has discounted this amount at a rate of 10%.

Note 2

Fair value of identifiable net assets includes an adjustment of $4 million in relation to Morton Co's customer database which is not recognised on the statement of financial position of Morton Co. This was estimated by the management of Morton Co.

No adjustment has been made in respect of the Morton Co brand which was internally generated as the directors did not feel they could reliably estimate its value.

2 MAGENTA *Walk in the footsteps of a top tutor*

It is 1 July 20X5. You are a manager in the audit department of Plum & Co, a firm of Chartered Certified Accountants, responsible for the audit of the Magenta Group, a listed entity, which has a financial year ending 30 September 20X5. The Group operates in the oil and gas sector.

Plum & Co is responsible for the audit of the Group consolidated financial statements and the individual financial statements of all the Group companies.

The following exhibits, available below, provide information relevant to the question:

1 Partner's email – an email you have received from Violet Purple, the Group audit engagement partner.

2 Background information – information about the Magenta Group's operations and activities.

3 Meeting notes – notes from a meeting between Violet Purple and the Group finance director.

4 Email from Group audit committee – an email received by Violet Purple from the Chair of the Group's audit committee, Cyan Blue.

This information should be used to answer the question requirement within your chosen response option(s).

Required:

Respond to the instructions in the email from the audit engagement partner. (40 marks)

Note: The split of the mark allocation is shown in Exhibit 1 – Partner's email.

Professional marks will be awarded for the demonstration of skill in communication, analysis and evaluation, professional scepticism and judgement, and commercial acumen in your answer. (10 marks)

(Total: 50 marks)

EXHIBIT 1

To: Audit manager

From: Violet Purple, Group audit engagement partner

Subject: Audit planning for the Magenta Group

Date: 1 July 20X5

Hello

You need to start planning the audit of the Magenta Group (the Group) for the year ending 30 September 20X5, and to help with this I have provided you with some relevant information. I met with the Group finance director yesterday to discuss a number of matters including some recent business developments. I have also received a concerning email from the audit committee of the Group regarding some unusual payments. Based on the analysis I have done on this industry, I have decided to use profit before income taxes as the basis for determining materiality.

Using the information in Exhibits 2, 3 and 4, I require you to prepare briefing notes for my own use, in which you:

(a) Evaluate the significant business risks to be considered in planning the Group audit. (10 marks)

(b) Justify why each of the following issues has been identified as a significant risk of material misstatement:

(i) Operating licences

(ii) Operating segments

(iii) Oil and gas extraction platforms.

You will need to determine and apply an appropriate materiality threshold in your briefing notes. (14 marks)

(c) Design the principal audit procedures to be performed on the impairment of the cash generating units for the extraction of oil and gas. (8 marks)

In relation to the matters arising from the email from the Chair of the audit committee (Exhibit 4):

(d) (i) Discuss the auditor's responsibilities; and

(ii) Describe the impact on planning the audit. (8 marks)

Thank you.

EXHIBIT 2

The Group is one of the world's largest oil and gas companies with activities ranging from oil and gas (sometimes referred to as 'fossil fuels') exploration through to extraction and retail. The Group operates globally through wholly owned subsidiaries.

Most of the Group shareholders are institutional investors and a high profile investment manager has recently commented on social media that 'old fashioned oil companies are likely to become less attractive investments as more environmentally friendly policies across the world will drive down revenues and profits'. In addition, banks are requiring oil and gas companies to invest in renewable fuel technologies as a condition of providing finance.

The major lines of business are as follows:

Exploration

The Group has exploration rights across the world, enabling it to test for new sources of oil and gas to replace existing sources as they are depleted. The number of viable sites discovered has been reducing year on year.

Extraction, transport and refining

The Group extracts oil and gas through deep-sea oil extraction platforms. The oil and gas is then transported via land or sea for either refining into fuel and other products, or for sale on the wholesale markets.

These platforms are used for around 40–50 years before the depletion of the reserves renders them uneconomic to continue operating. Obsolete oil platforms are generally required by governments to be decommissioned, a process which can take several years and costs over $500 million per platform.

The transportation of fossil fuels is a widely debated issue, with environmental groups demanding stricter laws to deal with spillages or leaks.

Revenue

The Group has three main revenue streams. The fuel sales division covers diesel and aviation fuel sales along with sales from retail convenience outlets at fuel filling stations. The lubricants division provides products and services to the automotive, industrial, marine and energy markets and the wholesale division makes sales to the petrochemical industry for use in products such as packaging, textiles and building materials.

Renewables

The Group operates a new renewables energy division to reflect the growing demand for environmentally sustainable energy. The division was created in response to environmental concerns surrounding the risk of climate change resulting from greenhouse gases. The Group's long-term plans are to continue to develop renewable energy sources in order to meet climate change targets set by the government in the country in which the Group is headquartered.

In addition, this division acts as protection against the fluctuation in oil and gas wholesale prices. The renewables sales levels are expected to reach the threshold to be reported as a separate segment of revenue for the first time in the financial statements for the year ending 30 September 20X5.

EXHIBIT 3

Projected Group segmental revenue for 30 September 20X5

Revenue for the year $108,276 million (20X4 – $101,567 million) comprising:

	Forecast 20X5	Actual 20X4
Business line	$ million	$ million
Fuel sales and lubricants	34,739	37,204
Wholesale	56,908	54,359
Renewables	15,254	not reported separately
Other	1,375	10,004

Profit before income taxes $3,233 million (20X4 – $3,103 million)

Total assets $82,256 million (20X4 – $76,122 million)

Operating licences

The Group holds oil and gas extraction licences for each of its platforms. These range in duration from 20 to 50 years, however, all licences are amortised over an average of 40 years. The current carrying amount of operating licences is $7,210 million. Licences can be revoked by governments if the Group fails to operate in accordance with conditions attached to the licences. These include strict safety procedures and pollution limits for which the Group has internal controls in place to enforce and monitor. As part of the terms of the licence, the Group is required to decommission and remove the platform at the end of its operational life.

Oil extraction platforms

The Group operates 38 offshore oil and gas platforms of varying sizes. These are classified as property, plant and equipment with a total carrying amount of $29,201 million. The cost of the platform includes the estimated future decommissioning costs discounted to present value at the date the platform is ready for use.

Each oil platform is depreciated based on the amounts of oil and gas extracted as a proportion of total expected volumes over the life of the oil platform. Depreciation for the year to 30 September 20X5 is projected to be $926 million.

The Group treats each oil platform as a separate cash generating unit (CGU) and performs an annual review for each of these CGUs for indicators of impairment. Where an indicator of impairment exists, the Group performs an impairment test.

Due to the nature of the oil platforms and difficulty obtaining a market value for the sales value of each site, the impairment test compares the carrying amount of the combined platform components with the value in use. Future revenues are estimated based on long-term oil and gas price predictions and costs are based on the average operating and capital costs associated with the specific platform after adjusting for predicted inflation rates. These are then discounted at the Group's standard discount rate for platforms of 1.5%.

Estimates are reviewed on a six-monthly basis, enabling management to have up-to-date figures for the interim financial statements. The reviews at 31 March 20X5 resulted in impairment losses recognised of $350 million and impairment reversals of $560 million with the net credit recognised within operating profit.

None of the oil platform CGUs has any attributable goodwill.

EXHIBIT 4

To: Violet Purple

From: Cyan Blue, chair of the Magenta Group audit committee

Subject: Suspicious payment

Date: 15 June 20X5

Hello

Our internal audit department has been performing a review of the acquisition of operating licences and associated costs and has brought to my attention a payment made outside of the normal internal controls process. The payment of $0.2 million in January 20X5 was made directly to a politician in another country where the Group has been negotiating a new licence and its authorisation has been traced back to one of the regional operations directors. This payment appears to have been made just before the politician stopped opposing a new oil platform in the region. I am concerned that this payment may be linked to the granting of the operating licence and also that it was possible to by-pass our internal controls on payments for licences. I am also concerned that this was not detected by you as our auditors at the interim audit. I would like to discuss this further at our pre-audit briefing.

Thank you

Cyan Blue

END OF QUESTION

3 HAMMER *Walk in the footsteps of a top tutor*

It is 1 July 20X5. You are a manager in the audit department of Stanley Associates, a firm of Chartered Certified Accountants, responsible for the audit of the Hammer Group (the Group) for the year ending 30 September 20X5. The Group, which is not a listed company, operates a number of hardware stores which supply trade customers and the public.

Your firm audits all components of the Group, including a foreign subsidiary acquired during the year.

The following exhibits, available on the left-hand side of the screen, provide information relevant to the question:

1. Partner's email – an email which you have received from Paula Sanders, the audit engagement partner.
2. Group structure and activities – outline of the Group structure and activities relevant to audit planning.
3. Financial information – extracts from the projected consolidated financial statements.
4. Business developments – information relevant to audit planning.
5. Additional services – details in relation to services which Stanley Associates has been asked to perform.

This information should be used to answer the question **requirement** within your chosen **response option(s).**

Required:

Respond to the instructions in the email from the audit engagement partner.

Note: The split of the mark allocation is shown in Exhibit 1 – Partner's email.

(40 marks)

Professional marks will be awarded for the demonstration of skill in communication, analysis and evaluation, professional scepticism and judgement, and commercial acumen in your answer.

(10 marks)

(Total: 50 marks)

Exhibit 1

To: Audit manager

From: Paula Sanders, Group engagement partner

Subject: Hammer Group – audit planning

Date: 1 July 20X5

Hello

I met with the Group finance director, yesterday, along with representatives from the Group audit committee. We discussed the Group's activities during the year, and its plans to expand into further international markets next year. They also provided me with some extracts from the projected consolidated financial statements and a selection of key performance indicators. I have also provided you with some background information about the Group to assist with planning the audit.

Based on the analysis which I have done on this industry, it is appropriate for overall materiality to be based on revenue. You will need to determine and apply an appropriate materiality threshold in your briefing notes.

Using the information below, I require you to prepare briefing notes for my use in which you:

(a) Evaluate the business risks faced by the Group.

(10 marks)

(b) Evaluate and prioritise the risks of material misstatement to be considered in planning the audit of the Group.

(16 marks)

Note: You should refer to Exhibits 2, 3 and 4 when carrying out the requested risk evaluations.

(c) Using Exhibit 4, design the principal audit procedures to be performed in respect of the expenditure relating to the store enhancement programme.

(7 marks)

(d) Using Exhibit 5, discuss any ethical issues arising, and recommend any actions which need to be taken. **(7 marks)**

Thank you.

Exhibit 2

The Group operates a number of large hardware stores within the domestic market. The stores supply building materials and equipment to the public and to builders. The Hammer brand, which is internally generated and not recognised in the consolidated statement of financial position, is key to the Group's success. One of the Group's subsidiaries, Wrench Co, is a financial services company specialising in providing savings accounts and loans to individuals.

1 Mallet Co is a wholly owned subsidiary and operates the 'Hammer' stores. It generates the majority of the Group's income. Mallet Co owns 50 retail stores across the country. Mallet Co has been involved in a price war with another national hardware store during the year offering significant discounts and heavily marketing the Hammer brand in an attempt to increase market share.

2 Ladder Co is an overseas subsidiary situated in Farland. The Group obtained a 65% shareholding in October 20X4 for cash consideration of $82 million. The share purchase was financed partly using a $32 million bank loan with a variable interest rate which was taken out in October 20X4 and partly through the Group's existing cash reserves. The bank loan has covenants attached to it in relation to interest cover and gearing.

The purpose of the acquisition was to expand the Group's operations into a new geographical market. This is the first overseas investment made by the Hammer Group. Ladder Co owns 50 hardware stores in Farland. The 35% non-controlling interest in Ladder Co is owned by the government of Farland due to a regulatory requirement that at least that proportion of a company's share capital is government owned. The currency in Farland is the same as the country in which the Group is based.

Your firm was appointed as auditor of Ladder Co in October 20X4, and several members of the audit team have travelled to Farland to become familiar with the company, its key management personnel and its regulatory environment. Farland does not mandate the use of IFRS® Accounting Standards, and Ladder Co's individual financial statements are prepared using Farland's national accounting standards.

3 Wrench Co is the financial services company of the Group, operating the Hammer Bank. Its customers are mostly trade customers who obtain credit and loans to finance long-term building projects. In the last year, the financial services regulator has been investigating many banks for charging excessive fees to customers in relation to loans, meaning that customers can claim back the excessive fees they have been charged. Wrench Co has received legal claims from more than 25,000 customers in respect of this, and the Group recognises a provision of $22 million in its statement of financial position.

Exhibit 3

Extracts from the projected consolidated financial statements, including notes, for the year ending 30 September 20X5, and comparative information are included below.

	30 September 20X5 Projected	30 September 20X4 Actual
	$ million	**$ million**
Revenue	450	402
Operating profit before exceptional items (Note 1)	97	78
Operating profit after exceptional items	32	30
Interest expenses	8	5
Profit before income taxes	24	25
	——	——
Total assets	500	463
	——	——
Inventories (Note 2)	75	72

Note 1: Exceptional items are those determined by management to be non-recurring. In 20X5, exceptional items relate solely to store enhancement costs (more detail is provided in Exhibit 4). The exceptional items in the prior year were audited in 20X4 and no exceptions were noted.

The executive directors each earn an annual bonus which is based on annual increases in operating profit before exceptional items.

Note 2: Inventories include materials such as painting and decorating materials, timber and doors, as well as tools and equipment for use by professional builders and customers planning to improve their homes ('do it yourself' or 'DIY' customers). Inventories are measured in accordance with IAS® 2 *Inventories*. The Group operates a stocktake once a year on 30 September in their stores.

Key performance indicators:

Gearing	68%	35%
Current ratio	1.1	1.4
Interest cover	4	6

Exhibit 4

Store enhancement programme

In February 20X5, the Group started a programme of extending and renovating all 25 of Mallet Co's larger hardware stores which will become 'destination stores', and each will have a café or restaurant. The programme is expected to cost $5.75 million per store. At any one time, five stores are closed while the renovation and necessary construction work takes place and on average a store will be closed for two months while the work is carried out. The Group considers this programme to be extremely important to strengthening the brand and maintaining market share.

The costs relating to the store enhancements included in the statement of profit or loss, which are projected to total $65 million by the financial year end, will be separately disclosed as an exceptional item in the Group statement of profit or loss.

In addition to the $65 million included in the statement of profit or loss, $55 million will be capitalised within property, plant and equipment by the financial year end, including expenditure in relation to:

- Extending car parking facilities including acquisition of land
- Constructing new facilities such as cafés
- Redecorating the stores' exteriors and interiors
- Purchase and installation of shelving
- Labour costs, including some of the Group's own employees

Sales promotions

In response to the actions of a major competitor, the Group introduced several sales promotions during the year. The promotions include heavily discounted product lines and 'buy one get one free' offers, mainly applied to the Group's paint and wallpaper lines.

Exhibit 5

The Group, while not listed, follows best practice corporate governance principles by having an effective internal audit department which reports to an audit committee of independent non-executive directors.

1 Investment advice: The Group is now considering further international investments in the next few years, and the Group audit committee has asked your firm to provide advice on the selection of target companies and the financing of any investments which take place. A fee has been proposed for providing this service amounting to 75% of the audit fee.

2 Consolidation adjustments: As the Group finance director does not have the expertise to complete the conversion from Farland Accounting Standards to IFRS Accounting Standards, your firm has been approached for assistance in this matter. They have requested that, as part of the audit, your firm makes the necessary adjustments to apply IFRS Accounting Standards to Ladder Co's financial statements, and then to consolidate the Group financial statements.

END OF QUESTION

4 ENCORE *Walk in the footsteps of a top tutor*

It is 1 July 20X5. You are a manager in the audit department of Garrick & Co, a firm of Chartered Certified Accountants. You are assigned to the audit of Encore Co which has a financial year ending 30 September 20X5, and is a new audit client of your firm. Encore Co designs and builds boats which are used in the fishing industry. Each boat is created to a specific customer order.

The following exhibits, available below, provide information relevant to the question:

1 Partner's email – an email which you have received from Isabella Phoenix, the audit engagement partner.

2 Background information – information relevant to audit planning.

3 Notes from meeting – summary of matters discussed at a recent meeting between the company's finance director and the audit engagement partner.

4 Inventory – a note from the audit engagement partner containing details relevant to planning the audit of inventory.

5 Finance director requests – two requests regarding an additional service and a loan guarantee they would like Garrick & Co to consider.

This information should be used to answer the question requirement within your chosen response option(s).

Required:

Respond to the instructions in the email from the audit engagement partner. (40 marks)

Note: The split of the mark allocation is shown in Exhibit 1 - Partner's email.

Professional marks will be awarded for the demonstration of skill in communication, analysis and evaluation, professional scepticism and judgement and commercial acumen in your answer. (10 marks)

(Total: 50 marks)

Exhibit 1 – Partner's email

To: Audit manager

From: Isabella Phoenix, Audit engagement partner

Subject: Audit planning for Encore Co

Date: 1 July 20X5

Hello

I have provided you with some information which you should use to help you with planning the audit of Encore Co, our new audit client, for the financial year ending 30 September 20X5. When determining materiality, please use revenue as your basis. I have concluded that revenue is an appropriate basis for materiality, as the company's revenue has historically been stable.

I require you to prepare briefing notes for my use in which you:

(a) Using Exhibits 1 – 3, evaluate and prioritise the significant risks of material misstatement to be considered in planning the audit.

Note: You are NOT required to consider risks of material misstatement relating to inventory at this point, as this will be dealt with in part (b) below. (18 marks)

(b) Using Exhibits 3 and 4:

(i) Justify why inventory has been identified as a significant risk of material misstatement; and

(ii) Design the audit procedures which should be included in the audit plan to address those risks. (14 marks)

(c) Using Exhibit 5, evaluate any ethical and professional issues raised and recommend any actions to be taken by Garrick & Co. (8 marks)

Thank you.

Exhibit 2 – Background information

Encore Co was established ten years ago by three engineers and has become a well-respected company in the design and manufacture of large boats used in the commercial fishing industry.

The company is relatively small, with only two people working in the finance department. For the last six years, the directors engaged another audit firm, Coach & Co, as they believe that external audit provides credibility to the financial statements, which has helped the company secure finance. The audit opinions issued by Coach & Co have been unmodified each year. The audit firm resigned due to a conflict of interest with another of their audit clients.

Encore Co owns two large premises in a town called Seaville, where the boats are built. It also owns a dockyard (an area used for anchoring, repairing and maintaining ships) where customers can rent a space to store their boats when they are not in use. The company's head office is also located at the dockyard, both of which are capitalised and depreciated in accordance with their appropriate useful lives.

Encore Co typically works on 20 customer contracts at any one time. Boats are normally delivered to the customer as soon as they are complete and have undergone the necessary external safety inspection to receive a licence to sail, which is when the company has completed its obligation under the contract with the customer.

Exhibit 3 – Notes from meeting

Developments in the year

1 **Payroll – outsourcing and control deficiencies**

In November 20X4, the company employed a new finance director, Gavin Bee. When reviewing the company's internal controls over payroll, Gavin noticed several significant deficiencies which meant that overtime payments were not always authorised and timesheets often went missing.

Concerned about this, Gavin convinced the other directors that Encore Co should engage a service organisation to deal with the company's payroll. From 1 June 20X5, Bear Payroll Services (BPS) has provided an outsourced payroll service to the company.

2 **Joint arrangement**

In May 20X5, Encore Co entered into a joint arrangement with Elm Associates, a company which designs luxury boats. The objective of the arrangement is the development of a new range of boats to be marketed to providers in the leisure industry. Encore Co has not contributed any cash to the joint arrangement but has provided two of its senior boat designers to work on the project for several days. Gavin intends to recognise $75,000 as an intangible asset in the financial statements, on the basis that part of this amount represents the time that the two engineers will spend on the project by the year end. The $75,000 also includes an element relating to intellectual property which the company is investing into the project.

3 **Historic boat**

On 1 June 20X5, one of the company's shareholders gifted a historic boat to the company. The company needs to develop an accounting policy in respect of the boat, as there is no specific IFRS® Standard dealing with this type of asset. Gavin Bee has valued the boat at $50,000 and has recognised the boat within property, plant and equipment, and included the $50,000 as income within operating profit. The boat will be on display outside the company's head office.

4 **Dockyard damage**

On 15 June 20X5, a severe storm caused damage to the company's dockyard. Property with a carrying amount of $108,000 and two boats which were being stored in rented spaces at the dockyard by customers were severely damaged, but the damage has not yet been quantified. Gavin believes that the company's insurance will cover the cost of repairing the property and he has not adjusted the carrying amount of the property in the financial statements. He has recognised a receivable and deferred income of $110,000 relating to the amount claimed on the insurance, though the amount is not likely to be received until November 20X5.

5 **Financial information**

The company's projected revenue for the year is $4.9 million (20X4: $4.65 million) and projected operating profit is $0.588 million (20X4: $0.48 million). Operating profit includes payroll costs of $2 million (20X4: $1.9 million). The company's projected total assets at30 September 20X5 are $0.995 million (20X4: $0.876 million).

Exhibit 4 – Inventory

Isabella Phoenix, the audit engagement partner, thinks that based on her initial review, inventory gives rise to a significant risk of material misstatement. She would like you to justify this, because the briefing notes will be used to explain the audit approach to the audit team, and to recommend relevant audit procedures in response to the specific risks identified.

Information extracted from the latest management accounts in respect of inventory is given below:

	Note	**Actual at 30 June 20X5**	**Actual at 30 June 20X4**
		$000	$000
Raw materials	1	24	16
Work in progress	2	533	484
Finished goods	3	80	44
Total		637	544

1 **Raw materials**

The company tries to minimise the amount of raw materials stored at its premises but to take advantage of a discount offered on a bulk purchase from a supplier, a large quantity of aluminium was purchased in June 20X5.

2 **Work in progress**

The direct costs relating to each contract are recorded in the job costing system. Raw materials relevant for each contract are input as they are used, and payroll costs are input manually using time sheets which records the hours spent by different engineers working on each contract. The direct costs are used as the basis for adding production overheads, which are included at 10% of the direct costs. The company's finance director estimates the percentage completion of each contract at the financial year end.

3 **Finished goods**

Currently, one boat, which has received its licence to sail, is being stored at the company's premises as the customer cannot take delivery until October 20X5. A second boat is awaiting a second safety inspection, having failed the first inspection due to faulty safety equipment being installed.

Exhibit 5 – Finance director requests

Gavin Bee has requested that Garrick & Co perform an additional service, to conduct a detailed review of some of the company's internal controls and to recommend improvements. Although this is an engagement usually performed by an internal audit team, Gavin has suggested that because the external audit will include work on internal controls, this additional work would not incur an additional fee, as it should be included within the audit fee. The internal controls falling under the scope of this review are not all directly related to the financial reporting process.

Second, the company has recently applied to their bank for additional finance of $60,000 to be used in the joint arrangement with Elm Associates. Gavin Bee has asked whether Garrick & Co can provide a guarantee for this finance.

5 MERCURIO *Walk in the footsteps of a top tutor*

It is 1 July 20X5. You are an audit manager in Arnott & Co, responsible for the audit of Mercurio Co, a listed company with a financial year ending 30 September 20X5. Mercurio Co is the country's leading specialist retailer of small domestic pets, pet food and pet accessories, operating 264 stores across the country.

The following exhibits, available below, provide information relevant to the question:

1 Partner's email – an email which you have received from Ted Hastings, the audit engagement partner.

2 Background information – information and matters relevant to audit planning.

3 Selected financial information – extracts from Mercurio Co's management accounts, including the results of preliminary analytical procedures, which have been performed by a member of the audit team.

4 Meeting notes – extracts from meeting notes taken at a recent meeting with the finance director of Mercurio Co.

This information should be used to answer the question requirement within your chosen response option(s).

Required:

Respond to the instructions in the email from the audit engagement partner. (40 marks)

Note: The split of the mark allocation is shown in Exhibit 1 - Partner's email.

Professional marks will be awarded for the demonstration of skill in communication, analysis and evaluation, professional scepticism and judgement and commercial acumen in your answer. (10 marks)

(Total: 50 marks)

Exhibit 1 – Partner's email

To: Audit manager

From: Ted Hastings, Audit engagement partner

Subject: Audit planning for Mercurio Co

Date: 1 July 20X5

Hello

With the year end approaching, I need you to start planning the audit of Mercurio Co. I met with the company's finance director, Kate Fleming, last week to discuss recent developments for the business. I have provided you with a summary of the matters discussed at the meeting along with some projected financial information. Based on the analysis I have done on this industry, it is appropriate for overall materiality to be based on the company's profit before income taxes as this is a key measure for investors and providers of finance.

I require you to prepare briefing notes for my use in which you:

(a) Evaluate the significant business risks faced by Mercurio Co. (8 marks)

(b) Evaluate and prioritise the significant risks of material misstatement which need to be considered in our audit planning. (18 marks)

Please note that you should NOT evaluate risks relating to the audit of animal inventory as these will be addressed separately at a later stage by an auditor's expert as in prior years.

Note: You should use ALL exhibits when carrying out the requested risk evaluations.

(c) Discuss and conclude on the impact which outsourcing the credit control function will have on our audit planning. (7 marks)

(d) Design the principal audit procedures to be performed in respect of the holiday pay obligation. (7 marks)

Thank you.

Exhibit 2 – Background information

Mercurio Co is a large listed company, established 15 years ago when the founders observed a growth in demand for pet-related products. The company has grown steadily and is now the largest retailer of pet-related products in the country, with over 7,000 employees, who are mainly staff working in the stores.

As well as selling pet-related products for a wide variety of animals, the stores also sell small animals such as rabbits and fish. Staff members are fully trained to give advice to customers on matters including nutrition and general animal health, and staff members are also trained in handling all types of animals which are sold. Some stores sell more unusual pets such as spiders, snakes and other reptiles and require compliance with specific import restrictions and welfare standards.

Mercurio Co also operates veterinary clinics within most of its stores. The veterinary clinics are staffed by fully qualified vets who offer a full range of veterinary services. Customers can pay as they go for appointments and treatment of their animals, or they can take out an annual pet healthcare plan which covers the cost of essential vaccinations and quarterly health checks. The pet healthcare plans are extremely popular as they offer good value for money to the customer, and the annual income from sales of these plans historically accounts for 10% of the company's revenue.

The costs associated with the vaccinations and health checks have risen over recent years, however, Mercurio Co has not been able to increase the prices due to customer price sensitivity over annual pet healthcare plans. The company's accounting policy is to recognise the revenue from the sale of a healthcare plan on the date when the healthcare plan commences.

Exhibit 3 – Selected financial information

Extracts from the management accounts of Mercurio Co for the year ending 30 September 20X5

	Note	**Projected 20X5**	**Actual 20X4**
		$ million	$ million
Extract from Statement of profit or loss			
Revenue		**803**	**745**
Operating profit		**172**	**110**
Profit before income taxes		**60**	**56**
Extract from Statement of financial position			
Total assets		**1,078**	**957**
Included in total assets:			
Assets relating to stores purchased from Lakewell	**1**	171	–
Trade receivables	**2**	42	22
Goods in transit (part of inventory)	**3**	12	–
Cash and cash equivalents		36	81
Included in total liabilities:			
Holiday pay obligation		21.1	11.6
Employee numbers	**4**	7,000	6,200
Bank loans		251	75
Current ratio		2.6	1.4
Gearing ratio		31%	11%

Notes:

1 **Assets relating to stores purchased from Lakewell Co**

To expand into new locations, 20 stores were purchased from Lakewell Co, a clothing retailer, on 1 May 20X5, at a cost of $171 million. Mercurio Co purchased the stores using its cash reserves. Lakewell Co was facing going concern problems and offered the stores for sale as part of a restructuring programme.

The stores need to be completely refitted at an estimated cost of $9 million each. Mercurio Co's management has not yet decided how many of the stores will be retained for use in the business. Any which are not retained will be sold. The stores will be refitted during the period November 20X5 to January 20X6.

2 **Trade receivables**

While the majority of sales are for cash, an increasing number of customers have credit accounts with Mercurio Co. The company offers credit customers 60 days' credit to pay for goods. The forecast trade receivables balance at 30 September 20X5 is $42 million (20X4 – $22 million). Due to the growth in sales to customers on account, in December 20X4, Mercurio Co engaged Fairbank Co, a service organisation, to provide the credit control function.

3 **Goods in transit**

In June 20X5, Mercurio Co purchased $12 million of pet food supplies from an international supplier, with the sales contract stating that ownership of the goods passed to Mercurio Co at the date of shipping. During transit, the ship carrying the goods was involved in an accident which destroyed the entire supply of goods. Mercurio Co's directors had arranged insurance on the shipment of goods, and the policy states that 80% of the goods destroyed are covered by the insurance. The latest correspondence from the insurance company was an informal email that the claim had been received and was due to be processed. These purchases are made in Mercurio Co's operating currency.

4 **Holiday pay obligation**

Mercurio Co has an internal audit department, who have been testing the controls in the company's payroll system. Internal audit procedures have revealed that some employees are duplicated on the payroll system; this seems to have happened when two different systems used for recording full-time and part-time staff were merged in October 20X4. Additionally, the internal audit team's procedures have found that while the systems have the capability of recording holidays taken by staff, this is not always used, and manual records are also maintained in relation to holiday entitlement. Employees are entitled to carry forward a maximum of 3 days of unused holiday entitlement to the next year. Management estimates a holiday pay obligation relating to unused holiday entitlement at the year end using the previous year's obligation and adjusting it for pay rises and changes in staff levels. The holiday pay obligation forecast for 30 September 20X5 is $21.1 million (20X4 – $11.6 million).

Exhibit 4 – Meeting notes

Notes from meeting with Kate Fleming, Mercurio Co finance director

This year has seen a significant business development for the company. The company has started to sell products under its own brand, introducing the 'Mercurio Range' of premium pet food and accessories. The products are manufactured in another country and imported, and purchases of Mercurio brand goods from foreign suppliers are predicted to be $7 million for the year to 30 September 20X5. The range was introduced for sale in June 20X5, and was heavily promoted. Having been only recently introduced, sales of products from the Mercurio Range will be insignificant in this year's financial statements. However, projections in the management accounts indicate that the Mercurio Range is expected to account for 30% of revenue in the financial year to 30 September 20X6.

During the year, Mercurio Co took out an additional bank loan to aid with cash flows for the new Mercurio brand promotion and the forthcoming refitting of the stores purchased from Lakewell Co.

END OF QUESTION

6 WINBERRY *Walk in the footsteps of a top tutor*

It is 1 July 20X5. You are a manager in the audit department of Quince & Co, a firm of Chartered Certified Accountants, and you are responsible for the audit of Winberry Co, a listed entity and an existing client of your firm. The company has a financial year ending 30 September 20X5, and you are about to start planning this year's audit.

The following exhibits, available below, provide information relevant to the question:

1 Partner's email – an email which you have received from Olivia Fig, the audit engagement partner.

2 Meeting notes – notes of a meeting which Olivia Fig recently attended with the audit committee of Winberry Co focusing on understanding the current operation and future strategy of the business.

3 Financial information – selected financial information from Winberry Co's management accounts.

4 Internet search – the headline results from an internet search performed by the audit team about the business and industry.

This information should be used to answer the question requirement within your chosen response option(s).

Required:

Respond to the instructions in the email from the audit engagement partner. (40 marks)

Note: The split of the mark allocation is shown in Exhibit 1 - Partner's email.

Professional marks will be awarded for the demonstration of skill in communication, analysis and evaluation, professional scepticism and judgement and commercial acumen in your answer. (10 marks)

(Total: 50 marks)

Exhibit 1 – Partner's email

To: Audit manager

From: Olivia Fig, Audit engagement partner

Subject: Winberry Co audit planning

Date: 1 July 20X5

Hello

I attended a planning meeting last week with the finance director and a representative of the audit committee of Winberry Co, at which we discussed business developments during the year and plans for the future. I have provided you with my notes from this meeting, as well as some background information about the company from the permanent audit file. Based on the analysis I have done on this industry, it is appropriate for overall materiality to be based on profit before income taxes as this is a key focus for investors and providers of finance.

Using the information provided in all the exhibits, I require you to prepare briefing notes for my own use, in which you:

(a) Evaluate the significant business risks facing the company. (10 marks)

(b) Evaluate and prioritise the significant risks of material misstatement to be considered in planning the audit for the financial year ending 30 September 20X5. (16 marks)

Note: You should refer to ALL exhibits when carrying out the requested risk evaluations.

(c) Design the principal audit procedures to be performed in respect of the classification of the investment in Luxury Pet Supplies (LPS) Co. (7 marks)

(d) With reference to the data protection issue referred to in Exhibit 2, discuss Quince & Co's responsibilities in relation to Winberry Co's compliance with laws and regulations. (7 marks)

Thank you

Exhibit 2 – Meeting notes

Winberry Co is a listed company operating as a retailer in the online grocery market with coverage of 75% of the country. The company has a loyal and growing customer base who place orders via either the company's website or an application (app) which can be installed on a customer's mobile phone. Winberry Co fulfils grocery orders, delivering to customers' homes via a fleet of company-owned refrigerated delivery vehicles. Winberry Co prides itself on having a market-leading inventory system which ensures that customers can only order groceries which are currently available. This helps Winberry Co's customers avoid the inconvenience of ordering unavailable items.

A significant proportion of the groceries supplied by Winberry Co are perishable products, the sale and storage of which is highly regulated through food safety regulations. Winberry Co employs experienced food and product technology professionals to ensure that the company complies with all food safety legislation.

The directors of Winberry Co are pursuing ambitious expansion plans in order to establish a strong position in the home delivery grocery market and to explore business partnerships in associated markets.

International expansion

Winberry Co is planning to expand into the foreign country of Farland by setting up operations similar to its existing business. Farland uses the same currency as Winberry Co's existing operations. The investment is expected to cost $125 million. Winberry Co does not currently have the funds for this expansion itself but is in advanced negotiations with its current bankers, who are keen to provide loan financing on the same basis and covenant as the existing loan finance. The expansion is expected to occur in 20X6.

Data protection issue

Two months ago, Winberry Co suffered a cyber-security attack in which the personal information of 2,500 customers, including their credit card details, was stolen. According to a representative of the audit committee, the company's internal audit team had not properly assessed the cyber-security risks, which is a requirement of data protection legislation in the jurisdiction in which Winberry Co operates. The issue which led to the cyber-security attack has now been resolved. Winberry Co did not make any reports of the breach to regulators.

Exhibit 3 – Financial information

	Note	Projected to 30 September 20X5 $ million	Actual to 30 September 20X4 $ million
Revenue			
Groceries	1	587	358
Pet goods (from LPS Co)	**2**	10	–
Total revenue		**597**	**358**
Operating profit		172	110
Profit before income taxes		**53**	**31**
Total assets		**957**	**884**
Included in total assets:			
Net assets as consolidated relating to the subsidiary, LPS Co	**2**	60	–
Property, plant and equipment – relating to fire damaged warehouse	**3**	67	70
Long-term borrowing	**4**	33	5
Number of premium delivery pass customers		**146,250**	–

Notes:

1 Groceries revenue includes revenue earned for a new initiative launched during the year by Winberry Co. This guarantees a weekly delivery slot for customers who sign up for a premium delivery pass. The premium delivery pass is an annual membership with a fee of $60. This fee is invoiced in advance and the revenue is recognised in full at the time of invoicing.

2 Winberry Co has entered into a joint venture agreement with Durian Co and is investing $30 million in a newly formed company, Luxury Pet Supplies Co (LPS Co), representing 50% of the share capital of the company. The remaining 50% shareholding is owned by Durian Co, a leading national chain of vets and pet goods suppliers. The contract behind this investment states that Winberry Co and Durian Co will work together to develop the supply of a range of pet supplies, food, toys and accessories. This joint venture agreement utilises the established online presence of Winberry Co and their distribution network, and Durian Co's existing knowledge of the pet goods supplies market. Both parties will have equal voting rights and equal rights to the net assets of LPS Co with profits to be shared equally. The investment is expected to take place in August 20X5. The finance director of Winberry Co plans to consolidate the results of LPS Co as a subsidiary with the share of the results attributable to Durian Co being shown as a non-controlling interest. 100% of LPS Co's revenue from incorporation is shown separately in the financial information above owing to Winberry Co's full compliance with IFRS 8 *Operating Segments*.

The finance director believes that despite Winberry Co and Durian Co each owning 50% of LPS Co and having equal representation on the board of directors, Winberry Co's contribution of knowledge to the joint venture is greater and therefore Winberry Co should consolidate the investment.

3 In January 20X5, there was a fire in one of Winberry Co's five warehouses which completely destroyed the premises, but fortunately no staff were injured. The warehouse serviced the northern region of Winberry Co's customer base. The finance director has not written down the carrying amount of the warehouse in property, plant and equipment as he is confident that the company's insurance policy will cover all costs. The insurance company has confirmed that they will repay Winberry Co for the inventory lost during the fire, however, the claim for the warehouse building and machinery is still ongoing. Winberry Co was able to utilise their remaining four warehouses to provide coverage to the northern region customers.

4 Long-term borrowing comprises a bank loan taken out by Winberry Co to fund the joint venture of LPS Co with Durian Co and the purchase of electric delivery vehicles. The bank issued the loan on the same terms as the existing loan which has a covenant that interest cover is maintained at 3.

Exhibit 4 – Internet search

Search results for Winberry Co

3 November 20X4 – Keeping up with demand, Winberry Co ahead in-home delivery grocery revolution

The groceries trade journal, 'Perishables Planet', reports that demand for online groceries delivery has reached an all-time high and shows no sign of slowing down. Traditional supermarkets cannot keep up with the demand, leaving opportunities for gains in market share for online operators.

15 January 20X5 – Local residents to bring legal action against Winberry Co

A group of 30 local residents who claim their health was affected by toxic fumes from the huge fire at Winberry Co's northern warehouse are bringing an action to claim for compensation. The local residents' legal representative confirmed that they had served a claim against Winberry Co as they believe there were health and safety breaches which resulted in the sprinkler systems failing to bring the fire under control quickly.

Winberry Co's health and safety department has launched an investigation which concluded warehouse staff had manually overridden the automatic sprinkler system to prevent water damage to goods.

18 February 20X5 – Eco-friendly vans cause delivery disruption for Winberry Co

A new fleet of 80 electric vehicles, costing $50,000 each, has caused delivery chaos to Winberry Co's loyal customers. The vehicles can only travel for 100 miles without requiring recharging, which has left customers experiencing delays of up to four hours for their groceries. The eco-friendly vans were initially selected for purchase by management based on a suitable delivery range, however, at the request of Winberry Co, the manufacturer of the vans added refrigeration units to each vehicle which has significantly reduced the distance the vans can travel on a single battery charge.

END OF QUESTION

7 PASCAL & CO *Walk in the footsteps of a top tutor*

It is 1 July 20X5. You are a manager in Pascal & Co, a firm of Chartered Certified Accountants, and you are responsible for the audit of The Infinite Co, a new audit client with a financial year ending 30 September 20X5. The Infinite Co is an owner managed family business. The company owns and operates a theme park, The Infinite Park, which includes theme park rides, arcade style games and food and drink outlets. Brian Fox, the audit engagement partner, met with the company's finance director yesterday to discuss recent developments and financial performance.

In addition, Brian has also requested that you review the client acceptance procedures, which were carried out on another new client, Meadow Co, which operates a similar business to The Infinite Co.

The following exhibits, available below, provide information relevant to the question:

1 Partner's email – an email which you have received from Brian Fox, the audit engagement partner in relation to The Infinite Co and Meadow Co.

2 Background information – information from The Infinite Co website giving background information about the company and its operations.

3 Meeting notes – notes from a meeting between Brian Fox and the finance director of The Infinite Co.

4 Preliminary analytical procedures – summary of key issues arising from preliminary analytical procedures, performed by the audit team, on The Infinite Co projected financial statements.

5 Meadow Co – a copy of the client acceptance assessment performed on Meadow Co prior to audit acceptance.

This information should be used to answer the question requirement within your chosen response option(s).

Required:

Respond to the instructions in the email from the audit engagement partner. (40 marks)

Note: The split of the mark allocation is shown in Exhibit 1 - Partner's email.

Professional marks will be awarded for the demonstration of skill in communication, analysis and evaluation, professional scepticism and judgement and commercial acumen in your answer. (10 marks)

(Total: 50 marks)

Exhibit 1 – Partner's email

To: Audit manager

From: Brian Fox, Audit engagement partner

Subject: Audit planning for The Infinite Co, and acceptance procedures for Meadow Co

Date: 1 July 20X5

Hello

You need to start planning The Infinite Co audit, and to help with this I have provided you with some relevant information. I met with the finance director yesterday to discuss a number of matters including some recent business developments. The finance director has been with the company since it was founded but is not a member of the family who own the company. Based on the analysis I have done on this industry, I have decided to use profit before income taxes as the basis for determining materiality.

Using the information provided in Exhibits 2, 3 and 4, I require you to prepare briefing notes for my own use, in which you:

(a) Evaluate and prioritise the significant risks of material misstatement to be considered in planning the audit for The Infinite Co for the financial year ending 30 September 20X5. (20 marks)

(b) Design the principal audit procedures to be performed on the impairment of the theme park rides. (5 marks)

As you are probably aware, the theme park industry has recently experienced some bad publicity relating to another one of our new audit clients, Meadow Co, whereby newspapers alleged the company was under investigation for money laundering. Meadow Co operates a similar business to The Infinite Co. As a result of this, in your briefing notes you should also:

(c) Discuss the responsibility of auditors with respect to money laundering and evaluate whether there are any indicators of money laundering activities by either The Infinite Co or its staff. (7 marks)

(d) Using Exhibit 5, conduct a review of the information contained in the Meadow Co client acceptance assessment to evaluate weaknesses in Pascal & Co's acceptance procedures and recommend improvements which should be implemented.

(8 marks)

Thank you.

Exhibit 2 – Background information

The Infinite Park opened for business more than 40 years ago and today is one of the most popular theme parks in the country. The Infinite Park started out with a handful of simple theme park rides and has expanded to a 50-acre theme park with many different attractions. The theme park is split into two zones, each with its own unique attractions and each providing high-quality food, drink and shopping experiences.

The '**Speed Zone**' offers some of the biggest and best rides for those who like adventure.

The '**Family Zone**' offers smaller rides for children.

Recent business developments relating to both zones are described in Exhibit 3.

The Infinite Park accepts cash, all major credit cards and electronic payments. Tickets for large theme park rides are sold separately at the ticket station in the Speed Zone.

Exhibit 3 – Meeting notes

Operating licences

The company operates the theme park under two licences issued by the relevant government authority. One of these covers the operation and maintenance of the theme park rides, and the other is the licence to sell food and drinks. The theme park is subject to an annual visit by a government inspector.

Theme park rides

The latest external safety inspection was carried out in June 20X5 and, while the report has not been officially received, the inspector has raised several specific action points. It was noted that the maintenance schedules for the rides were not carried out in accordance with regulations. The inspector also expressed concern at the ageing of the rides and the lack of upgrades for modern safety features. The official report from the inspector is expected to be received by 31 July 20X5. There will then be a second inspection in October 20X5 to confirm that all issues have been addressed, after which the inspector will either approve or withhold the renewal of the operating licence in respect of the theme park rides. The finance director is confident that the licence will be renewed.

In April 20X5, the ticket station in the Speed Zone was upgraded to enable it to take electronic payments only. Prior to this, only cash payments could be accepted. As the amounts of cash handled there were often high, the managing director's sons were the only people allowed to sell tickets to reduce the risk of theft by employees. Now that payments are only electronic, staff are assigned to the ticket station through the normal park rota system. The finance director noted that unexpectedly this has resulted in a fall in ticket sales compared to the equivalent months last year.

Employees

The theme park staff comprise a small number of permanent staff supplemented with a large number of temporary seasonal staff in the summer months when the theme park is busy. Some of these staff are paid in cash. The company does not make deductions for payroll taxes for these temporary staff members as they are deemed to earn under the thresholds for paying tax. It is required practice in the tax jurisdiction in which The Infinite Co-operates that employers deduct and pay income taxes on behalf of its employees. The company is 100% owned by the managing director and both his sons are employed as permanent members of staff at the park.

Food and drink

The sales of food and drink are generally equally split between cash and electronic payments. Sales in all the food outlets has been growing this year, however, the main restaurant has seen a fall in sales and margins over the last two months. This may be as a result of two cases of food poisoning which occurred in January and March and led to some negative publicity in a local newspaper. Several of the food poisoning victims are suing the company. The Infinite Co's legal adviser, who is a friend of the managing director, has suggested that the customers are unlikely to win the case, as they may have contracted the food poisoning elsewhere.

Gift shop sales

Recently, the theme park started employing staff to dress as famous children's animation characters and walk around the Family Zone to pose for photographs with children. Since the introduction of this practice, gift shop revenue has doubled. The gift shops sell merchandise created specifically for the theme park. However, there have been complaints about the quality of the products with customers complaining that they break easily.

The finance director mentioned that all the shops in the Family Zone have seen an increase in sales but he is particularly impressed with the performance of one of the gift shops where sales and margins are far higher than any other outlet in the theme park. In addition, as most of the sales are in cash, there are no fees to pay to the credit card company. The finance director also mentioned that one of the managing director's sons was recently transferred to this shop.

Sale and leaseback

The managing director wishes to release some funds from the business and, as such, has been negotiating a sale and leaseback arrangement with a national bank. The arrangement is expected to be in place before the financial year end. Under the terms of the arrangement, the company would sell the theme park buildings to the bank in exchange for a payment of $1 million, which is their current market value. The buildings would be leased back over 20 years at an annual rental of $75,000. This would incorporate an interest rate of 5%, which is the current market rate and the resulting net present value of the lease rental payments would be $934,666. The finance director intends to account for the sale as a disposal and the lease payments as rental expenses. The audit engagement partner, Brian Fox, has already reviewed the draft agreement and has concluded that the arrangement meets the criteria to be recognised as a sale.

Previous auditors

The finance director expressed his desire for a good auditor–client relationship and is hoping that we do not impose too many 'pointless rules' on the company like the previous auditors. He says that the managing director likes to be left uninterrupted to run his business without being bothered. The only two people with access to the accounting system are the finance director and the managing director, who sometimes makes money transfers to an international bank account which is held in his name.

Exhibit 4 – Preliminary analytical procedures

A summary of the key financial information and findings from the preliminary analytical procedures on The Infinite Co projected financial statements are detailed below:

Revenue $13.2 million (20X4: $11.9 million)

Profit before income taxes $2.3 million (20X4: $2.5 million)

Total assets $9.5 million (20X4: $9.6 million)

Property, plant and equipment

	$000	**$000**
Land	6,000	6,000
Buildings	854	821
Theme park rides	1,431	1,530
Other	75	76
	8,360	**8,427**

Land is held without depreciation under a revaluation model. The last valuation was performed seven years ago.

All other assets are held with a useful life of 30 years.

Provisions

Current liabilities include a general provision of $0.25 million (20X4: $0.13 million) which represent amounts set aside to cover unexpected costs.

Director's loan

Long-term liabilities include a $3 million (20X4: $3 million) loan from the managing director to the company.

Exhibit 5 – Meadow Co

Details of the audit acceptance assessment performed on Meadow Co prior to audit acceptance is detailed below:

Pascal & Co	
Client acceptance checklist	
Company name:	Meadow Co
Financial documents obtained:	Financial statements for last four years
References:	To be obtained
Previous auditor:	Doomsday & Co
Professional clearance obtained and reviewed:	Verbal – no issues
Intended users of financial statements:	Owner managers only
High/unusual risks – do any of the following apply? – **Public held shares** – **High risk industry** – **Developing business** – **Significant recent changes in management** – **Poor financial condition** – **Other**	None
Firm independence confirmed?	Yes
Firm competence confirmed?	Yes
Firm resources confirmed?	Yes
Fees agreed?	Yes
Money laundering procedures: – **Client identity confirmed** – **Company identity confirmed** – **Politically exposed persons at company** – **Money laundering risk assessment**	 Passport of owner and his wife Certificate of incorporation obtained None Low risk
Proposed partner:	To be confirmed
Signature of partner and date:	

No other paperwork appears to be filed with this document.

END OF QUESTION

8 GRUBER *Walk in the footsteps of a top tutor*

It is 1 July 20X5. You are a manager in the audit department of McClane & Co, a firm of Chartered Certified Accountants. You are assigned to the audit of Gruber Co which has a financial year ending 30 September 20X5.

Gruber Co is a new audit client of McClane & Co, the audit firm having been appointed in January 20X5. The audit was previously performed by Ellis Associates.

Gruber Co is owned and managed by the Gruber family, its principal operations being the design and construction of bespoke machinery used in the oil industry.

The following exhibits, available below, provide information relevant to the question:

1 Partner's email – an email which you have received from Al Powell, the audit engagement partner.

2 Business and governance – information and matters relevant to audit planning.

3 Financial information – extracts from Gruber Co's most recent management accounts.

4 Business developments – information relating to an investment property and customer contracts.

5 Meeting notes – extracts from meeting notes taken at a recent meeting with the board of directors of Gruber Co.

This information should be used to answer the question requirement within your chosen response option(s).

Required:

Respond to the instructions in the email from the audit engagement partner. (40 marks)

Note: The split of the mark allocation is shown in Exhibit 1 - Partner's email.

Professional marks will be awarded for the demonstration of skill in communication, analysis and evaluation, professional scepticism and judgement and commercial acumen in your answer. (10 marks)

(Total: 50 marks)

Exhibit 1 – Partner's email

To: Audit manager

From: Al Powell, Audit engagement partner

Subject: Audit planning for Gruber Co

Date: 1 July 20X5

Hello

I have provided you with some information which you should use to help you with planning the audit of Gruber Co for the financial year ending 30 September 20X5. As you know, Gruber Co is a new audit client and the firm's client due diligence (know your client) and acceptance procedures were all successfully completed. Based on the analysis I have done on this industry, I have decided to use profit before income taxes as the basis for determining materiality.

Using the information provided, I require you to prepare briefing notes for my own use in which you:

(a) Discuss the matters specific to the planning of an initial audit engagement which should be considered in developing the audit strategy for Gruber Co.

Note: As above, you do NOT need to discuss matters relating to whether it was appropriate for McClane & Co to accept Gruber Co as an audit client, as the acceptance is confirmed. (5 marks)

(b) Using the information in Exhibits 1, 2, 3 and 4, evaluate and prioritise the significant audit risks to be considered in planning the company audit. (21 marks)

(c) Design the principal audit procedures to be performed in respect of the Nakatomi building, including those relating to the use of an expert to provide the fair value. (6 marks)

(d) Using the information in Exhibit 5, discuss the ethical issues raised and recommend actions to be taken by our firm. (8 marks)

Thank you

Exhibit 2 – Business and governance

The company was established 15 years ago by Martin Gruber, an engineer who had patented a new type of machine used in the oil industry. Martin, who is the company's chief executive officer, owns 60% of the shares in the company, with the remainder split equally between his brother and sister, Craig and Iris Gruber.

The company's board of directors includes Craig Gruber as chief finance officer (CFO), Iris Gruber as marketing director, and a non-family member, Kali Hayes, who is director of operations. Gruber Co has 300 employees, most of whom are mechanical engineers.

Martin is planning to sell his shares and retire from the business. Craig and Iris, who are younger than Martin, will retain their shares and their board positions. Initial discussion with a potential acquirer for Martin's shares began last month.

The company owns a head office and leases a production facility where machines are designed and assembled under contract with individual customers. Typically, an order takes 14 months to complete, from the initial design through to installation at the customer's premises. This is due to the large size of the machinery being produced to customer order and the very specific requirements of customers.

Exhibit 3 – Financial information

Key information extracted from the management accounts

	Notes	Projected	Actual
		30 September 20X5	30 September 20X4
		$ million	$ million
Revenue	1	75	65
Operating profit	2	18	10
Profit before income taxes	3	**14**	**9**
Total assets		**120**	**88**
Included in total assets:			
Intangible assets	4	19	10

Note 1 Revenue is derived from contracts involving the design, manufacture and installation of machinery to customer order. Currently, the company establishes all of its customer contracts to contain only one performance obligation – the successful installation of the machine at the customer's premises. However, around a quarter of the contracts also include a three-year support service for the machinery installed.

Note 2 Operating profit includes a profit of $2.2 million relating to the Argyle contract, details of which are given in Exhibit 4. This is the full amount of profit estimated to be made on the contract. The company's CFO suggests that while the company's accounting policy is to use the output method to determine the completion stage of a contract at the year end, it is appropriate to recognise the full amount of profit on this contract because the customer has paid in advance.

Note 3 Profit before income taxes includes an estimated increase in the fair value of the Nakatomi building investment property of $2 million. Details are provided about this investment in Exhibit 4.

Note 4 The change in value of intangible assets represents a transaction which took place in March 20X5, whereby Gruber Co purchased some designs from Martin Gruber for $9 million. The value of this transaction was determined by Martin Gruber. The audit engagement partner has asked for information to support this value, but nothing has yet been received from Martin.

Exhibit 4 – Business developments

Argyle contract

In October 20X4, Gruber Co entered into a significant contract to design, construct and install a large piece of machinery for a new customer, Argyle Co. In October 20X4, it was estimated that the design and construction of the machine would take 15 months, with installation estimated to take place in January 20X6. The agreed price of the machine is $6 million and Gruber Co will have incurred costs of $2.6 million in relation to this contract by 30 September 20X5. Based on the project plans, the estimated value of the work certified at 30 September 20X5 is $4 million and the estimated cost to complete is $1.2 million. As noted in Exhibit 3, operating profit includes a profit of $2.2 million relating to the Argyle contract.

Investment property

In October 20X4, following the completion of a significant contract, the company purchased an investment property, the Nakatomi building, for $15 million. The property is a retail development in the country's capital city. The company is going to appoint an expert to provide a valuation of the property and an initial estimate of the increase in fair value of $2 million has been included in the company's financial projections to 30 September 20X5.

Exhibit 5 – Meeting notes

A meeting took place yesterday in which the audit engagement partner discussed the potential sale of Martin Gruber's shares with the company directors.

The company directors revealed that Willis Co is the company with whom negotiations have started in relation to the sale of Martin Gruber's shares. Willis Co is an existing audit client of McClane & Co.

The directors have requested that McClane & Co assist them with the sale by performing a vendor's due diligence service, in which they would conduct an independent review of Gruber Co's financial position and future prospects and produce a report on their findings to be provided to Willis Co.

END OF QUESTION

9 PALE *Walk in the footsteps of a top tutor*

It is 1 July 20X5. You are a manager in the audit department of Chief & Co, a firm of Chartered Certified Accountants. You are assigned to the audit of Pale Co which has a financial year ending 30 September 20X5.

Pale Co manages timber plantations, its core business being the management of timber plantations and the production and sale of a range of timber products. It is not currently a listed entity.

The following exhibits, available below, provide information relevant to the question:

1. Partner's email – an email which you have received from Harvey Rebus, the audit engagement partner.
2. Background information – information relevant to audit planning.
3. Notes from meeting – summary of business developments discussed at a recent meeting between the chief finance officer (CFO) and the audit engagement partner.
4. Key performance indicators – a summary of financial and non-financial information.
5. Notes from phone call – a summary of issues raised by the CFO during a discussion with the audit engagement partner.

This information should be used to answer the question requirement within your chosen response option(s).

Required:

Respond to the instructions in the email from the audit engagement partner. (40 marks)

Note: The split of the mark allocation is shown in Exhibit 1 - Partner's email.

Professional marks will be awarded for the demonstration of skill in communication, analysis and evaluation, professional scepticism and judgement and commercial acumen in your answer. (10 marks)

(Total: 50 marks)

Exhibit 1 – Partner's email

To: Audit manager

From: Harvey Rebus, Audit engagement partner

Subject: Audit planning for Pale Co

Date: 1 July 20X5

Hello

I have provided you with some information which you should use to help you in planning the audit of Pale Co for the financial year ending 30 September 20X5. As you know, Pale Co is a new audit client of our firm. I hope you are looking forward to working on this interesting new client which is the first timber company we have secured as an audit client. You should also be aware that the management team is planning for Pale Co to achieve a stock market listing within the next two years. Based on the analysis I have done on this industry, I have decided to use profit before income taxes as the basis for determining materiality.

Using the information provided, I require you to prepare briefing notes for my own use in which you:

(a) Evaluate the significant business risks to be considered in planning the audit of Pale Co. (8 marks)

(b) Evaluate and prioritise the significant audit risks to be considered in planning the audit of Pale Co. (20 marks)

Note: In relation to the company's timber plantation asset (referred to in Exhibit 4) you are only required to consider audit risks relating to changes in fair value. Any other relevant audit risks relating to the timber plantation asset will be dealt with separately, later in the planning stage of the audit.

(c) Design the audit procedures to be performed in relation to the change in fair value of the timber plantation asset caused by the recent storms. Your procedures should include those relating to the evaluation of the expert appointed by management and the work they have performed. (6 marks)

(d) Using Exhibit 5, explain the ethical issues and other audit planning implications which arise in relation to the phone call from the company's chief finance officer, Mark York. (6 marks)

Thank you

Exhibit 2 – Background information

Pale Co owns and manages several large timber plantations. Approximately 5% of the trees are harvested each year. The company immediately processes the timber which is harvested from felled trees in its own sawmills (a facility where trees are processed into logs and other timber products). The processed timber, which is mainly logs and planks of wood, is then sold to a range of customers including construction companies and furniture manufacturers. Approximately 30% of the timber is exported. Your firm was appointed as auditor to Pale Co in March 20X5 following the resignation of the previous auditor, Hare Associates. As part of your firm's client acceptance procedures, communication was received from Hare Associates indicating that their reason for resignation was due to the retirement of the partner responsible for the audit and that they had no issues to bring to your attention regarding the audit. Pale Co has a small internal audit department with two staff who report to the company's CFO, as the company does not have an audit committee.

Exhibit 3 – Notes from meeting

Meeting date: 10 June 20X5

Attendees: Harvey Rebus, audit engagement partner

Mark York, chief finance officer (CFO)

Accounting policies

Mark York confirms that Pale Co applies the requirements of IAS 41 *Agriculture* as follows:

- Standing timber, which means trees which are growing in the timber plantation prior to being felled, are biological assets, measured at fair value less costs to sell. The change in the fair value less costs to sell is included in profit or loss for the period in which it arises.
- Felled trees are agricultural produce which are measured at fair value less costs to sell at the point of harvest. Immediately after felling, trees are processed, so that the value of felled trees awaiting processing is minimal at any point in time.
- Processed timber such as logs are measured in accordance with IAS 2 *Inventories*.

A technical expert from the audit firm has confirmed that the accounting policies outlined above appear appropriate in the context of Pale Co's activities.

International expansion

Pale Co's operations are currently all based in its home jurisdiction. However, the board has recently approved the acquisition of several large areas of tropical rainforest in Farland, a remote developing country. The expansion will allow the company to process new types of timber for which there is significant demand from luxury furniture manufacturers. The acquisition of the areas of the rainforest will cost $25 million and the purchase is due to take place in August 20X5. The cost of $25 million is equivalent to the fair value of the rainforest. Farland uses the same currency as Pale Co so the expansion is not creating any foreign exchange risk exposure to the company.

The purchase is being funded through a share issue to existing and new shareholders, who are mainly family members of the Pale family, who established the company 20 years ago. A share issue was the only option for funding the international expansion as the company is at the limit of its bank borrowing agreement.

An international development agency has agreed to provide a grant of $20 million to assist Pale Co in its Farland expansion, on condition that the expansion represents sustainable and ethical business practice. The grant is provided specifically for training the local workforce and building accommodation for the workforce in a town near to the rainforest.

The grant is due to be received in September 20X5 and relevant expenditure will commence in November 20X5. Mark York is planning to recognise half of the amount received as income in this year's financial statements, on the basis that it "will cover some of management's expenses in planning the international expansion".

Gold Standard

The company is proud to have recently been awarded an industry 'Gold Standard' accreditation for its sustainable timber management. To achieve the Gold Standard, which denotes the highest possible level of sustainable timber management and ethical business practice, the company must adhere to a number of strict standards. This includes maintaining the biodiversity of the timber plantation, ensuring that rare species of tree are not harvested, and that animal habitats within the timber plantation are preserved. To maintain the Gold Standard accreditation, one condition is that at least 80% of timber sold must be harvested according to the strict standards set by industry regulators. The Gold Standard applies to all of the company's activities, including the Farland expansion.

Contract with Royal Co

The company's revenue has increased this year, largely due to it signing a significant contract with a new customer, Royal Co. The contract was signed on the basis of Pale Co receiving the Gold Standard accreditation for its timber.

Legal case

A group of employees has recently commenced legal action against the company, claiming that breaches of health and safety guidelines regularly take place. The company has made some redundancies this year, which has put pressure on the remaining staff to work harder in order to maintain productivity; the employees are alleging that this has caused an increase in the number of accidents at work, some of which have resulted in fatalities. The company's management and legal advisors believe that the legal claim, which amounts to $19 million, is unjustified and will not be successful. Mark York does not intend to recognise a provision for the claim or make any disclosure in the financial statements in relation to this issue as it is at such an early stage in the legal proceedings.

Use of expert – change in fair value due to recent storms

In the last month, several storms caused damage to some areas of timber plantation. An independent expert has been appointment by management to determine the extent of damage caused and to quantify any financial implications, including determination of the change in fair value of the standing trees which have been damaged by the storm. The expert's report indicates a large number of trees have been completely destroyed, and many have been badly damaged. Based on the expert's report, management has determined that a reduction in fair value of $70.5 million should be recognised in respect of the timber plantation asset recognised in the statement of financial position.

Exhibit 4 – Key performance indicators

The information in the table below will be published as part of the Annual Report, in a section titled 'Key results for the year', which forms part of management's commentary on the company's performance. The financial information is before recognising the change in fair value of the timber plantation caused by the recent storm, and also before accounting for the government grant.

	Projected	**Actual**	**% change**
	30 September 20X5	**30 September 20X4**	
Financial key performance indicators:	$ million	$ million	
Revenue	42.5	40.3	+5.5%
Operating profit	22.0	21.0	+4.8%
Profit before income taxes	6.5	5.0	+30%
Social and environmental key performance indicators:			
% timber harvested in line with 'Gold Standard'	82%	85%	
Number of employees	1,300	1,420	
Total staff days lost due to accidents at work	78	65	

You are also provided with the following information relating to balances which are extracted from management accounts as at 30 June 20X5:

Total assets – $550 million (20X4 – $545 million)

Timber plantation – $500 million (20X4 – $490 million) – this amount, relating to standing timber, is before accounting for any change in value caused by the recent storms referred to in Exhibit 3.

Inventory – $15.4 million (20X4 – $9.2 million) – the increased level of inventory is explained by management as follows: "In the last two months, industrial action at the country's ports meant no containers of processed timber could be shipped to our export customers. The missed export sales so far amount to about $2.1 million. We continued to harvest and process timber during this time, leading to an increased level of inventory. The industrial action is ongoing."

Cash – $4.5 million (20X4 – $6.8 million) – cash levels are depleted this year due to inflationary pressures and demands for higher wages from our employees, which we have met.

Exhibit 5 – Notes from phone call

Notes from a phone call yesterday between Harvey Rebus, audit engagement partner and Mark York.

Request from Mark York

Pale Co publishes a wide range of non-financial social and environmental Key Performance Indicators (KPIs) as part of the Annual Report, including the three shown as part of Exhibit 4. Mark has asked if our firm can provide assurance on these KPIs as part of performing the annual audit. Mark has suggested that in order to pay for this extra work, the agreed audit fee will be increased by 20%, assuming that the assurance provided on the KPIs is favourable.

END OF QUESTION

10 RICK GROUP *Walk in the footsteps of a top tutor*

It is 1 July 20X5. You are a manager in the audit department of Atlanta & Co, a firm of Chartered Certified Accountants. You are working on the audit of the Rick Group (the Group), which has a financial year ending 30 September 20X5. The Group, a listed entity, offers an internet television network, with over 10 million subscription members in eight countries.

The following exhibits, available below, provide information relevant to the question:

1 Partner's email – an email which you have received from Carol Morgan, the Group audit engagement partner.

2 Background information – information and matters relevant to audit planning.

3 Selected financial information – extracts from Rick Group's management accounts and accompanying explanatory notes.

4 Extract from component auditor strategy document – an extract from the audit strategy document prepared by Neegan Associates, the component auditor which audits one of the Group's subsidiaries.

5 Potential new subsidiary – details of the planned acquisition of a new foreign subsidiary, Michonne Co, and a possible joint audit arrangement.

This information should be used to answer the question requirement within your chosen response option(s).

Required:

Respond to the instructions in the email from the audit engagement partner. (40 marks)

Note: The split of the mark allocation is shown in Exhibit 1 – Partner's email.

Professional marks will be awarded for the demonstration of skill in communication, analysis and evaluation, professional scepticism and judgement and commercial acumen in your answer. (10 marks)

(Total: 50 marks)

Exhibit 1 – Partner's email

To: Audit manager

From: Carol Morgan, Audit engagement partner

Subject: Audit planning for the Rick Group

Date: 1 July 20X5

Hello

I have provided you with some information in the form of a number of exhibits which you should use to help you with planning the audit of the Rick Group (the Group) for the financial year ending 30 September 20X5.

Based on the analysis I have done on this industry, I have decided to use profit before income taxes as the basis for determining materiality.

Using the information provided, I require you to prepare briefing notes for my own use in which you:

(a) Evaluate and prioritise the significant audit risks to be considered in planning the Group audit. (21 marks)

(b) Using the information provided in Exhibit 4:

(i) Evaluate the extract from the component auditor's strategy, commenting on the audit strategy responses and ethical matters relating to the issues identified; and (7 marks)

(ii) Design the principal audit procedures which you will instruct the component auditor to perform on the sale of property to the Group chief executive officer. (6 marks)

(c) Using Exhibit 5, discuss whether it is appropriate for a joint audit to be performed on Michonne Co, commenting on the advantages and disadvantages of a joint audit arrangement. (6 marks)

Thank you

Exhibit 2 – Background information

The Group started to offer an internet streaming service for films and TV programmes ten years ago. The Group's business model is to acquire licences for films and TV programmes and customers pay a monthly subscription fee to access them and watch online.

The Group has a subsidiary in each country in which it offers its subscription service. Atlanta & Co audits all of the subsidiaries with the exception of Daryl Co, one of the Group's foreign subsidiaries, which is audited by a local firm called Neegan Associates. All companies within the Group have the same financial year end, and with the exception of Daryl Co, which reports under local accounting standards, the Group companies all use IFRS® Accounting Standards as their financial reporting framework.

Matters relevant to audit planning

Following a discussion between the Group audit engagement partner and a representative of the Group audit committee, several matters were noted as being relevant to the audit planning:

Legal case

In January 20X5, a legal case was initiated against the Group by Glenn Co, a film production company. Glenn Co claims that the Group has infringed copyright by streaming a film in specific countries for which a licence has not been acquired. The Group insists that the film is covered by a general licence which was acquired several years ago. The Group finance director is not willing to recognise the legal claim within the financial statements as he is confident that the claim against the Group will not be successful, and he does not want to discuss it further with the audit team, emphasising that there is no relevant documentation available for evaluation at this time.

Daryl Co

Neegan Associates provides the audit service to Daryl Co, one of the Group's foreign subsidiaries. Daryl Co is one of the Group's larger subsidiaries, it is a listed company in its home jurisdiction, with total assets of $140 million. Due to internet service issues where Daryl Co is based, a significant number of customers have cancelled their subscriptions, and the company is projected to make a loss this year.

Daryl Co is the only subsidiary which does not follow IFRS Accounting Standards, as in its local jurisdiction companies must follow local accounting rules. It uses the same currency as the rest of the Group.

Daryl Co was acquired several years ago, and goodwill of $38 million is recognised in the Group financial statements in respect of the company.

Exhibit 3 – Selected financial information

	Note	Projected to 30 September 20X5	Actual to 30 September 20X4
		$ million	$ million
Group revenue	1	**980**	**780**
Operating profit		78.4	70.2
Profit before income taxes		**60.1**	**58.7**
Total assets		**780**	**600**
Included in total assets:			
Intangible assets – licences	2	580	420
Intangible assets – goodwill	3	135	135
Number of subscription customers		**10,500,000**	**8,070,000**

Notes:

1 The Group's main source of revenue is from monthly membership fees. Members are billed in advance of the start of their monthly membership and revenue is recognised when the bill is sent to the customer, all of whom pay by credit card. The price of a regular subscription has remained at $8.20 per month throughout 20X4 and 20X5. Occasionally, the Group offers a free trial period to new customers.

This year, the Group also introduced a new premium subscription package, which allows customers to add two family members to their subscription for an additional fee of $5 per month.

2 The Group acquires content licences per title in order to stream film and TV content to its subscribers. The content licences are each for a fixed time period, varying between three and five years. The Group capitalises the cost per title as an intangible asset. Group policy is to amortise licences over a five-year period, the finance director justifies this as being 'the most prudent' accounting treatment.

3 Goodwill arising on business combinations is tested annually for impairment in accordance with IAS® 36 *Impairment of Assets*. Due to the strong performance of the Group, no impairment of goodwill has been recognised in recent years.

Exhibit 4 – Extract from component auditor strategy document

The points below are an extract from the audit strategy prepared by Neegan Associates in relation to their audit of Daryl Co. Other sections of the audit strategy, including the audit risk assessment, have been reviewed by the Group audit team and are considered satisfactory so you do not need to consider them. Materiality has been set by Neegan Associates, in agreement with Atlanta & Co, at $1.4 million.

Issue identified by Neegan Associates	Audit strategy response by Neegan Associates
Payroll From 1 October 20X4, payroll accounting services are provided to Daryl Co by Neegan Associates as an additional non-audit engagement.	**Planned audit procedures:** – Agree the total payroll figure, estimated to be $6 million, from the statement of profit or loss to the payroll reports generated by Neegan Associates. – No further audit procedures are considered necessary.
Sale of property Daryl Co sold a small, unused building located on the coast to the Group's chief executive officer (CEO) in February 20X5, for $50, 000. The amount is still outstanding for payment. The Group CEO is planning to use the property as a holiday home.	**Planned audit procedures:** – Confirm $50,000 is included in receivables within current assets. – No further audit procedures are considered necessary because the transaction is not material to the financial statements, and local accounting rules do not require disclosure of the transaction.

Exhibit 5 – Potential new subsidiary

The Group is planning the acquisition of a new foreign subsidiary, Michonne Co, which is located in Farland. The negotiations are at an advanced stage, and it is likely that the acquisition will take place in October 20X5.

The Group's audit committee has suggested that if the acquisition goes ahead, due to the distant location of the company and the fact that Atlanta & Co has no offices in Farland, a joint audit could be performed with Michonne Co's current auditors, Lucille Associates, a small local firm of Chartered Certified Accountants.

END OF QUESTION

11 RYDER GROUP *Walk in the footsteps of a top tutor*

Answer debrief

It is 1 July 20X5. You are a manager in the audit department of Squire & Co, a firm of Chartered Certified Accountants, responsible for the audit of the Ryder Group (the Group), which has a financial year ending 30 September 20X5. The Group, a listed entity, operates in the hospitality sector, running restaurants, coffee shops and hotels.

Squire & Co audits the Group consolidated financial statements, and the individual financial statements of each Group company. All companies in the Group use IFRS Accounting Standards as their financial reporting framework.

The following exhibits, available below, provide information relevant to the question:

1 Partner's email – an email which you have received from Mo Iqbal, the Group audit engagement partner.

2 Background information – information about the Group's current structure and business activities.

3 Meeting notes – extracts from meeting notes taken at a recent meeting between Mo Iqbal and the Group finance director.

4 Selected financial projections – selected financial projections to 30 September 20X5 and comparative financial information.

5 Notes from audit committee call – notes taken by Mo Iqbal during a phone call with a representative of the audit committee.

This information should be used to answer the question requirement within your chosen response option(s).

Required:

Respond to the instructions in the email from the audit engagement partner. (40 marks)

Note: The split of the mark allocation is shown in the partner's email (Exhibit 1).

Professional marks will be awarded for the demonstration of skill in communication, analysis and evaluation, professional scepticism and judgement and commercial acumen in your answer. (10 marks)

(Total: 50 marks)

Exhibit 1 – Partner's email

To: Audit manager

From: Mo Iqbal, Group audit engagement partner

Subject: Ryder Group audit planning

Date: 1 July 20X5

Hello

You need to start planning the Ryder Group (the Group) audit, and to help with this I have provided you with some relevant information. I met with the Group finance director yesterday to discuss a number of matters including some recent business developments. I also spoke with a representative from the Group audit committee regarding several issues.

Based on the analysis I have done on this industry, I have decided to use profit before income taxes as the basis for determining materiality.

Using the information provided, I require you to prepare briefing notes for my own use in which you:

(a) **Evaluate and prioritise the significant audit risks to be considered in planning the Group audit for the financial year ending 30 September 20X5. Given the planned Group restructuring, you should evaluate audit risks relating to disclosure issues at this stage in the audit planning.** **(21 marks)**

(b) **Identify the additional information which should be requested from management in order to effectively audit the disposal of Primal Burgers Co, and explain why this information is required.** **(4 marks)**

(c) **Design the principal audit procedures to be performed in respect of:**

(i) **The classification of the $48 million investment in Peppers Co, and**

(ii) **The government grant of $20 million received in January 20X5.** **(8 marks)**

(d) **Using the notes from the audit committee phone call in Exhibit 5, discuss any ethical issues relevant to the Group audit, and recommend appropriate actions to be taken by our firm.** **(7 marks)**

Thank you.

Exhibit 2 – Background information

The Ryder Group is one of the country's leading hospitality providers. Over the last 15 years, the Group has grown steadily and has a range of successful hospitality brands, each brand being operated by a separate, wholly owned, subsidiary of the Group.

The Group is planning some restructuring, which is discussed in the notes from the client meeting (Exhibit 3). The Group structure shown below is the Group's existing structure, before any restructuring takes place.

Existing Group structure:

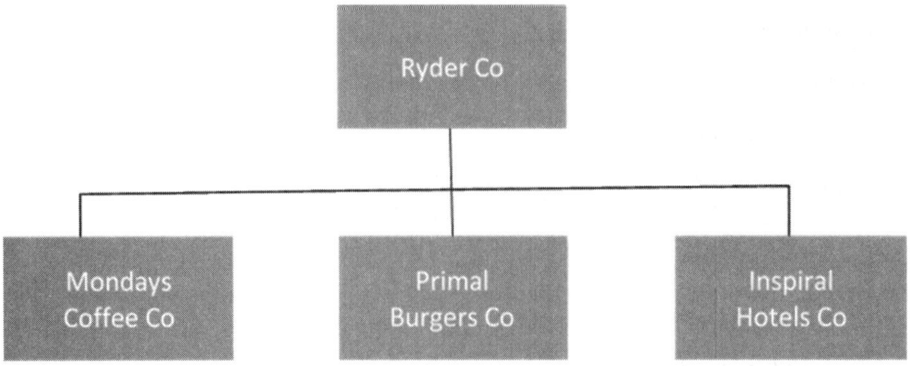

Information about each of the Group companies is given below:

Ryder Co is the parent company of the group, a listed company, which does not trade, and holds the shares in each subsidiary company.

Mondays Coffee Co-operates one of the leading coffee shop chains in the country under the 'Mondays Coffee' brand. It enjoys a strong market share and operates more than 1,200 coffee shops across the country.

Primal Burgers Co-operates over 150 fast food restaurants. In recent years, revenue from Primal Burgers Co has declined, but it still provides approximately 30% of Group revenue.

Inspiral Hotels Co is a successful hotel business, with over 75 hotels across the country. The Group acquired Inspiral Hotels Co three years ago, as part of a growth strategy based on diversification.

Exhibit 3 – Meeting notes

Group restructuring

The Group is restructuring, as part of a strategy for continued growth in revenue and profitability. As part of this strategy, the Group is investing $48 million in a newly formed company, Peppers Co, representing 50% of the share capital of the company. The remaining 50% shareholding is owned by Smiths Co, a property development company. The contract behind this investment states that the Group and Smiths Co will work together to develop six new hotels, all based at the country's major airports. The investment in Peppers Co is likely to take place in August 20X5.

Partly to provide some of the finance needed for the restructuring, and partly because of its declining revenue, the Group is planning to dispose of Primal Burgers Co. The board approved this disposal in March 20X5. Vendor's due diligence has been carried out by Usami & Co, a firm of Chartered Certified Accountants. Usami & Co conducted an independent review of the company's financial position and future prospects and produced a report on their findings, which is made available to potential buyers. At today's date, several potential buyers have expressed an interest and the Group expects that the disposal will take place just after the financial year end.

Due to the success of the Inspiral Hotels brand, the Group plans to expand its hotel offering, and a target company for acquisition has been identified. The Group aims to acquire Valentine Co, which operates the successful Valentine Hotel chain. Negotiations are underway, and it is likely that the acquisition will go ahead in the first quarter of the next financial year. The purchase price has yet to be agreed, but is likely to be around $100 million. Due diligence performed on Valentine Co indicates that the fair value of its identifiable net assets is $85 million.

Mondays Coffee drive-through

The Group has previously trialled 20 drive-through coffee shops situated on busy roads, which offer customers the convenience of purchasing coffee without leaving their cars. This year the Group opened 50 new drive-through coffee shops, open 24 hours a day, seven days a week, which have proven to be extremely popular with customers. The associated capital (asset) expenditure recognised in property, plant and equipment was $43 million, which, according to the Group finance director, includes the cost of constructing the coffee shops amounting to $28 million, and the cost of acquiring three-year licences to allow 24-hour trading, at a cost of $15 million. The Group's accounting policy is to depreciate property over 20 years, and a full year's worth of depreciation will be charged in the year to 30 September 20X5 in respect of the $43 million capitalised.

According to the Group finance director, the new drive-through coffee shops are projected to account for almost all of the increase in revenue generated from the Mondays Coffee brand in the year. His comment is based on data produced from the management information system which separately records revenue generated from the drive-through coffee shops so that management can assess its performance and determine the return on the $43 million of capital (asset) expenditure.

Government grant

The government provides grants to organisations which commit to investing in properties to reduce carbon emissions and energy consumption. Grants are also available to organisations to promote the benefits of recycling to their customers.

In January 20X5, Ryder Co received a grant of $20 million. The only condition attached to the grant is that half of the amount must be used to upgrade existing assets to make them more environmentally friendly. None of the amount received has yet been spent, but it is planned that it will be used to finance capital (asset) expenditure across the Group's property portfolio. The other half of the grant will be used to fund an advertising campaign.

According to the Group finance director, the full $20 million is included within operating profit in the projected Group statement of profit or loss for the year (Exhibit 4).

Exhibit 4 – Selected financial projections

	Projected to 30 September 20X5	**Projected to 30 September 20X5**	**Actual to 30 September 20X4**	**Actual to 30 September 20X4**
	$ million	$ million	$ million	$ million
Subsidiary	Revenue	Assets	Revenue	Assets
Mondays Coffee Co	155	200	110	160
Primal Burgers Co	99	110	103	113
Inspiral Hotels Co	66	140	62	125
Total	**320**	**450**	**275**	**398**

The table above is based on management information which forms the basis of the segmental reporting disclosed in the notes to the financial statements.

Other financial information for the Group as a whole is given below:

	Projected to 30 September 20X5	Actual to 30 September 20X4
	$ million	$ million
Operating profit	76	72
Profit before income taxes	20	18
Total assets	475	450

Exhibit 5 – Notes from audit committee call

The Group audit committee is looking to appoint a firm of professional accountants to perform corporate finance work in relation to the planned Group restructuring. The audit committee understands that Squire & Co cannot provide this non-audit service as it would create a significant threat to auditor objectivity. However, the audit committee has asked if our firm can recommend another firm to perform the work. Following the call, the managing partner of Squire & Co has suggested that the firm recommend Ranger Associates, an unconnected firm, to carry out the work. If Ranger Associates is appointed, Squire & Co will charge Ranger Associates a referral fee equivalent to 10% of the fee for the corporate finance engagement.

In addition, the audit committee has asked Squire & Co to work with the Group internal audit team to design internal controls over the part of the accounting system which deals with revenue, and also evaluate the operating effectiveness of the internal controls.

END OF QUESTION

Calculate your allowed time, allocate the time to the separate parts..............

12 MARGOT *Walk in the footsteps of a top tutor*

It is 1 July 20X5. You are a manager in the audit department of Snow & Co, a firm of Chartered Certified Accountants, and you are responsible for the audit of Margot Co. The company has a financial year ending 30 September 20X5, and you are about to start planning the audit.

Margot Co produces fruit-based food products using agricultural produce grown on its farms. Ben Duval, the audit engagement partner, met with the company's finance director last week to discuss business developments in the year and recent financial performance.

The following exhibits, available below, provide information relevant to the question:

1 Partner's email – an email which you have received from Ben Duval, the audit engagement partner.

2 Meeting notes – extracts from meeting notes taken at a recent meeting with the finance director of Margot Co.

3 Reference document – document prepared by Snow & Co containing an overview of the accounting requirements applied in the agriculture sector.

4 Selected financial information – extracts from the latest management accounts of Margot Co and accompanying notes, including the results of preliminary analytical procedures, which have been performed by a member of the audit team.

5 Margot Co's business practices – an email which the audit engagement partner received from Len Larch, a production manager working at one of the company's olive farms.

This information should be used to answer the question requirement within your chosen response option(s).

Required:

Respond to the instructions in the email from the audit engagement partner. (40 marks)

Note: The split of the mark allocation is shown in the partner's email (Exhibit 1).

Professional marks will be awarded for the demonstration of skill in communication, analysis and evaluation, professional scepticism and judgement and commercial acumen in your answer. (10 marks)

(Total: 50 marks)

Exhibit 1 – Partner's email

To: Audit manager

From: Ben Duval, Audit engagement partner for Margot Co

Subject: Audit planning for Margot Co

Hello

I have provided you with some information in the form of a number of exhibits which you should use to help you with planning the audit of Margot Co for the financial year ending 30 September 20X5. Based on the analysis I have done on this industry, I have decided to use profit before income taxes as the basis for determining materiality.

Using the information provided, I require you to prepare briefing notes for my own use in which you:

(a) Evaluate and prioritise the significant risks of material misstatement to be considered in planning the company's audit. You should not include risks of material misstatement relating to the valuation of the company's bearer plants or biological assets, which will be evaluated separately. (21 marks)

(b) Design the principal audit procedures to be used in the audit of the development cost capitalised in respect of the new packaging. (5 marks)

(c) Discuss the matters to be considered in planning to use an auditor's expert in the audit of the fruit, which are recognised as biological assets of the company. (5 marks)

In Exhibit 5, I have provided you with an email I received from Len Larch, one of the company's production managers. In respect of this, in your briefing notes you should also:

(d) Discuss the audit implications of the email from Len Larch, recommending any further action to be taken by our firm. (9 marks)

Thank you.

Exhibit 2 – Meeting notes

Meeting attendees:

Ben Duval, audit engagement partner, Snow & Co

Ayana Easton, finance director, Margot Co

Business background

Margot Co was established 30 years ago by Jim Margot, who began processing the fruit grown on his family farm to make a small range of food products including canned fruit and fruit juice. The business was relatively small until ten years ago, when the company began to expand by acquiring more farmland with different crops, and building new production facilities. This extended the range of food products which could be processed, which now includes olive oil, packaged nuts and frozen fruit. The company sells its products under the 'Fructus Gold' brand name, and the goods are sold in major supermarkets and online on the company's website.

The company is not listed, and the Margot family members are the company's majority shareholders. Jim Margot retired several years ago, his daughter, Mia Margot, is the company's chief executive officer, and other family members hold positions in senior management.

Business developments in the year

Online sales

In the last year, sales made through the company's website grew significantly. The finance director believes that this was in response to an advertising campaign costing $225,000, which promoted the 'Fructus Gold' brand and coincided with the launch of a new online sales portal on the company website designed to make online ordering easier. To encourage online sales, the company has regular special offers, with discounts periodically offered on a selection of product lines, and offers such as 'Buy One Get One Free' for a limited time on some products.

Research and development

Recently, concern over the level of plastic used in packaging has encouraged food producers to investigate the use of plastic-free packaging for their products. In October 20X4, the board approved a budget of $400,000 to be spent on research and development into new packaging for its products. By 31 May 20X5, $220,000 has been spent, with this amount being paid to ProPack, a firm of packaging specialists, to design and develop a range of plastic-free bottles, bags and containers. It is anticipated that the packaging will be ready for use in two years' time at which point the company will introduce it for use across its product range. ProPack is currently testing prototypes of items which have been developed, with encouraging results.

Use of an auditor's expert

The fruit growing on trees and the harvested agricultural produce are biological assets which were recognised at fair value of $3.1 million in the 20X4 audited financial statements. Due to the specialised nature of these assets, an auditor's expert will be used to provide evidence relating to their valuation. A resource document containing an overview of the accounting requirements in relation to the company's activities is provided in Exhibit 3.

Exhibit 3 – Reference document – Extract from Snow & Co's internal technical guidance for audit staff working with clients in the agriculture sector

IAS 16 *Property, Plant and Equipment* – Bearer plants

Definition: A bearer plant is defined under IAS 16 as 'a living plant that:

– is used in the production or supply of agricultural produce

– is expected to bear produce for more than one period; and

– has a remote likelihood of being sold as agricultural produce, except for incidental scrap sales.'

In line with the requirements of IAS 16, bearer plants are recorded at accumulated cost until they reach maturity and then they are depreciated over their useful life.

IAS 41 *Agriculture* – Biological assets

Produce growing on bearer plants, and harvested agricultural produce are biological assets and should be accounted for under IAS 41. Biological assets are measured on initial recognition and at subsequent reporting dates at fair value less estimated costs to sell, unless fair value cannot be reliably measured. A gain or loss arising on initial recognition of agricultural produce at fair value less costs to sell shall be included in the statement of profit or loss for the period in which it arises.

IAS 2 *Inventories* – Agricultural produce

When agricultural produce enters the production process, it should be accounted for under IAS 2.

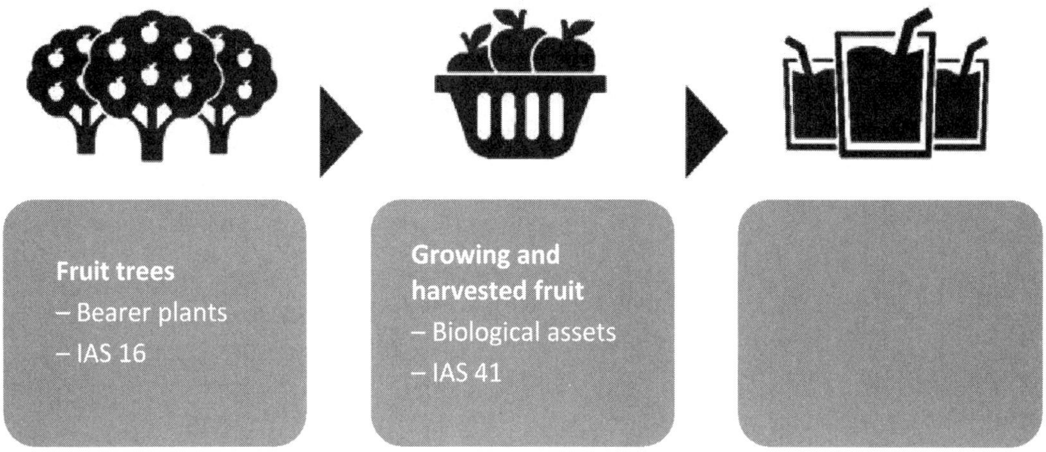

Exhibit 4 – Selected financial information

Extract from management accounts and results of preliminary analytical procedures

	Note	As at 30 September 20X5 Projected	As at 30 September 20X4 Actual
		$000	$000
Extract from statement of financial position:			
Total assets		**12,500**	**11,900**
Included in total assets:			
Intangible assets	1	525	50
Property, plant and equipment	2	6,150	6,470
Total current assets		3,350	2,190
Cash included in current assets		760	750
Current ratio		2.6	1.4
Extract from statement of profit or loss:			
Total revenue		**35,600**	**32,750**
Online sales included in total revenue		2,495	1,310
Operating margin		28%	26%
Return on capital employed		5%	4.5%
Profit before income taxes		**2,100**	**1,900**
Extract from statement of changes in equity:			
Dividend payments		1,200	1,000

Notes:

1 Intangible assets includes the following items:

	20X5	20X4
	$000	$000
Software development costs	80	50
Advertising costs relating to 'Fructus Gold' brand	225	0
Development costs in respect of new packaging	220	0
Total	525	50

Software development costs of $30,000 were capitalised during the year, which relate to development of the online sales portal. The finance director suggests that both the software development costs and the advertising costs should be capitalised because the increased sales in the year are a direct result of the advertising campaign and improvements in the online sales portal.

The 'Fructus Gold' brand name is not recognised in the statement of financial position, as it is an internally generated asset. This accounting treatment has been confirmed as correct and in accordance with IAS 38 *Intangible Assets*. The notes to the 20X4 financial statements disclosed that the estimated fair value of the brand name is $18 million.

2 Property, plant and equipment

One of the company's several factories, used to process fruit and produce fruit juice, was damaged in November 20X4 when a severe storm occurred. High winds destroyed part of the factory roof, and heavy rain led to flooding and damage to machinery and processing equipment. The factory has not operated since the storm, and the finance director has performed an impairment review on the building and plant and equipment. The carrying amount of $6.15 million includes $880,250 relating to the storm-damaged factory and its fixtures and fittings. The factory is a cash-generating unit for the purpose of impairment testing. The fair value less costs to sell has been estimated based on the sales proceeds which could be generated from selling the damaged machinery. The value in use is estimated based on the future sales which could be generated if the damage to the building is repaired and new machinery is put into the factory.

Exhibit 5 – Margot Co's business practices

To: Ben Duval

From: Len Larch

Subject: Business practices

Hello Ben

I obtained your contact details from your firm's website, I hope you don't mind me approaching you directly. I am emailing to voice some concerns over recent business practices at Margot Co.

In my role as production manager in one of the company's factories, I inspect samples of the fruit which comes into the factory from the company's farms, and speak to the farmers on a regular basis. Recently, several farmers told me that they have been instructed to use certain chemicals to spray the fruit trees, which should increase the fruit yield. However, some of these chemicals are prohibited for use in this country because they can be toxic to humans.

While talking to one of my friends who is a production manager from another factory, it transpired that he had also become suspicious that banned chemicals are being used in the farms. He raised the issue with one of the company directors, who allegedly gave him $10,000 and asked him not to discuss it with anyone. My friend said that I should ask for the same sum of money, but I felt uncomfortable and thought I should tell someone from outside the company about what is going on.

Please do not mention my name if you decide to investigate this further.

Thank you, Len.

END OF QUESTION

13 REDBACK SPORTS *Walk in the footsteps of a top tutor*

It is 1 July 20X5. You are a manager in the audit department of Huntsman & Co, a firm of Chartered Certified Accountants, responsible for the audit of several companies and for evaluating the acceptance decisions in respect of potential new audit clients.

One of your audit clients is Redback Sports Co, which operates a chain of sport and leisure centres across the country. The company has a financial year ending 30 September 20X5, and you are about to start planning the audit. Stella Cross, the audit engagement partner, met with the company's finance director last week to discuss business developments in the year and recent financial performance.

In addition, Stella has been approached by Mick Emu, the managing director of Emu Gyms Co. Mick has enquired regarding whether Huntsman & Co can provide the company with an audit or limited assurance review, and Stella would like you to evaluate this request. Huntsman & Co already provides a payroll service to Emu Gyms Co and has assisted Mick with his personal tax planning in the past. Mick also has a suspicion that several employees are carrying out a fraud at the company, and he has asked whether an audit or limited assurance review would have alerted him earlier to the situation.

The following exhibits, available below, provide information relevant to the question:

1 Partner's email – an email which you have received from Stella Cross, the audit engagement partner, in respect of both Redback Sports Co and Emu Gyms Co.

2 Meeting notes – extracts from meeting notes taken at a recent meeting between Stella and the finance director of Redback Sports Co.

3 Selected financial information – extracts from the latest management accounts of Redback Sports Co.

4 Notes from phone call – notes of a telephone conversation which Stella had yesterday with Mick Emu, managing director of Emu Gyms Co.

This information should be used to answer the question requirement within your chosen response option(s).

Required:

Respond to the instructions in the email from the audit engagement partner. (40 marks)

Note: The split of the mark allocation is shown in the partner's email (Exhibit 1).

Professional marks will be awarded for the demonstration of skill in communication, analysis and evaluation, professional scepticism and judgement and commercial acumen in your answer. (10 marks)

(Total: 50 marks)

Exhibit 1 – Partner's email

To: Audit manager

From: Stella Cross, Audit engagement partner for Redback Sports Co

Subject: Audit planning for Redback Sports Co, and evaluation of accepting Emu Gyms Co as a potential audit client

Hello

I have provided you with some information in the form of a number of exhibits which you should use to help you with planning the audit of Redback Sports Co for the financial year ending 30 September 20X5. Based on the analysis I have done on this industry, I have decided to use profit before income taxes as the basis for determining materiality.

Using the information provided in Exhibits 2 and 3, I require you to prepare briefing notes for my own use in which you:

(a) Evaluate the significant business risks to be considered in planning the company's audit. (10 marks)

(b) Evaluate and prioritise the significant risks of material misstatement to be considered in developing the audit strategy and audit plan. (18 marks)

In Exhibit 4, I have also provided you with some information relating to Emu Gyms Co. In respect of this, in your briefing notes you should also:

(c) (i) Discuss the ethical and professional implications, recommending any further actions which should be taken by our firm, in respect of the request to accept an engagement to provide Emu Gyms Co with an audit or limited assurance review; and

(ii) Discuss whether an audit or limited assurance review of financial statements in previous years could have uncovered the suspected fraud being carried out at Emu Gyms Co. (12 marks)

Thank you.

Exhibit 2 – Meeting notes

Meeting attendees:

Stella Cross, audit engagement partner, Huntsman & Co

Aneta Bay, finance director, Redback Sports Co

Date: 30 June 20X5

Business background

Redback Sports Co operates 20 sport and leisure centres around the country. Each centre has a large gym and a swimming pool, and many also have tennis and badminton courts. Given the nature of the company's operations, it has to comply with health and safety regulations set by the national regulatory body, and its facilities are inspected regularly to ensure that all regulations are being followed, and for the company to retain its operating licence.

The company is not listed and therefore does not need to comply with local corporate governance regulations. However, the company's chief operating officer and chairman consider it good practice to have independent input to the board, and there are two non-executive directors. One of the non-executive directors is a leisure industry expert who was chairman of a rival company, Lyre Leisure Co, for ten years.

The second non-executive director is an academic who specialises in organisational behaviour and who has written several books on performance management in the sport and leisure industry.

The company's board has approved a plan to expand through acquiring other leisure and sport facility providers. The strategy is not likely to be implemented for another two years, when the board would like the first acquisition to take place. However, potential target companies will be identified in the next 12 to 18 months. Ultimately, the board would like to seek a flotation of the company within five years, and they consider that expanding the company would improve profits and make a stock exchange listing more feasible.

Redback Sports Co has a small internal audit department with two staff who report to the finance director, as the board does not have an audit committee.

The company offers a membership scheme whereby, for an annual subscription, members can use the facilities at any of the centres. Customers who are not members can pay to access a centre for a day under the company's 'pay as you go' plan. The membership scheme accounts for approximately 85% of the company's revenue, with the remaining revenue resulting from 'pay as you go' sales.

Business developments in the year

The industry is competitive and the company's strategy is to encourage customers to renew their membership and to attract new members by offering a range of new activities. According to the finance director, a successful initiative which started in October 20X4 is the 'Healthy Kids' campaign; this offers children two hours coaching per week in a range of sports including swimming and tennis. This coaching is provided free as part of their parents' membership, and it has proved to be very successful – the finance director estimates that it has led to 3,000 new members since it was launched.

In January 20X5, the company opened a new coastal sport and leisure centre which, as well as offering the usual facilities, also has a scuba diving centre and offers other water sports facilities. An investment of $12 million was also made in new gym equipment across all centres, to ensure that the company offers the most modern facilities to its customers.

An advertising campaign has been launched, to promote the company brand generally, and to make customers aware of the investments in the facilities which have been made. As part of this campaign, the company paid $1 million to a famous athlete to endorse the company for a period of two years. The athlete will appear at the opening of the new coastal sports centre and has agreed to feature in poster advertisements for the next two years.

Redback Sports Co is also involved with a government initiative to help unemployed people have access to sport facilities. The company received a grant of $2 million in April 20X5, under the terms of which it allows unemployed people three hours of free access to its facilities per month. By the end of June, 33,900 free hours of facility use have been provided under this scheme. The government intends the initiative to run for three years, to promote long-term health of participants.

A new data management system has been introduced, which integrates membership information with accounting software. This allows more efficient management of the customer database which is used extensively for marketing purposes, as well as providing more timely information on financial performance to management. Data from the previous system was transferred to the new system in February 20X5, and the two systems ran in parallel for two months while training was given to staff and the new system was monitored.

One feature of the new system is that it records and reports on the free hours of access provided to unemployed people, which the company has to report on a monthly basis to the government.

Exhibit 3 – Selected financial information

Extracts from management accounts of Redback Sports Co

	Note	**Based on projected figures to 30 September 20X5**	**Based on audited figures to 30 September 20X4**
Revenue	1	$53 million	$45 million
Income from government grant	2	$2 million	–
Operating margin	3	15%	10.7%
Profit before income taxes		$6.9 million	$4.6 million
Capital (asset) expenditure and associated borrowings	4	$32 million	$20 million
Cash		$1.4 million	$5.6 million
Total assets		$130 million	$110 million
Number of sport and leisure centres	5	20	18
Number of members	6	38,000	33,800
Number of 'pay as you go' entry tickets sold		108,000	102,600

Notes

1 Revenue is forecast to increase significantly this year. This is largely due to the success of the advertising campaign featuring the celebrity athlete and the 'Healthy Kids' programme (referred to in Exhibit 2).

2 The grant received of $2 million, the details of which are explained in Exhibit 2, has been recognised in full as income for the year.

3 The company's operating expenses includes the following items:

	20X5	**20X4**
	$000	$000
Staff costs	15,300	14,300
Marketing	8,500	8,500
Maintenance and repairs of facilities	5,500	5,300

4 Capital (asset) expenditure was mostly financed through borrowings. On 1 October 20X4, a ten-year $30 million loan was received from the company's bank. The loan does not bear interest and is repayable at par value of $34 million. As well as the bank loan, a loan of $1 million was advanced to the company from its managing director, Bob Glider, on 1 February 20X5. The terms of this loan include 3% interest paid to Bob annually in arrears, and the capital will be repaid in seven years' time.

5 Two new sport and leisure centres were opened this year. As well as the coastal sport and leisure centre (referred to in Exhibit 2), a new centre was opened in an affluent urban area in the capital city.

6 The management information system shows that members visit a sport and leisure centre on average three times per week.

Exhibit 4 – Notes of a telephone conversation between Stella Cross and Mick Emu, managing director of Emu Gyms Co

Notes taken by Stella Cross:

Mick Emu phoned me this morning to discuss developments at Emu Gyms Co and to enquire whether our firm could carry out either an audit of the company's financial statements, or a limited assurance review of them. This would be the first time that the financial statements have been subject to audit or limited assurance review.

Business background

The company was founded by Mick four years ago, and since that time our firm has provided a payroll service for the company's staff, which now number 35 employees working in the company's four gyms, all located in urban areas. We have also provided Mick with advice on his personal tax position and financial planning in respect of his retirement, as he wants to sell the company in a few years' time. Mick runs the company with his son, Steve, who is a qualified personal trainer, and with his daughter, Siobhan, who is the marketing director. The company employs one accountant who prepares the management and financial accounts and who deals with customer memberships.

The company has grown quite rapidly in the last year, with revenue of $8 million for the financial year to 30 April 20X5, and with total assets of approximately $5.5 million. The comparative figures for 20X4 were revenue of $6.5 million and total assets of $4.8 million.

Suspected fraud

Mick mentioned that one of the reasons he would like an audit or limited assurance review of the financial statements is because he has noticed some unusual trends in the company's financial information. This has led him to suspect that several employees are carrying out a fraud. Each gym has a small shop selling gym wear and a café, where customers can buy light meals, drinks and snacks.

Mick has noticed that the cash receipts from sales in the shops and cafés have reduced significantly in the last year, however, there has been no reduction in purchases from suppliers. As a consequence, the gross margin for these sales as reported in the management accounts has fallen from 32% to 26%. This indicated to him that staff members could be giving away items for free to customers, or they could be taking inventories from the shops and cafés for their personal use or to sell.

The shops and cafés keep a relatively small amount of inventory which is replenished on a regular basis. Until this year, sales in the shops represented approximately 5%, and café sales represented approximately 8% of the company's revenue. The figures for this year are 3% and 6% respectively.

Mick wonders whether the potential fraud would have been uncovered earlier, had the financial statements been subject to audit or limited assurance review in previous years.

END OF QUESTION

14 EAGLE GROUP *Walk in the footsteps of a top tutor*

It is 1 July 20X5. You are a manager in the audit department of Bison & Co, a firm of Chartered Certified Accountants, responsible for the audit of the Eagle Group (the Group), which has a financial year ending 30 September 20X5. Your firm is appointed to audit the parent company, Eagle Co, and all of its subsidiaries, with the exception of Lynx Co, a newly acquired subsidiary located in a foreign country which is audited by a local firm of auditors, Vulture Associates. Lynx Co is projected to be loss making this year.

All companies in the Group report using IFRS Accounting Standards as the applicable financial reporting framework and have the same financial year end.

The following exhibits, available below, provide information relevant to the question:

1 Partner's email – An email which you have received from Maya Crag, the audit engagement partner.

2 Background information – information about the Group including a request from the Group finance director in respect of a non-audit engagement.

3 Selected financial information – extracts from the Group financial statements projected to 30 September 20X5 and comparatives, extracted from the management accounts, and accompanying explanatory notes.

4 Lynx Co goodwill calculation – management's determination of the goodwill arising on the acquisition of Lynx Co.

5 Extract from component auditor strategy document – an extract from the audit strategy document prepared by Vulture Associates relating to Lynx Co.

This information should be used to answer the question requirement within your chosen response option(s).

Required:

Respond to the instructions in the email from the audit engagement partner. (40 marks)

Note: The split of the mark allocation is shown in the partner's email (Exhibit 1).

Professional marks will be awarded for the demonstration of skill in communication, analysis and evaluation, professional scepticism and judgement and commercial acumen in your answer. (10 marks)

(Total: 50 marks)

Exhibit 1 – Partner's email

To: Audit manager

From: Maya Crag, Audit engagement partner

Subject: Audit planning for the Eagle Group

Hello

I have provided you with some information in the form of a number of exhibits which you should use in planning the audit of the Eagle Group (the Group). I held a meeting yesterday with the Group finance director and representatives from the Group audit committee, and we discussed a number of issues which will impact on the audit planning. Based on the analysis I have done on this industry, I have decided to use profit before income taxes as the basis for determining materiality.

Using the information provided, I require you to prepare briefing notes for my own use in which you:

(a) Evaluate and prioritise the significant audit risks to be considered in planning the Group audit. You should use analytical procedures to assist in identifying audit risks. You are not required to consider audit risks relating to disclosure, as these will be planned for later in the audit process. **(23 marks)**

(b) Design the principal audit procedures to be used in the audit of the goodwill arising on the acquisition of Lynx Co. Management's calculation of the goodwill is shown in Exhibit 4. You do not need to consider the procedures relating to impairment testing, or to foreign currency retranslation, as these will be planned later in the audit. **(6 marks)**

(c) Using the information provided in Exhibit 5, evaluate the extract of the audit strategy prepared by Vulture Associates in respect of their audit of Lynx Co and discuss any implications for the Group audit. **(5 marks)**

(d) After considering the request in Exhibit 2 from the Group finance director in respect of our firm providing advice on the Group's integrated report, discuss the ethical and professional implications of this request, recommending any further actions which should be taken by our firm. **(6 marks)**

Thank you.

Exhibit 2 – Background information

The Group, which is a listed entity, operates in distribution, supply chain and logistics management. Its operations are worldwide, spanning more than 200 countries. The Group's strategy is to strengthen its market share and grow revenue in a sustainable manner by expansion into emerging markets. There are over 50 subsidiaries in the Group, many of which are international. There are three main business divisions: post and parcel delivery, commercial freight and supply chain management, each of which historically has provided approximately one-third of the Group's revenue.

A fourth business division which focuses purely on providing distribution channels for the oil and coal sector was established two years ago, and in 20X5 began to grow quite rapidly. It is forecast to provide 12% of the Group's revenue this year, growing to 15% in 20X6. This division is performing particularly well in developing economies.

In recent years, revenue has grown steadily, based mainly on growth in some locations where e-commerce is rapidly developing. This year, revenue is projected to decline slightly, which the Group attributes to increased competition, as a new distribution company has taken some of the Group's market share in a number of countries. However, the Group management team is confident that this is a short-term drop in revenue, and forecasts a return to growth in 20X6.

Innovation

The Group has invested in automating its warehousing facilities, and while it still employs more than 250,000 staff, many manual warehouse jobs are now performed by robots. Approximately 5,000 staff were made redundant early in this financial year due to automation of their work. Other innovations include increased use of automated loading and unloading of vehicles, and improvements in the technology used to monitor and manage inventory levels.

Integrated reporting

The Group is proud of this innovation and is keen to highlight these technological developments in its integrated report. The Group finance director has been asked to lead a project tasked with producing the Group's first integrated report. The finance director has sent the following request to the audit engagement partner:

'We would like your firm to assist us in developing our integrated report, and to provide assurance on it, as we believe this will enhance the credibility of the information it contains. Specifically, we would like your input into the choice of key performance indicators which should be presented, how to present them, and how they should be reconciled, where relevant, to financial information from the audited financial statements.'

The publication of an integrated report is not a requirement in the jurisdiction in which the Group is headquartered, but there is a growing pressure from stakeholders for an integrated report to be produced by listed reporting entities.

If Bison & Co accepts the engagement in relation to the Group's integrated report, the work would be performed by a team separate from the audit team.

Exhibit 3 – Selected financial information

Statement of financial position

	Note	As at 30 September 20X5 Projected $ million	As at 30 September 20X4 Actual $ million
Non-current assets			
Goodwill	1	1,100	970
Other intangible assets	2	200	170
Property, plant and equipment		657	600
Other investments		85	100
Total non-current assets		2,042	1,840
Current assets		1,450	1,420
Total assets		3,492	3,260
Equity and liabilities			
Equity			
Share capital	3	1,250	1,150
Retained earnings		840	780
Other components of equity		130	140
Non-controlling interest		25	23
		2,245	2,093
Non-current liabilities	4	650	620
Current liabilities		597	547
Total equity and liabilities		3,492	3,260

Statement of profit or loss(extract)

	Note	Year to 30 September 20X5 Projected	Year to 30 September 20X4 Actual
		$ million	$ million
Revenue	5	5,770	5,990
Other operating income	6	120	80
Operating expenses	7	(5,540)	(5,800)
Operating profit		350	270
Income from investments		0	0
Profit before financing and income taxes		350	270
Interest expenses		(28)	(30)
Profit before income taxes		322	240
Income tax expense		(64)	(60)
Profit for the year		258	180

Notes to the extracts from financial statements

Goodwill

1 Goodwill relates to the Group's subsidiaries, and is tested for impairment on an annual basis. Management will conduct the annual impairment review in September 20X5, but it is anticipated that no impairment will need to be recognised this year due to anticipated growth in revenue which is forecast for the next two years.

In December 20X4, the Group acquired an 80% controlling shareholding in Lynx Co, a listed company located in a foreign country, for consideration of $351 million. Management's determination of the goodwill arising on this acquisition is shown in Exhibit 4. Lynx Co is projected to be loss making this year.

Other intangible assets

2 Other intangible assets relate mostly to software and other technological development costs. During the year $35 million was spent on developing a new IT system for dealing with customer enquiries and processing customer orders. A further $20 million was spent on research and development into robots being used in warehouses, and $5 million on developing new accounting software. These costs have been capitalised as intangible assets and are all being amortised over a 15-year useful life.

Equity and non-current liabilities

3 A share issue in April 20X5 raised cash of $100 million, which was used to fund capital (asset) expenditure.

4 Non-current liabilities include borrowings of $550 million (20X4 – $500 million) and provisions of $100 million (20X4 – $120 million). Changes in financing during the year have impacted on the Group's weighted average cost of capital. Information from the Group's treasury management team suggests that the weighted average cost of capital is currently 10%.

Financial performance

5 Revenue has decreased by 3.7% over the year, due to a new competitor in the market taking some of the Group's market share.

6 Other operating income comprises the following items:

	20X5	20X4
	$ million	$ million
Reversal of provisions	60	40
Reversal of impairment losses on receivables and other assets	30	20
Foreign currency gains	28	23
Profit/(loss) on disposal of non-current assets	2	(3)
Total	120	80

7 Operating expenses includes the following items:

	20X5	20X4
	$ million	$ million
Staff costs	3,650	3,610
Cost of raw materials, consumables and supplies	1,725	1,780
Depreciation, amortisation and impairment	145	140
Other operating expenses	20	270
Total	5,540	5,800

Exhibit 4 – Lynx Co goodwill calculation

	Note	$ million
Cash consideration – paid 1 December 20X4		80
Contingent consideration	1	271
Total consideration		351
Fair value of non-controlling interest	2	49
		400
Less: Fair value of identifiable net assets	3	(300)
Goodwill		100

Notes:

1 The contingent consideration will be payable four years after the acquisition date and is calculated based on a payment of $525 million, only payable if Lynx Co reaches revenue and profit targets outlined in the purchase documentation. The amount included in the goodwill calculation has been discounted to present value using a discount factor based on an 18% interest rate.

2 The non-controlling interest is measured at fair value based on Lynx Co's share price on 1 December 20X4.

3 The assets and liabilities acquired and their fair values were determined by an independent firm of Chartered Certified Accountants, Sidewinder & Co, who was engaged by the Group to perform due diligence on Lynx Co prior to the acquisition taking place. A fair value uplift of $12 million was made in relation to property, plant and equipment.

Exhibit 5 – Extract from audit strategy – prepared by Vulture Associates in respect of the audit of Lynx Co

The point below is an extract from the audit strategy. Other sections of the audit strategy, including the audit risk assessment, have been reviewed by the Group audit team and are considered to be satisfactory.

Controls effectiveness

We will place reliance on internal controls, which will reduce the amount of substantive testing which needs to be performed. This is justified on the grounds that in the previous year's audit, controls were tested and found to be highly effective. We do not plan to re-test the controls, as according to management there have been no changes in systems or the control environment during the year.

END OF QUESTION

15 SUNSHINE HOTEL GROUP *Walk in the footsteps of a top tutor*

Answer debrief

It is 1 July 20X5. You are a manager in the audit department of Dove & Co, responsible for the audit of the Sunshine Hotel Group (the Group), which has a financial year ending 30 September 20X5. You are about to start planning the Group audit for forthcoming year end and this is the first time that you are managing the audit.

The following exhibits, available below, provide information relevant to the question:

1 Partner's email – an email which you have received from John Starling, the audit engagement partner.

2 Background information – information about the Group's activities.

3 Meeting notes – extracts from meeting notes taken at a recent meeting with the finance director of the Sunshine Hotel Group.

4 Email from the Group finance director – extract from email from the Group finance director to John Starling, audit engagement partner.

5 Request from audit committee – request regarding the use of data analytics in future audits.

This information should be used to answer the question requirement within your chosen response option(s).

Required:

Respond to the instructions in the email from the audit engagement partner. (40 marks)

Note: The split of the mark allocation is shown in the partner's email (Exhibit 1).

Professional marks will be awarded for the demonstration of skill in communication, analysis and evaluation, professional scepticism and judgement and commercial acumen in your answer. (10 marks)

(Total: 50 marks)

Exhibit 1 – Partner's email

To: Audit manager

From: John Starling, audit engagement partner

Subject: Audit planning, the Sunshine Hotel Group

Hello

I have provided you with some information in the form of a number of exhibits which you should use in planning the audit of the Sunshine Hotel Group (the Group). I held a meeting yesterday with the Group finance director and a representative from the Group audit committee, and we discussed a number of business developments during the year and plans for the future. Based on the analysis I have done on this industry, I have decided to use profit before income taxes as the basis for determining materiality.

Using the information provided in Exhibits 2, 3 and 4, I require you to prepare briefing notes for my use in which you:

(a) Evaluate the significant business risks facing the Group. (8 marks)

(b) Evaluate and prioritise the significant risks of material misstatement which should be considered when planning the audit. (18 marks)

(c) Using the information provided in Exhibit 4:

(i) Discuss the additional implications for planning the Group audit and explain any relevant actions to be taken by the firm, and

(ii) Design the audit procedures to be performed on the claim of $10 million, assuming that the audit team is given access to all relevant sources of audit evidence. (8 marks)

(d) In relation to the audit committee's request for information about the use of data analytics in Exhibit 5:

(i) Explain the term data analytics and discuss how their use can improve audit quality.

(ii) Explain how they could be used during the audit of the Sunshine Hotel Group. (6 marks)

Thank you.

Exhibit 2 – Background information

The Group owns and operates a chain of 20 luxury hotels, all located in popular beachside holiday resorts. The hotels operate on an 'all-inclusive' basis, whereby guests can consume unlimited food and drink, and take part in a variety of water sports including scuba diving as part of the price of their holiday. Each hotel has at least four restaurants and a number of bars. The 'Sunshine Hotel' brand is a market leader, with significant amounts spent each year on marketing to support the brand. The hotels are luxurious and maintained to a very high standard and are marketed as exclusive adult-only luxury holiday destinations.

When customers book to stay in the hotel, they are charged a deposit equivalent to 20% of the total cost of their stay, and a further 20% is payable eight weeks before arrival. The remaining 60% is settled on departure. If a booking is cancelled prior to a week before a guest's stay commences, then a full refund is given, but no refunds are given for cancellations within the week leading up to a guest's stay.

Exhibit 3 – Meeting notes

Financial performance

The Group has seen continued growth, with revenue for the year to 30 September 20X5 projected to be $125 million (20X4 – $110 million), and profit before income taxes projected to be $10 million (20X4 – $9 million).

According to the latest management accounts, the Group's total assets are currently $350 million. The 'Sunshine Hotel' brand is not recognised as an asset in the financial statements because it has been internally generated. The Group has cash of $20 million at today's date. Most of this cash is held on short-term deposit in a number of different currencies. Based on the latest management accounts, the Group's gearing ratio is 25%.

Moulin Blanche restaurants

In October 20X4, the Group entered into an agreement with an internationally acclaimed restaurant chain, Moulin Blanche, to open new restaurants in its five most popular hotels. The agreement cost $5 million, lasts for 10 years, and allows the Group to use the restaurant name, adopt the menus and decorate the restaurants in the style of Moulin Blanche. The cost of $5 million has been recognised within marketing expenses for the year. After a period of refurbishment, the new restaurants opened in all five hotels on 1 April 20X5.

International expansion

The Group is planning to expand its operations over the next three years by opening hotels in countries with increasingly popular tourist destinations.

As part of this strategy, in April 20X5 the Group purchased land in three new locations in Farland at a cost of $75 million. There are currently no specific plans for the development of these locations due to political instability in the country. In addition to the Farland acquisitions, an existing hotel complex was purchased from a competitor for $23 million. The hotel complex is located in a country where local legislation prohibits private ownership and use of beaches, so the Group's hotel guests cannot enjoy the private and exclusive use of a beach which is one of the Group's key selling points. For this reason, the Group has not yet developed the hotel complex and it is currently being used as a location for staff training.

All of these assets are recognised at cost as property, plant and equipment in the Group statement of financial position. Due to the problems with these recent acquisitions, the Group is planning to invest in alternative locations, with capital (asset) expenditure on sites in new locations of $45 million budgeted for 20X6. This will be funded entirely from an undrawn borrowing facility with the Group's bank which has a fixed interest rate of 3.5% per annum.

Hurricanes

Two of the Group's hotels are located in an area prone to hurricanes, and unfortunately only last week, a hurricane caused severe damage to both of these hotels. Under the Group's 'hurricane guarantee scheme', customers who were staying at the hotels at the time of the hurricane were transferred to other Group hotels, at no cost to the customer. Customers with bookings to stay at the closed hotels have been offered a refund of their deposits, or to transfer their reservation to a different Group hotel, under the terms of the scheme. The hotels are closed while the necessary repair work, which will take two months, is carried out at an estimated cost of $25 million. The repair work will be covered by the Group's insurance policy, which typically pays half of the estimated cost of repair work in advance, with the balance paid when the repair work is completed. No accounting entries have been made as yet in relation to the hurricane.

Exhibit 4 – Email from the Group finance director to John Starling, audit engagement partner

John

The Group's lawyer has received a letter from Ocean Protection, a multi-national pressure group which aims to safeguard marine environments. Ocean Protection is claiming that our hotel guests are causing environmental damage to delicate coral reefs when scuba diving under the supervision of the Group's scuba diving instructors.

Ocean Protection is pressing charges against the Group, and alleges that our activities are in breach of international environmental protection legislation which is ratified by all of the countries in which the Group operates. Damages of $10 million are being sought, Ocean Protection suggesting that this amount would be used to protect the coral reefs from further damage.

The Group is keen to avoid any media attention, so I am hoping to negotiate a lower level of payment and an agreement from Ocean Protection that they will not make the issue public knowledge.

From an accounting point of view, we do not want to recognise a liability, as the disclosures will draw attention to the matter. We will account for any necessary payment when it is made, which is likely to be next year.

I understand that your audit team will need to look at this issue, but I ask that you only speak to me about it, and do not speak to any other employees. Also, I do not want you to contact Ocean Protection as this could impact on our negotiation.

Exhibit 5 – Request from audit committee

The audit committee has heard that some audit firms are now using data analytics and have asked for further information. They are keen for data analytics to be used for the audit of the Sunshine Hotel Group as soon as possible and have indicated that this will be a key deciding factor when the audit is next put out to tender. They would like Dove & Co to explain what data analytics are and how they could be used during the audit to improve efficiency and quality.

END OF QUESTION

Calculate your allowed time, allocate the time to the separate parts..............

16 ZED COMMUNICATIONS GROUP *Walk in the footsteps of a top tutor*

It is 1 July 20X5. The Zed Communications Group (ZCG) is an audit client of your firm, Tarantino & Co, with a financial year ending 30 September 20X5. You are the manager assigned to the forthcoming audit. ZCG is one of Tarantino & Co's largest audit clients.

The following exhibits, available below, provide information relevant to the question:

1 Partner's email – an email which you have received from Vincent Vega, the audit engagement partner.

2 Meeting notes – extracts from meeting notes taken at a recent meeting with the finance director of ZCG.

3 Internal audit report – extracts from the latest report of the internal audit department.

4 Selected financial information – extracts from latest management accounts.

This information should be used to answer the question requirement within your chosen response option(s).

Required:

Respond to the instructions in the email from the audit engagement partner. (40 marks)

Note: The split of the mark allocation is shown in the partner's email (Exhibit 1).

Professional marks will be awarded for the demonstration of skill in communication, analysis and evaluation, professional scepticism and judgement and commercial acumen in your answer. (10 marks)

(Total: 50 marks)

Exhibit 1 – Partner's email

To: Audit engagement manager

From: Vincent Vega, audit engagement partner

Subject: ZCG audit planning

Hello

I have provided you with some information in the form of a number of exhibits which you should use in planning the audit of Zed Communications Group (ZCG). I held a meeting yesterday with the Group finance director regarding the forthcoming audit. We also discussed the possibility of using the Group's internal audit team to improve audit efficiency. Based on the analysis I have done on this industry, it is appropriate for overall materiality to be based on the revenue of the group.

Using the information provided, I require you to prepare briefing notes for my use in which you:

(a) Evaluate and prioritise the significant audit risks relevant to planning the final audit of ZCG. (18 marks)

(b) Discuss the matters to be considered in determining the assistance which could be provided by, and the amount of reliance, if any, which can be placed on the work of ZCG's internal audit department. (6 marks)

(c) Design the principal audit procedures to be performed in the audit of:

(i) The classification of the 50% equity shareholding in WTC as a joint venture, and

(ii) The measurement of the intangible asset recognised in respect of the licence to operate in Farland. (10 marks)

(d) Discuss the implication of a joint audit if the acquisition of the company in Neverland goes ahead. (6 marks)

Thank you.

Exhibit 2 – Meeting notes

ZCG is a listed entity, one of the largest telecommunications providers in the country and is seeking to expand internationally. ZCG also provides broadband and fixed telephone line services. One of ZCG's strategic aims is to expand internationally, either by acquiring existing telecommunications providers in other countries, or by purchasing licences to operate in foreign countries. ZCG has identified a telecommunications company located overseas in Neverland. The Group's audit committee has suggested that once the acquisition is complete, due to the distant location of the company, a joint audit could be performed with the target company's current auditors.

In December 20X4, ZCG purchased a 50% equity shareholding in Wallace Telecoms Co (WTC), a company operating in several countries where ZCG previously had no interests. The other 50% is held by Wolf Communications Co. The cost of the 50% equity shareholding was $45 million. ZCG is planning to account for its investment in WTC as a joint venture in the Group financial statements.

On 1 October 20X3, ZCG purchased a licence to operate in Farland, a rapidly expanding economy, at a cost of $65 million. The licence lasts for 10 years from the date that it was purchased. Since purchasing the licence, ZCG has established its network coverage in Farland and the network became operational on 1 April 20X5. The licence was recognised as an intangible asset at cost in the Group statement of financial position at 30 September 20X4. Since the network became operational, customer demand has been less than anticipated due to a competitor offering a special deal to its existing customers to encourage them not to change providers.

Most of ZCG's mobile phone customers sign a contract under which they pay a fixed amount each month to use ZCG's mobile network, paying extra if they exceed the agreed data usage and airtime limits. The contract also allows connection to a fixed landline and internet access using broadband connection and most contracts run for two or three years.

In order to extend its broadband services, ZCG has started to purchase network capacity from third-party companies. ZCG enters a fixed-term contract to use a specified amount of the seller's network capacity, with the seller determining which of its network assets are used by ZCG in supplying network services to its customers. In the first six months of 20X5 financial year, ZCG purchased $17.8 million of network capacity from a range of suppliers, with the contract periods varying from twelve months to three years. The cost has been capitalised as an intangible asset.

Exhibit 3 – Internal audit report extracts

ZCG has a well-established internal audit department which is tasked with a range of activities including providing assurance to management over internal controls and assisting the Group's risk management team. The internal audit department is managed by Jules Winfield, a qualified accountant with many years' experience. An extract from the executive summary of the latest internal audit report to the Group finance director is shown below:

'We are pleased to report that ZCG's internal controls are working well and there have been no significant changes to systems and controls during the year. As a result of our testing of controls we uncovered only two financial irregularities which related to:

- Failure to obtain appropriate authorisation and approval of senior management expense claims, such as travel and other reimbursements. The unsubstantiated expense claims amounted to $575,000.
- Inadequate access controls over the Group's IT systems which resulted in a payroll fraud amounting to $750,000.'

Exhibit 4 – Selected financial information

Extracts from latest management accounts

	8 months to 31 May 20X5	**Audited financial statements to 30 September 20X4**
	$ million	$ million
Revenue:		
Europe	106	102
Americas	30	68
South East Asia	33	30
India	29	20
Total	198	220

	At 31 May 20X5	**At 30 September 20X4**
	$ million	$ million
Total assets	598	565

END OF QUESTION

17 CONNOLLY *Walk in the footsteps of a top tutor*

It is 1 July 20X5. You are an audit manager in Davies & Co, responsible for the audit of Connolly Co, a listed company operating in the pharmaceutical industry. You are planning the audit of the financial statements for the year ending 30 September 20X5.

The following exhibits, available below, provide information relevant to the question:

1 Partner's email – an email which you have received from Ali Stone, the audit engagement partner.

2 Background information – information about the company's activities.

3 Meeting notes – minutes of meeting between Ali Stone and the finance director, Maggie Ram.

4 Selected financial information – extracts from the latest projected financial statements with comparative figures.

5 Request from the audit committee – request to provide additional services.

This information should be used to answer the question requirement within your chosen response option(s).

Required:

Respond to the instructions in the email from the audit engagement partner. (40 marks)

Note: The split of the mark allocation is shown in the partner's email (Exhibit 1).

Professional marks will be awarded for the demonstration of skill in communication, analysis and evaluation, professional scepticism and judgement and commercial acumen in your answer. (10 marks)

(Total: 50 marks)

Exhibit 1 – Partner's email

To: Audit manager

From: Ali Stone, Audit engagement partner

Subject: Audit planning – Connolly Co

Hello

You need to start planning the audit of Connolly Co, and to help with this I have provided you with some relevant information. I held a meeting yesterday with the company's finance director and we discussed a number of issues which will impact on the audit planning. I also spoke with a representative from the audit committee regarding a request for additional services Connolly Co would like our firm to provide. Based on the analysis I have done on this industry, I have decided to use profit before financing and income taxes as the basis for determining materiality.

Using the information provided, I require you to prepare briefing notes for my use in which you:

(a) Evaluate the significant business risks faced by Connolly Co. (10 marks)

(b) Evaluate and prioritise the significant risks of material misstatement to be considered when planning the audit. (18 marks)

(c) Design the principal audit procedures to be used in the audit of the acquired 'Cold Comforts' brand name. (6 marks)

(d) Using the information in Exhibit 5, discuss the ethical issues relevant to the audit firm, and recommend appropriate actions to be taken. (6 marks)

Thank you.

Exhibit 2 – Background information

Connolly Co is a pharmaceutical company, developing drugs to be licensed for use around the world. Products include medicines such as tablets and medical gels and creams. Some drugs are sold over the counter at pharmacy stores, while others can only be prescribed for use by a doctor. The market is very competitive, encouraging rapid product innovation. New products are continually in development and improvements are made to existing formulations.

Four new drugs are in the research and development phase. Drugs have to meet very stringent regulatory requirements prior to being licensed for production and sale. Research and development involves human clinical trials, the results of which are scrutinised by the licensing authorities. It is common in the industry for patents to be acquired for new drugs and patent rights are rigorously defended, sometimes resulting in legal action against potential infringement.

The success of Connolly Co relies on the retention of highly skilled scientists to develop new medicines. Most scientific personnel have worked for Connolly Co for a number of years and staff turnover has traditionally been low. However, as competition within the industry has increased, staff retention has become more difficult with people leaving to join rival companies offering larger salaries and enhanced benefits.

Exhibit 3 – Meeting notes

In October 20X4, Connolly Co began to sell into a new market – that of animal health. This has been very successful, and the sales of veterinary pharmaceuticals and grooming products for livestock and pets amount to approximately 15% of total revenue for 20X5.

Another success in 20X5 was the acquisition of the 'Cold Comforts' brand from a rival company. Products to alleviate the symptoms of coughs and colds are sold under this brand. The brand cost $5 million and is being amortised over an estimated useful life of 15 years.

In February 20X5, a contract with a new overseas supplier was signed. All of the company's packaging is now supplied under this contract. Purchases are denominated in a foreign currency. Forward exchange contracts are not used.

In April 20X5, a legal claim was filed against the company by an individual who suffered severe and debilitating side effects when participating in a clinical trial. This appears to be an isolated case and no other claims have been received to date. The company's in-house legal team believe the claim will not be successful but it could take several years to settle which could cause significant reputational damage in the meantime. As a result, the company is considering offering the individual an out of court settlement. The company has asked the bank to make cash of $3 million available for this.

Connolly Co has also asked the bank for an extension of $10 million to its existing loan to support the ongoing development of new drugs.

Exhibit 4 – Selected financial information

	20X5 Projected	**20X4 Actual audited**
	$000	$000
Revenue	40,000	38,000
Operating profit	8,100	9,085
Profit before financing and income taxes	8,100	9,085
Operating profit margin	20%	24%
Earnings per share	25c	29c
Net cash flow	(1,200)	6,000
Research and development cash outflow in the year	(3,000)	(2,800)
Total development intangible asset recognised at the year end	50,000	48,000
Total assets	200,000	195,000
Gearing ratio (debt/equity)	0.8	0.9

Exhibit 5 – Request from the audit committee

As mentioned in Exhibit 3, Connolly Co has approached its bank to extend its borrowing facilities. Davies & Co has been asked by the audit committee to provide a guarantee to the bank in respect of this loan extension.

In addition, Connolly Co's management has asked Davies & Co to provide advice on how the company's accounting and management information systems may be improved. While the systems are not considered to create any significant control deficiencies at present, management would like to develop and implement new systems over the next twelve months before they become unreliable and cause errors. Management has asked for our firm's help with this as they have little specialist in-house knowledge in this area.

END OF QUESTION

Section 2

PRACTICE QUESTIONS – SECTION B

PLANNING AND CONDUCTING AN AUDIT OF HISTORICAL FINANCIAL INFORMATION

18 AWDRY *Walk in the footsteps of a top tutor*

ISA 540 *Auditing Accounting Estimates and Related Disclosures* (ISA 540) states that the auditor must obtain sufficient appropriate audit evidence to evaluate whether accounting estimates and related disclosures are reasonable in the context of the applicable financial reporting framework, or are misstated. ISA 540 includes enhanced requirements for risk assessment procedures and the auditor's work effort in responding to the assessed risks of material misstatement to support this evaluation.

Required:

(a) **Explain why accounting estimates are considered to be a source of high audit risk and discuss the reasons for an enhanced risk assessment to be carried out in relation to the audit of accounting estimates. (8 marks)**

It is 1 July 20X5. You are the manager responsible for the audit of Awdry Co, a listed entity whose principal activity is the operation of a regional railway network. The audit for the year ended 30 April 20X5 is the first year your firm has audited Awdry Co. The financial statements recognise total assets of $58 million and profit before income taxes of $7.4 million. The detailed audit fieldwork has started and the audit supervisor has brought the following matters to your attention in relation to the testing of key accounting estimates:

Cash-settled share-based payment scheme

On 1 May 20X4, Awdry Co granted 550,000 share appreciation rights to 55 executives and senior employees of the company with each eligible member of staff receiving 10,000 of the rights. The fair value of the rights was estimated on 30 April 20X5 by an external expert using an options pricing model at $4.50 each. Awdry Co prides itself on good employee relations and the senior management team has estimated that all 55 staff will qualify for the rights when they vest three years after the granting of the rights on 1 May 20X4. The company has recognised a straight-line expense in this year's draft accounts of $825,000.

Regulatory penalties

Awdry Co has been subject to a review by the national railways' regulator following a complaint from a member of staff with safety concerns. The regulator identified breaches in safety regulations and issued a penalty notice on 30 November 20X4. Awdry Co has appealed against the initial penalty payable. Negotiations with the regulator are still ongoing and the amount payable has not yet been finalised.

Awdry Co currently estimates that the total penalty payable as a result of the breach will be $1.3 million which it expects to repay in equal annual instalments over the next ten years with the first payment falling due on 1 May 20X5. The company's draft statement of profit or loss for the current year recognises an expense of $1.3 million and the draft statement of financial position includes a liability for the same amount.

Required:

(b) Evaluate the client's accounting treatments and the difficulties which you might encounter when auditing each of the accounting estimates described above, and design the audit procedures which should now be performed to gather sufficient and appropriate audit evidence.

Note: The following mark allocation is provided as guidance for this question:

(i) Cash-settled share-based payment scheme (6 marks)

(ii) Regulatory penalties (6 marks)

Professional marks will be awarded for the demonstration of skill in analysis and evaluation, professional scepticism and judgement and commercial acumen in your answer. (5 marks)

(Total: 25 marks)

19 TONY GROUP *Walk in the footsteps of a top tutor*

It is 1 July 20X5. You are an audit manager in Soprano & Co, working on the audit of the Tony Group (the Group), whose financial year ended on 31 March 20X5. This is the first time you have worked on the Group audit. The draft consolidated financial statements recognise profit before income taxes of $6 million (20X4 – $9 million) and total assets of $90 million (20X4 – $82 million). The Group manufactures equipment used in the oil extraction industry.

Goodwill of $10 million is recognised in the Group statement of financial position, having arisen on several business combinations over the last few years. An impairment review was conducted in March 20X5 by Silvio Dante, the Group finance director, and this year an impairment of $50,000 is to be recognised in respect of the goodwill.

Silvio has prepared a file of documentation to support the results of the impairment review, including notes on the assumptions used, his calculations, and conclusions. When he gave you this file, Silvio made the following comment:

'I don't think you should need any evidence other than that contained in my file. The assumptions used are straightforward, so you shouldn't need to look into them in detail. The assumptions are consistent with how we conducted impairment reviews in previous years and your firm has always agreed with the assumptions used, so you can check that back to last year's audit file. All of the calculations have been checked by the head of the Group's internal audit department.'

Required:

(a) **Explain the meaning of the term professional scepticism, and discuss its importance in planning and performing an audit.** **(6 marks)**

(b) **(i)** **Discuss how professional scepticism should be applied to the statement made by Silvio.** **(7 marks)**

(ii) **Design the principal audit procedures to be performed on the impairment of goodwill.** **(7 marks)**

Professional marks will be awarded for the demonstration of skill in analysis and evaluation and professional scepticism and judgement in your answer. **(5 marks)**

(Total: 25 marks)

COMPLETION, REVIEW AND REPORTING

20 Burton & Co

It is 1 July 20X5. You are an audit manager in Burton & Co, a firm of Chartered Certified Accountants. Your role includes performing post-issuance quality reviews of completed audits within your firm and you have been asked to review the audit file for Bodeen Co for the year ended 31 January 20X5.

You are also currently working on the audit of Frescia Co for the year ended 31 March 20X5, and you are in the process of reviewing the proposed auditor's report.

The following **exhibits**, available on the left-hand side of the screen, provide information relevant to the question:

1 Post-issuance review of Bodeen Co – post-issuance review findings from the audit of Bodeen Co.

2 Frescia Co draft opinion – details regarding a modified opinion proposed for Frescia Co.

This information should be used to answer the question requirements within the response option provided.

Required:

(a) **Discuss the challenges associated with the use of data analytics in performing external company audits.**

Note: You do not need to refer to any exhibits to answer this requirement (6 marks)

Using the information in Exhibit 1 in relation to Bodeen Co:

(b) **Evaluate the quality management, ethical and professional issues raised by your review of the audit of Bodeen Co and recommend any appropriate actions to be taken by Burton & Co.** **(8 marks)**

Using the information in Exhibit 2 in relation to Frescia Co:

(c) **Critically appraise the extract from the auditor's report including an assessment as to whether the proposed audit opinion is appropriate.**

Note: You are NOT required to re-draft the extracts from the auditor's report.

(6 marks)

Professional marks will be awarded for the demonstration of skill in analysis and evaluation, professional scepticism and judgement, and commercial acumen in your answer. (5 marks)

Exhibit 1 – Post-issuance review of Bodeen plc

Bodeen Co is a listed company which provides IT services and is a new client of Burton & Co. You have identified the following matters in your post-issuance review of the audit of Bodeen Co for the year ended 31 January 20X5. The auditor's report was signed on 31 May 20X5.

Use of automated tools and techniques ('data analytics software') during the audit

Bodeen Co's audit committee was supportive of the use of Burton & Co's data analytics software during the audit. The audit plan stated that Burton & Co would utilise the firm's data analytics software to carry out testing over the completeness and accuracy of Bodeen Co's revenue.

When reviewing the audit file, you notice that a lot of the working papers in relation to the procedures performed on revenue comprise only a printout from the data analytics software with the handwritten conclusion 'appears reasonable' at the bottom of each page.

The audit assistant told you that neither they nor the audit supervisor really understand what the firm's data analytics software does, but they followed the directions in the instructions manual for audit testing and put the results on file as evidence.

Engagement quality review

As Bodeen Co is a listed client, an engagement quality review occurred before the auditor's report was signed. The engagement quality reviewer (EQR) had raised concerns that insufficient evidence had been obtained and documented in respect of opening balances and comparatives. They had recommended that the auditor's report was not signed until further procedures had been performed in this area.

During your additional post-issuance review, you noted that the only evidence obtained with respect to opening balances was to agree them to the prior year financial statements, and to confirm that the previous auditor was a firm of chartered certified accountants. This had not been updated following the engagement quality review and the auditor's report, which included an unmodified opinion, was signed on 31 May 20X5.

The EQR had also highlighted that the audit strategy stated that the results of the testing performed using the data analytics software would be reviewed by a member of Burton & Co's specialist team of IT experts, but there was no evidence that this review had occurred.

You have since worked with the audit team to assure yourself that the financial statements do not contain any material misstatements in relation to the opening balances, comparatives and revenue.

Exhibit 2 – Frescia Co draft opinion

You are also reviewing the proposed auditor's report for Frescia Co, a publisher of printed magazine titles, for the year ended 31 March 20X5. Frescia Co is an unlisted entity and its draft financial statements for the year ended 31 March 20X5 report profit before incomes taxes of $54 million and total assets of $970 million. Materiality for the audit was set at $4.85 million in line with Burton & Co's internal quality procedures.

The publication titles which have been externally acquired by the company are correctly capitalised as intangible assets and are not amortised as management consider the titles to have indefinite useful lives. As required by IAS 36 Impairment of Assets, an impairment review of each title is performed annually.

Revenue from many of the titles has decreased over the last two years mostly due to the increase in free internet publications. Many of the impairment reviews performed by management show very little difference between value in use and the carrying amounts of the titles.

The audit team has assessed the impairment reviews performed by management and expressed concern at the sensitivity to key assumptions relating to future sales and the discount factor used. Management has based their impairment reviews on what they consider to be best-case scenarios. Where the audit team used worst-case scenarios to be prudent, they have estimated that a total impairment of $6 million exists. The management of Frescia Co stated that this is a result of a difference in judgement and has stated that they will not amend the financial statements.

Other than the issue of the impairment review described above, sufficient and appropriate evidence has been obtained to support that the financial statements are fairly presented in all material respects.

The audit supervisor has drafted the following extract of the basis for opinion and opinion paragraphs to be included in the auditor's report in response to this issue.

Opinion

We have audited the financial statements of Frescia Co, which comprise the statement of financial position as at 31 March 20X5, and the statement of comprehensive income, statement of changes in equity and statement of cash flows for the year then ended, and notes to the financial statements, including a summary of significant accounting policies.

Except for the limitation of scope described below, we believe the accounts for the year are true and fair.

Basis for limitation on scope

As part of our audit, we were required to review management's assessment of impairment of magazine titles. Using a less optimistic set of assumptions than management, we found an impairment of $6 million was required. Management has refused to record impairment losses as they disagree that these less optimistic assumptions should be used. As we are unable to prove their assumptions regarding things which will happen in the future, we have experienced an inability to obtain evidence leading to a limitation on the scope of the audit in this regard.

We conducted our audit in accordance with International Standards on Auditing (ISAs). Our responsibilities under those standards are further described in the Auditor's Responsibilities for the Audit of the Financial Statements section of our report. We believe that the audit evidence we have obtained is sufficient and appropriate to provide a basis for our qualified opinion.

21 CUCKOO *Walk in the footsteps of a top tutor*

It is 1 July 20X5. You are an audit manager in Strike & Co, responsible for the audit of the Cuckoo Group (the Group) for the year ended 31 March 20X5. All companies within the Group have the same financial year end. The auditor's report is due to be issued in two weeks' time.

The Group is listed and operates in the manufacturing industry. The draft consolidated financial statements recognise revenue of $810 million (20X4: $732 million), profit before income taxes of $34 million (20X4: $24 million) and total assets of $516 million (20X4: $504 million). Group materiality has been set at $5 million in line with Strike & Co's internal quality procedures.

The following exhibit, available below, provides information relevant to the question:

1 Audit completion issues – provides details of issues which have been brought to your attention which arose during the audit of the Group and its subsidiaries.

This information should be used to answer the question requirements within the response option provided.

Required:

(a) Discuss the Group auditor's considerations when determining which components Group audit work should be performed on.

Note: You do not need to use an exhibit when answering this requirement.

(5 marks)

UK Syllabus: Requirement (a) in the UK version of the exam was different. This was due to a difference in the publication dates of ISA 600 (Revised) and therefore a delay in its inclusion on the list of examinable documents for the UK exam.

Required:

The Corporate Governance Code requires audit committees to assess the work and effectiveness of the external auditor.

(a) Discuss the main areas of audit quality which should be evaluated.

Note: You do not need to use an exhibit when answering this requirement.

(5 marks)

Using the information provided in Exhibit 1:

(b) Comment on the matters to be considered in relation to each of the issues identified below and explain the audit evidence you should expect to find during your review of the Group audit working papers:

(i) Possible classification of Landry Co as held for sale

(ii) Possible classification of Landry Co as a discontinued operation and any impact on the Group financial statements. (11 marks)

It is now 1 September 20X5 and the auditor's report is due to be signed next week. The audit team has provided you with the following completion update:

Completion update

The Group has selected a buyer and is at the advanced stage of negotiations with the sale expected to occur by the end of October 20X5. Following discussion with the Group finance director, the consolidated financial statements have not been amended with disclosure of the planned disposal of Landry Co.

(c) Using the information provided in the completion update, justify an appropriate audit opinion and explain the impact on the auditor's report. (4 marks)

Professional marks will be awarded for the demonstration of skill in analysis and evaluation, professional scepticism and judgement, and commercial acumen in your answer. (5 marks)

EXHIBIT 1

You are in the process of reviewing the audit working papers for the consolidated financial statements for the year ended 31 March 20X5. All Group companies are audited by your firm. The following issues in relation to one of the Group's subsidiaries have been brought to your attention:

Landry Co

The Group is in the process of arranging to sell Landry Co, one of its wholly owned subsidiaries where Landry Co is currently the only subsidiary which operates from a foreign country. The audit file states that negotiations with two prospective buyers are in progress and the Group has set the sales price at $90 million. The carrying amount of Landry Co in the consolidated financial statements, including goodwill, is $78 million and the company contributed revenue of $144 million and profit before income taxes of $10.1 million to the Group during the year to 31 March 20X5. One of the potential buyers has used an independent firm to prepare a due diligence report on Landry Co's assets and liabilities. The potential buyer is expected to make an offer to purchase the company once this process is complete.

The Group finance director has not made any disclosures with respect to the potential upcoming sale in the consolidated financial statements for the year ended 31 March 20X5, as the sale has not yet been finalised and no contract has been signed.

22 COTTRELL *Walk in the footsteps of a top tutor*

It is 1 July 20X5. You are an audit manager in Cottrell & Co, a firm of Chartered Certified Accountants responsible for the audit of Sunningdale Co, for the year ended 31 March 20X5.

The audit of the financial statements for the year ended 31 March 20X5 is nearing completion and you are preparing for a meeting with management about misstatements identified as a result of audit procedures in the financial statements.

The following exhibit, available on the left-hand side of the screen, provides information relevant to the question:

1 Audit working papers – matters noted for your attention by the audit supervisor.

This information should be used to answer the question requirements within the response option provided.

Required:

(a) Evaluate the matters which should be discussed with management in relation to each of the unresolved issues, and recommend the further actions necessary prior to issuing the auditor's report. (16 marks)

It is now 1 September 20X5 and the auditor's report on the financial statements for the year ended 31 March 20X5 is due to be issued in the next few days. You are considering the form and content of the auditor's report.

Following discussions with management and confirming that appropriate adjustments have been made to the financial statements, you are satisfied that the investment property is now accounted for correctly.

However, management has indicated that they are not willing to make any further adjustments to the financial statements in relation to the remaining two issues.

(b) Assuming that management does not make any further adjustments to the financial statements, justify an appropriate audit opinion and explain the aggregate impact of both misstatements on the auditor's report. (4 marks)

Note: You should not consider the individual impact of the issues on the auditor's report.

Professional marks will be awarded for the demonstration of skill in analysis and evaluation, and professional scepticism and judgement in your answer. (5 marks)

(Total: 25 marks)

Exhibit 1

Sunningdale Co is an online furniture manufacturer and retailer. The financial statements recognise revenue of $6.5 million (20X4 – $5.9 million), profit before income taxes of $1.2 million (20X4 – $1.1 million) and total assets of $18 million (20X4 – $20.5 million). Materiality has been set at $40,000.

Sunningdale Co has profit targets to meet as part of the covenants on their bank loan financing which is for profit before income taxes to increase by 6% on the prior year levels. The bank loan would not be repayable immediately in the event of a breach of the covenants, but Sunningdale Co would have two years to rectify any breaches. Sunningdale Co has not breached any financial covenants since taking out the loan.

The audit working papers contain the following schedule of uncorrected misstatements:

Schedule of uncorrected misstatements:		**Statement of profit or loss**		**Statement of financial position**	
		Debit	**Credit**	**Debit**	**Credit**
	Note	**$**	**$**	**$**	**$**
Investment properties	(i)	25,000	–	–	25,000
Specialist manufacturing equipment	(ii)	140,000	–	–	140,000
Gift of cars	(iii)	–	–	–	–
		165,000	**–**	**–**	**165,000**

(i) Investment properties

During the year, Sunningdale Co adopted the fair value model for its investment properties for the first time and the valuation exercise was carried out by a qualified and experienced professional valuation expert as at 31 March 20X5. The valuation showed that all but one of the investment properties had a value above their carrying amounts. The exception is an investment property which has a value $25,000 below its carrying amount. The directors are refusing to adopt the fair value model for this investment property, but have accounted for the revaluation gains for the other three investment properties correctly in the statement of profit or loss.

(ii) Specialist manufacturing equipment

In addition to revaluing the investment properties, the management of Sunningdale Co has decided to increase the useful life of the specialist manufacturing equipment by five years as the finance director believes this more accurately reflects the value of the equipment over its life. The financial controller has recalculated the carrying amounts and depreciation from the date when each item of specialist manufacturing equipment was originally capitalised and accounted for a journal in the 20X5 financial statements for the entire difference in cumulative depreciation starting from the date of original purchase.

The change of useful life has resulted in a journal debiting accumulated depreciation for total of $180,000 with $140,000 of this adjustment relating to changes calculated to brought forward accumulated depreciation at 1 April 20X4. The journal has been recognised in the statement of profit or loss for 20X5.

(iii) Gift of cars to members of director's family

As part of the review of the depreciation policy, it was found that Sunningdale Co gifted two company cars to the son and daughter of one of the company's directors, David Fisher. David Fisher's son and daughter do not currently and have never been employed by Sunningdale Co and no payment was requested or received for the vehicles. The carrying amount of the motor vehicles was $35,000 and the transactions were correctly accounted for with a loss on disposal being recognised of $35,000. No disclosure has been made for the transactions.

23 CRAWLEY *Walk in the footsteps of a top tutor*

It is 1 July 20X5 and you are a manager in the audit department of Crawley & Co. You have recently been assigned to the audit of Violet Co, a company which produces catering supplies such as sandwiches and cakes, which are sold to cafes and restaurants. Its financial year ended on 31 March 20X5.

You have also been asked to assist with reviewing the auditor's report for a different audit client, Branson Co, which is a listed entity operating in the pharmaceutical industry, with a financial year ended 31 May 20X5. Branson Co is part of a multinational group and its parent company is Grantham Co. Your firm audits the Grantham Group and all components of the Group.

The following exhibits, available below, provide information relevant to the question:

1 Violet Co – provides details of audit completion matters which have been brought to your attention by the audit supervisor.

2 Branson Co – provides details of audit completion matters which have been brought to your attention by the audit supervisor and an extract from the Key Audit Matters (KAM).

This information should be used to answer the question requirements within the response option provided.

Exhibit 1 – Violet Co

Internal control matters

The audit engagement partner has asked you to evaluate two matters which arose during the audit, and to consider the communication of these issues to management and those charged with governance of Violet Co, in accordance with ISA 265 *Communicating Deficiencies in Internal Control to Those Charged With Governance and Management.*

1 New payroll system

Prior to September 20X4, the company had used two different payroll systems – one for workers who are paid hourly and a separate system for employees on a fixed salary. In September 20X4, a new payroll system was introduced which integrates and enhances the two systems. Audit procedures indicated that when the data was migrated to the new system, some problems occurred with data corruption and duplication. Further audit procedures indicated that this did not result in a material misstatement within the financial statements.

2 Marketing director

The marketing director left Violet Co in March 20X5. When testing asset expenditure, one of the audit team found that in the week before she left employment, the marketing director had taken delivery of a new laptop computer, which remains in her possession. No supporting documentation could be found for this purchase, but the financial controller had approved the asset expenditure. The laptop is included as an asset in the non-current asset register.

File note prepared by the audit senior

In addition, the audit engagement partner has asked you to review a file note prepared by the audit supervisor, and to consider the matters to be reported in accordance with ISA 260 *Communication with Those Charged with Governance.*

Availability of information and manual journals

The information provided by Violet Co's finance director at the start of the final audit did not support a number of material balances in the draft financial statements. As a result, a number of requests for additional information had to be made, which prolonged the duration of the audit.

Even when additional information had been provided, the audit team found it difficult to agree the draft financial statements to the trial balance and general ledger because of several manual journal entries which had been made. Significant additional audit testing was undertaken as a result. Similar problems in confirming manual journal entries had been noted in the previous year and were discussed with the audit committee.

Property valuation

Violet Co currently adopts an accounting policy of recognising properties at cost. During the audit of non-current assets, the audit team was informed that the company is considering a change of accounting policy in the next financial year so that properties would be recognised at fair value from 1 August 20X5.

Board meetings

In a discussion with the audit manager, Violet Co's finance director said that he would like the audit engagement partner to attend the company's board meetings on a monthly basis so that he is aware of any issues which may impact on the external audit.

Exhibit 2 – Branson Co

The audit work for Branson Co is complete and the auditor's report is due to be published next week. From reviewing the audit working papers, you are aware that Branson Co is facing some cash flow problems. A letter of support has been obtained from its parent company, Grantham Co.

The audit working papers conclude that there is a significant doubt over the company's going concern, and that the financial statements of Grantham Co have been reviewed to confirm its financial status and ability to support Branson Co.

The notes to the financial statements describe the cash flow problems faced by Branson Co, and the support offered by Grantham Co. The audit working papers conclude that the disclosures made in the financial statements are complete and appropriate.

A draft of the key audit matters (KAM) section of the auditor's report in respect of Branson Co is shown below:

Key audit matters (extract)

Going concern

We draw your attention to the going concern problems facing Branson Co. The company is loss making for the third consecutive year, and the going concern problems are fully described in the operating and financial review, which accompanies these financial statements. We are confident that the parent company, Grantham Co, is able to fully support Branson Co.

Contract win

On a more positive note, we are pleased to announce that Branson Co has recently been successful in tendering for a significant new contract to supply Talbot Co with pharmaceutical goods. The tendering process was very competitive, and the management team of Branson Co was pleased to win the contract from Rose Co, a key competitor. We believe that this will return Branson Co to profitability next year, and eliminates the going concern problems to a large extent.

Required:

Using Exhibit 1:

(a) (i) **Discuss and justify whether the two internal control matters should be included in your communication to Those Charged With Governance and Management of Violet Co in respect of deficiencies in internal control.** **(5 marks)**

(ii) **Using the file note prepared by the audit supervisor recommend the matters to be included in your report to Those Charged With Governance of Violet Co, and explain the reason for their inclusion.** **(7 marks)**

Using Exhibit 2:

(b) Critically appraise the key audit matters (KAM) extract from the auditor's report on the financial statements of Branson Co for the year ended 31 May 20X5.

Note: You are NOT required to re-draft the extracts from the auditor's report.
(8 marks)

Professional marks will be awarded for the demonstration of skill in analysis and evaluation, professional scepticism and judgement, and commercial acumen in your answer. **(5 marks)**

(Total: 25 marks)

24 MARLOS *Walk in the footsteps of a top tutor*

It is 1 July 20X5. You are the manager responsible for the audit of Marlos Co and you are completing the audit of the financial statements for the year ended 31 March 20X5. Marlos Co is a listed company operating in the retail industry.

The following exhibit, available below, provides information relevant to the question:

1 Audit matters – summary of the key matters the audit supervisor has flagged for your attention.

This information should be used to answer the question requirements within the response option provided.

Exhibit 1 – Audit matters

The draft financial statements recognise total assets of $118 million and profit before income taxes of $11.5 million.

Materiality has been set for the audit at $1.1 million.

New property lease

Marlos Co expanded operations during the year, and as part of this process, arranged a new property lease on 1 April 20X4. The lease contract is for seven years with a rent-free period of 12 months followed by six annual rental payments. The contract meets the IFRS® 16 *Leases* criteria to be classified as a lease. The financial statements recognise a right-of-use asset of $28.9 million and a corresponding liability of the same amount which has been correctly calculated at the effective interest rate implicit in the lease agreement.

Management has not charged any depreciation on the right-of-use asset, stating that the rent-free period should not result in an expense being included in the statement of profit or loss. Management proposes to begin depreciating the right-of-use asset in the next financial period and will depreciate the asset over the six years for which they make payments. The interest expense in relation to the lease liability has been correctly accounted for in the financial statements.

Inventory

Marlos Co has recently negotiated arrangements with a new supplier. Included in the contract is a clause which allows the supplier to require return of the products at any time. Marlos Co can also return the products within a set period of time if they remain unsold. Inventory purchased from the new supplier with a value of $8.1 million is included in the company's financial statements as inventory at 31 March 20X5. These amounts are recognised at cost which is lower than the net realisable value of the products.

Required:

(a) Evaluate the matters to be considered on the completion of the audit and the audit evidence you should expect to find during your review of the relevant audit working papers.

Note: The following mark allocation is provided as guidance for this question:

(i) Lease (9 marks)

(ii) Inventory (7 marks) **(16 marks)**

(b) Evaluate the implications for the auditor's report of Marlos Co, assuming that the inventory matter has been satisfactorily resolved but that no further adjustments or disclosures are made to the financial statements with respect to the new property lease. **(4 marks)**

Professional marks will be awarded for the demonstration of skill in analysis and evaluation and professional scepticism and judgement in your answer. **(5 marks)**

(Total: 25 marks)

25 GELLER & CO *Walk in the footsteps of a top tutor*

It is 1 July 20X5. You are an audit manager in Bing & Co, working on the audit of Geller Co, a book and magazine publisher.

Geller Co has a financial year ended 31 March 20X5 and you are reviewing the work performed on going concern.

The following exhibits, available below, provide information relevant to the question:

1 Audit file notes – a summary of audit working papers relevant to going concern.

2 Cash flow forecast – a cash flow forecast covering the period to 31 March 20X7 prepared by management.

This information should be used to answer the question requirements within your chosen response option(s).

Exhibit 1 – Audit file notes

Audit working paper

Prepared by: An Auditor

Subject: Going concern issues highlighted for audit manager and proposal for auditor's report

Date: 29 June 20X5

Our audit work indicates that there are significant operating and financial problems facing the company. Management has prepared a cash flow forecast which they believe should provide evidence that Geller Co is a going concern.

Operating problems noted during the audit of going concern

Geller Co's business is significantly impacted by an industry-wide deterioration in demand for printed books and magazines. The company has recently acquired a digital publishing business at a cost of $25 million, and management is confident that Geller Co will soon be able to offer a broad range of digital books and magazines. However, authors of printed books will need to give consent for their books to be converted to a digital format. This consent must be obtained prior to the books being made available for sale on digital platforms.

Authors are paid royalties based on sales of their books, typically around 5% of the revenue generated from their titles. There is concern that due to the company's cash position, there may be delays in making royalty payments to some authors.

In addition, the rapid growth of online retailers has impacted negatively on the company's sales, as Geller Co has not, until recently, devoted marketing resources to engagement with online retailers. Analytical procedures show that revenue has declined by 20% this year, accelerating the trend seen in previous years. In the financial years ended 31 March 20X3 and 31 March 20X4, revenue fell by 10% and 12% respectively.

The company has recently contracted a very popular author to write a series of three children's books. The author, Chandler Muriel, who has sold millions of books worldwide, has delivered the first book in the series, which was published in January 20X5. Sales of the book since its publication have been disappointing, at only $135,000. Management explains that this is due to a rival company publishing a similar book in December 20X4. Chandler Muriel's second book is due to be published in August 20X5, and the third in January 20X6.

Financial issues

Geller Co faces a liquidity problem, having only $78,000 of cash at 31 March 20X5. The company has an overdraft facility of $250,000 and in addition, agreed undrawn borrowing facilities of $1 million. There is also an existing $5 million unsecured bank loan which is due for repayment on 30 September 20X5.

Disclosure relating to going concern

Management has confirmed that they will provide full details of the going concern issues facing Geller Co in the notes to the financial statements.

Happy Travels publishing range

Geller Co has made the decision to sell its popular Happy Travels range. This is a range of books aimed at the student traveller and include maps as well as suggested hostels and activities. Geller Co anticipates significant interest in the range, with a sale expected in January 20X6.

Exhibit 2 – Cash flow forecast for the two years ended 31 March 20X7

		Six-month periods to:			
		30 Sept	**31 March**	**30 Sept**	**31 March**
		20X5	**20X6**	**20X6**	**20X7**
	Note	**$000**	**$000**	**$000**	**$000**
Cash receipts from customers	**1**	10,000.00	10,200.00	10,404.00	10,924.20
Cash receipt from sale of Happy Travels range	**2**		6,000.00		
Cash outflows relating to operating expenses	**3**	(10,400.00)	(10,504.00)	(10,609.04)	(10,715.13)
Interest expenses		(125.00)	(125.00)	(125.00)	0.00
Loan repayment	**4**			(5,000.00)	
		————		————	————
Net cash flow		**(525.00)**	**5,571.00**	**(5,330.04)**	**209.07**
Opening cash		78.00	(447.00)	5,124.00	(206.04)
		————	————	————	————
Closing cash		**(447.00)**	**5,124.00**	**(206.04)**	**3.03**

Notes and key assumptions:

1 Monthly sales are based on management's forecasts which predict sales growth of 2% in each six-month period. The sales growth is anticipated based on several assumptions, including that a full range of digital book and magazine titles will be available from 1 August 20X5 and that closer connections with online retailers will drive an increase in sales. In addition, management assumes that sales from Chandler Muriel's books will generate income of approximately $250,000 per six-month period.

2 Management has recently decided to sell the Happy Travels range of books. The estimated sales value of the range is based on a multiple of the annual sales generated by the range. This is the company's standard basis of calculating expected sale prices, which Geller Co has used in recent years when they have sold other ranges of books. Management is confident that a buyer will be found and that the sale will go ahead in January 20X6.

3 Operating expenses, including royalties, are forecast to increase by 1% per six-month period, in line with general costs of inflation.

4 Geller Co has a $5 million loan which is due for repayment on 30 September 20X5. Management has started the process of renegotiating the repayment terms of this loan, and is confident that the bank will agree to extend the repayment date to 30 September 20X6.

Required:

Using the information in Exhibits 1 and 2:

(a) Evaluate the assumptions used by management and the completeness of the cash flow forecast prepared, explaining why particular assumptions should be challenged and approached with professional scepticism. (10 marks)

(b) Explain the audit evidence in respect of the CASH RECEIPTS included in the cash flow which you would expect to find in your review of the audit working papers on going concern. (5 marks)

It is now 1 August 20X5 and you have not been able to obtain sufficient, appropriate audit evidence to support the assumptions used to prepare the cash flow forecast. In particular, there is no arrangement in place to sell the Happy Travels publishing range in January 20X6. The audit assistant proposes to issue an unmodified audit opinion but to include a Material Uncertainty Related to Going Concern section within the auditor's report to highlight the problems facing the company.

(c) Discuss the appropriateness of the audit assistant's proposal for the auditor's report. (5 marks)

Professional marks will be awarded for the demonstration of skill in analysis and evaluation, professional scepticism and judgement, and commercial acumen in your answer. (5 marks)

(Total: 25 marks)

26 WHEELER & CO *Walk in the footsteps of a top tutor*

It is 1 July 20X5. You are an audit manager in Wheeler & Co, a firm of Chartered Certified Accountants. The audit fieldwork of one of your clients, Byres Co, for the year ended 31 March 20X5 is nearly complete. Byres Co is an unlisted, family-owned business which produces innovative cleaning equipment.

The following exhibits, available below, provide information relevant to the question:

1 Audit matters – Summary of the key issues the audit supervisor has flagged for your attention.

This information should be used to answer the question requirements within the response option provided.

Exhibit 1 – Audit matters

The draft financial statements recognise revenue of $55.5 million (20X4: $50 million), profit before income taxes for the year of $6.3 million (20X4: $5.4 million) and total assets of $31.6 million (20X4: $30.2 million).

New product

Byres Co has started development of a new smart vacuum cleaner which is operated by an application on a user's mobile phone. A working prototype of this product has been developed which generated significant interest at trade exhibitions.

However, the current cost of production is $2,000 per unit after problems in product development caused the project costs to go over budget.

The audit team held discussions with the product design director, who informed them that he is sceptical as to whether there will be a sufficient market for this new product at a profitable selling price. The audit team has been provided with market research reports which suggest a maximum selling price of $1,000 is achievable. The owner and chief executive officer (CEO), William Byres, has assured the audit team that the total costs which have been incurred on the new product, totalling $250,000, meet the relevant recognition criteria and as such have been capitalised as an intangible asset in the financial statements. Commercial production of the new product has not yet commenced.

Warranty provision

Byres Co has an established standard warranty scheme in place for its retail customers where the company will refund retail customers for any reason within a 12-month period of the date of sale. This is a standard warranty, offered to all customers of Byres Co at no extra cost. Byres Co does not operate an extended warranty scheme. At any point in time, there is a significant amount of uncertainty in relation to the measurement of the warranty provision, but the finance director and finance department has previously estimated the provision at the year end based on a percentage of total sales. In previous years, the audit team has concluded that this has been a reasonable basis for the provision.

However, this year the CEO has also been involved in estimating the value of the year-end warranty provision. For the year ended 31 March 20X5, the warranty provision is $2.1 million, based on the CEO's estimate (20X4: $4.3 million). During discussions with the sales director, the audit team noted that neither the range of customers nor the nature of the warranties had changed significantly compared to the prior year. Discussions with the customer services manager have not indicated any unusual levels of complaints or faults with the products during the year which would justify a change in how the warranty provision should be estimated.

Required:

(a) Comment on the matters to be considered, and explain the audit evidence you should expect to find during your review of the audit working papers. (15 marks)

Note: The following mark allocation is provided as guidance for this question:

(i) New product (7 marks)

(ii) Warranty provision (8 marks)

It is now 1 September 20X5 and the auditor's report on Byres Co's financial statements for the year ended 31 March 20X5 is due to be issued in the next few days. The audit team has gathered sufficient and appropriate audit evidence in relation to the new product costs and appropriate adjustments have been made in respect of the associated research and development costs. However, management has indicated that they are not willing to make any further adjustments in relation to the warranty provision. Following further testing, the audit team has concluded that the warranty provision should have been determined using the same estimation method as in previous years, based on a percentage of sales.

(b) Discuss the implications for the auditor's report on the basis that no further adjustments have been made to the financial statements in relation to the warranty provision. (5 marks)

Professional marks will be awarded for the demonstration of skill in analysis and evaluation and professional scepticism and judgement in your answer. (5 marks)

(Total: 25 marks)

27 SOL & CO *Walk in the footsteps of a top tutor*

It is 1 July 20X5. You are an audit manager in Sol & Co, a firm of Chartered Certified Accountants. You are currently working on two existing clients.

Arjan Co and Barnaby Co are both manufacturing companies with a financial year end of 31 March 20X5. Both audits are in the completion phase, and you are in the process of reviewing the audit files.

The following exhibits, available below, provide information relevant to the question:

1 Arjan Co – selected results of the subsequent events and final analytical procedures which have been performed by the audit team.

2 Barnaby Co – details of an uncorrected misstatement which has been recorded during the audit.

This information should be used to answer the question requirements within the response option provided.

Exhibit 1 – Arjan Co

Arjan Co's draft financial statements show revenue of $120 million (20X4: $114 million), profit before income taxes of $11 million (20X4: $10.4 million) and total assets of $56 million (20X4: $74 million).

As part of your review of the audit file, you are considering the following results of the subsequent events procedures and final analytical procedures.

Subsequent events procedures

Newspaper reports in June 20X5 revealed that Cami Co, a significant customer of Arjan Co, entered liquidation and creditors are unlikely to receive more than 20% of amounts outstanding. The amount outstanding from Cami Co at 31 March 20X5 was $0.8 million. None of the amount outstanding has been received to date. No further work has been performed as a result of these procedures.

An extract of the final analytical procedures prepared by the audit assistant

(1) Inventory value

20X5: $4 million **20X4:** $25 million

Auditor expectation

Inventory has fallen by 84% in the year.

This is in line with expectations as in November 20X4 management moved to a just-in-time (JIT) system for managing inventory.

Comment

The significant fall in inventory levels is consistent with a reduction in holding period.

Corroborating evidence

Auditor attendance at year-end inventory count, sample counts performed and count controls observed.

No inaccuracies were identified.

No further work over the completeness, accuracy and existence of inventory required.

(2) Inventory holding period

20X5: 15 days **20X4:** 94 days

Auditor expectation

Movement to JIT will reduce inventory holdings, so movement is in line with expectations. Per management lead times with suppliers average 20 days, hence inventory holding period is expected to be 20 days.

Comment

Inventory holding of 15 days appears to be shorter than expected. Management states that holdings are less than 20 days as customer orders are manufactured one week after an order is placed.

Corroborating evidence

A sample of customer contract terms was reviewed and confirmed that they state that orders are expected to be manufactured within five working days with fulfilment within 10 working days of order. This is consistent with the company's advertised terms and therefore supports the reduction in inventory holding period.

(3) Write down for obsolete inventory as % of inventory held

20X5: 10% **20X4:** 5%

Auditor expectation

The move to a JIT system should eliminate obsolete inventory and the need for a write down, so the expectation would be that write downs would be lower or close to 0.

Comment

Management has advised that they do not currently have sufficient experience with the new system to ensure only required inventory has been ordered. As a result, they have taken a cautious approach to the write down.

Corroborating evidence

Total write down for obsolete inventory of $0.4 million in 20X5 is lower than the 20X4 amount of $1.25 million. This is less than 5% of profit before income taxes and therefore immaterial, so no further work performed.

(4) Receivables collection period

20X5: 53 days **20X4:** 49 days

Auditor expectation

No changes in credit period have been enacted in the year, hence the collection period is expected to remain in line with prior years.

Comment

The increase in the receivables collection period relates to the slow payment of invoices by Cami Co, a major customer. The financial controller is confident that payment will be made.

Corroborating evidence

Outstanding invoice agreed to the list of individual customer balances and a sample of customer confirmations of the balance owed were obtained in writing.

(5) Allowance for irrecoverable receivables as % of total receivables

20X5: 3% **20X4:** 5%

Auditor expectation

No changes have been made to controls over receivables during the year, so the allowance is expected to be in line with prior years.

Comment

The financial controller reviewed all trade receivables at the year end and concluded that fewer defaults were expected than in the prior year, hence the reduction in the allowance.

Corroborating evidence

Total fall in allowance of $0.5 million is below 5% of profit before income taxes and is therefore immaterial. No further work was performed.

Exhibit 2 – Barnaby Co

You are preparing for a discussion with the management of Barnaby Co about misstatements identified in the financial statements during the audit for the year ended 31 March 20X5. The audit working papers contain details of an uncorrected misstatement prepared by the audit team.

Machine sale

On 31 March 20X5, Barnaby Co sold a machine which was no longer in use. Under the terms of the sale agreement, the total sales price of the machine of $15 million would be paid on 31 March 20X6. The company has recognised the full sales value of $15 million when calculating profit on disposal for the asset and for the value of the receivable in the current year financial statements. The audit team has calculated that the net present value of the receivable at the reporting date of 31 March 20X5 is $13 million and therefore the profit on disposal and the receivable are overstated at the reporting date by $2 million. This is based on the company's cost of capital of 10% which has been calculated by the client. Sufficient and appropriate evidence has been obtained in relation to this calculation to conclude that 10% is an appropriate cost of capital. The schedule of uncorrected misstatements includes the following adjustment:

DR Statement of profit or loss	$2 million
CR Statement of financial position	$2 million

Barnaby Co's financial statements, prior to any adjustment for the items below, show profit before income taxes of $43 million (20X4: $45 million) and total assets of $105 million (20X4: $120 million).

Required:

(a) Using the information in Exhibit 1:

(i) Evaluate the results of the subsequent events and final analytical procedures, commenting on any inconsistencies in relation to the audit evidence gathered.

(ii) Recommend the further actions to be taken which will enable the auditor to reach a conclusion on each matter. (15 marks)

(b) Using the information in Exhibit 2, recommend and explain the matters which should be discussed with management in relation to the uncorrected misstatement, including an assessment of the impact on the auditor's opinion if management does not make any changes. (5 marks)

Professional marks will be awarded for the demonstration of skill in analysis and evaluation and professional scepticism and judgement in your answer. (5 marks)

(Total: 25 marks)

28 MATTY *Walk in the footsteps of a top tutor*

It is 1 July 20X5. You are a manager in Beth & Co, a firm of Chartered Certified Accountants, responsible for the audit of Matty Co for the year ended 31 March 20X5.

The following exhibits, available below, provide information relevant to the question:

1 Audit completion review – provides details of matters which have been brought to your attention by the audit supervisor.

2 Update and draft auditor's report – provides an update on the outcome of initial discussions with the client and details of the auditor's report which has now been drafted by the audit supervisor.

This information should be used to answer the question requirements within the response option provided.

Exhibit 1 – Audit completion review

Matty Co is a listed transport company which provides train and bus services for the public on a national basis. The audit of Matty Co for the year ended 31 March 20X5 is nearly complete and you are reviewing the audit working papers. Matty Co is a new audit client for Beth & Co this year. The previous auditors issued an unmodified opinion on the financial statements for the year ended 31 March 20X4.Matty Co's draft financial statements recognise revenue of $60.1 million (20X4 – $94.3 million), profit before income taxes of $10.5 million (20X4 – $22.1 million) and total assets of $28.4 million (20X4 – $31.1 million).

The audit supervisor has brought the following matters to your attention:

Railway operating licence and going concern

Matty Co has operated a national railway service for the last 19 years. Matty Co's national railway operations have been the subject of adverse publicity over the last 12 months in relation to the unreliability of its services including the late running of its trains. The licence to operate the national railway is put out to tender by the national government every five years. Matty Co's existing licence is due for renewal on 28 February 20X6.

The current tendering process is approaching completion and despite the recent operational problems, Matty Co was informed on 30 June 20X5 that the company was the government's preferred option. This was on the understanding that the company would address the recent criticisms of its poor service levels. The company was also informed that the tender would still be subject to a detailed review in one month's time prior to its being awarded. The national railway generated $40.2 million of revenue in 20X5 ($47.2 million in 20X4) and contributed pre-tax profit of $11.2 million this year ($13.3 million in 20X4).

Purchased customer list

On 1 April 20X4, Matty Co paid $6.9 million to acquire the customer list of Jess Coaches, a business which was terminating its operations. Jess Coaches hires out coaches and drivers to private and public sector customers. Its customer list includes many highly reputable listed companies and government bodies with a customer relationship and trading history going back more than 30 years.

On the basis of this trading history and the associated customer loyalty, the management of Matty Co assessed the useful life of the customer list as indefinite. The draft statement of financial position as at 31 March 20X5 recognises the customer list as an intangible asset at a total carrying amount of $6.9 million.

In the second half of the reporting period, however, two of Jess Coaches' largest clients moved to a new competitor. The management of Matty Co believe that while it would be difficult to identify a sales value for the customer list at the reporting date, they estimate the value in use of the customer list to be $7.2 million.

Exhibit 2 – Update and draft auditor's report

It is now 22 July 20X5 and all matters in relation to the purchased customer list have now been satisfactorily resolved.

Following the submission of a customer petition to the government complaining about the company's poor service levels, on 19 July 20X5 the government released a statement announcing that it had withdrawn Matty Co's preferred bidder status and was reopening the tender process for the national railway licence.

The company's finance director has provided details of a short disclosure note he plans to include in the financial statements which refers to the uncertainties in relation to the current status of the tender and possible going concern issues which might arise for the company as a result. The disclosure note concludes with a statement that the management of Matty Co is very confident that the company will be successful in the tender process and that it will retain the national railway licence for at least a further five years.

The draft auditor's report includes an unmodified audit opinion and a key audit matters section which refers to the disclosure note described above and to related uncertainties in relation to Matty Co's going concern status.

Required:

(a) **Using the information in Exhibit 1, comment on the matters to be considered and explain the audit evidence you would expect to find during your review of the audit working papers on 1 July 20X5, in relation to the issues identified.**

Note: The following mark allocation is provided as guidance for this question:

(i) **Railway operating licence and going concern (7 marks)**

(ii) **Purchased customer list (8 marks)** **(15 marks)**

(b) **With reference to Exhibit 2, and assuming that no further adjustments will be made to the financial statements in relation to the railway operating licence, evaluate the appropriateness of the draft auditor's report produced by the audit supervisor.** **(5 marks)**

Professional marks will be awarded for the demonstration of skill in analysis and evaluation and professional scepticism and judgement in your answer. **(5 marks)**

(Total: 25 marks)

29 GOODMAN GROUP *Walk in the footsteps of a top tutor*

It is 1 July 20X5. You work in the audit department of Saul & Co. The Goodman Group (the Group) is an audit client of your firm and the audit for the financial year ended 31 December 20X4 is in the completion stage. The Group, which is not listed, installs and maintains security systems for businesses and residential customers.

Materiality for the audit of the Group financial statements has been determined to be $400,000.

The following exhibits, available below, provide information relevant to the question:

1 Completion matters – details regarding issues you have discovered during your review of the audit working papers.

2 Draft auditor's report and supplementary information.

This information should be used to answer the question requirements within the response option provided.

Exhibit 1 – Completion matters

Fraud

The Group finance director has informed the audit team that during the year, a fraud was carried out by a manager, Mike Trout, in one of the Group's procurement departments. The manager had raised fictitious supplier invoices and paid the invoiced amounts into his personal bank account. When questioned by the Group's finance director, Mike Trout confessed that he had stolen $40,000 from the Group. The finance director asked the audit team not to perform any procedures in relation to the fraud, as the amount is immaterial. He also stated that the financial statements would not be adjusted in relation to the fraud.

The only audit evidence on file is a written representation from management acknowledging the existence of the fraud, and a list of the fictitious invoices which had been raised by the manager, provided by the finance director.

The audit working papers conclude that the fraud is immaterial and no further work is needed.

Development costs

In August 20X4, the Group commenced development of a new security system, and incurred expenditure of $600,000 up to the financial year end, which has been capitalised as an intangible non-current asset. The only audit evidence obtained in relation to this balance is as follows:

- Agreement of a sample of the costs included in the $600,000 capitalised to supporting documentation such as supplier invoices.
- Cash flow projection for the project, which indicates that a positive cash flow will be generated by 20X8. The projection has been arithmetically checked.
- A written representation from management stating that 'management considers that the development of this new product will be successful'.

You are aware that when the Group finance director was asked about the cash flow projection which he had prepared, he was reluctant to answer questions, simply saying that 'the assumptions underlying the projection have been agreed to assumptions contained in the Group's business plan'.

He provided a spreadsheet showing the projection but the underlying information could not be accessed as the file was password protected and the Group finance director would not provide the password to the audit team.

Exhibit 2 – Draft auditor's report and supplementary information

It is now 8 August 20X5. The audit work is now complete and the Group auditor's report is due to be issued in the next few days. Materiality for the audit of the Group financial statements has continued to be determined to be $400,000. The audit partner has concluded that the fraud is immaterial and that all necessary work has been performed by the audit team. Further audit procedures were successfully performed on the development costs, and a conclusion was reached by the audit team that the recognition of the $600,000 as an intangible asset is appropriate.

Trade receivables

Trade receivables recognised in the Group's current assets includes a balance of $500,000 relating to a specific customer, Hamlyn Co. As at 31 December 20X4, the balance was more than six months overdue for payment.

A letter was received from Hamlyn Co's administrators on 29 July 20X5, stating that Hamlyn Co is in liquidation, and that its creditors will receive a payment of 10% of outstanding balances. The audit team has concluded that $50,000 can remain recognised as a trade receivable, and that $450,000 should be written off as irrecoverable. However, the Group refuses to make any adjustment, and the full $500,000 remains recognised as a trade receivable in the final Group financial statements.

Draft auditor's report

Based on the above conclusions, the audit supervisor has drafted the auditor's report which includes the following extract:

Basis for opinion and opinion

Audit procedures indicate that trade receivables are overstated by $500,000. For this reason, we consider that the Group financial statements are likely to be materially misstated and do not fairly present the financial position and performance of the Group for the year ended 31 December 20X4.

Emphasis of matter

There are two matters to which we draw your attention:

1 A fraud was discovered, as a result of which we have determined that $40,000 was stolen from the Group. This does not impact the financial statements but we wish to highlight the illegal activity which took place during the year.

2 The Group finance director obstructed our audit by refusing to allow access to audit evidence. He has also refused to adjust the financial statements in relation to the material misstatement of trade receivables, which led to the qualified audit opinion being issued. For this reason, we wish to resign as auditor with immediate effect.

Required:

(a) **Using the information contained in Exhibit 1:**

(i) **Discuss the implications of the fraud for the completion of the audit, and the actions to be taken by the auditor.** **(6 marks)**

(ii) **In respect of the development costs ONLY:**

- **Comment on the sufficiency and appropriateness of the audit evidence obtained, and**
- **Recommend the actions to be taken by the auditor, including the further evidence which should be obtained.** **(6 marks)**

(b) **Using the information contained in Exhibit 2, critically appraise the extract from the proposed auditor's report of the Goodman Group for the year ended 31 December 20X4.**

Note: You are NOT required to re-draft the extracts from the auditor's report. **(8 marks)**

Professional marks will be awarded for the demonstration of skill in analysis and evaluation, professional scepticism and judgement and commercial acumen in your answer. **(5 marks)**

(Total: 25 marks)

30 LIFESON *Walk in the footsteps of a top tutor*

It is 1 July 20X5. You are a manager in the audit department of Peart & Co, a firm of Chartered Certified Accountants, responsible for the audit of Lifeson Co for the year ended 31 March 20X5. Lifeson Co is an unlisted retail company which is a new audit client of your firm this year. The company's draft financial statements recognise profit before income taxes of \$2.15 million (20X4 – \$1.95 million) and total assets of \$13.8 million (20X4 – \$12.7million).

The following exhibits, available below, provide information relevant to the question:

1 Completion matters – details regarding issues you have discovered during your review of the audit working papers.

2 Update on completion matters – provides an update on the outcome of initial discussions with the client.

This information should be used to answer the question requirements within the response option provided.

Exhibit 1 – Completion matters

The audit is nearly complete and you are reviewing the audit working papers. The audit supervisor has brought the following matters to your attention:

(i) **Sale and leaseback transaction**

On 31 March 20X5, Lifeson Co sold a property to a leasing company, Clive Co, for its fair value at this date. The property is situated in a sought after area with a high demand for rental properties for retail purposes. Clive Co has assessed the remaining life of the property to be in excess of 50 years, and under the terms of the sales agreement, Lifeson Co will lease the property back from Clive Co for a period of ten years.

Lifeson Co has treated the transaction as a sale and leaseback transaction in accordance with IFRS 16 *Leases*, and derecognised the property in its financial statements and recorded a sale in accordance with IFRS 15 *Revenue from Contracts with Customers*.

(ii) Shopping mall

Lifeson Co purchased a shopping mall on 1 April 20X3 for $9.5 million. At the date of purchase, the mall was estimated to have a remaining useful life of 20 years and a nil residual value. On 31 March 20X4 following an impairment review, the property was written down to its recoverable amount based on value in use of $8.25 million and an impairment loss of $775,000 was recognised in the statement of profit or loss for the year ended 31 March 20X4.

Lifeson Co conducted a further impairment review as at 31 March 20X5 which indicated that the property's recoverable amount, based on value in use, was now $8.85 million. As a result, Lifeson Co has recognised an impairment reversal of $1.034 million in its profit before income taxes for the current year. The impairment reversal of $1.034 million has been calculated as its new recoverable amount of $8.85 million less its carrying amount of $7.816 million. The audit supervisor has prepared the following working paper which summarises the accounting transactions in relation to the shopping mall:

Summary of transactions

Date		$ million	**Accounting treatment by management**
1 April 20X3	Cost of asset	9.500	
	Depreciation (9.5m/20 years)	(0.475)	Depreciation charge for the year to 31 March20X4
	Impairment	(0.775)	Impairment loss charged to profit for the year to 31 March 20X4
31 March 20X4	Carrying amount	8.250	
	Depreciation (8.25m/19 years)	(0.434)	Depreciation charge for the year to 31 March20X5
		7.816	Carrying amount prior to impairment review
	Reversal of impairment	1.034	Reversal of impairment credited to profit for the year to 31 March 20X5
31 March 20X5	Carrying amount	8.850	

Exhibit 2 – Update on completion matters following discussions with management

It is now 1 September 20X5 and the auditor's report on Lifeson Co's financial statements for the year ended 31 March 20X5 is due to be issued in the next few days.

Following discussions with management, you are satisfied that the sale and leaseback transaction has been treated correctly and that you have gathered sufficient and appropriate audit evidence to support this treatment.

However, management has indicated that they are not willing to make any further adjustments to the financial statements in relation to the shopping mall and you are now considering the form and content of the auditor's report in relation to these matters.

Required:

(a) Using the information contained in Exhibit 1, comment on the matters to be considered and explain the audit evidence you would expect to find during your review of the audit working papers in respect of the issues described.

Note: The following mark allocation is provided as guidance for this question:

(i) (10 marks)

(ii) (6 marks) **(16 marks)**

(b) Using the information contained in Exhibit 2, discuss the implications for the auditor's report on the basis that no further adjustments have been made to the financial statements in relation to the shopping mall. **(4 marks)**

Professional marks will be awarded for the demonstration of skill in analysis and evaluation and professional scepticism and judgement in your answer. **(5 marks)**

(Total: 25 marks)

31 KILMISTER *Walk in the footsteps of a top tutor*

It is 1 July 20X5. You are a manager in the audit department of Eddie & Co, a firm of Chartered Certified Accountants, responsible for the audit of several listed clients.

The following exhibits, available below, provide information relevant to the question:

1 Kilmister Co – Draft auditor's report.

2 Taylor Co completion matters – details regarding issues you have discovered during your review of the audit working papers.

This information should be used to answer the question requirements within the response option provided.

Exhibit 1 – Kilmister Co draft auditor's report

You are currently reviewing the draft auditor's report of Kilmister Co, a listed company specialising in the manufacture and installation of sound-proof partitions for domestic and industrial buildings for the year ended 31 March 20X5. Extracts from the draft auditor's report are shown below:

Independent auditor's report to the shareholders and directors of Kilmister Co

Basis for opinion

We conducted our audit of Kilmister Co (the Company) in accordance with International Standards on Auditing (ISAs). Our responsibilities under those standards are further described in the auditor's responsibilities for the audit of the financial statements section of our report. We are independent of the Company in accordance with the ethical requirements which are relevant to our audit of the financial statements in the jurisdiction in which the Company operates, and we have fulfilled our other ethical responsibilities in accordance with these requirements.

We believe that the audit evidence we have obtained is sufficient and appropriate to provide a basis for our opinion.

Opinion

We have audited the financial statements of Kilmister Co (the Company), which comprise the statement of financial position as at 31 March 20X5, and the statement of comprehensive income, statement of changes in equity and statement of cash flows for the year then ended, and notes to the financial statements, including a summary of significant accounting policies. In our opinion, the accompanying financial statements present fairly, in all material respects, the financial position of the Company as at 31 March 20X5, and of its financial performance and its cash flows for the year then ended in accordance with IFRS Accounting Standards.

Material uncertainty regarding going concern

The Company is financed by a long-term loan from its bankers which is due for redemption in August 20X5. At the date of this auditor's report, the Company is in the process of renegotiating the loan but has not yet reached a final agreement with its bankers. It is our view that the loan finance is essential to the continued survival of the Company and that at the time of reporting, therefore, the absence of a finalised agreement represents a material uncertainty regarding going concern. The financial statements have been prepared on a going concern basis but do not make any reference to the loan redemption or the ongoing negotiations with the bank. As the external auditor therefore, we are fulfilling our duty by bringing the matter to the attention of users of the financial statements.

Other information

The Company's principal activity is the manufacture and installation of sound-proof partitions for domestic and industrial buildings. The Company therefore engages in long-term contracts which are incomplete at the reporting date and which are material to its revenue figure. The installation process is complex and significant judgement is applied in assessing the percentage of completeness which is applied to calculate the revenue for the year. The significance of this judgement requires us to disclose the issue as other information which is relevant to the users of the financial statements.

Exhibit 2 – Taylor Co completion matters

Your firm, has asked you to perform an independent review of the working papers of Taylor Co which is a listed entity and has been an audit client of your firm for the last ten years. The audit fieldwork is almost complete and as part of your review, you have been asked to advise the audit team on the drafting of their report to those charged with governance. Taylor Co is a discount food retailer which operates 85 stores nationally. The financial statements for the year ended 30 April 20X5 recognise revenue of $247 million (20X4 – $242 million), profit before income taxes of $14.6 million (20X4 – $14.1 million) and total assets of $535 million (20X4 – $321 million).

After a period of rapid expansion, 20X5 has been a year in which Taylor Co has strengthened its existing position within the market and has not acquired any additional stores or businesses. The company's draft statement of financial position for 20X5 includes a property portfolio of $315 million all of which are legally owned by the entity. In the current year, the company has chosen to adopt a policy of revaluing its property portfolio for the first time and this is reflected in the draft figures for 20X5. The audit work on property, plant and equipment included testing a sample of the revaluations. Eddie & Co requested at the planning stage that independent, external valuation reports should be made available to the audit team at the start of the final audit visit. A number of these documents were not available when requested and it took three weeks for them to be received by the audit team.

The audit working papers also identify that on review of the non-current asset register, there were four properties with a total carrying amount of $11.1 million which had not yet been revalued and were still recorded at depreciated historic cost.

The audit supervisor's review of Taylor Co's board minutes identified that the company has renovated car parking facilities at 17 of its stores which has resulted in a significant increase in customer numbers and revenue at each of these locations. The total cost of the renovation work was $13.2 million and has been included in operating expenses for the current year. The audit file includes a working paper recording discussions with management which confirms that asset expenditure authorisation forms had not been completed for this expenditure.

Required:

(a) **Using the information contained in Exhibit 1, critically appraise the extract from the draft auditor's report of Kilmister Co for the year ended 31 March 20X5.**

Note: You are NOT required to re-draft the extracts from the auditor's report.
(10 marks)

(b) **Using the information contained in Exhibit 2, recommend the matters which should be included in Eddie & Co's report to those charged with governance of Taylor Co, and explain the reason for their inclusion.** **(10 marks)**

Professional marks will be awarded for the demonstration of skill in analysis and evaluation, professional scepticism and judgement and commercial acumen in your answer. **(5 marks)**

(Total: 25 marks)

32 DALEY *Walk in the footsteps of a top tutor*

It is 1 July 20X5. Daley Co has been a client of your firm for the last three years and you are the newly appointed audit manager on the audit for the year ended 31 March 20X5. Daley Co is a family owned, unlisted company which imports motor cars. The company buys cars from a variety of car manufacturers for sale to car dealerships and vehicle leasing companies within its own domestic market. The audit for the current reporting period is nearing completion and you are reviewing the working papers of the going concern section of the audit file.

The following exhibits, available below, provide information relevant to the question:

1 Extracts from the draft financial statements.

2 Supplementary information.

3 Notes of discussion with Daley Co's directors.

This information should be used to answer the question requirements within your chosen response option(s).

Exhibit 1 – Extracts from the draft financial statements

Statement of profit or loss for the year	**31 March 20X5** **Draft** $million	**31 March 20X4** **Actual** $million
Revenue	11.3	8.8
Cost of sales	(4.4)	(2.9)
Gross profit	6.9	5.9
Other operating expenses	(9.1)	(1.3)
Operating profit	(2.2)	4.6
Income from investments	0	0
Profit(loss) before financing and income taxes	(2.2)	4.6
Interest expenses	(1.5)	(0.7)
Profit before income taxes	(3.7)	3.9
Income tax expense	0.3	(1.3)
(Loss)/profit for year	(3.4)	2.6

Statement of financial position	31 March 20X5 Draft $million	31 March 20X4 Actual $million
Assets		
Non-current assets		
Property, plant and equipment	13.5	14.6
Current assets		
Inventory	5.8	3.7
Trade receivables	3.7	2.6
Cash at bank and in hand	–	0.6
	9.5	6.9
Total assets	23.0	21.5
Equity and liabilities		
Equity		
Share capital	1.0	1.0
Retained earnings	1.3	4.7
	2.3	5.7
Non-current liabilities		
Long-term borrowings	11.2	12.4
Provisions	3.5	0.5
	14.7	12.9
Current liabilities		
Trade payables	4.2	2.9
Bank overdraft	1.8	–
	6.0	2.9
Total equity and liabilities	23.0	21.5

Exhibit 2 – Supplementary information

1 Daley Co has undergone a period of rapid expansion in recent years and is intending to buy new warehousing facilities in August 20X5 at a cost of $4.3 million.

2 In order to finance the new warehousing facilities, the company is in the process of negotiating new finance from its bankers. The loan application is for an amount of $5 million and is to be repaid over a period of four years.

3 The provision of $3.5 million in this year's statement of financial position relates to legal actions from five of Daley Co's largest customers. The actions relate to the claim that the company has sold cars which did not comply with domestic regulations.

4 The going concern working papers include a cash flow forecast for the 12 months ending 31 March 20X6. The cash flow forecast assumes that Daley Co's revenue will increase by 25% next year and that following the reorganisation of its credit control facility, its customers will pay on average after 60 days. The forecast also assumes that the bank will provide the new finance in August 20X5 and that the company will have a positive cash balance of $1.7 million by 31 March 20X6.

5 The financial statements have been prepared on a going concern basis and make no reference to any significant uncertainties in relation to going concern.

Exhibit 3 – Notes of discussion with Daley Co's directors

You have established through discussions with Daley Co's directors that they do not wish to disclose uncertainties over the going concern status of the company in the notes to the financial statements.

Required:

Using the information contained in Exhibits 1 and 2:

(a) Evaluate the matters which may cast doubt on Daley Co's ability to continue as a going concern. You should use analytical review where appropriate to help with your evaluation. (8 marks)

(b) Explain the audit evidence in respect of the cash flow forecast which you would expect to find during your review of the audit working papers on going concern. (7 marks)

Using the information contained in Exhibit 3:

(c) Explain the possible reasons why the directors may wish to exclude these disclosures and evaluate the possible implications for the auditor's report. (5 marks)

Professional marks will be awarded for the demonstration of skill in analysis and evaluation, professional scepticism and judgement and commercial acumen in your answer. (5 marks)

(Total: 25 marks)

33 CORAM & CO *Walk in the footsteps of a top tutor*

It is 1 July 20X5. You are an audit manager in Coram & Co, a firm of Chartered Certified Accountants, responsible for the audit of several clients.

The following exhibits, available below, provide information relevant to the question:

1 Clark Co – completion matters to be discussed with the finance director.

2 Turner Co – points raised for your attention by the audit supervisor.

This information should be used to answer the question requirements within the response option provided.

Exhibit 1 – Clark Co

The audit of one of your clients, Clark Co, for the year ended 31 March 20X5 is nearly complete and the auditor's report is due to be issued next week. Clark Co is an unlisted, family owned business which specialises in the service and repair of both commercial and privately owned motor vehicles. The company operates from seven geographically distinct sites, each of which is considered a separate cash generating unit for impairment review purposes. The draft financial statements recognise profit before income taxes for the year of $2.3 million and total assets of $22 million.

The schedule of uncorrected misstatements included in Clark Co's audit working papers and prepared by the audit supervisor is shown below. You are due to attend a meeting with the finance director of Clark Co tomorrow, at which the uncorrected misstatements will be discussed.

	Statement of financial position	
	Debit	**Credit**
Schedule of uncorrected misstatements:	$	$
(i) Lease of testing equipment		
– lease assets	475,000	
– lease liabilities		475,000
(ii) Legal claim		
– contingent assets	1,200,000	
– provision for liabilities		1,200,000
Totals	1,675,000	1,675,000

(i) Lease of testing equipment

In the jurisdiction in which Clark Co operates, all motor vehicles over three years old are required to undergo an annual test of vehicle safety and roadworthiness. The annual test requires specialist testing equipment which is inspected by government officials on a regular basis. Following inspection visits in March 20X5, the government inspection report required Clark Co to replace the testing equipment at three of its sites. In order to comply with this requirement, Clark Co has agreed to lease new testing equipment from a leasing company on six-month leases. Under the terms of the leases, the company has no option to purchase the equipment.

The testing equipment was made available for use by Clark Co at each of the three sites on 31 March 20X5. The client has capitalised leases with a total carrying amount of $625,000 at two of the sites but has elected to take advantage of the IFRS 16 *Leases* exemption not to capitalise short-term leases at the largest of the three sites. As a result, the present value of the lease payments of $475,000 relating to this site has not been recognised on the company's statement of financial position.

(ii) Legal claim

A customer of Clark Co successfully sued the company for negligence in February 20X5 after suffering a personal injury at one of its sites. The court awarded the customer $1.2 million in damages and this had not yet been paid as at 31 March 20X5. The audit working papers include a copy of a verified letter dated 25 March 20X5 from an insurance company confirming that the claim is fully covered under Clark Co's public liability insurance policy. On the basis that the company has no net liability as a result of the claim, the finance director has not recognised any amounts in the financial statements and has not made any disclosures in relation to the matter.

Exhibit 2 – Turner Co

Turner Co is a listed financial institution offering loans and credit facilities to both commercial and retail customers. You have received an email from the audit supervisor who is currently supervising interim testing on systems and controls in relation to the audit for the year ending 31 August 20X5. The email gives the following details for your consideration:

One of the audit team members, Janette Stott, has provisionally agreed to take out a loan with Turner Co to finance the purchase of a domestic residence. The loan will be secured on the property and the client's business manager has promised Janette that he will ensure that she gets 'the very best deal which the bank can offer.'

The payroll manager at Turner Co has asked the audit supervisor if it would be possible for Coram & Co to provide a member of staff on secondment to work in the payroll department. The payroll manager has struggled to recruit a new supervisor for the organisation's main payroll system and wants to assign a qualified member of the audit firm's staff for an initial period of six months.

Required:

(a) Using the information contained in Exhibit 1, recommend and explain the matters which should be discussed with management in relation to each of the proposed adjustments, including an assessment of their individual impact on the financial statements and on the auditor's opinion if management does not make the proposed adjustments.

Note: The following mark allocation is provided as guidance for this question:

(i) (7 marks)

(ii) (5 marks) **(12 marks)**

(b) Using the information contained in Exhibit 2, comment on the ethical and professional issues raised in respect of the audit of Turner Co and recommend any actions to be taken by the audit firm. **(8 marks)**

Professional marks will be awarded for the demonstration of skill in analysis and evaluation, professional scepticism and judgement and commercial acumen in your answer. **(5 marks)**

(Total: 25 marks)

34 BREARLEY & CO *Walk in the footsteps of a top tutor*

Answer debrief

It is 1 July 20X5. You are an audit manager in Brearley & Co, responsible for the audits of Hughes Group and Blackmore Group.

The following exhibits, available below, provide information relevant to the question:

1 Hughes Group – completion matters brought to your attention by the audit senior.

2 Blackmore Group – draft auditor's report extracts prepared by the audit senior.

This information should be used to answer the question requirements within the response option provided.

Exhibit 1 – Hughes Group

You are responsible for the audit of the Hughes Group (the Group). You are reviewing the audit working papers for the consolidated financial statements relating to the year ended 31 March 20X5. The Group specialises in the wholesale supply of steel plate and sheet metals. The draft consolidated financial statements recognise revenue of $7,670 million (20X4 – $7,235 million), profit before income taxes of $55 million (20X4 – $80 million) and total assets of $1,560 million (20X4 – $1,275 million). Brearley & Co audits all of the individual company financial statements as well as the Group consolidated financial statements.

The audit senior has brought the following matters, regarding a number of the Group's companies, to your attention:

(i) Dilley Co

The Group purchased 40% of the share capital and voting rights in Dilley Co on 1 May 20X4. Dilley Co is listed on an alternative stock exchange. The Group has also acquired options to purchase the remaining 60% of the issued shares at a 10% discount on the market value of the shares at the time of exercise. The options are exercisable for 18 months from 1 May 20X5. Dilley Co's draft financial statements for the year ended 31 March 20X5 recognise revenue of $90 million and a loss before income taxes of $12 million. The Group's finance director has equity accounted for Dilley Co as an associate in this year's group accounts and has included a loss before income taxes of $4.4 million in the consolidated statement of profit or loss.

(ii) Willis Co

Willis Co is a foreign subsidiary whose functional and presentational currency is the same as Hughes Co and the remainder of the Group. The subsidiary specialises in the production of stainless steel and holds a significant portfolio of forward commodity options to hedge against fluctuations in raw material prices. The local jurisdiction does not mandate the use of IFRS Accounting Standards and the audit senior has noted that Willis Co follows local GAAP, whereby derivatives are disclosed in the notes to the financial statements but are not recognised as assets or liabilities in the statement of financial position. The disclosure note includes details of the maturity and exercise terms of the options and a directors' valuation stating that they have a total fair value of $6.1 million as at 31 March 20X5. The disclosure note states that all of the derivative contracts were entered into in the last three months of the reporting period and that they required no initial net investment.

Exhibit 2 – Blackmore Group

You are also responsible for the audit of the Blackmore Group (the Group), a listed manufacturer of high quality musical instruments, for the year ended 31 March 20X5. The draft financial statements of the Group recognise a loss before income taxes of $2.2 million (20X4 – loss of $1.5 million) and total assets of $14.1 million (20X4 – $18.3 million). The audit is nearing completion and the audit senior has drafted the auditor's report which contains the following extract:

Key audit matters

1 Valuation of financial instruments

The Group enters into structured forward contracts to purchase materials used in its manufacturing process. The valuation of these unquoted instruments involves guesswork and is based on internal models developed by the Group's finance director, Thomas Bolin. Mr Bolin joined the Group in January 20X5 and there is significant measurement uncertainty involved in his valuations as a result of his inexperience. As a result, the valuation of these contracts was significant to our audit.

2 Customer liquidation

Included in receivables shown on the consolidated statement of financial position is an amount of $287,253 from a customer which has ceased trading. On the basis that the Group has no security for this debt, we believe that the Group should make a full provision for impairment of $287,253 thereby reducing profit before income taxes for the year and total assets as at 31 March 20X5 by that amount.

Qualified opinion arising from disagreement about accounting treatment

In our opinion, except for the effect on the financial statements of the matter described above, the financial statements have been properly prepared in all material respects in accordance with IFRS Accounting Standards.

Required:

(a) **Using the information contained in Exhibit 1, comment on the matters to be considered and explain the audit evidence you should expect to find during your review of the Hughes Group audit working papers in respect of each of the issues described.**

Note: The following mark allocation is provided as guidance for this question:

(i) (6 marks)

(ii) (5 marks) **(11 marks)**

(b) **Using the information contained in Exhibit 2, critically appraise the extract from the auditor's report on the consolidated financial statements of the Blackmore Group for the year ended 31 March 20X5.**

Note: You are NOT required to re-draft the extract from the auditor's report.

(9 marks)

Professional marks will be awarded for the demonstration of skill in analysis and evaluation and professional scepticism and judgement in your answer. **(5 marks)**

(Total: 25 marks)

Calculate your allowed time, allocate the time to the separate parts..............

35 BASKING *Walk in the footsteps of a top tutor*

It is 1 July 20X5. You are responsible for the audit of Basking Co, a large, listed package delivery company. The audit of the financial statements for the year ended 31 March 20X5 is nearly complete and you are reviewing the audit working papers. The financial statements recognise revenue of $56,360 million (20X4 – $56,245 million), profit for the year of $2,550 million (20X4 – $2,630 million) and total assets of $37,546 million (20X4 – $38,765 million).

The following exhibits, available below, provide information relevant to the question:

1 Audit completion review – provides uncorrected misstatements to be discussed with the management team of Basking Co.

2 New computer system – details of Basking Co's new computer system and results of audit testing.

3 Audit reform proposals – details of proposals to improve quality and restore public confidence in the audit profession.

This information should be used to answer the question requirements within the response option provided.

Exhibit 1 – Audit completion review

The uncorrected misstatements identified during the audit of Basking Co are described below. The audit engagement partner is holding a meeting with the management team of Basking Co next week, at which the uncorrected misstatements will be discussed.

1 In September 20X4, the board of Basking Co approved a loan to, Mrs C Angel, who is a key member of the senior management team of the company. The total amount of the loan was $75,000. Following a review of the board minutes, it was discovered that the directors agreed that the amount was clearly trivial and have, therefore, not disclosed the loan in the notes to the financial statements.

2 During the year Basking Co reduced the value of their provision for customer refunds which is recognised in the financial statements. For the past five years the value of the provision has been calculated based on 7% of one month's sales, using an average monthly sales value. Management argued that due to improved internal processing systems, such a high rate of provision was no longer necessary and reduced it to 4%. Audit procedures found that refund levels were similar to previous years and there was insufficient evidence at this early stage to confirm whether the new system was more effective or not.

Exhibit 2 – New computer system

At the start of the year Basking Co replaced its computer system with an integrated system. The new system allows for real time tracking of packages once received by Basking Co from their customer. As soon as a package is delivered to its final destination the finance system is automatically updated for the revenue and an invoice generated. The audit team have extensively tested the new system and found no deficiencies in relation to the recording of revenue.

Exhibit 3 – Audit reform proposals

Audit reform on a global basis is an ongoing topic of discussion following multiple audit failures where public interest entities (PIEs) have discovered major fraud, gone bankrupt or needed government support despite the auditor having issued an unmodified opinion. Audit regulators around the world are considering significant reforms to improve audit quality and restore public confidence in the audit process.

Required:

(a) Using the information contained in Exhibit 1, for each of the two issues described:

(i) Explain the matters which should be discussed with management in relation to each of the uncorrected misstatements.

(ii) Assuming that management does not adjust the misstatements identified, evaluate the effect of each on the audit opinion.

Note: The following mark allocation is provided as guidance for this question:

1 (4 marks)

2 (5 marks) **(9 marks)**

(b) Using the information contained in Exhibit 2, describe the impact of the issue, if any, on the auditor's report in accordance with ISA 701 *Communicating Key Audit Matters in the Independent Auditor's Report*. **(5 marks)**

(c) Using Exhibit 3, discuss the main audit reform proposals being suggested by regulators to improve confidence in audits. **(6 marks)**

Professional marks will be awarded for the demonstration of skill in analysis and evaluation, professional scepticism and judgement and commercial acumen in your answer. **(5 marks)**

(Total: 25 marks)

36 MAGNOLIA GROUP *Walk in the footsteps of a top tutor*

It is 1 July 20X5. You are responsible for performing engagement quality reviews on selected audit clients of Crocus & Co, and you are currently performing a review on the audit of the Magnolia Group (the Group). The Group manufactures chemicals which are used in a range of industries, with one of the subsidiaries, Daisy Co, specialising in chemical engineering and developing products to be sold by the other Group companies. The Group's products sell in over 50 countries.

A group structure is shown below, each of the subsidiaries is wholly owned by Magnolia Co, the parent company of the Group:

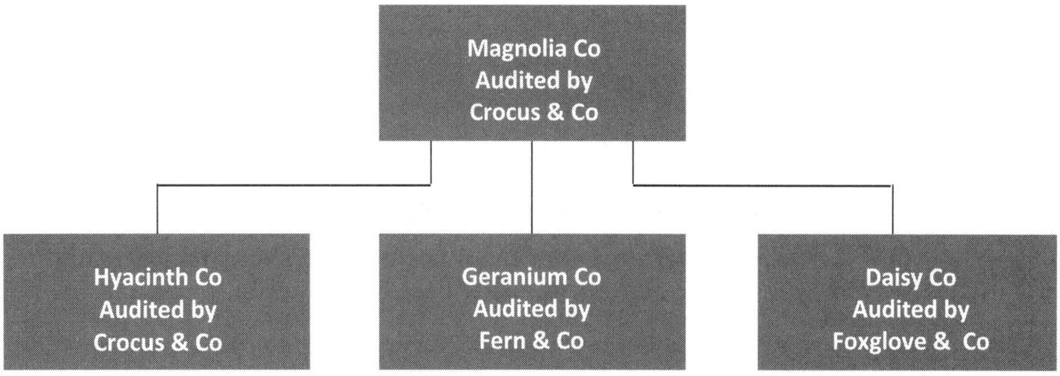

Crocus & Co is engaged to provide the audit of the Group financial statements and also the audit of Hyacinth Co and Magnolia Co. Geranium Co, a new subsidiary, is audited by a local firm of auditors based near the company's head office. Daisy Co is audited by an unconnected audit firm which specialises in the audit of companies involved with chemical engineering.

The Group's financial year ended on 31 March 20X5 and the audit is in the completion stage, with the auditor's report due to be issued in three weeks' time. The Group's draft consolidated financial statements recognise profit before income taxes of $7.5 million and total assets of $130 million.

The following exhibits, available below, provide information relevant to the question:

1 Notes from review of audit working papers – summary of issues identified in the audits of the three subsidiaries.

2 Daisy Co update – provides an update of the work performed to assess the going concern status of Daisy Co and intentions of the directors with regard to disclosures.

This information should be used to answer the question requirements within the response option provided.

Exhibit 1 – Notes from review of audit working papers

The notes from your review of the audit working papers are shown below, summarising the issues relevant to each subsidiary.

(i) Hyacinth Co – internal controls and results of controls testing

The Group companies supply each other with various chemical products to be used in the manufacture of chemicals. Audit work performed at the interim stage at Hyacinth Co, including walk through procedures and internal control evaluations, concluded that internal controls over intra-group transactions were not effective, and this was documented in the audit file. At the final audit, tests of controls were performed to confirm this to be the case. The tests of controls confirmed that intra-group transactions are not being separately identified in the Group's accounting system and reconciliations of amounts owed between the subsidiaries are not performed.

The group audit manager has concluded on the audit working papers that 'as intra-group balances are cancelled on consolidation, this issue has no impact on the Group audit and no further work is necessary'. As part of the audit approach it was determined that extensive testing would be performed over the internal controls for capital (asset) expenditure at Hyacinth Co as it was identified during planning that the company had made significant acquisitions of plant and equipment during the year. Following controls testing the internal controls over asset expenditure were evaluated to be effective in Hyacinth Co.

The working papers conclude that 'based on the results of controls testing at Hyacinth Co, it is reasonable to assume that controls are effective across the Group' and substantive procedures on property, plant and equipment in each Group company have been planned and performed in response to this assessment.

(ii) Geranium Co – new subsidiary

This subsidiary was acquired on 31 December 20X4 and is audited by Fern & Co. The Group audit strategy contains the following statement in relation to the audit of Geranium Co: 'Geranium Co will only be consolidated for three months and the post-acquisition profit for that period to be included in the Group financial statements is $150,000. On that basis, Geranium Co is immaterial to the Group financial statements and therefore our audit procedures are based on analytical procedures only.'

Other than the analytical procedures performed, there is no documentation in respect of Geranium Co or its audit firm Fern & Co included in the Group audit working papers.

The draft statement of financial position of Geranium Co recognises total assets of $30 million.

(iii) Daisy Co – restriction on international trade

As well as being involved in chemical engineering and supplying chemicals for use by the other Group companies, Daisy Co specialises in producing chemicals which are used in the agricultural sector, and around half of its sales are made internationally.

Daisy Co is audited by Foxglove & Co, and the Group audit working papers contain the necessary evaluations to conclude that an appropriate level of understanding has been obtained in respect of the audit firm.

Foxglove & Co has provided your firm with a summary of key audit findings which includes the following statement: 'During the year new government environmental regulations have imposed restrictions on international trade in chemicals, with sales to many countries now prohibited.

Our audit work concludes that this does not create a significant going concern risk to Daisy Co, and we have confirmed that all inventories are measured at the lower of cost and net realisable value.'

The Group audit manager has concluded that 'I am happy that no further work is needed in this area – we can rely on the unmodified audit opinion to be issued by Foxglove & Co. This issue was not identified until it was raised by Foxglove & Co, it has not been mentioned to me by the Group board members, and it has no implications for the consolidated financial statements.'

The draft statement of financial position of Daisy Co recognises total assets of $8 million and the statement of profit or loss recognises profit before income taxes of $50,000.

The draft consolidated financial statements recognises goodwill in respect of Daisy Co of $3 million (20X4 – $3 million).

Exhibit 2 – Daisy Co update

Additional procedures have now been performed to assess the going concern status of Daisy Co and the group auditor has concluded that there is sufficient doubt to require disclosure of the uncertainty in the financial statements of Daisy Co. The directors of Daisy Co have stated that they do not intend to include any disclosure as they do not want to draw attention to going concern issues in case it causes further problems.

Required:

(a) **Using the information contained in Exhibit 1, in respect of each of the matters described above, comment on the quality of the planning and performance of the Group audit, recommending any further actions to be taken by your firm, prior to finalising the Group auditor's report.**

Note: The following mark allocation is provided as guidance for this question:

(i) Hyacinth Co (6 marks)

(ii) Geranium Co (4 marks)

(iii) Daisy Co (5 marks) **(15 marks)**

(b) **Using the information contained in Exhibit 2, discuss the effect of this issue on the auditor's reports of Daisy Co and the Magnolia Group.** **(5 marks)**

Professional marks will be awarded for the demonstration of skill in analysis and evaluation, professional scepticism and judgement and commercial acumen in your answer. **(5 marks)**

(Total: 25 marks)

37 BOSTON *Walk in the footsteps of a top tutor*

It is 1 July 20X5. You are the manager responsible for the audit of Boston Co, a producer of chocolate and confectionery. The audit of the financial statements for the year ended 31 March 20X5 is nearly complete and you are reviewing the audit working papers. The financial statements recognise revenue of $76 million, profit before income taxes for the year of $6.4 million and total assets of $104 million.

The following exhibits, available below, provide information relevant to the question:

1 Summary of uncorrected misstatements and notes – provides details of the summary of uncorrected misstatements to be discussed with management.

2 Details of an IAASB publication on climate-related risks.

This information should be used to answer the question requirements within the response option provided.

Exhibit 1 – Summary of uncorrected misstatements and notes

The summary of uncorrected misstatements included in Boston Co's audit working papers, including notes, is shown. The audit engagement partner is holding a meeting with the management team of Boston Co next week, at which the uncorrected misstatements will be discussed.

		Statement of profit or loss		Statement of financial position	
		Debit	**Credit**	**Debit**	**Credit**
Summary of uncorrected misstatements:		$	$	$	$
1	Impairment	500,000			500,000
2	Borrowing costs		75,000	75,000	
3	Investment		43,500	43,500	
Totals		500,000	118,500	118,500	500,000

Notes

1 Impairment

During the year Boston Co impaired one of its factories. The carrying amount of the assets attributable to the factory as a single, cash-generating unit totalled $3.6 million at the year end. The fair value less costs of disposal and the value in use were estimated to be $3 million and $3.5 million respectively and accordingly the asset was written down by $100,000 to reflect the impairment. Audit procedures revealed that management used growth rates attributable to the company as a whole to estimate value in use. Using growth rates attributable to the factory specifically, the audit team estimated the value in use to be $2.9 million.

2 Borrowing costs

Interest expenses of $75,000 relating to a loan taken out during the year to finance the construction of a new manufacturing plant were included in interest expenses recognised in profit for the year. The manufacturing plant is due for completion in February 20X6.

3 Investment

During the year Boston Co purchased 150,000 shares in Nebraska Co for $4.00 per share. Boston Co classified the investment as a financial asset held at fair value through profit or loss. On 31 March 20X5, the shares of Nebraska Co were trading for $4.29. At the year end the carrying amount of the investment in Boston Co's financial statements was $600,000.

Exhibit 2 – Climate-related risks

The IAASB has issued an audit practice alert relating to the auditor's consideration of climate-related risks. The alert provides guidance to auditors on how to apply existing ISAs to the specific issue of climate-related risks. The alert explains the responsibilities of management and auditors with respect to climate-related risks and covers the main auditing standards relevant to climate-related risks.

Required:

(a) Using the information contained in Exhibit 1:

(i) Explain the matters which should be discussed with management in relation to each of the uncorrected misstatements, including an assessment of their individual impact on the financial statements. (9 marks)

(ii) Assuming that management does not adjust any of the misstatements, discuss the effect on the audit opinion and auditor's report. (5 marks)

(b) Using the information contained in Exhibit 2, discuss the main ways that climate-related risks will impact the planning and performance of an audit. (6 marks)

Professional marks will be awarded for the demonstration of skill in analysis and evaluation, professional scepticism and judgement, and commercial acumen in your answer. (5 marks)

(Total: 25 marks)

38 MACAU & CO *Walk in the footsteps of a top tutor*

It is 1 July 20X5. You are a senior manager in Macau & Co, a firm of Chartered Certified Accountants. In your capacity as engagement quality reviewer, you have been asked to review the audit files of Stanley Co and Kowloon Co, both of which have a financial year ended 31 March 20X5, and the audits of both companies are nearing completion.

The following exhibits, available below, provide information relevant to the question:

1 Stanley Co – provides a summary of issues identified during the review of the audit working papers.

2 Kowloon Co – points raised for your attention by the audit senior.

This information should be used to answer the question requirements within the response option provided.

Exhibit 1 – Stanley Co

Stanley Co is a frozen food processor, selling its products to wholesalers and supermarkets. From your review of the audit working papers, you have noted that the level of materiality was determined to be $1.5 million at the planning stage, and this materiality threshold has been used throughout the audit. There is no evidence on the audit file that this threshold has been reviewed during the course of the audit.

From your review of the audit planning, you know that a new packing machine with a cost of $1.6 million was acquired by Stanley Co in June 20X4, and is recognised in the draft statement of financial position at a carrying amount of $1.4 million at 31 March 20X5. The packing machine is located at the premises of Aberdeen Co, a distribution company which is used to pack and distribute a significant proportion of Stanley Co's products. The machine has not been physically verified by a member of the audit team.

The audit working papers conclude that 'we have obtained the purchase invoice and order in relation to the machine, and therefore can conclude that the asset is appropriately valued and that it exists. In addition, the managing director of Aberdeen Co has confirmed in writing that the machine is located at their premises and is in working order. No further work is needed in respect of this item.'

Inventory is recognised at $2 million in the draft statement of financial position. You have reviewed the results of audit procedures performed at the inventory count, where the test counts performed by the audit team indicated that the count of some items performed by the company's staff was not correct. The working papers state that 'the inventory count was not well organised' and conclude that 'however, the discrepancies were immaterial, so no further action is required'.

The audit senior spoke to you yesterday, voicing some concerns about the performance of the audit. A summary of his comments is shown below.

'The audit manager and audit engagement partner came to review the audit working papers on the same day towards the completion of the audit fieldwork. The audit partner asked me if there had been any issues on the sections of the audit which I had worked on, and when I said there had been no problems, he signed off the working papers after a quick look through them.

When reading the company's board minutes, I found several references to the audit engagement partner, Joe Lantau, who recommended that the company use the services of his brother, Mick Lantau, for advice on business development.

Based on Joe's recommendation, Mick, a management consultant has provided a consultancy service to Stanley Co since December 20X4. I mentioned this to Joe, and he told me not to record it in the audit working papers or to discuss it with anyone.'

Exhibit 2 – Kowloon Co

Kowloon Co works on contracts to design and manufacture large items of medical equipment such as radiotherapy and X-ray machines. The company specialises in the design, production and installation of bespoke machines under contract with individual customers, which are usually private medical companies. The draft financial statements recognise profit before income taxes of $950,000 and total assets of $7.5 million.

The audit senior has left the following note for your attention:

'One of Kowloon Co's major customers is the Bay Medical Centre (BMC), a private hospital. In September 20X4 a contract was entered into, under the terms of which Kowloon Co would design a new radiotherapy machine for BMC. The machine is based on a new innovation, and is being developed for the specific requirements of BMC.

It was estimated that the design and production of the machine would take 18 months with estimated installation in March 20X6. As at 31 March 20X5, Kowloon Co had invested heavily in the contract, and design costs totalling $350,000 have been recognised as work in progress in the draft statement of financial position. Deferred income of $200,000 is also recognised as a current liability, representing a payment made by BMC to finance part of the design costs. No other accounting entries have been made in respect of the contract with BMC.

As part of our subsequent events review, inspection of correspondence between Kowloon Co and BMC indicates that the contract has been cancelled by BMC as it is unable to pay for its completion. It appears that BMC lost a significant amount of funding towards in the first quarter of 20X5, impacting significantly on the financial position of the company. The manager responsible for the BMC contract confirms that BMC contacted him about the company's financial difficulties in March 20X5.

The matter has been discussed with Kowloon Co's finance director, who has stated that he is satisfied with the current accounting treatment and is not proposing to make any adjustments in light of the cancellation of the contract by BMC. The finance director has also advised that the loss of BMC as a customer will not be mentioned in the company's integrated report, as the finance director does not consider it significant enough to warrant discussion.

Kowloon Co is currently working on six contracts for customers other than BMC. Our audit evidence concludes that Kowloon Co does not face a threat to its going concern status due to the loss of BMC as a customer.'

Your review of the audit work performed on going concern supports this conclusion.

Required:

(a) Using the information contained in Exhibit 1, comment on the quality of the audit performed discussing the quality management, ethical and other professional issues raised. (13 marks)

(b) Using the information contained in Exhibit 2, comment on the matters to be considered, and recommend the actions to be taken by the auditor. (7 marks)

Professional marks will be awarded for the demonstration of skill in analysis and evaluation, professional scepticism and judgement, and commercial acumen in your answer. (5 marks)

(Total: 25 marks)

39 THURMAN *Walk in the footsteps of a top tutor*

It is 1 July 20X5. You are the manager responsible for the audit of Thurman Co, a manufacturing company which supplies stainless steel components to a wide range of industries. The company's financial year ended on 31 March 20X5 and you are reviewing the audit work which has been completed on a number of material balances and transactions: assets held for sale, asset expenditure and payroll expenses. A summary of the work which has been performed is given below and in each case the description of the audit work indicates the full extent of the audit procedures carried out by the audit team.

The following exhibits, available below, provide information relevant to the question:

1 Assets held for sale

2 Capital (asset) expenditure

3 Payroll expenses

This information should be used to answer the question requirements within the response option provided.

Exhibit 1 – Assets held for sale

Due to the planned disposal of one of Thurman Co's factory sites, the property and associated assets have been classified as held for sale in the financial statements. A manual journal has been posted by the finance director to reclassify the assets as current assets and to adjust the value of the assets for impairment and reversal of depreciation charged from the date at which the assets met the criteria to be classified as held for sale. The planned disposal was discussed with management. A brief note has been put into the audit working papers stating that in management's opinion the accounting treatment to classify the factory as held for sale is correct. The manual journal has been arithmetically checked by a different member of the audit team, and the amounts agreed back to the non-current asset register.

Exhibit 2 – Capital (asset) expenditure

When auditing the company's capital (asset) expenditure, the audit team selected a material transaction to test and found that key internal controls were not operating effectively. Authorisation had not been obtained for an order placed for several vehicles, and appropriate segregation of duties over initiating and processing the transaction was not maintained.

The audit team noted details of the internal control deficiencies and updated the systems notes on the permanent audit file to reflect the deficiencies. The audit work completed on this order was to agree the purchase of the vehicles to purchase invoices and to the bank ledger account/cash book and bank statement. The rest of the audit work in this area was completed in accordance with the audit programme.

Exhibit 3 – Payroll expenses

The payroll function is outsourced to Jackson Co, a service organisation which processes all of Thurman Co's salary expenses. The payroll expenses recognised in the financial statements have been traced back to year-end reports issued by Jackson Co. The audit team has had no direct contact with Jackson Co as the year-end reports were sent to Thurman Co's finance director who then passed them to the audit team.

Thurman Co employs a few casual workers who are paid in cash at the end of each month and are not entered into the payroll system. The audit team has agreed the cash payment made back to the petty cash records and the amounts involved are considered immaterial.

Required:

(a) Using the information contained in Exhibit 1, comment on the sufficiency and appropriateness of the audit evidence obtained and recommend further audit procedures to be performed by the audit team in respect of the assets held for sale. (7 marks)

(b) Using the information contained in Exhibit 2:

(i) Comment on the sufficiency and appropriateness of the audit evidence obtained.

(ii) Recommend further audit procedures to be performed by the audit team.

(iii) Explain the matters which should be included in a report in accordance with ISA 265 *Communicating Deficiencies in Internal Controls to Those Charged with Governance and Management.* (9 marks)

(c) **Using the information contained in Exhibit 3, comment on the sufficiency and appropriateness of the audit evidence obtained and explain the control deficiencies which should be included in the report to Those Charged with Governance and Management in respect of payroll expenses.** **(4 marks)**

Professional marks will be awarded for the demonstration of skill in analysis and evaluation, professional scepticism and judgement and commercial acumen in your answer. **(5 marks)**

(Total: 25 marks)

40 ADDER GROUP *Walk in the footsteps of a top tutor*

It is 1 July 20X5. You are a senior manager in Macau & Co, a firm of Chartered Certified Accountants. You are currently working on the audits of Adder Group and Marr Co, both of which are nearing completion.

The following exhibits, available below, provide information relevant to the question:

1 Adder Group – provides a summary of issues identified during the review of the audit working papers.

2 Marr Co – draft auditor's report and supplementary information.

This information should be used to answer the question requirements within the response option provided.

Exhibit 1 – Adder Group

The Adder Group (the Group) has been an audit client of your firm for several years. You have recently been assigned to act as audit manager, replacing a manager who has fallen ill, and the audit of the Group financial statements for the year ended 31 March 20X5 is underway. The Group's activities include property management and the provision of large storage facilities in warehouses owned by the Group. The draft consolidated financial statements recognise total assets of $150 million, and profit before income taxes of $20 million.

The audit engagement partner, Edmund Black, has asked you to review the audit working papers in relation to two audit issues which have been highlighted by the audit senior. Information on each of these issues is given below:

(i) Sale and leaseback

In December 20X4, a leisure centre complex was sold for proceeds equivalent to its fair value of $35 million, the related assets have been derecognised from the Group statement of financial position, and a profit on disposal of $8 million is included in the Group statement of profit or loss for the year. The remaining useful life of the leisure centre complex was 21 years at the date of disposal.

The Group is leasing back the leisure centre complex to use in its ongoing operations, paying rentals annually in arrears. At the end of the 20-year lease arrangement, the Group has the option to repurchase the leisure centre complex for its market value at that time.

(ii) Baldrick Co

In January 20X5, the Group acquired 52% of the equity shares of Baldrick Co. This company has not been consolidated into the Group as a subsidiary, and is instead accounted for as an associate. The Group finance director's reason for this accounting treatment is that Baldrick Co's operations have not yet been integrated with those of the rest of the Group. Baldrick Co's financial statements recognise total assets of $18 million and a loss for the year to 31 March 20X5 of $5 million.

Exhibit 2 – Marr Co

You are also responsible for the audit of Marr Co, with a year ended 28 February 20X5. The draft financial statements recognise profit for the year of $11 million. The materiality level used for performing the audit was $1.5 million. The audit is nearing completion, and several matters have been highlighted for your attention by the audit senior, Xi Smith. The matters have been discussed with management and will not be adjusted in the financial statements:

1 In January 20X5 a major customer went into administration. There was a balance of $2.5 million owing to Marr Co from this customer at 28 February 20X5 which is still included in trade receivables.

2 A court case began in December 20X4 involving an ex-employee who is suing Marr Co for unfair dismissal. Lawyers estimate that damages of $50,000 are probable to be paid. The financial statements include a note describing the court case and quantifying the potential damages but no adjustment has been made to include it in the statement of financial position or the statement of profit or loss.

Xi Smith has produced a draft auditor's report for your review, an extract of which is shown below:

Extract 1

Basis for opinion and disclaimer of opinion

Our audit procedures have proven conclusively that trade receivables are materially misstated. The finance director of Marr Co, Rita Gilmour, has refused to make an adjustment to write off a significant trade receivables balance. Therefore, in our opinion, the financial statements of Marr Co are materially misstated and we therefore express a disclaimer of opinion because we do not think they are fairly presented.

Extract 2

Emphasis of Matter paragraph

Marr Co is facing a legal claim for an amount of $50,000 from an ex-employee. In our opinion this amount should be recognised as a provision but it is not included in the statement of financial position. We draw your attention to this breach of the relevant International Financial Reporting Standard.

Required:

(a) **Using the information contained in Exhibit 1, comment on the matters to be considered, and explain the audit evidence you should expect to find during your review of the audit working papers.**

Note: The following mark allocation is provided as guidance for this question:

(i) **Sale and leaseback (7 marks)**

(ii) **Baldrick Co (6 marks)** **(13 marks)**

(b) **Using the information contained in Exhibit 2, critically appraise the proposed auditor's report of Marr Co for the year ended 28 February 20X5.**

Note: You are NOT required to re-draft the extracts from the auditor's report.

(7 marks)

Professional marks will be awarded for the demonstration of skill in analysis and evaluation and professional scepticism and judgement in your answer. **(5 marks)**

(Total: 25 marks)

OTHER ASSIGNMENTS

41 OAK & CO

It is 1 July 20X5. You are a manager in Oak & Co, a firm of Chartered Certified Accountants. Your firm has recently completed the audit of Fizzizoda Co for the year ended 31 March 20X5 and the audit report was issued last week.

Fizzizoda Co is a listed drinks manufacturer which produces a popular range of soft, carbonated drinks including the bestselling drink 'LiftUp'. The management of Fizzizoda Co has now approached your firm to carry out some additional assurance work on the company's sustainability report.

Oak & Co has a reputation for high standards in extended external reporting engagements (EER) with a separate team who specialise in sustainability and environmental assurance engagements.

The following **exhibits**, available on the left-hand side of the screen, provide information relevant to the question:

1 Sustainability reporting – background information and an extract from the sustainability report prepared by the management of Fizzizoda Co.

2 Audit working papers – extracts from the recently completed audit file containing some background information which will be used during the additional assurance engagement.

This information should be used to answer the question **requirements** within the **response option** provided.

Required:

"Audit firms like Oak & Co are increasingly being asked to provide assurance on sustainability, environmental and governance information in the financial statements.

The IAASB has issued an Exposure Draft of Proposed International Standard on Sustainability Assurance 5000 (ED 5000) which aims to provide a framework and general requirements for Sustainability Assurance Engagements including the concept of double materiality."

(a) **Discuss how materiality is a significant issue for assurance firms when performing engagements providing assurance on sustainability information.**

Note: You do NOT need to refer to the exhibits to answer this requirement.

(5 marks)

(b) **Using the information in Exhibits 1 and 2, discuss the quality and professional issues which might arise for Oak & Co in accepting the engagement to perform the assurance on the sustainability report of Fizzizoda Co.** **(7 marks)**

It is now 10 July 20X5, and Oak & Co has now accepted the engagement to review the sustainability report.

(c) **Critique the information provided in the sustainability report by management of Fizzizoda Co commenting on where the assurance team should apply professional scepticism.** **(8 marks)**

Professional marks will be awarded for the demonstration of skill in analysis and evaluation, professional scepticism and judgement, and commercial acumen in your answer **(5 marks)**

Exhibit 1 – Sustainability reporting

There are no current legal requirements to disclose information on waste, recycling and sustainability measures in the jurisdiction in which Fizzizoda Co operates. However, management has decided to publish a sustainability report for the first time. This is due to increasing public and media pressure placed on companies in the drinks industry who use disposable plastic bottles ('single use plastics'). Drinks companies are facing growing criticism of the impact these discarded bottles have on the environment.

Fizzizoda Co signed up to the global waste and recycling quality certificate, the 'RGW' ('Reduce

Global Waste'), on 1 April 20X3. The company is required by RGW to report on key non-financial indicators to meet the strict criteria required to use the globally recognised RGW logo.

As part of the RGW certification, companies must demonstrate improvement on recycling targets each year.

For periods ending after 1 January 20X5, RGW has made it a requirement of the certification that all members must have obtained independent assurance on their sustainability statements.

The following extract from the annual report has been made available to the assurance team who will be performing the work on the sustainability report:

Extract and notes from the sustainability report produced by the management of Fizzizoda Co

The board is delighted to announce the improvement in these key non-financial indicators of Fizzizoda Co during the year to 31 March 20X5 and expect further improvements in 20X6.

Key non-financial indicators

	Notes	31 March 20X5	31 March 20X4
Percentage of recycled materials used in the manufacture of LiftUp plastic bottles	1	23%	14%
Percentage of LiftUp bottles recycled	2	–	3.3%
Number of bottles recycled	3	415.8 million	–
Grants and donations		$227 million	$240 million

Notes to the sustainability report of Fizzizoda Co:

1 This represents the percentage of recycled plastic material used in the manufacture of the bespoke plastic bottles containing the LiftUp soft drink. The total number of bottles of LiftUp sold in the year to 31 March 20X5 was 15,400 million (20X4: 13,700 million).

2 The change in reporting of this metric has been made to enable transparency of the number of bottles recycled. All recycling of LiftUp bottles takes place through subsidised recycling partners.

3 Grants and donations are subsidies paid by Fizzisoda Co to encourage the recycling of LiftUp bottles. LiftUp bottles are recycled only using this subsidised network.

Exhibit 2 – Audit working papers

Although the work on the sustainability report is being performed by a separate team at Oak & Co, the following information has been compiled from both the audit file of Fizzizoda Co and initial discussions with the client.

Future plans

The board is planning on expanding operations in the next 12 months, with the additional finance proposed using Greentree Bank, an independent banking group who lends only to RGW certificate holders with strong sustainable reputations.

Audit of costs

	Notes	Million (units)	Million (units)
Bottles sold (LiftUp only)	1	15,400	13,700
Cost of material relating to LiftUp bottles	2	**$million**	**$million**
New plastic material for manufacture of LiftUp bottles		3,157	2,945
Recycled plastic material for manufacture of LiftUp bottles		693	480
Total cost of LiftUp bottles sold during the year		3,850	3,425

Notes:

1 Sales of LiftUp have increased during the year, however, there is increasing competition from a company selling refillable soda bottles containing a similar carbonated drink. As a result, the market share of LiftUp has decreased from 65% to 61% in the past 18 months. Management is confident that the positive image presented in their sustainability report will help them to reverse the trend.

2 Fizzizoda Co purchases plastic materials which are used in manufacturing the plastic bottles. The price of materials has remained stable year on year, and this has been verified by work completed during the audit engagement.

File note by the sustainability assurance team: Limitation of recycling information

During the assurance work on the sustainability report, one of the assurance team, Georgia Orwell, requested additional supporting evidence for the recycling rates detailed. The operational manager, Zena Clearwater, has yet to provide the team with this information.

42 SLAINDAR *Walk in the footsteps of a top tutor*

It is 1 July 20X5. You are a manager in Gloop & Co, a firm of Chartered Certified Accountants which offers a range of assurance services.

The managing director of Slaindar Co, which is not currently a client of Gloop & Co, has contacted you with a request to undertake an independent review of a cash flow forecast for Slaindar Co.

The following exhibits, available below, provide information relevant to the question:

1 Meeting notes – notes from a meeting with Aaron Slaindar.

2 Cash flow forecast – a cash flow forecast and supporting notes and assumptions to be used in support of a loan application.

This information should be used to answer the question requirements within your chosen response option(s).

Exhibit 1 – Meeting notes

Company information

Slaindar Co, a non-listed company, operates 20 coffee shops within large airport terminals. The company is owned and managed by Aaron Slaindar and a financial controller. Typically, Aaron takes a small salary from the company and extracts most of his income from the business in the form of dividends.

Aaron is looking to retire and would like to extract $1 million from the company.

The company operates from leased premises and the majority of the remaining assets are fixtures and fittings as the inventory of food and beverages have a short shelf life and the company does not offer credit to customers.

Brand name

Aaron has suggested he extracts funds of $1 million from the company by selling to the company the brand name of Slaindar. This would give the company the right to trade under the Slaindar brand, which he believes has significant value. He has decided to sell the brand name for $1 million to the company despite an external valuation of $100,000. Due to the company's current cash position and existing borrowings, this would require the company to obtain further financing through a loan. As part of the finance application there will be additional funding requested for expansion of the business.

Business performance

The profitability of Slaindar Co has significantly reduced over the past two years as a result of decreased travel during a recent economic downturn, with the company making a loss in each of the two previous years. In the last two years, the company has struggled to make payments to suppliers on time and has suffered deteriorating relationships as a result. In the last few months, payments to creditors have been severely delayed and as a result, Slaindar Co's main supplier has implemented a cash on delivery policy for any purchases made by the company.

Aaron is confident that revenue, profits and cash flows will return to the positive results obtained in previous years. He has identified five sites for new coffee shops at smaller airports and is confident he can negotiate a good deal on leases for the sites at lower than usual rentals through his connections in the industry.

Loan application

Slaindar Co has obtained a funding offer of $1.5 million from a bank. This funding offer is subject to submission of a satisfactory business plan accompanied by an independent assurance report on the associated cash flows. He believes that if the proposal demonstrates the expansion of the business, by the opening of new coffee shops in smaller airports, the bank does not need to know the brand is his own name, under which the company already trades. He would like for the process to be completed as soon as possible, as he wishes to be retired by 30 September 20X5.

Audit

Aaron expressed his frustration with his current auditors that they do not have the same confidence in the business as he does and intends to appoint Gloop & Co as auditors of the company if the loan application is successful. In addition, the assurance team will be entitled to free food and beverages from any of Slaindar Co's coffee shops for life if that is the case.

Exhibit 2 – Cash flow forecast for the three years to 30 June 20X8

Six-month period to	**Note**	**31 Dec 20X5** $000	**30 June 20X6** $000	**31 Dec 20X6** $000	**30 June 20X7** $000	**31 Dec 20X7** $000	**30 June 20X8** $000
Sales per coffee shop	1	125	125	140	140	160	160
Number of coffee shops		20	20	22	25	25	25
Cash from sales		**2,500**	**2,500**	**3,080**	**3,500**	**4,000**	**4,000**
Payments to suppliers	2	(750)	(750)	(750)	(924)	(1,050)	(1,200)
Lease payments	3	(1,025)	(1,025)	(1,075)	(1,185)	(1,185)	(1,185)
Other costs including staff		(500)	(500)	(550)	(625)	(625)	(625)
Capital (asset) expenditure	4	–	–	(200)	(300)	–	–
Marketing costs		–	–	(20)	–	–	–
Loan receipt		–	500	–	–	–	–
Loan repayment		(100)	(100)	(100)	(100)	(100)	(100)
Loan interest		(20)	(20)	(20)	(20)	(20)	(20)
Net cash flow		105	605	365	346	1,020	870
Opening cash		(2,150)	(2,045)	(1,440)	(1,075)	(729)	291
Closing cash		**(2,045)**	**(1,440)**	**(1,075)**	**(729)**	**291**	**1,161**

Notes and key assumptions:

1 Sales have been calculated based on the average sales per coffee shop in 20X3 prior to the economic downturn. Sales price inflation has been included at approximately 10% per annum.

2 Inventory purchases have been calculated based on historical gross margins of 70% and suppliers are paid in arrears.

3 The company leases 20 coffee shops as at 1 July 20X5.

4 Capital (asset) expenditure has been forecast on the basis of $100,000 set up costs for each new location. Two new coffee shops will be opened in the six months to 31 December 20X6, and three new coffee shops will be opened in the six months to 30 June 20X7.

Required:

Using Exhibit 1:

(a) **Evaluate the matters in respect of quality management to be considered by Gloop & Co before accepting Slaindar Co as a client of your firm.You have already performed the necessary client identification procedures.** **(12 marks)**

It is now 1 August 20X5 and Aaron has retired without withdrawing a lump sum and instead will continue to receive dividends as retirement income.

On this basis, and having satisfied client acceptance procedures, Gloop & Co have accepted the engagement to review the cash flow forecast for the $500,000 expansion funding.

The finance controller has prepared a cash flow forecast for submission to the bank. The cash flow forecast covers the three years to 30 June 20X8.

The finance controller is an experienced qualified accountant and his forecasting in prior years has been very accurate.

Using the information in Exhibits 1 and 2:

(b) Evaluate the assumptions used by management and the completeness of the cash flow forecast prepared, explaining why particular assumptions should be challenged and approached with professional scepticism. (8 marks)

Professional marks will be awarded for the demonstration of skill in analysis and evaluation, professional scepticism and judgement and commercial acumen in your answer. (5 marks)

(Total: 25 marks)

43 ASTER *Walk in the footsteps of a top tutor*

It is 1 July 20X5. You are a manager in the forensic department of Aster & Co, a firm which provides audit and a range of other services to its clients.

You have received a request from Baker Co to perform an engagement in relation to an insurance claim which the company is going to submit. The insurance claim is in respect of a payroll fraud which was recently discovered at the company.

This engagement would be conducted as an agreed upon procedures engagement to quantify the loss to be claimed.

Baker Co is not listed and is not currently an audit client of your firm. The company manufactures medical supplies for sale to hospitals. Baker Co is wholly owned by a foreign trust, the beneficiaries of which include the current board of directors. A trust is a legal entity that owns cash or other assets or investments on behalf of another entity or individuals.

Baker Co is well respected in the medical sector and routinely donates 5% of annual profits to global healthcare charities.

Exhibit 1 – Outline of fraud

The payroll fraud was discovered following the commencement of an upgrade to the company's management information system. When the system was upgraded at the head office in June 20X5, analysis performed highlighted an anomaly in the staff costs and margins for the head office. The regional offices will receive the upgrade over the next three months.

The finance director has reviewed the payroll list for the head office and identified two names on the list which they know are people who have left the company. Both individuals left the company in 20X3 but have not been removed from the payroll records. These people are still being paid but the monthly payments are being made into the same bank account, the beneficiary of which is not yet known. Over the two years since they left, the finance director has calculated that $30,000 in total has been paid into the unidentified bank account.

The finance director is not sure if this is the full extent of the issue or if further fraudulent activity exists across payroll. The losses are expected to be covered by the company's insurance policy, however, this requires an independent firm to be used to quantify the loss for the purposes of the claim.

Baker Co wishes to submit this claim within the next three weeks so that it can be resolved prior to the annual shareholder meeting on 1 August 20X5.

Required:

With reference to Exhibit 1:

(a) **(i) Evaluate the matters in respect of quality management which should be considered by Aster & Co before accepting the engagement; and (10 marks)**

(ii) **Explain the specific aspects of the terms of engagement which should be agreed. (4 marks)**

Note: You should NOT consider aspects relating to any police investigation in part (a)(i).

It is now 10 July 20X5 and your firm has accepted the engagement.

(b) **Recommend the procedures to be performed to quantify the loss for the purpose of the insurance claim. (6 marks)**

Professional marks will be awarded for the demonstration of skill in analysis and evaluation, professional scepticism and judgement, and commercial acumen in your answer. (5 marks)

(Total: 25 marks)

44 KOBOLD *Walk in the footsteps of a top tutor*

It is 1 July 20X5. You are a manager in Gnome & Co, a firm of Chartered Certified Accountants which offers a range of services to audit and non-audit clients.

Your firm has been asked to consider a potential engagement which is to review and provide an assurance report on a capital (asset) expenditure forecast for Kobold Co. The company does not wish to engage its audit provider to perform this engagement and Kobold Co is not currently a client of your firm.

The following exhibit, available below, provides information relevant to the question:

1 Capital (asset) expenditure forecast – forecast for the 24 months beginning 1 September 20X5, prepared by Kobold Co's financial controller.

This information should be used to answer the question requirements within your chosen response option(s).

Exhibit 1 – Capital (asset) expenditure forecast

The forecast and associated assurance report are being prepared at the request of the company's bankers in support of an application for a loan to finance the construction of a new distribution centre on land currently owned by the company. The forecast has been prepared by the financial controller of Kobold Co who has recently been promoted into the role. This is the first capital expenditure forecast the new financial controller has prepared, however, he has previously been involved in preparing annual budgets and cash flow projections for Kobold Co. The forecast has been reviewed by the finance director and approved.

The assurance report needs to be completed as soon as possible because Kobold Co has entered into a contract to commence building work in October 20X5 and is reliant on the bank finance to make the agreed payments. It is possible to make the first payment to the builders from the company's existing overdraft facility, however, this facility is due for renewal in December 20X5.

Capital (asset) expenditure forecast for 24 months beginning 1 September 20X5

	12 months to August 20X6	**12 months to August 20X7**	**Total**
	$000	**$000**	**$000**
Legal fees	7		7
Architect and surveyor fees	15		15
Site preparation and tree removal	28		28
Structural building work	84	48	132
Interior fittings and refurbishment		35	35
Total	134	83	217

Additional information:

- The relevant regulatory authority has issued preliminary approval for the construction of the planned distribution centre subject to receiving updated structural calculations relating to the building materials meeting required regulations.
- Figures are based on quotations from local contractors with agreed start dates assuming that the building work will commence in October 20X5. Payments to the contractors will be made at agreed completion stages of the project.

Required:

(a) **Evaluate the matters to be considered by Gnome & Co before accepting Kobold Co as a client and the engagement to review and report on the capital (asset) expenditure forecast. (10 marks)**

(b) **Assuming Gnome & Co accepts the engagement, recommend the examination procedures to be performed in respect of Kobold Co's capital (asset) expenditure forecast. (10 marks)**

Professional marks will be awarded for the demonstration of skill in analysis and evaluation, professional scepticism and judgement and commercial acumen in your answer. (5 marks)

(Total: 25 marks)

45 MORITZ & CO *Walk in the footsteps of a top tutor*

Answer debrief

It is 1 July 20X5. You are a manager in Moritz & Co, a firm of Chartered Certified Accountants which offers a range of services to audit and non-audit clients.

The following exhibits, available below, provide information relevant to the question:

1 Lavenza Co – request to provide an assurance report on prospective financial information.

2 Beaufort Co – request for assistance in preparing the share prospectus document to support the company's flotation.

This information should be used to answer the question requirements within the response option provided.

Exhibit 1 – Lavenza Co

Your firm has been asked to consider a potential engagement to review and provide an assurance report on prospective financial information (PFI) for Lavenza Co, which is not an audit client of your firm. Moritz & Co has already conducted specific client identification procedures in line with money laundering regulations with satisfactory results.

Lavenza Co has approached your firm in order to obtain an independent assurance opinion on a cash flow forecast which is being prepared for its bankers in support of an application for an increase in its existing overdraft facility. The following cash flow forecast has been prepared by the finance director of Lavenza Co for the 12 months to 30 June 20X6:

Lavenza Co cash flow forecast for the 12 months ending 30 June 20X6

	3 months to 30 Sept 20X5	**3 months to 31 Dec 20X5**	**3 months to 31 March 20X6**	**3 months to 30 June 20X6**
	$000	$000	$000	$000
Operating cash receipts				
Cash sales – high street shops	4,343	4,690	5,065	5,471
Cash sales – online	6,782	7,053	7,335	7,628
Receipts from credit sales – online	11,987	12,346	12,717	13,099
	23,112	24,089	25,117	26,198
Operating cash payments				
Purchases of inventory	(10,846)	(11,388)	(11,730)	(12,316)
Salaries	(7,254)	(7,109)	(7,180)	(7,384)
Overheads	(6,459)	(6,265)	(6,391)	(6,659)
	(24,559)	(24,762)	(25,301)	(26,359)

Other cash flows				
Initial costs of new high street shops	(2,143)	(1,128)		
Online marketing campaign	(624)	(431)	(386)	(278)
	(2,767)	(1,559)	(386)	(278)
Cash flow for the period	(4,214)	(2,232)	(570)	(439)
Opening cash	(9,193)	(13,407)	(15,639)	(16,209)
Closing cash	(13,407)	(15,639)	(16,209)	(16,648)

The following information is also relevant:

1 Lavenza Co is a retailer of academic text books which it sells through its own network of book shops and online through its website. The revenue from the website includes both cash sales and sales on credit to educational institutions. The company has provided historical analysis of its trade receivables indicating that for sales made on credit, 10% pay in the month of the sale, 62% after 30 days, 16% after 60 days, 8% after 90 days and the remainder are irrecoverable debts.

2 The company already has an established presence in large cities with universities but has seen a decline in its core operations in recent years which has led to a decrease in revenue and a fall in liquidity. In order to reverse these trends, the company is planning to extend its operations by opening new shops in small cities with universities and large colleges.

3 Lavenza Co's management is planning an online marketing campaign targeted at the university sector which they believe will increase the company's market share by approximately 3%.

4 The company has an existing overdraft facility of $12 million with its bankers and has requested an increase in the facility to $17 million.

Exhibit 2 – Beaufort Co

You have also been asked to provide an accountant's report for an audit client, Beaufort Co, which intends to list on the stock market in September 20X5.

Beaufort Co has been an audit client of Moritz & Co for the last eight years, preparing financial statements to 31 March each year. Throughout this period, the managing partner at your firm, Frances Stein, has taken personal responsibility for the audit and has increased the total fee income from the client to the level where it represented 16.2% of Moritz & Co's total fee income in 20X5 (15.4%: 20X4). In addition to performing the annual audit, Moritz & Co also provides accounting and bookkeeping services for Beaufort Co. The accounting and bookkeeping services include the preparation of the monthly payroll for the client and maintaining all of the financial records of a small, immaterial division of the company.

The managing director of Beaufort Co, Margaret Shelley, has asked your firm for assistance in the preparation of the share prospectus document which will be used to support the company's flotation.

The contents of the prospectus document will include the following elements:

- Key historical financial information prepared to 31 August 20X5
- Profit forecasts
- A summary of the key risks relating to the client's business
- A business plan outlining the future prospects of the company and recommending the shares to investors.

Margaret Shelley has asked if Mortiz & Co can also provide an accountant's report which will be included in the prospectus and which will cover each of these elements.

Required:

(a) Using the information contained in Exhibit 1:

(i) Explain the matters to be considered by Moritz & Co before accepting the engagement to review and report on Lavenza Co's prospective financial information, and (6 marks)

(ii) Assuming Moritz & Co accepts the engagement, design the examination procedures which should be performed in respect of Lavenza Co's cash flow forecast. (7 marks)

(b) Using the information contained in Exhibit 2, comment on the ethical and professional issues arising as a result of Beaufort Co's planned listing and the services which it has requested from Moritz & Co. (7 marks)

Professional marks will be awarded for the demonstration of skill in analysis and evaluation, professional scepticism and judgement and commercial acumen in your answer. (5 marks)

(Total: 25 marks)

Calculate your allowed time, allocate the time to the separate parts..............

46 JANSEN & CO *Walk in the footsteps of a top tutor*

You are an audit manager in Jansen & Co which offers a range of audit and other assurance services to its clients.

The following exhibits, available below, provide information relevant to the question:

1 Narley Co – request to provide an assurance report on prospective financial information.

2 Watson Co – provides details of matters which have been brought to your attention by the audit supervisor.

This information should be used to answer the question requirements within the response option provided.

Exhibit 1 – Narley Co

One of your audit clients is Narley Co which operates a commercial haulage company. Narley Co has been an audit client for the last five years and is currently planning a significant expansion of its operations into a new geographical area and jurisdiction. In order to finance the planned expansion, Narley Co needs funds to purchase additional heavy goods vehicles, expand its warehousing facilities and recruit more drivers.

The company is also planning a major advertising and marketing campaign targeted at potential customers in the new jurisdiction.

Narley Co's finance director, Suzanne Seddon, has approached you to ask if your firm will provide a report on the prospective financial information which has been prepared in support of a loan application. The application is for a new long-term loan of $22 million from the company's current lender which it intends to use exclusively to finance the planned expansion. The company currently has an existing long-term loan of $31 million from the same bank which is redeemable in five years' time.

Suzanne Seddon has provided you with the following extract from the prospective financial information which will form part of the company's loan application:

Forecast statements of profit or loss(extract)

	Note	Year ended 30 June 20X5 Unaudited	Year ending 30 June 20X6 Forecast	Year ending 30 June 20X7 Forecast
		$000	$000	$000
Revenue	1	138,861	174,965	225,705
Cost of sales	2	(104,862)	(124,786)	(157,230)
Administrative expenses	3	(22,936)	(21,984)	(20,743)
Operating profit		11,063	28,195	47,732
Interest expenses	4	(1,450)	(1,638)	(1,597)
Profit before income taxes		9,613	26,557	46,135

Notes:

1 Revenue represents the amounts derived from the provision of haulage services to commercial customers operating principally in the retail sector. Narley Co's board of directors believes that trade in both its existing and new markets will experience significant growth over the next two years.

2 Cost of sales comprises the costs of warehousing and distribution including relevant staff costs, maintenance and repair of vehicles and depreciation of property, equipment and vehicles.

3 Administrative expenses are mainly the costs of running Narley Co's central head office facility.

4 Interest expenses represent the cost of servicing long-term finance from Narley Co's bankers.

Exhibit 2 – Watson Co

One of your colleagues at Jansen & Co, Rodney Evans, has been taken ill at short notice and you have been temporarily assigned as audit manager on Watson Co, an IT consultancy company which is listed on a second tier investment market. The final audit of Watson Co for the year ended 31 March 20X5 is approaching completion and you are in the process of reviewing the audit working papers. The draft financial statements for the year recognise profit before income taxes for the year of $54.2 million and total assets of $23.1 million.

The audit supervisor, who is a part-qualified chartered certified accountant, has sent you an email from which the following extract is taken:

'It's great to have you on board as I was beginning to worry that there would be no manager review of our working papers prior to the final audit clearance meeting next week.

One issue which I wanted to check with you is that Watson Co has introduced a cash-settled share-based payment scheme by granting its directors share appreciation rights (SARs) for the first time this year. This was not identified at planning as a high risk area.

The SARs were granted on 1 April 20X4 at which date the client obtained a valuation of the rights which was performed by an external firm of valuers. I have filed a copy of the valuation report and I have looked up the valuers online and have found a very professional looking website which confirms that they know what they are doing.

The cost of the SARs scheme based on this valuation is being appropriately recognised over the three-year vesting period and a straight-line expense of $195,000 has been recognised in the statement of profit or loss on this basis. A corresponding equity reserve has also been correctly recognised on the statement of financial position. The amount also seems immaterial and I can't see any need to propose any amendments to the financial statements in relation to either the amounts recognised or the disclosures made in the notes to the financial statements.'

Required:

(a) Using the information contained in Exhibit 1:

(i) Explain the matters which should be considered by Jansen & Co before accepting the engagement to review and report on Narley Co's prospective financial information. (6 marks)

(ii) Assuming Jansen & Co accepts the engagement, design the examination procedures which should be performed in respect of Narley Co's forecast statements of profit or loss. (7 marks)

(b) Using the information contained in Exhibit 2, comment on the quality of the planning and performance of the audit of Watson Co discussing the quality management and other professional issues raised. (7 marks)

Professional marks will be awarded for the demonstration of skill in analysis and evaluation, professional scepticism and judgement and commercial acumen in your answer. (5 marks)

(Total: 25 marks)

47 VIZSLA *Walk in the footsteps of a top tutor*

It is 1 July 20X5. You are an audit manager in Pointer & Co, a firm of Chartered Certified Accountants which offers a range of assurance services.

The following exhibits, available below, provide information relevant to the question:

1 Potential new client, Setter Co.

2 Review of prospective financial information for Vizsla Co.

This information should be used to answer the question requirements within your chosen response option(s).

Exhibit 1 – Potential new client, Setter Co

The managing director of Setter Co, Gordon Potts, has recently contacted you as the company is looking to appoint a provider of assurance services including providing a limited assurance review on the company's financial statements, tax planning advice and preparation of both the company's and his personal tax computations for submission to the tax authorities.

Setter Co is a small company looking to expand in the next few years. You have done some research on both Setter Co and Gordon Potts and have confirmed that the company is small enough to be exempt from audit. The company is owner-managed, with the Potts family owning 90% of the share capital. Gordon Potts is a director and majority shareholder of three other companies. An article in a newspaper from several years ago about Gordon Potts indicated that one of his companies was once fined for breach of employment law and that he had used money from one of the company's pension plans to set up a business abroad, appointing his son as the managing director of that business.

Exhibit 2 – Review of prospective financial information for Vizsla Co

Pointer & Co has agreed to perform an assurance engagement for Vizsla Co. The engagement will be a review of prospective financial information which is needed to support the company's overdraft facilities. Vizsla Co had a financial year ended 31 December 20X4, and an unmodified opinion was issued on these financial statements last month. Pointer & Co's partner responsible for ethics has agreed that any threats to objectivity will be reduced to an acceptable level through the use of a team separate from the audit team to perform the work.

The operating profit forecast for the two years to 30 June 20X7 prepared by a member of the accounting team of Vizsla Co is shown, along with some accompanying notes.

	Note	Six months to 31 December 20X5	Six months to 30 June 20X6	Six months to 31 December 20X6	Six months to 30 June 20X7
		$000	$000	$000	$000
Revenue	1	12,800	16,900	13,700	18,900
Gross profit %		34%	45%	36%	46%
Operating costs:					
Staff costs		(2,800)	(2,900)	(2,800)	(2,900)
Design costs	2	(1,200)	(1,200)	(1,250)	(1,250)
Marketing		(900)	(1,000)	(1,100)	(1,100)
Interest on overdraft	3	(25)	(10)	–	–
Other expenses	4	(3,840)	(5,070)	(4,110)	(5,670)
Operating profit		**4,035**	**6,720**	**4,440**	**7,980**

Notes:

1 Vizsla Co is a producer of greetings cards and giftware, the demand for which is seasonal in nature.

2 Design costs are mostly payroll costs of the staff working in the company's design team, and the costs relate to the design and development of new product ranges.

3 Vizsla Co has agreed with its bank to clear its overdraft by 1 December 20X6, and the management team is confident that after that point the company will not need an overdraft facility.

4 The total 'Other expenses' is calculated based on 30% of the projected revenue for the six-month period.

Required:

(a) **Using the information contained in Exhibit 1, explain the importance of performing customer due diligence (know your client procedures) and recommend the information which should be obtained. (11 marks)**

(b) **Using the information contained in Exhibit 2, design the examination procedures which should be performed in the review of Vizsla Co's profit forecast. (9 marks)**

Professional marks will be awarded for the demonstration of skill in analysis and evaluation, professional scepticism and judgement and commercial acumen in your answer. (5 marks)

(Total: 25 marks)

48 MARR & CO *Walk in the footsteps of a top tutor*

It is 1 July 20X5. You are a manager in Marr & Co, a firm of Chartered Certified Accountants and you are currently carrying out work for Morrissey Co.

Marr & Co is a relatively small firm, with annual practice income of $15 million, of which approximately half is generated from providing tax, corporate finance and accounting services to its clients. Marr & Co also has a number of audit clients, all of which are manufacturing companies, and a dedicated team of staff work on these audit clients.

The following exhibits, available below, provide information relevant to the question:

1 Background information – details about Morrissey Co and a due diligence assignment relating to Brodie Co.

2 Brodie Co – information on Brodie Co's intangible assets and financing arrangements.

3 Email from finance director – an email you received from Morrissey Co's finance director.

This information should be used to answer the question requirements within the response option provided.

Exhibit 1 – Background information

Marr & Co has been appointed by Morrissey Co, a textile manufacturer and not currently an audit client of Marr & Co, to carry out a due diligence assignment. Marr & Co conducted all necessary client acceptance procedures prior to agreeing to perform the due diligence assignment, which you will assist the partner in planning.

Morrissey Co has identified Brodie Co for potential acquisition. Brodie Co is also a textile manufacturer, and the company has grown rapidly in the last five years, its growth based on the success of its organic textiles, which it sells to clothing manufacturers.

The terms of the due diligence assignment include that Marr & Co should focus part of its investigation on the intangible assets of Brodie Co, in particular the valuation of these assets and their operational significance, and also on the company's financing arrangements.

Exhibit 2 – Brodie Co

From a discussion with the finance director of Morrissey Co, you have the following information about the intangible assets of the target company, Brodie Co:

Brodie Co imports some of the dyes used in its manufacturing process, for which an import licence is necessary. The three-year import licence costs $1.5 million and is recognised as an intangible asset in the financial statements, amortised over three years.

The company's textiles are manufactured using the unique 'PureFab' manufacturing process, which was developed to increase the durability of its organic textiles. The 'PureFab' manufacturing process is protected by a patent, which was secured seven years ago and which prevents other manufacturers from using the same process or describing products as 'PureFab' textiles. The cost of the patent was $1 million and this is recognised as an intangible asset in the company's financial statements, amortised over 10 years, which is the life of the patent.

You have also gathered the following information about Brodie Co's current financing arrangements:

Source of finance	**$'000**	**Further comments**
Equity shares	6,800	This is the value of the company's issued equity shares
Bank loan	2,400	Secured on the company's property, plant and equipment
Venture capital	3,600	Loaned to the company three years ago, to fund construction of manufacturing plant

Exhibit 3 – Email from finance director

To: Audit engagement partner

From: Paul Hook, Finance director, Morrissey Co

Subject: Appointment as auditor

Date: 1 December 20X5

Hello

Following the successful acquisition of Brodie Co, we would like to appoint your firm as auditor. The appointment would include the audit of Morrissey Co, Brodie Co, and the consolidated financial statements of the new Group, for the financial year ending 31 December 20X5.

With this being the first acquisition made by Morrissey Co, our accountants have little experience with Group accounting, and I qualified a long time ago, so we are also expecting your firm to prepare the consolidated financial statements from the individual financial statements of Morrissey Co and Brodie Co, which I will provide to you. We don't think the consolidated financial statements will really be used, so to save time we will not publish notes to the Group financial statements – the individual accounts provide all of the information which users might need.

We have notified our existing audit provider, Butler Associates, that we wish to remove them from office. We are in a dispute with Butler Associates regarding fees – having negotiated a reduction in audit fee compared to the previous year, an invoice they sent to us in respect of last year's audit contains an unexpected additional amount. When we queried this with Butler Associates, they justified the amount as relating to additional work performed on payroll, which they felt was necessary due to a number of errors they had found in payroll processing. We have also informed the management of Brodie Co that we intend to replace their audit provider with Marr & Co.

Assuming that your firm accepts appointment as auditor, we will invite the partner and manager assigned to the audit to attend a textile industry conference. I think this will help you to obtain a better understanding of the industry, as well as giving you the opportunity to meet some other textile manufacturers. You could do some networking and perhaps meet new potential clients. We will pay for all of your conference expenses and for the flights. The conference is being held in a top hotel in Hawaii.

I look forward to hearing from you.

Paul

Required:

(a) Using the information in Exhibits 1 and 2:

(i) Explain the specific enquiries you should make of Brodie Co's management relevant to the company's intangible assets.

(ii) Recommend, with reasons, the principal additional information which should be made available by Brodie Co's management in relation to the company's financing arrangements. (12 marks)

It is now 1 December 20X5. Prior to the acquisition of Brodie Co, Marr & Co was appointed to provide corporate finance advice to Morrissey Co in relation to raising finance of approximately $35 million to fund the acquisition. You have now received an email from the finance director of Morrissey Co.

Using the information in Exhibit 3:

(b) Comment on the ethical and professional issues to be considered by Marr & Co in relation to the request from the finance director. (8 marks)

Professional marks will be awarded for the demonstration of skill in analysis and evaluation, professional scepticism and judgement and commercial acumen in your answer. (5 marks)

(Total: 25 marks)

49 CHEETAH *Walk in the footsteps of a top tutor*

It is 1 July 20X5. You are a manager in Leopard & Co, a firm of Chartered Certified Accountants which offers a range of assurance services. You are currently assigned to a due diligence engagement for one of your firm's audit clients, Cheetah Co, a manufacturer of bespoke furniture. The audit of Cheetah Co is conducted by a team from a different department. You have never been involved in the audit of this client.

The following exhibits, available below, provide information relevant to the question:

1 Zebra Co – details of Zebra Co, potential acquisition target by Cheetah Co.

2 Request from Cheetah Co management – request to attend meeting with Cheetah Co's bank.

This information should be used to answer the question requirements within the response option provided.

Exhibit 1 – Zebra Co

Leopard & Co has been engaged to conduct a financial and operational due diligence review of Zebra Co, a company which has been identified as a potential acquisition target by Cheetah Co, due to the synergies offered and the potential to expand the existing production facilities. As part of the due diligence review, you have been asked to provide a valuation of Zebra Co's assets and liabilities and an analysis of the company's operating profit forecasts. This will assist Cheetah Co in determining an appropriate purchase price for Zebra Co.

During the engagement fieldwork your team identified two matters, which require your further consideration, as follows:

1 While reviewing correspondence with customers in relation to outstanding receivables, one of the team found a letter from a large retailer, for which Zebra Co produces a number of unique products, providing advanced notice that they are not renewing their purchasing agreement when the current one expires. The customer advised that they are switching to a new entrant to the market who is substantially cheaper than Zebra Co. A brief analysis identified that the customer provides, on average, almost 5% of Zebra Co's annual revenues.

2 Zebra Co owns a piece of land which was given to it as a gift by the local authorities ten years ago. The land surrounds the entrance to the main production premises and is designated as a nature reserve. Restrictions were imposed on the usage of the land which also limit who the owner is able to sell the land to in the future. The land has zero carrying amount in the financial statements.

No additional matters have arisen for your consideration. You are also aware that the financial statements for the last ten years have been audited and no modifications have been made to the auditor's opinion during this period.

Exhibit 2 – Request from Cheetah Co management

The management team of Cheetah Co has also approached Leopard & Co to ask whether representatives of the firm would be available to attend a meeting with the company's bankers, who they are hoping will finance the acquisition of Zebra Co, to support the management team in conveying the suitability of the acquisition of Zebra Co.

For the meeting the bank requires the most up-to-date interim accounts of Cheetah Co with the accompanying auditor's independent interim review report. Your firm is due to complete the interim review shortly and the management team of Cheetah Co has requested that the interim review is completed quickly so that it does not hold up negotiations with the bank, stating that if it does, it may affect the outcome of the next audit tender, which is due to take place after the completion of this year's audit.

Required:

(a) Using the information contained in Exhibit 1:

(i) Explain why each matter requires further investigation as part of the due diligence review, and (6 marks)

(ii) Recommend the investigation procedures to be performed. (6 marks)

(b) Using the information contained in Exhibit 2, comment on the ethical and professional issues raised, and recommend any actions which should be taken in respect of the request from the management team of Cheetah Co. (8 marks)

Professional marks will be awarded for the demonstration of skill in analysis and evaluation, professional scepticism and judgement and commercial acumen in your answer. (5 marks)

(Total: 25 marks)

50 SANZIO *Walk in the footsteps of a top tutor*

It is 1 July 20X5. You are a manager in Raphael & Co, a firm of Chartered Certified Accountants which offers a range of assurance services. Raphael & Co has 12 offices and 30 partners, 10 of whom are members of ACCA.

The following exhibits, available below, provide information relevant to the question:

1 Draft advertisement – draft advertisement to be placed in newspapers.

2 Sanzio Co – request to provide due diligence engagement for Sanzio Co.

This information should be used to answer the question requirements within the response option provided.

Exhibit 1 – Draft advertisement

An advertisement has been drafted as part of the firm's drive to increase the number of clients. It is suggested that it should be placed in a number of quality national as well as local newspapers:

> Have you had enough of your accountant charging you too much for poor quality services?
>
> Does your business need a kick-start?
>
> Look no further. Raphael & Co provides the most comprehensive range of finance and accountancy services in the country as well as having the leading tax team in the country who are just waiting to save you money.
>
> Still not sure? We guarantee to be cheaper than your existing service provider and for the month of January we are offering free business advice to all new audit clients.
>
> Drop in and see us at your local office for a free consultation.
>
> Raphael & Co, Chartered Certified Accountants.

Exhibit 2 – Sanzio Co

As a result of advertising, Raphael & Co has been appointed by Sanzio Co to perform a due diligence review of a potential acquisition target, Titian Tyres Co. As part of the due diligence review and to allow for consideration of an appropriate offer price, Sanzio Co has requested that you identify and value all the assets and liabilities of Titian Tyres Co, including items which may not currently be reported in the statement of financial position.

Sanzio Co is a large, privately owned company operating only in this country, which sells spare parts and accessories for cars, vans and bicycles. Titian Tyres Co is a national chain of vehicle service centres, specialising in the repair and replacement of tyres, although the company also offers a complete range of engine and bodywork services as well. If the acquisition is successful, the management of Sanzio Co intends to open a Titian Tyres service centre in each of its stores.

One of the reasons for Titian Tyres Co's success is their internally generated customer database, which records all customer service details. Using the information contained on the database software, the company's operating system automatically informs previous customers when their vehicle is due for its next service via email, mobile phone text or automated letter. It also informs a customer service team to telephone the customer if they fail to book a service within two weeks of receiving the notification.

According to the management of Titian Tyres Co, repeat business makes up over 60% of annual sales and management believes that this is a distinct competitive advantage over other service centres.

Titian Tyres Co also recently purchased a licence to distribute a new, innovative tyre which was designed and patented in the United States. The tyre is made of 100% recycled materials and, due to a new manufacturing process, is more hardwearing and therefore needs replacing less often. Titian Tyres Co paid $5 million for the licence and the company is currently the sole, licenced distributor in this country.

During a brief review of Titian Tyres Co's most recent financial statements for the year ended 31 March 20X5, you notice a contingent liability disclosure in the notes relating to compensation claims made after the fitting of faulty engine parts during 20X4. The management of Titian Tyres Co has stated that the fault lies with the manufacturer of the part and that they have made a claim against the manufacturer for the total amount sought by the affected customers.

Required:

(a) **Using the information contained in Exhibit 1, comment on the suitability of the advertisement discussing any ethical and professional issues raised. (7 marks)**

Using the information contained in Exhibit 2:

(b) (i) **Recommend, with reasons, the principal additional information which should be made available to assist with your valuation of Titian Tyres Co's intangible assets. (8 marks)**

(ii) **Explain the specific enquiries you should make of Titian Tyres Co's management relevant to the contingent liability disclosed in the financial statements. (5 marks)**

Professional marks will be awarded for the demonstration of skill in analysis and evaluation, professional scepticism and judgement and commercial acumen in your answer. (5 marks)

(Total: 25 marks)

51 MOOSEWOOD HOSPITAL *Walk in the footsteps of a top tutor*

It is 1 July 20X5. You are the manager responsible for the audit of Moosewood Hospital Co, for the year ended 31 March 20X5, working in the audit department of Fern & Co. Moosewood Hospital Co is a private sector medical facility, where patients undergo minor surgical procedures and receive treatments such as physiotherapy.

The following exhibits, available below, provide information relevant to the question:

1 Valuation of medical inventories – provides details of an issue identified during the audit of inventory.

2 Key performance indicators – details of the key performance indicators to be included in Moosewood Co's integrated report.

This information should be used to answer the question requirements within your chosen response option(s).

Exhibit 1 – Valuation of medical inventories

You have recently visited the audit team, who are currently on site performing the fieldwork, to review the work performed to date and to discuss their progress. During your visit the audit senior informed you of the following matter.

During a review of the valuation of medical inventories, including medicines used in a variety of treatments at the hospital, it was noted that a number of items had passed their recommended use by dates. These were recorded on an inventory spreadsheet maintained by the financial controller and were easy to spot because they were highlighted in red. One of the audit team inspected a sample of the inventories in question and confirmed that their use by dates had expired. When asked about this, the financial controller stated that the audit team must be mistaken. The audit team requested to look at the spreadsheet again but he refused. The next day the finance director confronted the audit team accusing them of extending their investigations 'beyond their remit'. He also threatened to remove them from the premises if they continued to ask questions which were not relevant to the audit of the hospital's financial statements. Since then, the audit team has been unable to complete the audit of medical inventories. They have also noted that the room where the inventories were previously kept has been emptied.

Exhibit 2 – Key performance indicators

Fern & Co is also engaged to produce an assurance report on the performance information of Moosewood Hospital Co which is included in the company's integrated report. The integrated report will be published on the company's website later in the year, and is not part of the information published with the financial statements.

Fern & Co has a specialist team, independent from the audit department, which provides assurance on key performance indicators. Under the terms of the engagement, this team is required to provide assurance with regard to both the accuracy and completeness of the key performance indicators which are used to monitor the hospital's efficiency and effectiveness. Several of the key performance indicators included in the draft integrated report, all of which the Hospital claims to have met, are shown below:

1 To maintain an average patient to nurse ratio of no more than 6:1.

2 To achieve a minimum 75% annual usage of surgical rooms.

3 To ensure that the rate of admissions within 28 days for previously treated conditions does not exceed 3%.

Required:

(a) Using the information in Exhibit 1, identify and explain the ethical and professional issues raised and recommend any actions which should be taken in respect of the matter described by the audit senior. (8 marks)

Using the information in Exhibit 2:

(b) (i) Discuss the benefits of independent assurance being provided on the key performance indicators included in the integrated report of Moosewood Hospital Co to the company's management and to external users of the report. (4 marks)

(ii) Recommend the examination procedures which should be used in obtaining assurance relating to the key performance indicators of Moosewood Hospital Co. (8 marks)

Professional marks will be awarded for the demonstration of skill in analysis and evaluation, professional scepticism and judgement and commercial acumen in your answer. (5 marks)

(Total: 25 marks)

52 BEYER *Walk in the footsteps of a top tutor*

It is 1 July 20X5. You are a manager in the forensic department of your firm, Kaffe & Co. You have received a request from Beyer Co about an inventory fraud. Beyer Co is not currently a client of your firm.

Beyer Co manufactures and sells parts used in the automotive industry to both car manufacturers and to garages specialising in the repair and servicing of cars.

The following exhibits, available below, provide information relevant to the question:

1 Beyer Co – request to perform a forensic investigation.

2 Inventory fraud – details of the fraud allegations of the whistleblower.

This information should be used to answer the question requirements within the response option provided.

Exhibit 1 – Beyer Co

The audit committee would like Kaffe & Co to perform a forensic investigation to quantify the loss suffered as a result of the inventory fraud which was brought to the attention of the company's audit committee by a whistleblower, and to recommend improvements in the company's internal controls to avoid similar issues in the future. In addition, the audit committee has mentioned that although the quantification of the loss is to form the basis of an insurance claim, the matter has been reported to the police who will be investigating the matter further.

Exhibit 2 – Inventory fraud

Having accepted the engagement, the operations director provides you with the following summary of the allegations of the whistleblower:

'The warehouse manager has been working with one of the sales representatives to despatch goods to a fictitious customer which the warehouse manager has created on the despatch system. The sales orders are input by the sales representative into the despatch system which is not directly linked to the invoicing and accounting system. After the goods despatch note is issued by the warehouse manager and the goods leave the warehouse for delivery to the fictitious customer, the sales representative cancels the original order. The warehouse manager reverses the despatch immediately so that the daily report on inventory movement used to generate invoices in the sales system does not reflect movement of the goods. The sales representative takes delivery of the goods at the address of the fictitious customer and then sells the parts on the internet, splitting the proceeds with the warehouse manager. The warehouse manager supervises and participates in all inventory counts and this way ensures he is able to adjust the records of inventory to disguise the missing items.'

The operations director has informed you that no authorisation is required for either the cancellation of orders or the reversal of despatch notes.

Required:

(a) Using the information in Exhibit 1, evaluate the matters which should be considered before your firm accepts the invitation to perform a forensic investigation for Beyer Co. (8 marks)

Using the information in Exhibit 2:

(b) (i) Recommend the procedures which should be performed in order to quantify the inventory loss, and (6 marks)

(ii) Evaluate the deficiencies in Beyer Co's internal control system, and explain how they contributed to the fraud, together with recommendations to prevent such a fraud reoccurring. (6 marks)

Professional marks will be awarded for the demonstration of skill in analysis and evaluation, professional scepticism and judgement and commercial acumen in your answer. (5 marks)

(Total: 25 marks)

53 RETRIEVER *Walk in the footsteps of a top tutor*

Answer debrief

It is 1 July 20X5. Kennel & Co, a firm of Chartered Certified Accountants, is the external audit provider for the Retriever Group (the Group), a manufacturer of mobile phones and laptop computers. The Group obtained a stock exchange listing in July 20X4. The audit of the consolidated financial statements for the year ended 28 February 20X5 is nearing completion. You are a manager in the audit department of Kennel & Co, responsible for conducting engagement quality reviews on listed audit clients.

The following exhibits, available below, provide information relevant to the question:

1 Quality management issues – comments from team members of how the audit was planned and carried out.

2 Request to perform a forensic accounting service – details of a burglary at the Group's warehouse and a request to determine the amount to be claimed.

This information should be used to answer the question requirements within the response option provided.

Exhibit 1 – Quality management issues

You have discussed the Group audit with some of the junior members of the audit team, one of whom made the following comments about how it was planned and carried out.

Audit junior's comments

The audit has been quite time pressured. The audit manager told the juniors not to perform some of the planned audit procedures on items such as directors' emoluments and share capital as they are considered to be low risk. He also instructed us not to use the firm's statistical sampling methods in selecting trade receivables balances for testing, as it would be quicker to pick the sample based on our own judgement.

Two of the juniors were given the tasks of auditing trade payables and going concern. The audit manager asked us to review each other's work as it would be good training for us, and he didn't have time to review everything.

I was discussing the Group's tax position with the financial controller, when she said that she was struggling to calculate the deferred tax asset that should be recognised. The deferred tax asset has arisen because several of the Group's subsidiaries have been loss making this year, creating unutilised tax losses. As I had just studied deferred tax at college I did the calculation of the Group's deferred tax position for her. The audit manager said this saved time as we now would not have to audit the deferred tax figure.

The financial controller also asked for my advice as to how the tax losses could be utilised by the Group in the future. I provided her with some tax planning recommendations, for which she was very grateful.

Exhibit 2 – Request to perform a forensic accounting service

The audit committee of the Group has contacted Kennel & Co to discuss an incident that took place on 1 June 20X5. On that date, there was a burglary at the Group's warehouse where inventory is stored prior to despatch to customers. CCTV filmed the thieves loading a lorry belonging to the Group with boxes containing finished goods. The last inventory count took place on 30 April 20X5.

The Group has insurance cover in place and Kennel & Co's forensic accounting department has been asked to provide a forensic accounting service to determine the amount to be claimed in respect of the burglary. The insurance covers the cost of assets lost as a result of thefts.

It is thought that the amount of the claim will be immaterial to the Group's financial statements, and there is no ethical threat in Kennel & Co's forensic accounting department providing the forensic accounting service.

Required:

(a) Using the information in Exhibit 1, evaluate the quality management, ethical and other professional matters arising in respect of the planning and performance of the audit of the Retriever Group. (14 marks)

(b) Using the information in Exhibit 2, recommend the procedures to be performed in determining the amount of the insurance claim. (6 marks)

Professional marks will be awarded for the demonstration of skill in analysis and evaluation, professional scepticism and judgement and commercial acumen in your answer. (5 marks)

(Total: 25 marks)

Calculate your allowed time, allocate the time to the separate parts..............

54 LARK & CO *Walk in the footsteps of a top tutor*

It is 1 July 20X5. You are an audit manager working for Lark & Co, a firm of Chartered Certified Accountants. You are currently working on several clients. Issues have recently arisen in relation to three different clients which require your attention.

The following exhibits, available below, provide information relevant to the question:

1 Chestnut Co – request to perform a forensic investigation in relation to a fraud.

2 Heron Co – details of unusual transactions identified during the audit of revenue.

3 Coot Co – audit completion matters in relation to payroll raised by the audit junior.

This information should be used to answer the question requirements within the response option provided.

Exhibit 1 – Chestnut Co

Chestnut Co is a large company which provides information technology services to business customers. The finance director of Chestnut Co, Jack Privet, contacted you this morning, saying:

'I was alerted yesterday to a fraud being conducted by members of our sales team. It appears that several sales representatives have been claiming reimbursement for fictitious travel and client entertaining expenses and inflating actual expenses incurred. Specifically, it has been alleged that the sales representatives have claimed on expenses for items such as gifts for clients and office supplies which were never actually purchased, claimed for business-class airline tickets but in reality had purchased economy tickets, claimed for non-existent business mileage and used the company credit card to purchase items for personal use. I am very worried about the scale of this fraud, as travel and client entertainment is one of our biggest expenses.

All of the alleged fraudsters have been suspended pending an investigation, which I would like your firm to conduct. We will prosecute these employees to attempt to recoup our losses if evidence shows that a fraud has indeed occurred, so your firm would need to provide an expert witness in the event of a court case. Can we meet tomorrow to discuss this potential assignment?'

Chestnut Co has a small internal audit department and in previous years the evidence obtained by Lark & Co as part of the external audit has indicated that the control environment of the company is generally good. The audit opinion on the financial statements for the year ended 31 January 20X5 was unmodified.

Exhibit 2 – Heron Co

Heron Co is an owner-managed business which operates a chain of bars and restaurants. This is your firm's first year auditing the client and the audit for the year ended 30 April 20X5 is underway. The audit senior has sent a note for your attention:

'When I was auditing revenue I noticed something strange. Heron Co's revenue, which is almost entirely cash based, is recognised at $5.5 million in the draft financial statements. However, the accounting system shows that till receipts for cash paid by customers amount to only $3.5 million. This seemed odd, so I questioned Ava Gull, the financial controller about this. She said that Jack Heron, the company's owner, deals with cash receipts and posts through journals dealing with cash and revenue. Ava asked Jack the reason for these journals but he refused to give an explanation.

While auditing cash, I noticed a payment of $2 million made by electronic transfer from the company's bank account to an overseas financial institution. The bank statement showed that the transfer was authorised by Jack Heron, but no other documentation regarding the transfer was available.

Alarmed by the size of this transaction, and the lack of evidence to support it, I questioned Jack Heron, asking him about the source of cash receipts and the reason for electronic transfer. He would not give any answers and became quite aggressive.'

Exhibit 3 – Coot Co

You are currently reviewing the working papers of the audit of Coot Co for the year ended 31 March 20X5. In the working papers dealing with payroll, the audit junior has commented as follows:

'Several new employees have been added to the company's payroll during the year, with combined payments of $125,000 being made to them. There does not appear to be any authorisation for these additions. When I questioned the payroll supervisor who made the amendments, she said that no authorisation was needed because the new employees are only working for the company on a temporary basis.

However, when discussing staffing levels with management, it was stated that no new employees have been taken on this year. Other than the tests of controls planned, no other audit work has been performed.'

Required:

(a) **Using the information in Exhibit 1, explain the matters that should be discussed in the meeting with Jack Privet in respect of planning the investigation into the alleged fraudulent activity at Chestnut Co. (6 marks)**

(b) **Using the information in Exhibit 2, discuss the implications of the circumstances described in the audit senior's notes and the nature of any reporting which should take place in respect of Heron Co. (9 marks)**

(c) **Using the information in Exhibit 3, discuss how professional scepticism should be applied to the audit of Coot Co's payroll and recommend any further actions that should be taken by the auditor. (5 marks)**

Professional marks will be awarded for the demonstration of skill in analysis and evaluation and professional scepticism and judgement in your answer. (5 marks)

(Total: 25 marks)

PROFESSIONAL AND ETHICAL CONSIDERATIONS, QUALITY MANAGEMENT AND PRACTICE MANAGEMENT

55 FORSYTHIA GROUP *Walk in the footsteps of a top tutor*

It is 1 July 20X5. You are an audit manager in Magnolia & Co, and you are currently conducting an Engagement Quality Review on the audit of the Forsythia Group (the Group), which is a listed entity. Your firm is appointed to audit the consolidated financial statements and the individual financial statements of all Group companies.

The following exhibit, available below, provides information relevant to the question:

1 Forsythia Group – summary of comments made by the audit team regarding the performance of the audit.

This information should be used to answer the question requirement within the response option provided.

Exhibit 1 – Forsythia Group

The audit of the Forsythia Group (the Group) for the year ended 31 March 20X5 is in the completion stage and the auditor's report is due to be issued next week.

The Group has diverse operations, focusing on manufacturing, but is also involved with activities in some other areas, such as agriculture. The draft consolidated financial statements include revenue of $129 million (20X4: $113 million), profit before income taxes of $18.6 million (20X4: $23.2 million) and total assets of $465 million (20X4: $460 million).

You have discussed the Group audit with a junior member of the audit team, who made the following comments about how it was planned and carried out:

'On 10 June 20X5, the Group acquired another subsidiary, Robin Co, which is forecast to increase the Group's total revenue by around 20%. This meant that the Group chief finance officer (CFO) had little time to discuss matters with the audit team. The acquisition has taken place quickly, and so did not form part of the audit planning, which took place in January 20X5. The audit engagement partner said that we did not need to perform audit work on any aspect of the acquisition as, according to the CFO, it will all be accounted for in next year's financial statements.

Due to pressure to reduce the costs of the audit, the audit manager arranged for the audit procedures on revenue recognised by several significant subsidiaries, including a subsidiary in the agricultural industry, to be delegated to Camelia Associates, an unconnected firm. The audit manager said that we can rely on the evidence obtained by Camelia Associates as they are a firm of qualified accountants.

I also audited the Group's intangible assets, which involved evaluating the assumptions relating to the appropriateness of capitalisation of $1.2 million of development costs in the year. I could not discuss this with the CFO and no one else was available, so I agreed the assumptions, for example, relating to technical feasibility and commercial viability, to the Group's business plan and concluded that they were consistent. This is the first year that development costs have been recognised as an intangible asset in the Group financial statements.

Yew Co, which operates in the agricultural industry, is a subsidiary of the Group. At the audit planning stage, in line with the previous year's audit, it was not identified as a component which needs to be visited for audit work to be performed. However, due to the specialist nature of the operations of the company, a consultant should have been used to provide input on some technical matters, as stated in the audit strategy and audit plan. Due to cost implications, the consultant was not engaged, and the section of the audit strategy and audit plan containing instructions relating to the consultant was deleted from the audit files.'

Following your conversation with the audit assistant, you reviewed the audit working papers and found the following:

- The audit evidence obtained by Camelia Associates has not been reviewed by the audit manager or partner.
- No further evidence has been obtained relating to the development expenditure.
- Yew Co has total assets of $60.5 million (20X4: $83 million) and revenue of $6.5 million (20X4: $6.4 million).

Required:

Evaluate the quality management and other professional matters identified during your review in respect of the planning and performance of the Forsythia Group audit, and recommend appropriate actions to be taken. (20 marks)

Professional marks will be awarded for the demonstration of skill in analysis and evaluation, professional scepticism and judgement, and commercial acumen in your answer. (5 marks)

(Total: 25 marks)

56 JAMES & CO *Walk in the footsteps of a top tutor*

It is 1 July 20X5. You are an audit manager in James & Co, a firm of Chartered Certified Accountants. Your role includes performing post-issuance audit quality reviews, and you are currently reviewing the audit of the Bond Group (the Group), which had a financial year ended 31 January 20X5, and in respect of which an unmodified audit opinion was issued last month. The Group supplies computer components, specialising in graphics cards.

You are reviewing the Group audit file as well as the audit files for three of the Group's subsidiaries. All of these subsidiaries are material to the Group and have a financial year end of 31 January 20X5. Each subsidiary's audit opinion was also unmodified.

You have been provided with the following exhibits, which provide information about the Bond Group and the points you have identified for each subsidiary in the group:

1 Cameron Co – points you have identified from your review of the information provided by the component auditor.

2 Dean Co – points you have identified during your audit quality review.

3 Horner Co – points you have identified during your audit quality review.

This information should be used to answer the question requirements within the response option provided.

Exhibit 1 – Cameron Co

Your firm audits all Group companies with the exception of Cameron Co, a subsidiary which was acquired during the last financial year.

Cameron Co was acquired by the Group in April 20X4, and is audited by Carrey Associates, a small local firm. Cameron Co also outsources its internal audit function to Carrey Associates. The section of the external audit working papers provided by Carrey Associates and relevant to internal controls contains very little documentation other than a cross reference to the files maintained by the internal audit team, and a statement that 'we can rely on the internal controls as they were tested by our firm in May 20X4'. In respect of Carrey Associates, the Group audit working papers contain the following statement: 'our firm can rely on the work of Carrey Associates, as one of James & Co's audit partners left the firm to become an audit partner at Carrey Associates, and he was involved with the audit of Cameron Co'. Other than some background about Carrey Associates which had been printed off from the firm's website to provide background information, there is nothing else on file in relation to the firm.

The Group audit working papers also include a note relating to the consolidation of Cameron Co into the Group financial statements. Cameron Co prepares its individual financial statements using local accounting rules, which is allowed under national regulation, it does not use IFRS Accounting Standards which are applied by the rest of the Group. The Group audit partner commented in the working papers that 'local accounting rules are very similar to IFRS Accounting Standards so there is no need to perform any additional audit work in relation to the consolidation of Cameron Co due to it using different accounting policies to the rest of the Group'.

Exhibit 2 – Dean Co

Dean Co owns a small number of shares in Corden Co, amounting to a 2% shareholding. The investment is accounted for as a financial asset at fair value through profit or loss, as required by IFRS 9 *Financial Instruments*. Corden Co's shares are not traded in an active market, and the value of $68,000 which is recognised in Dean Co's financial statements is management's estimate of fair value, based on an offer received for the shareholding in April 20X4.

The audit team checked the arithmetic of management's computation but did not obtain further audit evidence, because according to the audit conclusion 'the value of the shareholding is below the Group materiality level'. The latest financial statements of Corden Co, prepared to 31 January 20X5, are included in the audit file to provide 'background information', and show that the company has net assets of $550,000. Materiality for the Group consolidated financial statements was determined to be $350,000.

Exhibit 3 – Horner Co

During the audit of Horner Co, the audit team became aware of a breach of data protection regulation, whereby an employee of the company had made its customer database available to a third party. This disclosure is in contravention of the regulation.

The audit working papers refer briefly to this situation, and conclude that 'it has little to do with the audit, as no one outside of the company is aware'. No further investigations were made by the audit team, and the audit manager noted in the working papers that 'the matter does not need to be discussed any further with Horner Co's or the Group's management teams as I have received assurance that the person responsible for the breach of regulation has been dismissed'.

Required:

In relation to the matters described in Exhibits 1 to 3, comment on the quality of the planning and performance of the Group audit and the audit of the components of the Group, discussing the quality management and other professional issues raised in respect of:

(a) Cameron Co, using Exhibit 1 (8 marks)

(b) Dean Co, using Exhibit 2 (5 marks)

(c) Horner Co, using Exhibit 3 (7 marks)

Professional marks will be awarded for the demonstration of skill in analysis and evaluation, professional scepticism and judgement and commercial acumen in your answer. (5 marks)

(Total: 25 marks)

57 THOMASSON & CO *Walk in the footsteps of a top tutor*

It is 1 July 20X5. You are an audit manager in Thomasson & Co, a firm of Chartered Certified Accountants. You have recently been assigned to the audit of Clean Co for the year ended 31 March 20X5. Clean Co is an unlisted company and has been an audit client of your firm for a number of years.

The following exhibits, available below, provide information relevant to the question:

1 Clean Co – information regarding Clean Co.

2 Audit working paper review – issues identified from a review of the audit working papers and an initial meeting with Simon Blackers.

This information should be used to answer the question requirements within the response option provided.

Exhibit 1 – Clean Co

Clean Co is a national distributor of cleaning products. The company buys the cleaning products from wholesalers and employs a team of approximately 750 sales staff around the country who sell the company's products to both domestic households and small to medium-sized businesses. Around 75% of Clean Co's sales transactions are cash based and each of the company's sales staff prepares a cash sales report on a monthly basis. According to Clean Co's chief executive, Simon Blackers, and in order to foster 'an entrepreneurial spirit' amongst the staff, each staff member (including the senior management team) is encouraged to make cash sales and is paid on a commission basis to sell the company's products to friends and family. Simon Blackers leads the way with this scheme and recently sold cleaning products with a value of $33,000 to a business associate. The funds have been transferred directly into an off-shore bank account in the company's name on which Simon is the sole signatory.

Exhibit 2 – Review of audit working papers

Your review of the audit working papers and an initial meeting with Simon Blackers have identified the following potential issues:

Following your review of the audit engagement letter and the working papers of the taxation section of the audit file, you have established that Thomasson & Co performed the taxation computation for Clean Co and completed the tax returns for both the company and Simon Blackers personally. All of the taxation services have been invoiced to Clean Co as part of the total fee for the audit and professional services. Simon Blackers' personal tax return includes a significant number of transactions involving the purchase and sale of properties in various international locations. The taxation working papers include a detailed review of a number of off-shore bank accounts in Simon Blackers' name which identified the property transactions.

During your initial meeting, Simon Blackers informed you that Clean Co is planning to develop a new website in order to offer online sales to its customers. Thomasson & Co has been asked to provide assistance with the design and implementation of the website and online sales system.

Required:

(a) Using the information in Exhibits 1 and 2:

(i) Discuss the policies and procedures which Thomasson & Co should have in place in relation to an anti-money laundering programme, and (4 marks)

(ii) Evaluate whether there are any indicators of money laundering activities by either Clean Co or its staff. (6 marks)

(b) Using the information in Exhibit 2, comment on the ethical and professional issues arising from your review of the audit working papers and recommend any actions which should now be taken by Thomasson & Co. (10 marks)

Professional marks will be awarded for the demonstration of skill in analysis and evaluation, professional scepticism and judgement and commercial acumen in your answer. (5 marks)

(Total: 25 marks)

58 WESTON & CO *Walk in the footsteps of a top tutor*

It is 1 July 20X5. You are an audit manager in Weston & Co which is an international firm of Chartered Certified Accountants with branches in many countries and which offers a range of audit and assurance services to its clients. Your responsibilities include reviewing ethical matters which arise with audit clients, and dealing with approaches from prospective audit clients.

The following exhibits, available below, provide information relevant to the question:

1 Jones Co – invitation to tender for the audit of Jones Co.

2 Ordway Co – rotation of audit engagement partner for the audit of Ordway Co.

This information should be used to answer the question requirements within the response option provided.

Exhibit 1 – Jones Co

The management of Jones Co has invited Weston & Co to submit an audit proposal (tender document) for their consideration. Jones Co was established only two years ago, but has grown rapidly, and this will be the first year that an audit is required. In previous years a limited assurance review was performed on its financial statements by an unrelated audit firm. The company specialises in the recruitment of medical personnel and some of its start-up funding was raised from a venture capital company. There are plans for the company to open branches overseas to help recruit personnel from foreign countries.

Jones Co has one full-time accountant who uses an off-the-shelf accounting package to record transactions and to prepare financial information. The company has a financial year ending 30 September 20X5.

The following comment was made by Bentley Jones, the company's founder and owner manager, in relation to the audit proposal and potential audit fee:

'I am looking for a firm of auditors who will give me a competitive audit fee. I am hoping that the fee will be quite low, as I am willing to pay more for services that I consider more beneficial to the business, such as strategic advice. I would like the audit fee to be linked to Jones Co's success in expanding overseas as a result of the audit firm's advice. Hopefully the audit will not be too disruptive and I would like it completed within four months of the year end.'

Exhibit 2 – Ordway Co

Ordway Co is a long-standing audit client of your firm and is a listed company. Bobby Wellington has acted as audit engagement partner for INT: seven years/UK: five years and understands that a new audit partner needs to be appointed to take his place. Bobby is hoping to stay in contact with the client and act as the engagement quality reviewer in forthcoming audits of Ordway Co.

Required:

(a) Using the information in Exhibit 1:

(i) Explain the specific matters to be included in the audit proposal (tender document), other than those relating to the audit fee. (8 marks)

(ii) Assuming Weston & Co is appointed to provide the audit service to Jones Co, discuss the issues to be considered by the audit firm in determining a fee for the audit including any ethical matters raised. (6 marks)

(b) Using the information in Exhibit 2, explain the ethical threats raised by the long association of senior audit personnel with an audit client and the relevant safeguards to be applied, and discuss whether Bobby Wellington can act as engagement quality reviewer in the future audits of Ordway Co. (6 marks)

Professional marks will be awarded for the demonstration of skill in analysis and evaluation, professional scepticism and judgement and commercial acumen in your answer. (5 marks)

(Total: 25 marks)

UK SYLLABUS ONLY

59 PICKLE & CO *Walk in the footsteps of a top tutor*

It is 1 July 20X5. You are a manager in Pickle & Co, a firm of Chartered Certified Accountants which offers a range of assurance and accountancy services. As part of your firm's system of quality management, independence assessments are required for all new client engagements and as part of the continuation process for existing clients prior to reappointment.

The following exhibits, available below, provide information relevant to the question:

1 Brook Coal plc – identified threats and proposed safeguards from the audit manager's continuation assessment.

2 Suki Group – client billing information for an existing non-audit client inviting Pickle & Co to tender for the audit.

This information should be used to answer the question requirements within the response option provided.

Required:

Using the information in Exhibit 1:

(a) (i) Explain the ethical threats identified by the audit engagement manager

(ii) Evaluate the proposed safeguards; and

(iii) Where appropriate, recommend alternative safeguards which may be applied by Pickle & Co. (10 marks)

Using the information in Exhibit 2:

(b) Evaluate the professional and ethical matters relating to fees and impact of the proposed listing which should be considered by Pickle & Co prior to accepting appointment as the auditor for the financial statements of the Suki Group. (10 marks)

Professional marks will be awarded for the demonstration of skill in analysis and evaluation, professional scepticism and judgement, and commercial acumen in your answer. (5 marks)

EXHIBIT 1

Brook Coal plc is a listed client operating in the coal mining sector. Your firm currently has two audit partners with expertise in this field, however, other branches of Pickle & Co in other countries have larger teams involved in the audit of mining companies.

Pickle & Co is currently performing the audit of Brook Coal plc for the year ended 31 March 20X5. This is their fifth year of performing the audit. The audit committee understands that the audit engagement partner will need to be rotated for the financial year ending 31 March 20X6.

Although Brook Coal plc is keen to retain the audit services of Pickle & Co, they have expressed concern that changes to the audit team will lead to additional time cost, as a new audit engagement team lacks familiarity with the business. They feel this will be exacerbated by the announcement of the finance director's intention to retire in December 20X5.

For this reason, the audit committee has requested that the team members be changed as little as possible and has asked for details of the ethical threats arising along with proposed safeguards the firm would put in place to mitigate this risk.

The audit engagement manager has prepared the following initial assessment of the ethical threats arising with respect to the continuance of the audit engagement.

Threat identified	**Notes**	**Proposed safeguard**
Audit team have been in place for five years.	No other teams within the firm, who are experienced in this sector, currently have availability to undertake an additional audit, so the team cannot be rotated.	Engagement quality review to be performed. The audit engagement manager, Bora Kim, is due for promotion this year, so a new manager will be in place. No new manager has been identified to take over from Bora yet but it is proposed the existing audit supervisor should fill the role.
The audit engagement partner has been in place for five years.	The plan was for the audit engagement partner to be rotated with Jo Brown, the EQR partner, in year six. Jo Brown has had only three years' involvement with the client, however, Jo has given notice of their resignation from the firm, effective at 30 September 20X5.	
Jo Brown, the EQR partner, is leaving the firm.	The current engagement quality review partner is leaving the firm in September 20X5. Currently there are no other partners in the firm who have expertise in mining audits.	Replace reviewer with Abeeku Ngomi, specialist partner for the oil industry. Or assign Bora Kim to EQR after promotion because they will have the relevant industry and client experience.

EXHIBIT 2

Suki Group is an online retailer of luxury food and drinks gifts which has undertaken a significant amount of international expansion in recent years. Suki Group is not currently listed but has expressed an interest in obtaining a listing within the next two years.

Suki Group is not currently an audit client of your firm but does use Pickle & Co to provide other services including assurance services in relation to the corporate responsibility report and other consulting services.

Suki Group is seeking a new auditor after their existing auditor determined they did not have sufficient international capability to provide a quality audit to the expanding group. The finance director has asked Pickle & Co to tender for the audit for the year ending 31 October 20X5 and has communicated that Pickle & Co is likely to be their first choice. This is due to the close working relationship they have already developed with the assurance department through the annual engagement to provide assurance on the corporate responsibility report.

You have been provided with the following information from the billing department of your firm.

Summary of fees: Suki Group

Note: All invoices to date have been settled in full.

Date billed	**Department**	**Description**	**Amount**
			£000
	Assurance	Corporate responsibility report	80
	Consulting	Valuation for purchase of a brand	140
Total year to date 31 December 20X4			220
	Assurance	Corporate responsibility report	81
	Forensic	Fraud investigation	157
Total year to date 31 December 20X5			238

Notes

If the firm decides to seek appointment as auditor of Suki Group, the proposed audit fee is £358,000. This has been calculated based on the hours required and the seniority of the team expected to perform the audit. A recurring 10% discount has already been applied to this proposed fee, in recognition of the importance of the Suki Group audit to the firm.

Total fees for Pickle & Co for the year to 31 December 20X5 are forecast to be in the region of £3.63 million, which excludes the proposed audit fee for Suki Group fee of £358,000.

60 COTTRELL *Walk in the footsteps of a top tutor*

It is 1 July 20X5. You are an audit manager in Cottrell & Co, a firm of Chartered Certified Accountants responsible for the audit of Sunningdale Ltd, for the year ended 31 March 20X5.

The audit of the financial statements for the year ended 31 March 20X5 is nearing completion and you are preparing for a meeting with management about misstatements identified as a result of audit procedures in the financial statements.

The following **exhibit**, available on the left-hand side of the screen, provides information relevant to the question:

1 Audit working papers – matters noted for your attention by the audit supervisor.

This information should be used to answer the question **requirements** within the **response option** provided.

Required

(a) Evaluate the matters which should be discussed with management in relation to each of the unresolved issues, and recommend the further actions necessary prior to issuing the auditor's report. (16 marks)

It is now 1 September 20X5 and the auditor's report on the financial statements for the year ended 31 March 20X5 is due to be issued in the next few days. You are considering the form and content of the auditor's report.

Following discussions with management and confirming that appropriate adjustments have been made to the financial statements, you are satisfied that the investment property is now accounted for correctly.

However, management has indicated that they are not willing to make any further adjustments to the financial statements in relation to the remaining two issues.

(b) Assuming that management does not make any further adjustments to the financial statements, justify an appropriate audit opinion and explain the aggregate impact of both misstatements on the auditor's report. (4 marks)

Note: You should not consider the individual impact of the issues on the auditor's report.

Professional marks will be awarded for the demonstration of skill in analysis and evaluation, and professional scepticism and judgement in your answer. (5 marks)
(Total: 25 marks)

Exhibit 1

Sunningdale Co is an online furniture manufacturer and retailer. The financial statements recognise revenue of £6.5 million (20X4 – £5.9 million), profit before income taxes of £1.2 million (20X4 – £.1 million) and total assets of £18 million (20X4 – £20.5 million). Materiality has been set at £40,000.

Sunningdale Co has profit targets to meet as part of the covenants on their bank loan financing which is for profit before income taxes to increase by 6% on the prior year levels. The bank loan would not be repayable immediately in the event of a breach of the covenants, but Sunningdale Co would have two years to rectify any breaches. Sunningdale Co has not breached any financial covenants since taking out the loan.

The audit working papers contain the following schedule of uncorrected misstatements:

Schedule of uncorrected misstatements:		Statement of profit or loss		Statement of financial position	
		Debit	Credit	Debit	Credit
	Note	£	£	£	£
Investment properties	(i)	25,000	–	–	25,000
Specialist manufacturing equipment	(ii)	140,000	–	–	140,000
Gift of cars	(iii)	–	–	–	–
		165,000	–	–	**165,000**

(i) Investment properties

During the year, Sunningdale Co adopted the fair value model for its investment properties for the first time and the valuation exercise was carried out by a qualified and experienced professional valuation expert as at 31 March 20X5. The valuation showed that all but one of the investment properties had a value above their carrying amounts. The exception is an investment property which has a value £25,000 below its carrying amount. The directors are refusing to adopt the fair value model for this investment property, but have accounted for the revaluation gains for the other three investment properties correctly in the statement of profit or loss.

(ii) Specialist manufacturing equipment

In addition to revaluing the investment properties, the management of Sunningdale Co has decided to increase the useful life of the specialist manufacturing equipment by five years as the finance director believes this more accurately reflects the value of the equipment over its life. The financial controller has recalculated the carrying amounts and depreciation from the date when each item of specialist manufacturing equipment was originally capitalised and accounted for a journal in the 20X5 financial statements for the entire difference in cumulative depreciation starting from the date of original purchase.

The change of useful life has resulted in a journal debiting accumulated depreciation for total of £180,000 with £140,000 of this adjustment relating to changes calculated to brought forward accumulated depreciation at 1 April 20X4. The journal has been recognised in the statement of profit or loss for 20X5.

(iii) Gift of cars to members of director's family

As part of the review of the depreciation policy, it was found that Sunningdale Co gifted two company cars to the son and daughter of one of the company's directors, David Fisher. David Fisher's son and daughter do not currently and have never been employed by Sunningdale Co and no payment was requested or received for the vehicles. The carrying amount of the motor vehicles was £35,000 and the transactions were correctly accounted for with a loss on disposal being recognised of £35,000. No disclosure has been made for the transactions.

61 SLAINDAR *Walk in the footsteps of a top tutor*

Company information

Slaindar Ltd, a non-listed company, operates 20 coffee shops within large airport terminals. The company is owned by Aaron Slaindar and managed by him and a financial controller. Typically, Aaron takes a small salary from the company and extracts most of his income from the business in the form of dividends.

Aaron is looking to retire and would like to extract his investment from the company. He expects his children to take over ownership of the company and will gift his shares to them, thereby transferring ownership.

The company operates from leased premises and the majority of the remaining assets are fixtures and fittings as the inventory of food and beverages have a short shelf life and the company does not offer credit to customers.

Business performance

The profitability of Slaindar Ltd has significantly reduced over the past two years as a result of decreased travel during a recent economic downturn, with the company making a loss in each of the two previous years. In the last two years, the company has struggled to make payments to suppliers and has suffered deteriorating relationships as a result. In the last few months, payments to creditors have been severely delayed and, as a result, Slaindar Ltd's main supplier has implemented a cash on delivery policy for any purchases made by the company.

Aaron is confident that revenue, profits and cash flows will return to the positive results obtained in previous years. He has identified five sites for new coffee shops at smaller airports and is confident he can negotiate a good deal on leases for the sites at lower than usual rentals through his connections in the industry.

Slaindar Ltd continued to pay significant dividends from historical distributable profits during the first year of losses, however, since the company no longer has distributable reserves available, Aaron has switched to taking his income in the form of a large salary in the last six months.

On 30 March 20X5, Aaron was repaid a director's loan of £250,000 by the company, utilising the company's overdraft facility with the bank.

Aaron has approached a bank for a loan of £1.5 million and has received a funding offer. Of this, Aaron plans that £1 million would be extracted as a retirement bonus in addition to his usual monthly salary. The remaining £0.5 million of the loan would be used to fund the planned business expansion. However, Aaron is concerned that he does not breach any laws in doing this, and he has approached Gloop & Co to advise him on the legality of these transactions.

As at 30 June 20X5, Slaindar Ltd's statement of financial position shows total assets of £16.1 million and total liabilities of £17 million. Loss for the six months to 30 June 20X5 is £1.2 million (loss for 12 months to 31 December 20X4: £1.5 million).

Loan application

Slaindar Ltd has obtained a funding offer of £1.5 million from a bank. This funding offer is subject to submission of a satisfactory business plan accompanied by an independent assurance report on the associated cash flows. Aaron believes that as long as the proposal demonstrates the expansion of the business, by the opening of new coffee shops in smaller airports, the bank does not need to know about his £1 million retirement bonus. He would like for the process to be completed as soon as possible, as he wishes to be retired by 30 September 20X5.

Audit

Aaron expressed his frustration with his current auditors that they do not have the same confidence in the business as he does and intends to appoint Gloop & Co as auditors of the company if the loan application is successful. In addition, the assurance team will be entitled to free food and beverages from any of Slaindar Ltd's coffee shops for life if that is the case.

Required:

Describe the processes of wrongful and fraudulent trading and evaluate whether Aaron Slaindar could be held liable of either offence.

Note: You are not required to comment on the tax implications of the scenario. (8 marks)

62 ALUCARD *Walk in the footsteps of a top tutor*

You have also been asked to advise the directors of a different audit client, Alucard Ltd, in relation to potential insolvency procedures and their implications for the directors.

You have been the manager responsible for the audit of Alucard Ltd for the last three years. Alucard Ltd manufactures pet foods which it sells to wholesale and retail customers both in the UK and internationally. The company has experienced a decrease in profitability in recent years as a result of increased trading tariffs making its products more expensive for its international customers. Alucard Ltd has experienced a significant fall in demand for its products and five months ago, the company's largest international customer, Holden Co, cancelled its contract with Alucard Ltd. Historically, Holden Co has represented approximately 45% of Alucard Ltd's total sales revenue.

The company's managing director, Bella Lugosi, remains confident that the company will be able to replace the lost sales and has insisted on maintaining existing operating levels. As a result, Alucard Ltd's payables payment period has increased from 45 days to 73 days over the last five months and the company's cash position has deteriorated to the point where it is unable to pay its creditors as they fall due.

A review of the client's records has also identified that the company has three months of arrears of unpaid taxes including PAYE and NIC and has received penalty notices in relation to its failure to file its last audited financial statements with Companies House. The company's management accounts have shown a negative cash balance in excess of its overdraft facility and a net liabilities position for the last three months.

The directors of Alucard Ltd have approached you in relation to their concerns about the company's current financial difficulties and potential insolvency. They have also heard that if directors are found to have conducted fraudulent or wrongful trading, there can be significant consequences including personal liability to the company's creditors.

They have asked you to prepare information to be presented at next week's board meeting in order to advise them on:

(i) the key features of the administration process, and

(ii) whether based on the information provided, they might be personally liable to Alucard Ltd's creditors.

Required:

Respond to the request made by the directors of Alucard Ltd. (10 marks)

63 KRUPT *Walk in the footsteps of a top tutor*

Krupt Ltd is a family owned business which has been an audit client of Jansen & Co for many years and on which you have been the audit manager for the last two years. The audit for the year ended 30 June 20X8 is approaching completion and the audit supervisor has asked for your advice in relation to recent developments at the client.

Krupt Ltd is a wholesaler of electronic goods and is owned by Mr and Mrs Krupt who are both 50% shareholders and directors of the company. The company's principal source of finance is a loan from Hongclays Bank of £1.2 million which is secured by a floating charge over the company's inventory. The bank has also taken out personal guarantees on the domestic residence owned jointly by Mr and Mrs Krupt under the terms of which the bank has the right to take possession of the property in the event that it cannot recover its debts from the company.

As part of the going concern review, the audit supervisor, Jemma Jones, has scrutinised the management accounts for the first four months of the current reporting period and has identified that the company is making significant losses which she believes to be unsustainable. She has also inspected correspondence between the company and Hongclays Bank which indicates that the company has already breached key loan covenants.

Jemma has been informed by the company's procurement manager that Krupt Ltd has recently taken delivery of a large quantity of a new inventory line with a value of £0.75 million which it has purchased on credit from one of its suppliers. At present the company also has other inventory with a total value of approximately £0.5 million. Based on a review of the company's bank statements and cash flow forecasts, Jemma does not believe that there is any realistic prospect that the company will be able to pay this supplier for the foreseeable future and is concerned about the possible implications of this transaction for the directors of the company. Jemma has not come across these issues before. She has a clear sense that something is wrong and she has asked you to:

Required:

(i) Explain the concepts of fraudulent and wrongful trading and

(ii) Evaluate the possible implications of the circumstances and transactions noted during the going concern review for the directors of Krupt Ltd. (10 marks)

64 KANDINSKY *Walk in the footsteps of a top tutor*

Malevich & Co is a firm of Chartered Certified Accountants offering audit and assurance services to a large portfolio of clients. You are a manager in the audit department responsible for the audit of two clients, Kandinsky Ltd and Viola Ltd.

(a) Kandinsky Ltd is a manufacturer of luxury food items including chocolate and other confectionery which are often sold as gift items individually or in hampers containing a selection of expensive items from the range of products. The company has a financial year ended 31 July 20X5, much of the planned audit work has been completed, and you are reviewing issues which have been raised by the audit senior. Due to an economic recession sales of products have fallen sharply this year, and measures have been implemented to support the company's cash flow. You are aware that the company only has £150,000 in cash at the year end.

Extracts from the draft financial statements and other relevant information are given below.

	Note	July 20X5 (Draft)	July 20X4 (Actual)
		£000	£000
Revenue		2,440	3,950
Operating expenses		(2,100)	(2,800)
Interest expense		(520)	(500)
(Loss)/profit before income taxes		(180)	650
Total assets		10,400	13,500
Long-term liabilities – bank loan	1	3,500	3,000
Short-term liabilities – trade payables	2	900	650
Disclosed in notes to financial statements:			
Undrawn borrowing facilities	3	500	1,000
Contingent liability	4	120	–

Notes:

1 The bank loan was extended in March 20X5 by drawing on the borrowing facilities offered by the bank. The loan carries a fixed interest rate and is secured on the company's property including the head office and manufacturing site. The first repayment of loan capital is due on 30 June 20X6 when £350,000 is due to be paid.

2 Kandinsky Ltd renegotiated its terms of trade with its main supplier of cocoa beans, and extended payment terms from 50 days to 80 days in order to improve working capital.

3 The borrowing facilities are due to be reviewed by the bank in April 20X6 and contain covenants including that interest cover is maintained at 2, and the ratio of bank loan to operating profit does not exceed 4:1.

4 The contingent liability relates to a letter of support which Kandinsky Ltd has provided to its main supplier of cane sugar which is facing difficult trading conditions.

Required:

In respect of the audit of Kandinsky Ltd:

Identify and explain the matters which may cast significant doubt on the Kandinsky Ltd's ability to continue as a going concern, and recommend the audit procedures to be performed in relation to the going concern matters identified.

(13 marks)

(b) You are also responsible for the audit of Viola Ltd, a small engineering company located in the Midlands with a financial year ended 31 March 20X5. The auditor's report for the financial year then ended, which was issued in September 20X5, contained an Emphasis of Matter paragraph outlining the going concern issues facing the company, but was otherwise unmodified.

The finance director of Viola Ltd phoned you yesterday to discuss some recent developments at the company. His comments are shown in the note below:

'I am getting in touch to update you on our situation and to ask for your firm's advice.

As you know, in the last financial year the company lost several contracts and we had to make a number of staff redundant. In recent months further contracts have been lost and Viola Ltd has faced severe working capital problems, resulting in the sale of some of our plant in order to meet liabilities as they fall due. We are restricted on the assets which can be sold as the company's bank loan is secured by a floating charge over non-current assets. In November 20X5 the accounts recognised net liabilities of £500,000 and without securing further finance, the future of the company does not look good.

We are tendering for three new contracts to supply components to local car manufacturers. However, our bank is reluctant to extend our borrowing facilities until the contracts are secured, which may not be for another few months.

My fellow directors are becoming concerned about the possibility of our creditors applying for compulsory liquidation of the company, which we want to avoid if possible. We also wish to avoid a creditor's voluntary liquidation. Can you please advise me on the alternatives which are available given the company's precarious financial situation? I need you to explain the procedures involved with any alternatives which you can recommend, and describe the impact on the employees and directors of the company.'

Required:

Respond to the instructions in the note from the finance director. (12 marks)

(Total: 25 marks)

65 HUNT & CO *Walk in the footsteps of a top tutor*

(a) Coxon Ltd is a chain of high street stores selling books, CDs and computer games. Unfortunately, it has not been able to compete with internet sites selling the same goods at a much cheaper price, and for the last two years the company has been loss making. The company was placed into compulsory liquidation last week due to being unable to pay its debts as they fall due.

The finance director, James Corgan, has contacted your firm, Hunt & Co, seeking advice on several issues to do with the liquidation. His comments are shown in the note below:

'We had thought for some time that the company was in financial difficulties, having lost market share to competitors, but we hoped to turn the company around. Things came to a head in January 20X4 when the accounts showed a net liabilities position for the first time, and several loan covenants had been breached. However, we decided to continue to trade in order to maximise cash inflows, keep staff employed for a few months longer, and try to negotiate finance from new providers. During this period, we continued to order goods from several suppliers. However, the cash position deteriorated and in May 20X4 creditors applied to the court for the compulsory winding up of the company. The court has appointed liquidators who are about to commence the winding up.

As you can imagine, myself and the other directors are very worried about the situation. We have heard that we may be personally liable for some of the company's debts. Is this correct, and what are the potential consequences for us? Also, can you explain the impact of the compulsory liquidation process for our employees and for creditors?'

Required:

Respond to the instructions in the note from the finance director. (12 marks)

(b) Hunt & Co also audits Jay Ltd, a company with a year ended 30 September. The auditor's report for the year ended 30 September 20X3 was issued in December 20X3 and was unmodified. Jay Ltd operates two separate divisions both of which manufacture food supplements – 'Jay Sport' manufactures food supplements targeted at athletes, and 'Jay Plus' is targeted at the general public.

One of the key ingredients used in the 'Jay Sport' range has been found to have harmful side effects, so very few sales from that range have been made in the current financial year. The company is struggling to manage its working capital and meet interest payments on loans.

The directors are anxious about the future of the company and the audit engagement partner, Bill Kingfisher, has been asked to attend a meeting with them tomorrow to discuss their concerns over the financial performance and position of Jay Ltd.

Extract from Jay Ltd's management accounts at 31 May 20X4 (unaudited)

Statement of financial position

	£000
Property, plant and equipment	12,800
Inventory	500
Trade receivables	400
Cash	0
Total assets	13,700
Share capital	100
Retained earnings	(1,050)
Long-term borrowings (secured with a fixed charge over property, plant and equipment)	12,000
Trade payables (including employees' wages of £300,000)	1,250
Bank overdraft	1,400
Total equity and liabilities	13,700

Statement of profit or loss (extract)

	Jay Sport	Jay Plus	Total
	£000	£000	£000
Revenue	50	1,450	1,500
Operating costs	(800)	(1,200)	(2,000)
Operating (loss)/profit	(750)	250	(500)
Interest expenses			(800)
Loss before income taxes			(1,300)

Required:

(i) **Examine the financial position of Jay Ltd and determine whether the company is insolvent.** **(4 marks)**

(ii) **Evaluate, reaching a recommendation, the options available to the directors in terms of the future of the company.** **(9 marks)**

(Total: 25 marks)

66 BUTLER (A) *Walk in the footsteps of a top tutor*

Butler Ltd is a new audit client of your firm. You are the manager responsible for the audit of the financial statements for the year ended 31 May 20X1. Audit work is due to commence this week. Butler Ltd designs and manufactures aircraft engines and spare parts, and is a subsidiary of a multi-national group. The future of the company is uncertain, as against a background of economic recession, sales have been declining, several significant customer contracts have been cancelled unexpectedly, and competition from overseas has damaged the market share previously enjoyed by Butler Ltd. The management of Butler Ltd is concerned that given the company's poor liquidity position, the company could be placed into compulsory liquidation. Management have prepared a cash flow forecast for the first three months of the next financial year, and are currently preparing the forecasts for the whole 12-month period.

Extracts from the draft financial statements are shown below:

Statement of financial position	**31 May 20X1**	**31 May 20X0**
	Draft	**Actual**
Assets	£ million	£ million
Non-current assets		
Intangible assets (note 1)	200	180
Property, plant and equipment (note 2)	1,300	1,200
Deferred tax asset (note 3)	235	20
Financial assets	25	35
	1,760	1,435

Current assets		
Inventories	1,300	800
Trade receivables	2,100	1,860
	3,400	2,660
Total assets	5,160	4,095
Equity and liabilities		
Equity		
Share capital	300	300
Retained earnings	(525)	95
	(225)	395
Non-current liabilities		
Long-term borrowings (note 4)	1,900	1,350
Provisions (note 5)	185	150
	2,085	1,500
Current liabilities		
Short-term borrowings (note 6)	800	400
Trade payables	2,500	1,800
	3,300	2,200
Total equity and liabilities	5,160	4,095

Notes to the statement of financial position:

Note 1 Intangible assets comprise goodwill on the acquisition of subsidiaries (£80 million), and development costs capitalised on engine development projects (£120 million).

Note 2 Property, plant and equipment includes land and buildings valued at £25 million, over which a fixed charge exists.

Note 3 The deferred tax asset has arisen following several loss-making years suffered by the company. The asset represents the tax benefit of unutilised tax losses carried forward.

Note 4 Long-term borrowings include a debenture due for repayment in July 20X2, and a loan from Butler Ltd's parent company due for repayment in December 20X2.

Note 5 Provisions relate to warranties provided to customers.

Note 6 Short-term borrowings comprise an overdraft (£25 million), a short-term loan (£60 million) due for repayment in August 20X1, and a bank loan (£715 million) repayable in September 20X1.

Cash flow forecast for the three months to 31 August 20X1

	June 20X1 £ million	**July 20X1** £ million	**August 20X1** £ million
Cash inflows			
Cash receipts from customers (note 1)	175	195	220
Loan receipt (note 2)		150	
Government subsidy (note 3)			50
Sales of financial assets	50		
Total cash inflows	225	345	270
Cash outflows			
Operating cash outflows	200	200	290
Interest payments	40	40	40
Loan repayment			60
Total cash outflows	240	240	390
Net cash flow for the month	(15)	105	(120)
Opening cash	(25)	(40)	65
Closing cash	(40)	65	(55)

Notes to the cash flow forecast:

This cash flow forecast has been prepared by the management of Butler Ltd, and is based on the following assumptions:

1 Cash receipts from customers should accelerate given the anticipated improvement in economic conditions. In addition, the company has committed extra resources to the credit control function, in order to speed up collection of overdue debts.

2 The loan expected to be received in July 20X1 is currently being negotiated with our parent company, Rubery Ltd.

3 The government subsidy will be received once our application has been approved. The subsidy is awarded to companies which operate in areas of high unemployment and it subsidises the wages and salaries paid to staff.

Required:

(a) Identify and explain any matters arising from your review of the draft statement of financial position, and the cash flow forecast, which may cast significant doubt on the company's ability to continue as a going concern. (10 marks)

(b) Recommend the principal audit procedures to be carried out on the cash flow forecast. (8 marks)

(c) (i) Explain the procedures involved in placing a company into compulsory liquidation. (4 marks)

(ii) Explain the consequences of a compulsory liquidation for Butler Ltd's payables (creditors), employees and shareholders. (3 marks)

(Total: 25 marks)

INT SYLLABUS ONLY

67 PICKLE & CO *Walk in the footsteps of a top tutor*

It is 1 July 20X5. You are a manager in Pickle & Co, a firm of Chartered Certified Accountants which offers a range of assurance and accountancy services. As part of your firm's system of quality management, independence assessments are required for all new client engagements and as part of the continuation process for existing clients prior to reappointment.

The following exhibits, available below, provide information relevant to the question:

1 Brook Coal Co – identified threats and proposed safeguards from the audit manager's continuation assessment.

2 Suki Group – client billing information for an existing non-audit client inviting Pickle & Co to tender for the audit.

This information should be used to answer the question requirements within the response option provided.

Required:

Using the information in Exhibit 1:

(a) (i) Explain the ethical threats identified by the audit engagement manager; and

(ii) Evaluate the proposed safeguards and, where appropriate, recommend alternative safeguards which may be applied by Pickle & Co. (10 marks)

Using the information in Exhibit 2:

(b) Evaluate the professional and ethical matters relating to fees and impact of the proposed listing which should be considered by Pickle & Co prior to accepting appointment as the auditor for the financial statements of the Suki Group. (10 marks)

Professional marks will be awarded for the demonstration of skill in analysis and evaluation, professional scepticism and judgement, and commercial acumen in your answer. (5 marks)

EXHIBIT 1

Brook Coal Co is a listed client operating in the coal mining sector. Your firm currently has two audit partners with expertise in this field, however, other branches of Pickle & Co in other countries have larger teams involved in the audit of mining companies.

Pickle & Co is currently performing the audit of Brook Coal Co for the year ended 31 March 20X5. This is their seventh year of performing the audit. The audit committee understands that the audit engagement partner will need to be rotated for the financial year ending 31 March 20X6.

Although Brook Coal Co is keen to retain the audit services of Pickle & Co, they have expressed concern that changes to the audit team will lead to additional time cost, as a new audit engagement team lacks familiarity with the business. They feel this will be exacerbated by the announcement of the finance director's intention to retire in December 20X5.

For this reason, the audit committee has requested that the team members be changed as little as possible and has asked for details of the ethical threats arising along with proposed safeguards the firm would put in place to mitigate this risk.

The audit engagement manager has prepared the following initial assessment of the ethical threats arising with respect to the continuance of the audit engagement.

Threat identified	**Notes**	**Proposed safeguard**
Audit team has been in place for seven years.	No other teams within the firm, who are experienced in this sector, currently have availability to undertake an additional audit, so the team cannot be rotated.	Engagement quality review to be performed. The audit engagement manager, Bora Kim, is due for promotion this year, so a new manager will be in place. No new manager has been identified to take over from Bora yet but it is proposed the existing audit supervisor should fill the role.
The audit engagement partner has been in place for seven years.	The plan was for the audit engagement partner to be rotated with Jo Brown, the EQR partner, in year eight. Jo Brown has had only four years' involvement with the client, however, Jo has given notice of their resignation from the firm, effective at 30 September 20X5.	
Jo Brown, the EQR partner, is leaving the firm.	The current engagement quality review partner is leaving the firm in September 20X5. Currently there are no other partners in the firm who have expertise in mining audits.	Replace reviewer with Abeeku Ngomi, specialist partner for the oil industry. Or assign Bora Kim to EQR after promotion because they will have the relevant industry and client experience.

EXHIBIT 2

Suki Group is an online retailer of luxury food and drinks gifts which has undertaken a significant amount of international expansion in recent years. Suki Group is not currently listed, but has expressed an interest in obtaining a listing within the next two years.

Suki Group is not currently an audit client of your firm but does use Pickle & Co to provide other services including assurance services in relation to the corporate responsibility report and other consulting services.

Suki Group is seeking a new auditor after their existing auditor determined they did not have sufficient international capability to provide a quality audit to the expanding group. The finance director has asked Pickle & Co to tender for the audit for the year ending 31 October 20X5 and has communicated that Pickle & Co is likely to be their first choice. This is due to the close working relationship they have already developed with the assurance department through the annual engagement to provide assurance on the corporate responsibility report.

You have been provided with the following information from the billing department of your firm.

Summary of fees: Suki Group

Note: All invoices to date have been settled in full.

Date billed	**Department**	**Description**	**Amount**
			$000
	Assurance	Corporate responsibility report	80
	Consulting	Valuation for purchase of a brand	140
Total year to date 31 December 20X4			220
	Assurance	Corporate responsibility report	81
	Forensic	Fraud investigation	157
Total year to date 31 December 20X5			238

Notes

If the firm decides to seek appointment as auditor of Suki Group, the proposed audit fee is $358,000. This has been calculated based on the hours required and the seniority of the team expected to perform the audit. A recurring 10% discount has already been applied to this proposed fee, in recognition of the importance of the Suki Group audit to the firm.

Total fees for Pickle & Co for the year to 31 December 20X5 are forecast to be in the region of $1.21 million, which excludes the proposed audit fee for Suki Group fee of $358,000.

68 KANDINSKY *Walk in the footsteps of a top tutor*

Malevich & Co is a firm of Chartered Certified Accountants offering audit and assurance services to a large portfolio of clients. You are a manager in the audit department responsible for the audit of two clients, Kandinsky Co and the Rothko University, both of which have a financial year ended 31 July 20X5. The audits of both clients are being completed and you are reviewing issues which have been raised by the audit seniors.

(a) Kandinsky Co is a manufacturer of luxury food items including chocolate and other confectionery which are often sold as gift items individually or in hampers containing a selection of expensive items from the range of products. Due to an economic recession sales of products have fallen sharply this year and measures have been implemented to support the company's cash flow. You are aware that the company only has $150,000 in cash at the year end.

Extracts from the draft financial statements and other relevant information are given below.

	Note	July 20X5 (Draft)	July 20X4 (Actual)
		$000	$000
Revenue		2,440	3,950
Operating expenses		(2,100)	(2,800)
Interest expenses		(520)	(500)
(Loss)/profit before income taxes		(180)	650
Total assets		10,400	13,500
Long-term liabilities – bank loan	1	3,500	3,000
Short-term liabilities – trade payables	2	900	650
Disclosed in notes to financial statements:			
Undrawn borrowing facilities	3	500	1,000
Contingent liability	4	120	–

Notes:

1 The bank loan was extended in March 20X5 by drawing on the borrowing facilities offered by the bank. The loan carries a fixed interest rate and is secured on the company's property including the head office and manufacturing site. The first repayment of loan capital is due on 30 June 20X6 when $350,000 is due to be paid.

2 Kandinsky Co renegotiated its terms of trade with its main supplier of cocoa beans, and extended payment terms from 50 days to 80 days in order to improve working capital.

3 The borrowing facilities are due to be reviewed by the bank in April 20X6 and contain covenants including that interest cover is maintained at 2, and the ratio of bank loan to operating profit does not exceed 4:1.

4 The contingent liability relates to a letter of support which Kandinsky Co has provided to its main supplier of cane sugar which is facing difficult trading conditions.

Required:

In respect of the audit of Kandinsky Co:

(i) Identify and explain the matters which may cast significant doubt on the company's ability to continue as a going concern. (9 marks)

(ii) Recommend the audit procedures to be performed in relation to the going concern matters identified. (6 marks)

(b) The Rothko University, a public sector entity, is a small university with approximately 2,000 students, which was established 10 years ago and specialises in vocational study programmes leading to the award of degrees in business, accountancy, finance, law and marketing. The highest performing students achieve a distinction on completing their degree programme, indicating excellence in the knowledge and understanding of their subject. Students pay tuition fees of $10,000 per year, and the degree programme is typically three years long.

The audit work in respect of the year ended 31 July 20X5 is almost complete, but the audit senior has not yet completed the audit work in respect of performance information which is being published with the annual financial statements for the first time this year. It is a requirement in the jurisdiction in which the Rothko University is located that the performance information is audited as part of the external audit.

Details on the performance information are given below:

Performance area	**Performance measure**	**20X5 result**
Graduation rate	% of students who complete their degree programme	85%
Academic performance	% of students achieving a distinction	20%
Employability	% of students who on graduation obtain graduate level employment	65%
Course satisfaction	% of students who rate their university experience as excellent or very good	70%

Required:

(i) Discuss the relevance and measurability of the reported performance information.

(ii) Recommend the examination procedures to be used in auditing the performance information.

Note: The total marks will be split equally between each part. (10 marks)

(Total: 25 marks)

Section 3

ANSWERS TO PRACTICE QUESTIONS – SECTION A

1 HART

Top tutor tips

Ensure you start by reviewing the specific instructions and mark allocation in the email. This helps you know which exhibits to use and how to allocate your time. Take time to understand and link the interactions between the exhibits.

Part a

In evaluating business risks, ensure that you use the scenario and explain the implications for the management and the business, not the financial statements.

Part b

There are easy marks in this part for materiality. Use the prescribed revenue benchmark to calculate the upper and lower threshold. Provide a clear, reasoned justification for your chosen materiality, linking it directly to the heightened risks in the audit and apply the threshold consistently across your analysis. Follow the answering technique for evaluating ROMM. Explain the relevant accounting treatment, evaluate the risks to this treatment using the scenario and comment on the impact on the financial statements if the correct accounting treatment is not followed. Focus on areas that involve uncertainty or management judgment or are susceptible to management bias.

Part c

For justification of ROMM, use IFRS 3 to support your analysis. Focus on areas which involve complexity and management judgment. Challenge the information given in the scenario and be alert to risks of management bias.

As you design audit procedures, go beyond routine verification and ensure that you cover all aspects of the goodwill calculation, including acquisition details, deferred consideration, and fair value adjustments.

Part d

Ensure that you tailor your answer to the scenario. Discuss the auditor's responsibilities with reference to ISA 250 and ISA 315, but also address the specific context of the non-compliance. Your answer should consider both the legal/regulatory framework and the practical impact on the financial statements, thereby showing depth in professional judgment.

Briefing notes

To: Tim Webber, Group audit engagement partner

From: Audit manager

Subject: Audit planning in relation to the Hart Group

Date: 1 July 20X5

Introduction

These briefing notes have been prepared to assist in planning the audit of the Hart Group (the Group) for the year ending 30 September 20X5. The notes begin with an evaluation of the significant business risks facing the Group followed by an evaluation of the significant risks of material misstatement which should be considered in planning the Group audit. The significant risks of material misstatement have been structured to prioritise the risks in terms of the likelihood and magnitude of misstatement in relation to each risk. The notes then focus on the significant risks of material misstatement arising on acquisition of the Group's new subsidiary, Morton Co, and includes relevant audit procedures. Finally, the notes discuss the responsibility of the auditor in relation to the Group's non-compliance with laws and regulations.

(a) Evaluation of significant business risks

First time acquisition

Hart Co, the parent company, made its first acquisition during the year. There is always a risk with acquisitions that the expected return on investment does not materialise due to over optimistic assumptions or failure to integrate the new business.

There is also a risk that management attention is too focused on the newly acquired theatres and there is a deterioration in controls or performance within the existing business. This risk is exacerbated by the fact that the transaction was completed quickly, and no final due diligence report on Morton Co was prepared prior to acquisition, resulting in a significant risk that the Group becomes exposed to unknown or unexpected issues or liabilities associated with the newly acquired theatres.

Breach of funding covenants and withdrawal of finance

The Group is financed by venture capitalists with a significant amount of debt financing. This finance is conditional on meeting covenants, specifically that operating profit margin does not fall below 6%.

The Group's operating profit margin has fallen from 7.1% in 20X4 to a projected 6.3% in 20X5 which is very close to the 6% operating profit margin requirement. In addition, the Group is loss making. As such, a small increase in costs of only $1.24 million could result in the breach of this covenant.

Were this to happen, the Group would have to focus on rectifying this within a two-year period or financing will be withdrawn.

This may mean that the Group is required to focus on short-term actions at the expense of long-term strategy. In addition, were the finance to be withdrawn, it is likely that the Group might have to sell a substantial amount of its assets to meet the resulting obligation.

Laws and regulations

The Group is subject to many laws and regulations but there are particular concerns surrounding the Group's compliance with historical buildings regulations after works were performed without proper permission being obtained. While it appears as if part of the modification has been made to ensure that the theatre is accessible to all, these changes may not have been done in line with the necessary requirements and therefore the regulatory authority may still not accept this as a valid reason for carrying out the changes without permission. The regulatory authority in the past has taken legal action where rules have not been followed, and therefore, if the modifications have been carried out without due consideration to the historical features of the buildings, this could have serious consequences for the Group. Breaches in laws and regulations could lead to large fines, legal actions, and the risk of theatre closures with a significant detrimental impact on cash flow and profitability.

Failures to attract quality productions

The success of the Group is highly dependent on being able to attract quality productions to perform at their theatres. Failure to attract productions which give rise to strong ticket sales will reduce income from venue hire, ticket sales commissions and any other services offered to the production company such as marketing. Should any of the theatres operate at low capacity or if there is a significant amount of time where the theatres are not hosting performances, then it will be difficult for the Group to cover its fixed costs. The quality and popularity of the production potentially also has an impact on the liabilities of the Group as discussed below in terms of the ticket guarantees.

Guarantees

The Group appears to provide minimum ticket income guarantees to theatre production companies using their theatres. If a production fails to achieve these minimum amounts due to poor ticket sales, as has happened with the production running at the Group's Phantom Theatre, the Group will be required to make payments under these contracts impacting both cash flow and profits. This gives rise to volatility in revenue and cash flows which may be hard to predict. These amounts can be large as can be seen from the expected $4.5 million payment highlighted in relation to the Phantom Theatre. If this is replicated across multiple performances and venues, the cash impact may be extremely significant.

Government grants

The Group receives grants for different purposes. Some of these grants contribute to additional services which are offered such as the educational grant. Other grants received contribute to the maintenance and preservation of the theatre buildings. There is a risk the Group fails to obtain grant funding in the future. While the educational services are presumably discretionary costs, the preservation and maintenance of the buildings is required for the theatres to function. If such grants are not obtained, then the Group may struggle to fund the works, putting strain on cash flow or risking theatre closures if the buildings become unsafe due to lack of maintenance. As much of the amounts spent in this area are likely to be revenue costs rather than capital, this could have a serious impact on profits. The Group is already in a loss-making position, and this could increase significantly were the Group unable to obtain support to maintain the theatres.

Tutorial note

Credit will also be awarded for additional valid business risks such as the risk that customers may be lost due to the state of the buildings or that buildings become unfit for use.

(b) Evaluation and prioritisation of significant risks of material misstatement

Materiality

For the purposes of these briefing notes, the following overall materiality level will be used to assess the significance of identified risks and as requested this has been based on the company's revenue.

Benchmark based on revenue as per Group engagement partner's instruction:

1–2% of revenue* = range of $4.46 million – $8.92 million.

(* Examining team also accepted 0.5% – 1% of revenue)

This benchmark is only a starting point for determining materiality and professional judgement will need to be exercised in determining a final level to be applied during the course of the audit. This is an existing client, and we have cumulative knowledge and experience of the parent company. However, given that this will be the first year consolidated financial statements will be produced and the acquisition of Morton Co have increased the level of risk significantly in the current year.

Therefore, materiality for the purposes of these briefing notes has been determined at the lower end of the range and set at $4.5 million.

Failure to meet debt covenants and possible management bias

The Group is subject to both revenue growth and operating profit margin covenants in order to retain its current financing. The Group is projecting a growth in revenue for the year of 21.5%. Some of this growth is likely to be due to the acquisition of three additional theatres, however, the number of theatres has only increased by 6.4%. The rate of growth in revenue is therefore high in relation to the increased scale of operations and may indicate an overstatement of revenue.

Operating profit has grown by 7.7% which is much lower than the rate of growth in revenue, hence the growth in revenue has not resulted in a corresponding profit growth. It is possible management may have recognised inappropriate amounts in revenue to attain optimistic growth targets. This could be achieved through the early recognition of more judgemental areas of revenue such as marketing revenue.

The operating profit margin has fallen from 7.1% to 6.3% which is very close to the 6% target in the Group's covenants. An increase in costs of $1.24 million would bring operating profit margins below the target in the covenants, increasing the risk that management may manipulate the financial statements so that costs are understated or other income from grants is overstated in order to maintain the margin.

If the Group is in breach of any of its covenants and as such is at risk of funding being withdrawn, then disclosures relating to the uncertainty of the going concern status of the Group would be required. If adequate disclosures were not made by the Group, then this would give rise to a qualitative material misstatement.

The dependency on the debt finance for continued operation of the Group and the requirement to achieve covenants to maintain funding create pressures on management to exhibit bias in their selection of policies and judgements relating to estimates which enable covenants to be met.

Government grants

The Group has received a $15 million educational grant during the year which is above the calculated threshold and therefore is a material amount.

IAS® 20 *Accounting for Government Grants and Disclosure of Government Assistance* requires that government grants are recognised in profit or loss on a systematic basis over the periods in which the entity recognises expenses for the related costs for which the grants are intended to compensate. In the case of grants related to assets, this requires recognition of the grant as deferred income or deducting it from the carrying amount of the asset.

This is a revenue grant obtained to provide services over a three-year period and should be recognised over that period in line with when the related costs are incurred. In the circumstances, this would usually be when the involvement with the local schools commences and in line with the conditions of the grant based on either the hours spent, or the number of children involved in the programme as a proportion of the total numbers to participate over the duration of the programme. As none of this has taken place yet due to staff illness, none of the grant income should be recognised to date, however, the Group has recognised $2.5 million during the year. This results in an understatement of the loss before income taxes and understatement of deferred income. If this has been incorrectly included in operating profit, then the Group has breached its covenants with the finance providers. As such, this is highly material in nature due to its contribution to reducing the loss for the year.

There is a risk the Group may be in breach of the grant terms having not yet provided any of the educational services. If this is the case, then the grant may become repayable, and a provision would be required. As the grant should currently be recognised as deferred income, then total liabilities would not be affected. However, there is a risk that the classification of liabilities may be incorrect which may be seriously misleading for the users of the financial statements.

Upgrade and maintenance costs

The Group incurs high costs in relation to upgrade and maintenance of its theatres. Costs of $20 million, which are material, have been incurred so far during the year to 30 September 20X5. There is a risk that costs are not appropriately distinguished between capital expenditure and operating expenditure. Upgrade costs, such as the replacement seating, should be capitalised, but maintenance costs should be expensed. There is a risk that assets are overstated, and expenses understated, if operating expenses have been inappropriately capitalised. A further risk relates to depreciation expenses, which will be overstated if capital expenditure is overstated.

Tutorial note

Credit will also be awarded for discussion of component depreciation and different useful lives relating to the upgrades in the theatres.

Ticket sale guarantee at Phantom Theatre

The ticket sale guarantee with respect to the current theatre production at the Phantom Theatre will have created a contingent liability of $18 million. Based on present estimates, a payment of $4.5 million will be required with respect to this guarantee and therefore is material to the financial statements.

This figure has been estimated by the finance director and assumes an increased level of sales in the six months to 31 December 20X5. This estimate may be subject to significant uncertainty and is a potential area where the finance director has made overly optimistic judgements in order to avoid a breach of operating profit covenants.

The $4.5 million appears to satisfy the criteria for a provision and as such, a liability of $4.5 million should be created as a provision. Should the Group fail to provide for this expected payment under the guarantee, then the loss for the year would be understated and the liabilities understated as a result.

Tutorial note

Credit will also be available for additional valid risks of material misstatement such as identifying that theatres in poor repair will trigger an impairment review on non-current assets under IAS 36, potentially missing provisions for the fines/unauthorised modifications to the theatres in line with IAS 37.

(c) Acquisition of Morton Co

Morton Co was acquired on the first day of the financial year and will have been consolidated for a full year. There are a number of significant risks arising from the acquisition of Morton Co which relate to the non-routine and judgemental impacts on the financial statements such as the fair value of assets and the value of goodwill. The goodwill arising on acquisition of $14.8 million is significant and material to the financial statements. The risks arising on the acquisition are discussed in more detail below:

First time consolidation

Hart Co has made its first acquisition during the year which will require consolidated financial statements to be produced for the first time. Management is likely to be inexperienced in the preparation of consolidated financial statements and the calculation of goodwill which may result in significant errors in various components of the consolidated financial statements.

In addition, the Group may not have systems in place to appropriately identify all intra group transactions which will increase overall control risk within the Group.

Cost of acquisition

The cost of acquisition included in the goodwill calculation includes deferred consideration which is payable in 20X6; this has been measured at present value in accordance with the requirements of IFRS® 3 *Business Combinations*. However, there is a risk the discount factor applied to the amount payable is not based on an appropriate interest rate, meaning the cost of acquisition and liability recognised in respect of the deferred consideration could be over or understated.

In the Group financial statements, the goodwill figure and liability in relation to the deferred consideration are at risk of misstatement. The deferred consideration is contingent on the Morton Co theatres attaining certain revenue targets. Under IFRS 3, contingent consideration must be measured at fair value at the time of the business combination and is considered in the determination of goodwill. The payment due will be recognised as a liability. If the amount of contingent consideration changes as a result of a post-acquisition event (such as meeting an earnings target), this liability should be adjusted to fair value and the difference expensed to the statement of profit or loss for the year. Two areas of risk arise in this regard, first the initial recognition of this contingent consideration has been prepared based on the full amount being payable. There is an uncertainty over the achievement of those revenue targets which would mean the fair value is lower than $10 million resulting in an overstatement of goodwill and an overstatement of liabilities. There is also a risk that performance in the current year since acquisition has been lower than originally expected, and the targets may not be met, hence the fair value of this liability should be reduced which would result in the overstatement of liabilities and the understatement of profit.

Identifiable net assets

IFRS 3 requires that all identifiable assets and liabilities acquired are measured at fair value on the acquisition date separate from goodwill. In relation to the value of goodwill, there is a risk that the fair value adjustments which have been made to the assets at the date of acquisition are incomplete or not measured at an appropriate fair value. The adjustment of $4 million which has been made in respect of the customer database is significant and very close to the materiality threshold in its own right. As a non-routine transaction which is subject to a high risk of bias, this gives rise to a risk as assets could be over or understated which would have a subsequent effect on the amortisation charged on these assets.

The fact that the Morton Co brand has not been recognised as a separate asset also gives rise to a risk of misstatement. In line with IFRS 3, acquired brand names should be recognised even if they have not been recognised in the individual financial statements of the acquired company. This is because there is always sufficient information to reliably measure the fair value of these assets. There is no 'reliable measurement' exception for such assets. There is therefore a risk the Morton Co brand name will not be recognised in the Group financial statements, in breach of the requirements of IFRS 3.

The risks discussed above are increased by the fact that the fair values were determined by the management of Morton Co, who may not have the competence or experience to estimate fair values in accordance with IFRS 13 Fair Value Measurement.

There is also a risk the management of Morton Co would be biased in their valuation of these assets in order to attract a higher price from the Group for the acquisition.

Impairment of goodwill and other intangible assets

IAS 36 Impairment of Assets requires that goodwill and intangible assets with an indefinite life are tested for impairment at the end of the reporting period and other non-current assets are tested for impairment where there is an indicator of impairment such as a fall in demand.

An asset is impaired where the recoverable amount of the asset is lower than the carrying amount, where the recoverable amount is the higher of an asset's fair value less costs of disposal and its value in use. The goodwill will therefore need to be tested for impairment.

It is likely the customer database will have an indefinite useful life, however, management should consider whether there are any indicators of impairment in relation to the customer database which would trigger an impairment review. Such an indicator may be the loss of customers from the list or lower than expected sales to those customers.

If any of the assets are impaired, there is a risk the asset is overstated, and expenses understated if an impairment review is not performed, or the impairment loss recorded is insufficient. As this involves significant judgements and estimates of future events, there is a high level of audit risk associated with this area.

Procedures – goodwill arising on acquisition of Morton Co

- Obtain the legal documentation pertaining to the acquisition of Morton Co and review to confirm:
  - the figures included in the goodwill calculation relating to consideration paid and payable are accurate and complete,
  - the timing and any conditions relating to the $10 million deferred payment in September 20X6,
  - the Group has obtained a 100% shareholding and that this conveys control.
- Agree the $22 million cash paid to the bank statement and cash book/bank ledger account.
- Review the board minutes for discussions relating to the acquisition and for the relevant minute of board approval and Morton Co revenue targets.
- For the deferred contingent consideration, obtain management's calculation of the present value of $8.3 million, and evaluate assumptions used in the calculation with respect to the discount rate applied.
- Obtain details of actual revenue for the year ending 30 September 20X5 and projected revenue for the year ending 30 September 20X6 for Morton Co and assess the likelihood of the revenue targets being met by 30 September 20X6 to assess the appropriateness of recognising the fair value of the contingent consideration as certain.
- Obtain a statement of financial position at 1 October 20X4 for Morton Co and agree to management accounts to obtain the carrying amount of the assets and liabilities of Morton Co prior to fair value adjustments.
- Obtain a copy of the calculations prepared by Morton Co's management with respect to the valuations of the customer list and
  - cast the calculation to ensure its accuracy; and
  - agree the fair value adjustments to the goodwill calculation to ensure figures have been correctly reflected.
- Evaluate the methods used to determine the fair value of the customer list, including the assumptions involved and assess whether they are consistent with the auditor's understanding.
- Obtain an expert valuation of the customer list and compare with that of management to ascertain the appropriateness of management's calculation.

– Assess the completeness of fair value adjustments to Morton Co's assets and liabilities through:
  - discussion with the management of Morton Co to identify any unrecorded liabilities or indicators of impairment of assets,
  - review of the statement of financial position of Morton Co to identify any non-current assets where market value may exceed carrying amount,
  - enquiries of Morton Co's legal advisers regarding any litigation the company may be facing.

– Review the calculation of net assets acquired to confirm that Group accounting policies have been applied in determining the value of assets and liabilities acquired.

Conclusion

In conclusion, there are several significant risks of material misstatement. Some are at the financial statement level, for example, the possible lack of experience of the management team in relation to consolidated financial statements, and some at the assertion level, for example, the measurement of goodwill on the acquisition of Morton Co and the treatment of the government grant received in the year. Specific areas at risk of bias arise in the calculation of goodwill and also in revenue and operating costs due to the specific financing covenants the Group is required to comply with. Our audit plan will need to be robust with respect to all the matters described in this section of the briefing notes whilst focusing on the significant areas of measurement of goodwill and the first consolidation of financial statements completed by this management team.

(d) Auditor's responsibilities in relation to the Group's compliance with laws and regulations

The Group appears to be in breach of relevant laws and regulations regarding building works at historical sites. ISA 250 *Consideration of Laws and Regulations in an Audit of Financial Statements* states that while it is management's responsibility to ensure the entity's operations are conducted in accordance with the provisions of laws and regulations, the auditor does have some responsibility in relation to compliance with laws and regulations, especially where a non-compliance has a direct impact on the financial statements.

The auditor is required by ISA 315 (Revised) *Identifying and Assessing the Risks of Material Misstatement* to gain an understanding of the legal and regulatory framework in which the audited entity operates. This will help the auditor to identify non-compliance and to assess the implications of non-compliance. Therefore, Broadway & Co should ensure they have a full knowledge and understanding of the relevant building regulations in order to evaluate the implications of non-compliance by the Group.

ISA 250 requires when non-compliance is identified or suspected, the auditor shall obtain an understanding of the nature of the act and the circumstances in which it has occurred, and further information to evaluate the possible effect on the financial statements. Therefore, procedures will have to be performed to obtain evidence about the instances of non-compliance in relation to buildings work and maintenance. For example, to discuss the breach with management to understand how building work was able to commence before permission was obtained, whether this was due to deliberate action or unintentional mistake, and who was responsible.

In addition, the audit team should perform further procedures, for example, discussion with the Group's legal advisers to understand the legal consequences of the breach in relation to works undertaken without the relevant permission.

In relation to the unauthorised buildings work, fines and penalties may be incurred by the Group and this may be material in value as a result of the failure to obtain permission. It may also be the case that the Group is declined permission and must incur costs to return the building to its previous state.

In terms of reporting non-compliance to the relevant regulatory authorities, ISA 250 requires the auditor to determine whether they have a responsibility to report the identified or suspected non-compliance to parties outside the entity. In the event management or those charged with governance of the Group fail to make the necessary disclosures to the regulatory authorities, Broadway & Co should consider whether they should make the disclosure. This will depend on matters including whether there is a legal duty to disclose or whether it is considered to be in the public interest to do so. As retrospective permission has been requested for the building upgrades, it is possible the Group has already notified relevant authorities, however, Broadway & Co will still need to consider if any unreported non-compliance issues remain.

The IESBA *International Code of Ethics for Professional Accountants* (the *Code*) requires auditors to comply with the principle of confidentiality, and if disclosure was to be made by Broadway & Co, it would be advisable to seek legal advice on the matter. Further advice on disclosure in the public interest is given in the *Code*, which gives examples of situations where disclosure might be appropriate. The *Code* also clarifies that in exceptional circumstances where the auditor believes there may be an imminent breach of a law or regulation, they may need to disclose the matter immediately to an appropriate authority. The decision to disclose will always be a matter for the auditor's judgement and where the disclosure is made in good faith, it will not constitute a breach of the duty of confidentiality.

Marking scheme		
		Marks
(a)	Evaluation of significant business risks Generally, up to 2 marks for each risk evaluated. Marks may be awarded for other, relevant business risks not included in the marking guide. – First time acquisition – Breach of funding covenants and withdrawal of finance – Laws and regulations – Failure to attract quality productions – Guarantees – Government grants	
	Maximum	**8**
(b)	Significant risks of material misstatement Generally, up to 3 marks for each risk evaluated unless otherwise indicated. In addition, ½ mark for relevant trends or calculations which form part of the evaluation of business risk or risk of material misstatement (max 3 marks). Up to 3 additional marks for materiality, comprising the appropriate calculation of the lower and upper thresholds based on projected revenue – 1 mark for each calculation, plus 1 mark for justification of materiality determined within the range. – Debt covenants and management bias (up to 4 marks) – Grant (up to 4 marks) – Upgrades and maintenance costs (classification of expenditure/ component depreciation/useful life) – Ticket guarantee – Provisions for fines with respect to breach of planning laws	
	Maximum	**12**

(c) Acquisition of Morton Co

Up to 3 marks for each risk evaluated in relation to the acquisition, unless otherwise indicated, and 1 mark for each appropriate audit procedure which responds to the risks in relation to goodwill.

Risks

- First time consolidation (2 marks)
- Cost of acquisition of Morton Co
- Identifiable net assets of Morton Co
- Impairment of goodwill and other intangible assets of Morton Co

Procedures

Generally, 1 mark for each well explained procedure.

- Obtain the legal documentation pertaining to the acquisition of Morton, and review to confirm (up to 2 marks):
  - the figures included in the goodwill calculation relating to consideration paid and payable are accurate and complete,
  - the timing and any conditions relating to the $10 million deferred payment in September 20X6,
  - the Group has obtained a 100% shareholding and that this conveys control
- Agree the $22 million cash paid to the bank statement and cash book/bank ledger
- Review the board minutes for discussions relating to the acquisition, and for the relevant minute of board approval and revenue targets
- For the deferred contingent consideration, obtain management's calculation of the present value of $8.2 million, and evaluate assumptions used in the calculation with respect to the discount rate applied
- Obtain details of actual revenues for year ending 30 September 20X5 and projected revenues for the year ending 30 September 20X6 for Morton Co and assess whether the revenue targets are likely to be met to assess the appropriateness of recognising the fair value of the contingent consideration as certain
- Obtain a statement of financial position at 1 October 20X4 for Morton Co and agree to management accounts to obtain the carrying amount of the assets and liabilities of Morton Co prior to fair value adjustments
- Obtain a copy of the calculations the management of Morton Co prepared with respect to the valuations of the customer list and
  - cast the calculation to ensure its accuracy
  - agree the fair value adjustments to the goodwill calculation to ensure figures have been correctly reflected
- Evaluate the methods used to determine the fair value of the customer list, including the assumptions involved and assess whether they are consistent with the auditor's understanding
- Obtain an expert valuation of the customer list and compare with that of management to ascertain the appropriateness of management's calculation
- Assess the completeness of fair value adjustments to Morton Co's assets and liabilities through discussion with the management of Morton Co to identify any unrecorded liabilities or indicators of impairment of assets
- Review of the statement of financial position of Morton Co to identify any non-current assets whose market value may exceed carrying amount
- Enquire of the legal advisers of Morton Co regarding any litigation the company may be facing
- Review the calculation of net assets acquired to confirm Group accounting policies have been applied in determining the value of assets and liabilities acquired

Maximum	**12**

(d)	Auditor's responsibilities in relation to the Group's compliance with laws and regulations Generally, up to 1 mark for each valid point of discussion – Management responsibility for laws and regulations – Auditor responsibility re NOCLAR – Auditor required to understand legal framework as part of understanding the business – Consider sufficiency of audit evidence – Evidence required to understand the breach of laws and regulations and evaluate the impact on FS and the auditor's report – Must perform procedures in this regard – Provisions for fines and penalties – Application to the lack of buildings consent – Reporting requirements – Confidentiality – seek legal advice	
	Maximum	**8**
	Professional skills marks Communication – Briefing note format and structure – use of headings/sub-headings and an introduction – Style, language and clarity – appropriate layout and tone of briefing notes, presentation of materiality and relevant calculations, appropriate use of the CBE tools, easy to follow and understand – Effectiveness and clarity of communication – answer is relevant and tailored to the scenario – Adherence to the specific requests made by the audit engagement partner Analysis and evaluation – Appropriate use of the information to design appropriate procedures to address the areas of judgement and potential management bias – Risk evaluation (ROMMs) is effectively prioritised, focusing on significance and only taking account of risks which would result in material misstatements – Balanced discussion of the issues connected to the auditor's responsibilities in relation to laws and regulations – Appropriate use of the information in the scenario to evaluate the magnitude and consideration of risks Professional scepticism and professional judgement – Appropriate application of professional judgement to draw conclusions and make informed decisions following effective challenge of information supplied and techniques carried out to support key facts and/or decisions – Appropriate determination of materiality, justification of materiality level and its application throughout the briefing notes – Identification and recognition of a possible and valid management bias indicator, with the consideration of the impact on the financial statements and the possible reasons for management's preference for certain accounting treatments Commercial acumen – Use of effective examples and/or calculations from the scenario to illustrate points or recommendations – Appropriate use of the industry information to evaluate business risks	
	Maximum	**10**
Total		**50**

2 MAGENTA *Walk in the footsteps of a top tutor*

Top tutor tips

Determination of materiality: *The email from the partner states that materiality should be based on profit before income taxes, therefore you should calculate the range for materiality using that benchmark and justify a figure within that range. If it is a new audit client or is one where there have been major changes in the business during the year, materiality should be set at the lower end of the range. If it is an existing client, materiality may be set at mid-range, depending on the other risks mentioned in the scenario. Remember to justify your chosen threshold by referring to risks from the scenario, rather than a generic explanation such as the client being a listed company or a new client. The examining team will give credit for any reasonable explanation of the chosen materiality threshold, as the mark is to recognise that there is application of professional judgement and that a candidate can justify their response. It is not required that candidates select identical percentages or figures, or that they provide a justification identical to that shown in the model answer.*

Part (a)

In line with ISA 315 (Revised) Identifying and Assessing the Risks of Material Misstatement, an evaluation of business risks should include those risks which would have a significant impact on the client business and where there is a significant probability of these risks occurring, after any mitigations stated in the information provided. Risks that are remote or already adequately mitigated are therefore not relevant. Remember to describe risks from the management's perspective. Risks identified should be properly explained to earn full credit.

Part (b)

This part requires you to justify why the three issues given in the question have been identified as significant risks of material misstatement. As you evaluate these issues, remember to apply your chosen materiality threshold and consider risks related to estimation uncertainty, management judgment, management bias and complexities in calculations and disclosures.

Part (c)

The requirement to design audit procedures dealing with a specific risk is a regular feature of section A of the exam. Where relevant, it may be appropriate to apply your financial reporting knowledge. In this question, use your knowledge of IAS 36 Impairment of Assets to design procedures to be performed on the impairment of the cash generating units for the extraction of oil and gas. Procedures that address key risks discussed in part b (e.g. assumptions in value in use) are more likely to be awarded technical as well as professional skills marks. Generic audit procedures related to impairment will not be awarded credit.

Part (d)

This requirement focuses on the application of ISA 250 Consideration of Laws and Regulations in an Audit of Financial Statements and codes of ethics (IESBA for INT syllabus and FRC for UK syllabus). You need to think of the implication the identified non-compliance will have on audit work. Consider further evidence that would be needed, what this means for management integrity, how this affects auditor's assessment of group's internal controls and how this might modify the audit plan in terms of control testing vs substantive testing.

Professional skills

Professional skills will be awarded for:

Communication – responding to the instructions in the partner's email such as preparing your answers in the form of briefing notes and answering the requirements of the question.

Analysis and evaluation – applying the information from the scenario to answer the question and explaining the issues in sufficient depth.

Professional scepticism and judgement – justifying an appropriate materiality level, demonstrating critical thinking and being alert to possible manipulation and management bias.

Commercial acumen- using industry information for evaluating business risks.

Briefing notes

To: Violet Purple, Group audit engagement partner

From: Audit manager

Subject: Audit planning in relation to the Magenta Group

Introduction

These briefing notes have been prepared to assist in planning the audit of the Magenta Group (the Group) for the year ending 30 September 20X5. The notes begin with an evaluation of the significant business risks facing the client and then focus on the operating licences, operating segments and the value of operating platforms as areas of significant risk of material misstatement. The notes also include the recommended principal audit procedures which have been designed in respect of the impairment of the gas and oil extraction asset component of property, plant and equipment. Finally, the notes discuss the email from the Chair of the audit committee, regarding the unusual payment made to a government official.

(a) Evaluation of significant business risks

Failure to find new or viable sites

The Group is dependent in the long term on sourcing new sites for the extraction of oil and gas. There is a risk that the Group fails to obtain the rights to test for new sources of oil and gas or that their exploration rights do not identify viable sources. With changing policies by many countries leading to governments refusing to permit rights for further exploration with respect to fossil fuels, finding new sites will be even more difficult. This would lead to a reduction in the Group's ability to extract and sell its key product. There is also the risk that costs incurred to purchase exploration rights and to explore for new sources exceed the revenue generated by the resources found.

Operating licences

The Group depends on operating licences to enable extraction to occur. There is a risk that governments will not award such licences to the Group, especially considering growing environmental pressure. There is also a risk that licences which have already been purchased may be withdrawn if the Group fails to adhere to the strict conditions attached to them. As significant costs are incurred in the construction of oil platforms, there is a risk that these costs must be written off if the platform can no longer be used due to the withdrawal of an operating licence. This would have a significant impact on the Group's ability to generate revenue and profit.

Extraction – health and safety

The extraction and transportation of oil and gas is dangerous and very strict health and safety procedures are required to operate in the industry. There is a risk that these procedures may be breached or insufficient which could result in accidents involving injury to workers or damage of assets. A breach of safety procedures may result in bad publicity, legal costs, significant repair costs and potentially loss of operating licences. In addition, it may be the case that one or more oil platforms would require improvements to prevent further occurrences and may not be available for use until complete, further compounding the loss of revenue.

Litigation and bad publicity from pollution incidents

There is a risk that accidents and spillages may occur when transporting extracted fuels, leading to environmental damage. This may result in additional bad publicity leading to reputational damage. Such events may also result in fines being levied by regulatory bodies in the relevant jurisdictions which would have a significant impact on the Group's profit and cash flow. Clean-up costs are also likely to be highly significant should this happen. Any resulting reputational damage may also deter future investment from banks or institutional investors as they come under increasing pressure to restrict investment in companies responsible for pollution and climate damage.

Decreasing demand for fossil fuels

Many governments are committed to reducing the consumption of fossil fuels such as oil and gas which will cause a long-term fall in demand for the Group's core product. There has been a 6.6% fall in revenue from fuel and lubricants from 20X4 to 20X5 which could be evidence of this trend. First, the revenue from fuel and lubricants represents 32.1% (20X4: 36.6%) of total revenue. Second, the revenue from the wholesale business line represents 52.6% (20X4: 53.5%) of total revenue. Therefore, the Group is highly reliant on the non-renewable (fossil fuel) sources of revenue. In addition to decreased sales of fossil fuels, the significant part of the business, as a result, it is likely that long-term decreases in the value of oil may mean that existing oil platforms become unviable to run, decreasing the value of the Group's assets and reducing the scale on which it operates.

Decommissioning costs increase

The Group is responsible for the decommissioning of oil platforms once they are at the end of their useful life. These costs are very large and will place a significant drain on the Group's cash flows as they occur. As the life span of the assets is very long, there is a lot of uncertainty regarding the costs to dismantle and remove them as this may be up to 50 years in the future. As such, it may be the case that actual costs are very different from those originally budgeted and provided for.

Tutorial note

Other valid risks arising from the scenario will be awarded credit such as the risk of governments imposing additional taxes on oil companies.

(b) Justification of identified risks of material misstatement

Materiality

For the purposes of these briefing notes, the following overall materiality level will be used to assess the significance of identified risks and as requested this has been based on the profitability of the Group.

Tutorial note

Show your materiality benchmarks and the resultant materiality range. Justify why you have chosen the lower benchmark by using examples of key risks from the scenario.

Benchmarks

5–10% of profit before income taxes gives a range of $162 million–$323 million.

The Group is listed and there are large areas of subjectivity, for example, in the estimation of decommissioning costs and uncertainties regarding the longer-term viability of sites and potential pressures, as a result, on the financial results for the year. Therefore, the Group has been considered to be a high audit risk and as such, the lower benchmark of $162 million will be used for preliminary materiality.

These benchmarks are only a starting point for determining materiality and professional judgement will need to be applied in determining a final level to be applied during the course of the audit. Based on these preliminary figures, a materiality level has been set at the lower level of $162 million for the purpose of these briefing notes.

Operating licences

The operating licences which provide extraction rights are recognised as intangible assets with a carrying amount of $7,210 million, which is material to the financial statements.

Amortisation

It is appropriate that the licences are amortised, as they have a finite life. However, the period over which they are amortised may not be appropriate. The Group accounting policy is to amortise over an average of 40 years, but the actual period to which the rights relate varies from 20 to 50 years. Therefore, while it may be appropriate to use an average for the basis of an accounting policy, it means that some rights are being amortised over too long a period, overstating intangible assets and understating expenses.

Impairment

There is an additional risk that operating licences may be impaired given the global drive to reduce dependence on fossil fuels. This potentially reduced demand for fossil fuels could lead to the early closure of extraction platforms or potential revocation if any licence conditions are not met. Should this be the case, there is a further risk of overstated assets. Given the pressure to demonstrate profits are sustainable, despite climate control initiatives, management has an incentive to reduce costs such as amortisation to remain attractive to institutional investors.

The high materiality of the value of licences, combined with the potential estimation risk arising due to the Group's amortisation policy, as well as the uncertainties in long-term demand for fossil fuels, means this issue carries a high inherent risk.

Operating segments

As the Group is a listed entity, it will be required to disclose information in the notes to the financial statements in accordance with IFRS® 8 *Operating Segments*. A segment is a component of the entity whose operating results are reviewed regularly by the entity's chief operating decision maker to make decisions about resources to be allocated to the segment and assess its performance. Companies are required to report segments which comprise over 10% of the entity's revenues, profits or assets.

There is a risk of material misstatement that the disclosure may be inaccurate, or incomplete, or that it does not reflect the way information on financial performance is monitored internally by the chief operating decision maker, as required by IFRS 8.

This risk is increased given the pressure on the Group to show a strong growth in renewables as a result of investor pressure and this could result in misclassification of other revenue to the renewables operating segment.

Renewables represent 14.1% of projected revenue for the year ending 30 September 20X5. It is unclear what proportion of sales in 20X4 related to renewables as this was not reported in the prior year. Therefore, it is difficult to assess the reasonableness of this figure, and there is a risk that this figure is overstated. Comparatives will need to be restated as a result of the change in operating segments identified separately this year, hence there is also a risk that appropriate disclosures are omitted from the financial statements.

The external pressures for management bias combined with the susceptibility of these disclosures with respect to bias means this risk is significant and given the focus of investors and finance providers on renewables, the area is likely to be qualitatively material.

Oil platforms – depreciation

Oil platform assets are material to the statement of financial position as they exceed the threshold set for the audit.

According to IAS® 16 *Property, Plant and Equipment*, the depreciable amount (cost less residual value) should be allocated on a systematic basis over the asset's useful life. The depreciation method used should reflect the pattern in which the asset's economic benefits are consumed by the entity, hence charging depreciation based on the proportion of oil and gas reserves extracted of the total expected amounts is appropriate. This calculation, however, is more complex than straight line or reducing balance methods as the total amount expected to be extracted from a site is a matter of judgement requiring expert assessment. Management's judgement in this area increases the inherent risk associated with the depreciation calculation.

It is likely that as long-term oil and gas prices fluctuate, the amounts of oil and gas which can economically be extracted from a given site may change. The Group should review these estimates at least annually and, if the pattern of consumption of benefits has changed, the depreciation method should be changed prospectively as a change in estimate. Expected future reductions in selling prices could be indicative of a higher rate of consumption of the future economic benefits embodied in the oil platform.

If the estimates of total reserves or the predictions of long-term prices are inaccurate, then the depreciation charge will be incorrect causing overstatement, or understatement of property, plant and equipment and operating profit as a result. Management may be reluctant to increase depreciation if required if they are under pressure to meet the profit expectations of the market.

Oil platforms – impairment

The Group appears to be following the requirement of IAS 36 *Impairment of Assets* which states that assets should be assessed for indicators of impairment each reporting period and an impairment test performed where there is an indication of impairment. The impairment loss recognised for the six months to 31 March 20X5 of $350 million is material. The impairment reversal of $560 million and the net effect of the impairments and reversals at $210 million are also material.

Each oil platform is treated as a separate cash generating unit ('CGU') by the Group. An asset is impaired where the carrying amount of the asset is higher than the recoverable amount. The recoverable amount is the higher of the fair value less costs of disposal and the value in use of the asset. Where the assets in a CGU are impaired, the impairment is first written off against any obviously impaired assets (to no lower than their individual recoverable amount), then pro-rated across the remaining assets of the CGU.

The calculation of recoverable amount for the oil platforms is a complex calculation with a high number of estimates, particularly to assess value in use which is based on estimates for future cash flows expected to be derived from the CGU. It will also involve estimates of the long-term oil and gas prices which are very volatile, the costs of operating the platforms for a lengthy period in the future and the use of discount factors incorporating the risks specific to each platform. Given that the Group uses a single discount rate for all impairment calculations, it is possible the rate used is inappropriate for some locations where the political and economic risks profile should give rise to a different cost of capital.

There is therefore a risk that the estimates used are inappropriate resulting in an over or understatement of impairment expense and the corresponding asset value of the CGU. This would be an area where management may be biased in making estimates which are favourable to reported profit figures and as a result, this area should be approached with a high degree of scepticism.

IAS 36 permits the reversal of impairment losses but only where there has been a change in the estimates used to determine the asset's recoverable amount since the loss was recognised. In addition, the reversal cannot give rise to a carrying amount higher than what the depreciated historical cost of the asset would be. Such reversals are generally recognised through the statement of profit or loss for the period. There is a risk that the reversals use the CGU value in use amount and that this may be greater than the asset's depreciated historical cost, resulting in an overstatement of assets and profits.

Oil platforms decommissioning cost

According to IAS 37 *Provisions, Contingent Liabilities and Contingent Assets*, a provision should be recognised if there is a present obligation as a result of a past event, and that there is a probable outflow of future economic benefits for which a reliable estimate can be made. In this case, there is a legal obligation to decommission the platforms.

In accordance with IAS 37, the expected cost of decommissioning the platform would require a provision for decommissioning to be recognised as a long-term liability at the present value of the expected removal costs with the amount added to the cost of the asset. The costs of decommissioning are likely to be high and across all the extraction platforms this is likely to be material. The figure is highly judgemental and therefore carries a high inherent risk.

IAS 37 requires that the discount factor used is the pre-tax discount rate, reflecting the current market assessment of the time value of money, as well as the risks specific to the liability. The unwinding of the discount would be charged as a finance cost to the statement of profit or loss each year.

There is a risk that the Group estimates are not appropriate given the long-term nature of the obligation. This would lead to an understatement of property, plant and equipment assets in the course of construction and an understatement of long-term liabilities.

In addition, there is a risk that the discount factor used when calculating the present value of the decommissioning costs is not appropriate. This may result in either an over or under-statement of the liability and the finance cost. It is unclear if the Group rate of 1.5% used for the impairment calculations has been applied to the decommissioning provision, and this may not reflect the specific risks attributable to each individual decommissioning location. There will be different economic and political risks arising in different locations, potentially resulting in differing costs of capital.

Additionally, there is a risk that the provisions for decommissioning of the Group's oil extraction platforms have not been reviewed during the year for changes in any of the estimates, e.g. discount rates or future costs, and this could give rise to a material misstatement of provisions. Management may have used changes in the estimate to boost profits through the release of provisions arising from an increase in discount rate used or a reduction in estimated costs. Given the amount of assets which would require a provision for decommissioning, any errors made in the assumptions relating to the decommissioning of platforms could be material in aggregate.

(c) Audit procedures in relation to the respect of impairment of oil and gas platforms

- Review the controls in place over preparation of the impairment reviews including the sources of information used and test the controls to ensure they are operating effectively.
- Review the impairment indicator analysis prepared by management and assess whether the analysis is consistent with the auditor's understanding of the Group and industry.
- From the non-current asset register, confirm the carrying amount of each CGU prior to any impairment being recognised and confirm the carrying amount of each component of the CGU.
- Discuss with management the difficulties in measuring fair value less costs of disposal to confirm that basing recoverable amount on value in use is acceptable and in accordance with IAS 36.
- Obtain the client's schedule calculating value in use and discuss the basis of the calculation with management, assessing the reasonableness of the key assumptions used, for example, the effects of climate change on demand and prices.
- For long-term gas and oil prices, compare the assumptions against market data and industry forecasts to support the assumptions used in management's calculations.
- Review the discount factors used in the impairment reviews and ensure that specific risks in relation to each CGU are factored into the discount factor.
- Compare operating costs for a sample of CGUs to historical operating costs to confirm they are complete and realistic.
- Compare future capital expenditure within the cash flow forecasts for CGUs to capital expenditure forecasts.
- Compare management's historical forecasting accuracy to actual results to assess management's capability in producing forecasts and ensure that the estimates have been prepared on a consistent basis with historical forecasts.
- Confirm the basis on which impairment reversals have been recognised to ensure that there has been an increase in the service potential of the relevant oil and gas platforms.
- Review impairment reversal journals to ensure asset carrying amounts do not exceed depreciated historical cost.
- Agree all necessary disclosures have been made in the financial statements in respect of the impairment in accordance with IAS 36, for example, details of the nature of the assets, the events and circumstances which led to recognition of any impairment loss and the impairment loss recognised.

(d) Auditor's responsibilities in relation to the matters arising from the email from the audit committee and the impact on planning the audit

The unusual payment referred to in the email from the Group audit committee may be a bribe to a government official in order to facilitate the granting of an extraction licence in that country. In many countries, payments of this nature are illegal and it is possible that the Group has performed an illegal act.

The auditor is required by ISA 315 (Revised) *Identifying and Assessing the Risks of Material Misstatement* to gain an understanding of the legal and regulatory framework in which the audited entity operates. This will help the auditor to identify non-compliance and to assess the implications of non-compliance.

The auditor also needs to consider the requirements of ISA 250 *Consideration of Laws and Regulations in an Audit of Financial Statements*. ISA 250 states that while it is management's responsibility to ensure that the entity's operations are conducted in accordance with the provisions of laws and regulation, the auditor does have some responsibility in relation to compliance with laws and regulations, especially where non-compliance has an impact on the financial statements.

ISA 250 requires that when non-compliance is identified or suspected, the auditor shall obtain an understanding of the nature of the act and the circumstances in which it has occurred, and further information to evaluate the possible effect on the financial statements. Therefore, procedures should be planned to obtain evidence regarding the payment.

ISA 250 requires the matter to be discussed with management and where appropriate with those charged with governance. The auditor should attempt to find out whether the payment was approved at a high level or whether the director was acting in isolation. The auditor should also consider whether this is a one-off event or whether there is evidence of further instances. As the Chair of the audit committee brought the matter to our attention, it is unlikely that the audit committee had knowledge of such practices and we may be able to utilise some of the internal audit investigation results to aid our understanding.

Additional content for UK Syllabus: With a public interest entity such as a listed company, the auditor shall, unless prohibited by law or regulation, inform the entity and invite it to investigate the matter and take appropriate measures to deal with such irregularities and to prevent any recurrence of such irregularities in the future. In this case, the client identified this transaction themselves so are aware of the issue, however, it is still important to properly communicate the invitation as required by auditing standards.

There is also an issue in that this situation potentially indicates a lack of integrity of the operations director and may indicate a wider issue in terms of the region covered by that director or even more widely within the Group. Where we have doubts regarding management integrity within a client, we will be less able to place reliance on representations from management and will need to plan extended audit procedures accordingly.

The override of controls which has taken place with this transaction may also indicate that we need to reassess control risk, although it is encouraging that the internal audit and audit committee have detected this instance.

The failure of our interim audit procedures to identify the transaction referred to by the Chair of the audit committee is likely to be due to a combination of factors. If the incident is isolated, then the payment is immaterial. It is not possible for auditors to test every transaction and in this case, the override of the Group's controls by a director would mean that normal controls testing would not have highlighted a weakness in the controls over the operation licence payments.

In terms of reporting non-compliance to the relevant regulatory authorities, ISA 250 requires the auditor to determine whether they have a responsibility to report the identified or suspected non-compliance to parties outside the entity. In the event that management or those charged with governance of the Group fail to make the necessary disclosures to the regulatory authorities, the auditor should consider whether they should make the disclosure. This will depend on matters including whether there is a legal duty to disclose or whether it is considered to be in the public interest to do so.

Additional content for UK Syllabus: Specifically, in the UK, if the client does not investigate the matter further, the auditor must inform appropriate authorities (such as the serious fraud office) responsible for investigating such irregularities.

Confidentiality is also an issue, and if disclosure were to be made by the auditor, it would be advisable to seek legal advice on the matter.

INT Syllabus: Further advice on disclosure in the public interest is given by the IESBA's Code of Ethics for Professional Accountants (the Code) in the section giving specific guidance on Responding to Non-compliance with Laws and Regulations (NOCLAR). The guidance gives examples of situations where disclosure might be appropriate. These examples include references to an entity being involved in bribery and breaches of regulation which might impact adversely on public health and safety. The Code also clarifies that in exceptional circumstances where the auditor believes there may be an imminent breach of a law or regulation, they may need to disclose the matter immediately.

UK Syllabus: The FRC Revised Ethical Standard (Ethical Standard) requires auditors to act with integrity and respect the principle of confidentiality, and if disclosure was to be made by Plum & Co, it would be advisable to seek legal advice on the matter. ISA (UK) 250A gives examples of situations where disclosure might be appropriate including guidance on how to determine what a public interest issue might be as well as giving guidance regarding the timing of reports.

The decision to disclose will always be a matter for the auditor's judgement and where the disclosure is made in good faith, it will not constitute a breach of the duty of confidentiality. The auditor may also consider taking legal advice to understand the implications of any particular course of action.

The audit plan must also ensure that the whole process of complying with laws and regulations guidance including the course of action considered, the judgements made and the decisions taken are adequately documented.

Examiner's comments

General comments

Well prepared candidates scored good marks on this question. Where a candidate prepared an answer tailored to the scenario and focused on the requirement, high technical and professional skills marks were obtained.

Some candidates continued to produce very vague answers which were not tailored to the scenario and, therefore, did not achieve high technical or professional skills marks. This exam requires candidates to demonstrate a high level of technical knowledge, but they need to be able to apply this knowledge to a specific context. Generic responses which do not build on the detail provided in the scenario will gain little credit.

Requirement (a)

In this section of the question, candidates were required to use the specific information provided in the scenario to evaluate the business risks in relation to the Group. In the AAA exam and in line with ISA 315 (Revised) Identifying and Assessing the Risks of Material Misstatement, an evaluation of significant business risks should include those risks which would have a significant impact on the client business and where there is a significant probability of these risks occurring, after any mitigations stated in the information provided. Risks that are of a remote likelihood of occurring, already mitigated against or will have an insignificant impact are not considered relevant to the evaluation. Candidates are required to identify what is significant in the context of the specific scenario, demonstrating good professional judgement and an ability to disseminate the important information while assessing the risks.

This requirement was generally well answered, with the majority of candidates able to identify and evaluate the risks surrounding the Group's dependency on being able to find viable new sources of oil and gas for extraction, how highly regulated the oil and gas industry is and the significant impact of any breaches of that regulation, and the reputation damage and significant costs which would arise from any accidents or oil spills. Most answers identified the risk associated with the decommissioning of oil platforms and the significant costs involved, but only the best answers were able to discuss the uncertainty attached to these costs due to the extensive timeframes involved. Stronger answers were also able to explore in detail the impact of the decreasing demand for fossil fuels and how a sustained decrease in the value of oil would make the Group's operations prohibitively expensive to run.

In some answers the risk was not always well explained, which restricts the marks which can be awarded. Many candidates only scratched the surface of the evaluation by stating for example, that the Group is reliant on operating licences from governments across the world, without explaining exactly how this might manifest in a business risk for the Group. For example, stating that the Group needs these licences to operate is only part of the risk. It is important to also clearly state the implications to the Group if these licences were revoked or not renewed and the circumstances under which that might happen. Many companies are required to hold licences of this nature and it is just a necessary cost of operating in a certain industry. The risk arises when there is a chance that the licence is no longer available. In the case of the Magenta Group, that might arise because of environmental pressure or a failure to meet the strict conditions. For the Magenta Group, this could also result in a very significant amount of assets being impaired or costs having to be expensed. Candidates must ensure they fully evaluate the risk and its impact in order to maximise their technical and professional skills marks.

Overall, in this section many candidates were able to evaluate sufficient risks to pass the requirement and the majority of candidates did not seem to have difficulty in identifying business risks and the implication on the Group; however the differentiator between stronger and weaker candidates was their ability to evaluate the risks and demonstrate their professional skills of commercial acumen and professional scepticism.

Requirement (b)

This requirement is typical in volume and nature to many planning questions and examines a major area of the syllabus – risk of material misstatement. In this question, the requirement incorporated the format where candidates are asked to focus their answer on specific areas and justify why they are considered high risk. Although the wording of this requirement is more specific the skill is the same, candidates are expected to perform relevant analysis to support an evaluation of these specific risks of material misstatement (RoMMs). There were 14 technical marks available in this part of the question in addition to a significant number of professional skills marks for the analysis. It was disappointing to see that some candidates obtained few marks for this requirement as they continue to rely on basic or generic explanations, which fail to refer to the information in the scenario. Candidates who refer to the specific information provide more in-depth answers and are also able to assess the scale of the risk in the context of the specific audit client.

Materiality

Specific marks were available in this requirement for the calculation and application of materiality in line with the syllabus guidance.

Candidates are expected to initially determine a materiality threshold for the audit, as would be used in practice. Three technical marks are available for the materiality determination. Candidates are expected to demonstrate a knowledge of the appropriate percentage range for the benchmark as instructed by the audit engagement partner (in this question, profit before income taxes was to be utilised with candidates expected to use 5–10% as their range) and calculate the monetary amount in respect of the range. Candidates must then use their professional judgement to select an appropriate materiality threshold given the risk levels which exist in the audit and provide a brief justification for their choice.

Generally, materiality was not well applied. Many candidates ignored the guidance in the partner's email and used a different benchmark or produced the wrong calculations. Some candidates wasted time by doing all the calculations correctly but then failed to apply their own materiality threshold throughout their answer and reverted to doing calculations for each item based on total assets or profit before income taxes. This resulted in many candidates wasting time and also failing to score the professional skills marks attached to this area.

It was also disappointing to note that some candidates failed to justify a materiality threshold for the audit. The examining team will give credit for any reasonable explanation of the chosen materiality threshold, as the mark is to reward candidates who can justify their response through the application of professional judgement. It is not required that candidates select the identical percentage or figure, or that they provide a justification identical to that shown in the model answer. However, simply stating that 'materiality has been set at a specific value due to the risks which have been identified' is not considered a suitable explanation by the examining team and will not be awarded credit. Many candidates used this as their explanation and therefore were not able to score the full technical marks in this area. It was also disappointing to note that some candidates do not understand the relationship between audit risk and materiality.

Some candidates concluded that as there was a high level of risk present within the audit the materiality level could be increased, thus failing to understand that there is an inverse relationship between audit risk and the materiality level which should be set. Understanding this relationship is assumed knowledge and candidates are encouraged to revisit the principles of materiality which were explored in Audit and Assurance (AA) at the Applied Skills level.

Evaluation of the risks

Candidates were required to justify why operating licences, operating segments and the Group's oil and gas extraction platforms had been identified as significant RoMMs. In any effective risk evaluation, candidates need to demonstrate an understanding of risk, how it arises and how the audit will focus on those issues most likely to cause a material misstatement. Candidates who demonstrated a depth of evaluation were awarded more credit than those providing more generic responses.

The majority of candidates were able to effectively evaluate the RoMMs associated with the Group's operating licences. Many candidates were able to challenge the appropriateness of the Group's amortisation policy. Most candidates recognised that the average life used by the Group would result in some licences being amortised over too long a timeframe, resulting in overstated intangible assets and understated amortisation costs. Better answers were able to justify this as a RoMM due to the significance of the carrying amount of the licences and the estimation uncertainty which arose as a result of this amortisation policy. These candidates were awarded the professional skills marks which were available for this aspect of the requirement. Only the best answers made the connection between the decrease in the demand for the Group's products and the possible impairment of the licences, as a reduction in the demand for fossil fuels may result in the early closure of some of the extraction platforms for which the licences had been granted.

The risks arising from the Group's operating segments was less well tackled. A good number of candidates demonstrated knowledge of the requirements of IFRS 8 Operating Segments and what constitutes an operating segment but did not always then recognise that there was a risk of inappropriate or incomplete disclosure in the Group's financial statements because of the new renewables division. Stronger answers were able to use the scenario effectively to evaluate the risk of management bias around the Group's new renewables division and discuss how as of investor pressure, management may be motivated to overstate the revenue disclosed in this new operating segment. This was also an effective basis for candidates to justify why this area was identified as a RoMM. Candidates who were able to discuss the difficulties in assessing the disclosure due to the fact that this operating segment was not reported in the prior year and therefore no comparative information was available showed excellent levels of judgement and application and maximised their marks in this area.

Answers in relation to the risks arising from the Group's oil and gas extraction platforms were generally poor and many candidates either did not attempt this area or provided very vague and short answers.

As mentioned previously, candidates are not expected to have detailed industry knowledge and therefore candidates who were able to provide good answers in this area used strong exam technique and worked through the detailed information in Exhibit 3.

The oil and gas extraction platforms resulted in significant RoMMs and marks were available for assessing how these assets were depreciated, any necessary impairment and the costs of decommissioning the platforms at the end of their useful life. All these areas were detailed in Exhibit 3. The mention of impairment in relation to these assets at requirement (c) should also have suggested to candidates that impairment was a significant risk area as procedures are often directed towards the high risk areas of the audit.

The majority of candidates who provided answers in relation to the depreciation of these assets scored marks for highlighting the increased inherent risk due to the complexity of the calculations which involved significant management judgement and therefore there was a risk of depreciation being incorrectly calculated. Disappointingly though, only a small minority of candidates drew on their knowledge of IAS 16 *Property, Plant and Equipment* to conclude that as the depreciation method used should reflect the pattern in which an asset's economic benefits are consumed, it was likely that the Group's policy of charging depreciation based on the proportion of oil and gas extracted was an appropriate approach. Many candidates just assumed that because the policy was not the normal straight line approach it was incorrect.

Most answers which discussed the impairment of the platforms were able to draw on the requirements of IAS 36 *Impairment of Assets*, around when an impairment review should be conducted and that assets should be held at the lower of carrying amount and recoverable amount. Many candidates also discussed the risks arising because of the complexity in determining the value in use for the oil platforms and that the Group's use of a single discount rate for all impairment calculations was likely to be too optimistic given the range of environments in which the Group operated. Strong answers went on to discuss the requirements of IAS 36 in relation to the reversal of impairment losses and gained professional skills marks for showing appropriate levels of professional scepticism.

Again many candidates struggled to come up with appropriate risks around the decommissioning costs in relation to the oil platforms and much of this was due to a lack of accounting knowledge. Many candidates stated that it was inappropriate to include the costs of decommissioning as part of the asset costs and wasted time focussing on the risk that costs were overstated as a result. Instead candidates needed to focus again on the complexity of deriving those costs, especially due to the timescales involved, the difficulty in determining an appropriate discount factor and the need for estimates to be reviewed and updated regularly. It was more likely that management would understate the provision associated with the platforms and therefore also that the cost of the assets would be understated.

Requirement (c)

This requirement is typical of a section A question and requires candidates to design audit procedures to address a specific area of risk arising in the question. In this question, candidates were required to design the principal audit procedures in respect of the impairment review which had been conducted in relation to the Group's oil and gas extraction assets (oil and gas platforms) which was described in detail in Exhibit 3. Candidates were told that each platform was treated as a separate cash generating unit (CGU) by the Group. Overall, responses to requirement (c) were mixed. Many candidates were unable to convert their accounting knowledge in relation to the impairment of assets into appropriate audit procedures.

The weakest answers focussed on reviewing board minutes for a discussion of the impairment review performed by management, a physical inspection of the oil and gas platforms or to agree the carrying amount of the CGU to the asset register.

Some candidates also wanted to agree the cost of the assets to invoice which showed a lack of understanding in relation to the type of asset detailed in the scenario. None of these procedures would be effective in auditing the completeness or effectiveness of the impairment review and therefore scored no credit.

Better answers used the information provided in the scenario as the basis for the procedures, for example by designing procedures to challenge management's assumption around the difficulty in obtaining a market value for the assets or obtaining copies of the value in use calculations prepared by management and challenging/verifying the assumptions used. Strong answers also went on to test whether the discount rate used by management was appropriate or the basis for the impairment reversals recorded in the year.

The strongest candidates gained a professional skills mark under analysis and evaluation for designing procedures which addressed the areas of judgment and risk in verifying the impairment which was necessary on the oil and gas CGUs.

Requirement (d)

Requirement (d) asked candidates to discuss the responsibilities of the auditor in relation to a suspicious payment which had been identified. Exhibit 4 detailed an email received from the audit committee which highlighted a payment which had been uncovered by the internal audit department as lying outside the Group's normal internal controls process. The payment appeared to have been made to help the Group in secure a new operating licence. Candidates were also asked to consider the impact that this issue might have on the audit planning, specifically as the audit committee was concerned that this payment had not been detected by Plum & Co during the interim audit. The Partner's email directed candidates to use "the email from the Chair of the audit committee (Exhibit 5)". Although the name of the exhibit was correct, it incorrectly referred to "Exhibit 5", which did not exist. However, this does not appear to have caused candidates any difficulty in identifying the right information or attempting the requirement.

The responses to this requirement were mixed. Most candidates were able to recognise this payment as a potential bribe or illegal payment and that this was likely to constitute non-compliance with laws and regulations. Many candidates were also able to discuss whether the auditor would have to report this to regulators outside of the Group and to consider this in terms of confidentiality. Better answers were able to explain the auditor's responsibilities when non-compliance is identified or suspected and that further procedures would now be required in order to understand the nature of the payment and whether it was isolated.

As is often the case at AAA, weaker answers were able to identify the issues but not specifically relate them to the circumstances of the Magenta Group. For example, many candidates discussed how the incident now needed to be reported to management or those charged with governance, which failed to take into account that they are already aware, as it was the audit committee who brought it to the auditor's attention. Stronger answers instead were able to suggest that management and the audit committee needed to be encouraged to make any necessary disclosures themselves to the relevant authorities.

Requirement (d)(ii) was handled less well, and many candidates failed to consider the impact of this issue on the audit planning at all in their answer. Poorer answers were able to identify that further evidence would be required to understand the impact but did not give any detail about what that evidence would be or how it would be gathered. Good answers were able to discuss the impact this issue might have on the firm's assessment of management integrity and what that might mean for audit evidence in other areas.

The best answers also described how this issue might affect the firm's assessment of the Group's internal controls and how that might modify the audit plan in terms of controls testing vs substantive testing. Many of these candidates were also then able to challenge the audit committee's comment about why the external auditor had not detected this issue as part of the interim audit work, including an assessment of the materiality of the issue as well as the difficulty in detecting instances of management override of controls. Candidates who provided a tailored, balanced and detailed discussion in relation to this suspected non-compliance with laws and regulations were also awarded the associated professional skills marks.

Overall professional skill marks

In addition to the professional skills marks described within the different sections of the question, four marks were available for communication overall. These marks were awarded for the use of a report header and introduction, presentation and relevance of answer and clarity of explanations. The majority of candidates achieved maximum marks in this area.

ACCA Marking scheme

		Marks
(a)	Evaluation of business risks Generally, up to 2 marks for each risk evaluated. Marks may be awarded for other relevant business risks not included in the marking guide. – Failure to find new sites or viable sites – Operating licences – Extraction health and safety – Litigation and bad publicity from pollution incidents – Decreasing demand for fossil fuels – Decommissioning costs increase	
	Maximum	**10**

(b)	Evaluation of risks of material misstatement
	Generally, up to 3 marks for each risk evaluated unless otherwise indicated. In addition, ½ mark for relevant trends or calculations which form part of the evaluation of business risk or risk of material misstatement (max 3 marks).
	Up to 3 additional marks for materiality, comprising the appropriate calculation of the lower and upper thresholds based on projected revenue – 1 mark for each calculation, plus 1 mark for justification of materiality determined within the range.
	– Operating licences
	– Operating segments (4 marks)
	– Oil platforms
	    – Depreciation
	    – Impairment (5 marks)
	    – Decommissioning provision (4 marks)	

	Maximum	**14**
(c)	Audit procedures Generally, 1 mark for each well described procedure. Impairment of oil and gas extraction assets – Review the controls in place over preparation of the impairment reviews including the sources of information used and test the controls to ensure they are operating effectively – Review the impairment indicator analysis prepared by management and assess whether the analysis is consistent with the auditor's understanding of the Group and industry – From the non-current asset register, confirm the carrying amount of each CGU prior to any impairment being recognised and confirm the carrying amount of each component of the CGU – Discuss with management the difficulties in measuring fair value less costs of disposal to confirm that basing recoverable amount on value in use is acceptable and in accordance with IAS 36	

- Obtain the client's schedule calculating value in use and discuss the basis of the calculation with management, assessing the reasonableness of the key assumptions used, for example, the effects of climate change on demand and prices
- For long-term gas and oil prices, compare the assumptions against market data and industry forecasts to support the assumptions used in management's calculations
- Review the discount factors used in the impairment reviews and ensure that specific risks in relation to each CGU are factored into the discount factor
- Compare operating costs for a sample of CGUs to historical operating costs to confirm they are complete and realistic
- Compare future capital expenditure within the cash flow forecasts for CGUs to capital expenditure forecasts
- Compare management's historical forecasting accuracy to actual results to assess management's capability in producing forecasts and ensure that the estimates have been prepared on a consistent basis with historical forecasts
- Confirm the basis on which impairment reversals have been recognised to ensure that there has been an increase in the service potential of the relevant oil and gas platforms
- Review impairment reversal journals to ensure asset carrying amounts do not exceed depreciated historical cost
- Agree all necessary disclosures have been made in the financial statements in respect of the impairment in accordance with IAS 36, for example, details of the nature of the assets, the events and circumstances which led to recognition of any impairment loss and the impairment loss recognised

	Maximum	**8**

(d) Implications of the email from the audit committee

Generally, up to 1 mark for each valid point of discussion:

- Bribe/illegal act
- Auditor's responsibility with regards to understanding the entity re laws and regulations
- Auditor's and directors' responsibility for compliance with laws and regulations
- Auditor responsibility re NOCLAR (understanding the nature/ circumstances of the act/impact on the financial statements)
- Availability of internal audit findings on the transaction
- Integrity of directors in doubt
- Implication for audit of judgements and extension of audit procedures (up to 3 marks)
- Reasons why auditor may not have detected, such as transaction being immaterial, and auditors do not test every transaction
- Reporting of non-compliance to authorities
- Interaction of reporting with confidentiality
- Bribery specifically covered by IESBA's NOCLAR pronouncement
- Auditor required to keep documentation on all actions, decisions and judgments made

	Maximum	**8**

Professional skill marks	
Communication	
– Briefing note format and structure – use of headings/sub-headings and an introduction	
– Style, language and clarity – appropriate layout and tone of briefing notes, presentation of materiality and relevant calculations, appropriate use of the CBE tools, easy to follow and understand	
– Effectiveness and clarity of communication – answer is relevant and tailored to the scenario	
– Answering the specific angle and requirements of the question	
Analysis and evaluation	
– Appropriate use of the information to support discussions and draw appropriate conclusions	
– Identification of procedures or actions which address the areas of judgement and risk in relation to the impairment of the Group's oil and gas extraction assets	
– Effective justification of the specified areas at risk of material misstatement, evaluating the likelihood and magnitude of these risks	
– Balanced discussion of the issues and actions arising from the potential non-compliance with laws and regulations	
Professional scepticism and professional judgement	
– Effective challenge of information supplied and techniques carried out to support key facts and/or decisions	
– Determination and justification of a suitable materiality level, appropriately and consistently applied	
– Identification of possible management bias or error	
Commercial acumen	
– Appropriate use of the industry information to evaluate business risks	
	10
Total	**50**

3 HAMMER *Walk in the footsteps of a top tutor*

Top tutor tips

Determination of materiality: *The email from the partner states that materiality should be based on revenue, therefore at the start of your answer you should calculate the range for materiality using that benchmark and justify a figure within that range. If it is a new audit client or a client where there are apparent control risks, materiality should be set at the lower end of the range. If it is an existing client, materiality may be set at mid-range, depending on the other risks mentioned in the scenario. The examining team will give credit for any reasonable explanation of the chosen materiality threshold, as the mark is to recognise that there is the application of professional judgement and that a candidate can justify their response. It is not required that candidates select the identical percentage or figure, or that they provide a justification identical to that shown in the model answer.*

Part (a).

In line with ISA 315 (Revised) Identifying and Assessing the Risks of Material Misstatement, an evaluation of business risks should include those risks which would have a significant impact on the client business and where there is a significant probability of these risks occurring, after any mitigations stated in the information provided. Risks that are remote or already adequately mitigated are therefore not relevant. Risks identified should be properly explained to earn full credit.

Part (b).

This topic is regularly examined. A key part of this requirement is for evaluation and prioritisation of risks relevant to the information in the scenario, rather than simply listing risks of material misstatement. Therefore, generic comments are unlikely to earn marks.

Risks should be prioritised by explaining the risks that are the most significant. For example, certain risks may be prioritised because they are complex, require judgment, include uncertainty or relate to a new event or transaction during the year. Prioritisation can be achieved by either ordering your answer in priority order and stating this is the case, or by summarising in a brief conclusion which risk, or risks, are most significant.

The calculation of materiality based upon revenue should be stated, along with an explanation or rationale of relevant factors that may affect the materiality threshold. The key point is to explain or justify the basis of your decision relating to the assessment of materiality.

Part (c).

The requirement to design audit procedures dealing with a specific risk is a regular feature of section A of the exam. Where relevant, it may be appropriate to remember and apply your financial reporting knowledge. In this question, relevant reporting standards could be IAS 16 Property, Plant and Equipment which provides guidance on issues such as should expenditure be treated as asset expenditure or written off as an expense, the estimate of useful life along with the depreciation rate and method. These issues are relevant for the auditor to consider.

Part (d).

This requirement focuses upon ethical issues, along with recommended actions to be taken, in particular the request made for additional services to be provided by the auditor. As with other parts of this question, it is important to state and explain why a particular issue in the scenario gives rise to an ethical issue and how it can be resolved, mitigated or managed.

Professional skills

Professional skills will be awarded for:

Communication – responding to the instructions in the partner's email such as preparing your answers in the form of briefing notes and using the stated benchmark for materiality.

Analysis and evaluation – applying the information from the scenario to answer the question and explaining the issues in sufficient depth.

Professional scepticism and judgement – justifying an appropriate materiality level, demonstrating critical thinking and being alert to possible manipulation and management bias.

Where relevant, professional marks will be awarded for commercial acumen which requires making practical and plausible recommendations and considering the wider implications of issues to the audit firm.

Briefing Notes

To: Paula Sanders, Group engagement partner

From: Audit manager

Subject: Audit planning in respect of the Hammer Group

Date: 1 July 20X5

Introduction

These briefing notes have been prepared for your use in planning the audit of the Hammer Group for the year ending 30 September 20X5. The Group is an existing audit client, and using recent information obtained from the client, these notes evaluate the significant business risks facing the Group. The significant risks of material misstatement are evaluated and prioritised in order to effectively plan the audit. The notes then go on to recommend the principal audit procedures to be performed in respect of the store enhancement costs planned for the year and finally discuss the ethical issues affecting our firm.

(a) Evaluation of business risk

Reliance on the Hammer brand

The Group's success is based on the Hammer brand, and any damage to the brand could have implications for the Group maintaining its competitive advantage. The investigations into the excessive fees charged by the Hammer Bank could affect the reputation of the brand as a whole, resulting in customers going to alternative stores, and therefore damaging market share. In addition, it is likely that the Group spends a lot on advertising to support the brand name, which will be a drain on cash flows.

Competitive environment

The hardware store industry is highly competitive, as illustrated by the price war between the competitor and Mallet Co, and as indicated by the sales promotions offered by the Group. There is a risk of losing customers to competitors if these strategies are not successful. Further, aggressive pricing strategies will put pressure on profit margins and cash inflow. The current ratio has fallen from 1.4 to 1.1, which may be due to a lower cash balance.

Extension and renovation programme

This is a large investment for the Group, with approximately $144 million being spent on the programme (25 stores at $5.75 million each). There is a risk that there is not an adequate return on investment if the 'destination stores' strategy is not successful. In addition, with five stores being closed at any one time, there will be a significant loss of revenue and cash inflow. There may be the danger that customers, having used alternative hardware stores while the Hammer stores are shut, come to like one of their competitors and do not return once the renovated stores are reopened.

In addition, there is a risk that the cost of the refurbishment project will overrun and that additional financing will be required. This would cause further deterioration in gearing and interest cover, both of which show a negative trend this year, and with implications for existing loan covenants.

Acquisition of Ladder Co

The acquisition of a foreign subsidiary represents a significant investment by the Group and there is a risk of the business failing and the Group losing some or all of its financial investment. There may be operational problems in terms of the Group exercising its control. The government of Farland owns 35% of the company's share capital, and it may be that the government attempts to use its shareholding and significant influence to interfere with the Group's plans for the company. Any such political interference could affect the return on investment and the Group's strategy of international expansion. This would be made worse if there is political instability or economic problems in Farland.

As this is their first overseas investment, management at the Group may lack the necessary knowledge and expertise to operate a foreign subsidiary in line with local regulations.

Bank loan

A significant bank loan, representing 6.4% of the Group's total assets, has been taken out to partly fund the acquisition of Ladder Co. This would have contributed to the significant increase in the gearing ratio. High gearing poses a financial risk to the Group, especially due to the variable interest rate attached to the loan. If interest rates rise, the Group may struggle to meet interest payments. This is a real concern especially as interest cover shows a sharp decline during the year and gearing is high at 68%. The bank could recall the loan if the covenants are breached and the Group is unlikely to be able to repay the loan in its entirety if it is recalled.

Wrench Co legal claims

On a general note, the financial industry is highly regulated, and represents a diversification from the Group's other retail activities, meaning that Group management may be less experienced with this part of the Group's activities and therefore poor operational and strategic decisions may be made in relation to it.

More specifically, the legal claims against Wrench Co could have significant implications. The claims themselves will put pressure on cash flow, and the cost of the claims will detrimentally affect profit. There may be many potential claims which

have not yet been lodged against the Group, so the eventual cash and profit impacts may be much more than the amount of the provision which is currently recognised. The financial services regulator could take further action, for example, imposing a fine.

Tutorial note: *Credit will be awarded for discussion of other relevant business risks.*

(b) Evaluation of significant risks of material misstatement

Materiality

For the purposes of these briefing notes, the following overall materiality level will be used to assess the significance of identified risks and as requested this has been based on the revenue of the company.

Tutorial note

Show your materiality benchmarks and the resultant materiality range. Explain key factors relevant in your assessment of what level materiality has been set.

Benchmarks

0.5% – 1% of revenue = range of $2.25 million – $4.5 million

This benchmark is only a starting point for determining planning materiality and professional judgement will need to be applied in determining a final level to be applied during the course of the audit. This is an existing client and we have cumulative knowledge and experience of the Hammer Group; however, the proposed restructuring and pressures on the company profit margins in the year increases the level of risk in the current year. Therefore, materiality has been based on 0.5% of revenue at $2.25 million and has been set at $2.3 million.

Exceptional items and unusual movement in margins

The operating margin before exceptional items has improved from 19.4% in 20X4 to 21.6% and this is not in line with expectations. Given the Group's sales promotions and Mallet Co's price war, it would be expected that operating margins would fall as a result, and this is supported by the fact that the operating margin after exceptional items has reduced from 7.5% to 7.1%.

There is an incentive for overstatement of operating profit before exceptional items due to the executive director's bonus. It is permissible to disclose items as exceptional items where this enhances the fair presentation of the financial statements. However, the determination of which items are to be disclosed as exceptional items is subject to judgement and users of the Group financial statements could be misled if amounts are not classified and disclosed in a transparent manner and consistently with the Group's accounting policy. In this situation, there is a particular risk of management bias due to the executive bonus being based on profit before exceptional items.

It is debatable whether the store enhancement costs should be presented as exceptional as these are typically just part of normal operating expenses. It is possible that management has chosen to classify the costs as exceptional in order to maximise their bonus. Given the unusual movements, there is also a risk that profit is overstated, perhaps through deliberate accounting treatments such as accelerating revenue recognition or overvaluation of inventory.

Overall, there has been a reduction in net margin from 6.2% in 20X4 to 5.3% in 20X5 and this is as expected, given the loan taken out during the year and the associated increase in interest expenses.

Tutorial note: Credit will be awarded for recognition that the projected financial statements may not be correct if the accounting policies used by Ladder Co have not been aligned to those of the Group for the purpose of consolidating the projected results.

Capitalisation of costs in relation to the renovation and extension programme

The cost of the programme is material to the Group, with the total cost being $144 million, significantly exceeding the materiality threshold calculated of $2.3 million. There is a risk that capital expenditure and revenue expenditure may be misallocated leading to over or understatement of property, plant and equipment and profit. Renovation costs would include items such as decorating, which should be expensed, while acquiring land, creating car parks and building extension work would involve construction of a new asset, and those costs should be capitalised. It is possible that management may misclassify operating costs as capital in nature to increase reported profits.

Once the stores are ready for use, the assets which have been capitalised should be depreciated over their estimated useful life. With so many different types of assets being capitalised, there is a risk that their individual useful life is not appropriately determined, meaning that assets could be over or under depreciated, leading to inaccurate measurement of assets and recognition of depreciation expense within profit. It is possible that management may classify assets together to justify a longer useful life and thereby artificially inflate profits through reduced depreciation charges.

Acquisition of Ladder Co – fair value of net assets acquired and goodwill

Assuming that it is correct to treat Ladder Co as a subsidiary, there are significant risks of material misstatement relating to accounting for the acquisition, and the accounting treatment of goodwill, non-controlling interest and the assets and liabilities acquired. According to IFRS® 3 Business Combinations, all assets acquired and liabilities assumed in a business combination are measured at acquisition-date fair value, and are recognised separately from goodwill. There is a risk that not all acquired assets and assumed liabilities have been identified, and/or that they have not been measured at an appropriate fair value. The fair value exercise is very subjective, increasing the risk of misstatement, and the fact that Ladder Co is a foreign subsidiary may mean that the identification of assets and liabilities would be more complex. Any misstatements in the net assets recognised will impact on goodwill, meaning that non-current assets could be over or understated.

Classification of Ladder Co

Information is not provided regarding the value of Ladder Co's total assets, nor about the goodwill arising on acquisition, but the cost of investment in Ladder Co is material to the Group.

Ladder Co has been treated as a subsidiary in the consolidated financial statements, which would appear to be the correct treatment given that the Group owns 65% of the company's share capital, which indicates control. According to IFRS 10 Consolidated Financial Statements, an investor controls an investee where the investor has power over the investee; exposure or rights to variable returns from its involvement with the investee; and the ability to use its power over the investee to affect the amount of the investor's returns. The risk is that due to the government of Farland owning 35% of Ladder Co's share capital, there may be some restriction on the Group management exercising its power, for example, if under the regulations of Farland, a shareholding of 35% is enough to block decisions, preventing the Group from truly controlling the operations of Ladder Co. In this case, consolidation as a subsidiary would not be appropriate leading to the misstatement of the consolidated financial statements as a whole.

Ladder Co's use of Farland national accounting standards

For the purpose of consolidation, Ladder Co's financial statements must be prepared using the same accounting policies as the rest of the Group and comply with IFRS® Accounting Standards requirements. As such, there is a need to adjust the financial statements of Ladder Co during the consolidation process. This is an area of high inherent and control risk due to the inexperience of Group management with ensuring the consistency of accounting polices across the Group companies. There is a risk that the adjustments may not be complete, or may not be appropriate, leading to errors in the Group consolidated financial statements.

Provision for legal claims against Wrench Co

The provision recognised is material to the consolidated financial statements. The risk is that liabilities may be understated and profit overstated if not all claims have been recognised within the provision or if the measurement of the provision is not appropriate. The investigation into the excessive fees charged by Wrench Co is ongoing, therefore it is likely that more claims may arise. In addition, there may be a fine or penalty imposed by the financial services regulator which has not been recognised as a provision, again understating liabilities and overstating profit.

There is a further risk of inadequate disclosure in the notes to the financial statements as IAS® 37 *Provisions, Contingent Liabilities and Contingent Assets* requires disclosures including a brief description of the nature, timing, uncertainties and assumptions relevant to the amount recognised. An accrual may also need to be recognised in respect of legal costs associated with the claims, if this is not recognised liabilities and operating expenses will be understated.

Inventory valuation

Inventory is material to the financial statements. The Group follows IAS 2 Inventories by measuring inventory at the lower of cost and net realisable value, but a risk of material misstatement arises due to the judgement involved in measuring the value of inventory due to the sales promotions. The risk is that the sales promotions which are being put in place due to the price war with the competitor, such as 'buy one get one free', could reduce the net realisable value of product lines below their cost. If effective systems are not in place to determine where this is the case and adjust inventory valuation accordingly, inventory could be overstated in value.

Given the incentive for management bias discussed above, it is in management's interest to inflate inventory valuation, as this will increase operating profit and therefore the bonus to be paid.

Tutorial note: *Credit will also be given for the discussion of other relevant risks of material misstatement, for example, relating to the measurement of the non-controlling interest in Ladder Co, and the risk associated with opening balances in Ladder Co not having been audited by Stanley Associates.*

Tutorial note

State your conclusion and base it upon the comments you have made in your answer. You will earn marks for logical and reasoned comments in your conclusion.

Conclusion

The Group audit is considered to be relatively high risk due to the numerous business risks and risks of material misstatements which have been identified. The risks have been prioritised in respect of the magnitude and likelihood of the issue.

The acquisition and classification of Ladder Co should be considered the most significant risk during the audit, due to the nature of it being acquired during the year, the potential for management bias in the classification of it as a subsidiary with the Group, in addition to the treatment of goodwill. Business risks identified from the acquisition due to it being the first foreign subsidiary for the Group, the subsidiary not adopting IFRS Accounting Standards and the potential influence over the decisions of the company by the Farland government make this an area where additional audit work and even the use of local experts will be required.

In addition to the risks of the Ladder Co acquisition, the restructuring project will need careful audit scrutiny to ensure the completeness and accuracy of the accounting treatment, in particular, which costs have been capitalised.

Finally, the significance of the risk of management bias in the presentation of the expenses in the statement of profit or loss requires the audit team to effectively challenge the proposed accounting presentation in the Group financial statements.

Therefore, the audit strategy and programme must be carefully developed to reduce the overall audit risk to an acceptable level whilst focusing on these significant issues.

(c) Principal audit procedures in respect of the expenditure on the store enhancement programme

- To develop an understanding regarding the programme, obtain relevant supporting documentation, including a capital expenditure forecast.
- Discuss with management to form an understanding on the progress made on the programme by the year end, i.e. how many of the 25 stores are now fully renovated, how many are closed for renovation, the number of stores on which renovation work has not yet commenced.
- Compare the costs incurred to date to an approved capital expenditure budget for the programme, and discuss significant variances with an appropriate employee, for example, the project manager.
- Arrange to physically inspect several stores to confirm the existence of their renovation at the year end.
- For any stores being renovated at the year end, obtain a stage of completion certificate from the building contractor to allow an assessment of the costs capitalised.
- Perform substantive analytical procedures by comparing the amounts capitalised in relation to each store and discuss any unexplained anomalies with management to identify whether appropriate amounts have been capitalised and meet the criteria to be considered an asset rather than an expense.
- Obtain a breakdown of the total costs incurred by the year end and for a sample of expenditure:
  - Agree to supporting documentation, e.g. site acquisition costs to legal documentation, fixtures such as shelving to suppliers' invoices.
  - Evaluate the nature of the expenditure, i.e. whether appropriately accounted for as capital or revenue in nature.
  - For appropriately capitalised costs, agree the amount is included in the non-current asset register.
- For the labour costs, enquire with management to understand the basis of the amount capitalised and agree a sample of costs, e.g. wages per hour, to payroll records and timesheets.
- Test the operating effectiveness of management's internal controls over the classification of costs between capital and revenue expenditure by reviewing a sample of invoices from both classifications and agreeing the nature of the costs.
- Review any relevant signed contracts, e.g. from building contractors, electricians, architects, etc, and discuss any significant deviations from the amounts stated in the contract and the amount capitalised.

Tutorial note

Apply the principles of the ethical code to the information in the scenario. General or vague comments are unlikely to earn marks. Consider whether there are any mitigating factors and come to a conclusion or judgement on the ethical issues presented – e.g. should additional work be accepted and, if so, under what conditions or subject to which criteria?

(d) Ethical issues

The Group has asked Stanley Associates for advice on its international expansion and also to perform adjustments to Ladder Co's financial statements to align its accounting policies with IFRS Accounting Standards and Group accounting policies. This raises several ethical issues for the firm.

First, providing advice on the selection of target companies and on the financing of investments is the provision of non-audit services, specifically corporate finance services, to an audited entity. The *IESBA International Code of Ethics for Professional Accountants (the Code)* states that the provision of non-audit services is likely to give rise to threats to objectivity and independence, in particular familiarity, self-interest, self-review and advocacy threats are possible.

According to the Code, factors which are relevant in evaluating the level of such threats created by providing corporate finance services to an audit client include:

- The degree of subjectivity involved in determining the appropriate treatment for the outcome or consequences of the corporate finance advice in the financial statements.
- The extent to which:
  - The outcome of the corporate finance advice will directly affect amounts recorded in the financial statements.
  - The amounts are material to the financial statements.
- Whether the effectiveness of the corporate finance advice depends on a particular accounting treatment or presentation in the financial statements.

In providing advice on the selection of target companies and on financing arrangements, the main risk is that the audit firm could be seen to be taking on the responsibility of management. Assuming a management responsibility creates a familiarity threat because the firm becomes too closely aligned with the views and interests of management. The Code states that an audit firm shall not assume a management responsibility for an audit client.

Providing the advice also creates a self-interest threat due to the fees which will be payable for the advice provided, particularly due to the size of the fee which could influence Stanley Associates when performing this service. The fact that the fee for this service will amount to 75% of the audit fee indicates that the fee will be significant and in combination with the audit fee and fees for any other services provided to the Group, an actual or perceived fee dependency could be created meaning that the firm will be motivated to act in ways which ensure retention of the client.

A self-review threat arises in that when auditing the Group, the audit firm would be evaluating risk and performing audit procedures pertaining to the advice which they had given and would be less likely to highlight issues or challenge assumptions. This impacts on the quality of the audit performed.

Advice on finance in particular is likely to also lead to an advocacy threat, where the audit firm is seen to be promoting the interests of the audit client, for example, to a potential provider of finance and that the firm is promoting or confirming the company's ability to fulfil the debt obligations.

The audit firm should consider whether safeguards could be used to reduce the threats to an acceptable level, for example:

– A written acknowledgement from management that they are responsible for decision-making regarding the planned international expansion and associated finance;

– The use of separate teams of staff to provide the advice and to work on the audit where the provider of the other services should avoid expressing any opinion on the approach and conclusions which will be made by the audit team when considering accounting and other judgements;

– Review and monitoring of the situation by an independent audit partner; and

– The use of an engagement quality review to provide effective challenge to both the audit engagement partner and the partner responsible for performance of the other services who is aware of the circumstances leading to significant self-review threats.

If such safeguards are considered to reduce the threats to an acceptable level, then the advice could be provided. The matter should be discussed with the Group's audit committee, which should approve the provision of these non-audit services by the audit firm.

Without further detail on the nature of the work which will be required, it is not possible to assess whether the safeguards available would be sufficient in this case.

Adjustments to Ladder Co's financial statements

In relation to performing the adjustments to Ladder Co's financial statements, the *Code* states that providing accounting and bookkeeping services to an audit client might create a self-review threat. This threat arises because should the audit firm perform the necessary adjustments which form part of the consolidation process, the audit team is likely to over-rely on the work of their colleagues and not rigorously audit the adjustments.

The *Code* states that unless the services are of a routine or mechanical nature, they should not be provided. Given the complexity of adjusting financial statements from national accounting standards to IFRS Accounting Standards, this is not a routine or mechanical task, and the service should not be provided.

Conclusion

It is recommended that our firm does not offer advice to the Group on its planned expansion due to the significance of ethical threats to independence and objectivity which would arise.

ACCA Marking guide		
		Marks
(a)	**Evaluation of business risks** Generally, up to 2 marks for each risk evaluated. Marks may be awarded for other, relevant risks not included in the marking guide. In addition, ½ mark for relevant trends or calculations which form part of the evaluation of risk of material misstatement (max 2 marks). Appropriate materiality calculations up to 2 marks and justification of materiality should be awarded to 1 mark. • Reliance on Hammer brand • Competitive environment • Renovation and extension programme • Acquisition of Ladder Co • Bank loan • Legal claims	
	Maximum	**10**
(b)	**Evaluation of risks of misstatement** Up to 3 marks for evaluation of material misstatement (unless otherwise indicated). Marks may be awarded for other, relevant, risks not included in the marking guide. In addition, ½ mark for relevant trends or calculations and justified materiality level should be awarded to maximum of 3 marks. Appropriate materiality calculations and justified materiality level should be awarded to a maximum of 3 marks. – Exceptional items and unusual movements in margins – Capitalisation and presentation of costs in relation to the store enhancement programme – Acquisition of Ladder Co – fair value of net assets acquired and goodwill – Classification of Ladder Co – Adjustments to Ladder Co financial statements for IFRS compliance – Provision for legal claims against Wrench Co – Inventory valuation (up to 2 marks)	
	Maximum	**16**
(c)	**Audit procedures in respect of the expenditure relating to the store enhancement programme** Up to 1 mark for well explained procedure. – To develop an understanding regarding the programme, obtain relevant supporting documentation, including a capital expenditure forecast – Discuss with management to form an understanding on the progress made on the programme by the year end, i.e. how many of the 25 stores are now fully renovated, how many are closed for renovation, the number of stores on which renovation work has not yet commenced – Compare the costs incurred to date to an approved capital expenditure budget for the programme, and discuss significant variances with an appropriate employee, for example, the project manager – Arrange to physically inspect several stores to confirm the existence of their renovation at the year end – For any stores being renovated at the year end, obtain a stage of completion certificate from the building contractor to allow an assessment of the costs capitalised – Perform substantive analytical procedures by comparing the amounts capitalised in relation to each store and discuss any unexplained anomalies with management to identify whether appropriate amounts have been capitalised and meet the criteria to be considered an asset rather than an expense	

- Obtain a breakdown of the total costs incurred by the year end and for a sample of expenditure (max 3 marks):
  - Agree to supporting documentation, e.g. site acquisition costs to legal documentation, fixtures such as shelving to suppliers' invoices
  - Evaluate the nature of the expenditure, i.e. whether appropriately accounted for as capital or revenue in nature
  - For appropriately capitalised costs, agree the amount is included in the non-current asset register
- For the labour costs, enquire with management to understand the basis of the amount capitalised and agree a sample of costs, e.g. wages per hour, to payroll records and timesheets
- Test the operating effectiveness of management's internal controls over the classification of costs between capital and revenue expenditure by reviewing a sample of invoices from both classifications and agreeing the nature of the costs
- Review any relevant signed contracts, e.g. from building contractors, electricians, architects, etc, and discuss any significant deviations from the amounts stated in the contract and the amount capitalised

Maximum **7**

(d) **Ethical issues**

Generally, up to 1 mark for each threat discussed and action recommended.

Advisory work

- Management responsibility
- Self-interest threat
- Self-review threat
- Advocacy threat
- Safeguards (up to 2 marks)
- Evaluation of the significance of threats and availability of safeguards to conclude on whether service should be provided

Accounting service to perform the IFRS conversion

- Accounting services should not be provided unless routine and mechanical in nature
- Adjustments to Ladder Co's financial statements not routine and mechanical, so service should not be provided

Maximum **7**

Professional marks

Communication

- Briefing note format and structure – use of headings/subheadings and an introduction
- Style, language and clarity – appropriate layout and tone of briefing notes, presentation of materiality and relevant calculations, appropriate use of the CBE tools, easy to follow and understand
- Effectiveness and clarity of communication – answer is relevant and tailored to the scenario
- Adherence to the specific requests made by the audit engagement partner
- Answering the specific angle and requirements of question

Analysis and evaluation

- Risk evaluation (ROMMs) is effectively prioritised, focusing on significance and only taking account of risks which could result in material misstatements.
- Appropriate use of the information to support discussions and draw appropriate conclusions, covering a range of indicators and explaining the implications when considering the situation of the company.
- Identification of procedures or actions which address the areas of judgement in the store enhancement programme.
- Balanced discussion of the ethical issues connected to the issues arising and providing an appropriate conclusion.

Professional scepticism and professional judgement – Effective challenge and critical assessment of information supplied and techniques carried out to support key facts and/or decisions. – Determination and justification of suitable materiality level and its consistent application throughout the briefing notes. – Identification of possible management bias or error. **Commercial acumen** – Demonstration of wider commercial awareness to use effective examples and/or calculations from the scenario to illustrate points or recommendations. – Using the information in the scenario to evaluate the magnitude and consideration of risks	
Maximum	**10**
Total	**50**

4 ENCORE *Walk in the footsteps of a top tutor*

Top tutor tips

Determination of materiality: *The email from the partner states that materiality should be based on revenue, therefore at the start of your answer you should calculate the range for materiality using that benchmark and justify a figure within that range. If it is a new audit client or a client where there are apparent control risks, materiality should be set at the lower end of the range. If it is an existing client, materiality may be set at mid-range, depending on the other risks mentioned in the scenario. The examining team will give credit for any reasonable explanation of the chosen materiality threshold, as the mark is to recognise that there is the application of professional judgement and that a candidate can justify their response. It is not required that candidates select the identical percentage or figure, or that they provide a justification identical to that shown in the model answer.*

Part (a) *requires evaluation of the risks of material misstatement. Risk of material misstatement is usually due to non-compliance with an accounting standard, although it also includes control risk. Think about the requirements of the relevant accounting standards and what the client might be doing incorrectly. Don't give highly speculative risks; the scenario will provide sufficient information to be able to identify the risks included in the marking scheme.*

Prioritisation of risks: *Risks should be prioritised by explaining the risks that are the most significant. For example, certain risks may be prioritised because they are complex, require judgment, include uncertainty or relate to a new event or transaction during the year. Prioritisation can be achieved by either ordering your answer in priority order and stating this is the case, or by summarising in a brief conclusion which risk, or risks, are most significant.*

Part (b) *requires you to justify why inventory has been identified as a significant risk and the procedures that should be performed to address those risks. The scenario should be used to identify specific risks relating to inventory such as work in progress being influenced by management judgements. In order to score marks for procedures, they must relate to the specific risks arising that were mentioned in the first part of the requirement. Generic audit procedures over inventory will not be awarded credit.*

Part (c) *covers ethical and professional issues raised by the requests of the finance director. Identify the threats that would arise and explain how they could impact the auditor's judgement. Your answer should also include any safeguards that should be put in place, or actions the firm should take.*

Professional skills

Professional skills will be awarded for:

Communication – responding to the instructions in the partner's email such as preparing your answers in the form of briefing notes and using the stated benchmark for materiality.

Analysis and evaluation – applying the information from the scenario to answer the question and explaining the issues in sufficient depth.

Professional scepticism and judgement – justifying an appropriate materiality level, demonstrating critical thinking and being alert to possible manipulation and management bias.

Where relevant, professional marks will be awarded for commercial acumen which requires making practical and plausible recommendations and considering the wider implications of issues to the audit firm.

Briefing notes

To: Isabella Phoenix, Audit engagement partner

From: Audit manager

Subject: Audit planning in relation to Encore Co

Date: 1 July 20X5

Introduction

These briefing notes have been prepared to assist in planning the audit of our new audit client, Encore Co. The notes begin with an evaluation of the significant risks of material misstatement which should be considered in planning the audit. The notes then focus on inventory as a balance giving rise to a significant risk of material misstatement and include relevant audit procedures. Finally, the notes discuss the ethical issues arising from two requests from the client for our firm to provide additional services to Encore Co.

Materiality

For the purposes of these briefing notes, the overall materiality level used to assess the significance of identified risks is $24,500 based on the revenue of the company, as requested.

Justification

Using revenue of $4.9 million as a suggested benchmark results in a suggested range of $24,500 (0.5% × $4.9 million) to $49,000 (1% × $4.9 million).

Materiality has been set at the lower end of the range due to the size of the company and due to it being a new audit client. We must ensure that adequate audit evidence is obtained where areas of judgement in management estimates affect the financial statements.

This benchmark is only a starting point for determining materiality and professional judgement will need to be applied in determining a final level to be used during the course of the audit.

(a) Risks of material misstatement

Payroll

There are several risks of material misstatement relating to payroll, which is a highly material class of transaction within the financial statements. First, the finance director has indicated that internal controls were deficient in respect of payroll, which is concerning given the significance of these costs. Problems such as missing timesheets could mean that payroll is understated, and lack of authorisation could indicate errors in the amount of overtime claimed. Possibly, employees have been claiming additional overtime which has not actually been worked, knowing that the overtime payments are not going to be scrutinised before payment.

Both of these issues mean that operating profit for the first eight months of the financial year could be over or understated, and there are implications for inventory valuation, which will be discussed in part (b) of these briefing notes.

From 1 June 20X5, Bear Payroll Services (BPS) is providing a payroll service to Encore Co. Outsourcing does have an impact on audit planning. ISA 402/ISA (UK) 402 *Audit Considerations Relating to an Entity using a Service Organisation* requires the auditor to obtain an understanding of how the audited entity uses the services of a service organisation in order to evaluate the risk of material misstatement.

It will be particularly important for Garrick & Co to understand exactly what services are being provided by BPS and their relevant internal controls. The design and implementation of relevant controls at Encore Co must also be evaluated, for example, whether the transactions and information provided by BPS are monitored and whether checks are performed prior to inclusion of information relating to payroll in the financial statements.

Given the history of weak controls and the small size of the finance department at Encore Co, the outsourcing of payroll may reduce the risk of material misstatement, but this needs to be evaluated after further evaluation of BPS and their arrangements with Encore Co.

Impairment

The company's head office was damaged in a recent storm and it is anticipated that its insurance policy will cover the repair of this property. While the financial impact of the damage is not yet quantified, the property's carrying amount is material at $108,000. The accounting for these events will need to be carefully considered as there is a risk that assets and profit are overstated if the damage and subsequent insurance claim have not been accounted for correctly.

The physical damage caused to the head office is an indicator of impairment which should be recorded in line with IAS® 36 *Impairment of Assets*. Management should conduct an impairment review, to determine the recoverable amount of the property and whether any impairment loss should be recognised. Assets other than the property could have been damaged and the impairment loss could be greater than just the amount attributable to the property. The risk is that assets are overstated, and profit overstated, if any necessary impairment of assets is not recognised at the reporting date.

IAS 16 *Property, Plant and Equipment* requires the impairment and derecognition of property, plant and equipment and any subsequent compensation claims to be treated as separate economic events and accounted for separately in the period they occur.

The standard specifically states that it is not appropriate to net the events off and not record an impairment loss because there is an insurance claim in relation to the same assets. As such, this may mean that Encore Co has to account for the impairment loss in the current year but should recognise the compensation claim when it becomes receivable. If the insurance company has not yet confirmed that they will pay $110,000 in settlement of the insurance claim, then receivables and deferred income are overstated by a material amount.

Joint arrangement

Encore Co has entered into a joint arrangement with Elm Associates and the company intends to recognise an intangible asset of $75,000, which is material to the financial statements, in respect of their investment into this arrangement.

The amount invested should be accounted for under IFRS® 11 *Joint Arrangements*. A joint arrangement is an arrangement whereby two or more parties have joint control and to which the parties are bound by a contractual arrangement. The development project seems to meet the definition of a joint operation, which is defined in IFRS 11 as an arrangement whereby the parties, having joint control of the arrangement, have rights to the assets, and also obligations for the liabilities. In addition, a joint operation is not structured through a separate vehicle, which is the case in this situation.

Under the requirements of IFRS 11, each party to the joint arrangement recognises its share of the assets, liabilities, revenues and expenses of the joint arrangement, with the share determined based on the rights and obligations of each party as set out in the contractual terms.

However, it is doubtful that the $75,000 meets the definition and recognition criteria within IAS 38 *Intangible Assets* to be capitalised. An intangible asset can only be recognised if a separately identifiable asset is created, which is controlled and capable of generating future economic benefit. From the information provided, it does not appear that an asset will have been created by the year end, as the relevant definitions are not met, nor have the criteria for recognition of any of the costs as a development intangible asset. The finance director will need to provide specific evidence to justify the recognition of any of this amount as an intangible asset, e.g. details of the products being developed, forecasts indicating the future economic benefit to be generated and demonstration of commercial viability and technical feasibility.

The part of the $75,000 which relates to payroll costs of the two engineers can be allocated to the joint arrangement and accounted for as an expense under IFRS 11, but the element relating to 'intellectual property' does not seem to have any basis for inclusion as a cost or investment into the joint arrangement.

If the finance director insists on their proposed accounting treatment, intangible assets will be overstated and payroll expenses understated for that element of the $75,000.

Tutorial note

The finance director has not specified where the credit side of the entry would be posted in relation to the 'intellectual property', so it is not possible to comment on this.

Finally, the proposed accounting treatment is clearly in contravention of IFRS® Accounting Standards, and therefore the competency of the finance director should be questioned. This in itself creates a potential risk of material misstatement, and other accounting treatments may need to be challenged.

Historic boat

At $50,000, the value of the historic boat, which is based on the finance director's valuation, is material to the financial statements. The finance director's proposed accounting treatment is incorrect because the historic boat does not meet the definition of property, plant and equipment.

According to IAS 16, property, plant and equipment is defined as tangible items which are held for use in the production or supply of goods or services, for rental to others, or for administrative purposes; and are expected to be used during more than one period. The boat is on display at the company headquarters but is not being used by the company to generate revenue or in the production of goods, therefore, it cannot be classified as property, plant and equipment.

The boat could be recognised as an asset, assuming that a reliable value for it can be found, because even if it is not being used in a productive capacity, it would have a realisable value should it be disposed of in the future. Therefore, the economic benefit it could generate is based on its fair value.

The risk of misstatement relates to how the asset is classified within the financial statements, and whether a reliable fair value can be found. The finance director's valuation is probably not reliable, and an expert should be sought to provide a valuation for the asset.

When the fair value of the historic boat has been reliably determined, the boat can be recognised as an asset at that fair value. However, the credit side of the entry should not be recognised within income. This is because the boat has been gifted from a shareholder, and the *Conceptual Framework* excludes contributions from shareholders from the definition of income.

Instead, the credit should be recognised in equity as a capital contribution from a shareholder. Based on the finance director's proposed accounting treatment, profit is overstated, and equity understated, by $50,000, and further adjustments may be necessary depending on the results of the expert's valuation of the historic boat.

Analytical review

The company's revenue is forecast to increase by 5.3% this year, but there is a much larger projected increase in operating profit of 22.5%. The operating margin is forecast to increase from 10.3% to 12%. Unless the trend in profit can be explained by valid business reasons, it could indicate understatement of operating expenses or overstatement of revenue. This could possibly be linked to the deficiencies in internal controls, i.e. missing timesheets, which could mean that some expenses have gone unrecorded, though this is unlikely to explain such a large reduction in operating expenses on its own.

New audit client

There is a risk that opening balances and comparative information may not be correct. While the previous auditor's opinions have been unmodified for the last six years, the risk of misstatement is elevated in relation to payroll costs, as internal controls were known to be weak in this area prior to the appointment of BPS to provide a payroll service to Encore Co. If internal controls are found to be deficient in other areas, then the risk of misstatement in opening balances and comparatives increases.

Because the prior year figures were not audited by Garrick & Co, we should plan to audit the opening balances carefully, in accordance with ISA 510/ISA (UK) 510 *Initial Audit Engagements – Opening Balances*, to ensure that opening balances and comparative information are both free from material misstatement.

Conclusion

In conclusion, there are several significant risks of material misstatement. Some are at the financial statement level, for example, the possible lack of competence of the new finance director, and some at the assertion level, for example, the recognition and measurement of impaired assets and associated provisions. Other, less pervasive, risks of material misstatement are also present, for example, in relation to the accounting treatment which is proposed in relation to the historic boat. The control environment within the company is also called into question due to the internal control deficiencies noted by the finance director, though this may be mitigated through the use of a service organisation. Our audit plan will need to be robust with respect to all of the matters described in this section of the briefing notes.

(b) Inventory

Justification

In total, the inventories balance has increased by 17%, and the balance in total is highly material to the financial statements. The individual categories of work in progress and finished goods are material in their own right.

Raw materials have increased by 50%, and this increase has been explained by a recent bulk purchase, which seems to be a reasonable explanation, though it should be corroborated by audit procedures.

Work in progress has increased by 10.0%, which seems high when compared with an increase in revenue of 5.4%. Estimating the value of work in progress is complicated and involves the use of management judgement. The fact that Gavin Bee is a new finance director elevates this risk as he may be unfamiliar with the methods used to value work in progress relating to boats, leading to inappropriate estimates of valuation being made. He may also take a different approach to that used previously, resulting in a lack of consistency in how work in progress is valued.

In addition, internal control deficiencies were found by the new finance director which means that costs may not be properly allocated to contracts and the manual inputting of data gives rise to a high risk of error. The allocation of overheads on a percentage basis may not be an accurate reflection of the actual production costs incurred. In addition, there may be some contracts which are incurring higher than anticipated costs, and could be loss-making, in which case a provision should be recognised.

No information has been provided by the client regarding how management evaluates the profitability of contracts and there is a risk that the process is not happening at all, or that the process is not robust enough to identify potentially loss-making contracts.

For the finished goods, the boat which is being stored for a customer should not be included in inventory if the company has completed its contractual obligation. The boat has received its licence to sail but has not yet been delivered to the customer. If Encore Co has fulfilled its contractual obligations, a sale should be recognised and the boat derecognised from inventory. Storing the boat for several months before the customer can take delivery is not a valid reason to continue to recognise the boat as inventory.

The boat which has not passed its safety inspection could be overvalued if Encore Co has to incur further costs to ensure that the boat passes the inspection. IAS 2 *Inventories* requires inventories to be valued at the lower of cost and net realisable value, and it is possible that further costs could reduce the net realisable value of the boat to below its cost, in which case a reduction in value should be recognised.

Procedures

For the raw materials:

- Agree a sample of items included in raw materials to supplier invoice and purchase order placed with the supplier to confirm the cost of the items and their existence.
- Obtain and review the bulk purchase discount offered by the supplier and agree that specific transaction to cash book/bank ledger account and bank statement and to goods received notes and trace into the inventory system.

For the work in progress:

- For the contracts included in work in progress, agree a sample of direct costs to supporting documentation, e.g. raw materials to suppler invoices, payroll costs to timesheets and payroll records.
- Obtain the calculations detailing the method of overhead allocation and review for appropriateness, e.g. to ensure that only production related overheads are included in the overhead allocation.
- Reperform the work in progress calculation, e.g. confirm the correct percentage has been applied for overhead allocation.
- From a review of contract cost accounts and comparison with contract prices, discussion with management and production supervisors, determine whether any contracts could be loss making.
- Visit the boat building facility at the year end to form an auditor's expectation of the stage of completion of each boat, and follow up in the final audit, to ensure that the work in progress of each contract appears reasonable.

For the finished goods:

- For the boat which has not passed its safety inspection, obtain the inspector's report and discuss with relevant personnel, e.g. quality control manager, to establish the reason for the failure to obtain the licence.
- Discuss with relevant personnel to obtain understanding of the work needed to rectify the problem and the costs involved.
- Based on the above, determine whether the additional costs will impact on the lower of cost and net realisable value of the boat.

- Consider the impact of events after the year end on the valuation of the finished goods, e.g. confirm that the boat is delivered to the customer in October 20X5 and that the sale is recognised at that point in time.
- For the boat being stored at the dockyard, confirm through a review of supporting documentation, e.g. customer account and invoices raised, whether the sale of the boat has been accounted for.
- Review the terms and conditions of the contract to determine when Encore Co completes its obligations under the contract and therefore whether the sale should be recognised and the inventory derecognised.

(c) Ethical issues

Internal controls review

The finance director is correct that internal controls will be evaluated as part of the audit, but he is requesting an additional service. Therefore, it should be arranged as an engagement separate to the audit, with a separate engagement letter detailing the scope of the work which is required. There should be a fee separate to the audit fee; the separate review of internal controls should not be included within the audit fee.

Providing this to the audit client would be considered to be providing an internal audit service. Internal audit services often involve assisting the client in the monitoring of internal controls by reviewing controls, monitoring their operation and recommending improvements to them.

Reviewing the internal controls of an audit client which are relevant to the financial reporting system would create a self-review threat as the auditor would consequently assess the effectiveness of the control system during the external audit. It is possible that the audit team may use the results of the internal audit service for the purposes of the audit without appropriately evaluating the results or exercising an appropriate level of professional scepticism.

In addition, the design, implementation and maintenance of internal controls are management responsibilities.

Encore Co is not a listed entity, so there is no prohibition on the provision of an internal audit service to the client, however, the firm must not place significant reliance on the internal audit work performed by the firm.

To safeguard the self-review threat, professionals who are not members of the audit team should perform the review of internal controls.

If Garrick & Co provides the review of internal controls, in order to avoid assuming a management responsibility, they should be satisfied that the management team of Encore Co:

- Acknowledges their responsibility for designing, implementing, monitoring and maintaining internal control.
- Reviews, assesses and approves the scope, risk and frequency of the internal audit service.
- Evaluates the internal audit service provided and the findings of the service including determining which recommendations should be implemented.
- Manages the implementation of the recommendations.

Garrick & Co should request written acknowledgement of the matters indicated above as part of their evaluation as to whether to provide this additional engagement to Encore Co.

Loan guarantee

Providing a guarantee represents a financial interest in an audit client. It would create a self-interest threat because the audit firm has an interest in the financial position of the client, causing loss of objectivity when auditing the financial statements.

If an audit firm guarantees a loan to an audit client, the self-interest threat created would be so significant that no safeguards could reduce the threat to an acceptable level.

In this case, the loan would be material and the request to provide the loan guarantee should be declined.

Tutorial note

INT syllabus: The loan guarantee would be able to be provided if immaterial to both the audit firm and the client.

Examiner's comments

Requirement (a)

In determining which risks are the most significant, candidates are demonstrating an understanding of risk, how it arises and how the audit will focus on those issues most likely to cause a material misstatement. Candidates that demonstrated a **depth of evaluation** were awarded more credit than those with more generic responses.

An issue that arises repeatedly is that many candidates are still attempting to find nine risks for an 18-mark requirement, at the expense of conducting little or no in-depth analysis of any of them. This will not be sufficient to attain a pass mark. This means some of the risks stated in these answers will be speculative or not significant and, therefore, will not obtain credit. This also results in significant and unnecessary time pressure for candidates as they are trying to cover too many risks in the time they have available.

Candidates are expected to perform relevant analysis to support an evaluation of risks of material misstatement (RoMMs). There were 18 technical marks available in this part of the question, in addition to a significant number of professional skills marks for the analysis. It was disappointing to see that candidates often achieved strong marks in this section for the **identification of the RoMMs**, but fewer candidates obtained the professional and technical credit for the **evaluation of those risks**. It is important that candidates refer to the specific information providing more in-depth answers, as well as assessing the scale of the risk in the context of the specific audit client.

Once again, examples seen by the examining team that do not attain credit included risks that don't arise at all in the scenario such as a revenue recognition on customer contracts which is not deemed a significant risk of material misstatement. This is a speculative risk which will not gain credit.

Evaluation of the risks

The scenario contained information which gave rise to six significant risks, of which the majority of candidates were able to identify at least five. These were the risk surrounding lack of controls around payroll, the indicator of impairment from the storm damage, capitalisation of the historic boat, specific issues around Encore Co being a new audit client and analytical review of revenue and operating expenses.

Each of these risks could be evaluated in the context of the scenario using the information provided, ensuring that the underlying accounting treatment was correct. In this exam, financial reporting knowledge from the SBR syllabus and previous FR and FA exams is assumed knowledge. The majority of marks available in AAA will be for the application of the financial reporting knowledge to the specific audit scenario, not simply for the knowledge itself.

It is pleasing to see many candidates were able to focus on the risks arising, describing the impact of the risks on the financial statements. However, a much smaller proportion of candidates demonstrated a thorough understanding of the impact of these risks, which requires strong financial reporting knowledge. As already mentioned, candidates must ensure that their financial reporting knowledge is at the required standard (Strategic Business Reporting) prior to sitting their AAA exam.

Some candidates are struggling to demonstrate more basic reporting knowledge, such as that relevant to IAS® 16 *Property, Plant and Equipment* which was examined at both FAU and AA examinations.

In this exam, stronger candidates identified that the gifted historic boat on display at the client's site did not meet the definition of property, plant and equipment ("PPE") as this asset was not being used in the operations of the business to generate economic benefit for the company, and therefore recognition of the boat as PPE would overstate assets. Candidates were awarded professional skills marks where they demonstrated professional scepticism regarding the capitalisation of the boat as a non-current asset. A few candidates also noted that the gift of the boat was a contribution from a shareholder and therefore could have been recognised within equity. Very few candidates demonstrated the appropriate accounting knowledge and therefore interpreted the impact of the risk incorrectly.

Weaker candidates often discussed the implication of the risk without attempting to evaluate the scale of the risk. Typical responses by candidates who did not score sufficient credit to pass the exam would simply state something which had occurred in the scenario, such as "the storm had caused damage and therefore the assets may be misstated".

The majority of candidates discussed the risk around Encore Co being a new client from the perspective that detection risk would increase. However, as the requirement was for an evaluation of RoMMs, candidates were only awarded credit for the new audit client risk if they specifically connected this to the risk that opening balances and comparatives may be incorrect due to the significant control weaknesses present at the client. Thereby focussing on the fact that there was a high-level control risk rather than explaining it as a detection risk. Candidates are once again reminded that they must consider and respond to the specific detail in each scenario, rather than provide a generic answer point.

Consistent with the December 2022 examination, it was disappointing to see that few candidates attempted any prioritisation of the risks as specifically requested in the requirement for part (a). Professional skills marks were available to the candidates who attempted this requirement. Candidates were expected to identify the most significant risks, and then provide a brief justification for their choice. Again, credit was awarded for candidates who offered a reasonable explanation, and therefore, a range of possible explanations are valid. Candidates should be aware this mark is for the act of attempting to justify the reasons for the prioritisation, and therefore the Examining Team are not looking for a single 'correct' reason. Candidates can obtain these marks by either ordering their answer in priority order **and stating this is the case** or by summarising in a brief conclusion which risk, or risks, are most significant. Where candidates use this latter method, if a candidate does not state which one or two risks are the most significant but simply lists some or all their identified risks, this will not be sufficient for credit.

Overall, in this section many candidates were able to identify sufficient risks to pass the requirement. Fewer candidates identified the risk of material misstatement of the joint arrangement and many candidates incorrectly discussed revenue recognition as a significant risk, even though there was nothing in the scenario to suggest this was an issue.

In summary, candidates did not seem to have difficulty in identifying risks and the implication on the financial statements; however, the differentiator between stronger and weaker candidates was their ability to evaluate the risks and demonstrate their professional skills of commercial acumen and professional scepticism.

Materiality

Specific marks were available in this requirement for the calculation and application of materiality in line with the syllabus guidance.

Candidates are expected to initially determine a materiality threshold for the audit, as would be used in practice. Three technical marks are available for the materiality determination. Candidates are expected to demonstrate a knowledge of the appropriate percentage range for the benchmark instructed by the audit partner (in this question, revenue was to be utilised with candidates expected to use 0.5-1% as their range) and calculate the monetary amount in respect of the range. Candidates must then use their professional judgement to select an appropriate materiality threshold given the risk levels which exist in the audit and provide a brief justification for their choice. Each of these steps examines a different aspect of the understanding and skills required of an auditor.

It was disappointing that some candidates failed to note the specifics of the scenario where there was instruction to calculate materiality based on revenue and calculated materiality based on profit before income taxes. The examining team will credit the calculation based on 'follow through' rules, but credit will be lost for the use of the incorrect benchmark. It was also disappointing to note the number of candidates who were unable to correctly calculate 0.5%–1% of revenue, and therefore calculated an incorrect materiality figure that rendered all of the risks in the question immaterial. This resulted in candidates losing the marks available for correctly calculating materiality based on a benchmark and these candidates also failed to gain the professional mark for applying materiality throughout the question. Candidates are encouraged to sense check their calculations as it would not be feasible that exam questions testing significant risk of material misstatement would contain issues which are all immaterial.

It was also disappointing to note that some candidates initially calculated a range appropriately, but then failed to justify a materiality threshold for the audit. The examining team will give credit for any reasonable explanation of the chosen materiality threshold, as the mark is to recognise that there is the application of professional judgement and that a candidate can justify their response. It is not required that candidates select the identical percentage or figure, or that they provide a justification identical to that shown in the model answer. For example, in this question, some candidates stated the lower end of the range was justified because this was a new client, and the audit firm would lack the knowledge and experience.

Requirement (b)

This requirement enabled candidates to focus their answer on a specific area of the financial statements and enabled stronger candidates to demonstrate technical skills as well as professional skills relating to analysis and evaluation, and professional scepticism. Part (b)(ii) required candidates to design audit procedures to the specific issues discussed in their answer to (b)(i). This type of connected requirement should enable candidates to consider and plan their procedures while justifying the issues in relation to the inventory of Encore Co.

Many candidates correctly identified risks relating to inventory such as subjective judgements surrounding the work in progress ("WIP") calculations made by management and controls surrounding payroll (from part a) resulting in incorrect costs being recorded in WIP calculations. It was encouraging to note that a number of candidates recognised that the finished boats awaiting collection should be removed from inventory and recognised as revenue as the sale of these boats had taken place.

Weaker candidates discussed generic valuation risks such as net realisable value ("NRV") falling below cost yet failed to link it to the specifics of the question.

Another common mistake was candidates discussing inventory having become obsolete, failing to link it to the fact that the company is a boat designer and builder and made boats to order. Therefore, obsolescence was not wholly relevant in the context of this question.

The examining team were looking for specific procedures linked to the scenario, and therefore credit was not awarded for generic inventory testing that is not deemed relevant to the company-specific risks. Weaker candidates discussed requiring an expert to confirm the condition of raw materials, which would not be relevant in the context of this scenario.

Stronger candidates designed procedures specifically linked to the risks such as agreeing samples to purchase invoices to determine the cost of raw materials, agreeing samples of costs to supporting documentation to assess the value of WIP and reviewing the overhead allocation to determine the accuracy of the WIP calculations.

Requirement (c)

Part (c) required candidates to evaluate the ethical and professional issues regarding the client's request for the firm to conduct a detailed review of some of the internal controls (not relating to the financial reporting process) and to recommend improvements to be made. The scenario noted the client had suggested that the fee for the additional work should be included within the audit fee.

The second issue related to the company applying to the bank for additional finance and requesting that Garrick & Co provide a guarantee for the finance.

Stronger candidates identified the client requesting the fees to be included within the audit fee was unacceptable and that any additional work performed should be a separate engagement, with an appropriate and separate fee. A number of candidates also recognised the additional work was not prohibited for a non-listed company, and as it related to controls outside of the financial reporting process, the service could be provided so long as safeguards were implemented, with candidates correctly recognising that a separate team would be required.

Weaker candidates failed to recognise that the additional service may be provided and therefore suggest that the service be declined as it is prohibited. Most candidates were able to correctly recognise that the audit firm was prohibited from providing the loan guarantee.

Overall professional skills marks

In addition to the professional skills marks described within the different sections of the question, marks were available for communication overall. These marks were awarded for the use of a header and introduction, presentation and relevance of answer and clarity of explanations. The majority of candidates achieved maximum marks in this area.

ACCA Marking guide		
		Marks
(a)	**Risks of material misstatement** Generally, up to 3 marks for each risk evaluated. Marks may be awarded for other, relevant risks not included in the marking guide. In addition, ½ mark for relevant trends or calculations which form part of the evaluation of risk of material misstatement (max 2 marks). Appropriate materiality calculations up to 2 marks and justification of materiality should be awarded to 1 mark. • Payroll • Impairment • Joint arrangement (up to 4 marks) • Historic boat • Analytical review • New audit client – opening balances	
	Maximum	**18**
(b)	**Inventory** 1 mark for each relevant point of justification and 1 mark for each appropriate audit procedure which respond to the risks identified: **Justification** • Materiality • Raw materials • Work in progress • Finished goods **Procedures** For the raw materials: • Agree a sample of items included in raw materials to supplier invoice and original order placed with the supplier • Obtain and review the bulk purchase discount offered by the supplier and agree that specific transaction to cash book/bank ledger and bank statement and to goods received notes and trace into the inventory system	

For the work in progress:

- For the contracts included in work in progress, agree a sample of direct costs to supporting documentation
- Obtain the calculations detailing the method of overhead allocation and review for appropriateness
- Reperform the work in progress calculation
- From a review of contract cost accounts and comparison with contract prices, discussion with management and production supervisors, determine whether any contracts could be loss making
- Visit the boat building facility at the year end to form an auditor's estimate of the stage of completion of each boat, and follow up in the final audit, to ensure that the work in progress of each contract appears reasonable

For the finished goods:

- For the boat which has not passed its safety inspection, obtain the inspector's report and discuss with relevant personnel to establish the reason for the failure to obtain the licence
- Discuss with relevant personnel to obtain understanding of the work needed to rectify the problem and the costs involved
- Based on the above, determine whether the additional costs will impact on the lower of cost and net realisable value of the boat
- For the boat being stored at the dockyard, confirm through a review of supporting documentation, e.g. customer account and invoices raised, whether the sale of the boat has been accounted for
- Review the terms and conditions of the contract to determine when Encore Co completes its obligations under the contract and therefore whether the sale should be recognised and the inventory derecognised

Maximum **14**

(c) Ethical issues

1 mark for each point discussed and 1 mark for relevant action points:

- Review of internal controls should be a separate engagement with a separate fee
- Service requested is an internal audit service
- Not prohibited for a non-listed company, service can be provided subject to evaluation of threats to objectivity
- Self-review threat explained
- Separate teams to safeguard the self-review threat
- Assuming management responsibility – explained
- Matters to be acknowledged by management
- Loan guarantee creates a self-interest threat – explained
- Loan guarantee should be declined as the loan is material to the financial statements

Maximum **8**

Professional marks

Communication

- Briefing note format and structure – use of headings/subheadings and an introduction
- Style, language and clarity – appropriate layout and tone of briefing notes, presentation of materiality and relevant calculations, appropriate use of the CBE tools, easy to follow and understand
- Effectiveness and clarity of communication – answer is relevant and tailored to the scenario
- Adherence to the specific requests made by the audit engagement partner

	Analysis and evaluation – Effective application of technical and ethical guidance to support conclusions and recommendations – Risk evaluation is effectively prioritised, focusing on significance and only taking account of risks which would result in material misstatements – Appropriate consideration of the impact of the issues in controls in the client accounting systems has on the risks and the audit strategy – Identification of procedures or actions which address the areas of risk **Professional scepticism and professional judgement** – Determination and justification of suitable materiality level appropriately and consistently applied – Appropriate application of professional judgement to draw conclusions and make informed decisions following recognition of unusual or unexpected movements, missing/incomplete information or challenging resented information as part of the risk evaluation – Appropriate use of technical knowledge and professional judgement to propose suitable audit procedures **Commercial acumen** – Using the information in the scenario to evaluate the magnitude and consideration of risks	
	Maximum	**10**
Total		**50**

5 MERCURIO *Walk in the footsteps of a top tutor*

Top tutor tips

Determination of materiality: *The email from the partner states that materiality should be based on profit before income taxes, therefore at the start of your answer you should calculate the range for materiality using that benchmark and justify a figure within that range. If it is a new audit client or a client where there are apparent control risks, materiality should be set at the lower end of the range. If it is an existing client, materiality may be set at mid-range, depending on the other risks mentioned in the scenario. The examining team will give credit for any reasonable explanation of the chosen materiality threshold, as the mark is to recognise that there is the application of professional judgement and that a candidate can justify their response. It is not required that candidates select the identical percentage or figure, or that they provide a justification identical to that shown in the model answer. The*

's comments for this question state that materiality could be justified at any figure within the materiality range. See the full examiner's comments with examples at the end of the answer.

Part (a) *requires evaluation of business risks. When describing business risks remember to explain the impact it will have on the company i.e. impact on profit or cash flow.*

Part (b) *asks for risks of material misstatement. Risk of material misstatement is usually due to non-compliance with an accounting standard, although it also includes control risk. Think about the requirements of the relevant accounting standards and what the client might be doing incorrectly.*

Prioritisation of risks: *Risks should be prioritised by explaining the risks that are the most significant. For example, certain risks may be prioritised because they are complex, require judgment, include uncertainty or relate to a new event or transaction during the year. Prioritisation can be achieved by either ordering your answer in priority order and stating this is the case, or by summarising in a brief conclusion which risk, or risks, are most significant.*

Part (c) *covers the impact of outsourcing on the audit. The client has outsourced the credit control function during the year and therefore the auditor will need to obtain some of the audit evidence in respect of receivables differently from how they have in the past. Knowledge of the applicable auditing standard is required here.*

Part (d) *asks for audit procedures over the holiday pay obligation. The procedures should enable the auditor to obtain evidence to determine whether the liability is complete and accurate. Make sure your procedures are clear and provide enough detail that they can be easily followed by the audit team.*

Professional skills

Professional skills will be awarded for:

Communication – responding to the instructions in the partner's email such as preparing your answers in the form of briefing notes and using the stated benchmark for materiality.

Analysis and evaluation – applying the information from the scenario to answer the question and explaining the issues in sufficient depth.

Professional scepticism and judgement – justifying an appropriate materiality level, demonstrating critical thinking and being alert to possible manipulation and management bias.

Where relevant, professional marks will be awarded for commercial acumen which requires making practical and plausible recommendations and considering the wider implications of issues to the audit firm.

Briefing notes

To: Ted Hastings, audit engagement partner

From: Audit manager

Subject: Mercurio Co audit planning

Date: 1 July 20X5

Introduction

These notes are prepared to assist in planning the audit of Mercurio Co for the year ending 30 September 20X5. Using information provided by the company's finance director, the business risks facing the company are evaluated, and the significant risks of material misstatement are identified, prioritised and explained. In addition, the notes discuss the impact which the company's outsourced credit control function will have on our audit planning, and finally recommend the principal audit procedures in relation to the holiday pay obligation.

Materiality

For the purposes of these briefing notes, the overall materiality level used to assess the significance of identified risks is $3 million based on the profitability of the company, as requested.

Justification

Using profit before income taxes of \$60 million as a suggested benchmark results in a suggested range of \$3 million (5% × \$60 million) to \$6 million (10% × \$60 million).

Although Mercurio Co is an existing client, the company is listed and has taken out new loans during the year, significantly increasing the level of scrutiny from outside investors. There has also been a significant amount of change in the business operations with the purchase of properties from Lakewell Co since the last financial statements. Due to the increased detection risk, materiality should be set at the lower end of the range.

This benchmark is only a starting point for determining materiality and professional judgement will need to be applied in determining a final level to be used during the course of the audit.

(a) Business risk evaluation

Animal welfare

The company sells animals and pet-related products and there is a risk that animal welfare standards are not maintained. The animals which are for sale must be kept in a safe and clean environment, and any breaches of any relevant regulations bring risk to the reputation of the company. Any bad publicity or scandal created by ill-treatment of animals is likely to attract media attention.

This risk extends into the supply chain, and the suppliers of animals should also have a high regard for animal welfare. Further, the company should ensure that it is only buying animals from reputable suppliers to ensure Mercurio Co avoids buying animals which do not have appropriate documentation or have unknown or illegal origin.

Veterinary services

A further regulatory risk arises in relation to the veterinary services offered. There is a risk of employing vets who are not appropriately qualified and experienced, exposing pets to a poor quality of health care. There is a risk that pets are injured or die while under the care of the vets which leads to a reputational risk, as well as having possible legal consequences.

There is also a financial risk that a proportion of the pet healthcare plans do not generate a profit or positive cash flow for the company. The costs of providing the veterinary care in some cases may be greater than the income generated from the sale of the plan to the customer. The fact that the plans are good value for money for the customer indicates that the company may generate a very small return, even on the plans which are profitable. Mercurio Co may consider the pet healthcare plans to be a loss leader whereby customers are retained by the affordable annual plans and will make more profitable purchases on other treatments, pet food and pet accessories. The business risk remains, however, that potentially loss-making pet healthcare plans can have a significant profit and cash flow impacts on Mercurio Co if the more lucrative additional revenue does not occur.

Training of staff

Staff must be appropriately trained, and there is a risk that training is not sufficient or not appropriate. Staff are required to handle animals and they may injure themselves or an animal if it is not handled correctly. This risk would be particularly applicable to the more unusual animals such as spiders and snakes. Inadequate training or a breach of health and safety regulations in the staff handling of animals could result in legal and/or reputational consequences for Mercurio Co. There could also be a risk of poorly trained staff mishandling an animal and as a result causing injury to a customer.

The training in respect of offering nutritional and other advice to customers must also be robust, as there is a risk that the wrong advice could be given which could result in a significant reputational damage, loss of customer goodwill and potential claims for damages if customers do not have faith in or are harmed by the advice provided.

Store expansion

The acquisition of 20 stores from Lakewell Co caused a significant cash outflow, and this may put pressure on the company's liquidity, especially given the projected reduction in cash of $45 million in the year to 30 September 20X5. The stores which are retained need to be refitted, and the estimated $180 million (20 × $9 million) cost of this will put further pressure on cash flow.

The company is projecting to only have cash available of $36 million at 30 September 20X5, which would not even cover the cost to refit five of the stores. It is unlikely that the company would want to use all of its cash for this purpose, and additional long-term finance may need to be taken out. If the company is unable to raise the finance necessary to complete the refurbishment, it may need to halt all or part of the project which would impact on revenues and cash inflows. It is notable that Mercurio Co took out a loan during the year, but despite this there was still a significant cash outflow.

In addition, the refurbishment project appears to be running on a very tight timescale and it may be over optimistic to consider that all of the refurbishment can take place in a three-month period from November 20X5 to January 20X6. Any delays in opening stores will have a negative effect on revenues and cash inflows.

For the stores which are not retained, there may be problems in selling them on if they are not in good locations or are in a poor state of repair, so Mercurio Co may be left with assets which it does not want to use and are difficult to sell. The fact that Lakewell Co was facing going concern problems could indicate that the stores were not a good investment.

Mercurio brand

Importing the new Mercurio Range products from foreign countries exposes the company to the risks associated with international trade, such as currency exposure, inflation and changing regulatory frameworks. With sales of goods from the range expected to become significant next year, the supply chain with these suppliers will become increasingly important, so issues such as dealing with exchange gains and losses will become more significant for the company. There is also a risk associated with the quality of goods produced in foreign countries, if regulations are not so stringent in the country of production.

There is also a risk that the amount invested in the Mercurio Range does not yield a satisfactory return on investment. The projected sales figures may be over optimistic and it may take longer for the new brand to become established, especially if there are already well-established brands on the market. The company may not have the resources to compete effectively with other brands.

Poor quality financial reporting and management information produced by company systems

There seems to be a risk that business systems are not operating effectively, indicated by the problems experienced with the payroll system. Issues of this type could be replicated in other systems resulting in inaccurate financial reporting and management information. It will be difficult for management to make sound strategic and operational decisions if the information they are using is not fit for purpose.

Controls over payroll do not appear to be effective and the problems in the payroll system indicate a risk of fraud. Employee records could have been duplicated on purpose with the objective of paying an employee twice. Other fraudulent activity such as the creation of fictitious employees could also have happened.

There is also a risk of tax implications if the payroll system and controls surrounding it are not sufficiently robust. Employee taxes could be incorrectly calculated and underpaid. This is a compliance risk, and the company could face fines or penalties if tax regulations have not been complied with.

Tutorial note

Credit will be awarded for other relevant business risks evaluated, for example, the cash-based nature of operations, the impact on working capital management of customers being allowed credit, difficulties in managing and controlling a large number of stores, and risks associated with the outsourcing of the credit control function.

(b) Risks of material misstatement

Classification and measurement of acquired properties

The properties acquired from Lakewell Co are material, as they are clearly above the determined materiality threshold.

There is a risk that the properties are not classified appropriately according to management's intention. The properties which will be refitted should be classified as property, plant and equipment.

Any properties which are going to be sold should be classified either as assets held for sale or as investment property, depending on whether the criteria of IFRS® 5 *Non-current Assets Held for Sale and Discontinued Operations* or IAS® 40 *Investment Property* have been met. For example, if management is committed to a plan for disposal which is likely to occur within 12 months and the assets are being actively marketed by the year end, then the properties are likely to meet the IFRS 5 criteria, but if they are going to be held for the longer term and not for future use by Mercurio Co, then they are more likely to meet the IAS 40 criteria. Mercurio Co's plans to refit the stores may mean that they do not meet the definition of investment property or assets held for sale.

There are measurement and disclosure implications of inappropriate classification, for example, investment properties may be measured at fair value, while assets held for sale are measured at the lower of carrying amount and fair value less costs to sell. The properties could therefore be over or understated in value if their classification is not appropriate.

Financial analysis – pressure on results

Total assets are forecast to increase by 12.6% which is consistent with the new retail shops purchased during the year as well as an increase in trade receivables. The gearing ratio is shown to have decreased by 20 percentage points, consistent with the new bank loan which has been taken out to aid with cash flow for the refitting of the retail units and expenditure to support the new Mercurio Range.

Trade receivables have increased by 91% which is an unusual movement and not explained by the information received from the client. The current ratio has increased by 86% during the year which has not been explained by discussions with the client to date.

The extract from the company statement of financial position does not give sufficient detail on the total current assets and current liabilities to explain the movements which must have occurred. Owing to the fact that Mercurio Co is seeking new finance for the store refurbishments, professional scepticism should be maintained as there is a motivation for the directors to overstate the current ratio in order to make more favourable loan applications.

Revenue recognition

The pet healthcare plans create a risk of misstatement in respect of the timing of revenue recognition. With payment being made in advance for an annual plan, there is a risk that revenue is not recognised at the correct time. According to IFRS 15 *Revenue from Contracts with Customers*, revenue should be recognised when the entity satisfies a performance obligation.

In the case of the pet healthcare plans, there is a risk that Mercurio Co has recognised the revenue too early, as the company has a performance obligation up until the end of the healthcare contract. Revenue should be recognised when a performance obligation under the contract has been performed, for example, when each quarterly health check has been carried out.

There is a risk of overstatement of revenue and understatement of the contract liability (deferred revenue) if revenue is recognised before a performance obligation has been satisfied.

This is clearly a material issue because the income from sales of these plans historically represents 10% of revenue and above the materiality threshold which has been determined.

There will be pressure for the company to show good financial performance which is compounded by the company's ambitious expansion plans in terms of the increased number of stores and new brand. Pressure to return a better performance creates an incentive for management bias which means that management may use earnings management techniques, or other methods of creative accounting, to create a healthier picture of financial performance than is actually the case. This creates an inherent risk of material misstatement, at the financial statement level.

Operating profit is projected to increase by 56.4%, which is in contrast to increases of 7.8% and 7.1% for revenue and profit before income taxes respectively. The anomaly is unexplained by the information received to date from the client, however, there is a risk that operating profits are being overstated in order to provide an overly optimistic perception of Mercurio Co, particularly if operating profit is a key metric in loan applications. Arnott & Co should exercise caution with classifications between profit and loss entries affecting items reported below operating profit as this may seek to overstate operating profit.

Holiday pay obligation

The holiday pay obligation forecast for 30 September 20X5 is a material balance. The amount of the obligation has increased by 81.9% from the previous year, which is a significant movement indicating that the estimate for 20X5 may be overstated.

In addition, given that the company has 7,000 employees, on the basis of the holiday pay obligation being estimated at $21.1 million, this gives an average obligation per employee of $3,014, which seems high. Employee numbers have increased by 13% from the previous year, meaning that the average obligation per employee has risen by 61% from $1,871 in 20X4.

The obligation is based on a management estimate, which relies on management's judgement and therefore also contains an inherent risk of management bias. The obligation is calculated on the basis of the previous year's provision adjusted for changes in staffing levels and rates of pay. As previously mentioned, the employee numbers have increased by 13% from the prior year and there is no indication that rates of pay have changed considerably.

In addition, the lack of controls over the payroll system and the fact that manual records are being used and sometimes holidays not recorded means that management's estimate may not be based on robust information. This risk also extends back into the corresponding figure for 30 September 20X4.

There is a further risk that the accrual has not been determined in accordance with IAS 19 *Employee Benefits*, which requires an obligation to be recognised in respect of accumulating paid absences only. Management may not have considered whether the employees' holiday pay is accumulating or non-accumulating when measuring the obligation, resulting in an incorrect determination of the amount to be recognised. The employees are permitted to carry forward a maximum of three days of holiday pay and therefore accumulated holiday pay from prior years is not likely to fully explain the large increase in the holiday pay obligation.

Lost shipment

According to the contract with the international supplier, ownership of the goods which were destroyed in transit had passed to Mercurio Co and therefore any loss should be recognised in the financial statements. Mercurio Co is recognising the goods at the purchase price of $12 million in the statement of financial position and this is incorrect as the inventory has been destroyed. The destroyed inventory is clearly above the materiality threshold which has been determined.

There is a risk of material misstatement that profit and inventory have been overstated. Management bias could have led to the accounting treatments suggested by the finance director, which work to improve the company's profit and total assets for the year.

The insurance policy gives rise to a possible contingent asset. Contingent assets are possible assets whose existence will be confirmed by the occurrence or non-occurrence of uncertain future events which are not wholly within the control of the entity.

In line with IAS 37 *Provisions, Contingent Liabilities and Contingent Assets*, such assets should not be recognised, but they are disclosed when it is more likely than not that an inflow of economic benefits will occur. However, when the inflow of benefits is virtually certain, an asset is recognised in the statement of financial position, because that asset is no longer considered to be contingent.

The inflow of economic benefits is probable as Mercurio Co has received informal confirmation from the insurance company that they are processing the claim. It is therefore appropriate that Mercurio Co discloses the contingent asset of $9.6 million for the insurance claim receivable, however, it should not be recognised as an asset as the successful payout of the claim is not virtually certain.

There is a risk of inadequate disclosure or inappropriate treatment of the insurance claim.

Conclusion

The risks of material misstatement have been ordered with regard for the estimated magnitude of any misstatement and the likelihood of such a misstatement occurring. For example, the purchase of the stores for refurbishment is the highest quantitative area which is deemed to be at risk of material misstatement, as it is newly occurring in the year and there is a significant risk of management bias in the classification. Similarly, revenue recognition of the annual pet healthcare plans is estimated to affect up to 10% of revenue and could also impact prior year figures, resulting in a high-risk prioritisation.

In contrast, foreign exchange movements are carried out as standard by many companies and should be at lower risk of material misstatement than the other risks as outlined above.

Tutorial note

Credit will be awarded for other relevant risks of material misstatement identified and explained, for example, the control risk and associated potential misstatements in relation to payroll expenses, misstatement in respect of the credit control function impacting on trade receivables, the valuation of own-brand inventories which have yet to demonstrate their saleability, and any impairment which may need to be recognised in respect of stores which are not going to be retained for future use.

(c) Impact of outsourcing the credit control function on audit planning

ISA 402 *Audit Considerations Relating to an Entity Using a Service Organisation* is the source of guidance for auditors when an audited entity chooses to outsource one or more business activities. The objective of ISA 402, which is relevant to the planning stage of the audit, is that the auditor should obtain an understanding of the nature and significance of the services provided by the service organisation and their effect on the user entity's internal control relevant to the audit, sufficient to identify and assess the risks of material misstatement.

According to ISA 402, when obtaining this understanding, the following matters should be considered:

- The nature of the services provided by the service organisation and the significance of those services to the user entity, including the effect thereof on the user entity's internal control.
- The nature and materiality of the transactions processed or accounts or financial reporting processes affected by the service organisation.
- The degree of interaction between the activities of the service organisation and those of the user entity.
- The nature of the relationship between the user entity and the service organisation, including the relevant contractual terms for the activities undertaken by the service organisation.

The auditor therefore needs to understand the nature of the service which is performed by Fairbank Co. A key consideration is whether Fairbank Co's services are limited to recording and processing transactions, or whether they execute transactions, therefore taking on accountability for those transactions.

Given that Fairbank Co is providing a credit control function, the audit firm must understand whether Fairbank Co is, for example, making decisions about adjustments which may be needed to adjust for irrecoverable debt or the level of allowance for receivables, and the materiality of the amounts involved.

The audit firm should conduct procedures at the planning stage to develop this understanding, including:

- Review the contract between Mercurio Co and Fairbank Co to understand the terms of the engagement.
- Review reports issued by Fairbank Co, for example, to determine the effectiveness of the credit control function performed.
- Document how the systems of Fairbank Co and Mercurio Co interface to understand how the credit control function impacts on Mercurio Co's accounting records.

If the audit firm needs to develop a further understanding in order to assess the risk of material misstatement in relation to the service organisation's activities, then further activities should be planned for, including:

- Obtaining a type 1 or type 2 report, if available.
- Contacting the service organisation, through the user entity, to obtain specific information.
- Visiting the service organisation and performing procedures which will provide the necessary information about the relevant controls at the service organisation.
- Using another auditor to perform procedures which will provide the necessary information about the relevant controls at the service organisation.

Tutorial note

Credit will be awarded where candidates briefly explain type 1 and type 2 reports.

In conclusion, the audit firm must ensure that they use appropriately skilled and experienced staff to adequately assess the service organisation. Additionally, Arnott & Co should plan for additional time to ensure that the service organisation is contacted with sufficient time so that the required information and any visits are conducted in advance of the final audit work.

(d) Procedures in respect of the holiday pay obligation

- Discuss with management the method used to estimate the obligation to understand the assumptions used.
- Confirm that management's estimation techniques are in accordance with the requirements of IAS 19.
- Discuss with management and assess the controls around who has responsibility for calculating the accrual and how this is reviewed and approved.
- Discuss with management the source of information which has been used to develop the estimate, confirming whether this is the manual records which have been maintained.
- Agree the pay rise and changes in staffing levels to human resources records.
- Agree staff numbers from payroll records to the holiday accrual schedule and confirming to the numbers included in the management accounts.
- Develop a point estimate or a range to evaluate management's point estimate using information sources based on:
  - Discussions with a representative of the human resources department regarding the company's policy on holiday pay, particularly to determine whether it is accumulating or non-accumulating.
  - Reviews of a sample of employee contracts to confirm their holiday entitlement and whether it is accumulating or non-accumulating.
  - The manual records recording holiday leave taken before the year end.
  - An estimate of the holiday leave which has not been taken at the year end.
- Obtain written representations from management on whether they believe the significant assumptions used in making accounting estimates are reasonable.
- Review the outcome of the prior year accrual to verify how effective management has been in prior periods at estimating this obligation.

Tutorial note

Performing tests of controls is unlikely to be effective given the deficiencies in the system described in the scenario.

Examiner's comments

General comments

Where a candidate prepared an answer tailored to the scenario and focused on the requirement, high technical and professional skills marks were obtained.

Some candidates continued to produce very vague answers which were not tailored to the specific scenario and, therefore, did not achieve high technical or professional skills marks. This exam requires candidates to demonstrate both technical knowledge but also, they need to be able to apply this knowledge to a specific scenario. Candidates should use the specific information provided within the scenario demonstrating both knowledge and application of skills to pass each requirement.

Requirement (a)

In this section of the question, candidates were required to use the specific information provided in the scenario to identify and evaluate the significant business risks in relation to Mercurio Co. In the AAA exam, significant risks are those which would have a significant impact on the client business and where there is a significant probability of these risks occurring, after any mitigations stated in the information provided. Risks that are of a remote likelihood of occurring, already mitigated against or will have an insignificant impact are not considered to be 'significant risks'.

Candidates are required to identify what is significant in the context of the specific scenario, demonstrating good professional judgement and an ability to disseminate the important information whilst assessing the risks which may affect the audit.

It is pleasing to see many candidates were able to focus on the risks arising, describing the impact on the business of Mercurio Co, however a much smaller proportion of candidates evaluated the significance of these risks by assimilation of the information from the different exhibits. For example, many candidates were able to identify the risk that the pet healthcare plans were a financial risk for the company (Exhibit 2) owing to the company's inability to raise prices due to customer price sensitivity and amid rising costs. Stronger candidates then went on to assess that this risk in the context of both the likelihood of losses occurring and the magnitude of the revenue stream, being a core service that consisted of 10% revenue and would be likely to bring in further sales of food and accessories in the pet stores. An alternative evaluation that was credited was the consideration of the financial risk of the pet healthcare plans against continually rising costs and whether it was strategically beneficial to increase prices at the present time or in the future.

These candidates not only provided a well thought out evaluation for the purpose of scoring technical marks, but many went on to demonstrate the skill of commercial acumen in recognising the service as a loss leader.

Weaker candidates often discussed the implication of the risk without attempting to evaluate the scale of the risk. Typical responses by candidates who did not score sufficient credit to pass the exam would simply state that something which had occurred in the scenario, such as "there might be difficulties in paying back loans" whilst failing to relate the threat to any of the specific information in the scenario, such as the lack of current financing required to renovate the stores purchased from Lakewell and the implications of this on the business. Professional scepticism could be demonstrated in this area when candidates questioned management's decision to purchase the 20 stores whilst not having a proper business plan in place and the risks to the business as a result of this lack of planning.

Some candidates remarked that going concern was a risk because the company would fail to pay back the loans that were due, however this was not indicated in the scenario and although cash balances had decreased it is normal for profitable businesses to fund expansion with loan financing.

Overall, in this section many candidates were able to identify sufficient risks to pass the requirement. Fewer candidates identified the business risks of the company's poor internal controls and the impact on business decisions. In summary, candidates did not seem to have difficulty in identifying business risks and the implication on the company; however, the differentiator between stronger and weaker candidates was their ability to evaluate the risks and demonstrate their professional skills of commercial acumen and professional scepticism.

Requirement (b)

This requirement is typical in volume and nature to many planning questions and examines a major area of the syllabus – risk. It is important to recognise that the requirement asked for an evaluation, not simply a list of risks, nor a strategy or procedures to address those risks. The examining team are testing whether candidates understand how and why a risk arises and the implications this has on the financial statements or the audit itself. Candidates are expected to perform relevant analysis to support an evaluation of risks of material misstatement (RoMMs). There were 18 technical marks available in this part of the question in addition to a significant number of professional skills marks for the analysis. It was disappointing to see that candidates often achieved strong marks in this section for the identification of the RoMMs but fewer obtained the marks for the evaluation of those risks. Many candidates are continuing to rely on basic or generic explanations, which fail to refer to the information in the scenario.

Candidates who refer to the specific information provide more in-depth answers and are also able to assess the scale of the risk in the context of the specific audit client.

Materiality

Specific marks were available in this requirement for the calculation and application of materiality in line with the new syllabus guidance and for the prioritisation of the risks identified. Whilst a significant number of candidates appeared prepared for the new syllabus and followed the new materiality guidance, there remained few who attempted to prioritise risks and were unable to access the professional skills marks for this skill.

Candidates are expected to initially determine a materiality threshold for the audit, as would be used in practice. Three technical marks are available for the materiality determination. Candidates are expected to demonstrate a knowledge of the appropriate percentage range for the benchmark instructed by the audit partner (in this question, profit before income taxes was to be utilised with candidates expected to use 5–10% as their range), calculate the monetary amount in respect of the range. Candidates must then use their professional judgement to select an appropriate materiality threshold given the risk levels which exist in the audit and provide a brief justification for their choice. Each of these steps examines a different aspect of the understanding and skills required of an auditor. It was disappointing to note that some candidates initially calculated a range appropriately, then failed to justify a materiality threshold for the audit. The examining team will give credit for any reasonable explanation of the chosen materiality threshold, as the mark is to recognise that there is the application of professional judgement and that a candidate can justify their response. It is not required that candidates select the identical percentage or figure, or that they provide a justification identical to that shown in the model answer.

For example, in this question, some candidates stated the higher end of the range was justified because this was an existing client, some stated the lower end was more appropriate due to the accounting errors that the finance director was making. Alternative answers which were awarded credit included those which suggested that an amount in the middle of the range was appropriate, because whilst this was an existing client, the rapid expansion and increased loan finance would bring the financial statements under increasing scrutiny. All of these obtained the mark for justifying the chosen materiality threshold.

Evaluation of the risks

Candidates were then required to evaluate the significant risks. In determining which risks are the most significant, candidates are demonstrating an understanding of risk, how it arises and how the audit will focus on those issues most likely to cause a material misstatement. Candidates that demonstrated a depth of evaluation were awarded more credit than those more generic responses. An issue that arises repeatedly is candidates attempting to find 9 risks for an 18-mark question and conducting little or no in-depth analysis of any of them. This will not be sufficient to attain a pass mark. This means some of the risks stated in these answers will be speculative or not significant and, therefore, will not obtain credit. This also increases the time pressure for candidates as they are trying to cover too many risks and these risks which are identified are often not developed in sufficient depth to obtain a pass mark. Once again, examples seen by the examining team that do not attain credit included risks that don't arise at all in the scenario such as a provision for the refit of stores, or the split of loans between current and non-current which is neither a significant ROMM nor business risk. These speculative risks are not given credit. The scenario contained information which gave rise to five significant risks, of which the majority of candidates were able to identify at least four. These were the classification and measurement of properties, revenue recognition related to the pet healthcare plans, trade receivables, lack of controls relating to holiday pay and the missing shipment.

Each of these could be evaluated in the context of the scenario using the information provided, ensuring that the underlying accounting treatment was correct. In this exam, financial reporting knowledge from the SBR syllabus and previous FR and FA exams is deemed knowledge. The majority of marks available in AAA will be for the application of the financial reporting knowledge to the specific audit scenario, not simply for the knowledge itself. In Exhibit 3, candidates were provided with the trade receivables figure with comparatives and many correctly calculated the percentage increase. In addition, a narrative on trade receivables was provided stating (i) an increasing number of customers have credit accounts, and (ii) a service organisation is now engaged to provide the credit control function.

For this Strategic Professional level exam, candidates are expected to provide further analysis in order to obtain credit, rather than simply relating the increase in trade receivables directly to a ROMM. Candidates need to explain the changes to the organisation which can help to explain the increase year on year. Stronger candidates were able to understand the numerical and narrative explanations and determine that a ROMM existed in relation to trade receivables owing to the outsourcing of the credit control function and lack of visibility of the recovery of debts. Candidates who further develop this ROMM such as by questioning management's motive for overstating trade receivables, could achieve credit for professional skills marks by displaying scepticism and judgement. It was pleasing to see that candidates could link the issues of trade receivables and loan financing proposing that management may wish to present more positive financial statements in order to increase the likelihood of gaining further loan financing in the future.

Weaker candidates who discussed generic management bias which is not linked to a specific risk, such as "the company is listed therefore management want to perform earnings management" did not obtain credit. Consistent with the September examination, it was disappointing to see that few candidates attempted any prioritisation of the risks as specifically stated in the requirement. Professional skill marks were available to the candidates who attempted this requirement. Candidates were expected to identify the most significant risks, and then provide a brief justification for their choice. Again, credit was awarded for candidates who offered a reasonable explanation, and therefore, a range of possible explanations are valid. Candidates should be aware this mark is for the act of justifying the reason not for the actual justification used. Candidates can obtain these marks by either ordering their answer in priority order and stating this is the case or by summarising in a brief conclusion which risk, or risks, are most significant. Where candidates use this latter method, if a candidate does not state which one or two risks are the most significant but simply lists some or all their identified risks, this will not be sufficient for credit.

Requirement (c)

Part (c) required candidates to discuss and conclude on the impact of outsourcing the credit control function – this topic could attract credit in parts (a), (b) and (c) of the question and was unfortunately often poorly understood throughout. A significant proportion of students attempted to answer as if it was an acceptance question and rote learnt answers in this context naturally scored very poorly.

Despite the requirement requesting a conclusion and the marking guide allowing a generous interpretation of this, few candidates attempted to provide a conclusion. In addition, a professional mark was available under the communication category to recognise those candidates who applied their answer to the scenario and the service organisation being related to credit control. This could be awarded where candidates had, for example, suggested procedures relating to the outsourcing of credit control to a service organisation, however, it was often lacking in candidates' responses.

Requirement (d)

This requirement is typical of a section A question and requires candidates to design audit procedures to address a specific risk arising in the question. In this question, the procedures were to determine the holiday pay obligation, which had been described in Exhibit 3.

Exhibit 3 explains that the holiday obligation was a management estimate in this scenario as Mercurio Co's systems had failed due to duplication issues and could not be relied upon. A sizeable proportion of students failed to appreciate that the procedures would need to be directed to the estimate and instead focussed on the failed systems which caused low marks in an area where students normally score well. Credit was awarded where candidates described valid procedures for the development of an auditor's estimate. The strongest candidates gained a professional mark under analysis and evaluation for designing procedures which addressed the areas of judgement i.e. how to audit the assumptions that were made by management in their estimate. Candidates were generally able to pass this requirement, however with fewer marks than is typical of a procedures question.

Overall professional skills marks

In additional to the professional skill marks described within the different sections of the question, marks were available for communication overall. These marks were awarded for the use of a briefing note header and introduction, presentation and relevance of answer and clarity of explanations. The majority of candidates achieved maximum marks in this area.

ACCA Marking guide

		Marks
(a)	**Business risk evaluation** Up to 2 marks for each business risk (unless indicated otherwise). Marks may be awarded for other, relevant business risks not included in the marking guide. • Animal welfare regulations • Compliance risk in respect of veterinary services provided • Staff competence (inappropriately qualified vets, risk of inadequately trained staff (up to 4 marks) • Financial risk that pet healthcare plans do not generate profit/cash inflow • Property acquisition and future refitting costs • Mercurio brand products • Poor quality financial reporting and management information being produced from systems	
	Maximum	**8**
(b)	**Evaluation and prioritisation of risks of material misstatement** Up to 3 marks for each risk of material misstatement (unless indicated otherwise). Marks may be awarded for other, relevant risks not included in the marking guide. In addition, ½ mark for relevant trends or calculations which form part of the evaluation of risk (max 3 marks). Appropriate materiality calculations up to 2 marks and justification of materiality should be awarded to 1 mark. • Classification and measurement of properties • Financial analysis – Pressure on results • Revenue recognition • Lack of controls regarding holiday pay (4 marks) • Missing shipment	
	Maximum	**18**
(c)	**Impact of outsourcing the credit control function** Generally, 1 mark for each valid point discussed • Need to obtain understanding of nature and significance of services provided including (½ mark each): – Nature of services provided – Nature and materiality of transactions processed – Degree of interaction – Contractual terms • Examples of procedures to be performed (1 mark each) – Review the contract between Mercurio Co and Fairbank Co – Review reports issued by Fairbank Co – Document how the systems of Fairbank Co and Mercurio Co interface • Further procedures if necessary to determine the risk of material misstatement (1 mark each) – Obtaining a type 1 or type 2 report, if available – Contacting the service organisation to obtain specific information – Visiting the service organisation and performing procedures – Using another auditor to perform procedures	
	Maximum	**7**

(d) Procedures in relation to holiday pay obligation

Generally, 1 mark for each well-explained procedure:

- Discuss with management the method used to estimate the obligation to understand the assumptions used
- Confirm that management's estimation techniques are in accordance with IAS 19
- Discuss with management who prepares the calculation and how it is approved
- Discuss with management the source of information which has been used to develop the estimate
- Agree staff numbers from payroll records to the holiday accrual schedule
- Agree the pay rise and changes in staffing levels to HR records to verify accuracy of the estimations used
- Develop a point estimate or range to evaluate management's estimate using information sources based on:
  - Discussion with human resources representative regarding the company's policy on holiday pay, particularly to determine whether it is accumulating or non-accumulating
  - Employee contracts to confirm their holiday entitlement and whether it is accumulating or non-accumulating
  - Manual records of holiday leave taken before the year end
  - Estimate of the holiday leave not yet taken at the year end
- Review the outcome of the previous period's estimates
- Obtain a written representation from management on whether they believe significant assumptions used in making accounting estimates are reasonable

Maximum	**7**

Professional marks

Communication

- Briefing note format and structure – use of headings/subheadings and an introduction
- Style, language and clarity – appropriate layout and tone of briefing notes, presentation of materiality and relevant calculations, appropriate use of the CBE tools, easy to follow and understand
- Effectiveness and clarity of communication – answer is relevant and tailored to the scenario
- Adherence to the specific requests made by the audit engagement partner

Analysis and evaluation

- Appropriate use of the information to determine and apply suitable specific calculations which are relevant to the scenario
- Risk evaluation is effectively prioritised, focusing on significance and only taking account of risks which would result in material misstatements
- Identification of procedures or actions which address the areas of judgement

Professional scepticism and professional judgement

- Effective challenge of information supplied and techniques carried out to support key facts and/or decisions
- Determination and justification of suitable materiality level appropriately and consistently applied
- Appropriate application of professional judgement to draw conclusions and make informed decisions about the courses of action which are appropriate in the context of the audit engagement
- Identification of possible management bias or error e.g. when determining the classification of acquired properties, revenue recognition

Commercial acumen – Demonstration of wider commercial awareness applied to the scenario to evaluate business risks	
Maximum	**10**
Total	**50**

6 WINBERRY *Walk in the footsteps of a top tutor*

Top tutor tips

Determination of materiality: *The email from the partner states that materiality should be based on profit before income taxes, therefore at the start of your answer you should calculate the range for materiality using that benchmark and justify a figure within that range. If it is a new audit client or a client where there are apparent control risks, materiality should be set at the lower end of the range. If it is an existing client, materiality may be able to be set at mid-range, depending on the other risks mentioned in the scenario. The examining team will give credit for any reasonable explanation of the chosen materiality threshold, as the mark is to recognise that there is the application of professional judgement and that a candidate can justify their response. It is not required that candidates select the identical percentage or figure, or that they provide a justification identical to that shown in the model answer. The examiner's comments for this question state that materiality could be justified at any figure within the materiality range. See the full examiner's comments with examples at the end of the answer.*

Part (a) *requires evaluation of business risks. When describing business risks remember to explain the impact it will have on the company i.e. impact on profit or cash flow. The business risks should be relatable to the financial statements as the auditor will only consider business risks which will also give rise to a risk of material misstatement.*

Part (b) *asks risks of material misstatement. Risk of material misstatement is usually due to non-compliance with an accounting standard, although it also includes control risk. Think about the requirements of the relevant accounting standards and what the client might be doing incorrectly.*

Prioritisation of risks: *Risks should be prioritised by explaining the risks that are the most significant. For example, certain risks may be prioritised because they are complex, require judgment, include uncertainty or relate to a new event or transaction during the year. Prioritisation can be achieved by either ordering your answer in priority order and stating this is the case, or by summarising in a brief conclusion which risk, or risks, are most significant.*

Part (c) *asks for audit procedures over the classification of the investment in LPS Co. The procedures should enable the auditor to obtain evidence to determine whether the relevant financial reporting standard has been complied with. Make sure your procedures are clear and provide enough detail that they can be easily followed by the audit team.*

Part (d) *asks for a discussion of auditor's responsibilities in relation to compliance with laws and regulations. This requires knowledge of the relevant auditing standard. State the requirements of the ISA and apply them to the scenario.*

Professional skills

Professional skills will be awarded for:

Communication – responding to the instructions in the partner's email such as preparing your answers in the form of briefing notes and using the stated benchmark for materiality.

Analysis and evaluation – applying the information from the scenario to answer the question and explaining the issues in sufficient depth.

Professional scepticism and judgement – justifying an appropriate materiality level, demonstrating critical thinking and being alert to possible manipulation and management bias.

Where relevant, professional marks will be awarded for commercial acumen which requires making practical and plausible recommendations and considering the wider implications of issues to the audit firm.

Briefing notes

To: Olivia Fig, audit engagement partner

From: Audit manager

Subject: Audit planning in relation to Winberry Co

Date: 1 July 20X5

Introduction

These briefing notes have been prepared to assist in planning the audit of Winberry Co. The notes begin with an evaluation of the significant business risks facing the company and continue with an evaluation and prioritisation of the significant risks of material misstatement which should be considered in planning the audit. The significant risks of material misstatement have been structured to prioritise the risks in terms of the likelihood and magnitude of misstatement in relation to each risk.

The notes also include the recommended principal audit procedures which have been designed in respect of the investment in Luxury Pet Supplies Co (LPS Co) and the warehouse assets following a recent fire. Finally, the notes consider the audit implications of a cyber-attack which took place during the year.

Materiality

For the purposes of these briefing notes, the overall materiality level used to assess the significance of identified risks is $4 million based on the profitability of the company, as requested.

Justification

Using profit before income taxes of $53 million as a suggested benchmark results in a suggested range of $2.65 million (5% × $53 million) to $5.3 million (10% × $53 million).

This is an existing client and we have cumulative knowledge and experience of Winberry Co, however, the changes to the company's operations in the year increase the level of risk in the current year. Materiality should be set at the midpoint of the range.

This benchmark is only a starting point for determining materiality and professional judgement will need to be applied in determining a final level to be used during the course of the audit.

(a) **Evaluation of significant business risks**

Damage to operations caused by the warehouse fire

The fire has caused the destruction of the warehouse servicing Winberry Co's northern customer base. Winberry Co will certainly incur higher costs to increase capacity at the existing warehouses and, more significantly, incur greater transport costs by using alternative warehouses to supply this region.

If there is disruption to services due to an interruption of grocery service, then this will cause a detrimental effect to Winberry Co's reputation which is likely to result in a fall in sales and profit.

The damage to Winberry Co's business could be amplified by the fact that online grocery delivery is a growing market and a failure to adequately service new customers to the sector could restrict this growth opportunity.

International expansion

The expansion into Farland introduces a business risk in that the company will be managing operations in a foreign country for the first time. Farland may have different laws and regulations compared to the company's home jurisdiction, so there is a heightened risk of non-compliance.

The types of groceries typically bought by consumers in Farland may be different from Winberry Co's home jurisdiction and management may not have experience in their procurement, distribution and sale.

There are also risks associated with Winberry Co's ability to set up an overseas distribution network, including the warehouses, delivery vehicles and suitably qualified staff and to comply with foreign legislation.

All of these issues create a risk that the international expansion may not be successful, and at the same time will represent a drain on management's time and resources. Operations in the home country of Winberry Co may suffer as a result.

Investment in LPS Co

The joint venture represents a new method of expansion for Winberry Co and introduces a possible reputational risk if they are unable to replicate their own high standards in the joint venture. Any quality issues with products or delivery problems with LPS Co could have repercussions for Winberry Co's reputation and this may, consequently, lead to a reduction in sales.

There is also the possibility of a clash in management styles and techniques of the two different partners in the joint venture leading to conflict, which may affect the business strategy, management focus and consequently impact financial performance.

Management may struggle to deal with the increased number of operations which they need to monitor and control, or they may focus so much on ensuring the success of the new joint venture that existing activities are neglected.

These issues heighten the risk of the joint venture failing to be successful and produce a satisfactory return on the $30 million initial investment.

Loan finance

The $125 million expansion into Farland is to be funded by loan finance. The additional debt financing will increase Winberry Co's gearing and result in a higher business risk to ensure that the international expansion is successful and that the interest-bearing loan is covered without detriment to the cash flow of the existing business.

Winberry Co's existing bank loans have the covenant that interest cover must remain above 3. The expansion and additional proposed loan will therefore make it more difficult to maintain the required interest cover level and if the international expansion fails, Winberry Co is at risk of defaulting on the bank covenant and the bank recalling the loan.

Due to the recent joint venture, rapid growth in sales and the planned expansion into Farland, Winberry Co is at risk from overtrading. The current management team may not be able to adequately control the high level of growth and may neglect Winberry Co's core business, causing loss of market share. This is particularly heightened as the home delivery grocery market is noted as experiencing high levels of growth and will attract strong competition.

Eco-friendly delivery vans

The eco-friendly delivery vans have been noted as causing delays of up to four hours, which will cause inconvenience to Winberry Co's customers and reputational damage. Winberry Co's customers value the convenience of grocery delivery and a four-hour delay would severely negate this perceived benefit. Winberry Co would be likely to lose customers if the delivery delays continue and therefore sales and profits would suffer, as well as the company having to bear the cost of any compensation or refunds which could be claimed by customers for the delays to their deliveries.

Legal case

A legal case is being brought against Winberry Co by local residents regarding the warehouse which was destroyed by fire. Winberry Co is associated with toxic fumes and damage to public health. The result of the internet search demonstrates that the case is already reported in the public domain and therefore some reputational damage is likely, thereby reducing sales and profits.

There is also the business risk that the legal case will require defending or settlement and therefore legal fees or compensation payments will be incurred, with a further risk of having to pay damages and fines if Winberry Co is found liable of damaging public health through toxic fumes from the warehouse fire.

The information provided regarding Winberry Co's staff circumventing safety controls increases the likelihood that Winberry Co will be found negligent and possibly lose the legal case.

Cyber-security attack

The internet search, if accurate, states that the company has not fulfilled the requirements of the data protection legislation and corporate governance principles. This may result in reputational damage to the firm as well as the possible requirement to pay fines or penalties which both could result in cash outflows from Winberry Co, whether it is by cash payments or reduced sales. The risk of a fine or penalty is increased due to the fact that the directors of Winberry Co have not reported the breach to the regulator.

The apparent concealment of the data breach, by management not reporting the issue to regulators, may also indicate a lack of integrity or a lack of understanding by management, of law and regulations. The audit team should also consider the impact on the reliance on corporate governance matters concerning the business.

Tutorial note

Credit will be given to candidates who refer to the potential corporate governance issues due to Winberry Co being a listed company.

Perishable products

The nature of Winberry Co's grocery delivery is that a large proportion of inventory is perishable and therefore has a limited shelf life. The perishable nature of the goods means that any delays to delivery, such as those caused by the breakdown of the eco-friendly delivery vans, will have a greater impact to the profits of Winberry Co than if the goods were not perishable. This means that there is a significant risk of wastage and any inefficiency in storage or distribution will increase spoilage of inventory and result in a loss of profit for Winberry Co.

In addition, the joint venture of LPS Co will introduce a new range of perishable products which will have different storage requirements.

(b) Evaluation of risk of material misstatement

Financial analysis

Revenue is projected to increase by 66.8%, operating profit by 56.4% and profit before income taxes by 71%, all of which are broadly consistent with each other. During the year, Winberry Co has a new premium delivery pass revenue stream; however, this is not sufficient to explain the projected increase in revenue.

Total assets are forecast to increase by 8.3% which may seem overly optimistic given that a large warehouse has been destroyed by fire during the year without being written down, and Winberry Co is accounting for the assets of the new joint venture in LPS Co in their entirety by incorrectly consolidating LPS Co as a subsidiary. There is a risk that assets are overstated.

Warehouse fire

The most significant identified risk would be the assessment of the carrying amount of the fire damaged warehouse which is clearly above the materiality threshold of $4 million.

The damage to the warehouse should have triggered an impairment review, as required by IAS 36 *Impairment of Assets*. However, the finance director has wrongly assumed that the insurance cover on the warehouse relieves Winberry Co of the requirement to properly assess the impairment of the warehouse and perform the calculations in accordance with IAS 36.

Impairment is measured by comparing the carrying amount of an asset with its recoverable amount. The recoverable amount is the higher of value in use and fair value less costs to sell the asset.

The significance of the warehouse fire is not simply a quantitative one, but also an indicator of potential management bias and the impact of their judgement on the financial statements. The risks of material misstatement regarding this issue are, therefore, of high significance to the audit team.

As the warehouse has been destroyed by the fire, it is likely that the value in use is nil and the fair value less costs to sell would also have to consider the warehouse in its current condition as the warehouse is badly damaged and the machinery needs to be completely replaced.

According to IAS 36, the cash flow projections which are used to determine the value in use of the impaired asset should relate to the asset in its current condition – expenditures to improve or enhance the asset's performance should not be anticipated, however, the finance director has not carried out an impairment review as he is confident the company's insurance policy will cover the cost of reinstating it to its previous condition.

This is against the criteria of IAS 36 and there is a risk that property plant and equipment (PPE) is overstated and the impairment cost is understated.

In addition, it is important that any amount claimed through the insurance policy is recognised separately from the warehouse PPE. The current status of the insurance claim must be verified during the audit process and, if necessary, prior to the completion of the audit. This will determine to what extent the warehouse should be impaired in the financial statements.

Investment in LPS Co

The financial information shows that LPS Co revenue is projected to reach $10 million this year. The investment is expected to occur in August 20X5, so based on these projections the $10 million revenue is for a maximum of two months, which is clearly above the determined materiality threshold. Winberry Co is also recognising the total assets of the joint venture of $60 million which is also in excess of the materiality threshold.

From the information provided in the extract from the management accounts, it seems that the investment is a joint venture, with control of LPS Co shared between Winberry Co and Durian Co. IFRS 11 *Joint Arrangements* defines a joint venture as a joint arrangement whereby the parties who have joint control of the arrangement have rights to the net assets of the arrangement.

IFRS 11 requires that a joint venturer recognises its interest in a joint venture as an investment and shall account for that investment using the equity method in accordance with IAS 28 *Investments in Associates and Joint Ventures*.

The finance director has stated that he intends to consolidate the results of LPS Co with the share of the results attributable to Durian Co being shown as a non-controlling interest. The finance director believes that despite Winberry Co and Durian Co each owning 50% of LPS Co and having equal representation on the board of directors, Winberry Co's contribution of knowledge to the joint venture is greater and therefore Winberry should consolidate the investment as a subsidiary. This treatment is contrary to IFRS 11, whereby the control is considered to be joint if the investors in the venture have equal shareholdings and equal representation on the board of directors.

There is no evidence that Winberry Co holds a right to veto decisions, which is a possible way the finance director could justify that Winberry Co holds overall control and would be entitled to consolidate LPS Co.

The impact of the full consolidation of LPS Co by Winberry Co as a subsidiary would not have a net effect of overstating Winberry Co's retained profit or net assets. This is because the non-controlling interest of Durian Co would be represented on the statement of profit or loss and statement of financial position. The attributable profit and equity of non-controlling interests belonging to Durian Co would be shown in the proportion agreed of 50%, however, the gross totals of all areas in Winberry Co's statement of financial position and profit or loss would be inflated by LPS Co being incorrectly consolidated as a subsidiary undertaking.

The consolidation of the full results of LPS Co would, however, increase Winberry Co's revenue, operating profit and total assets which may be the motivation for the finance director to claim that Winberry Co controls LPS Co and is entitled to fully consolidate the results.

Revenue recognition – premium delivery pass

There is a risk arising from Winberry Co recognising revenue for customers in advance of the satisfaction of the performance obligation for the annual premium delivery pass, with revenue recognised when the invoice is sent to the customer. This is leading to early recognition of revenue, i.e. recognising prior to the company providing a service to its customers.

IFRS 15 *Revenue from Contracts with Customers* requires that revenue is recognised when a performance obligation is satisfied by transferring a promised good or service to a customer. As the premium delivery pass covers 12 months and the company is providing the service over time, it can be difficult to determine how much service has been provided and therefore the amount of revenue which can be recognised at a particular point in time.

It does not appear that the requirements of IFRS 15 are being adhered to and there is a risk that revenue is being overstated and deferred income is understated.

Winberry Co also has a further revenue recognition risk that revenue from orders is recognised at the point of order rather than at the time of delivery. As previously stated, IFRS 15 states that revenue is recognised when a performance obligation is satisfied and in Winberry Co's case, this would be when the goods are delivered to the customer. There is a risk that revenue is being overstated and deferred income is understated.

Tutorial note

Credit can be awarded where the candidate assumes that the delivery pass revenue does not accrue evenly.

Corporate governance

The recent cyber-security attack could highlight that internal controls are deficient within the company. Even though this particular problem has now been rectified, if Winberry Co had not properly identified or responded to these cyber-security risks, there remains the possibility that there could be other areas which are deficient, leading to control risk.

The issue also indicates that the audit committee is not appropriately fulfilling its responsibilities with regards to internal audit which could indicate wider weaknesses in the company's corporate governance arrangements and resulting in increasing risk of material misstatement.

Legal provision

The internet search results show that a legal case was brought against Winberry Co in January 20X5. From the information provided, it is not possible to determine if the amount involved is material, however, there should be appropriate consideration as to whether the court case gives rise to an obligation at the reporting date.

According to IAS 37 *Provisions, Contingent Liabilities and Contingent Assets*, a provision should be recognised as a liability if there is a present obligation as a result of past events which gives rise to a probable outflow of economic benefit which can be reliably measured. The warehouse fire is a known event, so if there has been harm to people in the local area as result of this, then it is feasible that there is a liability as a result of a past event.

A risk of material misstatement therefore arises that if any necessary provision is not recognised, liabilities and expenses will be understated. If there is a possible obligation at the reporting date, then disclosure of the contingent liability should be made in the notes to the financial statements.

There is a risk of inadequate disclosure. This is a risk whether the situation gives rise to a provision or a contingent liability, as provisions also have disclosure requirements which may not be complied with.

A further risk is that any legal fees associated with the claim have not been accrued within the financial statements. As the claim has arisen during the year, the expense must be included in this year's profit or loss account, even if the claim is still ongoing at the year end.

The fact that the legal claim was not discussed at the meeting with the audit partner may cast doubt on the overall integrity of senior management, and on the credibility of the financial statements. Management representations should be approached with a degree of professional scepticism during the audit.

Pressure on results

The company is a listed entity and the shareholders will be looking for a return on their investment in the form of a dividend payment and there will be pressure for the company to show good financial performance. This is compounded by the company's ambitious international expansion plans and the requirement to maintain adequate interest cover to continue to meet the bank's covenant. Pressure to return a better performance creates an incentive for management bias which means that management may use earnings management techniques, or other methods of creative accounting, to create a healthier picture of financial performance than is actually the case.

This creates an inherent risk of material misstatement, at the financial statement level. Management bias could also have led to some of the accounting treatments suggested by the finance director, such as the early recognition of revenue from the premium delivery pass, which works to improve the company's profit and total assets for the year.

Eco-friendly delivery vans

The eco-friendly delivery vans noted in the internet search total $4million (80 × $50,000) and this meets the threshold of materiality. There is a risk, however, that the eco-friendly delivery vans are impaired as the ability of the vans to make deliveries in line with Winberry Co's delivery schedules appears to be reduced.

Impairment is measured by comparing the carrying amount of an asset with its recoverable amount. The recoverable amount is the higher of value in use and fair value less costs to sell the asset.

There is a risk that the value in use is lowered due to the reduced ability of the eco-friendly vans to deliver goods efficiently and effectively. The fair value less costs to sell of the assets may also be impacted by the delivery range of the vans. There is a risk that the carrying amount PPE value of the eco-friendly vans is overstated and the impairment expense is understated.

Conclusion

The risks of material misstatement have been ordered with regard to the estimated magnitude of any misstatement and the likelihood of such a misstatement occurring. For example, the warehouse fire is the highest quantitative area which is deemed to be at risk of material misstatement, is newly occurring in the year and there is a significant risk of management bias in the measurement of the impairment. Similarly, the joint venture with Durian Co is quantitatively material and a fundamental change in both operation and accounting for Winberry Co, so deemed high risk. In contrast, the eco-friendly delivery vans are borderline to the stated threshold of materiality and therefore at lower risk of material misstatement than the other risks as outlined above.

In conclusion, Winberry Co has a significant number of audit and business risks which could result in material misstatement in the financial statements. Quince & Co should reassess their assessed level of planning materiality to ensure that the risk profile of the company is adequately reflected in the level of testing planned. The audit should be planned to assign highly competent staff for the high risk, judgemental areas of the audit such as the impairment of the fire damaged warehouse.

(c) Audit procedures

Principal audit procedures in respect of the classification of the investment in LPS Co

- Obtain the legal documentation supporting the investment and agree the details of the investment including:
  - The rights and obligations of the investing parties to understand the implications for the reporting by Winberry Co in the financial statements
  - The date of the investment
  - Number of shares purchased and the voting rights attached to the shares to assist in the understanding of the control of the venture
  - The nature of the profit-sharing arrangement between Winberry Co and Durian Co
  - The nature of access to LPS Co's assets under the terms of the agreement
  - Contact and communication with the auditors of the joint venture if not Quince & Co
  - Confirmation that there is no restriction of the company's shared control of LPS Co.
- Review board minutes to understand the business rationale for the investment and to assess the amount of control/existence of joint control of the venture.
- Review minutes of relevant meetings between the company and Durian Co to confirm that control is shared between the two investors and to understand the nature of the relationship and the decision-making process, particularly if any party holds the right to veto decisions.
- Obtain documentation such as LPS Co's organisational structure to confirm that the company has successfully appointed members to the board of the company and that those members have equal power to the members appointed by Durian Co.

(d) Auditor's responsibilities in relation to an audit client's compliance with laws and regulations

Winberry Co appears to be in breach of relevant law and regulations regarding the protection of customer data. ISA 250/ISA (UK) 250A *Consideration of Laws and Regulations in an Audit of Financial Statements* states that while it is management's responsibility to ensure the entity's operations are conducted in accordance with the provisions of laws and regulations, the auditor is responsible for obtaining sufficient and appropriate audit evidence regarding compliance with laws and regulations.

Auditors need to assess the evidence, especially where non-compliance has an impact on the financial statements or where any non-compliance will affect the entity's ability to continue its operations.

The auditor is required by ISA 315 (Revised) *Identifying and Assessing the Risks of Material Misstatement* to gain an understanding of the legal and regulatory framework in which the audited entity operates. This will help the auditor to identify non-compliance and to assess the implications of non-compliance. Therefore, the auditor should ensure they have a full knowledge and understanding of the data protection regulations in order to evaluate the implications of non-compliance by Winberry Co.

ISA 250/ISA (UK) 250A requires when non-compliance is identified or suspected, the auditor shall obtain an understanding of the nature of the act and the circumstances in which it has occurred, and further information to evaluate the possible effect on the financial statements.

Procedures must be performed to obtain evidence about the instances of non-compliance in relation to the data protection breach, for example, discussions with management to understand how the data breach occurred.

In addition, the audit team should perform further procedures, for example, discussion with Winberry Co's legal advisers to understand the legal and operational consequences of the breach including likely fines and exposure to litigation and assess the materiality of such exposure.

ISA 250/ISA (UK) 250A requires the auditor to determine whether they have a responsibility to report the identified or suspected non-compliance to parties outside the entity. In the event that management or those charged with governance of Winberry Co fail to make the necessary disclosures to the regulatory authorities, Quince & Co should consider whether they should make the disclosure. This will depend on matters including whether there is a legal duty to disclose or whether it is considered to be in the public interest to do so.

As Winberry Co has not yet notified the regulator or the affected users, Quince & Co should initially encourage the directors to report the issue themselves before making disclosures they deem are required under the auditor's obligations described above.

Auditors should comply with the fundamental principle of confidentiality, and if disclosure were to be made by the auditor, it would be advisable to seek legal advice on the matter.

In exceptional circumstances where the auditor believes there may be an imminent breach of a law or regulation, they may need to disclose the matter immediately to an appropriate authority. The decision to disclose will always be a matter for the auditor's judgement and where the disclosure is made in good faith, it will not constitute a breach of the duty of confidentiality.

Examiner's comments

General comments

Many candidates scored well on this question, particularly when focusing on the specific scenario. Where a candidate prepared an answer tailored to the scenario and focused on the requirement, high technical and professional skills marks were obtained.

Some candidates continued to produce very vague answers which were not tailored to the specific scenario and, therefore, did not achieve high technical or professional skills marks. This exam requires candidates to demonstrate both technical knowledge but also, they need to be able to apply this knowledge to a specific scenario. Generic responses with speculative risks not evident from the detail provided in the scenario will gain little credit. Candidates should use the specific information provided within the scenario demonstrating both knowledge and application of skills to pass each requirement.

A minority of candidates continued to use answers which appear to be taken from past questions and discuss issues which are not present in the question being attempted. This will not obtain credit.

Requirement (a)

In this section of the question, candidates were required to use the specific information provided in the scenario to identify and evaluate the significant business risks in relation to Winberry Co. In the AAA exam, significant risks are considered to be those which would have a significant impact on the client business and where there is a significant probability of these risks occurring, after any mitigations stated in the information provided. Risks that are of a remote likelihood of occurring, already mitigated against or will have an insignificant impact are not considered to be 'significant risks'.

Candidates are required to identify what is significant in the context of the specific scenario, demonstrating good professional judgement and an ability to disseminate the important information whilst assessing the risks which may affect the audit.

It is pleasing to see many candidates were able to focus on the risks arising, describing the impact on the business of Winberry Co, and evaluating the significance by assimilation of the information from the different exhibits. For example, many candidates were able to identify the risk that the insurance claim for damaged property (Exhibit 3) might not be successful and were able to describe the impact on the company cashflows for the initial credit. Stronger candidates then went on to assess that this risk in the light of the deliberate deactivation of the sprinkler system, may mean that the insurance claim is unsuccessful. These candidates not only provided a well thought out evaluation for the purpose of scoring technical marks, but were also demonstrating the skill of professional scepticism in recognising the insurance claim might not be successful. Credit was also available for the demonstration of commercial acumen in appreciating the claim was less likely to be successful given that the fire safety systems had been overridden as this contributed to the levels of damage incurred at the warehouse.

Weaker candidates often discussed the implication of the risk without attempting to evaluate the scale of the risk. Typical responses by candidates who did not score sufficient credit to pass the exam would simply state that something which had occurred in the scenario, such as "there might be a fire in the warehouse" whilst failing to assess the implication on the business.

A well evaluated risk has in-depth analysis. Candidates writing only a sentence or two are unlikely to attain many of the marks available for each risk.

Some candidates described risks which were not considered significant for credit. The most common ones seen by the examining team were currency risks arising in a proposed expansion overseas, despite being told that the two countries use the same currency. Other weaker responses suggested that food safety breaches may occur, even though candidates were told that this risk was mitigated using food safety specialists. Other candidates remarked that going concern was a risk because the company might lose its licence to operate, even though no information was provided in the scenario to suggest a licence was required to operate. Candidates are not expected to know which industries are subject to specific licencing arrangements and as such will be told in a question if the specific industry requires a licence.

Overall, in this section many candidates were able to identify sufficient risks to pass the requirement. Fewer candidates identified the risks of the company's decision to diversify into a new industry through a joint venture, or the cost implications relating to the poor performance of the electric vehicles. These were topics less frequently seen in past questions and served as a differentiator between stronger candidates who were able to identify the risks from the scenario and demonstrate their professional skills of analysis and evaluation of the evidence provided.

Requirement (b)

This requirement is typical in volume and nature to many planning questions and examines a major area of the syllabus – risk. It is important to notice that the requirement asked for an evaluation, not simply a list of risks, nor a strategy or procedures to address those risks. The examining team are testing whether candidates understand how and why a risk arises and the implications this has on the financial statements or the audit itself.

Candidates are expected to perform relevant analysis to support an evaluation of risks of material misstatement (RoMMs). There were 16 technical marks available in this part of the question in addition to a significant number of professional skills marks for the analysis. It was disappointing to see that candidates often achieved strong marks in this section for the identification of the RoMMs but fewer obtained the marks for the evaluation of those risks.

Many candidates are continuing to rely on basic or generic explanations, which fail to refer to the information in the scenario. Candidates who refer to the specific information provide more in-depth answers and are also able to assess the scale of the risk in the context of the specific audit client.

Materiality

Specific marks were available in this requirement for the calculation and application of materiality in line with the new syllabus guidance and for the prioritisation of the risks identified. Whilst a significant number of candidates appeared prepared for the new syllabus and followed the new materiality guidance, very few attempted to prioritise risks and were unable to access the professional skills marks for this skill.

Candidates are expected to initially determine a materiality threshold for the audit, as would be used in practice. Three technical marks are available for the materiality determination. Candidates are expected to demonstrate a knowledge of the appropriate percentage range for the benchmark instructed by the audit partner (in this question, profit before income taxes was to be utilised with candidates expected to use 5–10% as their range), calculate the monetary amount in respect of the range.

Candidates must then use their professional judgement to select an appropriate materiality threshold given the risk levels which exist in the audit and provide a brief justification for their choice. Each of these steps examines a different aspect of understanding or skills required of an auditor.

It was disappointing to note that some candidates calculated a range appropriately, then failed to justify a materiality threshold for the audit. The examining team will give credit for any reasonable explanation of the chosen materiality threshold, as the mark is to recognise that there is the application of professional judgement and that a candidate can justify their response. It is not required that candidates select the identical percentage or figure, or that they provide a justification identical to that shown in the model answer. For example, in this question, some candidates stated the higher end of the range was justified because this was an existing client, some stated the lower end was more appropriate due to the accounting errors that the finance director was making. Alternative answers which were awarded credit included those who suggested that an amount in the middle of the range was appropriate, because whilst this was an existing client, the expansion into a new market increased the risk. All of these obtained the mark for justifying the chosen materiality threshold.

Evaluation of the risks

Candidates were then required to evaluate the significant risks. In determining which risks are the most significant, candidates are demonstrating an understanding of risk, how it arises and how the audit will focus on those most likely to cause a material misstatement. Candidates that demonstrated a depth of evaluation were awarded more credit than those more generic responses.

An issue that arises repeatedly is candidates attempting to find 8 risks for a 16-mark question and conducting little or no in-depth analysis of any of them. This will not be sufficient to attain a pass mark. This means some of the risks stated in these answers will be speculative or not significant and, therefore, will not obtain credit.

This also increases the time pressure for candidates as they are trying to cover too many risks and these risks which are identified are often not developed in sufficient depth to obtain a pass mark.

Once again, examples seen by the examining team that do not attain credit included risks that don't arise at all in the scenario such as currency risk and the risk interest on loans was not capitalised into assets in the course of construction. Weaker students were identifying issues in error due to a failure to apply their financial reporting knowledge correctly. Examples included a suggestion that a contingent asset should be recognised for the insurance claim, even though this would not meet the recognition criteria under IAS 37 *Provisions, Contingent Liabilities and Contingent Assets*. Other risks which were not deemed significant included inventory write downs, however, this risk has been mitigated in the scenario as the information states that inventory was well controlled and likely to be immaterial given the perishable nature of food.

The scenario contained information which gave rise to six significant risks, of which most candidates were able to identify at least four. These were asset impairments of warehouse, misclassification of an investment, provisions, revenue recognition, impairment of electric vehicles and control risks over data. Each of these could be evaluated in the context of the scenario using the information provided, ensuring that the underlying accounting treatment was correct. In this exam, financial reporting knowledge from the SBR syllabus and previous FR and FA exams is deemed assumed knowledge. The majority of marks available in AAA will be for the application of the financial reporting knowledge to the specific audit scenario, not simply for the knowledge itself.

In Exhibit 4, candidates were told of legal action by local residents affected by toxic fumes from the fire at one of the company's warehouses. Most candidates were able to identify that this would potentially give rise to a provision. Credit was available for determining whether a provision would be required and applying the appropriate criteria under IAS 37. In this question, the obligating event was emission of toxic fumes, the past event was the fire during the year, the probability of the company having to settle the claim was unknown, however, given that the company employees had deactivated the sprinklers, it was more likely than not that the company would be held responsible for the fire. No reliable estimate was available from the information provided but legal advisors would be able to determine a reasonable expected amount. It was pleasing to note that many candidates were able to perform this evaluation.

Candidates who identified missing information that would be needed by the auditors in assessing the requirement for a provision, for example, the estimate from legal advisors, gained credit for professional skill marks by demonstrating professional scepticism and judgement. Candidates who demonstrated strong evaluation and professional scepticism skills then went on to question the integrity of management, as this information about the fire only came to the attention of the audit team following an internet search rather than directly from management. Stronger candidates assessed the impact of this omission on the inherent risk in the audit and reliability of representations from management. These candidates were able to attain full marks for the evaluation along with professional skills marks for the skills demonstrated. Weaker candidates tended to state the criteria for a provision and the risk that provision would be understated. This does not demonstrate skills expected of an auditor and does not constitute an evaluation. This is a statement of accounting knowledge.

Candidates should incorporate trend analysis supporting their risks and any links to management bias into their evaluation points on specific risks. For example, with the risk described above, candidates can link the management failure to recognise a provision as a possible indicator of management bias, as this would avoid breaching the loan covenants. Many candidates calculate a large number of ratios and trends which were never discussed in the context of a significant risk and cannot be awarded credit as a result. Professional skills marks are available for the use of appropriate calculations in the evaluation of a risk. Irrelevant calculations or those not used in the discussion of significant risks will not be awarded credit.

Candidates were awarded professional scepticism marks for possible indicators of management bias, such as the need to raise funds for expansion and the requirement to maintain interest cover at 3 or higher. Weaker candidates who discuss generic bias which is not linked to a specific risk, such as "the company is listed therefore management want to perform earnings management" do not obtain credit. It is expected that candidates will identify specific bias risk for a specific scenario to obtain credit. Appropriate professional scepticism is a key skill required of auditors.

It was disappointing to see that very few candidates attempted any prioritisation of the risks as specifically stated in the requirement. Professional skill marks were available to the candidates who attempted this requirement. Candidates were expected to identify the most significant risks, and then provide a brief justification for their choice. Again, credit was awarded for candidates who offered a reasonable explanation, and therefore, a range of possible explanations are valid. Candidates should be aware this mark is for the act of justifying the reason not for the actual justification used. Candidates can obtain these marks by either ordering their answer in priority order **and stating this is the case** or by summarising in a conclusion which risk, or risks are the most significant.

Where candidates use this latter method, if a candidate does not state which one or two risks are the most significant but simply lists some or all their identified risks, this will not be sufficient for credit.

Requirement (c)

This requirement is typical of a section A question and requires candidates to design audit procedures to address a specific risk arising in the question. In this question, the procedures were to determine the correct classification of an investment which has been treated as a subsidiary by the client, but which is more likely to be a joint venture.

Candidates were generally able to pass this requirement with stronger candidates attaining maximum marks. These supplied procedures which identified sources of information available to the auditor who can then determine whether the company has control over LPS Co, or whether it meets the criteria of a joint venture. The published model answer to this question contains a list of appropriate procedures.

Weaker candidates who did not pay attention to the wording of the requirement and focus on the significant risk of classification instead gave procedures covering lower risk assertions such as cost and acquisition date or asked for a management representation stating this was a subsidiary, which would not be an appropriate form of evidence to justify the incorrect classification.

A surprising number of candidates suggested proportionate consolidation should be used to account for the new joint venture despite this method being removed from IFRS Accounting Standards in 2013.

Professional skills marks available for this requirement focused on communication skills demonstrated through the ability of candidates to follow the specific instructions provided by the audit partner to focus on classification.

Requirement (d)

Candidates needed to have sufficient knowledge of auditing standards ISA 250 *Consideration of Laws and Regulations in an Audit of Financial Statements* and ISA 315 (Revised) *Identifying and Assessing the Risks of Material Misstatement.* These standards require the auditor to understand the risks of non-compliance of management with laws and regulations, and describe how auditors should respond to non-compliance by management. This technical auditing knowledge is required to be applied to the specific scenario to achieve a pass mark for this requirement. Candidates were provided with specific information on the relevant legal requirements and how the client had breached those requirements.

In general, candidates who applied their knowledge to the scenario scored high or full marks and those who simply stated the auditor responsibilities in more general terms scored poorly.

Stronger candidates who discussed the lack of integrity displayed through management's reluctance to self-report, and who then evaluated the impact of this behaviour in the context of the wider audit were awarded additional professional scepticism and judgement marks. It was pleasing to see some candidates linking the requirements of assessing client continuation procedures with the introduction of ISQM 1.

Overall professional skills marks

In addition to the professional skill marks described within the different sections of the question, three marks were available for communication overall. These were awarded for the use of a briefing note header and introduction, presentation and relevance of answer and clarity of explanations.

ACCA Marking guide

		Marks
(a)	**Business risk evaluation** Up to 2 marks for each business risk (unless indicated otherwise). Marks may be awarded for other, relevant business risks not included in the marking guide. In addition, ½ mark for relevant trends or calculations which form part of the evaluation of business risk (max 3 marks across the whole question). • Damage to operations – warehouse fire • International expansion • Investment in Luxury Pet Supplies Co • Loan finance • Eco-friendly delivery vans • Legal case • Cyber-attack • Perishable products	
	Maximum	**10**
(b)	**Risk of material misstatement evaluation** Up to 3 marks for each risk of material misstatement (unless indicated otherwise). Marks may be awarded for other, relevant risks not included in the marking guide. Appropriate materiality calculations and justified materiality level should be awarded to a maximum of 3 marks. • Warehouse fire • Revenue recognition – annual membership • Investment in LPS Co • Corporate governance (max 2 marks) • Eco-friendly delivery vans • Legal provision • Pressure on results (max 2 marks)	
	Maximum	**16**

(c)	**Principal audit procedures in respect of the classification of the investment in Luxury Pet Supplies ('LPS') Co**
	Generally, 1 mark for each well explained audit procedure. Examples are provided below. Marks will be awarded for other relevant points.
	• Obtain the legal documentation supporting the investment and agree the details of the investment including:
	  – The rights and obligations of the investing parties
	  – The date of the investment and the voting rights attached to the shares to assist in the understanding of the control of the venture
	  – Number of shares purchased and the voting rights attached to the shares
	  – The nature of the profit-sharing arrangement between Winberry Co and Durian Co
	  – The nature of access to LPS Co's assets under the terms of the agreement
	  – Confirmation that there is no restriction of the company's shared control of LPS Co
	• Review board minutes to understand the business rationale for the investment
	• Review minutes of relevant meetings between the company and Durian Co to confirm that control is shared between the two investors and to understand the nature of the relationship and the decision-making process, particularly if any party holds the right to veto decisions
	• Obtain documentation such as LPS Co's organisational structure to confirm that the company has successfully appointed members to the board of the company and that those members have equal power to the members appointed by Durian Co	

	Maximum	**7**

(d)	**Auditor's responsibilities in relation to an audit client's compliance with laws and regulations** Generally, 1 mark for each explained or applied point: • Management responsibility for laws and regulations • Auditor responsibility re non-compliance with law and regulations, specifically data protection • Auditor required to understand legal framework as part of understanding the business • Evidence required to understand and evaluate the impact on FS • Must perform procedures in this regard • Reporting requirements (up to 3 marks) • Confidentiality	
	Maximum	**7**
	Professional marks **Communication** – Briefing note format and structure – use of headings/subheadings and an introduction – Style, language and clarity – appropriate layout and tone of briefing notes, presentation of materiality and relevant calculations, appropriate use of the CBE tools, easy to follow and understand – Effectiveness and clarity of communication – answer is relevant and tailored to the scenario – Adherence to the specific requests made by the audit engagement partner **Analysis and evaluation** – Appropriate use of the information to determine and apply suitable specific calculations which are relevant to the scenario – Risk evaluation (ROMMs) is effectively prioritised, focusing on significance and only taking account of risks which would result in material misstatements – Balanced discussion of the issues connected to the auditor's responsibilities in relation to laws and regulations, resulting in a justified conclusion **Professional scepticism and professional judgement** – Displays scepticism by questioning and challenging management's treatment of specific accounting issues or the identification of unusual or unexpected movements, missing/incomplete information or challenging presented information – Determination and justification of suitable materiality level appropriately and consistently applied – Identification and recognition of a possible and valid management bias indicator, with the consideration of the impact on the financial statements and the possible reasons for management's preference for certain accounting treatments e.g. impairment of assets, revenue recognition, provisions – Recognition of need to establish the audit status of the joint venture and make professional contact with the auditors of the joint venture – Effective application of technical and ethical guidance to effectively challenge and critically assess how management has responded to the data breach in the question **Commercial acumen** – Use of effective examples and/or calculations from the scenario to illustrate points or recommendations – Appropriate use of the industry information to evaluate business risks	
	Maximum	**10**
Total		**50**

7 PASCAL & CO *Walk in the footsteps of a top tutor*

Top tutor tips

Determination of materiality: *The email from the partner states that materiality should be based on profit before income taxes, therefore at the start of your answer you should calculate the range for materiality using that benchmark and justify a figure within that range. If it is a new audit client or a client where there are apparent control risks, materiality should be set at the lower end of the range. If it is an existing client, materiality may be able to be set at mid-range, depending on the other risks mentioned in the scenario. The examining team will give credit for any reasonable explanation of the chosen materiality threshold, as the mark is to recognise that there is the application of professional judgement and that a candidate can justify their response. It is not required that candidates select the identical percentage or figure, or that they provide a justification identical to that shown in the model answer.*

Part (a) *asks risks of material misstatement. Risk of material misstatement is usually due to non-compliance with an accounting standard, although it also includes control risk. Think about the requirements of the relevant accounting standards and what the client might be doing incorrectly.*

Prioritisation of risks: *Risks should be prioritised by explaining the risks that are the most significant. For example, certain risks may be prioritised because they are complex, require judgment, include uncertainty or relate to a new event or transaction during the year. Prioritisation can be achieved by either ordering your answer in priority order and stating this is the case, or by summarising in a brief conclusion which risk, or risks, are most significant.*

Part (b) *asks for audit procedures over the valuation of the theme park rides. The procedures should enable the auditor to obtain evidence to determine whether the relevant financial reporting standard has been complied with. Make sure your procedures are clear and provide enough detail that they can be easily followed by the audit team.*

Part (c) *requires knowledge of money laundering regulations that accountancy firms must follow. This is a knowledge-based requirement. The requirement goes on to ask for indicators of money laundering in the scenario. Look for evidence of unusual or complex cash transactions.*

Part (d) *is a quality management requirement centred around acceptance procedures. Clients should only be accepted if they are an acceptable level of risk. Work through the client acceptance checklist in the exhibit and critique the responses/evidence obtained.*

Professional skills

Professional skills will be awarded for:

Communication – responding to the instructions in the partner's email such as preparing your answers in the form of briefing notes and using the stated benchmark for materiality.

Analysis and evaluation – applying the information from the scenario to answer the question and explaining the issues in sufficient depth.

Professional scepticism and judgement – justifying an appropriate materiality level, demonstrating critical thinking and being alert to possible manipulation and management bias.

Where relevant, professional marks will be awarded for commercial acumen which requires making practical and plausible recommendations and considering the wider implications of issues to the audit firm.

Briefing notes

To: Brian Fox, Audit engagement partner

From: Audit manager

Subject: Audit planning in relation to The Infinite Co and assessment of client acceptance performed on Meadow Co

Date: 1 July 20X5

Introduction

These briefing notes have been prepared to assist in planning the audit of The Infinite Co for the year ending 30 September 20X5. The notes begin with an evaluation of the significant risks of material misstatement which should be considered in planning the audit. The significant risks of material misstatement have been structured to prioritise the risks in terms of the likelihood and magnitude of misstatement in relation to each risk. The notes include the recommended principal audit procedures which have been designed in respect of the valuation of the theme park rides. A discussion of the matters to be considered and the implication for the audit of the issues surrounding the renewal of the operating licence for the rides is provided along with recommended actions to be taken by the firm.

The notes then discuss risk factors relating to money laundering arising from The Infinite Co's operations and our responsibility as auditors with respect to money laundering. Finally, the notes evaluate the weaknesses in Pascal & Co's client acceptance of the client Meadow Co and recommend improvements to the firm's client acceptance procedures.

Materiality

For the purposes of these briefing notes, the overall materiality level used to assess the significance of identified risks is $115,000 based on the profitability of the company, as requested.

Justification

Using profit before income taxes of $2.3 million as a suggested benchmark results in a suggested range of $115,000 (5% × $2.3 million) to $230,000 (10% × $2.3 million).

The risk level is high based on this being a new audit client with a significant control deficiency related to management override. Materiality should be set at the lower end of the range.

This benchmark is only a starting point for determining materiality and professional judgement will need to be applied in determining a final level to be used during the course of the audit.

(a) Evaluation of risks of material misstatement

Licence/going concern

The company is dependent on licences for its ability to operate.

There is a risk that these licences are revoked if breaches in regulations occur. The company will then not be allowed to offer the products and services covered by the licence, affecting the company's ability to operate as a going concern. In particular, the licence to operate the theme park rides may be revoked due to health and safety breaches. Although this is not the sole activity at the park, it does form a major part of the offering on which other areas rely to attract customers. The potential loss of the operating licence may require disclosures to be made in the notes to the accounts describing the uncertainty arising.

Disclosures are material to the users' understanding of the financial statements and there is a risk that these disclosures are not included within the financial statements.

Valuation of land

The company holds land of $6 million which is highly material by reference to the benchmark calculated above.

The company is correct not to depreciate the land held. The use of a revaluation model is permitted by IAS 16 *Property, Plant and Equipment*, however, where this is used, the valuation must be kept up to date. The most recent valuation was carried out seven years ago and this is likely to require updating for 20X5.

Any gain or loss on revaluation, which is not a result of impairment, should be shown within other comprehensive income and recognised in equity. As such values require specialist knowledge to calculate, it is likely that an expert will be required to value the land.

There is a risk of inaccurate valuation of land if the valuation is not up to date or if the valuer is not appropriately independent and qualified. This is likely to result in either an over or understatement of the land and equity.

Valuation of rides

The rides of $1.4 million are material to the financial statements by reference to the threshold calculated above.

According to IAS 36 *Impairment of Assets*, an entity should assess at the end of each reporting period whether there is any indication that an asset or a cash generating unit may be impaired. If any such indication exists, the entity shall estimate the recoverable amount of the asset.

The standard states that potential impairment indicators include obsolescence and physical damage. The findings of the government inspector suggesting that the assets are aging, lack modern safety features and are not properly maintained are all indicators of impairment and as such management should prepare an impairment review of the park's rides.

IAS 36 states that an asset or cash generating unit is impaired when the carrying amount exceeds the recoverable amount and it defines recoverable amount as the higher of the fair value less costs of disposal and the value in use.

There is a risk that management does not conduct an impairment review or that the review does not take into account the inspector's findings resulting in the overvaluation of property, plant and equipment and understatement of costs.

Revenue

The Infinite Co operates a business where a large amount of revenue is received in cash. In a company where a substantial proportion of revenue is generated through cash sales, there is a high risk of unrecorded sales arising from the theft of cash received from customers. This risk is increased through the use of so many casual workers.

Management appears to try to reduce this risk via the use of management's family in areas where cash accepted is unusually high. However, it is not possible for family members to accept all cash sales. If this is the case, then revenues and cash may be understated.

There is also a risk of revenue overstatement within the park. As The Infinite Co's business is cash based, it provides an ideal environment for cash acquired through illegal activities to be legitimised by adding it to the cash paid genuinely by customers and posting it through the accounts. This is discussed further later in these notes.

Sale and leaseback

The company is entering into a sale and leaseback with regard to the park buildings. The value of the buildings in the projected statement of financial position is $854,000 which is material based on the threshold calculated above.

Under IFRS 16 *Leases*, where a sale has occurred, The Infinite Co should recognise a right of use asset for the buildings replacing the previously held building asset. This would be measured at the proportion of the previous carrying amount which is retained for use by The Infinite Co.

The present value of the lease in this case is $934,666. This represents 93.5% $934,666/$1,000,000) of the market value of the buildings. The proportion of the previous carrying amount which is retained for use by the company is therefore 93.5% of the carrying amount of $854,000, which equates to $798,205.

The Infinite Co should therefore recognise a right of use asset of $798,205 and a lease liability at present value of the future cash payments of $934,666. It will recognise a cash receipt of $1,000,000 and derecognise property, plant and equipment of $854,000. The remaining difference is the gain on disposal of the buildings which is recognised in the statement of profit or loss.

	Debit	**Credit**
Cash	$1,000,000	
Right of use asset	$798,205	
Property, plant and equipment		$854,000
Lease liability		$934,666
Gain on disposal		$9,539

The finance director intends to account for the sale as a simple disposal and then recognise a rental expense each year. This would result in a gain of $146,000 being recognised on the disposal, overstating profit on disposal. In addition, both assets and liabilities would be understated as the right of use asset and the present value of lease payments would not be included in the statement of financial position. Failure to unwind the discount on the lease liability would result in an understatement of interest expenses and the rentals charged against profit would overstate expenses.

Legal cases – food poisoning

There is currently outstanding litigation against the company. The amounts of the claims are not yet known. Management is not planning on making disclosures in the financial statements regarding the case as this may prejudice the outcome of the case.

IAS 37 *Provisions, Contingent Liabilities and Contingent Assets* requires that contingent liabilities are disclosed in the notes to the financial statements, hence there is a risk of insufficient disclosure which could be material by nature.

General provisions

The projected statement of financial position shows a general provision of $250,000 which is material to the statement of financial position based on the threshold calculated above.

IAS 37 states that an entity must recognise a provision if, and only if:

- a present obligation (legal or constructive) has arisen as a result of a past event (the obligating event),
- payment is probable ('more likely than not'), and
- the amount can be estimated reliably.

The general provision does not appear to relate to a present obligation and, as such, is not permitted. This could be a means by which the company reduces profits in order to reduce the tax payable or a means of profit smoothing. As a result, it is likely that if this provision remains, then liabilities are overstated and expenses overstated.

Related party disclosures

The managing director appears to move funds from the company with the description 'drawings'. It is unclear if this represents salary, dividends or a loan.

IAS 24 *Related Party Disclosures* defines a related party transaction as a transfer of resources, services, or obligations between related parties, regardless of whether a price is charged. Related party transactions are material by nature. As the managing director is a related party, this means that transactions between himself and the company will need to be disclosed in the notes to the financial statements.

There is a risk that appropriate disclosures are not made for all related party transactions.

Payroll

The payment of wages in cash creates a risk that not all wages payments are recorded in the financial statements and therefore wages paid out of cash sales are unrecorded as well as the associated cash sales. There is therefore a risk both revenue and expenses are understated.

In addition, there is a risk with employees paid in cash that incomplete deductions have been made for employee taxes. This may give rise to further compliance risks and liabilities for unpaid employee tax.

Management override

The owner manager and his family appear to take a very active role in the business and to fail to make a distinction between the business as a separate entity and themselves. There is evidence that management bypasses controls within the business through direct access to the company funds and accounts. There is a lack of segregation of duties and given that the management appears to have a disregard for certain laws and regulations, this is likely to mean that the control environment is weak and there is a resulting higher risk of fraud and error in the financial statements.

(b) Audit procedures in relation to the impairment of rides

- Obtain the report from the safety inspector and review the outcome of the inspection to identify specific rides of concern and to understand maintenance failings which could be an indicator of impairment.
- Obtain and review the regulations regarding the maintenance and upgrades of rides to understand the company's obligations in this respect in order to assist in assessment of value in use.
- Obtain The Infinite Co's maintenance reports and review the schedule in comparison to the regulations to identify any rides which may not be appropriately maintained or defective and hence provide indicators of impairment of specific rides.
- Obtain and cast management's impairment review of the rides and assess whether the assumptions are in line with the auditor's understanding.
- Calculate an auditor's estimation of impairment or engage an expert to value the rides and compare with management's impairment review to corroborate their calculations.
- If an auditor's expert is used to value the rides, consider the reasonableness of assumptions used and completeness of the information assessed.
- Assess the competence, scope and independence of the auditor's expert.
- Physically inspect the rides on the park to ensure they are operational and that there is customer demand for the rides to support value in use calculations.
- Obtain any ride usage and closure statistics held by management to ensure the rides are operational and hence a value in use valuation would be appropriate.

(c) Money laundering

Money laundering is defined as the process by which criminals attempt to conceal the origin and ownership of the proceeds of their criminal activity, allowing them to maintain control over the proceeds and, ultimately, providing a legitimate cover for the sources of their income.

Auditors responsibilities in relation to money laundering:

- Perform customer due diligence, i.e. procedures designed to acquire knowledge about the firm's clients and prospective clients and to verify their identity as well as monitor business relationships and transactions.
- Create channels for internal reporting within the audit firm including appointment of a money laundering reporting officer (MLRO) to receive the money laundering reports to which personnel report suspicions or knowledge of money laundering activities.

- Keep records, including details of customer due diligence and supporting evidence for business relationships, which need to be kept for five years after the end of a relationship and records of transactions, which also need to be kept for five years.
- Take measures to make relevant employees aware of the law relating to money laundering and terrorist finance, and to train those employees in how to recognise and deal with transactions which may be related to money laundering or terrorist financing.
- Put in place ongoing monitoring procedures to ensure that policies are up to date and being followed.

The MLRO will be responsible for reporting incidents to the relevant authorities. Auditors must be careful to avoid tipping off any party suspected of money laundering.

The Infinite Co's business is cash based, making it an ideal environment for cash acquired through illegal activities to be legitimised by adding it to the cash paid genuinely by customers and posting it through the financial statements. This is known as placement.

There are a lot of cash transactions and it would be possible to incorporate funds to be laundered with the funds from customers. The ticket sales for rides would be an ideal place for this to occur as there is no monitoring of the number of people actually taking part in the ride, so actual sales would be hard to prove.

The fact that ride sales have fallen since the introduction of electronic payments and at the same time the gift shop run by the owner's son has seen increased volumes of cash sales and higher margins suggests that this may have been the case previously and that the shop may now be used for money laundering.

The use of family members for areas of high cash transactions and the managing director making transfers to his international account outside of the normal accounting for the business further increases the risk that money laundering may be occurring.

It may be that the staffing choice is for the valid business purpose of reducing risk of theft from staff and that the transactions are properly accounted for and valid, however, it is not clear in this case.

The fact that the managing director likes to be left in peace and the finance director does not query transactions could also represent a red flag.

(d) Acceptance procedures

Auditors are required, prior to establishing a client relationship or accepting an engagement, to have controls in place to address the risks arising from it. The risk profile of the business should show where particular risks are likely to arise, and so where certain procedures will be needed to tackle them. These procedures should be easy to understand and easy to use for all relevant employees who will need them. Sufficient flexibility should be built in to allow the procedures to identify, and adapt to, unusual situations.

Different clients will have different levels of risk and the level of risk should dictate the level of client due diligence performed.

Criticisms of the content of the client acceptance documentation

Overall, the acceptance document appears too brief and there is a lack of information to support the conclusions within the document. Where a conclusion is given in the acceptance form, the evidence to support that conclusion should be filed with it.

There is no section evidencing and justifying the type of customer due diligence required. Depending on the nature of the client and the risks, either standard, simplified or enhanced due diligence will be required. The form of due diligence to be used and the basis for that decision should be included within the acceptance documentation. Part of this would include an assessment of client integrity, which does not appear to be considered anywhere on the form, even though it is a requirement of ISQM 1 *Quality Management For Firms That Perform Audits or Reviews of Financial Statements, or Other Assurance or Related Services Engagements*.

ISQM 1 also requires the firm to consider whether it is competent to perform the engagement and has the capabilities, including time and resources, to do so and whether it can comply with relevant ethical requirements. None of these issues appear to have been considered.

There is no reference to the beneficial owners and the control structure of the company. The auditor should seek to prove the identity of the company and key individuals including all directors and shareholders with more than 25% of the shares or voting rights of the company. There should also be a section for the source of wealth and funds of the business.

The money laundering risk assessment is too brief. This should identify whether there are any potential areas of high risk for money laundering. Such things include: unusual or unexplained transactions, a cash intensive business, and unusual or complicated corporate structures.

Specific criticisms of the information gathered for Meadow Co

The first thing to note is that the documentation does not state what its objective is, so that the person completing it is obtaining the information with its objective in mind, for example, the following could be included at the beginning of the assessment:

Objective

To obtain appropriate evidence regarding the organisation and the identity of its owners in order to comply with the money laundering regulations.

The assessment should also document:

- Whether full understanding has been gained regarding the ownership structure of the organisation.
- Evidence which has been obtained regarding the organisation's activity and how it has been established and agreed as bona fide.

No references have been received prior to acceptance of the client which means that the firm's client due diligence procedures have not been properly adhered to.

The professional clearance from the predecessor auditor should be received in writing prior to acceptance and this should be reviewed for potential issues and filed with the form on the permanent file. Where this is not received, the firm should document the reasons why and whether they have reported this to their regulatory body.

Client risk assessment states that the company has no high/unusual risk. A cash-based business is likely to give rise to risks and the fact that Meadow Co is being investigated with respect to money laundering suggests that risks existed which were not considered on the acceptance form.

The money laundering section appears too brief. Client identity would involve more people than just the owner and his wife. This should be extended to shareholders who ultimately own or control more than 25% of the shares along with other directors of the company. If the business is deemed to be sufficiently high risk that enhanced due diligence is required, then a second document such as a driving licence would also be required.

For confirming the company identity, a certificate of incorporation alone is not sufficient to confirm the principal trading address, current directors and major shareholders.

The checklist does not state whether it has been confirmed that the person the firm is dealing with is properly authorised to do so by the client. It should document the appropriate steps taken to be satisfied that the person the firm is dealing with is properly authorised by the client.

There has been no partner assigned to the client prior to acceptance and no signature of a partner to approve the client acceptance. This is a failure in the firm's procedures as it should not be possible to accept new clients without partner level approval and evidence that the risk assessment has been reviewed.

Conclusion

These briefing notes have evaluated the risks of material misstatement relating to the audit of The Infinite Co. The risks of material misstatement have been ordered with regard to the estimated magnitude of any misstatement and the likelihood of such a misstatement occurring. The most significant risk relates to the health and safety breaches which could result in licences to operate being revoked impacting on going concern

The notes go on to recommend audit procedures in relation to the impairment of the theme park rides and discuss the indicators of money laundering within the company. Finally, the notes look at the weaknesses in the firm's acceptance procedures in relation to Meadow Co. These weaknesses will need to be addressed in future decisions to avoid the firm taking on clients or work when it is not appropriate to do so.

Examiner's comments

Introduction to the question

- The current date is the 1 July 20X5 and the client has a year end of 30 September 20X5. The scenario is set three months prior to the year end with the audit taking place sometime after the client year end. This indicates the planning stage of an assignment with the audit taking place in October or later. Note, this is normal and does not indicate there is a lack of time to plan the audit.
- Infinite Co is family owned and managed – this means the company is not listed and is not required to follow corporate governance best practice
- Infinite Co operates a theme park and has suffered an impairment of some rides due to lack of maintenance. The company also holds land on a revaluation model. A number of candidates demonstrated a lack of general understanding of IAS 16 *Property, Plant and Equipment*, either stating it was incorrect not to depreciate land or that it must be considered for impairment under IAS 38 *Intangible Assets* every year. This was a straightforward risk that land value had not been considered for several years and under IAS 16 the valuation must be kept up to date.

- Infinite Co had included a general provision for unexpected costs which had increased during the year. A significant number of candidates failed to identify that the general provision did not meet the criteria of IAS 37 *Provisions, Contingent Liabilities and Contingent Assets* and, therefore, demonstrated a lack of understanding of basic financial reporting knowledge, with a number stating the provision was likely understated.
- It is important to note that whilst Infinite Co is an initial audit engagement, the requirement for part (a) is to evaluate risk of material misstatement and not audit risk, therefore comments relating to an increase in detection risk due to lack of understanding of the client would not be relevant. Marks were available for discussion of the risk of errors in the opening balances or adopting consistent accounting policies in consecutive years.
- It is important to note that there are specific instructions where attention is drawn in the audit partner's email. The information details that Exhibits 2,3 and 4 are required in order to address the risk of material misstatement in part (a) and for the evaluation of the indicators of impairment in part (c). The partners email clearly defines that Exhibit 5 is required to formulate an answer for part (d) relating to a different audit client, Meadow Co.

Requirement (a)

This requirement is typical in volume and nature to many planning questions and examines a major area of the syllabus – risk. It is important to notice that the requirement asked for an evaluation, not simply a list of risks, nor a strategy or procedures to address those risks. The examining team are testing whether candidates can understand how and why a risk arises and the implications that this has on the financial statements or the audit itself. They are looking for an assessment of materiality, a demonstration of knowledge of the underlying accounting rules and the application of that to the scenario to identify the potential impact on the financial statements. A well evaluated risk has in-depth analysis. Candidates writing only a sentence or two are unlikely to attain many of the marks available for each risk.

An issue that arises repeatedly is that candidates are attempting to find 10 risks for a 20-mark question and conducting little or no in-depth analysis of any of them. This will not be sufficient to attain a pass mark. This means some of the risks stated in these candidate answers will be speculative or not significant and, therefore, will not obtain credit.

Candidates should be aware of the published marking guides for risk questions and understand how marks are credited. Each risk generally has a minimum of three marks attached to it. More complex risks carry additional credit. Some of the areas of risk in the marking guide are deemed more basic financial accounting issues and therefore carry lower marks and therefore should be more easily obtained by candidates. Materiality and calculation marks are over and above the marks available for the discussion of a risk.

The requirement asks only for significant risks of material misstatements, which mean risks that are specific to the scenario, non-routine or require management to make estimates or are subject to judgemental assumptions have the potential to give rise to a material misstatement. Speculative risks, arising from routine transactions generally will not obtain credit. Candidates demonstrating strong professional skills will be able to differentiate between speculative and specific risks, and not spend time discussing topics which will not obtain credit.

Candidates are told general information that the company was opened more than 40 years ago and is a family-owned business operating a theme park with various attractions and revenue obtained in cash, credit cards and electronic payments.

Candidates must remember when discussing risks, that it is important to relate them to the scenario rather than discuss abstract or generic risks. This is particularly an issue when discussing management bias risk. This is a key concept to understand for auditors as it can impact on judgements made by management in deriving their figures for the financial statements. Candidates must be able to demonstrate that they understand the concept of management bias and can identify it in practice.

The examining team are often faced with two standard candidate responses to management bias risk in Section A questions: "the client is listed so management will be biased to keep shareholders happy" or "the client is not listed so the owners will be biased to keep profits low and save tax". The first statement doesn't include scenario specific reasons for this conclusion and is therefore too vague and generic. The second implies that all non-listed clients are concerned with aiming for lower payments in respect of tax. Again, this is a generic statement, and unless there is information in the scenario that specifically alludes to this, then candidates will not receive credit for making this point. In both cases, neither will be credited as an evaluation of management bias for a specific scenario.

Candidates are told the company is a family-owned business and that family members are actively involved in the day to day running of the business. The specific management bias point in this scenario is the ability of management to override controls.

To score more than a ½ mark for the identification of the specific bias risk, this will have to be evaluated by candidates. Suggested explanations may include:

- Lack of segregation of duties
- Disregard of laws and regulations – scenario states the rides have not been maintained on a regular basis, are aged and lack safety features
- Evidence of bypass of controls as the scenario states there is evidence of access to company funds.

The beginning of the evaluation will score the initial mark. It should then be linked to the scenario to illustrate areas where this could potentially happen or appears to be happening. In this question, this is reinforced by the specific examples in the scenario. There are examples of the risks stated above to enable an evaluation to be made with specific reference to this question and scenario. Candidates might find it sensible to address management bias after they have analysed the other risks in the question.

Candidates were generally able to identify the key risks and, were able to apply correct accounting rules to support their analysis. There were areas of more general accounting principles, that were not well attempted and disappointing to note. Commentary on how each of those areas was tackled is below.

- Impairment of assets arose around the theme park rides that showed a lack of upgrades for modern safety features. Candidates need to identify the indicator of impairment from the scenario, which in this instance is the aging of the rides and lack of safety features. Many of the candidates correctly identified the relevant accounting rule, yet a number failed to fully state the rule and therefore failed to gain the full marks available.

- Following on from the impairment risk of the theme park rides, the scenario then details the risk regarding the revocation of the licence to operate the theme park rides. This should, therefore, be deemed a potential indicator of going concern. There was a mixed response here, with many identifying the uncertainty regarding going concern, yet evaluating that there was a risk of the financial statements being prepared on the incorrect basis (which is unlikely), rather than identifying the potential lack of disclosure in the notes to the financial statements for the uncertainty. This failed to earn additional marks for the evaluation of the risk. Whilst the licence is important for the company to operate the theme park rides, it is not the sole activity of the client that would render the operations to cease.

- Land was held by the company under a revaluation model and is not depreciated. The company is correct not to depreciate land. It is disappointing to note a significant number of candidates stated that it was incorrect not to depreciate land and therefore stated that the risk was that the carrying amount of land was overstated.

  A number of candidates stated that the land needs to be revalued every year and tested for impairment, whereas under IAS 16 *Property, Plant & Equipment,* land under a revaluation model requires the valuation to be kept up to date. This demonstrates a lack of knowledge of straightforward accounting principles for property, plant and equipment, and a misunderstanding of accounting for property, plant and equipment. A number of candidates also stated any gain/loss from revaluation should be shown in the statement of profit or loss, whereas it should be shown in the statement of other comprehensive income.

- Revenue recognition was split into two main areas. The scenario detailed that it was a cash-based business and there was a risk of the overstatement of revenue due to money laundering. There was a risk that proceeds from illegal activities could be added to the cash balance potentially overstating both cash and revenue. The majority of candidates correctly identified this risk and scored well. The second consideration of revenue recognition related to revenue being understated due to the risk from theft of cash sales, which was particularly linked to the high volume of casual seasonal staff.

  It was surprising that the marks available for this angle of revenue recognition were missed, with several candidates incorrectly discussing risks for errors arising due to the company moving to electronic payments and staff being untrained on how to operate the system. A minority of candidates incorrectly identified and described how revenue can only be recognised when a customer has physically ridden the theme park rides.

- The sale and leaseback transaction was a new issue which arose during the year, with the company entering into the arrangement in respect of the park buildings. Candidates struggled with the calculations here and the trend marks available were generally not obtained. Generally, this risk was poorly answered with candidates failing to score anywhere near the maximum marks available for the risk of misstatement.

Management recognising the transaction as a sale is incorrect, instead, a right of use asset, at the proportion of the retained carrying amount, should be recognised along with a corresponding liability at the present value of the future cash payments. The accounting treatment is deemed as more complex and therefore the risk is worth more than the general three marks per risk. The majority of candidates correctly identified the treatment was incorrect, yet they scored poorly regarding the accounting rules and failed to score relevant trend marks that were available, such as the calculation of the amount to recognise as a right to use asset and the correct calculation of the gain on disposal.

- A significant number of candidates demonstrated a lack of financial reporting knowledge by stating a risk of material misstatement linked to IFRS 8 *Segmental Reporting* as the company has a number of streams of income. The company is a privately-owned company and therefore segmental reporting under IFRS 8 is not applicable. IFRS 8 is applicable to companies whose debt or equity securities are publicly traded. Candidates were not awarded credit where risks surrounding a lack of segmental disclosure was discussed.

- The legal case (contingent liability) and general provision were identified in the scenario and several candidates failed to deal with them correctly.

  Many candidates failed to link the detail in the scenario and merely stated that liabilities may be understated, even though the detail stated that the level of claims was unknown and therefore unlikely to meet the criteria of IAS 37. No marks were awarded as the issue here would have been a lack of disclosure regarding the legal case in the financial statements.

  The general provision was poorly answered with a number of candidates failing to identify that a general provision for unexpected costs cannot be recognised under IAS 37 as it does not meet the criteria of the accounting standard. Many candidates linked the general provision to the legal case and stated the provision was understated, rather than overstated as should not have been recognised at all.

  If the lack of provision was linked to the detail of the lawyer being an acquaintance of the director, and that they may not be objective in their advice, credit was given for the development and evaluation of a risk regarding potential understatement of the liability.

- Exhibit 4 gave the candidates details of analytical procedures. Candidates should remember that calculations are only credited when the resulting figures are discussed in their answer in the context of a risk. Simply calculating a ratio will not obtain credit. The skill examined is the ability to calculate a relevant ratio or trend to identify a risk or support an evaluation of a risk. It is at that point that the calculation mark is awarded.

  Overall, this requirement was answered reasonably well by many candidates yet more than expected numbers of candidates failed to identify the easier risks in the scenario and demonstrated a weaker than expected level of more basic accounting treatment. This resulted in many candidates failing to obtain what should have been easier marks.

Requirement (b)

This requirement was well answered by a majority of candidates with practical, well described procedures given. The model answer provides a list of procedures which are indicative of the areas the examining team credited. Where a candidate suggests a procedure not on the list in the model answer, they will still obtain credit providing it is relevant and practicable.

Requirement (c)

The requirement was focused on the responsibility that auditors have regarding money laundering and to evaluate the indicators detailed in the scenario with respect to money laundering. Additional credit was awarded if a candidate successfully linked the scenario-specific indicator to the stage of money laundering.

Generally, the requirement was well answered in response to candidates evaluating the indicators within the question suggesting there was a risk of money laundering. Examples included:

- Infinite Co is a cash-based business and it is therefore easy to mix the cash obtained from potentially illegal activities with the cash obtained from the sale of tickets for the theme park, linked to placement.
- Due to the owners' sons operating both the rides and gift shop, where margins have increased significantly, implying that this may be another indicator of money laundering.
- International transfers to foreign banks accounts may be an indicator of money laundering, more specifically, the layering stage.

The most alarming issue highlighted in a significant number of candidate responses is where candidates stated that a suspicion of money laundering should be disclosed to those charged with governance, the audit committee (even though in the present scenario the company didn't have one) and a minority of candidates stated it should be disclosed in the notes to the financial statements or the audit report in the public interest. This action would amount to the auditor committing a criminal offence of tipping off the client, and it is disappointing to see the number of candidates who fail to understand the difference money laundering and fraud.

Requirement (d)

The final requirement was focused on reviewing the acceptance assessment procedures performed by the auditors on a different company, Meadow Co. Candidates were required to discuss the weaknesses in the procedures performed and recommend improvements the firm should implement.

There was a mixed response here, which candidates either answered well and were able to evaluate the weaknesses, or stated general acceptance procedures to be performed and failed to respond specifically to the requirement.

It was noted that a number of candidates discussed the need to communicate with the previous auditor, which is correct for a requirement for general consideration at acceptance.

In the context of this scenario, however, the extract of the acceptance assessment stated that verbal clearance had been obtained, hence the previous auditor had been contacted. A number of candidates failed to recognise that the issue in this weakness was that only a verbal confirmation had been received and that this should have been obtained in writing. Where candidates discussed the weaknesses specific to the scenario, marks were awarded, however, generic comments regarding communication with the previous auditors did not meet the requirement and demonstrated candidates failed to successfully understand the requirement.

A further point of weak development was in reference to the money laundering section. Many candidates correctly identified that the money laundering assessment was inadequate, and provided weak evaluations as to why it was too brief. There were several responses that stated the details obtained from the owner and his wife were insufficient, yet they failed to identify that the auditors should have performed client identification procedures to involve additional individuals and this should have been extended to any shareholders holding more than 25% shareholding along with other directors of the company. A number of candidates failed to identify this issue.

ACCA Marking guide		
		Marks
(a)	**Evaluation of risk of material misstatement** Up to 3 marks for each risk of material misstatement evaluated unless otherwise indicated. Marks may be awarded for other, relevant risks not included in the marking guide. Appropriate materiality calculations (max 2 marks) and justified materiality level should be awarded to a maximum of 1 mark. In addition, ½ mark for each relevant trend or ratio calculation which form part of the risk evaluation (max 3 marks). – Going concern – potential operating licence withdrawal – Valuation of land – lack of recent valuation – Valuation of theme park rides – impairment – Revenue, risk of overstatement (2 marks) – Revenue, risk of understatement – Sale and leaseback (up to a max of 5 marks) – Legal case – contingent liability (2 marks) – General provisions – Related party transactions (2 marks) – Payroll costs – cash based – Management override/lack of segregation of duties (up to 2 marks)	
	Maximum	**20**
(b)	**Audit procedures in relation to the theme park rides** Generally, 1 mark for each well explained audit procedure. Examples are provided below. Marks will be awarded for other relevant points. – Obtain the report from the safety inspector and review the outcome of the inspection to identify specific rides of concern and to understand maintenance failings – Obtain and review the regulations regarding the maintenance and upgrades of rides to understand the company's obligations in this respect – Obtain The Infinite Co's maintenance reports and review the schedule in comparison to the regulations to identify any rides which may not be appropriately maintained or defective – Obtain a list of rides and their depreciation rates and assess whether the rates are realistic given the age of rides by comparing with industry averages and the safety report findings – Obtain management's impairment review of the rides and assess whether the assumptions are in line with the auditor's understanding – Cast management's impairment review – Calculate an auditor's estimation of impairment or engage an expert to value the rides and compare with management's impairment review to corroborate their calculations – Physically inspect the rides on the park to ensure they are operational and that there is customer demand for the rides – Obtain any ride usage and closure statistics held by management to ensure the rides are operational	
	Maximum	**5**

(c) Money laundering

Generally, 1 mark for each relevant point of discussion/explanation:

- Definition of money laundering
- Customer due diligence
- Reporting channels
- Record keeping
- Training
- Cash-based business/placement
- Unexpected trends in ride sales/shop sales and margins
- Use of family
- Money transfers

Maximum **7**

(d) Acceptance procedures

Generally, 1 mark for each relevant point of discussion/explanation:

- General requirement for customer due diligence (CDD) before acceptance
- Level of CDD depends on the level of risk at client
- Form too brief
- Form lacks supporting evidence
- No justification of CDD level required
- Insufficient identification of beneficial owners and directors
- Money laundering flags not all considered
- References outstanding
- Professional clearance should be in writing and reviewed
- Risk assessment appears incorrect/insufficient
- Company identity does not prove current directors and address
- No partner assigned/approval

Maximum **8**

Professional marks

Communication

- Briefing note format and structure – use of headings/subheadings and an introduction
- Style, language and clarity – appropriate layout and tone of briefing notes, presentation of materiality and relevant calculations, appropriate use of the CBE tools, easy to follow and understand
- Effectiveness and clarity of communication – answer is relevant and tailored to the scenario
- Adherence to the specific requests made by the audit engagement partner

Analysis and evaluation

- Appropriate use of the information to determine and apply suitable calculations
- Appropriate use of the information to design appropriate audit procedures relating to the valuation of the theme park rides
- Effective prioritisation of the results of the evaluation of risks to demonstrate the likelihood and magnitude of risks and to facilitate the allocation of appropriate responses

Professional scepticism and professional judgement

- Appropriate application of professional judgement to draw conclusions and make informed decisions following recognition of unusual or unexpected movements, missing/incomplete information or challenging presented information as part of the risk evaluation
- Determination and justification of a suitable materiality level, appropriately and consistently applied
- Identification of possible management bias and consideration of the impact on the financial statements and the possible reasons for management's preference for certain accounting treatments e.g. out of date valuations, recognition of a general provision
- Effective application of technical and ethical guidance to effectively challenge and critically assess areas of significant management judgement

Commercial acumen – Use of effective examples and/or calculations from the scenario to illustrate points or recommendations – Audit procedures are practical and plausible in the context of the scenario – Appropriate recognition of the wider implications when assessing the client acceptance assessment for Meadow Co	
Maximum	**10**
Total	**50**

8 GRUBER *Walk in the footsteps of a top tutor*

Top tutor tips

Determination of materiality: *The email from the partner states that materiality should be based on profit before income taxes, therefore at the start of your answer you should calculate the range for materiality using that benchmark and justify a figure within that range. If it is a new audit client or a client where there are apparent control risks, materiality should be set at the lower end of the range. If it is an existing client, materiality may be able to be set at mid-range, depending on the other risks mentioned in the scenario. The examining team will give credit for any reasonable explanation of the chosen materiality threshold, as the mark is to recognise that there is the application of professional judgement and that a candidate can justify their response. It is not required that candidates select the identical percentage or figure, or that they provide a justification identical to that shown in the model answer.*

Part (a) *asks for the matters which should be considered when developing the audit strategy for a new audit client. This requires knowledge of ISA 510 and ISA 300. Think about the additional risks when auditing a client for the first time that will need to be appropriately covered in the audit strategy.*

Part (b): *Audit risk comprises the risk that the financial statements contain material misstatement and detection risk. Risk of material misstatement is usually due to non-compliance with an accounting standard, although it also includes control risk. Think about the requirements of the relevant accounting standards and what the client might be doing incorrectly. Detection risks are the risks the auditor fails to detect the material misstatements within the financial statements and include auditing a client for the first time or where there is a tight reporting deadline.*

Prioritisation of risks: *Risks should be prioritised by explaining the risks that are the most significant. For example, certain risks may be prioritised because they are complex, require judgment, include uncertainty or relate to a new event or transaction during the year. Prioritisation can be achieved by either ordering your answer in priority order and stating this is the case, or by summarising in a brief conclusion which risk, or risks, are most significant.*

Part (c) *asks for audit procedures over the building including the use of an expert. The procedures should enable the auditor to obtain evidence to determine whether the relevant financial reporting standard has been complied with. Make sure your procedures are clear and provide enough detail that they can be easily followed by the audit team.*

Part (d) *covers ethical considerations of providing an audit client with a vendor's due diligence engagement involving the purchase of shares of another audit client, thereby creating a conflict of interest. In addition, there are ethical threats which arise regardless of the potential buyer being an audit client.*

Professional skills

Professional skills will be awarded for:

Communication – responding to the instructions in the partner's email such as preparing your answers in the form of briefing notes and using the stated benchmark for materiality.

Analysis and evaluation – applying the information from the scenario to answer the question and explaining the issues in sufficient depth.

Professional scepticism and judgement – justifying an appropriate materiality level, demonstrating critical thinking and being alert to possible manipulation and management bias.

Where relevant, professional marks will be awarded for commercial acumen which requires making practical and plausible recommendations and considering the wider implications of issues to the audit firm.

Briefing notes

To: Al Powell, Audit engagement partner

From: Audit manager

Subject: Gruber Co – Audit planning

Date: 1 July 20X5

Introduction

These briefing notes are prepared to assist with planning the audit of Gruber Co for the financial year ending 30 September 20X5. The notes begin by discussing the implications of this being an initial audit engagement and then move onto evaluate the significant audit risks which should be considered in planning the audit. The significant audit risks have been structured to prioritise the risks in terms of the likelihood and magnitude of misstatement in relation to each risk or the significance to the audit. The notes also recommend the audit procedures to be performed in relation to an investment property. Finally, the notes address the ethical issues arising from a meeting with the company's management team.

Materiality

For the purposes of these briefing notes, the overall materiality level used to assess the significance of identified risks is \$0.7 million based on the profitability of the company, as requested.

Justification

Using profit before income taxes as a suggested benchmark results in a suggested range of \$0.7 million (5% × \$14 million) to \$1.8 million (10% × \$18 million).

As this is a new client and therefore an initial audit engagement, due to the increased detection risk, materiality should be set at the lower level of the range.

This benchmark is only a starting point for determining materiality and professional judgement will need to be applied in determining a final level to be used during the course of the audit.

(a) Initial audit engagement

In an initial audit engagement, there are several factors which should be considered in addition to the planning procedures which are carried out for every audit. ISA 300/ISA (UK) 300 *Planning an Audit of Financial Statements* provides guidance in this area.

ISA 300 suggests that unless prohibited by laws or regulation, arrangements should be made with the predecessor auditor, for example, to review their working papers. Therefore, communication should be made with Ellis Associates to request access to their working papers for the financial year ended 30 September 20X4.

The review of the previous year's working papers would help McClane & Co in planning the audit, for example, as it may highlight matters pertinent to the audit of opening balances or an assessment of the appropriateness of Gruber Co's accounting policies.

For example, Ellis Associates may have information on file regarding previous transactions between Martin Gruber and the company, or other related party transactions.

It will also be important to consider whether any previous years' auditor's reports were modified, and if so, the reason for the modification.

As part of the client acceptance process, professional clearance should have been sought from Ellis Associates. Any matters which were brought to the attention of McClane & Co when professional clearance was obtained should be considered for their potential impact on the audit strategy.

In addition, any ethical issues raised during client acceptance should be considered in terms of their potential impact on the audit strategy, for example the need for an independent partner review of the audit, especially given the recent meeting with the company's management and their request for a non-audit service to be performed.

There should also be consideration of the matters which were discussed with Gruber Co's management in connection with the appointment of McClane & Co as auditors. The audit team should also consider any major issues which have been discussed with management at initial meetings and how these matters impact on the overall audit strategy and audit plan. For example, the accounting treatment applied to construction contracts may have been discussed given that this is a significant accounting policy applied in the company's financial statements.

Particular care should be taken in planning the audit procedures necessary to obtain sufficient appropriate audit evidence regarding opening balances, and procedures should be planned in accordance with ISA 510/ISA (UK) 510 *Initial Audit Engagements – Opening Balances*. Procedures should be performed to determine whether the opening balances reflect the application of appropriate accounting policies and determining whether the prior period's closing balances have been correctly brought forward into the current period.

With an initial audit engagement, it is particularly important to develop an understanding of the business, including the legal and regulatory framework applicable to the company. This understanding must be fully documented and will help the audit team to perform effective analytical procedures and to develop an appropriate audit strategy. Obtaining knowledge of the business will also help to identify whether it will be necessary to plan for the use of auditor's experts, for example in relation to accounting for customer contracts.

McClane & Co may have quality management procedures in place for use in the case of initial engagements, for example, the involvement of another partner or senior individual to review the overall audit strategy prior to commencing significant audit procedures. Compliance with any such procedures should be fully documented.

Given that this is a new audit client, and because of other risk factors to be discussed in the next part of these briefing notes, when developing the audit strategy consideration should be given to using an experienced audit team in order to reduce detection risk.

(b) Audit risk

New audit client

This is the first year that McClane & Co has audited the company which increases detection risk as our firm does not have experience with the client, making it more difficult to detect material misstatements. However, this risk can be mitigated through rigorous audit planning, including obtaining a thorough understanding of the business of the company.

In addition, as discussed in part (a), there is a risk that opening balances and comparative information may not be correct as the prior year figures were not audited by McClane & Co and therefore, we should plan to audit the opening balances carefully, in accordance with ISA 510 to ensure that opening balances and comparative information are both free from material misstatement.

McClane & Co will need to communicate with Ellis Associates to arrange to review their files to identify any potential issues with prior audits.

Management bias

The company's major shareholder, Martin Gruber, is planning to sell his shares in the company and initial discussions have already taken place with a potential purchaser. This situation means that there is a risk of management bias in that Martin will want to maximise the sale price and for this reason there is a risk that assets will be overstated and revenue and profitability maximised, as he will want the company's financial statements to reflect as good a financial position and performance as possible.

Given the owner-managed status of the company it could be easy for Martin to override controls relating to financial reporting, and/or to put pressure on the chief finance officer (CFO), who is his brother, to manipulate the financial statements. Several of the risks discussed below indicate that management bias could have been applied in a number of accounting treatments, in particular the valuation of investment property and recognition and measurement of intangible assets.

Analytical procedures – overstatement of revenue/profit

Analytical procedures of the financial information provided shows that:

- Revenue is projected to increase by 15.4%
- Operating profit is projected to increase by 80%
- Profit before income taxes is projected to increase by 55.6%

While there may be relevant and appropriate explanations for these trends, the auditor should be alert to the possibility that revenue and profit could be deliberately overstated. The trend in operating profit is particularly concerning, and management will need to provide explanations and corroboratory evidence in support of these projections. Martin Gruber has incentive for the financial statements to show growth in revenue and profit given the potential sale of his shares, so there is a risk of aggressive earnings management.

Recognition of revenue – support service

The company sells around one quarter if its machines under a contract which includes a support service, but all contracts are currently being established with only one performance obligation. There is a risk that the revenue related to these contracts is not being separated into component parts as required by IFRS 15 *Revenue from Contracts with Customers*.

IFRS 15 requires that when accounting for revenue, the performance obligations in the contract are identified and where a contract has multiple performance obligations, revenue should be allocated to the performance obligations in the contract by reference to their relative standalone selling prices.

There is an audit risk that Gruber Co is not disaggregating the contract revenue between the obligation relating to the supply and installation of the machine and the provision of the support service. This could result in revenue being overstated if the revenue relating to the support service is recognised at the same time as the rest of the revenue.

Recognition of revenue/profit – Argyle contract

The CFO's suggestion that the full amount of profit can be recognised this year in respect of this contract is incorrect. When performing long-term contracts, IFRS 15 states that appropriate methods of measuring progress towards the satisfaction of a performance obligation i.e. the completion of the contract, include output methods and input methods which are based on determining the stage of completion of the performance obligation by reference to the value to the customer of the goods or services transferred to date relative to the remaining goods or services promised under the contract (output method) or on the basis of the entity's efforts or inputs to the satisfaction of a performance obligation (input method).

Based on the company's stated accounting policy, which is to use the output method, the stage of completion should be based on work certified, which is projected to be $4 million compared with the contract price of $6 million, giving a percentage completion of 66.7%. The company should therefore recognise 66.7% of the estimated $2.2 million profit on the contract, which is $1.47 million. Profit is therefore overstated by $730,000. This is material based on the threshold of $0.7 million. The accounting treatment could be an indication of management bias, and the desire of Martin Gruber to overstate profit for the year.

The audit team should also consider whether the accounting treatment applied to other contracts deviates from the company's stated accounting policy and whether there are further material misstatements in this regard.

Investment property

The $15 million invested in the Nakatomi building is material. The change in fair value of $2 million which is recognised within profit is also material.

It is appropriate that the property is measured at fair value and that the gain is recognised within profit. This is in accordance with IAS 40 *Investment Properties* which permits entities to choose between a fair value model, and a cost model for the measurement of investment properties. When the fair value model is used, gains or losses arising from changes in the fair value of investment property must be included in profit before financing and income taxes for the period in which it arises.

An audit risk arises from the size of the fair value gain which has been recognised. The property was only purchased at the start of financial year, and an increase in fair value of 13.3% in a twelve-month period is significant. The valuation of the property by the expert has yet to be performed, so the fair value currently included in the financial statements could be an attempt by management to boost profit for the year, for the reasons discussed above.

The level of subjectivity which may be involved in determining the fair value increases the risk of material misstatement. Risk is heightened as Gruber Co may hire an expert who is known to them in order to achieve a higher fair value which will manipulate the profits for the year and therefore the objectivity of the expert used is also a risk.

Tutorial note

Credit will also be awarded for discussion of whether the use of an auditor's expert is appropriate.

Intangible asset

The intangible asset recognised in the year at cost to the company of $9 million, is material to the financial statements. It is also material by nature as it is a transaction between the company and the majority shareholder and chief executive officer, making it a related party transaction, which will be discussed in more detail below.

There is a risk of management bias relating to this transaction. Given that Martin is planning to sell his shares, there is a significant risk that the transaction is an attempt to window-dress the financial statements in order to maximise the asset value, influence the business valuation and ultimately increase the amount which Martin receives on selling his shares. Martin may also have engineered the transaction as a way to remove funds from the company without having to pay a dividend.

It is questionable whether Martin has sold anything at all to the company. Robust audit procedures will need to be performed to determine the existence of an asset in relation to the 'designs' which have been sold to the company. They could possibly relate to assets such as patents or some kind of intellectual property, but both the existence and valuation of such assets needs to be supported by documentation from Martin, which has not been provided to the audit team.

The lack of corroboratory evidence increases the risk of this being a 'fake' transaction which needs to be approached with a very high degree of professional scepticism. For these reasons, there is a significant risk that intangible assets are overstated by a material amount.

There is also a risk that the $10 million opening balance of intangible assets is overstated, especially given that this is a new audit client. Martin may have set up similar transactions in the past, resulting in the recognition of intangible assets which may not be appropriate.

Tutorial note

Credit will also be awarded for discussion regarding the specific accounting treatment of intangible assets, e.g. whether IAS 38 criteria for recognition have been met and whether non-amortisation of assets is appropriate as trends indicate that the recognised assets are not amortised.

Related party transaction

The sale of the designs by Martin to Gruber Co is a related party transaction according to the definition of IAS 24 *Related Party Disclosures*. A related party is a person who has control or joint control over the reporting entity, therefore Martin is a related party of Gruber Co and the sale of his designs is a related party transaction which is defined in IAS 24 as a transfer of resources, services, or obligations between related parties, regardless of whether a price is charged.

There is a risk that disclosure of the transaction is not made in accordance with IAS 24 which requires that if there have been transactions between related parties, there should be disclosure regarding the nature of the related party relationship as well as information about the transactions and outstanding balances where necessary.

(c) Audit procedures in respect of The Nakatomi Building

- Review board minutes for details of the reason for the purchase, to understand the business rationale, and confirm board approval of the transaction.
- Agree the $15 million paid to the company's bank ledger account/cash book and bank statements.
- Agree the carrying amount of the property to Gruber Co's non-current asset register to confirm the initial value of the property has been recorded appropriately.
- Obtain proof of ownership e.g. title deeds, legal documentation to confirm that the company owns the building.
- Visit the building to obtain evidence of existence and occupancy of the building by retail establishments to confirm that the property has been appropriately classified as an investment property.
- Obtain and inspect rental agreements for the retailers who occupy the Nakatomi Building, to confirm that the property is not owner-occupied and that it generates a rental income to verify classification.

- Enquire as to whether the company holds any other investment property, and if so, confirm it is also held at fair value to confirm that the accounting treatment is consistent for all investment property.
- Discuss with management the rationale for the accounting policy choice to measure the property at fair value and confirm that the notes to the financial statements state that this is the company's accounting policy.
- With regard to the expert appointed by management to provide the valuation for the building:
  - Obtain information to confirm the experience and qualifications held by the expert, e.g. certificate of registration with a recognised professional body.
  - Obtain confirmation of the expert's independence from Gruber Co and its management team.
  - Review the instructions provided to the expert by management and agree that the valuation method is in accordance with IFRS requirements and can be relied upon as appropriate audit evidence.
  - Obtain the final report issued by the expert and assess that the assumptions and methods used and conclusions reached by the expert are in line with the auditor's understanding of the business, confirm that the expert's valuation has been used as the valuation recognised in the financial statements, and investigate any discrepancies.
  - Confirm that the valuation has been carried out at the reporting date and in accordance with the company's accounting policy.
  - If the valuation is at a different date to the reporting date assess the reasonableness of the valuation reflected in the financial statements.
  - Reperform any calculations contained in the expert's working papers.

(d) Ethical issues

Potential sale of shares

The request for McClane & Co to perform a vendor due diligence service creates a conflict of interest. A conflict of interest arises when an audit firm provides a service in relation to two or more clients whose interests in respect of the matter are in conflict.

Conflict of interest is related to objectivity. The IESBA *International Code of Ethics for Accountants* (the Code)/FRC Ethical Standard states that objectivity requires the professional accountant not to compromise professional judgement because of bias, conflict of interest or the undue influence of others.

In this case, the interests of Gruber Co and Willis Co will be conflicting as Willis Co will want to purchase the shares for the lowest possible amount and Martin Gruber will want to sell them for the highest possible amount. This creates, therefore, a significant threat to the objectivity of McClane & Co, who may be seen to be acting in the interest of one party at the expense of the other.

The problem is exacerbated by the nature of the engagement. The audit firm may be privy to confidential information gained during their time as auditor of Gruber Co. If the audit firm were to divulge this to Willis Co, it would give them a potentially unfair advantage over the other client and would be a breach of confidentiality.

The audit firm should make full disclosure to both parties and ask them both to confirm that they give permission for the service to be provided. It is likely that one of the parties will refuse permission in which case the service should not be provided.

If consent by both parties were to be provided, McClane & Co could safeguard the threats created by the situation by:

- having separate engagement teams who are provided with clear policies and procedures on maintaining confidentiality
- having an appropriate reviewer who is not involved in providing either service to the two clients, to review the work performed to assess whether key judgements and conclusions are appropriate
- using confidentiality agreements signed by the relevant personnel
- establishing separation of confidential information physically and electronically.

The Code states that providing a valuation service can give rise to an advocacy threat, which means that McClane & Co would be promoting the interests of their client in relation to the sales price, thus impacting objectivity.

Safeguards such as the following could reduce the threat to an acceptable level:

- Use of separate teams to perform the valuation service and the audit of Gruber Co, and
- Having an independent second partner review the audit of Gruber Co.

There is also a risk that performing such a service would result in the firm assuming a management responsibility because if the audit firm performs the valuation service they could be perceived to be performing a role of management, therefore not appearing to be objective from the audit client. Assuming a management responsibility for an audit client is prohibited in the Code.

If McClane & Co were to value the shares, there is also a threat in relation to subsequent audits of Willis Co and the new group which will be formed, as in performing the valuation of Martin Gruber's shares they would subsequently be auditing their own valuation work when they audit the new Group's consolidated financial statements. The self-review threat leads to an objectivity threat as the audit team may lack professional scepticism in their audit of the investment in Willis Co's financial statements, and over-rely on the valuation performed by colleagues from McClane & Co.

The self-review threat can be reduced to an acceptable level by the use of appropriate safeguards including:

- Use of separate teams to perform the valuation service and the audit of Willis Co, and
- Having an independent second partner review the audit of Willis Co.

The Code suggests that if the valuation would involve both a significant degree of subjective judgement and have a material effect on the financial statements, then it is likely the valuation service should not be performed. McClane & Co should therefore carefully consider whether it is appropriate to perform the service, evaluating the potential materiality of the shares and the level of subjective judgement involved.

Conclusion

These briefing notes have evaluated the audit risks relating to the audit of Gruber Co and highlight the issues caused by this being an initial audit engagement. The audit risks have been ordered with regard to the estimated impact on the audit, magnitude of any misstatement, and the likelihood of such a misstatement occurring. The most significant risk relates to this being a new audit client as the firm has no cumulative knowledge and experience. This will make recognising management bias more difficult. The incentives for management to manipulate the accounts affects multiple areas of the financial statements such as revenue recognition and valuation of investment property and intangibles.

The notes also recommend audit procedures in relation to a new investment property, and conclude that due to a significant conflict of interest and possible restrictions in line with the ethical code, it is unlikely that McClane & Co can provide a vendor due diligence service to Gruber Co.

Examiner's comments

This question was a typical Section A question set at the planning stage, with requirements focusing on matters specific to the planning stage of an initial audit engagement, an evaluation of the significant audit risks, recommending specific audit procedures in relation to an investment property and ethical issues. The Section A question is where candidates perform best and there have been more focused answers in recent sessions. It is pleasing to see that candidates appear to have taken note of the guidance provided by the examining team in this area.

The entity in this scenario was a new client to the audit firm, with the core business being the design and construction of bespoke machinery within the oil industry. Candidates should note that they are not expected to have detailed industry specific knowledge when answering questions in this examination and the scenario will always have enough information to enable sufficient specific risks to be identified and evaluated to achieve full marks.

Several exhibits were provided to candidates to enable them to develop an understanding of the specific issues relevant to the audit.

Unless specified otherwise, all exhibits should be considered when carrying out risk evaluations and candidates should ensure that they carefully read the partner's email for any specific guidance in relation to how the information should be used.

It is recommended that candidates review all the exhibits while planning their answers to the question but as mentioned should ensure they take note of any guidance given by the examining team in terms of which exhibits are relevant to each requirement. Thus, allowing for more detailed analysis and focus on specific information where relevant.

It is often the case that there will be interactions between the exhibits which will impact on the analysis performed by candidates. Candidates are encouraged to spend adequate time planning and aim to obtain a holistic view and understanding of the issues present in the question.

Introduction to the question

- The current date is the 1 July 20X5 and the client has a year end of 30 September 20X5. The scenario is set three months prior to the year end with the audit taking place sometime after the client year end. This indicates the planning stage of an assignment with the audit taking place in October or later. *Note – this is normal and does not indicate there is a lack of time to plan the audit.*
- The scenario states that the appropriate client acceptance and due diligence procedures were successfully completed prior to the acceptance of the client in January 20X5. Therefore, candidates will not obtain credit for repeating these acceptance procedures, including obtaining professional clearance from the previous auditor, as well as assessing whether the firm has the relevant skills and resources to undertake this audit. The candidates are not required to assess whether it was suitable to accept this client and will not gain credit in doing so.
- Gruber Co is family owned and managed – this means the company is not listed and is not required to follow corporate governance best practice
- Gruber Co designs and produces bespoke machines for their customers. (*We are later told these are under contract. This is important for revenue recognition and the ability to recognise revenue over time for the performance obligation to supply and install the machines. There appears to be a gap in the technical knowledge of a significant number of candidates.)*

Exhibit 1 – Partner's email

In a Section A question, the partner's email will always set out the detailed requirements which are to be answered and the mark allocation. It is recommended that candidates refer to the partner's email first to ensure that they understand what they are being asked to do and the best way to allocate their time to each requirement.

It is important to note that there are two specific instructions which attention is drawn to in the audit partner's email. Firstly, that the acceptance procedures have already been undertaken on Gruber Co (and therefore, no credit will be given) and secondly, that Exhibit 5 is to be disregarded for the evaluation of risks (only relevant for requirement d).

With this context in mind, candidates should then consider the requirements while working through the remaining exhibits to enable a tailored response to be made which utilises the specific information given in the question. Candidates should note that any relevant client specific information will be provided, and speculative answers will not obtain credit.

Requirement (a)

This requirement required candidates to consider matters which are relevant to the initial audit of a new client. Disappointingly, many candidates struggled to attempt the question or omitted it entirely.

Stronger candidates were able to discuss planning issues specific to first time audits such as the interaction with previous auditors with regard to working papers; for example, in assessing the appropriateness of the accounting policies used by the client, details of related parties and transactions etc. They were also able to take more general planning matters and describe them in the context of a new client, for example allowing additional time for understanding of systems and controls due to the lack of knowledge from previous audits, as well as the requirement to audit the opening balances.

Weaker candidates tended to either focus on acceptance, for example, requesting clearance from previous auditors, which has already been obtained, or discussed generic planning matters relevant to all audits such as assigning a team, understanding the business and agreeing deadlines. As the requirement asks for specific matters to be "considered in developing the audit strategy for Gruber Co", the examining team are asking for matters which are relevant to Gruber Co rather than generic or non-specific ones.

Overall, this requirement appeared to distinguish those who approach audit from a practical stance from those who demonstrated knowledge of generic planning matters but were unable to apply them to a specific situation. In this examination, it was crucial for candidates to apply their knowledge of the planning and early stages of the audit process in order to gain credit in this exam.

Requirement (b)

This requirement is typical in volume and nature to many planning questions and examines a major area of the syllabus – risk. It is important to notice that the requirement asked for an evaluation, not simply a list of risks, nor a strategy or procedures to address those risks. The examining team are testing whether candidates understand how and why a risk arises and the implications this has on the financial statements or the audit itself. They are looking for an assessment of materiality, a demonstration of knowledge of the underlying accounting rules and the application of that to the scenario to identify the potential impact on the financial statements. A well evaluated risk has in-depth analysis. Candidates writing only a sentence or two are unlikely to attain many of the marks available for each risk.

Candidates should be aware of the published marking guides for risk questions and understand how marks are credited. Each risk generally has a minimum of three marks attached to it. More complex risks carry additional credit. Materiality and calculation marks are over and above the marks available for the discussion of a risk. The marking guide for this question has eight areas of risks, two of which centre around revenue recognition and one arises from an analytical review.

The requirement asks only for significant audit risks, which mean risks that are either specific to the scenario, non-routine or judgemental and have the potential to give rise to a material misstatement or give rise to a specific detection risk. Speculative risks, arising from routine transactions generally will not obtain credit. Candidates demonstrating strong professional skills will be able to differentiate between speculative and specific risks, and not spend time discussing topics which will not obtain credit. As a demonstration of this skill, consider the various properties that the client has in this scenario.

Exhibit 2 – Business and governance

Candidates are told that the client owns a head office property and leases a production facility. The client has purchased a new investment property in a retail development. If we consider the risks in these different areas:

- Head office building owned outright – this is routine Property, Plant and Equipment (PPE). Under a historical-cost method the only risk to this as an ongoing transaction is the estimate of useful life. Candidates are not given a value for this property, nor told that the client is depreciating over an unreasonable life. As depreciation of PPE is generally a low-risk area and there is nothing new or unusual about the property given, it does not give rise to a significant audit risk.

- Leased production facility – leases are not a judgemental area of financial statements in most cases. In the absence of further information, it would be speculative to think that this lease might be under a year and covered by the exemption to general lease rules requiring the recognition of a right of use asset. This is not a new lease where the client may not understand lease accounting nor is judgement involved in accounting for it.

  No financial information has been included to enable the calculation of materiality, so there is no basis to assume this is a significant risk. If following lease accounting rules had been a significant risk, this would have been identified during acceptance and information given about inappropriate treatment being utilised.

- New investment property – this is an area of risk as it is a new transaction for the client, and there are requirements for classification which must be met. The client also has the choice between two different acceptable accounting policies and the method the client has chosen involves judgement and estimates of fair value. In addition, the values are given to allow a materiality calculation to be performed and the client has estimated the fair value gain themselves which is out of their expertise range. These judgements and choices may reflect management bias. This is the significant risk that candidates need to address.

Candidates must remember when discussing risks, that it is important to relate them to the scenario rather than discuss abstract or generic risks.

This is particularly an issue when discussing management bias risk. This is a key concept to understand for auditors as it can impact on judgements made by management in deriving their figures for the financial statements. Candidates must be able to demonstrate they understand the concept of management bias and can identify it in practice. The examining team are often faced with two standard candidate responses to management bias risk in section A questions: "the client is listed so management will be biased to keep shareholders happy" or "the client is not listed so the owners will be biased to keep profits low and save tax". The first statement doesn't include scenario specific reasons for this conclusion and is therefore too vague and generic. The second implies that all non-listed clients are concerned with aiming for lower payments in respect of tax. Again, this is a generic statement, and unless there is information in the scenario that specifically alludes to this, then candidates will not receive credit for making this point. In both cases, neither will be credited as an evaluation of management bias for a specific scenario.

Candidates are told that the business is owner managed, and that the main shareholder is in the process of selling his shares in the company. The specific management bias point in this scenario is the desire to make the company look as attractive as possible for a potential buyer. That is the specific identification of the management bias threat. To score more than a ½ mark for the identification of the specific bias risk, this will have to be evaluated by candidates. Suggested explanations may include:

- The company's aim to show strong profitability could lead to early or inappropriate recognition of revenue or the understatement of costs.
- Management may wish to make the statement of financial position look strong, such as by the overstatement of assets.

This is the beginning of the evaluation and will score the initial mark. It should then be tied into the scenario to illustrate areas where this could potentially happen or appears to be happening. In this question this is all reinforced by the scenario. There are specific examples of each of those given to enable an evaluation to be made with reference to this question and scenario. Candidates might find it sensible to address management bias holistically after they have analysed the other risks in the question.

The analytical procedures a candidate could calculate and comment on include movements in key ratios to support the bias risks detailed above. Candidates should remember that calculations are only credited when the resulting figures are discussed in their answer in the context of a risk. Simply calculating a ratio will not obtain credit.

The skill examined is the ability to calculate a relevant ratio or trend to identify a risk or support an evaluation of a risk. It is at that point that the calculation mark is awarded.

Exhibit 3 – Financial information/Exhibit 4- Business developments

Candidates were generally able to identify the key risks and, in most cases, were able to apply correct accounting rules to support their analysis. The technical financial reporting topics in this question were generally well attempted and many candidates demonstrated a strong knowledge of the underlying financial reporting required to be able to analyse the risks. Commentary on how each of those areas was tackled is below.

- Revenue recognition of separate performance obligations in a single contract where a three-year service contract was bundled with installation of the machine – this was well handled by many candidates with most appreciating that deferral of an element of the price over the three years was necessary. A significant minority however, suggested a provision for the costs should be made for the three-year service contract which is not the case.
- Revenue recognition of a long-term contract paid in advance (Argyle contract), was the area where most candidates struggled with the calculations. The client was using the output method as a policy for determining the appropriate profits to be recognised at the year end however had treated one contract on a cash basis to bring forward profit recognition. Candidates almost always identified this was not appropriate with around half correctly saying that the output method policy should be applied. The application of the output method to costs to recognise, was most frequently miscalculated, however this minor error did not prevent many candidates achieving strong marks for the evaluation. The remaining candidates did not appear to have knowledge of the methods permitted for this type of contract and suggested no revenue or profit could be recognised until installation.
- Investment property – this was also very well answered. A minority of candidates believed gains on investment property should be taken through other comprehensive income rather than profit, but most candidates were able to identify both the correct accounting treatment and the risks arising from the valuation provided by management.
- Sale of designs – Most candidates here recognised that intangible assets require a reliable value to be estimated as part of the recognition criteria and questioned the legitimacy of the transaction. Additional credit was allowed in this section with respect to the patent value in the brought forward figures given that this has apparently not been amortised and the duration of the patent may not be indefinite.
- Related party transaction – most candidates recognised and appropriately evaluated this risk.

Requirement (c)

This requirement was well answered by a majority of candidates with practical, well described procedures given. The model answer provides a list of procedures which are indicative of the areas the examining team credited. Where a candidate suggests a procedure not on the list in the model answer they will still obtain credit providing it is relevant and practicable.

Exhibit 5 – Meeting notes

This final requirement was focused on the ethical issues surrounding a conflict of interest between two clients and the provision of non-audit services to a non-listed company.

Requirement (d)

The conflict of interest risks were generally well identified by candidates, although not always well described. Candidates generally appreciated the safeguards available and the requirement for consent from both parties.

The self-review threat arising with respect to the vendors due diligence and the safeguards available were again well performed. Some candidates lost time discussing rules for listed clients which Gruber Co is not, so the answers were irrelevant. It should be noted that candidates sitting a location specific version of this exam such as UK or SGP, would have a slightly different answer here and should refer to the model answer published for their specific version of the examination.

Candidates are reminded that in the INT version of the exam the examiners are unable to credit ethical standards specific to an individual country and can only credit answers which are consistent with the examinable documents for the syllabus. Candidates should therefore not use the UK/IRL/SGP specific versions of the ethical standards in the INT examination.

The advocacy threat arising from the due diligence work was the most often missed threat in candidates' discussions.

Overall, the responses from candidates on this question were stronger than in previous sessions and some good specific responses were seen.

ACCA Marking guide		
		Marks
(a)	**Initial audit** Generally, up to 1 mark for each relevant point discussed, including: – Communicate with the previous auditor, review their working papers for significant planning issues – Consider whether any previous auditor's reports were modified – Consider any matters which were raised when professional clearance was obtained – Consider impact of any ethical issues, e.g. the need for independent partner review – Consider matters discussed with management during our firm's appointment, e.g. accounting treatment of construction contracts – Need to develop thorough business understanding including in relation to significant accounting policies – Risk of misstatement in opening balances/previously applied accounting policies – Firm's quality management procedures for new audit clients – Need to use experienced audit team to reduce detection risk	
	Maximum	5

(b)	**Evaluation of audit risks** Up to 3 marks for each audit risk evaluated unless otherwise indicated. Marks may be awarded for other, relevant risks not included in the marking guide. Appropriate materiality calculations (max 2 marks) and justified materiality level should be awarded to a maximum of 1 mark. In addition, ½ mark for each relevant trend or calculation which form part of the evaluation of audit risk (max 3 marks). – New client (up to 2 marks) – Management bias due to sale of shares (up to 2 marks) – Overstatement of revenue/profit – from analytical review (max 2 marks) – Recognition of revenue – support service – Recognition of revenue/profit – Argyle contract – Investment property (max 4 marks) – Sale of designs (max 4 marks) – Related party transaction	
	Maximum	**21**

(c)	**Audit procedures**
	Up to 1 mark for each relevant audit procedure. Examples are provided below. Marks will be awarded for other relevant points.
	– Review board minutes for details of the reason for the purchase, to understand the business rationale, and confirm board approval of the transaction
	– Agree the amount paid to the company's bank ledger account/cash book and bank statements
	– Agree the carrying amount of the property to Gruber Co's non-current asset register to confirm the initial value of the property has been recorded appropriately
	– Obtain proof of ownership, e.g. title deeds, legal documentation to confirm that the company owns the building
	– Visit the building to obtain evidence of existence and occupancy of the building by retail establishments to confirm that the property has been appropriately classified as an investment property
	– Obtain and inspect rental agreements for the retailers who occupy the Nakatomi building, to confirm that the property is not owner-occupied and that it generates a rental income
	– Enquire as to whether the company holds any other investment property, and if so, confirm it is also held at fair value to confirm that the accounting treatment is consistent for all investment property
	– Discuss with management the rationale for the accounting policy choice to measure the property at fair value and confirm that the notes to the financial statements state that this is the company's accounting policy
	– With regard to the expert appointed by management to provide the valuation for the building (up to 4 marks):
	    – Obtain information to confirm the experience and qualifications held by the expert, e.g. certificate of registration with a recognised professional body
	    – Obtain confirmation of the expert's independence from Gruber Co and its management team
	    – Review the instructions provided to the expert by management, and agree that the valuation method is in accordance with IFRS requirements
	    – Obtain the final report issued by the expert and assess that the assumptions and methods used and conclusions reached by the expert are in line with the auditor's understanding of the business
	    – Confirm that the valuation has been carried out at the reporting date and in accordance with the company's accounting policy	

- If the valuation is at a different date to the reporting date, assess the reasonableness of the valuation reflected in the financial statements
- Reperform any calculations contained in the expert's working papers

Maximum	**6**

(d) Ethical issues

Up to 1 mark for each relevant, explained point:

- Conflict of interest between Gruber Co and Willis Co
- Conflict of interest – impact on auditor's objectivity which could compromise professional judgement
- Risk relates to the valuation of the Gruber shares
- Risk of breach of confidentiality
- Full disclosure to be made to both parties and consent obtained
- Safeguards may be used to reduce the threat to objectivity (max 2 marks)
- Advocacy threat in relation to Gruber Co
- Safeguards to reduce advocacy threat (max 2 marks)
- Management responsibilities in relation to Gruber Co
- Self-review threat re audit of investment in Willis Co
- Safeguards to reduce self-review threat (max 2 marks)
- Valuation should not be provided if material impact on financial statements and involves significant degree of subjective judgement

Maximum	**8**

Professional marks

Communication

- Briefing note format and structure – use of headings/subheadings and an introduction
- Style, language and clarity – appropriate layout and tone of briefing notes, presentation of materiality and relevant calculations, appropriate use of the CBE tools, easy to follow and understand
- Effectiveness and clarity of communication – answer is relevant and tailored to the scenario
- Adherence to the specific requests made by the audit engagement partner

Analysis and evaluation

- Appropriate use of the information to determine and apply suitable calculations
- Appropriate use of the information to design appropriate audit procedures relating to the Nakatomi building
- Effective prioritisation of the results of the evaluation of audit risks to demonstrate the likelihood and magnitude of risks and to facilitate the allocation of appropriate responses

Professional scepticism and professional judgement

- Appropriate application of professional judgement to draw conclusions and make informed decisions following recognition of unusual or unexpected movements, missing/incomplete information or challenging presented information as part of the risk evaluation
- Determination and justification of a suitable materiality level, appropriately and consistently applied
- Identification of possible management bias and consideration of the impact on the financial statements and the possible reasons for management's preference for certain accounting treatments e.g. revenue recognition, profit on Argyle contract
- Effective application of technical and ethical guidance to effectively challenge and critically assess areas of significant management judgement

Commercial acumen – Use of effective examples and/or calculations from the scenario to illustrate points or recommendations – Audit procedures are practical and plausible in the context of the scenario – Appropriate recognition of the wider implications when considering the request to provide a vendor's due diligence service	
Maximum	**10**
Total	**50**

9 PALE *Walk in the footsteps of a top tutor*

Top tutor tips

Determination of materiality: *The email from the partner states that materiality should be based on profit before income taxes, therefore at the start of your answer you should calculate the range for materiality using that benchmark and justify a figure within that range. If it is a new audit client or a client where there are apparent control risks, materiality should be set at the lower end of the range. If it is an existing client, materiality may be able to be set at mid-range, depending on the other risks mentioned in the scenario. The examining team will give credit for any reasonable explanation of the chosen materiality threshold, as the mark is to recognise that there is the application of professional judgement and that a candidate can justify their response. It is not required that candidates select the identical percentage or figure, or that they provide a justification identical to that shown in the model answer.*

Part (a) *requires evaluation of business risks. When describing business risks remember to explain the impact it will have on the company i.e. impact on profit or cash flow. The business risks should be relatable to the financial statements as the auditor will only consider business risks which will also give rise to a risk of material misstatement.*

Part (b) *asks you to evaluate the audit risks to be considered when planning the audit. Audit risk comprises the risk that the financial statements contain material misstatement and detection risk. Risk of material misstatement is usually due to non-compliance with an accounting standard, although it also includes control risk. Think about the requirements of the relevant accounting standards and what the client might be doing incorrectly. Detection risks are the risks the auditor fails to detect the material misstatements within the financial statements and include auditing a client for the first time or where there is a tight reporting deadline. The requirement specifically instructs you to only consider risks relating to changes in fair value in relation to the timber plantation, therefore there will be no marks available for discussion of any other risks.*

Prioritisation of risks: *Risks should be prioritised by explaining the risks that are the most significant. For example, certain risks may be prioritised because they are complex, require judgment, include uncertainty or relate to a new event or transaction during the year. Prioritisation can be achieved by either ordering your answer in priority order and stating this is the case, or by summarising in a brief conclusion which risk, or risks, are most significant.*

Part (c) *asks for audit procedures in respect of the change in fair value of the timber plantation asset. The procedures should enable the auditor to obtain evidence to determine whether the relevant financial reporting standard has been complied with. Make sure your procedures are clear and provide enough detail that they can be easily followed by the audit team. Again, there is a specific instruction within the requirement to help you answer appropriately. Here you are told to include procedures to assess the work of the management expert.*

Part (d) *covers ethical issues relating to a request for an assurance service over KPIs. Identify and explain the threats arising. Discuss whether the threats are significant and state any actions the firm should take to mitigate the threats.*

Professional skills

Professional skills will be awarded for:

Communication – responding to the instructions in the partner's email such as preparing your answers in the form of briefing notes and using the stated benchmark for materiality.

Analysis and evaluation – applying the information from the scenario to answer the question and explaining the issues in sufficient depth.

Professional scepticism and judgement – justifying an appropriate materiality level, demonstrating critical thinking and being alert to possible manipulation and management bias.

Where relevant, professional marks will be awarded for commercial acumen which requires making practical and plausible recommendations and considering the wider implications of issues to the audit firm.

Briefing notes

To: Harvey Rebus, Audit engagement partner

From: Audit manager

Subject: Audit planning in relation to Pale Co

Date: 1 July 20X5

Introduction

These briefing notes have been prepared to assist in planning the audit of Pale Co. The notes begin with an evaluation of the business risks facing the company and continue by evaluating the significant audit risks which should be considered in planning the audit. The significant audit risks have been structured to prioritise the risks in terms of the likelihood and magnitude of misstatement in relation to each risk or the significance to the audit.

The notes also include the recommended principal audit procedures which have been designed in respect of a change in fair value to the company's timber plantation following a recent storm. Finally, the notes discuss the ethical issues arising from a recent phone call with the company's chief finance officer (CFO).

Materiality

For the purposes of these briefing notes, the overall materiality level used to assess the significance of identified risks is $325,000 based on the profitability of the company, as requested.

Justification

Using profit before income taxes of $6.5 million as a suggested benchmark results in a suggested range of $325,000 to $650,000 (5% and 10% respectively).

Given the increased inherent risk of management bias (discussed below) and the fact that this is a new client, materiality should be set at the lower end of the range.

This benchmark is only a starting point for determining materiality and professional judgement will need to be applied in determining a final level to be used during the course of the audit.

(a) Business risks

International expansion

The expansion into Farland introduces a business risk in that the company will be managing operations in a foreign country for the first time. Farland is remote, so it may be difficult for Pale Co's management team to plan regular visits to the new operations, so establishing robust management oversight and controls could be difficult.

In addition, Farland may have different laws and regulations compared to the company's home jurisdiction, so there is a heightened risk of non-compliance. Even the type of trees growing in the rainforest will be different, and management may not have experience in their harvesting, processing and the sale of timber products.

All of these issues create a risk that the international expansion may not be successful, and at the same time will represent a drain on management's time and resources. Operations in the home country of Pale Co may suffer as a result.

Gold Standard accreditation

There is a risk that the Gold Standard accreditation may not be renewed, with implications for reputation, and more specifically for the new contract with Royal Co, which largely accounts for an increase of 5.5% in the company's revenue this year.

Several of the key performance indicators (KPIs) which need to be met to retain the Gold Standard seem to be in jeopardy, for example, there has been a decline in the percentage of timber which is harvested in line with Gold Standard requirements, and the projected metric of 82% is only just above the required level of 80%.

In addition, the Gold Standard is linked to ethical business practice, and there are some indications that the company's business ethics are questionable, for example, the legal case being brought by employees. If the Gold Standard accreditation is lost, Royal Co and other customers may cancel contracts, resulting in a loss of revenue and cash flow.

Legal case

The legal action against the company by its own employees is a significant risk. If the issue becomes public knowledge, there will be reputational problems, and the amount which is being claimed, $19 million, exceeds the company's cash balance.

If the legal claim were to go against the company, it would struggle to find the funds to pay the damages given that it is already at the limit of its borrowing arrangements.

The situation could also indicate poor governance of the company, if decisions are being made which put the lives of employees at risk and result in days lost due to accidents at work, and the matter seems to be dismissed as unimportant by the management team and legal advisers.

Damage to assets caused by storms

The recent storms have caused significant damage to the company's timber plantation asset. Unpredictable weather patterns could cause further harm or even totally destroy the company's timber plantations.

Assuming that trees will be replanted to replace the damage caused by the storm, it can take many years for trees to grow to a harvestable size, so the company faces a significant depletion of its future cash inflows for years to come.

This risk is very difficult to mitigate, perhaps the diversification into tropical rainforest is a way to reduce the risk exposure of the company's operations being concentrated in one geographical area.

Liquidity

The financial information provided indicates that the company's liquidity position has deteriorated over the year. The company has only $4.5 million of cash – a reduction of 33.8% compared to the end of the last financial year. While this has been explained as due to inflationary pressures, management should be doing more to maintain a reasonable level of cash in order to properly manage its working capital. Inventory levels have increased significantly by 67.4% and while again the reason for the increase has been explained by management, if the inventory of processed timber cannot be shipped to customers in the near future, working capital will continue to deteriorate.

The company may become unable to meet obligations as they fall due, especially if the industrial action continues to restrict the possibility of export sales which account for 30% of the company's revenue.

Industrial action

The industrial action at the country's ports has already meant lost sales, and as explained above, there is a risk that revenue and cash inflows will continue to be negatively impacted.

Export sales account for 30% of total revenue, approximately $12.75 million, making this a potentially very significant issue should the industrial action continue. Customers may begin to look elsewhere for their supply of timber, leading to cancelled future orders and contracts.

There is also an issue that the increased storage of timber which is awaiting export to foreign customers will incur additional storage costs.

Tutorial note

Credit will be awarded for discussion of other relevant business risks, for example, the solvency issue raised by the company being at the limit of its borrowing agreement, the lack of cash other than relating to the government grant available for establishing operations in Farland, the lack of an audit committee and independent internal audit team, the reputational damage which may be caused by the legal case, and the inflationary pressures which will make costs hard to control.

(b) Evaluation of audit risks

New client

This is the first year in which Chief & Co has audited the company, which increases detection risk, as our firm does not have experience with the client, making it more difficult to detect material misstatements.

In addition, there is a risk that opening balances and comparative information may not be correct. The prior year figures were not audited by Chief & Co, therefore we should plan to audit the opening balances carefully, in accordance with ISA 510 *Initial Audit Engagements – Opening Balances*, to ensure that opening balances and comparative information are both free from material misstatement.

Tutorial note

Credit will also be awarded for discussion of Pale Co operating in a specialised industry, which could create a detection risk given the audit firm's lack of experience in auditing clients in this industry.

Corporate governance

The company does not have to comply with corporate governance requirements as it is not a listed entity. However, it is good practice to have an established audit committee, especially for a large company like Pale Co which is seeking a stock market flotation in the relatively near future.

The internal audit team is small and lacking in independence as they report directly to the CFO. This means that the scope of their work is likely to be quite limited due to insufficient resources, and any recommendations made could potentially be ignored by Mark York. This has implications for controls over financial reporting, which could be deficient, and increases control risk.

There is a high scope for errors in financial reporting processes and for deliberate manipulation of balances and transactions, as the internal audit team does not have sufficient resources for thorough monitoring and reporting.

Pressure on results

The company is not a listed entity, but the existing and new shareholders will be looking for a return on their investment in the form of a dividend payment. In addition, in the run up to a potential stock market flotation, there will be pressure for the company to show good financial performance. The company also has ambitious international expansion plans.

Pressure to return a better performance creates an incentive for management bias which means that management may use earnings management techniques, or other methods of creative accounting, to create a healthier picture of financial performance than is actually the case. This creates an inherent risk of material misstatement at the financial statement level.

The fact that the projected profit before income taxes is 30% higher than the previous year's figure could indicate that operating expenses are understated. Management bias could also have led to some of the accounting treatments suggested by Mark York, which work to improve the company's profit for the year.

Going concern

There are several indicators that despite its projected increase in revenue and profit, the company faces going concern problems. These indicators include, but are not limited to, operational problems including the destroyed timber plantation and industrial action, reputational damage caused by the legal claim, financial problems caused by lack of cash and the fact that its results are likely to be much worse than that projected by management when the decrease in fair value of the destroyed timber plantation is taken into account. These matters are discussed in detail below.

Management should provide a note to the financial statements which discusses any material uncertainty over the company's ability to continue as a going concern. If management fails to disclose this note, or provides the note but with inadequate detail, a significant audit risk will be created.

Government grant

A government grant of $20 million has been awarded to Pale Co which is material to the projected statement of financial position. Mark York has suggested that he will recognise $10 million of the amount received in profit for the year – projected profit before income taxes is only $6.5 million, so increasing the profit by this amount would be highly material to the statement of profit or loss.

The audit risk relates to whether this should be recognised as income in the current accounting period. IAS 20 *Accounting for Government Grants and Disclosure of Government Assistance* requires that government grants are recognised in profit or loss on a systematic basis over the periods in which the entity recognises expenses for the related costs for which the grants are intended to compensate.

Mark York is planning to recognise half of the grant as income this year, however, this is not appropriately justified. The grant has not been awarded to compensate for management time in planning the international expansion, so the appropriate accounting treatment would seem to be that the entire amount of the grant should be recognised as deferred income in this financial year, as the expenditure for which the grant is specifically provided has not yet been incurred.

Therefore, there is a risk that the company will recognise the income too early, leading to overstated profit and understated liabilities.

Tutorial note

Credit will also be awarded for discussion relating to the company's use of the grant for building accommodation for employees, and relevant audit risks, e.g. the recognition of the accommodation as property, plant and equipment and treatment of the part of the grant relating to the construction of assets.

There could be a further issue in that the terms of the grant may require complete or partial repayment if the conditions of the grant are not satisfied, for example, if Pale Co does not retain its Gold Standard accreditation or if the circumstances of the employees' legal case are considered to be indicative of unethical business practice by the company.

The company should evaluate whether the terms are likely to be met, and if not, should consider whether it would be appropriate to recognise a provision or disclose a contingent liability in the notes to the financial statements. According to IAS 37 *Provisions, Contingent Liabilities and Contingent Assets*, a provision should be recognised where a present obligation exists as a result of a past event which can be reliably measured and is probable to result in an outflow of economic benefit.

The risk is therefore that this has not been considered by management, leading possibly to understated liabilities or inadequate disclosure as required by IAS 37.

Legal case

The legal case could also give rise to a risk of understated liabilities or inadequate disclosure if the company fails to provide for the $19 million claimed by employees or to disclose the matter as a contingent liability.

It will be a matter of significant judgement to decide whether the legal claim is likely to go against Pale Co or not at this early stage, however, the matter is material, and being close to three times projected profit for the year therefore warrants careful consideration. Due to its sensitive nature, the auditor may also consider the issue to be material by nature.

Reduction in fair value of timber plantation

The company's timber plantation asset, prior to recognising any change in fair value, is projected to amount to 90.9% of the company's total assets and is therefore highly material.

The company has correctly obtained an expert's opinion on the change in fair value of the destroyed and damaged trees caused by the storm. The expert's valuation has helped management to determine that a reduction in fair value of $70.5 million should be recognised in the financial statements within profit. This amount is material in its own right. When the loss in value is recognised, it will turn the projected profit into a significant loss.

There is a risk that management will not recognise the loss in full due to the impact it will have on profit. This is therefore a very significant issue for the audit planning.

There is a risk that the expert's valuation is not appropriate, for example, if the expert does not have appropriate expertise to perform this specialist valuation, which would lead to issues in whether the valuation can be relied upon.

In addition, the expert has considered only the value of the destroyed and damaged trees and not considered any other impact of the storm, for example, if other assets such as roads and buildings have been affected by the storm and should be tested for impairment.

Therefore, based on the issues discussed above, there is a risk that the loss is not fully recognised in profit for the year, and the carrying amount of non-current assets is overstated.

Inventory

The level of inventory has increased significantly, by 67.4%, and the value of inventory at 30 June 20X5 of $15.4 million is material.

There is a risk that if the industrial action continues, and the company cannot fulfil its export sale contracts, the customers will cancel their orders. The inventory then may not be saleable to other customers, perhaps if the timber has been cut to customer specification or requires modification to secure a sale to a different customer. According to IAS 2 *Inventories*, inventory should be recognised at the lower of cost and net realisable value.

There is an audit risk that inventory is overstated if any necessary write down to net realisable value is not recognised. This would result in overstated current assets and overstated profit.

(c) Change in fair value of the timber plantation asset

- Obtain the expert's report on the value of the destroyed and damaged timber plantation to:
  - Gain understanding and allow evaluation of the methodology and assumptions used, e.g. the basis of determining the amount of any income which may be generated from the timber to be salvaged from damaged trees.
  - Confirm the geographical extent of damage by the storm.
  - Confirm the basis of determining whether trees have been completely destroyed or damaged.
- Discuss the expert's methodology and assumptions with management to confirm their rationale and compliance with the measurement requirements of IAS 41 *Agriculture*.
- Obtain confirmation of the expert's qualifications and experience in assessing storm damage to timber plantation assets and quantifying financial losses.
- Obtain confirmation that the expert is independent from Pale Co and its management team.
- If possible, visit the site of the storm damage to form a view on the scale of the destruction and to evaluate whether any assets other than the trees have been destroyed or damaged.
- Discuss with management the actions which have been taken in response to the storm, e.g. the extent of progress made to clear the destroyed trees and harvest the damaged trees.
- Obtain any documentation relating to any potential sale of damaged trees, e.g. customer orders, to confirm any realisable value of damaged trees.
- From the non-current asset register, confirm the carrying amount of the standing trees prior to any change in fair value being recognised.
- Consider whether the use of an auditor's expert is necessary to provide sufficient and appropriate evidence given the materiality of the figures.
- Develop an auditor's estimate of the fair value of the timber plantation, in accordance with the IAS 41 requirements, and compare to management's estimate of the change in fair value.
- Obtain a copy of the company's insurance policy and review the terms and conditions to confirm whether the storm damage is covered by insurance.

(d) Assurance on key performance indicators (KPIs)

Self-review threat

There are several issues to consider with regard to providing this service. A significant issue relates to auditor objectivity. The KPIs include financial and non-financial metrics. The financial metrics, including revenue, operating profit and profit before income taxes, will be extracted from, or reconciled to, the figures as shown in the audited financial statements.

While the KPIs will not form part of the audited financial statements, they will be published in the annual report and therefore form part of the 'other information' in relation to which the auditor has responsibilities under ISA 720 *The Auditor's Responsibilities Relating to Other Information*. ISA 720 requires that auditors read the other information in order to identify any material inconsistencies between the financial statements and the other information.

There is therefore a potential self-review threat to objectivity in that the audit firm has been asked to provide assurance on these KPIs which would be read by the audit team as part of their review of other information. The team performing the assurance work would be reluctant to raise queries or highlight errors which may have been made during the external audit when reading the other information.

Tutorial note

Credit will be awarded for discussion of other relevant threats to objectivity created by providing an assurance service on the KPIs, including the advocacy threat and self-interest threats.

The IESBA *International Code of Ethics for Professional Accountants* (the *Code*)/FRC Ethical Standard provides guidance when auditors provide additional services to an audit client. Chief & Co needs to evaluate the significance of the threat and consider whether any safeguards can reduce the threat to an acceptable level. For example, a partner who is independent should be involved in reviewing the audit work performed.

Contingent fee

There is also an ethical issue in respect to the fee proposed by Pale Co for the assurance engagement. If the firm decides to take on the engagement, it should be treated as an engagement separate from the audit and with a separate fee charged for the work and confirmed in a separate engagement letter. The suggestion to simply amend and increase the audit fee and to determine it on a contingent basis, as in the fee is only payable if the assurance is favourable, is not appropriate.

Contingent fees can give rise to a self-interest threat, as it is in the financial interest of the audit firm to give a favourable assurance opinion in order to secure the income.

The *Code* prohibits the use of contingent fees for audit services, but they are allowed for other types of work, depending on factors such as the nature of the engagement and the range of possible fee outcomes. The most prudent course of action, should Chief & Co take on the engagement, would be to charge the fee on a non-contingent basis, separate from the audit fee, to remove any ethical issues relating to the fee.

Competence

Aside from ethical issues, Chief & Co must also consider whether they have the competence to perform the work. Providing assurance on non-financial KPIs is quite a specialist area, and it could be that the audit firm does not have the appropriate levels of expertise and experience to provide a quality service. In particular, the firm would need to ensure that it fully understands the Gold Standard accreditation.

Given that this is a specialised industry, and this is the first client which Chief & Co has in the industry, it is questionable whether the firm has the competence to carry out the work.

Resources

Aside from competence, the firm should also consider whether it has resources in terms of staff availability to complete the work to the desired deadline and to perform appropriate reviews of the work which has been completed.

Conclusion

These briefing notes highlight that the company faces significant business risk, in particular, in relation to its financial position and the recent storm damage. There are a number of significant audit risks which will need to be carefully considered during the planning of the audit, to ensure that an appropriate audit strategy is devised. The most significant audit risk relates to this being a new audit client means the firm has no cumulative knowledge and experience increasing detection risk. This will make it more difficult to identify areas of management bias due to the pressure on results which could then impact going concern. We need to perform detailed work on the highly material change in fair value of the timber plantation due to the recent storm, as detailed in the notes. Finally, there are ethical matters to be discussed with management and incorporated into our audit planning. The assurance engagement on the company's KPIs should only go ahead once all ethical implications have been carefully evaluated and appropriate safeguards put in place.

Examiner's comments

This question was a typical Section A question set at the planning stage, with requirements covering business risk, audit risk, audit procedures and ethics, for 50 marks. Typically, each session the Section A question is where candidates perform best and there have been progressively better and more focused answers in recent sessions. It is pleasing to see that candidates appear to have taken note of the guidance provided by the examining team in this area.

The entity in this scenario was a new client to the audit firm, with the core business being the management of timber plantations and the production and sale of a range of timber products. The company was not listed but was aiming to achieve a listing in the next two years.

Several exhibits were provided to candidates to enable them to develop an understanding of the specific issues relevant to the audit. These were as follows:

- Partner's email – this exhibit typically provides the detailed requirements for the question.
- Background information on the company – includes information the audit engagement partner deems relevant to audit planning.

- Notes from meeting – summary of business developments discussed at a recent meeting between the chief finance officer (CFO) and the audit engagement partner.
- Key performance indicators – a summary of financial and non-financial information.
- Notes from phone call – summary of issues raised by the CFO during a discussion with the audit engagement partner.

Unless specified otherwise, all exhibits should be considered when identifying business risks and audit risks and candidates should ensure that they carefully read the partner's email for any specific guidance in relation to how the information should be used.

It is recommended that candidates review all the exhibits while planning their answers to the question but as mentioned should ensure they take note of any guidance given by the examining team in terms of which exhibits are relevant to each requirement. Thus, allowing for more detailed analysis and focus on specific information where relevant.

It is often the case that there will be interactions between the exhibits which will impact on the analysis performed by candidates. Candidates are encouraged to spend adequate time planning and aim to obtain a holistic view and understanding of the issues present in the question.

An important thing to note for all questions in the AAA examination is the stage of the audit process the scenario relates to. Often candidates do not remain focused on the audit stage and produce answers which are nonsensical in the context. For example, it is common for candidates in planning questions, which are set prior to the financial year end, to state that the audit will be performed under significant time pressure because there is only three months left before the year end. Candidates should note that the final audit happens after the year end. Planning before the year end is not leaving it too late and is an appropriate response to avoid such time pressure; ensuring that the audit is well planned prior to its commencement.

In this scenario, the company is not listed but is aiming for a listing in the next two years, and they operate in the management of timber plantations and the production and sales of a range of timber products.

Candidates are not expected to have detailed industry specific knowledge when answering questions in this examination and the scenario will always have enough information to enable sufficient specific risks to be identified and evaluated to achieve full marks.

When attempting the Section A question, candidates will find it useful to break down the information given in the scenario. It is also helpful to consider why specific information has been provided and how it impacts the evaluation of risk in this scenario.

Introduction to the question

The current date is 1 July 20X5 and the company's year end is September 20X5 – hence the scenario is set three months prior to the year end in this question so year-end financials are not currently available but will be available when the audit is performed after the year end.

The firm was appointed auditor in March 20X5 – therefore this is a new client. It is important to remember in reaching this position, the firm has already performed relevant client acceptance procedures, obtained professional clearance from the previous auditor, and determined that the firm has the competence and resources to provide this audit.

The audit risks arising from a new client relate to opening balances, as these were audited by a different firm in the prior year, and heightened detection risk, because the firm has less experience with and knowledge of a new client.

Discussions surrounding whether the firm is competent or assigning more experienced staff to the audit will not obtain credit as the requirement is to evaluate the audit risks not to question whether the firm should have accepted the client or to provide an audit approach to those risks.

It is important in reducing time pressure that candidates do not spend time addressing points outside the scope of the requirement.

Candidates should be alert to the risk of potential management manipulation as even though the client is not listed, existing and new shareholders will look for a return on their investment, and in the run up to the potential stock market listing, there is pressure to show strong financial performance. It is important that candidates link the risk of management bias to the specifics of the question to achieve credit. This is relevant to audit risks in part (b), yet a number of candidates make the mistake of discussing it as a business risk under part (a).

Exhibit 1 – Partner's email

In a Section A question, the partner's email will always set out the detailed requirements which are to be answered and the mark allocation. It is recommended that candidates refer to the partner's email first to ensure that they understand what they are being asked to do and the best way to allocate their time to each requirement. By reading the requirements first it is easier for candidates to then read through the rest of the information, building that holistic and relevant understanding of the issues pertinent to the question as they go.

There is a further note for candidates drawing attention to a specific instruction linked to Exhibit 4, which candidates must pay attention to. In this instance the note instructs candidates that in part (b) audit risk, they are to only discuss risk relating to the change in fair value of the timber plantation, therefore candidates that discussed other risks would not receive credit as they have been specifically excluded from the question.

Requirement (a)

This requirement indicated for candidates to evaluate the business risks to be considered in planning the audit of Pale Co.

Details relating to the business risks are given below within the details provided in relation to the exhibits.

Requirement (b)

Part (b) required candidates to evaluate the audit risks to be considered in planning the audit of Pale Co.

Details relating to audit risk are given below in the details provided in relation to the exhibits.

Exhibit 2 – Background information

In Exhibit 2 candidates are provided with an overview of the company. The relevance of each piece of information is described below:

Company operations

Background information detailing timber is processed and sold to customers with approximately 30% of timber exported – this signals a business risk that the company may be exposed to exchange rate fluctuations/volatility.

The audit firm was appointed in March 20X5 – this signals a potential audit risk due to lack of knowledge of the client and also combined with the information in the partner's email about this being the firm's first client in this specialised industry further increases the detection risk and hence audit risk.

A small internal audit team which reports to the CFO as the company does not have an audit committee – this information signals there is a lack of independence due to the lack of an audit committee which may increase control risk, therefore increases the audit risk due to increased risk of errors in the financial statements.

Exhibit 3 – Notes from meeting

In Exhibit 3 candidates are provided with a summary of business developments discussed at a recent meeting between the chief finance officer (CFO) and the audit engagement partner.

Accounting policies

This gives details of the accounting policy applied relating to the timber products. Standing timber prior to being felled are biological assets, felled trees are agricultural produce measured at fair value less costs to sell and processed timber is measured in accordance with IAS 2 *Inventories*.

The question states a technical expert has confirmed the policies are appropriate, therefore candidates that discussed these as risks did not receive credit. This was provided to give candidates guidance and support in relation to the relevant accounting treatment specified in IAS 41 *Agriculture*.

International expansion

International expansion – this signals a business risk that operations are being managed in a foreign country for the first time, therefore management oversight and controls may be difficult. Also, laws and regulations may differ therefore there is a risk of non-compliance. The question states that Farland uses the same currency therefore there is no business risk relating to foreign exchange on the purchase of the new plantation, and no credit is available.

The purchase funded through a share issue was not a related party transaction, this signalled a potential liquidity issue as the company had reached the limit of the bank borrowing and therefore a potential solvency issue.

A grant of $20 million had been issued with conditions attached. This signals a business risk of conditions being breached resulting in repayment of the grant and therefore potential liquidity issues, such as a lack of cash flow to repay the grant.

Candidates who linked the withdrawal of the grant due to legal proceedings for unethical business practice and described the risk would equally achieve credit.

This also signals an audit risk in that the grant has been incorrectly accounted for as per IAS 20 *Accounting for Government Grants and Disclosure of Governance Assistance*, as the grant should be recognised in profit or loss on a systematic basis over the periods in which the company recognises expenses for the related costs the grant is intended to compensate. The grant received has been incorrectly accounted for and should have been recognised as deferred income and therefore income is overstated, and liabilities are understated. There is also the identification of a provision for any repayment due for breaching the conditions. Several candidates made the mistake of stating assets were overstated.

Gold standard accreditation

The company had been awarded an industry gold standard accreditation. The accreditation had strict conditions attached relating to all operations including the new expansion in Farland. The company had also signed a significant contract with a new customer on the basis of the accreditation – this signals a business risk of non-compliance with the strict conditions resulting in withdrawal of the gold standard and potential loss of the new customer.

A number of candidates correctly identified the risk yet went on to incorrectly identify that if the customer were lost then revenue would be incorrectly recognised, which was not relevant. Any sales made with the customer would be valid sales and would not need to be derecognised due to loss of the standard. If the customer cancelled the contract future sales would cease which would link to a business risk of revenue falling affecting overall profitability and liquidity.

Legal Case

Action was brought against the company by employees – this signals a business risk due to reputational damage and liquidity issues with the claim exceeding the current cash balance (which can be found in Exhibit 4). This also highlights poor governance within the company as management deemed it as unimportant.

An audit risk is linked to inadequate disclosure of the issue or whether a provision is required. The scenario states that the claim is in the early stages and therefore it is difficult to decide the likelihood of the outcome, yet candidates should explain the accounting rule applicable and the potential impact on the financial statements if a provision is not recognised.

For example, liabilities are understated and profit is overstated or if disclosure is not presented. Marks were also available in part (b) for materiality linked to the audit risk of the $19 million claim.

Change in valuation of the timber plantation

Storm damage resulted in a reduction in fair value of the timber plantation. A number of candidates responded in part (b) under audit risk, with details of accounting rules for impairment, yet the question stated an expert had been appointed to assess the damage and that management had determined a reduction in fair value of $70.5 million.

The issue arising is whether the $70.5 million is deemed appropriate, as to whether the expert has sufficient experience to perform a specialist valuation, and a risk that management may fail to recognise the loss in full as this would have the impact of turning the company's profit to a loss.

Candidates who proceeded to discuss procedures under part (a) or part (b) to test the independence or competence of the expert would not receive credit here, as this is failing to answer the requirement to assess the risk associated with the issue.

There was also an audit risk that other assets may have been affected by the storm and should be tested for impairment, which would result in other assets potentially being overstated if an impairment review had not been undertaken, and profit being overstated, which a significant number of candidates failed to recognise.

Generally, the responses to risk, being business risk for part (a) and audit risk for part (b) were answered well. Candidates fail to score well where there is regurgitation from the question with little development, yet candidates who identify the risk and develop the impact of the risk to either the business for part (a) or as an audit risk under part (b) can easily achieve full marks.

Exhibit 4 – Key performance information

This exhibit provides financial information which provides the source for analytical procedures to be performed. Candidates should be aware that unless a ratio, trend or calculation is discussed in the context of a risk then that calculation will not be awarded marks as it is only through this discussion that the calculation becomes relevant. Hence candidates should not spend time calculating lots of ratios and trends they will not use.

Key points to take from the financial information are as follows:

- The percentage changes for revenue, operating profit and profit before income taxes were all given in the question, therefore trend calculations would not be awarded for simply repeating these numbers. Some candidates identified that while profit had increased by 5.5%, profit before income taxes had increased by 30% which did not look consistent. This issue could indicate a risk of expenses being understated, particularly linked to the reduction in fair value not being fully recognised. Where candidates adopted this approach credit would be awarded for the discussion surrounding the potential risk.
- By performing a few simple calculations, it is apparent that the company's working capital position has deteriorated. Cash has fallen by 33.8% along with an increase in inventory of 67.4%, which is explained due to inventory held at ports as a result of industrial action leads to liquidity issues.

  There is an audit risk in that if industrial action continues, inventory which cannot be sold to customers or sold to a different customer due to any specific specifications, would require to be written down to the lower of cost and net realisable value and therefore if any necessary write down has not taken place the inventory and profit will be overstated.

Exhibit 5 – Notes from phone call

This exhibit provided candidates with notes of a discussion between the audit engagement partner and the CFO regarding a request to provide assurance on KPI's which are published as part of the annual report. Candidates were clearly directed to use this exhibit to answer requirement (d).

Requirement (c)

Generally, answers to procedure-based requirements are handled well by candidates. Detailed guidance on how to describe audit procedures can be found on the ACCA website.

The requirement was to design procedures in relation to the change in fair value of the timber plantation caused by the recent storms. The requirement stated that answers should include those relating to evaluating the expert appointed and the work they have performed in calculating the reduction in the fair value.

Generally, this requirement was well answered.

The suggested solution provides examples of typical procedures which are valid, and candidates are encouraged to review these procedures carefully to ensure they understand the source, purpose, and relevance of each procedure.

Candidates should also remember that each procedure is only worth 1 mark hence producing a list of 20 procedures for 6 marks is likely to add unnecessary time pressure in the exam.

Requirement (d)

This required candidates to explain the ethical issues arising from the phone call detailed in Exhibit 5, from the CFO.

The company publishes non-financial and environmental KPIs as part of the annual report and requested the audit firm to provide assurance on the KPIs as part of performing the audit and offered a 20% increase in the audit fee if the assurance provided was favourable.

Firstly, several candidates incorrectly discussed fee thresholds for a listed client when determining if the fee could be undertaken yet failed to recognise this was a contingent fee and is prohibited by the IESBA International Code of Ethics for Professional Accountants (the Code) and unfortunately received no marks. There were few candidates that identified the fee for assurance work could be on a contingent basis, yet it is more prudent to not undertake the basis.

Pale Co is not a listed company, as the question states it is looking to achieve listing in the next two years, therefore the work can be undertaken so long as safeguards are put in place and the fee is separate from the audit.

The ethical threats were generally well recognised, but candidates continue to score relatively low marks for ethics due to not sufficiently explaining the ethical threat linked to the scenario and the implication of the threat to the auditor and therefore lose what are potentially easy marks, especially as a large proportion of knowledge of ethics is assumed knowledge from other ACCA examinations.

Marks were available for considering other planning implications, such as competence of the auditor to perform the assurance on the KPIs due to their specialist nature and whether the firm has sufficient resources to undertake the work. It was disappointing to see candidates not consider these implications and therefore not achieve what are relatively easy marks.

Overall responses were mixed and candidates who answered the ethical issues sufficiently scored highly, yet candidates who merely identify the ethical threat with no linkage to the scenario and explanation tended to score low marks.

ACCA Marking guide		
		Marks
(a)	**Business risks** Up to 2 marks for each business risk evaluated. In addition, ½ mark for each relevant trend or calculation which form part of a relevant explanation of the risk (max 2 marks). – International expansion – Gold Standard accreditation – Legal case – Damage to assets caused by storm – Liquidity – Industrial action	
	Maximum	**8**
(b)	**Evaluation of audit risks** Up to 3 marks for each significant audit risk evaluated unless otherwise indicated. Marks may be awarded for other, relevant risks not included in the marking guide. Appropriate materiality calculations (max 2 marks) and justified materiality level should be awarded to a maximum of 1 mark. In addition, ½ mark for each relevant trend or calculation which form part of a relevant explanation of the risk (max 2 marks). – New client (up to 2 marks) – Corporate governance (up to 2 marks) – Pressure on results – Government grant (up to 4 marks) – Legal case – Change in fair value of standing trees – Inventory (up to 2 marks) – Going concern	
	Maximum	**20**

(c) Audit procedures

1 mark for each well explained audit procedure, examples of which include:

- Obtain the expert's report on the value of the storm-damaged timber plantation to understand methodology and overall results
- Discuss the expert's methodology and assumptions with management to confirm their rationale and compliance with accounting requirements
- Obtain confirmation of the expert's qualifications and experience
- Obtain confirmation that the expert is independent
- Visit the site of the storm damage to form a view on the scale of the destruction
- Discuss with management the actions which have been taken in response to the storm
- Obtain any documentation relating to the potential sale of damaged trees
- From the non-current asset register, confirm the carrying amount of the standing trees prior to any change in fair value being recognised
- Consider whether the use of an auditor's expert is necessary to provide sufficient and appropriate evidence given the materiality of the figures
- Develop an auditor's estimate of the change in fair value and compare to management's estimate
- Obtain a copy of the company's insurance policy and review the terms and conditions to confirm whether the storm damage is covered by insurance

Maximum	**6**

(d) Ethical issues

1 mark for each point discussed:

- KPIs are 'other information' which the auditor must review for material inconsistencies
- Self-review threat to objectivity (additional credit to be awarded for other relevant threats to objectivity explained)
- Assurance can be provided on the KPIs if safeguards can reduce threat to an acceptable level
- Example of safeguard, e.g. separate team to perform the work, separate partner review
- Fee for the assurance work must be separate from the audit fee
- Fee for audit cannot be on a contingent basis
- Fee for assurance work can be on a contingent basis but more prudent if not on that basis
- Competence issues due to specialist nature of the work
- Resource issues, i.e. staff availability to perform the work

Maximum	**6**

Professional marks

Communication

- Briefing note format and structure – use of headings/subheadings and an introduction
- Style, language and clarity – appropriate layout and tone of briefing notes, presentation of materiality and relevant calculations, appropriate use of the CBE tools, easy to follow and understand
- Effectiveness and clarity of communication – answer is relevant and tailored to the scenario
- Adherence to the specific requests made by the audit engagement partner

Analysis and evaluation

- Appropriate use of the information to determine and apply suitable calculations

– Appropriate use of the information to design appropriate audit procedures relating to the timber plantation	
– Effective prioritisation of the results of the evaluation of audit risks to demonstrate the likelihood and magnitude of risks and to facilitate the allocation of appropriate responses	
Professional scepticism and professional judgement	
– Appropriate application of professional judgement to draw conclusions and make informed decisions following recognition of unusual or unexpected movements, missing/incomplete information or challenging presented information as part of the risk evaluation	
– Determination and justification of a suitable materiality level, appropriately and consistently applied	
– Identification of possible management bias and consideration of the impact on the financial statements and the possible reasons for management's preference for certain accounting treatments	
– Effective application of technical and ethical guidance to effectively challenge and critically assess areas of significant management judgement	
Commercial acumen	
– Use of effective examples and/or calculations from the scenario to illustrate points or recommendations	
– Audit procedures are practical and plausible in the context of the scenario	
– Appropriate recognition of the wider implications when considering the request to provide assurance over the KPIs	
Maximum	**10**
Total	**50**

10 RICK GROUP *Walk in the footsteps of a top tutor*

Top tutor tips

***Determination of materiality**: The email from the partner states that materiality should be based on profit before income taxes, therefore at the start of your answer you should calculate the range for materiality using that benchmark and justify a figure within that range. If it is a new audit client or a client where there are apparent control risks, materiality should be set at the lower end of the range. If it is an existing client, materiality may be able to be set at mid-range, depending on the other risks mentioned in the scenario. The examining team will give credit for any reasonable explanation of the chosen materiality threshold, as the mark is to recognise that there is the application of professional judgement and that a candidate can justify their response. It is not required that candidates select the identical percentage or figure, or that they provide a justification identical to that shown in the model answer.*

***Part (a)** asks you to evaluate the audit risks to be considered when planning the audit. Audit risk comprises the risk that the financial statements contain material misstatement and detection risk. Risk of material misstatement is usually due to non-compliance with an accounting standard, although it also includes control risk.*

Think about the requirements of the relevant accounting standards and what the client might be doing incorrectly. Detection risks are the risks the auditor fails to detect the material misstatements within the financial statements and include auditing a client for the first time or where there is a tight reporting deadline.

Prioritisation of risks: *Risks should be prioritised by explaining the risks that are the most significant. For example, certain risks may be prioritised because they are complex, require judgment, include uncertainty or relate to a new event or transaction during the year. Prioritisation can be achieved by either ordering your answer in priority order and stating this is the case, or by summarising in a brief conclusion which risk, or risks, are most significant.*

Part (b) (i) *asks for an evaluation of the component auditor's audit strategy. This is similar in approach to a requirement asking for an evaluation of the quality of the planning. Consider whether the component auditor has complied with auditing and ethical standards. Provide suggestions of additional work that will be required. Eagle part (c) contains a similar requirement.*

Part (b) (ii) *asks for audit procedures that the component auditor should perform in respect of the sale of property to the Group CEO. This is no different to a requirement asking for procedures your own audit firm should perform. The procedures should enable the auditor to obtain evidence to determine whether the relevant financial reporting standard has been complied with. Make sure your procedures are clear and provide enough detail that they can be easily followed by the audit team.*

Part (c) *requires advantages and disadvantages of joint audits. This is rote-learned knowledge from the study text and should therefore be quite straightforward. Sunshine Hotel Group requirement (e) contains a similar requirement.*

Professional skills

Professional skills will be awarded for:

Communication – responding to the instructions in the partner's email such as preparing your answers in the form of briefing notes and using the stated benchmark for materiality.

Analysis and evaluation – applying the information from the scenario to answer the question and explaining the issues in sufficient depth.

Professional scepticism and judgement – justifying an appropriate materiality level, demonstrating critical thinking and being alert to possible manipulation and management bias.

Where relevant, professional marks will be awarded for commercial acumen which requires making practical and plausible recommendations and considering the wider implications of issues to the audit firm.

Briefing notes

To: Audit engagement partner

From: Audit manager

Subject: Rick Group – Audit planning

Date: 1 July 20X5

Introduction

These briefing notes are prepared to assist with planning the audit of the Rick Group (the Group) for the financial year ending 30 September 20X5. The notes contain an evaluation of the significant audit risks, which should be considered in planning the Group audit. The notes also evaluate the audit strategy, which has been prepared by Neegan Associates for the audit of Daryl Co and recommend further audit procedures to be performed by the component auditors. Finally, the briefing notes address the issue of a potential joint audit, should a new subsidiary be acquired in Farland next year.

Materiality

For the purposes of these briefing notes, the overall materiality level used to assess the significance of identified risks is $6 million based on the profitability of the Group, as requested.

Justification

Using profit before income taxes of $60.1 million as a suggested benchmark results in a suggested range of $3,005,000 (5% × $60.1 million) to $6,010,000 (10% × $60.1 million).

This is an existing client, and no significant control issues have been noted at the planning stage or in previous audits. Therefore, the overall risk assessment is deemed to be low. Materiality should be set at the higher end of the range.

This benchmark is only a starting point for determining materiality and professional judgement will need to be applied in determining a final level to be used during the course of the audit.

(a) Audit risk evaluation

Financial analysis

Balances which are subject to judgement should be considered carefully when assessing audit risks of the Group. Licences are significant as they are intangible assets representing 74.4% of total Group assets. The audit work will need to ensure that the valuation and that of the goodwill of Daryl Co, which has seen significant trading issues during the year.

The financial information shows that total revenue is projected to increase by 25.6% this financial year. This is a significant increase and it could indicate that revenue is overstated. However, the number of subscription members is projected to increase by 30.1%, so possibly the increase in revenue is simply as a result of the Group attracting more customers – but this is a very significant increase and will need to be substantiated.

The audit risks for these areas are considered further in these briefing notes.

Reliance on component auditors

Daryl Co's assets represent 17.9% of the Group's total projected assets. Given the materiality of Daryl Co, the Group audit team needs to consider the extent of reliance which can be placed on the audit of the company conducted by Neegan Associates.

The independence and competence of Neegan Associates will need to be evaluated by the Group audit team, though presumably as the audit firm already has experience of Neegan Associates from previous years' audits, this evaluation will already have been performed. However, independence is threatened by the fact that Neegan Associates has been engaged in providing a non-audit service to Daryl Co since 1 October 20X4. This matter is discussed further in the section of the briefing notes dealing with the component auditor's strategy. Any material misstatements which may remain uncorrected in Daryl Co will impact on the consolidated financial statements, leading to audit risk at the Group level.

Daryl Co – possible impairment

The goodwill in relation to Daryl Co is material to the Group financial statements based on the threshold of $6 million.

According to IAS 36 *Impairment of Assets*, goodwill should be tested for impairment annually, which is the Group's accounting policy. The audit strategy prepared by Neegan Associates indicates that Daryl Co is loss making this year, which is an indication of impairment. Therefore, management will need to factor this into their impairment review.

As the Group's performance in the past has been strong, no goodwill impairment has been recognised, and management may lack experience in dealing with a loss-making subsidiary as part of their impairment testing.

For these reasons, there is an audit risk that goodwill could be overstated, and expenses understated, if any necessary impairment loss is not correctly determined and recognised.

Trend in revenue

The financial information shows that total revenue is projected to increase by 25.6% this financial year.

However, when looking at revenue per customer per year, this is projected to fall from $96.65 in 20X4 to $93.33 in 20X5. Revenue per customer per month is therefore projected to fall from $8.05 in 20X4 to $7.78 in 20X5. These trends seem to contradict the introduction of the new premium subscription package, which should bring in additional revenue per customer.

Possibly the premium subscription has not been taken up by many customers. It is, however, unusual to see a downwards trend in revenue per customer per month, given that the price of a regular subscription has remained the same as in the previous year, at $8.20 per month. Possibly the figures are impacted by the free trial period offered to new customers. These trends will need to be investigated to ensure that revenue is being measured appropriately and recognised at the correct point in time.

There is also a risk arising from the Group invoicing customers in advance, with revenue recognised when the bill is sent to the customer. Possibly this could lead to early recognition of revenue, i.e. recognising prior to the Group providing a service to its customers.

IFRS 15 *Revenue from Contracts with Customers* requires that revenue is recognised when a performance obligation is satisfied by transferring a promised good or service to a customer, and when providing a service over time, it can be difficult to determine how much service has been provided and therefore the amount of revenue which can be recognised at a particular point in time. There is therefore a risk of overstatement of revenue if the requirements of IFRS 15 are not adhered to.

Amortisation of licences

The licences recognised as intangible assets are highly material to the Group. Given that each licence is for a fixed period, it is appropriate to amortise the cost of each licence over that fixed period in accordance with IAS 38 *Intangible Assets*, which requires that the cost of an intangible asset with a finite useful life should be amortised on a systematic basis over its life.

Therefore, the Group's accounting policy to amortise all licences over a five-year period may be too simplistic, especially given the significance of the balance to the Group financial statements. Some of the licences have a shorter life, and some may be longer, indicating that the determination of amortisation for the class of assets as a whole may not be accurate, leading to over or undervaluation of intangible assets and over or understatement of profit.

The finance director's assertion that the accounting policy is 'the most prudent' is not appropriate. The accounting policy should be based on the specific, relevant IAS 38 requirements. It could be a means of earnings management, i.e. to minimise the amortisation charge and maximise profits.

The auditor should also consider whether this issue has arisen in previous years' audits. The Group may have changed its estimation technique with regard to amortisation of intangible assets. If this is the case, the rationale for the change must be understood.

Legal case

In January 20X5, a legal case was brought against the Group. From the information provided, it is not possible to determine if it is material, however, there should be appropriate consideration as to whether the court case gives rise to an obligation at the reporting date.

According to IAS 37 *Provisions, Contingent Liabilities and Contingent Assets*, a provision should be recognised as a liability if there is a present obligation as a result of past events which gives rise to a probable outflow of economic benefit which can be reliably measured. There is therefore an audit risk that if any necessary provision is not recognised, liabilities and expenses will be understated.

If there is a possible obligation at the reporting date, then disclosure of the contingent liability should be made in the notes to the financial statements. There is a risk of inadequate disclosure if the Group finance director refuses to make appropriate disclosure in the notes – this is an audit risk whether the situation gives rise to a provision or a contingent liability, as provisions also have disclosure requirements which may not be complied with.

Group finance director's attitude

There may be a further issue related to the legal case regarding the attitude of the Group finance director, who appears to have dismissed the accounting implications of the legal case and is reluctant to discuss the matter with the audit team. This could indicate that the Group finance director is deliberately obstructing the work of the audit team, and perhaps has something to hide.

This indicates a potential wider issue, that the Group finance director is imposing a limitation on the scope of the audit. The Group audit strategy should consider this issue, and the audit engagement partner may wish to discuss the issue with the Group audit committee as a matter of urgency.

This increases the risk that the legal claim will not be recognised appropriately in the financial statements, and the audit team must approach this issue with a heightened degree of professional scepticism.

There may be other areas in which professional scepticism should be applied, for instance, in respect of the amortisation of intangible assets, which will be discussed later in the briefing notes, and where the Group finance director appears to be using inappropriate justifications for the Group's accounting treatment of licence fees.

Daryl Co – local accounting rules

This company is the only component of the Group which does not use IFRS Accounting Standards as its financial reporting framework. Daryl Co's financial statements will be prepared under local accounting rules and audited by Neegan Associates on that basis. In accordance with IFRS 3 *Business Combinations*, for the purpose of consolidation the Group's accounting policies must be applied to all balances and transactions which form part of the consolidated financial statements. There is an audit risk that the Group's policies are not applied correctly, meaning that the amounts consolidated in respect of Daryl Co are not recognised, measured or disclosed appropriately.

Post-year-end acquisition of Michonne Co

The acquisition of Michonne Co is planned to take place within a month of the reporting date. It is therefore a significant event which is taking place after the year end and as such, it falls under the scope of IAS 10 *Events After the Reporting Period*.

According to IAS 10, a non-adjusting event is an event which is indicative of a condition which arose after the end of the reporting period, and which should be disclosed if they are of such importance that non-disclosure would affect the ability of users to make proper evaluations and decisions. The required disclosure includes the nature of the event and an estimate of its financial effect or a statement that a reasonable estimate of the effect cannot be made.

In addition, IFRS 3 requires disclosure of information about a business combination whose acquisition date is after the end of the reporting period but before the financial statements are authorised for issue.

There is therefore an audit risk that the disclosure in relation to the acquisition of Michonne Co is not complete or accurate.

(b) **(i)** **Evaluation of component auditor's audit strategy**

Audit of payroll

The audit work planned on payroll appears to be limited due to the audit firm, Neegan Associates, having performed a payroll service for Daryl Co since 1 October 20X4. This is not appropriate and will not provide sufficient and appropriate audit evidence regarding the $6 million payroll expense. Given that payroll is material to the company's financial statements, based on Neegan Associates' own materiality threshold of $1.4 million, further testing will be required.

An ethical threat to auditor's independence is raised by the provision of the payroll service to the client. There is a significant self-review threat which means that Neegan Associates is over-relying on the work they have performed on payroll as a non-audit engagement and are not planning to audit the $6 million at all.

Providing this type of non-audit service might be allowed in the jurisdiction where Neegan Associates operates. However, according to ISA 600/ISA (UK) 600 *Special Considerations – Audits of Group Financial Statements (Including the Work of Component Auditors)*, when performing work on the financial information of a component for a group audit, the component auditor is subject to ethical requirements which are relevant to the group audit. Such requirements may be different or in addition to those applying to the component auditor when performing a statutory audit in the component auditor's jurisdiction.

Therefore, the IESBA International Code of Ethics for Professional Accountants (the Code)/FRC Ethical Standard should be applied. This states that for a listed company, a firm shall not provide accounting or bookkeeping services, including payroll services, which results in financial information which forms the basis of financial statements on which the firm will provide an opinion. Therefore, as Daryl Co is listed, the service should not have been provided.

There also needs to be discussion of the situation with Neegan Associates and the management of Daryl Co and the Group, with the objective of ensuring that an alternative provider is found for the payroll accounting services.

Sale of property

In the individual financial statements of Daryl Co, under local accounting rules the sale of property to the Group chief executive officer (CEO) does not need to be disclosed. However, from the Group perspective, it meets the definition of a related party transaction under IAS 24 *Related Party Disclosures*, and will need to be disclosed in the consolidated financial statements.

As the transaction would also be considered to be material by nature, the Group audit team must therefore provide instructions to Neegan Associates on the additional audit work to be performed which will enable sufficient and appropriate evidence to be obtained in respect of the transaction and disclosure. These procedures will be outlined in the next section of these briefing notes.

The cash proceeds arising on the sale of the property are well below the materiality level determined by Neegan Associates, so this might justify the minimal audit procedures which have been planned in relation to the individual financial statements. However, the procedures do not consider how the profit or loss being made on the disposal is determined or whether the asset has been properly removed from the accounting records. The carrying amount of the asset itself may be material to the financial statements of the company.

There may be an incentive to recognise a higher profit than is appropriate on this transaction due to trading difficulties encountered by the company during the year, so the transaction may be at risk of material misstatement with the objective of maximising the profit recognised.

There is no evidence that the transaction is bona fide – the CEO has not yet paid for the property and the whole transaction could be an attempt to window dress the financial statements. Overall, this evaluation has indicated that there are problems in how Neegan Associates has planned the audit of Daryl Co. The audit work, which is planned will not provide sufficient, appropriate audit evidence in relation to the issues identified.

Therefore, the Group audit team will need to consider the overall planning of the audit of Daryl Co and the level of testing they subsequently request that Neegan Associates carries out to satisfy themselves of the accuracy of the figures presented in Daryl Co's financial statements for inclusion in the consolidated financial statements.

(ii) Audit procedures on sale of property

- Review board minutes to see if the property sale has been deliberated, i.e. has the rationale for the transaction been discussed, and formally approved by the company's board.
- Agree the $50,000 sale price to the legal documentation relating to the sale of the property to the Group CEO.
- Confirm the carrying amount of the property at the date of disposal to underlying accounting records and the non-current asset register.
- Confirm that the asset has been removed from the company accounts at the date of disposal.
- Obtain management's determination of profit or loss on disposal, reperform the calculation based on supporting evidence, and agree the profit or loss is recognised appropriately in the company statement of profit or loss.
- Obtain an estimate of the fair value of the property, for example, by comparison to the current market price of similar properties and consider the reasonableness of the transaction and sale price.
- Obtain written representations from company management that all matters related to this related party transaction have been disclosed to the Group management and to the Group audit team.
- Obtain written representation from the Group CEO regarding the transaction, to confirm the amount which is outstanding, and the likely timescale for payment.
- Review cash receipts after the reporting date to confirm whether or not the $50,000 has been received from the Group CEO.

(c) Discussion and justification for a joint audit of Michonne Co

In a joint audit, two or more audit firms are responsible for conducting the audit and for issuing the audit opinion. The main advantage of a joint audit of Michonne Co is that the local audit firm's understanding and experience will be retained, and that will be a valuable input to the audit. At the same time, Atlanta & Co can provide additional skills and resources if necessary.

Farland may have different regulations to the rest of the Group, for example, there may be a different financial reporting framework. It therefore makes sense for Lucille Associates, the local auditors, to retain some input to the audit as they will have detailed knowledge of such regulations.

The fact that the company is located in a distant location means that from a practical point of view it may be difficult for Atlanta & Co to provide staff to perform the majority of the audit work. It will be more cost effective for this to be carried out by local auditors.

Two audit firms can also stand together against aggressive accounting treatments. In this way, a joint audit can enhance the quality of the audit. The benchmarking which takes place between the two firms raises the level of service quality.

Disadvantages of a joint audit of Michonne Co

The main disadvantage is that for the Group, having a joint audit is likely to be more expensive than appointing just one audit firm. However, the costs are likely to be less than if Atlanta & Co took sole responsibility, as having the current auditors retain an involvement will at least cut down on travel expenses. Due to the size of the respective firms, Lucille Associates will probably offer a cheaper audit service than Atlanta & Co.

For the audit firms, there may be problems in deciding on responsibilities, allocating work, and they will need to work very closely together to ensure that no duties go underperformed, and that the quality of the audit is maintained. There is a risk that the two firms will not agree on a range of matters, for example, audit methodology, resources needed and review procedures, which would make the working relationship difficult to manage.

Problems could arise in terms of liability because both firms have provided the audit opinion; in the event of litigation, both firms would be jointly liable. While both of the firms would be insured, they could blame each other for any negligence which was discovered, making the litigation process more complex than if a single audit firm had provided the audit opinion.

Recommendation

On balance, the merits of performing a joint audit outweigh the possible disadvantages, especially if the two audit firms can agree on the division of work and pool their expertise and resources to provide a high-quality audit.

Conclusion

The briefing notes indicate that there are several significant audit risks to be addressed. The most significant risks relate to the subsidiary of Daryl Co as this represents a significant proportion of the group financial statements and there is doubt over the quality of the audit work performed by the component auditor. In addition, the accounting treatment in respect of the legal claim is another significant risk due to the reluctance by the finance director to provide details about the nature or size of the claim. In respect of the component audit firm, there are some concerns over the adequacy of their audit planning, which will need further consideration in developing the Group audit strategy. Finally, performing a joint audit on Michonne Co appears to be a good way to perform a high-quality audit on this new subsidiary.

Examiner's comments

This question was a compulsory 50-mark case study consisting of four parts and focused on the planning phase of the group audit of an existing client. The group was a listed entity and offered a subscription-based internet streaming service for films and TV programmes.

It should be noted that only a brief introduction is required, and time should not be spent writing a half-page introduction or a lengthy conclusion. For a structured, well presented answer, simple headed paragraphs are enough. Candidates need not be concerned with spending time underlining or numbering headings, so long as it is clear which question is being attempted.

Requirement (a) asked candidates to evaluate the audit risks arising from the scenario in the question. The group was a listed entity and a subscription-based internet provider of films and TV programmes. Candidates generally performed well on this section of the question, yet it was disappointing to see candidates focus on what appeared to be rote learnt risks and points which were not relevant to the question.

A number of candidates discussed the risk of the foreign subsidiaries having different year ends to the group, yet the question clearly stated all companies within the group had the same year end, and no marks were awarded. General consolidation risks, intra-group eliminations, disclosures required for listed entities were all deemed speculative risks and did not receive credit. There was no evidence within the question that the group companies traded with each other or that the group was recently listed and therefore may not adhere to stock market listing requirements or corporate governance requirements, for example. Candidates are advised to use the detail of the specific scenario given and discuss the risks accordingly to demonstrate application of audit knowledge to a given scenario.

A further area that demonstrated a lack of application to the scenario surrounded the impairment of goodwill performed by the group on an annual basis. A number of candidates discussed the general treatment of goodwill, that it is to be tested for impairment on an annual basis and that management had not tested impairment and therefore concluding on the financial statement impact that goodwill would be overstated. The question clearly referred to the group correctly performing the annual impairment review but had not recognised impairment due to strong performance. The key issue here was the indicator of impairment within the foreign subsidiary and the impact this would have on the impairment review performed.

Some other common issues noted in candidate answers for Audit Risk included:

- Discussing audit procedures to be performed which did not meet the question requirement and therefore no credit was awarded. If required, this will normally form a separate requirement within the question and should be answered where applicable.
- Several candidates appear to only possess a brief overview of the accounting standards without sufficient knowledge of the underlying principles. It is disappointing to see, for example, the accounting rule for IAS 37 *Provisions, Contingent Liabilities and Contingent Assets* not described sufficiently considering it is one of the easier accounting standards for candidates to apply.

Overall, candidates would be advised to read the requirement carefully to ensure the answer given is relevant and not too generic to avoid losing marks that would be easily achievable.

Candidates that demonstrated good technique in calculating materiality, identifying the audit risk in the scenario, discussing the relevant accounting treatment and finally the impact the error will have on the financial statements scored well.

Requirement (b) (i) asked candidates to evaluate an extract from the component auditor's strategy for three issues and to also comment on the ethical issues arising from the issues identified.

Generally, the responses to the evaluation of the component auditor's strategy were disappointing. The question stated that **only** the points within the extract were to be reviewed and that other sections of the strategy, including risk assessment had been reviewed already by the group audit team and considered satisfactory. A number of candidates continued to comment that due to the lack of other detail, the component auditors were not competent and should not be relied upon.

The question was testing the candidates' knowledge of understanding the difference between the component audit for the individual subsidiary financial statements compared to that of the group. There is a significant gap in candidates' learning relating to this.

A number of candidates showed a lack of understanding regarding materiality, and stated that materiality thresholds are stated within the ISA (International Standards of Auditing), when this is not correct as there are no set rules as to how the level of materiality should be arrived at, rather a percentage is applied to a chosen benchmark as a starting point. Many candidates did not mention the importance of auditor judgement in relation to materiality. Where candidates referred to the auditor being in breach of the auditing standard in the calculation of materiality, marks could not be awarded without further development.

A number of candidates were unable to appreciate the difference between the component financial statements and the group financial statements. A number of candidates referred to the related party transaction to the group CEO requiring disclosure in the notes to the financial statements. The key issue here is that the related party transaction is required to be disclosed in the consolidated financial statements from the group perspective and therefore needed to be specifically addressed as part of the group audit.

Requirement (b) (ii) asked candidates to design the principal audit procedures which would be instructed to the component auditor to perform on the sale of the property to the Group CEO. Overall candidates scored well here, yet there were instances that were disappointing to note such as significant numbers suggesting procedures to check physical existence of the property (that had been sold before the year end), or to verify the asset was remaining in the asset register, again despite the asset being sold to the CEO prior to the year end.

Candidates that applied good technique to procedures questions, such as stating what procedure they would perform along with the purpose of the procedures will score well.

Requirement (c) asked candidates to discuss the appropriateness of a joint audit in relation to a planned acquisition of a new foreign subsidiary and to state advantages and disadvantages of a joint audit. This requirement should have scored well, as it was an easier requirement and was answered well by students who had learnt the topic area. However, a number of students appeared to confuse a joint audit with a group and component audit situations and therefore marks would not be awarded for discussions of discussing competence of the component auditor and ethical requirements as these were not relevant to the requirement.

ACCA Marking guide

			Marks
(a)	**Audit risk evaluation**		
	Up to 3 marks for each significant audit risk evaluated (unless indicated otherwise). Marks may be awarded for other, relevant audit risks not included in the marking guide.		
	In addition, ½ mark for relevant trends or calculations which form part of the evaluation of audit risk (max 3 marks).		
	Appropriate materiality calculations (max 2 marks) and justified materiality level should be awarded to a maximum of 1 mark.		
	– Analytical review		
	– Reliance on component auditor (2 marks)		
	– Daryl Co – possible impairment		
	– Trends in revenue and revenue recognition (2 marks)		
	– Amortisation of licences		
	– Legal case		
	– Group finance director's attitude (2 marks)		
	– Daryl Co – local accounting rules (2 marks)		
	– Post-year-end acquisition of Michonne Co		
		Maximum	**21**
(b)	(i)	**Evaluation of Neegan Associates' audit strategy**	
		Up to 1 mark for each issue evaluated:	
		Payroll	
		– Further procedures necessary given the materiality of the payroll	
		– Requirement of ISA 600 that same ethical guidelines should be applied	
		– Self-review threat from Neegan Associates providing the service – explained	
		– The service should not have been provided due to Daryl Co's listed status	
		Sale of property	
		– Transaction should be disclosed in Group accounts and is material by nature	
		– No consideration of whether the profit on disposal has been properly determined	
		– Risk that the transaction is subject to bias given that company is loss making	
		– Property might not even have been sold, could be window dressing	
		– No procedures to confirm asset has been removed from the financial statements or on the recoverability of the amount outstanding	
		– Conclusion on audit quality	
		Maximum	**7**
	(ii)	**Audit procedures on sale of property**	
		– Review board minutes to see if the property sale has been discussed and formally approved by the company's board	
		– Agree the $50,000 sale price to the legal documentation relating to the sale of the property to the Group CEO	
		– Confirm the book value of the property at the date of disposal to underlying accounting records and non-current asset register	
		– Confirm that the asset has been removed from the company accounts at the date of disposal	
		– Obtain management's determination of profit or loss on disposal, reperform the calculation based on supporting evidence, and agree the profit or loss is recognised appropriately in the company statement of profit or loss	

- Obtain an estimate of the fair value of the property, for example, by comparison to the current market price of similar properties
- Obtain written representations from company management that all matters related to this related party transaction have been disclosed to the Group management and to the Group audit team
- Obtain written representation from the Group CEO regarding the transaction, to confirm the amount which is outstanding, and the likely timescale for payment
- Review cash receipts after the reporting date to confirm whether or not the $50,000 has been received from the Group CEO

Maximum	**6**

(c) Joint audit

Up to 1 mark for each relevant point discussed:

Justification in favour of joint audit

- Retain local auditors' knowledge of company
- Local auditors' knowledge of local regulations
- Atlanta & Co can provide additional skills and resources
- Cost effective – reduce travel expenses, local firm likely to be cheaper
- Enhanced audit quality

Possible disadvantages of joint audit

- Employing two audit firms could be more expensive
- Problems in allocating work and determining responsibilities
- Auditor liability issues
- Recommendation

Maximum	**6**

Professional marks

Communication

- Briefing note format and structure – use of headings/subheadings and an introduction
- Style, language and clarity – appropriate layout and tone of briefing notes, presentation of materiality and relevant calculations, appropriate use of the CBE tools, easy to follow and understand
- Effectiveness and clarity of communication – answer is relevant and tailored to the scenario
- Adherence to the specific requests made by the audit engagement partner

Analysis and evaluation

- Appropriate use of the information to determine and apply suitable calculations
- Appropriate use of the information relating to the sale of the property to design appropriate audit procedures
- Effective prioritisation of the results of the audit risk evaluation to demonstrate the likelihood and magnitude of risks and to facilitate the allocation of appropriate responses
- Balanced discussion of the professional and practical issues when evaluating working with component auditors in a Group engagement

Professional scepticism and professional judgement

- Appropriate application of professional judgement to draw conclusions and make informed decisions following recognition of unusual or unexpected movements, missing/incomplete information or challenging presented information as part of the risk evaluation
- Determination and justification of a suitable materiality level, appropriately and consistently applied
- Identification of possible management bias and consideration of the impact on the financial statements and the possible reasons for management's preference for certain accounting treatments

– Effective application of technical and ethical guidance to effectively challenge and critically assess how management has responded to the legal claim and the adequacy of any provision or disclosure requirements	
Commercial acumen	
– Use of effective examples and/or calculations from the scenario to illustrate points or recommendations	
– Audit procedures are practical and plausible in the context of the scenario	
– Appropriate recognition of the wider implications when considering entering into a joint audit engagement	
Maximum	**10**
Total	**50**

11 RYDER GROUP *Walk in the footsteps of a top tutor*

Top tutor tips

Determination of materiality: *The email from the partner states that materiality should be based on profit before income taxes, therefore at the start of your answer you should calculate the range for materiality using that benchmark and justify a figure within that range. If it is a new audit client or a client where there are apparent control risks, materiality should be set at the lower end of the range. If it is an existing client, materiality may be able to be set at mid-range, depending on the other risks mentioned in the scenario. The examining team will give credit for any reasonable explanation of the chosen materiality threshold, as the mark is to recognise that there is the application of professional judgement and that a candidate can justify their response. It is not required that candidates select the identical percentage or figure, or that they provide a justification identical to that shown in the model answer.*

Part (a) *asks you to evaluate the audit risks to be considered when planning the audit. Audit risk comprises the risk that the financial statements contain material misstatement and detection risk. Risk of material misstatement is usually due to non-compliance with an accounting standard, although it also includes control risk. Think about the requirements of the relevant accounting standards and what the client might be doing incorrectly. Detection risks are the risks the auditor fails to detect the material misstatements within the financial statements and include auditing a client for the first time or where there is a tight reporting deadline. The requirement specifically instructs you to consider risks relating to disclosure, therefore make sure you include these.*

Prioritisation of risks: *Risks should be prioritised by explaining the risks that are the most significant. For example, certain risks may be prioritised because they are complex, require judgment, include uncertainty or relate to a new event or transaction during the year. Prioritisation can be achieved by either ordering your answer in priority order and stating this is the case, or by summarising in a brief conclusion which risk, or risks, are most significant.*

Part (b) *asks for additional information to effectively audit the disposal of a subsidiary. Think about how the disposal should be accounted for and therefore what information you will need to confirm the client has accounted for it in accordance with the applicable financial reporting framework.*

Part (c) *asks for audit procedures in respect of the investment in Peppers Co and the government grant. The procedures should enable the auditor to obtain evidence to determine whether the relevant financial reporting standard has been complied with. Make sure your procedures are clear and provide enough detail that they can be easily followed by the audit team.*

Part (d) *covers ethical considerations of providing a listed audit client with an additional service to design internal controls over a revenue system. In addition, the ethical considerations of referring a client to another firm in return for a referral fee need to be discussed. For each issue, explain the ethical threat arising and state the actions the firm should take to manage or eliminate the threats. Where possible, discuss the significance of the threat.*

Professional skills

Professional skills will be awarded for:

Communication – responding to the instructions in the partner's email such as preparing your answers in the form of briefing notes and using the stated benchmark for materiality.

Analysis and evaluation – applying the information from the scenario to answer the question and explaining the issues in sufficient depth.

Professional scepticism and judgement – justifying an appropriate materiality level, demonstrating critical thinking and being alert to possible manipulation and management bias.

Where relevant, professional marks will be awarded for commercial acumen which requires making practical and plausible recommendations and considering the wider implications of issues to the audit firm.

Briefing notes

To: Mo Iqbal, audit engagement partner

From: Audit manager

Subject: Audit planning in relation to the Ryder Group

Date: 1 July 20X5

Introduction

These briefing notes have been prepared to assist in planning the audit of the Ryder Group (the Group). The notes begin with an evaluation of the significant audit risks which should be considered in planning the audit. The notes then identify and explain the additional information required to plan the audit of a significant disposal which is expected to take place shortly after the financial year end. The notes also include the recommended principal audit procedures which have been designed in respect of an investment made in a joint arrangement and a government grant received in the year. Finally, the notes discuss ethical matters arising from requests made by the Group audit committee.

Materiality

For the purposes of these briefing notes, the overall materiality level used to assess the significance of identified risks is $1.5 million based on the profitability of the Group, as requested.

Justification

Using profit before income taxes of $20 million as a suggested benchmark results in a suggested range of $1 million (5% × $20 million) to $2 million (10% × $20 million).

This is an existing client, and no significant control issues have been noted at the planning stage or in previous audits, however, the group restructuring increases audit risk compared with previous years giving a medium level of risk overall. Materiality should be set at the midpoint of the range.

This benchmark is only a starting point for determining materiality and professional judgement will need to be applied in determining a final level to be used during the course of the audit.

(a) Evaluation of significant audit risks

Planned disposal of Primal Burgers Co and acquisition of Valentine Co – events after the reporting date

The Group is planning a significant restructuring. The disposal of Primal Burgers Co is planned to take place shortly after the year end, and the disposal will have a material impact on the Group financial statements given that Primal Burgers Co accounts for 23.2% of projected Group total assets and 30.9% of projected Group revenue.

The acquisition of Valentine Co, which is planned to take place in the first quarter of the next financial year, will be material to the Group, with the anticipated cost of investment and the fair value of identifiable net assets of Valentine Co representing 21.1% and 17.9% of projected Group assets respectively.

Both events will fall under the scope of IAS 10 *Events After the Reporting Period*, meeting the definition of a non-adjusting event. IAS 10 requires that non-adjusting events should be disclosed if they are of such importance that non-disclosure would affect the ability of users to make proper evaluations and decisions.

The required disclosure is the nature of the event and an estimate of its financial effect or a statement that a reasonable estimate of the effect cannot be made. The audit risk is that incomplete or inaccurate disclosure relating to the acquisition and disposal is provided in the notes to the financial statements.

Disposal of Primal Burgers Co – assets held for sale and discontinued operations

The planned disposal should be accounted for under IFRS 5 *Non-current Assets Held for Sale and Discontinued Operations*, which requires that once certain conditions are met, a disposal group of assets should be classified as held for sale. The conditions include:

- management is committed to a plan to sell
- the asset is available for immediate sale
- an active programme to locate a buyer is initiated
- the sale is highly probable, within 12 months of classification as held for sale
- the asset is being actively marketed for sale at a sales price reasonable in relation to its fair value

- actions required to complete the plan indicate that it is unlikely that plan will be significantly changed or withdrawn.

Assuming that the conditions are met, which seems likely given that the board approved the sale in March 20X5 and that potential purchasers have already expressed an interest, the assets held in the disposal group should be reclassified as assets held for sale and measured at the lower of carrying amount and fair value less costs to sell. The assets should not be depreciated after reclassification.

IFRS 5 also requires that immediately prior to classifying an asset or disposal group as held for sale, impairment is measured and recognised in accordance with the applicable IFRS Accounting Standards, which in this case would be IAS 16 *Property, Plant and Equipment* and IAS 36 *Impairment of Assets.*

Several audit risks arise as a result of the disposal. First there is a risk that the assets are not treated as a disposal group for the purpose of IFRS 5 and have continued to be depreciated. Assets are possibly overvalued if an impairment review has not been performed or assets not measured at the lower of carrying amount and fair value less costs to sell. The fact that Primal Burgers Co's revenue is projected to fall by 3.9% indicates that impairment of assets could be an issue, increasing the risk of misstatement.

There is also a risk relating to disclosure, as assets and liabilities held for sale should be recognised separately from other assets and liabilities in the statement of financial position, and if they have not been appropriately reclassified, then non-current assets and liabilities will be overstated.

There is also an audit risk that Primal Burgers Co is not treated as a discontinued operation in accordance with IFRS 5. A discontinued operation is defined as a component of an entity which either has been disposed of or is classified as held for sale, and represents a separate major line of business or a geographical area of operations and is part of a single co-ordinated plan to dispose of a separate major line of business or geographical area of operations.

Given the materiality of Primal Burgers Co and its products being a separate line of business for the Group, it meets the definition of a discontinued operation. In accordance with IFRS 5, the post-tax profit or loss of the discontinued operation and the post-tax gain or loss recognised on the measurement to fair value less cost to sell or on the disposal of the disposal group should be presented as a single amount on the face of the statement of comprehensive income.

In addition, detailed disclosure of revenue, expenses, pre-tax profit or loss and related income taxes is required either in the notes or in the statement of comprehensive income in a section distinct from continuing operations. The risk is that the necessary disclosures are not made, leading to incorrect presentation of Group profit or loss and incomplete information in the notes to the Group financial statements.

Disposal of Primal Burgers Co – potential for manipulation

A further audit risk relating to the disposal of Primal Burgers Co is that the results of the subsidiary could be manipulated to make it look more favourable to any potential purchaser. The financial information indicates that this subsidiary's revenue has declined and therefore it could be that management attempts to manipulate the financial statements to present a healthier financial performance to potential buyers. For example, costs could be suppressed or shifted to other Group companies to maintain the profit of Primal Burgers Co and make it more attractive to purchasers.

Tutorial note

Credit will be awarded for the evaluation of other relevant audit risks relating to the disposal, for example, in relation to the presentation of information in the Group statement of cash flows.

Investment in Peppers Co

The Group will be investing $48 million in Peppers Co which is material to the Group financial statements based on the threshold of $1.5 million.

From the information provided, it seems that the investment is a joint venture, with control of Peppers Co shared between the Group and Smiths Co. IFRS 11 *Joint Arrangements* defines a joint venture as a joint arrangement whereby the parties who have joint control of the arrangement have rights to the net assets of the arrangement.

IFRS 11 requires that a joint venturer recognises its interest in a joint venture as an investment and shall account for that investment using the equity method in accordance with IAS 28 *Investments in Associates and Joint Ventures*. Audit risk arises if the Group fails to apply equity accounting to the investment, which may lead to an under or overstated value of investment and incorrect presentation of income and expenses relating to the joint venture in the Group statement of profit or loss.

Mondays Coffee drive-through –asset (capital) expenditure

During the year, there has been significant expenditure relating to 50 new drive-through coffee shops. The total amount capitalised is $43 million, of which $15 million relates to acquiring operating licences. The audit risk relates to the classification of the licences within property, plant and equipment, they should instead be recognised as intangible assets.

This error is material based on the threshold of $1.5 million. If the error is uncorrected, property, plant and equipment is overstated and intangible assets are understated.

A consequence of the misclassification is that the $15 million should be amortised over its specific useful life of three years, so assuming that a full year's worth of amortisation should have been expensed, this amounts to $5 million. Currently, the amount has been treated as property, plant and equipment and depreciated over a 20-year life, so $0.75 million has been expensed. Therefore, expenses are understated by $4.25 million which is material. There is therefore an audit risk that Group profit is significantly overstated.

Tutorial note

Credit will be awarded for the evaluation of other relevant audit risks, for example, including expenditure incurred in establishing the coffee shops is not appropriately classified between assets and expenses, and that a 20-year estimated life appears long given the nature and usage of the assets involved.

Mondays Coffee drive-through – reportable operating segment

According to the Group finance director, revenue from the new drive-through coffee shops accounts for almost all of the increase in revenue from Mondays Coffee Co. The financial information shows that Mondays Coffee Co revenue is projected to increase by $45 million this year. Total Group revenue is projected to be $320 million; $45 million is 14.1% of this total.

The revenue from the drive-through coffee shops could be a reportable operating segment under IFRS 8 *Operating Segments.*

An operating segment is a component of an entity:

- which engages in business activities from which it may earn revenues and incur expenses
- whose operating results are reviewed regularly by the entity's chief operating decision maker to make decisions about resources to be allocated to the segment and assess its performance, and
- for which discrete financial information is available.

IFRS 8 requires an entity to report financial and descriptive information about its reportable segments. Reportable segments are operating segments or aggregations of operating segments which meet specified criteria, including that its reported revenue is 10% or more of the combined revenue of all operating segments.

It seems that the drive-through coffee shops should be treated as a reportable segment given that discrete information is available through the Group's management information system, the results are reviewed, and it generates more than 10% of Group revenue. The audit risk is that disclosure is not provided at all in relation to this reportable segment, or that disclosure is incomplete in the final version of the financial statements.

Tutorial note

Credit will also be awarded for evaluation of the significance of the increase in revenue from the new drive-through coffee shops, and whether this could indicate overstatement of revenue. Other relevant audit risks will be credited, for example, relating to possible system changes introduced to incorporate the drive-through coffee shops in the financial reporting system.

Government grant

The Group received a government grant of $20 million which is material to the Group statement of financial position based on the threshold of $1.5 million. In addition, if the $20 million grant receipt had not been recognised in full as income this financial year, the projected Group profit before income taxes would be $0. The recognition as income is therefore extremely significant to the Group financial statements.

The grant should be accounted for in accordance with IAS 20 *Accounting for Government Grants and Disclosure of Government Assistance* which requires government grants to be recognised in profit or loss on a systematic basis over the periods in which the entity recognises as expenses the related costs for which the grants are intended to compensate.

The two parts of the grant should be accounted for separately. The amount relating to asset (capital) expenditure should be deferred on the statement of financial position and assuming that the grant will be used to upgrade items of property, plant and equipment, the grant should then be recognised in profit or loss over the periods in which depreciation expense on the assets to which it relates is recognised.

The part of the grant relating to promotional activity should be recognised in profit or loss in the same period as the relevant expenses – which may be this year, or could be the next financial year, depending on when the expenses relating to the advertising campaign are incurred.

It is likely that if funds are not used in the manner intended by the government, i.e. that half of it is used to make the assets more environmentally friendly, then some or all of the grant would be repayable. This would mean that a provision or contingent liability should be recognised/disclosed, and there is an audit risk that liabilities are understated if any amount probable to be repaid is not accounted for as a provision, or that insufficient disclosure is made in the note to the financial statements if a contingent liability arises.

Therefore, the audit risk is that Group profit is overstated by a maximum amount of $20 million, and liabilities understated by the same amount. The accounting treatment could be a deliberate attempt to enhance the appearance of the Group profit for the year, and this issue should be approached with a high degree of professional scepticism during the audit.

(b) Additional information required to plan the audit of the disposal of Primal Burgers Co

- The individual financial statements of Primal Burgers Co, to ascertain the detail of the amounts recognised – this will assist the audit team in planning to audit the compliance with measurement and disclosure requirements of IFRS 5 and to confirm materiality of the balances involved.
- A copy of the vendor's due diligence report produced by Usami & Co, to ascertain key findings, e.g. valuations of assets and liabilities; this will help in planning to audit the measurement of the disposal group and whether any impairment should be recognised.
- Further information surrounding the reasons for disposal, from the Group board minutes at which approval was given for the disposal, to enable the auditor to develop an understanding of management's rationale and how the disposal fits in with the Group restructuring as a whole.
- Information regarding the potential acquirers of Primal Burgers Co and the stage of negotiations, this will help the audit team develop an expectation as to whether the disposal is likely to take place after the year end and the potential sales price.
- Any preliminary determination by management of the anticipated profit or loss on disposal and expectation of any impairment to the value of assets held in the disposal group.
- Obtain a copy of management's assessment/workings of the impact on the Group's financial position on the sale of Primal Burgers Co and the overall impact of the restructure of the Group.

(c) (i) Principal audit procedures in respect of the classification of the investment in Peppers Co

- Obtain the legal documentation supporting the investment and agree the details of the investment including:
  - The date of the investment
  - Amount paid
  - Number of shares purchased
  - The voting rights attached to the shares
  - The nature of the profit-sharing arrangement between the Group and Smiths Co
  - The nature of access to Peppers Co's assets under the terms of the agreement
  - Confirmation that there is no restriction of the Group's shared control of Peppers Co.
- Review board minutes to confirm the approval of the investment and to understand the business rationale for the investment.
- Review minutes of relevant meetings between the Group and Smiths Co to confirm that control is shared between the two investors and to understand the nature of the relationship and the decision-making process.
- Obtain documentation such as Peppers Co's organisational structure to confirm that the Group has successfully appointed members to the board of the company and that those members have equal power to the members appointed by Smiths Co.

(ii) Principal audit procedures in respect of the government grant received

- Obtain the documentation relating to the grant and review to obtain an understanding of:
  - The terms of the grant including the amount received, and in particular requirements relating to the specific use of the funds
  - The date by which the funds must be used
  - Any clauses relating to repayment of some or all of the grant should certain conditions arise.
- Agree the amount received to bank statements and Ryder Co's bank ledger account/cash book.
- Obtain and review the Group's asset (capital) expenditure forecast to confirm the amount planned to be spent on assets relating to environmental matters.
- Discuss the use of the grant to fund an advertising campaign with an appropriate person, e.g. Group marketing director, and review any plans to use the funds for promotional purposes to confirm that recycling features in the campaign, as intended by the government.

- Confirm, through agreement to marketing plans, whether any funds will be spent during this financial year.
- Obtain a written representation from management that the grant received will be used for the specific purposes required by the government.

(d) Ethical issues

Referral fee

The Group audit committee understands that Squire & Co cannot provide a corporate finance service, but could recommend another firm, Ranger Associates, for this work, for which the firm would earn a referral fee. The Code states that this creates a self-interest threat to objectivity and to professional competence and due care.

The self-interest threat arises from the income generated from the referral, and this may result in the audit firm recommending another firm for the work without proper consideration of their competence to perform the engagement.

The *Code* does not prohibit referral fees but the significance of the threats should be evaluated and safeguards applied to reduce the threats to an acceptable level. Safeguards may include:

- Disclosing to the Group in writing the arrangement for a referral fee to be received from Ranger Associates, and
- Obtaining advance agreement from the Group that the arrangement is acceptable.

Therefore, the matter should be discussed again with the Group audit committee, and if the committee confirms agreement with the proposed referral fee, Squire & Co can recommend Ranger Associates to perform the corporate finance work for the Group.

Internal audit

A further threat arises from the audit committee's request for Squire & Co to work with the Group internal audit team to design and evaluate internal controls relating to revenue. The Code suggests that providing an audit client with an internal audit service might create a self-review threat to objectivity. This is because in subsequent audits the audit team may use the internal audit work performed in their audit of revenue. They may over-rely on the internal controls designed and evaluated by the audit firm or will not apply an appropriate level of scepticism when assessing the work.

In addition, a threat of management responsibility arises, whereby the audit firm is making decisions and using judgement which is properly the responsibility of management. The Code states that taking responsibility for designing, implementing, monitoring and maintaining internal control is assuming management responsibility.

According to the Code, an audit firm must not assume management responsibility for an audit client because the threat to independence created is so significant that no safeguards could reduce it to an acceptable level.

Specifically, in relation to public interest entities, the Code further states that an audit firm shall not provide internal audit services which relate to a significant part of controls over financial reporting, financial accounting systems which are significant to the financial statements or amounts or disclosures which are material to the financial statements.

Therefore, Squire & Co should politely decline the request made by the audit committee and ensure that the committee is fully aware of the ethical issues raised by their requests.

Conclusion

These briefing notes indicate that there is a range of audit risks to be considered in planning the forthcoming Group audit, many of the more significant risks relate to the Group's plans to restructure and the disposal of Primal Burgers Co as this affects classification of assets held for sale and provides opportunity for manipulation through management bias. The government grant is another significant audit risk given the impact on profit for the year. The notes contain recommended audit procedures which have been designed in relation to two material audit issues. In respect of the ethical issues identified, our firm should not provide internal audit assistance to the Group, however, a referral fee from Ranger Associates is acceptable, provided the Group agrees to the arrangement.

Examiner's comments

This question was set at the planning stage of the audit for an existing client. The scenario revolved around a long-established group of companies audited by the same audit firm. The group was undergoing restructuring with several proposed changes to group structure some of which would not occur until after the year end.

Part (a) required candidates to describe audit risks arising in relation to the group audit and was similar to the requirements seen in many past questions. Candidates generally appeared well prepared for this question and were able to identify several audit risks and evaluate them in such a way as to obtain a pass mark. When evaluating risks, candidates are advised to always bring in specific references to the scenario, give the details of the accounting treatment required where possible and the financial statement implications arising as a result of the audit risk. Candidates should ensure they provide an appropriate calculation of materiality and a conclusion as to whether an item is material or not material. Both of these are required for credit to be awarded.

Common issues arising on this requirement were as follows:

- Candidates giving rote-learnt risks with no application to the scenario, for example stating that this was a new client (it was an existing client) or that a significant risk to a listed company is management bias without referring to any specific bias drivers from the scenario (e.g. to prove the success of a restructuring strategy, to maximise the sales price for a subsidiary being disposed of) or demonstrating where the bias might impact on the financial statements (e.g. the incorrect recognition of the grant received in profit or the under amortisation of a three-year licence). Candidates must relate the audit risks to the information provided which will be different in every examination.
- Candidates describing audit risks that were highly unlikely to be a genuine risk – for example many candidates thought there was an audit risk that an acquisition planned for next year might be included in this year's consolidation in error or that a disposal the group were hoping to make post year end required the company to entirely remove the assets and liabilities from the consolidated financial statements and replace it with the profit on disposal.

- Candidates not fully understanding the basic concepts of control or influence in the context of group accounts, for example stating that a 50% shareholding means a company must be a subsidiary. While a shareholding over 50% might be indicative that control exists or a shareholding in the region 20–50% may indicate influence exists, the principles underlying financial reporting are based on substance not just strict percentage rules.

Part (b) required additional information to plan the audit of a disposal. This was well answered by candidates who appreciated that this did not relate to the final audit procedures but information that could be requested in advance.

Part (c) required audit procedures regarding a government grant and the classification of an investment in a joint venture. Generally, this requirement was well answered although common errors with the requirement regarding the joint venture were to cover a wider scope than classification or instead to give procedures for a totally different transaction from the scenario (e.g. a common incorrect answer was to list procedures relating to the audit of the PPE investment in a different group company). These errors arose from a lack of attention to the specific requirement.

Part (d) was an ethics requirement and candidates' answers tended to be weak here. Many candidates simply listed the names of ethical threats without any application to the specific scenario. This is disappointing given the specific guidance published on the ACCA website as to what is required in terms of description for credit to be awarded in this area. Here candidates demonstrated that they had learned a list of threats but failed to demonstrate that they understood them or knew how they applied to a question. Candidates also demonstrated insufficient detailed knowledge of the IESBA International Code of Ethics for Professional Accountants. Candidates often incorrectly stated that referral fees are not permitted, but recommended the use of a separate team to devise and test controls over revenue as an internal audit assignment which, for a listed company, is prohibited.

ACCA Marking guide		
		Marks
(a)	**Evaluation of audit risks** Up to 3 marks for each audit risk evaluated unless otherwise indicated. Marks may be awarded for other, relevant risks not included in the marking guide. In addition, ½ mark for each relevant trend or calculation which forms part of the audit risk evaluation (max 3 marks). Appropriate materiality calculations (max 2 marks) and justified materiality level should be awarded to a maximum of 1 mark. – Disclosure of events after the reporting period in respect of Group restructuring – risk of inadequate disclosure – Assets held for sale in respect of planned disposal of Primal Burgers Co – risk assets not measured or recognised appropriately as assets held for sale (up to 4 marks) – Discontinued operation – risk that Group statement of profit or loss does not reflect results of Primal Burgers Co as a discontinued operation – Disposal of Primal Burgers Co – incentive for manipulation (2 marks) – Joint arrangement in Peppers Co – risk that the investment is not equity accounted – Misclassification of operating licence in respect of Mondays Coffee Co drive-throughs as PPE, impact on measurement of PPE and intangible assets and associated expenses – Mondays Coffee Co drive-throughs likely to be a reportable segment – risk of incomplete disclosure of operating segments	

	– Government grant – risk that conditions will not be met and a liability should be recognised for repayment of the grant	
	Maximum	**21**
(b)	**Additional information** Up to 1 mark for each piece of additional information recommended: – The financial statements of Primal Burgers Co, to ascertain the detail of the amounts recognised – A copy of the vendor's due diligence report to ascertain key findings, e.g. valuations of assets and liabilities – Information surrounding the reasons for disposal, from the Group board minutes at which approval was given for the disposal – Information regarding the potential acquirers of Primal Burgers Co and the stage of negotiations – Any preliminary determination by management of the anticipated profit or loss on disposal and expectation of any impairment to the value of assets held in the disposal group – Obtain a copy of management's assessment/workings of the impact on the Group's financial position on the sale of Primal Burgers Co and the overall impact of the restructure of the Group	
	Maximum	**4**
(c)	**Principal audit procedures** Up to 1 mark for each well-designed audit procedure. **(i) The 50% investment in Peppers Co** – Obtain the legal documentation supporting the investment and agree the details of the investment including (max 2 marks): • The date of the investment • Amount paid • Number of shares purchased • The voting rights attached to the shares • The nature of the profit-sharing arrangement between the Group and Smiths Co • The nature of access to Peppers Co's assets under the terms of the agreement • Confirmation that there is no restriction of the Group's shared control of Peppers Co – Review board minutes to confirm the approval of the investment and to understand the business rationale for the investment – Review minutes of relevant meetings between the Group and Smiths Co to confirm that control is shared between the two investors and to understand the nature of the relationship and the decision-making process – Obtain documentation such as Peppers Co's organisational structure to confirm that the Group has successfully appointed members to the board of the company and that those members have equal power to the members appointed by Smiths Co **(ii) The government grant** – Obtain the documentation relating to the grant and review to obtain understanding of: • The terms of the grant, in particular requirements relating to the specific use of the funds • The date by which the funds must be used • Any clauses relating to repayment of some or all of the grant should certain conditions arise – Agree the amount received to bank statement and bank ledger account/cash book of Ryder Co – Obtain and review the Group's asset (capital) expenditure forecast to confirm the amount planned to be spent on assets relating to environmental matters	

- Discuss the use of the grant to fund an advertising campaign with an appropriate person, e.g. Group marketing director, and review any plans to use the funds for promotional purposes to confirm that recycling features in the campaign, as intended by the government
- Confirm, through agreement to marketing plans, whether any funds will be spent during this financial year
- Obtain a written representation from management that the grant received will be used for the specific purposes required by the government

Maximum **8**

(d) Ethical issues

Up to 1 mark for each point explained:

- Referral fee – self-interest threat to objectivity and professional competence explained
- Can earn referral fee as long as safeguards used – disclose to client and obtain agreement (up to 2 marks)
- Internal audit assistance – self-review threat explained
- Internal audit assistance – management responsibility threat explained
- No safeguards can reduce threat relating to management responsibility
- For PIE client cannot provide internal audit assistance
- Audit firm therefore cannot provide internal audit assistance

Maximum **7**

Professional marks

Communication

- Briefing note format and structure – use of headings/subheadings and an introduction
- Style, language and clarity – appropriate layout and tone of briefing notes, presentation of materiality and relevant calculations, appropriate use of the CBE tools, easy to follow and understand
- Effectiveness and clarity of communication – answer is relevant and tailored to the scenario
- Adherence to the specific requests made by the audit engagement partner

Analysis and evaluation

- Appropriate use of the information to determine and apply suitable calculations
- Appropriate use of the information to design appropriate audit procedures relating to the investment in Peppers Co and the government grant
- Effective prioritisation of the results of the evaluation of audit risks to demonstrate the likelihood and magnitude of risks and to facilitate the allocation of appropriate responses

Professional scepticism and professional judgement

- Appropriate application of professional judgement to draw conclusions and make informed decisions following recognition of unusual or unexpected movements, missing/incomplete information or challenging presented information as part of the risk evaluation
- Determination and justification of a suitable materiality level, appropriately and consistently applied
- Identification of possible management bias and consideration of the impact on the financial statements and the possible reasons for management's preference for certain accounting treatments
- Effective application of technical and ethical guidance to effectively challenge and critically assess the accounting treatment of the group restructuring

Commercial acumen – Use of effective examples and/or calculations from the scenario to illustrate points or recommendations – Audit procedures are practical and plausible in the context of the scenario – Appropriate recognition of the wider implications when considering the referral of Ranger Associates and the request to work with internal audit to design internal controls for the revenue system	
Maximum	**10**
Total	**50**

12 MARGOT *Walk in the footsteps of a top tutor*

Top tutor tips

Determination of materiality: *The email from the partner states that materiality should be based on profit before income taxes, therefore at the start of your answer you should calculate the range for materiality using that benchmark and justify a figure within that range. If it is a new audit client or a client where there are apparent control risks, materiality should be set at the lower end of the range. If it is an existing client, materiality may be able to be set at mid-range, depending on the other risks mentioned in the scenario. The examining team will give credit for any reasonable explanation of the chosen materiality threshold, as the mark is to recognise that there is the application of professional judgement and that a candidate can justify their response. It is not required that candidates select the identical percentage or figure, or that they provide a justification identical to that shown in the model answer.*

Part (a) *requires evaluation of risks of material misstatement. Here you need to explain how the financial statements might not have been prepared in accordance with the applicable financial reporting standard. Refer to the requirements of the relevant standards in your answer. Explain which balances or classes of transactions are at risk of over or understatement and why. Note that the requirement explicitly instructs you not to include risks relating to the* ***valuation*** *of bearer plants or biological assets. Other risks of material misstatement such as classification will be acceptable.*

Prioritisation of risks: *Risks should be prioritised by explaining the risks that are the most significant. For example, certain risks may be prioritised because they are complex, require judgment, include uncertainty or relate to a new event or transaction during the year. Prioritisation can be achieved by either ordering your answer in priority order and stating this is the case, or by summarising in a brief conclusion which risk, or risks, are most significant.*

Part (b) *asks audit procedures in respect of the development costs. The procedures should enable the auditor to obtain evidence to determine whether the relevant financial reporting standard has been complied with. Make sure your procedures are clear and provide enough detail that they can be easily followed by the audit team.*

Part (c) *requires the matters to consider when using the work of an expert. This requires knowledge of the relevant auditing standard.*

Part (d) *deals with the auditor's responsibilities in relation to laws and regulations and the actions that should be taken when non-compliance is brought to the attention of the auditor. This requires knowledge of the relevant auditing standard.*

Professional skills

Professional skills will be awarded for:

Communication – responding to the instructions in the partner's email such as preparing your answers in the form of briefing notes and using the stated benchmark for materiality.

Analysis and evaluation – applying the information from the scenario to answer the question and explaining the issues in sufficient depth.

Professional scepticism and judgement – justifying an appropriate materiality level, demonstrating critical thinking and being alert to possible manipulation and management bias.

Where relevant, professional marks will be awarded for commercial acumen which requires making practical and plausible recommendations and considering the wider implications of issues to the audit firm.

Briefing notes

To: Ben Duval, Audit engagement partner

From: Audit manager

Subject: Audit planning for Margot Co

Date: 1 July 20X5

Introduction

These briefing notes are prepared in respect of audit planning for our client Margot Co. The notes begin with an evaluation of the significant risks of material misstatement which should be considered in planning the audit. The notes then contain the audit procedures which have been designed in relation to the capitalised development costs. A discussion is provided on the use of an auditor's expert in the audit of the company's biological assets. Finally, a member of the client's staff has alerted us to some suspicious behaviour, which could indicate a breach of law and regulations. The notes discuss this issue and recommend actions to be taken by our firm.

Materiality

For the purposes of these briefing notes, the overall materiality level used to assess the significance of identified risks is $150,000 based on the profitability of the company, as requested.

Justification

Using profit before income taxes of $2.1 million as a suggested benchmark results in a suggested range of $105,000 (5% × $2.1 million) to $210,000 (10% × $2.1 million).

This is an existing client, and no significant control issues have been noted at the planning stage or in previous audits. However, due to the risk of management bias discussed below, audit risk is deemed higher than in previous years giving a medium level of risk overall. Materiality should be set at the midpoint of the range.

This benchmark is only a starting point for determining materiality and professional judgement will need to be applied in determining a final level to be used during the course of the audit.

(a) Evaluation of significant risks of material misstatement

Results from preliminary analytical procedures

The limited analytical procedures which have been performed indicate several potential risks of material misstatement. First, the current ratio has increased significantly, from 1.4 in 20X4, to a projected figure of 2.6 in 20X5. Using the information provided, the current liabilities in 20X4 were $1.564 million ($2.19 million/1.4) and are projected to be $1.288 million in 20X5 ($3.35 million/2.6).

Current ratio

Current assets are projected to increase by 53% and current liabilities projected to reduce by 17.6%. Given that the management accounts show that the cash balance is relatively static, there is a risk that other current assets, presumably inventory and receivables, could be overstated.

Profitability

Looking at the operating profit margin and return on capital employed, both ratios have improved by a small amount. This trend is worthy of scrutiny during the audit as the offers and discounts offered to customers by the company should act negatively on margins and profitability, so the improvements in ratios could indicate a potential overstatement of operating profit.

Revenue

Another trend which is worth further investigation relates to online sales, which are projected to increase by 90.5% in the year. This is a significant increase, and while the finance director has asserted that the increase in sales is due to the success of the advertising campaign, this needs to be corroborated further. There is a risk of overstatement of revenue in relation to online sales which is explored in more detail below.

There is also a risk that revenue from other sources is overstated. Excluding online sales, revenue from other sources is projected to increase by 5.3%, a significant increase, which could also indicate overstatement of revenue.

Management bias

This is a private company where a majority of shares are owned by the Margot family. This brings a risk of management bias, especially as one of the family members is the company's chief executive officer, who is in a position to influence the financial statements. The extract from the management accounts shows that a significant dividend payment is made each year, so there is an expectation from the family members that the company will make sufficient profit to be able to pay these dividends each year.

There is therefore a significant inherent risk at the financial statement level that profit will be overstated. The risk that the financial statements are being deliberately manipulated is indicated by the accounting treatment applied to impairment which is discussed in more detail below.

Online sales

The online sales make up an increasing proportion of the company's revenue – according to the management accounts online sales are projected to represent 7% of total revenue in 20X5 (4% – 20X4).

Online sales can bring several risks of material misstatement, for instance, cut off and timing of revenue recognition can be problematical. In the case of Margot Co, risks attach to the discounts which are offered on online sales as the discounts offered to customers appear to change frequently. This brings some complexity into the accounting, and the company should ensure that internal controls are operating effectively so that the accounting system is updated whenever the level and range of discounts and offers to customers are changed. Revenue could be over or understated if discounts are not accounted for appropriately, either because a discount is not recorded at all by the accounting system or is applied to the wrong products.

Tutorial note

Credit will be awarded for other risks relating to online sales, where relevant to the question scenario, for example, related to the launch of the new online sales portal, which implies a change to the system used to record revenue, with related control risks.

Research and development

In this financial year, $220,000 of research and development costs have been capitalised as an intangible asset. This is considered material to the financial statements based on the threshold of $150,000.

This relates to research and development into new plastic-free packaging. According to IAS 38 *Intangible Assets*, a distinction has to be made between research costs, which must be expensed, and development costs, which should only be capitalised if certain criteria are met including that the technical and commercial feasibility of the asset has been established.

It appears that the full amount paid to ProPack has been capitalised, which indicates that no distinction has been made between research costs and development costs. Only development costs can be capitalised, so there is a potential overstatement of the intangible asset if it includes research costs, which should be expensed. This means that the entity must intend and be able to complete the intangible asset and either use it or sell it and be able to demonstrate how the asset will generate future economic benefits.

There is a further risk of material misstatement because costs which are development costs may have been capitalised but the necessary criteria demonstrating that an asset has been created have not been met. Given that ProPack is only at the stage of testing prototypes, it appears that there is not yet demonstrable evidence that the new packaging is technically feasible or that Margot Co will be able to use the packaging.

In addition, there may problems in demonstrating that Margot Co has control of the development of new packaging, given that the development has been outsourced to another company. In this case, the IAS 38 criteria for capitalisation do not appear to have been met. This will result in overstatement of intangible assets and understatement of operating expenses.

Impaired factory

The carrying amount of the impaired factory of $880,250 is material by reference to the threshold calculated above. The damage to the factory has triggered an impairment review, as required by IAS 36 *Impairment of Assets*. However, the finance director has not prepared the impairment calculations in accordance with IAS 36, specifically the recoverable amount has not been correctly determined. The recoverable amount is the higher of value in use and fair value less costs to sell the asset.

According to IAS 36, the cash flow projections which are used to determine the value in use of the impaired asset should relate to the asset in its current condition – expenditures to improve or enhance the asset's performance should not be anticipated. The finance director's estimate of value in use is based on the assumption that the building is repaired and new machinery purchased – neither of these assumptions should be included in the determination of value in use.

It is likely that the value in use, when properly determined, is much lower than the finance director's estimate, meaning that the impairment loss to be recognised is greater than finance director's calculations. There is also a risk that the fair value less cost to sell is overestimated. Therefore, there is a risk that the impairment loss is understated, and the carrying amount of the asset is overstated.

Tutorial note

Credit will be awarded for further development of the impairment issue, for example, whether the impairment loss has been appropriately allocated over the assets of the cash generating unit.

Software and advertising costs capitalised

During the year, software development costs of $30,000 and advertising costs of $225,000 are capitalised as intangible assets. The advertising costs are material as they exceed the threshold of $150,000.

The advertising costs have been incurred to support the 'Fructus Gold' brand name, and the finance director justifies the capitalisation on the grounds that the advertising expenditure has led to an increase in sales. However, IAS 38 specifically states that advertising and promotional costs must not be recognised as intangible assets and must be expensed. Therefore, intangible assets are overstated and operating expenses understated by a material amount.

The software development costs are not considered to be material to the financial statements, and therefore in isolation do not represent a significant risk of material misstatement in monetary terms, especially given that according to IAS 38, it is appropriate to capitalise internally developed software costs assuming that the costs incurred give rise to an asset.

However, this matter is being highlighted because the finance director has used a similar justification for capitalising the advertising costs, which are likely to be materially misstated, as discussed above, and therefore this gives rise to a general concern over whether all costs relating to intangible assets are being treated appropriately.

Identification and potential misclassification of assets

There is a risk that the agricultural assets are not identified and/or classified appropriately, which will have an implication for the valuation of the assets. For example, it may be difficult to distinguish between bearer plants and fruit growing on the trees, and it might be hard to identify the stage of development of fruit on the trees.

This potentially impacts on the valuation of the assets, because bearer plants are measured at cost and depreciated in accordance with IAS 16 *Property, Plant and Equipment*, whereas the fruit should be measured at fair value in accordance with IAS 41 *Agriculture*.

Tutorial note

Credit will be awarded for other, relevant risks of material misstatement, for example, the risk that the storm may have damaged assets other than the factory, in particular the bearer plants, which may have suffered impairment, and the risk that inventory may be overstated due to perishable nature of the goods.

(b) Audit procedures

Research and development costs

- Discuss the project to develop new packaging with management, to develop an understanding of matters such as how the company intends to use the new packaging, the stage of development reached by the year end and whether the project may need additional funding.
- Obtain and review progress reports and correspondence from ProPack which will indicate the progress made so far.
- Obtain and review the contract with ProPack to determine contractual terms and if the asset will be owned and controlled by Margot Co and that ProPack does not have any continuing interest in the development once it is complete.
- After receiving client's permission, arrange to discuss the project with ProPack, to obtain further understanding on a range of matters including technical feasibility and the results of the testing on the prototype.
- Discuss with the company's production and marketing directors to obtain understanding of how the company will use the new packaging.
- Obtain any financial budgets prepared in relation to the project, to confirm the amount of expenditure which has been approved, and that the costs are clearly distinguishable.
- By reference to the company's cash position and available finance, evaluate whether Margot Co has sufficient funds to complete the development.
- Obtain samples of the prototype packaging from ProPack, to confirm existence.
- Agree the amount spent to date to invoices submitted by ProPack, and to the company's cash records.

Tutorial note

Credit will be awarded for other relevant audit procedures, for example, in relation to assessing whether there are any reasons to doubt whether ProPack can continue the development.

(c) Matters to consider before placing reliance on the work of the auditor's expert

ISA 620 *Using the Work of an Auditor's Expert* contains requirements relating to the objectivity, competence and capabilities of the auditor's expert, the scope and objectives of their work, and assessing their work.

Objectivity

According to ISA 620, the auditor shall evaluate whether the auditor's expert has the necessary objectivity and this should include inquiry regarding interests and relationships which may create a threat to the expert's objectivity. The audit firm will need to ensure that the expert has no connection to Margot Co, for example, that they are not a related party of the company or any person in a position of influence over the financial statements.

If the expert's objectivity is threatened, little or no reliance can be placed on their work, and the audit firm should not treat it as a reliable source of audit evidence.

Competence

ISA 620 also requires the competence of the expert to be considered; this should include considering the expert's membership of appropriate professional bodies. Any doubts over the competence of the expert will reduce the reliability of audit evidence obtained.

The expert should in this case have experience in valuing the fruit which are the agricultural assets recognised in the statement of financial position, and be familiar with the framework for measuring fair value of these assets in accordance with IAS 41 *Agriculture* and IFRS 13 *Fair Value Measurement*.

Scope of work

ISA 620 requires the auditor to agree the scope of work with the expert. This may include agreement of the objectives of the work, how the expert's work will be used by the auditor and the methodology and key assumptions to be used.

In assessing the work performed by the expert, the auditor should confirm that the scope of the work is as agreed at the start of the engagement. If the expert has deviated from the agreed scope of work, it is likely to be less relevant and reliable.

Relevance of conclusions

ISA 620 states that the auditor shall evaluate the relevance and adequacy of the expert's findings or conclusions. This will involve consideration of the source data which was used, the appropriateness of assumptions and the reasons for any changes in methodology or assumptions. The conclusion should be consistent with other relevant audit findings and with the auditor's general understanding of the business.

If the work involves using source data which is significant to their workings, the audit team should plan to assess the relevance, completeness and accuracy of that data. Any inconsistencies should be investigated as they may indicate evidence which is not reliable.

Tutorial note

Credit will be awarded for more specific comments in relation to evaluating the expert's work, for example, reperformance of calculations, and establishing that assumptions are in line with the auditor's understanding of the entity.

(d) Audit implications of email from Len Larch

The alleged use of prohibited chemicals raises concerns that the company may not be complying with relevant law and regulations. The auditor needs to consider the requirements of ISA 250 *Consideration of Laws and Regulations in an Audit of Financial Statements*. ISA 250 states that while it is management's responsibility to ensure that the entity's operations are conducted in accordance with the provisions of laws and regulation, the auditor does have some responsibility in relation to compliance with laws and regulations, especially where a non-compliance has an impact on the financial statements.

There is also an ethical issue in that one of the production managers may have been bribed by one of the company directors. Clearly, if this is true, it indicates a lack of integrity and would seem to confirm that the chemicals which are being used are prohibited.

Tutorial note

UK syllabus: *There is a risk that the Bribery Act (2010) has been breached by the inducement offered by the production manager.*

The auditor is required by ISA 315 (Revised 2019) *Identifying and Assessing the Risks of Material Misstatement* to gain an understanding of the legal and regulatory framework in which the audited entity operates. This will help the auditor to identify non-compliance and to assess the implications of non-compliance.

The auditor should ensure a full knowledge and understanding of the laws and regulations relevant to the use of chemicals in the company's farms, and the implications of non-compliance.

ISA 250 requires that when non-compliance is identified or suspected, the auditor shall obtain an understanding of the nature of the act and the circumstances in which it has occurred, and further information to evaluate the possible effect on the financial statements.

Procedures should be performed to obtain evidence about the suspected non-compliance, for example, to speak to the company's farm managers to understand whether the allegations are founded in fact. In addition, the audit team could perform further procedures, for example, reviewing purchase invoices to establish if these chemicals are actually being purchased and used in the business, and if so, on whose authority.

ISA 250 requires the matter to be discussed with management and where appropriate with those charged with governance. Given the potential severity of the situation, and that the chemicals may be toxic, there is the risk of poisoning the company's employees or customers, and the matter should be communicated as soon as possible.

The auditor should attempt to find out whether any member of management had issued instructions for these chemicals to be used, i.e. that there is a deliberate breach of law and regulations. ISA 250 suggests that when the auditor suspects management or those charged with governance of being involved with the non-compliance, the matter should be communicated to the next level of 'higher authority' such as an audit committee or supervisory board.

Given the family-managed nature of Margot Co, it may be that no higher authority exists, in which case the audit firm should take appropriate legal advice if it thinks that the matter may not be communicated by the entity.

The auditor needs to consider the potential implications for the financial statements. The non-compliance, if proven to have taken place, could lead to regulatory authorities imposing fines or penalties on Margot Co, which may need to be provided for in the financial statements. Audit procedures should be performed to determine the amount, materiality and probability of payment of any such fine or penalty imposed.

In addition, there is a risk that the use of chemicals means that inventory of harvested fruit and the fruit trees are contaminated with poisonous chemicals and possibly will need to be destroyed. The assets could therefore need to be written down in value. If any necessary impairment of the assets is not recognised, then non-current assets and current assets could be misstated. The audit team should therefore plan procedures to determine the value of the contaminated assets.

There may be a going concern issue once the non-compliance and its implications has been established and the facts get out into the media. There could be considerable impact on the reputation of the company and its brand if customers stop purchasing the products for fear of a health risk and this could affect the going concern of the business.

In terms of reporting non-compliance to the relevant regulatory authorities, ISA 250 requires the auditor to determine whether they have a responsibility to report the identified or suspected non-compliance to parties outside the entity.

In the event that management or those charged with governance of the company fails to make the necessary disclosures to the regulatory authorities, the auditor should consider whether they should make the disclosure. This will depend on matters including whether there is a legal duty to disclose or whether it is considered to be in the public interest to do so.

Confidentiality is also an issue, and if disclosure were to be made by the auditor, it would be advisable to seek legal advice on the matter. Further advice on disclosure in the public interest is given by the IESBA's pronouncement on *Responding to Non-Compliance with Laws and Regulations* (NOCLAR). The guidance gives examples of situations where disclosure might be appropriate such as an entity being involved in bribery and breaches of regulation which might impact adversely on public health and safety.

The standard also clarifies that in exceptional circumstances where the auditor believes there may be an imminent breach of a law or regulation, they may need to disclose the matter immediately.

The decision to disclose will always be a matter for the auditor's judgement and where the disclosure is made in good faith, it will not constitute a breach of the duty of confidentiality.

Tutorial note

UK syllabus: *ISA (UK) 250 A states that the auditor should discuss this with those charged with governance and if the entity does not voluntarily report the matter itself or is unable to provide evidence that the matter has been reported, the auditor reports it.*

According to ISA (UK) 250 A, determination of where the balance of public interest lies requires careful consideration. An auditor whose suspicions have been aroused uses professional judgement to determine whether the auditor's misgivings justify the auditor in carrying the matter further or are too insubstantial to deserve reporting. The auditor is protected from the risk of liability for breach of confidence or defamation provided that the disclosure is made in the public interest, and such disclosure is made to an appropriate body or person, and there is no malice motivating the disclosure.

Conclusion

These briefing notes have indicated that there are several significant risks of material misstatement to consider while planning the audit of Margot Co. The most significant risk relates to the significant increase in revenue which is due to almost double from last year. More information is needed to perform a detailed analytical review, which may highlight further potential risks. The briefing notes also recommend relevant audit procedures for the research and development costs. We will plan to use the work of an expert, following the requirements of ISA 620. Finally, we need to consider carefully the issues raised by Len Larch, as it seems that the company is operating in breach of relevant laws and regulations, and that this is a deliberate act involving bribery of company employees. There are implications for our audit planning in that we must plan to obtain detailed information about the situation, and consider our reporting responsibilities in light of the severity of the situation and its implications for public health.

Examiner's comments

Requirement (a) asked candidates to evaluate the risks of material misstatement arising from the scenario. This was generally well answered with the majority of candidates able to follow a structured approach of calculating materiality, stating the relevant accounting rule applied to the specifics of the scenario, describing the risk that arose and the resulting impact on the financial statements. It was pleasing to see that fewer candidates diverted to answering from a business risk perspective, but where this did occur, no marks could be awarded.

Candidates are reminded to read the question requirements carefully and ensure they are answering the question set. As in previous sittings, the examining team highlighted within the scenario that there was an internally generated brand which had been accounted for correctly and should not be recognised within the statement of financial position. A significant number of candidates still described this as a risk of material misstatement, clearly wasting time on an area that was not a risk. Several candidates who did identify that the brand was correctly accounted for, continued to describe how the internally generated brand, while not recognised should be tested for impairment. This demonstrates an area of weakness regarding basic financial reporting knowledge. Candidates would benefit from refreshing their knowledge on reporting standards for intangible assets and taking note of the guidance provided in the scenario by the examining team. A further area of weakness was noted with regards to the family-owned business having a lack of corporate governance, audit committee and lack of controls leading to a risk of material misstatement. A significant number of candidates discussed the risk in very general terms, not linking any risk of management bias to the specifics of the question and therefore failed to score what would be regarded as standard risk marks that are easily achievable.

Some other common issues noted in candidate answers for RoMM included:

- Discussing audit procedures to be performed which did not meet the question requirement and therefore no credit awarded. If required, this will normally form a separate requirement within the question and should be answered where applicable.
- Including detailed definitions of audit risk or risks of material misstatement. The briefing notes are prepared for the audit engagement partner and this type of information is not required.
- Lack of basic knowledge of double entry and assumption that every double entry has one under and one overstatement e.g. if liabilities are understated, then expenses must be overstated.
- Lack of correct direction of risk or not being precise in terms of the financial statement impact, e.g. "liabilities will be under/overstated ".

Requirement (b) required candidates to design principal audit procedures for specific area of risk identified within requirement (a). Candidate answers were weaker than the previous sitting, with many candidates providing procedures which referred to a weak information source or poorly explained purpose and were often not detailed enough to score full marks.

Some common issues noted in candidate answers for this requirement included:

- Focusing on board meeting minutes where this was not an appropriate source for a procedure based on the requirement.
- Procedures which simply stated "obtain relevant documents" which is not specific or detailed enough to score full marks.

- Requests to obtain written representations from management without being specific regarding what should be confirmed, or were not relevant to the area for which procedures were being performed.

The final requirements required candidates to discuss considerations for the use of an auditor's expert and for candidates to discuss the audit implications and actions to be taken, regarding professional and ethical issues present in the scenario. There were many strong answers in response to considerations regarding the use of the auditor's expert, but some candidates failed to address the level of detail required in line with ISA 620 *Using the Work of an Auditor's Expert.*

Weaker answers focussed on practical considerations, such as whether the expert had the time and resources to perform the work rather than the key areas of the standard such as objectivity, competence, scope of work and relevance of conclusions.

It is disappointing to note that answers to ethics requirements continue to be weak, with many candidates not sufficiently justifying how the threat has arisen in line with the specifics of the scenario or the implication that arises for the auditor. Both considerations are needed in order score marks. Candidates undoubtedly know the name of the ethical threats and have an assumed knowledge from previous studies at AA yet continue to score poorly at AAA level. Candidates would benefit from reading the exam technique article published on ACCA's website for detailed guidance on how to discuss ethical threats.

ACCA Marking guide		
		Marks
(a)	**Risk of material misstatement**	
	Up to 3 marks for each significant risk of material misstatement evaluated unless otherwise indicated. Marks may be awarded for other, relevant risks not included in the marking guide.	
	In addition, ½ mark for each relevant trend or calculation which form part of analytical review (max 2 marks).	
	Appropriate materiality calculations (max 2 marks) and justified materiality level should be awarded to a maximum of 1 mark.	
	– Current ratio – related audit risks, e.g. overstatement of inventory/receivables	
	– Improvements in margin and ROCE – possible overstatement of profit given the discounts offered to customers	
	– Online sales – trend indicates possible overstatement of revenue	
	– Management bias	
	– Discounts offered on online sales	
	– Research and development – risk that expenditure should not have been capitalised and that research and development costs have not been distinguished	
	– Impairment – risk that the value in use and therefore impairment loss is not correct	
	– Intangible assets – whether amounts should have been capitalised	
	– Bearer plants/biological assets/inventory – potentially difficult to distinguish the assets, with implications for their valuation	
	Maximum	**21**

(b) Audit procedures research and development costs

Up to 1 mark for each well described procedure:

Research and development costs

- Discuss the project to develop new packaging with management, to develop an understanding of matters such as how the company intends to use the new packaging, the stage of development reached by the year end and whether the project may need additional funding
- Obtain and review reports and correspondence from ProPack which will indicate the progress made so far
- Obtain and review the contract with ProPack to determine contractual terms and if the asset will be owned and controlled by Margot Co and that ProPack does not have any continuing interest in the development once it is complete
- Discuss the project with ProPack, to obtain further understanding on a range of matters including technical feasibility and the results of testing of the prototype
- Discuss with the company's production and marketing directors to obtain understanding of how the company will use the new packaging
- Obtain any financial budgets prepared in relation to the project, to confirm the amount of expenditure which has been approved, and that the costs are clearly distinguishable
- By reference to the company's cash position and available finance, evaluate whether Margot Co has sufficient funds to complete the development
- Obtain samples of the prototype packaging from Propack, to confirm existence
- Agree the amount spent to date to invoices submitted by ProPack, and to the company's cash records

Maximum	5

(c) Use of an auditor's expert

Up to 2 marks for each well explained point:

- Objectivity
- Competence
- Scope of work
- Relevance of conclusions

Maximum	5

(d) Impact of email on audit

Up to 2 marks for each well explained point:

- Use of chemicals likely to be a breach of laws and regulations
- Bribe indicates lack of integrity and that the activity is a non-compliance
- Auditor needs to understand laws and regulations applicable to the Group
- Further evidence should be obtained and the matter discussed with management
- Issue of lack of 'higher authority' as Margot Co is family owned and need to take legal advice
- Provisions for fines and penalties
- Valuation of inventory and biological assets
- Potential going concern issue due to bad publicity and impact on reputation
- Auditor may have a legal duty to disclose, or consider disclosing in the public interest

– Discussion of how requirements of NOCLAR relate to the scenario – The audit firm may wish to seek legal advice regarding the situation (1 mark)	
Maximum	**9**
Professional marks	
Communication – Briefing note format and structure – use of headings/subheadings and an introduction – Style, language and clarity – appropriate layout and tone of briefing notes, presentation of materiality and relevant calculations, appropriate use of the CBE tools, easy to follow and understand – Effectiveness and clarity of communication – answer is relevant and tailored to the scenario – Adherence to the specific requests made by the audit engagement partner	
Analysis and evaluation – Appropriate use of the information to determine and apply suitable calculations – Appropriate use of the information to design appropriate audit procedures relating to the impairment of the factory and development costs – Effective prioritisation of the results of the evaluation of risks of material misstatement to demonstrate the likelihood and magnitude of risks and to facilitate the allocation of appropriate responses	
Professional scepticism and professional judgement – Appropriate application of professional judgement to draw conclusions and make informed decisions following recognition of unusual or unexpected movements, missing/incomplete information or challenging presented information as part of the risk evaluation – Determination and justification of a suitable materiality level, appropriately and consistently applied – Identification of possible management bias and consideration of the impact on the financial statements and the possible reasons for management's preference for certain accounting treatments – Effective application of technical and ethical guidance to effectively challenge and critically assess the work of the auditor's expert in respect of biological assets	
Commercial acumen – Use of effective examples and/or calculations from the scenario to illustrate points or recommendations – Audit procedures are practical and plausible in the context of the scenario – Appropriate recognition of the wider implications when considering the email from Len Larch	
Maximum	**10**
Total	**50**

13 REDBACK SPORTS *Walk in the footsteps of a top tutor*

Top tutor tips

Determination of materiality: *The email from the partner states that materiality should be based on profit before income taxes, therefore at the start of your answer you should calculate the range for materiality using that benchmark and justify a figure within that range. If it is a new audit client or a client where there are apparent control risks, materiality should be set at the lower end of the range. If it is an existing client, materiality may be able to be set at mid-range, depending on the other risks mentioned in the scenario. The examining team will give credit for any reasonable explanation of the chosen materiality threshold, as the mark is to recognise that there is the application of professional judgement and that a candidate can justify their response. It is not required that candidates select the identical percentage or figure, or that they provide a justification identical to that shown in the model answer.*

Part (a) *requires evaluation of business risks. When describing business risks remember to explain the impact it will have on the company i.e. impact on profit or cash flow. The business risks should be relatable to the financial statements as the auditor will only consider business risks which will also give rise to a risk of material misstatement.*

Part (b) *asks for risks of material misstatement. Here you need to explain how the financial statements might not have been prepared in accordance with the applicable financial reporting standard. Refer to the requirements of the relevant standards in your answer. Explain which balances or classes of transactions are at risk of over or understatement and why.*

Prioritisation of risks: *Risks should be prioritised by explaining the risks that are the most significant. For example, certain risks may be prioritised because they are complex, require judgment, include uncertainty or relate to a new event or transaction during the year. Prioritisation can be achieved by either ordering your answer in priority order and stating this is the case, or by summarising in a brief conclusion which risk, or risks, are most significant.*

Part (c) *focuses on ethical and professional issues that would be created if the firm accepts appointment to perform an audit or review for Emu Gyms Co. The relevant threats should be explained and appropriate safeguards suggested. The requirement also asks for a discussion of whether an audit or limited assurance review could have uncovered a fraud. Discuss the limitations of each type of engagement including the types of procedures that are performed for each. Remember that fraud is an intentional act of deception which means it may be difficult to identify due to concealment.*

Professional skills

Professional skills will be awarded for:

Communication – responding to the instructions in the partner's email such as preparing your answers in the form of briefing notes and using the stated benchmark for materiality.

Analysis and evaluation – applying the information from the scenario to answer the question and explaining the issues in sufficient depth.

Professional scepticism and judgement – justifying an appropriate materiality level, demonstrating critical thinking and being alert to possible manipulation and management bias.

Where relevant, professional marks will be awarded for commercial acumen which requires making practical and plausible recommendations and considering the wider implications of issues to the audit firm.

Briefing notes

To: Stella Cross, audit engagement partner

From: Audit manager

Subject: Audit of Redback Sports Co and potential provision of an audit or limited assurance review to Emu Gyms Co

Date: 1 July 20X5

Introduction

The first part of these briefing notes has been prepared in relation to the audit of Redback Sports Co. The audit planning will commence shortly, and these notes evaluate the business risks and the significant risks of material misstatement to be considered in planning the audit.

The second part of the briefing notes focuses on Emu Gyms Co, and the ethical and professional issues that would be created if our firm provides an audit or a limited assurance review of the company's financial statements.

The notes finish by discussing a question which has been raised by the company's managing director, in relation to a suspected fraud at the company.

Materiality

For the purposes of these briefing notes, the overall materiality level used to assess the significance of identified risks is $345,000 based on the profitability of the company, as requested.

Justification

Using profit before income taxes of $6.9 million as a suggested benchmark results in a suggested range of $345,000 (5% × $6.9 million) to $690,000 (10% × $6.9 million).

There is indication of management bias within the financial statements, and therefore inherent risk is increased. In addition, control risk is increased due to the governance issues discussed below. Materiality should be set at the lower end of the range.

This benchmark is only a starting point for determining materiality and professional judgement will need to be applied in determining a final level to be used during the course of the audit.

(a) Evaluation of business risks to be considered in planning the audit of Redback Sports Co

Corporate governance

The company does not have to comply with corporate governance requirements as it is not a listed entity, and it is good to note that the board includes two non-executive directors who seem able to offer independent views on strategy and management. However, the company lacks an audit committee and the internal audit team is small and lacking in independence as they report directly to the finance director. This means that the scope of their work is likely to be quite limited due to insufficient resources, and any recommendations made could potentially be ignored by the finance director.

Overall, this could lead to deficiencies in controls and inefficiencies in business operations. In addition, given that the company is looking to achieve a stock market listing in the next few years, it would be good practice to implement stronger governance procedures sooner rather than later. For example, having two non-executive directors may not be enough to meet the corporate governance requirements in the company's jurisdiction.

Health and safety regulations

The company operates in a highly regulated industry, and the risk of non-compliance with various laws and regulations is high. The sport and leisure industry has strict health and safety regulations which must be complied with, and there are regular health and safety inspections to ensure that regulations are being adhered to.

If the company is found not to be in compliance with the relevant regulations, its operating licence could be revoked, which would have reputational consequences, and ultimately could impact on the company's going concern status.

In addition to the risk of non-compliance, it will be costly to reduce this risk to an acceptable level, for example, through regular staff training on health and safety, leading to cash flow and profit implications. This is particularly relevant to the more adventurous sporting activities such as scuba diving, which the company has recently started to offer.

Asset (capital) expenditure and maintenance requirements

The company's success relies on gyms being equipped with modern equipment, and the other facilities such as tennis courts being maintained to a high standard. This requires a high annual expenditure, for example, this year alone $5.5 million has been incurred on maintenance and repairs.

Such high annual expenditure is a big drain on cash, and the company could face liquidity problems if cash inflows from customers are not maintained.

Liquidity and overtrading

The company's cash position is projected to deteriorate significantly, with the level of cash falling from $5.6 million to $1.4 million in the year. At the same time, revenue and profit before income taxes are both projected to increase, by 17.8% and 50% respectively.

While there is some doubt over the integrity of the figures reported by management, which will be discussed in the next section of the briefing notes, the trends could indicate that the company is expanding too quickly and overtrading, focusing on generating revenue rather than on managing cash flows appropriately.

This is particularly concerning given the company's plans for further expansion in the next few years.

Capacity

There could be problems facing the company in terms of the capacity of its facilities. Membership has increased significantly during the year, by 12.4%, and the number of pay as you go visits has increased by 5.3%. Although two new sport and leisure centres have opened this year, this may not be sufficient expansion, and there may be times when the facilities are overcrowded.

This may deter members from renewing their membership, and pay as you go customers might prefer to use other sport and leisure providers if overcrowding becomes problematical. The 'Healthy Kids' programme, and the government initiative to provide free access to the unemployed will exacerbate this problem.

Competition and marketing expenses

The industry is competitive, which itself is a business risk, meaning there is pressure on the company to maintain its market share and customer base. There may be pressure to cut membership or pay as you go prices, which will impact on profit margins and cash flow.

The company appears to spend a lot on marketing to support its brand. This year, $8.5 million has been spent on marketing, which equates to 16% of revenue. This is a huge drain on cash and will impact significantly on the company's liquidity position.

Government initiative

While the company's involvement with the government initiative to promote a healthy lifestyle to unemployed people is commendable, it may not prove popular with the existing sport and leisure centre members and pay as you go customers.

The initiative will put pressure on the capacity of the gyms, and could lead to the facilities becoming crowded, especially at peak time. This could lead to memberships not being renewed, and pay as you go customers moving to other providers. There is also an opportunity cost issue for the company, as the $2 million grant receipt does not appear to be particularly profitable in terms of the number of hours of free access to the gyms which have to be provided for the next three years.

There is an associated risk in that the company's systems need to be capable of accurately recording the number of free hours which are provided under this initiative, as this has to be reported on a monthly basis. The risk is that the systems do not capture the necessary information accurately, which could lead to reporting false information to the government.

There is evidence that this system of recording could be overstating the hours of free access, as according to the finance director, 33,900 free hours have already been provided, which in the three-month period since the start of the initiative in April 20X5 equates to 11,300 hours per month, which seems high as this implies that approximately 3,800 people have responded to the initiative.

Expansion plans

The expansion plans could take management's attention away from running the business, especially if identification of potential target companies becomes a time-consuming process over the next year. Management controls over existing operations could deteriorate while attention is focused on the planned expansion and possible future flotation.

If there is pressure from existing shareholders for the expansion to be successful and flotation to take place, management could be pressured into making unwise decisions to increase the pace of development of the company's activities.

New data management system

Introducing a new data management system can create a business risk in that insufficient training may have been provided and/or appropriate internal controls may not have been designed or implemented in relation to the new system, increasing the risk of inaccurate recording, processing and reporting of information.

This would have a negative impact on management's ability to monitor the company's performance. Given that the new system is linked to the company's accounting software, there is a related audit risk, which will be discussed in the next section of these briefing notes.

(b) Risk of material misstatement evaluation

Management bias

The company has ambitious expansion plans, and is aiming to achieve a stock market listing within five years. This can create significant pressure on management to report strong financial performance, and the risk of earnings management is high. This can lead to a range of inappropriate accounting treatments including early recognition of revenue and other income and deferral of expenses.

There is some indication that earnings management may have taken place this year, for example, revenue is projected to increase by 17.8%, whereas the number of members, who provide the majority of the company's revenue, has increased by only 12.4%. Profit before income taxes is projected to increase by 50%. These trends indicate that income could be overstated and expenses understated, the specific reasons for which are evaluated below.

Corporate governance and internal controls

As discussed in the previous section, the company lacks an audit committee and only has a small internal audit team which is not operating independently. This has implications for controls over financial reporting, which could be deficient, and increases control risk.

There is a high scope for errors in financial reporting processes and for deliberate manipulation of balances and transactions, as the internal audit team does not have sufficient resources for thorough monitoring and reporting.

Revenue recognition

With 85% of revenue being from members' subscriptions, there is a risk that revenue is recognised incorrectly. There is a risk that the timing of revenue recognition is not appropriate, for example, if an annual membership is recognised in full when it is received by the company, rather than being recognised over the period of membership, thereby overstating revenue.

There are multiple revenue streams which complicates the financial reporting process and increases the risk. As well as members paying an annual subscription, customers can pay for access under the pay as you go scheme. In addition, the free access to the unemployed should not result in revenue recognition, but must be properly recorded as it has to be reported to the government on a monthly basis.

As discussed above, it is possible that the system is not recording the free access provided to the unemployed accurately, and that figures may be overstated.

Government grant

The company has received a $2 million grant this year, which has been recognised as other operating income. The amount is material as it exceeds the threshold of $345,000.

The risk of material misstatement relates to whether this should all have been recognised as income in the current accounting period. IAS 20 *Accounting for Government Grants and Disclosure of Government Assistance* requires that government grants are recognised in profit or loss on a systematic basis over the periods in which the entity recognises expenses for the related costs for which the grants are intended to compensate.

Redback Sports Co has recognised all the income this year, however, the scheme is intended to run for three years. Therefore, there is a risk that the company has recognised the income too early, and a proportion of it should be deferred. This leads to overstated profit and understated liabilities.

There could be a further issue in that the terms of the grant may require complete or partial repayment if the required number of hours of free access to sport facilities is not met. If any such terms exist, the company should evaluate whether the terms are likely to be met, and if not, should consider whether it would be appropriate to recognise a provision or disclose a contingent liability in the notes to the financial statements.

The risk is therefore that this has not been considered by management, leading possibly to understated liabilities or inadequate disclosure as required by IAS 37 *Provisions, Contingent Liabilities and Contingent Assets.*

Bank loan

During the year, the company took out a significant loan of $30 million. This is material as it exceeds the threshold set above.

The loan has been issued at a deep discount and there is a risk of material misstatement in that the interest expense associated with this loan may not be accounted for in accordance with IFRS 9 *Financial Instruments.*

IFRS 9 requires that the interest expense associated with a deep discount – in this case the $4 million difference between the amount received by Redback Sports Co of $30 million, and the amount repayable on maturity of the debt of $34 million – should be amortised over the term of the loan.

The risk is that interest expenses and non-current liabilities will be understated if the appropriate interest expense is not accrued in this financial year.

Asset (capital) expenditure and maintenance costs

The company has high levels of both asset expenditure and maintenance costs. There is a risk of material misstatement that asset expenditure and operating expenditure have not been appropriately separated for accounting purposes.

For example, maintenance costs could be incorrectly capitalised into non-current assets, overstating assets and understating operating expenses. This could be indicated by maintenance costs representing 10.4% of revenue this year, compared to 11.7% in the previous year.

Asset expenditure is recorded at $32 million this year compared to $20 million in the previous year; this significant increase can be at least partly explained by two new centres being opened in the year, but audit work will need to focus on the possible overstatement of non-current assets.

Related party transaction

The managing director of Redback Sports Co, Bob Glider, has made a loan to the company of $1 million. This is material by nature as it is a related party transaction according to IAS 24 *Related Party Disclosures* given that the loan to the company is from a member of key management personnel.

The relevant disclosures as required by IAS 24 must be made in the notes to the financial statements, and there is a risk that the disclosures are incomplete. The necessary disclosures include information on the nature of the related party transaction, its amount, and the relevant terms and conditions of the loan.

There is also a risk that interest will not be accrued on the loan. The loan was made on 1 February 20X5, so by the year end interest of $20,000 ($1m × 3% × 8/12) should be accrued. This is not material in monetary terms to the financial statements, however, audit judgement may conclude that it is material given the related party nature of the transaction.

Data management system

The introduction of new systems, especially those which interface with the accounting system, creates a risk of material misstatement. Errors could have been made in the transfer of data from the old to the new system, and as this system deals with membership information, it is likely to impact on how revenue is recorded and processed.

Not all staff may yet have been trained in operating the system, leading to a higher risk of error, and controls may not yet have been fully implemented. This all means that transactions and balances relating to members are at risk of misstatement.

Fee paid to celebrity athlete

The $1 million paid to the celebrity athlete is material as it exceeds the threshold of $345,000.

Given that the athlete is providing a service to the company for two years, the cost should be recognised over that two-year period, with an element of the cost deferred.

If all of the expense has been recognised this year, profit is understated and assets are understated.

Operating expenses

Operating expenses includes staff costs, which are projected to increase by 7%, marketing costs, which are projected to stay at the same amount compared to 20X4, and maintenance and repair costs which have increased by 3.8%.

Given the increase in revenue of 17.8%, and the scale of operations increasing by the opening of two new centres, these categories of expenses would be expected to increase by a larger amount this year.

It could be that expenses have been omitted in error, or have been deliberately excluded, thereby understating expenses and overstating profit. These trends should be discussed with management, especially the staff costs of $15.3 million, as this alone is highly material.

(c) (i) Ethical and professional issues

Payroll service

Huntsman & Co provides the payroll service to Emu Gyms Co. This would give rise to a self-review threat because our firm has determined the payroll figures which form part of the financial statements which would then be subject to audit or limited assurance review and may result in over reliance on the payroll figures included in the financial statements.

Huntsman & Co should consider whether the payroll figure is material to the financial statements, and whether safeguards can be used to reduce any ethical threats to an acceptable level, for example, through the use of separate teams to provide the audit or limited assurance review and the payroll services and by having an independent second partner to review the work performed. If safeguards do not reduce the threats to an acceptable level, then the payroll service should not be carried out in addition to the audit or limited assurance review.

Providing the payroll service could also be seen as acting on behalf of management, further impairing the objectivity of the audit or limited assurance review provided on the financial statements. However, if the payroll service is purely routine transaction processing in its nature, this is less of a threat.

According to the IESBA *International Code of Ethics for Professional Accountants*, in order to avoid the risk of assuming a management responsibility, prior to accepting the non-audit service the firm should satisfy itself that company management:

- has designated an individual who possesses suitable skill, knowledge and experience to be responsible for client decisions and oversee the services
- will provide oversight of the services and evaluate the adequacy of the results of the services performed; and
- accept responsibility for the actions, if any, to be taken arising from the results of the services.

Conflict of interest

A further potential ethical issue arises in that our firm audits Redback Sports Co, which could be a competitor of Emu Gyms Co despite their difference in size. This situation can create a conflict of interest.

According to the IESBA *International Code of Ethics for Professional Accountants*, before accepting a new client relationship or engagement, the audit firm should identify circumstances which could give rise to a conflict of interest and evaluate the significance of any ethical threats raised.

In this case, Huntsman & Co should disclose to both Emu Gyms Co and Redback Sports Co that the firm acts for both companies and obtain consent from both companies. The firm should also use separate teams to carry out work for the two companies and establish appropriate review procedures by an independent member of the firm.

Huntsman & Co should also remain alert for changes in circumstances which may make the conflict of interest more of an issue, for example, if Redback Sports Co identified that Emu Gyms Co could be a potential target company to acquire as part of its planned growth strategy.

(ii) Suspected fraud

An audit and a limited assurance review differ in their scope and in the nature of procedures which are performed. It is not the purpose of either an audit or a limited assurance review to detect or prevent fraud, this is the responsibility of management, but arguably the indicators of fraud may have been noticed earlier if either had been performed.

In an audit, there is a wide scope in the work performed. Audit procedures are comprehensive, including tests of detail and tests of control, and will cover all material aspects of the financial statements. Given that historically the revenue from shop and café sales represented 5% and 8% of the company's revenue, these would represent a material source of revenue, and there would have been audit testing of the revenue transactions, including tests of detail performed on a sample basis. Additionally, the change in gross profit margin from 32% to 26% would have alerted the auditor to an unusual trend, leading to additional audit procedures being performed.

Part of the audit process is documenting and evaluating internal controls, and this would have involved an assessment of the controls over sales in the shops and cafés and over inventory. It is likely that deficiencies in internal controls, which may be allowing fraud to be carried out unnoticed, would be detected by the audit process and then communicated to management.

However, it is possible that even with an audit being conducted, the fraud might not have been detected. This is because frauds are usually concealed, and particularly if the employees involved have been colluding to carry out the fraud, it would be difficult to detect, especially if there has been deliberate falsification of accounting records.

In addition, the amounts involved are not highly material, the amount of inventory held by the company is small, meaning that this may not have been classified as an area with a high risk of material misstatement if an audit had been conducted. The inventory held at the shops is not likely to be material, and the inventory count might not have been attended by the audit team.

Also, the detailed testing of sales transactions may not have uncovered the fraud given that the fraud appears to be based on theft of inventory. It is possible that the fraud would only have been uncovered through detailed testing of the controls over movement of inventory.

If a limited assurance review had been carried out, again it may have uncovered the fraud, but it is less likely compared to an audit. This is because a limited assurance review has a narrower scope than an audit, and investigation procedures are usually limited to only enquiry and analytical review. Tests of controls and detailed tests of detail are not carried out and therefore control deficiencies would not be picked up or reported to management, and it is not likely that inventory in the shop and café would have been a priority for review.

In conclusion, Mick is correct in thinking that if the company's financial statements had been subject to audit or limited assurance review before now, the suspected fraud is likely to have been uncovered by the audit, and may have been uncovered by a limited assurance review. However, if the fraud was well concealed, it is possible that even an audit would not have uncovered the activities of the fraudsters.

Conclusion

The evaluation in relation to Redback Sports Co indicates that the company faces a range of business risks, for instance, possible overtrading and problems with liquidity. There are also a number of significant audit risks which will impact on our audit planning, for example, the accounting treatment which has been applied to a government grant, and possible understatement of expenses. There is a significant risk of management bias given the company's plans for expansion. In relation to Emu Gyms Co, our firm should be able to provide a limited assurance review or audit of the company, provided that safeguards are put in place to reduce ethical threats, in particular self-review in relation to payroll costs, to an acceptable level. Finally, a discussion has been provided which considers whether an audit or limited assurance review would have uncovered the fraud which Mick suspects is taking place.

Examiner's comments

Requirements (a) and (b) focused on audit planning for an existing audit client and requirement (c) related to a non-audit client.

Requirement (a) asked candidates to evaluate the business risks arising from the scenario in the question which focused on an existing audit client which operated a number of sports and leisure centres. This requirement is historically one where candidates achieve a strong pass and this trend continued in this exam. It was pleasing to see that most candidates focused on the risks arising from the scenario and avoided speculative or generic risks. There were two marks available for each business risk and it should be noted that factors from the scenario could be described in a number of different ways in order to attract credit for that risk. The key here is that candidates look for a variety of indicators within the scenario on which to base their evaluation. Some candidates could improve their time management and marks here by avoiding repeating the same risk from lots of different angles – failure of the expansion strategy for example could be discussed in terms of a stock exchange listing, new gyms opened, diversification of services offered or acquisition plans however there are only two marks available for a risk connected to this indicator so discussing all of those in depth meant candidates didn't' have the time to describe sufficient risks. Candidates that remained focused here often achieved full marks.

Those that focused on solely expansion and health and safety compliance from several different angles tended to only score four of the available marks.

Although this requirement provided candidates with a strong start to the examination, there were a significant number of candidates who demonstrated a lack of understanding over the role of non-executive directors in relation to the scenario. Non-executive directors (NEDs) are typically brought onto a board for their knowledge and skill in a particular field. One such director in the question had previously been the chairman of a rival company. This director brought industry specific business experience to the board and this practice is typical in the business world, however many candidates appeared to think that he would leak information back to the company where he had previously held a non-executive position, out of loyalty. Very few candidates identified the real weaknesses in the board, such as a lack of financial expertise amongst the NEDs and a lack of an audit committee. It is often the case in exam answers that candidates do not appear to understand the difference between executive directors/management and NEDs/those charged with governance (TCWG) and as a result use the terms management and TCWG interchangeably.

Part (b) required candidates to evaluate the risks of material misstatements (RoMM) arising from the scenario. This was generally well attempted by the majority of candidates and covered financial reporting issues such as revenue recognition, the treatment of government grants, related party transactions and loan finance, alongside control risks such as the lack of independence of the internal audit department and systems changes. Where RoMMs covered financial reporting issues, candidates who followed the process of calculating materiality, stating the relevant accounting rule and applying that to the scenario to show where the risk arose and the impact on the financial statements were able to score full marks on risks covered. Some common issues in candidate answers included:

- Interpreting the question as all audit risks rather than RoMM which meant time was lost discussing detection risks which could not attain marks.
- Lack of knowledge of basic double entry and the subsequent impact on the financial statements.
- Discussing speculative risks not present in the scenario such as brands and intangible assets.
- Giving audit procedures for each risk which is not required and therefore attains no credit.

It should be noted that when the question asks for RoMM, it does not require the definition of risks, theory behind audit or the audit approach to address the risks. Candidates who have studied past exams will have noted that in planning questions where audit procedures are required this has been asked for as a separate requirement and only cover specific areas of the scenario.

Part (c) introduced another client into the scenario. Candidates needed to evaluate ethical and professional issues with respect to an engagement to provide either an audit or a limited assurance review for an existing non-audit client. It was disappointing that while most candidates know the names of ethical threats the majority of candidates still do not sufficiently justify how they arise or the implication, both of which are needed to score the marks at this level. In this case, a self-review threat arose with respect to payroll work done at the client. The firm also provided tax advice to the owner but not the company. Typical answers that candidates wrote which would not attain any credit included:

- Providing other services gives rise to a self-review threat – this statement shows no appreciation of which services give rise to this threat nor any implication.
- Providing personal tax services to the owner is a self-review threat – this is incorrect, there is generally no financial statement/audit impact arising from the owner's personal tax (if there were it would be given in the scenario).
- Providing payroll services gives rise to self-review – this answer is better but still does not demonstrate that candidates know that the threat arises because the payroll figure is a material figure in the financial statements and would therefore be subject to audit by the firm.

Often candidates who were able to link the self-review threat to the audit of the payroll figure would not describe the implication of the threat to enable them to score a full mark. Simply saying that self-review means the auditor is not objective does not demonstrate understanding of the concept – how that lack of objectivity manifests is also required. Detailed guidance on how to discuss ethical threats for the AAA examination is provided in a recent technical article which can be found on the ACCA website. Candidates often missed the conflict of interest between the first client in the question and the second client.

The final requirement asked candidates to discuss whether an audit or limited assurance engagement would have identified a fraud in a minor revenue stream at the second client in previous years. Candidates who discussed materiality, sampling and the different level of testing that the two alternatives would provide tended to score well. A common mistake from candidates was to discuss forensic audits to investigate fraud which was not something asked for in the requirement. Many candidates appeared to incorrectly think that a limited review of financial statements as an alternative to an audit is the same as a review of prospective financial information.

ACCA Marking guide		
		Marks
(a)	**Business risk evaluation** Up to 2 marks for each business risk identified and explained. Marks may be awarded for other, relevant business risks not included in the marking guide. In addition, allow ½ mark for relevant trends which form part of the business risk evaluation, e.g. % increase in revenue and profit before income taxes. – Deficiencies in corporate governance/internal audit arrangements – Health and safety regulations – risk of non-compliance – Asset expenditure and maintenance – drain on cash flow – Liquidity problems and possible overtrading – Capacity restraints – due to big increase in members and government initiative – Marketing expenses – drain on cash – Government initiative – may impact negatively on existing memberships and risk that reporting to the government is not accurate – Expansion plans – could distract management – New management information system – risk inaccurate recording	
	Maximum	**10**
(b)	**Risk of material misstatement evaluation** Up to 3 marks for each significant risk of material misstatement evaluated (unless indicated otherwise). Marks may be awarded for other, relevant audit risks not included in the marking guide. In addition, ½ mark for relevant trends which form part of the audit risk evaluation (max 3 marks). Appropriate materiality calculations (max 2 marks) and justified materiality level should be awarded to a maximum of 1 mark. – Management bias – risk revenue/profit overstated, expenses understated – Deficiencies in internal controls – possibly ineffective audit committee (max 2 marks) – Revenue recognition – members' subscriptions and multiple streams of revenue – Government grant – risk income recognised too early and provisions not recognised – Bank loan – risk that deep discount not treated as interest expense – Asset expenditure and maintenance costs – risk of misclassification – Related party transaction – risk of inadequate disclosure and that interest expenses not accrued – Data management system – risk in transfer of data and lack of controls – Amount paid to celebrity athlete – risk cost not spread over two-year period (max 2 marks) – Staff costs and maintenance costs – risk of understatement (max 2 marks)	
	Maximum	**18**

(c)	**(i) Ethical and professional issues** Up to 2 marks for each issue evaluated: – Self-review threat due to providing payroll service – Assessing management responsibility – Conflict of interest as act for Redback Sports Co – Safeguards/actions re potential conflict of interest (1 mark each) **(ii) Suspected fraud** Up to 2 marks for each point of discussion: – Audit has wider scope with tests of detail and tests of control being likely to have uncovered the fraud – Limited assurance review only includes enquiry and analytical review – Limited assurance review less likely to have uncovered the fraud – Even with audit, fraud could have been concealed and may not have been detected	
	Maximum	**12**
	Professional marks **Communication** – Briefing note format and structure – use of headings/subheadings and an introduction – Style, language and clarity – appropriate layout and tone of briefing notes, presentation of materiality and relevant calculations, appropriate use of the CBE tools, easy to follow and understand – Effectiveness and clarity of communication – answer is relevant and tailored to the scenario – Adherence to the specific requests made by the audit engagement partner **Analysis and evaluation** – Appropriate use of the information to determine and apply suitable calculations – Effective prioritisation of the results of the evaluation of risks of material misstatement to demonstrate the likelihood and magnitude of risks and to facilitate the allocation of appropriate responses **Professional scepticism and professional judgement** – Appropriate application of professional judgement to draw conclusions and make informed decisions following recognition of unusual or unexpected movements, missing/incomplete information or challenging presented information as part of the risk evaluation – Determination and justification of a suitable materiality level, appropriately and consistently applied – Identification of possible management bias and consideration of the impact on the financial statements and the possible reasons for management's preference for certain accounting treatments – Effective application of technical and ethical guidance to effectively challenge and critically assess how management has accounted for areas of significant judgement **Commercial acumen** – Use of effective examples and/or calculations from the scenario to illustrate points or recommendations – Appropriate recognition of the wider implications when considering the request by Emu Gyms Co	
	Maximum	**10**
Total		**50**

14 EAGLE GROUP *Walk in the footsteps of a top tutor*

Top tutor tips

Determination of materiality: *The email from the partner states that materiality should be based on profit before income taxes, therefore at the start of your answer you should calculate the range for materiality using that benchmark and justify a figure within that range. If it is a new audit client or a client where there are apparent control risks, materiality should be set at the lower end of the range. If it is an existing client, materiality may be able to be set at mid-range, depending on the other risks mentioned in the scenario. The examining team will give credit for any reasonable explanation of the chosen materiality threshold, as the mark is to recognise that there is the application of professional judgement and that a candidate can justify their response. It is not required that candidates select the identical percentage or figure, or that they provide a justification identical to that shown in the model answer.*

Part (a) *asks you to evaluate the audit risks to be considered when planning the audit. Audit risk comprises the risk that the financial statements contain material misstatement and detection risk. Risk of material misstatement is usually due to non-compliance with an accounting standard, although it also includes control risk. Think about the requirements of the relevant accounting standards and what the client might be doing incorrectly. Detection risks are the risks the auditor fails to detect the material misstatements within the financial statements and include auditing a client for the first time or where there is a tight reporting deadline.*

Prioritisation of risks: *Risks should be prioritised by explaining the risks that are the most significant. For example, certain risks may be prioritised because they are complex, require judgment, include uncertainty or relate to a new event or transaction during the year. Prioritisation can be achieved by either ordering your answer in priority order and stating this is the case, or by summarising in a brief conclusion which risk, or risks, are most significant.*

Part (b) *asks for audit procedures in respect of goodwill. Make sure your procedures are clear and provide enough detail that they can be followed. Pay attention to the note which instructs you NOT to consider impairment testing or foreign currency retranslation. There will be no marks awarded for these points so do not waste time considering them.*

Part (c) *requires you to evaluate the planning and comment on any issues arising from the proposed audit strategy of the component auditor. This is essentially a quality management question but focused on the planning of the audit rather than the audit work that has been performed during the audit.*

Part (d) *covers a common ethical issue relating to provision of a non-audit service to an audit client. Your answer should explain the ethical threats that would arise, evaluate the significance of the threats and state the actions the firm should take to manage the threats.*

Professional skills

Professional skills will be awarded for:

Communication – responding to the instructions in the partner's email such as preparing your answers in the form of briefing notes and using the stated benchmark for materiality.

Analysis and evaluation – applying the information from the scenario to answer the question and explaining the issues in sufficient depth.

Professional scepticism and judgement – justifying an appropriate materiality level, demonstrating critical thinking and being alert to possible manipulation and management bias.

Where relevant, professional marks will be awarded for commercial acumen which requires making practical and plausible recommendations and considering the wider implications of issues to the audit firm.

Briefing notes

To: Maya Crag, audit engagement partner

From: Audit manager

Subject: Eagle Group – audit planning

Date: 1 July 20X5

Introduction

These briefing notes are prepared to assist with planning the audit of the Eagle Group (the Group). The notes contain an evaluation of the significant audit risks which should be considered in planning the Group audit. The notes also recommend the principal audit procedures to be used in the audit of the goodwill which has arisen in respect of a newly acquired subsidiary. The notes then go on to evaluate an extract from the audit strategy which has been prepared by a component auditor. Finally, the Group finance director has requested our firm to provide a non-audit service in relation to the Group's integrated report, and the notes discuss the professional and ethical implications of this request.

Materiality

For the purposes of these briefing notes, the overall materiality level used to assess the significance of identified risks is $30 million based on the profitability of the Group, as requested.

Justification

Using profit before income taxes of $322 million as a suggested benchmark results in a suggested range of $16.1 million (5% × $322 million) to $32.2 million (10% × $322 million).

The overall risk level is low as this is an existing client, and no significant control issues have been noted at the planning stage or in previous audits. Materiality should be set at the higher end of the range.

This benchmark is only a starting point for determining materiality and professional judgement will need to be applied in determining a final level to be used during the course of the audit.

(a) Evaluation of audit risk

Selected analytical procedures and associated audit risk evaluation

	20X5	**20X4**
Operating profit margin	350/5,770 × 100 = 6.1%	270/5,990 × 100 = 4.5%
Return on capital employed	(350/2,245 + 650) × 100 = 12.1%	(270/2,093 + 620) × 100 = 10%
Current ratio	1,450/597 = 2.4	1,420/547 = 2.6
Debt/equity	550/2,245 × 100 = 24.5%	500/2,093 × 100 = 23.9%
Interest cover	350/28 = 12.5	270/30 = 9
Effective tax rate	64/322 × 100 = 19.9%	60/240 × 100 = 25%

Operating profit margin and operating expenses

The Group's operating profit margin has increased from 4.5% to 6.1% despite a fall in revenue of 3.7%. This is due to a reduction in operating expenses of 4.5% and increase in other operating income of 50%. Return on capital employed shows a similar positive trend, despite the fall in revenue. There is an audit risk that expenses are understated, with the reduction in expenses being proportionately more than the reduction in revenue.

Within operating expenses, the trends for each component are different – cost of raw materials consumables and supplies has decreased by 3.1%, which appears reasonable given the decline in revenue of 3.7%. However, staff costs have increased slightly by 1.1% which seems inconsistent with the revenue trend and with the increased automation of operations which has led to 5,000 staff being made redundant, which presumably means lower payroll costs this year. Expenses could have been misclassified into staff costs in error.

Depreciation, amortisation and impairment have increased by 3.6%, which is not a significant change, but will need to be investigated to consider how each element of the category has changed in the year. The most noticeable trend within operating expenses is that the other operating expenses category has reduced very significantly. The amount recognised this financial year is only 7.4% of the amount recognised the previous year which appears totally inconsistent with the other trends noted. It could be that some costs, for example, accrued expenses, have not yet been accounted for, or that the 20X4 figure was unusually high.

Other operating income

There is an audit risk that other operating income is overstated. According to the information in note 6, during the year a credit of $60 million has been recognised in profit for reversals of provisions, this is 50% greater than the amount recognised in the previous year. In addition, a credit of $30 million has been recognised for reversals of impairment losses which is material based on the threshold stated above. There is a risk that these figures have been manipulated in order to boost profits, as an earnings management technique, in reaction to the fall in revenue in the year.

The risk of management bias is high given the listed status of the Group, hence expectations from shareholders for a positive growth trend. The profit recognised on asset disposal and the increase in foreign currency gains could also be an indication of attempts to boost operating profit this year.

Current ratio and gearing

Looking at the other ratios, the current ratio and gearing ratio do not indicate audit risks, however, more detail is needed to fully conclude on the liquidity and solvency position of the Group, and whether there are any hidden trends which are obscured by the high-level analysis which has been performed with the information provided.

The interest cover has increased, due to both an increase in operating profit and a reduction in interest expenses. This seems contradictory to the increase in borrowings of $50 million, as a result of this an increase in interest expenses would be expected. There is an audit risk that interest expenses are understated.

Effective tax rate

The effective tax rate has fallen from 25% to 19.9%. An audit risk arises in that the tax expense and associated liability could be understated. This could indicate management bias as the financial statements suggest that accounting profit has increased, but the profit chargeable to tax used to determine the tax expense for the year appears to have decreased. There could be alternative explanations, for instance a fall in the rate of tax levied by the authorities, which will need to be investigated by the audit team.

Consolidation of foreign subsidiaries

Given that the Group has many foreign subsidiaries, including the recent investment in Lynx Co, audit risks relating to their consolidation are potentially significant. Lynx Co has net assets with a fair value of $300 million according to the goodwill calculation provided by management, representing 8.6% of the Group's total assets and 13.4% of Group net assets. This makes Lynx Co material to the Group. Audit risks relevant to Lynx Co's status as a foreign subsidiary also attach to the Group's other foreign subsidiaries.

According to IAS 21 *The Effects of Changes in Foreign Exchange Rates*, the assets and liabilities of Lynx Co and other foreign subsidiaries should be retranslated using the closing exchange rate. Its income and expenses should be retranslated at the exchange rates at the dates of the transactions. The risk is that incorrect exchange rates are used for the retranslations. This could result in over/understatement of the assets, liabilities, income and expenses which are consolidated, including goodwill. It would also mean that the exchange gains and losses arising on retranslation and to be included in Group other comprehensive income are incorrectly determined.

In addition, Lynx Co was acquired on 1 December 20X4 and its income and expenses should have been consolidated from that date. There is a risk that the full year's income and expenses have been consolidated, leading to a risk of understatement of Group profit given that Lynx Co is forecast to be loss making this year, according to the audit strategy prepared by Vulture Associates.

Measurement and recognition of exchange gains and losses

The calculation of exchange gains and losses can be complex, and there is a risk that it is not calculated correctly, or that some elements are omitted, for example, the exchange gain or loss on goodwill may be missed out of the calculation.

IAS 21 states that exchange gains and losses arising as a result of the retranslation of the subsidiary's balances are recognised in other comprehensive income. The risk is incorrect classification, for example, the gain or loss could be recognised incorrectly as part of profit for the year, for example, included in the $28 million foreign currency gains which form part of other operating income, which would be incorrect. The amount recognised within other operating income has increased, as only $23 million foreign currency gains were recognised the previous year, indicating a potential risk of overstatement.

Goodwill

The total goodwill recognised in the Group statement of financial position is $1,100 million, making it highly material.

Analytical review shows that the goodwill figure has increased by $130 million during the year. The goodwill relating to the acquisition of Lynx Co is $100 million according to management's calculations. Therefore, there appears to be an unexplained increase in value of goodwill of $30 million during the year which is material. There is an audit risk that the goodwill figure is overstated, unless justified by additional acquisitions or possibly by changes in value on the retranslation of goodwill relating to foreign subsidiaries, though this latter point would seem unlikely given the large size of the unexplained increase in value.

According to IFRS 3 *Business Combinations*, goodwill should be subject to an impairment review on an annual basis. Management has asserted that while they will test goodwill for impairment prior to the financial year end, they do not think that any impairment will be recognised. This view is based on what could be optimistic assumptions about further growth in revenue, and it is likely that the assumptions used in management's impairment review are similarly overoptimistic. Therefore, there is a risk that goodwill will be overstated and Group operating expenses understated if impairment losses have not been correctly determined and recognised.

Initial measurement of goodwill arising on acquisition of Lynx Co

In order for goodwill to be calculated, the assets and liabilities of Lynx Co must have been identified and measured at fair value at the date of acquisition. Risks of material misstatement arise because the various components of goodwill each have specific risks attached. The goodwill of $100 million is material to the Group by reference to the threshold calculated above.

A specific risk arises in relation to the fair value of net assets acquired. Not all assets and liabilities may have been identified, for example, contingent liabilities and contingent assets may be omitted.

A further risk relates to measurement at fair value, which is subjective and based on assumptions which may not be valid. The fair value of Lynx Co's net assets according to the goodwill calculation is $300 million, having been subject to a fair value uplift of $12 million. This was provided by an independent firm of accountants, which provides some comfort on the validity of the figure.

There is also a risk that the cost of investment is not stated correctly, for example, that the contingent consideration has not been determined on an appropriate basis.

First, the interest rate used to determine the discount factor is 18% which seems high given that the Group's weighted average cost of capital is stated to be 10%.

Second, the contingent consideration is only payable if Lynx Co reaches certain profit targets. Given that the company, according to Vulture Associate's audit strategy, is projected to be loss making, it could be that the contingent consideration need not be recognised at all, or determined to be a lower figure than that currently recognised, based on a lower probability of it having to be paid.

The results of the analytical review have indicated that the other side of the journal entry for the contingent consideration is not described as a component of the non-current liabilities and the accounting for this will need to be clarified as there is a risk that it has been recorded incorrectly, perhaps as a component of equity.

Intangible assets

In relation to expenditure on intangible assets during the year, which totals $60 million, there are several audit risks. First, there is a question over whether all of this amount should have been capitalised as an intangible asset. Capitalisation is only appropriate where an asset has been created, and specifically in relation to development costs, the criteria from IAS 38 *Intangible Assets* must all be met. There is a risk that if any criteria have not been met, for example, if there is no probable future economic benefit from research into the new technology, then the amount should be expensed. There is a risk that intangible assets are overstated and operating expenses understated.

There is also an unexplained trend, in that intangible assets has only increased by $30 million, yet expenditure on intangible assets, according to management information, is $60 million. More information is needed to reconcile the expenditure as stated by management to the movement in intangible assets recognised in the Group statement of financial position.

Second, there is a risk that the amortisation period is not appropriate. It seems that the same useful life of 15 years has been applied to all of the different categories of intangible assets; this is not likely to be specific enough, for example, the useful life of an accounting system will not be the same as for development of robots. Fifteen years also seems to be a long period – usually technology-related assets are written off over a relatively short period to take account of rapid developments in technology. In respect of amortisation periods being too long, there is a risk that intangible assets are overstated and operating expenses understated.

Detection risk in relation to Lynx Co

Lynx Co is the only subsidiary which is not audited by Bison & Co. This gives rise to a risk that the quality of the audit of Lynx Co may not be to the same standard as Bison & Co, as Vulture Associates may not be used to auditing companies which form part of a listed group and results in increased detection risk at the Group level. The risk is increased by the problems with the audit strategy prepared by Vulture Associates, which will be discussed in part (c) to these briefing notes, which indicate that the audit of Lynx Co has not been appropriately planned in accordance with ISA requirements. Since our firm has not worked with Vulture Associates previously, we are not familiar with their methods and we may have issues with the quality of their work. The detection risk is high in relation to Lynx Co's balances which will form part of the consolidated financial statements.

(b) Principal audit procedures on the goodwill arising on the acquisition of Lynx Co

- Obtain the legal documentation pertaining to the acquisition, and review to confirm that the figures included in the goodwill calculation relating to consideration paid and payable are accurate and complete. In particular, confirm the targets to be used as the basis for payment of the contingent consideration in four years' time.
- Also confirm from the purchase documentation that the Group has obtained an 80% shareholding and that this conveys control, i.e. the shares carry voting rights and there is no restriction on the Group exercising their control over Lynx Co.
- Agree the $80 million cash paid to the bank statement and bank ledger account/cash book of the acquiring company (presumably the parent company of the Group).
- Review the board minutes for discussions relating to the acquisition, and for the relevant minute of board approval.
- For the contingent consideration, obtain management's calculation of the present value of $271 million, and evaluate assumptions used in the calculation, in particular to consider the probability of payment by obtaining revenue and profit forecasts for Lynx Co for the next four years.
- Discuss with management the reason for using an 18% interest rate in the calculation, asking them to justify the use of this interest rate when the Group's weighted average cost of capital is stated at 10%.
- Evaluate management's rationale for using the 18% interest rate, concluding as to whether it is appropriate.
- Confirm that the fair value of the non-controlling interest has been calculated based on an externally available share price at the date of acquisition. Agree the share price used in management's calculation to stock market records showing the share price of Lynx Co at the date of acquisition.
- Obtain a copy of the due diligence report issued by Sidewinder & Co, review for confirmation of acquired assets and liabilities and their fair values.
- Evaluate the methods used to determine the fair value of acquired assets, including the property, and liabilities to confirm compliance with IFRS 3 and IFRS 13 *Fair Value Measurement*.
- Review the calculation of net assets acquired to confirm that Group accounting policies have been applied.

(c) Evaluation of the extract of the audit strategy prepared by Vulture Associates in respect of their audit of Lynx Co

It appears that ISA requirements have not been followed, meaning that the quality of the audit planned by Vulture Associates is in doubt.

In relation to reliance on internal controls, ISA 330/ISA (UK) 330 *The Auditor's Responses to Assessed Risks* contains requirements in relation to relying on work performed during previous audits on internal controls. ISA 330 states that if the auditor plans to use audit evidence from a previous audit about the operating effectiveness of specific controls, the auditor shall establish the continuing relevance of that evidence by obtaining audit evidence about whether significant changes in those controls have occurred subsequent to the previous audit.

The auditor shall obtain this evidence by performing inquiry combined with observation or inspection, to confirm the understanding of those specific controls, and if there have been changes which affect the continuing relevance of the audit evidence from the previous audit, the auditor shall test the controls in the current audit.

If there have not been such changes, the auditor shall test the controls at least once in every third audit, and shall test some controls each audit to avoid the possibility of testing all the controls on which the auditor intends to rely on a single audit period with no testing of controls in the subsequent two audit periods.

Therefore, in order to comply with ISA 330, Vulture Associates needs to do more than simply accept management's assertion that there have been no changes to controls. There needs to be some observation or inspection of controls, to confirm that there have been no changes, and this work and an appropriate conclusion need to be documented in the audit working papers.

In addition, there should be some testing of internal controls each year, so Vulture Associates should plan to perform some test of controls each year, so that over a three-year cycle, all controls are tested to confirm that controls are still operating effectively and therefore can continue to be relied upon.

The Group audit team should discuss this issue with Vulture Associates to ensure that adequate controls testing is performed. If, for some reason, Vulture Associates does not amend its audit strategy, then the Group audit team may decide to perform additional testing, given that Lynx Co is material to the Group.

(d) Ethical and professional implications of the request to provide a non-audit service on the Group's integrated report

There are several issues to consider with regard to providing this service.

A significant issue relates to auditor objectivity. The IESBA *International Code of Ethics for Professional Accountants* (the *Code*) and the FRC Ethical Standard provide guidance on situations where the auditor is asked by the client to provide non-assurance services. Bison & Co needs to evaluate the significance of the threat and consider whether any safeguards can reduce the threat to an acceptable level.

While the integrated report is not part of the audited financial statements, the report will contain financial key performance indicators (KPIs), and the Group has asked for input specifically relating to the reconciliations between these KPIs and financial information contained in the financial statements. There is therefore a potential self-review threat to objectivity in that the audit firm has been asked to provide assurance on these KPIs which are related to figures which have been subject to external audit by the firm. The team performing the work will be reluctant to raise queries or highlight errors which have been made during the external audit when assessing the reconciliations of KPIs to audited financial information.

It could also be perceived that Bison & Co is taking on management responsibility by helping to determine content to be included in the integrated report, which is a threat to objectivity. The *Code* states that the audit firm shall not assume management responsibility for an audit client and that the threats created are so significant that safeguards cannot reduce them to an acceptable level.

While the *Code* does not specifically state that helping the client to determine the content of its integrated report is taking on management responsibility, certainly there could be that perception as the auditor will be involved in setting measurements which the company will benchmark itself against.

Additionally, working with management on the integrated report could create a familiarity threat to objectivity whereby close working relationships are formed, and the auditor becomes closely aligned with the views of management and is unable to approach the work with an appropriate degree of professional scepticism.

There is a potential problem in terms of compliance with ISA 720/ISA (UK) 720 *The Auditor's Responsibilities Relating to Other Information*, should Bison & Co accept the engagement. ISA 720 requires that auditors read other information in order to identify any material inconsistencies between the financial statements and information in the other information.

ISA 720 applies only to other information in the annual report, and it is not stated whether the Group's integrated report will be included in the annual report, or as a standalone document. Based on the above, it would seem unlikely that Bison & Co can provide this service to the Group, due to the threats to objectivity created.

Should the firm decide to take on the engagement, safeguards should be used to minimise the threats. For example, a partner who is independent should be involved in reviewing the audit work performed.

Aside from ethical issues, Bison & Co must also consider whether they have the competence to perform the work. Advising on the production of an integrated report is quite a specialist area, and it could be that the audit firm does not have the appropriate levels of expertise and experience to provide a quality service to the Group.

The fact that the Group wants to highlight its technological achievements, and presumably will select a range of non-financial KPIs and technological issues to discuss in the integrated report, makes the issue of competence more significant, as the audit firm may not have the necessary technical knowledge to provide advice in this area.

Aside from competence, the firm should also consider whether it has resources in terms of staff availability to complete the work to the desired deadline and to perform appropriate reviews of the work which has been completed.

Finally, given that the Group is a listed entity, it should comply with relevant corporate governance requirements. This means that the audit firm may be prohibited from providing services in addition to providing the external audit to the Group. The audit committee should apply the Group's policy on the engagement of the external auditor to supply non-audit services, the objective of which should be to ensure that the provision of such services does not impair the external auditor's independence or objectivity.

The Group's audit committee will need to approve the provision of the service before it can be taken on, and in making this decision they should consider a number of matters, for instance, the audit committee should consider whether the skills and experience of the audit firm make it the most suitable supplier of the non-audit service, whether there are safeguards in place to eliminate or reduce to an acceptable level any threat to objectivity and the level of fees to be incurred relative to the audit fee.

Conclusion

These briefing notes indicate that there are a number of audit risks to be considered in planning the audit, and that management needs to supply the audit team with a range of additional information for more thorough audit planning to be carried out. The audit of goodwill is an area of significant audit risk due to the subjectivity involved and the fact that there is a significant unexplained increase.

The goodwill arising on acquisition of Lynx Co is a particular risk due to the discount factor used in the calculation of the contingent consideration which appears to be unreasonable as it is not consistent with the company's cost of capital. The notes recommend the principal audit procedures which should be conducted. An evaluation of the audit strategy prepared by Vulture Associates indicates that their audit of Lynx Co might not be a high-quality audit. Finally, our firm needs to discuss the request to assist in preparing the Group's integrated report with the Group audit committee, and it seems unlikely given the threat of management involvement that we would be able to carry out this work for the Group.

Examiner's comments

Question one was a 50-mark case study style question set at the planning stage for an audit. The client was a large international listed distribution company which had a new foreign subsidiary acquisition in the year.

The first requirement was to produce an analysis of audit risks using analytical review of financials and other information provided on specific issues arising during the year. The majority of marks were available for the evaluation of significant audit risks, which is consistent with past requirements of this type. This requirement was generally well attempted by the majority of candidates who calculated relevant ratios, discussed the risks arising from unexpected trends and relationships, and then analysed the risks arising from the specific issues described in the question. Using this approach and providing an evaluation containing the required level of detail, well prepared candidates were able to identify the specific risks from the information provided and score a clear pass on this part of the question.

The model answers provided to recent past audit risk questions will illustrate how to structure answers to achieve maximum credit on this sort of requirement. It was pleasing to note that very few candidates spent time describing the theory of audit risk which is not required and should not be included in an answer unless the examiner has asked for it.

Despite the good attempt made on this part of the examination there were some common exam technique issues which resulted in difficulties for candidates in terms of attaining marks and managing their time. The first of these was the approach taken by some candidates to the analytical review.

Common issues arising from the analytical review were:

- Calculating too many ratios and trends which were not then mentioned in the main body of the candidate's answer and were a waste of effort – candidates are expected to demonstrate the auditing skill of knowing which items are unlikely to give rise to an audit risk – for example an immaterial area of the statement of financial position that hasn't moved much since the previous year and is not referred to in the question scenario is less likely to contain an audit risk. Candidates should consider how many risks and calculations are likely to be needed to score full marks rather than calculate 30+ ratio/trends which they then do not have time to discuss. A few key ratios along the lines of those seen in the answers to past questions are most likely to direct candidates on where to focus.
- Calculating ratios and then not referring to them – an analytical review is not simply calculating ratios. The ability to calculate ratios is examined within earlier parts of the qualification. It is what the results show that is the applied skill in this area and candidates who do not use the results of their calculations to draw conclusions and identify risks will not be able to attain credit.

- Not calculating any ratios – ignoring the requirement to perform an analytical review will restrict the risks identified from the scenario and hence make scoring maximum credit very difficult. This was most apparent in scripts from candidates sitting the UK version of the examination where many scored very few marks on this section of the question.

Another common mistake candidates made on this requirement was to spend a lot of time discussing speculative risks which generally do not obtain credit. The fact that a company is multinational with many subsidiaries does not automatically result in a key audit risk regarding the inability of the company to know how to perform a consolidation, or to account for foreign currency. The fact that this is not a new client and the audit engagement partner did not raise any concerns in this regard in the past should be taken as a sign that these are not key issues. Candidates should instead focus on the details given in the scenario that the engagement partner thought relevant to highlight. In this case, the acquisition of a new subsidiary and the risks arising from what is a significant non-routine transaction, the significant spend during the year on research and development which has been capitalised, and the fact that management does not believe there is any impairment of assets despite falling revenues. Recent past question answers illustrate the sort of risks which are considered relevant to the accompanying scenarios. Speculative risks do not attract credit in the examination and it is surprising that candidates chose to evaluate such risks when there were so many specific risks contained within the scenario. This session it was disappointing how many candidates opened with speculative risks such as failure to cancel intra-group balances, failure to account for day-to-day foreign currency transactions, and the control risk arising from international subsidiaries.

Candidates would score better if they were to prioritise risks in their planning and to focus on the ones described in detail by the examiner in the scenario rather than reproducing a rote learnt list of general points which do not demonstrate any application of knowledge to the scenario itself. A related mistake made by candidates was to discuss operating segments and EPS disclosures despite the requirement stating that these should not be considered. This has been the case in several sessions where the examiner has requested candidates do not consider presentation risks.

Other commonly seen technical errors arose in relation to provisions where candidates would assume that redundancies early in the financial year would give rise to a year-end redundancy provision. Post-year-end redundancies are those which may give rise to a provision. Similarly, candidates often thought that, because automation was introduced during the year, it was likely that a similar strategy would exist in the future therefore provisions should be made for more redundancies "just in case". Such reasoning demonstrates a lack of comprehension of the fundamental concept of a liability and the requirement for a constructive obligation to exist before a provision can be made. For up–to-date examples of how audit risk is examined and the sort of points the examiner expects to be raised from a given scenario, candidates should refer to the recent published exams available on the ACCA website. Candidates should note however that these are illustrative and that not every risk covered in those examples will be relevant to future questions on audit risk. A helpful exercise might be to map back the areas covered in the model answers to the indicators in the specific scenario to better understand how the examiner's answers reflect the specific areas of the information provided. In particular the September 2018 exam should provide an illustration of the type and volume of calculations that the examiner considered appropriate based on the marks available and the information provided. In addition to these issues, otherwise capable candidates failed to attain a strong mark on this section of the examination by failing to address the requirement.

Particularly common in the UK and Irish versions of the examination was candidates discussing issues in terms of business risk or audit procedures, which were not asked for, and not actually evaluating the audit risk. Often candidates referred to accounting standards by number but made no attempt to describe the accounting treatment or to apply it to the scenario to determine the risks of material misstatement or would simply say that areas might be misstated without reference to the balance or direction of misstatement.

The second requirement asked candidates to provide audit procedures on the goodwill figure at acquisition for the subsidiary purchased in the year. Where candidates focused on the specific requirement and addressed the acquisition figure, they generally scored full marks or close to full marks. Some candidates limited their marks here by discussing impairment reviews and disclosures instead.

The third requirement asked candidates to review and evaluate the component auditor's strategy. This was the area of Question one which caused candidates the most difficulty. The requirement asked candidates to specifically focus only on the issue mentioned and that all other considerations were satisfactory. Despite this a majority of candidates wrote answers describing the assessment of independence and competence of the component auditor. The strategy stated the intention to audit using a controls-based strategy but without testing controls this year as prior year results were good. Those that did go so far as to appraise the component strategy often thought that a controls-based approach was not permitted, and substantive testing should be performed in all places. Very few candidates appeared to appreciate that controls may be tested on a three-year cycle rather than every year.

The final requirement related to the client's request for the auditor to be involved in choosing KPIs for inclusion in the client's integrated report and to provide assurance on the report. Many candidates realised that there were ethical issues arising from this but did not explain specifically how they would arise or what the implication would be. Candidates should be prepared to give such detail in order to demonstrate understanding rather than simply list without explanation every possible threat to independence.

ACCA Marking guide		
		Marks
(a)	**Audit risk evaluation** Up to 3 marks for each audit risk identified and explained. Marks may be awarded for other relevant audit risks not included in the marking guide. In addition, 1 mark for relevant ratios and ½ mark for relevant trends which form part of analytical review to a max of 5 marks. Appropriate materiality calculations (max 2 marks) and justified materiality level should be awarded to a maximum of 1 mark. – Operating profit margin and ROCE changes – risk understated expenses/ overstated revenue – Trends within operating expenses and related audit risks, e.g. misclassification of expenses – Other operating income – risk of overstatement – Risk of management bias due to listed status (max 2 marks) – Current ratio & gearing and related audit risks – understated interest expenses – Effective tax rate – understatement of tax expense (max 2 marks) – Consolidation of foreign subsidiaries – Recognition and measurement of foreign exchange gains and losses – Goodwill –measurement risk – lack of impairment review – Goodwill on acquisition of Lynx Co (max 4 for detailed discussion) – Intangible assets – audit risks in relation to unexplained movement in the year, whether amounts should have been capitalised and amortisation period (max 5 marks) – Increased detection risk regarding Lynx Co due to be audited by a component auditor	
	Maximum	**23**

(b)	**Audit procedures on the goodwill recognised on acquisition of Lynx Co** Up to 1 mark for each well described procedure – Obtain and review legal documentation, in particular confirm the targets used as the basis for payment of contingent consideration – Confirm that the Group has obtained an 80% shareholding and that this conveys control – Agree the $80 million cash paid to the bank statement and bank ledger account/cash book of the acquiring company – Review the board minutes for relevant discussions including the minute of board approval – Obtain management's calculation of contingent consideration, and evaluate assumptions used – Discuss the 18% interest rate used in determining the discount factor and evaluate the justification given by management – Confirm that the fair value of the non-controlling interest has been calculated based on an externally available share price at the date of acquisition by agreeing to stock market records – Obtain a copy of the due diligence report issued by Sidewinder & Co, review for confirmation of acquired assets and liabilities and their fair values – Evaluation of the methods used to determine the fair value of acquired assets, including the property, and liabilities to confirm compliance with IFRS 3 and IFRS 13 *Fair Value Measurement* – Review the calculation of net assets acquired to confirm that Group accounting policies have been applied	
	Maximum	**6**
(c)	**Evaluation of Vulture Co's audit strategy** Up to 2 marks for each issue evaluated **Controls effectiveness** – Evidence needs to be obtained to confirm that controls have not changed – Controls should be tested in a three-year cycle in order to place continued reliance on them – Group audit team may decide to perform additional tests of control of Vulture Associates do not amend their strategy – Conclusion on audit quality (1 mark)	
	Maximum	**5**
(d)	**Ethical issues relating to request to assist management in preparing an integrated report** Up to 2 marks for each relevant point explained, and 1 mark for relevant safeguard or action – Explain the threats to objectivity created – self-review, familiarity and management involvement (1 mark each if fully explained) – Conclusion as to whether service can be provided, following on from justification – Suggest appropriate safeguards if engagement accepted, e.g. independent review (1 mark each) – Explain that audit committee would need to approve the engagement – Bison & Co to consider competence and resource availability – Discuss with audit committee (1 mark)	
	Maximum	**6**
	Professional marks **Communication** – Briefing note format and structure – use of headings/subheadings and an introduction – Style, language and clarity – appropriate layout and tone of briefing notes, presentation of materiality and relevant calculations, appropriate use of the CBE tools, easy to follow and understand – Effectiveness and clarity of communication – answer is relevant and tailored to the scenario – Adherence to the specific requests made by the audit engagement partner	

Analysis and evaluation – Appropriate use of the information to determine and apply suitable calculations – Appropriate use of the information to design appropriate audit procedures relating to goodwill arising on acquisition of Lynx Co – Effective prioritisation of the results of the audit risk evaluation to demonstrate the likelihood and magnitude of risks and to facilitate the allocation of appropriate responses – Balanced discussion of the professional and practical issues when evaluating working with component auditors in a Group engagement **Professional scepticism and professional judgement** – Appropriate application of professional judgement to draw conclusions and make informed decisions following recognition of unusual or unexpected movements, missing/incomplete information or challenging presented information as part of the risk evaluation – Determination and justification of a suitable materiality level, appropriately and consistently applied – Identification of possible management bias and consideration of the impact on the financial statements and the possible reasons for management's preference for certain accounting treatments – Effective application of technical and ethical guidance to effectively challenge and critically assess how management has accounted for areas of significant judgement **Commercial acumen** – Use of effective examples and/or calculations from the scenario to illustrate points or recommendations – Audit procedures are practical and plausible in the context of the scenario – Appropriate recognition of the wider implications when considering the request to select KPIs for inclusion in, and provide assurance, on the integrated report	
Maximum	**10**
Total	**50**

15 SUNSHINE HOTEL GROUP *Walk in the footsteps of a top tutor*

Top tutor tips

Determination of materiality: *The email from the partner states that materiality should be based on profit before income taxes, therefore at the start of your answer you should calculate the range for materiality using that benchmark and justify a figure within that range. If it is a new audit client or a client where there are apparent control risks, materiality should be set at the lower end of the range. If it is an existing client, materiality may be able to be set at mid-range, depending on the other risks mentioned in the scenario. The examining team will give credit for any reasonable explanation of the chosen materiality threshold, as the mark is to recognise that there is the application of professional judgement and that a candidate can justify their response. It is not required that candidates select the identical percentage or figure, or that they provide a justification identical to that shown in the model answer.*

Part (a)*: When describing business risks, remember to explain the impact it will have on the company i.e. impact on profit or cash flow. The business risks must be ones which could impact the financial statements in order for the auditor to consider them.*

***Part (b)**: For risks of material misstatement, you need to explain how the financial statements may not have been prepared in accordance with the applicable financial reporting standard.*

***Prioritisation of risks:** Risks should be prioritised by explaining the risks that are the most significant. For example, certain risks may be prioritised because they are complex, require judgment, include uncertainty or relate to a new event or transaction during the year. Prioritisation can be achieved by either ordering your answer in priority order and stating this is the case, or by summarising in a brief conclusion which risk, or risks, are most significant.*

***Part (c)(i)**: Consider how the auditor should deal with the issue of being asked to only speak with the Group FD regarding the claim from Ocean Protection.*

***Part (c)(ii)** asks for audit procedures in respect of the claim for environmental damage caused by hotel guests. Make sure your procedures are clear and provide enough detail that they can be followed by the audit team.*

***Part (d)** covers data analytics. You should read the relevant sections of the study text in this area and look out for any articles published on the topic.*

Professional skills

Professional skills will be awarded for:

Communication – responding to the instructions in the partner's email such as preparing your answers in the form of briefing notes and using the stated benchmark for materiality.

Analysis and evaluation – applying the information from the scenario to answer the question and explaining the issues in sufficient depth.

Professional scepticism and judgement – justifying an appropriate materiality level, demonstrating critical thinking and being alert to possible manipulation and management bias.

Where relevant, professional marks will be awarded for commercial acumen which requires making practical and plausible recommendations and considering the wider implications of issues to the audit firm.

Briefing notes

To: John Starling, audit engagement partner

From: Audit manager

Subject: Sunshine Hotel Group – audit planning

Date: 1 July 20X5

Introduction

These briefing notes relate to the initial audit planning for the Sunshine Hotel Group (the Group). As requested, the notes contain an evaluation of the business risks facing our client, and the significant risks of material misstatement to be considered in our audit planning. The notes contain a discussion of the impact which an email received from the Group finance director relating to a claim for damages will have on our audit planning, as well as the recommended actions to be taken by Dove & Co and principal procedures which should be carried out in relation to this claim. Finally, the notes discuss how data analytics could be used in future audits of the Sunshine Hotel Group.

Materiality

For the purposes of these briefing notes, the overall materiality level used to assess the significance of identified risks is $1 million based on the profitability of the Group, as requested.

Justification

Using profit before income taxes of $10 million as a suggested benchmark results in a suggested range of $0.5 million (5% × $10 million) to $1 million (10% × $10 million).

This is an existing client, and no significant control issues have been noted at the planning stage or in previous audits. Therefore, the overall risk assessment is deemed to be low. Materiality should be set at the higher end of the range.

This benchmark is only a starting point for determining materiality and professional judgement will need to be applied in determining a final level to be used during the course of the audit.

(a) Evaluation of business risks

Luxury product

The Group offers a luxury product aimed at an exclusive market. This in itself creates a business risk, as the Group's activities are not diversified, and any decline in demand will immediately impact on profitability and cash flows.

The demand for luxury holidays will be sensitive to economic problems such as recession and travel to international destinations will be affected by events in the transportation industry, for example, if oil prices increase, there will be a knock-on effect on air fares, meaning less demand for the Group's hotels.

Business expansion – inappropriate strategy

It is questionable whether the Group has a sound policy on expansion, given the problems encountered with recent acquisitions which have involved expanding into locations with political instability and local regulations which seem incompatible with the Group's operations and strategic goals.

The Group would appear to have invested $98 million in these unsuitable locations, and it is doubtful whether an appropriate return on these investments will be possible. There is a risk that further unsuitable investments will be made as a result of poor strategic decisions on where to locate new hotels.

The Group appears to have a strategy of fairly rapid expansion, acquiring new sites and a hotel complex without properly investigating their appropriateness and fit with the Group's business model.

Business expansion – finance

The Group is planning further expansion with asset (capital) expenditure of $45 million planned for new sites in 20X6 which will be financed by a bank loan. While the Group's gearing is currently low at 25%, the additional finance being taken out from the Group's lending facility will increase gearing and incur additional interest charges of $1.6 million per annum, which is 16% of the projected profit before income taxes for the year. The increased debt and interest expenses could impact on existing loan covenants and the additional interest payments will have cash flow as well as profit implications.

A further $25 million is needed for renovating the hotels which were damaged following a hurricane. Despite the fact that the repair work following the hurricane will ultimately be covered by insurance, the Group's asset (capital) expenditure at this time appears very high, and needs to be underpinned by sound financial planning in order to maintain solvency, especially given that only half of the insurance claim in relation to repair work will be paid in advance and it may take some time to recover the full amount given the significant sums involved.

Moulin Blanche agreement

$5 million has been spent on an agreement which allows the company to use the Moulin Blanche name. This represents a significant outflow of cash where the benefits may take time to materialise or may not materialise to the extent of the level of investment.

If there is any damage to the reputation of the Moulin Blanche chain, this may have an effect on the Moulin Blanche restaurants at the Sunshine Hotel Group resulting in a much lower return on investment than anticipated.

Profit margins and cash management

The nature of the business means that overheads will be high and profit margins likely to be low. Based on the projected profit before income taxes, the projected margin for 20X5 is 8%, and for 20X4 was 8.2%.

Annual expenses on marketing and advertising are high, and given the focus on luxury, a lot will need to be spent on maintenance of the hotels, purchasing quality food and drink, and training staff to provide high levels of customer service.

Offering all-inclusive holidays will also have implications for profit margins and for managing working capital as services, as well as food and drink, will have to be available whether guests use or consume them or not. The Group will need to maintain a high rate of room occupancy in order to maintain cash flows and profit margins.

Cash management might be particularly problematic given that the majority of cash is received on departure, rather than when the guests book their stay.

Refunds to customers following the recent hurricane will also impact on cash flows, as will the repairs needed to the damaged hotels.

International operations

The Group's international operations expose it to a number of risks. One which has already been mentioned relates to local regulations. With any international operation there is risk of non-compliance with local laws and regulations which could affect business operations.

Additionally, political and economic instability introduces possible unpredictability into operations, making it difficult to plan and budget for the Group's activities, as seen with the recent investment in a politically unstable area which is not yet generating a return for the Group.

There are also foreign exchange issues, which unless properly managed, for example, by using currency derivatives, can introduce volatility to profit and cash flows.

Hurricanes

The hurricane guarantee scheme exposes the Group to unforeseeable costs in the event of a hurricane disrupting operations. The costs of moving guests to another hotel could be high, as could the costs of refunding customer deposits if they choose to cancel their booking rather than transfer to a different hotel.

The cost of renovation in the case of hotels being damaged by hurricanes is also high and while this is covered by insurance, the Group will still need to fund the repair work before the full amount claimed on insurance is received which as discussed above will put significant pressure on the Group's cash flow.

In addition, having two hotels which have been damaged by hurricanes closed for several months while repair work is carried out will result in lost revenue and cash inflows.

Claim relating to environmental damage

This is potentially a very serious matter, should it become public knowledge. The reputational damage could be significant, especially given that the Group markets itself as a luxury brand. Consumers are likely to react unfavourably to the allegations that the Group's activities are harming the environment. This could result in cancellation of existing bookings and lower demand in the future, impacting on revenue and cash flows.

The email relating to the claim from Ocean Protection refers to international legislation and therefore this issue could impact in all of the countries in which the Group operates. The Group is hoping to negotiate with Ocean Protection to reduce the amount, which is potentially payable and minimise media attention, but this may not be successful, Ocean Protection may not be willing to keep the issue out of the public eye or to settle for a smaller monetary amount.

(b) Significant risks of material misstatement

Revenue recognition

The Group's revenue could be over or understated due to timing issues relating to the recognition of revenue. Customers pay 40% of the cost of their holiday in advance, and the Group has to refund any bookings which are cancelled a week or more before a guest is due to stay at a hotel.

There is a risk that revenue is recognised when deposits are received, which would be against the requirements of IFRS 15 *Revenue from Contracts with Customers*, which states that revenue should be recognised when, or as, an entity satisfies a performance obligation.

Therefore, the deposits should be recognised within current liabilities as a contract liability (deferred revenue) until the guest's stay.

There is the risk that revenue is overstated and contract liabilities within current liabilities are understated if revenue is recognised on payment.

Tutorial note

Credit will be awarded for discussion of further risk of misstatement relating to revenue recognition, for example, when the Group satisfies its performance obligations and whether the goods and services provided to hotel guests are separate revenue streams.

Foreign exchange

The Group holds $20 million in cash at the year end, most of which is held in foreign currencies. This is material to the financial statements based on the threshold calculated above.

According to IAS 21 *The Effects of Changes in Foreign Exchange Rates*, at the reporting date foreign currency monetary amounts should be reported using the closing exchange rate, and the exchange difference should be reported as part of profit or loss.

There is a risk that the cash holdings are not retranslated using an appropriate year-end exchange rate, causing assets and profit to be over or understated.

Licence agreement

The cost of the agreement with Moulin Blanche of $5 million is material to profit based on the threshold of $1 million.

The agreement appears to be a licensing arrangement, and as such it should be recognised in accordance with IAS 38 *Intangible Assets*, which requires initial recognition at cost and subsequent amortisation over the life of the asset, if the life is finite.

The current accounting treatment appears to be incorrect, because the cost has been treated as a marketing expense, leading to understatement of non-current assets and understatement of profit for the year by a significant amount. If the financial statements are not adjusted, they will contain a material misstatement, with implications for the auditor's report.

As the restaurants were opened on 1 April 20X5, six months after the licence was agreed, it would seem appropriate to amortise the asset over the remaining term of the agreement of 9½ years as this is the timeframe over which the licence will generate economic benefit. The annual amortisation expense would be $526,316, so if six months is recognised in this financial year, $263,158 should be charged to operating expenses, resulting in profit being closer to $14.74 million for the year.

Impairment of non-current assets due to political instability and regulatory issues

The sites acquired at a cost of $75 million, and the hotel complex acquired at a cost of $23 million are material to the Group financial statements based on the threshold above.

There are risks associated with the measurement of the assets, which are recognised as property, plant and equipment, as the assets could be impaired. None of these assets is currently being used by the Group in line with their principal activities, and there are indications that their recoverable value may be less than their cost. Due to the political instability and the regulatory issues, it seems that the assets may never generate the value in use, which was anticipated, and their fair value may also have fallen below cost.

Therefore, in accordance with IAS 36 *Impairment of Assets*, management should conduct an impairment review, to determine the recoverable amount of the assets and whether any impairment loss should be recognised.

The risk is that assets are overstated, and profit overstated, if any necessary impairment of assets is not recognised at the reporting date.

Effect of the hurricane

Two of the Group's hotels are closed due to extensive damage caused by a recent hurricane. It is anticipated that the Group's insurance policy will cover the damage of $25 million and the terms of the policy are that half will be paid in advance and the remainder on completion of the repairs, although this will need confirming during our audit testing. The accounting for these events will need to be carefully considered as there is a risk that assets and profit are overstated if the damage and subsequent claim have not been accounted for correctly.

The damage caused to the hotels and resultant loss of revenue is likely to represent an indicator of impairment which should be recorded in line with IAS 36. IAS 16 *Property, Plant and Equipment* requires the impairment and derecognition of PPE and any subsequent compensation claims to be treated as separate economic events and accounted for separately in the period they occur. The standard specifically states that it is not appropriate to net the events off and not record an impairment loss because there is an insurance claim in relation to the same assets.

As such, this may mean that the Group has to account for the impairment loss in the current year but cannot recognise the compensation claim until the next financial period as this can only be recognised when the compensation becomes receivable. If it is indeed the case that the insurance company will pay half of the claim in advance, then it is likely that $12.5m could be included in profit or loss in the current year.

Provision/contingent liability

The letter received from Ocean Protection indicates that it may be necessary to recognise a provision or disclose a contingent liability, in respect of the $10 million damages which have been claimed. The amount is material based on the threshold of $1 million.

According to IAS 37 *Provisions, Contingent Liabilities and Contingent Assets*, a provision should be recognised if there is a present obligation as a result of a past event, and that there is a probable outflow of future economic benefits for which a reliable estimate can be made.

It remains to be seen as to whether the Group can be held liable for the damage to the coral reefs. However, the finance director seems to be implying that the Group would like to reach a settlement, in which case a provision should be recognised.

A provision could therefore be necessary, but this depends on the negotiations between the Group and Ocean Protection, the outcome of which can only be confirmed following further investigation by the audit team during the final audit.

A contingent liability arises where there is either a possible obligation depending on whether some uncertain future event occurs, or a present obligation but payment is not probable or the amount cannot be measured reliably.

There is a risk that adequate disclosure is not provided in the notes to the financial statements, especially given the finance director's reluctance to draw attention to the matter.

Tutorial note

Credit would also be awarded for discussion of other relevant risks of material misstatements.

(c) (i) Implications for audit planning

The finance director's requests which restrict the audit team's ability to obtain audit evidence in relation to the environmental damage claim are inappropriate. In particular, the finance director should not dictate to the audit engagement partner that the audit team may not speak to Group employees.

According to ISA 210/ISA (UK) 210 *Agreeing the Terms of Audit Engagements*, the management of a client should acknowledge their responsibility to provide the auditor with access to all information which is relevant to the preparation of the financial statements which includes unrestricted access to persons within the entity from whom the auditor determines it necessary to obtain audit evidence.

This would appear to be an imposed limitation on scope, and the audit engagement partner should raise this issue with the Group's audit committee. The audit committee should be involved at the planning stage to obtain comfort that a quality audit will be performed, in accordance with corporate governance best practice, and therefore the audit committee should be able to intervene with the finance director's demands and allow the audit team full access to the relevant information, including the ability to contact Ocean Protection and the Group's lawyers.

The finance director would appear to lack integrity as he is trying to keep the issue a secret, possibly from others within the Group as well as the public. The audit engagement partner should consider whether other representations made by the finance director should be treated with an added emphasis on professional scepticism, and the risk of management bias leading to a risk of material misstatement could be high. This should be discussed during the audit team briefing meeting.

There is also an issue arising in relation to ISA 250/ISA (UK) 250 *Consideration of Laws and Regulations in an Audit of Financial Statements*, which requires that if the auditor becomes aware of information concerning an instance of non-compliance or suspected non-compliance with laws and regulations, the auditor shall obtain an understanding of the act and the circumstances in which it has occurred, and further information to evaluate the possible effect on the financial statements.

Therefore, the audit plan should contain planned audit procedures which are sufficient for the audit team to conclude on the accounting treatment and on whether the auditor has any reporting responsibilities outside the Group, for example, to communicate a breach of international environmental protection legislation to the appropriate authorities.

(ii) Planned audit procedures

- Obtain the letter received from Ocean Protection and review to understand the basis of the claim, for example, to confirm if it refers to a specific incident when damage was caused to the coral reefs.
- Discuss the issue with the Group's legal adviser, to understand whether in their opinion, the Group could be liable for the damages, for example, to ascertain if there is any evidence that the damage to the coral reef was caused by activities of the Group or its customers.
- Discuss with the Group's legal adviser the remit and scope of the legislation in relation to environmental protection to ensure an appropriate level of understanding in relation to the regulatory framework within which the Group operates.
- Discuss with management and those charged with governance the procedures which the Group utilises to ensure that it is identifying and ensuring compliance with relevant legislation.
- Obtain an understanding, through enquiry with relevant employees, such as those responsible for scuba diving and other water sports, as to the nature of activities which take place, the locations and frequency of scuba diving trips, and the level of supervision which the Group provides to its guests involved in these activities.
- Obtain and read all correspondence between the Group and Ocean Protection, to track the progress of the legal claim up to the date that the auditor's report is issued, and to form an opinion on its treatment in the financial statements.
- Obtain a written representation from management, as required by ISA 250, that all known instances of non-compliance, whether suspected or otherwise, have been made known to the auditor.
- Discuss the issue with those charged with governance, including discussion of whether the Group has taken any necessary steps to inform the relevant external authorities, if the Group has not complied with the international environmental protection legislation.
- Review the disclosures, if any, provided in the notes to the financial statements, to conclude as to whether the disclosure is sufficient for compliance with IAS 37.
- Read the other information published with the financial statements, including chairman's statement and directors' report, to assess whether any disclosure relating to the issue has been made, and if so, whether it is consistent with the financial statements.

(d) (i) Data analytics

Data analytics is the science and art of discovering and analysing patterns, deviations and inconsistencies, and extracting other useful information in the data of underlying or related subject matter of an audit through analysis, modelling, visualisation for the purpose of planning and performing the audit.

Data analytics can allow the interrogation of 100% of the transactions in a population where the data set is complete and can be provided to the auditor.

Essentially data analytics is a progression from using computer assisted audit techniques to perform analytical procedures.

How data analytics can improve audit quality

As there is potential to audit 100% of the transactions, detection risk is significantly reduced.

Audit procedures can be performed more quickly resulting in more time being available to analyse the information and exercise professional scepticism.

There is likely to be greater interaction between the audit firm and the audit committee throughout the year which is likely to result in the firm's knowledge of the business being updated on a regular basis as compared with a traditional year-end audit where the understanding is updated during the planning stage.

Specifically, in relation to the Sunshine Hotel Group, audit quality can be improved by improving the consistency of the audits of the subsidiaries within the group, irrespective of which office of the firm performs the audit.

This means the auditor is more likely to issue an appropriate audit opinion.

(ii) How they can be used in the audit of Sunshine Hotel Group

- Testing journals as required by ISA 240/ISA (UK) 240 *The Auditor's Responsibilities Relating to Fraud in an Audit of Financial Statements.*
- Analysing the performance of hotels against other hotels in the group to identify inconsistencies and potential misstatements (fraud or error) for further investigation.
- Analysing the performance of hotels against competitors to identify inconsistencies.
- Analysing occupancy rates of hotels to assist with analytics over revenue.
- Analysing the level of inventory write-offs for food, drink and toiletries which may indicate theft.

Conclusion

These briefing notes highlight that the Group faces significant and varied business risks, in particular in relation to its expansion strategy which is possibly unsound. This creates a significant risk of material misstatement relating to the valuation of non-current assets in areas where land has been purchased but potentially will not provide any future economic benefits. The risks relating to the hurricane in terms of impairment of assets and treatment of the insurance claim are also significant. This is due to the fact they are influenced by management judgement and the magnitude of their impact on the financial statements. These risks will need to be carefully considered during the planning of the Group audit to ensure that an appropriate audit strategy is devised. Several issues are raised by the claim from Ocean Protection, and our audit programme should contain detailed and specific procedures to enable the audit team to form a conclusion on an appropriate accounting treatment.

Examiner's comments

This question was set at the planning stage of the audit cycle and was set pre year end. The question asked candidates to evaluate the business risks and risks of material misstatement from a scenario given on a luxury hotel company. Generally, candidates did well in these sections and were capable of producing explained answers that often scored close to maximum marks. When preparing for future exams candidates are advised to try and remain focused on the risks which arise from the scenario given for while there are additional risks which may be relevant and obtain credit outside of those there are adequate marks available for explaining the risks arising from the information given. In particular, when addressing risks of material misstatements candidates are more likely to attract credit for the material issues described by the examiner than from those they hypothesise might be present and which may be considered immaterial. It should also be noted that when the examiner states that company brand is not capitalised because it was internally generated this means that it does not give rises to a risk of material misstatement that it should have been on the statement on financial position. Where brands are examined in planning questions the examiner will generally flag whether they are internally generated or purchased. One important piece of information candidates need to take note of is the year-end date. Planning questions are generally set prior to the year end. None of the events within the scenario were subsequent events as they had already taken place prior to the year end.

In part (c) candidates were asked to respond to an email from the finance director of the client. The first connected requirement asked for the implication of the director restricting access of the auditor to information regarding a legal claim and thus giving rise to a potential limitation of scope and some additional points on confidentiality and compliance with laws and regulations. Disappointingly the majority of candidates did not appear to identify that the requirement was specifically referenced to the finance director's email and discussed how to audit the risks identified in part b or made general points on auditing subsidiaries. Attention to the wording of requirements is vital to perform well in examinations in general. In the requirement where candidates were asked for audit procedures in relation to a legal case, this was well answered.

ACCA Marking guide

		Marks
(a)	**Business risk evaluation** Generally, up to 2 marks for each business risk evaluated, in addition. Allow ½ mark for each relevant calculation, e.g. profit margin. – Luxury product – sensitive to changes in consumer's disposable income – Inappropriate business strategy – Finance – Financial implications of business expansion including impact on gearing, interest cover and cash flows – Moulin Blanche agreement – Profit margins and cash flows – International operations – Hurricanes – Claim relating to environmental damage – reputational issue, loss of customers	
	Maximum	8

(b) Significant risks of material misstatement

Up to 3 marks for each risk evaluated which requires discussion of the accounting treatment and identification of the associated risk of misstatement.

Appropriate materiality calculations (max 2 marks) and justified materiality level should be awarded to a maximum of 1 mark.

- Revenue recognition
- Cash/foreign exchange
- Licence agreement
- Impairment of property, plant and equipment – political instability and regulatory issues
- Impairment of assets – effect of hurricane
- Provision/contingent liability regarding legal claim
- Repairs to properties damaged by hurricane

Maximum **18**

(c) (i) Implications for audit planning

Up to 1½ marks for each point of discussion/appropriate action.

- Limitation in scope imposed by finance director, not in accordance with agreeing the terms of an audit engagement
- Discuss with audit committee, who should intervene to remove the limitation
- Finance director lacks integrity, increase application of professional scepticism and increased audit risk
- Consider required response when an instance of non-compliance is suspected and the reporting responsibilities of the auditor

(ii) Audit procedures

Up to 1 mark for each well described audit procedure.

- Obtain the letter received from Ocean Protection, review to understand the basis of the claim
- Discuss the issue with the Group's legal adviser, to understand whether in their opinion, the Group could be liable for the damages
- Discuss with legal advisers to obtain understanding of the remit and scope of the legislation in relation to environmental protection
- Discuss with management the procedures which the Group utilises to ensure that it is identifying and ensuring compliance with relevant legislation
- Obtain an understanding, through enquiry with relevant employees, such as those responsible for scuba diving and other water sports, as to the nature of activities which take place
- Obtain and read all correspondence between the Group and Ocean Protection up to the date that the auditor's report is issued
- Obtain a written representation from management
- Discuss the issue with those charged with governance
- Review the disclosures, if any, provided in the notes to the financial statements
- Read the other information published with the financial statements for consistency with the financial statements

Maximum for part c **8**

(d)	**Data analytics** 1 mark per point. (i) Explanation – Analysing patterns, deviations and inconsistencies – 100% interrogation of transactions – Progression of CAATs Improve quality – 100% testing possible – More time to apply professional scepticism – More likely to issue appropriate opinion (ii) How they can be used during the audit – Journal testing – Sensitivity analysis – Analysis of performance of hotels – Analysis of performance against competitors – Analysis of inventory write-offs	
	Maximum for part d	**6**
	Professional marks **Communication** – Briefing notes format and structure – use of headings/sub-headings and an introduction – Style, language and clarity – appropriate layout and tone of briefing notes, presentation of materiality and relevant calculations, appropriate use of the CBE tools, easy to follow and understand – Effectiveness and clarity of communication – answer is relevant and tailored to the scenario – Adherence to the specific requests made by the audit engagement partner **Analysis and evaluation** – Appropriate use of the information to determine suitable calculations – Appropriate use of the information to support discussions and draw appropriate conclusions – Assimilation of all relevant information to ensure that the risk evaluation performed considers the impact of contradictory or unusual movements – Effective prioritisation of the results of the risk evaluation to demonstrate the likelihood and magnitude of risks and to facilitate the allocation of appropriate responses – Balanced discussion of the information to objectively make a recommendation or decision **Professional scepticism and judgement** – Effective challenge of information supplied, and techniques carried out to support key facts and/or decisions – Determination and justification of a suitable materiality level, appropriately and consistently applied – Appropriate application of professional judgement to draw conclusions and make informed decisions about the courses of action which are appropriate in the context of the audit engagement **Commercial acumen** – Audit procedures are practical and plausible in the context of the scenario – Use of effective examples and/or calculations from the scenario to illustrate points or recommendations – Recognition of the appropriate commercial considerations of the audit firm	
	Maximum	**10**
Total		**50**

16 ZED COMMUNICATIONS GROUP *Walk in the footsteps of a top tutor*

Top tutor tips

Determination of materiality: *The email from the partner states that materiality should be based on profit before income taxes, therefore at the start of your answer you should calculate the range for materiality using that benchmark and justify a figure within that range. If it is a new audit client or a client where there are apparent control risks, materiality should be set at the lower end of the range. If it is an existing client, materiality may be able to be set at mid-range, depending on the other risks mentioned in the scenario. The examining team will give credit for any reasonable explanation of the chosen materiality threshold, as the mark is to recognise that there is the application of professional judgement and that a candidate can justify their response. It is not required that candidates select the identical percentage or figure, or that they provide a justification identical to that shown in the model answer.*

Part (a) *asks for audit risks. Audit risk comprises the risk that the financial statements contain material misstatement and detection risk. Risk of material misstatement is usually due to non-compliance with an accounting standard, although it also includes control risk. Think about the requirements of the relevant accounting standards and what the client might be doing incorrectly. Detection risks are the risks the auditor fails to detect the material misstatements within the financial statements and include auditing a client for the first time or where there is a tight reporting deadline.*

Prioritisation of risks: *Risks should be prioritised by explaining the risks that are the most significant. For example, certain risks may be prioritised because they are complex, require judgment, include uncertainty or relate to a new event or transaction during the year. Prioritisation can be achieved by either ordering your answer in priority order and stating this is the case, or by summarising in a brief conclusion which risk, or risks, are most significant.*

Part (b) *requires matters to be considered before relying on the work of the client's internal audit department. This requires text book knowledge to be applied to the details of the scenario. Look out for information that indicates the internal audit department is experienced and qualified as this will indicate evidence of competence. The requirement also refers to assistance from the internal audit department. This is different to relying on the work of the internal auditor as direct assistance is where the internal audit helps with the external audit procedures. There are many restrictions given in ISA 610 and your answer should cover the most important ones.*

Part (c) *asks for procedures in respect of the shareholding in the joint venture and the licence acquired during the year. Procedures are very regularly examined as a follow on from audit risks. Make sure the procedures are adequately described so that the person performing the procedure will know what to do.*

Part (d) *requires the implications of a joint audit. Explain how this can help the audit process and how it may cause difficulties.*

Professional skills

Professional skills will be awarded for:

Communication – responding to the instructions in the partner's email such as preparing your answers in the form of briefing notes and using the stated benchmark for materiality.

Analysis and evaluation – applying the information from the scenario to answer the question and explaining the issues in sufficient depth.

Professional scepticism and judgement – justifying an appropriate materiality level, demonstrating critical thinking and being alert to possible manipulation and management bias.

Where relevant, professional marks will be awarded for commercial acumen which requires making practical and plausible recommendations and considering the wider implications of issues to the audit firm.

Briefing notes

To: Vincent Vega, audit engagement partner

From: Audit engagement manager

Subject: Audit planning – ZCG

Introduction

These briefing notes have been prepared to assist in the audit planning of ZCG, and contain an evaluation of the significant audit risks to be considered in our audit planning, and a discussion of the matters to be considered in determining whether to place reliance on the Group's internal audit department. The notes provide audit procedures to be performed on the classification of the investment in WTC and on the measurement of a licence. The notes also discuss the implications of a joint audit arrangement if ZCG acquires the company in Neverland.

Materiality

For the purposes of these briefing notes, the overall materiality level used to assess the significance of identified risks is $1.25 million based on the revenue of the Group, as requested.

Justification

Using revenue of $198 million as a suggested benchmark results in a suggested range of $1 million (0.5% × $198 million) to $2 million (1% × $198 million).

This is an existing client but control issues have been noted at the planning stage which increases the risk of material misstatement. Therefore, the overall risk assessment is deemed to be medium/high. Materiality should be towards the lower end of the range.

This benchmark is only a starting point for determining materiality and professional judgement will need to be applied in determining a final level to be used during the course of the audit.

(a) Evaluation of audit risks

Recognition of 50% equity shareholding in WTC

The 50% equity shareholding is likely to give rise to a joint venture under which control of WTC is shared between ZCG and Wolf Communications Co.

IFRS 11 *Joint Arrangements* requires that an investor which has joint control over a joint venture should recognise its investment using the equity method of accounting in accordance with IAS 28 *Investments in Associates and Joint Ventures*.

Audit risk arises in that despite owning 50% of the equity shares of WTC, ZCG may not actually share control with Wolf Communications, for example, if Wolf Communications retains a right to veto decisions or if ZCG cannot appoint an equal number of board members in order to make joint decisions with board members appointed by Wolf Communications. If ZCG does not have joint control, then WTC should not be treated as a joint venture.

Assuming that there is shared control, an audit risk arises in that ZCG may not have correctly applied equity accounting, thereby potentially over or understating ZCG's investment and resulting in incorrect presentation in the consolidated statement of financial position and statement of profit or loss. The cost of the investment in WTC of $45 million is material to the Group.

Revenue recognition

Given the significance of revenue recognition to the Group's financial statements, the potential misapplication of IFRS 15 *Revenue from Contracts with Customers*.

ZCG is supplying customers with a multiple-element contract and is providing access to a mobile phone network, a fixed landline and a broadband service, so there are multiple performance obligations. ZCG must allocate the revenue from each contract to each of these obligations, in line with IFRS 15, and therefore there is a significant audit risk that this is not done correctly.

ZCG should have robust systems in place to ensure that contracts can be 'unbundled', enabling the revenue relating to each obligation to be separately determined, otherwise there is a significant risk that the revenue element attributable to each component will be over or understated.

There is also a risk that the revenue will not be recognised in the correct period. Revenue should be recognised when a performance obligation is satisfied, which in this case is over a period of time. Contracts vary in length, lasting two or three years, so there is an audit risk that the timing of revenue recognition is not appropriate.

The fact that total revenue, when extrapolated for the 12-month period, is expected to increase by 35% could indicate that revenue is being recognised too early. This could indicate a misapplication of IFRS 15, possibly changes to accounting policies which have been made on adoption of IFRS 15 are not appropriate.

IFRS 15 contains significant disclosure requirements and there is a risk that ZCG fails to provide sufficient disclosure on a range of matters relevant to its contracts with customers, including the significant judgements made in applying IFRS 15 to those contracts and sufficient disaggregation of the necessary disclosures.

Given the significant volume of individual customer contracts and the complexity of the accounting treatment, revenue recognition is a significant audit risk.

Right to use network capacity

The payment of $17.8 million to acquire access to network capacity is material based on the threshold.

It seems that risk and reward does not pass to ZCG in respect of the assets being used and the seller retains control over the use of its network assets. The network capacity should not be recognised as an intangible asset of ZCG and the Group is currently adopting an inappropriate accounting treatment which has resulted in intangible assets being overstated.

The accounting treatment for these rights should be discussed with ZCG as soon as possible. The most appropriate accounting treatment would seem to be for ZCG to record the cost of the right to use the network capacity as a prepayment and recognise the cost in profit or loss on a straight-line basis over the term of the agreements and this accounting treatment should be reflected in the financial statements as soon as possible.

The audit team will need to be made aware of the risk that prepayments and operating expenses are over or understated if the cost has not been treated as a prepayment and/or is not released to profit or loss over an appropriate period.

A further risk is the payment to the network provider is for a specified amount of access to the network provider's network. There is a risk is that ZCG has exceeded the allocated allowance and that any necessary additional payment due for excess usage is not recognised in the financial statements.

Internal controls and fraud risk

The internal audit department has reported that internal controls are 'working well'. This statement will need to be substantiated but gives the impression that control risk is likely to be low. The work of the internal control department will be discussed in more detail in the next section of the briefing notes.

However, it is worth noting that two irregularities have been found to be operating during the year, giving rise to audit risk. Although the total monetary amount of each is immaterial, the fact that they have occurred indicates that there are significant internal control deficiencies which could mean that other irregularities are occurring. We will need to carefully plan our audit approach to expenses and payroll in light of the increased fraud risk.

The lack of approval and authorisation of expenses discovered by internal audit is concerning as this appears to involve higher level management and may call into question management integrity.

We should review the work of internal audit to establish if this is an area where controls have been overridden or if there are current gaps within the control framework. We should review and update our systems notes to identify where reliance can potentially be placed on controls and where there are deficiencies.

The issue uncovered by internal audit in relation to payroll suggests that there is inadequate control over the Group's IT system. Access controls, which form part of the Group's general IT controls, are weak which means that other areas of the system may be vulnerable.

This significantly increases control risk and as a result presents a significant area of audit risk. We will need to ensure that we carefully plan our approach as this may mean that there are areas of the system where no reliance can be placed on internal controls and appropriate alternative procedures will need to be applied.

Amortisation of licence to operate in Farland

The licence acquired on 1 October 20X3 should be recognised as an intangible asset and amortised on a systematic basis over its useful life.

According to IAS 38 *Intangible Assets,* the amortisation method should reflect the pattern of benefits, or if the pattern cannot be determined reliably, the straight-line method of amortisation should be used.

Amortisation should begin when the asset is available for use, meaning when it is in the location and condition necessary for it to be capable of operating in the manner which management intends. ZCG therefore should begin to amortise the licence on 1 April 20X5 and amortise over the remaining licence period of eight and a half years.

The audit risk is that amortisation did not commence at the right point in time or that it has been determined using an inappropriate useful life, leading to over or understatement of the amortisation charge to profit as well as the carrying amount of the intangible asset.

Assuming that it is appropriate to use the straight-line method, amortisation for the year to 30 September 20X5 should be $3.8 million (65/8.5 × 6/12). This represents 1.3% of extrapolated revenue for the year of $297 million (198 × 12/8) and is therefore material, and the amortisation will be more material next year when a full year's charge to profit is made.

Impairment of the Farland licence

IAS 38 does not require an annual impairment review to be conducted for all intangible assets. However, management should consider whether there are indicators of impairment and if necessary perform an impairment review on the licence.

The competitor's actions which appear to have reduced customer demand to a level below that anticipated is an indicator of potential impairment, so management must calculate the recoverable amount of the licence and compare to its carrying amount in order to determine if the asset is impaired.

There is a risk that the licence is overstated in value, and operating profit also overstated if any necessary impairment has not been recognised.

Segmental reporting

Being a listed entity, ZCG should provide segmental information in the notes to the financial statements in accordance with IFRS 8 *Operating Segments.*

The audit risk is that the segmental information provided is not sufficiently detailed and/or not based on the information reported internally to the Group's chief operating decision maker.

There are some unusual trends in the segmental revenue figures from the management accounts. For example, revenue from southeast Asia appears to have increased significantly – if the 20X5 revenue figure is extrapolated to a 12-month period, the projected revenue from that segment is $49.5 million, an increase of 65% compared to 20X4.

There is a risk that revenues have been misallocated between segments and that the disclosure is inaccurate.

(b) Matters which should be considered in determining the amount of reliance, if any, which can be placed on the work of ZCG's internal audit department

According to ISA 610 *Using the Work of Internal Auditors*, the external auditor may decide to use the work of the audit client's internal audit function to modify the nature or timing, or reduce the extent, of audit procedures to be performed directly by the external auditor.

Note that in some jurisdictions the external auditor may be prohibited, or restricted to some extent, by law or regulation from using the work of the internal audit function. Tarantino & Co should consider whether it is prohibited by the law or regulations which it must adhere to from relying on the work of ZCG's internal audit department or using the internal auditors to provide direct assistance.

Evaluate the internal audit function

Tarantino & Co must evaluate the internal audit department to determine whether its work is suitable by evaluating:

- The extent to which the internal audit function's organisational status and relevant policies and procedures support the objectivity of the internal auditors
- The level of competence of the internal audit function, and
- Whether the internal audit function applies a systematic and disciplined approach, including quality management.

Objectivity

One of the key issues to be evaluated is objectivity – the internal audit department should be unbiased in their work and be able to report their findings without being subject to the influence of others. The fact that the latest internal audit report is addressed to ZCG's finance director could indicate that there is a conflict of interest, as the internal audit department should report directly to the audit committee or to those charged with governance in order to maintain their independence.

Competence

The internal audit team is managed by a qualified accountant who is presumably technically competent, though the nature and status of his qualification should be determined. Tarantino & Co should consider whether the rest of the internal audit department is staffed by professional accountants, whether ZCG has a training programme in place for the internal auditors, for example, to ensure that they are up to date with IFRS requirements such as IFRS 15, and whether there are sufficient resources for the internal auditors to carry out their duties in a large multi-national organisation.

When assessing competency, consideration must also be given to the overall findings which were reported regarding the deficiencies in the current internal control system. The internal audit department has concluded that controls are working well despite there being two instances of fraud in the year which may have more serious ramifications than first suggested.

Scope of work

The scope of work carried out in this area and the resultant recommendations will need to be reviewed. This may further suggest that the internal audit department is not free to investigate or report their findings due to the current reporting chains.

If there are doubts over either the objectivity or the competence of the internal audit department, then Tarantino & Co should not rely on their work.

Systematic and disciplined approach

In order to determine whether the internal audit department works in a systematic and disciplined way, Tarantino & Co should consider matters including the nature of documentation which is produced by the department and whether effective quality procedures are in place such as direction, supervision and review of work carried out.

Direct assistance

If Tarantino & Co wants to use the internal audit function to provide direct assistance, then the firm should:

- obtain written agreement from an authorised representative of the entity that the internal auditors will be allowed to follow the external auditor's instructions, and that the entity will not intervene in the work the internal auditor performs for the external auditor, and
- obtain written agreement from the internal auditors that they will keep confidential specific matters as instructed by the external auditor and inform the external auditor of any threat to their objectivity.

If these confirmations cannot be obtained, then the internal auditors should not be used to provide direct assistance.

UK syllabus: In the UK, ISA (UK) 610 prohibits the use of internal auditors in providing direct assistance to the external auditor. Direct assistance is the use of internal auditors to perform audit procedures under the direction, supervision and review of the external auditor. However, the internal auditors can be used to provide non-direct assistance, for example, we may review their reports on risk management as a way of obtaining business understanding and identifying business risks and risks of material misstatement.

(c) (i) Audit procedures on the classification of the 50% shareholding in WTC

- Obtain the legal documentation supporting the investment and agree the details of the investment including:
  - The date of the investment
  - Amount paid
  - Number of shares purchased
  - The voting rights attached to the shares
  - The nature of the profit sharing arrangement between ZCG and Wolf Communications
  - The nature of access to WTC's assets under the terms of the agreement
  - Confirmation that there is no restriction of ZCG's shared control of WTC.
- Read board minutes to confirm the approval of the investment and to understand the business rationale for the investment.
- Read minutes of relevant meetings between ZCG and Wolf Communications to confirm that control is shared between the two companies and to understand the nature of the relationship and the decision-making process.

- Obtain documentation such as WTC's organisational structure to confirm that ZCG has successfully appointed members to the board of WTC and that those members have equal power to the members appointed by Wolf Communications.

(ii) Audit procedures on the measurement of the operating licence to operate in Farland

- Obtain the licence agreement and confirm the length of the licence period to be 10 years from the date it was granted.
- Confirm whether the licence can be renewed at the end of the 10-year period, as this may impact on the estimated useful life and amortisation.
- Reperform management's calculation of the amortisation charged as an expense in 20X5.
- Discuss with management the process for identifying an appropriate amortisation method and where relevant, how the pattern of future economic benefits associated with the licence have been determined.
- Confirm with management that the Farland network became operational on 1 April 20X5.
- Review a sample of contracts with customers in Farland to verify that contracts commenced from the operational date.
- Enquire with management on the existence of any factors indicating that a shorter useful life is appropriate, for example, the stability of market demand in Farland or possible restrictions on the network capacity in Farland.
- Review management accounts and cash flow forecasts to confirm that Farland is generating an income stream and is predicted to continue to generate cash.
- Obtain a written representation from management confirming that there are no indications of impairment of the licence of which management is aware.

(d) Joint audit

In a joint audit, two or more audit firms are responsible for conducting the audit and for issuing the audit opinion. This enables the local audit firm's understanding and experience to be retained which will be a valuable input to the audit. At the same time, Tarantino & Co can provide additional skills and resources if necessary.

Neverland may have different regulations to the rest of the Group, for example, there may be a different financial reporting framework. It makes sense for the local auditors, therefore, to retain some input to the audit as they will have detailed knowledge of such regulations.

The fact that the company is located in a distant location means that from a practical point of view it may be difficult for Tarantino & Co to provide staff for performing the bulk of the audit work. It will be more cost effective for this to be carried out by local auditors.

Two audit firms can also stand together against aggressive accounting treatments. In this way, a joint audit can enhance the quality of the audit. The benchmarking that takes place between the two firms raises the level of service quality.

The main disadvantage is that for the Group, having a joint audit is likely to be more expensive than appointing just one audit firm. However, the costs are likely to be less than if Tarantino & Co took sole responsibility, as having the current auditors retain an involvement will at least cut down on travel expenses. The small local firm will probably offer a cheaper audit service than Tarantino & Co.

For the audit firms, there may be problems in deciding on responsibilities, allocating work, and they will need to work very closely together to ensure that no duties go underperformed, and that the quality of the audit is maintained.

Conclusion

These briefing notes highlight that there are a number of audit risks to be addressed, in particular revenue recognition, and fraud risks appear to be significant issues requiring a robust response from the audit team. Revenue recognition within ZCG is particularly complex given the nature of the services provided. We will need to carefully consider whether it is appropriate to receive direct assistance from the internal audit department. It appears the conclusions of the internal audit department are not appropriate and indicate a lack of competence. If this is the case, the work of internal audit should not be relied on and we will need to plan to perform our own procedures in this area.

Examiner's comments

This question followed the pattern of previous examinations and was set at the planning stage of the audit/assurance cycle. The context of the question was a large company looking to expand its international presence through different means.

Part (a) was a standard audit risk requirement and should have been an area where candidates were able to score strong marks for identifying audit risks from the scenario and describing the effects on the financial statements and elements of audit risk. This part of the question was disappointingly answered by many candidates. There is a tendency for weaker candidates to produce long but irrelevant answers. There is no place in this requirement for describing the audit risk model or discussing ethical issues. If ethical issues were required, this would be flagged as a separate requirement. In this scenario the client was not a new client and had pre-existing international revenue streams, demonstrated by the prior year segmental revenue comparatives, therefore discussing detection risk due to a lack of auditor knowledge of the client or inability to audit international revenue was not relevant. The risks in this type of question are flagged up in the scenario and should be addressed using up to date knowledge of financial reporting standards to describe appropriate accounting treatment and highlighting the potential impact of errors on the financial statements. Generally, the direction of the error will be required to score well, simply stating that intangibles may be over or understated will not gain full credit as this does not demonstrate the level of knowledge which is required.

Audit risk continues to be an area that candidates find difficult and particularly it continues to be noted that many candidates fail to engage with the information provided in enough depth, specifically when provided with extracts from financial statements. Candidates are again reminded that in order to provide a full answer in relation to audit risk they should utilise and analyse all the information that is provided.

Candidates were also required to discuss the considerations to be taken into account when assessing whether and how to use internal audit to assist the external auditor. The majority of candidates were able to list the criteria as per ISA 610 *Using the Work of Internal Auditors*, to assess against and relate that back to the scenario, which was an improvement on the last time this standard was examined.

Candidates were required to provide the principal audit procedures to obtain audit evidence in relation to the classification of a joint venture and the measurement of an intangible asset. The majority of candidates performed satisfactorily in this requirement but again many had not read the requirement carefully enough and described tests covering other financial statement assertions than those required – for example assessing the cost of the joint venture which was not relevant to the classification risk, or failing to take into account that the intangible had been purchased in the prior year so the cost would have been audited at that point so audit procedures should have focused on confirming the brought forward figure and any adjustments for amortisation or impairment.

The final requirement asked for a discussion of a joint audit being performed on a soon to be acquired subsidiary. Most candidates could identify points, though often they were not discussed at all and the answer amounted to little more than a list of bullet points, which would not have attracted many marks. Some answers seemed to confuse a joint audit with an audit involving component auditors, and some used the fact that the foreign audit firm was a small firm to argue that it could not possibly be competent enough to perform an audit or have a good ethical standing.

ACCA Marking guide		
		Marks
(a)	**Evaluation of audit risk** Generally, up to 3 marks for each significant risk evaluated unless otherwise indicated. Marks may be awarded for other, relevant risks not included in the marking guide. Appropriate materiality calculations (max 2 marks) and justified materiality level should be awarded to a maximum of 1 mark. In addition, ½ mark for each relevant trend or calculation which form part of the evaluation of audit risk (max 3 marks). – Recognition of 50% equity shareholding in WTC – Revenue recognition – max 5 marks if discuss a range of issues specific to IFRS 15 including multiple element contracts, timing of recognition, disclosure requirements, volume of transactions – Right to use network capacity – Internal controls and fraud risk – up to 4 marks for a detailed discussion of fraud risk – Amortisation of licence to operate in Farland – Possible impairment of licence – Segmental reporting	
	Maximum	**18**
(b)	**Internal audit** Generally up to 2 marks for discussion of each relevant matter: – General introduction, comment on prohibition in some jurisdictions – Objectivity – Competence – Disciplined and systematic approach – Using the internal auditors to provide direct assistance	
	Maximum	**6**

(c)	**Audit procedures** Generally 1 mark for each well explained audit procedure: **(i) Investment in WTC** – Obtain the legal documentation supporting the investment and agree the details of the investment (max 2 marks for details of items to be verified) – Read board minutes for approval of the investment understanding of the business rationale for the investment – Read minutes of relevant meetings between ZCG and Wolf Communications to confirm shared control and shared decision-making process – Confirm that ZCG has successfully appointed members to the board of WTC and that board decisions are made equally **(ii) Amortisation of licence** – Obtain the licence agreement and confirm the length of the licence period – Confirm whether the licence can be renewed at the end of the 10-year period – Reperform management's calculation of the amortisation charged as an expense in 20X5 – Discuss with management the process for determining the method of amortisation – Review management accounts to confirm that the Farland network became operational on 1 April 20X5 and that Farland is generating a revenue stream from that date – Review customer contracts to confirm network operational from 1 April 20X5 – Enquire with management on the existence of factors indicating that a shorter useful life is appropriate – Review management accounts and cash flow forecasts to confirm that Farland is generating an income stream and is predicted to continue to generate cash – Obtain a management representation to confirm that there are no indications of impairment of the licence of which management is aware		
	Maximum	**10**	
(d)	**Joint audit** Up to 1 mark for each point discussed: – Retain local auditors' knowledge of company – Local auditors' knowledge of local regulations – Tarantino & Co can provide additional skills and resources – Cost effective – reduce travel expenses, local firm likely to be cheaper – Enhanced audit quality – But employing two audit firms could be more expensive – Problems in allocating work – could increase audit risk		
	Maximum	**6**	
	Professional marks **Communication** – Briefing note format and structure – use of headings/sub-headings and an introduction – Style, language and clarity – appropriate layout and tone of briefing notes, presentation of materiality and relevant calculations, appropriate use of the CBE tools, easy to follow and understand – Effectiveness and clarity of communication – answer is relevant and tailored to the scenario – Adherence to the specific requests made by the audit engagement partner		

Analysis and evaluation – Appropriate use of the information to determine and apply suitable calculations – Appropriate use of the information to design appropriate audit procedures relating to the investment in WTC and amortisation of the licence – Effective prioritisation of the results of the audit risk evaluation to demonstrate the likelihood and magnitude of risks and to facilitate the allocation of appropriate responses – Balanced discussion of the professional and practical issues when evaluating whether reliance can be placed on the work of the internal audit department **Professional scepticism and professional judgement** – Appropriate application of professional judgement to draw conclusions and make informed decisions following recognition of unusual or unexpected movements, missing/incomplete information or challenging presented information as part of the risk evaluation – Determination and justification of a suitable materiality level, appropriately and consistently applied – Identification of possible management bias and consideration of the impact on the financial statements and the possible reasons for management's preference for certain accounting treatments – Effective application of technical and ethical guidance to effectively challenge and critically assess how management has accounted for areas of significant judgement **Commercial acumen** – Use of effective examples and/or calculations from the scenario to illustrate points or recommendations – Audit procedures are practical and plausible in the context of the scenario – Appropriate recognition of the wider implications when considering entering into a joint audit engagement	**10**
Total	**50**

17 CONNOLLY *Walk in the footsteps of a top tutor*

Top tutor tips

Determination of materiality: *The email from the partner states that materiality should be based on profit before income taxes, therefore at the start of your answer you should calculate the range for materiality using that benchmark and justify a figure within that range. If it is a new audit client or a client where there are apparent control risks, materiality should be set at the lower end of the range. If it is an existing client, materiality may be able to be set at mid-range, depending on the other risks mentioned in the scenario. The examining team will give credit for any reasonable explanation of the chosen materiality threshold, as the mark is to recognise that there is the application of professional judgement and that a candidate can justify their response.*

It is not required that candidates select the identical percentage or figure, or that they provide a justification identical to that shown in the model answer.

Part (a). *Business risks are the risk the company does not meet its strategic objectives i.e. the issues management are concerned about. Explain the impact of the issue to the company's profits or cash flows.*

Part (b). *You are then asked for risks of material misstatement, i.e. the risk that the financial statements contain material misstatement. This is usually due to non-compliance with an accounting standard. Think about the requirements of the relevant accounting standard and what the client might be doing incorrectly.*

Prioritisation of risks: *Risks should be prioritised by explaining the risks that are the most significant. For example, certain risks may be prioritised because they are complex, require judgment, include uncertainty or relate to a new event or transaction during the year. Prioritisation can be achieved by either ordering your answer in priority order and stating this is the case, or by summarising in a brief conclusion which risk, or risks, are most significant.*

Part (c) *asks for procedures in respect of the newly acquired brand name. Procedures should be specific in terms of what the auditor needs to do to obtain the evidence they need.*

Part (d) *requires discussion of ethical issues arising as a result of the loan guarantee and the request for advice. To earn the marks, make sure you identify and explain the threats, discuss whether the threats are significant and finally suggest how to safeguard against them.*

Professional skills

Professional skills will be awarded for:

Communication – responding to the instructions in the partner's email such as preparing your answers in the form of briefing notes and using the stated benchmark for materiality.

Analysis and evaluation – applying the information from the scenario to answer the question and explaining the issues in sufficient depth.

Professional scepticism and judgement – justifying an appropriate materiality level, demonstrating critical thinking and being alert to possible manipulation and management bias.

Where relevant, professional marks will be awarded for commercial acumen which requires making practical and plausible recommendations and considering the wider implications of issues to the audit firm.

Briefing notes

To: Ali Stone, audit engagement partner

From: Audit manager

Subject: Audit planning – Connolly Co

Date: 1 July 20X5

Introduction

These briefing notes are prepared to assist in planning the audit of Connolly Co. Specifically, the briefing notes will evaluate the business risks and significant risks of material misstatement to be considered when planning the audit of Connolly Co, recommend audit procedures in relation to a new brand acquired during the year, and finally explain the ethical threats to our firm.

Materiality

For the purposes of these briefing notes, the overall materiality level used to assess the significance of identified risks is $750,000 based on the profitability of the company, as requested.

Justification

Using profit before financing and income taxes of $8.1 million as a suggested benchmark results in a suggested range of $405,000 (5% × $8.1 million) to $810,000 (10% × $8.1 million).

This is an existing client, and no significant control issues have been noted at the planning stage or in previous audits. However, due to the risk of management bias discussed below, audit risk is deemed higher than in previous years.

This benchmark is only a starting point for determining materiality and professional judgement will need to be applied in determining a final level to be used during the course of the audit.

(a) Business risks

Regulatory risks – licencing and patents

A significant regulatory risk relates to the highly regulated nature of the industry in which the company operates.

If any of Connolly Co's products fail to be licensed for development and sale, it would mean that costs already incurred are wasted. Research and development costs are significant. For example, in 20X5 the cash outflow in relation to research and development amounts to 7.5% of revenue, and the failure to obtain the necessary licences is a major threat to the company's business objectives.

In developing new products and improving existing products, Connolly Co must be careful not to breach any competitor's existing patent. In the event of this occurring, significant legal costs could be incurred in defending the company's legal position. Time and effort must be spent monitoring product developments to ensure legal compliance with existing patents. Similarly, while patents serve to protect Connolly Co's products, if a competitor were found to be in breach of one of the company's patents, costs of bringing legal action against that company could be substantial.

Skilled personnel

The nature of Connolly Co's operations demands a skilled workforce with the necessary scientific knowledge to be able to develop new drugs. Loss of personnel, especially to competitors in the industry, would be a drain on the remaining resources and in the worst case scenario it could delay the development and launch of new products. It may be difficult to attract and retain skilled staff given the pending court case and potential reputational damage to the company.

Rapid growth/overtrading

During the year Connolly Co has acquired a new brand name and range of products, and has also diversified into a new market, that of animal health products. While diversification has commercial and strategic advantages, it can bring risks. Management may struggle to deal with the increased number of operations which they need to monitor and control, or they may focus so much on ensuring the success of the new business segments that existing activities are neglected. There may also be additional costs associated with the diversification which puts pressure on cash and on the margins of the enlarged business.

The fall in operating profit margin from 24% to 20%, and earnings per share, is a worrying sign for shareholders, though for the reasons explained above this may not be the start of a long-term trend as several events in this year have put one-off pressure on margins. However, there could be a risk of overtrading as the company's revenue has increased by 5.2%.

Cash flow and liquidity issues

Connolly Co seems to be struggling to maintain its cash position, as this year its cash flow is negative by $1.2 million. Contributing factors to this will include the costs of acquiring the 'Cold Comforts' brand name, expenditure to launch the new animal-related product line, and the cash outflow in relation to ongoing research and development, which has increased by 7.1% in the year. The first two of these are one-off issues and may not create a cause for concern over long-term cash management issues, but the company must be careful to maintain a positive cash inflow from its operating activities to provide a sound foundation for future activities.

Companies operating in this industry must be careful to manage cash flows due to the nature of the product lifecycle, meaning that large amounts have to be expended long before any revenue is generated, in some cases the time lag may be many years before any cash inflow is derived from expenditure on research activities.

Request for finance

The fact that the company has approached its bank to make cash available in the event of damages of $3 million having to be paid out indicates that the company is not very liquid, and is relying to some degree on external finance.

If the bank refuses to extend existing borrowing facilities, the company may have to find finance from other sources, for example, from an alternative external provider of funds or from an issue of equity shares, which may be difficult to achieve and expensive. The company has relatively high gearing, which may deter potential providers of finance or discourage potential equity investors.

If finance is refused, the company may not be able to pay liabilities as they fall due, and other operational problems may arise, for example, an inability to continue to fund in-progress research and development projects. Ultimately this would result in a going concern problem, though much more information is needed to assess if this is a risk at this year end.

Court case and bad publicity

The court case against the company will create reputational damage. Publicity over people suffering side effects while participating in clinical trials will undoubtedly lead to bad publicity, affecting market share especially if competitors take advantage of the situation. It is also likely that the bad publicity will lead to increased scrutiny of the company's activities making it more vulnerable should further problems arise.

Imported goods

Connolly Co imports all of its packaging from overseas. This exposes the company to exchange rate volatility and consequentially cash flow fluctuations. The company chooses not to mitigate this risk by using forward exchange contracts. Exchange gains and losses can also cause volatility in profits.

Heavy reliance on imports means that transportation costs will be high and this will put pressure on Connolly Co's margins. It is not just the cost that is an issue – reliance on imports is risky as supply could be disrupted due to aviation problems, such as the grounding of aircraft after volcanic eruptions or terrorist activities.

Reliance on imported goods increases the likelihood of a stock out. Unless Connolly Co keeps a reasonable level of packaging in inventory, production would have to be halted if supply were interrupted, creating idle time and inefficiencies, and causing loss of customer goodwill.

Reliance on single supplier

All of Connolly Co's packaging is supplied by one overseas supplier. This level of reliance is extremely risky, as any disruption to the supplier's operations, for example, due to financial difficulties or political interference, could result in the curtailment of supply, leading to similar problems of stock outs and halted production as discussed above.

(b) Risks of material misstatement

Inherent risk of management bias

Connolly Co's management is attempting to raise finance, and the bank will use its financial statements as part of their lending decision. There is therefore pressure on management to present a favourable position. This may lead to bias in how balances and transactions are measured and presented.

For example, there is a risk that earnings management techniques are used to overstate revenue and understate expenses in order to maximise the profit recognised. Estimates included in the financial statements are also subject to higher risk. ISA 540 (Revised) *Auditing Accounting Estimates and Related Disclosures* states that auditors shall review the judgements and decisions made by management in the making of accounting estimates to identify whether there are indicators of management bias.

Court case – provisions and contingent liabilities

The court case which has been brought against Connolly Co may give rise to a present obligation as a result of a past event, and if there is a probable outflow of economic benefit which can be measured reliably, then a provision should be recognised. The clinical trial took place before year end, so the obligating event has occurred. If the company agrees an out of court settlement with the individual before the year end, or it is expected that the individual will agree to a settlement, there will be a probable outflow of economic benefits and a provision should be recognised.

If the company decides not to try for an out of court settlement, an assessment of probability of the case going against Connolly Co will need to be made. If it is considered that there is a possible rather than probable outflow of economic benefit, a contingent liability will need to be disclosed.

The risk is that either a necessary provision is not recognised, understating liabilities and expenses, or that a contingent liability is not appropriately disclosed in the notes to the financial statements, in accordance with IAS 37 *Provisions, Contingent Liabilities and Contingent Assets*.

Legal fees relating to the court case should also be accrued if they have been incurred before the year end, and failure to do so will understate current liabilities and understate expenses.

Development costs

There is a significant risk that the requirements of IAS 38 *Intangible Assets* have not been followed. Research costs must be expensed and strict criteria must be applied to development expenditure to determine whether it should be capitalised and recognised as an intangible asset.

Development costs are capitalised only after technical and commercial feasibility of the asset for sale or use have been established, and Connolly Co must demonstrate an intention and ability to complete the development and that it will generate future economic benefits.

The risk is that research costs have been inappropriately classified as development costs and then capitalised, overstating assets and understating expenses.

When an intangible asset has a finite useful life, it should be amortised systematically over that life. For a development asset, the amortisation should correspond with the pattern of economic benefits generated from the sale of associated goods. The risk is that the amortisation period has not been appropriately assessed resulting in over or understatement of capitalised development costs and expenses.

A specific risk relates to the drug which was being developed but in relation to which there have been side effects during the clinical trials. It is unlikely that the costs in relation to this product development continue to meet the criteria for capitalisation, so there is a risk that they have not been written off, overstating assets and profit.

Brand name

The company acquired the 'Cold Comforts' brand from a rival company during the year for $5 million. This is material to the financial statements.

Connolly Co must be confident that the Cold Comforts brand will generate economic benefits equivalent to or greater than the carrying amount included in the financial statements either through sales of products carrying the Cold Comforts name or through sale of the brand name itself.

The risk is that the asset is overvalued if $5 million was not an appropriate fair value for the brand or if the amortisation period of 15 years is not appropriate.

Patents – recognition and amortisation

The cost of acquiring patents for products should be capitalised and recognised as an intangible asset as the patent provides protection over the economic benefit to be derived. Once recognised, patents should be amortised over the period of their duration.

If patent costs have been expensed rather than capitalised, this would understate assets and overstate expenses. If amortisation has not been charged, this will overstate assets and understate expenses.

Segmental reporting

The diversification into the new product area relating to animal health may warrant separate disclosure according to IFRS 8 *Operating Segments*. This requires listed companies to disclose in a note to the financial statements the performance of the company disaggregated over its operating or geographical segments, as the information is viewed by management.

As the new product area has been successful and contributes 15% to revenue, it could be seen as a significant operating segment, and disclosure of its revenue, profit and other figures may be required. The risk is non-disclosure or incomplete disclosure of the necessary information.

Foreign currency transactions

The majority of Connolly Co's packaging is imported, leading to risk in the accounting treatment of foreign currency transactions. According to IAS 21 *The Effects of Changes in Foreign Exchange Rates,* foreign currency transactions should be initially recognised having been translated using the spot rate, or an average rate may be used if exchange rates do not fluctuate significantly.

The risk on initial recognition is that an inappropriate exchange rate has been used in the translation of the amount, causing an inaccurate expense, current liability and inventory valuation to be recorded, which may be over or understated in value.

Further risk arises in the accounting treatment of balances relating to foreign currency at the year end. Payables denominated in a foreign currency must be retranslated using the closing rate, with exchange gains or losses recognised in profit or loss for the year.

The risk is that the year-end retranslation does not take place, or that an inappropriate exchange rate is used for the retranslation, leading to over or understated current liabilities and operating expenses.

Risk also exists relating to transactions that are settled within the year, if the correct exchange gain or loss has not been included in profit. Inventory should not be retranslated at the year end as it is a non-monetary item, so any retranslation of inventory would result in over or undervaluation of inventory and profit.

Tutorial note

More than the required number of risks of material misstatement have been included in this answer for illustrative purposes. Credit will be awarded for the identification and explanation of other relevant risks.

(c) Audit procedures in relation to the purchased brand name

- Review board minutes for evidence of discussion of the purchase of the acquired brand, and for its approval.
- Agree the cost of $5 million to the company's bank ledger account/cash book and bank statement.
- Obtain the purchase agreement and confirm the rights of Connolly Co in respect of the brand.
- Discuss with management the estimated useful life of the brand of 15 years and obtain an understanding of how 15 years has been determined as appropriate.
- If the 15-year useful life is a period stipulated in the purchase document, confirm to the terms of the agreement.
- If the 15-year useful life is based on the life expectancy of the product, obtain an understanding of the basis for this, for example, by reviewing a cash flow forecast of sales of the product.
- Obtain any market research or customer satisfaction surveys to confirm the existence of a revenue stream.

- Consider whether there are any indicators of potential impairment at the year end by obtaining pre-year-end sales information and reviewing terms of contracts to supply the products to pharmacies.
- Recalculate the amortisation expense for the year and agree the charge to the financial statements, and confirm adequacy of disclosure in the notes to the financial statements.

(d) Ethical threats

There are two ethical threats relevant to the audit firm.

Guarantee in respect of bank loan

The provision of such a guarantee represents a financial interest in an audit client, and creates a self-interest threat because the audit firm has an interest in the financial position of the client. The audit firm may be reluctant to request adjustments to the financial statements that would result in the firm having to honour the guarantee.

If an audit firm guarantees a loan to an audit client, the self-interest threat created would be so significant that no safeguards could reduce the threat to an acceptable level unless the loan or guarantee is immaterial to both the audit firm and the client.

In this case the loan would be material as it represents 5% of Connolly Co's total assets, and would also be considered material in nature because of the company's need for the additional finance.

UK syllabus: FRC Ethical Standard section 2 states that audit firms, persons in a position to influence the conduct and outcome of the audit and immediate family members of such persons shall not make a loan to, or guarantee the borrowings of, an audited entity or its affiliates unless this represents a deposit made with a bank or similar deposit-taking institution in the ordinary course of business and on normal business terms. An intimidation as well as a self-interest threat arises when an audit firm makes a loan to, or guarantees a loan in respect of, an audited entity.

Advice on accounting and management information systems

If advice is given, it would constitute the provision of a non-assurance service to an audit client. Services related to IT systems including the design or implementation of hardware or software systems may create a self-review threat. This is because when auditing the financial statements, the auditor would assess the systems which they had recommended and may be reluctant to criticise them if they are ineffective.

There is also a risk of assuming the responsibility of management, especially as Connolly Co has little experience in this area, so would rely on the auditor's suggestions and be less inclined to make their own decision.

In the case of an audit client which is a public interest entity, an audit firm shall not provide services involving the design or implementation of IT systems which form a significant part of the internal control over financial reporting or which generate information which is significant to the client's accounting records or financial statements on which the firm will express an opinion.

The audit firm should not provide a service to give advice on the accounting systems. With further clarification on the nature of the management information systems and the update required to them, it may be possible for the audit firm to provide a service to Connolly Co, as long as those systems are outside of the financial reporting system. However, it may be prudent for the audit firm to decline offering any advice on systems to the client.

These ethical issues should be discussed with those charged with governance of Connolly Co, with an explanation provided as to why the audit firm cannot guarantee the loan or provide the non-audit service to the company.

UK syllabus: FRC Ethical Standard section 5 states that the audit firm shall not undertake an engagement to design, provide or implement information technology systems for an audited entity where the systems concerned would be important to any significant part of the accounting system or to the production of the financial statements and the auditor would place significant reliance upon them as part of the audit of the financial statements; or for the purposes of the information technology services, the audit firm would undertake part of the role of management.

Conclusion

Connolly Co faces a variety of business risks, some of which are generic to the industry in which it operates, while others are more entity-specific. A number of risks of material misstatement are significant, in particular, risks relating to the treatment of development costs, and the court case due to the incentive management has to improve the picture of the company's performance and financial position in order to obtain the loan extension and these are areas which involve significant management judgement. Audit planning must ensure that appropriate responses are designed for each of them. Two ethical issues have been raised by requests from the client for our firm to provide a loan guarantee and to provide advice on systems, both of which create significant threats to independence and objectivity, and the matters must be discussed with the client before advising that we are unable to provide the guarantee or to provide the systems advice.

Examiner's comments

This question centred on planning the audit of a listed company operating in the pharmaceutical industry. Candidates were provided with background information about the company's products and the environment in which the company, Connolly Co, operated. In addition, information was provided in the form of minutes from a meeting with Connolly's finance director, covering several issues relevant to the audit. These included details of requests made to the company's bank for further finance, a successful diversification into a new market, the acquisition of a new brand during the year, an ongoing court case against the company following problems during a medical trial of its products, and an out of date management information system. Key financial information in the form of extracts from projected financial statements along with comparative information was also provided in the scenario.

The business risk requirement was generally well attempted, and in fact for many candidates this was the best attempted out of all of the question requirements. Most candidates proved able to identify and discuss many of the relevant business risks within their briefing notes and the risks surrounding non-compliance with stringent regulations, the risk of losing the licenses necessary to produce pharmaceutical products, the lack of cash to support ongoing product development, the risks attached to diversifying into a new market, and reputational risks associated with the court case against the company were generally well discussed. The best answers made full use of the information provided and performed analysis of the financial information, allowing for identification of the less obvious but often pertinent risks, such as that without the revenue derived from the new market entered into during the year the company's total revenue would have fallen by a significant amount.

The key weakness present in many answers continues to be the poor quality of explanations. Weaker answers tended to just repeat facts given in the scenario with little attempt to discuss or evaluate them.

Some answers began with a lengthy discussion of the definition of business risk which was not necessary and demonstrates a lack of judgement when the briefing notes are being requested by an audit partner. Further many answers were very repetitive and did not consider the number of distinct business risks that would be required for the marks available. Many candidates discussed at length risks over going concern that were tenuous or lacked appropriate explanation.

Many candidates also confused business risk and audit risk and therefore provided responses that were not relevant to the question.

The next requirement asked candidates to evaluate risks of material misstatement to be considered in planning the audit. Performance in this area was very mixed. There were some excellent answers to this requirement, with many candidates achieving close to full marks. Most candidates were able to identify the risks surrounding inappropriate accounting treatment which could lead to material misstatements, and were also able to quantify the materiality of the matters discussed. The risks that were most commonly discussed related to provisions, recognition of research and development costs, the valuation of potentially obsolete inventory, and the segmental reporting that would be likely required in relation to the new market entered into during the year. The best answers were well structured in how they explained the potential misstatement and included in their evaluation of each risk an identification of the risk factor from the scenario (e.g. the court case ongoing against the company), a determination of materiality where possible given the information in the question, a clear comment on the appropriateness of the accounting treatment where relevant, and the impact on the financial statements (e.g. non-recognition of a provision in relation to the court case could lead to an understatement of liabilities and an overstatement of operating profit). Only the better candidates identified that requesting additional finance from the bank to cover the damages from the court case implied that the outcome was probable rather than possible and should be provided for. Weaker answers failed to observe the number of risks of material misstatement that had been asked for, with a significant minority wasting valuable time by providing more risks than required.

Many candidates discussed a risk of material misstatement relating to accounting for the loan that had been applied for, but given that this had not yet been received it would not give rise to a risk of this nature in this reporting period. Other candidates discussed at length the issue of going concern and that the company's financial statements should be prepared on a break-up basis but there was certainly not enough evidence in the scenario to justify this as a risk of material misstatement. Other weaknesses in relation to this requirement included:

- Incorrect materiality calculations or stating that a balance was material with no justification.
- Lack of understanding of some accounting treatments, e.g. saying that intangible assets must be measured at fair value.
- Vague attempts to explain the risk of material misstatement along the lines of 'there is a risk it is not accounted for properly' or 'there is a risk the relevant accounting standard is not followed' – these points are too vague to score marks.

The next requirement asked candidates to design the principal audit procedures to be performed in respect of a brand name that had been acquired during the year. Answers to this requirement were very mixed, as is typical for requirements relating to audit procedures. The best answers provided well explained procedures that clearly set out how the test would be performed and where appropriate the documentation that would be used. Weaker answers contained vague or very brief lists that were not specific enough to constitute an audit procedure and therefore did not earn marks. Examples of weaker answer points include 'assess value of the brand' (this is not an audit procedure – how should the assessment take place?), 'discuss accounting treatment with management' (what specifically should be discussed?), 'look at the purchase contract' (what information should the auditor be looking for within the contract?).

Candidates should ensure that procedures contain an actual instruction describing an action to be performed to satisfy a specific objective. A minority of candidates thought that rather than acquiring a specific asset i.e. the brand, as stated in the question, a company had been purchased. This led to candidates providing irrelevant audit procedures and wrongly discussing the accounting treatment for goodwill. Candidates are reminded to read the question extremely carefully.

The final requirement asked candidates to discuss the ethical issues arising from the engagement and to recommend appropriate actions. There were two matters present in the scenario that were appropriate to discuss – the fact that Connolly Co's bank had asked the audit firm to guarantee the loan extension that had been requested, and that the audit firm had been asked to give advice on the new management information system planned to be introduced the following year. This requirement was generally well attempted with the majority of candidates correctly identifying the two issues and providing some relevant discussion for each. Most candidates were able to explain the ethical threats associated with the issues and recognised that the significance of the threats would need to be determined. Many candidates appreciated that due to Connolly Co's listed status it qualified as a public interest entity, and therefore the threats to objectivity were heightened. Many candidates demonstrated sound judgement by concluding that the services should not be provided to the audit client as it would be unlikely that safeguards could reduce the threats to an acceptable level. However, credit was awarded where candidates mentioned the types of safeguards that could be considered. Weaker answers for this requirement identified the wrong ethical threats or failed to identify the significance of the company's listed status, concluding that it would be acceptable to provide the services. Other answers digressed into discussions on the general ethical issues surrounding the testing of medicines on animals or humans, which was not relevant to the question requirement.

ACCA Marking guide		
		Marks
(a)	**Evaluation of business risks** Generally, up to 2 marks for each business risk evaluated. In addition, ½ mark for each relevant trend or calculation and used as part of the risk evaluation. – Regulatory risk – licensing of products, patent infringement – Skilled workforce – Rapid growth/overtrading – Cash flow and liquidity – Request for finance – Court case – bad publicity and further scrutiny – Imported goods – Reliance on single supplier	
	Maximum	**10**

(b)	**Risks of material misstatement** Up to 3 marks for each significant ROMM evaluated unless otherwise indicated. Marks may be awarded for other, relevant risks not included in the marking guide. Appropriate materiality calculations (max 2 marks) and justified materiality level should be awarded to a maximum of 1 mark. – Management bias – Court case – provision or contingent liability – Development costs – recognition, amortisation (4 marks) – Brand name – Patent costs – Segmental reporting – Foreign exchange transactions (4 marks)	
	Maximum	**18**
(c)	**Procedures in relation to purchased brand name** Generally 1 mark for each relevant, well described audit procedure: – Review board minutes for approval – Agree the cost of $5 million to the bank ledger account/cash book and bank statement – Obtain the purchase agreement and confirm the rights of Connolly Co – Discuss with management the estimated useful life of the brand of 15 years and obtain an understanding of how 15 years has been determined as appropriate – If the 15-year useful life is a period stipulated in the purchase document, confirm to the terms of the agreement – If the 15-year useful life is based on the life expectancy of the product, review a cash flow forecast of sales of the product – Obtain any market research or customer satisfaction surveys – Consider whether there are any indicators of potential impairment – Recalculate the amortisation expense for the year and confirm adequacy of disclosure in notes to the financial statements	
	Maximum	**6**
(d)	**Ethical matters** Generally up to 1 mark for each point discussed: – Loan guarantee is a financial self-interest threat – The loan is material and guarantee should not be given – The advice on systems would be a non-audit service – Self-review threat created – Threat of assuming management responsibility – Can only be provided if systems unrelated to financial reporting – In this case the advice relating to accounting systems must not be given – Advisable not to provide the advice on MIS – Discuss both matters with management/TCWG	
	Maximum	**6**
	Professional marks **Communication** – Briefing note format and structure – use of headings/sub-headings and an introduction – Style, language and clarity – appropriate layout and tone of briefing notes, presentation of materiality and relevant calculations, appropriate use of the CBE tools, easy to follow and understand – Effectiveness and clarity of communication – answer is relevant and tailored to the scenario – Adherence to the specific requests made by the audit engagement partner	

	Analysis and evaluation – Appropriate use of the information to determine and apply suitable calculations – Appropriate use of the information to design appropriate audit procedures relating to the brand name – Effective prioritisation of the results of the evaluation of risks of material misstatement to demonstrate the likelihood and magnitude of risks and to facilitate the allocation of appropriate responses **Professional scepticism and professional judgement** – Appropriate application of professional judgement to draw conclusions and make informed decisions following recognition of unusual or unexpected movements, missing/incomplete information or challenging presented information as part of the risk evaluation – Determination and justification of a suitable materiality level, appropriately and consistently applied – Identification of possible management bias and consideration of the impact on the financial statements and the possible reasons for management's preference for certain accounting treatments – Effective application of technical and ethical guidance to effectively challenge and critically assess how management has accounted for areas of significant judgement **Commercial acumen** – Use of effective examples and/or calculations from the scenario to illustrate points or recommendations – Audit procedures are practical and plausible in the context of the scenario – Appropriate recognition of the wider implications when considering the request by the audit committee to perform additional services	
	Maximum	**10**
Total		**50**

Section 4

ANSWERS TO PRACTICE QUESTIONS – SECTION B

PLANNING AND CONDUCTING AN AUDIT OF HISTORICAL FINANCIAL INFORMATION

18 AWDRY *WALK IN THE FOOTSTEPS OF A TOP TUTOR*

Top tutor tips

Part (a) requires knowledge of a specific auditing standard in relation to an area which if difficult to audit, accounting estimates. These are areas of higher risk of material misstatement and require more audit attention. Technical articles are often issued by the examining team covering areas such as these and you should take time to read and understand them.

Part (b) asks for an evaluation of the client's accounting treatment, including the difficulties that might be encountered when auditing accounting estimates. This requires a discussion of the subjectivity of the estimate and the extent to which the client will need to use their own judgement to determine the estimate. The question then asks for audit procedures in respect of the estimates. Audit procedures should be written in such a way that a member of the audit team can carry them out, therefore make sure they are sufficiently detailed. Audit procedures are used to obtain sufficient and appropriate evidence regarding the client's accounting treatment. Be clear about the source of the evidence and how the procedure should be carried out as vague procedures will not earn marks.

(a) ISA 540 *Auditing Accounting Estimates and Related Disclosures*

ISA 540 applies to all accounting estimates from the simplest depreciation calculation through to the most complex of derivative financial instruments and expected credit losses.

While the simpler accounting estimates will not generally give rise to high audit risk, many measurements based on estimates, including fair value measurements and impairments in relation to financial instruments, are imprecise and subjective in nature and will give rise to high inherent risk.

ISA 540 emphasises that the risk of material misstatement in relation to the audit of accounting estimates is impacted by three key factors: complexity, the application of management judgement and estimation uncertainty.

Fair value measurements and impairments in relation to financial instruments are likely to involve significant, complex judgements, for example, regarding market conditions, the timing of cash flows and the future intentions of the entity. The valuations will often involve complex models built on significant assumptions such as the predicted timing of cash flows, the most appropriate discount factor to use and judgements about probability weighted averages.

Management may not always have sufficient knowledge and experience in making these judgements. Moreover, there may even be a deliberate attempt by management to manipulate the value of an estimate in order to window dress the financial statements.

Professional scepticism is key to the audit of accounting estimates and ISA 540 contains provisions which are designed to enhance the auditor's application of professional scepticism and a consideration of the potential for management bias.

The increased emphasis on the use of fair value measurement and extensive disclosure requirements in IFRS Accounting Standards, such as IFRS 9 *Financial Instruments* and IFRS 13 *Fair Value Measurement*, reflect the increasing complexity of the business environment. Given the increased emphasis on the use of external sources in IFRS 13 and in making accounting estimates such as fair values, ISA 540 clarifies the requirements on the use of such information as it is in the public interest to do so.

The risk that an entity's internal systems and controls fail to prevent and detect valuation errors also needs to be assessed as part of the overall assessment of audit risk. In relation to complex fair value and impairment estimates, a particular problem is that the measurement is likely to be performed infrequently for external reporting purposes and outside the normal accounting and management systems. This is especially true where the valuation is performed by an external specialist. As a non-routine event, therefore, the assessment of fair value is likely not to have the same level of monitoring or controls as a day-to-day business transaction and may give rise to high control risk.

The auditor should always seek to manage detection risk at an acceptable level through effective planning and execution of audit procedures. However, the audit team may lack knowledge and experience in dealing with the estimation technique in question and therefore may be unlikely to detect errors in the valuation and modelling techniques applied by the client. Any resulting over-reliance on an external specialist could also lead to errors not being identified.

(b) Difficulties in auditing accounting estimates and procedures

(i) Cash-settled share-based payment scheme

The expense recognised this year of $825,000 in respect of the cash-settled share-based payment scheme represents 11.1% of profit before income taxes and is therefore material to Awdry Co's statement of profit or loss for the year. The related liability of $825,000 which would be recognised on the statement of financial position is on the borderline of materiality to assets at 1.4%.

IFRS 2 *Share-Based Payment* requires that for cash-settled share-based payment transactions, the entity should measure the services acquired and the liability incurred at the fair value of the liability. Moreover, it states that until the liability is settled, the entity should remeasure the fair value of the liability at the end of each reporting period and at the date of settlement, with any changes in fair value recognised in profit or loss for the period.

In the case of Awdry Co, the expense and the associated liability has been calculated based on the fair value of the rights as at the reporting date and the treatment therefore complies with the requirements of IFRS 2 ($4.50 × 550,000 × 1/3 = $825,000).

IFRS 2 also requires that the amount recognised as an expense for cash-settled share-based payments should be based on the best available estimate of the number of awards which are expected to vest. The entity must therefore estimate the number of awards which are expected to vest.

In this case, management's estimate that all 55 staff will qualify for the rights appears to be based on a perception of good historic staff relations which may be inaccurate and the expectation that none of the eligible staff will leave over the three-year vesting period may prove to be unrealistic. The predictive nature of management's estimate in this regard represents a challenge to the auditor as it is difficult to obtain reliable evidence.

The fair value estimate of $4.50 is based on an options pricing models which is an example of a complex valuation model which, according to ISA 540 (Revised), is built on significant estimates and assumptions and is therefore challenging to audit. The initial choice of which option-pricing model to use is also a matter of judgement and whichever model is selected, it will incorporate judgemental inputs such as the current risk-free interest rate and measures of share price volatility.

Procedures:

- Obtain a copy of the contractual documentation for the share-based payment scheme and supporting file notes detailing principal terms and confirm:
  - grant date and vesting date
  - number of executives and senior employees awarded share appreciation rights
  - number of share appreciation rights awarded to each individual member of staff
  - conditions attaching to the share appreciation rights.
- Perform an assessment of the appropriateness of the model used to value the share appreciation rights and confirm that it is in line with the requirements of IFRS 2.
- Obtain details of the external expert used and assess the appropriateness of their appointment by considering their professional certification, experience, reputation and objectivity.
- Perform a review of the expert's valuation including an assessment of the assumptions used in order to determine the fair value of the share appreciation rights.

- Obtain details of historic staff turnover rates obtained from the human resources department including actual data for the first year of the vesting period and consider this in conjunction with the assumptions made by management.
- Perform a review of the forecast staffing levels through to the end of the vesting period including an assessment of the reasonableness of the assumptions used and their consistency with other budgets and forecasts.
- Discuss the basis of staff retention assumptions with management and challenge their appropriateness.
- Perform sensitivity analyses on both the valuation model and the staffing forecasts.

(ii) Regulatory penalties

The expense recognised in this year's statement of profit or loss for the year of $1.3 million is material to both profit (17.6%) and assets (2.2%).

According to IAS 37 *Provisions, Contingent Liabilities and Contingent Assets*, the fine should be measured at its present value at the reporting date. IAS 37 states that where the effect of the time value of money is material, the amount of a provision should be the present value of the expenditures expected to be required to settle the obligation and that the discount rate used in the calculation should be a pre-tax rate which reflects current market assessments of the time value of money and the risks specific to the liability.

The cash flows for the repayment of the fine over the ten years should therefore be discounted at an appropriate rate to present value as at 30 April 20X5.

The audit of the provision represents a challenge for the auditor in a number of respects. First, it is difficult to estimate the amount payable as it has not yet been finalised and the amount currently recognised is an estimate based on management's judgement. These difficulties are compounded by IAS 37 requirements to measure the provision at present value.

The measurement process therefore also requires management to predict the payment dates and to identify an appropriate pre-tax rate to be applied as the discount factor. Both of these will require a significant level of management judgement which will be a challenge for the auditor to obtain sufficient relevant and reliable evidence on.

Moreover, there is also the possibility of other provisions being needed in relation to the costs of remedying the safety issues which the regulator has identified and in relation to other potentially unidentified safety problems. Here, addressing the completeness assertion will represent a key challenge to the auditor as it is inherently difficult to predict all of the costs to be incurred in the future especially when they have not yet been determined.

Procedures:

- Obtain a copy of the regulator's notice detailing the date of the issue and any indication of the amount of the penalty to be paid by Awdry Co.
- Obtain a copy of any draft instalment agreement detailing the timing and amount of each repayment.
- Review Awdry Co's correspondence with the regulator for evidence of the amount payable and details of the repayment schedule.
- Confirm to post-year-end bank ledger account/cash book and bank statements if any amounts have been paid after the year end.
- Inspect Awdry Co's correspondence with its lawyers in order to ascertain current status of negotiations and the views of its legal advisers.
- Review Awdry Co's cash flow statements and forecasts in order to assess the company's ability to pay the instalments.
- Enquire of management in relation to the current status of the negotiations; the need to measure the provision at present value and their non-compliance with IAS 37 (i.e. their failure to measure the provision at present value).
- Review the board minutes for evidence of management's discussion of the penalty, any planned remedial action to address safety issues and any other possible safety issues.
- Discuss with management the need for the company to perform a calculation of the present value of the provision (including identification of an appropriate discount rate).

Examiner's comments

Requirement (a) required candidates to discuss accounting estimates as being an area of high risk. Overall candidates had a good attempt at this requirement, and candidates that had read the article written by the examining team had the potential to score highly.

Requirement (b) required candidates to evaluate the accounting treatment of two estimates given in the scenario. A large number of candidates demonstrated a weak understanding of the SBR syllabus and scored very poor marks. It was disappointing to note a lack of understanding of provisions. Only a limited number of candidates correctly stated the rule under IAS 37 *Provisions, Contingent Liabilities and Contingent Assets,* in relation to where the effect of the time value of money is material the provision should be recognised at present value. There was a clear indication in the question that this was relevant and it was disappointing that more candidates did not identify this.

The quality of answers for this question was generally of a weaker standard and candidates were not able to demonstrate application of their knowledge of SBR in an audit context to the scenario.

ACCA Marking guide

		Marks
(a)	**ISA 540 *Auditing Accounting Estimates and Related Disclosures***	
	Generally 1 mark per point.	
	Accounting estimates are source of high audit risk:	
	– Inherent risk:	
	• Subjectivity/uncertainty	
	• Deliberate manipulation	
	• Complexity	
	– Control risk:	
	• Non-routine transactions	
	– Detection risk:	
	• Audit team may lack knowledge/experience; and	
	• May over rely on auditor's or expert	
	Reasons for enhanced risk assessment	
	– Increasingly complex business environment and increased complexity in IFRS Accounting Standards	
	– Increased emphasis on use of fair value in IFRS Accounting Standards (IFRS 9 and IFRS 13)	
	– Professional scepticism is key in the audit of accounting estimates; ISA 540 contains provisions designed to enhance auditor's application of professional scepticism and consideration of potential for management bias	
	– Given increased use of external sources in making accounting estimates, ISA 540 clarifies requirements on use of such information as it is in public interest to do so	
	Maximum marks	**8**
(b)	**Difficulties and procedures**	
	Generally up to 1 mark for each difficulty evaluated and each relevant procedure designed.	
	(i) Cash-settled share-based payments	
	– Material expense to profit and borderline material to assets (with calculation(s))	
	– Treatment complies with IFRS 2 rules for accounting for cash settled share-based payments	
	Difficulties when performing audit:	
	– Management assumption of 100% staff retention may be unrealistic	
	– Predicted staff retention is estimation based on historic trends and future expectations; actual outcomes unlikely to correspond exactly	
	– Options pricing models are complex and challenging to audit	
	– Judgement involved in which option pricing model to use	
	– Option pricing models include judgemental inputs such as current risk-free interest rate and measures of share price volatility	
	Procedures:	
	– Obtain copy of share-based payments agreement and supporting file notes detailing principal terms (½ mark per term agreed)	
	– Perform assessment of appropriateness of model used to value rights/options	
	– Obtain details of external expert used including assessment of professional certification, experience, reputation and objectivity	
	– Critically review expert's valuation including assessment of assumptions used to determine fair value of the SARs	

- Obtain details of historic staff turnover rates obtained from human resources/payroll department
- Review of forecast staffing levels through to end of vesting period including assessment of reasonableness of assumptions based on auditor's knowledge and understanding of client
- Discuss basis of staff retention assumptions with management and challenge their appropriateness
- Perform sensitivity analyses on valuation model and staffing forecasts

Maximum marks	**6**

(ii) Regulatory penalties

- Material expense to profit and assets (with calculation)
- Expense and provision should have been recognised at present value per IAS 37

Difficulties when performing audit:

- Difficult to estimate final amount payable as not yet finalised; amount currently recognised is based on management's judgement
- Difficulties are compounded by need to measure at PV and therefore also predict payment dates and identify appropriate pre-tax rate; both require significant level of management judgement
- Also possibility of other provisions needed, e.g. for costs of correcting current issues and/or for other unidentified safety problems
- Addressing completeness assertion here is challenging and also difficult to predict as costs to be incurred in future and have not yet been determined

Procedures:

- Obtain copy of regulator's notice detailing date of issue and any quantification of amount of penalty payable by Awdry Co
- Obtain copy of any draft instalment agreement detailing the timing and amount of each repayment
- Review correspondence with regulator for evidence of amount payable and details of repayment schedule
- Confirm payment to bank statement
- Review correspondence with Awdry Co's lawyers to ascertain current status of negotiations and views of legal advisors
- Review of cash flow statements and forecasts to assess company's ability to pay instalments
- Discuss with management the current status of negotiations; accounting treatment and non-compliance with IAS 37 (failure to measure at PV)
- Review board minutes for evidence of discussion of penalty, remedial action to address safety issues and any other possible safety issues
- Request client calculation of present value (including identification of appropriate discount rate)

Maximum	**6**

Professional marks	
Analysis and evaluation	
– Appropriate use of the information to support discussion, draw appropriate conclusions and design appropriate responses	
– Identification of omissions from the analysis or further analysis which could be carried out	
– Appropriate application of professional judgement to draw conclusions and make informed decisions about the actions which are appropriate in the context and stage of the engagement	
– Appropriate use of the information to determine and apply suitable calculations	
Professional scepticism and judgement	
– Effective challenge and critical assessment of the conduct and extent of the audit work and evidence obtained with appropriate conclusions	
– Appropriate application of professional judgement to draw conclusions and make informed decisions about the actions which are appropriate in the context and stage of the engagement	
– Demonstration of the ability to probe for further information	
Commercial acumen	
– Use of effective examples and/or calculations from the scenario to illustrate points or recommendations	
– Audit procedures are practical and plausible in the context of the scenario	
Maximum	**5**
Total	**25**

19 TONY GROUP *Walk in the footsteps of a top tutor*

Top tutor tips

This past exam question focuses on professional scepticism which is now more likely to be examined through professional skills rather than as a full question. This question is still very useful for exam preparation as professional scepticism is a professional skill that will appear in every exam question, and therefore this can be used to develop your technique in this area.

Part (a) deals with professional scepticism. This question followed the publication of a relevant technical article prior to the exam. Students are reminded to pay attention to technical articles published by the examining team in the run up to the exam. Professional scepticism is an essential characteristic all auditors and assurance providers must demonstrate, and you must understand what it means and be able to explain how it can be applied during an engagement.

Part (b) looks at how to apply professional scepticism to a situation. Think about whether there is any incentive for management to mislead the auditor and whether they appear to be trying to influence the audit by withholding information. The audit procedures designed over goodwill should demonstrate the application of professional scepticism.

(a) Professional scepticism is defined in ISA 200 *Overall Objectives of the Independent Auditor and the Conduct of an Audit in Accordance with International Standards on Auditing* as an attitude that includes a questioning mind, being alert to conditions which may indicate possible misstatement due to error or fraud and a critical assessment of audit evidence.

ISA 200 requires the auditor to plan and perform an audit with professional scepticism, recognising that circumstances may exist which cause the financial statements to be materially misstated. It is important to use professional scepticism at all stages of the audit. Professional scepticism can reduce the risk of material misstatements caused by fraud going undetected.

Professional scepticism includes being alert to the existence of contradictory audit evidence and being able to assess assumptions and judgements critically and without bias, and being ready to challenge management where necessary. It is also important that the auditor considers the reliability of information provided by management during the audit.

Recently, regulatory bodies such as the IAASB have stressed the importance of the auditor's use of professional scepticism. The increased use of principles-based financial reporting frameworks such as IFRS Accounting Standards, and the prevalence of fair value accounting which introduces subjectivity and judgement into financial reporting are examples of the reasons why the use of professional scepticism by auditors is increasingly important. It is imperative that professional scepticism is applied to areas of financial reporting which are complex or highly judgemental.

Going concern assessments and related party transactions are also examples of areas where management must exercise judgement in determining the appropriate accounting treatment, and where the potential for management bias is high. Therefore, these areas need to be approached with professional scepticism.

The application of professional scepticism is closely aligned with maintaining objectivity, and it is difficult to remain sufficiently sceptical when certain threats to objectivity are present. Ultimately, the exercise of professional scepticism should work to reduce audit risk by ensuring that the auditor has sufficient and appropriate evidence to support the audit opinion, and that all evidence obtained, especially in relation to areas of high risk of material misstatement, has been critically evaluated and is based on reliable information.

(b) **(i)** The finance director seems to be dictating the audit work to be performed. The audit manager should decide the extent of audit procedures in response to the risk of material misstatement identified. The manager should consider why the finance director seems so insistent that his file is used as the main source of audit evidence. He may be hiding something relevant to the impairment which would be revealed if the auditor looked at other sources of evidence.

The Group's profit before income taxes has fallen by 33.3%, indicating that a significant impairment loss amounting to more than the $50,000 calculated by the finance director may need to be recognised. There is a risk of material misstatement in that the impairment loss is understated, and there is a risk that management bias has resulted in an inappropriate determination of the loss.

The auditor therefore needs to be sceptical and alert for factors indicating that the loss is greater than that calculated by the finance director. Impairment testing is a complex and subjective area, and could be easily manipulated by management wishing to reduce the size of the loss recognised.

The audit manager should obtain corroborative evidence regarding the assumptions used and not just confirm that the assumptions are in line with management's risk assessment or the prior year audit file. The reliability of this source of evidence is not strong as it is prepared by management. An important part of professional scepticism is challenging management's assumptions, especially in an area of high judgement such as impairment testing.

The internal auditor checking the figures is also not a reliable source of evidence, as it is client generated. The internal auditor may have been pressured to confirm the finance director's calculations.

Professional scepticism should also be applied to the comment that the assumptions are the same as in previous years. New factors impacting on impairment may have arisen during this year, affecting the determination of the impairment loss and up-to-date evidence on the assumptions used in this year's calculation should be sought.

The audit team should also remain alert when auditing balances and transactions other than goodwill in case there are other areas where Silvio does not appear to be providing all evidence required or where he is suggesting the audit approach to be taken.

While his comment does not seem to be intimidating in nature, the audit team should recognise that if Silvio does have something to hide in relation to the goodwill impairment, he may become more aggressive, in which case the matter should be brought to the attention of the firm's ethics partner and discussed with those charged with governance of the Group.

(ii) Audit procedures – impairment of goodwill

- Confirm the assumptions used in the impairment test agree with the auditor's understanding of the business based on the current year's risk assessment procedures, e.g. assess the reasonableness of assumptions on cash flow projections.
- Confirm that the impairment review includes the goodwill relating to all business combinations.
- Consider the impact of the auditor's assessment of going concern on the impairment review, e.g. the impact on the assumption relating to growth rates which have been used as part of the impairment calculations.
- Obtain an understanding of the controls over the management's process of performing the impairment test including tests of the operating effectiveness of any controls in place, for example, over the review and approval of assumptions or inputs by appropriate levels of management and, where appropriate, those charged with governance.
- Confirm whether management has performed the impairment test or has used an expert.
- Agree the figures in the impairment review calculation e.g. discount rates, to auditor-obtained supporting documentation.
- Develop an independent estimate of the impairment loss and compare it to that prepared by management.

- Confirm that the impairment calculations exclude cash flows relating to tax and finance items.
- Perform sensitivity analysis to consider whether, and if so how, management has considered alternative assumptions and the impact of any alternative assumptions on the impairment calculations.
- Check the arithmetic accuracy of the calculations used in the impairment calculations.

Tutorial note

Credit will be awarded for other relevant audit procedures recommended.

Examiner's comments

This question focused on professional scepticism, the audit of goodwill impairment, and a forensic investigation into alleged bribery payments made by several of the audit client's employees.

Requirement (a) was a discussion, asking candidates to explain the meaning of the term professional scepticism and to discuss its importance in planning and performing an audit. It was clear that many candidates had read and understood the contents of a recent article on the topic of professional scepticism. Most answers provided an appropriate definition of professional scepticism and went on to discuss how it links to audit quality. Stronger candidates also discussed how the auditor should apply professional scepticism when considering the risk of material misstatement associated with fraud and areas of the financial statements that rely on the application of judgement. Few candidates however, discussed the recent activities of the regulatory bodies in respect of professional scepticism.

The second part of the question involved a scenario which described how the finance director of the Tony Group was insisting that the audit firm should rely on a file prepared by him in their audit of goodwill impairment. The file contained workings and assumptions and had been checked by the Group's head of internal audit. The requirement asked candidates to discuss how professional scepticism should be applied to the scenario, and to explain the principal audit procedures to be performed on the impairment of goodwill. Many candidates were able to explain that the Group finance director was intimidating the audit firm, that his workings were not sufficient as a source of evidence, and that he may have something to hide. It was disappointing that few candidates appreciated that the Group's profit before income taxes had fallen significantly, and therefore the small impairment to goodwill suggested by the finance director was unlikely to be sufficient in the circumstances, and probably influenced by management bias. Most candidates did however realise that the audit firm should perform their own workings and not place complete reliance on the procedures that had been performed by the head of internal audit.

The requirement relating to procedures on goodwill impairment was poorly attempted. The evidence points provided by candidates for this requirement tended to revolve around recalculation or a discussion with management. Very few suggested specific procedures that would allow the auditor to develop their own expectation in terms of the impairment necessary, which could then be compared with the finance director's workings. This was disappointing, as impairment has featured in several exams as an audit issue and is a topic that candidates should be better prepared to tackle. Many candidates did not answer the question, and simply described the accounting treatment for goodwill, or suggested procedures that were relevant to the calculation of goodwill at acquisition but not relevant to a review of its impairment.

ACCA Marking guide	
	Marks
(a) Professional scepticism discussion Generally, up to 1½ marks for each point discussed, including: – Definition of professional scepticism (1 mark for definition) – Explaining professional scepticism – Link between professional scepticism and ethics/objectivity – Importance in relation to complex and subjective areas of the audit – Importance in relation to the audit of going concern – Discussion of regulatory bodies actions in relation to professional scepticism	
Maximum	**6**
(b) (i) Applying professional scepticism Generally, up to 1½ marks for each point discussed, and 1 mark for calculation of materiality. – Risk that impairment loss understated due to Group's fall in profit – The determination of the impairment loss is judgemental and subject to management bias – Auditor should question the reasons for finance director's insistence that no other audit work is needed – Evidence provided by the finance director is not reliable (client generated) – Assumptions are unlikely to have stayed the same since last year – Audit team should remain alert for other instances where professional scepticism is needed – Possible threat of intimidation by the finance director	
Maximum	**7**
(ii) Procedures on impairment Generally, 1 mark for each procedure explained: – Review all assumptions used in preparing projected cash flows – Confirm that the impairment review includes the goodwill relating to all business combinations – Consider impact of auditor's assessment of the Group's going concern status – Consider operating effectiveness of any controls in place – Confirm whether management has performed the impairment test or used an expert – Recalculate amounts based on auditor-generated inputs – Develop an independent estimate of the impairment loss and compare to that prepared by management – Confirm that the impairment calculations exclude cash flows relating to tax and finance items – Perform sensitivity analysis – Check the arithmetic accuracy of the calculations	
Maximum	**7**
Professional marks **Analysis and evaluation** – Appropriate use of the information to support discussions and draw appropriate conclusions and design appropriate responses – Appropriate assessment of the ethical and professional issues raised, using examples where relevant, to support overall comments – Identification of omissions from the analysis or further analysis which could be carried out	

Professional scepticism and professional judgement – Effective application of technical and ethical guidance to effectively challenge and critically assess the audit evidence – Demonstration of the ability to question contradictory information and probe for further information – Demonstration of the ability to apply appropriate professional judgement to draw conclusions and make informed decisions about the courses of action appropriate – Effective challenge and critical assessment of the conduct and extent of the audit work and evidence obtained with appropriate conclusions – Appropriate application of professional judgement to draw conclusions and make informed decisions about the actions which are appropriate in the context and stage of the engagement	
Maximum	**5**
Total	**25**

COMPLETION, REVIEW AND REPORTING

20 BURTON & CO

Top tutor tips

The question covers completion and reporting issues for two companies plus a standalone data analytics discussion. Read the scenario carefully to differentiate between the separate client issues and the standalone requirement.

In **part a**, ensure your answer is presented as a standalone discussion, not tied to any specific client's circumstances. Remember to focus on challenges and not benefits. Think about issues like data quality, compatibility, the risk of over-reliance on analytics, and the need for sufficient staff training and expertise.

As you draft your answer to **part b**, ensure that you read the scenario carefully. Note that the analytics tool is owned by the audit firm-not the client. Focus your discussion on how its overuse can undermine evidence gathering. Ensure that you address the recommendation aspect and suggest appropriate remedial actions for issues such as inadequate supervision and documentation of changes to the audit strategy.

In your answer to **part c**, base your critique solely on what is included in the report extract. Do not speculate on omissions that are not relevant to the scenario. Evaluate (with reasons) whether the opinion is appropriate and be alert to any imprecise language or misleading terms.

(a) Data analytics discussion

Data analytics is the use of automated tools and techniques to analyse data and draw conclusions. These tools are increasingly being used during external audit to analyse large volumes of client data and present it in understandable ways. The introduction of such tools, however, is not without challenges some of which are discussed in more detail below.

Consistency and expectations of data analytics tools

One of the key issues is that there is still a lack of consistency or a widely accepted standard across all firms in relation to the use of data analytics. This results in difficulty establishing quality standards relating to the adoption of such tools and can be difficult for clients and the users of financial statements to assess the use of these tools across different audit firms.

The use of data analytics may create an expectation gap among stakeholders who think that because the auditor is testing 100% of transactions in a specific area, the client's data must be 100% correct. This may lead to unrealistic expectations being placed on the auditor in relation to the detection of fraud and error.

Use of and quality of data

There are also challenges concerning data privacy and confidentiality. There is a risk confidential client data may be misused or lost which can expose the audit firm to serious legal and reputational consequences. Audit firms must ensure robust data security measures to prevent illegal access which would affect both the legal and reputational status of the audit firm. They will need to ensure that they understand the system which produces the data in order to ensure that the results produced by the tools are reliable.

The quality of the data used in data analytics is crucial to the accuracy of the results.

Data can be inaccurate or incomplete for a variety of reasons, such as human error, system errors, or manipulation. Auditors should carefully assess the quality of the data. This includes verifying the accuracy and completeness of the data and identifying any potential sources of manipulation.

Further, not all clients have information organised in such a way for it to be possible for the data to be interrogated by the audit firms' data analysis tools. Data may not be extracted fully if the client system does not integrate properly with the audit firm's data analytic tool leading to issues over the completeness and integrity of the data used for audit testing.

Some client companies may be reluctant to provide the necessary data or provide the audit firm with sufficient access to their systems, in order to carry out data analytics. This may be due to security concerns and while auditors could seek client permission, it could be time consuming or refused. If auditors are unable to efficiently obtain company data, they may not be able to use data analytics or may be reluctant to do so as it is not cost efficient or does not provide sufficient audit evidence. There may also be system incompatibility issues with the analytics tool and the client data system, preventing accurate or complete data sets.

Audit staff expertise

Audit staff may not understand the data analysis sufficiently to draw the correct conclusion or to know when sufficient evidence has been obtained. The results of data analytics are often presented in graphical formats, such as charts and graphs. This can be helpful for understanding the data, but it can also make it more difficult to interpret the results. Interpretation of the results of data analytics testing is important to identify potential outliers, issues in the results and ensure that the correct parameters are set for the specific assertions being tested. It is likely that experienced audit staff with knowledge of analysis of data analytic results would be required to effectively utilise the results from the data analytics and apply these results effectively to the audit plan and any further actions or analysis which is required.

Different industries will have different requirements, and it is important to remember that the use of data analytics software is not a 'one size fits all'. Evidence on the audit file may not be complete if all the detail of how a procedure was performed using the tool is not properly understood and documented.

Evidence retention may also be difficult as large volumes of data must be held in such a way as to be accessible and useable for several years after an audit and the firm may not have sufficient data storage resources to meet this requirement.

Data analytics has the ability to improve audit quality and to reduce the expectation gap by analysing more client data and identifying more risks, however, there are several practical issues which need to be addressed in terms of industry consistency, availability, training and safeguards before its full potential can be achieved.

Tutorial note

Credit will be given to other points which are reasonable, such as practical applications or timing of the use of the data tools in the audit plan process.

(b) Bodeen Co – post issuance review

Use of data analytics during the audit

As Bodeen Co is a new and listed client, there is an increased level of audit risk arising from the lack of knowledge of the business and its systems and controls. It is important that Burton & Co minimises detection risk through more detailed audit procedures. The use of data analytics is not a substitute for the need to carry out such detailed procedures and the audit must still be carried out to the required standard to obtain sufficient appropriate audit evidence that the financial statements are free from material misstatement. As this is a new client, the audit team should have documented their understanding of the systems and controls in place. The IT system which produces the data being analysed may be deficient either in its nature or how the data is input and stored.

There appears to be a significant deficiency in the evidence obtained over revenue. It is not possible from a review of the file to understand how the evidence was obtained and how the output of the data analytics testing demonstrated assertions regarding the financial statements. The documentation available is insufficient and is not enough to demonstrate that sufficient appropriate evidence has been obtained without referring back to the underlying data. It is important to note that the data analytics tool alone would not be sufficient to test the completeness and accuracy of the Bodeen Co revenue. As this is a new client, and therefore there is the potential for there to be gaps in the understanding of the trends in revenue, and equally, where there may be adverse or unusual trends. The risk that there may be inappropriate conclusions raised based on the audit work completed is therefore increased.

Tutorial note

Relevant points out of ISA 230 Audit Documentation will be awarded credit.

There is a significant lack of understanding of the data analytics tool by the audit team. When new technologies or approaches are brought into the audit process, it is important for the audit team to fully understand their purpose and how to apply them.

It may be that the audit team felt obliged to utilise the data analytics tool due to Bodeen Co's audit committee being supportive of its use. However, the team should be trained in its use and monitored for correct application to the audit performed.

There also appears to be a lack of appropriate supervision and review of the work performed by the audit team. The fact that these issues in relation to revenue have not been identified during file review or rectified by the manager or partner prior to the issuance of the auditor's report highlights a competency deficiency within the firm. More concerning is the fact that this might imply that the misunderstanding of the use of the data analytics software is prevalent at all levels of the audit team. This is further supported by the fact that issues were also highlighted by the engagement quality reviewer (EQR) but not addressed. The failure to use the appropriate specialists, which was specified in the audit strategy, represents a significant failure of quality management within the firm and suggests that there is a distinct lack of oversight over changes or deviations to a confirmed audit strategy.

Overall, the audit team appears to have placed excessive reliance on the data analytics software without properly evaluating the evidence obtained and whether it is both sufficient and appropriate. On this occasion, the audit opinion does not appear to be incorrect but there is a risk that the lack of understanding and documented evidence may be present in other audits performed by teams inexperienced in the use of the data analytics tool, and this should be investigated further.

Engagement quality review

The performance of the engagement quality review of the audit file prior to issuance is an example of good practice and is also required by ISA 220 (Revised) Quality Management for an Audit of Financial Statements for listed clients.

The issue raised by the engagement quality reviewer (EQR) regarding opening balances highlights there was insufficient audit evidence obtained in this regard, and this is a sign the review process can identify areas of concern in the audit.

Simply accepting prior year financial statement figures as correct is inappropriate. Audit firms are expected to perform additional testing to ensure the accounting policies used in previous years are appropriate and the balances are not materially misstated.

Without this testing, there is a risk of a material misstatement which would impact the current year financial statements, and the opinion issued may be incorrect.

There is a quality management failure with regards to the engagement quality review given the audit engagement partner has issued an unmodified audit opinion before the issues raised by the EQR had been addressed. The fact the audit engagement partner acknowledged insufficient work had been performed yet the report was still issued is very concerning and may suggest a lack of integrity. This is because they are seemingly comfortable with being associated with an auditor's report where there are omissions in the work.

Actions

- Audits of other clients by the manager and partner responsible for the audit of Bodeen Co should be reviewed to ensure that these issues are not present in any more of their client audits.
- The firm should provide more in-depth training to their staff on the use of the data analytics software and how the output should be documented and assessed.

- A review by a technical specialist in the use of data analytics should be included as part of the audit process where the data analytics tool is to be employed and controls should be established to ensure that this cannot be overridden.
- The resolution process for finalising auditor's reports where the EQR is not in agreement with the audit engagement partner, and reinforcement of the process for signing the auditor's report should be improved or implemented.

Tutorial note

Other relevant actions will be given credit.

(c) Evaluation of the proposed auditor's report – Frescia Co

First, the titles of the paragraphs are incorrect. If the opinion is being qualified on the basis of a material, but not pervasive, lack of evidence or misstatement, then the title would be 'Qualified Opinion'. The 'Basis for Limitation of Scope' paragraph should be titled 'Basis for Qualified Opinion'.

There is no reference in the basis for qualified opinion paragraph to the relevant financial reporting standards or the impact of the impairment amount on elements of the financial statements. There is also no reference to the ethical standards governing the audit. The paragraph 'We have conducted our audit...' should also make reference to fulfilment of the relevant ethical responsibilities of the auditor.

The wordings used are unprofessional or inappropriate for several reasons:

- The opinion paragraph does not give an opinion – it simply states the accounts are true and fair – it should include the phrase 'in our opinion...'
- The auditor's report should not be referring to management's 'refusal' to adjust the financial statements – this personalises the issue.

The reasons for the limitation of scope should be explained and the auditor's report should also not use the term 'prove' as this implies a higher level of assurance than can be provided.

Appropriateness of the proposed opinion

The misstatement of \$6 million identified by the auditor is material based on the materiality threshold of \$4.85 million.

Although reference has been made to the impairment the auditors identified, it does not explicitly state the impact on the statement of comprehensive income or statement of financial position. This is not clear enough for the users of the financial statements as they are left to calculate or guess the impact themselves.

Burton & Co disagrees with management on the assumptions used in calculating the impairment of the magazine titles. This would therefore constitute a material misstatement rather than an inability to obtain sufficient appropriate evidence. The disagreement relates to a difference in judgement over these assumptions. This is much harder for the auditor to justify to management than factual misstatements; ISA 450 *Evaluation of Misstatements Identified during the Audit* states that in the case of a judgemental misstatement, there is likely to be more discussion with management. The auditor will need to present their conclusion based on robust audit evidence, in order to explain the misstatement which has been uncovered and justify a recommended correction of the misstatement.

In this case, the auditor appears to have performed their calculations on a worst-case basis and management on a best-case basis. The value of the titles is likely to lie somewhere between the two estimates. While it is not possible with certainty to say what the value in use of the titles would be, the auditor should explore a range of likely outcomes and determine whether a material misstatement still exists on the basis of the most likely assumptions.

Marking scheme		
		Marks
(a)	Data analytics discussion Generally, 1 mark for each point of discussion. Other relevant points not included on the guide will also be awarded credit. Challenges including: – Consistency and expectations of data analytics tools • Consistency of use • Expectations gap (assumption of 100% testing) – Use of and quality of data • Potential loss of confidential data • Suitability and quality of data: complete, accurate, right format to interact with data analytics software • Access to data – Audit team expertise • Ability to interpret results • Completeness of documentation • Evidence retention	
	Maximum	6
(b)	Bodeen plc – audit quality review and actions Use of data analytics – New client means increased audit risk – Expected to perform a lot of work on risk areas and detailed procedures – Data analytics not a substitute for gathering evidence – Lack of evidence over revenue which does not demonstrate how assertions tested – Lack of appropriate documentation (explained) – Lack of competence demonstrated (explained) – Use of specialists not carried out which was a significant deviation from strategy Engagement quality review – Ineffective quality review process as report signed without further work performed (ISA 220) – Insufficient work and audit evidence on opening balances and comparatives impacts current year financial statements – Integrity of engagement partner in doubt – Competence of the partner also in doubt as suggested audit procedures should be carried out after issuing the report – Auditor's report should never be issued before the audit is complete/not appropriate to do the work after signing the report Actions – Audits of other clients by the manager and partner responsible should be reviewed for the same issues – Training on data analytics and documentation for staff – Review by technical specialist on use of data analytics in using data analytics (firm wide application) with controls to ensure cannot be overridden – The resolution process for finalising auditor's reports where the EQR is not in agreement with the audit engagement partner, and reinforcement of the process for signing the auditor's report should be improved or implemented – Investigation into the scale of the issue – explained	
	Maximum	8

(c)	Frescia Co – critically appraise auditor's report and assessment of proposed audit opinion	
	Generally, up to 1 mark for each well explained point.	
	– Wrong titles of paragraphs	
	– Missing reference to ethical standards	
	– Examples of unprofessional wording	
	– Use of the word 'prove' implies higher level of assurance is being offered which is inappropriate	
	– Lack of detail on the impairment and the impact on the financial statements	
	– Assessment of the pervasiveness of misstatement	
	– Wrong type of qualification	
	– Judgemental misstatement amounts likely to be between the extremes	
	– May not be material if not worst-case estimate	
	Maximum	6
	Professional skills marks	
	Analysis and evaluation	
	– Balanced discussion of the challenges of using data analytics, using professional judgement to draw an appropriate conclusion	
	– Appropriate assessment and evaluation of the issues referring to technical auditing knowledge when critiquing the report extract	
	Professional scepticism and judgement	
	– Effective challenge of information, evidence and assumptions supplied, and techniques carried out to support key facts and/or decisions	
	– Application of materiality to assess the magnitude of the issues	
	Commercial acumen	
	– Appropriate recognition of the wider implications of the use of automated tools and techniques on the engagement, the audit firm and the company	
	Maximum	5
Total		25

21 CUCKOO *Walk in the footsteps of a top tutor*

Top tutor tips

Part a (for both INT and UK exams) is a standalone knowledge-based requirement which can be answered without referring to any exhibit.

Part (b) asks for the matters to be considered and the audit evidence that should be on file during your review of the audit file. Use the 'MARE' approach.

First, consider the materiality of the issue.

Next, discuss the criteria for non-current assets to be classified as held for sale and discontinued operations as well as the appropriate accounting treatment if Landry Co was to be classified as held for sale. This includes that the assets should be recognised as current assets, depreciation would no longer be charged and that the assets should be reviewed for impairment.

Ensure that you use information from the scenario to demonstrate how the criteria of IFRS 5 Non-current Assets Held for Sale and Discontinued Operations has been met.

You should then evaluate the risks of material misstatement that would arise if the appropriate treatment is not followed.

Finally, explain the evidence that you would expect to be recorded on the audit file regarding the matters above. Remember to write the source and the purpose to get the available marks. For part (c), you need to explain the impact on the audit opinion and the auditor's report if the client does not amend the financial statements in respect of the issue outlined in this requirement. Ensure that you present a single audit opinion instead of outlining all possible outcomes. To do this, you will need to use judgment and conclude whether the uncorrected misstatement is immaterial, material only or material and pervasive. Don't waste time stating the reporting implications if the issue is corrected as this is not part of the requirement.

(a) INT syllabus-Determination of components at which to perform audit work

ISA 600 (Revised) *Audits of Group Financial Statements* states that the determination of components at which to perform audit work is a matter of professional judgement.

The determination is based on the Group auditor's understanding of the Group's risk profile. According to ISA 315 (Revised) *Identifying and Assessing the Risks of Material Misstatement,* the auditor may be required to revise the risk assessments based on them becoming aware of information during the audit which would have caused them to determine a different amount initially.

Newly formed or acquired entities within business units may increase the risk of material misstatement and necessitate Group audit work to ensure that risks are mitigated to an appropriate level. This is especially important in the case of a mid-year acquisition where there is a lower probability that the auditor has a thorough understanding of the business and opening balances which increases the detection risk and therefore the inherent risk of the audit.

When abnormal fluctuations are identified by analytical procedures performed at Group level, in accordance with ISA 315, the Group auditor should direct Group audit work to obtain explanations and audit evidence to ensure no material misstatements occur at the Group level.

Components which have significant transactions with related parties must also be considered by the Group auditor for Group audit work as there is a risk that this is not analysed in the component audit and the Group financial statements could be materially misstated if not addressed.

Significant judgement will be required to determine what coverage of the Group components is needed, and how this will be obtained; this may be particularly challenging where there are only a few significant components within the Group. Coverage is determined, in part, by the nature of the Group, the quality of its controls, and the quality and sources of information and evidence available.

Any components where control deficiencies have previously been identified should also be selected for Group audit work. This will aim to reduce the risk of further control deficiencies which may result in errors and misstatements at the assertion level of the Group.

Tutorial note

Credit will also be given for additional areas as discussed in ISA 600 (Revised), such as significant transactions outside the normal course of business, entities or business units in which significant changes have taken place and based on how the Group has centralised activities relevant to financial reporting.

(a) UK syllabus- Audit committee's assessment of external auditor's work

The Corporate Governance Code provides guidance on the role and responsibilities of audit committees. Assessing the effectiveness of the external audit is part of these responsibilities and the quality of the audit is inherent to that assessment.

The FRC recommends the audit committee evaluates four key elements:

Mindset and culture

The firm should adhere to high professional and ethical principles and recognise that the role of the auditor is a public interest role. Integrity, objectivity and independence are crucial to allow this to happen.

Skills, character and knowledge

The audit firm should demonstrate strong auditing skills, be knowledgeable about the business and industry environment and approach their role with professional scepticism.

Quality control

The audit firm should have a strong system of quality management and an attitude which supports the audit team to apply professional scepticism and challenge management. This will be supported through the provision of appropriate resources and methodologies to ensure the audit is performed to the highest standards.

Judgement

Each of the three areas above are prerequisites to enable the auditors to make reliable and objective judgements which underpin the audit opinion. These judgements are demonstrated at the planning stage when determining audit work and the materiality required. These judgements are also relevant at the performance and evaluation stage when the procedures are performed and any issues arising are assessed for their potential impact on the auditor's report.

Conclusion

The audit committee will need to assess these factors on an ongoing basis to ensure that the audit process itself is reliable and that the audit reports used by stakeholders reflect the appropriate opinion.

(b) Landry Co

Landry Co is currently for sale and is therefore undergoing significant change in relation to the Group and its ownership. This would constitute a business unit where a significant change is taking place. As the sale of Landry Co is a significant transaction outside the normal course of business, this will require specific attention from the Group auditors. According to ISA 600 (Revised), the Group auditor would therefore be required to plan and perform audit work at this subsidiary.

(i) Classification of Landry Co as held for sale

According to IFRS 5 *Non-current Assets Held for Sale and Discontinued Operations,* a disposal group of assets should be classified as held for sale where management plans to sell the assets, and the sale is highly probable. Conditions which indicate that a sale is highly probable are:

- management is committed to a plan to sell
- the asset is available for immediate sale

- an active programme to locate a buyer is initiated
- the sale is highly probable, within 12 months of classification as held for sale (subject to limited exceptions)
- the asset is being actively marketed for sale at a sales price reasonable in relation to its fair value
- actions required to complete the plan indicate that it is unlikely that plan will be significantly changed or withdrawn.

The decision by the Group to sell Landry Co has reached the stage where they are negotiating with two potential buyers. This would appear to imply that an active programme is in place to find a buyer. It is, therefore, likely that Group management is committed to the sale, especially if the negotiations are at an advanced stage and a price is agreed. On this basis, it is likely to provide evidence that the assets would be classified as held for sale. One of the prospective purchasers is noted as having instructed a firm to carry out due diligence on Landry Co which indicates that a sale is forthcoming and supports the classification as held for sale.

If the subsidiary does meet these criteria, then specific disclosures will be required in the financial statements. These will disclose the assets which are held for sale and discontinued operations, including that those assets are recognised as current assets and the results of the discontinued operation are presented separately in the statement of profit or loss and the statement of cash flows.

As a result, important disclosures are currently missing from the financial statements which could mislead users with respect to the future revenue, profits and cash flows of the Group.

It is a material misstatement in the Group financial statements as Landry Co has not been classified as held for sale and its profit presented as a discontinued operation.

After classification as held for sale, non-current assets or disposal groups are measured at the lower of carrying amount and fair value less costs of disposal. Depreciation ceases to be charged when an asset is classified as held for sale.

As Landry Co is the only subsidiary located overseas, it appears that it represents a major geographical area of the business for the Group. The profits from Landry Co exceed the materiality threshold of $5 million.

(ii) Landry Co classified as a discontinued operation

The information suggests that the planned disposal of Landry Co is in the advanced stages as they are in talks with two potential buyers, management appears to be committed to sell and it would appear to fit the criteria as held for sale.

However, it should also be considered whether Landry Co fits the requirement to be treated also as a discontinued operation.

IFRS 5 defines a discontinued operation as a component of an entity which either has been disposed of or is classified as held for sale, and:

- represents either a separate major line of business or a geographical area of operations; or
- is part of a single co-ordinated plan to dispose of a separate major line of business or geographical area of operation.
- Is a subsidiary acquired exclusively with a view to resale.

In the case of Landry Co, however, there is no information to state that the operations have ceased, therefore, it should only be classified as an asset which is held for sale and not as a discontinued operation.

Held for sale valuation

IFRS 5 provides further guidance regarding the valuation of the assets held for sale. Prior to Landry Co being classified as held for sale, the disposal group should be reviewed for impairment in accordance with IAS 36 *Impairment of Assets*. This impairment review would require the asset to be held at the lower of carrying amount and recoverable amount, where the recoverable amount is the higher of value in use or fair value less costs of disposal.

Currently, the carrying amount of the company in the Group financial statements is $78 million and the Group is hoping to sell the subsidiary for $90 million which would indicate that the assets are not impaired, however, this will need to be confirmed with reference to the price which is considered achievable.

Landry Co currently has a carrying amount of $78 million which is substantially above the materiality threshold of $5 million. Therefore, this would be considered a material subsidiary. In this instance, it would appear that the $78 million of assets should be classified as held for sale.

It therefore appears that the 'held for sale' criteria are met. In the consolidated financial statements, the assets and liabilities of Landry Co should be disclosed separately as a disposal group held for sale, as the assets and liabilities are to be disposed of in a single transaction.

In the parent company's individual financial statements, the investment in Landry Co should be shown separately below current assets as an asset held for sale.

It is important that assets held for sale are appropriately disclosed in the Group financial statements in order that transparency of decision making is provided to shareholders and other users of the accounts. Other users of the financial statements may include the employees of Landry Co who are currently unaware of the sales plans and would look to find alternative employment if they knew in advance of the proposed sale.

Evidence

- Notes of a discussion with Group management regarding the stage of the negotiations with the two potential buyers including details on likely price and timing of the sale.
- Evidence of the reasonableness of the $90 million sales price, e.g.
  - Review correspondence with the potential buyers to establish if they have been trying to secure a reduction in the price.
  - Any expert valuation which led to the price being set at $90 million in the first place.
  - An auditor's expert valuation of the appropriate value of Landry Co.
- A review of Group board minutes for evidence the sale has been approved and to understand the progress of negotiations.
- A review of correspondence with prospective buyers to assess the stage of negotiations and evidence of the price which might be achieved.
- A review of any draft contracts in place and correspondence with legal advisers to provide evidence as to whether the negotiations with either of the two potential buyers could be considered to be at an advanced stage.
- Copy of management's impairment review of the value in use and the fair value less costs of disposal for Landry Co, with assumptions reviewed for consistency with the auditor's understanding.
- Review of work of component auditor on the impairment and valuation of assets and liabilities in the subsidiary to identify any impairment indicators at the Group level.
- Details of the marketing programme in place to locate a buyer, for example, marketing literature.
- Written representation from management on the opinion that the assets will be sold before 31 March 20X6.
- Subsequent events procedures, including a review of post year-end board minutes and a review of significant cash transactions, to confirm if the subsidiary was expected to be or has been sold in the period after the year end.

(c) Justification of an appropriate audit opinion and impact on the auditor's report

The progress with respect to the sale of Landry Co confirms that this company should be classified as a discontinued operation in the consolidated statement of profit or loss and the assets and liabilities of Landry Co should be separately presented as held for sale in the consolidated statement of financial position.

The lack of classification of Landry Co as a discontinued operation represents a material misstatement in the Group financial statements.

This error appears to be pervasive; every line of the financial statements is affected as Landry Co should only appear twice on the statement of financial position (as current assets held for sale, with any selling costs shown as current liabilities directly associated with the assets held for sale) and once on the statement of profit or loss, below the profit for the year from continuing operations.

Instead, it has been consolidated on a line-by-line basis. It represents a material aspect of the financial statements, with profit exceeding the material threshold, therefore, the financial statements as a whole are potentially misleading to the user if this subsidiary is classified as a continuing operation. The error can be deemed to be pervasive.

An adverse opinion should be given stating that the financial statements do not give a true and fair view.

The Basis of Opinion paragraph should be renamed Basis of Adverse Opinion and should explain the reason for the opinion, i.e. the inappropriate consolidation of a subsidiary held for sale.

Examiner's comments

Requirement a-International exam

Requirement (a) was a standalone requirement which asked candidates to discuss what the Group auditor should consider when determining which components audit work should be performed on. Answers to this requirement were generally poor. The requirement needed understanding of ISA 600 (Revised) *Specials Considerations – Audits of Group Financial Statements (Including the Work for Component Auditors)* and the matters which might influence the Group auditor's determination of the level of work needed on each component. This is a revision to ISA 600, and it was disappointing to note that many students had failed to understand the changes set out in the revised standard or take note of the information included in the technical article available on ACCA's website. Only a minority of candidates were able to discuss that determining the components at which to perform audit work is a matter of significant auditor judgement. Few candidates demonstrated an understanding that certain activities, such as the acquisition of a subsidiary or significant related party transactions, would form part of the Group auditor's consideration in this regard. Only the best answers demonstrated an understanding that much of these considerations would be as a direct result of the assessment of the risk of material misstatement present within the component, which may be driven by issues such as previous control issues or inconsistencies within analytical procedures.

Unfortunately, a large number of candidates confused the term component (i.e. a subsidiary or entity of the Group) with the term component auditor and therefore provided an answer which was focussed on determining the amount of reliance which could place on other audit firms. While this might be part of the determination many candidates were only able to score minimal marks as this did not fully answer the requirement set.

Requirement a-UK exam

Overall responses were disappointing. Many candidates were able to identify that the audit committee should ensure that the external auditor is independent and has the appropriate knowledge and experience to carry out the work to a high standard. However, only the best answers were able to discuss the importance of the firm's system of quality management and how that supports the audit team in applying professional scepticism and challenging management and in ensuring that the audit methodology and resources are appropriately tailored to the engagement. Very few candidates mentioned the importance of the auditor's judgement and that the audit committee will want to ensure that this is exercised appropriately at all stages of the audit.

Requirement b

Candidates were generally able to discuss the criteria which need to be satisfied for assets to be classified as held for sale as set out in IFRS 5 *Non-current Assets Held for Sale and Discontinued Operations*. Stronger answers were then also able to use the information in the scenario to demonstrate how the criteria may have been met.

For example, by discussing that the presence of potential buyers suggested that there was an active programme to locate a buyer, and that the advanced stage of negotiations and due diligence being conducted suggested that Landry Co was available for immediate sale and that a sale was highly probable.

Fewer candidates were clear on the criteria set out in IFRS 5 regarding the definition of a discontinued operation. Only better answers were able to discuss that Landry Co was the only foreign subsidiary held by the Group and therefore was likely to represent a separate major geographical area and if It was classified as held for sale, it was also likely to be a discontinued operation.

A good number of candidates were able to score technical marks for discussing the necessary accounting treatment if Landry Co was to be classified as held for sale, including that the assets should be recognised as current assets, that depreciation would no longer be charged and that the assets should be reviewed for impairment. However, only stronger answers were able to use the information in the scenario to suggest that it was unlikely that Landry Co was impaired by comparing the carrying amount with the proposed sales price. These candidates often demonstrated effective professional scepticism and were awarded professional skills marks by understanding that the achievability of the sales prices would need to be confirmed via appropriate audit evidence.

Many candidates were also able to recognise that there was a likely material misstatement in the Group financial statements if Landry Co was not classified as held for sale / disclosed as a discontinued operation. Better answers were able to take this a stage further and discuss the impact this lack of disclosure would have on the users understanding of the financial statements. Professional skills marks were awarded where candidates where able to effectively challenge the accounting treatment and approach adopted by management.

Answers in relation to the evidence which should be included in the audit working papers were generally satisfactory. Many candidates were able to suggest that evidence was needed over the marketing programme which had been put in place. Also that the negotiations with the prospective buyers including possible draft contracts, and how the sale price had been determined which included the assessment of an expert valuation. Weaker answers focussed solely on obtaining items such as board minutes for the approval of the sale or obtaining a written representation from management, neither of which are sufficient evidence to deal with the key issues present in the scenario. Stronger answers were able to also suggest evidence in relation to the impairment review which should have been conducted by management or subsequent events procedures which looked at whether any further progress had been made on the sale. Candidates were awarded professional skills marks where the evidence provided tackled the main risks and issues coming from the scenario.

Requirement c

Requirement (c) then moved the candidates on in time and advised that the sale of Landry Co was now at an advanced stage and was expected to occur by the end of October 20X5. Candidates were asked to justify an appropriate audit opinion and explain the impact on the auditor's report where management had made no adjustments to the disclosure in the financial statements as a result of this planned disposal. Answers in relation to auditor reporting and audit opinions continue to be generally unsatisfactory.

It continues to be disappointing to see that many candidates do not present a single audit opinion and often include an answer which covers multiple outcomes. In this instance, many candidates provided an opinion for a variety of outcomes: if the disclosures were made (even though they have been told that they are not included); if the misstatements were material but not pervasive; and if the misstatements were material and pervasive. Candidates are once again reminded that they should focus on what is relevant in the circumstances as this can result in valuable minutes being wasted on points which do not score credit. This type of approach is not effective as it means that many candidates waste time providing inappropriate analysis and it also affects their ability to score the professional skills marks in this area as they fail to select and justify the appropriate audit opinion.

Many candidates were able to conclude that the lack of disclosure in relation to Landry Co would result in a modification because of the material misstatements in the financial statements. Disappointingly, a high number of candidates were not able to provide meaningful analysis on the pervasiveness of the issue. Stronger answers were able to demonstrate that due to the nature of the issue, it was likely that the impact was pervasive as it would affect nearly every area of the financial statements, and therefore an adverse opinion would be appropriate. Candidates are again reminded to ensure that they have a good knowledge of auditor reporting requirements and understanding of the variety of modifications which are available and the circumstances under which they apply. Answers were awarded professional skills marks where detailed analysis supported conclusions provided.

Candidates should ensure that they review the model answer to understand the level of depth and analysis which is needed to score the technical and professional skills marks in relation to auditor reporting.

ACCA Marking scheme

		Marks

(a)INT	Determination of components at which to perform audit work
	Generally, up to 1 mark for each matter explained.
	– Determination matter of professional judgement based on group risk profile
	– Revisions to risk profile may be required based on information gained through the audit
	– Consideration of whether Group should focus planning and audit work on the component (up to 4 marks)
	    – Newly formed or acquired entities
	    – Significant transactions outside the normal course of business
	    – Significant transactions with related parties
	    – Entities/business units in which significant changes have taken place
	    – Abnormal fluctuations as identified by analytical procedures
	– Controls at the client may affect the coverage of work (up to 2 marks)	

	Maximum	**5-INT**

(a)UK	Areas of audit quality to be evaluated by the audit committee Generally, 1 mark per valid point (explained). – Mindset and culture – Skills, character and knowledge – Quality management – Judgement – Conclusion	
	Maximum	**5-UK**
(b)	Matters and evidence Generally, up to 1 mark for each matter explained and each piece of evidence recommended (unless otherwise stated). In addition, ½ mark for relevant calculations which form part of the evaluation (max 1 mark). Landry Co – possible classification as held for sale – IFRS 5 definition of operation held for sale – Application to scenario to determine classification (up to 2 marks) – Disclosure requirements applied to scenario Landry Co – possible classification as discontinued operation – IFRS 5 definition of discontinued operation (separate major line of business/geographical region) – Application to scenario to determine classification (up to 2 marks) – Explained and evaluation of possible impairment (up to 2 marks) – Disclosure requirements applied to scenario (up to 2 marks) – Material misstatement due to missing disclosures – Evidence (1 mark per valid piece of evidence)	
	Maximum	**11**
(c)	Justification of an appropriate audit opinion and impact on the auditor's report Generally, up to 1 mark for each explained point. – Landry Co is a discontinued operation and issue is a material misstatement of classification – Assessment (including justification) of pervasiveness – Audit opinion based on pervasiveness conclusion – Adverse on the basis of material and pervasive misstatement – Impact on basis of opinion paragraph	
	Maximum	**4**
	Professional skills marks **Analysis and evaluation** – Appropriate use of the specific information to support discussion and draw appropriate conclusions – Demonstration and appropriate application of relevant technical financial knowledge to support conclusions and recommendations **Professional scepticism and judgement** – Effective challenge of information, evidence and assumptions supplied and techniques carried out to support key facts and/or decisions – Appropriate application of the materiality set for the audit **Commercial acumen** – Appropriate recognition of the wider implications on the engagement, the audit firm and the company	
		5
Total		**25**

22 COTTRELL *Walk in the footsteps of a top tutor*

Top tutor tips

Part (a). This required you to consider the accounting treatment of investment properties and whether the treatment is in accordance with IAS 40 Investment Properties. If the accounting treatment does not comply with IAS 40, what are the implications from an audit perspective?

Similarly, financial reporting knowledge from IAS 16 Property Plant and Equipment and IAS 8 Basis of Preparation of Financial Statements can be used to identify key issues relating to accounting for specialist manufacturing equipment from an audit perspective.

Accounting for the gift of cars requires knowledge of IAS 24 Related Party Disclosure to consider whether appropriate disclosure of the transactions has occurred in the financial statements. Note – such gift is no illegal per se – but they must be properly accounted for and disclosed.

If transactions and events have not been properly accounted for and disclosed, what does this suggest about management?

Part (b). This required you to consider the impact on the audit report if management processed the adjustment relating to investment property but made no changes relating to the other two matters discussed in part (a). A good understanding of audit reporting requirements will help you to earn marks on this part of the question.

(a) Matters to discuss with management and recommended further actions

(i) Investment properties

Tutorial note

State the accounting requirements of IAS 40 relating to investment properties – have they been applied properly? What are the implications of an inappropriate accounting treatment for the auditor? Is any error or misstatement material?

The uncorrected misstatement is below the material level determined for Sunningdale Co's financial statements at $25,000 and therefore immaterial.

It is incorrect for management not to recognise the loss on revaluation of one of its investment properties on the change to a fair value model when it is recognising gains on the three other investment properties.

IAS 40 *Investment Properties* states that an entity can choose either the cost model or the fair value model. The fair value model requires that investment properties are recognised in the statement of financial position at fair value. Gains and losses on revaluation when using the fair value model are recognised in the statement of profit or loss. One method must be adopted for all of an entity's investment properties; they must all be accounted for using the same basis and change is only permitted if this results in a more appropriate presentation.

It is likely that moving to a fair value model will result in a more appropriate presentation, indeed IAS 40 notes that it is highly unlikely for a change from a fair value model to a cost model. The fact that three investment properties will be revalued at a fair value which is higher than the current carrying amount, and a gain recognised in the financial statements demonstrates that management may be adopting the fair value model in order to increase the company's assets and profit. If the necessary adjustments are not made by management, the investment property which has not been revalued will cause the assets and profit to be overstated.

The selective, and incorrect, use of a change in valuation model could be interpreted as an indication of a lack of management integrity which could extend to other areas of the accounts.

(ii) Specialist manufacturing equipment

Matters to discuss with management

The uncorrected misstatement is above the materiality level determined for Sunningdale Co's financial statements at $140,000 and therefore material.

It is factually incorrect for management to recognise the change in useful life as a retrospective adjustment, and furthermore to enter the total of this amendment through the current year's profit or loss statement. The change in useful life is a change in accounting estimate and the reason for the change has not been adequately justified by management.

The residual value and useful life of an asset should be reviewed at least at each financial year end and, if expectations differ from previous estimates, any change is accounted for prospectively as a change in estimate under IAS 8 *Basis of Preparation of Financial Statements.*

Under IAS 16 *Property, Plant and Equipment*, for all depreciable assets an entity should allocate depreciation on a systematic basis over the asset's useful life and the depreciation method used should reflect the pattern in which the asset's economic benefits are consumed by the entity. Changes in accounting estimates result from new information or new developments, however, management has not explained the basis of the new information that necessitates a change in the estimate of the useful life. Further investigation should be carried out to provide evidence to support or dispute management's assertion that an additional five years better reflects the pattern of economic benefits.

The lack of a justifiable reason for the change of depreciation method, coupled with the material misstatement to profit would cause the auditors to question the integrity of management for proposing these changes.

(iii) Gift of cars

The transactions are material by nature because it is a transaction between the company and two close relatives of a member of key management personnel, meaning that it is a related party transaction, disclosure of which is required in accordance with IAS 24 *Related Party Disclosures*. It is irrelevant that the son and daughter of the director have not been employed by Sunningdale Co as they are related parties due to their close family relationship with a member of key management personnel.

ISA 550 *Related Parties* requires that the auditor evaluates whether identified related party relationships and transactions have been appropriately accounted for and disclosed in accordance with the applicable financial reporting framework. The auditor should also obtain audit evidence that the transactions have been appropriately authorised and approved.

Tutorial note: Credit will be awarded for further discussion of relevant points from ISA 550 including consideration of whether the transaction is in the normal course of business and whether the terms of the transaction appear consistent with management's explanations.

IAS 24 requires full disclosure of the following in respect of related party transactions, including:

- the nature of the related party relationship,
- the amount of the transaction,
- the amount of any balances outstanding including terms and conditions.

The fact that no income was received for the motor vehicles does not remove the requirement for the transactions to be fully disclosed and may indicate that this is a form of disguised remuneration for the director in an attempt to avoid tax.

Further actions

Tutorial note

Make specific comments to identify in detail the further actions that should be taken by the auditor. A checklist of bullet points, properly expressed, is a useful approach to adopt.

- Management should be requested to correct the misstatements in respect of the investment properties and the specialist manufacturing equipment.
- Cottrell & Co should consider the fact that other audit areas could have also been manipulated to achieve required targets/covenants and may need to plan more audit work accordingly.
- Cottrell & Co should consider the independence of the valuer, especially in the light that three investment properties have increased in value, but one has decreased – it is possible that the increases have been overstated.
- If management refuses to adjust the financial statements, the auditor should communicate again with those charged with governance. They should repeat the request to adjust the financial statements and inform them of the modifications which would be made to the auditor's opinion if the adjustments are not made.
- If management still refuses to amend the financial statements, the auditor should request a written representation from management confirming their intent to proceed without amending the financial statements and that they understand that the audit opinion will be modified in this event.
- A second partner review of the matter and the proposed auditor's report to be issued should be obtained.

(b) Implications for the auditor's report

When considered in aggregate, the incorrect retrospective accounting treatment of the accumulated depreciation of the specialist machinery and the lack of disclosure of related party transactions are material misstatements due to non-compliance of requirements set out in IFRS Accounting Standards.

The auditor will need to apply the requirements of ISA 705 Modifications to the Opinion in the Independent Auditor's Report. In this case, it is likely that the auditor would conclude that the misstatements in aggregate are material but not pervasive to the financial statements. For the misstatements to be considered pervasive, the auditor's judgement would lead to a conclusion that they represent a substantial proportion of the financial statements or in relation to disclosures, that they are fundamental to users' understanding of the financial statements, neither of which appears to be the case in this situation.

Therefore, a qualified opinion on the basis of material misstatement should be given. The auditor's report should include a heading 'Qualified Opinion', and the report should state that except for the matters described in the Basis for Qualified Opinion paragraph, the financial statements give a true and fair view.

The Basis for Qualified Opinion paragraph, which should be placed beneath the Qualified Opinion, should describe and quantify the material misstatement relating to the retrospective accounting treatment of the change in accounting estimate and explain how the related party disclosures are misstated.

Examiner's comments

This question presented candidates with a schedule of uncorrected misstatements in relation to the audit of Sunningdale Co. The uncorrected misstatements included the treatment of investment properties, a change to the useful life in relation to specialist manufacturing equipment and a gift of company cars to family members of one of the company's directors.

Candidates appeared comfortable with the familiar format of the question and the answers provided were appropriately structured. Unfortunately, some candidates failed to consider the information in depth and simply made generic comments about whether the item should be adjusted or not without demonstrating the information which should be given to management to encourage them to make the necessary changes. As such, these candidates were not able to demonstrate the professional skills that were also examined in the question of professional scepticism and judgement and analysis and evaluation.

Requirement (a)

Candidates were generally able to identify that the treatment of the investment property was incorrect by discussing that while IAS 40 *Investment Property*, does allow a move to a fair value model this needs to be consistently applied across all the properties and therefore management's approach was inappropriate. Stronger answers were also able to link this to a possible issue with management integrity.

In relation to the change made to the depreciation policy on the specialist manufacturing equipment, many candidates were able to correctly identify that this is a change of accounting estimate in line with IAS 8 *Basis of Preparation of Financial Statements*, and this change should be applied going forward and management's use of a prior year adjustment was inappropriate.

Some candidates were able to discuss the requirements to review the depreciation policy annually and to only make changes to the useful life where this would better allocate the depreciation and reflect the pattern in which the asset benefits are experienced by the company. Only the best answers were then able to discuss that while a change to an accounting estimate is therefore allowed, it must be appropriately justified. Therefore, in addition to the fact that management have made an inappropriate amendment which should be rectified, the overall change by management needed to be challenged and better understood.

Stronger candidates were able to demonstrate appropriate levels of professional scepticism and challenge management's reasons for the treatment of the investment property and depreciation policy by connecting it to the bank covenant around the increase in profit before income taxes. Good answers were able to delve into this in detail and discuss the impact that putting through these adjustments would have on the company's profit before income taxes and used calculations to support their analysis by showing that this would affect the movement in profit before income taxes thereby breaching the covenant.

The misstatement in relation to the gift of the cars was best handled by candidates, with the majority able to identify that this was a related party transaction which was material by nature and would need to be disclosed. Better answers went on to discuss that this disclosure was therefore needed in the financial statements and explained the content of this disclosure. Strong answers were then also able to apply appropriate levels of professional scepticism to discuss that this transaction was not in the normal course of business and might be an attempt to provide an additional benefit to the director.

The requirement also asked candidates to state the necessary actions prior to issuing the auditor's report and it was good to see that many candidates were able to suggest some sensible actions, such as to request amendments to the financial statements and where necessary reporting these issues to Those Charged with Governance, making them aware of the possible implications for the auditor's report. Many candidates also identified the need to request a written representation where management were not prepared to make the amendments. Stronger candidates were also able to suggest more specific actions such as to consider the impact that these issues might have on other areas of the financial statements, particularly considering the potential covenant breach and that it would be advisable to have an engagement quality review of the audit file prior to signing the auditor's report.

Requirement (b)

Requirement (b) then moved the candidates on in time and asked them to consider the **aggregate impact** on the auditor's report where management had processed the adjustment regarding the investment property but had refused to make any changes in relation to the depreciation on the specialist equipment and the related party transaction. Disappointingly, some candidates misread the details of the requirement and assumed that the issue outstanding was in relation to the investment properties. These candidates were not able to score all the analysis marks but were able to score follow through marks where their conclusions regarding the audit opinion were appropriate. Again, candidates are reminded to read the details of the scenario and the requirements carefully. The request for the impact in aggregate should have clearly suggested that more than one misstatement remained.

It also continues to be disappointing to see that many candidates are not assessing the impact of the misstatements in aggregate and often suggest that a different opinion would be issued in relation to each misstatement e.g. one is modified and the other is not.

> Candidates are again reminded to ensure that they have a good knowledge of auditor reporting requirements and must understand that the auditor will **issue a single opinion** on the financial statements and therefore this type of conclusion is inappropriate. This lack of understanding means that candidates waste time providing inappropriate analysis, and it also affects their ability to score professional marks in this area.
>
> Some candidates continue to work through every possible option in relation to the auditor's opinion and other inclusions in the auditor's report, such as emphasis of matter paragraphs or key audit matter sections. Candidates are once again reminded that they should focus on what is relevant in the circumstances as this can result in valuable minutes being wasted on points which are then disregarded by the candidate and do not score credit. Candidates should ensure that they review the model answer to understand the level of depth and analysis which is needed to score the technical and professional marks in relation to auditor reporting.
>
> Despite this, many candidates were able to conclude that a modification would be needed because of material misstatements in the financial statements. The best answers were able to provide meaningful analysis on whether the misstatements were material only or material and pervasive and credit was awarded for any valid conclusion based on the analysis given. Answers were also awarded professional marks where detailed analysis supported conclusions provided.

ACCA Marking scheme	
	Marks
(a) Matters to discuss with management	
Generally, up to 1 mark for each point unless otherwise stated.	
General:	
Management selection of accounting tools	
Increase in profit before income taxes (9.1%) compared with loan covenant target of 6%	
(i) Investment properties	
Accounting rule for valuation of investment properties	
All investment properties must be valued by the same method	
(ii) Specialist manufacturing equipment	
Generally, up to 1 mark for relevant and well explained answer point.	
– Accounting rule	
– Permitted if presents a more appropriate amount reflecting the consumption of economic benefits	
– Prospective accounting for change in accounting estimates	
(iii) Gift cards	
– Material by nature	
– Recognition that these are related party transactions	
– Disclosures required in relation to related party transaction	
– May not be a normal business transaction/question motive	
– Potential further incorrect knowledge or undisclosed related parties	
Tutorial note: Credit will be awarded for further discussion of relevant points from ISA 550 including consideration of whether the transaction is in the normal course of business and whether the terms of the transaction appear consistent with management's explanations.	
Further actions	
– Cottrell & Co should consider the independence of the valuer, given that three properties increased in value and one decreased	
– Management should be requested to correct the misstatements	
– Cottrell & Co should consider the fact that other audit areas could have also been manipulated to achieve required targets/covenants and may need to plan more audit work accordingly	
– If management refuses to adjust the financial statements, the auditor should communicate again with those charged with governance	

– If management still refuses to amend the financial statements, the auditor should request a written representation from management – A second partner review of the proposed audit report to be issued should be performed	
Maximum	**16**
(b) Audit report implications – Basis of qualified audit opinion – Assessment of the combined impact (including materiality of the misstatements) – Assessment of pervasiveness – Opinion heading becomes Qualified Opinion – Impact on basis of opinion paragraph	
Maximum	**4**
Professional marks **Analysis and evaluation** • Appropriate use of the specific information to support discussion, draw appropriate conclusions and design appropriate further actions • Balanced assessment of the information to determine the appropriate audit opinion in the circumstances. **Professional scepticism and judgement** • Effective challenge of information, evidence and assumptions supplied, and techniques carried out to support key facts and/or decisions • Demonstrates professional judgement to evaluate the magnitude of the misstatements and their impact on the auditor's report • Appropriate application of the materiality set for the audit, i.e. reference to the materiality set	
Maximum	**5**
Total	**25**

23 CRAWLEY *Walk in the footsteps of a top tutor*

Top tutor tips

Part (a) requires you to justify why the internal control matters should be communicated to TCWG. This is assumed knowledge from Audit & Assurance and ISA 265 which requires significant control deficiencies to be communicated with TCWG. Explain the potential risks that the company could face because of the control deficiencies. In addition to significant control deficiencies, other matters which should be communicated include difficulties encountered during the audit, accounting issues which could result in a modified audit opinion and matters affecting auditor independence.

Part (b) deals with a different client and requires a critical appraisal of the KAM section provided. Approach this in the same way as you would a critical appraisal of multiple report extracts. Read through the two paragraphs and consider whether they are KAM. They may be matters that wouldn't be mentioned in the auditor's report, they may be matters that should be dealt with in other parts of the auditor's report or they may be matters which are correct to be included in the KAM section but haven't been included in an appropriate level of detail. As is always the case, you must justify your reasons.

(a) (i) Matters to be included in respect of deficiencies in internal control

In each case, the auditor needs to use judgement to determine whether the deficiency in internal control which has been identified is significant enough to warrant disclosure.

According to ISA 265/ISA (UK) 265 *Communicating Deficiencies in Internal Control to Those Charged with Governance and Management*, the significance of a deficiency or a combination of deficiencies in internal control depends not only on whether a misstatement has actually occurred, but also on the likelihood that a misstatement could occur and the potential magnitude of the misstatement.

New payroll system

The audit procedures have identified a deficiency in that internal controls over systems changes have not been adequate. When a new system is introduced, there should be a range of controls to ensure that data transfer is complete and accurate. It is common that old and new systems operate in parallel for a period of time so that problems can be quickly identified and rectified. The system change was clearly not well planned or performed, and this could indicate a wider weakness in the general controls within the organisation.

It is likely that the payroll system generates figures which are material to the financial statements. Even though audit procedures have indicated that there is no related material misstatement, a lack of controls over payroll could result in errors in the calculation and payment of payroll taxes, which in turn could lead to fines or penalties if mistakes are made.

This potential problem should be communicated, as well as recommendations for establishing the internal controls which should be in place when there are significant changes to accounting systems.

Marketing director

The marketing director acquired a new laptop computer immediately before leaving the company, and the laptop computer has not been returned to Violet Co. Even though the laptop computer is not a significant asset, it remains on the company's non-current asset register, and having been paid for by Violet Co, it should have been given back to the company. If the marketing director deliberately acquired the laptop computer using company funds but with no intention of reimbursing the company or returning the asset on leaving, this amounts to a theft of company assets, which appears to have been endorsed by the financial controller. The behaviour of the financial controller questions their integrity and its overall effect on the risk profile of the audit client.

Also, the marketing director may still have access to the company's servers and remote access to the company's financial information and bank accounts. If this is the case, there may have been other acts of misappropriation, e.g. theft of cash from the company's bank account, with implications for the integrity of the financial statements.

This matter should be communicated to management and those charged with governance despite the fact that the value of the laptop is not likely to be significant to the company or material to the financial statements.

ISA 265 identifies that the identification of management fraud, whether or not material, which was not prevented by the entity's internal control, is an indicator of a significant deficiency in internal controls which should be communicated.

However, it is possible that the marketing director has reimbursed Violet Co, in which case the laptop should be removed from the non-current asset register.

(ii) Matters to be communicated with those charged with governance

Delays in providing information to the audit team

Those charged with governance should be made aware of the delay which the audit team encountered in receiving important information. According to ISA 260/ISA (UK) 260 *Communication with Those Charged with Governance*, significant delays by management, the unavailability of entity personnel, or an unwillingness by management to provide information necessary for the auditor to perform the auditor's procedures represent significant difficulties encountered during the audit, which should be communicated.

The information underpinning the trial balance should have been prepared by the finance director and made available to the audit team, but it had not been prepared as requested. The information was eventually received, but the delay will have meant that the audit did not run as efficiently as planned. The extra work may have implications for the audit fee, which should also be discussed.

Controls over manual journals

There appears to be control deficiencies or simply a lack of documentation over manual journals. Crawley & Co should recommend that controls are strengthened over the posting of manual journals, to both reduce the risk of material misstatement in the financial statements and to avoid additional audit work being necessary next year.

It is particularly concerning that the same issue arose last year. Crawley & Co should raise the issue with those charged with governance in order to understand why last year's discussion has not been acted upon.

Change in accounting policy

This planned change in accounting policy could have a significant impact on the company's financial statements. ISA 260 suggests that communication with those charged with governance may include a discussion of the qualitative aspects of accounting practices, including any changes in significant accounting policies. Crawley & Co may wish to explain in their communication the potential impact on the financial statements if such a policy were adopted.

Crawley & Co should consider if Violet Ltd has a motivation to include properties at fair value in order to present the statement of financial position in a more favourable light.

The audit firm may also comment on the key aspects of the accounting policy, for example, the ways in which fair value can be established, and the need for monitoring movements in fair value so that subsequent revaluation gains and losses can be properly identified and accounted for.

In addition, Crawley & Co may also wish to discuss the practical implications of this policy, such as the cost of external valuations. The audit firm could also discuss the changes which may be needed in the audit approach for properties, when the policy is implemented in the next financial year.

Board meetings

Those Charged With Governance should be made aware of the finance director's request for the audit engagement partner to attend monthly board meetings. Ethical requirements prohibit an auditor from accepting a role as an officer or member of the board of directors. However, there is nothing to prohibit an auditor from simply attending the board meetings of an audit client as an observer. There may be circumstances in which a representative from the audit firm needs to attend, for example, in order to inform those charged with governance of significant issues affecting auditor independence.

However, the auditor attending the client's board meeting must be careful that they do not assume a management/governance role while attending the meetings. If matters not relevant to the audit are debated on which the auditor's opinion is sought, the auditor could be deemed to be involved with management decisions, or to be providing an additional service to the client which potentially creates self-review and self-interest threats to objectivity. These threats would be so significant that no safeguards could reduce them to an acceptable level. Accordingly, no partner or employee should be appointed to the board of an audit client.

These points should be explained to those charged with governance so that they understand why it was inappropriate for the finance director to make this request, and why the audit firm should decline.

(b) Branson Co – critique of auditor's report of going concern

There is a significant uncertainty over going concern, and the issue should not be included in key audit matters (KAM). Instead, it should be disclosed in a separate section of the auditor's report entitled Material uncertainty related to going concern (MURGC) in accordance with ISA 570/ISA (UK) 570 *Going Concern*. This is only appropriate if the audit team has sufficient, appropriate audit evidence to reach the conclusion that there is significant doubt over going concern, which has been adequately disclosed in the financial statements.

The description of the company's loss-making status is too vague and from the audit evidence it seems that the company's cash flow problems are the reason for its going concern problems, so it would be more appropriate to mention cash flow problems rather than losses in the MURGC paragraph.

There is reference to where the going concern problems are discussed in the company's operating and financial review. The auditor's report should refer to the notes to the financial statements, as these are the disclosures required by the financial reporting framework and the disclosures which have been subject to audit.

Finally, the auditor's statement that 'we are confident that the parent company, Grantham Co, is able to fully support Branson Co' is not appropriate. The audit firm should not offer any opinion on the level of support being offered by the parent company. The statement could open up the audit firm to liability issues should Branson Co face further financial difficulties which the parent company is not able to support.

Contract win

A KAM is one of significance to the audit, and the extract does not give any information to describe or explain why the contract was significant to the audit. If the contract was a KAM, then in accordance with ISA 701/ISA (UK) 701 *Communicating Key Audit Matters in the Independent Auditor's Report*, the auditor's report should contain a description of:

- why the matter was determined to be one of the most significant in the audit and therefore determined to be a KAM, and
- how the matter was addressed in the audit.

Neither of these required descriptions has been provided and therefore either the contract win is not a KAM and should not be included, or it is a KAM, for example, in the auditor's evaluation of going concern, but the descriptions are inadequate and not in compliance with ISA 701.

In addition, the auditor's comment regarding the contract 'eliminating going concern problems' seems to contradict both the audit findings and the statement in the draft auditor's report which states that there are significant uncertainties over going concern. The KAM section should not be used to provide additional explanation regarding matters disclosed or discussed elsewhere in the auditor's report, so it is not appropriate to provide additional information or an opinion about going concern in the KAM section.

The auditor should not comment on the operations of the client company, such as the success in winning a tender anywhere in the auditor's report. This impairs the objectivity of the auditor's report and is not appropriate. Referring to a competitor of the company is extremely unprofessional and could result in legal action being taken against the audit firm.

Examiner's comments

Requirement (a)

Answers to this question were generally poor. A significant number of candidates merely repeated the deficiency from the scenario and stated that it was a deficiency in internal control and should be reported, without providing any reason **why** it would be reported. Candidates may have stated, for example, that this deficiency may lead to an increased risk of fraud. Therefore, many responses were merely repeating the scenario with little or no development. This limited the number of technical and professional skills marks that could be achieved, due to candidates failing to discuss whether the issues would be reported and justifying why they would be reported.

Stronger candidates did identify the point that even though the deficiency in internal control in relation to payroll was deemed immaterial, it could be an indicator of a wider control issue. Stronger candidates identified the asset retained by the managing director on leaving the company was an indicator of fraud and, even though it may be quantitively immaterial, it is deemed to be material by nature and therefore required reporting.

Part (a)(ii) required candidates to recommend the further matters which should be included in the report to TCWG and to explain why the issues should be included.

Generally, candidates identified the need to report the delay that had been caused due to the information not being available and identified that this would impact the audit efficiency and the fee. Professional marks for application of scepticism were available and linked to the increase in the audit fee and lack of efficiency also.

A significant number of candidates failed to explain the implication of deficiency in controls identified at the client in the previous year which have yet to be rectified.

Many candidates incorrectly stated the change in accounting policy regarding the treatment of the company's properties from a historical cost basis to revaluation required a retrospective adjustment. This demonstrated a significant lack of knowledge regarding IAS 8 *Basis of Preparation of Financial Statements* and that a change in accounting policy regarding the revaluations of non-current assets does not have to be applied retrospectively.

Many candidates merely stated what would be reported but failed to sufficiently explain **why** it would be reported. This area of the syllabus continues to be poorly answered by candidates yet forms a critical element of the completion and reporting process of the audit.

Requirement (b)

This requirement asked candidates to critically evaluate the extract of the KAM section included in the scenario.

A number of candidates listed out everything that was missing from "the auditor's report", yet this failed to meet the requirement, as candidates were asked to critically appraise an extract not the entire auditor's report. Answers which, therefore, discussed that the title and addressee were missing and that the audit partner had not signed the report were irrelevant and were not awarded credit. Candidates must read the requirement carefully and focus their attention on critiquing the extract provided. This wastes time which could be spent providing a more detailed and focused answer.

It was noted that some candidates also wasted time re-drafting paragraphs, which again is not relevant and not required, as re-drafting an auditor's report does not form part of the syllabus. The requirement specifically stated that candidates were not required to re-draft wording, and therefore credit was not awarded. Again, candidates are reminded to take notice of the detailed guidance provided by the examining team.

Stronger candidates identified that the KAM section should be used to explain matters, which are in the auditor's professional judgement, to be of most significance in the audit. Most notably, it should explain **why** the matter was of most significance and **how it was addressed in the audit**. The extract provided in the exam uses the KAM as a tool to explain the issues that the auditor wishes to draw the user's attention to, but they have not explained what was done to address these risks during the audit. In summary, the KAM section has been used for the wrong purpose in this scenario.

Stronger candidates identified that an uncertainty in going concern should be discussed within the Material Uncertainty Regarding Going Concern (MURGC) section, provided that the uncertainty is sufficiently disclosed in the notes to the financial statements by the client. It was disappointing to note a number of candidates continue to state that the uncertainty regarding going concern in this scenario should be discussed in an Emphasis of Matter paragraph. This would only be appropriate where the company is no longer assessed to be a going concern, which is not the case in this scenario.

Weaker candidates discussed that the auditor's opinion should be modified and discussed the opinion and basis of opinion paragraph, yet the scenario clearly stated the client had disclosed the uncertainty in the notes and inferred the auditors were confident the client treatment was reasonable. Therefore, such comments relating to incorrect opinions and discussions of pervasiveness were not relevant to the requirement and did not score credit.

Professional skill marks were available for commercial acumen, yet very few candidates scored these marks as they failed to demonstrate appropriate recognition of the wider implications to the audit firm. Marks were also available for analysis and evaluation which were generally awarded to stronger candidates who successfully answered the requirement by tailoring their critique to the extract, explaining why it was an issue and how it should be correctly dealt with.

Overall, the performance of candidates in these questions is broadly in line with past sessions. There continues to be a gap between candidates capable of demonstrating audit competence through strong application of knowledge and concepts to practical scenarios, and those who approach the examination as a factual exercise and fail to tailor their answers to the scenarios or do not show professional scepticism or commercial awareness.

Practice of past questions will aid candidates in determining their knowledge gaps and give practice at applying their knowledge to the given scenarios. It is essential that candidates review their answers and compare these to the scenario specific explanations given in the model answers. This question practice needs to be built upon a good knowledge of the syllabus gained by achieving strong pass marks in the Audit and Assurance (AA), Financial Reporting (FR) and the Strategic Business Reporting (SBR) examinations.

Candidates are encouraged to develop a wider appreciation of the significance of risks by reviewing published auditor's reports of listed companies where the auditor produces a key audit matters (KAM) section.

ACCA Marking guide			
			Marks
(a)	**(i)**	**Deficiencies in internal control** Generally, up to 1 mark for relevant and well explained answer point. – Controls over significant operating system changes appear to be deficient – Deficiencies could lead to inaccurate tax and possible fines/penalties – Could indicate more pervasive deficiencies in the general control environment – Marketing director appears to have deliberately taken assets from the company – Management fraud should always be reported to those charged with governance even if not material – In both cases, recommendations for improving internal controls should be made	
		Maximum	**5**
	(ii)	**Matters to be reported to those charged with governance** Generally, up to 1 mark for relevant and well explained answer point. – Significant delay caused by lack of information provided to the audit team – Implications for audit efficiency and audit fee – Controls over manual journals appear to be deficient – Discuss why the same issue arose last year and has not been resolved	

	– Communicate potential impact on financial statements of change in accounting policy regarding revaluations – Communicate practical considerations of the change in accounting policy – Ethical requirements prohibit auditor from serving on the board of an audit client – Allowed to attend but not take on a management/governance role	
	Maximum	**7**
(b)	**Key audit matters** Up to 1 mark for each valid answer point which is a critique of the draft key audit matters paragraph – Going concern matters should be in separate paragraph and are not a KAM – Description too vague and should refer to cash flow problems not losses – Should refer to the note to the financial statements, not the operating and financial review – Inappropriate to express an opinion on the level of support offered by the parent company – Contract win needs to have more explanation/discussion as to why it has been included as a KAM – Or, if not a KAM, it should not be included – Contradiction where the contract is described as eliminating going concern problems – KAM should not be used to provide additional opinion – Inappropriate to refer to the details of the win or to name the competitor	
	Maximum	**8**
	Professional marks **Analysis and evaluation** • Effective analysis and identification of issues and omissions in the draft auditor's report • Appropriate use of the information to support discussion, draw appropriate conclusions and design appropriate responses • Appropriate recommendations in relation to necessary actions which reflect the stage of engagement **Professional scepticism and judgement** • Effective challenge and critical assessment of the matters with appropriate conclusions • Appropriate application of professional judgement to draw conclusions and make informed decisions about the actions which are appropriate in the context and stage of the engagement • Demonstration of the ability to probe for further information **Commercial acumen** • Inclusion of appropriate recommendations regarding how Those Charged with Governance and the audit firm should respond to the situation	
	Maximum	**5**
Total		**25**

24 MARLOS *Walk in the footsteps of a top tutor*

Top tutor tips

Part (a) asks for the matters to be considered and the audit evidence that should be on file during your review of the audit file. Use the 'MARE' approach. First, consider the materiality of the issue. Next discuss the appropriate accounting treatment and give the risks of material misstatement that would arise if the appropriate treatment is not followed. Finally, the evidence is what you would expect to be recorded on the audit file when you come to review it.

For part (b) you need to state the impact to the auditor's report if the client does not amend the financial statements in respect of one of the issues presented in the scenario. State the impact to both the report and opinion as a result of the issue. Don't waste time stating the reporting implications if the issue is corrected as this is not part of the requirement.

(a) Matters and evidence

New property lease

The right-of-use asset value exceeds the materiality threshold of $1.1 million and as such is material. IFRS 16 *Leases* requires that on inception of a lease, a lease liability is initially measured at the present value of the lease payments not paid at the commencement date, discounted at the rate implicit in the lease if that can be readily determined. Here, this appears to have been correctly created.

A right-of-use asset should initially be measured at the initial lease liability, plus any lease payments made at or before the commencement date (less any lease incentives) plus the initial estimate of any restoration costs and any direct costs incurred. This right-of-use asset should be depreciated over the term of the lease. This asset will be accounted for under a cost model where the right-of-use asset is measured at cost less accumulated depreciation and any accumulated impairment.

The rent-free period alters the timing of the cash flows relating to the lease, but it does not alter the measurement of the right-of-use asset or lease liability calculated. Therefore, depreciation should be charged as the entity has the use of the asset, even if no lease payments have yet been made.

The depreciation which should have been charged on the asset in the first year is $4.1 million ($28.9 million/7 years). This amount is significantly over the materiality threshold for the audit. This means that non-current assets are overstated, and expenses are understated by a material amount. As such, it represents a material misstatement unless management adjusts the amount.

Evidence

- Copy of the lease contract to agree the period, the payments required, the implicit interest rate and whether there is any requirement to restore the condition of the building to support the amounts to be included in the financial statements.

- Evidence that a physical inspection was performed to confirm the existence of the building and its condition to determine if there are any indicators of impairment.
- A copy of management's calculation of the present value of the lease obligation and right-of-use asset agreed back to the underlying lease amount.
- A recalculation of management's figures with respect to the lease asset.
- A copy of the extract of the non-current asset register to confirm the amounts capitalised and a breakdown of liabilities to confirm the year-end value of the lease liability.
- Copy of the company policy to review the accounting treatment regarding depreciation of non-current assets is consistent.
- Notes of a discussion with management regarding the use of the asset and cash flows arising from the new store to determine whether there are indicators that the asset may be impaired.
- A copy of the proposed financial statement disclosures in relation to the lease, for example, the interest expenses of leases and the maturity of the liability.

Inventory

The inventory held by Marlos Co purchased from the new supplier is held on consignment. Marlos Co has no control over the inventory as the supplier can require unsold inventory to be returned and Marlos Co has the right to return the inventory. In accordance with IFRS 15 *Revenue from Contracts with Customers*, the inventory remains the property of the supplier until Marlos Co has sold the inventory to a third party. This means that the inventory should only be recognised as a purchase and corresponding inventory amount where Marlos Co no longer has a right to return the assets, i.e. when they are sold to a customer.

As such, $8.1 million of inventory should not be recognised in the financial statements of Marlos Co. Instead, Marlos Co will show a receivable due from the new supplier to the inventory purchase price as they potentially have the right to receive a refund for this amount. Ownership and control of the inventory is still with the supplier until it has been sold by Marlos Co.

Currently, Marlos Co is recognising the asset of the inventory ($8.1 million) but as it can be returned for a refund, this misclassification results in inventory being overstated and trade receivables understated. This amount is significantly higher than the materiality level for the company audit and is a material misstatement in classification. The net impact on net current assets, however, is nil.

> ***Tutorial note***
>
> *Credit will be given if the candidate states that payment is not required until Marlos Co has sold the inventory to a third party. It is not determined from the scenario that this inventory has been paid for, and some consignment inventory only falls due for payment once the goods have passed to the third party (i.e. the supplier no longer controls the inventory).*

Evidence

- Copy of the contract with the new supplier to understand and confirm the terms and conditions of the sale or return arrangement and the amounts involved.
- Copy of the inventory records to confirm the total value of inventory received from the new supplier which was unsold at the year end.
- Confirmation from the supplier of the amounts outstanding in respect of these goods.
- Agreement of amounts refunded to Marlos Co post year end to the supplier information, such as a credit note, received post year end and the bank statement if a refund was received.
- A copy of the calculation of how much of the inventory held was eligible for return, cast for accuracy and agreed to contract terms.
- Notes of discussion with management about the misclassification of the inventory which can be returned and their reasoning for classifying this as inventory.

(b) Evaluation of the impact on the auditor's report

In respect of the depreciation charge for the leased property, it appears that the profit for the year is overstated by $4.1 million. This is a material misstatement in the financial statements, but as this represents a single item only, the misstatement could be considered material but not pervasive.

As such, the audit opinion should be modified and a qualified 'except for' opinion should be given on the basis of a material misstatement. This will be presented in the qualified opinion paragraph at the start of the auditor's report.

This will be followed by a basis of qualified opinion paragraph which will explain the reason for the qualification and quantify the impact of the misstatement.

Examiner's comments

This was a matters and evidence question with two accounting issues; incorrect depreciation of a right-of-use asset and consignment inventory that had been incorrectly accounted for in the client's financial statements. Candidates appeared comfortable with the familiar format of the question and the answers provided were appropriately structured however the majority of candidates failed to make any attempt at the professional skills that were also examined in the question of professional scepticism and judgement and analysis and evaluation.

Requirement (a)

The accounting error in the depreciation of the right-of-use asset was correctly identified and explained by the majority of candidates. A large number of candidates calculated the error and compared this error to the materiality threshold in the question in order to conclude that this constituted a material misstatement. Some candidates continued to use the entire asset value to assess materiality or failed to compare the error to the materiality threshold provided in the question and therefore missed out on valuable marks. Evidence areas were well addressed by most candidates for this issue; however, many candidates failed to develop their answer sufficiently to gain professional skills marks on this issue.

The lack of professional skills marks awarded was disappointing as it was reasonable to suggest that there may be management bias on the incorrect accounting treatment due to a desire to manipulate profits. The inventory matter was less well addressed by candidates as a significant number failed to appreciate that the accounting issue was that consignment inventory was being accounted for as if it was owned and controlled by Marlos Co. Some students strayed into discussing the business risk aspects of this arrangement which was outside of the scope of this question. The failure to identify the accounting error affected the follow-on marks for evidence, however sensible descriptions of evidence were awarded credit, such as consideration of whether the inventory had been paid for and obtaining the supplier's confirmation of goods that remained unsold at the year end. As previously mentioned, there was a disappointing lack of understanding of the accounting issue and this also had an impact on the professional skills marks. Firstly, there was a lack of any attempt to critique management's treatment of the inventory and furthermore candidates did not appear comfortable with the double entry here and failed to appreciate that the error had no effect on net assets. This meant that the error which could be judged as an area of management incompetence rather than bias and therefore suggested the possibility of further errors to the financial statements as a result was often not identified.

Requirement (b)

This part of the question was either answered very well or very poorly. As with elsewhere in the exam, candidates could only score sufficient credit to pass this requirement by following the instructions and applying their answers to the scenario. Some candidates continued to produce answers that failed to decide on an appropriate audit report by offering a range of different audit opinions which does not address the requirement and therefore cannot attract credit. Follow on marks for the title and content of the basis of opinion paragraphs were awarded where appropriate, however few candidates made their description of the content of the basis of opinion paragraphs sufficiently detailed and applied to be awarded maximum credit. This was disappointing as many candidates had demonstrated sufficient understanding of the accounting issue in part (a), and so these marks should have been achievable.

Professional skills marks associated with this part of question were awarded for analysis and evaluation in the context of the scenario and the use of judgement to determine an appropriate audit opinion. Strong candidates could confidently achieve maximum technical and professional skills marks in this area.

ACCA Marking guide		
		Marks
(a)	**Matters and evidence** Generally, up to 1 mark for each matter explained and each well described piece of evidence. **New property lease** **Matters** – Correct accounting treatment of leases – Requirement to depreciate/calculation of the missing depreciation – Financial statement implications re depreciation – Materiality assessed **Evidence** – Copy of the lease contract to agree terms and conditions – Evidence that a physical inspection was performed to confirm the existence and conditions of the building – A copy of management's calculation of the present value of the lease obligation and right-of-use asset agreed back to the underlying lease amount – Recalculation of management's figures	

	– Copy of the non-current asset register extract to confirm the amounts capitalised and a breakdown of liabilities to confirm the year-end value of the lease liability – Copy of the company policy to review the accounting treatment – Notes of a discussion with management regarding the use of the asset and cash flows arising from the new store – Copy of the proposed financial statement disclosures	
	Maximum	**9**
	Inventory **Matters** – Accounting treatment for inventory held on a consignment basis – Financial statement implication – Classification error – Accounting treatment – Assessment of the materiality of the misstatement **Evidence** – Copy of the contract with the new supplier to understand and confirm the terms and conditions of the arrangement – Copy of the inventory records to confirm the total value of inventory received and unsold at the year end, identified as being returned – Confirmation from the supplier of the amounts outstanding in respect of these goods – Credit note received post year end and bank statement if a refund was received to confirm amounts refunded post year end – Copy of the calculation of how much of the inventory held was eligible for return – Notes of discussion with management about the misclassification of the inventory which can be returned	
	Maximum	**7**
(b)	**Auditor's report** Generally, 1 mark for each relevant and well explained point. – Material not pervasive with justification – Qualified on the basis of material misstatement – Positioning of opinion/basis of opinion – Explanation of the specific content of the basis of opinion paragraph in relation to the specific scenario – Titles of paragraphs impacted	
	Maximum	**4**
	Professional marks **Analysis and evaluation** • Appropriate use of the information to support discussion, draw appropriate conclusions and design appropriate responses • Appropriate recognition of the implications for the auditor's report • Balanced assessment of the information to determine the appropriate audit opinion in the circumstances **Professional scepticism and judgement** • Effective challenge of information, evidence and assumptions supplied and demonstration of judgement in relation to the risks in the question • Evaluation of the pervasiveness of the misstatements, providing a justified conclusion which is appropriate in the context of the scenario	
	Maximum	**5**
Total		**25**

25 GELLER *Walk in the footsteps of a top tutor*

Top tutor tips

Part (a) requires an evaluation of the assumptions used in a cash flow forecast which is being assessed as part of the auditor's going concern procedures. Even though this is an audit engagement, take the same approach as you would for a non-audit engagement to examine a cash flow forecast. Professional scepticism needs to be exercised for both. When the forecast is used to support the going concern basis, the client will want to make the forecast to look positive as they will not want to draw attention to uncertainties that require disclosure in the financial statements.

In part (b), you need to give the evidence you would expect the audit team to have obtained in respect of the cash receipts only. There will be no marks for evidence over payments. Evidence is the information documented in the audit file that has been obtained from performing an audit procedure. It should be as detailed as an audit procedure in that it needs to explain why the evidence has been obtained. A list of pieces of evidence with no explanation will not be sufficient to score full marks.

In part (c) you need to consider which audit opinion is appropriate in the circumstances, compare that with the audit assistant's proposal and if you disagree with the proposal, explain why.

(a) Evaluation of the assumptions used by management in preparing the cash flow forecast

Cash receipts from customers

Management has assumed growth of 2% in each six-month period, which appears optimistic given that this year revenue has decreased by 20%, which is a continuation and worsening of a longer-term trend.

The assumptions underpinning management's expectation of a reversal in this downward trend in revenue both appear to be flawed for a number of reasons:

- First, the assumption that a full range of digital book and magazine titles will be available in August 20X5 seems extremely optimistic. The digital publishing acquisition is a recent event, and there is no indication from the information provided by management as to how a full digital offering will be created by August 20X5, which is only one month away.
- The cash flow forecast contains no specific expenditure relating to the creation of this digital portfolio, so it is unclear how this business development is supported given the apparent lack of resources being devoted to it.
- There are also no specific cash flows included in the forecast relating to forging closer connections with online retailers, so it is difficult to see how this assumption is supported.
- In addition, not all authors may give permission for their books to be converted into digital format, so the company may not be able to offer a full range, as is suggested.
- If the sale of the Happy Travels range goes ahead, the company will lose the cash receipts from sales of those titles.

Second, the assumption that Chandler Muriel's books will generate $250,000 each six-month period should be challenged, for the following reasons:

- The first book has apparently not sold well, so there is a question over whether this book, and the others in the series which are due to be published in the next two years, will generate this level of income.
- It may also be overly optimistic to assume that Chandler Muriel will be able to deliver the books for publication in quick succession, in time to meet the publication deadlines set by Geller Co.
- In addition, it seems odd that the income assumed to be generated is $250,000 per six months – this round sum figure should be challenged.
- With the publication of additional books in the series, it would be expected that the income stream would increase rather than remain static.

The final point in relation to the cash receipts from customers included in the forecast is that the 2% sales growth has not been applied consistently. The final six-month period, to 31 March 20X7, is based on a 5% increase in cash receipts. The reason for this should be challenged – it could be a genuine mistake, or it could be a deliberate manipulation. Without a 5% increase in the final six-month period, the cash position is negative, a motive for management bias in the calculations.

Cash receipt from sale of Happy Travels range

The decision to sell this range of books has only recently been made, and it may be optimistic to assume that the sale will actually go ahead, especially given the industry-wide deterioration in demand for printed books. Even if a buyer is found, the sale may not go ahead in January 20X6, which is only six months away.

In addition, the estimated cash receipt on sale should be challenged. Just because other ranges of books have successfully sold in the past, with a sale price based on a multiple of annual sales, it does not mean that the same model can be used for this particular range of books.

Management has an incentive to include an estimated sales receipt which will cover the bank loan repayment which is due to be paid, according to the forecast and presuming the repayment date is successfully extended, in September 20X6. This is a significant motivation for overestimating the amount to be raised on the sale of Happy Travels.

Operating expenses

It is overly simplistic to assume an increase in operating expenses of 1% per six-month period based on inflation. This may be an attempt to understate operating expenses and improve the appearance of the cash flow forecast. Some operating expenses may be missing, e.g. as mentioned above, any specific operating expenses required to create the digital range of books and magazines, and marketing expenses related to promoting sales using online retailers.

Operating expenses are likely to include advances paid to authors and royalty payments relating to the volume of sales of their books. If sales are expected to increase by 2% per six-month period, then royalty payments would be also expected to increase, but this does not appear to have been factored into the operating cash outflows.

In addition, there are no specific cash outflows in relation to the recently acquired digital publishing division, yet it is likely that significant costs and cash outflows are likely to be incurred in merging this into the existing business and preparing the digital books and magazines which are due to be launched next month.

Interest expenses

This cash outflow is static at $125,000 until the point at which the forecast assumes that the loan will be repaid. This should be challenged, because the company is clearly using an overdraft for many months and will also need to utilise the undrawn borrowing facilities once the overdraft limit of $250,000 is breached – this is forecast to happen in the six-month period to 30 September 20X5. The interest expenses should therefore increase and fluctuate, depending on the utilisation of the overdraft and borrowing facility which takes place.

In addition, assuming no interest expenses in the final six-month period should be challenged – the company has a negative cash position forecast at 30 September 20X6, so there presumably will be some overdraft interest payments which will need to be made.

Loan repayment

It is not certain that the bank will agree to renegotiate the loan repayment date to 30 September 20X6, which is the date assumed in the cash flow forecast. This assumption may be over-optimistic and an attempt to move the timing of the significant cash outflow on the loan repayment to after the company has received the cash on disposal of Happy Travels (which itself is uncertain).

If the bank does not agree to change the repayment date, or if the sale of Happy Travels is delayed or does not take place, or does not raise at least $5 million, then it will not be possible for Geller Co to repay the bank loan. This would cause serious going concern problems, and therefore creates significant pressure on the company's management to manipulate the timing and the amount of the cash flows.

Tax expenses

There does not appear to be any cash flows relating to tax payments included in the forecast. If management is claiming that there will be no tax payments during the period covered by the forecast, this assertion needs to be approached with professional scepticism as it is unlikely that no tax payments at all will occur during this time. These payments may be deliberately omitted to improve the cash flow position as shown in the forecast.

Dividends

No dividend payments are included in the cash flow forecast, which could be a genuine situation if shareholders are not expecting to receive any dividend payment in the next few years. However, the omission of dividend payments could be a way for management to improve the cash flow forecast.

Conclusion

There is a significant risk that the assumptions used in preparation of the cash flow forecast are not realistic and have been applied to make the cash flow forecast look positive in an attempt to present a much more favourable impression of the company's going concern position to the audit team.

(b) Evidence expected on cash receipts

- Notes of a discussion with appropriate personnel, e.g. sales director and commissioning editors, to obtain understanding of how management justify a 2% growth rate per six-month period given the company's recent declining revenues, including specific evidence relating to the company's plans to develop closer relations with online retailers.
- Copies of any signed customer contracts, e.g. from physical or online retailers, and copies of market research performed on the company's product ranges to corroborate the forecast sales figures. This evidence should be both general in nature and also specific to the range of books to be published by Chandler Muriel, to justify the specific sales forecast in respect of this book series.
- A copy of the signed contract between Geller Co and Chandler Muriel to confirm the expected publication dates of the books and the amounts of any advances and royalty payments due.
- Relating to the plans to launch a full range of digital books and magazines:
  - Notes of a discussion with management regarding the process which has been made and confirmation that the author agreements have been obtained and the readiness of the digital platform.
  - For a sample of authors, a copy of their agreement to allow Geller Co to create and publish digital versions of their books.
- Notes of a discussion with management regarding the plans to sell the Happy Travels range, specifically to confirm:
  - whether any buyers have yet expressed an interest, and if so, the stage of any negotiations
  - understanding of the rationale used by management in using the multiple of annual sales model to estimate the potential sales value of Happy Travels.
- Confirmation, from a review of board minutes, that the sale of the Happy Travels range has been discussed and approved by management.
- Confirmation that the assumptions in relation to cash receipts underpinning the cash flow forecast are consistent with the audit team's knowledge of the business and the environment in which Geller Co is operating.
- Sensitivity analysis performed on cash receipts by varying the key assumptions and an assessment of the impact of these variations on the company's forecast cash position.
- Written representations from management confirming the reasonableness of their assumptions relating to cash receipts and that all relevant information has been provided to Bing & Co.
- A review of the bank ledger account/cash book from 1 April 20X5 to the date of the auditor's report, identifying any significant cash receipts which do not appear to have been included in the forecasts.

(c) Auditor's report

The audit assistant is correct to identify that there is a significant going concern issue facing Geller Co due to the uncertainty over the sale of the Happy Travels publishing range, and as a consequence, the company may be unable to repay its borrowings. If sufficient evidence were available to support the use of the going concern basis of accounting in the financial statements and to confirm the adequacy of relevant notes to the financial statements, an unmodified opinion could be issued, and the auditor's report would include a Material Uncertainty Related to Going Concern section to highlight the issue for users of the auditor's report.

However, the lack of evidence over the assumptions used in the cash flow forecast and in particular in relation to the sale of the Happy Travels range means that the auditor should consider modifying the audit opinion in accordance with ISA 705/ISA (UK) 705 *Modifications to the Opinion in the Independent Auditor's Report*. ISA 705 requires that the auditor shall disclaim an opinion when the auditor is unable to obtain sufficient, appropriate audit evidence on which to base the opinion, and the auditor concludes that the possible effects on the financial statements of undetected misstatements, if any, could be both material and pervasive.

The seriousness of the going concern problems facing Geller Co, particularly whether the company will be able to use the sales proceeds from the sale of the Happy Travels range to repay its borrowings, should be considered both material and pervasive as it impacts on the survival of the company.

When the auditor disclaims an opinion due to an inability to obtain sufficient, appropriate audit evidence, ISA 705/ISA (UK) 705 requires that the auditor shall:

- State that the auditor does not express an opinion on the financial statements.
- State that, because of the significance of the matter(s) described in the Basis for Disclaimer of Opinion section, the auditor has not been able to obtain sufficient, appropriate audit evidence to provide a basis for an audit opinion on the financial statements.
- Instead of stating the financial statements have been audited, state that the auditor was engaged to audit the financial statements.

A Basis for Disclaimer of Opinion section should be included in the auditor's report to explain the reasons for the inability to obtain sufficient, appropriate evidence.

Tutorial note

*Credit is awarded where candidates assess and **justify** that the impact on the financial statements is not pervasive. Credit is awarded for concluding, based on this justification, that a qualified audit opinion is appropriate, as the issue of the inability to obtain sufficient, appropriate evidence is material but not pervasive.*

Examiner's comments

This was a completion question centred around the going concern assessment of an audit client in a declining market.

Going concern and audit reporting are two areas most crucial for an auditor to understand but are two of the areas where overall candidate performance is disappointing. Candidates often do not demonstrate professional scepticism when auditing client information involving the future and often are unable to devise ways to assess the prospective financial information rather than the more historical information which is examined at AA. This is compounded by a reluctance to evaluate opinion options rather than replicating a knowledge of the types of audit opinion that is examined already at AA.

Requirement (a)

Candidates were expected to demonstrate professional scepticism to challenge the assumptions supporting the cash flow forecast which management had used to justify the going concern basis for the financial statements. Candidates were expected to evaluate these assumptions, as given in the cash flow forecast (Exhibit 2) against the specific business environment (Exhibit 1). There were also items omitted from the cash flow forecast and candidates should use their professional judgement to determine any missing information such as capital (asset) expenditure, tax, or dividends.

Candidates who performed well on this requirement were able to link the assumptions to the specific business environment, demonstrating professional scepticism when questioning the basis of the judgements made by management. These stronger candidates gained credit for both technical marks for the specific evaluation points as well as professional skills marks for the demonstration of professional scepticism by challenging managements' assumptions with specific explanations. Marks were also available for the demonstration of commercial acumen when making this challenge. Examples of commercial acumen seen in candidates answers included questioning whether the bank would agree to extend a repayment date given the current performance of the company, whether a higher interest rate might be charged by the bank on any extension of repayment due to the higher default risk the loan would carry or questioning management's assertion that books two and three in a series would sell more than book one, given that people generally would read book one in a series before moving onto a sequel.

Weaker candidates tended to simply state an assumption should be challenged without justifying why or made comments relating to similar past questions which were not relevant to this specific scenario and forecast.

Requirement (b)

This part of the question was either answered very well or very poorly. Those candidates who appreciated they needed to support the assumptions in the forecast with regard to future cash receipts did very well, with any valid procedure being awarded credit. Areas which attracted credit included verifying typical payment patterns for existing customers, quantifying the progress on obtaining digital publication rights from authors, identifying whether any potential buyers had expressed an interest in purchasing the Happy Travels range of books, and obtaining any contracts signed with digital outlets. Candidates were also credited for assessing the reliability of the first period of the forecast with the actual results to date during the forecast period. A particularly useful approach by candidates was to take each of the assumptions in the cash flow being assessed and describing a procedure to assess whether it was reasonable.

Weaker candidates who provided generic procedures not tailored to the scenario obtained little credit, for example, reference to a written management representation supporting the information or generic reviews of board minutes. These are weak forms of evidence, and the content of such sources must be specifically described and appropriate to obtain credit. The model answer published alongside this examiner's report contains examples of specific content which would attract credit. It is also important to note that some superficially similar procedures have very different levels of validity in this situation. For example, comparing customer payment patterns to historical payment trends and credit terms to help assess whether the pattern of receipts from customers settling sales invoices, is valid. Comparing forecast sales receipts to historical sales levels is not appropriate as we are told that the market and sales levels have been declining year on year, yet management are predicting growth this year. This means last year's sales are not indicative of the forecast sales, so the comparison is not appropriate.

Professional skills marks attached to this requirement overlapped with requirement (a) where professional scepticism was displayed in relation to the assumptions being tested. A further professional skills mark was available for analysis and evaluation where candidate's procedures were relevant to supporting the assumptions. This did not require the procedures to be correct as that was deemed a technical skill, but it was given for the appropriate focus of the procedures.

Candidates are reminded that reading the requirement carefully is vital and ensuring that they are responding to the specific area being tested or the correct assumption to be verified.

Requirement (c)

The requirement then moved the candidates forward in time to the next stage of the audit process. Candidates should read this additional information carefully to ensure that they are answering the requirement completely. It was disappointing to note that candidates performed poorly on this requirement. Candidates were told that sufficient audit evidence had not been obtained to allow the auditor to conclude on the appropriateness of preparing the financial statements on a going concern basis. The audit assistant had proposed using a material uncertainty relating to going concern paragraph (MURGC) as the client management had agreed full disclosure of the going concern uncertainties in the financial statements (Exhibit 1). Candidates should have explained that the MURGC paragraph is used when the **audit opinion is unmodified**, and the client has made adequate disclosure of the uncertainty. Candidates were expected to assess whether it was appropriate to propose the unmodified opinion, using the information in the scenario to make the determination: The information stated that the auditor could not obtain **sufficient appropriate audit evidence** to support the assumptions in the cash flow. When the auditor has not been able to obtain sufficient appropriate audit evidence over a material aspect of the financial statements there are two options for the opinion:

1 a qualified opinion on the basis of the inability to obtain sufficient appropriate audit evidence where the issue is **material and not pervasive**, or

2 the auditor may provide a disclaimer where no opinion is issued if the matter is **material and pervasive**.

Stronger candidates received credit for assessing and justifying whether this matter is pervasive to the financial statements. As it related to the going concern of the company, this would generally be considered pervasive, however this is a matter of judgement. Candidates obtained credit for the act of making that judgement and the explanations given, and this was followed through to the audit opinion marks. Candidates who did not make that judgement obtained credit for demonstrating that this was an inability to obtain sufficient appropriate evidence, rather than a material misstatement but would not gain the credit available for the assessment of pervasiveness and the conclusion reached because of that assessment.

Some candidates appeared to believe the financial statement should not have been prepared on the basis of going concern, concluding instead that a pervasive misstatement existed. If the auditor had disagreed with the basis of preparation, rather than concluded that they had been unable to obtain sufficient appropriate evidence, this would have been stated in the question.

These weaker candidates would be recommended to revise their understanding of the going concern basis of accounting. The Conceptual Framework states that *"financial statements are normally prepared on the assumption that the reporting entity is a going concern and will continue in operation for the foreseeable future. Hence, it is assumed that the entity has neither the intention nor the need to enter liquidation or to cease trading. If such an intention or need exists, the financial statements may have to be prepared on a different basis"*.

As with the rest of the exam, candidates could only pass this requirement when the answer was applied to the specific scenario in the question. A knowledge of different types of auditor's reports alone would not gain sufficient credit to pass this requirement.

Professional skills marks associated with this part of question were awarded for analysis and evaluation in the context of the scenario and the use of judgement to determine an appropriate audit opinion.

ACCA marking guide		
		Marks
(a)	**Evaluation of assumptions** Generally, up to 1 mark for each relevant point of evaluation: • Cash receipts from customers: – Creation of digital publishing division – Relationships with online retailers – Authors' permission for online versions of products – Sales from Chandler Muriel's books • Sale of Happy Travels • Operating expenses including advances to authors, royalties, marketing expenses for new Chandler Muriel books, digital book costs (licences, administration, software) • Interest payments • Loan repayment • Missing tax expense • Dividends • Conclusion	
	Maximum	**10**

(b) Evidence expected on cash receipts

- Notes of a discussion with appropriate personnel, e.g. sales director and commissioning editors, to obtain understanding of how management justify a 2% growth rate per six-month period given the company's recent declining revenues, including specific evidence relating to the company's plans to develop closer relations with online retailers
- Copies of any signed customer contracts, e.g. from physical or online retailers, and copies of market research performed on the company's product ranges to corroborate the forecast sales figures. This evidence should be both general in nature and also specific to the range of books to be published by Chandler Muriel, to justify the specific sales forecast in respect of this book series
- A copy of the signed contract between Geller Co and Chandler Muriel to confirm the expected publication dates of the books and the amounts of any advances and royalty payments due
- Relating to the plans to launch a full range of digital books and magazines:
  - Notes of a discussion with management regarding the process which has been made and confirmation that the author agreements have been obtained and the readiness of the digital platform
  - For a sample of authors, a copy of their agreement to allow Geller Co to create and publish digital versions of their books
- Notes of a discussion with management regarding the plans to sell the Happy Travels range, specifically to confirm:
  - whether any buyers have yet expressed an interest, and if so, the stage of any negotiations
  - understanding of the rationale used by management in using the multiple of annual sales model to estimate the potential sales value of Happy Travels
- Confirmation, from a review of board minutes, that the sale of the Happy Travels range has been discussed and approved by management
- Confirmation that the assumptions in relation to cash receipts underpinning the cash flow forecast are consistent with the audit team's knowledge of the business and the environment in which Geller Co is operating
- Sensitivity analysis performed on cash receipts by varying the key assumptions and an assessment of the impact of these variations on the company's forecast cash position
- Written representations from management confirming the reasonableness of their assumptions relating to cash receipts and that all relevant information has been provided to Bing & Co
- A review of the bank ledger account/cash book from 1 April 20X5 to the date of the auditor's report, identifying any significant cash receipts which do not appear to have been included in the forecasts

Maximum **5**

(c) Auditor's report

Up to 1 mark for each relevant point explained:

- If sufficient and appropriate evidence obtained, the assistant's suggestion would be appropriate
- But lack of evidence means that the opinion should be modified
- Likely to be both material and pervasive, so a disclaimer of opinion is appropriate OR Justification of a qualified opinion where the issue is deemed to be material and not pervasive
- Basis for Disclaimer of Opinion section to be provided (if deemed to be pervasive); OR Basis for Qualified Opinion section to be provided
- Other impacts on auditor's report (max 2 marks)

Tutorial note: *Candidates must explain their rationale regarding the pervasiveness of the issue to gain the credit. A conclusion is required and credit is awarded for justification and the correct impact on the auditor's report using that judgement.*	
Maximum	**5**
Professional marks	
Analysis and evaluation	
• Appropriate assessment of the issues raised in relation to Geller Co's going concern situation, using examples where relevant to support overall comments	
• Identification of omissions from the analysis with an effective appraisal of the information to make suitable recommendations for appropriate courses of action	
Professional scepticism and professional judgement	
• Effective challenge and critical assessment of how management has prepared the cash flow forecast, with appropriate conclusions	
• Balanced assessment and use of professional judgement of the information to conclude upon the appropriate audit opinion in the circumstances	
Commercial acumen	
• Appropriate recognition of the wider implications on the engagement, the audit firm and the company	
Maximum	**5**
Total	**25**

26 WHEELER & CO *Walk in the footsteps of a top tutor*

Top tutor tips

Part (a) asks for the matters to be considered and the audit evidence that should be on file during your review of the audit file. Use the 'MARE' approach. First, consider the materiality of the issue. Next discuss the appropriate accounting treatment and give the risks of material misstatement that would arise if the appropriate treatment is not followed. Finally, the evidence is what you would expect to be recorded on the audit file when you come to review it.

For part (b) you need to state the impact to the auditor's report if the client does not amend the financial statements. State the impact to both the report and opinion as a result of the issue. Don't waste time stating the reporting implications if the issue is corrected as this is not part of the requirement.

Matters and audit evidence in relation to Byres Co

(a) (i) New product

Matters

The carrying amount of the capitalised development costs in relation to the new product are immaterial as they amount to 0.8% of assets and immaterial to profit before income taxes at 4.0%.

There is a risk that the requirements of IAS 38 *Intangible Assets* have not been followed. Research costs must be expensed and strict criteria must be applied to development expenditure to determine whether it should be capitalised and recognised as an intangible asset.

Development costs are capitalised only after technical and commercial feasibility of the asset for sale or use have been established. Byres Co must also demonstrate an intention and ability to complete the development and that it will generate future economic benefits.

The product design director is uncertain as to whether the new product will generate sufficient economic benefits due to the sale price being unlikely to exceed the production costs per unit. It is therefore unlikely that the costs in relation to this product development continue to meet the criteria for capitalisation.

There is a risk that research costs have been inappropriately classified as development costs and then capitalised, overstating assets and understating expenses.

Evidence expected to be on file:

- Review of board minutes for discussions relating to the commercial feasibility of the smart vacuum cleaners.
- Notes of a discussion with management regarding the accounting treatment of the research costs and confirmation that they were written off.
- A schedule itemising the individual costs capitalised to date in the production of the smart vacuum cleaner prototype to ensure there are no research elements.
- Review of the results of tests performed on the products to demonstrate that the prototype is fully operational.
- Analysis of Byres Co's budgets for the development of the prototype against actual expenditure to determine if the product costs have deviated significantly from original budgets.
- Alternative market research of any similar existing products to determine if a price point over $2,000 per unit would be commercially viable.
- Details of discussions with the product design director of any difficulties in the development of this product which have caused it to run over budget.
- Written representation from management detailing their intention to complete the project, including a commitment of resources and the ability to fund the future cash requirements to bring the product to market.

(i) Warranty provision

Matters

The warranty provision is material as it amounts to 6.6% of total assets and 33.3% of profit before income taxes respectively. The provision has changed in value over the year, declining by $2.2 million which is a significant reduction of 51.2%. This is despite revenue increasing during the year by $5.5 million which is a significant increase of 11.0% and the provision has historically and effectively been based on a percentage of total sales in prior years.

Based on the information provided, in 20X4, the warranty provision was 8.6% of revenue (4.3/50m). In 20X5, the warranty provision is only 3.8% (2.1/55.5m) of revenue. Therefore, since the chief executive officer's (CEO) involvement with estimating the warranty provision, the value of the provision has reduced significantly compared to the value which would normally be expected.

According to ISA 540 *Auditing Accounting Estimates and Related Disclosures*, the audit team should have tested how management made the accounting estimate, and the data on which it is based. The audit team should also have tested the operating effectiveness of any relevant controls and developed their own point estimate or range in order to evaluate management's estimate.

The value of the warranty provision would normally be expected to increase in line with revenue, particularly as the sales director has indicated neither the range of customers nor the nature of the warranty have changed significantly compared to the prior year. There has also not been any change in the level of customer complaints or faulty items which, if present, may indicate problems with the quality of the company's products. The audit team must fully understand the reasons for the reduction in the warranty provision.

There could be valid reasons, for example, the sales mix between products could be different which failed to trigger a similar level of warranty provision, but the change in value should be fully investigated by the team.

Consideration should also be given to the accounting entries which have been made to effect the change in the value of the provision. The validity of any credit entry to profit as a result of the reduction in value of the provision should have been scrutinised as this could indicate creative accountancy and earnings management. In the event that the provision has been underestimated in the current year, then future accounting periods would require higher expenses charged to the statement of profit or loss.

In previous years, the finance director and finance department had dealt with the judgement when estimating the warranty provision, however, this year the CEO has had significant input. There is therefore an increased risk of management bias in the estimation techniques. The audit team should approach this issue with professional scepticism and consider the motivation of the CEO in involving himself in accounting issues which had previously been left to the finance director.

Evidence expected to be on file

- A copy of management's calculation of the $2.1 million warranty provision, with all components agreed to underlying documentation, and arithmetically checked.
- Notes of a meeting with management, at which the reasons for the reduction in the warranty provision were discussed, including the key assumptions used by management.
- Analysis of total sales in terms of product mix against prior years with investigation into differences and a quantification of the effect this might have on the warranty provision.
- A copy of any quality control reports, disaggregated by product, reviewed for any indications that certain product lines have fewer warranty claims than in previous years.
- Notes of the meeting with the customer services manager where the levels of customer complaints and product faults were discussed.
- A comparison of the prior year's calculation with actual warranties claimed post year end to determine the accuracy.
- An evaluation of all key assumptions, considering consistency with the auditor's knowledge of the business, and a conclusion on their validity.
- An independent estimate prepared by the audit team, compared to management's estimate, and with significant variances discussed with management.
- A schedule obtained from management showing the movement in the provision in the accounting period, checked for arithmetic accuracy, and with opening and closing figures agreed to the draft financial statements and general ledger.
- Evaluation by the audit team, and a conclusion on the appropriateness of the accounting entries used, especially in relation to the profit impact of the entries.
- A file note documenting that the auditor has requested an adjustment requiring the warranty provision to be increased in line with the prior year estimation method.

(b) Implications for the auditor's report

Warranty provision

Accounting estimates are always difficult to determine with any degree of certainty, however, the work carried out by the audit team suggests that the value of the warranty provision has been suppressed. Assuming that the provision should have increased consistently with the increase in revenue of 11%, it would be expected that the year-end warranty provision should be around $4.8 million. The actual provision recorded in Byres Co's financial statements is only $2.1 million; therefore, the liability appears to be understated by $2.7 million. At 8.5% of total assets, the likely error in the provision is material to the statement of financial position.

Overall impact on the auditor's report

The misstatement in relation to the warranty provision is individually material and if management fails to amend the financial statements, the auditor's opinion should be modified due to the material, but not pervasive, misstatement. The misstatement of the warranty provision is confined to specific accounts in the financial statements and does not represent a substantial proportion of the financial statements. A qualified opinion should therefore be given.

The auditor's report should include a qualified 'except for' opinion paragraph at the start of the report. This paragraph should be followed immediately by a basis for qualified opinion paragraph which should explain the reasons for the qualified auditor's opinion and which should quantify the impact of the matters identified on the financial statements.

Examiner's comments

This question was set at the completion and reporting stage of an audit. As is typical of reporting questions, this is where the examining team see some of the strongest and some of the weakest demonstrations of auditing competence from candidates.

Stronger candidates often display strong practical skills, incorporating a good understanding of materiality and risk, a strong knowledge of the financial reporting which is needed to perform an audit, an ability to distinguish between auditor and client information and an understanding of the difference between the financial statements, an auditor's report and an audit opinion.

Weaker candidates tend to lack the underlying knowledge of double entry accounting and are unable to distinguish between the client and the audit firm, between the financial statements and the auditor's report or demonstrate a good understanding of the concept of materiality.

Requirement (a)

This question covered the treatment of a new product capitalised as an intangible asset and a warranty provision. Candidates were required to consider the matters that would be discussed with management regarding to the treatment of the issue highlighted in the scenario and to discuss the evidence the auditor would expect to see on the audit file.

Successful candidates identified the new product capitalised as development costs was unlikely to meet the criteria in IAS 38 *Intangible Assets*, as the selling price is noted to be less than the cost incurred and therefore would be loss making.

To answer the requirement successfully the candidate should take an approach of:

- Calculate materiality of the issue
- Identify the incorrect accounting treatment by the client – linked to the scenario
- State the relevant accounting rule – how it should be dealt with
- The impact on the financial statements

The new product is recognised as development costs under IAS 38, and it was disappointing to note candidates who made reference to 'PIRATE' criteria. Whilst this is used as an acronym for candidates to assist them in retaining the knowledge of the criteria of IAS 38, marks will not be awarded unless a candidate demonstrates they have the knowledge of the criteria by listing them out specifically.

A number of candidates incorrectly stated that 4% of profit before income taxes was material, whereas it is below the benchmark of 5% and, therefore, not material.

The warranty provision had declined in comparison with prior year by over 50%. Materiality was generally successfully calculated correctly for this matter, and most candidates were awarded the additional trend marks available. The main issue here was that there was a reduction in the warranty provision, yet revenue had increased. This appears inconsistent as there is an expectation the warranty provision would increase in line with increasing revenue. Candidates were required to identify this as being a potential management manipulation of the figures and that the auditors should adopt an increased level of professional scepticism.

Successful candidates scored well regarding the evidence expected to be on file in response to both matters in the scenario. The evidence is required to be specific to the issue and examples of evidence for the new product that related to more general capitalisation criteria, rather than assessing that the development cost has been potentially incorrectly capitalised. Therefore, where candidates document general evidence for the creation of a provision or general capitalisation of intangible assets, they would fail to score marks.

Overall, the majority of candidates performed well in this requirement.

Requirement (b)

Candidates were asked to assess the implication on the auditor's report if the adjustment to the warranty provision is not corrected.

Stronger candidates correctly calculated the materiality of the understated liability and fully evaluated the misstatement was material. For candidates to score maximum marks, the term 'not pervasive' must be explained, for example, it is isolated to one issue and the financial statements as a whole are not impacted. Where candidates merely say the impact is pervasive with no explanation, credit will be restricted.

Candidates should then indicate the correct opinion to be given, in this instance a qualified opinion due to a material misstatement.

Candidates should evaluate the impact on the report, in that the basis of opinion paragraph, which is situated below the opinion paragraph is used to explain the reason for the modification.

It is disappointing to note the number of candidates who continue to discuss the use of an Emphasis of Matter paragraph in response to this issue, which is wholly irrelevant, along with a number of candidates referring to the need for a Key Audit Matter paragraph, yet the scenario clearly stated the client is not listed.

It is concerning that there are still candidates who use outdated terminology when discussing the implications of misstatements on the auditor's opinion. Candidates are continuing to show a lack of knowledge regarding the content of auditor's reports and audit opinions issued.

ACCA Marking guide

		Marks
(a)	**Matters and evidence in relation to Byres Co** Generally, up to 1 mark for each matter explained and each piece of evidence recommended (unless otherwise stated).	
	(i) Matters and evidence in relation to the new product **Matters** – Materiality – Discussion of whether meets classification requirements – Risk – Accounting treatment **Evidence** – Review of board minutes for discussions relating to the commercial feasibility of the smart vacuum cleaners – A schedule itemising the individual costs capitalised to date in the production of the smart vacuum cleaner prototype to ensure there are no research elements – Notes of a discussion with management regarding the accounting treatment of the research costs and confirmation that they were written off – Review of the results of tests performed on the products to demonstrate that the prototype is fully working – Analysis of Byres Co's budgets for the development of the prototype against actual expenditure to determine if the product costs have deviated significantly from original budgets – Market research of any similar existing products to determine if a price point over $2,000 per unit would be commercially viable – Details of discussions with the product design director of any difficulties in the development of this product which have caused it to run over budget – Written representation from management detailing their intention to complete the project, including a commitment of resources and the ability to fund the future cash requirements to bring the product to market	
	Maximum	**7**
	(ii) Matters and evidence in relation to the warranty provision **Matters** – Materiality – Discussion of estimates – Risk – Accounting treatment – Influence of CEO **Evidence** – A copy of management's calculation of the $2.1 million warranty provision, with all components agreed to underlying documentation, and arithmetically checked – Notes of a meeting with management, at which the reasons for the reduction in the warranty provision were discussed, including the key assumptions used by management – Analysis of total sales in terms of product mix against prior years with investigation into differences and a quantification of the effect this might have on the warranty provision – A copy of any quality control reports, disaggregated by product, reviewed for any indications that certain product lines have fewer warranty claims than in previous years – Notes of the meeting with the customer services manager where the levels of customer complaints and product faults were discussed – A comparison of the prior year's calculation with actual warranties claimed post year end to determine the accuracy	

	– An evaluation of all key assumptions, considering consistency with the auditor's knowledge of the business, and a conclusion on their validity – An independent estimate prepared by the audit team, compared to management's estimate, and with significant variances discussed with management – A schedule obtained from management showing the movement in the provision in the accounting period, checked for arithmetic accuracy, and with opening and closing figures agreed to the draft financial statements and general ledger – Evaluation by the audit team, and a conclusion on the appropriateness of the accounting entries used, especially in relation to the profit impact of the entries – A file note documenting that the auditor has requested an adjustment requiring the warranty provision to be increased in line with prior year estimation method	
	Maximum	**8**
(b)	**Auditor's report** Generally, 1 mark for each relevant and well explained point. – Material misstatement due to inappropriate accounting estimates – Calculation of possible misstatement – Matter is not pervasive – Qualified audit opinion – Basis of qualified audit opinion	
	Maximum	**5**
	Professional marks **Analysis and evaluation** • Appropriate use of the information to support discussion, draw appropriate conclusions and design appropriate responses • Identification of omissions from the analysis or further analysis which could be carried out • Balanced assessment of the information to determine the appropriate audit opinion in the circumstances • Effective appraisal of the information to make suitable recommendations for appropriate courses of action **Professional scepticism and judgement** • Effective challenge of information, evidence and assumptions supplied and, techniques carried out to support key facts and/or decisions • Appropriate application of professional judgement to draw conclusions and make informed decisions about the actions which are appropriate in the context and stage of the engagement	
	Maximum	**5**
Total		**25**

27 SOL & CO *Walk in the footsteps of a top tutor*

Top tutor tips

Part (a) requires evaluation of the result of subsequent events final analytical review procedures. You are required to review the audit work to ascertain whether the conclusions made by the audit team member are supported by the work done. If more evidence is needed, or where the conclusions are not valid, further actions need to be recommended. This style of question hasn't been asked in this way before, but takes a practical approach which you should be familiar with if you work in an audit environment.

Part (b) is a more common requirement that has been examined many times. Matters to discuss with management require an assessment of materiality, a discussion of the accounting treatment required and the misstatement arising if the correct accounting treatment is not followed. To finish, you need to then consider the impact on the audit opinion e.g. unmodified, qualified or adverse. Note that the requirement only asks for the impact on the opinion, not the report, therefore there is no need to discuss the basis for opinion paragraph.

(a) Arjan Co – evaluation of subsequent events and final analytical procedures

Analytical procedures are performed as an overall review of the financial statements at the end of the audit to assess whether they are consistent with the auditor's understanding of the entity. Subsequent events procedures ensure that the sufficient and appropriate evidence in relation to events occurring up to the date of the auditor's report are appropriately reflected in the financial statements. Part of the final review process will include a review of the results of audit procedures to ensure that they support the findings and overall conclusions which have been drawn by the audit team.

Inventory

The move to a just-in-time (JIT) inventory system is consistent with a fall in the inventory levels and inventory holding period. Evidence to corroborate the year-end inventory balance has been primarily provided in the form of inventory count attendance for which no issues were identified.

The extent of work performed at the inventory count is unclear from the documentation provided and it would be unusual that no further work was required on the existence and completeness of year-end inventory beyond inventory count attendance.

It would be expected that the auditors perform a reconciliation of the inventory count data to the detailed analysis of the year-end inventory report during the audit to ensure that the report is accurately reflecting the inventory count data. It would also be expected that the accuracy of the cost of the inventory is tested with reference to purchase invoices and overhead absorption calculations for work in progress and finished goods on hand. As such the evidence referred to in the final analytical procedures is insufficient to be able to conclude on the existence, completeness and accuracy of the inventory amounts held.

The increase in the write off for obsolete inventory as a percentage of inventory held is more unexpected. Even though this would still mean a smaller total amount of obsolete inventory held than in the previous year, it would not be expected that a higher obsolescence rate would be seen under a JIT system as theoretically, inventory is only ordered to satisfy specific demand.

As such more evidence needs to be obtained in this regard, particularly as estimates such as these are susceptible to management manipulation and may be used to manipulate the profit of the company.

Further discussions with management and production staff are needed to identify how this figure has been derived. It may be the case that the amount relates to specific items which should have been written off already, for example if those goods are for a specific cancelled order.

It could also be the case that this figure is based on a general percentage amount of inventory held at the year end. As inventory should be assessed on a line by line basis rather than as a general adjustment, the auditor would need to determine whether this would result in a material misstatement.

The comment that the current allowance for obsolete inventory is immaterial and therefore no further work has been performed is inappropriate. A misstatement in this allowance could be material in conjunction with other misstatements and at present there is no evidence as to whether this value is under or overstated.

The auditor should obtain the details of how the allowance has been calculated and assess the appropriateness of the assumptions and methods used by Arjan Co.

The auditor should review slow-moving items and perform further net realisable value testing to ensure that any slow-moving lines of inventory have a sales value in excess of their cost or are written down if appropriate.

Trade receivables

The increase in the receivables collection period compared with the prior year appears to suggest trade receivables may be overstated due to an understatement of the allowance for irrecoverable trade receivables. The audit team has relied on direct confirmations from trade receivables as evidence of recoverability and this is inappropriate. While direct confirmation of balances can provide evidence over the existence and accuracy of balances it does not provide sufficient evidence of recoverability and therefore the valuation of trade receivables.

The auditor should have performed after-date cash testing to ensure that year-end balances have in fact been settled post year end.

In addition, the results of the subsequent events procedures contradict the assertion of the credit controller that Cami Co will settle their outstanding balance. The subsequent event identified for Arjan Co has been identified after the date of the financial statements but prior to the issue of the auditor's report.

Procedures must therefore be performed to corroborate the accuracy of the newspaper story and to establish whether there is an impact on the financial statements requiring adjustment or disclosure. Given the late payments made by Cami Co to Arjan Co during the year ended 31 March 20X5 and the fact that Cami Co has entered liquidation so soon after the financial year end, it is likely this would be classed as an adjusting event under IAS 10 *Events after the Reporting Period*, providing evidence of conditions existing at the end of the reporting period.

Management should be asked to write off any amounts which will be irrecoverable as a result of Cami Co entering liquidation. Any inventory ordered specifically for Cami Co should also be assessed to ensure it can be sold to other customers.

As with inventory, it is inappropriate to conclude that no further work is required because the reduction in the allowance is not material. It is possible that the allowance could be materially understated and further procedures should have been performed to confirm this is not the case.

(b) Barnaby Co – uncorrected misstatement and impact on audit opinion

During the completion stage of the audit, the effect of uncorrected misstatements must be evaluated by the auditor, as required by ISA 450 *Evaluation of Misstatements Identified During the Audit*. This requires that the auditor obtains an understanding of management's reasons for not making recommended adjustments to the financial statements and that they take this into account when evaluating whether the financial statements as a whole are free from material misstatement.

In order to maintain accurate accounting records, management should be encouraged to adjust for all misstatements to ensure the risk of material misstatements in future periods is reduced due to the cumulative effect of immaterial uncorrected misstatements.

ISA 450 also requires that the auditor communicates with those charged with governance about uncorrected misstatements and the effect which they, individually or in aggregate, may have on the opinion in the auditor's report.

Machine sale

IFRS 9 *Financial Instruments*, requires receivables such as that arising on sale of the machine, to be recognised initially at fair value and held on an amortised cost basis.

The fair value of the receivable in this case is the amount due in one year, discounted back to the reporting date. Management recording the transaction at cash settlement value will result in an overstatement of receivables and an overstatement of profit on the disposal of the machine.

The amount of the overstatement is $2 million. This represents 1.9% of assets and 4.7% of profit before income taxes and therefore is material to the statement of financial position but not to the statement of profit or loss.

Management should be requested to make an adjustment for the misstatement.

If management do not amend the financial statements with respect to the machine sale, then the auditor will issue a qualified opinion on the basis of a material misstatement.

As the misstatement does not represent a substantial portion of the financial statements, this would not be considered pervasive.

Examiner's comments

This question was set at the completion and reporting stage of an audit. As is typical of reporting questions, this is where the examining team see some of the strongest and some of the weakest demonstrations of auditing competence from candidates.

Stronger candidates often display strong practical skills, incorporating a good understanding of materiality and risk, a strong knowledge of the financial reporting which is needed to perform an audit, an ability to distinguish between auditor and client information and an understanding of the difference between financial statements, an auditor's report and an audit opinion.

Weaker candidates tend to lack the underlying knowledge of double entry accounting and are unable to distinguish between the client and the audit firm, between the financial statements and the auditor's report or demonstrate a good understanding of the concept of materiality.

This question demonstrated all of these strengths and weaknesses and differentiated candidates who understood the nature of audit compared to those who had learnt knowledge but who struggled to apply it in a professional context.

Requirement (a)

Candidates were provided with:

1 The result of the subsequent events procedures which are performed at the end of the audit process as close to signing the auditor's report as possible; and

2 Results of the final analytical procedures performed by the audit team which would be reviewed by the audit manager and partner after completion of the main fieldwork stage of the audit. This would enable them to assess whether the evidence supports the transactions and balances presented in the financial statements.

The key things to note about this are:

- Information is auditor prepared not a client document.
- The year end was three months ago, and the main fieldwork stage of the audit is complete.

Candidates were expected to evaluate the information provided and to identify inconsistencies between the results of testing and the auditor expectation. Candidates were then asked for suitable procedures, relevant to the scenario, to enable the auditor to reach a conclusion i.e. what else is needed to determine if the information in the financial statements is not materially misstated and suggest actions where appropriate.

Candidates generally handled the evaluation of the subsequent events procedures well. Most candidates were able identify the adjusting subsequent event where a major customer of the company had gone into liquidation. They were able to tie this back into the receivables analysis in the analytical procedures and recommend the action of requesting the write off of the irrecoverable amounts and the procedure of obtaining confirmation from the liquidator.

Common errors made in this section were:

- Assuming a post-year-end liquidation was a non-adjusting event (this is highly unlikely given the timescales.
- Confusing the write off of irrecoverable debt with the allowance for trade receivables.
- Looking for post-year-end amounts received from the customer in liquidation despite being told there had not been any, or requesting the customer confirm the year-end balance a second time which does not address recoverability of the balance.

This requirement tested the candidates' appreciation of the purpose of analytical procedures at the completion stage of an audit (rather than at planning or during field work stages) and the concept of materiality. Candidates here generally either did very well or poorly with no middle ground.

Candidates that understood that this was generated by the auditor, rather than the client, and that the ratios were calculated by the auditor in order to identify risks or a deviation from expectation, were able to highlight the issues. They were then able to identify gaps in the testing of balances where certain assertions had not been addressed.

For example, for trade receivables, candidates needed to identify the inconsistency between the reduction in the receivables allowance despite the increase in the receivables collection period. The work performed had been focused on the existence and accuracy of the year-end balances via confirmations, but recoverability of the balances had not been assessed. Pleasingly, many candidates were able to suggest recalculating the ratios after the adjustment for the liquidation bad debt identified in the subsequent events testing and analysing the recoverability of other balances by analysing post-year-end cash receipts from other customers. Weaker candidates suggested requesting confirmations of the year-end balance from a bigger sample than already tested. This was inappropriate as the scope of this test only addressed existence and accuracy, and also by three months after the year end many outstanding balances would have been settled, which is a key method for assessing the recoverability of the debts.

Inventory was similarly handled by candidates. Stronger candidates appreciated that the ratios and trends calculated were auditor generated to help identify risk, such as the risk of inventory obsolescence and were able to suggest procedures to help address this issue. They were also able to demonstrate an understanding that inventory count procedures performed in the scenario could assist with existence and accuracy of inventory, but that the lack of follow up to the year-end inventory listings used during the audit meant the test was incomplete and testing also had not addressed cut-off or valuation.

Weaker candidates here appeared to think the client had calculated the ratios and the auditor needed to prove they were correct. Many wasted time trying to prove the inventory holding period calculations, rather than appreciating that the shorter than expected holding length combined with the increase in management's allowance rate could suggest that obsolete inventory was a low risk, or an indicator inventory may be understated. Candidates often failed to distinguish between the management process of using a 'just in time' approach to inventory purchases and the accounting systems that feed into the financial statements. Many candidates still fail to distinguish between what is pre and post year end and many suggested the auditor go back to the inventory count and look for obsolete inventory despite it being three months in the past.

Very few candidates identified the weakness in the evidence regarding materiality conclusions. In the scenario, the allowance for obsolete inventory and the fall in the allowance for irrecoverable inventory were immaterial and the worksheet contained the conclusions that this meant no further work needed to be performed. When looking for an overstatement of assets through inappropriately low allowances for write offs, it is the difference between the carrying amount of the assets and the actual recoverable value of the assets which should be assessed for materiality and that an immaterial write off which should have been a material write off could result in a material misstatement.

Requirement (b)

Candidates were presented with an uncorrected misstatement compiled by the audit team. This is a relatively common format for completion questions, yet candidates often treat the points in the exhibit as a "matters and evidence" type question, giving the accounting rules and all the procedures which would have been expected to be on file. Candidates need to ensure that they read the requirement to the question carefully to gain credit and not waste time.

The error was presented in an auditor's schedule of uncorrected misstatements stating the correct accounting treatment and the correct double entries in terms of the impact on the financial statements. Candidates who give an answer saying the adjustment is incorrect and explain how to incorrectly account for the issue will not obtain credit. This question covered the omitted discounting of a long-term receivable. Candidates were given the explanation of the correct accounting treatment in the scenario, so they could access the audit skill points without being overly reliant on the underlying financial reporting.

Candidates were first asked to recommend and explain matters which should be discussed with the management in relation to the uncorrected misstatement. They were expected to explain to management the reasons for correcting the error. For matters, candidates can discuss the materiality of the issue, the correct accounting treatment and the impact on the financial statements if the error is not corrected.

Candidates were then asked to assess the impact of the uncorrected misstatement on the auditor's opinion. Auditors would need to explain to management and then if not corrected, further explanation would be necessary to those charged with governance. Stronger candidates were able to identify the matters to be explained, giving an appropriate discussion of materiality, as well as describing the treatment.

It is concerning that there are still candidates who use outdated terminology when discussing the implications of misstatements on the auditor's opinion. Stating a 'modified except for' opinion will not be given credit. Candidates are continuing to show a lack of knowledge regarding the content of auditor's reports, and incorrectly stating that a material misstatement gives rise to an adverse opinion and that an immaterial misstatement gives rise to a qualified opinion. This demonstrates a lack of understanding of the concept of materiality or the understanding of what those additional paragraphs would potentially contain.

ACCA Marking guide		
		Marks
(a)	**Arjan Co – evaluation of subsequent events and final analytical procedures** Generally up to 1 mark for each valid comment of evaluation and 1 mark for each relevant further action or procedure in relation to: – Inventory value – Inventory holding period – Inventory allowance – Receivables collection period – Receivables allowance	
	Maximum	**15**
(b)	**Barnaby Co-uncorrected misstatement and impact on audit opinion** Generally 1 mark per point explained. – Encourage management to amend all misstatements – Communicate the effect of the misstatement to those charged with governance – Machine sale inappropriate accounting treatment – Impact of error – overstatement of receivables and profit on disposal – Materiality – Qualified opinion due to material misstatement – Not pervasive as not a substantial proportion of the financial statements	
	Maximum	**5**
	Professional marks **Analysis and evaluation** • Appropriate use of the information to support discussion, draw appropriate conclusions and design appropriate responses • Identification of omissions from the analysis or further analysis which could be carried out • Balanced assessment of the information to determine the appropriate audit opinion in the circumstances • Effective appraisal of the information to make suitable recommendations for appropriate courses of action **Professional scepticism and judgement** • Effective challenge of information, evidence and assumptions supplied and, techniques carried out to support key facts and/or decisions • Appropriate application of professional judgement to draw conclusions and make informed decisions about the actions which are appropriate in the context and stage of the engagement	
	Maximum	**5**
Total		**25**

28 MATTY *Walk in the footsteps of a top tutor*

Top tutor tips

Part (a) asks for the matters to be considered and the audit evidence that should be on file during your review of the audit file. Use the 'MARE' approach. First, consider the materiality of the issue. Next discuss the appropriate accounting treatment and give the risks of material misstatement that would arise if the appropriate treatment is not followed. Finally, the evidence is what you would expect to be recorded on the audit file when you come to review it.

Part (b) asks for a critical appraisal of the draft auditor's report. You should think about whether the suggestions are appropriate, including the type of opinion and paragraphs to be included.

(a) Matters and evidence

(i) Railway operating licence

Matters

Uncertainties in relation to going concern

The principal matter raised by the unresolved status of the licence tender is the potential impact on Matty Co's financial performance and financial position if the company is unsuccessful in the tender process. This in turn creates uncertainties in relation to the going concern status of the company.

The licence is due for renewal on 28 February 20X6 which is 11 months from the reporting date and therefore within the foreseeable future for the purpose of the going concern review. Although the company has been informed that it is the preferred bidder, there are still significant doubts as to whether the licence will be renewed given the government's requirement that the company addresses the recent criticisms and the pending review in one month's time.

The revenue generated from the national railway licence represents 66.9% of Matty Co's revenue for year and is highly material to the company's statement of profit or loss for the year and critical to its operations.

It is also significant that the national railway licence contributed profit before income taxes of $11.2 million which is 106.7% of this year's profit; without this contribution to the company's profit this year, the company would be loss-making.

In addition to these considerations, even with the inclusion of the national railway licence in this year's results, Matty Co's performance is deteriorating as evidenced by its declining revenue (down by 36.3%) and profit before income taxes (down by 52.5%). The company's assets are also down by 8.7% on the prior year which may be indicative of a business which is struggling to renew its capital (asset) expenditure and maintains its liquidity.

There is a risk of inadequate disclosure of the going concern uncertainties.

Evidence

- A review of the press reports in relation to the late running of Matty Co's trains and the quality of its service to assess the seriousness and significance of the issue.
- A review of any correspondence files between Matty Co and the government transport department in order to identify any developments in the licence renewal process and consider their impact on the likely renewal of the licence.
- Notes of discussions held between the auditor and the management of Matty Co in relation to any contingency plans if the company fails to secure the national railway licence; for example, any other licences or opportunities which may exist in the market and any emergency sources of finance which might be available to the company.
- A review of the company's board minutes for evidence of management discussion of the status of the tender process and of any contingency plans.
- A review and analysis of budgets and cash flow forecasts by the auditor in order to assess the ability of the company to survive as a going concern for the foreseeable future.
- Copies of the company's bank facilities reviewed to assess the feasibility of the company's ability to operate within them should they be unsuccessful in winning the contract.
- Written representations from management in relation to the status of the tender process and management's expectations of its expected outcome.

(ii) Purchased customer list

Matters

Assessment of useful life

The carrying amount of the customer list purchased from Jess Coaches is highly material to Matty Co's draft statement of financial position at 24.3% of total assets.

According to IAS 38 *Intangible Assets*, a reporting entity should recognise intangible assets initially at cost and should assess whether an intangible asset's useful life is finite or indefinite.

An assessment of a useful life as indefinite is only appropriate if on an analysis of all of the relevant factors, there is no foreseeable limit to the period over which the intangible is expected to generate net cash inflows for the entity. This assessment requires a significant level of judgement to be exercised and the subjectivity of the carrying amount creates a high level of risk for the auditor.

In this case, the trading history of Jess Coaches prior to its acquisition by Matty Co may provide some evidence that there is no foreseeable limit to the period over which the purchased customer list can be expected to generate cash flows. However, this assumption needs to be assessed carefully by the auditor. Intangible assets with an indefinite life should not be amortised according to IAS 38.

Impairment review

IAS 38 also requires a reporting entity to test intangible assets with an indefinite useful life annually for impairment. This impairment review would involve a comparison of the carrying amount of the customer list to its recoverable amount which, given the difficulty in identifying a sales value for the customer list, is likely to be based on an assessment of its value in use.

The assessment of value in use is a highly subjective exercise which involves an estimate of the future cash flows the entity expects to derive from the customer list, expectations about possible variations in the amount or timing of these future cash flows and the time value of money represented by the current market risk-free rate of interest.

Management's assessment of value in use as $7.2 million appears to be very close to the asset's carrying amount of $6.9 million and it is possible that management may have manipulated its assumption to avoid the recognition of an impairment loss. The auditor will therefore need to carefully review and consider management's assessment of value in use and the assumptions implicit in its calculation.

In addition to these considerations, the emergence of a new competitor which is capable of taking major customers away from Jess Coaches and the loss of two key customers already are indicators that the intangible asset may indeed be impaired.

If the recoverable amounts of the intangible assets are therefore less than their total carrying amount of $6.9 million at the reporting date, an impairment loss should be recognised in the statement of profit or loss for the year and the intangible assets should be written down accordingly.

Intangible assets will be overstated if there is impairment but no impairment charge is recognised.

Evidence

- A copy of the purchase agreement to identify the details of the acquisition including the purchase consideration, the assets acquired and the date of the acquisition agreed to the detail included in the accounting records.
- Agreement of the purchase consideration of $6.9 million to the company's bank ledger account/cash book and bank statement to confirm purchase price.
- A review of Jess Coaches' trading history and any market research which has been performed on the ability of the purchased customer list for evidence of how it will generate future revenue for Matty Co.
- A copy of the client's schedule calculating the value in use of the purchased customer list as $7.2 million and a confirmation of the schedule's mathematical accuracy.
- A review and assessment of the company's cash flow forecast which has been used to support the value in use of $7.2 million agreed to the value in use calculation.
- A discussion with management in relation to the basis of the calculation of value in use and an assessment by the auditor of the reasonableness of management's key assumptions.

- A sensitivity analysis performed by the auditor varying these key assumptions and an assessment of the materiality of the potential impact of varying the assumptions on the calculation of the value in use of the customer list.
- A review of Matty Co's management accounts for the reporting period and for the post reporting date period to date in order to identify and quantify the cash flows generated by Jess Coaches' customer list and any significant variances investigated.
- A comparison of the discount rate used in the value in use calculation to published market rates and notes of discussions with management in relation to the basis of any adjustments made by management, in order to ensure that an appropriate rate has been used.
- Written representations from management confirming that to the best of its knowledge, the assumptions used in the calculation of value in use are reasonable and appropriate and that in its opinion, the purchased customer list is not impaired and its carrying amount is fairly stated.

(b) Appropriateness of the draft auditor's report

The finance director has agreed to include a short note to the financial statements to disclose information relating to the material uncertainty relating to going concern. The note must be reviewed for completeness and if the auditor assesses that the client's disclosure is not adequate, a modified audit opinion would be appropriate in relation to a material misstatement as a result of the inadequate disclosure.

The form of the opinion would be qualified 'except for' or adverse depending on the auditor's judgement of the matter's pervasiveness to the financial statements. In this case, adverse may be the appropriate form of audit opinion given that the disclosure note is described as 'short' and that management may appear to negate the significance of the uncertainties by stating that they are 'very confident' that they will be successful in the tender process. A full description of the status of the tender negotiations as at the date of the auditor's report and their potential impact on the financial statements should then be detailed in the 'Basis for qualified or adverse opinion' paragraph.

However, if on the other hand, the outcome of the auditor's assessment is that the client's financial statement disclosures are considered by the auditor to be appropriate, the material uncertainty in relation to going concern should be disclosed in a separate section entitled 'Material uncertainties related to going concern' which should appear immediately below the 'Basis for opinion' paragraph and not in the key audit matters (KAM) section of the auditor's report. According to ISA 570, the material uncertainty related to going concern section should:

- Draw attention to the note in the financial statements which discloses the going concern issue; and
- State that these events or conditions indicate that a material uncertainty exists which may cast significant doubt on the entity's ability to continue as a going concern and that the auditor's opinion is not modified in respect of the matter.

Matty Co is a listed entity and according to ISA 701 *Communicating Key Audit Matters in the Independent Auditor's Report*, KAM disclosures are required in the auditor's report for high risk areas, significant judgements and the effect of significant events or transactions which occurred during period.

The assessment of the useful life of the customer list as indefinite and management's conclusion that the intangible assets are not impaired are areas of both significant judgement and high risk given their materiality. The auditor should consider disclosing these matters in the KAM section of the auditor's report.

Examiner's comments

This was a two-part question set at the completion and reporting stage of the audit.

The first part focused on matters to consider and audit evidence you would expect to find on the audit file as part of your review of the audit working papers in relation to issues identified. The second part moved candidates forward in time and gave them an update on the outcome of some of the issues and details of the proposed auditor's report. Candidates were asked to evaluate the appropriateness of the draft auditor's report if no further adjustments were made for the issues.

Matty Co is a listed transport company providing train and bus services, and they are also a new client for the audit firm. The company's year end was 31 March 20X5. The candidates were given some issues which had been identified by the auditor during the audit fieldwork and had been brought to the attention of the audit manager as part of the review of the audit work prior to signing the auditor's report.

(a) (i) Railway operating licence and going concern

Matty Co had received adverse publicity due to poor service on its national railway service and the licence to operate the railway is put out to tender by the national government every five years, with the renewal of the licence to run the service due in February 20X6.

The company received notification that they are the preferred choice for the licence at renewal, on the understanding that the company would resolve the recent poor performance.

A number of candidates incorrectly discussed accounting rules surrounding intangible assets and deemed the licence to be a purchased intangible and therefore that an impairment review was required.

The main issue in the scenario is the going concern status of Matty Co, due to the potential loss of the licence awarded by the national government to run the railway service. This service contributed 66.9% of revenue for the company during the year and some simple analysis suggested that the loss of the railway revenue would result in the company becoming loss making.

A significant number of candidates failed to recognise the indicator of going concern and the requirement for management to disclose this material uncertainty in the notes to the financial statements.

Responses by candidates for the matters to consider were generally poorly answered due to failing to recognise the issue in the scenario and generally seeing the reference to a licence which led them off on a tangent of discussing intangible assets and impairment along with the impact on the financial statements. The issue of going concern was clearly flagged in the scenario and requirement.

The evidence to consider was generally well answered, yet candidates should note that this licence is due for renewal every five years, therefore general comments to review the licence agreement were not the most relevant in the context of the question.

It was also disappointing to see candidates referring to visiting the train station to review the train timetable and to verify if the trains were in fact late. This is a review of the working files prior to issuing the audit opinion and therefore procedures have already been performed. It is also an unlikely procedure for the auditor to perform.

(a) (ii) Purchased customer list

The issue raised to the audit manager was in relation to a customer list acquired during the year to hire out coaches and drivers to the private and public sector.

Management of the company had assessed the useful life of the customer list as indefinite and recognised it within the financial statements at a carrying amount of $6.9 million. Management had stated that it was difficult to measure the customer list and had estimated the value in use at $7.2 million.

A number of candidates misread the information and deemed the company had recognised the customer list at $7.2 million and therefore stated it was incorrectly recognised, which was not the case as the company had recorded the intangible asset at the lower amount of $6.9 million. The issue here is whether management's assessment of the value in use of $7.2 million is reasonable, particularly as two of the largest customers moved to a new competitor, which is an indicator of impairment. There is a risk that management had overestimated the value in use to avoid the recognition of an impairment loss.

Regarding the evidence to consider on the audit file, responses were well answered. A list of evidence expected is given within the model answer published alongside the question.

Requirement (b)

This required candidates to evaluate the appropriateness of the draft auditor's report if no further adjustments were made regarding the railway operating licence. It was made clear to candidates in the exhibit that the matters in relation to the customer list had been resolved.

Overall, the responses were poor, with candidates demonstrating a general lack of knowledge of reporting, in particular the contents of an auditor's report.

There were very few candidates that linked the details for part (a) (i) and the loss of the railway operating licence as to the effect on the auditor's report based on whether the disclosure note for the material uncertainty regarding going concern was appropriate or not.

Many candidates followed on from part (a) (i) where they assumed the uncertainty meant the financial statements should be prepared on a breakup basis and therefore received no marks.

Candidates demonstrated limited understanding of the use of the Material Uncertainty Related to Going Concern section and when it was appropriate, with many stating it would be used when the opinion is modified, showing a fundamental lack of understanding of the relevant ISAs. It was also concerning to see candidates responding that an Emphasis of Matter paragraph should be used for listed clients, which was again fundamentally incorrect.

ACCA Marking guide

	Marks
(a) Matters to consider and evidence on file	
Generally up to 1 mark for each matter explained and each piece of evidence recommended.	
(i) Railway licence	
Matters	
– Management should disclose material uncertainties and auditor should assess adequacy of this disclosure	
– Significant uncertainty exists over renewal of licence	
– Materiality of national railway contribution to revenue/profit	
– Without national railway licence, company would be loss-making	
– Company has deteriorating performance, declining revenue, profit and assets	
– Company may be unable to renew assets and maintain liquidity	
Evidence	
– A review of the press reports in relation to the late running of Matty Co's trains and the quality of its service to assess the seriousness and significance of the issue	
– A review of any correspondence files between Matty Co and the government transport department in order to identify any developments in the licence renewal process and consider their impact on the likely renewal of the licence	
– Notes of discussions held between the auditor and the management of Matty Co in relation to any contingency plans if the company fails to secure the national railway licence; for example, any other licences or opportunities which may exist in the market and any emergency sources of finance which might be available to the company	
– A review of the company's board minutes for evidence of management discussion of the status of the tender process and of any contingency plans	
– A review and analysis of budgets and cash flow forecasts by the auditor in order to assess the ability of the company to survive as a going concern for the foreseeable future	
– Copies of the company's bank facilities reviewed to assess the feasibility of the company's ability to operate within them should they be unsuccessful in winning the contract	
– Written representations from management in relation to the status of the tender process and management's expectations of its expected outcome	
Maximum	**7**
(ii) Purchase of customer list	
Matters	
– Materiality of customer list	
– Accounting rules for intangible assets with indefinite life	
– Assessment is matter of significant judgement and high audit risk	
– Indefinite useful life must be substantiated	
– Must test intangible assets with indefinite useful lives annually for impairment	
– Accounting rules for impairment review	
– Possible manipulation by management to avoid impairment loss	
– Loss of two major customers/new competitor – possible impairment indicators	
– If recoverable amount is less than carrying amount, impairment loss should be recognised in P/L for year	

Evidence

- A copy of the purchase agreement to identify the details of the acquisition including the purchase consideration, the assets acquired and the date of the acquisition agreed to the detail included in the accounting records
- Agreement of the purchase consideration of $6.9 million to the company's bank ledger account/cash book and bank statement to confirm purchase price
- A review of Jess Coaches' trading history and any market research which has been performed on the ability of the purchased customer list for evidence of how it will generate future revenue for Matty Co
- A copy of the client's schedule calculating the value in use of the purchased customer list as $7.2 million and a confirmation of the schedule's mathematical accuracy
- A review and assessment of the company's cash flow forecast which has been used to support the value in use of $7.2 million agreed to the value in use calculation
- A discussion with management in relation to the basis of the calculation of value in use and an assessment by the auditor of the reasonableness of management's key assumptions
- A sensitivity analysis performed by the auditor varying these key assumptions and an assessment of the materiality of the potential impact of varying the assumptions on the calculation of the value in use of the customer list
- A review of Matty Co's management accounts for the reporting period and for the post reporting date period to date in order to identify and quantify the cash flows generated by Jess Coaches' customer list and any significant variances investigated
- A comparison of the discount rate used in the value in use calculation to published market rates and notes of discussions with management in relation to the basis of any adjustments made by management, in order to ensure that an appropriate rate has been used
- Written representations from management confirming that to the best of its knowledge, the assumptions used in the calculation of value in use are reasonable and appropriate and that in its opinion, the purchased customer list is not impaired and its carrying amount is fairly stated

Maximum **8**

(b) Appropriateness of the draft auditor's report

Generally 1 mark for each reporting implication explained.

- Inappropriate disclosure – modified opinion due to material misstatement
- Opinion would be qualified or adverse based on auditor's judgement of pervasiveness
- Discussion of pervasiveness – disclosure paragraph may lack detail/be contradictory
- If disclosures not adequate, matter should be detailed in 'Basis for qualified/adverse opinion' paragraph
- Disclosure adequate, uncertainties should be disclosed in separate section/'Material uncertainties related to going concern'/not KAM
- KAM disclosures required for high risk areas, significant judgements and the effect of significant events or transactions which occurred during period
- Inclusion as KAM carrying amount of customer list/management's conclusion that intangibles not impaired

Maximum **5**

Professional marks	
Analysis and evaluation	
• Appropriate use of the information to support discussion, draw appropriate conclusions and design appropriate responses	
• Identification of omissions from the analysis or further analysis which could be carried out	
• Balanced assessment of the information to determine the appropriate audit opinion in the circumstances	
Professional scepticism and judgement	
• Effective challenge of information, evidence and assumptions supplied and, techniques carried out to support key facts and/or decisions	
• Appropriate application of professional judgement to draw conclusions and make informed decisions about the actions which are appropriate in the context and stage of the engagement	
Maximum	**5**
Total	**25**

29 GOODMAN GROUP *Walk in the footsteps of a top tutor*

Top tutor tips

Part (a) (i) requires discussion of the implications of the fraud on the audit. Draw on your knowledge of ISA 240.

Part (a) (ii) asks for comment on whether the evidence obtained is sufficient and appropriate. Has enough work been done? Has the most reliable form of evidence been obtained? Think about what evidence you would expect to be on file. Compare this with the evidence that has been obtained. Any difference between what you would do and what has been done indicates that sufficient appropriate evidence has not been obtained. This should then form your answer to the final part which asks for further evidence which should be obtained.

Part (b) asks for a critical appraisal of the draft auditor's report extracts. Don't just focus on whether the opinion is appropriate. You should also think about the titles of the paragraphs included and whether the names are correct, the order in which they appear, whether the required information that should be included has been included and whether the wording used is professional and appropriate and whether any additional communications are appropriate.

(a) (i) Fraud

If the full extent of the fraud is $40,000, then the audit team is correct to determine that the fraud is immaterial to the financial statements. However, without performing further procedures it is not possible to reach that conclusion. There is no auditor-generated evidence to support the assertion that $40,000 is the total amount of stolen funds.

Relying solely on a conversation between the Group finance director and the manager who carried out the fraud and a list of invoices provided by the Group finance director is not acceptable as this evidence is not sufficiently reliable.

The Group finance director could be involved with the fraud and attempting to deceive the auditor and minimise the suspected scale of the fraud in order to deter further procedures being carried out, or investigation or actions being taken. The auditor should approach the comments made by the Group finance director with an attitude of professional scepticism, especially given that he has asked the audit team not to investigate further, which raises suspicion that he may be covering up the fact that a larger scale fraud has occurred.

There are two courses of action for the auditor. First, further independent investigations should be carried out in order for the auditor to obtain sufficient and appropriate evidence relating to the amount of the fraud. This is particularly important given that the Group finance director seems unwilling to make any adjustment to the financial statements. If the fraud is actually more financially significant, the financial statements could be materially misstated, but without further audit evidence, the auditor cannot determine whether this is the case.

Second, the auditor should consider whether reporting is necessary. ISA 240/ ISA (UK) 240 *The Auditor's Responsibilities Relating to Fraud in an Audit of Financial Statements* requires that when fraud has taken place, auditors shall communicate these matters on a timely basis to the appropriate level of management in order to inform those with primary responsibility for the prevention and detection of fraud of matters relevant to their responsibilities. Given that the Group finance director alerted the auditor to the fraud, it seems likely that management and those charged with governance are already aware of the fraud. However, the auditor should consider whether a formal, written communication is needed.

In addition to reporting to management and those charged with governance, ISA 240 requires that the auditor shall determine whether there is a responsibility to report the occurrence or suspicion to a party outside the entity. The auditor's duty to maintain the confidentiality of client information makes such reporting potentially difficult, and the auditor may wish to take legal advice before reporting externally.

Tutorial note

Anti-money laundering legislation is likely to impose a duty on auditors to report suspected money laundering activity. Suspicions relating to fraud are likely to be required to be reported under this legislation. Credit will be awarded for relevant consideration of whether Saul & Co should report the fraud on this basis.

(ii) Development costs

Given that the development costs are material to the Group financial statements, more audit work should have been carried out to determine whether it is acceptable that all, or some, of the $600,000 should have been capitalised. There is a risk that research costs, which must be expensed, have not been distinguished from development costs, which can only be capitalised when certain criteria have been met. Currently, there is not sufficient, appropriate audit evidence to conclude that the accounting treatment is appropriate, and intangible assets could be materially misstated.

Agreement of amounts to invoice provides evidence of the value of expenditure, but does not provide sufficient, appropriate evidence as to the nature of the expenditure, i.e. the procedure is not necessarily an evaluation of whether it is an asset or an expense.

Performing an arithmetic check on a spreadsheet does provide some evidence over the accuracy of the calculations but does not provide sufficient, appropriate evidence on the validity of the projections, and in particular, there is no evidence that the assumptions are sound. Given that the Group finance director has not allowed the audit team access to information supporting the spreadsheet and has refused to answer questions, he may have something to hide, and the audit of the projection should be approached with a high degree of professional scepticism. The assumptions may not be sound and may contradict other audit evidence.

The attitude and actions of the Group finance director, which indicate a lack of integrity, should be discussed with the audit committee, as the committee should be in a position to discuss the situation with him, with the objective of making all necessary information available to the audit team.

Finally, there appears to be over-reliance on a written representation from management. ISA 580 *Written Representations* states that written representations should be used to support other audit evidence and are not sufficient evidence on their own. In this situation, it appears that the representation is the only evidence which has been sought in regard to the likely success of the new product development which is inappropriate.

Further evidence should be obtained to distinguish between research costs and development costs, and to support whether the development costs meet the recognition criteria in IAS 38 *Intangible Assets*, and to confirm whether all of the $600,000 should be capitalised. Further evidence should be obtained, including:

- A discussion with the project manager to obtain their view on the likely launch date for the new product, anticipated level of demand, any problems foreseen with completion of the project.
- A further review of a sample of the costs included in the $600,000, including evaluation of whether the costs are capital or revenue in nature.
- For the sample of costs, review purchase invoices and ensure they are in the name of the company to confirm the rights and obligations assertion of the capitalised costs.
- Results of any market research to support the assertion that the new product will generate future economic benefit.
- A discussion with management to identify how they have incurred development costs without carrying out any research first.
- Assuming that the Group finance director makes the supporting documentation, including assumptions, available to the audit team, the assumptions should be reviewed for reasonableness, with the auditor considering whether they are in line with business understanding and with other audit evidence obtained.

(b) Critique of auditor's report

Headings and structure

The report should not have the opinion and basis for opinion combined in one paragraph. The report should start with the opinion paragraph, which is then followed by the basis for opinion.

In addition to separating out the paragraphs, they should be given appropriate headings. According to ISA 705 *Modifications to the Opinion in the Independent Auditor's Report*, when the opinion is modified, the heading should be used to denote the type of modification which is being made to the opinion.

In this case the title 'Qualified opinion' seems most appropriate. The basis for opinion paragraph should be headed 'Basis for qualified opinion'.

Qualified opinion

The qualified opinion paragraph should be worded differently. According to ISA 705, when the opinion is modified the following wording should be used 'except for the effects of the matter(s) described in the Basis for Qualified Opinion section, the accompanying financial statements present fairly, in all material respects (or give a true and fair view of)...'.

The draft opinion paragraph uses different wording – in particular, using the phrase 'the financial statements are likely to be materially misstated' does not indicate that a firm conclusion has been reached, and could give users of the report some doubt as to the credibility of the auditor's opinion.

Basis for qualified opinion

This paragraph should contain further information on the reasons for the modification including a description and quantification of the financial effects of the material misstatement. In this case, the paragraph should refer to the overstatement of trade receivables of $450,000, and the overstatement of profit by the same amount. Currently, the paragraph refers to an overstatement of $500,000, which contradicts the conclusion based on audit evidence.

Emphasis of matter paragraph

According to ISA 706 *Emphasis of Matter Paragraphs and Other Matter Paragraphs in the Independent Auditor's Report*, an emphasis of matter (EOM) paragraph is used when the auditor considers it necessary to draw users' attention to a matter which is of such importance that it is fundamental to users' understanding of the financial statements. The matter discussed in the EOM paragraph must be properly presented and disclosed in the financial statements.

The draft auditor's report includes an EOM which is being used to discuss two matters, neither of which are appropriate for inclusion in an EOM. First, the EOM describes the fraud which has taken place during the year. This matter is immaterial in monetary terms and therefore is not likely to be considered fundamental to users' understanding of the financial statements.

In addition, it is not professional to highlight illegal activity in this way, and it could increase the risk of litigation from the Group, as this amounts to a breach of confidentiality.

Second, the EOM refers to the difficulties encountered in the audit of trade receivables due to the Group finance director refusing to allow full access to necessary sources of evidence. This matter should not be reported to shareholders in the auditor's report. The appropriate method of reporting is to those charged with governance of the Group, as required by ISA 260/ISA (UK) 260 *Communication With Those Charged With Governance*. ISA 260 requires the auditor to communicate to those charged with governance regarding a range of matters, including significant difficulties, if any, encountered during the audit.

Related to this, stating that it is the Group finance director personally who is responsible for the material misstatement and hence the modification of the auditor's opinion is not professional and could raise further legal problems, for example, the Group finance director could accuse the audit firm of making false statements or defamation of character.

In addition, referring to the potential resignation of the audit firm anywhere in the auditor's report is not appropriate. This matter should be discussed with those charged with governance who will then take the matter up with the Group's shareholders.

Examiner's comments

Requirement (a)

Part (i) required candidates to discuss the implications of a fraud which had occurred during the year for the completion of the audit and any actions to be taken by the auditor.

Generally, candidates performed poorly on this requirement with a significant number of candidates believing that an immaterial fraud would result in the audit opinion being qualified, which is disappointing.

Several candidates discussed the fraud and inferred an internal control issue within the procurement department, but only a minority went on to consider an overall internal control issue and that internal controls should be reassessed, or substantive testing should be performed.

A number of candidates suggested a list of controls that should be recommended for the procurement department, which did not meet the question requirement and therefore scored no marks.

Part (ii) asked candidates to comment on the sufficiency and appropriateness of audit evidence obtained in respect of development costs capitalised and to recommend actions to be taken by the auditor, including further evidence to be obtained. The requirement was generally poorly answered by candidates. A number of candidates' comments that a sample of invoices selected for testing was not appropriate and that 100% of invoices should be tested. A significant number of candidates correctly identified that the evidence on file for the development costs was not sufficient but missed the point that it could include research costs and went along the angle of approval of the costs to be capitalised in general. A significant number of candidates stated the accounting standard rules for capitalisation of development costs, yet the requirement was not a 'matters to consider and evidence expected to be on file' requirement and therefore was not relevant to the question and did not receive credit.

Requirement (b)

Candidates were asked to critically appraise an extract from the auditor's report, which had been incorrectly prepared and required amendment.

This requirement was a roll forward from the requirement in (a), and not a standalone critique style question. A number of candidates missed the narrative that two of the three issues had been resolved, being the audit partner concluding the fraud was immaterial and all necessary work had now been performed, and that further procedures surrounding the development costs had been performed and that is was deemed appropriate that the costs were capitalised correctly. Candidates that did not focus on the narrative did not realise these two issues should not have been included within the report and continued to appraise them incorrectly.

The majority of candidates were able to correctly identify the format issues within the report such as the incorrect structure. The wording of the extract suggested an adverse opinion was being given, and many candidates identified this was incorrect, it being more likely a qualified opinion was appropriate in the circumstances.

Candidates were not expected to discuss what would or would not be present in a full report. Where candidates discussed, for example, "the signature of the partner is missing" or "responsibilities of the auditor are missing", this was not relevant to the requirement, which asked candidates to specifically critique the extract as presented. Discussion of given extracts of auditor's reports, again, should follow a structured approach and practicing questions of this nature should allow candidates to score strong marks in these requirements.

Candidates would benefit from a more detailed knowledge of ISA 700 *Forming an Opinion and Reporting on Financial Statements*, in particular to review the appendices which show real examples of the auditor's report and typical wording which is appropriate.

ACCA Marking guide	
	Marks
Generally up to 1 mark for each relevant point of discussion/action or further evidence:	
(a) (i) Fraud	
– Cannot determine whether fraud is immaterial without obtaining further evidence	
– Insufficient to rely on a conversation between Group finance director and the alleged fraudster as a source of evidence	
– Group finance director could be involved and attempting to conceal the true extent of the fraud	
– Audit team needs to use professional scepticism in relation to assertions made about the fraud	
– Financial statements could be materially misstated/Group finance director refusing to adjust	
– Auditor should consider reporting responsibilities to management/those charged with governance (TCWG)	
– Potential to report externally after taking legal advice	
– Consideration of client confidentiality	
Maximum	6
(ii) Development costs	
– Development costs are material and the audit work performed is insufficient to determine whether research costs have been inappropriately capitalised	
– Intangible assets could be materially overstated and profit overstated	

	– Agreeing amounts to invoices does not confirm the nature of the expenditure – Arithmetically checking the spreadsheet does not provide assurance on the assumptions which underpin the projections – The Group finance director refusing to allow full access to the spreadsheet increases risk and the audit team should apply professional scepticism – Attitude and actions of the Group finance director should be discussed with TCWG – Reliance on a written representation is not appropriate – Further evidence (1 mark for each evidence point explained)	
	Maximum	**6**
(b)	**Critique of draft auditor's report** Generally up to 1 mark for each point explained: – Combination of opinion and basis for opinion paragraphs not appropriate – Headings not correct – should be qualified opinion and basis for qualified opinion – Qualified opinion paragraph wording is ambiguous and needs clarification – Basis for qualified opinion paragraph should contain further details on the rationale for the auditor's opinion – Explanation of proper use of emphasis of matter paragraph – Fraud is immaterial and not fundamental to users' understanding – Not professional to mention fraud in the auditor's report – Difficulties in the audit should be reported to TCWG, not to the shareholders in the auditor's report – Unprofessional and possible libellous wording used in relation to the Group finance director – Not appropriate to mention resignation in the auditor's report – should be discussed with TCWG	
	Maximum	**8**
	Professional marks **Analysis and evaluation** – Effective analysis and identification of issues and omissions in the draft auditor's report – Appropriate use of the information to support discussion, draw appropriate conclusions and design appropriate responses – Appropriate recommendations in relation to necessary actions which reflect the stage of engagement **Professional scepticism and judgement** – Effective challenge and critical assessment of the conduct and extent of the audit work and evidence obtained with appropriate conclusions – Appropriate application of professional judgement to draw conclusions and make informed decisions about the actions which are appropriate in the context and stage of the engagement – Demonstration of the ability to probe for further information **Commercial acumen** – Inclusion of appropriate recommendations regarding how Those Charged with Governance and the audit firm should respond to the situation	
	Maximum	**5**
Total		**25**

30 LIFESON *Walk in the footsteps of a top tutor*

Top tutor tips

Part (a) requires discussion of two accounting matters. First, consider the materiality of the issue. Next discuss the appropriate accounting treatment and give the risks of material misstatement that would arise if the appropriate treatment is not followed. Finally, the evidence is what you would expect to be recorded on the audit file when you come to review it. Be specific about the evidence in the same way as you would be specific when writing an audit procedure.

For part (b) you need to state the impact to the auditor's report if the client does not amend the financial statements. State the impact to both the report and opinion as a result of the issue. Don't waste time stating the reporting implications if the issue is corrected as this is not part of the requirement.

(a) (i) Sale and leaseback transaction

Matters

Transfer of control

The auditor needs to consider the correct treatment of the sale and leaseback transaction as required by IFRS 16 *Leases* which requires that an assessment should be performed based on the criteria specified in IFRS 15 *Revenue from Contracts with Customers* as to whether control of the asset has been retained by the seller or whether it has passed to the buyer.

Control of an asset is defined by IFRS 15 as the ability to direct the use of and obtain substantially all of the remaining benefits from the asset. This includes the ability to prevent others from directing the use of and obtaining the benefits from the asset. The benefits related to the asset are the potential cash flows which may be obtained directly or indirectly.

Right-of-use asset

In this case, the lease term of ten years appears short compared to the asset's remaining life which is expected to exceed 50 years and given the demand for retail properties for rent in the area, it seems likely that Clive Co will direct the use of and obtain substantially all of the remaining benefits from the asset including the potential cash flows in the future.

On the basis of the information available, the proposed derecognition of the property in Lifeson Co's financial statements and the recording of the transaction as a sale in accordance with IFRS 15 appears to be correct. Lifeson Co should therefore derecognise the property and recognise a right-of-use asset based on the proportion of the previous carrying amount of the asset effectively retained under the terms of the lease.

In addition, it should recognise a financial liability based on the present value of the lease payments and any gain or loss arising on the transaction should be recognised in profit or loss for the year.

In this case, the asset has been correctly derecognised but the auditor should investigate whether the company has recognised the right-of-use asset at the correct amount.

Evidence expected to be on file

- A copy of the sale and leaseback agreement reviewed to confirm the key details including in particular the rights of the lessee and the lessor to control the asset.
- A working paper detailing all key aspects of the agreement required to identify the detailed accounting treatment including the sale proceeds, rental amounts and timings, the lease term and the interest rate implicit in the lease.
- Agreement of the sale proceeds as per the sale agreement to the bank ledger account/cash book and bank statement to confirm the correct calculation of the gain or loss on disposal.
- Notes of discussions with management in relation to the transfer of control to confirm whether the correct treatment of the sale and leaseback arrangement has been determined.
- A copy of any client working papers in relation to the calculation of the right-of-use asset to identify whether the client has recognised the right-of-use asset at the correct amount.
- A review of the board minutes for evidence of management's discussion of the sale and leaseback transaction and any evidence in relation to the transfer of control.
- A review of the local property market including trade journals, press articles, official statistics to confirm high demand for retail leases.
- A review of surveyor reports on the property to confirm the expected remaining life of the property.
- A copy of the client's working papers for the calculation of the present value of the lease payments and a recalculation of the present value of the lease payments by the auditor in order to form a basis for confirming the detailed accounting treatment of the lease.
- Agreement of the carrying amount of the property to the non-current asset register to determine whether the correct amount has been derecognised and whether the gain or loss on disposal has been recorded correctly.
- A schedule calculating any gain or loss on the transaction, recalculated by the audit team and confirming that it only represents the gain or loss on rights transferred to Clive Co.
- Review of the draft financial statements to confirm that details of the sale and leaseback transaction, such as the gain or loss arising on the transaction, have been disclosed in line with the requirements of IFRS 16.

(ii) Asset impairment

Matters

Materiality

The carrying amount of the shopping mall represents 64.1% ($8.85 million/ $13.8 million) of Lifeson Co's total assets at the reporting date and is therefore highly material to the company's financial statements.

Value in use

The auditor should consider whether the client's calculation of the shopping mall's recoverable amount based on value in use is in line with the requirements of IAS 36 *Impairment of Assets*. This should include an assessment of whether the client has used an appropriate discount factor for calculating value in use based on the rate which reflects current market assessments of the time value of money and the risks specific to the asset.

In line with IAS 36's definition of recoverable amount as the higher of its fair value less costs to sell and its value in use, the auditor should also consider whether the fair value less selling costs of the shopping mall exceeds its value in use.

Reversal of impairment loss

IAS 36 requires that the increased carrying amount of an asset, such as property, attributable to a reversal of an impairment loss should not exceed the carrying amount which would have been determined, net of depreciation, had no impairment loss been recognised for the asset in prior years.

In this case, therefore, recognition of the reversal of the impairment loss should be calculated as follows.

	$million	$million
Carrying amount as at 31 March 20X5 prior to recognition of impairment reversal ($8.25m × 18/19)		7.816
Recoverable amount based on impairment review as at 31 March 20X5	8.850	
Capped to $9.5m × 18/20 =	8.550	8.550
Impairment reversal to be recognised		0.734

As a result of Lifeson Co's failure to limit the impairment reversal to $0.734 million, profit and assets are overstated by $300,000 (1.034m – 0.734m).

Evidence expected to be on file

- Agreement of the opening balances for the property to the non-current asset register as at 1 April 20X4 to confirm the correct amount has been brought forward in the client's working papers.
- Physical inspection of the shopping mall property to confirm its condition, occupancy level and to assess the reasonableness of the depreciation policy and forecast cash flows for the value in use calculation.

- Copy of the client working papers for impairment review giving evidence of the client's basis for assessing the fair value less selling costs of the mall and detailed calculations of its value in use.
- Copy of the client's cash flow forecasts and budgets supporting the value in use calculations.
- Notes of discussions with management in relation to the bases for the calculation of recoverable amount including an assessment of the reasonableness of the assumptions used by management in its forecasts and calculations and the appropriateness of the discount factor used in the value in use calculations.
- Written representations attesting to the reasonableness of its assumptions and other related management judgements.
- A recalculation of the value in use of the shopping mall by the auditor in order to confirm the accuracy of the client's calculation.
- Sensitivity analyses on the forecasts and the value in use calculations in order to assess the impact of any changes in the key assumptions.
- External confirmation of the shopping mall's net realisable value by an appropriately qualified, independent expert in order to ensure the recoverable amount has been correctly determined.
- Notes of discussions with management in relation to the incorrect recording of the impairment reversal and the need to include the error in the auditor's schedule of uncorrected misstatements.

(b) Implications for the auditor's report

Based on the analysis and discussion above, there is a misstatement in the financial statements in relation to the shopping mall which may have implications for this year's auditor's report.

Lifeson Co has incorrectly recognised the full impairment reversal of $1.034 million in profit for the year. As per IAS 36, the reversal of an impairment loss should not exceed the carrying amount which would have been determined had no impairment loss been recognised. Based on depreciation over a 20-year useful life, the carrying amount of the asset should be capped at $8.550 million and the reversal of the impairment to be recognised at $0.734 million ($8.550 million – $7.816 million).

Assets and profit are currently overstated by $300,000 representing 2.2% of total assets and 14% of profit before income taxes which is material to both the statement of financial position and statement of profit or loss.

The misstatement is individually material and if management fails to amend the financial statements, the auditor's opinion should be modified due to the material, but not pervasive, misstatement of the shopping mall in relation to both the statement of financial position and the statement of profit or loss for the year.

The auditor's report should include a qualified 'except for' opinion paragraph at the start of report.

This paragraph should be followed immediately by a basis for qualified opinion paragraph which should explain the reasons for the qualified auditor's opinion and which should quantify the impact of the matters identified on the financial statements.

Examiner's comments

This question was set at the completion stage of an audit and proved difficult for many candidates. In part (a) two property-related issues were described for an audit client of the firm and candidates were required to analyse the matters to be considered (e.g. materiality, accounting treatments permitted, how that applied to the client in question, potential errors) and the evidence that would be expected on file in order to be able to conclude on the issues. Topics covered were a sale and leaseback, where control had passed to the lessor and the reversal of an impairment relating to a property being used by the company.

Very few candidates appeared to understand the concept of control underpinning the sale and lease back – often candidates performed the appropriate test of considering the proportion of the life of the property that would be leased back but then incorrectly concluded that renting the property for one fifth of its life was effectively still owning the property. What was more concerning was that a significant minority of candidates were still discussing the concept of operating and finance leases and applying outdated accounting standards to a topic that has been examinable under IFRS16 *Leases* for several sessions.

With regards to the impairment reversal, candidate performance was mixed. Many candidates realised that the reversal would be restricted and were able to obtain credit even if they didn't appreciate that the reversal was not restricted to the previous impairment charge but should be restricted to the written down value the asset would have had, had it not been impaired in the first place. Beyond that however many candidates suggested that the excess value of that amount could be recognised within Other Comprehensive Income which is not the case unless the company is using a revaluation model rather than a cost model for properties.

Many candidates were able to identify relevant audit procedures for the above accounting issues. In some instances, this was the case even where they did not appear to fully understand the accounting issues themselves.

Part (b) required candidates to consider the effect of the misstatement in relation to the reversal of the impairment on the auditor's report. Here candidates often assessed the significance of the misstatement by reference to the entire asset value rather than the error amount, resulting in the conclusion that an immaterial misstatement would result in an adverse opinion. It is vital that candidates appreciate the concept of materiality and are able to correctly apply it at this level.

ACCA Marking guide

		Marks
(a)	**Matters and evidence**	
	Generally up to 1 mark for each matter explained and each piece of evidence recommended (unless otherwise stated).	
	(i) **Sale and leaseback transaction**	
	Matters	
	– Consider treatment of sale and leaseback transaction as required by IFRS 16	
	– Assess whether control of asset has transferred to buyer	
	– Whether asset transfer is sale in line with IFRS 15	
	– IFRS 15 criteria based on transfer of control; ability to direct, use and obtain substantially all remaining benefits of asset	
	– Derecognise property and recognise right-of-use asset based on proportion of asset retained	
	– Recognise financial liability based on PV of lease payments	
	– Recognise gain/loss on transaction in P/L for year	
	– Reasoned conclusion that treatment appears to be correct on basis of information available	

Evidence

- Copy of sale and leaseback agreement to confirm key details, e.g. rights of lessee and lessor to control asset; also: proceeds, rental amounts and timings, lease term, interest rate
- Discussions with management about transfer of control and correct treatment of sale and leaseback arrangement
- Board minutes for evidence of discussion of sale and leaseback transaction
- Review of local property market including trade journals, press articles, official statistics to confirm high demand for retail leases
- Review of surveyor reports on building to confirm expected life
- Agreement of carrying amount of property to non-current asset register
- Agreement of sale proceeds to bank ledger account/cash book and bank statement
- Copy of client working papers for present value of lease payments
- Recalculation of PV of lease payments by auditor
- Review of financial statements to confirm that details of sale and leaseback transaction disclosed in line with IFRS 16 requirements

Maximum **10**

(ii) **Shopping mall – asset impairment**

Matters

- Materiality
- Whether client's calculation of recoverable amount based on value in use is in line with requirements of IAS 36
- Discussion of whether client has used appropriate discount factor for calculating value in use
- Whether NRV of shopping mall exceeds its value in use (at both dates)
- Reversal of impairment loss should be capped to depreciated historic cost had no impairment loss been recognised
- Resulting error: overstatement of profit and assets by $300,000

Evidence

- Agreement of opening balances for property to non-current asset register
- Physical inspection of shopping mall to confirm condition, occupancy level and reasonableness of depreciation policy and of management's cash flow forecasts
- Copy of client working papers for impairment review giving details of NRV of mall and value in use calculations
- Copy of client cash flow forecasts and budgets supporting value in use calculations
- Notes of discussions with management and assessment of reasonableness of assumptions used in forecasts and appropriateness of discount factor used in value in use calculations
- Management representations attesting to the reasonableness of assumptions and other related management judgements
- Recalculation of value in use by auditor
- Sensitivity analyses on forecasts and value in use calculations
- External confirmation of the shopping mall's net realisable value by an appropriately qualified, independent expert
- Notes of discussions with management in relation to incorrect recording of impairment reversal and need to include error in auditor's schedule of uncorrected misstatements

Maximum **6**

(b)	**Auditor's report** – Material misstatement due to inappropriate application of IAS 36 – Matter is not pervasive – Qualified audit opinion – Basis of qualified opinion paragraph	
	Maximum	**4**
	Professional marks **Analysis and evaluation** – Appropriate use of the information to support discussion, draw appropriate conclusions and design appropriate responses – Identification of omissions from the analysis or further analysis which could be carried out – Balanced assessment of the information to determine the appropriate audit opinion in the circumstances **Professional scepticism and judgement** – Effective challenge of information, evidence and assumptions supplied and, techniques carried out to support key facts and/or decisions – Appropriate application of professional judgement to draw conclusions and make informed decisions about the actions which are appropriate in the context and stage of the engagement	
	Maximum	**5**
Total		**25**

31 KILMISTER *Walk in the footsteps of a top tutor*

Top tutor tips

Part (a) asks for a critical appraisal of the draft auditor's report extracts. Don't just focus on whether the opinion is appropriate. You should also think about the titles of the paragraphs included and whether the names are correct, the order they appear in, whether the required information that should be included has been included and whether the wording used is professional and appropriate.

Part (b) asks for the matters which should be reported to those charged with governance at the end of the audit. In accordance with ISA 260, the auditor must report matters relating to significant control deficiencies, uncorrected misstatements which may impact the auditor's report and matters affecting independence for listed clients. In your answer you should explain why any control deficiencies are significant and the implications for the company, explain why the financial statements are misstated as a result of the client's accounting treatment.

(a) Kilmister Co – Critical appraisal of extract from draft auditor's report

Presentation and structure of auditor's report extract

The structure and format of the auditor's report is prescribed by ISA 700/ISA (UK) 700 *Forming an Opinion and Reporting on Financial Statements*. The auditor's report should be addressed solely to the shareholders of the reporting entity and the title should not include any reference to the directors of Kilmister Co. In addition, the first two paragraphs are presented in the incorrect order, the Opinion paragraph should precede the Basis for Opinion paragraph.

Reference to ethical code

ISA 700 requires that in the Basis for Opinion paragraph, the auditor should identify the relevant ethical code, naming the IESBA *International Code of Ethics for Professional Accountants*/FRC Ethical Standard. The draft auditor's report does not specifically refer to the ethical code which has been applied during the audit and is therefore not in compliance with the requirements of ISA 700.

Material uncertainty regarding going concern

ISA 570/ISA (UK) 570 *Going Concern* provides guidance on how an auditor should report uncertainties regarding going concern in the auditor's report. According to ISA 570, if adequate disclosure about the material uncertainty is not made in the financial statements, the auditor should express a qualified opinion or adverse opinion as appropriate.

The use of a 'material uncertainty regarding going concern' paragraph in the draft auditor's report extract is therefore incorrect. This paragraph should only be used when adequate disclosure has been made by the directors in the financial statements and would include a cross reference to this disclosure. Given that this disclosure has not been made, this is therefore not appropriate in this case.

In this case, therefore, the absence of any disclosure in the financial statements in relation to the uncertainties regarding going concern is grounds for a modification of the auditor's opinion. The modification is due to a material misstatement in relation to the absence of this key disclosure.

If, in the auditor's professional judgement, the impact of this non-disclosure on the financial statements is material but not pervasive, a qualified 'except for' opinion should be issued. In this case, the opinion paragraph should be headed 'qualified opinion' and this should be followed immediately by a 'basis for qualified opinion' paragraph.

If, on the other hand, the auditor believes that the impact on the financial statements of the non-disclosure is both material and pervasive, an adverse opinion should be given. The opinion paragraph should then be headed 'adverse opinion' and should be followed immediately by a 'basis for adverse opinion' paragraph.

In addition, details of the uncertainty regarding going concern should be given in the basis for qualified or adverse opinion paragraph.

Long-term contracts

The use of the 'other information' section in this context is inappropriate. This section should be used to describe the auditor's responsibilities for 'other information' (e.g. the rest of the annual report, including the management report) and the outcome of fulfilling those responsibilities.

The disclosure regarding long-term contracts is more in line with the requirements of ISA 701/ISA (UK) 701 *Communicating Key Audit Matters in the Independent Auditor's Report*, where key audit matters are those which in the auditor's professional judgement were of most significance to the audit.

In determining which matters to report, the auditor should take into account areas of significant auditor attention in performing the audit, including:

- Areas of higher assessed risk of material misstatement, or significant risks identified in accordance with ISA 315 (Revised 2019) *Identifying and Assessing the Risks of Material Misstatement.*
- Significant auditor judgements relating to areas in the financial statements which involved significant management judgement, including accounting estimates which have been identified as having high estimation uncertainty.
- The effect on the audit of significant events or transactions which occurred during the period.

The extract from the draft auditor's report states that significant judgement is applied in assessing the percentage of completeness of material long-term contracts and that this percentage is then applied in calculating the revenue for the year. This is a matter of high risk requiring significant auditor attention and given that Kilmister Co is a listed entity, it would be appropriate for this to be disclosed in the KAM section of the auditor's report.

The KAM section of the auditor's report should begin with an introductory paragraph explaining what a KAM is.

The KAM section should then explain why this matter is considered to be a KAM due to the significant judgement involved in assessing the percentage completeness of the long-term contracts and the high risk of material misstatement associated with this judgement process.

The KAM section should also include an explanation of how the KAM was addressed by the audit process. In this case, this might include, for example, an evaluation of the controls designed and implemented by Kilmister Co to monitor the progress of and the amounts owing on service and construction contracts; a review of the financial performance of key contracts against budgets and historical trends; and challenging management's estimates and judgements in respect of the progress to date on the contracts.

(b) Taylor Co – Report to those charged with governance

A report to those charged with governance (TCWG) is produced to communicate matters relating to the external audit to those who are ultimately responsible for the financial statements. ISA 260/ISA (UK) 260 *Communication With Those Charged With Governance* requires the auditor to communicate many matters including independence and other ethical issues and the significant findings from the audit. In the case of Taylor Co, the matters to be communicated would include the following:

Revaluation of property portfolio

According to ISA 260/ISA (UK) 260, the significant findings from the audit include the auditor's views about significant qualitative aspects of the entity's accounting practices including accounting policies and any circumstances which affect the form and content of the auditor's report.

In the case of Taylor Co, the significant findings from the audit would relate to the changes in the accounting policy in relation to the revaluation of property and related material misstatements and the following matters should be communicated.

IAS 16 *Property, Plant and Equipment* states the revaluation policy should be consistent across a class of assets.

Four properties, which are material to the statement of financial position at 2.1% of total assets, are still carried at depreciated historic cost. This therefore represents a breach of IAS 16 and a material misstatement, which will impact on the form and content of the auditor's report.

According to ISA 260/ISA (UK) 260, the significant findings from the audit also include significant difficulties encountered during audit such as information delays.

The independent external valuation reports requested by Eddie & Co at the planning stage were not available when requested by the auditor and it took three weeks before they were received by the audit team.

The auditor should report this delay to those charged with governance, detailing its impact on the efficiency of the audit process together with any resulting increase in the audit fee.

Renovation of car parking facilities

The renovation expenditure on the car parking facilities at Taylor Co's properties should be recognised as an asset according to IAS 16 if it is probable that future economic benefits associated with the item will flow to the entity and the cost of the item can be measured reliably.

In Taylor Co's case, the cost has been quantified as $13.2 million and it has already derived economic benefits in the form of a significant increase in customer numbers and revenue at each of these locations. The expenditure should therefore be capitalised and its inclusion in operating expenses is not in compliance with IAS 16.

The amount of $13.2 million is also material to the statement of financial position at 2.5% of total assets.

The incorrect application of IAS 16 and the material misstatement should be included in a report to TCWG as a significant finding from the audit which will impact on the form and content of the auditor's report.

ISA 265/ISA (UK) 265 *Communicating Deficiencies in Internal Control to Those Charged With Governance and Management* requires the auditor to communicate appropriately to those charged with governance deficiencies in internal control which the auditor has identified during the audit and which, in the auditor's professional judgement, are of sufficient importance to merit their respective attentions.

The audit working papers include minutes of discussions with management which confirm that authorisation had not been gained for this expenditure. The lack of authorisation indicates a lack of management oversight and a serious weakness in control which could allow fraud to occur.

Furthermore, the lack of integrity shown by management in going ahead with the renovation works without the necessary permission is an example of management override and could be indicative of the tone set throughout the organisation.

This therefore represents a high risk matter and they may wish to implement controls and procedures to prevent further breaches.

The report to those charged with governance should include full details on this significant deficiency in internal control and should include recommendations to management in order to reduce the associated business risk.

Examiner's comments

This question was a 25-mark compulsory question which focused on completion and reporting and was in two sections.

Requirement (a) for 10 marks, asked candidates to critically appraise an extract from an auditor's report which had been incorrectly prepared and required amendment. The majority of responses were extremely disappointing and generally reflects weak knowledge of auditor reporting requirements. There remain a number of candidates who continue to show a lack of understanding of basic ISA requirements such as incorrectly suggesting that an unmodified opinion should have 'unmodified' in the title of the opinion or that a material uncertainty related to going concern should be included within an emphasis of matter paragraph. Many candidates suggested that the use of "we believe" in the auditor's report is not appropriate wording, or that the use of "in our opinion" suggests that the auditor is not independent from the client and therefore a familiarity threat is present. This demonstrates a significant lack of understanding of auditor's reports and ISA 700 *Forming an Opinion and Reporting on Financial Statements*. Candidates were not expected to discuss what would or would not be present in a full report. Where candidates discussed, for example, "the signature of the partner is missing" or "responsibilities of the auditor are missing", this was not relevant to the requirement, which asked candidates to specifically critique the extract as presented. Discussion of given extracts of auditor's reports, again, should follow a structured approach and practising questions of this nature should allow candidates to score strong marks in these requirements. Candidates would benefit from increased knowledge of ISA 700, and in particular should review the appendices which show real examples of auditor's report and typical wording which is appropriate.

Requirement (b) required candidates to discuss, along with reasons for discussion, specific matters raised in the scenario which should be reported to those charged with governance. Generally, candidates identified the "matters to be included" and used an approach of calculating the materiality of the issue, discussing the relevant accounting standard and how the matter had been dealt with incorrectly. However, candidates were vague on why matters should be included within a report to those charged with governance and continued to answer the question as if it were asking about the impact on the audit opinion. This demonstrates a lack of understanding of the question requirement by a number of candidates.

ACCA Marking guide		
		Marks
(a)	**Kilmister Co** **Critical appraisal of extract from draft auditor's report** Up to 1 mark per issue explained – Addressee should be shareholders (not directors) – Incorrect order – opinion paragraph should be before basis for opinion – Lack of specific reference to ethical code **Material uncertainty re going concern:** – Opinion paragraph should be headed 'qualified/adverse opinion' followed by 'basis for qualified/adverse opinion' – Modification due to material misstatement re absence of disclosure – 'except for' or adverse depending on auditor's professional judgement re level of impact on financial statements – Incorrect use of 'material uncertainty regarding going concern' paragraph – this paragraph should be used when adequate disclosure has been made by directors in financial statements – Details of uncertainty re going concerns should be given in basis for qualified/adverse opinion paragraph **Long term contracts:** – Incorrect use of 'other information' paragraph – should be used to describe auditor's responsibilities for 'other information' (e.g. rest of the annual report, including management report) and outcome of fulfilling those responsibilities – Issue is area of significant auditor judgement which should be considered for inclusion as KAM which as a listed company, Kilmister Co should disclose in separate KAM section of auditor's report – KAM section should include explanation of what is a KAM – KAM section should explain why matter is considered to be KAM – KAM section should also explain how KAM was addressed by audit process	
	Maximum	**10**
(b)	**Taylor Co** **Report to those charged with governance** Generally up to 1 mark for each matter identified and explained **Revaluation of property portfolio** – Significant findings from audit should be reported to TCWG – These include significant changes in accounting policy and material misstatements – Revaluation of PPE should be consistent across a class of assets (IAS 16), four properties still carried at depreciated historic cost – Four properties are material to SOFP (2.1% assets) – Significant findings from audit also include significant difficulties encountered during audit such as information delays – Delay makes audit less efficient and may result in increase in audit fee **Renovation of car parking facilities** – Taylor Co has derived economic benefits from expenditure, should be capitalised – Material to SOFP (2.5% of assets) – Incorrect application of IAS 16 and potential material misstatement should be included in report to TCWG as significant finding from audit – Lack of authorisation indicates lack of management oversight and serious weakness in control which could allow fraud to occur	

- Lack of integrity shown by management going ahead with renovation works without the necessary permission is an example of management override and could be the tone set throughout organisation
- Therefore this is a high risk matter and they may wish to implement controls and procedures to prevent further breaches
- Report to TCWG should include recommendations to management to reduce business risk

Maximum	**10**

Professional marks

Analysis and evaluation

- Effective analysis and identification of issues and omissions in the draft auditor's report
- Appropriate use of the information to support discussion, draw appropriate conclusions and design appropriate responses
- Appropriate recommendations in relation to necessary actions which reflect the stage of engagement

Professional scepticism and judgement

- Effective challenge and critical assessment of the conduct and extent of the audit work and evidence obtained with appropriate conclusions
- Appropriate application of professional judgement to draw conclusions and make informed decisions about the actions which are appropriate in the context and stage of the engagement
- Demonstration of the ability to probe for further information

Commercial acumen

- Inclusion of appropriate recommendations regarding how Those Charged with Governance and the audit firm should respond to the situation

Maximum	**5**
Total	**25**

32 DALEY *Walk in the footsteps of a top tutor*

Top tutor tips

Part (a) requires indicators of going concern issues. Going concern means the company is likely to be able to continue trading for the foreseeable future. The company will have difficulty continuing to trade if it does not have enough cash to pay its liabilities when they fall due. Look for the indicators in the scenario which could mean the cash inflows are not sufficient to cover the cash outflows.

Part (b) requires audit evidence on the cash flow forecast. Evidence needs to be obtained to assess the reasonableness of the assumptions used to prepare the forecast. The transactions have not yet occurred so limited supporting documentation will be available, for example, invoices will not exist at this point. However, some evidence will exist to support management's assumptions and this is what the auditor will need to obtain.

Part (c) asks for the reasons why the directors may not want to make disclosure of the going concern difficulties and the reporting implications if they do not make adequate disclosure. When suggesting an audit opinion, you must state the wording of that opinion and justify your choice as this will be where the majority of the marks will be awarded.

(a) Going concern indicators

There are a range of matters which cast doubt on Daley Co's ability to continue as a going concern. In particular, the company appears to be exhibiting many of the indicators of a business which is overtrading.

Revenue and profitability

Daley Co has experienced a significant increase in revenue of 28.4% which may not be sustainable in the short to medium term without additional external sources of finance.

The company is also experiencing a significant decline in its operating profit margin. It is notable that even after taking account of the provision, other operating expenses have increased by more than 4.3 times ((9.1 – 3.5)/1.3) resulting in an overall loss of $3.4 million in the current reporting period.

It is possible that the company has had to reduce its selling prices in order to achieve the high level of sales growth.

Liquidity and working capital

Daley Co has also suffered a decline in liquidity as evidenced by a fall in its current ratio from 2.4 to 1.6 and in its acid test ratio from 1.1 to 0.6.

A review of the company's working capital ratios indicates long and worsening inventory holding periods (481 days in 20X5 compared to 466 days in 20X4) and overall inventory has increased by 57% which may be indicative of problems in relation to the saleability of inventory which is in breach of domestic regulations.

The company is currently taking on average 120 days to collect its trade debts (108 days in 20X4) and requires an average of 348 days in 20X5 (365 days in 20X4) to pay its trade payables. Although this is a fall in the average payment period compared to the prior year, it still appears to be a long period which may be related to ongoing payment disputes in relation to the regulatory breaches noted previously.

Overall, trade payables have increased by 44.8% on the prior year and the company may struggle to settle this liability given its worsening cash position, which may in turn result in a loss of goodwill with its suppliers and a refusal to supply or to withdraw credit in the future which would severely restrict the company's operations.

The poor working capital management and declining liquidity have resulted in Daley Co's cash position deteriorating from a positive position of $0.6 million in 20X4 to an overdraft of $1.8 million in 20X5 which is significant at 7.8% of total assets.

Gearing and finance

In addition to problems with short-term finance and liquidity, Daley Co is also exhibiting a significant increase in gearing as evidenced by the increase in debt to equity from 2.3 in 20X4 to 6.4 in 20X5 and a fall in interest cover from 6.6 times to (1.5) times over the same period, indicating that the business is unable to service its current levels of finance.

The company's interest expenses as a percentage of long-term borrowings have increased from 5.6% in 20X4 to 13.4% in 20X5. This may be due at least in part to the interest on the overdraft proving to be an expensive way of financing the entity's operations and if the overdraft has not been agreed with the bank, the company may be incurring additional penalties and charges thereby putting additional strain on the company's cash flows.

The increasing may also reflect lenders already perceiving Daley Co to be a high credit risk. It is also notable that non-current assets have decreased by 7.5% this year which suggests that the business is also struggling to replace and renew its existing capital (asset) expenditure levels. If this is the case, it may cast further doubt on the feasibility of the planned expansion of its operations.

Legal claim

Given Daley Co's current financial position, it seems unlikely that the business will be able to settle the legal claim of $3.5 million which threatens to place severe demands on the company's cash flow. Indeed, if there is a prospect of more claims arising in the future, the problems with the saleability of inventory and management of working capital as a result of the regulatory breaches discussed earlier may worsen further leading to a greater deterioration in the company's cash flow position.

Cash flow forecast

Overall, Daley Co's ability to continue to trade appears to be dependent on obtaining the new bank finance which it has assumed in its cash flow forecast. The bank financing is needed to meet existing liabilities and it is doubtful whether sufficient funding will be available in order to finance the proposed expansion.

Moreover, the forecast itself appears to be unrealistic in its other assumptions. In particular, the projected trade receivable collection period of 60 days may well be unachievable on the basis of the historic ratios identified above.

A return to a positive cash position is dependent on obtaining the new bank finance which may not be forthcoming based on the bank's assessment of the business's current financial position and performance.

(b) Audit evidence on the cash flow forecast

The audit working papers should include sufficient evidence that appropriate audit procedures have been conducted in relation to the assumption that Daley Co is a going concern at the reporting date, including the following:

- Evidence of agreement of the opening cash position to the bank ledger account/cash book and bank reconciliation.
- Reperformance by the audit team of the client's calculations in preparing the forecast in order to check its arithmetic accuracy.
- Notes from meetings with management detailing discussion of the key assumptions made by management in the preparation of the forecast (including the growth rate and receivables collection period) and an assessment of the consistency of the assumptions with the auditor's knowledge of the business and with management's intentions regarding the future of the company and corroborating evidence of assumptions.
- Evaluation by the audit team of previous profit and other financial forecasts and their outcome in order to assess the consistency of the cash flow forecast with other prospective information prepared by management.

- A comparison of the cash flow forecast for the period April to June 20X5 with management accounts for the same period in order to assess the accuracy of the forecast compared to actual data to date.
- Results of analytical review of the items included in the cash flow forecast including, for example, a detailed review of the breakdown of different categories of expenses in order to identify any items which may have been omitted.
- A review of correspondence with Daley Co's lawyers in relation to the legal claims in order to assess the likelihood of losing the actions, the likely cost and the possibility of further claims arising in the future.
- Based on the review of legal correspondence, confirmation that the settlement of the legal claims has been appropriately included in the cash flow forecast.
- A review of correspondence with Daley Co's bankers and supporting documentation for both the company's existing loan facilities and the proposed new loan.
- Minutes of discussions with management in relation to the likelihood of obtaining the new loan.
- Based on these reviews and discussions, a recalculation by the auditor of the interest expense and confirmation that the interest expense and the receipt of the loan have been accurately reflected in the cash flow forecast.
- Working paper detailing the review of the documentation in relation to the new warehousing agreeing the cost and checking that the cash outflow is included in the forecast at the correct amount and at the correct date.
- A review of board minutes in relation to the company's current trading position and the ongoing negotiations for the proposed new bank finance.
- A consideration of the impact on cash flows and liquidity when the company is incurring the additional costs of compliance with all laws and regulations.

(c) Reasons for non-disclosure and implications for the auditor's report

Motives for directors not wishing to make going concern disclosures

The directors' motives for non-disclosure of uncertainties in relation to going concern seem likely to reflect a desire to present the company in a positive light to investors and other third parties. This is a particularly sensitive issue at a time when the company is planning a major expansion and is seeking to raise significant new finance while struggling to manage its liquidity and working capital.

The disclosure of uncertainties in relation to going concern may deter the bank from lending the new finance and may lead to a loss of confidence and goodwill with key suppliers and customers.

Implications for the auditor's report

ISA 705/ISA (UK) 705 *Modifications to the Opinion in the Independent Auditor's Report* requires the auditor to modify the opinion in the auditor's report when they conclude that, based on the audit evidence obtained, the financial statements as a whole are not free from material misstatement.

The failure to include disclosures regarding material uncertainties in relation to going concern in Daley Co's financial statements represents a material omission which will therefore require a modification of the auditor's opinion. In this case, the auditor must exercise professional judgement and assess whether the absence of this disclosure is material but not pervasive to the financial statements or whether it is material and pervasive to the financial statements.

Material but not pervasive

If the auditor concludes that the omission of the required disclosures in relation to the going concern uncertainties is material but not pervasive to the financial statements, a qualified audit opinion on the grounds of material misstatement is appropriate, as the directors have failed to include required disclosures.

The auditor will include a 'Qualified Opinion' paragraph at the start of the auditor's report which will state that the financial statements are presented fairly in all material respects 'except for' the absence of this disclosure.

The qualified opinion paragraph will be followed immediately by a 'Basis for Qualified Opinion' paragraph which will give details of the going concern uncertainties in relation to Daley Co and explain that the financial statements do not adequately disclose these uncertainties.

Material and pervasive

If the auditor concludes that the omission of the required disclosures in relation to the going concern uncertainties is material and pervasive to the financial statements, an adverse audit opinion on the grounds of material misstatement is appropriate as in the auditor's opinion the lack of these disclosures will have a fundamental impact on the users' understanding of the financial statements.

The auditor will include an 'Adverse Opinion' paragraph at the start of the auditor's report which will state that the financial statements are not presented fairly in all material respects.

The adverse opinion paragraph will be followed immediately by a 'Basis for Adverse Opinion' paragraph which will give details of the going concern uncertainties in relation to Daley Co and explain that in the opinion of the auditor, the omission of key disclosures in this respect are fundamental and pervasive to the financial statements and therefore require an adverse opinion.

Tutorial note

Key audit matters (KAM) disclosures are not relevant for Daley Co as it is not listed.

Examiner's comments

This was a 25-mark question covering the going concern assessment for a non-listed client and was set at the completion stage of the audit.

Requirement (a) asked candidates to evaluate matters which cast doubt on a client's ability to continue as a going concern (GC). Candidates were directed to analytical review of a cash flow forecast to aid in their evaluation and those who used the quantitative and discursive parts of the scenario to describe the GC risk indicators with an explanation of how that impacted on the company's future tended to score high marks on this question. Candidates who merely calculated ratios and stated the direction of movement or simply stated that an increase in the receivables collection period showed going concern issues attained very few marks. It is important candidates demonstrate their knowledge of how each matter gives rise to an issue for trading as a going concern. For example, a fuller explanation would be that the increase in the receivables collection period may mean that there are irrecoverable debts which should be written off, increasing losses further, or that slow collection would decrease liquidity and therefore put pressure on the ability of the company to make payments as they fell due. A technique candidates could employ here would be to ask themselves why as they get to the end of a sentence, allowing them to add a second sentence demonstrating their understanding. A minority of candidates appeared to lack focus on the question requirement and answered this as a RoMM discussion, covering risks of material misstatements in the forecast rather than relating the scenario to the GC issues required.

Part (b) requested an explanation of the audit evidence which would be needed with respect to the forecast and candidates scored best when they remembered this was future/ prospective information, not historical, and where they related it specifically to the information given. For example, candidates who looked for specific assumptions in the information provided and devised sources of evidence to support each of those assumptions were able to attain far more marks than candidates who simply said evaluate the assumptions used by management in preparing the forecast. It is important that candidates appreciate that no two questions are the same and that the information given in the question should always be used to drive their answer.

Finally, part (c) required candidates to explain why the directors may wish to exclude disclosures relating to going concern uncertainties in the notes to the financial statements and the possible implications on the auditor's report. Candidates were generally able to identify the reasons for non-disclosure but performed very poorly on the auditor's report implications. Many candidates wrongly stated that the directors omitting a required disclosure would not constitute a material misstatement. Many therefore went on to conclude that the opinion would be unmodified but that going concern disclosures would be made in the auditor's report instead of in the notes to the financial statements. This is not the case and candidates should ensure they are familiar with the reporting requirements in ISA 570 *Going Concern*. Some candidates suggested including such disclosures in the Key Audit Matters section or to include an Emphasis of Matter paragraph both of which would be inappropriate.

ACCA Marking guide		
		Marks
(a)	**Going concern indicators** Up to 1 mark for each well-explained going concern indicator discussed Up to 3 marks for calculation of relevant ratios and trends. **Revenue and profitability** – Significant increase in revenue of 28.4% (potential overtrading indicator) – Declining profit margins – Increase in effective interest rate on long-term debt (lenders perceive as higher risk) – Loss-making **Liquidity and working capital** – Declining liquidity – Cash position has moved from positive to negative (overdraft) during year – Poor working capital management **Gearing and finance** – Increased gearing – Decline in interest cover – Failure to replace non-current assets (7.5% decrease in year) **Legal claim** – Significant legal claim, company does not appear to have cash to settle it **Cash flow forecast** – Cash flow forecast indicates improving liquidity and working capital, however, this appears optimistic (e.g. growth rate, receivable collection period assumptions) – Return to positive cash dependent on these assumptions and obtaining new bank finance which may not be forthcoming – Company is dependent on obtaining new bank finance	
	Maximum	**8**
(b)	**Audit evidence on cash flow forecast** Generally 1 mark for each well described source of audit evidence: – Agreement of the opening cash position to bank ledger account/cash book and bank reconciliation – Accuracy check – recalculation – Discuss key assumptions made by management in preparation of forecast (including growth rate and receivables collection period), assess consistency with auditor's knowledge of the business and with management's intentions regarding the future of the company – Agreement that the cash flow forecast is consistent with profit and other financial forecasts which have been prepared by management – Comparison of the cash flow forecast for the period April – June 20X5 with management accounts for the same period – Analytical review of the items included in the cash flow forecast, for example, categories of expenses, to look for items which may have been omitted – Review legal correspondence in relation to legal claims and assess likelihood of losing actions, likely cost and likelihood of further actions in future – If appropriate, ensure settlement of legal claims has been included in forecast – Review correspondence with bank and supporting documentation for existing and proposed loan facilities – Discuss with management likelihood of obtaining new finance – Check calculation of interest expense and inclusion in forecast – Ensure amount and timing of receipt of new finance is accurately reflected in forecast – Inspect documentation in relation to new warehousing agreeing cost and check that cash outflow is included in forecast at correct amount and timing – Review of board minutes re company's current trading position and ongoing negotiations with bankers – Consideration of impact on cash flows and liquidity when company is incurring additional costs of compliance with all laws and regulations	
	Maximum	**7**

(c)	**Directors' reasons for non-disclosure and implications for auditor's report** Generally up to 1 mark for each point discussed: **Possible reasons for non-disclosure** – Desire to present company in positive light to investors and other third parties – Particularly significant given current position of company, e.g. seeking to raise new finance; struggling to manage liquidity and working capital; need to maintain confidence with suppliers and customers especially with arrival of new competitor **Implications for auditor's report** – Auditor must assess whether absence of disclosure is material but not pervasive to financial statements or whether it is material and pervasive to financial statements **Material but not pervasive** – Qualified opinion due to material misstatement ('except for' incomplete disclosure) – Basis for qualified opinion paragraph to be included giving details of going concern uncertainties and that financial statements do not adequately disclose these uncertainties **Material and pervasive** – Adverse opinion due to material misstatement where the financial statements 'do not present fairly' – Basis for adverse opinion paragraph explaining grounds for adverse opinion – Position of opinion and basis for (qualified/adverse) opinion paragraphs – Well reasoned conclusion on whether issue is pervasive	
	Maximum	**5**
	Professional marks **Analysis and evaluation** – Appropriate use of the information to support discussion, draw appropriate conclusions and design appropriate responses – Identification of omissions from the analysis or further analysis which could be carried out – Balanced assessment of the information to determine the appropriate audit opinion in the circumstances **Professional scepticism and judgement** – Effective challenge of information, evidence and assumptions supplied and, techniques carried out to support key facts and/or decisions – Appropriate application of professional judgement to draw conclusions and make informed decisions about the actions which are appropriate in the context and stage of the engagement **Commercial acumen** – Use of effective examples and/or calculations from the scenario to illustrate points or recommendations – Appropriate recognition of the wider implications when considering why the directors may wish to exclude going concern disclosures	
	Maximum	**5**
Total		**25**

33 CORAM & CO *Walk in the footsteps of a top tutor*

Top tutor tips

Part (a) provides you with the schedule of uncorrected misstatements for an audit client and asks for the matters to be discussed with management. Calculate whether the proposed adjustment is material. If it is material the adjustment must be made in order to avoid a modified opinion. You also need to explain the accounting treatment that they should have applied. Finish off by explaining the impact on the auditor's opinion if management does not make the proposed adjustments. The requirement only asks for the impact on the opinion, not the report, so do not waste time expanding beyond the opinion section. This is a typical completion and reporting question seen on many recent past papers which emphasises the importance of practising past papers to prepare for the exam.

Part (b) is an ethical and professional issues question. There are two separate issues and you should deal with them in turn. Identify the type of threat, explain how the threat could influence the audit, discuss whether the threat is significant and finish off by explaining the safeguards the firm should take to reduce the threat to an acceptable level.

(a) Clark Co

Matters to be discussed with management in relation to the audit supervisor's proposed adjustments

(i) Lease of testing equipment

The lease at Clark Co's largest site is material to the statement of financial position at 2.2% of total assets. The leases at the other two sites are also material at 2.8% of total assets.

The general recognition and measurement requirements of IFRS 16 *Leases* require lessees to recognise a right-of-use asset and a lease liability at the commencement date of the lease at the present value of the lease payments. The standard defines the commencement date as the date the asset is available for use by the lessee. Given that the commencement date is 31 March 20X5 therefore, it is appropriate on this basis to recognise the lease on the statement of financial position as at this date.

It is significant, however, that IFRS 16 also contains an optional exemption for short-term leases of less than 12 months' duration with no purchase option. If Clark Co elects to apply this exemption, it does not recognise the leased assets or lease liabilities on the statement of financial position but rather, it recognises the lease payments associated with those leases as an expense in the statement of profit or loss for the year on either a straight-line basis over the lease term or another systematic basis.

However, IFRS 16 also requires that if this exemption is taken, it must be applied consistently by each class of underlying asset. Hence in this case, the client must either capitalise the leases across all three of the sites or apply the exemption consistently and not capitalise the leases across any of the sites. On either of these bases, as the commencement date of the lease coincides with the reporting date, there would not yet be any impact on Clark Co's statement of profit or loss for the year.

The audit manager should discuss the option of taking the short-term lease exemption with the finance director at tomorrow's meeting:

(i) if the client elects not to take the exemption across the three sites, assets and liabilities will be materially understated. Hence the audit supervisor's proposed adjustment is correct and a right-of-use asset and lease liability of $475,000 should be recognised on the statement of financial position.

(ii) Alternatively, if the client does elect to take the exemption across all three sites, then assets and liabilities are materially overstated and right-of-use assets and lease liabilities of $625,000 should be derecognised on the statement of financial position.

Impact on audit opinion

If the client does not make any adjustment to the financial statements, the statement of financial position is materially misstated on the basis of misapplication of an accounting standard and the audit opinion should be qualified on this basis with an 'except for' opinion.

(ii) Legal claim

The legal claim is material to the statement of financial position being 5.5% of Clark Co's total assets.

Following the requirements of IAS 37 *Provisions, Contingent Liabilities and Contingent Assets*, a provision should be recognised when: an entity has a present obligation (legal or constructive) as a result of a past event; it is probable that an outflow of resources embodying economic benefits will be required to settle the obligation; and a reliable estimate can be made of the amount of the obligation.

In this case the customer has already won the action against the company, the amount of the claim has been agreed by the courts and settlement is still outstanding at the reporting date. Hence, a provision of $1.2 million should be recognised on the statement of financial position.

IAS 37 also states that contingent assets are not recognised in financial statements since this may result in the recognition of income which may never be realised. However, the standard continues by stating that when the realisation of income is virtually certain, then the related asset is not a contingent asset and its recognition is appropriate. With respect to Clark Co's insurance claim therefore and the verified letter dated 25 March 20X5, the settlement of the claim as at the reporting date is virtually certain and an asset should be recognised separately on the statement of financial position.

The audit supervisor's proposed adjustment is correct and the finance director should therefore be requested to adjust the financial statements to include the separate recognition of the asset and the provision. If the adjustment is not made, both assets and liabilities will be materially misstated. There is no net impact on the statement of profit or loss for the year.

The finance director should also be advised that the financial statements should include full disclosure of the facts and amounts surrounding the provision for the legal claim together with full details of the expected reimbursement from the insurance company recognised as an asset.

Impact on audit opinion

If the client does not make any adjustment to the financial statements, the statement of financial position is materially misstated and the audit opinion should be qualified on this basis with an 'except for' opinion.

(b) Turner Co

Ethical and professional issues and actions to be taken by the audit firm

Loan to member of the audit team

According to the IESBA *International Code of Ethics for Professional Accountants* (the *Code*) and the FRC Ethical Standard, a loan to a member of the audit team may create a threat to the auditor's independence. If the loan is not made under normal lending procedures, and terms and conditions, a self-interest threat would be created as a result of Janette Stott's financial interest in the audit client. The self-interest threat arises because of the potential personal benefit derived which may motivate the audit team member to behave in a manner aimed at protecting that benefit.

Such a threat would be so significant that no safeguards could reduce the threat to an acceptable level. It follows therefore that the audit team member should not accept such a loan or guarantee. The *Code*, however, also states that a loan from an audit client which is a bank or similar institution to a member of the audit team which is made under normal lending procedures, is acceptable. Examples of such loans include home mortgages, car loans and credit card balances.

In addition, an intimidation threat to objectivity may arise where a loan is made from the audit client to a member of the audit team. The threat arises because of a fear that the audit client may, for example, change the terms of the loan or recall the loan, thus influencing the behaviour of the auditor.

It is possible therefore that the secured loan may be ethically acceptable and the key issue is whether 'the very best terms which the bank can offer' fall within Turner Co's normal lending procedures, and terms and conditions. The bank's standard lending terms and conditions should be obtained and reviewed alongside the documentation for Janette Stott's loan.

Ultimately, the audit engagement partner is responsible for ensuring that ethical principles are not breached, so the partner should be involved with the discussions.

The matter should be discussed with Janette and the client's business manager in order to establish whether the loan is to be made under the bank's normal lending procedures.

Janette should be advised of the outcome of the review and Turner Co's business manager should be advised of this decision, explaining the rationale and ethical rules behind it.

Temporary staff assignment

The *Code* states that the lending of staff to an audit client may create a self-review threat to auditor independence. The self-review threat arises when an auditor reviews work which they themselves have previously performed – for example, if the external auditor is involved in the process of preparing the payroll figures for inclusion in the financial statements and then audits them. As a result, there is a risk that the auditor would not be sufficiently objective in performing the audit and may fail to identify any shortcomings in their own work.

In addition, there is a risk of the staff member assuming management responsibilities if they are involved in making judgements and decisions which are the remit of management.

Such assistance can only therefore be given for a short period of time and the audit firm's staff must not assume management responsibilities and must not be involved in any activities specifically prohibited.

The individual must not be included on the audit team.

Tutorial note

According to the FRC Ethical Standard, a short period of time is generally expected to be no more than a small number of months. The client has requested staff for six months, which may be considered too long a period to avoid ethical threats from arising.

INT syllabus

According to the *Code*, an audit firm cannot provide accounting and bookkeeping services (including payroll) to listed clients which form the basis of financial statements on which the firm will express an opinion.

UK syllabus

According to the FRC Ethical Standard, payroll services must not be provided to a public interest entity. Therefore, the audit manager should decline the proposed staff assignment in relation to payroll services, explaining to the client the reasons why the Ethical Standard prohibits the provision of this service.

Examiner's comments

Part (a) was presented as a list of proposed audit adjustments. The requirement asked for the matters to discuss with management and the impact on the audit opinion should management fail to adjust the errors. Candidates often did not remain focused on the requirement and detailed effects elsewhere in the auditor's report and the other actions they would take if management did not agree to amend the errors. In this question, the correct accounting treatment was described for leases in addition to presenting the correctly calculated audit adjustments. Candidates often scored well in this requirement if they explained why the proposed treatments by the directors were not compliant with accounting standards (requirement for consistency in accounting policies and the requirement not to net off assets and liabilities). Common mistakes made in this question arose where candidates determined the directors were right and the auditors wrong.

Candidates should note that when presenting audit opinions, it is not sufficient to say the opinion would be modified as this could mean any of four possibilities. Candidates should state the type of modification proposed e.g. qualified on the basis of material misstatement to score the mark. Simply writing qualified will not attract full marks as this could refer to either a material misstatement or an inability to obtain sufficient evidence. Similarly, when justifying the severity of a modified opinion candidates should justify whether something is pervasive or simply material to obtain the full mark. Simply stating something is not pervasive will only receive ½ a mark. This is consistent with the way audit reporting is marked in the Audit and Assurance paper and candidates should be used to this approach. Candidates who struggle with the format of auditor's reports should refer to the exam technique article which describes the key components and how to make a decision as to whether an item is pervasive or not.

Another weakness in answers provided here was to use out-of-date accounting standards to produce an answer. The examinable documents for Strategic Business Reporting are also examinable for this examination. While the majority of answers correctly applied IFRS 16 *Leases* to the question (the relevant parts of the standard were described within the scenario) a significant portion of the UK and IRL candidates continued to reference outdated treatment based on the definitions of operating and finance leases. It is important to note that the examinable versions of standards are those listed in the examinable documents area of the ACCA website and often this is in advance of the implementation in some jurisdictions.

Part (b) was less well answered. Candidates were presented with two ethical issues for eight marks and often were unable to describe how the threats arose. In particular, other than the common mistake of not adequately explaining the threats to objectivity that were present specific to the scenario, candidates appeared unable to differentiate between a loan from any audit client and a loan on normal commercial terms from a client that happened to be a financial institution. Similarly, candidates did not appear to be able to differentiate between the safeguards appropriate for a non-listed client and one which was. This was particularly the case on the UK and IRL exams.

ACCA Marking guide

		Marks
(a)	**Clarke Co** **Matters to be discussed and individual impact on financial statements** Generally up to 2 marks for full discussion of each matter and impact on opinion. – Lease at largest site is material to SOFP at 2.2% of total assets; leases at other two sites are also material at 2.8% of total assets (max 1 mark) – General requirement of IFRS 16 to capitalise all leases on SOFP as right-of-use assets at PV of lease payments from commencement date (i.e. date asset is available for use) – IFRS 16 exemption (optional) for short-term leases of less than 12 months with no purchase option hence if client elects, no need to recognise lease on SOFP (n.b. no P/L effect yet as commencement date at year end) – Short-term lease exemption must be made by class of underlying asset, hence treatment across three sites must be consistent – To discuss exemption with FD at meeting: if elects not to take exemption across the three sites, assets and liabilities are materially understated; hence the proposed adjustment is correct and a right-of-use asset and lease liability of $475,000 should be recognised – Alternatively, if client does elect to take exemption across all three sites, then assets and liabilities are materially overstated and right-of-use assets and lease liabilities of $625,000 should be derecognised	

Impact on audit opinion:
If client makes no adjustment, the statement of financial position is materially misstated and the audit opinion should be qualified on this basis with an 'except for' opinion

Maximum 7

Legal claim

– Claim is material to SOFP at 5.5% of total assets (max 1 mark)
– Provision should be recognised per IAS 37 as unpaid, probable liability at reporting date
– Asset should also be recognised as payment by insurance company is virtually certain
– The asset and liability should be shown separately on the SOFP and not offset; there is no net impact on P/L; as a result both assets and liabilities are materially understated
– Full details of both provision and contingent asset should be disclosed in notes to financial statements

Impact on audit opinion:
If client makes no adjustment, the statement of financial position is materially misstated and the audit opinion should be qualified on this basis with an 'except for' opinion

Maximum 5

(b) Turner Co

Ethical and professional issues and actions to be taken by audit firm
Generally up to 1 mark for each issue and action.

Loan to member of the audit team
Issues:

– Potential self-interest threat to auditor independence
– Key issue is whether 'the very best deal which the bank can offer' is made under normal lending procedures, terms and conditions
– If not, self-interest threat created would be so significant that no safeguards could reduce it to acceptable level and Janette should be told not to take loan
– If it is made under bank's normal lending procedures, terms and conditions, the loan does not create a threat to auditor's independence and Janette may accept the loan

Actions:

– Discuss terms and conditions of loan with Janette and business manager
– Obtain draft loan documents and review details in order to establish whether under normal lending procedures, terms and conditions
– Inform audit engagement partner, who is responsible for ethical compliance
– Advise Janette on outcome of review and whether she can accept loan and advise business manager of decision explaining rationale/ethical rules

Maximum 4

Temporary staff assignment
Issues:

– Potential self-review threat to auditor independence
– Must not assume management responsibilities or provide non-assurance services prohibited by the *Code*
– Cannot provide accounting and bookkeeping services (including payroll) to audit client which is a public interest entity
– Exception if services relate to matters which are collectively immaterial to financial statements

Actions: – Discuss details of proposed role of seconded member of staff with payroll manager/other key client contacts in order to establish significance/materiality of role to financial statements – Advise client of outcome of these enquiries/decision; seems likely that will have to decline assignment of staff member as payroll supervisor as role appears to be material/significant to financial statements – listed/public interest entity, supervisory/management role requiring qualified member of staff on main payroll system	
Maximum	**4**
Maximum for part b	**8**
Professional marks **Analysis and evaluation** • Appropriate use of the information to support discussion, draw appropriate conclusions and design appropriate responses • Effective appraisal of the information to make suitable recommendations for appropriate courses of action • Balanced assessment of the information to determine the appropriate audit opinion in the circumstances **Professional scepticism and judgement** • Effective challenge and critical assessment of the evidence supplied with appropriate conclusions • Appropriate application of professional judgement to draw conclusions and make informed decisions about the actions which are appropriate in the context and stage of the engagement **Commercial acumen** • Inclusion of appropriate recommendations regarding the ethical and professional issues facing the firm • Appropriate recognition of the wider implications on the engagement, the audit firm and the company	
Maximum	**5**
Total	**25**

34 BREARLEY & CO *Walk in the footsteps of a top tutor*

Top tutor tips

Part (a) asks for the matters to be considered and the audit evidence that should be on file during your review of the audit file. Use the 'MARE' approach. First, consider the materiality of the issue. Next discuss the appropriate accounting treatment and give the risks of material misstatement that would arise if the appropriate treatment is not followed. Finally, the evidence is what you would expect to be recorded on the audit file when you come to review it.

Part (b) asks for a critical appraisal of the draft auditor's report extracts. Don't just focus on whether the opinion is appropriate. You should also think about the titles of the paragraphs included and whether the names are correct, the order they appear in, whether the required information that should be included has been included and whether the wording used is professional and appropriate.

(a) (i) **Dilley Co**

Matters

The key matter to be considered is the status of the investment in Dilley Co in the consolidated financial statements of the Group. Although the 40% holding falls within the usual percentage presumption range for an associate following IAS 28 *Investments in Associates and Joint Ventures*, the existence of the share options over the remaining 60% is indicative of control following IFRS 10 *Consolidated Financial Statements*. IFRS 10 contains specific guidance on situations where control may exist when the investor does not hold a majority of the voting rights.

According to IFRS 10, control and therefore status as a subsidiary may be based on potential voting rights provided such rights are substantive. In the case of Dilley Co, the potential voting rights are exercisable in the near future (within one month of the reporting date) and the 10% discount on market price makes them commercially attractive to the Group. The options therefore represent substantive potential voting rights and Dilley Co's statement of profit or loss should be consolidated line by line from the date of acquisition.

The 40% holding in Dilley Co has been held for 11 months of the current reporting period. The time apportioned revenue of $82.5 million ($90 million × 11/12) is therefore material to the consolidated financial statements at 1.1%.

On the same basis, the time apportioned loss before income taxes is $11 million ($12 million × 11/12) which is $6.6 million greater than the loss recognised under the equity method of $4.4 million.

The difference is also material to the financial statements at 12% of the Group's profit before income taxes. Given the loss making status of Dilley Co, there is an incentive not to consolidate the entity. The auditor should exercise professional scepticism and consider whether there are any implications in relation to management integrity.

Evidence

- A copy of the legal documents supporting the acquisition of the shares and the options including the voting rights and the terms of exercise for the options.
- A review of the audit working papers for Dilley Co, including details of the issued share capital and the associated voting rights attached to shares.
- The group board minutes relating to the acquisition and the intentions of management in relation to Dilley Co.
- Written representations from management on the degree of influence exercised over Dilley Co and the future intentions of management in relation to the share options.

(ii) **Willis Co**

Matters

The fair value of the derivatives of $6.1 million is material to consolidated profit before income taxes at 11.1% but in isolation, it is immaterial to consolidated assets at 0.4%.

IFRS 9 *Financial Instruments* requires the recognition of derivatives on the statement of financial position at fair value with the associated gains and losses being recognised in profit or loss for the period.

The fair value of $6.1 million should therefore be included in current assets on the Group's consolidated statement of financial position and given that the options were entered into in the last three months of the period at no initial net investment, a fair value gain of $6.1 million should also be recorded in the Group's consolidated statement of profit or loss for the year.

The treatment of the derivatives under local GAAP is acceptable in Willis Co's individual entity financial statements. For group purposes, however, accounting policies must be consistent and the profit before income taxes in the draft consolidated financial statements is materially understated.

The auditor must also exercise professional scepticism with regard to whether the directors have the required expertise to value the derivatives and should consider the need for independent, external evidence of the fair value of the options at the reporting date.

Evidence

- Details of the fair value of the options based on prices derived from an active market or if this is not available, an independent expert valuation.
- Audit documentation of the review of derivative contracts and confirmation of the terms and maturity dates.
- Notes of a discussion with management in relation to the basis of their valuation and the accounting treatment required in the consolidated financial statements.

(b) Critical appraisal of the draft auditor's report

There are a number of issues to consider in critically appraising the auditor's report extract which has been drafted by the audit senior. These include the following:

Key audit matters (KAM)

The section should include an introductory paragraph explaining the concept of KAM in order for users of the auditor's report to understand its importance and significance. The introduction should also clearly state that the auditor is not forming a separate opinion on the items identified as KAM.

Valuation of financial instruments

This is an area of significant audit judgement with a high risk of material misstatement, hence inclusion as KAM is appropriate although the disclosure should explain the factors which led the auditor to determine the matter was a KAM. It would also aid user understanding further if the auditor's report quantified the size and significance of the issue and explained its impact on the nature and extent of the audit effort.

The auditor should describe how the KAM was addressed in the audit, and although this is a matter for auditor judgement, the auditor may describe aspects of the auditor's response or approach, provide a brief overview of the procedures performed and an indication of the outcome of the procedures. Based on the current wording, the users of the auditor's report would have no clear indication of how the auditor has gathered evidence over this key area.

There are also several issues in relation to the detailed drafting of the paragraph. The report should not refer to the Group's finance director by name and should not imply criticism of him as result of his inexperience. The use of the word 'guesswork' is inappropriate and undermines the credibility of the audit and financial reporting process.

Customer liquidation

The amount owed by the customer of $287,253 is material to the loss before income taxes at 13.1% and to assets at 2%. The 'except for' qualification on the grounds of material misstatement is therefore appropriate. However, the details of the material misstatement should not be included in the KAM section at all but should be given in the basis for qualified opinion paragraph.

This should also be clearly cross referenced within the opinion paragraph itself. Furthermore, the wording of the report currently references reducing the profit before income taxes when it should refer to increasing the loss before income taxes.

Opinion paragraph

This is incorrectly positioned and incorrectly titled. It should be at the start of the auditor's report and should simply be titled 'Qualified Opinion'. The opinion paragraph should be clearly cross referenced to the 'Basis for Qualified Opinion' paragraph which should be placed immediately below the opinion paragraph and should clearly describe the issue which has given rise to a qualified opinion. As above, the 'except for' qualification on the grounds of materiality is appropriate.

Examiner's comments

This question was centred on the review of a Group of companies and required candidates to consider the matters outlined and to explain what audit evidence would be required.

The first scenario described the accounting treatment of a new acquisition in which the client company had acquired 40% of the voting shares but with an option to acquire the remaining 60% at a discount to the market value. IFRS 10 *Consolidated Financial Statements* contains specific guidance on such situations when the investor may have control even when a majority of the shares are not held. In this case as the options were exercisable in the near future the acquisition should have been treated as a subsidiary rather than an associate. This question tended to produce poor answers as the majority of candidates proved to be unfamiliar with the relevant accounting standard and hence did not realise the accounting for the acquisition was incorrect.

The second scenario included a foreign subsidiary that used local GAAP rather than IFRS. The subsidiary had forward commodity options with a fair value of $6.1m that had been disclosed at the year end rather than included on the statement of financial position. Stronger candidates were able to recognise that on consolidation the subsidiary accounts should be aligned with IFRS and the derivatives recognised on the consolidated statement of financial position at fair value with the associated gains or losses being recognised in the consolidated statement of profit or loss. Further credit was then available for considering the evidence required to support the value of the derivatives. A number of weaker candidates disappointingly discussed the need to translate the year-end financial statements of the subsidiary although the question had specifically stated that the subsidiary had the same functional and presentational currency as the parent.

The second requirement was to critically appraise an extract from an auditor's report, which had been incorrectly prepared and needed amendment. It was clear that the candidates had read the relevant article and were able to identify that the sections were in the wrong order, contained inappropriate wording and that the key audit matters paragraph had been incorrectly used. Good candidates were able to explain when an issue should be included as a key audit matter or if the issue would result in a qualification and hence needed to be part of the basis of opinion paragraph.

ACCA Marking guide	
	Marks
(a) Matters to consider and evidence on file	
Generally up to 1 mark for each matter explained and each piece of evidence recommended.	
(i) Dilley Co	
Matters	
– Materiality	
– IFRS 10 definition of subsidiary is based on control and contains specific guidance on situations where control may exist when investor does NOT hold majority of voting rights	
– Control and subsidiary status may be based on potential voting rights; following IFRS 10 rights do not have to be currently exercisable but must be 'substantive'	
– Here potential voting rights are exercisable in near future and are 'in the money', hence likely to be subsidiary; consolidated SOCI should therefore include line by line consolidation for 11 months and a loss of $11 million in relation to Dilley Co	
– Difference of $6.6 million is material to group SOCI; management have incentive not to consolidate (especially in light of declining profitability)	
– Group revenue should include $82.5 million for Dilley Co and will therefore also be materially understated	
Evidence	
– Copy of legal documents supporting acquisition of shares and options including voting rights and terms of exercise for options	
– Audit working papers for Dilley Co confirming details of issued share capital and associated voting rights	
– Board minutes relating to acquisition and management intentions in relation to Dilley Co	
– Management representations on degree of influence and future intentions	
– Copy of the adjusting journal required to reflect the correct treatment in the financial statements	
Maximum	**6**
(ii) Willis Co	
Matters	
– Materiality	
– Group accounting policies should be consistent	
– Treatment is acceptable in individual entity financial statements but not for Group accounts	
– IFRS 9 requires recognition of derivatives on SOFP at fair value with gains and losses in profit or loss for period	
– Fair value of derivatives is material to group profit (with supporting calculation)	
– Directors may not have expertise required for valuation of the options	
– Need for external independent evidence of fair value at reporting date	
Evidence	
– Fair value based on market prices or if not available, independent expert valuation	
– Audit documentation of review of derivative contracts and confirmation of terms and maturity dates	
– Notes of discussion with management in relation to the basis of their valuation and the accounting treatment	
– Copy of the adjusting journal required to reflect the correct treatment in the financial statements	
Maximum	**5**

(b) Critical appraisal of the draft auditor's report	
In general up to 1 mark for each well explained point:	
KAM section	
– KAM section should include introductory paragraph explaining what KAMs are	
– Auditor not forming separate opinion on KAM	
Valuation of financial instruments	
– Area of significant audit judgement with high risk of material misstatement, hence inclusion as KAM potentially appropriate	
– Would aid user understanding if: • quantified size/significance of issue • explained impact on nature and extent of audit effort	
– Inappropriate drafting of paragraph: • should not refer to FD by name • should not imply criticism of him as result of inexperience • choice of language 'guesswork' undermines credibility of audit and financial reporting process	
Customer liquidation	
– Material to profit and assets (with calculation)	
– Details of material misstatement should not be included in KAM section at all but should be given in basis for qualified opinion paragraph and should be clearly cross referenced to opinion paragraph	
– Wording refers to reducing profit before income taxes when it should refer to increasing the loss before income taxes	
Opinion paragraph	
– Incorrectly positioned, should now be at start of auditor's report and should be clearly cross referenced to basis of opinion paragraph below which details the material misstatement	
– Incorrect title, it should be headed simply 'Qualified Opinion'	
– Except for qualification appropriate on grounds of material misstatement	
Maximum	**9**
Professional marks	
Analysis and evaluation	
– Effective analysis and identification of issues and omissions in the draft auditor's report	
– Appropriate use of the information to support discussion, draw appropriate conclusions and design appropriate responses	
– Appropriate recommendations in relation to necessary actions which reflect the stage of engagement	
Professional scepticism and judgement	
– Effective challenge and critical assessment of the conduct and extent of the audit work and evidence obtained with appropriate conclusions	
– Appropriate application of professional judgement to draw conclusions and make informed decisions about the actions which are appropriate in the context and stage of the engagement	
– Demonstration of the ability to probe for further information	
Maximum	**5**
Total	**25**

35 BASKING *Walk in the footsteps of a top tutor*

Top tutor tips

Part (a) asks for matters to be discussed with management followed by the reporting implications. This is a typical question seen on many recent past papers which emphasises the importance of practising past papers to prepare for the exam.

Part (b) requires knowledge and application of the key audit matters section within an auditor's report for a listed company. You need to know the types of matters that would be referred to in a KAM and be able to describe the information that would be included in the KAM.

Part (c) covers current issues and developments within the audit profession. The study text provides several resources to help with this syllabus area. Spend some time reading the latest articles on developments in the profession to keep up to date with what is happening.

(a) (1) Loan

Matters

The loan represents a related party transaction as it is between the company and one of its key management personnel.

The value of the loan may be trivial; it certainly is not material to the financial statements by value. Regardless, related party transactions are material by nature.

In these circumstances, the directors of the company may be abusing their position and power for their own personal gain and it is likely that the loan is being provided to Mrs Angel on favourable or non-commercial terms.

For this reason, details relating to the loan must be disclosed in the financial statements, including the amount of the loan, who the loan has been made to and the amount outstanding at the end of the year.

The auditor in this circumstance will disagree with the judgement applied by management in their application of IAS 24 *Related Party Transactions* and the auditor should request that the additional disclosures are added to the financial statements.

Opinion

If management refuses to make the recommended adjustments to the financial statements, then the auditor will conclude that the financial statements are materially misstated due to a lack of appropriate disclosure. While the adjustment is material by nature, a lack of disclosure is unlikely to be considered to be pervasive to the financial statements as a whole.

In these circumstances the auditor should issue a qualified opinion, stating that 'except for' the matters identified the financial statements are fairly presented.

(2) Provision

Matters

A provision for 7% of one month's sales would total $328 million ($56,360m/ 12 × 7%). Reducing it to 4% would create a provision of $188 million ($56,360m/ 12 × 4%). As a result of the change in calculation, the amount of the provision would be reduced by $140 million.

As well as reducing the provision recognised on the statement of financial position, the release of the provision would also increase the profit reported by $140 million. At 5.5% of profit and 0.37% of total assets, the adjustment is material to the statement of profit or loss but not to the statement of financial position.

This is clearly a matter of judgement. The change must, however, be reasonable and supported by evidence that it is more appropriate to the circumstances of the business. The audit team has found no evidence to support the change made by management.

The risk associated with this is heightened because the release of provisions is a known earnings management technique and Basking Co has suffered a reduction in profits this year. The auditor must apply professional scepticism in these circumstances and be aware that management may be using this as a device to restore profits to help achieve their annual targets.

In these circumstances, it would be appropriate to ask the management team of Basking Co for some form of evidence that the change to their system will lead to a lower rate of refunds. In the absence of any evidence the auditor should explain that the change is purely speculative and as it appears to be unjustified at the present time, that Basking Co should revert back to the original provision until there is evidence of improved effectiveness.

Opinion

If management refuses to amend the provision, it is likely that the auditor will conclude that the financial statements are materially misstated. In isolation it is unlikely that the auditor will conclude that this is a pervasive matter as it has limited impact on the financial statements as a whole.

In these circumstances, the auditor should issue a qualified opinion, stating that 'except for' the matters identified the financial statements are fairly presented.

(b) New computer system

Basking Co is a listed entity therefore a Key Audit Matters (KAM) section will be required in the auditor's report.

These are matters that, in the auditor's professional judgement, were of most significance in the audit and required significant attention during the audit and are selected from matters communicated with those charged with governance.

Examples of matters to be included in a KAM are areas of significant audit risk and areas requiring significant auditor judgement relating to areas of the financial statements.

In the auditor's report of Basking Co, the KAM section should include a reference to the audit risk related to accuracy and completeness of revenue as a result of the new computer system.

The KAM should detail why this was considered to be an area of significance in the audit and therefore determined to be a KAM.

It should also explain how the matter was addressed in the audit and the auditor should provide a brief overview of the audit procedures adopted such as tests of controls over the new system and substantive tests over revenue.

(c) Global audit reform

The main audit reform proposals centre on enhancing auditor independence and increasing competition.

Fees

Despite restrictions on the level of fees which can be earned from listed clients before safeguards need to be applied, the amount of fees earned continues to create a significant self-interest threat which provides incentive for auditors to allow inappropriate accounting treatments to go uncorrected and unreported.

The IESBA has revised the International Code of Ethics for Professional Accountants to require audit firms to cease to act as auditor for a public interest entity (PIE) if fee dependency continues for five consecutive years. This requirement has applied in some countries, such as the UK, for some time.

In addition, the revised IESBA Code introduced fee dependency limits for non-listed clients and now states that independence is threatened if fees exceed 30% of the firm's total fees for five consecutive years.

The Codes of Ethics also state that the provision of non-audit services should not influence the audit fee and the audit fee should be a standalone fee.

Provision of other services to audit clients

The Codes of Ethics which apply to auditors contain restrictions on the type of services which can be provided to PIEs, however services are still being provided and result in a significant self-review threat when auditors then have to audit transactions and balances they, or their firm, helped to create.

One proposal is to break up accountancy firms so that firms can only provide audit services or other accountancy services, but not both, to eliminate the self-review threat.

A less severe proposal is for firms to have an organisational split, rather than a structural split, whereby the audit division of an accountancy firm is separated from the rest of the organisation and has its own separate management team, chief executive and board.

Both of these proposals would potentially see more work being taken on by mid-tier firms which would reduce dependency on a client, reduce the level of familiarity between the firm and client, and provide increased competition for audit and accountancy services.

Mandatory firm rotation (MFR)

Familiarity due to long association with an audit client results in reduced professional scepticism and objectivity. The Codes of Ethics and corporate governance regulations require some element of rotation of senior audit personnel or the firm or both. These vary by country.

MFR would require the company to replace the audit firm periodically. In the UK this is every 20 years provided there has been a competitive tender after ten years. In South Africa, audit firms must be rotated after ten years.

Benefits of MFR include the new audit firm taking a fresh look at the company which may identify inappropriate accounting practices which the previous audit firm had either not identified or had been reluctant to raise with the client for fear of upsetting the relationship that had been established. It may also open the door for more mid-tier firms to audit PIEs as audit firms will have to wait a number of years before being able to be tender for the audit again.

However, many countries that once required MFR have since removed the restriction due to adverse effects. A higher probability of errors was found in first year audits due to a lack of knowledge of the client and this caused a reduction in audit quality rather than the desired increase. Another disadvantage of MFR is the additional costs involved for both the client and the audit firm. The client will need to provide additional assistance to the incoming audit firm in the first year or two in obtaining an understanding of the company and its environment. The audit firm may actually apply less professional scepticism in the first year or two when they should be increasing professional scepticism in order to save time and recoup the additional costs incurred in the early years.

Joint audits

To overcome the issue of a loss of knowledge about an entity which arises with MFR, joint audits have been proposed for PIEs. A joint audit is where two or more firms are responsible for the audit with one of the firms being a non-Big 4 firm. However, many big firms are reluctant for this change as they are concerned that the smaller firms do not have the competence or experience to be involved with such large audits.

State appointed auditor

Another suggestion is that instead of the company appointing its own auditor, the government should appoint an auditor for it to reduce any threats of familiarity or conflicts of interest in the process. This is not a common practice at present.

Increased disclosure by audit firms on how the audit has been performed

Investigations by regulators have identified that in many cases, audit work is performed by staff with little or insufficient experience, and the level of supervision and review required for such work is inadequate. In the case of one audit failure, the audit partner was found to have spent just two hours on the client and the manager in charge had only one year of post-qualification experience.

A proposal to address this issue is for auditors to report on audit team composition, time spent on the audit engagement by each grade of person, the profitability of the engagement to the firm and the level of audit partner remuneration.

Tutorial note

Audit failures have been a frequent occurrence since the 2008 global financial crisis. Some of the highest profile cases include Wirecard, Patisserie Valerie, Petrobras, Steinhoff and Carillion. Failures of large listed entities affect the company, the individual shareholders, pension funds of millions of people who invest in them, and the employees and their families. Stakeholders other than the company and its shareholders as a body have no legal right to compensation from the audit firm as there is no duty of care owed to them.

In Britain, only 75% of the sample of audits from the 350 largest-listed companies for the year ending December 2017 met quality standards. In the UK, the Big 4 firms have a target of 90% of audits to be assessed as 'Good' and in 2019, none of the firms achieved this target. Some firms have only achieved a 'Good' rating on half of the audits inspected. A report by the Public Company Accounting Oversight Board (PCAOB) in the USA found that 31% of audits conducted by Big 4 firms were inadequate. Despite this failure rate, the number of enforcement actions and the level of fines issued is insignificant in comparison. As such, auditors do not have sufficient incentive to improve the quality of their work.

The main reasons given for the failures is a lack of auditor independence, including a failure by the auditor to sufficiently challenge management, and a lack of competition in the audit market leading to a level of complacency auditors.

Examiner's comments

Candidates were required to cover what should be discussed with management and the effect on the audit opinion of two accounting issues. This was well answered by well-prepared candidates however a significant portion of candidates failed to calculate materiality correctly. There was also a lack of appreciation that related party transactions are material by nature. Candidates should note that the requirement specifically asked for the effect on the audit opinion not the full auditor's report so there was no credit available for describing the basis of opinion. There are still a number of candidates who show a lack of understanding of misstatements and propose emphasis of matter paragraphs as an alternative to qualifying the opinion for factual misstatements or to explain immaterial/trivial items.

ACCA Marking guide

		Marks
(a)	In general, up to 1 mark for each relevant and adequate point of explanation. ½ mark should be awarded for relevant points which are either too brief or poorly explained.	
	(1) Loan	
	– Related party transaction	
	– Material by nature	
	– Requires full disclosure in the financial statements	
	– Failure to adjust leads to a material but not pervasive misstatement	
	– Qualified opinion	
	Maximum	**4**

(2) Provision

- Calculation of potential provision values and value of adjustment
- Adjustment is material to statement of profit or loss
- Matter of judgement – must be reasoned and supported with evidence
- Potential for earnings management
- Request management to reinstate full provision
- Failure to adjust leads to a material but not pervasive misstatement
- Qualified opinion

Maximum **5**

(b) New computer system

- Listed company therefore KAM required
- KAM – matters of significance during the audit requiring extra attention and selected from those charged with governance
- Examples of matters to be included in a KAM section
- KAM should detail audit risk related to revenue
- KAM should detail why it was an area of significance
- KAM should detail how the matter was addressed

Maximum **5**

(c) Global audit reform

In general, up to 1 mark for each relevant and adequate point of explanation unless otherwise indicated. ½ mark should be awarded for relevant points which are either too brief or poorly explained.

- General discussion of need for reforms
- Reducing fee dependency
- Structural split of accountancy firms to prevent provision of non-audit services to audit clients
- Organisational split of accountancy firms
- Restrictions of provision of other services will reduce dependency and familiarity and increase competition
- Mandatory firm rotation (up to 3 marks)
- Joint audits
- State appointed auditor
- Increased disclosure by audit firms of team composition, time spent on the audit, profitability, partner remuneration

Maximum **6**

Professional marks

Analysis and evaluation

- Effective analysis and identification of issues and omissions in the draft auditor's report
- Appropriate use of the information to support discussion, draw appropriate conclusions and design appropriate responses
- Appropriate recommendations in relation to necessary actions which reflect the stage of engagement
- Balanced assessment of the information to determine the appropriate audit opinion in the circumstances

Professional scepticism and judgement

- Effective challenge and critical assessment of the conduct and extent of the audit work and evidence obtained with appropriate conclusions
- Appropriate application of professional judgement to draw conclusions and make informed decisions about the actions which are appropriate in the context and stage of the engagement

Commercial acumen – Inclusion of appropriate recommendations regarding how Those Charged with Governance and the audit firm should respond to the situation – Demonstrates awareness of wider external factors or implications, for the audit profession in relation to audit reform proposals	
Maximum	**5**
Total	**25**

36 MAGNOLIA GROUP *Walk in the footsteps of a top tutor*

Top tutor tips

Part (a) of the requirement asks for quality and other professional issues raised in relation to three subsidiaries. Quality management is a common topic in the exam. Consider whether the audit has been performed in accordance with professional standards and whether the auditor has conducted the work with due professional care. Consider how you would have audited the matters described and whether the auditor has performed those procedures. If not, include them as further actions and procedures.

For part (b) you need to state the impact to the auditor's report if the client does not amend the financial statements. State the impact to both the report and opinion as a result of the issues. When considering the impact to the group auditor's report you must consider whether the issue affecting the subsidiary is material to the group as a whole.

(a) Quality of audit planning and performance

(i) Hyacinth Co – internal controls and results of control testing

Where assessment of internal controls at the initial stage of the audit concludes that controls are ineffective there is no necessity to perform tests of controls, which was an incorrect response in the Group audit. Tests of controls should not be performed in order to confirm that controls are not effective.

According to ISA 330/ISA (UK) 330 *The Auditor's Response to Assessed Risks*, the auditor should only use tests of control as a method of gathering evidence where there is an expectation that controls are operating effectively.

The correct response should have been to increase substantive audit procedures around the area of intra-group transactions. Given that the Group companies supply each other with chemical products to use in their manufacturing processes, the volume and monetary amount of the intra-group transactions could be significant. Related party transactions are often an area of significant risk and intra-group balances can be an easy way to manipulate the individual company accounts.

The comment made by the audit manager that 'no further work is necessary' on the intra-group transactions seems to be based on the concept that intra-group balances are cancelled in the Group financial statements at consolidation. This is true, but audit work should be performed on these transactions because they will still be recognised in the individual financial statements and audit evidence should be obtained to support the value of the transactions and balances. Further, if these balances have not been appropriately reconciled, this could create significant issues on consolidation.

In addition, if no audit work is performed on the intra-group transactions then no assurance can be obtained over the value of adjustments made during the consolidation process to eliminate them. Also audit work should be performed to determine the validity of any provision for unrealised profit recognised in the Group financial statements. There does not appear to be any audit evidence at all to support the necessary consolidation adjustments which is a significant deficiency in the quality of the group audit. It seems that the communications between Group and component auditors is not robust. The instructions given by Crocus & Co to the component auditors seem to lack detail, for example, Crocus & Co should be instructing the component auditors to carry out specific procedures on intra-group balances and transactions.

In relation to controls over capital (asset) expenditure, it is not appropriate to conclude that controls will be effective across the Group just because they are effective in one of the Group components. Testing the controls in one component cannot provide assurance that the control risk in the other components is at the same level. This is particularly the case for Geranium Co, which is a recent acquisition, and Crocus & Co has no previous knowledge of its control environment and processes.

It is possible that the audit of capital (asset) expenditure in the Group components other than Hyacinth Co is not of acceptable quality due to over-reliance on controls over which no assurance has been obtained. The instructions given to the component auditors may not have been based on an appropriate audit strategy in relation to the audit of capital (asset) expenditure.

Crocus & Co, in its evaluation of the work performed by the component auditors, should have assessed the level of testing which was performed on Daisy Co and Geranium Co's internal controls over capital (asset) expenditure, and the conclusions which were drawn. Sufficient and appropriate audit evidence may not have been obtained, leading to a risk of material misstatement of property, plant and equipment.

Further actions to be taken

The deficiencies in internal control over intra-group transactions should be brought to the attention of Group management. ISA 600 / ISA (UK) 600 *Special Considerations – Audits of Group Financial Statements (Including the Work of Component Auditors)* requires that the group engagement team shall determine which identified deficiencies in internal control to communicate to those charged with governance and group management. This should include group-wide controls and controls over the consolidation process.

The audit working papers for the component companies should be reviewed to establish if any audit procedures on intra-group balances and transactions have been performed at the company level.

In respect of the audit work on capital (asset) expenditure, the Group audit team should firstly determine the materiality of expenditure in each component and if material, ensure that further substantive audit procedures are performed either by the component auditor or by the Group audit team.

(ii) Geranium Co – new subsidiary

Audit planning and performance

The audit manager's conclusion that Geranium is immaterial to the Group financial statements is based on the profit to be consolidated, which amounts to 2% of Group profit before income taxes. However, the assets of Geranium Co amount to 23.1% of Group total assets and therefore the subsidiary is material to the Group on that basis.

The Group audit team should consider whether Geranium Co should be visited for audit work to be performed. According to ISA 600 (Revised), matters influencing whether a component should be visited include newly formed components or components in which significant changes have taken place. As Geranium Co was acquired during the year and represents a material amount of Group assets, it is likely that audit procedures should encompass more than just analytical procedures.

The audit evidence obtained by the group audit team in respect of Geranium Co therefore needs to be more robust in order for the Group audit manager to reach a conclusion on its balances which will be consolidated.

The lack of audit working papers indicates that there has been no communication with the component auditors. This is a significant quality problem and a breach of ISA 600 which requires that the group audit team obtains an understanding of the component, and communicates matters relevant to risk assessment, related party transactions and going concern, which will impact the component auditor's design of work.

This is especially the case given that Geranium Co is a new component of the group, and this is Crocus & Co's first experience of working with their auditors.

Further actions to be taken

The component auditor's independence and competence should be evaluated, and procedures should be performed to evaluate whether the component auditor operates in a regulatory environment which actively oversees auditors. These could be achieved through a discussion with the component auditor and requesting them to complete a questionnaire on these matters for evaluation by the group audit team.

The Group audit team should liaise with the component auditor as soon as possible in order to discuss their audit findings, obtain access to their working papers, and ultimately decide on the specific nature of the further procedures to be performed.

(iii) Daisy Co – restriction on international trade

Audit planning and performance

The new government environmental regulations which have imposed restrictions on international trade could create a significant risk of material misstatement at the group level.

A risk arises in relation to the goodwill balance, which is material at 2.3% of group assets. The government regulation is an indicator that goodwill could be impaired, but an assessment of goodwill is required regardless of the existence of such indicators.

The audit working papers will need to be carefully reviewed to ascertain the extent of work, if any, which has been performed on the goodwill of Daisy Co. The audit manager's comment that the issue has no impact on the consolidated accounts implies that this matter may not have been factored into any goodwill assessment which has taken place as part of audit procedures. Therefore, the quality of the audit evidence to support the goodwill balance of $3 million is in doubt.

It is not sufficient to rely solely on the audit opinion issued by Foxglove & Co. ISA 600 (Revised) requires the Group auditor to evaluate the appropriateness of the audit procedures performed by the component auditor.

There is a risk that not all of the implications of the government regulations have been addressed by Foxglove & Co during their audit. For example, they should have considered the overall going concern status of the company, and the impact on the valuation of property, plant and equipment as well as inventories.

There is also a risk that does not appear to have been considered by the Group audit manager in that the government regulation may affect other components of the group due to Daisy Co's role in the group of developing and providing products to the other group companies, and therefore any restrictions on Daisy Co's operations may affect all the other components of the group. This issue may also raise concerns over the work which has been conducted in relation to ISA 250/ISA (UK) 250 *Consideration of Laws and Regulations in an Audit of Financial Statements* and there is a risk that the Group auditor's assessment of the legal and regulatory framework that affects the Group has not been sufficiently understood or documented.

The fact that the Group's board members have not mentioned the regulation to the Group audit manager could indicate that the Group's management is trying to hide the situation from the auditor. The audit manager should exercise professional scepticism and enquire further into the matter, as discussed below. If the Group's management were genuinely unaware of the new regulations then corporate governance, especially in relation to risk monitoring and assessment would appear to be deficient. This impacts on the audit by increasing the risk of management bias and actions of management which may deliberately mislead the auditor.

In summary, this situation indicates a lack of quality in the group audit due to the over reliance on the audit findings of the component auditor. In addition, the group audit manager seems not to have considered the wider implications of the government regulation on the risk assessment for the group as a whole.

Further actions to be taken

Request the audit working papers from Foxglove & Co and review the work performed on the government regulation and its impact on the financial statements and going concern.

The group assessment of going concern will need to be re-evaluated, taking into account the impact of the government regulation on the other Group companies. Given that the Group sells products in over 50 countries, it is likely that it is not just Daisy Co which is affected by this new regulation, and additional audit work should be performed on evaluating the going concern status of each company and of the Group as a whole.

Conclusion

Overall, the problems noted in the Group audit indicate that the Group audit manager lacks competence, and that inappropriate judgements have been made. There are several instances of ISA requirements not being followed and the audit has not been performed with sufficient due care for professional standards. The Group audit manager should receive training on Group accounting and Group audit issues in order to resolve the deficiencies identified in the planning and performance of this audit, and to ensure that future audits are managed appropriately.

(b) Auditor's opinion and report

Daisy Co

The financial statements of Daisy Co will be materially misstated if the required disclosure is not made.

The auditor must use professional judgement to determine whether the effect is material but not pervasive or material and pervasive.

Assuming it is material but not pervasive, a qualified opinion should be expressed, with the auditor stating in the opinion that except for the effects of the matters described in the basis for qualified opinion paragraph, the financial statements show a true and fair view.

The basis for qualified opinion should contain a description of the matters giving rise to the qualification.

Magnolia Group

The impact to the group auditor's report will depend on whether the going concern status of the group as a whole is affected.

If there are no material uncertainties affecting the group's status, an unmodified opinion and report will be issued.

If the going concern issues affect the group, group management may make adequate disclosure which will result in an unmodified opinion. The auditor's report would need to include a Material Uncertainty Related to Going Concern section which would draw the user's attention to the client's disclosure note.

If management do not make the required disclosure in the consolidated financial statements, the auditor's opinion would be modified in the same way as for Daisy Co, with a qualified opinion.

Examiner's comments

This question focused on a group audit with component auditors and audit issues in each of the subsidiaries. This question was not well-answered overall with many candidates appearing not to understand the concept of the level of control required by the group auditor and the amount of instruction and interaction required with component auditors.

Part (a) considered a poorly-planned audit where the audit manager had concluded at the interim audit that intra-group balances which were not being properly accounted for did not matter "as they were eliminated on consolidation" yet he repeated the same tests and reliance on controls at the final audit. Candidates seemed unable to grasp that, because of the control failures, substantive work (such as reconciliations) was required and that this control failure should be highlighted to management at the interim stage so they could take steps to resolve these issues in advance of the final audit.

Additionally, the manager tested capital (asset) expenditure controls in only one subsidiary and concluded that those results could be applied to the rest of the group without further testing. Many candidates discussed generically how to audit capital (asset) expenditure and did not consider the relevant issues raised in the scenario and that it would be necessary to evaluate the work of the component auditors and identify what additional procedures might be required.

The second subsidiary had been acquired during the year and had a different auditor. Candidates generally failed to recognise that the role of the component auditor is firstly to audit the subsidiary for its whole financial year, regardless of the change of ownership. Most did not appreciate that the group auditor needs to issue instructions to the component auditor, assess their competence and independence and review and document their work as part of the group audit. Incorrectly blaming the component auditor for a poorly-planned group audit showed a lack of knowledge of the fundamentals of how a group audit works.

The third subsidiary had a potential going concern issue but the component auditors had concluded that there was not a significant risk. Strong answers proposed a more detailed review of the component auditor's work and conclusions along with an assessment of their competence and then considered the impact on the group as a whole. It is evident that there is poor understanding that goodwill arising in the consolidated accounts is held in the consolidated statement of financial position and not in the financial statements of the subsidiary and that assessing any potential impairment is the role of the group auditor, not the component auditor. Candidates are advised to make sure that they are knowledgeable of the requirements of the ISAs in this area.

ACCA Marking guide

	Marks
Generally, 1 mark for each relevant point identified and explained. Allow maximum 1 mark for comments on the competence of the Group audit manager and the need for additional training. These marks can be awarded in any section of the question.	
(a) (i) Hyacinth Co	
Quality of audit work	
– Performing tests of controls not an appropriate response where controls are deficient	
– Intra-group balances and transactions should be audited even if cancelled on consolidation	
– If not performed then the cancellation and determination of provisions for unrealised profit may not be correct	
– Inappropriate assumption on the strength of group-wide controls. The work of component auditors on capital (asset) expenditure controls should have been evaluated	
– Audit evidence may be lacking on capital (asset) expenditure and property, plant and equipment	
Further actions	
– Communicate with those charged with governance on the control deficiency	
– Review working papers on components for evidence on intra-group balances	
Maximum	**6**
(ii) Geranium Co	
Quality of audit work	
– Assessment of materiality in relation to the Group	
– Consider whether Geranium Co should be visited for audit work to be performed	
– Audit evidence from analytical review is insufficient to support group audit opinion	
– Understanding of the component should have been obtained and matters communicated relevant to the component auditor's procedures	
Further actions	
– Obtain understanding of independence, competence and regulatory framework of Fern & Co	
– Liaise with Fern & Co in order to obtain more information and decide on nature of further audit procedures	
Maximum	**4**
(iii) Daisy Co	
Quality of audit work	
– Goodwill relating to Daisy Co likely to be overstated – not identified by audit manager	
– Cannot rely solely on component auditor's opinion	
– Group auditor must evaluate the procedures performed by the component auditor	
– Further impacts may not have been identified e.g. impairment of other assets	
– Impact on other group components and group going concern should be evaluated	
– Lack of audit manager's professional scepticism and increased audit risk	
Further actions	
– Request working papers of Foxglove & Co for review	
– Re-evaluate Group going concern assessment	
Maximum	**5**

(b)	**Auditor's opinion and report** Generally up to 1 mark for each relevant point explained Daisy Co – Lack of disclosure – material misstatement – Discussion of whether it is pervasive – Qualified opinion – Basis for qualified opinion paragraph Magnolia Group – Depends on whether going concern of group is affected – Unmodified opinion if not affected – Unmodified opinion with additional communication (MURTGC) if disclosure made – Qualified opinion if disclosure not made	
	Maximum	**5**
	Professional marks **Analysis and evaluation** – Appropriate use of the information to support discussion, draw appropriate conclusions and design appropriate responses – Appropriate assessment of the quality and professional issues raised, using examples where relevant to support overall comments – Effective appraisal of the information to make suitable recommendations for appropriate courses of action – Balanced assessment of the information to determine the appropriate audit opinion in the circumstances **Professional scepticism and judgement** – Effective challenge and critical assessment of the evidence supplied with appropriate conclusions – Demonstration of the ability to probe into the reasons for quality issues including the identification of missing information or additional information which would be required – Appropriate application of professional judgement to draw conclusions and make informed comments regarding the quality of the work carried out **Commercial acumen** – Inclusion of appropriate recommendations regarding the additional actions required by the firm – Appropriate recognition of the wider implications on the engagement, the audit firm and the company	
	Maximum	**5**
Total		**25**

37 BOSTON *Walk in the footsteps of a top tutor*

Top tutor tips

Part (a) (i) asks for matters to be discussed with management in relation to three uncorrected misstatements. You can take the same approach as a 'matters' question i.e. state whether the issue is material, the accounting treatment required and the risk to the financial statements.

For part (a) (ii) you need to state the impact to the auditor's report if the client does not amend the financial statements. Consider the aggregate effect of the misstatements to assess whether there is a material misstatement. State the impact to both the report and opinion as a result of the issues. Don't waste time stating the reporting implications if the issues are corrected as this is not part of the requirement.

Part (b) is a current issues question relating to climate-related risks. The examiner will often publish an article on current issues which are due to be examined therefore students are advised to keep checking the ACCA website for any new published articles.

(a) (i) Matters to discuss at meeting

During the completion stage of the audit, the effect of uncorrected misstatements must be evaluated by the auditor, as required by ISA 450/ ISA (UK) 450 *Evaluation of Misstatements Identified during the Audit*. This requires that the auditor obtains an understanding of management's reasons for not making recommended adjustments to the financial statements and that they take this into account when evaluating whether the financial statements as a whole are free from material misstatement.

In order to maintain accurate accounting records, management should be encouraged to record all misstatements to ensure that the risk of material misstatements in future periods is reduced due to the cumulative effect of immaterial uncorrected misstatements.

ISA 450 also requires that the auditor communicates with those charged with governance about uncorrected misstatements and the effect that they, individually or in aggregate, may have on the opinion in the auditor's report. Each of the matters included in the summary of uncorrected misstatements will be discussed below and the impact on the auditor's report considered individually and in aggregate.

Impairment

When performing an impairment test, in accordance with IAS 36 *Impairment of Assets*, the carrying amount of the asset (or cash generating unit) in question is compared to the recoverable amount of the asset. If the recoverable amount is lower than the carrying amount an impairment loss should be recognised, reducing the asset down from its carrying amount to the recoverable amount.

The recoverable amount is calculated as the higher of the fair value less costs to sell and value in use. In relation to the cash generating unit, Boston Co estimated that the greater of these two figures was the value in use at $3.5 million. This was compared to the carrying amount of $3.6 million and the asset has been impaired by $100,000 accordingly.

The findings of audit procedures carried out suggest that an inappropriate estimate was used in the calculation of value in use. Boston Co applied the company's annual growth rates when estimating the cash flows attributable to the cash generating unit. A more relevant estimate for the growth rates, specific to the cash generating unit, was available and should have been used.

This would have generated a value in use of $2.9 million which is lower than fair value less cost to sell of $3 million, and therefore $3 million should be used as the recoverable amount. As management already impaired the asset to $3.5 million, a further impairment of $500,000 is required to value it appropriately at $3 million.

At the meeting management should be asked why they used the company's forecast growth rates, rather than the factory's growth rates and whether any matters have arisen since the audit to suggest that the growth rates used by the audit team are now inappropriate.

The adjustment represents 7.8% of profit and 0.5% of total assets. While not material to the statement of financial position, it is material to profit.

If management does not adjust for this or provide justifications as to why their valuation is more appropriate, this will lead to a material misstatement of the financial statements.

Borrowing costs

Interest charges are borrowing costs. The borrowing costs relating to the construction of qualifying assets, such as property and plant, should be capitalised during the construction period, in accordance with IAS 23 *Borrowing Costs*.

As the manufacturing plant is not due for completion until November 20X6, it is still a qualifying asset and the interest should have been capitalised. Boston Co has incorrectly expensed the interest as part of the interest expenses for the year.

The correcting adjustment is therefore to reduce interest expenses and to add the interest to the cost of the asset on the statement of financial position.

The charges of $75,000 represent 1.2% of profit and 0.07% of assets so are not material to either profit or the statement of financial position.

Investment in Nebraska

The investment in Nebraska has been designated as fair value through profit or loss. As per IFRS 9 *Financial Instruments*, the value at the year end must be adjusted to reflect the fair value of the investment, and any gain or loss recognised in the statement of profit or loss.

The fair value of the investment at the year end is $643,500 (150,000 shares × $4.29). This represents an increase in the fair value of $43,500, which should be taken to the statement of profit or loss as a gain. The carrying amount of the investment should also be increased by this amount.

$43,500 represents 0.7% of profit and 0.04% of total assets. It is therefore not material individually to either profit or the statement of financial position.

(ii) Impact on the audit opinion and auditor's report

When considering their opinion, the auditor must conclude whether the financial statements as a whole are free from material misstatement. In order to do this, they must consider whether any remaining uncorrected misstatements are material, either on an individual basis or in aggregate.

The aggregate effect of the misstatements would be to overstate Boston Co's profit by $381,500 ($500,000 – $118,500). Total assets on the statement of financial position would also be overstated by this amount.

This represents 6% of profit and 0.4% of total assets. The overstatement would therefore be material to the statement of profit or loss on an aggregate basis but not to the statement of financial position.

However, as the necessary adjustment regarding the impairment of the factory building is individually material, management should be informed that if the valuation calculated by the audit team is more appropriate then failure to incorporate this adjustment will result in the auditor concluding that the financial statements are materially misstated. Based upon this, a modification to the audit opinion in accordance with ISA 705 *Modifications to the Opinion in the Independent Auditor's Report* will be required.

The type of modification depends on the significance of the material misstatement. In this case, the misstatement regarding the impairment is material to the financial statements, but is unlikely to be considered pervasive. This is supported by the fact that the adjustment is not material to the statement of financial position and it is therefore unlikely that the auditor will conclude that the financial statements as a whole are misleading.

A qualified opinion should be expressed, with the auditor stating in the opinion that the financial statements show a true and fair view 'except for' the effects of the matters described in the basis for qualified opinion paragraph.

The basis for qualified opinion paragraph should include a description of the matter giving rise to the qualification, including quantification of the financial effects of the misstatement.

The remaining uncorrected misstatements are, individually and in aggregate, immaterial to the financial statements and it will be at the discretion of management to amend and will have no impact on the auditor's report.

(b) Climate-related risks (CRR) – impact on planning and performing the audit

During the planning stage, the auditor must obtain an understanding of the entity, the industry in which the entity operates and its system of internal control. This will help the auditor understand the level of exposure the client has to CRR which must be taken into consideration when identifying and assessing risks of material misstatement and designing appropriate audit procedures.

Industries directly exposed to CRR include energy, agriculture, transportation, construction and manufacturing. Other industries may be indirectly exposed due to supply chain issues.

Companies directly exposed to CRR may have risks of material misstatement related to impairment of assets, provisions, going concern, adequacy of disclosures, amongst others.

When the auditor obtains an understanding of the entity's system of internal control, they must understand the components of internal control such as the entity's risk assessment process for identifying climate-related business risks which are relevant to financial reporting.

Due to the inter-relationship between risk and materiality, the assessment of CRR will also impact the determination of materiality, with preliminary materiality likely to be set at a lower amount for entities which are more exposed to CRR. The auditor must also consider the information needs of users and assess whether certain balances and disclosures affected by CRR will influence users' decisions as these may be material by nature.

Some governments have brought in requirements for disclosures relating to CRR and therefore as part of their consideration of laws and regulations, auditors will need to ensure compliance with these new requirements.

The results of the auditor's risk assessment will influence the design of appropriate audit procedures responsive to those risks. Where CRR are significant, procedures which provide more persuasive evidence will need to be performed to ensure sufficient and appropriate evidence is obtained, particularly in respect of balances affected by estimation uncertainty such as valuation of assets which may be affected by impairment.

For some areas such as estimation of energy resources (e.g. gas, fossil fuels) an auditor's expert may need to be used to provide audit evidence. The requirements of ISA 620 will therefore apply.

The going concern status of some entities may be uncertain for example where extreme weather is becoming more common causing devastating effects year on year. CRR will need to be taken into account by management when assessing the ability to continue as a going concern, and then by the auditor when evaluating management's use of the going concern basis of accounting, and when assessing the adequacy of disclosures of material uncertainties relating to going concern.

If the auditor is not satisfied that the financial statements are free from material misstatements related to climate issues, the auditor must consider the impact on the auditor's report and opinion. Even if climate-related issues are appropriately accounted for, there may be a need for additional communication in the auditor's report such as inclusion in the key audit matters section for a listed company or the need for a material uncertainty related to going concern paragraph where the client has adequately disclosed the issues.

Finally, where climate-related matters are included in the other published information within the annual report, and such information is made available to the auditor before the audit is finalised, the auditor will need to read this other information and report any misstatements in accordance with ISA 720.

Examiner's comments

The question set out three potential audit adjustments and candidates were required to discuss each, considering the individual and aggregate impact on the auditor's report. The values of each potential adjustment were given in the question so there were materiality marks available and many candidates scored these but performed less well in discussing the associated issues. Most of the adjustments were relatively straightforward such as the capitalisation of loan interest, and revaluation of investments and the issues around these were reasonably answered. The issue of impairment was less well answered.

There was significant inconsistency in answers where candidates concluded that an issue was not material but concluded that the audit opinion required modification. Furthermore, candidates need to ensure that they understand what Emphasis of Matter and Other Matters paragraphs are. They are not a substitute for a modified opinion and should only be used where there are significant issues that the auditor wants to bring to the attention of the users of the accounts.

ACCA Marking guide			
			Marks
(a)	(i)	**Summary of uncorrected misstatements**	
		In general up to 1 mark for each point of explanation and up to ½ mark for each appropriate calculation:	
		General comments	
		– Obtaining an understanding of management's reasons	
		– Encourage management to amend all misstatements	
		– Communicate effect of misstatements to TCWG	
		Impairment	
		– Explanation of original calculation	
		– Inappropriate estimates used	
		– Revised impairments	
		– Justification of the proposed adjustment	
		– Request further clarification at meeting	
		– Matter is material individually	
		Borrowing costs	
		– Capitalisation rules	
		– Qualifying asset	
		– Identification of incorrect treatment of interest costs	
		– Explanation of adjustment	
		– Not material individually	
		Investment	
		– Need to revalue investment to fair value at year end	
		– Calculation of fair value (½ max) and adjustment (½ max)	
		– Gain taken to statement of profit and loss	
		– Not material individually	
		Maximum	9
	(ii)	**Auditor's report**	
		Generally up to 1 mark for each point discussed	
		– Aggregate impact on financial statements	
		– Material to profit	
		– Impairment individually material	
		– Modification of opinion due to a material misstatement	
		– Discussion of whether it is pervasive	
		– Qualified opinion	
		– Basis for qualified opinion paragraph	
		– Remaining misstatements immaterial – no impact on the opinion	
		Maximum	5

(b)	**Climate-related risks (CRR)** Generally up to 1 mark for each point discussed – Understanding the entity, the industry, controls, exposure to CRR – Identification of ROMM related to climate factors – Understanding the entity's system of internal control including the entity's risk assessment process relevant to financial reporting with respect to CRR – Impact on materiality assessment – Consideration of laws and regulations – Designing appropriate audit procedures responsive to risks – Audit procedures for balances affected by estimation uncertainty – Reliance on auditor's expert – Going concern impact – Audit reporting implications e.g. modified opinion, KAM, MURTGC – Need to read other information and report any misstatements in accordance with ISA 720	
	Maximum	**6**
	Professional marks **Analysis and evaluation** – Appropriate use of the information to support discussion, draw appropriate conclusions and design appropriate responses – Effective appraisal of the information to make suitable recommendations for appropriate courses of action – Balanced assessment of the information to determine the appropriate audit opinion in the circumstances **Professional scepticism and judgement** – Effective challenge and critical assessment of the evidence supplied with appropriate conclusions – Appropriate application of professional judgement to draw conclusions and make informed decisions about the actions which are appropriate in the context and stage of the engagement **Commercial acumen** – Inclusion of appropriate recommendations regarding current issues facing the firm – Appropriate recognition of the wider implications on the engagement, the audit firm and the company	
	Maximum	**5**
Total		**25**

38 MACAU & CO *Walk in the footsteps of a top tutor*

Top tutor tips

Part (a) requires evaluation of quality management, ethical and other professional matters arising. This is a regularly examined topic. Typical issues to look out for in such a question are: whether the work has been assigned to the appropriate level of staff, whether sufficient time has been allocated for the audit, whether ISAs have been followed (e.g. has sufficient appropriate evidence been obtained), whether any ethical threats have been addressed appropriately and whether adequate quality procedures have been performed in respect of the engagement such as adequate levels of supervision and review.

Part (b) is a typical completion requirement asking for matters to be considered at the completion stage of the audit. This is examined very frequently and the 'MAR' approach can help to provide structure to answers. MAR stands for:

Materiality – calculate whether the issue is material.

Accounting treatment – state the required treatment and why the client's treatment is wrong.

Risk – to the financial statements and the impact on the audit opinion if not corrected.

(a) Quality management, ethical and professional matters

The audit of Stanley Co does not seem to have been performed with a high regard for the quality of the audit and there appear to be several ways in which the ISA requirements have been breached.

Materiality

First, it is not appropriate that the materiality level was determined at the planning stage of the audit but has not been reviewed or adjusted since. ISA 320/ISA (UK) 320 *Materiality in Planning and Performing an Audit* requires the auditor to determine materiality for the financial statements as a whole at the planning stage of the audit, and to revise it as the audit progresses as necessary where new facts and information become available which impact on materiality. It may be the case that no revision to the materiality which was initially determined is necessary, but a review should have taken place and this should be clearly documented in the audit working papers.

Audit of property, plant and equipment

The audit of the packing machine has not been properly carried out, and there seems to be a lack of sufficient, appropriate audit evidence to support the audit conclusion. The cost of the asset is material, based on the initial materiality, therefore there is a risk of material misstatement if sufficient and appropriate evidence is not obtained. By the year end, the asset's carrying amount is less than materiality, presumably due to depreciation being charged, but this does not negate the need for obtaining robust audit evidence for the cost and subsequent measurement of the asset.

The packing machine should have been physically verified. Obtaining the order and invoice does not confirm the existence of the machine, or that it is in working order. In addition, without a physical verification, the audit team would be unaware of problems such as physical damage to the machine or obsolescence, which could indicate impairment of the asset.

Relying on the distribution company to provide evidence on the existence and use of the asset is not appropriate. ISA 500/ISA (UK) 500 *Audit Evidence* states that audit evidence obtained directly by the auditor is more reliable than audit evidence obtained indirectly or by inference. External confirmations can be used to provide audit evidence but in this case the external confirmation should corroborate evidence obtained directly by the auditor, rather than be the only source of evidence. The relationship between Stanley Co and Aberdeen Co should also be understood by the auditor, and evidence should be obtained to confirm whether or not the two companies are related parties, as this would impact on the extent to which the external confirmation can be relied upon as a source of evidence.

Inventory count

In respect of the inventory count attendance, the audit team should have discussed the discrepancies with management as they could indicate more widespread problems with the inventory count. Given the comment that the inventory count appeared unorganised, it is possible that count instructions were not being followed or that some items had not been included in the count.

One of the requirements of ISA 501/ISA (UK) 501 *Audit Evidence – Specific Considerations for Selected Items* is that while attending an inventory count, the auditor shall evaluate management's instructions and procedures for recording and controlling the results of the entity's physical inventory counting.

It is not clear from the conclusion of the audit work whether the problems noted at the inventory count have been discussed with management. The auditor attending the inventory count should have raised the issues at the time and assessed whether a recount of all of the inventory was required.

Training may need to be provided to audit staff to ensure that they understand the auditor's role at an inventory count and can deal with problems which may arise in the appropriate manner.

The discrepancies noted at the inventory count should be subject to further audit work. The results of the test counts should be extrapolated over the population in order to evaluate the potential misstatement of inventory as a whole. The results should then be evaluated in accordance with ISA 450/ISA (UK) 450 *Evaluation of Misstatements Identified during the Audit* which requires that the auditor shall accumulate misstatements identified during the audit, other than those which are clearly trivial, and that misstatements should be discussed with management.

The issues raised by the way in which the inventory count was performed could represent a significant control deficiency and should be raised with those charged with governance in accordance with ISA 265 *Communicating Deficiencies in Internal Control to Those Charged with Governance and Management*.

Working paper review

The audit senior's comments in relation to the review by the manager and partner indicate that elements of ISA 220/ISA (UK) 220 (Revised) *Quality Management for an Audit of Financial Statements* have been breached. ISA 220 requires that the engagement partner shall, through a review of the audit documentation and discussion with the engagement team, be satisfied that sufficient appropriate audit evidence has been obtained to support the conclusions reached and for the auditor's report to be issued.

It appears that in this case the partner has not properly reviewed the working papers, instead relying on the audit senior's comment that there were no problems in the audit work. ISA 220 does state that the audit partner need not review all audit documentation, but only a 'quick look' at the working papers could indicate that areas of risk or critical judgement have not been reviewed in sufficient detail.

There is also an issue in that the manager and partner reviews took place at the same time and near the completion of the audit fieldwork. Reviews should happen on a timely basis throughout the audit to enable problems to be resolved at an appropriate time. Reviews should also be hierarchical and it appears that the audit partner has not reviewed the work of the audit manager.

Ethical considerations

Finally, there appears to be a potential threat to objectivity due to the audit engagement partner's brother providing a management consultancy service to the audit client. This amounts to a self-interest threat in that the partner's brother receives income from the audit client. The audit partner's objectivity is therefore threatened, and this is a significant risk due to his position of influence over the audit. He may even receive an introducer's commission from his brother.

The matter should be investigated further, and a senior member of the audit firm or the firm's partner responsible for ethics should discuss the comments made in Stanley Co's board minutes with Joe Lantau in order to evaluate the ethical threat and determine any necessary actions. The amount which is being paid to Mick Lantau should be made known, as well as whether the amount is a market rate, and whether other providers of management advice were considered by the company.

The partner's comments to the audit junior indicate a lack of integrity, and indicate that the partner may have something to hide, which increases the threat to objectivity. The audit partner may need to be removed from the audit and his work reviewed.

(b) Matters to consider and actions to take

The work in progress represents 4.7% of total assets and is therefore material to the statement of financial position. The deferred income is also material at 2.7% of total assets.

Even though the correspondence with BMC is dated after the end of the reporting period, BMC was suffering from financial problems during the year ending 31 March 20X5 which was notified to Kowloon Co before the year end. Therefore, the cancellation of the contract appears to meet the definition of an adjusting event under IAS 10 *Events after the Reporting Period* because it confirms conditions which existed at the year end.

Management must consider whether it is still appropriate to recognise the work in progress as an asset. According to IFRS 15 *Revenue from Contracts with Customers*, costs incurred to fulfil a contract are recognised as an asset if and only if all of the following criteria are met:

- The costs relate directly to a contract (or a specific anticipated contract)
- The costs generate or enhance resources of the entity which will be used in satisfying performance obligations in the future
- The costs are expected to be recovered.

The cancellation of the contract indicates that the costs of the work in progress are not recoverable from BMC, in which case the balance should be written off. Management is not planning to amend the balances recognised at the year end, and the audit team should investigate the reasons for this. Possibly management is asserting that the machine design costs could be utilised for a different contract, despite the fact that the machine was developed specifically for BMC.

Audit work should focus on the contractual arrangements between Kowloon Co and BMC, particularly in relation to the ownership of the rights to the design work which has taken place. If the design work has been based on an innovation by BMC, then it needs to be determined if this information can still be used.

If the design work which has been undertaken to date can be used by Kowloon and results in an ability to develop a new type of product for other customers, there is the possibility that the costs (excluding any research costs) could be capitalised in line with IAS 38 *Intangible Assets*. This should be discussed with the project manager and finance director to assess if this has been considered and if the capitalisation criteria of IAS 38 can be satisfied.

The accounting treatment of the deferred income also needs to be considered. Depending on the terms of the contract with BMC, the amount could be repayable, though this may not be the case given that it is BMC which has cancelled the contract. If part or all of the amount is repayable, it can remain recognised as a current liability. If it is not repayable, it should be released to the statement of profit or loss.

If the costs cannot be capitalised, then there is a loss which needs to be recognised. Assuming that the advance payment is non-refundable, the net position of the development cost and the deferred income balances result in a loss of $150,000. This represents 15.8% of profit for the year and is material.

If any necessary adjustments are not made there will be implications for the auditor's report, which would contain a modified opinion due to material misstatement.

Due to the significance of the matter to the financial statements, the contract cancellation and loss of BMC as a customer should be discussed in the other information to be issued with the financial statements, in this case in the integrated report.

The audit firm must consider its responsibilities in respect of ISA 720 *The Auditor's Responsibilities Relating to Other Information in Documents Containing Audited Financial Statements*. ISA 720 requires the auditor to read the other information to identify material inconsistencies, if any, with the audited financial statements.

Depending on the wording used in the integrated report when referring to the company's activities during the year and its financial performance, omitting to mention the cancellation of the contract could constitute a material misstatement of fact or a material inconsistency.

The matter should be discussed with management, who should be encouraged not only to amend the financial statements but also to discuss the cancellation of the contract in the integrated report. If management refuses to make the necessary amendments and disclosures, the matter should be discussed with those charged with governance and/or the company's legal counsel.

Examiner's comments

This question combined two familiar formats by asking candidates to comment on the quality of the audit work performed and discuss the quality, ethical and professional issues raised in part (a) and to comment on the matters arising in relation to a number of financial reporting issues in part (b).

In part (a), there was tendency to re-write statements of fact from the question which scored no marks but stronger candidates discussed the issues and explained why the firm's actions were clearly inappropriate. Very few candidates were able to discuss the need for materiality to be constantly reviewed throughout the audit in light of changing circumstances. However, most candidates picked up that a significant addition to property, plant and equipment sited at a supplier's premises needed to be physically verified and that reliance on third-party evidence for existence was inappropriate in the circumstances.

The inventory count had been poorly performed but few candidates developed this to consider where the real audit risks may lie and the need to inform management of the weakness in internal controls and for the auditors to investigate the discrepancies and extend their testing. Improper manager/partner review was highlighted by the majority of candidates but the implications of the partner's cursory review were not always followed through to a logical conclusion.

Part (b). In relation to the matters to consider, candidates were faced with a situation where the client had encountered a cancelled manufacturing contract. Most candidates scored the materiality marks for both the value of WIP and deferred income. A significant number of candidates discussed how WIP should have been calculated and its composition without realising that this was irrelevant as it needed to be recognised at nil unless a further use for it could be validly identified. Stronger candidates identified that the client may be able to levy a compensation claim for breach of contract. A worrying number of candidates also believed that writing off a deferred income creditor was a cost rather than a credit to the statement of profit or loss which shows a more fundamental lack of accounting knowledge. Likewise, many candidates confused WIP with R&D contracts and raised irrelevancies such as depreciation. The question stated that going concern was not an issue yet many candidates discussed this in depth as part of their answer. Candidates must realise that if the question makes a statement of this nature then marks will not be awarded for discussion, regardless of the quality of their answer and are again reminded to read the question scenario carefully.

ACCA Marking guide		
		Marks
(a)	**Quality, ethical and other professional issues** Generally up to 1 mark for each point explained: – Materiality should be reviewed as the audit progresses – Insufficient audit evidence obtained in relation to packing machine: 1 mark for comment on materiality 1 mark for comment on physical verification 1 mark for comment on external confirmation 1 mark for comment on whether the distribution company is a related party 1 mark for comment on assertions/inappropriate audit conclusion – Lack of organisation at inventory count should have been discussed with management – Extrapolate test count discrepancies over the population – Audit staff may need training on inventory count attendance – Accumulate misstatements and discuss with management – The inaccuracy of the client's test counts should be reported to management as a control deficiency – Insufficient review performed by audit manager – Review left too late and should be ongoing during the audit – Potential self-interest threat regarding audit engagement partner's brother – Matter should be investigated and notified to audit firm's ethical partner – The audit partner lacks integrity, maybe has something to hide – The partner may need to be removed from the audit and his work reviewed	
	Maximum	**13**
(b)	**Matters and actions to take** Generally 1 mark per comment/recommended action explained: – Calculation and determination of materiality (1 mark for each of the work in progress and the deferred income) – Contract cancellation is an adjusting event after the reporting period – The work in progress should be written off and charged to profit unless it can be used on a different contract – The deferred income may be repayable, if not it should be released to profit – Reporting implications if necessary adjustments not made – Integrated report may be inconsistent with financial statements or contain a misstatement of fact – Auditor's responsibility to read the integrated report to identify inconsistencies/misstatements – Matters to be discussed with management/those charged with governance	
	Maximum	**7**
	Professional marks **Analysis and evaluation** – Appropriate use of the information to support discussion, draw appropriate conclusions and design appropriate responses – Appropriate assessment of the quality and professional issues raised, using examples where relevant to support overall comments – Effective appraisal of the information to make suitable recommendations for appropriate courses of action **Professional scepticism and judgement** – Effective challenge and critical assessment of the evidence supplied with appropriate conclusions – Demonstration of the ability to probe into the reasons for quality issues including the identification of missing information or additional information which would be required	

– Appropriate application of professional judgement to draw conclusions and make informed comments regarding the quality of the work carried out **Commercial acumen** – Inclusion of appropriate recommendations regarding the additional actions required by the firm – Appropriate recognition of the wider implications on the engagement, the audit firm and the company	
Maximum	**5**
Total	**25**

39 THURMAN *Walk in the footsteps of a top tutor*

Top tutor tips

This question examines the review stage of the audit but in a different way to the usual 'matters and evidence' questions seen in past exams. The question asks for comment on whether the evidence obtained is sufficient and appropriate. Has enough work been done? Has the most reliable form of evidence been obtained? Enquiries and written representations are the least reliable forms of evidence so ideally there will be better evidence than this on file. Think about what evidence you would expect to be on file. Compare this with the evidence that has been obtained. Any difference between what you would do and what has been done indicates that sufficient appropriate evidence has not been obtained.

If a requirement asks for further procedures, include the procedures that should have been performed by this stage in the audit that have not been performed.

For the requirements asking for the control deficiencies to be reported, draw on your prior learning for audit and assurance at the applied skills level where you had to explain the implications of a deficiency and provide recommendations to overcome the deficiency.

(a) Assets held for sale

Sufficiency and appropriateness of the audit evidence obtained

The evidence does not appear to be sufficient to draw a conclusion on the appropriateness of classifying the property and any other related assets and liabilities as held for sale.

A discussion with management regarding the accounting treatment is relevant, as the audit team will need to understand management's rationale. However, management's explanation should not be accepted at face value and should be corroborated through further audit procedures.

It is not sufficient to simply put management's justification for the accounting treatment on the audit file and conclude that it is correct. For example, the factory can only be classified as held for sale if it is available for immediate sale in its current condition, which may not be the case.

In terms of the manual journal, checking that it is arithmetically correct, while relevant, is not sufficient evidence. Further evidence should be obtained in order to conclude that the basis of the calculation is in accordance with IFRS 5 *Non-current Assets Held for Sale and Discontinued Operations* and there should be consideration as to whether other requirements of the standard other than those related to the reclassification and measurement of the asset have been complied with.

For example, the results specific to the factory may need to be disclosed as a discontinued operation in the statement of profit or loss and the statement of cash flows. No audit evidence appears to have been obtained in respect of these issues.

Further audit procedures

- Review board minutes to confirm that the sale of the factory has been approved and to agree the date of the approval to the board minutes and relevant staff announcements.
- Obtain correspondence with estate agents to confirm that the factory is being actively marketed.
- Obtain confirmation, for example, by a review of production schedules, inventory movement records and payroll records, that production at the factory has stopped and thus it is available for immediate sale.
- Use an auditor's expert to confirm the fair value of the property and agree that this figure has been used in the impairment calculation.
- Using management accounts, determine whether the factory is a separate major line of business in which case its results should be disclosed as a discontinued operation.

(b) Capital (asset) expenditure

(i) Sufficiency and appropriateness of the audit evidence obtained

The audit work has revealed that internal controls have not been operating and this should have led to more extensive testing of capital (asset) expenditure, rather than the audit programme being completed as planned. Generally, the audit team should extend audit testing on capital (asset) expenditure, for example, by extending sample testing and reducing the level of materiality applied in audit tests.

The audit team should also investigate why the controls are not operating, considering whether they are being deliberately ignored or overridden, whether time pressure or lack of resources is making the controls difficult to operate, or if there is a suspicion of collusion and possible fraud.

The procedures on the purchase of the vehicles do not appear to cover all relevant assertions, for example, there is nothing to confirm that Thurman Co has correctly depreciated the vehicles or that they are actually owned and being used by the company, or even that they exist.

(ii) Further audit procedures

- Obtain the insurance documents to confirm that Thurman Co is paying the relevant insurance for the vehicles.
- Physically verify the vehicles and confirm that they are being used by employees on company business.

- Obtain the log book/vehicle registration document and other relevant ownership documents such as those issued by the vehicle licensing body, to confirm the right of Thurman Co to recognise the vehicles.
- Trace the vehicles to the company's non-current asset register.
- Recalculate the depreciation which should have been charged on the vehicles and agree to the statement of profit or loss for the year.

(iii) Report to those charged with governance

ISA 265/ISA (UK) 265 *Communicating Deficiencies in Internal Controls to Those Charged with Governance and Management* requires the auditor to communicate significant deficiencies in internal control to those charged with governance and management. In deciding whether a control deficiency is significant, one of the matters which should be considered is the importance of the control to the financial reporting process.

The auditor should report to those charged with governance that there appears to be a deficiency in internal controls. While the audit team's findings do not indicate that a fraud is taking place, the lack of segregation of duties and the failure to obtain appropriate authorisation makes it easy for assets to be misappropriated and creates a significant fraud risk.

The audit firm should explain the implications of the control deficiencies to management and recommend improvements. For example, authorisation should be a pre-requisite for any order over a certain monetary amount. Thurman Co should also be encouraged to improve the control environment, for example, by training staff on the importance of controls and setting an appropriate tone at the top so that there is no tolerance of controls being ignored or deliberately circumvented.

(c) Payroll

Sufficiency and appropriateness of the audit evidence obtained

The audit work in respect of the payroll needs to be much more thorough. Simply agreeing the amounts to the reports issued by Jackson Co provides no evidence on the completeness, accuracy or validity of the payroll figures recognised in the financial statements.

The audit team seems to have relied on Jackson's year-end reports as being accurate and the requirements of ISA 402/ISA (UK) 402 *Audit Considerations Relating to an Entity Using a Service Organisation* do not appear to have been followed.

The audit team needs to obtain assurance on the controls which Jackson Co has implemented in order to assess the risk of material misstatement in the payroll figures and to respond to the risk with appropriate audit procedures. The controls which Thurman Co uses to verify the information received from Jackson Co also need to be understood.

With the permission of Thurman Co, the audit team should contact Jackson Co with the objective of obtaining more information which can be used to assess how the payroll has been processed, and the controls which are in place. The controls in place at Thurman Co should be documented and tested.

It is recommended that further substantive procedures should be carried out to provide a wider range of evidence on the payroll expense recognised in the financial statements.

In relation to the casual employees, the fact that the amount involved is immaterial means that the audit team does not need to perform any further detailed audit procedures as there is no risk of material misstatement. However, as there is a risk over the completeness of these costs, the controls in place to ensure this process is effectively managed should be discussed with management and documented.

Report to those charged with governance

The fact that casual employees are being paid from petty cash without being put onto the company's payroll indicates that Thurman Co may not be complying with relevant regulations, for example, that appropriate payroll taxes are not being paid. Despite the amounts involved being immaterial, the potential non-compliance should be reported to those charged with governance, along with a recommendation that all employees, whether casual or not, should be processed through the company's payroll system. There may be implications for the financial statements if fines or penalties are imposed by the tax authorities in respect of the non-compliance.

Examiner's comments

This question was set in the completion stage of the audit and as is generally the case with completion questions, it was focused on the accounting treatment and audit evidence obtained on three issues. In this case, candidates were also required to discuss the impact of the issues found on the report to those charged with governance. Candidates generally demonstrated a good knowledge of the financial reporting implications of the areas and were often able to identify that the evidence obtained was insufficient and suggest further procedures. For many candidates the control deficiencies in the company and the implication of a deficiency in controls on further audit strategy and testing was not always identified. Candidates' responses to the matters to include in the report were variable with some candidates discussing auditor's report modifications (despite no errors being flagged) or giving general answers to the contents of the report with no reference to the scenario in the exam.

ACCA Marking guide	
	Marks
Generally, 1 mark for each relevant point.	
(a) Asset held for sale	
Audit evidence	
– Discussion is relevant but management's assertions must be corroborated	
– Discussion alone is not sufficient to reach an audit conclusion	
– Evidence not obtained on whether IFRS 5 classification criteria have been met	
– Evidence not obtained on whether disclosure of discontinued operations is necessary	
Further procedures	
– Review board minutes to confirm the sale approval and date	
– Correspondence with estate agents to confirm that the factory is being actively marketed	
– Confirmation, for example, by a review of production schedules, inventory movement records and payroll records that production at the factory has stopped	
– Auditor's expert to confirm the fair value of the property	
– Determine whether the factory is a separate major line of business and should be disclosed as a discontinued operation	
Maximum	**7**

(b) Capital (asset) expenditure

(i) Audit evidence

- Testing should have been extended after the control deficiency was identified
- Reason for the controls not operating effectively should be investigated
- Increases the fraud risk in relation to capital (asset) expenditure
- Not all assertions have been covered by audit testing in respect of the vehicles purchased

(ii) Further audit procedures

- Obtain the insurance documents to confirm that Thurman Co is paying the relevant insurance for the vehicles
- Physically verify the vehicles and confirm that they are being used by employees on company business
- Obtain the log book and other relevant ownership documents to confirm the right of Thurman Co to recognise the vehicles
- Trace the vehicles to the company's fixed asset register
- Recalculate the depreciation which should have been charged on the vehicles

(iii) Report to those charged with governance

- Explain the deficiencies and the implications, i.e. increased fraud risk
- Recommend improvements to specific controls and to the general control environment

Maximum	9

(c) Payroll

Audit work

- Agreeing payroll to the service organisation's report does not provide sufficient evidence on completeness, accuracy or validity of the amounts
- The controls at the service organisation must be assessed for their adequacy
- No further work needed on the petty cash payments to casual workers as the amount is not material

Report to those charged with governance

- There is not a significant control deficiency as the amounts involved are immaterial
- Potential non-compliance with regulations, e.g. tax regulation should be reported
- Recommend that all workers are put through payroll to ensure compliance

Maximum	4

Professional marks

Analysis and evaluation

- Appropriate use of the information to support discussion, draw appropriate conclusions and design appropriate responses
- Appropriate assessment of the quality and professional issues raised, using examples where relevant to support overall comments
- Effective appraisal of the information to make suitable recommendations for appropriate courses of action

Professional scepticism and judgement

- Effective challenge and critical assessment of the evidence supplied with appropriate conclusions
- Demonstration of the ability to probe into the reasons for quality issues including the identification of missing information or additional information which would be required
- Appropriate application of professional judgement to draw conclusions and make informed comments regarding the quality of the work carried out

Commercial acumen – Inclusion of appropriate recommendations in the report to those charged with governance and management	
Maximum	**5**
Total	**25**

40 ADDER GROUP *Walk in the footsteps of a top tutor*

Top tutor tips

For 'Matters and evidence' questions, use the 'MARE' approach to make it easier to score the required number of marks. First, consider the materiality of the issue. Next discuss the appropriate accounting treatment and give the risks of material misstatement that would arise if the appropriate treatment is not followed. Finally, the evidence is what you would expect to be recorded on the audit file when you come to review it. Be specific about the evidence, don't say 'supporting documentation', suggest what that documentation would be and what it would show. Assume that half of the marks will be for matters and half of the marks will be for evidence.

Part (b) asks for a critical appraisal of the draft report extracts. This is a common reporting question seen several times in previous exams and should not cause problems for students who are familiar with the format of an auditor's report and who have practised this style of question before. Work your way through the auditor's report and think about whether the wording is appropriate, the order of the paragraphs is correct, the names of the paragraphs are correct and ultimately, whether you agree with the opinion suggested.

(a) (i) Sale and leaseback

The sale and leaseback transaction is material to the Group statement of financial position. The proceeds received on the sale of the property, equivalent to the fair value of the assets, represents 23.3% of Group assets, and the carrying amount of the assets disposed of were $27 million ($35 million – $8 million), representing 18% of Group assets. In addition, the profit recognised on the disposal represents 40% of the Group's profit for the year, so it is highly material to the statement of profit or loss.

The accounting treatment does not appear to be in accordance with IFRS 16 *Leases*. IFRS 16 says the accounting treatment of a sale and leaseback depends on whether a performance obligation, as defined in IFRS 15 *Revenue from Contracts with Customers,* has been satisfied. Adder Group will be obtaining substantially all of the asset's remaining benefits, suggesting that control has not passed to the buyer.

Therefore, the transfer of the asset does not represent a 'sale'. As such, the asset should remain recognised in the statement of financial position, and the proceeds received from the sale should be recognised as a financial liability.

The Group's profit is materially overstated, and the total assets and liabilities are materially understated.

The following adjustments should be recommended to management:

DR	Property, plant and equipment	\$27 million
DR	Profit or loss	\$8 million
CR	Financial liability	\$35 million

The complex should be depreciated over the final four months of the year, giving rise to depreciation of \$0.5 million (\$27 million/20 years × 4/12). The adjustment required is:

DR	Profit or loss	\$0.5 million
CR	Property, plant and equipment	\$0.5 million

The interest expense on the financial liability which has accrued since the transfer of the asset should be quantified, its materiality determined, and the appropriate adjustment communicated to management.

If the adjustments are not made, the Group financial statements will contain a material misstatement, with implications for the auditor's opinion, which would be modified due to a material misstatement following the misapplication of IFRS 16 to the sale and leaseback transaction.

Evidence:

- A copy of the lease, signed by the buyer-lessor, and a review of its major clauses to confirm that control of the asset remains with the Group.
- Review of forecasts and budgets to confirm that economic benefit is expected to be generated through the continued use of the property complex.
- Agreement of the \$35 million cash proceeds to the bank statement and bank ledger account/cash book.
- Physical inspection of the property complex to confirm that it is being used by the Group.
- Confirmation of the fair value of the property complex, possibly using an auditor's expert, in which case the expert's report should be included in the audit working papers.
- Where fair value has been established using an auditor's or management expert, evaluation of the expert's work including confirmation that the fair value is determined according to the applicable financial reporting framework, and that all assumptions are reasonable.
- Minutes of a discussion with management regarding the accounting treatment and including an auditor's request to amend the financial statements.
- A copy of insurance documents stating that the Group is responsible for insuring the property complex.
- Recalculation of interest expense and depreciation expense in relation to the leased asset.

(ii) Baldrick Co

The Group's interest in Baldrick Co is material, as the company's assets are equivalent to 12% of total Group assets, and its loss is equivalent to 25% of the Group's profit.

It is questionable whether Baldrick Co should have been accounted for as an associate. An associate arises where there is significant influence over an investee, according to IAS 28 *Investments in Associates and Joint Ventures*. Significant influence is typified by an equity shareholding of 20 – 50%, so the Group's shareholding of 52% would seem to indicate that the Group exercises control, rather than significant influence.

However, it may be that even with a 52% shareholding, the Group cannot exercise control, for example, if it is prevented from doing so due to agreements between other shareholders, or because it cannot appoint members to the board of Baldrick Co. This would be unusual though, so audit evidence must be sought on the nature of the shareholding in Baldrick Co and whether the Group actually exercises control or significant influence over the company. Baldrick Co not having been integrated into the Group's activities is not a valid reason for its non-consolidation as a subsidiary.

If the Group does have a controlling interest, and Baldrick Co remains recognised as an associate, the Group financial statements will be materially misstated, with implications for the auditor's opinion, which would be modified due to the application of an inappropriate accounting treatment.

If Baldrick Co should be treated as a subsidiary rather than an associate, then the company's loss for the year should be consolidated from the date of acquisition which was 1 January 20X5. Therefore, a loss of $1.25 million ($5 million × 3/12) should be consolidated into Group profit. The loss which has already been recognised, assuming that equity accounting has been correctly applied, would be $650,000 ($5 million × 3/12 × 52%), therefore an additional loss of $600,000 needs to be recognised.

In addition, there are presentation issues to consider. Equity accounting requires the investment in the associate to be recognised on one line in the statement of financial position, and the income from the associate to be disclosed on one line of the statement of profit or loss.

Treating Baldrick Co as a subsidiary will require a line-by-line consolidation, which will have a significant impact on numerous balances within the financial statements.

The combination of adjustments in relation to the sale and leaseback transaction and the consolidation of Baldrick Co as a subsidiary may be considered pervasive to the Group financial statements, and if so, and the necessary adjustments are not made, then the audit opinion could be adverse.

Evidence:

- Agreement of the cash paid to acquire Baldrick Co to the bank ledger account/ cash book and bank statements.
- Review of board minutes for discussion of the change in Group structure and for authorisation of the acquisition.

- Review of legal documentation pertaining to the acquisition of Baldrick Co, to confirm the number of equity shares acquired, and the rights attached to the shareholding, e.g. the ability to appoint board members.
- Inspection of other supporting documentation relating to the acquisition such as due diligence reports.
- Notes of discussion with management regarding the exercise of control over Baldrick Co, e.g. the planned level of participation in its operating and financial decisions.
- Review of forecasts and budgets to assess the plans for integrating Baldrick Co into the Group.
- Ensure that correct time apportionment has been applied in calculating the amount of losses recognised in the consolidation of Baldrick Co.
- Evaluation and recalculation of amounts recognised in Group equity in respect of Baldrick Co, in particular the determination of pre and post-acquisition results.

(b) Opinion and basis for opinion paragraphs not separate

In terms of structure, the basis for opinion and opinion paragraphs should not be combined together. When the auditor modifies the opinion on the financial statements, the auditor shall include a paragraph in the auditor's report which provides a description of the matter giving rise to the modification. Therefore, the auditor's report needs to be amended to include two separate paragraphs.

The auditor should use the heading 'Basis for Qualified Opinion', 'Basis for Adverse Opinion', or 'Basis for Disclaimer of Opinion', as appropriate.

'Proven conclusively'

The paragraph states that audit procedures have 'proven conclusively' in respect of trade receivables. This term is misleading, implying that every transaction has been tested. Audit procedures provide a reasonable, but not absolute, level of assurance on the financial statements, and conclusive proof is not an appropriate term to be used in the auditor's report.

Quantification of potential adjustment

The amount of the potential adjustment to trade receivables and its financial impact should be included in the paragraph. If there is a material misstatement of the financial statements which relates to specific amounts in the financial statements (including quantitative disclosures), the auditor shall include in the basis for modification paragraph a description and quantification of the financial effects of the misstatement, unless impracticable. The relevant financial reporting standard should also be referred to.

Unprofessional wording

The paragraph uses unprofessional wording by naming the finance director. The auditor's report should refer to management collectively and not single out one person as being responsible for the financial statements. In addition, it should not state that she 'refused' to make an adjustment.

Type of opinion

The incorrect type of modified audit opinion seems to have been given. The trade receivables balance is material at $2.5 million, which is in excess of the materiality threshold of $1.5 million used in the audit and so a qualification due to material misstatement seems necessary. The auditor's report uses a disclaimer of opinion, which is used when the auditor cannot form an opinion, usually due to lack of audit evidence, which does not appear to be the case here.

Level of modification

In addition, the level of modification seems incorrect. The matter is material at 22.7% of profit but is unlikely to be pervasive to the financial statements. Therefore, a qualified 'except for' opinion is sufficient.

Emphasis of matter paragraph

The use of an Emphasis of Matter paragraph in respect of the court case is not appropriate. An Emphasis of Matter paragraph is used to refer to a matter appropriately presented or disclosed in the financial statements which, in the auditor's judgement, is of such importance that it is fundamental to users' understanding of the financial statements.

The court case and its potential legal consequences are not material, being well below the materiality threshold of $1.5 million. The matter is certainly not fundamental to users' understanding of the financial statements. Due to the immaterial nature of the matter it need not be referred to in the auditor's report at all.

The auditor has reached the conclusion that the court case has not been accounted for correctly. The Emphasis of Matter paragraph should only be used to highlight matters which have been appropriately accounted for and disclosed within the financial statements, and its use to describe non-compliance with the relevant financial reporting standard is not appropriate.

Examiner's comments

The first requirement asked candidates to comment on the matters to be considered and explain the audit evidence they would expect to find in a review of the working papers relating to the audit of the Adder Group.

The first issue related to a sale and leaseback arrangement. The Adder Group had derecognised the asset and recognised a profit on disposal. Candidates had to discuss whether the accounting treatment appeared appropriate. Answers on the whole were good. Most candidates proved able to confidently discuss whether the lease had been appropriately classified and accounted for. In addition, almost all candidates correctly determined the materiality of the balances and could provide some specific and well explained points on audit evidence.

The second issue related to the acquisition of a 52% shareholding in Baldrick Co, which had been accounted for as an associate in the consolidated financial statements. Again, candidates were able to identify that the accounting treatment seemed incorrect, and could explain their reasoning. Fewer candidates appreciated that the loss-making status of Baldrick Co was the possible explanation for the Group's reluctance to consolidate it as a subsidiary and therefore that the Group's profits were overstated. Most candidates could provide some evidence points, with the most commonly cited being the board approval of the acquisition and agreeing the cash paid to bank statements. Fewer candidates could suggest how the audit firm should obtain evidence on the exercise of control by the parent company or on the mechanics of the consolidation that should have taken place.

Requirement (b) asked for a critical appraisal of a proposed auditor's report. The report contained many errors of fact and of judgement, and well prepared candidates scored highly here. There were some quite obvious matters that most candidates discussed, for example that the structure of the report was not correct, the wording was not professional, the basis for opinion paragraph lacked sufficient detail, and the nature of the modification was wrong in the circumstances described in the scenario. Most candidates also commented on the incorrect use of the Emphasis of Matter paragraph and correctly determined the materiality of the two issues described in the scenario. Overall however, answers to this requirement were often too short for the marks available, and while most issues had been identified, they were not always well explained.

ACCA Marking guide	
	Marks
(a) Generally, up to 1 mark for each matter explained and each piece of evidence recommended.	
(i) Sale and leaseback	
Matters:	
– Correct determination of materiality	
– IFRS 16 treatment	
– Assets and liabilities understated, profit overstated	
– Adjustment recommended	
– Depreciation should be re-measured	
– Interest expense accrual	
– Implications for auditor's report if not adjusted	
Evidence:	
– A copy of the lease	
– Forecasts and budgets	
– Physical inspection of the property complex	
– Confirmation of the fair value of the property	
– Evaluation of the expert's work	
– Bank statement and bank ledger account/cash book	
– Minutes of a discussion with management	
– A copy of insurance documents	
– Recalculation of interest expense and depreciation	
Maximum	**7**
(ii) Baldrick Co	
Matters:	
– Correct determination of materiality of Baldrick Co	
– If Group exercises control, Baldrick Co is a subsidiary	
– Need to determine nature of the Group's interest in Baldrick Co	
– Impact on audit opinion is at least qualification due to material misstatement	
– Discussion of impact on Group profit	
– Presentation issues	
– Impact could be pervasive in combination with the sale and leaseback	
Evidence:	
– Bank ledger account/cash book and bank statements	
– Board minutes for authorisation	
– Legal documentation for the acquisition of Baldrick Co	
– Due diligence reports	
– Notes of discussion with management regarding control	
– Plans for integrating Baldrick Co into the Group	
– Ensure that losses from the date of acquisition only are consolidated	
– Evaluation and recalculation of amounts recognised in Group equity in respect of Baldrick Co	
Maximum	**6**

(b)	**Evaluation of draft auditor's report** Generally, 1 mark for each reporting implication explained. – Incorrect presentation and combining of Opinion and Basis for Opinion paragraphs – Wording regarding 'proven conclusively' is inappropriate – Description of material misstatement should include quantification and impact on financial statements – The relevant financial reporting standard should be referred to – Unprofessional wording regarding the finance director – Inappropriate opinion given – should be modified due to material misstatement not due to disclaimer of opinion – Level of modification incorrect – it is material but not pervasive – Court case not fundamental so not appropriate to include in Emphasis of Matter paragraph – Emphasis of Matter should only be used for matters appropriately accounted for which is not the case	
	Maximum	**7**
	Professional marks **Analysis and evaluation** – Appropriate use of the information to support discussion, draw appropriate conclusions and design appropriate responses – Identification of omissions from the analysis or further analysis which could be carried out – Balanced assessment of the information to determine the appropriate audit opinion in the circumstances **Professional scepticism and judgement** – Effective challenge of information, evidence and assumptions supplied and, techniques carried out to support key facts and/or decisions – Appropriate application of professional judgement to draw conclusions and make informed decisions about the actions which are appropriate in the context and stage of the engagement	
	Maximum	**5**
Total		**25**

OTHER ASSIGNMENTS

41 OAK & CO

Top tutor tips

In **part a**, remember to link your discussion of materiality directly to sustainability. Think of difficulties in establishing materiality for sustainability information and ensure that you discuss both financial materiality and impact materiality (i.e. how the company affects the broader environment and sustainability issues).

In **part b**, ensure you read the scenario carefully to identify what is already stated versus what needs further evaluation. Use examples from the scenario (e.g. Greentree bank decision) to justify your points and remember to discuss operational risks (e.g. reliance on third-party data) as well as ethical risks.

As you plan your answer to **part c**, ensure you use calculations to highlight discrepancies or trends in the data. It is important to interpret figures within the broader scenario context rather than in isolation. Look for signs of data manipulation or attempts by management to conceal inconsistencies. Use your calculations and trends to build a case for where professional scepticism should be applied.

(a) ED 5000 and double materiality

Aim of new proposed standard

Part of the aim of the new proposed International Standard on Sustainability Assurance 5000 (ED 5000) is to respond to the need for a standard which supports the consistent performance of quality sustainability assurance engagements which can be applied across all sustainability topics and reporting frameworks.

Concept of double materiality

When developing the proposed standard (ED 5000), the IAASB has considered the concept of double materiality in the preparation of sustainability information. This means there is a consideration of the significance of the impact of sustainability matters on the organisation, as well as the significance of the impacts of the business activity on the outside world. Some stakeholders will be interested in the financial impact of sustainability matters on the entity (often referred to as financial materiality), while others will be concerned about how the entity impacts on sustainability matters (referred to as impact materiality). ED 5000 considers this requirement when providing assurance on that sustainability information, to ensure the assurance provided can adequately assist the decision-making process of a wide range of users.

Where the concept of double materiality is relevant, the assurance practitioner should consider both financial and impact materiality when determining their materiality level for the purposes of planning and performing the engagement. It should be noted that the IAASB's view is that it will not be relevant to every engagement.

ED 5000 requires that the assurance practitioner should adopt a different approach for quantitative and qualitative disclosures and the IAASB has offered additional guidance on how to determine materiality where both financial and impact materiality apply:

Quantitative disclosures

For quantitative disclosures, materiality relates to the magnitude of misstatements relative to the disclosures and similar to other assurance engagements may be determined by applying a percentage or benchmark to the reported metric. The practitioner should also set a performance materiality level to minimise the risk of the aggregate of misstatements exceeding the materiality level. The IAASB states that where double materiality is relevant, the lesser of financial or impact materiality should be used as that would be the level which is material to the intended users or other stakeholders.

Qualitative disclosures

Qualitative disclosures by their very nature will be more subjective and a key consideration for the assurance practitioner is whether the disclosures are accurate and complete. Assurance practitioners need to consider whether the disclosures omit information which is pertinent to user understanding. They should also assess whether they include information which could obscure the presentation of the disclosures.

The practitioner should also consider a range of other factors such as whether a potential misstatement could affect compliance with law or regulation, or the overall number of people or stakeholders affected by the matter. ED 5000 offers detailed guidance over the matters which should be considered when determining materiality for qualitative disclosures.

Conclusion

Embedding the concept of double materiality into ED 5000 should ensure that the assurance practitioner appropriately considers the information needs of the intended users and give more robust assurance on the suitability of the reporting criteria which have been selected by the reporting entity.

(b) Fizzizoda Co – quality and professional issues

Scope of the engagement

The scope of the engagement needs to be agreed and it is imperative that the assurance provider makes it clear where there are limitations in the scope of their work and assurance.

The letter of engagement should define the scope of the assurance engagement including the subject matter for review and the benchmarks which will be used to evaluate it. Oak & Co will also need to verify the terms of the engagement whereby whether it will be a limited assurance or reasonable assurance engagement, and to plan the engagement procedures to meet the sufficient appropriate evidence threshold in each case. Oak & Co will need to confirm who will be the users of the report, whether it will be for public use or to provide internal clarification of performance or attainment.

As this is a separate engagement from the statutory audit, it should be stated in the report the extent of the limitation of their conclusions.

Sufficient appropriate evidence

When considering whether to accept an engagement, assurance practitioners should assess the level of risk involved. By assessing an entity's monitoring controls of the subject matter by those charged with governance, as well as confirming the source and reliability of the evidence required to complete the engagement.

Assurance practitioners will need to adopt additional professional scepticism and judgement, especially in areas of estimation or where the subject matter is reliant on third parties. For example, there must be an assessment of the nature and complexity of the underlying subject matter, and whether there is a high degree of uncertainty in its measurement. Additional substantive testing may be required as well in addition to the use of an independent expert.

There should be adequate time and resources allowed in the assurance planning and engagement operation commensurate with the complexity of the subject matter and the controls of the company.

This will enable the practitioner to obtain sufficient appropriate evidence to conclude on the engagement.

Risk of management bias

There is the increased risk of management bias as use of the RGW certificate is dependent on the incremental improvement in recycling rates each year. It appears that management has attempted to disguise this apparent decrease in recycling by the change of metric and presentation of the sustainability report. This also raises the point of the integrity of management being questioned as there may be additional data or information which has not been disclosed by the client. Therefore, Oak & Co must ensure that they undertake robust testing and ensure that potential areas of estimation and subjectivity are assessed closely for further evidence of management manipulation of the data.

This type of management bias may also be referred to as 'greenwashing', whereby the information, which is chosen to be presented, the measurement tools used and the manner in which it is presented may be adapted by management in order to present the most opportune position. This is a significant potential problem, as an organisation which makes such false or misleading statements about sustainability information may be considered to be fraudulently reporting. Therefore, there is a higher risk of error, as well as deliberate misstatement, in the sustainability information which is published. This is particularly an issue as Fizzizoda Co has changed the way they present some of their data in the sustainability report, namely the bottles which have been recycled. This may be a deliberate attempt to obscure the year-on-year changes.

Professional expertise and external experts

ED 5000 highlights the importance of both firm-level and engagement-level quality management, stating that the engagement leader shall take overall responsibility for managing and achieving quality on the engagement and also requiring that the engagement leader must have competence and capabilities in assurance skills and techniques developed through extensive training and practical application.

Oak & Co has sustainability assurance expertise within the firm which is evidenced by the existence of a separate team which specialises in this type of assurance. However, they still may need to engage an independent expert in plastic recycling and waste measurement to ensure that the subject matter they are reporting on is reliable. As Fizzizoda Co is not required to comply with specific reporting requirements, it is likely that the benchmarks are internal ones developed by the business or ones used within the drinks bottle industry. If these are external industry specific benchmarks, then the assurance team must ensure they have familiarity of them and how they are applied and any particular issues with their measurement or presentation requirements.

If the benchmarks and measurement tools are internally developed by Fizzizoda Co, then the assurance team will need to apply professional judgement during their discussions with management as to whether they are reasonable.

Users of the report

Auditors need to understand how risks, such as those relating to the sustainability and recycling information, relate to their responsibilities under professional standards, and applicable laws and regulation. In particular, the assurance team need to understand the extent of reliance on their report by other stakeholders, especially RGW and the planned financing from Greentree Bank.

There is potentially a reputational issue if Oak & Co produces a favourable report because of a lack of expertise in this area, and then Fizzizoda Co is later found to have breached the terms of its agreement with RGW's key non-financial indicators. This may be compounded if Greentree Bank subsequently provides finance to Fizzizoda Co based on the sustainability report and resulting assurance provided by Oak & Co.

As Fizzizoda Co is facing increasing competition from an environmentally aware competitor, there is the increased risk of management bias due to pressure for the company to respond and rebuild some of the lost market share. This may potentially result in inflated recycling information in the sustainability report. Oak & Co may need to consider these longer term or business specific impacts, such as there may be cash flow implications if the report is used to support the planned additional financing from Greentree Bank or the potential to impact future investors or affect future investment or marketing strategies. The loss of the RGW certification would also affect financing from Greentree Bank.

Auditors need to consider that the information in the sustainability report may be as a response to the increased competition the company is facing, and so it may be subject to manipulation by management.

Tutorial notes:

- Credit will be given where potential loss of the audit if the assurance engagement fails to give Fizzizoda Co's management the RGW certification assurance they require to retain its logo.
- Candidates may adopt the acceptance guidance as set out in ED5000, however, in this question both the ISQM 1 and the ED5000 information has been incorporated.

(c) Critique and application of professional scepticism

The number of bottles of LiftUp sold during the year has increased by 12.4%, it would be reasonable, therefore, to expect an increase in the donations towards recycling to support the increase in bottles in the environment. However, the donations have decreased by 5.4% ($13 million) year on year. This may be caused by alternative methods of recycling, but LiftUp bottles are only recycled using the subsidised network as stated in the sustainability report. The assurance team will need to understand why this has happened, and whether there are other forms of collection for recycling which are not mentioned in the report or whether there is a decrease in recycling. It suggests that the company is investing less in their recycling partner which supports the point that there may be less recycled material being used in the manufacture of their bottles.

This latter point may be explained by the recycling metrics included in the report. Due to the change in presentation of the information on recycling undertaken by local partners, it is not immediately clear that the claim that recycling has increased in 20X5 is verified, as stated in the notes to the sustainability report. The assurance team should apply a high degree of professional scepticism as this may be a simple omission on the part of the directors (providing no comparative figure) or it may be a deliberate attempt to disguise adverse reporting. This change of metric with little explanation in the notes to the sustainability report suggests that this may be a deliberate manipulation of the data to conceal the decrease in recycling rates. The incentive for the directors would be to maintain their RGW certification and to appease shareholders and other stakeholders.

The sustainability report states that the percentage of bottles sold which are made with recycled material is 23% (20X4: 14%). However, the cost of recycled material purchased by Fizzizoda Co would contribute towards manufacturing only 18% of the bottles, not the 23% stated in the sustainability report. The audit work has verified minimal fluctuation in the cost of materials, so this difference cannot be explained by a price fluctuation. Given that material costs have remained stable year on year, this suggests that the amount of new materials used by volume, as a proportion of the bottles, has not changed ($0.21 per bottle).

As part of the assurance review, analytical procedures will be used to assess the verifiability of the recycling figures stated in the sustainability report: the report states that 3.3% of bottles were recycled by subsidised recycling partners in 20X4, this would amount to 452.1 million bottles. This recycling is reduced in 20X5 to 415.8 million bottles or 2.7% of total bottles, which is actually a decrease year on year. This does not take into account opening or closing inventory of bottles, but it does highlight potential inconsistencies which the directors would need to explain. This would suggest that the statements included in the sustainability report in relation to the improvement in the key non-financial indicators is potentially untrue and also likely to be very misleading to the users of the report. The apparent decrease in grants and donations to support the recycling partners would also support this observation.

The reluctance by the operational manager to provide additional supporting evidence for the recycling rates should also be treated with professional scepticism. The assurance team will need to use other methods of verifying whether the figures provided in the sustainability statement are consistent with the financial information of Fizzizoda Co.

Any such issues should also be escalated to those charged with governance to ensure that the sustainability assurance team can obtain sufficient appropriate evidence.

Marking scheme		
		Marks
(a)	ED 5000 and double materiality 1 mark for each well explained point. – General introduction to proposed ED 5000 – Explanation of the concept of double materiality as proposed in ED 5000 (up to 2 marks) – Quantitative disclosures (up to 2 marks) – Qualitative disclosures (up to 2 marks)	
	Maximum	**5**

(b)	Quality issues and professional issues Generally, up to 1 mark for each well explained point. – Scope of the engagement (up to 2 marks) – Users of the report (up to 2 marks) – Sufficient audit evidence (up to 2 marks) – Consideration of auditor responsibility (up to 2 marks) – Experience of staff (up to 2 marks) – Problems of auditing non-financial frameworks (internal generated or industry standard) (up to 2 marks) – Internally generated benchmarks – Importance of the metrics in ensuring future plans are funded	
	Maximum	**7**
(c)	Critique and professional scepticism Up to 1 mark for each well explained point. In addition, ½ mark for relevant trends or calculations which form part of the evaluation of business risk or risk of material misstatement (max 3 marks). Overall – Audit team should perform analytical review to understand the reasons for the movements (up to 3 marks) • Apply scepticism • Risk of greenwashing/exaggerated claims • Comparison of non-financial indicators with information from the audited financial statements • Investigation of significant deviations from prior year – Discussion of how much testing is required due to the subjectivity (awarded once across the question) – Issues regarding audit should be reported to TCWG Analytical review examples include: – Bottles sold v recycling donations – Possible indication of the company investing less in recycling/due to less recycling – Change in presentation of the recycling metrics (up to 2 marks) – Disparity between the sustainability report (up to 2 marks) showing percentage of bottles sold made with recycle material 23%, but the cost of recycle material has only increased 18% – Grants and donations – Competition pressure/pressures on the company (2 marks)	
	Maximum	**8**
	Professional skills marks Analysis and evaluation – Appropriate use of the information to support discussions and draw appropriate conclusions – Appropriate assessment of the ethical and professional issues raised, using examples where relevant to support overall comments – Balanced discussion of the concept of double materiality Professional scepticism and judgement – Effective challenge of information, evidence and assumptions supplied, and techniques carried out to support key facts and/or decisions Commercial acumen – Appropriate recognition of the wider implications on the engagement, the audit firm and the company	
	Maximum	**5**
Total		**25**

42 SLAINDAR *Walk in the footsteps of a top tutor*

Top tutor tips

Part (a) requires matters to consider before accepting the engagement, focusing on quality management matters. This may initially seem tricky for those who do not know the requirements of ISQM 1 in detail. However, taking a general approach to acceptance of engagements will still generate valid points such as client integrity, independence, competence, etc.

In part (b) the assumptions used to prepare the cash flow forecast need to be evaluated. Use your professional scepticism to evaluate whether the assumptions are reasonable and complete.

(a) Client acceptance

When determining whether to enter into a professional relationship with a new client, an assurance firm is required to assess whether this would be possible under the criteria of ISQM1 *Quality Management for Firms that Perform Audits or Reviews of Financial Statements or Other Assurance or Related Service Engagements*. This means Gloop & Co shall make professional judgements based on the following quality objectives regarding whether to accept the engagement:

- Information obtained about the nature and circumstances of the engagement
- Consideration of the integrity and ethical values of the client, and
- The firm's ability to perform the engagement in accordance with professional standards and applicable legal and regulatory requirements.

In addition to these acceptance judgements, Gloop & Co should also ensure they are following the IESBA *International Code of Ethics for Professional Accountants* (the *Code*)/FRC Ethical Standard.

Integrity and ethical values of the client

Money laundering

Gloop & Co has already performed client identification procedures, however, they will still be required to perform other elements of customer due diligence such as considering the business reputation of Slaindar Co's principal owners, key management, and those charged with governance. Consideration should be made by the audit team regarding whether there are any indications that the client might be involved in money laundering or other criminal activities.

Reasons for not using the company's audit firm

The firm will also need to consider management's reasons for appointing a different firm from its auditors and the potential for management bias in the preparation of the cash flow forecast in support of the application for finance.

It is possible that approaching Gloop & Co to perform this assignment and potentially the audit in future is an intimidation threat to the existing auditors whereby they act in accordance with the client demands to avoid a loss of income.

ISQM1 suggests the firm should consider the reason for not using the existing auditors when assessing the integrity and ethical values of the client. To provide an assurance report on forecasts such as this, a good understanding of the client and its business is required, and the current audit firm will usually have the requisite knowledge and understanding. Gloop & Co should therefore consider whether the use of a different firm creates a risk that the client may be hoping that Gloop & Co lacks the client knowledge to effectively challenge the key assumptions underlying the preparation of the forecast.

When a professional accountant is asked to perform work for a non-audit client, they should be given permission by the client to contact its auditors to obtain relevant information. If this permission is not given, the appointment should be declined.

Attitude of client management and risk of bias

In addition, Gloop & Co should consider the attitude of the client and the risk of bias. The proposal by Aaron that funds are raised to purchase the right to operate under his name may not result in a separately identifiable intangible asset with a value of $1 million, given the external valuation of $100,000. It is also possible that the company would be able to continue to trade under the existing name without the 'purchase'. The proposal may lack sufficient commercial substance.

The way Aaron has described the proposal for the business plan could be considered potentially fraudulent in the manner Aaron proposes to describe the transaction to the bank. Aaron's comment that 'the bank does not need to know the brand is his own name' suggests a significant integrity issue and Gloop & Co should not accept Slaindar Co as a client if Aaron is proposing withholding information from the bank.

Additionally, there is a risk that the forecast might be manipulated to ensure the highest possibility of the bank providing finance or management may pressure Gloop & Co to present a favourable opinion regarding the forecast due to Aaron's desire to retire and extract funds on doing so.

Performance of the engagement in accordance with professional, legal, and regulatory standards

It would be expected as a firm providing audit and related services that Gloop & Co has staff within the firm who have appropriate competence and capabilities to perform the assurance on the cash flow forecast. However, the short deadline of 30 September 20X5 may limit the resources, in respect of both the availability of staff and being able to obtain sufficient evidence, which may put pressure on the firm to perform the work in the time scale required. This might impact on the quality of the engagement which can be performed. Where this is the case, Gloop & Co should not accept the engagement.

Ethical issues

Given that Slaindar Co is not currently a client of Gloop & Co, the firm's independence from Slaindar Co will not have been previously considered. In this regard, it is important to ensure there are no threats to the firm's objectivity which might prevent it from accepting the appointment. If the firm is not independent and its objectivity is compromised, the reliability of the assurance report will be undermined.

It appears Aaron is encouraging Gloop & Co to accept the review engagement by offering the audit appointment as an incentive, on the assumption that the outcome of the loan application is successful. This creates a self-interest threat in that Gloop & Co has a financial interest in accepting Slaindar Co as a client in performing the review engagement to secure a future appointment as the company's auditor.

There is an additional self-interest threat arising from the offer of free food and beverages for life. The *Code* prohibits the acceptance of hospitality unless the value is trivial, and the offer does not constitute an inducement toward a particular outcome. Here, the offer has been made as an inducement to ensure a positive assurance review and the value over a lifetime is likely to be significant, so this cannot be accepted. The inducement could be construed as a bribe and an indicator that Aaron's integrity is in doubt.

An advocacy threat is also created because Gloop & Co has an incentive to promote the financial interests of Slaindar Co to the bank to ensure the loan will be provided, and this may impact the quality and objectivity of the review engagement.

Gloop & Co should consider whether any safeguards can be implemented to reduce any ethical threats to an acceptable level, for example, using an independent second partner to review the work performed for the review engagement. If safeguards do not reduce the threats to an acceptable level, then the review engagement should not be performed.

Gloop & Co should also consider whether there are any conflicts of interest between Slaindar Co and any of the firm's existing clients. Where any such conflicts exist, Gloop & Co would be required to notify both Slaindar Co and the existing client explaining the situation and proposed safeguards which will be implemented to mitigate the risk. Permission in writing will be required from both parties to proceed with the engagement.

Conclusion

Given the issues with respect to client integrity and the high risk arising from bank reliance, it is likely Gloop & Co would choose to reject the assurance work.

(b) Cash flow forecast assumptions

Sales

Assumptions with respect to sales appear to be very optimistic. There is no guarantee that levels of sales at each coffee shop will return to the pre-downturn values as rapidly as forecast. New coffee shops appear to be expected to generate the same level of sales from the beginning of the period in which they are set up. This is unlikely for two reasons: first, the coffee shops are unlikely to be open for the full six months and will take time to become successful and established operations. Second, these coffee shops are in smaller airports which are unlikely to have the same level of footfall as the coffee shops in larger airports. This means a lower level of sales would be expected from the newly opened shops.

The sales figure per coffee shop included by management appears to show growth of 28% over the period of the forecast. As the figures are all based on average sales levels per restaurant in 20X3, growth in sales is expected to increase only by price inflation. Although the level of inflation expected in the first 12 months of the forecast has been assumed by the preparer, the growth in sales per restaurant from year ending 30 June 20X6 to the year ending 30 June 20X8 is 28% which appears questionable.

Based on 10% inflation per annum, this is expected to be 21% over two-year period. At 10% p.a., sales price inflation already appears to be unrealistic and as such, revenues are likely to be overstated.

Payments to suppliers

Payments to suppliers assumes a gross margin of 70%, therefore costs of sales at 30%. This may be representative of historical levels but further information will be needed in order to determine if this is reasonable for this industry.

Payments appear to be lagging sales by an entire six-month period. Such a credit period from suppliers is unlikely, especially given the current difficulties with the main supplier requesting cash on delivery.

Given the above, the timing of the cash flows to suppliers is likely to be incorrect and potentially understated.

Lease payments

Average lease costs for the existing 20 coffee shop locations are $51,250 for a six-month period giving a total cost each period of $1,025,000 as at the start of the forecast period. The lease cost of the 25 shops at the end of the forecast is $1,185,000 which, after removing the lease costs of the original coffee shops, gives lease costs of $160,000 for the five new shops. This gives a total value of lease costs for the new coffee shops at only $32,000 per location. This may be due to the locations, with smaller airports charging lower rentals or because Aaron has been able to use his contacts to negotiate low prices, however, these costs should be scrutinised carefully to ensure lease costs are not understated.

Other costs including staff

Other costs appear to represent a constant $25,000 per coffee shop for each six-month period. This is unrealistic as there are likely to be inflationary increases in costs and it is expected some staff would receive pay rises over the course of the next three years. This results in an understatement of costs.

Asset (capital) expenditure

Asset expenditure has been included for the new locations, however, no ongoing asset expenditure appears to be planned for the existing locations. It is likely some additional asset expenditure would be required for existing premises and therefore this figure should be higher and present in more than the two periods currently included.

Marketing

The marketing costs appear to be very low at only $20,000. This may be because customers at airports have little choice available and competition is low, however, it is likely that even within an airport there is an element of choice, and some marketing is needed to attract customers to Slaindar Co's coffee shops.

Marketing appears to only be planned for the six-month period to 31 December 20X6. It would be expected marketing costs would be recurring. It appears marketing outflows may be understated.

Loans and interest

The forecast assumes the bank will provide financing for the expansion and as such, it is reasonable to include the receipt of loan finance in the forecast. Loan repayments for the loan appear to have been omitted, with loan repayment outflows remaining constant, presumably relating to the opening loan position.

There is also no increase in interest payments over the period. This is not in line with expectation as additional interest would arise on both the new loan and on the new leased properties. As such, interest is understated.

Tax

There does not appear to be an outflow in the forecast for tax payments. This may be due to the company utilising losses experienced in the prior two years, however, this assumption should be further investigated to ensure tax payments are not understated.

Conclusion

The forecast appears to be based on very optimistic assumptions which may be inappropriate in the current economic climate and has several omissions which should also be investigated.

Examiner's comments

Requirement (a)

The requirement related to the matter of quality management to be considered before acceptance of the client for a non-audit engagement. The company was not an audit client of the firm.

Generally, this was a well answered question regarding acceptance. Most candidates scored credit for the general acceptance considerations relating to prospective financial information (PFI) assignments.

Stronger candidates discussed the ethical considerations and performed well. Many still discussed self-review even though candidates are told that the company is not an audit client. Therefore, this threat was not relevant and failed to score credit. This demonstrates that many candidates failed to read the requirement sufficiently and only demonstrated rote-learned knowledge for ethics, failing to apply it to the given scenario.

Weaker candidates demonstrated a lack of knowledge by approaching the requirement in respect of a new **audit** client, rather than a client who was looking for an independent review of a cash flow forecast. Many candidates discussed in length significant comments relating to going concern from an audit perspective, but these comments were irrelevant in the context of the scenario. It was disappointing to note a number of comments relating to discussing issues with TCWG. The company was owner managed and the owner was technically in charge of governance. This demonstrates a lack of understanding of company structure.

Many candidates failed to reach a conclusion regarding whether to accept or decline the assignment and therefore failed to score credit. It was noted that a number of candidates discussed either ethical issues or integrity points without discussing both, therefore failing to score full credit. Professional skills marks were often not obtained for professional scepticism whereby candidates failed to discuss client integrity.

Requirement (b)

Generally, this was a well-answered requirement by candidates, demonstrating tailored comments to the cash flow forecast, and not approaching the requirement from a substantive audit procedures angle, which was encouraging.

Weaker candidates demonstrated poorer understanding often providing the procedures to be performed or stating that non-cash items such as depreciation had been omitted (which are irrelevant in a cash flow forecast) yet there was no reference in the scenario to suggest this had not been dealt with correctly. Weaker candidates failed to apply knowledge to the assumptions given in the scenario and answered using a more generic approach.

ACCA Marking guide		
		Marks
(a)	**Client acceptance** Generally, 1 mark for each relevant point evaluated: – ISQM 1 criteria – Client integrity • Remaining elements of customer due diligence • Reason for non-appointment of existing auditor • Risk arising from lack of existing knowledge • Permission to contact existing auditor • Potential misrepresentation of the brand value to the bank • Planned under disclosure to bank suggests lack of integrity • Manipulation risk – Competence and resources re short deadline – Ethical issues • independence considered • self-interest threat audit • self-interest threat hospitality • conflicts of interest • advocacy threat • safeguards – Conclusion	
	Maximum	**12**
(b)	**Cash flow forecast assumptions** Generally, 1 mark for each valid point of evaluation and ½ mark for each relevant trend or calculation point discussed to a maximum of 3 marks – Sales • 20X3 levels may not return immediately • Sales price inflation • Revenue per restaurant • Assumes full income from start of the period opened – Supplier payments • Gross profit appears high • Assumes six months credit – Lease payments • New leases cost – Other costs • No cost inflation included • Apparently no pay rises – Asset (capital expenditure) • No asset expenditure for existing restaurants – Marketing costs • Appear low • Single period only – Loan repayments omitted – Loan interest on new loan omitted – Tax omitted – Overall conclusion	
	Maximum	**8**

Professional marks	
Analysis and evaluation	
– Appropriate assessment of the relevant ethical and professional issues relating to acceptance of the engagement, using examples where relevant to support overall comments	
– Identification of omissions from the forecast and identifying further analysis which could be carried out, with an appraisal on the elements of the forecast	
– Evaluation of the available evidence by the identification of further specific sources of information in order to validate and corroborate assumptions and estimations made in the forecast by the client	
Professional scepticism and professional judgement	
– Effective challenge and critical assessment of the acceptance considerations supplied with appropriate conclusions	
– Effective challenge and critical assessment of the assumptions used by management in preparing the cash flow forecast	
– Demonstration of the ability to probe for further information in order to make an assessment of the completeness of the cash flow forecast	
Commercial acumen	
– Demonstration of commercial awareness by recognising wider issues which may affect the forecast and the assumptions by management	
– Demonstration of commercial awareness by recognising quality management issues which may affect the decision to accept the engagement	
Maximum	**5**
Total	**25**

43 ASTER *Walk in the footsteps of a top tutor*

Top tutor tips

Part (a) was split into two requirements, the first being an evaluation of quality management issues to consider before accepting a forensic engagement. Many of the factors to consider for any new engagement would be relevant here – the key to earning more marks is to identify and focus your answer upon the details in the scenario. You should consider the nature and extent of the engagement, along with the integrity and ethical values of the client. The second requirement asked for the specific aspects of the engagement which should be agreed. Here, you should identify specific points relevant for inclusion in the letter of engagement based upon the information in the scenario. Part (a) is a good opportunity to earn professional marks relating to professional scepticism and commercial acumen.

Part (b) then moves on, having accepted the appointment, to obtaining the evidence necessary to quantify the payroll fraud. Here, you should identify specific tests and procedures pertinent to that requirement, rather than stating a list of generic payroll audit procedures.

(a) (i) Evaluate the matters in respect of quality management which should be considered by Aster & Co before accepting the engagement

Tutorial note

Consider the particular circumstances of this new client – what would you like to know about them and how would you obtain and confirm that information?

Consider also the nature of the engagement – it is not a statutory audit. Therefore, what form of appointment is it and is there any professional guidance on what the firm should do before deciding to accept the engagement?

When determining whether to enter into a professional relationship with a new client, a firm is required to assess whether this would be possible under the criteria of ISQM 1 *Quality Management for Firms that Perform Audits or Reviews of Financial Statements or Other Assurance or Related Service Engagements*. This means Aster & Co shall make professional judgements based on the following quality objectives regarding whether to accept the engagement:

- Information obtained about the nature and circumstances of the engagement;
- Consideration of the integrity and ethical values of the client; and
- The firm's ability to perform the engagement in accordance with professional standards and applicable legal and regulatory requirements.

Nature and extent of the engagement

The nature of the engagement is an agreed upon procedures engagement to quantify a loss from fraud for the purposes of an insurance claim.

ISQM 1 provides guidance on the information to be obtained with respect to understanding the nature of the entity. This will include obtaining information on the operations of Baker Co, their organisation structure, the business model and how the company is financed.

Given the company is owned by a foreign trust, Aster & Co will be required to ascertain information about the trustees and beneficiaries of the trust when assessing ownership, organisation structure and financing. This is likely to include reviewing the trust deed and the purpose and location of the trust, an enhanced risk assessment, obtaining details of any donors to the trust and their domicile and enhanced money laundering checks.

ISRS 4400 (Revised) *Agreed-upon Procedures Engagements* also specifically states that before accepting an agreed upon procedures engagement, the firm should ensure that the procedures are appropriate for the purposes of the engagement.

Integrity and ethical values of the client

Aster & Co will be required to perform customer due diligence and, in particular, will be expected to consider the identity and business reputation of Baker Co's principal owners, key management, and those charged with governance. This will also involve obtaining documents to prove the identity of such people using a passport or other legal documents and considering whether there are any indications that the client might be involved in money laundering or other criminal activities.

Baker Co has a good business reputation and their record of charitable donations gives some confidence in the ethical values of the client.

The foreign trust and complex ownership structure should be understood in terms of motivation and history of the arrangement. Sometimes structures such as this are associated with money laundering, where the funds placed in the system are layered through complex transactions and business structures or may be created for purposes of tax avoidance. As such, Aster & Co will need to obtain a detailed understanding of why the ownership structure was formed this way and any reluctance to be transparent over such issues would make it less likely Aster & Co would accept the client.

It should be considered why Baker Co has approached Aster & Co, rather than their existing auditors. This may be because they do not have the appropriate specialisms or are prevented through the terms of the insurance cover when appointing an independent firm to quantify the loss arising as a result of the fraud.

Further information should be obtained about the client through contacting the client auditors and discussions with other third parties such as bankers, legal counsel and industry peers. Permission would need to be obtained from Baker Co prior to such contact. If Baker Co were to refuse permission, then Aster & Co should not accept them as a client. Background searches of local regulatory databases should also be performed, for example, in the United Kingdom, a Companies' House search should be performed.

There is no evidence to suggest an aggressive fee reduction or client-imposed limitation of scope which would hinder Aster & Co's acceptance or potential threat to the objectivity of the assurance team.

Performance of the engagement in accordance with professional, legal and regulatory requirements

It would be expected that as a firm operating with a forensic services department that the staff within the firm would have appropriate competence and capabilities to perform the engagement.

The availability of the resources to perform the engagement in such a short period of time should be assessed as it is possible that Aster & Co does not have sufficient staff to be allocated to this engagement at this time.

Aster & Co should also assess whether there is a need to deploy specific IT resources to perform the assignment which are compatible with Baker Co's existing and new management information systems.

Given that Baker Co is not currently a client of the firm, the firm's independence will not have been previously considered. In this regard, it is important to ensure there are no threats to the firm's objectivity which might prevent it from accepting the appointment. If such independence threats exist, this would undermine the integrity of the report given that the insurance company requires an independent quantification of the loss.

Aster & Co should also consider whether there are any conflicts of interest between Baker Co and any of the firm's existing clients. Where any such conflicts exist, Aster & Co would be required to notify both Baker Co and the existing client explaining the situation and proposed safeguards which will be implemented to mitigate the risk. Permission in writing will be required from both parties in order to proceed with the engagement.

Tutorial note: *Candidates are not expected to have knowledge of operation of trusts but to recognise from the definition provided that there are additional considerations regarding the ownership structure of the company, and how this may influence the acceptance considerations of Aster & Co.*

(ii) Explain the specific aspects of the terms of engagement which should be agreed

Tutorial note

Focus upon the terms of engagement which are specific to this particular client and its circumstances, rather than stating generic engagement requirements.

- **Identification of the subject matter**

  Aster & Co needs to agree the detailed scope of the engagement, in particular, how many years should be subject to procedures and whether the investigation will cover both the existing and new management information system data or simply the existing system which is being replaced.

- **Purpose of the engagement and intended users of the report**

  Aster & Co will need to agree with Baker Co and their insurer the specific purpose of the engagement, i.e. to quantify the loss arising as a result of this payroll fraud. It should be made clear that this will not identify other types of fraud for which procedures have not been included in the engagement.

  Aster & Co will need confirmation that Baker Co will grant them permission to communicate with third parties such as the police and the company's insurance company regarding the investigations.

  It should also be agreed who can make use of the report. It is possible that the users are limited to Baker Co and their insurers but it may be used to pursue a claim against any fraudster or in a police investigation. Aster & Co is likely to restrict their liability to specific agreed users of the report.

- **Responsible party**

  Aster & Co will agree a responsible party with Baker Co who will be responsible for the subject matter on which the assurance engagement will be performed. In this instance, it is likely the finance director will assume this role.

- **Nature of the engagement**

  The engagement terms will state that the engagement is to provide factual results of the agreed upon procedures. This is not an assurance engagement and Aster & Co will not express an opinion or provide an assurance conclusion. The agreed-upon procedures will be determined between both Baker Co and Aster & Co to ensure that they are appropriate for the purpose of the engagement.

- **Identification of the addressee of the report**

  Aster & Co will establish whether the report should be addressed to Baker Co or to the insurance company.

- **Nature, timing and extent of procedures**

  The procedures to be performed should be described in clear terms ensure that management understands what Aster & Co will and will not be performing.

- **Reference to the expected form and content of the report**

  Aster & Co should agree with Baker Co the format of the report they will issue and what those contents will be. In this respect, Aster & Co will need to understand any requirements which the insurance company has in this regard.

(b) Recommend the procedures to be performed to quantify the loss for the purpose of the insurance claim

- Obtain a list of staff who are authorised to amend payroll details and determine who is able to alter bank details and who has the responsibility for removing leavers from payroll.
- Use of data analytics to analyse the payroll records for the specified period of time to determine any alteration of payroll details such as bank accounts and analyse whether appropriate authorisation was made for each change.
- Use of data analytics to analyse the payroll records to determine:
  - Any individual on the payroll who has no contact details.
  - Any bank account receiving the pay of more than one individual as the fraud identified involved the redirection of payments into a single bank account.
- For those potentially suspicious bank accounts, determine through payroll records whether there is a genuine reason (e.g. joint bank account of married employees) to eliminate those accounts from the investigation.
- Reconciliation of employees in the payroll database with employees in the human resources database to identify any ghost employees where the member of staff has left the company but continues to be paid via payroll.
- Use data analytics to identify the period and amounts which were paid to the names identified as ghost employees and to quantify all payments made into the bank accounts identified as suspicious.
- Identify all payments made to employees who are not genuine employees and calculate the total amount for assessing the quantification of the fraud.
- Attempt to identify the beneficiaries of the bank accounts to which funds have been diverted through payroll records if it relates to a bank account belonging to an existing employee or through discussion with the police and bank if possible.

Examiner's comments

The firm Aster & Co had been approached by a prospective new client, Baker Co, which was looking to have forensic work carried out following the discovery of a payroll fraud. Candidates were asked to consider the matters prior to acceptance and then following the procedures which should be conducted to quantify the loss for insurance claim purposes. Professional skill marks were available for analysis and evaluation, professional scepticism and judgement and commercial acumen.

Part (a)

Responses to requirement a(i) and a(ii) were mixed. Better answers were able to proficiently use the scenario to evaluate the risk attached to the engagement, this is a new client for Aster & Co, and therefore the firm have no previous knowledge of the business which had an unusual structure and ownership profile. Baker Co, a company which manufactures medical supplies, was wholly owned by a foreign trust, the beneficiaries of which included the board of directors. These candidates were then able to discuss the need for effective client due diligence, looking at items such as ownership and the source of funds and to question the reasons why the firm had been approached rather than the existing audit firm who may have existing knowledge. Some candidates scored well in the professional marks here by going on to discuss the risks surrounding a client who might have been disappointed by the stance of their existing auditor and were looking for a specific outcome, demonstrating appropriate levels of professional scepticism. These candidates also discussed the possible liability risk and how that might affect Aster & Co, thus demonstrating strong commercial acumen.

Weaker answers tended to provide much more generic responses which essentially ignored the detail in the scenario and simply listed basic acceptance issues such as resources, competence and deadlines. While these points are relevant, and scored some technical credit, the marks are severely restricted where candidates do not make these comments applied to the specifics of the assignment and client they have been asked to consider.

Part (b)

The section on the procedures to quantify the loss was generally poorly answered. Many candidates spent a lot of time exploring the terms and conditions of the insurance policy which was not relevant to this part of the question. While it would be relevant to consider what the insurance company might need for the purposes of their report or the level of reliance they might place on the information generated by Aster & Co, this was more relevant to requirement (a)(i). A detailed review of the insurance policy would not help to quantify the loss which occurred because of the fraud and unfortunately many candidates wasted time providing multiple procedures in this area.

Candidates are encouraged to produce a carefully considered set of procedures, which are specific to the scenario, rather than providing long and unwieldy lists that are less accurate and repetitive as there is professional credit in concise and detailed information, which is reflected in the awarding of the analysis and evaluation professional skill mark.

ACCA Marking guide		
		Marks
(a)	**Evaluate the matters in respect of quality management which should be considered by Aster & Co before accepting the engagement** Generally, 1 mark for each relevant point explained: – Nature and extent of engagement (up to 3 marks) – Integrity and ethical values of the client (up to 5 marks) – Professional, legal and regulatory requirements (up to 2 marks) – Ethical issues (up to 2 marks)	
	Maximum	**10**

Explain the specific aspects of the terms of engagement which should be agreed

Generally, 1 mark for each well explained and applied point:

- Subject matter
- Purposes and intended users (up to 2 marks)
- Permissions to communicate with specified third parties
- Responsible party
- Nature of engagement
- Identification of addressee of report
- Nature, timing and extent of procedures
- Reference to agreed form and content

Maximum	4
Maximum	**14**

(b) **Recommend the procedures to be performed to quantify the loss for the purpose of the insurance claim**

Generally, up to 1 mark for each well-described procedure, stating source and explaining the purpose):

- Obtain a list of staff who are authorised to amend payroll details and determine who is able to alter bank details and who has the responsibility for removing leavers from payroll
- Use of data analytics to analyse the payroll records for the specified period of time to determine any alteration of payroll details such as bank accounts and analyse whether appropriate authorisation was made for each change
- Use of data analytics to analyse the payroll records to determine:
  - Any individual on the payroll who has no contact details
  - Any bank account receiving the pay of more than one individual as the fraud identified involved the redirection of payments into a single bank account
- For those potentially suspicious bank accounts, determine through payroll records whether there is a genuine reason (e.g. joint bank account of married employees) to eliminate those accounts from the investigation
- Reconciliation of employees in the payroll database with employees in the human resources database to identify any ghost employees where the member of staff has left the company but continues to be paid via payroll
- Use data analytics to identify the period and amounts which were paid to the names identified as ghost employees and to quantify all payments made into the bank accounts identified as suspicious
- Identify all payments made to employees who are not genuine employees and calculate the total amount for assessing the quantification of the fraud
- Attempt to identify the beneficiaries of the bank accounts to which funds have been diverted through payroll records if it relates to a bank account belonging to an existing employee or through discussion with the police and bank if possible

Maximum	**6**

Professional marks

Analysis and evaluation

- Appropriate use of relevant technical knowledge (i.e. ISQM and ISRS 4400) in respect of providing a substantial answer considering risks specific to forensic assignments
- Identification of procedures which address the areas of judgement or where the key areas of risk are being addressed

Professional scepticism and professional judgement

- Effective challenge and critical assessment of the acceptance considerations supplied with appropriate conclusions including observations on ethical and professional issues and appropriate application of quality management guidance

Commercial acumen – Appropriate recognition of the wider implications on the engagement, the audit firm and the company	
Maximum	**5**
Total	**25**

44 KOBOLD *Walk in the footsteps of a top tutor*

Top tutor tips

Part (a) requires matters to consider before accepting a PFI engagement. Use the scenario to identify specific matters for this question rather than giving rote-learned answers. At this level you must be able to apply knowledge to a given situation.

In part (b) the examination procedures need to focus on obtaining evidence to support the assumptions used to prepare the forecast. Remember that these transactions have not happened as of yet so you will not be able to inspect invoices, etc. Instead, consider the assumptions provided in the scenario and assess whether there is justification for them. There are clues in the scenario; for example, the notes to the forecast mention regulatory authority approval, calculations, and quotations.

(a) Matters to consider before accepting the review engagement

When determining whether to enter into a professional relationship with a new client, an assurance firm is required to assess whether this would be possible under the criteria of ISQM1 *Quality Management for Firms that Perform Audits or Reviews of Financial Statements or Other Assurance or Related Service Engagements*.

Gnome & Co should also ensure that they are following the IESBA *International Code of Ethics for Professional Accountants* (the Code).

Integrity and ethical values of the client

Gnome & Co will be required to perform customer due diligence and in particular will be expected to consider the identity and business reputation of Kobold Co's principal owners, key management, and those charged with governance. This will also involve obtaining documents to prove the identity of such people using a passport or other legal documents and considering whether there are any indications that the client might be involved in money laundering or other criminal activities.

The firm will also need to consider management's reasons for appointing a different firm from its auditors and the potential for management bias in the preparation of the capital expenditure forecast in support of the application for finance. In order to provide an assurance report on forecasts such as this, a good understanding of the client and its business is required, and the current audit firm will usually have the requisite knowledge and understanding. Gnome & Co should therefore consider whether the use of a different firm creates a risk that the client may be hoping that the firm may not be in a position to effectively challenge the key assumptions underlying the preparation of the forecast. When a professional accountant is asked to perform work for a non-audit client, they should be given permission by the client to contact its auditors in order to obtain relevant information. If this permission is not given, the appointment should be declined.

In addition, Gnome & Co should consider the attitude of the client and the risk of bias given that Kobold Co has entered into a contract prior to obtaining finance. This could mean that the forecast might be manipulated to ensure the highest possibility of the bank providing finance or that management may pressure Gnome & Co to present a favourable opinion regarding the forecast due to the risk management has taken by committing to the building work before finance has been made available.

Performance of the engagement in accordance with professional, legal and regulatory standards

It would be expected that, as a firm providing audit and related services, Gnome & Co has staff within the firm who have appropriate competence and capabilities to perform the assurance on the capital expenditure forecast. However, the short deadline of October 20X5 may limit the resources, in respect of both the availability of staff and being able to obtain sufficient evidence, which may put pressure on the firm to perform the work in the time scale required. This might impact on the quality of the engagement which can be performed. Where this is the case, Gnome & Co should not accept the engagement.

Ethical issues

Given that Kobold Co is not currently a client of Gnome & Co, the firm's independence from Kobold Co will not have been previously considered. In this regard, it is important to ensure that there are no threats to the firm's objectivity which might prevent it from accepting the appointment. If the firm is not independent and its objectivity is compromised, the reliability of the assurance report will be undermined.

Gnome & Co should also consider whether there are any conflicts of interest between Kobold Co and any of the firm's existing clients. Where any such conflicts exist, Gnome & Co would be required to notify both Kobold Co and the existing client explaining the situation and proposed safeguards which will be implemented to mitigate the risk.

The intended use of the information

Gnome & Co must consider, for example, whether the capital expenditure forecast and assurance report will be used solely for the purpose of securing the loan. If Kobold Co is planning to use the assurance report for purposes other than obtaining the loan, such as renewal of its overdraft facility, this must be made clear to Gnome & Co.

Whether the information will be for general or limited distribution

Gnome & Co needs to consider who will receive the report and potentially rely on it as this will impact on the firm's assessment of the risk associated with the engagement. If the capital expenditure forecast is intended for general distribution, this will increase the level of risk for Gnome & Co as a larger audience will rely on it. In this case, the information should be used solely in support of the application to the bank and should not be made available to other parties. It is important this is confirmed before accepting the engagement to limit the risk of the engagement.

The period covered by the capital expenditure forecast and the nature of the key assumptions used

Gnome & Co must also consider the period covered by the forecast and the nature of the key assumptions which have been used in its preparation. Short-term forecasts are likely to be easier to verify and provide assurance on than longer term projections.

ISAE 3400 *The Examination of Prospective Financial Information* states that a prospective financial information (PFI) engagement should not be accepted when the assumptions used in its preparation are clearly unrealistic or when the practitioner believes that the PFI will be inappropriate for its intended use. In the case of Kobold Co, although the forecast is only for two years, some of the assumptions used in the forecast may be unreliable, particularly given the inexperience of the new financial controller, such as the basis for estimations, forecasting of future costs, timing of future payments.

The scope of the work

Gnome & Co will need to consider the specific terms of the engagement, the level of assurance being sought by Kobold Co and the form of the report required by the bank. Gnome & Co will need to identify clearly the elements which it is being asked to report on – for example, is it being asked to report on the capital expenditure forecast only or is the firm also being asked to report on accompanying narrative or other prospective financial information. Due to the uncertainty of forecasts and the inevitable subjectivity involved in their preparation, Gnome & Co will need to confirm that it is only being asked to provide negative assurance as to whether management's assumptions provide a reasonable basis for the capital expenditure forecast and to give an opinion as to whether it is properly prepared on the basis of these assumptions.

(b) Examination procedures on the capital (asset) expenditure forecast

- Obtain detailed analyses of each category of capital expenditure and cast to confirm their arithmetical accuracy.
- Obtain a copy of the draft loan agreement to review for the terms of the repayment of the capital amount, the interest rate, as well as any guarantees or securities required on the loan amount.
- Obtain a copy of the planning approval confirmation from the local planning authority and review it for any conditions attached to the approval and confirm the cost of such conditions have been included in the cash flow forecast.
- Review Kobold Co's correspondence file with the company's legal advisers and the local planning authorities in order to identify all relevant costs and to confirm approval for the project to proceed.
- Inspect the contracts with the architect and the surveyor and confirm the terms of engagement including their fees and agree inclusion in the forecast.
- Obtain and review the architect's plans and the surveyor's reports in order to confirm management's intention to construct the distribution centre and in order to develop an understanding of its key features including its size and location.
- Confirm the estimated costs of the site preparation and the building by reference to the quotations from the respective construction contractors.
- Review the proposed interior designs for the facility and confirm proposed fittings to supplier price lists.
- Discuss the key assumptions underlying the preparation of the forecast with management, including:
  - The timings of any stage payments
  - Price changes over the two-year period

  - Variability of costs and whether building costs are fixed or variable should issues arise
  - Confirm that the assumptions appear reasonable and are consistent with the firm's knowledge and understanding of the client.
- Discuss with management whether any additional costs might have been omitted from its costing analyses including, for example, interest and capital repayments on the loan, the landscaping of grounds or upgrades to road access.
- Review the board minutes for evidence of any issues arising in relation to the project or in relation to any other recent loan applications.
- Analytically review the forecast trends in cash flows comparing with them with historical capital expenditure statements and other data which is available for the industry and local economy.
- Perform sensitivity analyses on the capital expenditure forecast by varying the key assumptions (in particular, in relation to payment periods) and assessing the impact of these variations on the company's capital expenditure forecast.
- Obtain written representations from management confirming the reasonableness of their assumptions and that all relevant information has been provided to Gnome & Co.

Examiner's comments

This 25-mark question was based on a capital (asset) expenditure forecast for a company with two requirements, firstly to evaluate acceptance matters for the review and report of the forecast, and secondly, to recommend the examination procedures to be performed. Professional skill marks were available for analysis and evaluation, professional scepticism and judgement and commercial acumen.

The question required candidates to appreciate that Gnome & Co, the firm looking to undertake the review, was not the current auditor of the prospective client.

Requirement (a)

Some candidates misunderstood the scenario whereby Gnome & Co are not the current auditor and therefore their answers were directed away from critically analysing the possible reason for the client not using their current auditor for the forecast. This limited the number of technical and professional skills marks that could be achieved due to attempting the question from the wrong perspective. Where candidates failed to score well, they had neglected to apply their answers to the specific details in the scenario and produced generic rote learned lists that would score limited technical credit and miss out on valuable professional skills marks. Although candidates scored well overall and there was a good grasp of the technical content, marks could have been improved for many candidates by giving reference to the wider implications of the engagement for the firm, and thereby demonstrating commercial acumen. This involved a slight alteration in the candidate's perspective when considering the acceptance criteria by considering it for the firm as a whole rather than for the engagement in isolation. Candidates who displayed commercial acumen considered issues such as resourcing limitations in the wider firm and fee issues that made reference to the scenario.

A further professional mark was available for candidates who gave a reasoned conclusion of whether the engagement should be accepted or not, and it was important that this was borne out a balanced discussion of the points developed in the technical marks in order to display the appropriate level of professional judgement.

Requirement (b)

The second requirement requested examination procedures on the capex forecast and was generally well received by candidates. The lack of time pressure was apparent as there was no additional reading from the first part of the question and many students produced sufficiently detailed and high scoring answers. Weaker candidates requested the same documentation types for each of the elements of the forecast, e.g. repeated quotes and invoices, and marks here were restricted. Stronger candidates were able to identify possible omissions from the information provided in the scenario, such as interest on the loan that was being applied for. Candidates are encouraged to produce a carefully considered list of examination procedures, which are specific to the scenario, rather than long and unwieldy lists that are less accurate and repetitive as there is professional credit in concise and detailed information, which is reflected in the awarding of the analysis and evaluation professional mark.

ACCA Marking guide

		Marks
(a)	**Evaluate the matters to be considered by Gnome & Co before accepting Kobold Co as a client and the engagement to review and report on the capital (asset) expenditure forecast**	
	Generally, 1 mark for each relevant point explained:	
	– Client integrity – customer due diligence	
	– Client integrity – decision not to use existing auditor	
	• Need to understand the business	
	• May not sufficiently question assumptions	
	• Access to auditor	
	– Capability – competence	
	– Capability – resource availability	
	– Ethical issues – independence	
	– Ethical issues – conflict of interest	
	– Professional issues – intended use/distribution	
	– Professional issues – nature of assumptions/time period	
	– Professional issues – scope of work	
	Maximum	**10**
(b)	**Examination procedures**	
	Generally, 1 mark for each well-described procedure. Examples include, but are not limited to:	
	– Obtain detailed analyses of each category of capital expenditure and cast to confirm their arithmetical accuracy	
	– Obtain a copy of the draft loan agreement to review for the terms of the repayment, interest rate, guarantees or securities	
	– Obtain a copy of the planning approval confirmation and review for any conditions attached to the approval and confirm the costs have been included in the cash flow forecast	
	– Review correspondence with the company's legal advisers and the local planning authorities to identify all relevant costs and to confirm approval for the project to proceed	
	– Inspect the contracts with the architect and the surveyor and confirm the terms of engagement including their fees	
	– Obtain and review the architect's plans and the surveyor's reports to confirm management's intention to construct the distribution centre and develop an understanding of key features	

	– Inspect construction contractors' quotations to confirm estimated site preparation costs and the building – Review the proposed interior designs for the facility and confirm proposed fittings to supplier price lists – Discuss the key assumptions underlying the preparation of the forecast with management, including: • The timings of any stage payments • Price changes over the two-year period • Variability of costs and whether building costs are fixed or variable should issues arise • Confirm that the assumptions appear reasonable and are consistent with the firm's knowledge and understanding – Discuss any additional costs which might have been omitted from its costing analyses including, e.g., interest and capital repayments on the loan, the landscaping of grounds or upgrades to road access – Review board minutes for evidence of issues arising in relation to the project or in relation to any other recent loan applications – Analytically review the forecast trends in cash flows comparing with them with historical asset expenditure and other data which is available for the sector and local economy – Perform sensitivity analyses on the forecast by varying the key assumptions (in particular, in relation to growth rates and payment periods) and assessing the impact of these variations on the company's forecast cash position – Obtain written representations from management confirming the reasonableness of their assumptions and that all relevant information has been provided to Gnome & Co	
	Maximum	**10**
	Professional marks **Analysis and evaluation** – Appropriate assessment of the relevant ethical and professional issues relating to acceptance of the engagement, using examples where relevant to support overall comments – Identification of omissions from the forecast and identifying further analysis which could be carried out, with an appraisal on the elements of the forecast – Evaluation of the available evidence by the identification of further specific sources of information in order to validate and corroborate assumptions and estimations made in the forecast by the client **Professional scepticism and professional judgement** – Effective challenge and critical assessment of the acceptance considerations supplied with appropriate conclusions – Effective challenge and critical assessment of the assumptions used by management in preparing the asset expenditure forecast – Demonstration of the ability to probe for further information in order to make an assessment of the completeness of the cash flow forecast – Demonstration of professional judgement in identifying where procedures should focus on the riskier areas of the forecast to recommend suitable procedures **Commercial acumen** – Demonstration of commercial awareness by recognising wider issues which may affect the forecast and the assumptions by management	
	Maximum	**5**
Total		**25**

45 MORITZ & CO *Walk in the footsteps of a top tutor*

Top tutor tips

Part (a)(i) requires matters to consider before accepting a PFI engagement. ISAE 3400 outlines specific acceptance considerations for this type of engagement therefore knowledge of the professional standards is needed to answer this requirement.

In part (a)(ii) the examination procedures need to focus on assessing the reasonableness of the assumptions used to prepare the forecast. Remember that these transactions have not happened as of yet so you will not be able to inspect invoices, etc. Instead, think about how the client determined the forecast figures and assess whether this is reasonable. Include some of the more general procedures that apply to every client for some easy marks.

Part (b) covers ethical issues. Identify the type of threat, explain how the threat could influence the audit, discuss whether the threat is significant and finish off by explaining the safeguards given in the relevant Code of Ethics the firm should take to reduce the threat to an acceptable level.

(a) Lavenza Co

(i) Matters to consider before accepting the review engagement

Before accepting the review engagement to review and provide an assurance report on Lavenza Co's cash flow forecast, ISAE 3400 *The Examination of Prospective Financial Information* identifies a number of matters which need to be considered:

The intended use of the information

Moritz & Co must consider, for example, whether the cash flow forecast and assurance report will be used solely for the purpose of the increase in Lavenza Co's overdraft facility. If Lavenza Co is planning to use the assurance report for purposes other than an extension to its current overdraft, for example, to arrange new loan finance from the company's bank, this must be made clear to Moritz & Co.

Whether the information will be for general or limited distribution

Moritz & Co needs to consider who will receive the report and potentially rely upon it as this will impact on the firm's assessment of the risk associated with the engagement. If the cash flow forecast is intended for general distribution, this will increase the level of risk for Moritz & Co as a larger audience will rely on it.

In this case, if the information will be used solely in support of the application to the bank and will not be made available to other parties, this should be confirmed before accepting the engagement and will reduce the risk of the assignment.

The period covered by the cash flow forecast and the key assumptions used

Moritz & Co must also consider the period covered by the cash flow forecast and the key assumptions which have been used in its preparation. Short-term forecasts are likely to be easier to verify and provide assurance on than longer term projections. ISAE 3400 states that a prospective financial information (PFI) engagement should not be accepted when the assumptions used in its preparation are clearly unrealistic or when the practitioner believes that the PFI will be inappropriate for its intended use. In the case of Lavenza Co, although the forecast is only for 12 months, the growth rates assumed in relation to its operating cash receipts may, for example, be judged to be unrealistic given recent trends in its business and the requested overdraft facility of $17 million for the next six months may prove to be insufficient.

The scope of the work

Moritz & Co will need to consider the specific terms of the engagement, the level of assurance being sought by Lavenza Co and the form of the report required by the bank. Moritz & Co will need to identify clearly the elements which it is being asked to report on – for example, is it being asked to report on the cash flow forecast only or is the firm also being asked to report on accompanying narrative or other PFI. Due to the uncertainty of forecasts and the inevitable subjectivity involved in their preparation, Moritz & Co will need to confirm that it is only being asked to provide negative assurance as to whether management's assumptions provide a reasonable basis for the cash flow forecast and to give an opinion as to whether it is properly prepared on the basis of these assumptions.

Resources and skills

The firm needs to consider whether it has sufficient staff available with the appropriate skills and experience needed to perform the PFI engagement for Lavenza Co. Moritz & Co should also consider whether it can meet the deadline for completing the work and whether it will have access to all relevant information and client staff. Given the company's predicted need for cash in the next six months, presumably the extended overdraft facility will need to be provided very soon and this may lead to Moritz & Co being under pressure to meet a tight reporting deadline.

Client integrity

ISQM 1 *Quality Management for Firms that Perform Audits or Reviews of Financial Statements, or Other Assurance or Related Services Engagements* requires Moritz & Co to consider the integrity of Lavenza Co's management in relation to the acceptance decision. In particular, the firm should consider management's reasons for appointing a different firm from its auditors and the potential for management bias in the preparation of a cash flow forecast in support of its required overdraft facility.

In addition to the matters identified by ISAE 3400 and ISQM 1, Moritz & Co should also consider the following ethical matters before accepting the review engagement:

Ethical matters

Given that Moritz & Co are not the auditors, the firm's independence from Lavenza Co will not have been previously considered. In this regard, it is important to ensure that there are no threats to the firm's objectivity which might prevent it from accepting the appointment. If the firm is not independent and its objectivity is compromised, the reliability of the assurance report will be undermined.

Moritz & Co should also consider why the auditors have not been asked to provide the assurance report on Lavenza Co's cash flow forecast. In order to provide an assurance report on PFI, a good understanding of the client and its business is required and the incumbent audit firm will usually have the requisite knowledge and understanding. Moritz & Co should therefore consider whether the use of a different firm creates a risk that the client may be hoping that the firm may not be in a position to effectively challenge the key assumptions underlying the preparation of the forecast. When a professional accountant is asked to perform work for a non-audit client, they should be given permission by the client to contact its auditors in order to obtain relevant information. If this permission is not given, the appointment should be declined.

Overall, Moritz & Co must assess the risks associated with the review engagement and should not accept an engagement when the assumptions are clearly unrealistic or when the firm believes that the prospective financial information will be inappropriate for its intended use.

(ii) Examination procedures on cash flow forecast

- Cast the cash flow forecast to confirm its mathematical accuracy.
- Confirm the consistency of the accounting policies used in the preparation of the forecast financial statements with those used in the last audited financial statements.
- Agree the opening cash position of $9,193,000 to the bank ledger account/cash book and the bank statement.
- Discuss the key assumptions underlying the preparation of the forecast with management, including:
  - the predicted growth rates in operating cash receipts of 13.4% over the year compared to an equivalent growth rate of only 7.3% in operating cash payments.
  - the stated collection period in relation to receivables.
  - confirm that the assumptions appear reasonable and are consistent with the firm's knowledge and understanding of the client.
- Analytically review the forecast trends in cash flows comparing with them with historical cash flow statements and other forecast data which is available for the sector and local economy and investigate any significant differences.
- Agree the predicted collection period to the most recent receivables ledger.
- Recalculate the patterns of cash flows based on management's historical analysis of credit sales to confirm that the forecast has been properly prepared on the basis of these assumptions.
- Perform sensitivity analyses on the cash flow forecast by varying the key assumptions (in particular, in relation to growth rates and collection period) and assessing the impact of these variations on the company's forecast cash position.

- Agree the salary payments to the latest payroll records and bank ledger account/cash book payments analyses to confirm accuracy and completeness.
- Obtain and review a breakdown of the forecast overhead payments and compare it to historical management accounts and current budgets. Review the schedule to ensure that non-cash items such as depreciation, amortisation and bad debts have not been included.
- For a sample of overhead costs, review the supporting documentation such as invoices and utility bills and agree the amount paid each month to the bank ledger account/cash book.
- Obtain and review budgets and analyses of costs to date for the new shops and the online marketing campaign ensuring that the forecast includes all of the budgeted costs and does not include any costs which have already been incurred. Agree a sample of costs to supporting documentation such as invoices, quotations and lease agreements.
- Review board minutes for discussion of the new shops and the marketing campaign.
- Review the outcomes of previous management forecasts and assess their accuracy compared to actual data.
- Discuss possible cost omissions with the preparer of the forecast, for example, Lavenza Co's cash flow forecast does not include interest expenses, tax payments and does not include any capital (asset) expenditure other than the new shops.
- Obtain written representations from management confirming the reasonableness of their assumptions and that all relevant information has been provided to Moritz & Co.
- Request confirmation from the bank of the potential terms of the additional finance being negotiated, to confirm the interest rate.
- Consider whether the interest expense in the forecast cash flow appears reasonable.

Tutorial note

Credit will be awarded for relevant numerical analysis of the cash flow forecast applied appropriately within the answer.

(b) Beaufort Co – ethical and professional issues arising

Long association of senior audit personnel

Frances Stein's eight-year tenure as audit engagement partner creates a familiarity threat for Moritz & Co. The threat arises because using the same senior audit personnel on an audit assignment over a long period of time may cause the auditor to become too familiar and too trusting with the client resulting in less professional scepticism being exercised and the possibility of material misstatements going undetected.

INT	**UK**
According to the IESBA International Code of Ethics for Professional Accountants (the Code), with listed audit clients key audit partners must be rotated after **seven years** unless exceptional circumstances arise. In this case, the Code permits the partner's tenure to be extended for **one further year** where deemed necessary in order to maintain audit quality.	According to the FRC Ethical Standard, key audit partners must be rotated after **five years** and should not return within five years unless exceptional circumstances arise. In this case, the Ethical Standard permits the partner's tenure to be extended for a **further two years** where deemed necessary in order to maintain audit quality.
The Code also clarifies that if an existing audit client becomes listed, the length of time which the partner has already served on the client is included in the period to be considered. In the case of Beaufort Co, therefore, Frances Stein has already served as a key audit partner for the maximum possible period of eight years and following the listing of the client next year, it would be appropriate for her to be replaced by another audit partner.	The Ethical Standard clarifies that if an existing audit client becomes listed, the length of time the engagement partner has served the entity in that capacity is taken into account in calculating the period before the engagement partner is rotated off the engagement team. If the audit engagement partner has already served four or more years they may continue for a maximum of two years.
The Code does allow an exception, which states that with the agreement of those charged with governance, she could serve for a maximum of an additional two years. After this, she may not serve as a key partner on the audit for a minimum of five further years.	Where the audit committee of a listed entity decide that a degree of flexibility over the timing of rotation is necessary to safeguard the quality of the engagement and the firm agrees, the engagement partner may continue in for an additional period of up to two years, so that no longer than seven years in total is spent in the position of engagement partner.

Fee dependence

Over dependence on an audit client for fee income leads to a self-interest and intimidation threat for the auditor. The self-interest threat arises as the firm will have a financial interest in the client due to its dependency on the client and its concern about the impact on its business if it were to lose the client.

INT	**UK**
In the case of a listed client, the Code states that an audit firm's independence is threatened and should be reviewed if the total fees from a single client exceed 15% of its total fee income for two consecutive years. In this case, the 15% limit has been exceeded in both 20X4 and 20X5 and following the listing of the company's shares in September 20X5, Moritz & Co is required to review its dependence on the client. If retained as a client, the level of fees should be disclosed to those charged with governance and it should be discussed whether prior to the audit opinion being issued, having an independent pre-issuance or post-issuance review performed on the engagement by an external party or by the firm's professional regulatory body is enough to mitigate the threat. If fees remain at this level for five consecutive years, the firm must resign as auditor after the audit opinion on the 5th year is issued	The FRC Ethical Standard states where it is expected that the total fees receivable from an audited entity will regularly exceed 15% of the annual fee income (10% if listed) of the audit firm, the firm shall not act as the auditor of that entity. In this case, the 15% limit has been exceeded in both 20X4 and 20X5 and fees are likely to increase once the entity is listed due to the additional work required for listed clients, therefore Moritz & Co should resign as the firm will be too dependent on the client.

Provision of bookkeeping and accounting services

The provision of bookkeeping and accounting services for Beaufort Co creates a self-review threat for Moritz & Co. The self-review threat arises because the auditor is generating figures for inclusion in the financial statements on which they will then give an opinion. As a result, the auditor may be less likely to highlight errors if they are aware that another member of the firm has calculated the figures.

For a listed client, the Code and the FRC Ethical Standard state that a firm is not permitted to provide accounting and bookkeeping services.

Tutorial note – INT syllabus

The Code does, however, make an exception for divisions of a company if the services are of a routine and mechanical nature, a separate team is used and the service which the firm provides relates to matters which are immaterial to the division and the company. Following Beaufort Co's listing in September 20X5, therefore, Moritz & Co will no longer be able to provide the payroll services for Beaufort Co although it may still be able to maintain the financial records for the small division if the conditions stated in the Code are satisfied.

Share prospectus

Moritz & Co has been asked to assist in the preparation of the share prospectus document and to provide an accountant's report on financial data, business risks and a business plan which recommends the shares to investors. Performance of these services for Beaufort Co would create an advocacy threat for the auditor. The advocacy threat arises because the auditor is effectively being asked to promote and represent their client's position to the point where the auditor's objectivity is compromised.

The Code and the FRC Ethical Standard prohibit an auditor from acting in this way for an audit client and Moritz & Co should politely decline to assist in the preparation of the document and to endorse the recommendation to investors to purchase the shares.

It may be possible, however, for the auditor to provide an accountant's report on some elements of the prospectus. Moritz & Co may be able to provide an opinion on the financial information if, for example, it limits the form of opinion to stating that it has been properly compiled on the basis stated within the document and that this basis is consistent with the accounting policies of the company.

Examiner's comments

This question was a 25-mark compulsory question which focused on acceptance of an engagement to review a report on prospective financial information (PFI) and procedures to be performed on the cash flow statement.

Requirement (a) (i) required candidates to explain the matters to be considered before accepting the PFI engagement. This was a requirement where candidates would be expected to score highly, and overall did achieve good marks. The only noticeable point from candidate answers related to considerations of client due diligence to be considered as the question clearly stated this had already been performed, therefore where discussed as a consideration credit would not be available.

Requirement (ii) required candidates to recommend procedures to be performed in respect of the cash flow statement. Overall, candidates made a good attempt at the requirement and scored well. It was disappointing to see a small number of candidates answer the requirement using only analytical procedures i.e. calculating trends and ratios as this alone did not answer the requirement and therefore scored minimal credit.

Requirement (b) required candidates to comment on ethical and professional issues arising from a planned listing of an existing client, and services which had been requested of the auditor.

Overall, candidates had a reasonable attempt at the ethical issues arising. However, it is extremely disappointing to see incorrect rules stated for partner rotation and fee levels relating to a listed entity. It is important for candidates to ensure they have sufficient knowledge of ethical guidelines and can apply these guidelines appropriately to a question scenario.

The quality of answers was generally of a good standard and candidates were able to demonstrate application of their knowledge to the scenario.

ACCA Marking guide

			Marks
(a)	**Lavenza Co**		
	(i)	**Matters to consider before accepting the review engagement**	
		Up to 2 marks for each matter explained: – Intended use of the cash flow forecast – Distribution of the information – Period covered by the cash flow forecast and key assumptions used – Scope of the work – Resources and skills – Client integrity – Ethical matters	
		Maximum	**6**
	(ii)	**Examination procedures on cash flow forecast**	
		Generally 1 mark for each specific procedure described: – Cast the forecast to confirm accuracy – Confirm consistency of accounting policies with those used in last audited financial statements – Agree opening cash position to bank ledger account/cash book and bank statement – Discuss key assumptions underlying forecast with management – Analytically review cash flow trends comparing with historical data – Agree average collection and payment periods to recent receivables and payables records – Recalculate patterns of cash flows based on management's assumptions – Perform sensitivity analyses varying key assumptions – Agree salaries to latest payroll records – Obtain and review breakdown of overhead costs – For sample of overhead costs, review supporting documentation – Obtain and review budgets and analyses of costs to date for new shops and marketing campaign – Review board minutes for discussion of new shops and marketing campaign – Review outcomes of previous management forecasts – Discuss possible cost omissions with preparer, e.g. interest expenses, capital (asset) expenditure, tax payments – Obtain written representations from management (with justification) – Request confirmation from the bank of potential terms of additional finance to confirm the interest rate – Consider whether interest expense in forecast cash flow appears reasonable	
		Maximum	**7**
(b)	**Beaufort Co – ethical issues arising as result of planned listing**		
	Generally up to 1 mark for each issue explained: **Long association of senior audit personnel** – Familiarity threat – explained – Rotation with appropriate cooling-off period		

Fee dependence	
– Self-interest and intimidation threats to auditor – explained	
– **INT:** Independent quality pre-issuance review should be performed and full disclosure made to TCWG	
– **UK:** Resign from the engagement	
Provision of bookkeeping and accounting services	
– Self-review threat – explained	
– Which cannot be reduced to acceptable level following Beaufort Co's listing on stock market	
Share prospectus	
– Advocacy threat – explained	
– Moritz & Co should decline to assist in preparation of document and to endorse recommendation to investors to purchase shares	
– Opinion on the financial information should be limited to confirming that it is properly compiled on basis stated in document and is consistent with company's accounting policies	
Maximum	**7**
Professional marks	
Analysis and evaluation	
– Appropriate use of the information to support discussions and draw appropriate conclusions	
– Appropriate assessment of the ethical and professional issues raised, using examples where relevant, to support overall comments	
– Balanced discussion of the issues connected to a non-assurance engagement, resulting in a justified conclusion and proposed course of action	
Professional scepticism and professional judgement	
– Effective challenge and critical assessment of the assumptions used by management in preparing the cash flow forecast	
– Demonstration of the ability to probe for further information in order to make an assessment of the completeness of the cash flow forecast	
– Appropriate recommendations and justification of the assurance procedures to be undertaken in respect of the cash flow forecast	
Commercial acumen	
– Demonstration of commercial awareness by recognising wider issues which may affect the forecast and the assumptions by management	
Maximum	**5**
Total	**25**

46 JANSEN & CO *Walk in the footsteps of a top tutor*

Top tutor tips

Part (a)(i) requires matters to consider before accepting a PFI engagement. The firm should only take on work of an acceptable level of risk so think about the risks that could arise by providing the assurance requested. There are specific acceptance considerations given in ISAE 3400 and you should aim to include some of these in your answer.

In part (a)(ii) the examination procedures need to focus on assessing the reasonableness of the assumptions used to prepare the forecast. Remember that these transactions have not happened as of yet so you will not be able to inspect invoices, etc. Instead, think about how the client determined the forecast figures and assess whether this is reasonable. Include some of the more general procedures that apply to every client for some easy marks.

Part (b) requires evaluation of the quality of the planning and performance of the audit. Typical issues to look out for in such a question are: whether the work has been assigned to the appropriate level of staff, whether the audit team have demonstrated competence and professional judgement, whether the ISAs been followed, whether the timing and frequency of reviews is appropriate.

(a) (i) Matters to be considered before acceptance of engagement

When considering acceptance of the engagement to review Narley Co's prospective financial information (PFI), Jansen & Co must consider whether it is ethically acceptable to perform the review.

The review of the PFI represents a non-assurance service and the IESBA *International Code of Ethics for Professional Accountants* (the *Code*) states that providing this service in addition to the audit may create an advocacy threat. An advocacy threat arises when the auditor is asked to promote or represent their client in some way. In this situation there is a risk of the auditor being seen to promote the interests of the client with a third party such as a bank. As a result, there is a danger that the auditor will be biased in favour of the client and therefore cannot be fully objective.

Accepting the assignment may also create a self-interest threat as a result of the auditor being perceived to have an interest in the outcome of negotiations with a third party and which may motivate the auditor to behave in order to protect that interest.

A self-review threat may also arise because the negotiations may result in facts and amounts which will form part of the audited financial statements. As a result, the auditor will be auditing financial statements which in part at least represent work which they themselves have performed. It follows that there is a risk that the auditor will not be sufficiently objective in performing the audit and may fail to identify any shortcomings in their own work.

In the case of Narley Co, the advocacy threat appears to be particularly significant as the audit firm could be seen to be promoting the interests of the audit client to the bank. The auditor should therefore only accept the engagement if adequate safeguards can be put in place to manage the threat to independence to an acceptable level.

Potential safeguards might include the following:

- The use of separate teams of suitably experienced staff for the audit and the review of the PFI.
- Independent senior review of the PFI working papers.
- Discussion of the potential ethical issues and threats to auditor independence with those charged with governance at Narley Co.

It should be noted, however, that it would not be possible to manage a significant advocacy threat through such safeguards and in such a case the appointment should not be accepted.

ISAE 3400 *The Examination of Prospective Financial Information* provides further guidance on the issues which the auditor should consider before accepting an engagement to examine PFI. According to ISAE 3400, the auditor should consider amongst other things:

- The intended use of the information – for example, whether it will be used solely for the purpose of the proposed loan finance.
- Whether the information will be for general or limited distribution – the auditor needs to consider who will receive the report and potentially rely upon it.
- The nature of the assumptions, that is, whether they are best-estimate or hypothetical assumptions – in this case it seems likely that they will be best estimate assumptions as Narley Co expects to obtain finance in order to fund its planned expansion.
- The elements to be included in the information – Jansen & Co needs to clarify the exact content of the PFI which they are being asked to report on, for example, whether it only includes the forecast statements of profit or loss or whether it also includes forecast statements of financial position and forecast cash flow statements; and
- The period covered by the information – shorter term forecasts are likely to be more reliable than projections over a longer period.

Jansen & Co must also consider whether the firm has sufficient staff available with the appropriate skills and experience to perform the review engagement in line with the client's required reporting deadlines.

Overall, the auditor must assess the risks associated with the review engagement and should not accept an engagement when the assumptions are clearly unrealistic or when the auditor believes that the prospective financial information will be inappropriate for its intended use.

(ii) Examination procedures to be performed

The examination procedures which should be performed in respect of Narley Co's forecast statements of profit or loss include the following:

- Recalculation of the forecast statements of profit or loss to confirm arithmetic accuracy.
- Confirmation that the accounting policies used in the forecast statements are consistent with those used in the audited financial statements and that they comply with IFRS.
- Discuss the key assumptions which have been made by the client in the preparation of the forecast statements with management assessing their reasonableness and consistency with the audit firm's cumulative knowledge and understanding of the client.
- Review of market research documentation in Narley Co's existing markets and the new market and discuss it with management to assess whether the growth patterns being forecast in revenue represent reasonable and realistic expectations.
- Obtain copies of any new customer contracts for existing and new markets to confirm the reasonableness of the projected growth in revenue.

- Obtain a written representation from management confirming the reasonableness and completeness of the assumptions they have made in preparing the forecasts.
- The competence and experience of the client staff who have prepared the forecasts should be assessed; the assessment should include the accuracy of PFI which has been prepared in previous periods and the reasons for any significant variances compared to actual outcomes.
- Recalculation of depreciation to ensure the correct inclusion of depreciation on the new HGVs and warehousing facilities within the forecast statements.
- Obtain and review a breakdown of operating expenses in order to ensure that all items have been appropriately included, for example: advertising and marketing costs for the campaign in the new jurisdiction; additional staff costs for the new drivers including recruitment expenses; any trading tariffs relevant to operating in the new market and any foreign currency and exchange implications.
- Recent utility bills should be inspected and an assessment of the reasonableness of forecast utility overheads should be performed.
- Obtain and review the supporting documentation for Narley Co's existing loan agreements with the bank as well as the draft documentation for the new loan; the forecast interest expenses should be recalculated and agreed to the forecast statements.
- Perform analytical review, followed by discussion with management to seek corroborating evidence of key trends and ratios including:
  - Growth in revenue (26% from 20X5 to 20X6; 29% from 20X6 to 20X7)
  - Cost of sales as a percentage of revenue (75.5% in 20X5; 71.3% in 20X6; 69.7% in 20X7)
  - The declining trend in administrative expenses (decrease of 4.2% from 20X5 to 20X6; 5.6% from 20X6 to 20X7)
  - The increase in the operating profit margin (8% in 20X5; 16.1% in 20X6; 21.1% in 20X7).

(b) Watson Co

Quality management issues raised by the audit supervisor's email

ISA 220 (Revised) *Quality Management for an Audit of Financial Statements* requires the auditor to implement quality management procedures at the engagement level which provide reasonable assurance that the audit complies with professional standards and applicable legal and regulatory requirements and that the auditor's report is appropriate in the circumstances.

The overall quality of each audit assignment is the responsibility of the audit engagement partner and effective engagement performance entails adequate direction, consultation, supervision and review.

In this case, the conduct of the audit raises a number of quality management issues in relation to the effective performance of the audit of Watson Co's financial statements, including the following:

Share-based payment scheme:

The failure to identify the new cash-settled share-based payment scheme as a potentially high risk area indicates inadequate planning and a lack of consultation with the client. The share-based payment scheme is a complex and judgemental area and given that the scheme was only introduced in the year, it should have been identified as a key area of audit risk.

The assignment of a part-qualified supervisor to the audit of a listed entity is also indicative of poor audit planning. The audit supervisor appears to have inadequate skills and expertise to audit this public interest entity. This is evidenced by the incorrect treatment of the share-based payment scheme and the audit supervisor's comment that basing the expense in the profit or loss account on the valuation at the date of grant is appropriate and that the recognition of an equity reserve on the statement of financial position is correct in the email to the audit manager.

According to IFRS 2 *Share-based Payments*, the valuation of the share appreciation rights for a cash-settled scheme should be updated at the reporting date and the standard requires recognition of the cumulative cost of the scheme as a liability, not as an equity reserve.

The audit supervisor also fails to recognise that a share-based payment scheme with the directors constitutes a related party transaction. While the cost of the scheme this year of $195,000 is immaterial on a quantitative basis (it represents only 0.36% of profit before income taxes and 0.84% of total assets), as a related party transaction with directors, the scheme should be considered to be material by nature.

Therefore, it should be fully disclosed in the notes to the financial statements in accordance with IAS 24 *Related Party Disclosures*.

The related party disclosures are particularly important for a listed entity such as Watson Co. In line with ISA 450 *Evaluation of Misstatements Identified During the Audit*, all misstatements should be accumulated and therefore the error should also have been included in the audit working papers and adjustment should have been requested.

Other quality issues include:

- It is clear that the audit manager should have been replaced earlier and that Jansen & Co has failed to provide adequate direction and supervision of the audit.
- Jansen & Co has also failed to monitor the progress of the audit and therefore to update and change the audit plan as necessary during the course of the audit as required by ISA 300 *Planning an Audit of Financial Statements*. This is evidenced by the fact that the audit clearance meeting is scheduled for next week and the initial manager review is only just taking place.

  In addition, there appears to be no evidence of engagement partner oversight over the course of the audit fieldwork and it is the engagement partner's responsibility to ensure that they have reviewed the documentation to ensure that sufficient appropriate evidence has been obtained and that the auditor's report issued in the circumstances is appropriate.

- There appears to be a lack of audit evidence in relation to the firm of external valuers which has been used to value the share options. ISA 500 *Audit Evidence* requires the auditor to obtain sufficient and appropriate audit evidence that the valuation work performed by the management expert is adequate for the purposes of the audit.

  The auditor must therefore evaluate whether management's expert possesses the necessary competence, capabilities and objectivity to perform the valuations and whether the scope of their work is satisfactory for audit purposes. The 'checking out' of the expert online with reference to a website is clearly inadequate for audit purposes and this again reflects the inexperience and lack of expertise of the audit supervisor and poor audit planning with respect to the staffing on the audit.

Examiner's comments

Part (a) asked for the considerations for an audit firm when deciding whether it could provide assurance on prospective financial information. Candidates could score well on this requirement if they had prepared by reviewing similar past requirements or if they were aware of the content of ISAE 3400 *The Examination of Prospective Financial Information*. The main weaknesses in answers on this requirement was where candidates did not tailor their answer to an existing client and hence lost time giving detail on customer due diligence, or where candidates did not give detail on the ethical threats arising.

This is a common area where candidates lose marks. Another area of this requirement where candidates limited their capacity to score well was by focusing on post-acceptance issues such as the production of an engagement letter rather than the pre-acceptance decision issues.

Candidates were then asked to describe procedures to be performed on the profit forecast. The majority of candidates scored well on this section and a large number of answers provided a much clearer description of audit procedures than that seen in previous sessions. A minority of candidates made bland comments about agreeing opening balances and loan covenants which were not relevant to the statement of profit or loss.

The final requirement was a quality management question which was similar to past exams where candidates are required to describe quality failings. While few candidates scored full marks here the answers provided were generally good if candidates had allocated sufficient time to this requirement.

ACCA Marking guide

			Marks
(a)	(i)	**Matters to be considered before acceptance of engagement** Up to 2 marks for each matter explained – Auditor independence including potentially significant advocacy threat and possible self-review and self-interest threats – Intended use of report, e.g. solely for bank or wider distribution – Nature of assumptions and time period covered (in this case two years) – Availability of experienced, competent staff and time frame for assurance work – Appropriate safeguards to reduce risks to acceptable level – Details of PFI to be given to bank, e.g. forecast P/L only	
		Maximum	**6**

(ii) Examination procedures

Generally, up to 1 mark for each described procedure. Also allow 1 mark for each relevant analytical procedure used to max of 3 marks

General procedures

- Re-cast the forecast to ensure it is arithmetically correct
- Confirm the consistency of accounting policies applied
- Discuss key assumptions with management and assess reasonableness
- Obtain written representations from management on reasonableness and completeness of assumptions
- Assess competence and experience of client staff preparing forecasts including accuracy of PFI prepared in previous periods and reasons for any significant variances

Specific procedures

- Review market research documentation and discuss with management
- Obtain and review customer contracts for new customers to confirm projected growth in revenue
- Perform analytical review of key trends. Up to 3 marks for analysis of key trends by candidates including:
  - Growth in revenue
  - Cost of sales as % of revenue
  - Declining trend in admin expenses
  - Increase in operating profit margin
- Review of asset expenditure forecasts and agreement to invoices/supplier quotations
- Recalculate depreciation and ensure correct inclusion of depreciation on new HGVs and warehousing facilities
- Obtain and review breakdown of operating expenses; ensure all items appropriately included, e.g. advertising/marketing costs; additional staff costs for new drivers including recruitment expenses; any trading tariffs with overseas market and any forex implications
- Inspect recent utility bills and assess reasonableness of forecast utility overheads
- Obtain and review documentation for existing loan agreements with bank and draft documentation for new loan and recalculate interest expenses

Maximum **7**

(b) Watson Co

Generally up to 1 mark for each issue discussed

- Inadequate planning/consultation with client re SBP scheme (ISA 220)
- Complex judgemental area, should have been identified as high risk
- Part-qualified supervisor, inadequate skills and expertise for this listed client
- Treatment of SBP is incorrect, valuation should have been updated at year end for cash-based scheme
- Recognition as equity reserve is also incorrect, IFRS 2 requires recognition as liability for cash-based scheme
- SBP is immaterial quantitatively (extra 1 mark for relevant calculation and comment) but scheme is RPT with directors which is material by nature especially for listed entity
- Error should have been calculated and adjustment requested
- The matter should have been included in the related party disclosure notes in accordance with IAS 24
- Inadequate staffing – audit manager should have been replaced earlier
- Insufficient monitoring and supervision by audit manager and no evidence of partner oversight during course of audit work
- Failure to update and change audit plan as necessary during course of audit (ISA 300); clearance meeting is next week and manager review is only just taking place

– Lack of audit evidence re external valuer – competence, capabilities, objectivity, scope of work; reference to website is inadequate and reflects inexperience and lack of expertise of supervisor (up to 2 marks for development of discussion)	
Maximum	**7**
Professional marks	
Analysis and evaluation	
– Appropriate use of the information to support discussions and draw appropriate conclusions	
– Appropriate assessment of the quality management and professional issues raised, using examples where relevant, to support overall comments	
– Balanced discussion of the issues connected to a non-assurance engagement, resulting in a justified conclusion and proposed course of action	
Professional scepticism and professional judgement	
– Effective challenge and critical assessment of the assumptions used by management in preparing the forecast	
– Demonstration of the ability to probe for further information in order to make an assessment of the completeness of the forecast	
– Appropriate recommendations and justification of the assurance procedures to be undertaken in respect of the forecast	
Commercial acumen	
– Demonstration of commercial awareness by recognising wider issues which may affect the forecast and the assumptions by management	
Maximum	**5**
Total	**25**

47 VIZSLA *Walk in the footsteps of a top tutor*

Top tutor tips

Part (a) requires knowledge of money laundering responsibilities. This is straightforward knowledge from the study text.

In part (b) the examination procedures need to focus on assessing the reasonableness of the assumptions used to prepare the forecast. Remember that these transactions have not happened as of yet so you will not be able to inspect invoices, etc. Instead, think about how the client determined the forecast figures and assess whether this is reasonable. Include some of the more general procedures that apply to every client for some easy marks.

(a) The importance of obtaining customer due diligence and the information which should be obtained

Customer due diligence (CDD), also called know your client procedures, is needed as part of anti-money laundering regulations, which all audit firms should have in place when accepting new clients. It refers to the firm obtaining information to be able to identify who the prospective client is and verify identity by reference to independent and reliable source material. This is a crucial part of risk assessment when taking on a new client and allows the firm to understand not only the identity of the prospective client, but also the nature of the business and its source of funds.

Specifically, the firm should address the following as part of customer due diligence:

- Identify the customer and verify their identity using documents, data or information obtained from a reliable and independent source.
- Confirm the identities of all shareholders, including the specific family members who collectively own 90% of the company's share capital, and the other shareholder(s) who own the remaining 10%.
- Identify any beneficial owner who is not the client. This is the individual (or individuals) behind the client who ultimately own or control the client or on whose behalf a transaction or activity is being conducted.
- Where a business relationship is established, understand the purpose and intended nature of the relationship, for example, details of the customer's business or the source of the funds.

Businesses must also conduct ongoing monitoring to identify large, unusual or suspicious transactions as part of CDD. All of the documents obtained for the purpose of carrying out CDD checks must be retained for a minimum of five years from the end of the business relationship.

In this scenario, the information which should be obtained includes:

- To confirm the identity of Gordon Potts, photographic evidence, for example his passport, should be seen and a copy taken, along with other means of identification showing his address, for example, recent utility bills or bank statements.
- In relation to Setter Co, the company certificate of incorporation should be seen, to confirm its legal status and the date and place of incorporation.
- A Companies House search (or equivalent) on Setter Co should take place. This will confirm the existence of the company, the shareholders and directors and will provide some financial information. This will confirm that Gordon Potts is the 'beneficial owner' of the entity – i.e. that he is the person who owns or controls, directly or indirectly, more than 25% of the shares or voting rights or who otherwise exercises control over the directors.
- The identity of the other companies controlled by Gordon Potts should also be found, and searches on them conducted, to confirm their existence and the nature of the relationship with Setter Co.
- The latest financial statements of Setter Co, and the other companies in which Gordon Potts has an interest should be reviewed. This will help Pointer & Co to understand the businesses and their relationship with each other, identify the sources of income and whether there are significant transactions between the companies.
- Identify the source of funding for the company, whether there are bank loans or other providers of finance, and the nature of the finance provided in terms of when it is repayable, whether any company assets are provided as collateral for the debt, and whether Gordon Potts or other shareholders have made personal guarantees in respect of any sources of company finance.
- While not strictly part of confirming the identity of Gordon or his companies, Pointer & Co would clearly need to obtain further information about the breach of employment law, and confirm the facts surrounding the situation. Currently the only information available is from a newspaper article and this may not be a credible source.

(b) Examination procedures on the operating profit forecast of Vizsla Co

General procedures:

- Enquire as to the identity of the preparer of the operating profit forecast, and assess their competence, especially given that interest costs have been included as part of operating profit which is incorrect.
- Obtain an understanding as to the procedures and controls which have been followed in the preparation of the forecast, for example, has the forecast been approved by a senior member of the company's accounting team.
- Confirm that the accounting policies applied in Vizsla Co's financial statements have been consistently applied in the preparation of the operating profit forecast, for example, that design costs are expensed rather than capitalised as a development cost.
- Confirm that the assumptions underpinning the forecast are in line with knowledge of the business obtained from performing the company's audit, for example, the seasonality of the sales can be confirmed by looking at the audit evidence obtained in the audit of revenue.
- Re-cast the forecast to ensure it is arithmetically correct.

Specific procedures:

- Enquire whether a more detailed profit forecast is available, or ask management to prepare one, for example, detailing out cost of sales and other expenses. In addition, request a forecast statement of financial position and statement of cash flows.

Tutorial note

There could be matters which make the profit forecast unachievable revealed through assessment of the statement of financial position and statement of cash flows, e.g. the timing of the working capital cycle may make achieving the profit forecast unachievable if funds are not available at certain points of time especially given the seasonal nature of the business.

- Request that management prepares a profit forecast in the same format as audited financial statements and in accordance with IFRS Accounting Standards, i.e. the interest cost should not be included in calculating the operating profit.
- Having obtained the cost of sales figure for each six-month period, recalculate the gross profit figures given in the forecast.
- Compare this to gross profit margins in the prior year audited financial statements and investigate any anomalies.
- Having obtained a breakdown showing the components of cost of sales and other expenses, for each significant category of expense, perform analytical review to confirm that the forecast costs appear to be in line with expectations, and discuss any unusually high or low forecast costs with management.

- Based on the above, assess whether there are any missing categories of expenditure which have not been included in the forecast, e.g. there is no depreciation included in the forecast.
- For revenue, which is forecast to increase by a significant amount (e.g. 11.8% increase comparing the six months ending 30 June 20X6 and 30 June 20X7), consider whether the forecast appears overly optimistic. For instance, there is not a corresponding increase in marketing costs to support the forecast increase in revenue.
- Compare revenue in the year forecast to 31 December 20X6 with revenue from prior years' audited financial statements.
- Investigate any unusual trends through discussion with management.
- Review any marketing plans and discuss with an appropriate senior member of staff, for example, the sales director, to establish the rationale for forecasting a significant increase in revenue, for example, there may be plans to introduce new product lines. Consider this in light of the fact that design costs and marketing are not forecast to increase by a significant amount.
- Review the design costs as they appear to be fairly static with just a small increase to achieve a much bigger % increase in revenue. Discuss with management and assess if such an increase in revenue can be achieved with such a small increase in design costs.
- Confirm costs to appropriate supporting documentation, e.g. staff costs to human resources projected costs, marketing costs to advertising budgets.
- Assess whether the overdraft is likely to be repaid in December 20X6, for example, by obtaining and reviewing the cash flow forecast prepared for the same period as the operating profit forecast.
- Discuss with management the rationale for using 30% of revenue as a basis for determining the amount of other expenses. In addition, compare this to the results of audit procedures performed on expenses to gauge whether 30% appears to be a reasonable basis.

Examiner's comments

Part (a) related to the matters which should be considered in respect of the acceptance of a potential new client. The potential new client had a questionable history and not enough candidates explored this in sufficient detail.

The importance of new customer due diligence was a requirement of this question and this was poorly answered as many confused this with a due diligence review. Many candidates talked about initial acceptance procedures such as reviewing accounts and contacting the previous auditor rather than concentrating on the main Customer Due Diligence (CDD) procedures such as money laundering, sources of client funds, the identity of the beneficial owner, any shadow directors and other companies owned by the prospective client. Other candidates incorrectly discussed procedures, which would be undertaken when performing audit planning.

Most, however, did pick up on needing photographic identification, Companies House searches and Certificates of Incorporation as proof of identification as well as wanting to understand the previous issues of alleged pension fund misappropriation & breach of employment laws.

Part (b) required candidates to recommend examination procedures to be used when reviewing a profit forecast and was generally well answered with all of the main areas covered. Candidates were able to include the need to identify who prepared the forecast and their competence, unusual trends in revenue, revenues growing quicker than costs and the risk of management bias while the objective of the forecast was to procure a bank loan. Marks were also available for calculating relevant trends and good candidates were able to earn extra credit here.

ACCA Marking guide		
		Marks
(a)	**Customer due diligence – reasons and recommended information** Up to 1½ marks for each point explained/recommended – Part of anti-money laundering regulations (up to 3 marks for detailed explanation of regulations) – Identity of Gordon Potts – passport, recent utility bills or bank statements – Identity of other shareholders including the other family members and other 10% shareholders – Setter Co – the company certificate of incorporation, to confirm legal status, date and place of incorporation – A Companies House search (or equivalent) on Setter Co – confirm the existence of the company, the shareholders and directors, beneficial owners – Other companies controlled by Gordon Potts – confirm their existence and the nature of the relationship with Setter Co – Review of the latest financial statements of Setter Co, and the other companies in which Gordon Potts has an interest should be reviewed – Identify the source of funding, when funding is repayable and the existence of any security provided by the company or by personal guarantee of owners – Facts surrounding the breach of employment law as reported by the newspaper	
	Maximum	**11**
(b)	**Examination procedures** Up to 1 mark for each procedure explained. In addition, ½ mark for relevant calculations, e.g. trend analysis, up to a maximum of 2 marks **General procedures** – Identity of the preparer of the operating profit forecast, and assess their competence – Understanding the procedures/controls which have been followed in the preparation of the forecast – Confirm the consistency of accounting policies applied – Confirm that the assumptions underpinning the forecast are in line with knowledge of the business obtained from performing the company's audit – Re-cast the forecast to ensure it is arithmetically correct **Specific procedures** – Recalculate the gross profit margins and compare with gross profit margins from audited financial statements – Obtain a breakdown showing the components of cost of sales and other expenses; perform analytical review and discuss results – Assess whether there are any missing categories of expenditure – For revenue, consider whether the forecast appears overly optimistic	

- allow credit for calculation of appropriate trends from the forecast
- Compare revenue forecast with revenue from prior years' audited financial statements. Investigate any unusual trends through discussion with management
- Review any marketing plans and discuss with an appropriate senior member of staff, for example, the sales director
- Review design costs, discuss with management and assess if such an increase in revenue can be achieved with such a small increase in design costs
- Confirm costs to appropriate supporting documentation, e.g. staff costs to human resources projected costs, marketing costs to advertising budgets
- Obtain and review the cash flow forecast prepared for the same period as the operating profit forecast
- Discuss with management the rationale for using 30% of revenue as a basis for determining the amount of other expenses

Maximum	**9**

Professional marks

Analysis and evaluation

- Appropriate use of the information to support discussions and draw appropriate conclusions
- Appropriate assessment of the ethical and professional issues raised, using examples where relevant, to support overall comments
- Balanced discussion of the issues connected to a non-assurance engagement, resulting in a justified conclusion and proposed course of action

Professional scepticism and professional judgement

- Effective challenge and critical assessment of the assumptions used by management in preparing the forecast
- Demonstration of the ability to probe for further information in order to make an assessment of the completeness of the forecast
- Appropriate recommendations and justification of the assurance procedures to be undertaken in respect of the forecast

Commercial acumen

- Demonstration of commercial awareness by recognising wider issues which may affect the firm is the services are provided to Setter Co and Vizsla Co

Maximum	**5**
Total	**25**

48 MARR & CO *Walk in the footsteps of a top tutor*

Top tutor tips

Part (a) covers a due diligence engagement. The aim of the due diligence assignment is to gather information for the client to help them make an investment decision and minimise the risk of making a bad investment. The scenario states that the due diligence investigation should focus on the valuation of the intangible assets and their operational significance, therefore in part (i), generate enquiries that focus on this.

In part (ii), think about the evidence that should exist to provide information about the company's financing arrangements. The sources of finance are given in the scenario so try and generate two or three points for each source.

Part (b) covers ethical and professional issues. For ethical issues, identify the type of threat, explain how the threat could influence the audit, discuss whether the threat is significant and finish off by explaining the safeguards the firm should take to reduce the threat to an acceptable level. Professional issues can be any other issues affecting the firm such as quality management or other practice management issues. A common sense approach can be used here.

(a) (i) Specific enquiries relating to Brodie Co's intangible assets

In relation to the import licence

- Enquire with management to ascertain the acquisition date of the import licence and confirm that the licence lasts for three years. This indicates to Morrissey Co when the next licence will need to be acquired.
- To obtain understanding of the nature and scope of the licence, discuss and confirm the terms with management, including the specific goods covered by the licence and whether the licence applies to goods imported only from certain countries.
- Ask management to provide information to show the value of purchases of dye made during the financial year under the import licence – this will indicate how important the licence is to the operations of the company and whether it is essential that the licence is reacquired once it expires.
- Enquire with management whether they envisage any problem with the import licence being reacquired at the end of the three-year period, for example, if there were political sanctions against the country from which the dye is imported. Any potential problems with reacquiring the licence could disrupt the company's procurement and manufacturing process.
- Enquire with management whether there have been any breaches of the import licence, such as fines, which could affect the likelihood of Brodie Co obtaining a new import licence once the three years are complete.
- Discuss with management whether there are any plans to source the dye from an alternative supplier, perhaps a supplier for which an import licence would not be necessary, saving on the cost of reacquiring a licence.

In relation to the patent

- Discuss the terms of the patent, to obtain an understanding of matters including:
  - The specific manufacturing process to which it relates,
  - Whether the patent applies to all of the company's manufacturing, or just part of it,
  - If the patent applies just in the country in which it was issued, or does it apply in other countries.

- Discuss whether the patent can be renewed when it expires, and if so, whether an additional fee is payable to the patent authority. This will help Morrissey Co to understand the period over which the manufacturing process can be protected in the future.
- Enquire with management as to whether there have been any infringements of the patent by competitors, or whether management is aware of any competitors developing a similar manufacturing process. This could indicate that when the patent expires in three years, and if it cannot be renewed, the company will face increased competition should other manufacturers develop a similar production process.
- Assess whether there is any impairment of the patent, caused by a new process superceding the one attached to the patent.
- Discuss with management whether there are any factors which may affect the carrying amount of the patent in the financial statements.
- Ask management to provide information showing the value of sales made under the 'PureFab' label, to confirm that there is economic benefit being generated from the patented manufacturing process.
- Request permission that the Intellectual Property Office (or local equivalent) send Marr & Co a certified copy of the register entry. This will include details of the owner of the patent and the time period for the patent.

(ii) Additional information to be made available in relation to the company's financing arrangements

- In relation to the equity shares, the number of equity shares in issue, the value per share, and the voting rights attached to each share. This is essential information for Morrissey Co to consider how many shares to acquire in order to gain control of Brodie Co.
- The company's authorised share capital, to ascertain the capacity of Brodie Co to issue further shares. This will help form an understanding as to whether Morrissey Co's shareholding will result from a fresh share issue or whether existing shareholders will need to be bought out of their shareholding.
- The rate of interest payable on the bank loan and venture capitalist funds, whether interest is fixed or variable rate for forecasting the relevant cash flows.
- The redemption dates of the bank loan and venture capitalist funds, and whether a premium is payable on the redemption of any debt, for forecasting the relevant cash flows.
- Whether any loan covenants exist, in particular in relation to the bank loan, and the terms of such covenants. The acquisition itself could trigger a breach of covenant or lead to changes in payment terms.
- Management should also be asked to confirm whether any covenants have been breached in the past, this indicates their capability of managing the company's finances.

- In relation to the bank loan, details of the charge over company property, plant and equipment, in particular whether it is a fixed charge over certain assets, for example, does it apply specifically to the company's head office, or manufacturing plant.
- The terms of the finance provided by the venture capitalists, in particular the repayment date and the terms of repayment, for example, whether some or all of the debt could be converted to equity shares. The existence of convertible debt would mean a potential future dilution of control in relation to Morrissey Co's shareholding in Brodie Co.
- Details of any other sources of finance used by the company, for example, lease arrangements, debt factoring, directors' loans to the company. This is to ensure that all sources of finance have been identified and that Morrissey Co has complete understanding of Brodie Co's financing arrangements.
- Enquire if management has any plans for alternative arrangements should current facilities not be extended, this will give an idea of how the company will overcome any difficulties encountered as a result of not being able to renegotiate current facilities.

(b) Ethical and professional issues

Ethical issues

On the acceptance of client relationships and audit engagements, ISA 220/ISA (UK) 220 *Quality Management for an Audit of Financial Statements* requires the audit firm to determine whether the firm and the engagement team can comply with relevant ethical requirements. This involves consideration of many factors, for example, whether there are any existing relationships between the audit firm and potential client, which could create threats to auditor objectivity.

In this case, a significant self-review threat arises should Marr & Co accept the appointment as auditor. The threat arises because Marr & Co, having performed the due diligence assignment on Brodie Co, and having helped Morrissey Co with the financing arrangements relating to the acquisition, will have been involved with many aspects of the individual and Group financial statements. This means that the audit firm may not approach elements of the audit of the financial statements with appropriate professional scepticism, not properly evaluating the results of previous judgements made, and over-relying on the work previously performed by the audit firm.

Marr & Co will need to evaluate the significance of this threat, based on matters such as the materiality of the balances and transactions involved, for example, the intangible assets of Brodie Co, and the level of subjectivity involved. It may be possible for Marr & Co to safeguard against the threat, for example, by using staff on the audit who had not previously worked on the due diligence or corporate finance engagements.

A related self-review threat relates to the finance director's request for Marr & Co to produce the Group financial statements. The IESBA *International Code of Ethics for Professional Accountants* (the Code)/FRC Ethical Standard state that providing an audit client with accounting and bookkeeping services, such as preparing accounting records or financial statements, might create a self-review threat (as explained above) and also a risk of assuming management responsibilities when the firm subsequently audits the financial statements.

The risk of assuming a management responsibility arises where the auditor is taking on the decisions and responsibilities belonging to management, in this case, the preparation of the Group financial statements.

The significance of the self-review threat and risk of assuming a management responsibility depends on the nature and extent of the accounting services provided to the audit client and the level of public interest in the entity. The Code states that the audit firm shall not provide services related to the preparation of accounting records and financial statements to an audit client unless the services are of a routine and mechanical nature. Preparing the Group accounts would not be routine and mechanical – it would involve the auditor making judgements and taking responsibility for the whole of the consolidated financial statements. This would also be perceived as taking on significant management responsibility, and Marr & Co should decline the service on this basis.

There is also a possible self-interest threat arising from the range of services provided to Morrissey Co. This could give rise to fee dependency, meaning that the audit firm is reluctant to act in a way which could jeopardise the relationship between audit firm and client, for fear of losing the fee income. The potential level of fee income should be estimated and compared to Marr & Co's total practice income, to see if fee dependency could be an issue.

A further ethical issue arises from the invitation from Morrissey Co to attend the industry conference in Hawaii. The offer by the client to pay for the audit partner and manager to attend this event constitutes an offer of gifts and hospitality, which according to the Code can give rise to familiarity, self-interest and intimidation threats to objectivity.

The familiarity threat means that close relationships between the client and audit firm lead to the auditor being too sympathetic or accepting of the client's work, resulting in a loss of professional scepticism. The self-interest and intimidation threats arise due to the financial benefit of the gifts and hospitality, which could be seen as a bribe, and impact on the perceptions of the auditor's objectivity. The audit firm is likely to act in a way to keep the client happy, for example, overlooking accounting errors such as those indicated in the payroll system, in order to secure the trip to Hawaii.

The Code states that the existence and significance of any threat will depend on the nature, value, and intent of the offer, and should not be accepted unless clearly trivial or inconsequential. The offer of the trip to Hawaii should be declined as its value is likely to be more than trivial or inconsequential. The finance director may not realise that his offer puts the audit firm in a difficult position, and the problem raised by his offer should be explained, and the offer turned down.

ISA 220 contains a specific requirement that the auditor shall include in the audit documentation all significant threats to the firm's independence as well as the safeguards applied to mitigate those threats. The matters outlined above and the auditor's responses should be appropriately documented in accordance with ISA 220.

Other professional issues

Integrity

ISQM 1 *Quality Management for Firms that Perform Audits or Reviews of Financial Statements or Other Assurance or Related Services Engagements* suggests that the reasons for the proposed appointment of the firm and removal of the previous firm should be considered when evaluating client integrity. According to ISQM 1, one of the matters, which impacts on integrity, is whether the client is aggressively concerned with maintaining the audit fee as low as possible.

The comment made by the finance director regarding the reason for dismissal of Butler Associates could indicate that Morrissey Co has an expectation of low fees, which can impact on the quality of the audit and can increase detection risk if too few resources are allocated to the audit in an attempt to reduce the audit firm's costs.

The removal of the previous audit firm could also indicate that Morrissey Co may be difficult to deal with, possibly confrontational and aggressive in their attitude to the audit firm, though the invite to attend the industry event in Hawaii could indicate that management is keen to establish a good relationship with the audit firm. Their concerns regarding the previous audit firm's invoice may also be legitimate.

Audit preconditions

ISA 210 *Agreeing the Terms of Audit Engagements* requires an audit firm to establish whether the preconditions for an audit are present and if certain preconditions are not present, the audit engagement should not be accepted.

In this case, the finance director has stated that he does not want to provide notes to the consolidated financial statements, on the grounds that they are not useful. Failing to disclose notes to the consolidated financial statements would mean that they are not prepared in accordance with IFRS Accounting Standards.

IFRS 18 *Presentation and Disclosure in Financial Statements* requires notes, comprising a summary of significant accounting policies and other explanatory notes, to be presented in order for the financial statements to be complete.

This matter will need to be discussed, and if the audit firm believes that management will not accept that they have a responsibility to prepare consolidated financial statements in accordance with IFRS Accounting Standards, then the appointment should not be accepted.

Internal control and quality of financial reporting

There is evidence that the internal control environment may not be strong due to the errors found by Butler Associates in payroll processing. In addition, the request by the finance director also raises an issue relating to the competence of the client. A finance director would be expected to have the necessary knowledge and skill to be able to prepare consolidated financial statements, and the fact that he has asked for assistance could indicate that there will be a high inherent risk of material misstatement in the financial statements. While these issues do not mean that the audit should be declined, they indicate that Marr & Co would need to approach the audit as high risk.

Competence and resources

Marr & Co should consider whether audit staff have experience in the textile industry and whether there will be enough staff available at the time when the audit needs to be performed.

Manufacturing is not particularly unusual or challenging for an audit firm, so competence is unlikely to present a problem, especially as Marr & Co already has several audit clients who are manufacturers.

It is important to note that Marr & Co is a relatively small audit firm, and especially with the year end being less than a month away, there may be pressure on resources if the firm's other audit clients have the same year end, meaning that audit staff are already busy with other work. The firm should therefore confirm that it is able to complete the audit engagement within the timescale.

Examiner's comments

This was a question relating to a due diligence assignment for a non-audit client, whereby the firm was required to focus on two separate intangible assets, a licence and a patent. Candidates needed to consider the operational significance and valuation of the intangible assets. The assignment also required candidates to discuss additional information required by the practitioner and to evaluate why they would need information regarding the company's financing arrangements.

The requirement asked candidates to discuss specific enquiries that should be made with the management team regarding the intangible assets which consisted of the licence and the patent. The assignment is a due diligence assignment, not an audit, and therefore detailed substantive procedures would not be performed.

Weaker candidates listed detailed substantive procedures to test intangible assets, yet this did not meet the requirement. The requirement specifically stated that the procedures should be limited to enquiries. Candidates who merely discussed audit procedures to test intangible assets and did not focus on the attention to the enquiries would not be credited. Candidates needed to make enquiries concerning the valuation and the significance of the assets to the company from an operational point of view.

Strong candidates made a reasonable attempt at evaluating discussions to be made to the client concerning the assets, such as:

- when the licence was acquired and the term of the licence to determine when the renewal of the licence is required
- the terms and conditions of the licence to assist the practitioner in determining any restrictions on the licence
- any likely issues associated with re acquiring the licence in the future
- the terms of the patent and whether the patent can be renewed at the expiration date.

A well attempted answer tailored the response to consider why we would make specific enquiries as part of the due diligence assignment for the acquirer to have detailed information regarding the target company to assist in their decision-making process.

Generally, the depth of answers fell short of that expected from a professional level candidate. Candidates are advised to read the specific question requirement to develop a clear understanding of what is expected within their response. Due diligence is an area that should be answered well as there is no double entry accounting knowledge being evaluated.

The second requirement in part (a) required candidates to recommend the additional information which would be required and made available to them regarding the target companies' financial arrangements. The target company's sources of finance related to equity shares, a bank loan and finance from a venture capitalist.

Generally, the requirement was poorly answered with the main issue noted being the lack of understanding by the candidates on the difference between performing audit procedures and discussing additional information required relating to specific items.

Additional information is required to gain a better understanding surrounding a certain issue/area and does not necessarily need to be in the form of documentary evidence. The information can also be obtained from making enquiries with management alongside reviewing documentation.

The additional information required for this requirement related purely to the equity share capital, the bank loan and the venture capitalist loan, for example:

- the number of shares in issue and the value of the shares including if voting rights are attached
- the interest rate on the loan and the venture capitalist loan
- whether any covenants exist on the loan or security over the target company assets
- does the target company have any other sources of finance
- what are the target company plans to secure alternative funding should existing finance not be renewed.

These are all gaps in the knowledge of the practitioner which would require further investigation in order to perform the due diligence assignment and report the facts back to the acquiring company to enable them to make a decision regarding future acquisition.

Strong candidates evaluated the additional information required and also evaluated why we would need it, yet weaker candidates merely stated substantive procedures to address risk around the sources of finance which did not meet the question requirement.

Requirement (b) is a standard ethics and professional issues requirement. AAA candidates should expect ethics to be examinable, and this requirement should achieve high marks based on brought forward knowledge from previous ACCA examinations including detailed knowledge from AA.

Exhibit 3 related to an email received from the finance director requesting the audit firm to be appointed as auditors following the successful acquisition of the target company. The audit firm was involved in the due diligence assignment for the acquisition of this target company.

There were a number of ethical threats candidates could have evaluated and recommended safeguards for along with professional issues. Such threats included assessing the competence of the management team, the threat to audit quality, whether the audit firm has sufficient competence and resources as it is noted in the requirement this is a small audit firm and they may, potentially lack available resources with the level of experience required.

Strong candidates successfully identified the threats and linked them to the specific detail in the scenario along with an explanation of how the threat will impact the auditor and the fundamental principles that we are required to adhere to. Safeguards and actions were also considered in order to bring the threat down to an acceptable level.

Weaker candidates merely identified the threat with little or no explanation, for example, the offer of the trip to attend the conference paid for by the client. Where candidates merely say there is a self-interest threat, yet do not link it to the detail in the scenario, no credit will be awarded due to a lack of demonstrating knowledge of ethical threats which can be applied to the specific scenario.

A number of candidates did not read the scenario sufficiently and discussed the self-review threat linked to the corporate finance advice and stated an action that the corporate finance advice should be declined.

The question clearly stated the audit firm were appointed to provide corporate finance advice prior to the acquisition of the target company. At that point in the process the audit firm was not the auditor, the firm was appointed as auditor following the acquisition of the target company. Comments relating to declining the corporate finance advice were therefore not relevant as this had already taken place.

Candidates are advised to read the exhibits clearly and make note of the exhibits to be used for each requirement.

Overall, a mixed response. The level of detail in candidate responses shows insufficient depth on how the threat arose and the impact it would have on the auditor and the fundamental principles it threatens. Candidates demonstrate they understand which threat is being examined yet often do not explain this sufficiently and fail to spot the other professional issues in the question.

ACCA Marking guide

			Marks
(a)	**(i)**	**Specific enquiries relating to Brodie Co's intangible asset** Up to 1 mark for each enquiry recommended and adequately explained. **In relation to the import licence** – Acquisition date of the import licence, and confirm that the licence lasts for three years. This indicates to Morrissey Co when the next licence will need to be acquired – The terms of the licence, including the specific goods covered by the licence and whether the licence applies to goods imported only from certain countries – Value of purchases of dye made during the financial year under the import licence – this will indicate how important the licence is to the operations of the company – Any problem foreseen with the import licence being reacquired at the end of the three-year period, any potential problems with reacquiring the licence could disrupt the company's procurement and manufacturing process – Any plans to source the dye from an alternative supplier, perhaps a supplier for which an import licence would not be necessary, saving on the cost of reacquiring a licence – Enquire with management whether there have been any breaches of the import licence, such as fines, which could affect the likelihood of Brodie Co obtaining a new import licence once the three years are complete	

In relation to the patent:

- The terms of the patent, to obtain an understanding of matters including: the specific manufacturing process to which it relates, whether the patent applies to all of the company's manufacturing, and if the patent applies just in the country in which it was issued, or does it apply in other countries
- Whether the patent can be renewed when it expires, and if so, whether an additional fee is payable to the patent authority
- Whether there have been any infringements or any competitors developing a similar manufacturing process, indicating increased competition
- Discuss with management whether there are any factors which may affect the carrying amount of the patent in the financial statements
- The value of sales made under the 'PureFab' label, to confirm that there is economic benefit being generated from the patented manufacturing process
- Request permission that the Intellectual Property Office (or local equivalent) send a certified copy of the register entry. This will include details of the owner of the patent and the time period for the patent

(ii) Additional information relating to financing arrangements

Up to 1 mark for each enquiry recommended and adequately explained.

- The number of equity shares in issue, the value per share, and the voting rights attached to each share, to consider how many shares to acquire in order to gain control
- The company's authorised share capital, to provide understanding as to whether Morrissey Co's shareholding will be a fresh share issue or whether existing shareholders will need to be bought out of their shareholding
- The rate of interest payable on the bank loan and venture capitalist funds, whether interest is fixed or variable rate for forecasting the relevant cash flows
- The redemption dates of the bank loan and venture capitalist funds, and whether a premium is payable on the redemption of any debt, for forecasting the relevant cash flows
- Whether any loan covenants exist, in particular in relation to the bank loan, and the terms of such covenants; the acquisition itself could trigger a breach of covenant
- Whether any covenants have been breached in the past, this indicates management's capability of managing the company's finance
- Bank loan details on the charge over company property, plant and equipment, whether it is a fixed charge over certain assets
- The terms of the finance provided by the venture capitalists, in particular the repayment date and the terms of repayment, whether some or all of the debt could be converted to equity shares indicating potential future dilution of control
- Details of any other sources of finance used by the company, to ensure that all sources of finance have been identified
- Enquire if management has any plans for alternative arrangements should current facilities not be extended, this will give an idea of how the company will overcome any difficulties encountered as a result of not being able to renegotiate current facilities

Maximum	**12**

(b)	**Ethical and other professional matters** Generally, 1 mark for each relevant and well explained point and 1 mark for each relevant and appropriate safeguard. – Ethical issue – self-review threat regarding having previously performed due diligence and corporate finance work – Safeguards: separate team for audit – Ethical issue – self-review threat regarding preparation of consolidated financial statements (management threat) – No safeguard appropriate – management to prepare the consolidated financial statements – not 'routine or mechanical in nature' – Ethical issue – self-interest threat from providing range of services, fee dependency – Ethical issue – self-interest and familiarity threats re gifts and hospitality – Low fee and impact on audit quality – Non-reappointment of previous audit firm – intimidation/dispute over fees – Audit preconditions – ISA 210 requirements and management responsibility to prepare complete financial statements – Competence of management and quality of financial reporting – Competence and resources of the audit firm	
	Maximum	**8**
	Professional marks **Analysis and evaluation** • Appropriate use of the information to support discussion, draw appropriate conclusions and design appropriate responses • Appropriate assessment of the professional issues raised, using examples where relevant to support overall comments • Effective appraisal of the information to make suitable recommendations for appropriate courses of action **Professional scepticism and judgement** • Effective challenge of information, evidence and assumptions supplied and, techniques carried out to support key facts and/or decisions • Identification of missing information or additional information which would be required • Appropriate application of professional judgement to draw conclusions and make informed decisions **Commercial acumen** • Inclusion of appropriate recommendations in respect of the ethical and professional issues raised • Demonstrate awareness of any wider external factors or implications, in a given scenario • Show insight and perception in understanding the wider implications of the due diligence engagement	
	Maximum	**5**
Total		**25**

49 CHEETAH *Walk in the footsteps of a top tutor*

Top tutor tips

Part (a) requires an explanation of why the issues require further attention. Here you need to look at how the issues could impact the value of the company and therefore the price to be paid for the company.

Part (b) looks at the ethical and professional issues of conducting a review of interim financial information in a short time frame with the report being relied on by the bank providing the finance for the acquisition. This is quite a straightforward ethical situation. Make sure you explain the issues. Stating the name of a threat is not an explanation. You must say how this could affect the behaviour of the auditor or the outcome of the audit.

(a) (i) Why the matters require further investigation

Termination of contract

Impact on forecasts

The loss of the customer may lead to a reduction in forecast revenue by as much as 5% per year. This may also lead to a reduction in costs specifically relevant to servicing the customer. For example, sales staff specifically allocated to servicing this client.

This is significant because the forecast future cash flows of Zebra Co will be critical in determining the value of the company and the price offered by Cheetah Co. It is therefore vital to establish all of the potential revenue and cost implications of the loss of the customer to ascertain the impact on the purchase price.

Wider implications of new competitor

The customer referred to has switched to a new, cheaper supplier. This may have wider implications if the new supplier is directly targeting the customers of Zebra Co. It is possible that other customers may switch to the new supplier in the future, which would have further implications on future revenue and cost forecasts.

It may not be possible to determine the potential impact of the new supplier at this point, which increases the level of uncertainty associated with the potential acquisition. Cheetah Co may be able to use this uncertainty as a tool for bargaining with the owners of Zebra Co over the final agreed price.

Possible impairment of other assets

The loss of a major customer may be an indication of impairment of the assets of Zebra Co. This will be particularly relevant if Zebra Co holds specific assets for manufacturing the unique furniture products made for this client.

As well as production assets, Zebra Co may also be holding inventories which are specifically relevant to the customer which cannot be re-used elsewhere or sold to other customers. If this is the case, these inventories will almost certainly be impaired.

If not performed at the year end, it may now be appropriate to conduct an impairment review to ensure that the valuation of the assets, as presented in the financial statements, is still appropriate in the circumstances.

Gifted land

Possible restriction on sale

The restriction on the sale of the land may mean that Zebra Co is prohibited from including the land as part of the acquisition by Cheetah Co. It is likely that following acquisition, Cheetah Co will not be able to initiate a sale of the land to an external company or develop or change its current use. This may act as a deal breaker if Cheetah Co is not able to obtain control over the land surrounding the entrance to the production facilities.

If Zebra Co is not permitted to include the land as part of the deal with Cheetah Co, then this may also have an impact on the purchase price as the owners of Zebra Co may have attributed some value to the land in their expectation of the price which they can achieve. If so, it will be important to ascertain the value attributed to the land by the owners to negotiate the reduction of the purchase price.

Possible limitation on future usage

If the land can be included as part of the acquisition deal, the restrictions may also mean that Cheetah Co is not able to use the land for their intended purpose, such as the future expansion of production facilities, resulting in the acquisition of Zebra Co not being an appropriate strategic fit for Cheetah Co if one of the key aims is future expansion. If this is the case, then this will severely limit the value of the land to the company.

If the land can be acquired but cannot be developed, it is likely that there will be ongoing maintenance costs and potentially other requirements and conditions regarding the upkeep of the nature reserve set out by the local authority, which need to be understood as part of the review. The cost of maintenance may result in a net annual cost to the business and this needs to be quantified as part of the due diligence work.

It will be vital to ascertain what restrictions are in place and whether the directors of Cheetah Co believe they can extract any value from the use of the land.

Based upon this, the directors of Cheetah Co may wish to try and negotiate the purchase of Zebra Co without the associated land or they may wish to negotiate a lower price based on the restricted usage.

Uncertainty regarding valuation

It may be difficult to accurately value the piece of land. The value attributed to it in the financial statements is zero, so this may not provide an appropriate basis for estimating the resale value. A land valuation expert may be able to provide an estimation of the current market value of the land without restriction on its use but they may find it difficult to accurately value how much it is worth with the local authority restrictions. It may also be difficult to value the land based on the future cash flows attributable to it if it is not currently in use and its future usage is uncertain.

As a result, the valuation of the land may become a point of significant negotiation between the directors of Cheetah Co and Zebra Co. This may also become a deal breaker if the two parties are unable to reach agreement on the matter.

(ii) Procedures

Termination of contract

- Analytically review the total historic value of revenue earned from the customer to help determine an appropriate estimate for the potential loss of future revenues and cash inflows.
- Enquire of management whether the loss of the customer will have any other repercussions, such as the sale of specific assets or the redundancy of staff and the costs associated with this if such action was required.
- Perform an analytical review to identify other major customers by value of revenue contributions to the business. For all major customers identified, review any supply agreements/contracts in place to determine when they expire.
- If any contracts with major customers are due to expire within the next few years, enquire of management whether any discussions have taken place with those customers in relation to renegotiating the terms.
- Obtain any correspondence available with the identified major customers to identify whether there is any indication that they may attempt to either renegotiate the terms of their agreements or switch them to a new supplier.
- Enquire of a relevant manager, such as a production manager or sales manager, whether there is any specific inventory which has been produced in relation to the customer who is not renewing their agreement. If this is the case, obtain a breakdown of the total inventories produced for this client and discuss with management whether they will be able to sell this inventory at full price given the notice to terminate the contract.
- Inspect the forecasts prepared by management to ensure that the changes to the revenue and cost streams identified above have been appropriately incorporated.

Gifted land

- Review the terms supplied when the land was originally gifted to Zebra Co. Identify the specific restrictions in relation to how the land may be used and who the land may be sold to in the future.
- Enquire of a legal adviser whether this will have any impact in relation to the sale of the land to Cheetah Co and their consequent usage of it.
- Engage a land valuation expert to provide a valuation of the land. Ask them to consider the implications of the restrictions imposed upon the land in the valuation.

- If Zebra Co is not permitted to sell the land, or the restrictions imposed on the usage of the land are too restrictive, seek legal advice in relation to the potential options, including whether the land can be gifted back to the local authority prior to the acquisition.
- Inspect the forecasts prepared by the management of Zebra Co to identify the specific forecast costs and revenues associated with the usage of the land. Prepare a revised version of the forecasts which excludes these revenues and costs to identify the potential implications on the forecasts if the deal is conducted excluding the gifted land.

(b) Ethical and other professional issues

Advocacy threat

Accompanying the client to a meeting with their bankers will create an advocacy threat to objectivity as Leopard & Co may be perceived to be representatives of Cheetah Co.

This is particularly relevant as the bank may wish to establish a number of facts relating to the suitability of providing finance to Cheetah Co. For example, they may ask for representations that the company will continue as a going concern and that any forecast cash flows presented are accurate.

As Cheetah Co's auditor, these questions may be directed at the firm's representatives and the bank may take any response provided to their questions as assurance over these matters.

Management responsibility

Leopard & Co must also be careful that in providing services relating to the potential acquisition of Zebra Co and the associated financing arrangements that the firm is not assuming a management responsibility.

Although the terms of the engagement have not yet been confirmed, it is likely that by attending the meeting with the client, the audit firm will give the impression of supporting the acquisition of Zebra Co and therefore give credit to the decision.

The IESBA *International Code of Ethics for Professional Accountants* (the Code)/FRC Ethical Standard specifically states that the firm shall not assume a management responsibility for an audit client as the threats created would be so significant that no safeguards could reduce the threats to an acceptable level.

Self-review threat – loan transaction

Providing assistance in finance raising transactions for audit clients also creates a self-review threat to objectivity. A self-review threat arises where the outcome or consequences of a corporate finance service provided by the audit firm may be material to the financial statements under review.

This is a particular problem as the transaction will directly affect the financial statements, which the audit team will be responsible for auditing in consequent financial periods and therefore the audit team is likely to be more accepting of information provided or may not investigate issues as thoroughly, as the team may feel that much of this has been done via the due diligence.

Self-review threat – interim review

Reviewing the work of the team engaged in the interim financial statements review would also create a self-review threat to objectivity as the audit team would be reviewing the work of another team within the audit firm.

It may be perceived externally that the purpose of reviewing the progress of the interim review is to ensure that any output from this does not impact the attempt by Cheetah Co to secure the loan finance.

Intimidation threat

The request by Cheetah Co to ensure that the interim review does not impede the application for a loan may be perceived as intimidation by the client. It appears as though they are putting pressure on Leopard & Co to finish the work based on the deadlines imposed by the bank, rather than those originally agreed with the client.

This may force the auditor into changing their approach to any remaining procedures which would be considered to be undue influence of the client over the procedures performed.

This appears to be supported by a further threat relating to the upcoming tender for the audit. The management team of Cheetah Co appears to be suggesting that failing to ensure the interim review is completed on time for the loan decision may have an adverse impact on any consequent tender bid.

Purpose of meeting

It is not clear why representatives of Leopard & Co have been invited to attend the meeting with the bank. The purpose of both the due diligence service and the interim review is to report to the directors and owners of Cheetah Co, respectively. The firm has no responsibility to report to any third party, including potential lenders.

There may be an expectation for Leopard & Co to provide assurances to the bank in relation to the accuracy of forecasts presented or the financial position of Cheetah Co. If this is the case, it is outside the scope of any of the current engagements and Leopard & Co would not be in a position to provide this assurance.

Actions

The firm should ascertain the purpose of attending the meeting with the bank; if there is any expectation that it will provide assurances to the bank, then the request should be declined, explaining to Cheetah Co that the firm's responsibilities extend to reporting to the management and the owners of the company and not to any third parties.

If there is no expectation to provide any assurances and the firm is expected to attend the meeting solely in regard to the role of providing due diligence services to Cheetah Co and assisting them in determining a purchase price, then it may be possible for representatives of Leopard & Co to attend.

It must be made clear, however, that no members of the audit team/interim audit team will be able to attend and the firm will not be permitted to make any representations to the bank. A written representation should be obtained from management clarifying these points.

In order to reduce the risk of Leopard & Co assuming a management responsibility, the representation should also state that Cheetah Co has assigned responsibility for the final decisions relating to the acquisition and financing to a suitably experienced individual within the company.

Further, that Cheetah Co's management will provide oversight of the services performed, will evaluate the adequacy of the outcome of the services for the purposes of Cheetah Co, and accept responsibility for the actions to be taken as a result of the services performed by Leopard & Co.

On balance, Leopard & Co may consider that the threats, both real and perceived, are too great and it would be most prudent not to attend the meeting. If this is the case, Leopard & Co should politely decline the invitation, explaining the reasons why it is inappropriate.

Leopard & Co should communicate with the directors of Cheetah Co explaining that the firm is unable to be involved in the interim review or to review any of the working papers. Leopard & Co should explain the reasons to the client.

The firm should also explain that, if the client has any concerns, they should communicate with the interim review engagement partner to ascertain a reasonable timeframe for conclusion of this engagement.

Examiner's comments

This question focused on due diligence where a separate team from the firm were working on due diligence at an audit client. Here two issues had been identified and candidates had to explain why they warranted further investigation and what procedures they would perform. Stronger candidates here were able to see the future implication for the valuation of the target company from both the loss of a major customer and a new entrant into the market, and from the ownership of land with restricted use. Candidates should try to remain focused on the future value of the company in such questions and not dwell on the financial reporting aspects. Here there was a piece of land recorded in the accounts at its historical cost of zero as it had been gifted. A significant portion of candidates spent time on this fact and stated that it was in breach of accounting rules not to revalue PPE. This is not the case. A revaluation model may be adopted by companies but is not required. The market value of the land was important in valuing the company but its carrying amount was not for the purposes of this question.

Part (b) of this question addressed ethical issues which would arise if the firm was to attend a meeting with the bank regarding financing for this acquisition and this requirement was well answered with well-prepared candidates being able to recognise advocacy and intimidation threats. Candidates often missed the point that a separate team was already preparing the due diligence, as detailed in the scenario and incorrectly recognised the use of separate teams as a safeguard, which was not relevant. It should be noted that to attract credit for ethical threats candidates should not simply state the name of the threat, they should explain what it means and relate it to the scenario. Simply listing the name of ethical threats does not attract credit. An example of wording required to attract the full credit for advocacy is: 'The client's request for the auditor to attend the meeting with the bank would create an advocacy threat to objectivity, as the auditor would be perceived to be representing the client to the bank, and therefore the bank may take assurance from the auditors' response regarding the suitability of providing finance.'

ACCA Marking guide

			Marks
(a)	(i)	**Due diligence investigation** Up to 2 marks for each matter discussed. **Termination of contract** – Impact on forecast revenues, costs and cash flows – Wider implications of a new, cheaper supplier entering the market – Potential impairment of assets employed specifically for the client	

	Gifted land – Possible restriction on sale to Cheetah Co – Possible restriction on how land is used if purchased – Uncertainty regarding how to value the land	
	Maximum	**6**
	(ii) Investigation procedures Up to 1 mark for each adequately explained procedure. Award ½ mark for relevant procedures which are poorly explained. – Analytically review historic sales to customer – Enquire of management about further repercussions – Analytically review sales by customer to identify other major ones – Review trade contracts/agreements with other major customers – Inspect correspondence with major customers – Identify inventories produced specifically for customer – Inspect forecasts to ensure adequate adjustment made – Inspect terms of gifted land – Enquire of legal adviser re. impact of restrictions – Seek a valuation from an expert – Identify potential options for land – Prepare revised forecast excluding land	
	Maximum	**6**
(b)	**Ethical and professional issues** Generally 1 mark per point: – Advocacy threat – Management responsibility – Self-review: loan transaction – Self-review: interim review – Intimidation threat – Purpose/scope of meeting – Ascertain purpose of attending meeting – Obtain written representation – Politely decline to attend – Explain that you are unable to review interim engagement progress	
	Maximum	**8**
	Professional marks **Analysis and evaluation** – Appropriate use of the information to support discussion, draw appropriate conclusions and design appropriate responses – Appropriate assessment of the ethical and professional issues raised, using examples where relevant to support overall comments – Effective appraisal of the information to make suitable recommendations for appropriate courses of action **Professional scepticism and judgement** – Effective challenge and critical assessment of the evidence supplied with appropriate conclusions – Identification of missing information or additional information which would be required – Appropriate application of professional judgement to draw conclusions and make informed comments **Commercial acumen** – Inclusion of appropriate recommendations in respect of the ethical and professional issues raised	
	Maximum	**5**
Total		**25**

50 SANZIO *Walk in the footsteps of a top tutor*

Top tutor tips

Part (a) requires an assessment of the suitability of a proposed advertisement. Advertisements must not contain any content which would reflect adversely on the profession or other members. They must not contain misleading information which misrepresents the firm or the services the firm offers.

Part (b)(i) asks for the information you would require to assist in your valuation of the Titian Tyres' intangible assets, primarily the customer database and the licence. The customer database is an internally generated asset therefore won't be included in the financial statements of Titian Tyres. Remember that the value of an asset is dependent on the expected future cash flows so identify information that would help assess the level of future cash flows that could be generated from the assets.

Part (b)(ii) asks for enquiries to be made regarding the contingent liability included in the notes to the financial statements. Here you should be trying to assess the likelihood of payment and the potential amount of the payment.

(a) Advertisement

Accountant charging you too much for poor quality services

Accountants are permitted to advertise subject to the requirements in the ACCA Code of Ethics and Conduct that the advert should 'not reflect adversely on the professional accountant, ACCA or the accounting profession'. The advert does not appear to be in keeping with this principle as it suggests that other accountancy firms charge inappropriately high fees and that the quality of their services is questionable.

This discredits the services offered by other professional accountants as well as implying that the services offered by Raphael & Co are far superior.

Most comprehensive range of services

The advert states that the firm offers 'the most comprehensive range of finance and accountancy services in the country'. This is misleading. With 12 offices and only 30 partners, Raphael & Co is unlikely to be one of the largest accountancy firms in the country and is therefore unlikely to offer the most comprehensive range of services. If it is misleading, this statement must be withdrawn from the advertisement.

Leading tax team

The advert also implies that they have the country's leading tax team. It is not possible to substantiate this claim as it is not possible to measure the effectiveness of tax teams and even if it were, no such measure currently exists. This is, therefore, also potentially misleading and should be withdrawn from the advert.

Tax team waiting to save you money

The suggestion that the tax experts are waiting to save the client money is inappropriate. No such guarantees can be made because tax professionals must apply relevant tax legislation in an objective manner. This may lead to a reduction in a client's current tax expense or it may not. Any failure to apply these regulations appropriately could raise questions about the professional behaviour of the practitioner.

Guarantee to be cheaper than your existing service provider

Guaranteeing to be cheaper than other service providers is often referred to as 'lowballing'. This could create a potential self-interest threat to objectivity and it could also threaten professional competence and due care if the practitioner is unable to apply the appropriate professional standards for that level of fee.

[**UK syllabus:** FRC Ethical Standard section 4 states that the audit engagement partner shall be satisfied and able to demonstrate that the audit engagement has assigned to it sufficient partners and staff with appropriate time and skill to perform the audit in accordance with all applicable auditing and ethical standards, irrespective of the audit fee to be charged.]

Business advice to audit clients

Offering business advice to audit clients creates a potential self-review threat to objectivity. It depends on the sort of advice offered but it is possible that the auditor in consequent years may have to audit aspects of the business affected by the advice given. This would be particularly relevant if the practitioner provided advice with regard to systems design. It would be possible to offer both services if Raphael & Co can use different teams to provide each service. Given that they have 12 offices, it may be possible to keep these services completely separate and they may be able to offer both.

[**UK syllabus**: According to FRC Ethical Standard section 5, offering a non-audit service such as business advice to audit clients potentially creates self-interest, self-review, management and advocacy threats to objectivity.]

Free advice

Offering services for free as part of a promotion is not prohibited but, similar to lowballing, this increases the threat to competence and due care if sufficient time and resources are not allocated to the task. This may also devalue the services offered by Raphael & Co as they may be perceived as being a promotional tool as opposed to a professional service.

Firms of accountants are permitted to offer free consultations, so this does not create any specific threats. The phrase 'drop in and see us' may cause a problem with potential clients though as it may not always be possible to expect to see senior staff members without an appointment. To avoid damaging the professional profile of the firm, Raphael & Co would need to make sure they had a dedicated member of staff available to meet potential customers who is available without prior notice.

Chartered Certified Accountants

Finally, Raphael & Co is not permitted to use the term 'Chartered Certified Accountants' because fewer than 50% of the partners of the firm are ACCA members. This reference should be removed.

(b) **(i)** **Intangible assets – further information**

Customer database

- A copy of the most recent financial statements to identify the current carrying amount of any purchased intangibles relating to the database, such as computer software.
- A copy of the original purchase agreement for the software to identify the age of the software and when any product licences expire.

- A copy of the original purchase/ongoing maintenance contracts for the software to identify the continuing costs of maintaining the system at its current level of efficiency.
- Historic records of sales by customer to verify management's statement that repeat customers make up over 60% of annual sales.
- Copies of a sample of recent automated customer communications traced to customer bookings/sales records to confirm the current efficacy of the system.
- Sales forecasts for the foreseeable future to assess the potential future cash flows attributable to the customer database system to assess its value when determining the potential purchase price.

Licence

- A copy of the original purchase agreement for the licence to confirm the $5 million cost and the exclusivity of the agreement.
- The original purchase agreement can also be used to identify whether any further incremental/contingent considerations or royalties are due in the future.
- A copy of the licence agreement to confirm whether the licence is for a fixed period of time or not and to confirm the exclusivity of the licence.
- A breakdown of the sales figures relating to the new tyres to enable comparison of the performance of the new tyres to existing brands.
- Forecasts showing the expected future sales attributable to the new tyres to confirm the continued inflow of economic benefit from the asset.

(ii) Contingent liabilities – enquiries

- Enquire of management and ascertain if any legal advice has been sought to determine who is liable to pay compensation in these cases, Titian Tyres Co or the supplier of the parts.
- Enquire whether or not management has sought any legal advice with regard to the likelihood of having to settle the claims.
- Enquire if management has records showing how many vehicles have been fitted with the faulty parts and whether these have been used in any estimates of the likely settlement costs.
- Discuss with management the level of claims which have been settled since the year end. Compare this with the original estimation to establish how effective management has been in making these estimates.
- Enquire of management for how long the company used the faulty parts and for what portion of this time period the known claims relate to.
- Discuss with management the details of any new claims which have been made since the year end which were not included in any estimations of the cost of settlement included in the contingent liability disclosure in the financial statements.
- Discuss with management their assessment of any risk that further claims will be made of which they are currently unaware.
- Enquire of management if other quality problems have been experienced with other parts from the same supplier.

Examiner's comments

Part (a) required students to critique the appropriateness of advertising being utilised by the firm. The majority of students were well prepared to answer this question with a format that has been used before, and were able to confidently identify and evaluate the ethical issues associated with the proposed advertisement.

In part (b) the question focused on the work that may be performed during a due diligence assignment and specifically around the valuation of specific assets and liabilities within a target company. The question here asked for further information that may be required and enquiries that would be made in order to provide assurance on such items. Candidates produced the strongest answers with respect to the valuation of a purchased licence albeit often focusing on initial recording rather than current values/impairment. The valuation of an internally generated database proved harder as many candidates quoted the financial reporting rules and concluded it should not be presented within the financial statements.

The final item related to a contingent liability that was presented in the target company's financial statements. Answers to this were of mixed quality but it was disappointing how many candidates again lost sight of the assignment being one of due diligence and made comments regarding the financial statements disclosure requirement. Candidates are reminded that more effective reading and planning would allow a clearer understanding of what is being asked for and that time should be spent ensuring that answers are tailored to the specifics of the question.

ACCA Marking guide

		Marks
(a)	**Advertisement**	
	Up to 1½ marks for each point of evaluation and up to 1 mark for each response recommended.	
	– Advert reflects adversely on other professional accountants	
	– Misleading with regards to size of firm	
	– Misleading comments regarding expertise of tax team	
	– Threat to professional behaviour by guaranteeing to save tax	
	– Lowballing – self-interest threat and threat to professional competence and due care	
	– Potential self-review threat from business advice	
	– Free consultations permitted	
	– Remove misleading claims from advert	
	– Separate teams for audit and other services advertised	
	Maximum	7
(b)	**(i) Additional Information**	
	Up to 1 mark for each piece of information recommended and adequately explained.	
	Database:	
	– Most recent financial statements (carrying amount)	
	– Original software purchase agreement	
	– Software maintenance contract	
	– Historic records of sales by customer	
	– Sample customer communications	
	– Sales forecasts	
	Licence:	
	– Original purchase agreement (cost)	
	– Original purchase agreement (incremental/contingent consideration)	
	– Licence terms and conditions	
	– Sales figures for new brand	
	– Forecast sales for new brand	
	Maximum	8

(ii) Enquiries	
Up to 1 mark for enquiry recommended and adequately explained.	
– Legal advice regarding who bears the liability	
– Legal advice regarding likelihood of settlement	
– Basis of estimation of liability	
– Settlement of claims since year end	
– How long faulty parts used for	
– New claims since year end	
– Risk of further claims	
– Quality problems with other parts	
– Original purchase agreement (incremental/contingent consideration)	
– Licence terms and conditions	
– Sales figures for new brand	
– Forecast sales for new brand	
Maximum	**5**
Professional marks	
Analysis and evaluation	
– Appropriate use of the information to support discussion, draw appropriate conclusions and design appropriate responses	
– Appropriate assessment of the professional issues raised, using examples where relevant to support overall comments	
– Effective appraisal of the information to make suitable recommendations for appropriate courses of action	
Professional scepticism and judgement	
– Effective challenge and critical assessment of the evidence supplied with appropriate conclusions	
– Identification of missing information or additional information which would be required	
– Appropriate application of professional judgement to draw conclusions and make informed comments	
Commercial acumen	
– Show insight and perception in understanding the wider implications and impact of implementing relevant recommendations and demonstrate acumen in arriving at suitable conclusions	
– Demonstrate awareness of any wider external factors or implications, in a given scenario	
Maximum	**5**
Total	**25**

51 MOOSEWOOD HOSPITAL *Walk in the footsteps of a top tutor*

Top tutor tips

This question covers performance information. In the context of the question produced in this exam kit, the performance information forms part of the integrated report of a private hospital i.e. a company. In the context of an INT variant exam, the hospital in the scenario is likely to be a public sector organisation.

You would attempt the question in the same way, irrespective of whether the hospital is private or a public sector organisation.

Part (a) deals with ethical and professional issues arising from the client being in breach of laws and regulations. Draw on your knowledge of the relevant auditing standard and explain the auditor's responsibilities when such issues arise.

Part (b)(i) requires benefits of an assurance report on KPIs being included in the integrated report. Think of the benefits of assurance and apply them to the scenario.

Part (b)(ii) requires procedures to be performed in relation to the KPIs given in the scenario. Think of the documentation that would be produced and kept by the hospital that would help you verify the KPIs. Where you need a better understanding of the KPI an enquiry may be needed to obtain that understanding.

(a) Ethical and professional issues

Compliance with laws and regulations

It appears that Moosewood Hospital is storing and possibly using medicines which have passed their recommended use by date. This may be illegal, it may breach the terms of agreement with their suppliers and, most significantly, this may lead to patient harm or ineffective treatment.

ISA 250 *Consideration of Law and Regulations in an Audit of Financial Statements* requires that in the event of a suspected non-compliance with law and regulations, the auditor should document the findings and discuss them with management.

The audit team should attempt to obtain more information about the suspected non-compliance, though this will be difficult given the actions of the financial controller, who is denying access to the relevant source of information and the attempt to intimidate the audit team by the finance director.

The audit team should seek appropriate legal advice in relation to the use of out of date medicines. If this is a breach of regulations, then the auditor may have a statutory or public duty to report this incident to the relevant regulator, such as the UK's General Medical Council.

Reporting non-compliance to those charged with governance

If Fern & Co believes that non-compliance with relevant law and regulation is taking place, then according to ISA 250, the matter should be reported to those charged with governance of Moosewood Hospital. This communication should happen without delay given that it appears to be deliberate and owing to the potential seriousness of the use of expired medical inventory.

At present it is unclear whether those charged with governance are aware of these practices. The auditor should request that those charged with governance make any necessary disclosure to the relevant authorities, clearly state the reasons why Moosewood Hospital should make the disclosure and that if the board fails to comply, that Fern & Co will be compelled to make the disclosure themselves.

If the auditor suspects that members of senior management including the board of directors are involved with the non-compliance, then the auditor should report the matter to the next higher level of authority, such as the audit committee.

Confidentiality

Reporting the incident to a regulator would require the auditor to report information about a client to a third party, which is a breach of client confidentiality. In these circumstances, however, legal and regulatory responsibilities, as well as acting in the public interest would be considered to outweigh the confidentiality requirement.

Fern & Co should seek legal advice before they act to minimise the risk of legal dispute with their client or legal action from the regulator due to inaction.

Impact on the financial statements

It is not correct for management to assert that the issue with out of date inventory is not relevant to the audit, because if any of the inventory is obsolete, then it should be written off in the financial statements.

By restricting the audit team's ability to audit inventory, management has imposed a limitation on the scope of the audit. If the auditor is unable to obtain satisfactory evidence relating to inventories, then this may lead to a modification of the audit opinion.

Fern & Co should report this matter to those charged with governance and request that they provide access to the necessary evidence. They should also explain what repercussions this will have on the auditor's report if they fail to comply.

If Moosewood Hospital has failed to comply with any legal, regulatory or contractual requirements, they may incur fines or other financial penalties. The audit approach should now be modified to include additional procedures aimed at investigating the potential implications of the use of out of date medicines and the potential value of fines and penalties.

Intimidation threat

The aggressive actions of the finance director amount to an intimidation threat to objectivity. The finance director has tried to influence the conduct of the audit with threatening behaviour.

Fern & Co should inform those charged with governance, explaining the significance of the matter and that it cannot be tolerated. Fern & Co should explain the reasons for the enquiries made by the audit team and the significance of being allowed to complete these procedures.

Management integrity

While the intentions of management are not clear, it does appear that they are trying to conceal a matter of some significance from the auditor.

The audit team must increase their scepticism of all evidence provided by management, particularly written representations obtained from management as they may be subject to bias and evidence which they could potentially manipulate, such as internal spreadsheets. In particular, if the audit team is given access to the inventory valuation spreadsheet, they must remain vigilant for any indication that this has been subsequently altered.

Withdrawal from engagement

If the audit team believes that management is complicit in any significant illegal activity and/or attempt to manipulate the financial statements, they may reconsider their position as auditor. Fern & Co may wish to resign from the audit engagement to protect their reputation and to protect them from being implicated in any ensuing legal case.

Before taking any action, the matter should be discussed by the senior partners of the audit firm and an appropriate legal adviser.

(b) **(i)** **Benefits of independent assurance**

Obtaining an independent assurance report on the integrated report, and specifically on the key performance indicators (KPIs) contained within the report, is a way to enhance the credibility of the integrated report. Information provided by an organisation without any external assurance being obtained may not be perceived as trustworthy or accurate.

The integrated report is outside the scope of the audit, other than being read as part of 'other information' if it is published alongside the audited financial statements, which is not the case for Moosehead Hospital Co, and therefore without any assurance report being obtained, the contents of the integrated report including the KPIs could be seen as lacking in credibility.

Therefore, for users of the integrated report, a review report by Fern & Co can provide some assurance that the KPIs are relevant, derived from reliable source information and accurate.

It is important to note, however, that only a low level of assurance is provided, and that the nature of the assurance will depend on the terms of the engagement between Fern & Co and Moosehead Hospital Co, for example, the engagement may be restricted to certain agreed upon procedures on specific KPIs.

Operating in a regulated industry makes the assurance even more important, as the KPIs may need to be reported to the authorities.

For management, the assurance report will also help in providing some assurance on how the KPIs have been determined, including that the systems and controls are sufficient to produce the necessary information.

Management will presumably be using the KPIs to monitor performance and therefore having assurance on the accuracy of the KPIs should provide comfort to management that appropriate decisions are being made.

(ii) **Procedures**

General

- Document the systems which are in place for recording the information relevant to the performance measures, noting the key controls which should operate to ensure the accuracy of the information which is captured, recorded and reported. Evidence of the operating effectiveness of these controls throughout the period should be obtained.

- In particular, the auditor should obtain an understanding of the level of scrutiny of the performance measures by senior management, including: the frequency of their reviews; the level of detail which is provided; and their responses should the reported performance measures differ from their expectations.
- Each of the calculations of the performance measures should be obtained. Using the figures supplied by management, these should be recalculated by the audit team to ensure mathematical accuracy.
- The performance measures should be analytically reviewed against historic performance levels, on a monthly basis if such information is available, to identify any significant fluctuations in reported performance levels. Where fluctuations occur reasons should be sought through management enquiry, which should then be corroborated with evidence wherever possible.

Tutorial note

Other, relevant general procedures will also be awarded credit but will only be awarded credit once, i.e. candidates will not be given credit for repeating the same general procedure for each performance measure.

Patient/nurse ratio

- Obtain copies of the original document in which the basis for calculating the performance measures were agreed. This may be in the form of a strategic document agreed with the National Health Service or it may even be the minutes of the executive board. From this identify whether any specific definition is provided of the term 'average' or whether a specific formula is provided. In particular, it is important to ascertain over what period the average must be calculated.
- From the same document ascertain which patients must be included in the calculation, i.e. should this include emergency patients or just patients admitted for treatment by appointment.
- Confirm the calculation of the number of patients treated through inspection of underlying treatment and appointment records.
- Confirm the calculation of the number of nurses through inspection of underlying staff rotas and records of hours worked supplied to human resources and payroll departments.

Surgical room usage

- Enquire of the manager responsible for planning and co-ordinating surgical operations what the 'normal' period of time (i.e. excluding emergencies) is during which surgical procedures may be performed, i.e. which hours during the day and whether there are any days where scheduled procedures would not be performed.
- Obtain and inspect the hospital plans to identify the total number of surgical rooms available.

- Using the information above, calculate the total number of surgical hours available to the hospital. Compare the figure calculated to the figure used in management's calculation to identify any significant variances.
- Obtain a schedule of the total hours of surgery performed during the year. Confirm a sample of the times recorded to underlying hospital records to confirm the accuracy of the figures used in this calculation.

Admissions for previously treated conditions

- Enquire of management how they define a 'previously treated condition'. For example, does this depend upon the underlying symptoms or the diagnosis of the medical practitioner?
- Obtain a copy of the patient admissions records. Use automated tools and audit techniques to identify patients admitted to the hospital within 28 days of a previous admission. If possible, inspect the underlying patient records to identify whether the patient was treated for either the same or a similar condition. If not, enquire of the medical practitioners responsible for their care during their admission.
- Where the above procedure identifies patients admitted for the same condition, ensure that these patients are recorded in management's calculation of the performance measure to ensure the completeness of the information used in the calculation.

Examiner's comments

This question focused on the audit of a hospital and was generally not well-answered.

Part (a) focused on a potential breach of laws and regulations through the potential use of out-of-date medicines and an intimidating client. Most candidates discussed the implication for inventory valuation reasonably and some suggested highlighting the issues and lack of co-operation from the finance director to those changed with governance and the potential for a limitation on the scope of the audit. Disappointingly only a minority of candidates identified that there was a wider issue that using out-of-date medication could have severe or fatal health consequences and were able to discuss the balance between the auditor's duty of confidentiality to the client compared with their wider ethical duty to notify the appropriate regulators and after seeking legal advice.

Part (b)(i) asked about the benefits of independent assurance provided on key performance indicators for both management and external users. Candidates mostly correctly commented that this would provide greater credibility to the information and so would be relied on more by external users. Fewer candidates identified that this would also provide management with assurance that the systems and controls in place to produce the information was sufficient and operating satisfactorily.

In part (b)(ii) candidates were required to explain how to audit some performance KPIs and although some good points were made a number of candidates stretched their imagination as to how these could be verified and were simply impractical in the nature of their procedures.

ACCA Marking guide	
	Marks
Generally up to 1½ marks for each well explained point and 1 mark for each well explained procedure recommended:	
(a) Ethical and professional issues	
– Suspected non-compliance with laws and regulations	
– Attempt to obtain more evidence for discussion with management	
– Reporting non-compliance to those charged with governance	
– Confidentiality threat	
– Report to regulator	
– Limitation on scope of audit	
– Impact on the financial statements	
– Intimidation threat	
– Management integrity	
– Withdrawal from engagement	
Maximum	**8**
(b) (i) Benefits of an assurance report on the KPIs included in the integrated report	
– Assurance report enhances credibility of the integrated report generally and specifically the KPIs	
– Integrated report outside scope of audit	
– Important to gain assurance given regulated nature of the industry	
– Management use KPIs to monitor performance so credibility enhances management decision making processes	
Maximum	**4**
(ii) Procedures in relation to key performance indicators	
General:	
– Document systems and test controls	
– Identify level of senior management scrutiny of KPIs	
– Recalculate KPIs to confirm mathematical accuracy	
– Analytical review to historic performance	
Patient/nurse ratio:	
– Obtain definition of 'average' for patient/nurse ratio	
– Identify which patients to include	
– Confirm patient numbers to patient records	
– Confirm staff numbers to HR records	
Surgical rooms:	
– Discuss normal levels of room usage	
– Obtain hospital plans to identify number of surgical rooms	
– Recalculate number of surgical hours available	
– Confirm surgical times to underlying surgery/treatment records	
Admissions for previously treated conditions:	
– Enquire how a previously treated condition is identified	
– Inspect patient admission records to identify readmissions within 28 days	
– Inspect underlying patient records to identify if conditions match	
Maximum	**8**
Professional marks	
Analysis and evaluation	
– Appropriate use of the information to support discussion, draw appropriate conclusions and design appropriate responses	
– Appropriate assessment of the professional issues raised, using examples where relevant to support overall comments	

– Effective appraisal of the information to make suitable recommendations for appropriate courses of action – Appropriate use of the information to design appropriate procedures **Professional scepticism and judgement** – Effective challenge and critical assessment of the evidence supplied with appropriate conclusions – Identification of possible management bias and consideration of the impact on the financial statements and the possible reasons for the management-imposed limitation of scope – Effective application of technical and ethical guidance to effectively challenge and critically assess how management has responded to the breach of laws and regulations – Identification of missing information or additional information which would be required – Appropriate application of professional judgement to draw conclusions and make informed comments **Commercial acumen** – Show insight and perception in understanding the wider implications and impact of implementing relevant recommendations and demonstrate acumen in arriving at suitable conclusions – Demonstrate awareness of any wider external factors or implications, in a given scenario – Procedures are practical and plausible in the context of the scenario	**5**
Total	**25**

52 BEYER *Walk in the footsteps of a top tutor*

Top tutor tips

Part (a) requires professional considerations before accepting a forensic investigation. A forensic investigation is a specialist assignment and this must be considered when deciding whether to accept the invitation. General acceptance considerations which are applicable to all types of engagement can also be included such as whether the firm has the resource and competence to perform the work.

Part (b)(i) requires the procedures to be performed to quantify the loss. A common sense approach can be taken here. Also think about the audit procedures which will help quantify the inventory stolen.

In part (b)(ii) consider how the fraud was able to occur, i.e. which controls were missing or ineffective. Explain how, if they had been in place, the fraud could have been prevented. Where controls are missing, these should form the basis of your recommendations to prevent the fraud from occurring again in the future.

(a) Beyer Co

Scope of the investigation

Kaffe & Co should establish the specific work which Beyer Co expects them to perform. It is likely that the quantification of the loss represents an agreed upon procedures engagement and these would need to be confirmed with Beyer Co in advance.

The identification and recommendation on controls issues is more likely to be of a consulting nature and the process and outcomes agreed with the client. The assignment may require specific competencies, such as the use of specialists in the use of automated tools techniques and this should be identified prior to acceptance of the engagement.

Kaffe & Co would also need to establish the time period Beyer Co would like them to investigate. This will all have an impact on the total fee charged.

Establishing how Kaffe & Co's investigation relates to the criminal investigation

If the quantification of the loss were to become a criminal investigation, then the relevant authorities would take the lead. It is not clear whether the authorities would require additional, professional support in their investigation and, if so, what sort of assistance they would require. For example, it is possible that they would gather their own evidence, but they may require the use of an expert witness to verify their findings in court.

It is therefore vital that, before any terms are agreed or engagement contracts are signed, Kaffe & Co speaks to the authorities to ascertain whether there will be any criminal investigation and, if so, what their role might be in the investigation, and how they might interact with any other experts appointed by the authority to assist in the investigation.

Confidentiality

Firms providing professional services must always ensure that information relating to clients is not given to third parties without the permission of the client. In preparing the report for the insurance company, Kaffe & Co will need permission from Beyer Co to disclose the information to the insurance company. In an investigation such as this, it is highly likely that all of the evidence collected will have to be submitted to the authorities to assist with their criminal investigation. It is therefore vital that before Kaffe & Co accepts the assignment, they obtain permission to do so from the board of Beyer Co.

The types of reports and prospective users

The firm must confirm with Beyer Co what types of report they would expect as a result of the engagement and to whom the reports would be distributed. In forensic engagements, the procedures to be performed would normally be agreed and then the results of those procedures would be reported.

It may be that the insurance company expects an opinion to be given on the results of the investigation and if this is the case, then the assurance issued would be limited to negative assurance. Kaffe & Co would usually expressly state that the report is not intended for use by third parties.

In this investigation, it is possible that the relevant authorities would want to use the results of the procedures to compile evidence for their case. It would, if this were the case, be important to establish if additional reports would be required for this.

Management also wants additional reports relating to the deficiencies identified in the control environment and systems recommendations on how to strengthen controls in this area. The form and content of such a report must be agreed upon in advance of accepting the assignment.

Professional competence

Before accepting the role, Kaffe & Co must be certain that they have staff with the requisite competencies to be able to conduct the investigation effectively.

If this were conducted as a criminal investigation, it is also vital that the staff used have sufficient experience in relation to the gathering and safeguarding of evidence. Any failure to follow the relevant protocol may render the evidence useless to the legal case.

Time pressure, deadlines and resource availability

As well as having staff with the requisite competencies to conduct the engagement, it is also vital that those staff are available to be able to conduct the investigation in the time frame suggested. The insurance company is likely to set the time frame for any initial investigation. If the relevant authorities conduct an additional criminal investigation, Kaffe & Co must consider the extent of the possible investigation and whether they are able to commit the necessary resources without adversely affecting their other client commitments.

Client due diligence

As Beyer Co is a new client, Kaffe & Co may be required to perform client identification procedures as part of local anti-money laundering regulations. If this is the case, the firm must explain the need to obtain information about the company and its directors before Beyer Co can be accepted as a client. If Beyer Co is unable, or refuses, to do this, then Kaffe & Co would not be able to take on Beyer Co as a client or proceed with the engagement.

(b) (i) Procedures to be performed to quantify the inventory loss

- Meet with the audit committee and members of management to understand and document what they know about the fraud and who might be involved.
- Discuss with the company's legal team what is known about the fraud at present and the source of the information.
- If possible, interview the whistle-blower to identify the potential staff involved and the timescales over which the fraud has been perpetrated.
- Obtain the prior year report to management from the auditor and inspect auditor's reports to identify any deficiencies or discrepancies in inventories identified by the auditors.
- Obtain/prepare a reconciliation of all orders placed including cancelled orders to all invoices raised to identify the total of all orders placed but not invoiced to establish the maximum potential value of the theft.
- Arrange to conduct a full inventory count to identify discrepancies between the inventory records and physical inventory.
- Investigate records of inventory written off to identify possible attempts to disguise the missing items.

- Interview sales, warehouse and accounting staff to identify the system in place for creating a sales order and for setting up customers within the sales and inventory systems.
- Use data analytics tools to identify the total of cancelled orders within the inventory records system and any addresses which are associated with large volumes of cancellations.
- Identify which cancelled orders are assigned to the sales representative identified by the whistle-blower.
- Identify which customers those orders are assigned to and verify their existence within the invoicing system and, where possible, their registered business address to ensure they are genuine customers.
- From this, identify fictitious customers and reconcile their cancelled orders to the inventory discrepancies identified.
- Assess if the amounts ordered by the fictitious customers agree to the total discrepancies or if there is a further difference to be investigated.
- Obtain inventory listing to identify the cost of the parts stolen and calculate the cost of the inventory identified as relating to the fictitious customer orders.
- Using data analytics tools, identify any other sales staff with unusual levels of cancelled sales despatches to see if this is a wider issue.

(ii) Control deficiencies and recommendations

Lack of segregation of duties and monitoring of order cancellations

There is a lack of internal control over the warehouse team, particularly in relation to authorisation and approval of transactions. The warehouse manager having the ability to create new customers on the system without authorisation has allowed fictitious customers to be created.

The ability of the sales representative to cancel orders and the ability of the warehouse manager to reverse despatches without authorisation gives rise to a lack of segregation of duties. These processes should require authorisation from a senior member of staff, for instance, sales cancellations should be approved by the sales manager and reversed goods despatches by the operations manager.

Additionally, the lack of reconciliation of the sales orders to the amounts invoiced allowed the cancellation of deliveries to avoid detection from any invoicing process. The consistent cancellation of despatches relating to one customer from one sales representative may have drawn attention within the sales system had the transaction made it that far.

The existence of the inventory system in isolation from the invoicing and accounting system allowed for incomplete information to be relayed further up within the business. While this in itself is not an issue, it did mean that any management review of accounting and invoicing reports does not act as a means of review of the inventory management and despatch system.

In many businesses, a system which linked the inventory movements with the accounting and management information system would allow reports to be generated to monitor for unusual levels of returns and cancellations. In the absence of the ability to merge the two systems, it may be possible for additional reporting functions to be added to the inventory system to allow reports of returns and cancellations to be generated for review at a higher level than the warehouse manager to provide oversight of this area.

A proper monitoring system would have flagged that one sales representative in particular had higher than usual cancellation levels which could have been investigated and monitored by management.

It would also be possible to implement a system where all cancelled orders and reversed despatches are processed outside of the sales and warehouse team, for example, by the accounts department.

Lack of segregation of duties in the warehouse counts

The lack of segregation of duties between warehouse staff and inventory count staff allowed the fictitious sales orders to pass unnoticed as the inventory discrepancy which would have flagged the issue was ineffective. An independent inventory count process using an external company or using staff from outside the warehouse to perform counts and reconcile the inventory amounts to inventory records would have identified missing inventory sooner.

Additional implications of the fraud

In addition to the value of the inventory stolen by the warehouse manager and sales representative, the business is not holding accurate records of its inventory, meaning that it may be in breach of the requirement to keep proper records of assets and liabilities and its assets are overstated. This may or may not be a material amount.

There is also a business risk arising from inaccurate inventory in that inventory believed to be on hand to satisfy genuine orders may not exist, causing delays and disruption to the ability of Beyer Co to satisfy customer orders in a timely manner causing customer satisfaction issues and potential loss of customers if the delays become unacceptable.

Recommendations

- Integration of the sales order and invoicing systems into the management information system.
- New customers should be created by the accounts department not the sales/despatch teams.
- Authorisation process for cancelled orders/returns.
- Creation and regular review of exception reports and unusual trends including cancellation reports by higher level management to identify irregular or suspicious patterns.
- Regular inventory counts to be performed by staff independent of the warehouse and sales staff.

Examiner's comments

This question was set in the context of a non-audit assignment for a non-audit client. Candidates were asked to consider acceptance criteria for an investigative forensic appointment in response to a fraud at a manufacturing company. The scenario detailed a fraud where inventory was stolen, and the assignment was to quantify the fraud for an insurance claim. Most candidates demonstrated the ability to apply acceptance criteria with reference to the specific question. A minority of candidates discussed irrelevant considerations that appeared to have been learnt from a previous question set in a similar context. Whilst the criteria for assessment were similar, some of those points were not relevant in this case and candidates wasted time in the exam discussing issues that would only be relevant to an existing audit client.

Part (b)(i) of this question asked candidates to suggest the steps or procedures that could be used to quantify the fraud and answers here tended to be either very good or very poor. Good answers methodically went through the process of identifying the fictitious customer, extracting data on cancelled orders and matching that to missing inventory through an inventory count. Weaker candidates were those who approached this by listing pre-learned procedures or without taking in to account the assignment and scenario. Such candidates often suggested tests that were based on samples as would be relevant to an audit rather than trying to definitively quantify the loss. Other mistakes made here were focusing on sale price rather than cost or trying to trace the stolen inventory with reference to sales invoices despite the goods stolen not being invoiced. There was evidence of candidates listing procedures from a previous forensic investigation question that were not relevant to the scenario described and therefore could not be awarded credit.

Part (b)(ii) required candidates to identify and explain the deficiencies in controls that allowed the fraud to occur and recommend improvements. Candidates were often able to score maximum credit in this area by giving detailed explanations. Weaker candidates tended to identify the deficiency from the scenario but were unable to describe how it resulted in the fraud or made unspecific recommendations e.g. improve segregation of duties or someone should approve cancellations – to obtain full credit more detail was required such as who should approve a process or how duties should be segregated.

ACCA Marking guide	
	Marks
(a) Acceptance considerations Up to 2 marks for each issue explained. – Scope of assignment – Interaction with criminal investigation – Form and contents of reports/audience – Confidentiality (max 1 mark) – Competence – Resource availability (including ability to make deadlines) – Customer due diligence requirements/reputational risks (award up to 1 additional mark for specific examples of information required as part of the customer due diligence)	
Maximum	**8**
(b) (i) Procedures to quantify the loss 1 mark for each relevant procedure described. – Meet with audit committee/management to understand and document what they know about the fraud and who might be involved	

- Discuss with the company's legal team what is known about the fraud at present and the source of the information
- If possible, interview the whistle-blower to identify the potential staff involved and the timescales over which the fraud has been perpetrated
- Obtain the prior year report to management from the auditor and inspect auditor's reports to identify any deficiencies or discrepancies in inventories identified by the auditors
- Obtain/prepare a reconciliation of all orders placed including cancelled orders to all invoices raised to identify the total of all orders placed but not invoiced to establish the maximum potential value of the theft
- Arrange to conduct a full inventory count to identify discrepancies between the inventory records and physical inventory
- Investigate records of inventory written off to identify possible attempts to disguise the missing items
- Interview sales, warehouse, and accounting staff to identify the system in place for creating a sales order and for setting up customers within the sales and inventory systems
- Use data analytics to identify the total of cancelled orders within the inventory records system and any addresses which are associated with large volumes of cancellations
- Identify which cancelled orders are assigned to the sales representative identified by the whistle-blower
- Identify which customers those orders are assigned to and verify their existence within the invoicing system and, where possible, their registered business address to ensure they are genuine customers
- From this, identify fictitious customers and reconcile their cancelled orders to the inventory discrepancies identified
- Assess if the amounts ordered by the fictitious customers agree to the total discrepancies or if there is a further difference to be investigated
- Obtain inventory listing to identify the cost of the parts stolen and calculate the cost of the inventory identified as relating to the fictitious customer orders
- Using data analytics identify any other sales staff with unusual levels of cancelled sales despatches to see if this is a wider issue

Maximum **6**

(ii) Control deficiencies and contribution to fraud

Up to 2 marks for each point explained with up to 1 mark per recommendation.

- Lack of segregation of duties and monitoring
  - lack of integration of systems
  - lack of monitoring of order cancellations
- Lack of segregation of duties in warehouse counts
- Additional implications
- Recommendations

Maximum **6**

Professional marks

Analysis and evaluation

- Appropriate use of the information to support discussions and draw appropriate conclusions
- Appropriate assessment of the ethical and professional issues raised, using examples where relevant, to support overall comments
- Balanced discussion of the issues connected to a non-assurance engagement, resulting in a justified conclusion and proposed course of action

Professional scepticism and professional judgement – Demonstration of the ability to probe for further information in order to quantify the fraud – Appropriate recommendations and justification of the procedures to be undertaken in respect of the fraud **Commercial acumen** – Demonstration of commercial awareness by recognising wider issues which may affect the firm or client – Inclusion of appropriate recommendations of internal controls to prevent such a fraud reoccurring	
Maximum	**5**
Total	**25**

53 RETRIEVER *Walk in the footsteps of a top tutor*

Top tutor tips

Part (a) requires evaluation of quality management, ethical and other professional matters arising. Typical issues to look out for in such a question are: whether the work has been assigned to the appropriate level of staff, whether sufficient time has been allocated for the audit, whether sufficient appropriate evidence has been obtained (e.g. have the ISAs been followed), whether any ethical threats are apparent (e.g. threats to objectivity or competence).

Part (b) deals with a forensic accounting service to determine the amount to be claimed on insurance for a burglary. Consider how the number and cost of assets stolen can be determined to quantify the extent of the loss.

(a) There are many concerns raised regarding quality management. Audits should be conducted with adherence to ISA 220 (Revised) *Quality Management for an Audit of Financial Statements* and it seems that this has not happened in relation to the audit of the Retriever Group, which is especially concerning, given the Group obtained a stock exchange listing during the year. It would seem that the level of staffing on this assignment is insufficient, and that tasks have been delegated inappropriately to junior members of staff.

Time pressure

The junior's first comment is that the audit was time pressured. All audits should be planned to ensure that adequate time can be spent to obtain sufficient appropriate audit evidence to support the audit opinion.

It seems that the audit is being rushed and the juniors instructed not to perform work properly, and that review procedures are not being conducted appropriately. All of this increases the detection risk of the audit and, ultimately, could lead to an inappropriate opinion being given.

The juniors have been told not to carry out some planned procedures on allegedly low risk areas of the audit because of time pressure. It is not acceptable to cut corners by leaving out audit procedures. Even if the balances are considered to be low risk, they could still contain misstatements.

Share capital and directors' emoluments are material by their nature and so should not be ignored. Any modifications to the planned audit procedures should be discussed with, and approved by, senior members of the audit team and should only occur for genuine reasons.

Method of selecting sample

ISA 530 *Audit Sampling* requires that the auditor shall select items for the sample in such a way that each sampling unit in the population has a chance of selection. The audit manager favours non-statistical sampling as a quick way to select a sample, instead of the firm's usual statistical sampling method.

There is a risk that changing the way items are selected for testing will not provide sufficient, reliable audit evidence as the sample selected may no longer be representative of the population as a whole. Or that an insufficient number of items may be selected for testing.

The juniors may not understand how to pick a sample without the use of the audit firm's statistical selection method, and there is a risk that the sample may be biased towards items that appear 'easy to audit'. Again, this instruction from the audit manager is a departure from planned audit procedures, made worse by deviating from the audit firm's standard auditing methods, and likely to increase detection risk.

Audit of going concern

Going concern can be a difficult area to audit, and given the Group's listed status and the fact that losses appear to have been made this year, it seems unwise to delegate such an important area of the audit to an audit junior. The audit of going concern involves many subjective areas, such as evaluating assumptions made by management, analysing profit and cash flow forecasts and forming an overall opinion on the viability of the business.

The going concern audit programme should be performed by a more senior and more experienced member of the audit team. This issue shows that the audit has not been well planned as appropriate delegation of work is a key part of direction and supervision, essential elements of good quality management.

Review of work

The juniors have been asked to review each other's work which is unacceptable. ISA 220 (Revised) requires that the engagement partner shall take responsibility for reviews being performed in accordance with the firm's review policies and procedures. Ideally, work should be reviewed by a person more senior and/or experienced than the person who conducted the work.

Audit juniors reviewing each other's work are unlikely to spot mistakes, errors of judgement and inappropriate conclusions on work performed. The audit manager should be reviewing all of the work of the juniors, with the audit partner taking overall responsibility that all work has been appropriately reviewed.

Deferred tax

It is concerning that the client's financial controller is not able to calculate the deferred tax figure. This could indicate a lack of competence in the preparation of the financial statements, and the audit firm should consider if this impacts the overall assessment of audit risk.

The main issue is that the junior prepared the calculation for the client. Providing an audit client with accounting and bookkeeping services, such as preparing accounting records or financial statements, creates a self-review threat when the firm subsequently audits the financial statements. The significance of the threat depends on the materiality of the balance to the financial statements.

Clients often request technical assistance from the external auditor, and such services do not, generally, create threats to independence provided the firm does not assume a management responsibility for the client. However, the audit junior has gone beyond providing assistance and has calculated a figure to be included in the financial statements.

The Group is listed and the provision of bookkeeping services is not allowed to listed clients. The Code states that in the case of an audit client that is a public interest entity, a firm shall not prepare tax calculations of current and deferred tax liabilities (or assets) for the purpose of preparing accounting entries that are material to the financial statements on which the firm will express an opinion.

The calculation of a deferred tax asset is not mechanical and involves judgements and assumptions in measuring the balance and evaluating its recoverability. The audit junior may be able to perform a calculation, but is unlikely to have sufficient detailed knowledge of the business and its projected future trading profits to be able to competently assess the deferred tax position. The calculation has not been reviewed and poses a high audit risk, as well as creating an ethical issue for the audit firm.

The deferred tax balance calculated by the junior should be assessed for materiality, carefully reviewed or reperformed, and discussed with management. It is unclear why the junior was discussing the Group's tax position with the financial controller, as this is not the type of task that should normally be given to an audit junior.

Tax planning

The audit junior should not be advising the client on tax planning matters. This is an example of a non-audit service, which can create self-review and advocacy threats to independence. As discussed above, the audit junior does not have the appropriate level of skill and knowledge to perform such work.

The junior's work on tax indicates that the audit has not been properly supervised, and that the junior does not seem to understand the ethical implications created. As part of a good quality management system, all members of the audit team should understand the objectives of the work they have been allocated and the limit to their responsibilities.

(b) Procedures

- Scrutinise the insurance policy to clarify:
  - the exact terms of the insurance, to ensure that both the finished goods and stolen lorry will be included in the claim.
  - The period of the insurance cover, to ensure that the date of the theft is covered.

- Review bank statements and bank ledger account/cash book to confirm that payments to the insurance company are up to date, to ensure the cover has not lapsed.
- Watch the CCTV to form an impression of the quantity of goods stolen, for example, how many boxes were loaded onto the lorry.
- If possible, from the CCTV, determine if the boxes contain either mobile phones or laptop computers.
- Inspect the boxes of goods remaining in the warehouse to determine how many items of finished goods are in each box.
- Agree the cost of an individual mobile phone and laptop computer to accounting records, such as cost cards.
- Perform an inventory count on the boxes of goods remaining in the warehouse and reconcile to the latest inventory movement records.
- Discuss the case with the police to establish if any of the goods have been recovered and if, in the opinion of the police, this is likely to happen.
- Obtain details of the stolen lorry, for example the licence plate, and agree the lorry back to the non-current asset register where its carrying amount should be shown.

Examiner's comments

This question contained two separate requirements in relation to the same client, the Retriever Group. The first requirement was largely based around quality and ethics, the second to do with a forensic investigation. The scenario provided was not long, and candidates did not appear to be time pressured when attempting this question.

Requirement (a) described various matters that had arisen during the performance of the audit as described by one of the audit juniors, including time pressure, deviations from the audit plan, and the type of work that had been performed by the audit juniors, some of which was inappropriate. The requirement asked candidates to evaluate the quality, ethical and other professional issues arising in the planning and performance of the audit. Answers on the whole were satisfactory, and candidates seemed comfortable with applying their knowledge of quality management requirements and ethical threats to the scenario. Most answers were well structured, working through each piece of information and discussing the matters in a relevant way. There were a number of scripts where the maximum marks were awarded for this requirement.

The common strengths seen in many answers included:

- Identifying that the audit had not been planned well, as it was time pressured and the allocation of tasks to audit juniors was not commensurate with their knowledge and experience.
- Discussing the problems in the direction and supervision of the audit, including the significant issue of the audit manager instructing the juniors not to follow planned audit procedures.
- Appreciating that review procedures were not being performed in accordance with ISA requirements, and that audit juniors did not know the limit of their responsibilities.
- Explaining the ethical threats caused by the audit junior's inappropriate work on deferred tax and tax planning.

- Describing the lack of competence and integrity of the audit manager in allowing the audit to be performed to such poor quality.
- Recommending that the audit team members receive training on quality and ethical issues, and that the audit files should be subject to a detailed quality review with a view to some areas of the audit possibly being reperformed.

It was especially encouraging to see that most candidates were not just able to identify the problems but could also explain and evaluate them to some extent.

Requirement (b) contained a short scenario describing a burglary that had occurred at the Retriever Group. The Group's audit committee had asked the audit firm's forensic accounting department to provide a forensic accounting service to determine the amount to be claimed on the Group's insurance policy.

The requirement asked for the procedures to be performed. Unfortunately answers to this requirement were overall unsatisfactory indicating that this is not a well understood part of the syllabus. While some answers gave well described and relevant procedures to quantify the loss, many focused exclusively on determining the volume of goods stolen and said nothing about the value of them. Many suggested discussing the amount to be claimed with the insurance provider and comparing our figure with theirs, clearly not understanding the point of the forensic investigation being to provide the amount to be claimed in the first place. On the plus side, most answers included suggestions that reconciliation should be performed between the latest inventory count records and the amount of goods currently in the warehouse, though these were not often presented as procedures.

On the whole it was clear that many candidates were unprepared for a question requirement of this type, and that again it is apparent that a significant number of candidates rely on rote learnt knowledge and have difficulty to develop relevant answer points for a given scenario. Some candidates barely attempted this requirement, which for scripts achieving a mark that is a marginal fail is obviously a significant issue.

ACCA Marking guide		
		Marks
(a)	**Quality, ethical and other professional matters** Up to 2 marks for each matter evaluated (up to a maximum 3 marks for identification only) – Time pressure – Planned procedures ignored on potentially material item – Sampling method changed – increases sampling risk – Inappropriate review by juniors – Inappropriate delegation of tasks – Deferred tax – management not competent – Deferred tax – self-review/management responsibility threat – Tax planning – non-audit service with advocacy threat – Junior lacks experience for this work regardless of ethical issues – Junior not supervised/directed appropriately – Overall conclusion	
	Maximum	**14**
(b)	**Procedures to be performed** 1 mark for each specific procedure recommended – Scrutinise the insurance policy to ensure cover is in place – Review bank statements and bank ledger account/cash book to ensure insurance premiums have been paid – Watch the CCTV – If possible, from the CCTV, determine the type of goods stolen – Determine how many items of finished goods are in each box	

– Agree the cost of an individual item to accounting records – Perform an inventory count and reconcile to the latest inventory movement records – Discuss the case with the police to establish if any of the goods have been recovered – Obtain details of the stolen lorry and agree to the non-current asset register	
Maximum	**6**
Professional marks **Analysis and evaluation** – Appropriate use of the information to support discussions and draw appropriate conclusions – Appropriate assessment of the quality, ethical and professional issues raised, using examples where relevant, to support overall comments **Professional scepticism and professional judgement** – Demonstration of the ability to probe for further information in order to quantify the insurance claim – Appropriate recommendations and justification of the procedures to be undertaken in respect of the forensic accounting service **Commercial acumen** – Demonstration of commercial awareness by recognising wider issues which may affect the firm or client – Inclusion of appropriate recommendations regarding the additional actions required by the firm	
Maximum	**5**
Total	**25**

54 LARK & CO *Walk in the footsteps of a top tutor*

Top tutor tips

Part (a) requires the matters to be discussed with the client when planning the fraud investigation. For planning matters, think about what happens at the planning stage for an audit and apply the principles to this engagement.

Part (b) requires knowledge of the auditor's responsibilities when suspicious transactions are identified. Money laundering is a topic regularly examined and this requirement should be quite straightforward.

Part (c) covers professional scepticism and how to apply it. In this scenario the auditor has been given contradictory evidence from the client and the requirement asks for the further actions that should be taken by the auditor. You should think of ways in which to obtain further evidence to reach a conclusion as to which evidence can be relied on.

(a) Chestnut Co

- Discuss the purpose, nature and scope of the investigation. In particular, confirm whether evidence gathered will be used in criminal proceedings and in support of an insurance claim.
- Confirm that Chestnut Co's objectives are to identify those involved with the fraud, and to quantify the amount of the fraud. This will help to clarify the terms of the engagement, which will be detailed in an engagement letter.
- Determine the timescale involved, whether Jack Privet needs the investigation to commence as soon as possible and the deadline for completing the investigation. This is necessary to determine the resources needed to perform the investigation, and whether resources need to be diverted from other assignments.
- Enquire as to how many sales representatives have been suspended (i.e. are suspected of involvement in the fraud). This will help the firm to determine the potential scale of the investigation.
- Gain an understanding as to how the fraud came to light (e.g. was it uncovered by internal audit or a member of the sales department) and who reported their suspicions to Jack Privet. This information will indicate how the investigation should commence (e.g. by interviewing the whistleblower).
- Determine whether Chestnut Co will provide resources to help with the investigation, e.g. members of the internal audit team could provide assistance in obtaining evidence.
- Ask for Jack Privet's opinion as to why the fraud had not been prevented or detected by the company's internal controls. In particular, enquire if there has been a breakdown in controls over authorisation of expenses.
- Determine whether recommendations to improve controls are required as an output of the investigative work.
- Discuss the investigative techniques which may be used (e.g. interviewing the alleged fraudsters, detailed review of all expense claims made by sales representatives, analytical review of expenses) and ensure that investigators will have unrestricted access to individuals and documentation.
- Enquire as to whether the police have been informed, and if so, the name and contact details of the person informed. It is likely that a criminal investigation by the police will take place as well as Lark & Co's own investigation.
- Confirm that Chestnut Co grants permission to Lark & Co's investigation team to communicate with third parties such as the police and the company's lawyers regarding the investigation.

(b) Heron Co

The circumstances described by the audit senior indicate that Jack Heron may be using his company to carry out money laundering. Money laundering is defined as the process by which criminals attempt to conceal the origin and ownership of the proceeds of their criminal activity, allowing them to maintain control over the proceeds and, ultimately, providing a legitimate cover for the sources of their income.

Money laundering activity may range from a single act, such as being in possession of the proceeds of one's own crime, to complex and sophisticated schemes involving multiple parties, and multiple methods of handling and transferring criminal property as well as concealing it and entering into arrangements to assist others to do so.

Heron's business is cash based, making it an ideal environment for cash acquired through illegal activities to be legitimised by adding it to the cash paid genuinely by customers and posting it through the accounts. It appears that $2 million additional cash has been added to the genuine cash receipts from customers. This introduction of cash acquired through illegal activities into the business is known as 'placement'.

The fact that the owner himself posts transactions relating to revenue and cash is strange and therefore raises suspicions as to the legitimacy of the transactions he is posting through the accounts. Suspicions are heightened due to Jack Heron's refusal to explain the nature and reason for the journal entries he is making in the accounts.

The $2 million paid by electronic transfer is the same amount as the additional cash posted through the accounts. This indicates that the cash is being laundered and the transfer is known as the 'layering' stage, which is done to disguise the source and ownership of the funds by creating complex layers of transactions. Money launderers often move cash overseas as quickly as possible in order to distance the cash from its original source, and to make tracing the transaction more difficult.

The 'integration' stage of money laundering occurs when upon successful completion of the layering process, the laundered cash is reintroduced into the financial system, for example, as payment for services rendered.

The secrecy over the reason for the cash transfer and lack of any supporting documentation is another indicator that this is a suspicious transaction. Jack Heron's reaction to being questioned over the source of the cash and the electronic transfer point to the fact that he has something to hide. His behaviour is certainly lacking in integrity, and even if there is a genuine reason for the journals and electronic transfer his unhelpful and aggressive attitude may cast doubts as to whether the audit firm wishes to continue to retain Heron Co as a client.

The audit senior was correct to be alarmed by the situation. However, by questioning Jack Heron about it, the senior may have alerted him to the fact that the audit team is suspicious that money laundering is taking place. There is a potential risk that the senior has tipped off the client, which may prejudice any investigation into the situation.

Tipping off is itself an offence, though this can be defended against if the person did not know or suspect that the disclosure was likely to prejudice any investigation that followed.

The amount involved is clearly highly material to the financial statements and will therefore have an implication for the audit. The whole engagement should be approached as high risk and with a high degree of professional scepticism.

The firm may wish to consider whether it is appropriate to withdraw from the engagement (if this is possible under applicable law and regulation). However, this could result in a tipping off offence being committed, as on withdrawal the reasons should be discussed with those charged with governance.

If Lark & Co continue to act as auditor, the audit opinion must be considered very carefully and the whole audit subject to second partner review, as the firm faces increased liability exposure. Legal advice should be sought.

Nature of reporting

The audit senior should report the situation in an internal report to Lark & Co's Money Laundering Reporting Officer (MLRO). The MLRO is a nominated officer who is responsible for receiving and evaluating reports of suspected money laundering from colleagues within the firm, and making a decision as to whether further enquiries are required and if necessary making reports to the appropriate external body.

Lark & Co will probably have a standard form that should be used to report suspicions of money laundering to the MLRO.

Tutorial note

According to ACCA's Technical Factsheet 145 Anti-Money Laundering Guidance for the Accountancy Sector, there are no external requirements for the format of an internal report and the report can be made verbally or in writing.

The typical content of an internal report on suspected money laundering may include the name of the suspect, the amounts potentially involved, and the reasons for the suspicions with supporting evidence if possible, and the whereabouts of the laundered cash.

The report must be done as soon as possible, as failure to report suspicions of money laundering to the MLRO as soon as practicable can itself be an offence under the money laundering regulations.

The audit senior may wish to discuss their concerns with the audit manager in more detail before making the report, especially if the senior is relatively inexperienced and wants to hear a more senior auditor's view on the matter. However, the senior is responsible for reporting the suspicious circumstances at Heron Co to the MLRO.

Tutorial note

ACCA's Technical Factsheet 145 states that: 'An individual may discuss his suspicion with managers or other colleagues to assure himself of the reasonableness of his conclusions but, other than in group reporting circumstances, the responsibility for reporting to the MLRO remains with him. It cannot be transferred to anyone else, however junior or senior they are.'

(c) Coot Co

The term professional scepticism is defined in ISA 200 *Overall Objectives of the Independent Auditor and the Conduct of an Audit in Accordance with ISAs* as follows: 'An attitude that includes a questioning mind, being alert to conditions which may indicate possible misstatement due to error or fraud, and a critical assessment of audit evidence'.

Professional scepticism means for example, being alert to contradictory or unreliable audit evidence, and conditions that may indicate the existence of fraud.

If professional scepticism is not maintained, the auditor may overlook unusual circumstances, use unsuitable audit procedures, or reach inappropriate conclusions when evaluating the results of audit work. In summary, maintaining an attitude of professional scepticism is important in reducing audit risk.

In the case of the audit of Coot Co, the audit junior has not exercised a sufficient degree of professional scepticism when obtaining audit evidence. Firstly, the reliability of the payroll supervisor's response to the junior's enquiry should be questioned. Additional and corroborating evidence should be sought for the assertion that the new employees are indeed temporary.

The absence of authorisation should also be further investigated. Authorisation is a control that should be in place for any additions to payroll, so it seems unusual that the control would not be in place even for temporary members of staff.

If it is proved correct that no authorisation is required for temporary employees the audit junior should have identified this as a control deficiency to be included in the report to those charged with governance.

The contradictory evidence from comments made by management also should be explored further. ISA 500 *Audit Evidence* states that 'if audit evidence obtained from one source is inconsistent with that obtained from another... the auditor shall determine what modifications or additions to audit procedures are necessary to resolve the matter'.

Additional procedures should therefore be carried out to determine which source of evidence is reliable. Further discussions should be held with management to clarify whether any additional employees have been recruited during the year.

The amendment of payroll could indicate that a fraud ('ghost employee') is being carried out by the payroll supervisor. Additional procedures should be conducted to determine whether the supervisor has made any other amendments to payroll to determine the possible scope of any fraud. Verification should be sought as to the existence of the new employees. The bank accounts into which their salaries are being paid should also be examined, to see if the payments are being made into the same account.

Finally, the audit junior should be made aware that it is not acceptable to just put a note on the file when matters such as the lack of authorisation come to light during the course of the audit. The audit junior should have discussed their findings with the audit senior or manager to seek guidance and proper supervision on whether further testing should be carried out.

Examiner's comments

Requirement (a) asked candidates to explain the matters that should be discussed in a meeting with the client, in terms of planning the forensic investigation. Some answers were very satisfactory, covering a wide range of matters including the timeframe, the required output of the investigation, and access to the client's accounting systems amongst others. Some answers however tended to simply list out the procedures that would be performed in conducting the investigation, or explain to the client's management the controls that should have been in place to stop the fraud in the first place.

Part (b)'s scenario described a cash-based business whose owner-manager was acting suspiciously in relation to the accounting for cash sales. A large sum of cash had been transferred to an overseas bank account and the transaction had no supporting evidence. The requirement was to discuss the implications of these circumstances. This open requirement allowed for discussion of many different implications for the audit firm, included suspected fraud and/or money laundering, a poor control environment, the ethical implications of the owners intimidating behaviour, and problems for the audit firm in obtaining evidence. Most candidates covered a range of points and the majority correctly discussed fraud and/or money laundering. Weaker answers tended to focus on the materiality of the cash transferred to overseas, and seemed not to notice the client's suspicious behaviour.

Candidates are reminded that they will often be expected to identify a key issue in a question scenario and that in a question of this type it is important to stop and think about what is happening in the scenario before rushing to start to write an answer.

This question is a good example of one where a relatively short answer could generate a lot of marks – if the scenario has been properly thought through before writing the answer. The requirement also asked for an explanation of any reporting that should take place by the audit senior. Candidates who had identified money laundering as an issue usually scored well here, describing the need to report to the audit firm's Money Laundering Reporting Officer, and what should be reported to them. Weaker answers discussed the auditor's report or that the fraud/money laundering should be reported to the client's management. This is not good advice given that the owner-manager was the person acting suspiciously and would have resulted in him being tipped off.

Part (c) described a client where unauthorised additions had been made to payroll, and contradictory audit evidence had been obtained. Answers here were reasonably good with most candidates able to identify poor controls leading to a possible fraud involving the payroll supervisor.

ACCA Marking guide		
		Marks
(a)	**Chestnut Co: Matters to be discussed**	
	Generally, 1 mark for each matter explained:	
	– Purpose, nature and scope of investigation	
	– Confirm objectives of investigation	
	– Timescale and deadline	
	– Potential scale of the fraud	
	– How fraud reported to finance director	
	– Possible reasons for fraud not being detected by internal controls	
	– Resources to be made available to investigation team	
	– Whether matter reported to police	
	Maximum	**6**
(b)	**Heron Co: Money laundering**	
	Implications of the audit senior's note	
	1 mark for each matter discussed relevant to money laundering:	
	– Definition of money laundering	
	– Placement – cash-based business	
	– Owner posting transactions	
	– Layering – electronic transfer to overseas	
	– Secrecy and aggressive attitude	
	– Audit to be considered very high risk	
	– Senior may have tipped off the client	
	– Firm may consider withdrawal from audit	
	– But this may have tipping off consequences	

	Reporting that should take place Generally, 1 mark for each comment: – Report suspicions immediately to MLRO – Failure to report is itself an offence – Examples of matters to be reported – Audit senior may discuss matters with audit manager but senior responsible for the report	
	Maximum	9
(c)	**Coot Co: Professional scepticism** Generally, 1 mark for each comment: – Definition of professional scepticism – Coot Co – evidence is unreliable and contradictory – Absence of authorisation is fraud indicator – Additional substantive procedures needed – Management's comments should be corroborated – Control deficiency to be reported to management/those charged with governance – Audit junior needs better supervision/training on how to deal with deficiencies identified	
	Maximum	5
	Professional marks **Analysis and evaluation** – Appropriate use of the information to support discussions and draw appropriate conclusions – Appropriate assessment of the ethical and professional issues raised, using examples where relevant, to support overall comments – Balanced discussion of the issues connected to a non-assurance engagement, resulting in a justified conclusion and proposed course of action **Professional scepticism and professional judgement** – Demonstration of the ability to probe for further information in respect of the forensic investigation – Appropriate recommendations and justification of the procedures to be undertaken in respect of the forensic investigation – Effective application of technical and ethical guidance to effectively challenge and critically assess the audit evidence of Coot Co – Demonstration of the ability to question contradictory information in relation to Coot Co – Demonstration of the ability to apply appropriate professional judgement to draw conclusions and make informed decisions about the courses of action appropriate for Coot Co	
	Maximum	5
Total		**25**

PROFESSIONAL AND ETHICAL CONSIDERATIONS, QUALITY MANAGEMENT AND PRACTICE MANAGEMENT

55 FORSYTHIA GROUP *Walk in the footsteps of a top tutor*

Top tutor tips

This question covers quality management and an engagement quality review. Audit quality will be impacted if the audit firm does not comply with professional guidance such as auditing standards, quality management standards and ethical requirements. The question is set in the context of a group audit with quality issues needing to be discussed in respect of several subsidiaries within the group including an evaluation of a component auditor. Consider whether ISAs have been followed and sufficient appropriate evidence has been obtained. Where there are issues, these need to be explained e.g. state what the ISA requires and explain what the auditor has done or not done that means the ISA has not been complied with. Where sufficient appropriate evidence has not been obtained, explain what additional evidence should have been obtained that would meet this criteria.

As the Forsythia Group is a listed entity, it is appropriate that an engagement quality review (EQR) is taking place. This is accordance with *International Standard on Quality Management 1*, which requires an EQR to be performed on the audit of listed entities.

Acquisition of Robin Co

The acquisition of a subsidiary after the financial year end should not be ignored by the audit team. This is an example of a subsequent event which, according to ISA 560 *Subsequent Events*, needs to be considered by the audit team because the event may need to be recognised or disclosed in the Group financial statements. In this case, the acquisition of a subsidiary after the year end is a significant non-adjusting event in respect of which no adjustment is needed to the financial statements, but disclosure should be made in the notes.

The audit engagement partner is therefore incorrect to agree with the chief finance officer's (CFO) assertion that the matter will only be recognised in next year's financial statements. Given that the subsidiary is forecast to increase Group revenue by 20%, it appears that the acquisition is material to the financial statements and audit procedures should be performed to determine and conclude on the disclosures necessary.

The audit engagement partner's statement could indicate a concerning lack of knowledge or could be due to the apparent cost constraints on the audit, encouraging them to cut back on necessary audit work. ISA 220/ISA (UK) 220 (Revised) *Quality Management for an Audit of Financial Statements* includes budgets constraints as one of the key impediments to the exercise of professional scepticism on an engagement. Due to this cost pressure, the audit engagement partner could be failing to apply an appropriate level of professional scepticism by agreeing with the CFO and failing to challenge this assertion.

The leadership team of Magnolia & Co is responsible and accountable for firm-wide audit quality. As it is an audit partner who is at fault here, this suggests potentially wider quality risks within the audit firm, with implications for the quality of other audits performed by this audit partner and possibly other audit partners.

Audit planning should be revisited as the audit progresses. According to ISA 300/ISA (UK) 300 *Planning an Audit of Financial Statements*, the auditor shall update and change the overall audit strategy and the audit plan as necessary during the course of the audit. This may be the case when information comes to the auditor's attention which differs significantly from the information available when the auditor planned the audit procedures. Given the speed at which the acquisition of Robin Co has occurred, it is understandable why this acquisition was not known at the time of planning, but the audit engagement partner should have reacted to the acquisition of Robin Co by modifying the planned audit procedures as necessary. Audit procedures need to be performed as a matter of urgency to ensure that the audit team has sufficient and appropriate audit evidence with regard to the acquisition.

If the Group CFO is planning not to disclose information about the acquisition in this year's financial statements, this could indicate a lack of competence, or a deliberate intention to omit the necessary disclosures which would indicate a lack of integrity. In either case, this increases the level of audit risk, and further audit work may be needed with regard to other areas of the financial statements, for example, more specific procedures to look for significant subsequent events, such as reviewing the minutes of board meetings or correspondence with legal advisers.

If the necessary disclosures are not made in the Group financial statements, a material misstatement would exist, with implications for the auditor's opinion on the Group financial statements. The issue should be discussed with the Group audit committee once relevant audit procedures have been performed to determine the nature and extent of the disclosure to be made in the financial statements.

Delegation of audit work to Camelia Associates

It is not prohibited for audit work to be delegated to other audit firms. However, the evidence obtained should not just be accepted without proper review and the audit work of Camelia Associates cannot simply be relied upon, as suggested by the audit manager. ISA 220/ISA (UK) 220 (Revised) requires that the engagement partner shall determine, through review of audit documentation and discussion with the engagement team, that sufficient, appropriate audit evidence has been obtained to support the conclusions reached and for the auditor's report to be issued. Without review, the audit engagement partner cannot consider whether the evidence obtained has been performed in accordance with the audit plan or whether it is sufficient and appropriate to support the audit opinion.

Delegating the audit of revenue is particularly problematical given that the Group's revenue has increased significantly, by 14.2% this year. Camelia Associates has performed audit work on the revenue of significant subsidiaries, and they may not have appropriate knowledge and understanding of the Group to perform good quality audit work on this significant area of the audit, in particular in relation to the revenue generated by the subsidiary which operates in the agricultural industry. They may also not have sufficient resources to have performed the work to a good quality.

Camelia Associates is a firm of accountants – this does not necessarily mean it is a registered audit firm, and they may not be competent to conduct audit work. It may not have experience of group audits including specialised activities such as agriculture, which increases the level of concern over the quality of audit evidence which has been obtained in respect of the Group's revenue. Further assessment of the competency and qualifications of the staff should be undertaken and to ensure that it is a registered firm of auditors.

Finally, ISA 240/ISA (UK) 240 *The Auditor's Responsibilities Relating to Fraud in an Audit of Financial Statements* requires the auditor to work on the presumption that there are risks of fraud in revenue recognition.

Therefore, revenue is usually approached as a high-risk area of the audit, so the delegation of audit work in respect of revenue is likely to be inappropriate.

The work which has been performed by Camelia Associates should be fully reviewed in order to determine whether sufficient and appropriate audit evidence has been obtained in relation to revenue. Further audit procedures, such as analytical procedures on the revenue figures of the subsidiaries, may need to be performed by the audit team if the work of Camelia Associates cannot be relied upon or is insufficient.

Development expenditure

The accounting treatment of the capitalised development costs is also significant as this could indicate deliberate misapplication of the requirements of the relevant financial reporting standards in order to boost the profit reported by the Group during the year, as profit before income taxes has decreased by nearly 20% on the prior year. The fact that this is the first year in which development costs have been capitalised increases the risk that the accounting treatment is inappropriate.

Insufficient audit evidence has been obtained relating to the capitalised development expenditure. Confirming that a set of management assumptions agrees to the assumptions from another source does not provide evidence on the validity of the assumptions themselves. Further audit procedures need to be performed in order for the auditor to conclude on the appropriateness of the accounting treatment applied, for example, checking that the criteria for classification as development costs set out in IAS 38 *Intangible Assets* have been met.

ISQM 1 requires that individuals are assigned to perform activities within the system of quality management who have appropriate competence and capabilities, including sufficient time, to perform such activities. In this situation, assigning the audit of development expenditure to a junior member of the audit team is not appropriate. This issue should have been dealt with by a more senior member of the audit team, who could have been in a better position to discuss the matter with the Group CFO and would understand that further evidence is necessary before concluding on the appropriateness of the accounting treatment.

Yew Co

Based on the draft financial statements, Yew Co represents 13% of Group assets and 5% of Group revenue and based on the prior year financial statements, Yew Co represented 18% of Group assets and 5.7% of Group revenue in the previous year. ISA 600 Revised *Special Considerations – Audits of Group Financial Statements (Including the Work of Component Auditors)* suggests that when considering which components should be visited for work to be performed, the firm should consider events or conditions that give rise to risks of material misstatement, the size of the component relative to the Group, and components in which significant changes have taken place.

For Yew Co, despite its percentage contribution to the Group this year being less than the prior year, the reduction in the value of its assets of 27.1% is unusual and significant. Additionally, the operations of Yew Co are in the agricultural industry. This is a specialised industry and different from the main operations of the Group. Therefore, in accordance with ISA 600 Revised, it is likely that Yew Co should have been visited for audit work to be performed.

It is concerning that Yew Co was not identified as significant in the previous year, when based on monetary values alone its assets made it significant to the Group. The rationale behind this needs to be investigated and additional audit work may need to be performed on Yew Co, including the engagement of the consultant to provide advice on the specialist aspects of Yew Co's operations. The cost involved should not be regarded as a deterrent.

It is also concerning that the consultant was not engaged due to cost pressure. ISA 220/ISA (UK) 220 (Revised) requires that the audit engagement partner shall take responsibility for consultation on difficult and contentious matters and deciding not to follow the audit strategy for the reason of saving costs is not appropriate. A lack of input and insight from the consultant could mean that audit risks specific to Yew Co have not been identified and that inappropriate and insufficient audit evidence has been obtained, with implications for both the individual financial statements of the company and the consolidated Group financial statements.

ISA 300/ISA (UK) 300 requires that any significant changes to the audit strategy or audit plan, including reasons for the changes, should be fully documented, and it appears that this has not happened. Sections of the audit strategy and audit plan should not be deleted, even if there are valid reasons for changes to them. There could be an integrity issue given that audit working papers have been deleted, perhaps in an attempt to conceal the fact that planned audit procedures have not been performed.

Conclusion

There are many concerns raised regarding the management of engagement quality, at least on the engagement of the Forsythia Group. Audits should be conducted with adherence to ISA 220/ISA (UK) 220, and it seems that this has not happened in relation to the audit of the Group. It appears that due to cost constraints, important elements of the audit plan have not been followed, and the audit has not been appropriately directed, supervised or reviewed. In accordance with ISQM 1, remedial actions in response to the identified deficiencies in audit quality should be designed and implemented.

Further work should be performed as necessary, and these issues resolved prior to the issuance of the auditor's report. The additional procedures to be performed could take some time, and it would be advisable to discuss with the client whether it is possible to extend the deadline for completion of the audit.

Examiner's comments

This was a quality management question with a single requirement to evaluate quality management issues in relation to a group audit. Professional skill marks were available for analysis and evaluation, professional scepticism and judgement and commercial acumen. It is the first quality management question under the new suite of quality management standards and candidates were provided with an article ahead of the session highlighting the main changes. Within the question, topics such as outsourcing of audit work and ethical threats such as intimidation and self-interest were examined.

Answers to this question were mixed. Candidates who answered the question from a practical approach, applying the principles of quality management to the scenario scored well. The majority of answers, however, were generic and unapplied, failing to demonstrate an understanding of how the principles of quality management were potentially breached in the scenario.

The question covered four specific situations which had been identified by the engagement quality reviewer through a review of the audit file. Further information regarding the audit process was obtained through discussion with the audit junior about their experience on the audit.

The first issue related to an acquisition made after the year end. This impacted the time the group chief finance officer (CFO) had available to engage with the audit team during the audit. In addition to the lack of the availability of the CFO, the acquisition had only been determined after the audit planning stage and was, therefore, not included in the audit plan.

The audit plan had not been updated as a result of this new information and the CFO had dismissed the acquisition as not being a relevant matter for the current audit. The audit engagement partner agreed with the client position. As this would have formed a material subsequent event requiring disclosure, this was incorrect. Actions that were relevant here, in the pre-issuance stage of the audit cycle, were to obtain the evidence that would be required to support the disclosures before the report is issued. Candidates who then went on to identify that the acceptance of the client's position on this suggesting that the partner is either incompetent or too trusting of the client, were able to obtain professional marks for scepticism and acumen. It was pleasing to see that the majority of candidates were able to identify that the acquisition was relevant to the audit and why this was a significant issue. However, fewer candidates expanded on this conclusion to suggest further appropriate actions or why the situation might have arisen.

The second issue related to the outsourcing of revenue recognition in several subsidiaries to another audit firm, Camellia Associates, without checking the competence and objectivity of the firm beforehand. Most candidates identified that Camelia Associates should be assessed for these criteria and their work reviewed. Fewer candidates questioned the appropriateness of outsourcing such a material risk area, in particular, when one of the subsidiaries operated in a specialist industry. The main motivator for the outsourcing was to keep costs low and candidates were able to obtain professional skills marks for questioning why the costs needed to be minimised and whether there was a self-interest threat at play as a result of quoting an inappropriately low fee.

The third issue was the delegation of audit work on intangible assets to a junior member of the audit team. The majority of candidates were able to say that this was inappropriate due to the complexity of the area, that the junior was likely to lack sufficient knowledge or experience. Fewer candidates explained why the intangible assets contained difficult judgements or why this was higher risk this year (due to this being the first year in which development costs had been capitalised). Additional credit was available for those candidates who questioned whether the junior team member had been intimidated by having to approach the busy CFO for the information, or for assessing that the evidence obtained did not cover all the assertions relating to development costs and was all the evidence was internally generated.

The final issue in the question was centred around a subsidiary operating in the agriculture sector. Several issues arose with respect to this subsidiary and should have been subject to more detailed audit procedures.

Surprisingly few candidates identified the serious breach in quality arising from the deletion of a section of the audit plan to cut costs. Those who did highlight this issue, appropriately questioned the integrity of the person who deleted this and linked this back to the inappropriately low fee and the implication that profits were being prioritised over audit quality. Professional skill marks were available for candidates who demonstrated this professional scepticism.

Candidates were then able to score marks for a conclusion based on their analysis and were awarded professional skills marks for analysing the specific details in the scenario to demonstrate an understanding of the quality issues. This was achieved by explaining **why** there was an issue, not simply that there **was** an issue.

Credit was also available for questioning why the issues arose and for recommending actions appropriate to the stage of the audit process, with stronger candidates stating that the auditor's report should not be issued until the issues were resolved and that sufficient appropriate evidence on which to base the audit opinion had been obtained.

ACCA Marking guide	
	Marks
Forsythia Group – evaluation of audit quality 1 mark for each well explained point and ½ mark for relevant trends to a maximum of 2 marks. **General** • Introduction/reason for EQR review as listed (ISQM (UK) 1) • Additional procedures – examples **Robin Co** • Acquisition of Robin Co is a non-adjusting subsequent event • Audit partner ignoring the event indicates lack of knowledge or desire to minimise audit costs • Leadership of Magnolia & Co is responsible and accountable for audit quality, as it is an audit partner who is at fault here, this suggests potentially wider quality issues within the firm • Budget constraints are impediments to professional scepticism • Audit planning should be revisited when new information come to attention of auditor • Lack of competence/deliberate omission of information increases risk of material misstatement • Audit procedures should be performed on this issue as a matter of urgency • Implication for auditor's opinion if necessary, disclosures not made • Discussion with the Group audit committee to discuss the disclosures to be made in the financial statements **Camelia Associates** • Should have been a review of work performed – further audit evidence is required • Camelia Associates may not have sufficient knowledge/understanding of Group • Increase in revenue and unusual activities increase the risk of inappropriate evidence • Revenue contains risk of fraud so problematic to delegate this high risk area of the audit • The work performed should be subject to urgent review and further procedures may need to be performed **Development expenditure** • Possibility of inappropriate accounting treatment to increase profit • Insufficient audit evidence obtained over assumptions, additional procedures should be performed **Yew Ltd** • Likely to require being visited for audit procedures to be performed (max 3 marks) • Not engaging the consultant to save costs is not appropriate as ISQM 1 requires audit firms to allocate the resources on the engagement to ensure a quality engagement • Possible that some risks have not been identified • Audit strategy and audit plan should not be changed without justification and documentation • Possible issue of integrity due to deleting audit working papers • Overall conclusion on quality of work performed	
Maximum	**20**
Professional marks **Analysis and evaluation** • Appropriate assessment of the issues raised in relation to audit quality, using examples where relevant to support overall comments • Effective appraisal of the information to make suitable recommendations for courses of action which are appropriate for the stage of the audit process	

Professional scepticism and professional judgement • Effective challenge and critical assessment of how the audit was performed with appropriate conclusions • Demonstration of the ability to probe into the reasons for quality issues including the identification of missing information or additional information which would be required **Commercial acumen** • Demonstrates commercial awareness regarding the impact of inherent issues on the quality of the engagement	
Maximum	**5**
Total	**25**

56 JAMES & CO *Walk in the footsteps of a top tutor*

Top tutor tips

This question focuses on a post-issuance audit quality review, therefore falls into the syllabus area of quality management and practice management rather than review of the work during the audit, however, the same approach can be taken when commenting on the quality of the work. Audit quality will be impacted if the audit firm does not comply with professional guidance such as auditing standards, quality management standards and ethical requirements.

The question is set in the context of a group audit with quality issues needing to be discussed in respect of several subsidiaries within the group including an evaluation of a component auditor. Consider whether ISAs have been followed and sufficient appropriate evidence has been obtained. Other professional issues include consideration of the auditor's responsibilities in relation to compliance with laws and regulations. Where ethical issues arise, explain how the threat could impair the auditor's judgement and suggest appropriate safeguards.

(a) Cameron Co

There are problems indicated by the review in relation to both the audit of Cameron Co's individual financial statements by Carrey Associates, and in the way the Group auditor has dealt with the issue of there being a new component auditor involved in the Group.

Internal audit

First, it is not appropriate that Carrey Associates has relied on the work performed by the internal audit team. A significant self-review threat to the objectivity of Carrey Associates arises from the firm providing both internal and external audit services to Cameron Co. The IESBA International Code of Ethics for Professional Accountants (the Code) and the FRC Ethical Standard suggest that providing an audit client with an internal audit service creates a significant self-review threat because in subsequent audits the audit team will use the internal audit work performed, leading to potential overreliance.

There is therefore a risk that the audit has not been performed with sufficient objectivity and professional scepticism. In addition, it is not clear whether appropriate safeguards are in place to reduce the threats to an acceptable level, for example, by ensuring that the two services were provided by separate teams.

There is a risk that insufficient audit evidence has been obtained over internal controls. This is a breach of ISA 315 (Revised) *Identifying and Assessing the Risk of Material Misstatement*, which requires the auditor to obtain an understanding of the internal controls relevant to the audit, including an evaluation of the design and implementation of the internal controls. It appears that this audit work has not been performed at all, due to overreliance.

There is a further issue with the timing of when the internal controls had been tested, which took place in May 20X4. The financial year ended on 31 January 20X5, so it appears that the controls had not been evaluated for the last eight months of the financial year. ISA 330 *The Auditor's Responses to Assessed Risks* states that if the auditor intends to rely on controls over a period of time, the tests performed must be able to provide audit evidence that the control operated effectively over that period. This exacerbates the risk of overreliance discussed above, as there could have been significant changes in internal controls during that period, which had not been identified by the external audit team.

This raises concerns over the quality of the audit which has been performed by Carrey Associates. Given that Cameron Co is a material component of the Group, any material misstatements which have not been detected by the component auditor could have implications for the Group financial statements, which could also be materially misstated.

In addition to the self-review threat to objectivity, a threat of management responsibility arises, whereby the audit firm, by performing internal audit services, is making decisions and using judgement which is properly the responsibility of management. An audit firm should not assume management responsibility. This raises concern over Carrey Associates' general approach to ethical issues, and whether the ethical threats raised have been properly evaluated by the firm.

Group auditor evaluation of Carrey Associates

The comment made in the Group audit working papers indicates that there has been no understanding obtained by the Group auditor in relation to the scope and extent of the audit evidence obtained by the component auditors. This is a significant quality problem and a breach of ISA 600 (Revised) *Special Considerations – Audits of Group Financial Statements (Including the Work of Component Auditors)* which requires that the Group audit team obtains an understanding of the component auditor, and be involved with the component auditor's risk assessment to identify risks of material misstatement. This is especially the case, given that Cameron Co is a new component of the Group, and this is James & Co's first experience of working with Carrey Associates.

The fact that an audit partner has left James & Co to work as an audit partner at Carrey Associates has no bearing on whether James & Co should have obtained an appropriate understanding of Carrey Associates.

An understanding of whether Carrey Associates follows the same ethical framework as the rest of the Group and an understanding of their competence is required. It appears that the Group audit has been conducted without this necessary understanding being obtained, which is a breach of ISA 600 (Revised).

In addition, a familiarity threat to objectivity arises because of the connection which the Group audit team will have with the audit partner who is now working for Carrey Associates and who previously worked on the external audit of Cameron Co. The familiarity threat means that the Group audit team may have over-relied on the work of the component auditor, due to this close working connection, and failed to apply appropriate professional scepticism.

Use of local accounting rules

Cameron Co uses local accounting rules in its individual financial statements, which is acceptable. However, for the purpose of consolidation, the same accounting policies must be applied across all Group companies, as required by IFRS 3 *Business Combinations*. The fact that the Group audit partner has concluded that no work is needed in relation to the accounting policies indicates poor quality audit work and insufficient audit evidence has been obtained. Adjustments may have been necessary to Cameron Co's balances and transactions prior to consolidation. With no audit work being performed to assess whether this is the case, there is a risk of material misstatement in the Group financial statements.

The fact that it is the Group audit partner who reached this conclusion indicates a lack of competence and raises concerns over the quality of the audit as a whole.

(b) Dean Co

Insufficient audit evidence has been obtained in relation to the financial asset. The audit team should not just have accepted management's valuation of $68,000, which could be based on inappropriate assumptions. An offer of $68,000 may have been received, but this has also not been verified by the audit team.

As there is no active market for the shares, fair value should be based on an exit price at the measurement date and should reflect assumptions which market participants would use including risk. Even if the offer was genuinely received, this is not an appropriate basis for the valuation of shares, especially given that the offer was made nine months before the year end. An appropriate level of professional scepticism has not been used in the audit of the financial asset.

Fair values should be determined close to the financial year end, and the $68,000 might reflect out-of-date perceptions of the value of Corden Co. From the information provided, it seems that the financial asset could be impaired and is likely to be overstated in value. Dean Co's 2% shareholding is recognised at $68,000, however, 2% of the net assets of Corden Co at 31 January 20X5 amounts to only $11,000. If the financial asset is overvalued, then any necessary adjustment would have a profit implication and this is not mentioned in the audit working papers.

Using Group materiality in the audit of a subsidiary is not appropriate. The value of the financial asset is less than Group materiality, but it might be material to Dean Co's individual financial statements. It is not clear that the individual audit team determined an appropriate level of materiality as part of their planning of the individual company audit.

The Group audit team should determine component materiality to be used by component auditors in their audit of subsidiary balances and transactions, and component materiality should be lower than materiality for the Group financial statements as a whole. Therefore, it seems likely that the Group audit team has not communicated an appropriate level of component materiality to the team auditing Dean Co.

While the possible adjustments in relation to the financial asset are not material to the Group, they could be material to Dean Co's individual financial statements, and there is a risk that an inappropriate audit opinion has been issued in relation to this subsidiary's individual financial statements.

(c) Horner Co

There has been a breach of relevant law and regulations. The audit team should have considered the requirements of ISA 250 *Consideration of Laws and Regulations in an Audit of Financial Statements*. ISA 250 states that while it is management's responsibility to ensure that the entity's operations are conducted in accordance with the provisions of laws and regulations, the auditor does have some responsibility in relation to compliance with laws and regulations, especially where a non-compliance has an impact on the financial statements.

The auditor is required by ISA 315 to gain an understanding of the legal and regulatory framework in which the audited entity operates. This will help the auditor to identify non-compliance and to assess the implications of non-compliance. Therefore, the auditor should ensure that a full knowledge and understanding of the relevant data protection laws and regulations is obtained in order to evaluate the implications of non-compliance.

ISA 250 requires that when non-compliance is identified or suspected, the auditor shall obtain an understanding of the nature of the act and the circumstances in which it has occurred, and further information to evaluate the possible effect on the financial statements. Therefore, procedures should have been performed to obtain evidence about the suspected non-compliance, for example, to discuss the breach with management to understand how it happened, whether it was due to deliberate action or an unintentional mistake, and who was responsible.

In addition, the audit team should have performed further procedures, for example, discussion with the company's legal advisers to understand the legal consequences of the breach. From the information provided, it seems that the audit team failed to obtain more information or evidence due to their belief that the situation had little to do with the audit.

The audit has therefore not been performed appropriately, as the requirements of ISA 250 have not been followed. The matter could be immaterial in monetary terms, but without further investigation, it is not possible for the audit team to reach this conclusion. However, in many jurisdictions fines and penalties associated with data protection breaches are often significant. Also, the matter could be material by nature, so regardless of the monetary amounts involved, further work should have been performed.

ISA 250 requires the matter to be discussed with management and, where appropriate, with those charged with governance. It appears that some discussion was held, as the audit manager is aware that the employee has been dismissed. However, the discussions should have been fully documented and raised to the level of Group management, as the matter could impact on the Group and not just on Horner Co.

The audit team should have considered the potential implications for the financial statements. The non-compliance could lead to regulatory authorities imposing fines or penalties on the Group, which may need to be provided for in both the individual and Group financial statements. Audit procedures should have been performed to determine the amount, materiality and probability of payment of any such fine or penalty imposed. The individual and Group financial statements could be materially misstated and given that an unmodified audit opinion has already been issued, this is a significant issue for James & Co to now consider.

In terms of reporting non-compliance to the relevant regulatory authorities, ISA 250 requires the auditor to determine whether they have a responsibility to report the identified or suspected non-compliance to parties outside the entity. In the event that management or those charged with governance of the company or the Group fail to make the necessary disclosures to the regulatory authorities, James & Co should consider whether they should make the disclosure. This will depend on matters including whether there is a legal duty to disclose or whether it is considered to be in the public interest to do so. It seems that this has not been considered so far, but the audit firm can still make any necessary disclosures.

The Code requires auditors to comply with the principle of confidentiality, and if disclosure were to be made by the auditor, it would be advisable to seek legal advice on the matter. Further advice on disclosure in the public interest is given in the Code, which gives examples of situations where disclosure might be appropriate. These examples include references to an entity being involved in bribery and breaches of regulation which might impact adversely on public health and safety.

The Code also clarifies that in exceptional circumstances where the auditor believes there may be an imminent breach of a law or regulation, they may need to disclose the matter immediately to an appropriate authority. The decision to disclose will always be a matter for the auditor's judgement and where the disclosure is made in good faith, it will not constitute a breach of the duty of confidentiality.

Tutorial note

Credit will also be awarded for discussion of relevant ethical threats to objectivity which may arise in relation to the non-compliance, including intimidation and self-interest threats.

Examiner's comments

This question is set at the post-issuance, quality review stage in the audit process and tests several ethical and professional issues which have been identified as part of the review of the Bond Group (the Group) audit. While the context is that of a Group audit, many of the issues in the question are similar to those which would arise in individual company audits.

In this question, candidates are provided with the quality reviewer's findings from the perspective of the performance of the Group audit. Each of these has been given with respect to a subsidiary of the Group and there is detail regarding the audit performed by the component auditor and relevant points regarding the Group auditor's work in this regard.

The points given are those which have caused concern for the quality reviewer. It is therefore not demonstrating a competence in audit to repeat the phrase "this is poor quality" as that is a given in the question – if these points did not reflect poor audit quality then they would not have been highlighted in the scenario. These questions require candidates to evaluate why something demonstrates that a poor-quality audit has been performed and what specifically should be done better to address the issues.

This type of question is typically poorly answered by candidates in comparison to questions set at the planning or completion stage. Candidates often appear to lack the skills to apply the rules and principles learned to practical scenarios and often provide unapplied answers as a result. As mentioned, unfortunately many candidates for each issue simply state "audit quality is poor" or "planning was not performed well", which does not demonstrate a candidate's understanding of what should have taken place and why. It is important to remember that the AAA exam is predominantly application and such general comments will not obtain credit as a response to each individual planning or quality failing – often these comments will be restricted to a single concluding mark across the full question and as such candidates cannot obtain additional marks for repeating the same conclusion.

Similarly, recommendations need to be specific and again an answer which simply states "better planning is needed" or "more training is needed" is too generic to score marks at this level.

Another reason many candidates score low marks on these questions arises from a failure to appreciate that these reviews are occurring after the audit has been completed and the auditor's report issued. This means answers which recommend a long list of additional audit procedures, repeatedly saying that something will need to be resolved before issuing the auditor's report, or the firm needs to modify the audit opinion are not appropriate in the circumstances and therefore cannot gain marks.

As with many questions in the AAA exam, candidates will be better prepared to provide relevant responses if they are able to appreciate where in the audit cycle the question is set. Candidates should make sure that they consider this when they are planning their answer.

The following discussion of the question and requirements should be used in conjunction with the model answer and marking guide published with the question.

Cameron Co

Cameron Co was the only subsidiary where the component auditor was not part of the Group audit firm. As such the scenario was testing candidates' appreciation of the relationship between a Group auditor and a component auditor responsible for auditing a subsidiary of a Group. There are three issues in relation to this subsidiary that candidates need to address. First, the ethical threat when an audit firm provides internal and external audit services to an audit client. Second, the responsibility the Group auditor has with respect to determining whether it is appropriate to rely on a component auditor and finally, the issue of a subsidiary of the Group not preparing financial statements using IFRS Accounting Standards.

While an understanding of Group audits was crucial for the second of these issues, candidates could obtain several marks on the first and third issue from a knowledge of ethics and financial reporting and the audit of controls.

Internal audit

This section of the question was often well attempted with candidates being able to identify that there was a self-review threat if a firm provided both internal and external audit services to an audit client and the impact of that self-review threat resulted in a lack of appropriate testing due to this overreliance.

Stronger candidates also mentioned the risk of assuming management responsibilities which arises when an internal audit service is provided by the external auditor. Many were also able to discuss the requirements of ISA 330 *The Auditor's Responses to Assessed Risks*, regarding the periodic testing of controls and the requirement to confirm that no changes of systems and controls had occurred in the intervening period. This was a significant risk in this scenario as Cameron Co had been purchased by the Group during the year and as such it was reasonable to expect that some systems and controls would have changed as a result of the company becoming a subsidiary and being integrated into the Group.

Many candidates were able to identify that proper planning by the Group auditor would have led to a request for safeguards to be put in place to address the self-review threat and that a proper review by the Group auditor prior to the auditor's report being issued should have led to a request that the component auditor perform further procedures. When explained in this detailed context, stating that inadequate planning and inadequate review had occurred could obtain credit.

Weaker candidates were unable to distinguish between component auditors and subsidiary companies and between internal and external audit roles and as such produced unstructured and confused responses. Another area where candidates failed to score marks was through an inability to describe specifically how each ethical threat arose and the specific implication. Candidates are reminded that simply stating a self-review threat exists cannot obtain credit, they must demonstrate how that self-review threat arises – in this case the external auditor is relying on controls to justify a controls-based audit approach and has over relied on the internal audit work instead of independently testing those controls. A recent trend has been for candidates to use the phrase "self-review arises because they are reviewing figures for the financial statements they produced" which is not the case in this context and appears to be a rote learnt response for illustrating self-review. Candidates should spend their time trying to identify the specific issues in the scenario as such rote learning results in no marks being awarded as the comments are clearly not relevant to the specific scenario.

Assessment of the component auditor

Candidates were often able to score well in this section for appreciating that the decision to rely on the work of a component auditor should be based on more than a previous relationship with one of the audit partners in the component auditor firm and looking at the firm's website. Generally, candidates knew that the competence and independence of the component auditor was crucial and were able to suggest more detailed aspects over which an understanding was required and where to find that information.

Some candidates demonstrated a lack of understanding of the difference between audit clients and audit firms and gave responses relating to the need to perform client due diligence procedures which was not relevant as the subsidiary had retained their existing auditor or rules relating to audit partners moving to work for audit clients rather than an audit partner moving to another audit firm.

Subsidiary not using IFRS Accounting Standards

Many candidates were able to correctly identify that the subsidiary's financial statements would have to be prepared under the regulations applicable to the country in which the subsidiary operates but that for consolidation purposes adjustments would be required to convert those local financial statements to IFRS Accounting Standards as applied by the rest of the Group. Many candidates were able to discuss that the differences between the two financial reporting frameworks would need to be investigated and evidence of the differences or lack of differences documented on file.

Some candidates appeared to believe that it was illegal for the subsidiary to use local GAAP in their own audited financial statements, which is not true. Financial reporting standards do not override a country's own legislation. The choice to adopt IFRS Accounting Standards or otherwise is down to individual countries to determine. It is quite common for candidates to suggest that financial reporting or auditing standards dictate how businesses are permitted to operate rather than appreciating that financial reporting standards exist to guide the preparation of financial statements and that auditing standards exist to provide guidance on how to conduct a quality audit. It is not uncommon for candidates to suggest that a business cannot change its business processes because IFRS Accounting Standards do not allow it or that auditing standards require businesses to operate in a certain way. This is not the case.

Candidates in this question often stated that the Group audit partner commenting in the file that "local accounting rules were similar to IFRS Accounting Standards so there was no need to perform additional procedures for the consolidation" meant the partner was incompetent and the audit opinion would need to be modified as a result. This demonstrates a lack of understanding of audit risk and audit opinions. It is entirely possible that the Group audit partner was correct and there were no practical differences which would have required adjustment. However, if that is the case, this should have been evidenced on the audit file and work should have been performed to confirm this. In that situation, the auditor's report itself would not have been incorrect. Even if there were differences, without investigation it cannot be determined these would have a material impact on the Group financial statements and therefore have caused the opinion to be incorrect.

Dean Co

In this part of the scenario, there is a subsidiary of the Group, being audited by the Group audit team. When performing the audit of Dean Co, the team appeared to use Group materiality when testing items in the individual financial statements of Dean Co. Dean Co is still required to prepare individual financial statements subject to audit. This should be performed at a suitable materiality level which has been determined to allow the auditor to issue the audit opinion on the individual financial statements of Dean Co. In this situation, the use of the Group materiality level is inappropriate. A significant number of candidates were able to identify and explain this issue.

In this section of the question candidates could also score marks for discussing that the investment was material for the individual company, for identifying that the outdated valuation would not be appropriate, that there was a risk of overstatement of the investment given the net asset value was only $11,000 compared to the director's valuation of $68,000 and for concluding that more audit work should have been performed by the audit team. Many candidates often concluded that the issue was immaterial and gave no further answer. Candidates should make sure that they always check the mark allocation to consider how much depth is required in their answer. The requirement for this subsidiary was worth five marks and as such candidates should have appreciated that there would be more to say than simply the issue is immaterial.

Some candidates inappropriately speculated that the 2% shareholding conveyed control and that Corden Co was a subsidiary or that the investment was significantly undervalued and may exceed the Group materiality level. Due to the requirement in relation to this question and its focus on the quality of the audit which had been performed, long discussions on the financial reporting rules for financial instruments and lists of procedures to audit them were not addressing the requirement. Marks were awarded for stating that more audit work should have been performed to ensure the correct value was in the financial statements. Candidates are again reminded to make sure that they pay close attention to the requirement and answer the question as it is set.

Horner Co

Horner Co was the final part of the question and related to a breach of laws and regulations in a subsidiary company of the Group. This part of the question was well attempted by most candidates. Generally, candidates were able to identify that this was an issue centred around non-compliance with laws and regulations and were able to discuss the potential impacts on the financial statements in terms of the necessary provisions and disclosures. In addition, many candidates were able to discuss the responsibilities of the auditor in this situation with regards to reporting the issue to those charged with governance (TCWG). Stronger candidates were able to go further and discuss the risk in a Group context, identifying the need for TCWG at Group level to be informed rather than just those of Horner Co and to raise the possibility that the Group may be exposed to risks of further breaches if a similar incident could happen in other subsidiary companies.

ACCA Marking guide	
	Marks
Generally, up to 2 marks for each well explained point:	
(a) Cameron Co	
– Internal audit – self-review threat and lack of professional scepticism (1 mark)	
– Internal audit – insufficient audit work on internal controls including no understanding or evaluation of year-end controls obtained	
– Internal audit – threat of assuming management responsibility and general risk that ethical code has not been followed by Carrey Associates	
– Timing and reliance on controls testing	
– Group audit firm has not evaluated Carrey Associates or obtained understanding of the firm	
– No audit work performed by Group audit team on Cameron Co's different accounting policies – Group consolidation could be misstated	
– Implications of former partner joining the component audit firm – familiarity and over reliance (1 mark)	
– Possible lack of competence of the Group audit partner (1 mark)	
Maximum	**8**
(b) Dean Co	
– Lack of application of professional scepticism regarding valuation of financial asset	
– Asset likely to be overvalued – could have material impact on Dean Co's financial statements	
– Inappropriate application of Group materiality at component level	
Maximum	**5**
(c) Horner Co	
– Auditor is incorrect and laws and regulations do impact the audit and financial statements	
– Auditor needs to gain understanding of applicable laws and regulations	

– Further evidence should be obtained and the matter discussed with Group management – Provisions for fines and penalties have not been considered – Auditor may have a legal duty to disclose, or consider disclosing in the public interest – The audit firm may wish to seek legal advice regarding the situation (1 mark)	
Maximum	**7**
Professional marks **Analysis and evaluation** – Appropriate assessment of the ethical and professional issues raised, using examples where relevant to support overall comments – Effective appraisal of the information to make suitable recommendations for appropriate courses of action **Professional scepticism and judgement** – Effective challenge and critical assessment of the evidence supplied with appropriate conclusions – Demonstration of the ability to probe into the reasons for quality issues including the identification of missing information or additional information which would be required – Appropriate application of professional judgement to draw conclusions and make informed comments regarding the quality of the work carried out **Commercial acumen** – Inclusion of appropriate recommendations regarding the additional quality procedures required by the firm – Appropriate recognition of the wider implications on the engagement, the audit firm and the company	
Maximum	**5**
Total	**25**

57 THOMASSON & CO *Walk in the footsteps of a top tutor*

Top tutor tips

Part (a) covers money laundering. Part (i) requires knowledge of money laundering requirements and the policies and procedures an accountancy firm should have in place to comply with the regulations. This is rote-learned knowledge from the text book and should be straightforward. Part (ii) requires application of knowledge to the scenario to evaluate whether there are any indicators of money laundering. Unusual transfers of cash, overly complex arrangements and uncertainty over the source of cash are all indicators of money laundering. You need to justify why you think the issues indicate money laundering. Very limited marks will be awarded for only listing the indicators.

Part (b) covers ethical and professional issues. Identify the type of threat, explain how the threat could influence the audit, discuss whether the threat is significant and finish off by explaining the safeguards the firm should take to reduce the threat to an acceptable level.

(a) Money laundering

(i) Policies and procedures for anti-money laundering programme

Thomasson & Co should have established an anti-money laundering programme within the firm. As part of this programme, the firm should have appointed a money laundering reporting officer (MLRO) with an appropriate level of experience and seniority.

The audit firm should also have established internal reporting lines which should be followed to report any suspicions. Thomasson & Co will probably have a standard form which should be used to report suspicions of money laundering to the MLRO.

The typical content of an internal report on suspected money laundering may include the name of the suspect, the amounts potentially involved, and the reasons for the suspicions with supporting evidence if possible, and the whereabouts of the laundered cash. The firm's internal policies should have been set up to ensure that all pertinent information is captured in this standardised report.

Any individual in the audit firm who has suspicions of money laundering activities is then required to disclose these suspicions to the MLRO. The report must be done as soon as possible as any non-disclosure or failure to report such suspicions will constitute an offence under the money laundering regulations.

On receipt of the internal report, the MLRO must consider all of the circumstances surrounding the suspicions of money laundering activities, document this process and decide whether to report the suspicions to the appropriate external authorities. The audit firm has a legal duty to report even though this may conflict with the auditor's duty of confidentiality.

Tutorial note

Credit will be awarded for other relevant answer points in relation to a firm's anti-money laundering programme.

(ii) Evaluation of possible indicators of money laundering activities

Money laundering is the process by which criminals attempt to conceal the true origin and ownership of the proceeds of criminal activity, allowing them to maintain control over the proceeds, and ultimately providing a legitimate cover for their sources of income.

In the case of Clean Co, the circumstances which may be indicative of money laundering activities include the following:

Cash-intensive business

Clean Co has a high level of cash-based sales (75%) and a high volume of individual sales reports. The nature of its business therefore creates a significant risk that illicit cash funds are being passed off as legitimate sales.

More specifically Simon Blackers' sale to a business associate for $33,000 may be an example of the placement of illegal funds in order to legitimise them as genuine sales. The size of the transaction in a business selling cleaning products and the round sum amount may be additional grounds for suspicion in relation to this transaction.

International property transactions

The performance of Simon's personal taxation computation has identified a significant number of transactions involving the purchase and sale of properties in international locations. These transactions may be examples of real estate laundering by Simon. It is possible that these properties have been purchased with illegal funds ('placement') and then sold in order to make funds appear legitimate ('integration').

A high volume of such transactions may also be indicative of the 'layering' of transactions in an attempt to make the original source of the funds more difficult to trace.

(b) Ethical and professional issues

Taxation services

Company tax computation

The performance of the company tax computation creates a self-review threat. A self-review threat arises when an auditor reviews work which they themselves have previously performed – for example, if the external auditor is involved in the process of preparing the financial statements and then audits them. As a result, there is a risk that the auditor will not be sufficiently objective in performing the audit and may fail to identify any shortcomings in their own work. In this case, a self-review threat to auditor independence arises because the tax calculation forms the basis of the tax payable and the tax charge in the financial statements and as such the audit team may be more likely to accept the tax calculations without adequate testing.

There is also a potential advocacy threat. An advocacy threat arises when the auditor is asked to promote or represent their client in some way. In this situation, there is a risk of the auditor being seen to promote the interests of Clean Co with a third party such as the tax authorities and therefore that the auditor will be biased in favour of the client and cannot be fully objective.

Completing tax returns does not generally create a threat of management involvement by the auditor, as completing the tax return may not involve the auditor making any judgements. Provided management takes responsibility for the returns, including any judgements which have been made, the threat to objectivity is not likely to be significant.

Where tax calculations have been prepared by the auditor for the purpose of preparing accounting entries, the IESBA International Code of Ethics for Professional Accountants (the Code) and the FRC Ethical Standard state that this may be acceptable for an unlisted audit client and that the firm should consider implementing safeguards in order to reduce the self-review threat to an acceptable level.

In this case, these safeguards might have included, for example, using professionals who are not members of the audit team to prepare the tax computations. The tax services should be reviewed by an independent tax partner, or other senior tax employee.

Therefore, given that Clean Co is an unlisted client, Thomasson & Co should ascertain which members of staff performed the taxation services and should review whether the threat to independence has been adequately assessed before the taxation services were performed and whether adequate safeguards have been applied.

Simon Blackers' personal tax computation

From an ethical perspective, there is no prohibition in the Code or the FRC Ethical Standard on the preparation of personal tax returns for the directors of an audit client such as Clean Co. However, in this case the auditor should consider whether the preparation of Simon's personal tax return may result in the auditor being associated with criminal activities if the suspicions of money laundering activities noted above prove to be well founded.

The auditor should also consider the appropriateness of personal taxation services being billed to the company. Indeed, the preparation of Simon's personal tax return may be a taxable benefit which should be included in the tax return and the fee for this service may need to be reflected in Simon's director's loan account with the company.

Website and online sales system

According to the Code and the FRC Ethical Standard, providing services to an audit client involving the design or implementation of IT systems which form a significant part of the internal control over financial reporting or generate information which is significant to the accounting records or financial statements on which the firm will express an opinion constitutes a self-review threat.

A self-review threat arises when an auditor reviews work which they themselves have previously performed – for example, if the external auditor is involved in the process of preparing the financial statements and then audits them. There is a risk that the auditor will not be sufficiently objective in performing the audit and may fail to identify any shortcomings in their own work.

In this case, the self-review threat arises as the new systems will produce data which will be used directly in the preparation of the financial statements. The audit process will therefore include reviewing and testing of financial data and systems which Thomasson & Co has helped to design and implement. As a result, there is a clear risk that the audit team may too readily place reliance on these systems.

With reference to Clean Co therefore, it is clear that providing assistance with the design and implementation of the website and online sales system will constitute a self-review threat as the auditor will audit sales figures which are generated by the system.

There is also a risk that the firm may assume a management responsibility if they become involved in making management decisions. In the case of revenue, this self-review threat may be heightened further by the auditor's reliance on controls testing and on analytical review of the data summaries generated by the new system.

Tutorial note

UK syllabus: *According to the FRC Ethical Standard, providing information technology services can create a management threat to independence. The management threat arises because the design and implementation of information systems is the responsibility of management. If the auditor becomes involved in making management decisions with regard to the website and online sales system, the perception that the auditor is independent of management would be impaired.*

It also seems clear that the new online sales system will be significant to the client's financial statements and records. Such a self-review threat may be too significant even for an unlisted client such as Clean Co unless appropriate safeguards are put in place.

Examples of possible safeguards which might assist in managing the self-review threat include the following:

- The client should acknowledge its responsibility for establishing and monitoring the system of internal controls and for the operating system and data it generates
- The respective responsibilities of the audit firm and the client should be clearly defined in a separate engagement letter in order to ensure that the client makes all management decisions in relation to the design and implementation process
- Thomasson & Co should use a separate team made up of non-audit staff to perform the systems design and implementation assignment and the work performed by this team should be subject to independent professional review.

If the self-review threat cannot be reduced to an acceptable level, or the engagement will result in the firm assuming a management responsibility, the service should not be provided.

Examiner's comments

Requirement (a)(i) asked for a discussion of policies and procedures a firm should have in place in relation to an anti-money laundering programme. Candidates who did not score well either simply listed points with no discussion or confused the audit firm with the client and discussed controls over cash sales or places where the client could implement policies.

The second requirement (a)(ii) asked candidates to evaluate whether there were indicators of money laundering by the client or its staff. Most candidates but made no attempt at explaining or evaluating the indicators. Simply stating sales are cash based or there is an off-shore bank account does not demonstrate an understanding of why these things are an indicator. Candidates would do well to add the word because at the end of such sentences to force them to explain why something is a red flag. For example, "the company sales are 75% cash based. This is a potential indicator of money laundering because cash-based sales are harder to trace." An even stronger answer would then relate this back to the stages of money laundering, giving a "So what?" to their answer. "This means that additional cash can be introduced alongside genuine sales. This would represent the placement stage of money laundering". Another mistake candidates often made in this part of the question was to discuss the risk of employee fraud/theft of the cash which was not required.

Part (b) was a requirement to discuss the ethical and professional issues arising at the client. Candidates tended to perform poorly as they are still not demonstrating the understanding of ethical issues or how to describe them sufficiently to attain marks. Candidates here also often showed a lack of detailed knowledge of the ethical guidance. A common mistake made by candidates was to assume that invoicing the company for the tax work done on behalf of the directors was disallowed (rather than identifying that if the company was paying for his tax work, this should be considered director's remuneration and not part of the audit fee for disclosure and possible personal tax reasons).

One of the most concerning points that was made in many answers was to correctly tie in the risk of money laundering at the client and the need to report this to the firm's money laundering reporting officer while avoiding tipping off but then to follow that with the suggestion that the firm resign from the client immediately and inform TCWG of the money laundering – so effectively then tipping off the client.

ACCA Marking guide

	Marks
(a) Money laundering	
(i) Reporting duties and procedures	
Generally, 1 mark per point	
– Suspicions should be reported to nominated person within audit firm (MLRO); MLRO should possess suitable level of experience/seniority	
– Audit firm should have established internal reporting lines which should be followed to report any suspicions	
– Any individual in audit firm who has suspicions of money laundering activities must disclose them to MLRO; non-disclosure/failure to report constitutes an offence	
– MLRO must consider all circumstances, document the process and decide whether to report to appropriate authorities; legal duty to report even though this may conflict with auditor's duty of confidentiality	
Maximum	**4**
(ii) Indicators of money laundering	
Generally, up to 2 marks for each well-explained point of explanation, for example:	
Cash intensive business	
– High level of cash sales and high volume of individual sales reports; risk illicit cash funds are being passed off as legitimate sales	
– Simon Blackers' sale to business associate for $33,000 may be example of placement of illegal funds in order to legitimise them as genuine sales.	
International property transactions	
– May be example of real estate laundering by Simon Blackers; may be purchasing international property with illegal funds (placement) and then selling them in order to make funds appear legitimate (integration)	
– High volume of transactions and off-shore bank accounts in Simon Blackers' name may be indicative of layering of transactions in attempt to make original source of funds difficult to trace	
Maximum	**6**

(b)	**Ethical and professional issues** Generally, 1 mark for each point identified and explained **Taxation services** – Company tax computation is self-review threat as tax calculation forms basis of tax payable and tax charge in financial statements – Advocacy threat re acting on client's behalf with tax authorities – Completing tax returns does not generally create threat to independence if management takes responsibility for returns including any judgements made – Tax calculations for purpose of preparing accounting entries – may be acceptable for unlisted audit client; firm should consider safeguards, e.g. using professionals not members of audit team or independent senior/partner review – Preparation of Simon Blackers' personal tax return may be taxable benefit which should be included in tax return and fee should be reflected in director's loan account with the company – Preparation of personal tax return may result in auditor being associated with criminal activities (i.e. money laundering as above) **Website and online sales system** – Self-review threat as auditor will audit sales figures generated by system – New system appears to be significant to client's financial statements and records – Risk assume management responsibility relating to design of system and controls – Threat may be too significant even for unlisted client unless appropriate safeguards put in place – Examples of possible safeguards include: client acknowledges responsibility for establishing and monitoring system of internal controls; client makes all management decisions re design and implementation process; client is responsible for operating system and data it generates; separate team made up of non-audit staff performs work with independent professional review (max 2 marks for safeguards)	
	Maximum	**10**
	Professional marks **Analysis and evaluation** – Appropriate assessment of the ethical and professional issues raised, using examples where relevant to support overall comments – Appropriate use of the information to support discussions and draw appropriate conclusions – Effective appraisal of the information to make suitable recommendations for appropriate courses of action **Professional scepticism and judgement** – Effective challenge and critical assessment of the evidence supplied with appropriate conclusions – Appropriate application of professional judgement to draw conclusions and make informed comments **Commercial acumen** – Appropriate recognition of the wider implications on the engagement, the audit firm and the company	
	Maximum	**5**
Total		**25**

58 WESTON & CO *Walk in the footsteps of a top tutor*

Top tutor tips

Part (a) deals with tendering. For the tender document you need to identify ways in which you can sell your firm to the client. Try and match the firm with the prospective client from the information in the scenario. Don't just give rote learnt knowledge without applying it to the scenario.

Part (b) focuses on long association of senior personnel with an audit client. Identify the name of the threat and explain why long association creates an ethical issue. The requirement also asks for discussion of whether the engagement partner can become engagement quality reviewer of the same client in the future. Don't forget to include this in your answer.

(a) (i) Matters to be included in the audit proposal

Outline of Weston & Co

A brief outline of the audit firm, including a description of different services offered, and an outline of the firm's international locations. This will be important to Jones Co given that it wishes to expand into overseas markets and will be looking for an audit firm with experience in different countries. The document should also outline the range of services which Weston & Co can provide, and any specialism which the firm has in auditing recruitment companies.

Identify the audit requirements of Jones Co

There should be an outline of the statutory audit requirement in the country in which Jones Co is incorporated, to confirm that the company is now at the size which necessitates a full audit of the financial statements. As this is the first time an audit is required, it will be important to outline the regulatory framework and the duties of auditors and of management in relation to the audit requirement.

Audit approach

A description of the proposed audit approach, outlining the stages of the audit process and the audit methodology used by the firm should be given. The description should state that the audit will be conducted in accordance with ISA requirements. Weston & Co should emphasise the need for thorough testing of opening balances and comparatives given that this is the first year that the financial statements will be audited. The risk-based nature of the audit methodology should be explained, and that it will involve an assessment of accounting systems and internal controls. Controls may not be good given the limited resources of the accounting function, so the audit approach is likely to be substantive in nature.

The audit firm may at this stage wish to explain that while the audit should not be 'disruptive', the audit team will require some input from Jones Co's employees, especially the accountant, and other personnel including Bentley may need to make themselves available to respond to the audit firm's requests for information and to discuss matters relating to the audit.

Communication

The proposal should outline the various communications which will be made with those charged with governance during the audit process, and highlight the value added from such communications, for example, recommendations on any control deficiencies.

Deadlines

The audit firm should clarify the timescale to be used for the audit. Bentley has requested that the audit is completed within four months of the year end. This seems to be reasonable and it should be possible for the audit of a relatively small company with simple transactions and a full-time accountant to be completed within that timeframe.

Ability to provide insight and add value

Given Jones Co's plans for the future and the request for strategic advice, a key selling point to be included in the tender will be the firm's ability to provide insight and add value. Examples from other clients should be included and where appropriate, testimonials from other clients.

Quality management and ethics

Weston & Co should clarify its adherence to the ACCA *Code of Ethics*, and to International Standards on Quality Management. This should provide assurance that the audit firm will provide an unbiased and credible auditor's report. This may be important for the venture capitalists who will wish to gain assurance on the financial information which they are provided with in relation to their investment.

Additional non-audit and assurance services

The audit proposal should describe the various non-audit and assurance related services which Weston & Co would be able to offer Jones Co. These may include, for example, business consultancy and corporate finance advice on overseas expansion and obtaining any necessary additional funding to help the planned overseas expansion.

This discussion should clearly state and emphasise that the provision of such services is subject to meeting ethical requirements and will be completely separate from the audit service.

Tutorial note

Credit will be awarded for discussion of other matters which may be included in the audit proposal, where the matters are relevant to the audit of Jones Co.

(ii) Matters to be considered in determining the audit fee

Weston & Co needs to consider a number of matters in determining the audit fee. The commercial need for the firm to make a profit from providing the audit service needs to be considered alongside the client's expectations about the fee level and how it has been arrived at.

Cost of providing the service

First, the audit firm should consider the costs of providing the audit service. This will include primarily the costs of the audit team, so the firm will need to assess the number and seniority of audit team members who will be involved, and the amount of time that they will spend on the audit. There may be the need for auditor's experts to be engaged, and the costs of this should be included if necessary.

Weston & Co will have standard charge out rates which are used when determining an audit fee and these should be used to estimate the total fee. Other costs such as travel costs should also be considered.

Client expectations

Bentley Jones has made some comments in relation to the audit fee which have ethical and other implications. First, he wants the audit fee to be low, and says that he is willing to pay more for other services. One of the problems of a low audit fee is that it can affect audit quality, as the audit firm could be tempted to cut corners and save time in order to minimise the costs of the audit.

Offering an unrealistically low audit fee which is below market rate in order to win or retain an audit client is known as lowballing, and while this practice is not prohibited, the client must not be misled about the amount of work which will be performed and the outputs of the audit. The issue for the client is that an unrealistically low audit fee is unlikely to be sustainable in the long run, leading to unwelcome fee increases in subsequent years.

Tutorial note

UK syllabus: *FRC Ethical Standard section 4 states that the audit engagement partner must be satisfied and able to demonstrate that the audit engagement has assigned to it sufficient partners and staff with appropriate time and skill to perform the audit in accordance with all applicable auditing and ethical standards, irrespective of the audit fee to be charged. This means that the audit fee should be high enough to allow the use of appropriate resources and that a low fee cannot be tolerated if it would impact on audit quality.*

Contingent fee

The second issue is that Bentley Jones has suggested that the audit fee should be linked to the success of the company in expanding overseas, on which he wants the audit firm to provide advice. This would mean that the audit fee is being determined on a contingent fee basis. Contingent fees are fees calculated on a predetermined basis relating to the outcome of a transaction or the result of the services performed by the firm.

A contingent fee charged by a firm in respect of an audit engagement creates a self-interest threat which is so significant that no safeguards could reduce the threat to an acceptable level. Accordingly, a firm shall not enter into any such fee arrangement.

Weston & Co should explain to Bentley Jones that the audit fee will be determined by the level of audit work which needs to be performed, and cannot be in any way linked to the success of Jones Co or advice which may be given to the firm by its auditors. The fee will be determined by the grade of staff that make up the audit team and the time spent by each of them on the audit.

> ***Tutorial note***
>
> *Credit will be awarded for discussion of other relevant current issues in relation to the setting of audit fees.*

(b) Ethical threats created by long association of senior audit personnel and relevant safeguards

When a senior auditor acts for an audit client for a long period, several ethical problems can arise. First, the professional scepticism of the auditor can be diminished. This happens because the auditor becomes too accepting of the client's methods and explanations, so stops approaching the audit with a questioning mind.

Familiarity and self-interest threats are created by using the same senior personnel on an audit engagement over a long period of time. The familiarity threat is linked to the issues relating to the loss of professional scepticism discussed above, and is due to the senior auditor forming a close relationship with the client's personnel over a long period of time.

As with any ethical threat, the significance of the threat should be evaluated and safeguards which reduce the threat to an acceptable level put in place. Matters which should be considered in evaluating the significance of the ethical threat could include the seniority of the auditor involved, the length of time they have acted for the client, the nature, frequency and extent of the individual's interactions with the client's management or those charged with governance and whether the client's management team has changed.

Examples of safeguards which can be used include:

- Rotating the senior personnel off the audit team
- Having a professional accountant who was not a member of the audit team review the work of the senior personnel
- Regular independent internal or external quality reviews of the engagement.

Because Ordway Co is a listed company, the audit firm must remove Bobby from the audit team and not allow further contact with the client or the audit process. Bobby may not have any involvement with the audit of Ordway plc for the next five years.

Performing quality reviews forms part of participating in the audit engagement. Therefore, Bobby cannot act as engagement quality reviewer for the audit of Ordway plc, having stepped down as audit engagement partner until the appropriate cooling-off period has been served.

Tutorial note

INT syllabus:

In the case of a public interest company such as Ordway Co, the IESBA International Code of Ethics for Professional Accountants contains a specific requirement that an individual shall not be a key audit partner for more than seven years. After seven years the individual shall not be a member of the engagement team or be a key audit partner for the client for five years. This is known as the cooling off period, and during that period, the auditor shall not participate in the audit of the entity, provide quality reviews for the engagement, consult with the engagement team or the client regarding technical or industry-specific issues, transactions or events or otherwise directly influence the outcome of the engagement.

UK syllabus:

FRC Ethical Standard section 3 states that in the case of listed entities no one shall act as audit engagement partner for more than five years and that anyone who has acted as the audit engagement partner for a particular audited entity for a period of five years shall not subsequently participate in the audit engagement until a further period of five years has elapsed.

Examiner's comments

The first part of the question focused on practice management and client acceptance issues. **Requirement (a)(i)** asked candidates to explain the specific matters to be included in the audit proposal document, other than those relating to the audit fee. This was quite well attempted by many, with almost all candidates understanding the main components of an audit proposal document such as a background of the audit firm, discussion of audit methodology, an outline of the firm's resources and timings and deadlines. Where candidates did not score well on this requirement was where the answer provided was very generic and was not made specific to the requirements of Jones Co. For example, some candidates ignored the fact that Jones Co had never previously been audited which would mean that management may have little appreciation of the audit process and as such the audit proposal should explain in some detail the responsibilities of management and the audit firm, and provide a detailed explanation of the audit process including key outputs.

Requirement (a)(ii) went on to ask candidates to discuss the issues relating to determining the audit fee to be considered by the audit firm, assuming its appointment as auditor of Jones Co. Unfortunately many answers to this requirement did not identify the relevant matters in the question scenario, including the issue of contingent fees, intimidation on fees and lowballing that were implied by the comments made by the owner-manager of Jones Co. Better candidates were able to make the very valid point that the potential client needed a better understanding of the purpose of an audit and why it needs to be seen to be independent and tied this back to the content of the proposal document. Where these matters were not discussed, answers tended to be generic, and simply focused on the fact that audit fees should be determined by time, resources and charge-out rates. Many of the weaker answers did not focus on the specific nature of the question requirement, and instead discussed matters that had little to do with the audit fee, such as self-review threats and other irrelevant acceptance procedures such as customer due diligence.

Requirement (b) focused on a different audit client – Ordway Co, a listed company. The scenario briefly described that the current audit partner, having acted in that capacity for seven years was to be replaced by another partner, but wanted to stay in contact with the client and act as engagement quality reviewer. Candidates were asked to explain the ethical threats raised by the long association of senior audit personnel with an audit client and the relevant safeguards to be applied. Candidates were also asked to determine whether the partner could in fact act as engagement quality reviewer. This section was well attempted and most candidates correctly identified the familiarity threat and loss of professional scepticism that arises on a long association with an audit client, especially when dealing with senior audit personnel. Most candidates could also explain the relevant safeguards and demonstrated knowledge of the relevant requirements for listed entities.

It was pleasing to see this syllabus area well understood by most candidates given its topical nature. The issue of whether the audit partner could remain in contact with the client by acting as engagement quality reviewer was less well understood. While many candidates correctly suggested that this could not happen for ethical reasons, many others thought that it would be appropriate as long as further quality reviews took place. Other candidates misinterpreted the question and thought that the partner was leaving the audit firm to work at the client.

ACCA Marking guide	
	Marks
(a) Jones Co	
(i) Matters to be included in the audit proposal	
Generally, up to 2 marks for each matter explained:	
– Outline of the audit firm	
– Audit requirement of Jones Co	
– Audit approach (allow up to 3 marks for well explained points made relevant to scenario)	
– Deadlines	
– Ability to provide insight and add value	
– Quality management and ethics	
– Additional non-audit and assurance services	
Maximum	8
(ii) Matters to be considered in determining audit fee	
Generally, up to 2 marks for each point discussed:	
– Fee to be based on staffing levels and chargeable hours	
– Low fees can result in poor quality audit work and increase audit risk	
– Lowballing and client expectation issues	
– Contingent fees not allowed for audit services	
Maximum	6
(b) Ordway Co	
Long association of senior audit personnel	
Generally, up to 1 mark for each point discussed:	
– Loss of professional scepticism	
– Familiarity and self-interest threats to objectivity	
– Assessing the significance of the threat	
– Appropriate safeguards (1 mark each where well explained to max of 3 marks)	
– Cooling-off period required	
– Conclusion on whether partner can perform EQR role	
Maximum	6

	Professional marks	
	Analysis and evaluation	
	– Appropriate use of the information to support discussions and draw appropriate conclusions	
	– Effective appraisal of the information to make suitable recommendations for appropriate courses of action	
	– Appropriate assessment of the ethical and professional issues raised, using examples where relevant to support overall comments	
	Professional scepticism and judgement	
	– Effective challenge and critical assessment of the evidence supplied with appropriate conclusions	
	– Appropriate application of professional judgement to draw conclusions and make informed comments	
	Commercial acumen	
	– Appropriate recognition of the wider implications on the engagement, the audit firm and the company	
	– Appropriate recognition of the practical and commercial implications relating to the tender and fee	
	– Demonstration of the ability to exercise insight and perception when recommending matters to be included in the tender	
	Maximum	**5**
Total		**25**

UK SYLLABUS ONLY

59 PICKLE & CO *Walk in the footsteps of a top tutor*

Top tutor tips

You will need to apply your knowledge of the ethical code to the information in the scenario. Tailor your explanation to the information given, as generic responses are unlikely to earn marks.

While answering part a, remember that simply identifying a threat isn't enough. Discuss how it could impair the audit partner's objectivity and affect audit quality. For example, if a client has a long-standing relationship with the audit team, discuss how the length of this relationship creates an increased familiarity threat. Consider its impact on senior members, such as the audit partner and manager. Safeguards need to be evaluated in this requirement so a suggestion like 'appoint a different audit partner' will limit your marks. Consider the specific challenges presented by the scenario (e.g. lack of succession planning, limited resources) and suggest more practical solutions.

Marks are available for recognising the broader impact of ethical threats (e.g. familiarity threats can extend beyond the engagement partner).

While answering part b, it's important to use the figures given (audit fees vs other services) to assess the risks in depth. Consider both current and future circumstances. The group is unlisted now but plans to list soon. Consider the ethical implications of the fee structure both currently and in light of the Group's future listing.

(a) Brook Coal plc

Long association

The same audit team has been performing the audit of Brook Coal plc for five years. The Financial Reporting Council *Ethical Standard* (Revised 2019) states that when an individual is involved in an audit engagement over a long period of time, this may create familiarity and self-interest threats.

The familiarity threat arises as the audit personnel become more trusting of the management of the client and fail to be as rigorous in evaluating their judgements, impairing professional scepticism. There may be a presumption that circumstances have not changed or that new information will be disclosed by the client.

The self-interest threat arises where an individual might have concern about losing a longstanding client or maintaining close personal relationships which might influence the individual's judgement inappropriately.

Here, the entire team has been involved with the audit for a long time, five years, resulting in familiarity threats across the team. The significance of the threat should be evaluated for the individual team members.

This will be higher for the more senior members of the team such as the audit engagement partner and the audit manager who are involved in reviewing the work of more junior staff and have more influence on the outcome of the audit.

The safeguard proposed of performing an engagement quality review is a valid one, albeit one which should be in place already for a listed entity. This does not, however, address the issue sufficiently.

Long association of the audit engagement partner

There is a requirement that for listed entities, the key audit engagement partner can only serve in this position for a total of five years prior to a cooling off period where they are not permitted to undertake a key partner role for the client in the next five years. As it stands, it would be expected that the audit engagement partner be replaced for the next audit. This does not appear possible given the only other partner in the firm with the relevant industry and client knowledge and experience is the engagement quality review (EQR) partner and who is leaving in September.

It may be possible, with the approval of those charged with governance (TCWG), for the key audit engagement partner to continue for up to an additional two years if TCWG decide a degree of flexibility is necessary to safeguard the quality of the engagement. This is because it could be argued that the resignation of the EQR partner who has the experience in mining company audit counts as an unforeseen circumstance. This then results in the firm having no other partners with the necessary experience who are able to take over the engagement, despite the firm having taken all reasonable succession planning steps. For this to be acceptable, Pickle & Co must ensure sufficient additional safeguards are in place to mitigate the familiarity threat. This might be a suitable action given the overall level of the threat is reduced by the retirement of the Brook Coal plc finance director, removing one of the sources of close relationship between senior management and the firm.

Long association of the audit team

One way to reduce the familiarity threat would be to rotate the rest of the audit team and bring in a fresh team including a new audit engagement manager. Promoting the existing audit senior to the role in place of the current manager will not address this threat, but it is possible that the team could be replaced with a team from another client. As the client does not want too much change and disruption, perhaps a new manager and supervisor can be put in place, but the junior staff remain to provide some continuity.

After the 20X6 audit, the key audit engagement partner must be replaced, and the firm should put procedures in place to train or recruit a new partner for Brook Coal plc in sufficient time. If this is not possible, Pickle & Co should not allow themselves to be put forward for reappointment to the 20X7 audit as the 'all reasonable succession planning' criteria would be unlikely to be met.

Engagement quality review partner

The audit of Brook Coal plc is subject to an EQR because it is a listed client and as a safeguard against the threats to independence arising from long association. ISQM (UK) 2 *Engagement Quality Reviews* provides eligibility criteria which must be met for the partner appointed to the role of engagement quality reviewer (reviewer). An EQR should be appointed who is not a member of the engagement team and has the competence and capability to perform the review and who is sufficiently objective to perform that review.

With respect to competence and capability, it would be expected that the reviewer would have knowledge of the client's industry and understanding of, and experience relevant to engagements of a similar nature and complexity. Although Abeeku Ngomi has experience with the oil industry, it must be assessed whether this is sufficiently close to the coal mining industry for them to be classed as having the appropriate competence and capability.

For Bora Kim, having been previously a senior member of the audit engagement team, there will arise a self-review threat to independence as they will have previously been involved with significant judgements made by the engagement team and may not assess those judgements with the required level of professional scepticism.

It is unlikely either of the proposed reviewers will be appropriate and Pickle & Co should appoint an external reviewer with the correct competence and capabilities. This may be from another firm in their network, or external to the firm's network if necessary.

(b) Suki Group

When assessing whether it is appropriate to tender for the audit of Suki Group (the Group), Pickle & Co must assess threats arising to independence and the availability of safeguards to ensure these are mitigated sufficiently to allow the audit to be performed in an unbiased manner.

Fees

Self-interest – audit fees

The fees proposed for the audit are high, representing 9.0% of the firm's total forecast fee income for the year ending 31 December 20X5 including the fee for the audit. Such a level of fees may be considered to give rise to the threat of fee dependency. The FRC *Ethical Standard (ES)* identifies high fees as giving rise to self-interest threats and intimidation threats as the firm will be less willing to challenge the client for fear of losing the client. The threat becomes more significant the higher the fee level is.

This threat is both firm wide and can exist at the level of the local office or partner where an individual partner's remuneration or career is impacted by the loss of a significant client. ISQM (UK) 1 *Quality Management for Firms that Perform Audits or Reviews of Financial Statements, or Other Assurance or Related Services Engagements* requires firms to have in place a culture and a system of quality management which prioritises audit quality over revenues and profits to reduce this threat.

The internal system of quality management (SoQM) for Pickle & Co is likely to have fee thresholds at which a fee dependency threat exists, therefore there will have been determined suitable safeguards to mitigate this risk. Generally, this would include involving a reviewer to perform an EQR and to assess the reasonableness of the fees charged.

The firm should also inform TCWG of the threat and the safeguards in place to mitigate this to an acceptable level. It is likely this would be appropriate in the case of the audit of the Group and these details will be included in the tender document submitted to enable TCWG to evaluate whether they are satisfied that the mitigations are sufficient.

Self-interest – other fees

The fee dependency risk is exacerbated in this instance by the fees for the provision of other services. Adding the audit to the fees already billed in this financial period gives a total fee of £596,000 with respect to the Group, representing 15% of forecast annual fee income for the current year if the audit fee proposed for the Group is included. Of this, £157,000 is non-recurring in relation to the forensic work, giving a recurring fee of £439,000 or 11% of the firm's income.

For a non-listed client, fees from recurring engagements should not regularly exceed 15% of the annual fee income of the firm or of the part of the firm by reference to which the engagement partners' profit is assessed. Where the fee from recurring engagements will regularly exceed 10% but not exceed 15% of the annual fee income of the firm, the Group engagement partner should disclose this expectation to the firm's ethics partner and the firm must arrange a pre-issuance independent quality review of the engagement undertaken.

As such, this level of fee dependency should be reviewed against the firm's internal policy on fees. If Pickle & Co is also appointed as auditor to the Group, the firm may determine it is appropriate to have engagement quality reviews completed on each of the other engagements which the firm has completed for the Group. It would also safeguard against the threat of fee dependency on this one client to decline future, non-audit engagements such as forensic and consulting work in future.

Potential future listing

The Group's management has stated their intention to list the company in the next couple of years. Should this occur, the fee dependency threat will be elevated due to the public interest nature of listed companies. If the Group does obtain a listing, Pickle & Co would be required to assess whether fees for recurring engagements with the client would regularly exceed 10% of the firm's total fee income. Where this occurs, the firm should not act as the provider of the engagement. In this case, Pickle & Co would not be able to provide both the statutory audit and the assurance on the CSR report.

In addition, total fees provided for non-audit services, including those for non-recurring engagements such as the forensic work, must not exceed 70% of the average of the audit fees paid for the last three consecutive financial years. Whilst this will not be an immediate issue, going forward this constraint would apply.

It should be noted that for a listed audit client, Pickle & Co would be restricted in the non-audit services provided and would not be able to provide valuation services such as the brand valuation in future.

Basis of calculating fees

The proposed audit fee for the audit of the Group includes a discount in recognising them as a valuable client. However, the *Ethical Standard* prohibits audit fees to be influenced by the provision of other services, unless this arises as a result of cost savings arising from experience with the client. From the way the discount is described, it appears, however, to be influenced by value of the client to Pickle & Co, implying that the discount is a recognition of the other services provided. Therefore, this is inappropriate as it contravenes the *Ethical Standard*.

Examiner's comments

General comments

Pickle & Co was a 25-mark question set around two clients, Brook Coal Co and the Suki Group, and focussed on ethical issues which needed to be considered prior to continuing or extending the client relationships.

Overall candidates performed better on requirement (a) as many were able to evaluate a wider range of points in order to score marks. Requirement (b) was often only a couple of short paragraphs or bullet points and some candidates failed to consider the information in any depth, proving a list of generic comments about the possible ethical threats. As such, these candidates were not able to demonstrate the professional skills that were also examined in the question of professional scepticism and judgement, analysis and evaluation and commercial acumen.

Candidates are again reminded to use published questions and marking guides to aid them when planning answers and considering the number of detailed points which need to be made for the marks available.

Requirement a

Candidates were provided with details of the audit engagement for Brook Coal Co including the composition of the audit team, the length of time the current team had been involved with the audit as well as some other specific issues which would affect this year's audit, such as staff members who were leaving the firm and the client. Candidates were also provided with the initial assessment of the ethical issues which had been identified by the audit manager and the proposed safeguards to mitigate for these threats.

Candidates were asked to explain the ethical threats which had been identified by the audit manager and to evaluate the proposed safeguards, suggesting alternatives where relevant. Responses to requirement a(i) and a(ii) were mixed. Candidates were expected to take the high level identification of the threat which was given in the question and provide a detailed explanation of why this presents an ethical issue. For example, to explain why the audit team being in place for seven years presents an ethical threat to the engagement. Most candidates were able to use this information in the scenario to identify how this long association gives rise to a possible familiarity threat and why this is a specific issue for the audit engagement partner. Weaker answers often stopped at this point and therefore essentially ignored the detail in the scenario. While the identification of the type of ethical threat is relevant, and scored some technical credit, the marks are severely restricted where candidates do not make these comments applied to the specifics of the client they have been asked to consider. Therefore, many candidates failed to provide any explanation as to the impact of this ethical issue on the audit.

Candidates are again reminded that there are minimal knowledge marks available in AAA, and to maximise marks, candidates must be tailoring and applying that knowledge to the specifics of the scenario they are presented with. As with any requirement focussed on ethics, candidates need to be prepared to go further than simply identifying the nature of the threat and must be able to fully explain the impact of the issue. The ethics section of the AAA syllabus builds on the Audit and Assurance syllabus and candidates must ensure that their assumed knowledge is up-to-date and at the right level.

Brook Coal Co is a listed company and therefore better answers were able to score marks for applying and discussing the rules included in the Code regarding the length of time an individual can serve as audit engagement partner, including the possibility of serving for an additional year to maintain audit quality. Only the best answers were able to score further marks by appropriately applying this exception to the details in the scenario. As the resignation of the current engagement quality reviewer (EQR) and the finance director of Brook Coal Co could be used as a basis for suggesting that to ensure continuity and quality the current audit partner should be allowed to continue for an extra year Stronger answers also recognised that while there is no specific rule in the Code, this familiarity threat may extend to the whole team and that the associated risk would be higher for more senior members of the team, such as the audit manager, who has more influence over the outcome of the audit. Strong answers went on to discuss how the current resource within the office of the firm would affect the safeguards which were available. Professional skills marks were awarded to answers which subsequently discussed the lack of succession planning at Pickle & Co given the lack of staff with experience in the relevant industry and that this represented a failure in the firm's system of quality management.

Many candidates struggled with the points related to the EQR. Many answers showed a lack of knowledge of the requirements for listed entities to have an EQR in place and therefore that the suggested safeguard to introduce this type of review would do little to mitigate for the familiarity threat. Some candidates were able to generically discuss the requirements included in ISQM 2 Engagement Quality Reviews, around the competence and independence of the EQR. However, only the best answers were able to use the scenario proficiently to evaluate the suggested safeguard and challenge why the suggested EQR replacements would give rise to additional ethical and professional threats for the engagement.

At this level candidates should be aiming to integrate the points in the scenario with their answer points and looking for the various connections between the information which is presented.

In relation to the last part of requirement (a) which asked candidates to recommend alternative safeguards which might be more effective in the circumstances, responses were also mixed. Some candidates simply listed generic safeguards which were not appropriate in relation to Brook Coal Co, such as appoint an engagement quality reviewer or a different audit engagement partner. Such suggestions failed to recognise that given the current resources which were available within the firm this was not immediately possible. Effective answers were able to weigh up the ethical threats and the commercial information provided to suggest suitable actions such as recruiting from the firm's wider network to ensure that team members had adequate skills and experience. Professional skills marks were awarded where candidates demonstrated this commercial awareness and provided effective challenge to the suggested safeguards by the audit manager.

Requirement b

Candidates were again provided with some detailed information about the Suki Group, an existing client currently provided with other assurance services. The client was looking to appoint a new auditor and had approached Pickle & Co to tender for the audit. Candidates were given detailed information about the work currently provided, as well as the level of fees charged for existing work and the proposed audit fee. Candidates were asked to consider the ethical matters arising from the proposed appointment as auditor to the Group.

This requirement was generally not well answered. Many candidates provided vague and generic answers, failing to consider the overall mark allocation and the detailed information which was provided.

Some candidates showed a lack of knowledge of the requirements of the Code in relation to fee levels and the difference in guidance between listed and unlisted entities. In this scenario the Group was currently unlisted but was rapidly expanding and was planning to seek a listing in the next two years. Therefore, the best answers were able to consider the ethical issues from both angles and what the firm needed to consider both currently, and in the future, if the Group obtained listed status. This was specifically asked for in the requirement and it was disappointing to see that many candidates did not consider the impact of the Group obtaining a listing as part of their evaluation. Candidates are once again reminded to read the requirement carefully to ensure that they are addressing all aspects of the question.

Strong answers understood that there was a risk of fee dependency and used the fee information in the scenario to provide meaningful analysis and calculations to support their discussion around whether Pickle & Co should consider tendering for the audit and were awarded professional skills marks accordingly. Most candidates were able to suggest some appropriate actions in relation to this issue, such as the firm could reduce the level of other services offered if they wanted to become auditor in order to reduce the firm's dependency on the Group.

It was disappointing to see that few candidates were able to discuss the issues related to the proposed discount offered on the audit fee in depth. While many identified that a self-interest threat may arise, many were unable to discuss the inappropriate basis of the discount and the impact this might have on the firm's independence and objectivity.

ACCA Marking scheme	
	Marks
(a) Brook Coal plc Generally, up to 1 mark for each explained point. – Long association – familiarity – Long association – self interest – Safeguards proposed are insufficient – Evaluation re: partner (up to 2 marks) – Evaluation re: rest of audit team (up to 2 marks) – Proposed safeguards – EQR requirements explained (up to 2 marks) – Assessment of competence re Abeeku – Assessment of independence Bora – EQR partner to be appointed from external/wider network – If threats not mitigated, do not seek reappointment	
Maximum	**10**

(b) Suki Group
Generally, up to 1 mark for each explained point.
In addition, ½ mark for relevant calculations which form part of the evaluation (max 1 mark).
– Threat of fee dependence as a result of high fees
– Fee dependence creates specific ethical threats (1 mark for each threat explained):
  – Self interest
  – Intimidation
– Threat also exists at individual office/partner level
– Mitigation of threats (up to 2 marks)
– Increased risk due to fees from other services
– Possible actions to safeguard (up to 2 marks)
– Discounting and fees explained
– Implications on Pickle & Co if Group becomes listed
  – Implication on fees
  – Professional and ethical implications (up to 3 marks)	

Maximum	**10**

	Professional skills marks **Analysis and evaluation** – Appropriate use of the specific information to support discussion and draw appropriate conclusions – Demonstration and appropriate application of relevant technical financial knowledge to support conclusions and recommendations **Professional scepticism and judgement** – Effective challenge of information, evidence and assumptions supplied and techniques carried out to support key facts and/or decisions **Commercial acumen** – Appropriate recognition of the wider implications on the engagement, the audit firm and the company	**5**
Total		**25**

60 COTTRELL *Walk in the footsteps of a top tutor*

Top tutor tips

The UK-specific elements of this question are contained within part (a) (iii) dealing with the gift of cars and part (b) which considers implications for the auditor's report. In your answer, you should aim to include UK-specific references wherever relevant. Ensure that you are aware of the key differences between the AAA UK and INT variants of the syllabus.

(a) Matters to discuss with management and recommended further actions

(i) Investment properties

Tutorial note

State the accounting requirements of IAS 40 relating to investment properties – have they been applied properly? What are the implications of an inappropriate accounting treatment for the auditor? Is any error or misstatement material?

The uncorrected misstatement is below the material level determined for Sunningdale Ltd's financial statements at £25,000 and therefore immaterial.

It is incorrect for management not to recognise the loss on revaluation of one of its investment properties on the change to a fair value model when it is recognising gains on the three other investment properties.

IAS 40 *Investment Properties* states that an entity can choose either the cost model or the fair value model. The fair value model requires that investment properties are recognised in the statement of financial position at fair value. Gains and losses on revaluation when using the fair value model are recognised in the statement of profit or loss.

One method must be adopted for all of an entity's investment properties; they must all be accounted for using the same basis and change is only permitted if this results in a more appropriate presentation.

It is likely that moving to a fair value model will result in a more appropriate presentation, indeed IAS 40 notes that it is highly unlikely for a change from a fair value model to a cost model. The fact that three investment properties will be revalued at a fair value which is higher than the current carrying amount, and a gain recognised in the financial statements demonstrates that management may be adopting the fair value model in order to increase the company's assets and profit. If the necessary adjustments are not made by management, the investment property which has not been revalued will cause the assets and profit to be overstated.

The selective, and incorrect, use of a change in valuation model could be interpreted as an indication of a lack of management integrity which could extend to other areas of the accounts.

(ii) Specialist manufacturing equipment

Matters to discuss with management

The uncorrected misstatement is above the materiality level determined for Sunningdale Ltd's financial statements at £140,000 and therefore material.

It is factually incorrect for management to recognise the change in useful life as a retrospective adjustment, and furthermore to enter the total of this amendment through the current year's profit or loss statement. The change in useful life is a change in accounting estimate and the reason for the change has not been adequately justified by management.

The residual value and useful life of an asset should be reviewed at least at each financial year end and, if expectations differ from previous estimates, any change is accounted for prospectively as a change in estimate under IAS 8 *Basis of Preparation of Financial Statements.*

Under IAS 16 *Property, Plant and Equipment,* for all depreciable assets an entity should allocate depreciation on a systematic basis over the asset's useful life and the depreciation method used should reflect the pattern in which the asset's economic benefits are consumed by the entity. Changes in accounting estimates result from new information or new developments, however, management has not explained the basis of the new information that necessitates a change in the estimate of the useful life. Further investigation should be carried out to provide evidence to support or dispute management's assertion that an additional five years better reflects the pattern of economic benefits.

The lack of a justifiable reason for the change of depreciation method, coupled with the material misstatement to profit would cause the auditors to question the integrity of management for proposing these changes.

(iii) Gift of cars

The transactions are material by nature because it is a transaction between the company and two close relatives of a member of key management personnel, meaning that it is a related party transaction, disclosure of which is required in accordance with IAS 24 *Related Party Disclosures.*

It is irrelevant that the son and daughter of the director have not been employed by Sunningdale Ltd as they are related parties due to their close family relationship with a member of key management personnel.

ISA (UK) 550 *Related Parties* requires that the auditor evaluates whether identified related party relationships and transactions have been appropriately accounted for and disclosed in accordance with the applicable financial reporting framework. The auditor should also obtain audit evidence that the transactions have been appropriately authorised and approved.

Tutorial note: Credit will be awarded for further discussion of relevant points from ISA (UK) 550 including consideration of whether the transaction is in the normal course of business and whether the terms of the transaction appear consistent with management's explanations.

IAS 24 requires full disclosure of the following in respect of related party transactions, including:

- the nature of the related party relationship,
- the amount of the transaction,
- the amount of any balances outstanding including terms and conditions.

The fact that no income was received for the motor vehicles does not remove the requirement for the transactions to be

fully disclosed and may indicate that this is a form of disguised remuneration for the director in an attempt to avoid tax.

Further actions

Tutorial note

Make specific comments to identify in detail the further actions that should be taken by the auditor. A checklist of bullet points, properly expressed, is a useful approach to adopt.

- Management should be requested to correct the misstatements in respect of the investment properties and the specialist manufacturing equipment.
- Cottrell & Co should consider the fact that other audit areas could have also been manipulated to achieve required targets/covenants and may need to plan more audit work accordingly.
- Cottrell & Co should consider the independence of the valuer, especially in the light that three investment properties have increased in value, but one has decreased – it is possible that the increases have been overstated.
- If management refuses to adjust the financial statements, the auditor should communicate again with those charged with governance. They should repeat the request to adjust the financial statements and inform them of the modifications which would be made to the auditor's opinion if the adjustments are not made.

- If management still refuses to amend the financial statements, the auditor should request a written representation from management confirming their intent to proceed without amending the financial statements and that they understand that the audit opinion will be modified in this event.
- A second partner review of the matter and the proposed auditor's report to be issued should be obtained.

(b) Implications for the auditor's report

When considered in aggregate, the incorrect retrospective accounting treatment of the accumulated depreciation of the specialist machinery and the lack of disclosure of related party transactions are material misstatements due to non-compliance of requirements set out in IFRS Accounting Standards.

The auditor will need to apply the requirements of ISA (UK) *705 Modifications to the Opinion in the Independent Auditor's Report*. In this case, it is likely that the auditor would conclude that the misstatements in aggregate are material but not pervasive to the financial statements. For the misstatements to be considered pervasive, the auditor's judgement would lead to a conclusion that they represent a substantial proportion of the financial statements or in relation to disclosures, that they are fundamental to users' understanding of the financial statements, neither of which appears to be the case in this situation.

Therefore, a qualified opinion on the basis of material misstatement should be given. The auditor's report should include a heading 'Qualified Opinion', and the report should state that except for the matters described in the Basis for Qualified Opinion paragraph, the financial statements give a true and fair view.

The Basis for Qualified Opinion paragraph, which should be placed beneath the Qualified Opinion, should describe and quantify the material misstatement relating to the retrospective accounting treatment of the change in accounting estimate and explain how the related party disclosures are misstated.

Examiner's comments

This 25-mark question was set at the completion and reporting stage of the audit of Sunningdale Co, a furniture manufacturer and retailer. As is typical of reporting questions, the examining team saw some of the strongest and some of the weakest demonstrations of auditing competence from candidates in this question.

This question presented candidates with a schedule of uncorrected misstatements in relation to the audit of Sunningdale Co. The uncorrected misstatements included the treatment of investment properties, a change to the useful life in relation to specialist manufacturing equipment and a gift of company cars to family members of one of the company's directors.

Candidates appeared comfortable with the familiar format of the question and the answers provided were appropriately structured. Unfortunately some candidates failed to consider the information in depth and simply made generic comments about whether the item should be adjusted or not without demonstrating the information which should be given to management to encourage them to make the necessary changes. As such, these candidates were not able to demonstrate the professional skills that were also examined in the question of professional scepticism and judgement and analysis and evaluation.

Requirement (a)

Candidates were generally able to identify that the treatment of the investment property was incorrect by discussing that while IAS 40 *Investment Property*, does allow a move to a fair value model this needs to be consistently applied across all the properties and therefore management's approach was inappropriate. Stronger answers were also able to link this to a possible issue with management integrity.

In relation to the change made to the depreciation policy on the specialist manufacturing equipment, many candidates were able to correctly identify that this is a change of accounting estimate in line with IAS 8 *Basis of Preparation of Financial Statements*, and this change should be applied going forward and management's use of a prior year adjustment was inappropriate. Some candidates were able to discuss the requirements to review the depreciation policy annually and to only make changes to the useful life where this would better allocate the depreciation and reflect the pattern in which the asset benefits are experienced by the company. Only the best answers were then able to discuss that while a change to an accounting estimate is therefore allowed, it must be appropriately justified. Therefore, in addition to the fact that management have made an inappropriate amendment which should be rectified, the overall change by management needed to be challenged and better understood.

Stronger candidates were able to demonstrate appropriate levels of professional scepticism and challenge management's reasons for the treatment of the investment property and depreciation policy by connecting it to the bank covenant around the increase in profit before income taxes. Good answers were able to delve into this in detail and discuss the impact that putting through these adjustments would have on the company's profit before income taxes and used calculations to support their analysis by showing that this would affect the movement in profit before income taxes from a projected increase of 9% to an overall decrease in profit before income taxes of 5.9%, thereby breaching the covenant.

The misstatement in relation to the gift of the cars was best handled by candidates. Better answers went on to discuss that this disclosure was therefore needed in the financial statements and explained the content of this disclosure. Strong answers were then also able to apply appropriate levels of professional scepticism to discuss that this transaction was not in the normal course of business and might be an attempt to provide an additional benefit to the director.

The requirement also asked candidates to state the necessary actions prior to issuing the auditor's report and it was good to see that many candidates were able to suggest some sensible actions, such as to request amendments to the financial statements and where necessary reporting these issues to Those Charged with Governance, making them aware of the possible implications for the auditor's report. Many candidates also identified the need to request a written representation where management were not prepared to make the amendments. Stronger candidates were also able to suggest more specific actions such as to consider the impact that these issues might have on other areas of the financial statements, particularly considering the potential covenant breach and that it would be advisable to have an engagement quality review of the audit file prior to signing the auditor's report.

Requirement (b)

Requirement (b) then moved the candidates on in time and asked them to consider the **aggregate impact** on the auditor's report where management had processed the adjustment regarding the investment property but had refused to make any changes in relation to the depreciation on the specialist equipment and the related party transaction.

Disappointingly, some candidates misread the details of the requirement and assumed that the issue outstanding was in relation to the investment properties. These candidates were not able to score all the analysis marks but were able to score follow through marks where their conclusions regarding the audit opinion were appropriate. Again, candidates are reminded to read the details of the scenario and the requirements carefully. The request for the impact in aggregate should have clearly suggested that more than one misstatement remained.

It also continues to be disappointing to see that many candidates are not assessing the impact of the misstatements in aggregate and often suggest that a different opinion would be issued in relation to each misstatement e.g. one is modified and the other is not. Candidates are again reminded to ensure that they have a good knowledge of auditor reporting requirements and must understand that the auditor will **issue a single opinion** on the financial statements and therefore this type of conclusion is inappropriate. This lack of understanding means that candidates waste time providing inappropriate analysis and it also affects their ability to score the professional marks in this area.

Some candidates continue to work through every possible option in relation to the auditor's opinion and other inclusions in the auditor's report, such as emphasis of matter paragraphs or key audit matter sections. Candidates are once again reminded that they should focus on what is relevant in the circumstances as this can result in valuable minutes being wasted on points which are then disregarded by the candidate and do not score credit. Candidates should ensure that they review the model answer to understand the level of depth and analysis which is needed to score the technical and professional marks in relation to auditor reporting.

Despite this, many candidates were able to conclude that a modification would be needed as a result of material misstatements in the financial statements. The best answers were able to provide meaningful analysis on whether the misstatements were material only or material and pervasive and credit was awarded for any valid conclusion based on the analysis given. Answers were also awarded professional marks where detailed analysis supported conclusions provided.

ACCA Marking guide	
	Marks
(a) Matters to discuss with management	
Generally, up to 1 mark for each point unless otherwise stated.	
General:	
– Management selection of accounting tools	
– Increase in profit (9.1%)compared with loan covenant target of 6%	
(i) Investment properties	
Accounting rule for valuation of investment properties	
All investment properties must be valued by the same method	
(ii) Specialist manufacturing equipment	
Generally, up to 1 mark for relevant and well explained answer point.	
– Accounting rule	
– Permitted if presents a more appropriate amount reflecting the consumption of economic benefits	
– Prospective accounting for change in accounting estimates	
(iii) Gift cards	
– Material by nature	
– Recognition that these are related party transactions	
– Disclosures required in relation to related party transaction	
– May not be a normal business transaction/question motive	
– Potential further incorrect knowledge or undisclosed related parties	

Tutorial note: Credit will be awarded for further discussion of relevant points from ISA 550 including consideration of whether the transaction is in the normal course of business and whether the terms of the transaction appear consistent with management's explanations.

Further actions

- Cottrell & Co should consider the independence of the valuer, given that three properties increased in value and one decreased
- Management should be requested to correct the misstatements
- Cottrell & Co should consider the fact that other audit areas could have also been manipulated to achieve required targets/covenants and may need to plan more audit work accordingly
- If management refuses to adjust the financial statements, the auditor should communicate again with those charged with governance
- If management still refuses to amend the financial statements, the auditor should request a written representation from management
- A second partner review of the proposed audit report to be issued should be performed

Maximum	**16**

(b) Audit report implications

- Basis of qualified audit opinion
- Assessment of the combined impact (including materiality of the misstatements) – Assessment of pervasiveness
- Opinion heading becomes Qualified Opinion
- Impact on basis of opinion paragraph

Maximum	**4**

Professional marks

Analysis and evaluation

- Appropriate use of the specific information to support discussion, draw appropriate conclusions and design appropriate further actions
- Balanced assessment of the information to determine the appropriate audit opinion in the circumstances

Professional scepticism and judgement

- Effective challenge of information, evidence and assumptions supplied, and techniques carried out to support key facts and/or decisions
- Demonstrates professional judgement to evaluate the magnitude of the misstatements and their impact on the auditor's report
- Appropriate application of the materiality set for the audit, i.e. reference to the materiality set

Maximum	**5**
Total	**25**

61 SLAINDAR *Walk in the footsteps of a top tutor*

Top tutor tips

The first part of this question covers fraudulent and wrongful trading which is a frequent requirement when the UK specific area of insolvency is examined. This is text book knowledge and should therefore be straightforward. This knowledge then needs to be applied to the information in the scenario to evaluate whether the owner of the business could be liable of either offence. Use the information in the scenario and take a logical approach to justify whether there is evidence of fraudulent or wrongful trading.

The second part deals with acceptance considerations focusing on integrity and ethical values of the owner of the business. This should be straightforward as acceptance considerations are examined in most exams.

Wrongful and fraudulent trading

Fraudulent trading

Fraudulent trading is defined by the Companies Act 2006 as when a company carries on a business with the intention to defraud creditors or for any fraudulent purpose. This includes where the directors allow a business to enter into debts in the knowledge that the business would not be able to repay its creditors.

There is also a civil offence under the Insolvency Act 1986 (s.213), however, this is only relevant where the company has already been placed into liquidation or administration, which is not the case for Slaindar Ltd.

Actions for fraudulent trading can be brought against any person who is knowingly a party to the fraudulent trading. Only persons who take the decision to carry on the company's business in this way or play an active role can he held liable. Carrying on business can include just a single transaction, such as the payment of salary to Aaron.

Fraudulent trading is a criminal offence under the Companies Act 2006, and as such, the burden of proof in a court action requires the prosecution's evidence to have established its case beyond reasonable doubt. In this regard, it is key to a successful action that the prosecution has established that intent was present in the defendant's actions.

The penalties and liability which may result from a successful action for fraudulent trading are imprisonment for up to 10 years, personal (civil) liability for the debts of company and disqualification from being a company director for up to 15 years (under the Company Directors Disqualification Act 1986).

Wrongful trading

Wrongful trading is defined by the Insolvency Act 1986 as carrying on the business of an insolvent company when a director knew, or ought to have known, that there was no reasonable prospect of the company avoiding insolvent liquidation and the creditors of the company would therefore suffer losses. In addition, wrongful trading involves the directors not taking every step possible to minimise the potential loss to the company's creditors.

In contrast to fraudulent trading, it is not necessary to establish intent and wrongful trading is a civil wrong rather than a criminal offence. It is also significant that an action for wrongful trading can only be brought against company directors.

As a civil wrong, the standard of proof for wrongful trading is the weaker test of the balance of probabilities.

The penalties and liability which may result from a successful action for wrongful trading are personal (civil) liability of the directors for the debts of the company and disqualification from being a company director for up to 15 years.

Potential issues for Aaron

Slaindar Ltd has been experiencing losses for two years and is failing to pay creditors as they fall due, resulting in further cash flow pressures and a loss of credit facilities from suppliers. Therefore, the company is failing to pay its creditors as they fall due, breaching the 'cash flow test'.

Slaindar Ltd is also in a position where liabilities of £17 million exceed the assets of £16.1 million, resulting in net liabilities of £0.9 million. This means the company is technically trading as insolvent both in terms of the net assets of the statement of financial position, and in terms of the cash flow of the company. Aaron would have been expected to identify and act upon this situation, however, he appears to have continued extracting funds from the business despite not being able to pay suppliers in a timely manner.

Both the inability to pay creditors in a timely manner and the liabilities exceeding the assets of the company are key tests of whether a company is trading while insolvent.

With regard to the existing situation, if it can be established these actions were made with the intention of defrauding creditors, then Aaron could be held liable and charged with fraudulent trading. He may be held personally liable for outstanding debts incurred by the business.

Given Aaron's intention to withdraw further funds from the business, if a bank loan is provided and he has not made full disclosure to the bank about the intended use of the funds, it is likely this would be considered to be an intentional act to defraud the bank and he may be charged with the more significant crime of fraudulent trading.

If Aaron does not use the loan for the retirement bonus and the business returns to profitability, this would be a more judgemental evaluation of intent to defraud. If Aaron reasonably believes the company can recover and takes actions to prioritise creditors and outstanding debts, rather than extracting further cash amounts in the form of dividends or discretional bonuses, it is possible that he would be charged with the civil charge of wrongful trading.

Tutorial note

Credit will be given if candidates mention the objective test and the subjective test. Directors will be deemed to know they could not avoid insolvency if that would have been the conclusion of a reasonably diligent person with the general knowledge, skills and experience which might reasonably be expected of a person carrying out that particular director's duties. (Objective test)

Use the general knowledge, skills and experience they themselves have. (Subjective test)

Credit will be given if candidates identify that the financial controller, as a qualified professional accountant, should have raised the issue of trading insolvently and any ethical issues (lack of professional competence, due care) which may arise from this.

Examiner's comments

Generally, candidates scored well where the discussions between wrongful and fraudulent trading (Ireland: reckless trading) were defined correctly as well as the implications that could be imposed and they attempted to apply it to the scenario.

Weaker candidates demonstrated confusion between the definitions, and some attempted the question from an incorrect direction, referring to and discussing money laundering, even though this was not relevant to the requirement. Several candidates discussed wrongful and fraudulent trading yet failed to give a definition of either term and therefore achievable marks were lost.

ACCA marking guide	
	Marks
Wrongful and fraudulent trading	
Generally, up to 1 mark for each point evaluated	
– Fraudulent trading definition and implications (up to 2 marks)	
– Wrongful trading definition and implications (up to 2 marks)	
– Poor trading conditions identified and assessed	
– Company is insolvent (additional ½ for calculation)	
– Evaluation of actions of Aaron in the context of intent (up to 2 marks)	
– Reasoned conclusion	
Total	**8**
Professional marks	
Analysis and evaluation	
– Appropriate use of the information to support discussion, draw appropriate conclusions and design appropriate responses	
Professional scepticism and judgement	
– Demonstration of professional judgement in terms of the actions of the company director	
Commercial acumen	
– Appropriate recognition of the wider implications on the engagement, the audit firm and the company	

62 ALUCARD *Walk in the footsteps of a top tutor*

Top tutor tips

The first part of this question asks for the key features of the administration process. This is text book knowledge and should therefore be straightforward.

The second part requires application of knowledge of fraudulent and wrongful trading to the scenario to evaluate whether the client is guilty of either offence. Use the information in the scenario and take a logical approach to justify whether there is evidence of fraudulent or wrongful trading.

Key features of the administration process

Alucard Ltd's inability to pay its creditors as they fall due and the net liabilities position shown by the company's management accounts over the last three months indicate that the company is insolvent.

The aim of administration is to save the company, if possible. A licensed insolvency practitioner (IP) is appointed to act as administrator, and effectively takes control of the company in an attempt to rescue it as a going concern. Once the process has been initiated, there is a moratorium on creditors' actions which protects the company while a restructuring plan is prepared. This is important for Alucard Ltd, which is struggling to manage its cash position. In the light of its payment period, some of the creditors' balances may be long overdue and the creditors may already be considering actions to recover the amounts owed.

Administration can commence without a court order. The directors themselves may be able to appoint an administrator, though this depends on the company's articles of association. Alternatively, the company (a majority of shareholders) or qualifying floating charge holders can apply for administration without going through the court. If the directors or the company commence appointing an administrator, notice must be given to any qualifying floating charge holders who are entitled to appoint an administrator. Alternatively, administration proceedings can involve a court order. The company (a majority of shareholders), the directors, one or more creditors or in rare cases, the Justice and Chief Executive of the Magistrates' Court, can apply to the court for an administration order. The court will consider the application and will grant the administration order if it appears that the company is unable to pay its debts.

Whichever method of appointment of an administrator is employed, the advantage for the company is that the moratorium would allow Alucard Ltd some much needed breathing space and time to resolve its cash flow problems. The directors will, however, lose control of the company and all operational decisions will be made by the administrator who also has the power to remove or appoint directors. The administrator will prepare a proposal regarding the future of the company which will be sent to all shareholders and creditors and a creditors' meeting will be held at which the proposal will be accepted or rejected. Administration can normally last for up to 12 months and if at any point the administrator believes that the company cannot be saved, they will recommend that a liquidator should be appointed and the company will be wound up.

Personal liability for the company's debts

The directors of Alucard Ltd may incur personal liability for the company's debts where they have provided personal guarantees or been involved in either fraudulent or wrongful trading. The main difference between the two is intent. Directors who take part in fraudulent trading have a clear intent to deceive and defraud their creditors and customers.

Fraudulent trading

Fraudulent trading is defined by the Insolvency Act 1986 (IA 1986) as carrying on the business of an insolvent company with the intent to defraud the company's creditors. Actions for fraudulent trading can be brought against any person who is knowingly a party to the fraudulent trading.

Fraudulent trading is a criminal offence and as such, the burden of proof in a court action requires the prosecution's evidence to have established its case beyond reasonable doubt. In this regard, it is key to a successful action that the prosecution has established that intent was present in the defendant's actions.

The penalties and liability which may result from a successful action for fraudulent trading are imprisonment for up to 10 years, personal (civil) liability for the debts of company and disqualification from being a company director for up to 15 years.

Wrongful trading

Wrongful trading is defined by IA 1986 as carrying on the business of an insolvent company when it ought to have concluded that there was no reasonable prospect of the company avoiding insolvent liquidation and that the creditors of the company would therefore suffer losses. In contrast to fraudulent trading, it is not necessary to establish intent and wrongful trading is a civil wrong rather than a criminal offence. It is also significant that an action for wrongful trading can only be brought against company directors (including shadow directors).

As a civil wrong, the burden of proof for wrongful trading is the weaker test of the balance of probabilities. The penalties and liability which may result from a successful action for wrongful trading are personal (civil) liability of the directors for the debts of the company and disqualification from being a company director for up to 15 years.

Potential issues for the directors of Alucard Ltd

The contract with Holden Co which represented approximately 45% of the company's total sales revenue was cancelled five months ago. The company's payment period has increased from 45 days to 73 days over this five-month period and the company's cash position has deteriorated to the point where it is unable to pay its creditors as they fall due.

The company's management accounts have shown a negative cash balance in excess of its overdraft facility and a net liabilities position for the last three months. In addition, Alucard Ltd has three months of arrears of unpaid PAYE and NIC and has received penalty notices in relation to its failure to file its last audited financial statements with Companies House. This provides further evidence that the company cannot pay its liabilities as they fall due and that it is failing to make statutory information available to its creditors.

It would appear therefore that there have been clear indicators that the company was potentially insolvent which the directors should have identified and acted upon. Instead of this, however, they have continued to trade at existing operational levels and to make purchases on credit from the company's suppliers. If it can be established that these actions were made with the intention of defrauding creditors, then they will be guilty of fraudulent trading.

Alternatively, if they have carried on the business of the company when they ought to have realised that creditors would suffer losses, then they will have been a party to wrongful trading. In either case, they will incur personal liability to the company's creditors.

ACCA marking guide	
	Marks
Alucard Ltd	
Key features of administration	
Generally up to 1 mark for each point explained:	
– Explanation/definition of administration	
– Key features of administration (up to 2 marks)	
– Explanation of key feature or implication of fraudulent trading:	
• Intent to defraud must be proven	
• Action can be taken against anyone aware of the fraudulent trading	
• Criminal offence, proof must be beyond reasonable doubt	
• Penalties include imprisonment, personal liability for company debts, disqualification as a director	
– Explanation of key feature or implication of wrongful trading:	
• No intent to defraud – the offence is continuing to trade when directors should have known that creditors are likely to suffer losses	
• Action can only be taken against directors	
• Civil offence, a lower level of proof is needed	
• Penalties include personal liability for company debts and disqualification as a director	
– Discussion of indicators from scenario – 1 mark for each valid point	
– Reasoned conclusion on whether Alucard Ltd's directors will incur personal liability	
Total	**10**

63 KRUPT *Walk in the footsteps of a top tutor*

Top tutor tips

Part (a) asks for the penalties for fraudulent and wrongful trading. This is rote-learned knowledge from the text book and should be easy marks.

Part (b) requires application of knowledge of fraudulent and wrongful trading to the scenario to evaluate whether the client is guilty of either offence. Use the information in the scenario and take a logical approach to justify whether there is evidence of fraudulent or wrongful trading.

(i) Potential liability and penalties as a result of actions for fraudulent and wrongful trading

Fraudulent trading

Fraudulent trading is defined by the Insolvency Act 1986 (IA 1986) as carrying on the business of an insolvent company with the intent to defraud the company's creditors. Actions for fraudulent trading can be brought against any person who is knowingly a party to the fraudulent trading.

Fraudulent trading is a criminal offence and, as such, the burden of proof in a court action requires the prosecution's evidence to have established its case beyond reasonable doubt. In this regard, it is key to a successful action that the prosecution has established that intent was present in the defendant's actions.

The penalties and liability which may result from a successful action for fraudulent trading are imprisonment for up to 10 years, personal (civil) liability for the debts of company and disqualification from being a company director for up to 15 years.

Wrongful trading

Wrongful trading is defined as carrying on the business of an insolvent company when it ought to have been concluded that there was no reasonable prospect of the company avoiding insolvent liquidation and that the creditors of the company would therefore suffer losses. In contrast to fraudulent trading, it is not necessary to establish intent and wrongful trading is a civil wrong rather than a criminal offence. It is also significant that an action for wrongful trading can only be brought against company directors (including shadow directors).

As a civil wrong, the burden of proof for wrongful trading is the weaker test of the balance of probabilities. The penalties and liability which may result from a successful action for wrongful trading are personal (civil) liability of the directors for the debts of the company and disqualification from being a company director for up to 15 years.

(ii) Implications for Krupt Ltd

Mr and Mrs Krupt appear to have bought a substantial quantity of goods on credit in order to ensure that the bank will have sufficient secured assets to cover its debt without having to call in the personal guarantee on the directors' house.

The amounts involved in this transaction may be grounds for additional suspicion that the directors' actions were intended to defraud creditors – the inventory balance is now £1,250,000 (£750,000 + £500,000) which is just enough to cover the bank's secured loan.

The transaction will thereby effectively transfer the losses which the directors would otherwise suffer under their personal guarantees to the bank onto the company's unsecured creditors. If the transaction has been intentionally designed to achieve this outcome, the actions of Mr and Mrs Krupt would constitute fraudulent trading. The key issue in proving this would therefore be whether the evidence establishes this intent beyond reasonable doubt.

If a court were to conclude beyond reasonable doubt that it was intentional, imprisonment for up to 10 years, personal liability for the debts of the company and disqualification from being a company director for up to 15 years will all be possible penalties which the court may impose on Mr and Mrs Krupt.

Alternatively, if there is insufficient evidence of fraudulent trading, it may still be possible for creditors to bring a successful action for wrongful trading as a result of the weaker evidence test of the balance of probabilities and the fact that there is no need to establish intent. Moreover, it seems likely that an action for wrongful trading would succeed against Mr and Mrs Krupt. They are both directors of the company and there appears to be clear evidence based on the audit supervisor's findings that they ought to have realised that the creditors of the company would suffer losses.

As a result of a successful action for wrongful trading, it follows that the liquidator will be able to seize Mr and Mrs Krupt's domestic residence and other assets in order to swell the pool of assets available to distribute to all of the creditors of the company (including the unsecured creditors).

Examiner's comments

For the UK and IRL exams, this requirement was an insolvency question, the first part of which asked for the definitions and implications of fraudulent and wrongful/reckless trading. This section was disappointingly answered with the majority of candidates discussing either the concept of fraud or money laundering.

The second part of the question was the application of those definitions to a client that was clearly wrongful/reckless trading and potentially fraudulent trading. A very small minority appeared to have any knowledge of this part of the syllabus.

ACCA Marking guide		
		Marks
(i)	**Krupt Ltd** Generally up to 1 mark for each point explained **Fraudulent trading:** – Definition: carrying on business of insolvent company with intent to defraud creditors – Can apply to any person knowingly a party to fraudulent trading – Burden of proof: beyond reasonable doubt (criminal offence) – Penalties and liability (½ mark each): • Imprisonment up to 10 years • Personal (civil) liability for debts of company • Disqualification as company director for up to 15 years **Wrongful trading:** – Definition: carrying on business of insolvent company when ought to have concluded/realised that no reasonable prospect of avoiding insolvent liquidation (and that creditors would therefore suffer losses) – Only applies to company directors (including shadow directors) – Burden of proof: balance of probabilities (civil wrong) – Penalties and liability (½ mark each): • Personal (civil) liability for debts of company • Disqualification as company director for up to 15 years	
(ii)	**Implications for Krupt Ltd:** – Mr and Mrs Krupt appear to have bought substantial quantity of goods on credit in order to ensure that bank will have sufficient secured assets to cover its debt without having to call in the personal guarantee on the directors' house; transaction will effectively transfer losses on to unsecured creditors – Amounts look suspicious in that there is now sufficient inventory to cover the secured loan from the bank, i.e. £750,000 + £500,000 = £1,250,000 compared to a loan of £1,200,000 – If court concludes beyond reasonable doubt that this was intentional, imprisonment/personal liability/disqualification will all be possible penalties – If court concludes insufficient evidence of fraudulent trading, it seems likely that wrongful trading will apply: Mr and Mrs Krupt are directors of company, clear evidence based on audit supervisor's findings that ought to have realised creditors would suffer losses – liquidator will be able to seize Mr and Mrs Krupt's house (and other assets) to swell pool of assets available to distribute to all creditors of company (including unsecured)	
Total		**10**

64 KANDINSKY *Walk in the footsteps of a top tutor*

Top tutor tips

Part (a) is a straightforward going concern question asking for indicators of problems and audit procedures to be performed. Here you should focus on the company's ability to pay its debts as they fall due.

Part (b) asks for alternatives to a creditor's voluntary liquidation and the implications of these. Make sure you address all parts of the requirement.

(a) Going concern matters

Revenue and profitability

The extract financial statements show that revenue has fallen by 38.2%. Based on the information provided, operating profit was £1,150,000 in 20X4 but is only £340,000 in 20X5. Operating margins have fallen from 29.1% to 13.9% during the year and the fall in revenue and margin has caused the company to become loss-making this year.

These changes are highly significant and most likely due to the economic recession which will impact particularly on the sale of luxury, non-essential products such as those sold by Kandinsky Ltd. The loss-making position does not in itself mean that the company is not a going concern, however, the trend is extremely worrying and if the company does not return to profit in the 20X6 financial year, then this would be a major concern. Few companies can sustain many consecutive loss-making periods.

Bank loan

The bank loan is significant, amounting to 33.7% of total assets this year end, and it has increased by £500,000 during the year. The company appears to be supporting operations using long-term finance, which may be strategically unsound. The loan is secured on the company's properties, so if the company defaults on the payment due in June 20X6, the bank has the right to seize the assets in order to recoup their funds. If this were to happen, Kandinsky Ltd would be left without operational facilities and it is difficult to see how the company could survive. There is also a risk that there is insufficient cash to meet interest payments due on the loan.

Trade payables

The trade payables balance has increased by 38.5%, probably due in part to the change in terms of trade with its major supplier of raw materials. An extension to the payable payment period indicates that the company is struggling to manage its operating cycle, with the cash being generated from sales being insufficient to meet working capital requirements. Relations with suppliers could be damaged if Kandinsky Ltd cannot make payments to them within agreed credit terms, with the result that suppliers could stop supplying the company or withdraw credit which would severely damage the company's operations. There is also a risk that suppliers could bring legal action against the company in an attempt to recover the amounts owed.

Borrowing facility

Kandinsky Ltd has £500,000 available in an undrawn borrowing facility, which does provide a buffer as there is a source of cash which is available, somewhat easing the going concern pressures which the company is facing. However, the availability of the borrowing facility depends on certain covenants being maintained. The calculations below show that the covenants have now been breached, so the bank is within its right to withdraw the facility, leaving Kandinsky Ltd exposed to cash shortages and possibly unable to make payments as they fall due.

	Covenant	**20X5**	**20X4**
Interest cover	2	340/520 = 0.65	1,150/500 = 2.3
Borrowings to operating profit	4:1	3,500/340 = 10.3:1	3,000/1,150 = 2.6:1

Contingent liability

The letter of support offered to a supplier of raw materials exposes Kandinsky Ltd to a possible cash outflow of £120,000, the timing of which cannot be predicted. Given the company's precarious trading position and lack of cash, satisfying the terms of the letter would result in the company utilising 80% of their current cash reserve – providing such support seems unwise, though it may have been done for a strategic reason, i.e. to secure the supply of a particular ingredient. If the financial support is called upon, it is not certain that Kandinsky Ltd would have the means to make the cash available to its supplier, which may create going concern issues for that company and would affect the supply of cane sugar to Kandinsky Ltd. There may also be legal implications for Kandinsky Ltd if the cash could not be made available if or when requested by the supplier.

Audit procedures in relation to going concern matters identified

- Obtain and review management accounts for the period after the reporting date and any interim financial accounts which have been prepared. Perform analytical review to ascertain the trends in profitability and cash flows since the year end.
- Read the minutes of the meetings of shareholders, those charged with governance and relevant committees for reference to trading and financing difficulties.
- Discuss with management the strategy which is being developed to halt the trend in declining sales and evaluate the reasonableness of the strategy in light of the economic recession and auditor's knowledge of the business.
- Review the company's current order book and assess the level of future revenue required to break-even/make a profit.
- Analyse and discuss the cash flow, profit and other relevant forecasts with management and review assumptions to ensure they are in line with management's strategy and auditor's knowledge of the business.
- Perform sensitivity analysis on the forecast financial information to evaluate the impact of changes in key variables such as interest rates, predictions of sales patterns and the timing of cash receipts from customers.
- Calculate the average payment period for trade payables and consider whether any increase is due to lack of cash or changes in the terms of trade.
- Obtain the contract in relation to the borrowing facility to confirm the covenant measures and to see if any further covenants are included in the agreement.

- Review correspondence with the bank in relation to the loan and the borrowing facility to gauge the bank's level of support for Kandinsky Ltd and for evidence of deteriorating relationships between the bank and the company's management.
- Obtain the bank loan agreement to confirm the amount of the loan, the interest rate and repayment dates and whether the charge over assets is specific or general in nature.
- Review the bank loan agreement for any clauses or covenants to determine whether there are any breaches.
- Obtain the letter of support in relation to the supplier to confirm the conditions under which Kandinsky Ltd would become liable for payment of the £120,000.
- Discuss with management the reason for the letter of support being given to the supplier to understand the business rationale and its implications, including why the supplier approached Kandinsky Ltd for the letter of support.
- Inspect minutes of management meetings where those charged with governance discussed the letter of support and authorised its issuance.
- Obtain any further documentation available in relation to the letter of support, for example, legal documentation and correspondence with the supplier, to confirm the extent of Kandinsky Ltd's involvement with the supplier and that no further amounts could become payable.

(b) The net liabilities position indicates that Viola Ltd is insolvent, meaning that if the company were to dispose of all of its assets, there would not be sufficient funds to pay off the company's liabilities. In a situation of insolvency coupled with operational difficulties like those being faced by Viola Ltd, if the company wishes to avoid liquidation the best option would be to place the company in administration.

Administration

The aim of administration is to save the company if possible. The directors seek the assistance of experts and the company continues to operate. An insolvency practitioner is appointed to act as administrator, and will effectively take control of the company in an attempt to rescue it as a going concern.

Administration protects the company from the actions of creditors while a restructuring plan is prepared. This is important for Viola Ltd, which is struggling to manage its working capital, meaning that some creditor's balances may be long overdue and the creditors may already be considering actions to recover the amounts owed.

Administration without a court order

Administration can commence without a court order. The directors themselves may be able to appoint an administrator, though this depends on the company's articles of association. Alternatively, the company (a majority of shareholders) or qualifying floating charge holders can apply for administration without going through the court. Given that Viola Ltd's bank loan is secured by a floating charge over the company's assets, the bank could have the right to appoint an administrator, depending on the terms of the floating charge. If the directors or the company commence appointing an administrator, notice must be given to any qualifying floating charge holders who are entitled to appoint an administrator.

Administration with a court order

Alternatively, administration proceedings can involve a court order. The company (a majority of shareholders), the directors, one or more creditors or in rare cases the Justice and Chief Executive of the Magistrates' Court can apply to court for an administration order. The court will consider the application and will grant the administration order if it appears that the company is unable to pay its debts.

Moratorium

Whichever method of appointment of an administrator is employed, the advantage for the company is that a moratorium over the company's debts commences. This means that no creditor can enforce their debt against the company during the period of administration and no security over the company's assets can be enforced. For Viola Ltd this would allow much needed breathing space and time to resolve the working capital problems and lack of cash.

Statement of affairs

The administrator is likely to request that the directors prepare a statement of affairs detailing all of the company's assets and liabilities, information on the company's creditors and any security over assets.

Using the statement of affairs and other information, the administrator will prepare a proposal regarding the future of the company, in which the administrator recommends either a rescue plan to save the company, or states that the company cannot be saved.

The proposal must be sent to all shareholders and creditors, and the proposal will be accepted or rejected. Decisions made by the creditors during the insolvency proceedings will be made using the 'deemed consent' process which means that provided the insolvency practitioner does not receive objections from 10% or more of the creditors by value, the proposed decision will be deemed to have been taken. Alternatively, a virtual meeting or electronic communication can be used to obtain creditor consent.

For Viola Ltd, the proposal is likely to focus on the probability of obtaining the new contracts which have been tendered for, and the availability of bank finance which depends on the contracts being secured. If the contracts are secured, then it may be possible to save the company. However, in the event that the contracts are not secured and there is limited demand from other customers, the administrator may well recommend liquidation of the company.

Administration can last for up to 12 months, but the administration period will end sooner if the administration has been successful, or where there is application to court by one or more creditors or by the administrator.

Impact on directors

The impact on the directors is that they will lose control of the company and all operational decisions will be made by the administrator. The administrator has the power to remove or appoint directors.

Impact on employees

The employees will remain employed unless the administrator decides that redundancies are an appropriate measure, and this could be a feature of any proposal to save the company. It must be noted that if the administrator recommends the winding up of Viola Ltd, then the loss of jobs will be inevitable.

Voluntary liquidation

An alternative to administration is a voluntary liquidation, which can be initiated by creditors or by members. Liquidation means that the company will be wound up – the assets will be sold, proceeds used to pay the company's debts in a prescribed order, and any remaining funds would be distributed to the shareholders.

For a member's voluntary liquidation to take place, the shareholders must pass a resolution, which can be an ordinary or a special resolution depending on the articles of association. However, a member's voluntary liquidation can only take place if the directors make a declaration of solvency. This is a statutory declaration that the directors have made full enquiry into the affairs of the company, and their opinion is that it will be able to pay its debts. The declaration must also include a statement of the company's assets and liabilities. According to the information supplied, Viola Ltd is in a position of net liabilities and therefore it does not seem likely that the directors will be able to make this statement. Therefore, a member's voluntary liquidation does not appear feasible.

Conclusion

The recommendation therefore is for the company to be placed into administration, as this will protect the company from the actions of creditors and allow the administrator to consider all relevant facts before making a proposal on the future of the company.

Examiner's comments

This question presented information relating to two different clients. Initially candidates were required to identify indicators in the scenario which gave rise to going concern issues and then to state procedures to audit the going concern status of the company. In general, this was well attempted and candidates scored high marks, however those using a columnar approach tended to lack depth in their explanation of the factors identified in the question and overlooked some of the more encompassing audit procedures that did not arise from a specific scenario point.

The second part of the question was set around alternatives to insolvency for a company in financial distress. Answers to this requirement were mixed. Many candidates provided good answers, showing that they understood this syllabus area and could apply their knowledge to the scenario. Weaker answers were too vague, and some clearly did know this syllabus area well enough to provide any reasonable advice.

ACCA Marking guide		
		Marks
(a)	**Identify and explain going concern matters** Up to 2½ marks for matter identified and explained, to include 1 mark for relevant calculations: – Revenue, operating margins and profitability – Bank loan – Trade payables – Borrowing facility – Contingent liability **Audit procedures in respect of going concern matters** Up to 1 mark for each well explained procedure: – Review management accounts, perform analytical review – Read the minutes of the meetings with shareholders – Discuss with management the strategy which is being developed to halt the trend in declining sales – Review the company's current order book – Analyse and discuss the cash flow, profit and other relevant forecasts with management, review assumptions – Perform sensitivity analysis on forecast – Calculate the average payment period for trade payables – Obtain the contract in relation to the borrowing facility to confirm the covenant measures – Review correspondence with the bank in relation to the loan and the borrowing facility – Obtain the bank loan agreement to confirm the amount of the loan, the interest rate, repayment dates and charge over assets – Review the bank loan agreement for any clauses or covenants – Obtain any further documentation available in relation to the letter of support – Discuss the reason for the letter of support being given to the supplier – Inspect minutes of meetings where TCWG discussed the letter of support – Obtain legal documentation and correspondence with the supplier to determine level of involvement with the supplier	
	Maximum	**13**
(b)	**Response to finance director's instructions** Generally 1½ marks for each point explained – Identify Viola Ltd as insolvent – Purpose of administration – Procedure – commencing administration without court order – Procedure – commencing administration with a court order – Moratorium over debts – advantage to the company – Statement of affairs to be produced – Administrator proposes rescue plan or liquidation – Proposals agreed by members and creditors – Period of administration and cessation of administration – Impact on directors – lose control of the company – Impact on employees – depends on recommendation of administrator – Members' voluntary liquidation is a possibility but depends on declaration of solvency being made – Conclusion/recommendation	
	Maximum	**12**
Total		**25**

65 HUNT & CO *Walk in the footsteps of a top tutor*

Top tutor tips

Part (a) requires knowledge of the difference between fraudulent and wrongful trading. You need to apply your knowledge to the scenario to assess whether the directors are guilty of either offence. The question also asks you to describe the impact of the compulsory liquidation for the employees and creditors. Make sure you identify all aspects of the requirement to avoid missing out on vital marks.

Part (b) (i) asks you to examine the information to determine whether the company is insolvent. This should be relatively straightforward. Consider whether the company has more liabilities than assets.

Part (b) (ii) asks you to set out the options available to the directors for the future of the company. This requires rote learned knowledge from the text book about the key aspects of liquidation and administration. The requirement specifically asks you to provide a recommendation so you must reach a conclusion as to the best way forward for the company.

(a) Personal liability of company directors

Normally, the directors of a company which is placed in liquidation do not have a personal liability for the debts of the company. However, the liquidator who is appointed to wind up the company will investigate the reasons for the insolvency, which includes an assessment of whether fraudulent or wrongful trading has taken place, in which case the directors may become liable to repay all or some of the company's debts.

Wrongful trading is defined under s.214 Insolvency Act 1986, and is the less serious of the two offences. Wrongful trading applies when:

- the company has gone into insolvent liquidation
- at some time before the commencement of the winding up of the company, the directors knew, or ought to have known, that there was no reasonable prospect that the company would avoid going into insolvent liquidation
- the directors did not take sufficient steps to minimise the potential loss to creditors.

In deciding whether or not a director of a company ought to have known or ascertained the company was insolvent, the liquidator will consider the general knowledge, skill and experience which may reasonably be expected of a reasonable diligent person carrying out the same functions as are carried out by that director. If a director has greater than usual skill, they would be judged by reference to their own capacity.

The liquidator needs to apply to the court to proceed with an action against a director for wrongful trading. If found guilty, the director faces a civil liability and can be ordered to make a contribution to the company's assets. A director is not likely to be found guilty if they can demonstrate that they took every step with a view to minimising the potential loss to the company's creditors which they ought to have taken.

Fraudulent trading is the more serious offence. Here, a director faces a criminal charge as well as a civil charge under the Insolvency Act. The definition of fraudulent trading is if in the course of the winding up of a company, it appears that any business of the company has been carried on with intent to defraud creditors of the company, or for any fraudulent purpose. Carrying on a business can include a single transaction.

It is harder to prove fraudulent trading than wrongful trading. Only those directors who took the decision to carry on the business, or played an active role are liable. If found guilty, directors may have to make personal contributions to the company's assets and the court can also impose fines or imprisonment on guilty directors.

In the case of Coxon Ltd's directors, it seems that there was a decision to continue to trade even when there were clear signs of the company's financial distress. The company continued to purchase goods even though the directors were aware of severe cash shortages and difficult trading conditions. Therefore, the liquidator is likely to conclude that there is evidence of at least wrongful trading, especially on the part of the finance director, who should have known that the company was insolvent, and did not take all steps necessary to protect creditors.

Impact of compulsory liquidation for employees and creditors

In a compulsory liquidation the employees are automatically dismissed. The liquidator effectively takes over control of the company, assuming management responsibility. The liquidator can require directors and other staff to assist with matters such as preparing and submitting the statement of affairs.

With regard to creditors, they have no involvement with the actual liquidation process, other than having the right to hold a meeting at which they appoint their choice of insolvency practitioner to act as liquidator.

The main impact of liquidation for both employees and creditors is the allocation of company assets at the end of the winding up. There is a prescribed order of priority for allocating company assets. Employees' salaries in arrears (subject to a maximum amount), pension contributions and holiday pay are all preferential creditors. This means that these amounts will be paid after liquidator's costs and fixed charge holders but before all other creditors.

Unsecured creditors and floating charge holders are paid next, followed by preference shareholders and finally members (equity shareholders). Trade creditors are likely to be unsecured creditors, so rank after employees for payment. They are protected to an extent by the 'prescribed part' which is a proportion of assets which is set aside for unsecured creditors. This means that they may not receive the full amount owed to them, but should receive a percentage of what is owed.

(b) (i) Financial position of Jay Ltd

The company is clearly suffering from a shortage of cash and is reliant on a bank overdraft to manage its working capital. It is unlikely that this situation can be sustained in the long run. However, there is a difference between a company suffering from a cash shortage and a company which is insolvent. Insolvency exists when a company is unable to pay its payables even if it sold all of its assets, in other words the company is in a position of net liabilities.

In order to determine whether Jay Ltd is insolvent it is necessary to look at its net asset or net liability position, using figures from the latest management accounts:

	£000
Property, plant and equipment	12,800
Inventory	500
Trade receivables	400
Cash	0
Long-term borrowings	(12,000)
Trade payables	(1,250)
Bank overdraft	(1,400)
Net liabilities	(950)

Jay Ltd appears to be insolvent, as it is in a position of net liabilities at 31 May 20X4.

Tutorial note

Credit will be awarded where candidates discuss further issues to do with the company being in a position of net liabilities, such as the directors needing to take care to avoid conducting wrongful trading, and the implications of it.

The management accounts show the very different results of 'Jay Sport' (JS) and 'Jay Plus' (JP). JS has clearly been badly affected by the revelation regarding one of its ingredients, with only a small amount of sales being made in the current financial year, and this business segment is loss-making overall. However, there seems to be continued demand for JP, which remains profitable. This indicates that the JP business segment may still be able to make a return for shareholders and creditors.

(ii) The future of the company – option 1: liquidation

It may be decided that liquidation or 'winding up' is the best course of action. In this case the company's assets will be sold and a distribution made to its creditors with the proceeds. There is an order of priority for allocating the proceeds raised. Using the information available for Jay Ltd, and ignoring liquidator's costs, the long-term borrowings are secured by a fixed charge over property and rank high in the order of priority and would be paid before the other payables. The employees' wages of £300,000 rank as a preferential creditor and are paid next. Any proceeds remaining would be paid to unsecured creditors, then any residual amount to the shareholders. It is unlikely that the shareholders would receive anything in this case.

The directors cannot themselves begin liquidation proceedings. If they decide that this would be the best course of action for Jay Ltd, they can recommend that a creditor's voluntary winding up should be instigated. In this case a liquidator is appointed by the company's creditors, and a liquidation committee comprising both shareholders and creditors is established, so that the creditors have input to the conduct of the liquidation. A member's voluntary liquidation is not an option, as this form of liquidation can only be used for a solvent company.

If the directors take no action, then a creditor may end up applying to the court for a compulsory winding up order. Any creditor who is owed more than £750 can apply for this action to take place. The directors may wish to avoid the company being placed into compulsory liquidation as this means that employees are automatically dismissed.

In any liquidation the directors will have to stand down to be replaced by the liquidator, unless the liquidator decides to retain them.

The future of the company – option 2: administration

Administration is a very different course of action. It aims to save the company, and an insolvency practitioner is appointed to take control of the company and to attempt to rescue it as a going concern. Administration protects the company from the actions of creditors while a restructuring plan is prepared.

Administration can commence without a court order. The directors themselves may be able to appoint an administrator where a company is unable to pay its debts, though this depends on the company's articles of association.

Alternatively, a majority of shareholders, the directors or one or more creditors can apply for administration through the court. It is likely to be more expensive and time consuming to apply to the court.

The administrator takes on the role of the directors, and within eight weeks of appointment must send a document to the company's shareholders and creditors in which they state their proposals for rescuing the company, or states that the company cannot be saved. In Jay Ltd's case, it is likely that the JS business segment would be discontinued, and further finance may need to be raised to support the JP segment.

Conclusions and recommendation

From the information available, it seems that the JP range is still profitable, and could represent a way for the company to remain a going concern. The damage to the JS range does not seem to have tarnished the JP products, and therefore a rescue plan for the company may be feasible.

However, further information is needed before a definite decision is made. In particular, there may be costs that the company would be committed to continue to pay in relation to JS even if that part of the business were to cease to operate, for example, non-cancellable leases. From the information provided, and assuming that no large commitments are included in the overheads of JS, I would recommend that the directors consider an administration order for the company, which will give some breathing space for an appropriate strategy to be devised.

Administration may also benefit Jay Ltd's shareholders, who will continue to own their shares in what may become a more profitable and solvent business. It may also be preferential for the creditors for the company to continue to trade, as they may be more likely to receive the amounts owed to them through the continued operation of the company compared to a forced sale of its assets.

ACCA Marking guide			
			Marks
(a)	**Wrongful and fraudulent trading**		
	Up to 1½ marks for each matter explained:		
	– Liquidator assesses reason for insolvency including director's actions		
	– Definition of wrongful trading		
	– Elements which must be proven for wrongful trading (up to 2 marks)		
	– Matters looked at by court to determine liability – skill and experience		
	– Implication of being found guilty of wrongful trading		
	– Definition of fraudulent trading		
	– Comment on or application of the above to Coxon Ltd's situation		
	– Employees automatically dismissed but may assist liquidator if required		
	– Creditors have limited role in liquidation other than ability to appoint liquidator		
	– Employees rank as preferential creditors		
	– Creditors can be secured, or unsecured and paid from prescribed part		
	– Details of any impairment review conducted by management		
		Maximum	**12**
(b)	**(i)**	**Examine financial position and determine whether the company is insolvent**	
		Generally 1 mark per comment:	
		– Calculation of net liabilities position of Jay Ltd	
		– Determination that Jay Ltd is insolvent	
		– Explanation of meaning of insolvency	
		– Discussion of different results of JS and JP business segments	
		Maximum	**4**
	(ii)	**Evaluate the option available to the directors**	
		Up to 1½ marks per comment:	
		– Explanation of meaning of liquidation	
		– Application of order of priority in allocating proceeds of liquidation	
		– Discussion of means of appointing an administrator	
		– Benefits of administration over liquidation	
		– Identify that a definite decision depends on further information	
		– Overall recommendation	
		Maximum	**9**
Total			**25**

66 BUTLER (A) *Walk in the footsteps of a top tutor*

Top tutor tips

Part (a) (i) requires analytical procedures to be performed to help identify going concern issues. Be careful not to spend too much time on the calculations to the detriment of talking about the issues.

Part (a) (ii) asks for audit procedures to be performed on the cash flow forecast. Procedures should focus on obtaining evidence to support the assumptions which provide the basis for the forecast. It is important to remember that these events and transactions have not yet happened and therefore cannot be agreed to supporting documentation in the same way as historical figures.

Part (b) requires the procedures involved with placing a company into compulsory liquidation and the consequences to the key stakeholder groups of doing this. This requires rote learned knowledge from the text book.

(a) (i) Assessment of draft statement of financial position.

Overdraft

The most obvious issue is that Butler Ltd currently does not have a positive cash balance. The statement of financial position includes an overdraft of £25 million. This lack of cash will make it difficult for the company to manage its operating cycle and make necessary interest payments, unless further cash becomes available.

Net liabilities

Butler Ltd is in a position of net liabilities, as indicated by the negative shareholders' funds figure. The company's retained earnings figure is now negative. Net liabilities and significant losses are both examples of financial conditions listed in ISA (UK) 570 *Going concern,* which may cast doubt about the going concern assumption.

Loss-making

Note 3 indicates that Butler Ltd has been loss-making for several years. Recurring losses are a further indication of going concern problems. Few companies can sustain many consecutive loss-making periods.

Overstatement of assets

There are several items recognised in the statement of financial position, which, if adjusted, would make the net liabilities position worse. For example, a deferred tax asset is recognised at £235 million. This asset should only be recognised if Butler Ltd can demonstrate that future profits will be sufficient to enable the recoverability of the asset. As Butler Ltd has been loss-making for several years, it is arguable that this asset should not be recognised at all.

Additionally, an intangible asset relating to development costs of £120 million is recognised. One of the criteria for the capitalisation of such costs is that adequate resources exist for completion of the development. Given Butler Ltd's lack of cash, this criteria may no longer be applicable. If adjustments were made to write off these assets, the net liabilities would become £580 million.

Fixed charge

Note 2 indicates that fixed charges exist over assets valued at £25 million. If Butler Ltd fails to make repayments to the creditor holding the charge over assets, the assets could be seized, disrupting the operations of Butler Ltd.

Liabilities due for repayment

There are significant short-term borrowings due for repayment – notably a bank loan of £715 million due for repayment in September 20X1. It is hard to see how Butler Ltd will be able to repay this loan given its current lack of cash. The cash flow forecast does not indicate that sufficient cash is likely to be generated post year end to enable this loan to be repaid.

Provisions

Provisions have been classified as non-current liabilities. Given that the provisions relate to customer warranties, it is likely that some of the provisions balance should be classified as a current liability. This potential incorrect presentation impacts on assessment of liquidity, as incorrect classification will impact on the cash flow required to meet the warranties obligation.

Butler Ltd's poor financial position means it is unlikely to be able to raise finance from a third party.

Assessment of cash flow forecast

From an overall point of view, the cash flow forecast indicates that by the end of August, Butler Ltd will still be in a negative cash position. As discussed above, this is particularly concerning given that a loan of £715 million is due to be repaid in September.

Cash receipts from customers

The assumption relating to cash receipts from customers seems optimistic. It is too simplistic to assume that anticipated economic recovery will lead to a sudden improvement in cash collection from customers, even if additional resources are being used for credit control.

Inflows currently being negotiated

£200 million of the cash receipts for this three-month period relate to loans and subsidies which are currently being negotiated and applied for. These cash inflows are not guaranteed, and if not received, the overall cash position at the end of the period will be much worse than currently projected.

Financial assets

The cash inflow for June 20X1 includes the proceeds of a sale of financial assets of £50 million. It is questionable whether this amount of cash will be generated, given the financial assets are recognised on the statement of financial position at £25 million. The assumed sales value of £50 million may be overly optimistic.

Conclusion

In conclusion, the cash flow forecast may not be reliable, in that assumptions are optimistic, and the additional funding is not guaranteed. This means that three months into the next financial year, the company's cash position is likely to have worsened, and loans and trade payables which are due for payment are likely to remain unpaid. This casts significant doubt as to the ability of Butler Ltd to continue operating as a going concern.

Tutorial note

Credit will be awarded for calculation and explanation of appropriate ratios relevant to Butler Ltd's going concern status.

(ii) Recommended audit procedures:

- Discuss with management the reasons for assuming that cash collection from customers will improve due to 'anticipated improvement in economic conditions'. Consider the validity of the reasons in light of business understanding.
- Enquire as to the nature of the additional resources to be devoted to the credit control function, e.g. details of extra staff recruited.
- For the loan receipt, inspect written documentation relating to the request for finance from Rubery Ltd. Request written confirmation from Rubery Ltd regarding the amount of finance and the date it will be received, as well as any terms and conditions.
- Obtain and review the financial statements of Rubery Ltd, to consider if it has sufficient resources to provide the amount of loan requested.
- For the subsidy, inspect the application made to the subsidy awarding body and confirm the amount of the subsidy.
- Read any correspondence between Butler Ltd and the subsidy awarding body, specifically looking for confirmation that the subsidy will be granted.
- Regarding operating expenses, verify using previous months' management accounts, that operating cash outflows are approximately £200 million per month.
- Enquire as to the reason for the increase in operating cash outflows in August 20X1.
- Verify, using previous months' management accounts, that interest payments of £40 million per month appear reasonable.
- Confirm, using the loan agreement, the amount of the loan being repaid in August 20X1.
- Enquire whether any tax payments are due in the three-month period, such as VAT.

- Agree the opening cash position to bank ledger account/cash book and bank statement/bank reconciliation, and cast the cash flow forecast.
- Ensure that a cash flow forecast for the full financial year is received as three months' forecast is inadequate for the purposes of the audit.
- Enquire if those charged with governance have assessed the going concern assumption for a period of 12 months from the date of approval of the financial statements.

Tutorial note

Marks would also be awarded for the more general procedures required under ISA 570 in relation to audit procedures on a cash flow forecast, such as evaluation of the reliability of underlying data, and requesting a written representation regarding the feasibility of plans for future action.

Conclusion

The review of the draft statement of financial position and cash flow forecast shows that there are many factors indicating that Butler Ltd is experiencing going concern problems. In particular, the lack of cash, and the significant amounts due to be paid within a few months of the year end cast significant doubt over the use of the going concern assumption in the financial statements. The company has requested finance from its parent company, but even if this is forthcoming, cash flow remains a significant problem.

(b) **(i)** A company is usually placed into compulsory liquidation by a payable (creditor), who uses compulsory liquidation as a means to recover monies owed by the company. The payable (creditor) must petition the court and the petition is advertised in the *London Gazette. There* are various grounds for a petition to be made for compulsory liquidation. The most common ground is that the company is unable to pay its debts. In this case the payable (creditor) must show that he or she is owed more than £750 by the company and has served on the company at its registered office a written demand for payment. This is called a statutory demand. If the company fails to pay the statutory demand in 21 days and does not dispute the debt, then the payable (creditor) may present a winding up petition at court.

The application for a winding up order will be granted at a court hearing where it can be proven to the court's satisfaction that the debt is undisputed, attempts to recover have been undertaken and the company has neglected to pay the amount owed.

On a compulsory winding up the court will appoint an Official Receiver, who is an officer of the court. Within a few days of the winding up order being granted by the court, the Official Receiver must inform the company directors of the situation. The court order is also advertised in the *London Gazette.*

The Official Receiver takes over the control of the company and usually begins to close it down. The company's directors are asked to prepare a statement of affairs. The Official Receiver must also investigate the causes of the failure of the company.

The liquidation is deemed to have started at the date of the presentation of the winding up petition.

At the end of the winding up of the company, a final return is filed with the court and the Registrar. At this point the company is dissolved.

Tutorial note

Credit will be awarded to candidates who explain other, less common, means by which a company may face a compulsory liquidation:

A shareholder may serve a petition for compulsory liquidation. The grounds for doing so would normally be based on the fact that that the shareholder is dissatisfied with the management of the company, and that it is therefore just and equitable to wind up the company. This action by the shareholder is only allowed if the company is solvent and if the shareholder has been a shareholder for at least six months prior to the petition.

Very occasionally, if the Crown believes that a company is contravening legislation such as the Trading Standards legislation or is acting against the public or government interest, it is possible for the company to be liquidated compulsorily. This is very serious action to take and is not used very regularly.

(ii) Payables (creditors) – The role of the Official Receiver (or Insolvency Practitioner, if appointed), is to realise the company's assets, and to distribute the proceeds in a prescribed order. Depending on the amount of cash available for distribution, and whether the debt is secured or unsecured, payables (creditors) may receive some, all, or none of the amount owed to them.

Employees – All employees of the company are automatically dismissed. A prescribed amount of unpaid employee's wages, accrued holiday pay, and contributions to an occupational pension fund rank as preferential debts, and will be paid before payables (creditors) of the company.

Shareholders – Any surplus that remains after the payment of all other amounts owed by the company is distributed to the shareholders. In most liquidations the shareholders receive nothing.

ACCA Marking guide

			Marks
(a)	(i)	**Going concern matters** Up to 1½ marks per matter identified and explained (maximum 3 marks for identification): – Negative cash position – Net liabilities position – Recurring losses – Possible adjustment to deferred tax and development intangible asset exacerbate net liabilities position (allow 3 marks max) – Fixed charge over assets – Significant short term liabilities – Potential misclassified provisions – Forecast to remain in negative cash position – Assumptions re sales optimistic – Receipt of loan and subsidy not guaranteed – Assumption of sale value of financial assets could be optimistic	
		Maximum	**10**
	(ii)	**Procedures on cash flow forecast** 1 mark per specific procedure: – Enquire regarding and consider validity of assumption re cash sales – Inspect any supporting documentation re additional resources for credit control – Seek written confirmation from Rubery Ltd re loan – Review financial statements of Rubery Ltd re adequacy of resources – Inspect subsidy application – Seek third-party confirmation that subsidy will be awarded – Confirm cash outflows for operating expenses and interest appear reasonable – Enquire about potentially missing cash outflows – Agree date and amount of short term loan repayment to loan documentation – Agree opening cash to bank ledger account/cash book and bank statements	
		Maximum	**8**
(b)	(i)	**Procedures for compulsory liquidation** 1 mark each point explained: – Creditors petition court for winding-up order – Grounds for the petition must be demonstrated – usually an unpaid statutory demand – Court appoints an Official Receiver – Official Receiver informs company directors and takes control of company – Shareholders can apply for compulsory liquidation (rare) – The Crown can apply for compulsory liquidation (very rare)	
		Maximum	**4**
	(ii)	**Consequences for stakeholders** 1 mark each consequence explained: – Payables (creditors) – Employees – Shareholders	
		Maximum	**3**
Total			**25**

INT SYLLABUS ONLY

67 PICKLE & CO *Walk in the footsteps of a top tutor*

Top tutor tips

Apply your knowledge of the ethical code to the information in the scenario. Tailor your explanation to the information given, as generic responses are unlikely to earn marks.

While answering part a, remember that simply identifying a threat isn't enough. Discuss how it could impair the audit partner's objectivity and affect audit quality. For example, if a client has a long-standing relationship with the audit team, discuss how the length of this relationship creates an increased familiarity threat. Consider its impact on senior members, such as the audit partner and manager. Safeguards need to be evaluated in this requirement so a suggestion like 'appoint a different audit partner' will limit your marks. Consider the specific challenges presented by the scenario (e.g. lack of succession planning, limited resources) and suggest more practical solutions.

Marks are available for recognising the broader impact of ethical threats (e.g. familiarity threats can extend beyond the engagement partner).

While answering part b, it's important to use the figures given (audit fees vs other services) to assess the risks in depth. Consider both current and future circumstances. The group is unlisted now but plans to list soon. Consider the ethical implications of the fee structure both currently and in light of the Group's future listing.

(a) Brook Coal Co

Long association

The same audit team has been performing the audit of Brook Coal Co for seven years. The IESBA *International Code of Ethics for Professional Accountants* (the *Code*) states that when an individual is involved in an audit engagement over a long period of time, this may create familiarity and self-interest threats.

The familiarity threat arises as the audit personnel become more trusting of the management of the client and fail to be as rigorous in evaluating their judgements, impairing professional scepticism. There may be a presumption that circumstances have not changed or that new information will be disclosed by the client.

The self-interest threat arises where an individual might have concern about losing a longstanding client or maintaining close personal relationships which might influence the individual's judgement inappropriately.

Here, the entire team has been involved with the audit for a long time, seven years, resulting in familiarity threats across the team. The significance of the threat should be evaluated for the individual team members. This will be higher for the more senior members of the team such as the audit engagement partner and the audit manager who are involved in reviewing the work of more junior staff and have more influence on the outcome of the audit.

The safeguard proposed of performing an engagement quality review is a valid one, albeit one which should be in place already for a listed entity. This does not, however, address the issue sufficiently.

Long association of the audit engagement partner

There is a requirement that for listed entities, the key audit engagement partner can only serve in this position for a total of seven years prior to a cooling off period where they are not permitted to undertake a key partner role for the client. As it stands, it would be expected that the audit engagement partner be replaced for the next audit. This does not appear possible given the only other partner in the firm with the relevant industry and client knowledge and experience is the engagement quality review (EQR) partner and who is leaving in September.

It may be possible, with the approval of those charged with governance (TCWG), for the key audit engagement partner to continue for an additional year as it could be argued that the resignation of the EQR partner with experience in mining company audit counts as an unforeseen circumstance. For this to be acceptable, Pickle & Co must ensure sufficient additional safeguards are in place to mitigate the familiarity threat. This might be a suitable action given the overall level of the threat is reduced by the retirement of the Brook Coal Co finance director, removing one of the sources of close relationship between senior management and the firm.

Long association of the audit team

One way to reduce the familiarity threat would be to rotate the rest of the audit team and bring in a fresh team including a new audit engagement manager. Promoting the existing audit senior to the role in place of the current manager will not address this threat, but it is possible that the team could be replaced with a team from another client. As the client does not want too much change and disruption, perhaps a new manager and supervisor can be put in place, but the junior staff remain to provide some continuity.

After the 20X6 audit, the key audit engagement partner must be replaced, and the firm should put procedures in place to train or recruit a new partner for Brook Coal Co in sufficient time. If this is not possible, Pickle & Co should not allow themselves to be put forward for reappointment to the 20X7 audit.

Engagement quality review partner

The audit of Brook Coal Co is subject to an EQR because it is a listed client and as a safeguard against the threats to independence arising from long association. ISQM 2 *Engagement Quality Reviews* provides eligibility criteria which must be met for the partner appointed to the role of engagement quality reviewer (reviewer). An EQR should be appointed who is not a member of the engagement team and has the competence and capability to perform the review and who is sufficiently objective to perform that review.

With respect to competence and capability, it would be expected that the reviewer would have knowledge of the client's industry and understanding of, and experience relevant to engagements of a similar nature and complexity. Although Abeeku Ngomi has experience with the oil industry, it must be assessed whether this is sufficiently close to the coal mining industry for them to be classed as having the appropriate competence and capability.

For Bora Kim, having been previously a senior member of the audit engagement team, there will arise a self-review threat to independence as they will have previously been involved with significant judgements made by the engagement team and may not assess those judgements with the required level of professional scepticism.

It is unlikely either of the proposed reviewers will be appropriate and Pickle & Co should appoint an external reviewer with the correct competence and capabilities. This may be from another firm in their network, or external to the firm's network if necessary.

(b) Suki Group

When assessing whether it is appropriate to tender for the audit of Suki Group (the Group), Pickle & Co must assess threats arising to independence and the availability of safeguards to ensure these are mitigated sufficiently to allow the audit to be performed in an unbiased manner.

Fees

Self-interest – audit fees

The fees proposed for the audit are high, representing 22.8% of the firm's total forecast fee income for the year ending 31 December 20X5 including the fee for the audit. Such a level of fees may be considered to give rise to the threat of fee dependency. The IESBA *International Code of Ethics for Professional Accountants* (the *Code*) identifies high fees as giving rise to self-interest threats and intimidation threats as the firm will be less willing to challenge the client for fear of losing the client. Whilst the *Code* does not set a cap on the size of the audit fee for a single client relative to the firm's total income, the threat becomes more significant the higher the fee level is.

This threat is both firm wide and can exist at the level of the local office or partner where an individual partner's remuneration or career is impacted by the loss of a significant client. ISQM 1 *Quality Management for Firms that Perform Audits or Reviews of Financial Statements, or Other Assurance or Related Services Engagements* requires firms to have in place a culture and a system of quality management which prioritises audit quality over revenues and profits to reduce this threat.

The internal system of quality management (SoQM) for Pickle & Co is likely to have fee thresholds at which a fee dependency threat exists, therefore there will have been determined suitable safeguards to mitigate this risk. Generally, this would include involving a reviewer to perform an EQR and to assess the reasonableness of the fees charged.

The firm should also inform TCWG of the threat and the safeguards in place to mitigate this to an acceptable level. It is likely this would be appropriate in the case of the audit of the Group and these details will be included in the tender document submitted to enable TCWG to evaluate whether they are satisfied that the mitigations are sufficient.

Self-interest – other fees

The fee dependency risk is exacerbated in this instance by the fees for the provision of other services. Adding the audit to the fees already billed in this financial period gives a total fee of $596,000 with respect to the Group, representing 38% of forecast annual fee income for the current year if the audit fee proposed for the Group is included. Of this, $157,000 is non-recurring in relation to the forensic work, giving a recurring fee of $439,000 or 28% of the firm's income.

For a non-listed client, where the total fee income from that client exceeds 30% of firm fees for more than five years, the *Code* requires the audit firm to obtain an external review of the audit of the fifth year's audit work prior to a sixth year's auditor's report being issued. Whilst this may be several years in the future, it is likely that most firms will require compliance with their internal policy on fee levels as part of their SoQM. As such, this level of fee dependency should be reviewed against the firm's internal policy on fees.

If the firm is also appointed as auditor to the Group, Pickle & Co may determine it is appropriate to have engagement quality reviews completed on each of the other engagements which the firm has completed for the Group. It would also safeguard against the threat of fee dependency on this one client to decline future, non-audit engagements such as forensic and consulting work in future.

Basis of calculating fees

The proposed audit fee for the audit of the Group includes a discount in recognising them as a valuable client. However, the *Code* prohibits audit fees to be influenced by the provision of other services, unless this arises as a result of cost savings arising from experience with the client. From the way the discount is described, it appears, however, to be influenced by value of the client to Pickle & Co implying that the discount is a recognition of the other services provided. Therefore, this is inappropriate as it contravenes the *Code*.

Potential future listing

The Group's management has stated their intention to list the company in the next couple of years. Should this occur, the fee dependency threat will be elevated due to the public interest nature of listed companies. If the Group obtains a listing, Pickle & Co would be required to assess whether fees would exceed 15% of the firm's total fee income. Pickle & Co would be expected to notify TCWG that the fee levels have exceeded this threshold, and also provide information regarding safeguards which will be implemented to mitigate the resulting threat to independence.

If this occurs in a second year, the firm would also be required to have the equivalent of an audit EQR completed by an external reviewer.

If the situation continues to exist, then after five years, the audit firm should cease to act as auditor.

Examiner's comments

General comments

Pickle & Co was a 25-mark question set around two clients, Brook Coal Co and the Suki Group, and focussed on ethical issues which needed to be considered prior to continuing or extending the client relationships.

Overall candidates performed better on requirement (a) as many were able to evaluate a wider range of points in order to score marks. Requirement (b) was often only a couple of short paragraphs or bullet points and some candidates failed to consider the information in any depth, proving a list of generic comments about the possible ethical threats. As such, these candidates were not able to demonstrate the professional skills that were also examined in the question of professional scepticism and judgement, analysis and evaluation and commercial acumen.

Candidates are again reminded to use published questions and marking guides to aid them when planning answers and considering the number of detailed points which need to be made for the marks available.

Requirement a

Candidates were provided with details of the audit engagement for Brook Coal Co including the composition of the audit team, the length of time the current team had been involved with the audit as well as some other specific issues which would affect this year's audit, such as staff members who were leaving the firm and the client. Candidates were also provided with the initial assessment of the ethical issues which had been identified by the audit manager and the proposed safeguards to mitigate for these threats.

Candidates were asked to explain the ethical threats which had been identified by the audit manager and to evaluate the proposed safeguards, suggesting alternatives where relevant. Responses to requirement a(i) and a(ii) were mixed. Candidates were expected to take the high level identification of the threat which was given in the question and provide a detailed explanation of why this presents an ethical issue. For example, to explain why the audit team being in place for seven years presents an ethical threat to the engagement. Most candidates were able to use this information in the scenario to identify how this long association gives rise to a possible familiarity threat and why this is a specific issue for the audit engagement partner. Weaker answers often stopped at this point and therefore essentially ignored the detail in the scenario. While the identification of the type of ethical threat is relevant, and scored some technical credit, the marks are severely restricted where candidates do not make these comments applied to the specifics of the client they have been asked to consider. Therefore, many candidates failed to provide any explanation as to the impact of this ethical issue on the audit.

Candidates are again reminded that there are minimal knowledge marks available in AAA, and to maximise marks, candidates must be tailoring and applying that knowledge to the specifics of the scenario they are presented with. As with any requirement focussed on ethics, candidates need to be prepared to go further than simply identifying the nature of the threat and must be able to fully explain the impact of the issue. The ethics section of the AAA syllabus builds on the Audit and Assurance syllabus and candidates must ensure that their assumed knowledge is up-to-date and at the right level. Question practice is crucial to ensure that detailed knowledge of the IESBA International Code of Ethics for Professional Accountants (the Code) can be applied and used to answer the more complex questions which will be presented in the AAA exam.

Brook Coal Co is a listed company and therefore better answers were able to score marks for applying and discussing the rules included in the Code regarding the length of time an individual can serve as audit engagement partner, including the possibility of serving for an additional year to maintain audit quality. Only the best answers were able to score further marks by appropriately applying this exception to the details in the scenario. As the resignation of the current engagement quality reviewer (EQR) and the finance director of Brook Coal Co could be used as a basis for suggesting that to ensure continuity and quality the current audit partner should be allowed to continue for an extra year Stronger answers also recognised that while there is no specific rule in the Code, this familiarity threat may extend to the whole team and that the associated risk would be higher for more senior members of the team, such as the audit manager, who has more influence over the outcome of the audit.

Strong answers went on to discuss how the current resource within the office of the firm would affect the safeguards which were available. Professional skills marks were awarded to answers which subsequently discussed the lack of succession planning at Pickle & Co given the lack of staff with experience in the relevant industry and that this represented a failure in the firm's system of quality management.

Many candidates struggled with the points related to the EQR. Many answers showed a lack of knowledge of the requirements for listed entities to have an EQR in place and therefore that the suggested safeguard to introduce this type of review would do little to mitigate for the familiarity threat. Some candidates were able to generically discuss the requirements included in ISQM 2 Engagement Quality Reviews, around the competence and independence of the EQR. However, only the best answers were able to use the scenario proficiently to evaluate the suggested safeguard and challenge why the suggested EQR replacements would give rise to additional ethical and professional threats for the engagement.

At this level candidates should be aiming to integrate the points in the scenario with their answer points and looking for the various connections between the information which is presented.

In relation to the last part of requirement (a) which asked candidates to recommend alternative safeguards which might be more effective in the circumstances, responses were also mixed. Some candidates simply listed generic safeguards which were not appropriate in relation to Brook Coal Co, such as appoint an engagement quality reviewer or a different audit engagement partner. Such suggestions failed to recognise that given the current resources which were available within the firm this was not immediately possible. Effective answers were able to weigh up the ethical threats and the commercial information provided to suggest suitable actions such as recruiting from the firm's wider network to ensure that team members had adequate skills and experience. Professional skills marks were awarded where candidates demonstrated this commercial awareness and provided effective challenge to the suggested safeguards by the audit manager.

Requirement b

Candidates were again provided with some detailed information about the Suki Group, an existing client currently provided with other assurance services. The client was looking to appoint a new auditor and had approached Pickle & Co to tender for the audit. Candidates were given detailed information about the work currently provided, as well as the level of fees charged for existing work and the proposed audit fee. Candidates were asked to consider the ethical matters arising from the proposed appointment as auditor to the Group.

This requirement was generally not well answered. Many candidates provided vague and generic answers, failing to consider the overall mark allocation and the detailed information which was provided. Some candidates showed a lack of knowledge of the requirements of the Code in relation to fee levels and the difference in guidance between listed and unlisted entities. In this scenario the Group was currently unlisted but was rapidly expanding and was planning to seek a listing in the next two years. Therefore, the best answers were able to consider the ethical issues from both angles and what the firm needed to consider both currently, and in the future, if the Group obtained listed status. This was specifically asked for in the requirement and it was disappointing to see that many candidates did not consider the impact of the Group obtaining a listing as part of their evaluation. Candidates are once again reminded to read the requirement carefully to ensure that they are addressing all aspects of the question.

Strong answers understood that there was a risk of fee dependency and used the fee information in the scenario to provide meaningful analysis and calculations to support their discussion around whether Pickle & Co should consider tendering for the audit and were awarded professional skills marks accordingly. Most candidates were able to suggest some appropriate actions in relation to this issue, such as the firm could reduce the level of other services offered if they wanted to become auditor in order to reduce the firm's dependency on the Group.

It was disappointing to see that few candidates were able to discuss the issues related to the proposed discount offered on the audit fee in depth. While many identified that a self-interest threat may arise, many were unable to discuss the inappropriate basis of the discount and the impact this might have on the firm's independence and objectivity.

ACCA Marking scheme		
		Marks
(a)	Brook Coal Co Generally, up to 1 mark for each explained point. – Long association – familiarity – Long association – self interest – Safeguards proposed are insufficient – Evaluation re: partner (up to 2 marks) – Evaluation re: rest of audit team (up to 2 marks) – Proposed safeguards – EQR requirements explained (up to 2 marks) – Assessment of competence re Abeeku – Assessment of independence Bora – EQR partner to be appointed from external/wider network – If threats not mitigated, do not seek reappointment	
	Maximum	**10**

(b)	Suki Group
	Generally, up to 1 mark for each explained point.
	In addition, ½ mark for relevant calculations which form part of the evaluation (max 1 mark).
	– Threat of fee dependence as a result of high fees
	– Fee dependence creates specific ethical threats (1 mark for each threat explained):
	  – Self interest
	  – Intimidation
	– Threat also exists at individual office/partner level
	– Mitigation of threats (up to 2 marks)
	– Increased risk due to fees from other services
	– Possible actions to safeguard (up to 2 marks)
	– Discounting and fees explained
	– Implications on Pickle & Co if Group becomes listed
	  – Implication on fees
	  – Professional and ethical implications (up to 3 marks)	

	Maximum	**10**
	Professional skills marks **Analysis and evaluation** – Appropriate use of the specific information to support discussion and draw appropriate conclusions – Demonstration and appropriate application of relevant technical financial knowledge to support conclusions and recommendations **Professional scepticism and judgement** – Effective challenge of information, evidence and assumptions supplied and techniques carried out to support key facts and/or decisions	

Commercial acumen – Appropriate recognition of the wider implications on the engagement, the audit firm and the company	**5**
Total	**25**

68 KANDINSKY *Walk in the footsteps of a top tutor*

Top tutor tips

Part (a) is a straightforward going concern question asking for indicators of problems and audit procedures to be performed. Here you should focus on the company's ability to pay its debts as they fall due.

Part (b) asks for a discussion of the relevance and measurability of the reported performance information. You need to think about whether the various stakeholder groups would be interested in such information or whether there is other information they would prefer to see (relevance). For measurability, think about whether the information would be readily available to report. Organisations may wish to report on performance matters but if that information is not reliably captured by the information systems the credibility of such information will be called into question.

(a) (i) Going concern matters

Revenue and profitability

The extract financial statements show that revenue has fallen by 38.2%. Based on the information provided, operating profit was $1,150,000 in 20X4 but is only $340,000 in 20X5. Operating margins have fallen from 29.1% to 13.9% during the year and the fall in revenue and margin has caused the company to become loss-making this year.

These changes are highly significant and most likely due to the economic recession which will impact particularly on the sale of luxury, non-essential products such as those sold by Kandinsky Co. The loss-making position does not in itself mean that the company is not a going concern, however, the trend is extremely worrying and if the company does not return to profit in the 20X6 financial year, then this would be a major concern. Few companies can sustain many consecutive loss-making periods.

Bank loan

The bank loan is significant, amounting to 33.7% of total assets this year end, and it has increased by $500,000 during the year. The company appears to be supporting operations using long-term finance, which may be strategically unsound. The loan is secured on the company's properties, so if the company defaults on the payment due in June 20X6, the bank has the right to seize the assets in order to recoup their funds.

If this were to happen, Kandinsky Co would be left without operational facilities and it is difficult to see how the company could survive. There is also a risk that there is insufficient cash to meet interest payments due on the loan.

Trade payables

The trade payables balance has increased by 38.5%, probably due in part to the change in terms of trade with its major supplier of raw materials. An extension to the payable payment period indicates that the company is struggling to manage its operating cycle, with the cash being generated from sales being insufficient to meet working capital requirements. Relations with suppliers could be damaged if Kandinsky Co cannot make payments to them within agreed credit terms, with the result that suppliers could stop supplying the company or withdraw credit which would severely damage the company's operations. There is also a risk that suppliers could bring legal action against the company in an attempt to recover the amounts owed.

Borrowing facility

Kandinsky Co has $500,000 available in an undrawn borrowing facility, which does provide a buffer as there is a source of cash which is available, somewhat easing the going concern pressures which the company is facing. However, the availability of the borrowing facility depends on certain covenants being maintained. The calculations below show that the covenants have now been breached, so the bank is within its right to withdraw the facility, leaving Kandinsky Co exposed to cash shortages and possibly unable to make payments as they fall due.

	Covenant	**20X5**	**20X4**
Interest cover	2	340/520 = 0.65	1150/500 = 2.3
Borrowings to operating profit	4:1	3,500/340 = 10.3:1	3,000/1,150 = 2.6:1

Contingent liability

The letter of support offered to a supplier of raw materials exposes Kandinsky Co to a possible cash outflow of $120,000, the timing of which cannot be predicted. Given the company's precarious trading position and lack of cash, satisfying the terms of the letter would result in the company utilising 80% of their current cash reserve. Providing such support seems unwise, though it may have been done for a strategic reason, i.e. to secure the supply of a particular ingredient. If the financial support is called upon, it is not certain that Kandinsky Co would have the means to make the cash available to its supplier, which may create going concern issues for that company and would affect the supply of cane sugar to Kandinsky Co. There may also be legal implications for Kandinsky Co if the cash could not be made available if or when requested by the supplier.

(ii) Audit procedures in relation to going concern matters identified

- Obtain and review management accounts for the period after the reporting date and any interim financial accounts which have been prepared. Perform analytical review to ascertain the trends in profitability and cash flows since the year end.

- Read the minutes of the meetings of shareholders, those charged with governance and relevant committees for reference to trading and financing difficulties.
- Discuss with management the strategy which is being developed to halt the trend in declining sales and evaluate the reasonableness of the strategy in light of the economic recession and auditor's knowledge of the business.
- Review the company's current order book and assess the level of future revenue required to breakeven/make a profit.
- Analyse and discuss the cash flow, profit and other relevant forecasts with management and review assumptions to ensure they are in line with management's strategy and auditor's knowledge of the business.
- Perform sensitivity analysis on the forecast financial information to evaluate the impact of changes in key variables such as interest rates, predictions of sales patterns and the timing of cash receipts from customers.
- Calculate the average payment period for trade payables and consider whether any increase is due to lack of cash or changes in the terms of trade.
- Obtain the contract in relation to the borrowing facility to confirm the covenant measures and to see if any further covenants are included in the agreement.
- Review correspondence with the bank in relation to the loan and the borrowing facility to gauge the bank's level of support for Kandinsky Co and for evidence of deteriorating relationships between the bank and the company's management.
- Obtain the bank loan agreement to confirm the amount of the loan, the interest rate and repayment dates and whether the charge over assets is specific or general in nature.
- Review the bank loan agreement for any clauses or covenants to determine whether there are any breaches.
- Obtain the letter of support in relation to the supplier to confirm the conditions under which Kandinsky Co would become liable for payment of the $120,000.
- Discuss with management the reason for the letter of support being given to the supplier to understand the business rationale and its implications, including why the supplier approached Kandinsky Co for the letter of support.
- Inspect minutes of management meetings where those charged with governance discussed the letter of support and authorised its issuance.
- Obtain any further documentation available in relation to the letter of support, for example, legal documentation and correspondence with the supplier, to confirm the extent of Kandinsky Co's involvement with the supplier and that no further amounts could become payable.

(b) (i) The relevance and measurability of the reported performance information

Relevance

Performance information should be relevant to the users of that information. In the case of Rothko University, there is likely to be a wide range of interested parties including current and potential students who will be interested in the quality of the teaching provided and the likelihood of securing employment on completion of the university course. Other interested parties will include the government body which provides funding to the University, regulatory bodies which oversee higher education and any organisations which support the University's work, for example, graduate employers.

For current and potential students, performance measures such as the graduation rate and employability rate will be relevant as this will provide information on the success of students in completing their degree programmes and subsequently obtaining a job. This is important because students pay tuition fees to attend Rothko University and they will want to know if the investment in education is likely to result in employment. However, some students may be more interested in further study after graduation, so employability measures would be less relevant to them.

Students will be interested in the proportion of graduates who achieve a distinction as this may lead to better job prospects and a better return on the investment (of time and money) in their education.

Finally, students will find the performance measure on course satisfaction relevant because it indicates that the majority of students rated the quality of the course as high, an important factor in deciding whether to enrol onto a degree programme.

Stakeholders other than current and potential students may find other performance information more relevant to them, for example, potential graduate employers may be interested in the amount of work experience which is provided on the University's degree programme.

The performance measures are most relevant where they can be compared to the measures of other universities. Currently, the University has not provided comparative information and this is likely to make it difficult to assess the performance of the University over time and also makes the current year measures harder to gauge.

Measurability

In terms of measurability, as with many key performance indicators, it is sometimes difficult to precisely define or measure the performance information. Some of the measures are quite subjective, for example, the rating which a student gives to a course is down to personal opinion and it is difficult to substantiate, for example, the difference between a course rating of excellent and very good. Similarly, defining 'graduate level employment' could be subjective. Some measures will be easier to quantify, for example, the degree completion percentage, which will be based on fact rather than opinion.

There may also be problems in how the information is gathered, affecting the validity of the information. For example, only a sample of students may have completed a course evaluation, and possibly the most satisfied students were selected which will improve the measure.

(ii) Examination procedures

- Obtain a list detailing all of the University's performance objectives and the basis of measurement for each objective.
- Enquire of the University whether comparative information is available and if this information needs to be verified as part of the disclosure in the current year.
- For the graduation rate, obtain a list of students awarded degrees in 20X5, and a list of all students who registered on the degree programme and use this information to recalculate the %.
- For academic performance, review minutes of meetings where degree results were discussed and approval given for the award of distinction to a number of students.
- For a sample of students awarded a distinction, confirm each student's exam results to supporting documentation, e.g. information in their student files, notices of exam results sent to the student and confirm that the grades achieved qualify for a distinction being awarded.
- Inspect any documentation issued at events such as degree award ceremonies to confirm the number of students being awarded a distinction.
- Obtain supporting documentation from the University for the employability rate and discuss with appropriate personnel, for example, the careers centre, the basis of the determination of the rate.
- For the employability rate, a confirmation could be sent to a sample of students asking for the details of their post-graduation employment.
- If the University supplies references for students seeking employment, inspect the references issued in 20X5 and contact the relevant company to see if the student was offered employment.
- For course satisfaction, inspect the questionnaires or surveys completed by students from which the % was derived, and recalculate.
- Enquire if there is any other supporting documentation on course satisfaction, for example, minutes of student and lecturer meetings about the quality of courses.

Examiner's comments

This question presented information relating to two different clients. Initially candidates were required to identify indicators in the scenario which gave rise to going concern issues and then to state procedures to audit the going concern status of the company. In general, this was well attempted, and candidates scored high marks, however those using a columnar approach tended to lack depth in their explanation of the factors identified in the question and overlooked some of the more encompassing audit procedures that did not arise from a specific scenario point.

The second part of the question focused on the audit of performance information and required candidates to discuss the relevance and measurability of key performance indicators (KPIs) in respect of a university and to describe how they might be audited. Well prepared candidates were able to discuss the issues surrounding measuring and determining relevant performance information and were able to draw on the information included in the recent examiner's article on this topic to the scenario. Some candidates did not focus on the question requirement and attempted to describe the theory of public sector KPIs. Many candidates were unprepared and left this requirement out altogether.

ACCA Marking guide			
			Marks
(a)	(i)	**Identify and explain going concern matters** Up to 2½ marks for matter identified and explained, to include 1 mark for relevant calculations: – Revenue, operating margins and profitability – Bank loan – Trade payables – Borrowing facility – Contingent liability	
		Maximum	**9**
	(ii)	**Audit procedures in respect of going concern matters** Up to 1 mark for each well explained procedure: – Review management accounts, perform analytical review – Read the minutes of the meetings with shareholders – Discuss with management the strategy which is being developed to halt the trend in declining sales – Review the company's current order book – Analyse and discuss the cash flow, profit and other relevant forecasts with management, review assumptions – Perform sensitivity analysis on forecast – Calculate the average payment period for trade payables – Obtain the contract in relation to the borrowing facility to confirm the covenant measures – Review correspondence with the bank in relation to the loan and the borrowing facility – Obtain the bank loan agreement to confirm the amount of the loan, the interest rate, repayment dates and charge over assets – Review the bank loan agreement for any clauses or covenants – Obtain any further documentation available in relation to the letter of support – Discuss the reason for the letter of support being given to the supplier – Inspect minutes of meetings where TCWG discussed the letter of support – Obtain legal documentation and correspondence with the supplier to determine level of involvement with the supplier	
		Maximum	**6**

(b)	**(i)**	**The relevance and measurability of the reported performance information** Generally up to 1 mark for each point explained: – 1 mark for explaining why each measure would be relevant to an existing or potential student (4 measures in total, so maximum 4 marks) – Problems in defining the measures – Problems in quantifying the measures – some are subjective – Issues in validity of the reported information – Lack of comparative information	
	(ii)	**Examination procedures** Up to 1 mark for well described procedures: – Obtain a list detailing all of the University's performance objectives and the basis of measurement for each objective – Discuss with University the availability of comparative information and requirement to include in current year report – For the graduation rate, obtain a list of students awarded degrees in 20X5, and a list of all students who registered on the degree programme and use this information to recalculate the % – For academic performance, review minutes of meetings where degree results were discussed and approval given for the award of distinction to a number of students – Agree a sample of students' exam results to supporting documentation, e.g. information in their student files, notices of exam results sent to the students – Inspect any documentation issued at events such as degree award ceremonies to confirm the number of students being awarded a distinction – Obtain supporting documentation from the University for the employability rate and discuss with appropriate personnel, for example, the careers centre, the basis of the determination of the rate – For the employability rate, a confirmation could be sent to a sample of students asking for the details of their post-graduation employment – If the University supplies references for students seeking employment, inspect the references issued in 20X5 and contact the relevant company to see if the student was offered employment – For course satisfaction, inspect the questionnaires or surveys completed by students from which the % was derived, and recalculate – Enquire if there is any other supporting documentation on course satisfaction, for example, minutes of student and lecturer meetings about the quality of courses	
		Maximum	**10**
Total			**25**

Section 5

SPECIMEN EXAM QUESTIONS

ALL THREE questions are compulsory and MUST be attempted

1 CRUX GROUP *Walk in the footsteps of a top tutor*

It is 1 July 20X5. You are a manager in the audit department of Pegasus & Co, a firm of Chartered Certified Accountants. You are assigned to the audit of the Crux Group (the Group), which has a financial year ending 30 September 20X5, and is a listed entity.

Pegasus & Co was appointed auditor to the Group in January 20X5.

The Group operates in the travel industry, offering a selection of worldwide itineraries and has a fleet of 20 cruise ships. The Group operates three brands which provide different types of cruise experience.

The following exhibits, available below, provide information relevant to the question:

1 Partner's email – an email which you have received from Norma Star, the Group audit engagement partner.

2 Background information – information and matters relevant to audit planning.

3 Selected financial information – extracts from the Group management accounts.

4 Audit team meeting notes – extracts from meeting notes taken at a recent audit team meeting.

This information should be used to answer the question requirement within your chosen response option(s).

Required:

Respond to the instructions in the email from the audit engagement partner.

Note: The split of the mark allocation is shown in Exhibit 1 – Partner's email. (40 marks)

Professional marks will be awarded for the demonstration of skill in communication, analysis and evaluation, professional scepticism and judgement and commercial acumen in your answer. (10 marks)

(Total: 50 marks)

1 Partner's email

To: Audit manager

From: Norma Star, Audit engagement partner

Subject: Audit planning for the Crux Group

Date: 1 July 20X5

Hello

I have provided you with some information which you should use to help you with planning the audit of our new client, the Crux Group (the Group), for the financial year ending 30 September 20X5. In line with Pegasus & Co's internal quality procedures, I have decided to use profit before income taxes as the basis for determining materiality.

I require you to prepare briefing notes for my own use, in which you:

(a) **Using the information in all exhibits, evaluate and prioritise the significant audit risks to be considered in planning the Group audit.**

Using profit before income taxes as your benchmark, you will need to determine and apply an appropriate materiality threshold in your briefing notes.

Note: You are NOT required to consider audit risks relating to foreign exchange transactions and balances as this will be planned separately. **(25 marks)**

(b) **Design the principal audit procedures to be performed on the segmental information relating to the Group's revenue. (5 marks)**

Using the information in Exhibit 4:

(c) **Evaluate the matters to be considered in deciding whether Pegasus & Co should accept the engagement to provide advice on the Group's social and environmental information. (10 marks)**

Thank you.

2 Background information

Group operations

The Group operates cruises under three brands which offer passengers a variety of cruise itineraries with a wide choice of destinations. Cruises typically last for two weeks, though some last for up to six weeks.

The brands are internally generated and therefore are not recognised as intangible assets within the Group financial statements.

Information about the three brands operated by the Group is as follows:

Sunseeker Cruises – Cruises which visit beach destinations in the Caribbean, Europe and North America.

Explorer Cruises – Cruises which focus on visiting cities and landmarks around the world.

Pioneer Cruises – Cruises which take in areas of natural beauty including the Antarctic and Alaska.

Business developments in the year

Sunseeker Cruises

In this financial year, the Group will spend $75 million on upgrading and maintenance of the Sunseeker Cruise ships. These luxury ships have to adhere to a very high standard, so the Group regularly incurs high expenditure on their maintenance. As well as refurbishment, several ships have been enhanced by the installation of new entertainment facilities including cinemas and gyms. Equipment in the gyms will need to be replaced on average every three years.

Explorer Cruises

The Explorer Cruise ships, while still luxurious, are the oldest ships in the fleet, and the Group is gradually replacing these with new ships. During this financial year, two new ships with a total cost of $110 million will come into use. The ships took three years to build, and were constructed by Vela Shipbuilders Co, a company which is not owned by the Group. However, the Chair of the Group, Max Draco, is also the Chair of Vela Shipbuilders Co, and his son is the company's chief executive officer. The purchase of the ships was financed through a $110 million loan with a fixed interest rate of 6% per annum. A further three ships are currently under construction by Vela Shipbuilders Co. The Group has taken out a loan of $180 million with a 6·5% fixed interest rate to finance this capital expenditure.

Pioneer Cruises

These cruises are for more adventurous travellers and are growing in popularity. In order to visit certain destinations on these specialist cruises, the Group has to acquire operating licences from the local governments. The cost of licence acquisition is capitalised as an intangible asset.

3 Selected financial information

Crux Group – Extracts from the Group management accounts

	Note	Projected to 30 September 20X5	Actual to 30 September 20X4
		£ million	£ million
Group revenue	1	764	670
Operating profit		145	101
Profit before income taxes		**81**	**65**
Total assets		**1,800**	**1,780**
Included in total assets:			
Intangible assets – operating licences	2	56	57
Property, plant and equipment	3	1,520	1,510

Note 1:

Revenue includes passenger ticket sales, which accounts for approximately 85% of revenue. When customers book a cruise, they are required to pay a refundable 20% deposit, which is initially recognised as a contract liability (deferred revenue). The balance of 80% is paid at least six weeks before the cruise commences and at that point it is also recognised as a contract liability. The full amount of the ticket price is transferred to revenue when the cruise starts irrespective of the duration of the cruise.

The remaining 15% of revenue is derived from on-board sales of food, drinks, entertainment and other items to passengers. Management monitor this revenue stream closely as it achieves a high gross profit margin, and staff are encouraged to maximise these sales to customers.

Revenue is presented on a segmental basis in the notes to the financial statements, with segments based on the three brands of the Group:

Revenue per operating segment	Projected to 30 September 20X5	Actual to 30 September 20X4
	£ million	£ million
Sunseeker Cruises	320	288
Explorer Cruises	180	190
Pioneer Cruises	264	192
Total	764	670

Note 2:

Operating licences are required for the Pioneer Cruise ships to visit certain destinations. Licences are amortised over the specific period to which each licence relates.

Note 3:

Property, plant and equipment is comprised as follows:

Property, plant and equipment	**Projected to 30 September 20X5**	**Actual to 30 September 20X4**
	£ million	**£ million**
Ships in use	2,041	2,010
Ships under construction	83	62
Other property, plant and equipment	180	173
	2,304	2,245
Accumulated depreciation	(784)	(735)
Carrying amount	1,520	1,510

4 Audit team meeting notes

A meeting took place yesterday in which the audit engagement partner discussed several issues:

Recent development affecting Pioneer Cruises

Last week, the governments of several countries which form a major part of the Pioneer Cruise itineraries withdrew their operating licences with immediate effect. The governments have stated that this is likely to be a temporary measure being put in place to limit the number of tourists visiting areas of natural beauty, but they will not confirm when the Group can resume operations in these countries.

Cyber-security attack

Last month, the Group suffered a cyber-security attack in which the personal information of 1,400 customers, including their credit card details, were stolen. According to a representative of the Group audit committee, the Group's internal audit team had not properly assessed the risks relating to cyber-security, which is a requirement of recently introduced data protection legislation in the jurisdiction in which the Group operates. The issue which led to the cyber-security attack has now been resolved.

Social and environmental information

The Group audit committee has enquired whether Pegasus & Co can provide an additional service, to advise management on how to measure certain social and environmental information which is to be published on the Group's website and is required by new regulations in the industry and is required to be submitted to regulatory authorities. The social and environmental information relates to matters such as water efficiency, energy consumption, charitable donations and initiatives which support diversity in the workplace. In recognition that this work is quite urgent, as the deadline for submission to the regulatory authorities falls within the next month, the Group audit committee has stated it is willing to pay an 'enhanced fee' for this service.

END OF QUESTION

2 WELFORD & CO *Walk in the footsteps of a top tutor*

It is 1 July 20X5. You are an audit manager in Welford & Co, a firm of Chartered Certified Accountants. Your role includes performing post-issuance audit quality reviews, and you have been asked to review the audit work performed on Rivers Co for the financial year ended 31 January 20X5.

The following exhibits, available on the left-hand side of the screen, provide information relevant to the question:

1 Team and fees – information regarding the audit team composition, the time spent on the audit and fees charged to the client.

2 Going concern – details some matters you have identified during your review of the going concern section of the audit file.

This information should be used to answer the question **requirement** within the **response option** provided.

Required:

Evaluate the quality of the planning and performance of the audit of Rivers Co, discussing the quality management, ethical and other professional issues raised and recommending appropriate actions to be taken. (20 marks)

Professional marks will be awarded for the demonstration of skill in analysis and evaluation, professional scepticism and judgement and commercial acumen in your answer. (5 marks)

(Total: 25 marks)

1 Team and fees

Rivers Co is a listed company operating in the construction industry. The company complies with corporate governance regulations and has an audit committee. Rivers Co has been an audit client of Welford & Co for eight years, and Bob Newbold has been the audit engagement partner during this time.

Rivers Co's auditor's report was signed by Bob Newbold and issued last week. The report contained an unmodified opinion.

Welford & Co requires its staff to record each hour they spend working on each client in the firm's time management system. From reviewing the time records relating to the audit of Rivers Co, you are aware that Bob and the other audit team members recorded the following amount of time on the audit:

Bob Newbold – audit engagement partner	2 hours
Pat Canley – senior audit manager	6 hours
Anesa Kineton – audit manager	35 hours
Six audit assistants	130 hours
Total time spent on audit	173 hours

It is apparent from your review that almost all of the detailed review of the audit working papers was completed by Anesa Kineton, who has evidenced her review by stating 'final review' on each page of the audit file. She has recently been promoted to audit manager.

You are also aware that Bob Newbold booked a total of 40 hours to Rivers Co in respect of non-audit work performed. The only information you can find in the documentation is that the non-audit work related to a 'special investigation', and that Bob confirms that it does not create a threat to auditor objectivity.

The total fee charged for the audit was $250,000 and the fee for the 'special investigation' was $890,000.

2 Going concern

From reviewing the audit working papers, you are aware that going concern was identified as a significant audit risk at the planning stage of the audit due to low profit margins or losses being made on many of the company's construction contracts and increasing economic uncertainty. The company typically has 20 contracts ongoing at any time.

Most of the audit work on going concern was performed by Mary Loxley, an audit assistant who has just taken her last professional exam and is not yet qualified. The majority of the audit work performed on going concern focused on a review of five major contracts to determine their profitability. The management of Rivers Co identified the major contracts for review and provided Mary with forecasts indicating that the contracts would all make a small profit. Mary confirmed that the assumptions used in the forecasts agreed to assumptions used in previous years. Mary also used the firm's data analytics tool to confirm the mathematical accuracy of the forecasts and that the assumptions set out by management had been appropriately reflected in the forecasts. Following this work, Mary concluded that the contracts which she had reviewed support the going concern status of the company.

Having reviewed these major contracts, Mary completed the conclusion on going concern, stating that there is no significant uncertainty over going concern.

Mary commented that due to the effectiveness of the data analytics tool, she only had to record eight hours in relation to the work she had performed on going concern.

3 MYRON *Walk in the footsteps of a top tutor*

It is 1 July 20X5. You are the manager responsible for the audit of Myron Co, a listed company and you are in the process of completing the audit of the financial statements for the year ended 31 March 20X5. The auditor's report is due to be signed in the next few weeks. The company's principal operating activity is the publication of trade and scientific journals.

The draft financial statements recognise revenue of $108 million (20X4: $102 million), profit before income taxes of $9.3 million (20X4: $8.2 million) and total assets of $150 million (20X4: $149 million). In line with internal quality procedures, materiality has been set at $0.5 million.

The following exhibits, available below, provide information relevant to the question:

1 Completion matters – details regarding an issue you have discovered during your review of the audit working papers.

2 Chair's statement – management has provided you with an extract from the Chair's statement which they intend to publish in the annual report.

This information should be used to answer the question requirements within the response option provided.

Required:

(a) Using the information contained in Exhibit 1:

(i) Comment on the completion matters to be considered in relation to the issue described and recommend the further actions necessary before the auditor's report can be signed; and

(ii) Evaluate the implications for the auditor's report if no adjustments are made to the financial statements. (10 marks)

(b) Using the information contained in Exhibit 2:

(i) Describe the auditor's responsibilities in relation to the other information presented with audited financial statements and evaluate the matters arising from the extract from the Chair's statement; and (5 marks)

(ii) Assuming no changes are made to the Chair's statement, evaluate the implications for the completion of the audit and the auditor's report. (5 marks)

Professional marks will be awarded for the demonstration of skill in analysis and evaluation, and professional scepticism and judgement in your answer. (5 marks)

(Total: 25 marks)

1 Completion matters

You are in the process of reviewing the audit working papers and have identified the following potential issues:

Sale of division

Myron Co is at the advanced stage of negotiations to sell its scientific publishing division to a competitor. This division contributed revenue of $13 million and profit before income taxes of $1·4 million during the year to 31 March 20X5. The draft sale agreement which is due to be finalised by 1 August 20X5 shows an agreed sale price after costs of disposal of $42 million. The division is a separate cash generating unit of Myron Co. None of the assets of the division are held under a revaluation policy and depreciation is charged on a straight-line basis over the determined useful life of the assets.

The finance director of Myron Co has not made any disclosures with respect to the upcoming sale in the financial statements for the year ended 31 March 20X5 as he considers it to be part of next year's accounting transactions. However, the division has been written down from its current carrying amount of $45 million to its estimated value in use of $41 million in the financial statements for the year ended 31 March 20X5.

2 Chair's statement

As part of your review of Myron Co, you have also been presented with an extract from the draft Chair's statement which will be published in the annual report alongside the financial statements for the year.

> Extract from Chair's statement
>
> The company's results for the year are extremely positive. Our year on year revenue growth is 5·9% and our profit growth is even stronger at 13·4%. All our revenue streams have performed well, especially the scientific publishing division, and we are looking forward to exciting and sustained growth levels again next year. As you can see from our auditor's report, the auditors agree that our results are strong and a sound basis for taking the company to an even greater place next year.
>
> We have also made significant progress with our social and environmental aims of reducing our carbon footprint and encouraging re-use and recycling across our divisions. We are proud to announce that we have now moved all our printed products to recycled paper.

To help with your review of the information, you also have the following analysis of the results for the year.

	Year ended 31 March 20X5			**Year ended 31 March 20X4**		
	Other divisions	**Scientific publishing division**	**Total**	**Other divisions**	**Scientific publishing division**	**Total**
	£million	**£million**	**£million**	**£million**	**£million**	**£million**
Revenue	95	13	108	93	9	102
Profit before income taxes	7.9	1.4	9.3	7.5	0.7	8.2

A file note from the audit supervisor states that at least three of the publications Myron Co sells are not prepared on recycled paper.

Section 6

ANSWERS TO SPECIMEN EXAM

1 CRUX GROUP *Walk in the footsteps of a top tutor*

Top tutor tips

Part (a) asks you to evaluate the audit risks to be considered when planning the audit. Audit risk comprises the risk that the financial statements contain material misstatement and detection risk. Risk of material misstatement is usually due to non-compliance with an accounting standard, although it also includes control risk. Think about the requirements of the relevant accounting standards and what the client might be doing incorrectly. Detection risks include auditing a client for the first time or where there is a tight reporting deadline. The requirement specifically instructs you NOT to consider risks relating to foreign exchange transactions, therefore make sure you do not include these.

The email from the partner states that materiality should be based on profit before income taxes, therefore at the start of your answer you should calculate the range for materiality using that benchmark and justify a figure within that range. If it is a new audit client or a client where there are apparent control risks, materiality should be set at the lower end of the range. If it is an existing client, materiality may be able to be set at mid-range depending on the other risks mentioned in the scenario.

Part (b) asks for audit procedures in respect of the segmental information relating to Group revenue. The procedures should enable the auditor to obtain evidence to determine whether the relevant financial reporting standard has been complied with. Make sure your procedures are clear and provide enough detail that they can be easily followed by the audit team.

Part (c) asks for matters to be considered in deciding to accept a non-audit engagement to provide advice on social and environmental information. It is important to note that the client is a listed entity and therefore there are more restrictions in place which may mean the audit firm cannot provide the additional service. Your answer should explain the ethical threats arising and the actions the firm should take when considering whether to accept.

Professional skills

Professional skills will be awarded for:

Communication – responding to the instructions in the partner's email such as preparing your answers in the form of briefing notes.

Analysis and evaluation – applying the information from the scenario to answer the question and explaining the issues in sufficient depth.

Professional scepticism and judgement – using your chosen materiality benchmark to evaluate risk of material misstatement, demonstrating critical thinking and being alert to possible manipulation and management bias.

Where relevant, professional marks will be awarded for commercial acumen which requires making practical and plausible recommendations and considering the wider implications of issues to the audit firm.

Briefing notes

To: Audit engagement partner

From: Audit manager

Subject: Crux Group – audit planning

Introduction

These briefing notes are prepared to assist with planning the audit of the Crux Group (the Group) for the financial year ending 30 September 20X5. The notes contain an evaluation of the significant audit risks which should be considered in planning the Group audit, which has been structured to prioritise the risks in terms of the likelihood and magnitude of misstatement in relation to each risk. The notes also recommend the audit procedures to be performed on the Group's segmental disclosure of revenue. Finally, there is a discussion of the matters to be considered by Pegasus & Co in relation to a proposed additional engagement to advise management on the Group's social and environmental information.

(a) Evaluation of audit risk

Materiality

For the purposes of these briefing notes, the following overall materiality level will be used to assess the significance of identified risks and as requested, this has been based on the profitability of the Group.

Benchmarks

Using profit before income taxes as a suggested benchmark provides the following range:

5–10% of profit before income taxes = range of $4.05 million – $8.1 million.

These benchmarks are only a starting point for determining materiality and professional judgement will need to be applied in determining a final level to be used during the course of the audit. As this is a new client and therefore an initial audit engagement, there is an increased detection risk. In addition, we need to understand the controls within the Group and ensure that they are working efficiently. As a result of this, therefore, materiality should be set at the lower level of the range at $4 million.

New audit client

The Group is a new client, our firm having been appointed six months ago. This gives rise to detection risk, as our firm does not have experience with the client, making it more difficult for us to detect material misstatements. However, this risk can be mitigated through rigorous audit planning, including obtaining a thorough understanding of the business of the Group.

In addition, there is a risk that opening balances and comparative information may not be correct. As the prior year figures were not audited by Pegasus & Co, if any misstatements existed in relation to the opening balances, this would have a significant impact on our ability to gather sufficient and appropriate evidence over closing balances. As such, we should plan to audit the opening balances carefully, in accordance with ISA 510 *Initial Audit Engagements – Opening Balances*, to ensure that opening balances and comparative information are both free from material misstatement. It is important that we understand the accounting policies, especially those which involve areas of significant management judgement or estimation, to ensure that they are appropriate. As previously stated, given that this is a new client, there will need to be additional work undertaken on the systems and controls within the Group as well. Therefore, this initial audit will require additional planning, time to complete the work as well as review by suitably experienced members of the audit team.

Revenue recognition

An audit risk arises in relation to the timing of revenue recognition. Given the requirement of ISA 240 *The Auditor's Responsibilities Relating to Fraud in an Audit of Financial Statements*, when assessing audit risks the auditor shall presume there are risks of fraud in relation to revenue recognition, this could be a significant area of concern. It is appropriate that customer deposits are recognised as a contract liability (deferred revenue) when they are received. This is in line with IFRS® 15 *Revenue from Contracts with Customers* which requires that revenue is recognised when a performance obligation is satisfied, and therefore any amounts paid to the Group by customers before a cruise begins are not revenue and should be deferred. However, the policy of recognising all of the revenue from a ticket sale when the cruise starts may not be in line with the principles of IFRS 15 because the Group is performing its obligations over time, which may be as long as a six-week period for some cruises. This is a problem of cut-off, meaning that recognition of all revenue at the start of a cruise could result in overstated revenue and understated liabilities.

Upgrade and maintenance costs

The Group incurs high costs in relation to upgrade and maintenance of its fleet of ships. For the Sunseeker ships, $75 million is being spent this year. Based on initial materiality calculations, this amount is material to the financial statements and is therefore extremely significant. There is an audit risk that costs are not appropriately accounted for in accordance with IAS® 16 *Property, Plant and Equipment*. Upgrade costs, including costs relating to new facilities such as gyms, should be recognised as part of the carrying amount of the item, as it is probable that additional future economic benefits associated with the installation of gyms will flow to the Group. Expenses which only maintain the economic benefits will be considered repairs and maintenance and should be recognised in the statement of profit or loss. There is a risk that non-current assets are overstated, and expenses understated, if operating expenses have been inappropriately included as part of the carrying amount of the ships. A further risk relates to depreciation expenses, which will be overstated if the carrying amount of the assets is overstated.

Component depreciation

IAS 16 requires that each part of an item of property, plant and equipment (PPE) with a cost which is significant in relation to the total cost of the item must be depreciated separately. There is a risk that ships in use are not broken down into component parts for the purpose of determining the individual cost, useful life, and residual value of each part. For example, if significant, the gym equipment should be depreciated over three years and therefore requires separate consideration from other assets such as ship exterior, engine, etc. There is an audit risk that depreciation is not correctly determined on this component basis, meaning that the assets and their associated depreciation expense could be over or understated in value. This risk is also heightened due to the unusual movement in relation to the accumulated depreciation figure, which has only increased by $49 million in the year. Information is not given on the Group's depreciation policy, however, compared to the total cost of PPE at the financial year end of $2,304 million, this equates to only 2.1%, which appears quite low, suggesting understatement.

Cyber-security attack

The recent cyber-security attack could highlight that internal controls are deficient within the Group. Even though this particular problem has now been rectified, if the Group internal audit team had not properly identified or responded to these cyber-security risks, there could be other areas, including controls over financial reporting, which are deficient, leading to control risk. The situation could also indicate wider weaknesses in the Group's corporate governance arrangements, for example, if the audit committee is not appropriately discharging its responsibilities with regards to internal audit.

Tutorial note

Based on best practice the audit committee should review and approve the annual internal audit plan and monitor and review the effectiveness of internal audit work. The audit committee should ensure that the internal audit plan is aligned to the key risks of the business. Credit will be awarded for discussion of these issues in the context of the cybersecurity attack.

In addition, the cyber-security attack could have resulted in corrupted data or loss of data relating to the sales system, if the customer details were integrated with the accounting system. There is an audit risk that reported revenue figures are inaccurate, incomplete, or invalid. Though the issue could be confined to the sales system, it is possible that other figures could also be affected.

Finally, the cyber-security incident is likely to result in some fines or penalties being levied against the Group as it seems the risk was not properly dealt with, leaving customer information vulnerable to attack. It may be necessary for the Group to recognise a provision or disclose a contingent liability depending on the likelihood of a cash payment being made, and the materiality of any such payment, in accordance with IAS 37 *Provisions, Contingent Liabilities and Contingent Assets*. The related audit risk is understated liabilities and understated expenses or incomplete disclosures if any necessary liability is not recognised or disclosure not made in the notes to the financial statements.

Related party transaction

It appears that Vela Shipbuilders Co, which is building new Explorer Cruise ships for the Group, is a related party of the Group. This is because Max Draco is the Chair of both the Group and Vela Shipbuilders Co. According to IAS 24 *Related Party Disclosures*, a related party relationship exists where a person has control or joint control, significant influence, or is a member of the key management personnel of two reporting entities. The fact that Max Draco's son is the chief executive officer of Vela Shipbuilders Co also indicates a related party relationship between the Group and the company.

IAS 24 requires that where there have been transactions between related parties, there should be disclosure of the nature of the related party relationship as well as information about the transactions and outstanding balances necessary for an understanding of the potential effect of the relationship on the financial statements. There is an audit risk that the necessary disclosures regarding the Group's purchases of ships from Vela Shipbuilders Co are not made in the Group financial statements.

The related party transactions are material by nature, but they are also likely to be material by monetary value. The information provided does not specify how much has been paid in cash from the Group to Vela Shipbuilders Co during the year, but the amount could be significant given that the Group has presumably paid any final instalments on the ships which have come into use during the year, as well as initial instalments on the new ships starting construction this year.

Operating licences

The Group's operating licences of $56 million are material to the financial statements. It is appropriate that the licences are recognised as intangible assets in accordance with IAS 38 *Intangible Assets* and that they are amortised according to their specific useful life. However, an audit risk arises due to the possible impairment of some or all of these licences, which arises from the governments having withdrawn the licences in some countries where the Group operates their Pioneer Cruises. While the licence withdrawal is apparently temporary in nature, the withdrawal is an indicator of impairment and it is possible that the operating licences are worth nothing, so should be written off in full. Management should conduct an impairment review in accordance with IAS 36 *Impairment of Assets* to determine the recoverable amount of the licences and if this is less than the carrying amount, recognise an impairment loss accordingly. If this does not take place, the intangible assets are likely to be overstated, and as a consequence, profit overstated.

Tutorial note

Credit will also be awarded for discussion regarding de-recognition of the operating licences as well as their reduction in value, and for considering whether the Pioneer Cruise ships also need to be reviewed for impairment.

Borrowing costs

The ships being constructed fall under the definition of a qualifying asset under IAS 23 *Borrowing Costs*, which defines a qualifying asset as an asset which takes a substantial period of time to get ready for its intended use or sale. This includes property, plant and equipment during the relevant construction period, which for the ships is three years. IAS 23 requires that borrowing costs which are directly attributable to the acquisition, construction or production of a qualifying asset should be capitalised. The audit risk is that interest costs have not been appropriately capitalised and instead have been treated as interest expense, which would understate assets and understate profit for the year.

The amounts involved appear to be material. The information does not state precisely when the loans were taken out and when construction of the ships commenced or when they come into use by the Group on completion, so it is not possible to determine exactly when capitalisation of interest expense should commence and cease. However, looking at the loan of $180 million taken out for the ships currently under construction, the interest for the year would be $11.7 million, which is a material amount.

Revenue and profit trends

Group revenue is projected to increase by 14% in the year. The segmental information shows that this overall increase can be analysed as:

- Revenue from Sunseeker Cruises increasing by 11.1%.
- Revenue from Explorer Cruises decreasing by 5.3%.
- Revenue from Pioneer Cruises increasing by 37.5%.

The different trends for each segment could be explained by business reasons, however, there is a potential risk that revenue has been misclassified between the segments, e.g. revenue from Explorer Cruises could be understated while revenue from Pioneer Cruises is overstated.

In particular, the projected revenue for Pioneer Cruises could be impacted by the recent withdrawal of operating licences which affects the operation of these cruise itineraries. Management may not have factored this into their projections, and there is a risk that this segment's revenue is overstated.

Operating profit is projected to increase by 43.6% in the year, and profit before income taxes is projected to increase by 24.6% in the year. While the increased margins could be due to economies of scale, the increase in profit appears out of line with the increase in revenue and could indicate that expenses are understated or misclassified.

On-board sales

On-board sales of food, drink, and entertainment account for approximately 15% of revenue. There is a risk that this is a reportable operating segment, but the projected operating segment information does not disclose this revenue separately. According to IFRS 8 *Operating Segments*, an operating segment is a component of an entity which engages in business activities from which it may earn revenues and incur expenses, whose operating results are reviewed regularly by the entity's chief operating decision maker and for which discrete financial information is available, which seems to be the case in this instance.

A reportable segment exists where the segment's revenue is 10% or more of the combined revenue of all operating segments. There is a risk of incomplete disclosure of revenue by reportable segments if on-board sales meet the definition of an operating segment and it is not disclosed in the notes to the financial statements as such.

Conclusion: There are number of significant audit risks, which are exacerbated due to the fact that this is a new client and we do not have the understanding of the existing controls in place to support the generation of the numbers. However, the priority of the audit work, once we have completed our work and testing on the controls at the Group, will be to understand and verify the areas of management judgement and estimation, namely the revenue recognition and the possible impairment of the operating licences. Also significant for the audit plan will be to ensure adequate detection and identification of further related party transactions, which, by their nature, are often more challenging to identify.

(b) Principal audit procedures to be performed on the segmental information

- Review the financial reports sent to the highest level of management to confirm the basis of segmental information which is reported internally and confirm that this basis is used in the notes to the published financial statements.
- Review the Group's organisational structure to confirm the identity of the chief operating decision maker.
- Discuss with management the means by which segmental information is reviewed by the chief operating decision maker, e.g. through monthly financial reports and discussion at board meetings.
- Review board minutes to confirm that the segments as disclosed are used as the basis for monitoring financial performance.
- Discuss with management whether the on-board sales should be reported separately given that it appears to constitute a reportable segment contributing more than 10% of total Group sales and is actively monitored.
- Obtain a breakdown of the revenue, e.g. by cruise line or individual ship, to confirm that revenue has been appropriately allocated between the reportable segments.
- Perform analytical procedures to determine trends for each segment and discuss unusual patterns with management.
- Recalculate the revenue totals from the breakdown provided to confirm that they are reportable segments, i.e. that they each contribute more than 10% of revenue.

(c) Additional service to advise management on measurement of social and environmental information

The Group's request for Pegasus & Co to advise management on its social and environmental reporting creates an ethical threat to objectivity. Providing additional, non-audit services to an audit client can create several threats to the objectivity and independence of the auditor.

INT syllabus: The IESBA International Code of Ethics for Professional Accountants (the Code) does not specifically discuss this type of additional engagement, so the audit firm should apply the general framework to consider whether it is appropriate to provide the service. This means that the firm should evaluate the significance of the threats to independence and consider whether safeguards can reduce the threats to an acceptable level.

UK syllabus: Pegasus & Co should apply the general framework contained in the FRC Ethical Standard to consider whether it is appropriate to provide the service. This means that the firm should evaluate the significance of the threats to integrity and objectivity and consider whether safeguards can reduce the threats to an acceptable level.

Perhaps the most significant ethical issue is that providing advice to management, which would involve determining how social and environmental information is measured and published, could be perceived as taking on management responsibilities, which is prohibited by the Code/FRC Ethical Standard.

To avoid taking on management responsibilities, the audit firm must be satisfied that client management makes all judgements and decisions which are the proper responsibility of management. Measures to achieve this could include:

- Ensuring that a member of the Group's management with appropriate skill, knowledge and experience is designated to be responsible for the client's decisions and to oversee the service,
- Management oversees the work performed and evaluates the results, and
- Management accepts responsibility for any actions arising as a result of the service provided.

A self-review threat could also arise if Pegasus & Co provides the service to the Group. Some of the social and environmental information could be related to transactions or balances within the financial statements which will be subject to audit, for example, the value of charitable donations.

The self-review threat means that less scrutiny may be used in performing procedures due to over-reliance on work previously performed by the audit firm. This potentially impacts on the level of professional scepticism applied during the audit and the quality of work carried out.

There could be a further self-review threat depending on whether the social and environmental information will form part of the Group's annual report. If this is the case, the audit team is required by ISA 720/ ISA (UK) 720 *The Auditor's Responsibilities Relating to Other Information* to read the other information included in the annual report and to consider whether there is a material inconsistency between the other information and the financial statements and to also consider whether there is a material inconsistency between the other information and the auditor's knowledge obtained in the audit. This requirement creates a self-review threat if members of the audit team have been involved with the additional service to provide advice on the measurement of the social and environmental information.

A self-interest threat can also be created by the provision of non-audit services where the fee is significant enough to create actual or perceived economic dependence on the audit client. The Group is willing to pay an 'enhanced fee' for this service due to its urgent nature, and while this does not necessarily create fee-dependency, there could be a perception that the audit firm has secured a lucrative fee income in addition to the income from providing the audit.

The Group needs the work to be carried out to a tight deadline, which could impact on the scope and extent of the procedures which the firm can carry out, also impacting on the quality of work and the risk of the engagement. This pressure to perform work quickly within the next month could be viewed as intimidation by the client.

All of these threats are heightened by the fact that the Group is a listed entity, therefore a public interest entity in the terminology of the Code/FRC Ethical Standard.

Other actions/safeguards

INT syllabus	**UK syllabus**
Other safeguards could possibly be used to reduce the threats identified to an acceptable level. These may include having a team separate from the audit team, including a separate partner, perform the work on the social and environmental information; and conducting a review of both the audit and additional service by the engagement quality reviewer. The corporate governance code under which the Group operates may restrict or prohibit the provision of non-audit services by the audit firm in the case of listed entities, so the audit committee should consider if any such restrictions exist. Discussions should also be held regarding the new regulatory requirements. The audit firm should be clear on the reliance which will be placed on the report by the regulatory authorities and matters such as whether an assurance report is required, and if so, who will be performing this work. In addition, there may be specific requirements which impact on the scope of the work, for example whether any specific KPIs are required to be published.	Given that the audit committee has requested this help from the audit firm, it seems unlikely that the audit firm could avoid taking on management responsibility should the service be provided. The UK Corporate Governance Code restricts the provision of non-audit services by the audit firm in the case of listed entities, so the audit committee should consider if providing the service would be in breach of this. It is concerning that the Group audit committee considers it appropriate to request that Pegasus & Co provide this non-audit service as well as the external audit. A provision of the UK Corporate Governance Code states that one of the roles and responsibilities of an audit committee is to develop and implement policy on the engagement of the external auditor to supply non-audit services. This involves ensuring there is prior approval of non-audit services, considering the impact this may have on independence, taking into account the relevant regulations and ethical guidance in this regard. The Group audit committee appears either to not be aware of the ethical issues caused by their requests, or to be ignoring them.

Finally, even if the ethical issues can be overcome, the firm should consider whether it has the skills and competencies to provide the advice to management. This can be quite specialised work and it is not necessarily the case that the firm will have staff with the appropriate skills available to carry out the work, especially if the work is to be carried out to a tight deadline.

In conclusion, in terms of providing advice to management on social and environmental information, this will be difficult to do without breaching ethical principles and should be further discussed with the Group audit committee.

Conclusion

These briefing notes highlight a number of significant audit risks, including those relating to property, plant and equipment, revenue recognition and disclosure requirements. A number of audit procedures have been recommended in relation to the audit of segmental information provided in relation to revenue. As mentioned, the provision of the additional service should be further discussed with the Group audit committee.

ACCA Marking guide	
	Marks
(a) Audit risk evaluation Up to 3 marks for each audit risk (unless indicated otherwise). Marks may be awarded for other, relevant audit risks not included in the marking guide. In addition, ½ mark for relevant trends or calculations which form part of the evaluation of audit risk (max 3 marks). Appropriate materiality calculations and justified materiality level should be awarded to a maximum of 3 marks. • New audit client (2 marks) • Revenue recognition • Upgrade and maintenance costs • Component depreciation • Cyber-security breach (control risk, corporate governance weakness, data corruption, financial statement implications – max 5 marks) • Related party transaction disclosure • Operating licences • Borrowing costs • Revenue and profit trends • On-board sales	
Maximum	**25**
(b) Audit procedures on segmental reporting Up to 1 mark for each relevant audit procedure. Examples are provided below, and marks will be awarded for other relevant points. • Review the financial reports sent to the highest level of management to confirm the basis of segmental information which is reported internally • Review the Group's organisational structure to confirm identify of the chief operating decision maker • Discuss with management the means by which segmental information is reviewed by the chief operating decision maker • Review board minutes to see that segmental information is subject to regular review • Discuss with management whether the on-board sales should be reported separately • Obtain a breakdown of the revenue to confirm that revenue has been appropriately allocated between the reportable segments • Perform analytical procedures to determine trends for each segment and discuss unusual patterns with management • Recalculate the revenue totals from the breakdown provided to confirm that they are reportable segments	
Maximum	**5**
(c) Additional service to provide advice on social and environmental information Up to 1 mark for each relevant answer point explained: • Assuming management responsibility identified and fully explained • Assuming management responsibility is prohibited • Self-review threat identified and fully explained • Self-review threat increased if the social/environmental information included in annual report • Self-interest threat identified and fully explained	

• Pressure to perform work quickly • Appropriate safeguards recommended (1 mark each to max 3 marks)/UK: Steps could be taken to avoid taking on management responsibility (max 3 marks) • Group audit committee to approve non-audit work • INT: It may be prohibited in the jurisdiction of the Group • INT: Scope of the work, and specific requirements from the regulators • UK: Audit committee seems not to understand the ethical threats/should not have requested the advice from the audit firm • Level of assurance which may be required and who is going to provide this • Skill and competence to perform work	
Maximum	**10**
Professional marks **Communication** • Briefing notes format and structure – use of headings/sub-headings and an introduction • Style, language and clarity appropriate layout and tone of briefing notes, presentation of materiality and relevant calculations, appropriate use of the CBE tools, easy to follow and understand • Effectiveness and clarity of communication – answer is relevant and tailored to the scenario • Answering the specific angle and requirements of the question **Analysis and evaluation** • Appropriate use of the information to determine suitable calculations • Appropriate use of the information to support discussions and draw appropriate conclusions • Effective prioritisation of the results of the risk evaluation to demonstrate the likelihood and magnitude of risks and to facilitate the allocation of appropriate responses • Identification of procedures or actions which address the areas of judgement and risk **Professional scepticism and judgement** • Effective challenge of information supplied, and techniques carried out to support key facts and/or decisions • Determination and justification of a suitable materiality level, appropriately and consistently applied • Appropriate application of professional judgement to draw conclusions and make informed decisions about the courses of action which are appropriate in the context of the audit engagement • Identification of possible management bias or error **Commercial acumen** • Use of effective examples and/or calculations from the scenario to illustrate points or recommendations • Recognition of the appropriate commercial considerations of the audit firm	
Maximum	**10**
Total	**50**

2 WELFORD & CO *Walk in the footsteps of a top tutor*

Top tutor tips

This question focuses on a post-issuance audit quality review, therefore falls into the syllabus area of quality management and practice management rather than review of the work during the audit. However, the same approach can be taken when commenting on the quality of the work. Typical issues to look out for in such a question are: whether the work has been assigned to the appropriate level of staff, whether sufficient time has been allocated for the audit, whether sufficient appropriate evidence has been obtained (e.g. have the ISAs been followed), whether any ethical threats are apparent (e.g. threats to objectivity or competence).

Rivers Co

A review of the information relating to the audit of Rivers Co indicates many problems with how the audit has been planned and performed which imply that the audit has not been conducted in accordance with ISA 220 (Revised) *Quality Management for an Audit of Financial Statements*, ISQM 1 *Quality Management for Firms that Perform Audits or Reviews of Financial Statements, or other Assurance and Related Services Engagements*, and the IESBA *International Code of Ethics for Professional Accountants* (the *Code*)/FRC Ethical Standard.

Audit partner rotation

INT syllabus	**UK syllabus**
Bob Newbold has been acting as audit engagement partner for eight years. As Rivers Co is a listed company, this goes against the requirements of the Code which requires that an individual shall not act as the engagement partner for more than seven years. The problem is that long association of the engagement partner with the client leads to a self-interest threat to auditor objectivity, whereby the audit firm's judgement is affected by concern over losing the long-standing client. There may also be a familiarity threat due to close relationships between the audit engagement partner and management of Rivers Co, meaning that the partner ceases to exercise sufficient professional scepticism, impacting on audit quality. This is especially the case, given that Bob Newbold is performing additional non-audit services for the client, which will be discussed further below. Bob Newbold should be replaced as soon as possible by another audit engagement partner. The fact that Bob has been allowed to continue as audit engagement partner for longer than the period allowed by the Code indicates that Welford & Co does not have an adequate system of quality management (SoQM) designed to provide it with reasonable assurance that the firm and its personnel comply with relevant ethical requirements, as required by ISQM 1. The firm should review whether its monitoring of the length of time that audit engagement partners act for clients is operating effectively and make any necessary improvements to internal controls to ensure compliance with ISQM 1.	Bob Newbold has been acting as audit engagement partner for six years. As Rivers plc is a listed company, this goes against the requirements of the FRC Ethical Standard which requires that an individual shall not act as the engagement partner for more than five years. The problem is that long association of the engagement partner with the client leads to a self-interest threat to auditor objectivity, whereby the audit firm's judgement is affected by concern over losing the long-standing client. There may also be a familiarity threat due to close relationships between the audit engagement partner and management of Rivers plc, meaning that the partner ceases to exercise sufficient professional scepticism, impacting on audit quality. This is especially the case given that Bob Newbold is performing additional non-audit services for the client, which will be discussed further below. Bob Newbold should be replaced as soon as possible by another audit engagement partner. The fact that Bob has been allowed to continue as audit engagement partner for longer than the period allowed by the FRC Ethical Standard indicates that Welford & Co does not have an adequate system of quality management (SoQM) designed to provide it with reasonable assurance that the firm and its personnel comply with relevant ethical requirements, as required by ISQM (UK) 1. The firm should review whether its monitoring of the length of time that audit engagement partners act for clients is operating effectively and make any necessary improvements to internal controls to ensure compliance with ISQM (UK) 1.

Supervision and review

Bob Newbold has booked only two hours for reviewing the audit work performed on Rivers Co. This is unlikely to be sufficient time for the audit partner to perform their duties adequately. The audit partner is required to take overall responsibility for the supervision and performance of the audit. He should have spent an appropriate amount of time performing a review of the audit working papers in order to be satisfied that sufficient appropriate audit evidence had been obtained; this is a requirement of ISA 220 (Revised)/ ISA (UK) 220 (Revised July 2021). Instead, it appears that most of the final review was performed by a newly promoted audit manager who would not have the necessary experience to perform this review. It is possible that there is insufficient evidence to support the audit opinion which has been issued, or that inappropriate evidence has been obtained.

There is also a related issue regarding the delegation of work. Possibly some of the detailed review of the working papers could have been delegated to someone other than the audit partner, in which case the senior audit manager, Pat Canley, would be the appropriate person to perform this work. However, Pat only recorded six hours of work on the audit. Thus, confirming that too much of the review has been delegated to the junior audit manager, especially given that going concern was identified as a significant audit risk, meaning that the partner has even more reason for involvement in the final review of audit work.

There is also an issue around the overall amount of time which has been recorded for the audit work performed on this client. A total of 173 hours does not seem sufficient for the audit of a listed company, suggesting that audit quality could have been impacted by inadequate time spent in planning and performing the audit work.

Special investigation

Bob Newbold's focus appears to have been on the special investigation performed for Rivers Co, to which he booked 40 hours of time.

There is insufficient documentation as to the nature of this non-audit work, and it could relate to the provision of a non-audit service which is not allowed for a public interest entity. Rivers Co is a listed company, and the Code/FRC Ethical Standard prohibits the audit firm from providing certain non-audit services, for example, certain internal audit services, valuation services and tax services. The lack of documentation means that Welford & Co could have provided a prohibited service and therefore be in breach of the Code/FRC Ethical Standard.

The fact that $890,000 was charged for this special investigation indicates that it was a substantial engagement and just the matter of inadequate documentation is a cause for concern. There is also a possibility that in actual fact no work has been performed, and the firm has accepted this money from the client but provided no service. This would be a very serious issue, could be perceived as a bribe, and it should be investigated with urgency.

However, there are also possible threats to auditor objectivity including a self-interest threat due to the monetary value of the service provided, meaning that Bob Newbold's attention seems to have been focused on the special investigation rather than the audit, leading to the problems of inappropriate delegation of this work as discussed above. His additional involvement with Rivers Co by providing this work compounds the familiarity threat also discussed previously. Depending on the nature of the work performed for the client, there may also be other threats to objectivity including self-review and advocacy.

A self-interest threat is created as the value of the services provided is substantial compared to the audit fee. The fact the non-audit fees are so high would create a proportionately bigger intimidation threat because they would form a larger part of the firm's income and the audit firm may not be objective for fear of losing the client.

Welford & Co should ensure that its policies and documentation on engagement acceptance, especially in relation to additional services for existing audit clients, are reviewed and made more robust if necessary.

Tutorial note

UK: *Credit will be awarded for comments in respect of the rule that fees for providing non-audit services to an audited entity which is a public interest entity should be limited to no more than 70% of the average audit fee for the last three years. Depending on the level of fees for the last three years, the firm may be in breach of this rule.*

Engagement quality review

As this is a listed audit client, an engagement quality review should have been performed. It is not clear whether this took place or not, but no time has been recorded for this review. If a pre-issuance review was carried out, then it should have picked up these problems prior to the auditor's report being issued.

Audit of going concern

The audit work on going concern has been inappropriately delegated to an audit assistant who would not have the necessary skill or experience. This is especially concerning given that going concern was identified as a significant audit risk, and that the work involves using judgement to evaluate information relating to contract performance. The work should have been performed by a more senior member of the team, probably one of the audit managers, who is more able to exercise professional scepticism and to challenge management where necessary on the assumptions underpinning the forecasts. Mary should not have documented the conclusion on going concern, the conclusion should be reached by a more experienced auditor having reviewed all of the evidence obtained.

It is concerning that the audit work appears to have been based on a review of contracts which were selected by management. First, only five contracts were reviewed but the company is typically working on 20 contracts at one time. So, it is likely that the coverage of the audit work was insufficient, and more contracts should have been subject to review. Given the risk attached to going concern, perhaps all of the contracts currently being carried out should have been reviewed, or the sample selected based on the auditor's evaluation of the risk associated with each contract and their materiality.

Second, management may have selected the better performing contracts for Mary to review. This would create a false impression of the performance of the company as a whole, leading to an inappropriate conclusion on going concern being reached. Mary, or one of the more senior members of the audit team, should have challenged management on the selection of these contracts.

Finally, the work performed by Mary on this small selection of contracts appears insufficient and inappropriate. The audit assistant also appears to have placed too much reliance on the firm's data analytics tool and demonstrates a lack of understanding of how the data analytics tools should be used to obtain audit evidence. By simply using the data analytics tool to agree the mathematical accuracy of the forecasts and the assumptions, insufficient testing has been carried out in relation to these key documents. Assumptions should not just be agreed as consistent with the previous year, especially in a situation of increasing economic uncertainty as applies in this case. Assumptions should be challenged, and other work performed as required by ISA 570/ISA 570 (UK) *Going Concern*. The data analytics tool could have been used more appropriately, e.g. to perform sensitivity analysis which would have allowed for identification of areas of concern or requiring further investigation.

The lack of further audit procedures means that the audit evidence is not likely to be sufficiently robust in this significant area. This is further demonstrated by the fact that Mary only spent eight hours on this critical area of the audit work and has commented that this was due to the evidence generated by the data analytics tool. This again demonstrates the over-reliance placed on this tool, raising a concern that staff require further training in the use of and interpretation of evidence generated in this way.

Audit committee

It is concerning that the audit committee of Rivers Co does not appear to have raised concerns about the issues discussed, especially the provision of the non-audit service and the length of time which Bob Newbold has served as audit engagement partner. One of the roles of the audit committee is to oversee ethical issues relating to the external auditor and to be involved with the engagement of external providers. Welford & Co should ensure that these matters are discussed with the audit committee so that further ethical issues do not arise in the future.

Conclusion

From the discussion above, it can be seen that there are many problems with the audit of Rivers Co. Bob Newbold appears to have ignored his responsibilities as audit engagement partner, and the audit firm needs to discuss this with him, consider further training or possibly taking disciplinary action against him. Welford & Co needs to implement procedures to ensure all work is carried out at the appropriate level of personnel with the appropriate experience and that training is given to staff to ensure they understand the client does not pick or specify the audit work to be carried out in any area, it is to be selected by the audit team in accordance with the audit firm's methodology and sampling tools. Training may also need to be provided in the appropriate use of audit data analytics tools as a basis for obtaining audit evidence.

ACCA Marking guide	
	Marks
Generally, up to 1 mark for each well explained point: • Long association of audit partner breaches the IESBA Code seven-year maximum period allowed/ FRC Ethical Standard's five-year maximum period allowed • Self-interest threat identified and explained • Familiarity threat identified and explained • Recommend replace Bob with a new audit partner as soon as possible • Firm's monitoring of the length of time partners act for clients seems deficient • Audit partner should have spent more time on the audit and in particular on the final review • The total amount of time spent on the audit appears low for the audit of a listed company – implications for audit quality • Inappropriate delegation of tasks, the junior audit manager lacks experience • There may not be sufficient, appropriate evidence to support the audit opinion • Welford & Co may have provided a prohibited non-audit service to Rivers Co, a listed company • The size of fee for the non-audit service creates a self-interest threat • Bob's involvement with the non-audit service creates familiarity threats to audit objectivity • Lack of documentation could indicate that no work has been performed – possibly a bribe from the client • Welford & Co to review policies, procedures and documentation on engagement acceptance • Apparent lack of engagement quality review being carried out before the audit opinion was issued • Inappropriate delegation of work on going concern to an inexperienced audit assistant • Sample of contracts reviewed is too small – insufficient evidence obtained • Management selection of contracts is likely to be subject to bias – the auditor should select which contracts should be reviewed • Over-reliance on and misunderstanding of use of data analytics tools • Insufficient work on going concern – assumptions should be challenged not agreed to prior year • Data analytics could have been used to carry out specific going concern testing such as sensitivity analysis – Lack of time spent on going concern testing due to over-reliance on data analytics • Additional training required • Client audit committee – should have identified the ethical and audit quality issues • Overall conclusion relating to the quality of the engagement	
Maximum	**20**
Professional marks **Analysis and evaluation** • Appropriate assessment of the ethical and professional issues raised, using examples where relevant to support overall comments • Effective appraisal of the information to make suitable recommendations for appropriate courses of action **Professional scepticism and judgement** • Effective challenge and critical assessment of the evidence supplied with appropriate conclusions • Demonstration of the ability to probe into the reasons for quality issues including the identification of missing information or additional information which would be required	

• Appropriate application of professional judgement to draw conclusions and make informed comments regarding the quality of the work carried out **Commercial acumen** • Inclusion of appropriate recommendations regarding the additional quality management procedures required by the firm • Appropriate recognition of the wider implications on the engagement, the audit firm and the company	
Maximum	5
Total	25

3 MYRON *Walk in the footsteps of a top tutor*

Top tutor tips

Part (a)(i) requires discussion of an accounting issue. First, consider the materiality of the issue. Next discuss the appropriate accounting treatment and state the material misstatement that has arisen. This requirement also asks for further actions necessary before the auditor's report can be signed. This may be further procedures that need to be performed or discussions that the auditor should have with management and those charged with governance to try and resolve the accounting issue.

For (a)(ii) you need to state the impact to the auditor's report if the client does not amend the financial statements. Consider whether the misstatement is material and pervasive or material but not pervasive. State the impact to both the report and opinion as a result of the issues. Don't waste time stating the reporting implications if the issue is corrected as this is not part of the requirement.

In part (b) you need to give the auditor's responsibilities in relation to the other published information in the annual report. Auditor responsibilities are set out in the auditing standards and therefore this type of question requires knowledge of the relevant ISA.

(a) Matters, further actions and auditor's report implications

Matters

The company is at an advanced stage of negotiations with a competitor to sell its scientific publishing division. Currently, the finance director has not included any reference to the sale in the financial statements for the year ended 31 March 20X5 and there is no appropriate justification for this. The finance director's assessment that the sale only affects next year's financial statements is incorrect.

Materiality

The revenue of the scientific publishing division of $13 million and the profit of the division of $1.4 million are both material. The assets of the division are also significant, as they represent 27.3% of the company's total assets, based on their value in use which is recognised in the financial statements.

Discontinued operation and classification of assets held for sale

IFRS 5 *Non-current Assets Held for Sale and Discontinued Operations* defines a discontinued operation as a component of an entity which either has been disposed of or is classified as held for sale, and:

- represents either a separate major line of business or a geographical area of operations;
- is part of a single co-ordinated plan to dispose of a separate major line of business or geographical area of operation.

IFRS 5 requires specific disclosures in relation to assets held for sale and discontinued operations, including that the assets are recognised as current assets and the results of the discontinued operation are presented separately in the statement of profit or loss and the statement of cash flows.

According to IFRS 5, a disposal group of assets should be classified as held for sale where management plans to sell the assets, and the sale is highly probable. Conditions which indicate that a sale is highly probable are:

- Management is committed to a plan to sell;
- The asset is available for immediate sale;
- An active programme to locate a buyer is initiated;
- The sale is highly probable, within 12 months of classification as held for sale (subject to limited exceptions);
- The asset is being actively marketed for sale at a sales price reasonable in relation to its fair value;
- Actions required to complete the plan indicate that it is unlikely that the plan will be significantly changed or withdrawn.

In respect of the scientific publishing division, management has decided to sell the division and a buyer has been found. The advanced stage of negotiations would suggest the sale is highly probable.

As a result, important disclosures are currently missing from the financial statements which could mislead users with respect to the future revenue, profits, assets and cash flows of the company. Failing to provide information about the sale of the division could be seen as a significant omission from the financial statements, especially given the materiality of the assets of the division to the company's assets as a whole.

There is therefore a material misstatement as the scientific publishing division has not been classified as held for sale and its profit presented as a discontinued operation and the necessary disclosures have not been made in the financial statements.

Held for sale – valuation

IFRS 5 provides further guidance regarding the valuation of the assets held for sale. Prior to classification as held for sale, the disposal group should be reviewed for impairment in accordance with IAS 36 *Impairment of Assets*. This impairment review would require the asset to be held at the lower of carrying amount and recoverable amount where the recoverable amount is the higher of value in use or fair value less costs of disposal.

In this case, the recoverable amount would be $42 million representing the fair value less costs of disposal. Management has valued the disposal group based on its value in use at $41 million which means that assets and profit are currently understated by $1 million. This is material to the profit for the year.

After classification as held for sale, non-current assets or disposal groups are measured at the lower of carrying amount and fair value less costs of disposal which would continue to be $42 million. Depreciation ceases to be charged when an asset is classified as held for sale.

Further actions

- The auditor should request that management adjusts the financial statements to recognise the discontinued operation and to separately disclose the assets held for sale in accordance with IFRS 5.
- In addition, the client should be requested to amend the carrying amount of the assets to the recoverable amount of $42 million in line with IFRS 5 requirements.
- If management refuses to adjust the financial statements, the auditor should communicate the misstatements to those charged with governance. They should repeat the request and inform them of the modifications which would be made to the auditor's report if the adjustments are not made.
- If management still refuses to amend the financial statements, the auditor should request a written representation from management confirming their intent to proceed without amending the financial statements and that they are aware of the potential repercussions.

Auditor's report implications

If the adjustments are not made, then there is a material misstatement in the financial statements. The matter has resulted in an understatement of assets and profits by $1 million which in isolation is unlikely to be pervasive as limited components of the financial statements are affected. This would result in a qualified audit opinion in which the auditor's report would state that 'except for' the material misstatement in relation to the valuation of the assets held for sale, the financial statements are fairly stated.

However, there are also several important disclosures omitted which would be required for users to understand both the current financial position of the company and its ability to generate future revenue and profits. As such, it would be a matter of judgement as to whether the lack of disclosures in conjunction with the material misstatement mentioned above have a pervasive impact on the financial statements. Depending on the auditor's judgement on this issue, this may give rise to an adverse opinion if the auditor considered the impact of these issues to result in the financial statements being wholly misleading.

Depending on the opinion provided, a basis for qualified or adverse opinion paragraph would be added underneath the opinion paragraph to describe and quantify the effects of the misstatements.

(b) (i) Auditor's responsibility for other information presented with the financial statements

ISA 720/ISA(UK) 720 *The Auditor's Responsibilities Relating to Other Information* requires the auditor to read other information, defined as financial or non-financial information (other than financial statements and the auditor's report thereon), included in an entity's annual report.

The purpose of reading the other information is to consider whether there is a material inconsistency between the other information and the financial statements or between the other information and the auditor's knowledge obtained during the course of the audit. If the auditor identifies that a material inconsistency appears to exist, or becomes aware that the other information appears to be materially misstated, the auditor should discuss the matter with management and, if necessary, perform other procedures to conclude whether:

(i) A material misstatement of the other information exists;

(ii) A material misstatement of the financial statements exists; or

(iii) The auditor's understanding of the entity and its environment needs to be updated.

The auditor does not audit the other information and does not express an opinion covering the other information.

Matters identified from the Chair's statement

In this case, the Chair's statement refers to strong growth in the year, in particular the scientific publishing division and suggests that the growth will continue. In the current year, the scientific publishing division represented a material component of the company. As the scientific publishing division will be disposed of early in the next financial period, it will not continue to form part of the basis for revenue or growth, and the Chair's statement could be considered misleading. Further, as a result of the disposal, on a like for like basis it is more likely that the financial statements for the year ended 31 March 20X6 will include a reduction in revenue rather than growth.

In addition, the remainder of the business has experienced a lower level of growth in revenue and profits in the period than the scientific publishing division. Revenue growth of continuing business is 2% compared to 44% in the scientific publishing division. Profit growth of the ongoing business is 5% compared to 100% for the scientific publishing division.

ISA 720/ISA(UK) 720 states that a misstatement of the other information exists when the other information is incorrectly stated or otherwise misleading, including because it omits or obscures information necessary for a proper understanding of a matter disclosed in the other information. In the case of the Chair's statement regarding growth of the company, it could be argued that the way the information is presented obscures the understanding of the growth and profitability of the ongoing business. As mentioned above, this would be considered very misleading.

The Chair has also made an inappropriate reference to the view of the auditor, implying that the auditor's report validates this assertion. The statement also appears to inappropriately pre-empt that the auditor's report will provide an unmodified opinion which, based on the assessment above, may not be the case given the material misstatement and lack of disclosures. This is inappropriate and all reference to the auditor's report should be removed.

In addition, there is also an issue arising with respect to the use of recycled paper. The Chair's statement in this case is inconsistent with the knowledge obtained during the audit. Whether the auditor considers this to be material would be a matter of judgement, depending on how many publications there are in total and the proportion using non-recycled paper and whether the issue may be material by nature rather than by size. This could be the case if it is perceived that there is a deliberate misrepresentation of facts which may be misleading to the users of the financial statements.

(ii) Implications for completion of the audit

The auditor should discuss with management and the Chair the information in the statement which appears to inaccurate or inconsistent. In particular, this should focus on a discussion of the misleading growth analysis given that the scientific publishing division will not be contributing to company performance once it is sold.

In the case of the incorrect disclosure relating to the use of recycled paper, the auditor should seek further information to support the file note regarding publications not using recycled paper. The names of those publications should be obtained, and a discussion held with the production manager to confirm the auditor's understanding.

Following these investigations and discussions, the auditor should then request that any information which is inaccurate, inappropriate, or inconsistent is removed or amended in the Chair's report.

If management refuses to make the changes, then the auditor's request should be escalated to those charged with governance. The auditor should also consider the effect of this situation on their assessment of management integrity and whether it affects the reliance which can be placed on written representations from management. If the issue remains unresolved, then the auditor should take appropriate action, including:

- Considering the implications for the auditor's report and communicating with those charged with governance about how the auditor plans to address the issues in the auditor's report; or
- Withdrawing from the engagement, where withdrawal is possible under applicable law or regulation.

Implications for the auditor's report

If the other information remains uncorrected, the auditor would use the other information section of the auditor's report to draw the users' attention to the misstatements in the Chair's statement. This paragraph would include:

- A statement that management is responsible for the other information;
- A statement that the auditor's opinion does not cover the other information and, accordingly, that the auditor does not express (or will not express) an audit opinion or any form of assurance conclusion thereon;
- A description of the auditor's responsibilities relating to reading, considering and reporting on other information as required by this ISA; and
- A statement which describes the uncorrected material misstatement of the other information.

As the inconsistency is in the Chair's statement rather than the audited financial statement, the audit opinion is not modified as a result.

ACCA Marking guide	
	Marks
(a) Matters, further actions and auditor's report implications	
Up to 1 mark for each point unless otherwise stated.	
Matters	
• Assessment of finance director's approach	
• Assessment of materiality	
• Disclosure rules re held for sale/discontinued operations	
• Application to the scenario to conclude asset is held for sale (HFS)	
• Material misstatement of classification and disclosure	
• Accounting rule on valuation of held for sale assets	
• Rule that depreciation should cease when asset meets criteria of HFS	
• Application to the scenario to derive correct value	
• Materiality of the error in valuation	
Further actions	
• Request adjustment from management to recognise the discontinued operation and to separately disclose the assets held for sale	
• Request management to amend the carrying amount of the assets to the recoverable amount of $42 million	
• If management refuses escalate to those charged with governance (TCWG)	
• If still refuses, obtain written representation confirming intent to proceed	
Auditor's report implications	
• Qualified on basis of material misstatement	
• Justification of whether pervasive and possible adverse impact due to lack of significant disclosures	
• Basis of opinion paragraph position and content	
Maximum	**10**
(b) (i) Auditor's responsibilities in relation to other information presented with the financial statements	
Assessment of ISA requirements including:	
• Auditor must read other information for inconsistency with financial statements or understanding of the business	
• Consider the source of the inconsistency	
(i) A material misstatement of the other information exists;	
(ii) A material misstatement of the financial statements exists; or	
(iii) The auditor's understanding of the entity and its environment needs to be updated	
• Auditor does not give opinion on the other information	
Matters arising from Chair's statement	
• Growth discussion ignores discontinued operation	
• Calculations to support the ongoing growth	
• Statement obscures actual growth, hence misleading/material misstatement in other information	
• Inappropriate reference to the content of the auditor's report	
• Misstatement of fact regarding recycled paper usage	
• Judgement as to whether it is material misstatement of other information	
Maximum	**5**
(ii) Implications for the completion of the audit	
• Seek further information to confirm understanding	
• Request management to correct	
• Escalate to TCWG	
• Impact on assessment of management integrity and written representations	
• Notify TCWG effect on auditor's report	
• Consider resigning	

	Implications for the auditor's report arising from the draft Chair's statement • Addressed in other information section to draw attention to issue covering – Statement other information not audited – Responsibilities of auditor regarding other information – Description of uncorrected misstatements • Auditor's opinion is not modified	
	Maximum	5
	Professional marks **Analysis and evaluation** • Appropriate use of the information to support discussion, draw appropriate conclusions and design appropriate responses • Identification of omissions from the analysis or further analysis which could be carried out • Balanced assessment of the information to determine the appropriate audit opinion in the circumstances **Professional scepticism and judgement** • Effective challenge of information, evidence and assumptions supplied and techniques carried out to support key facts and/or decisions • Appropriate application of professional judgement to draw conclusions and make informed decisions about the actions which are appropriate in the context and stage of the engagement	
	Maximum	5
Total		25

Section 7

REFERENCES

The Board (2024) IAS 2 *Inventories.* London: IFRS Foundation.

The Board (2024) IAS 8 *Basis of Preparation of Financial Statements*. London: IFRS Foundation.

The Board (2024) IAS 10 *Events after the Reporting Period*. London: IFRS Foundation.

The Board (2024) IAS 16 *Property, Plant and Equipment*. London: IFRS Foundation.

The Board (2024) IAS 19 *Employee Benefits*. London: IFRS Foundation.

The Board (2024) IAS 20 *Accounting for Government Grants and Disclosure of Government Assistance*. London: IFRS Foundation.

The Board (2024) IAS 21 *The Effects of Changes in Foreign Exchange Rates*. London: IFRS Foundation.

The Board (2024) IAS 23 *Borrowing Costs*. London: IFRS Foundation.

The Board (2024) IAS 24 *Related Party Disclosures*. London: IFRS Foundation.

The Board (2024) IAS 28 *Investments in Associates and Joint Ventures*. London: IFRS Foundation.

The Board (2024) IAS 36 *Impairment of Assets*. London: IFRS Foundation.

The Board (2024) IAS 37 *Provisions, Contingent Liabilities and Contingent Assets*. London: IFRS Foundation.

The Board (2024) IAS 38 *Intangible Assets*. London: IFRS Foundation.

The Board (2024) IAS 40 *Investment Property*. London: IFRS Foundation.

The Board (2024) IAS 41 *Agriculture*. London: IFRS Foundation.

The Board (2024) IFRS 2 *Share-based Payment*. London: IFRS Foundation.

The Board (2024) IFRS 3 *Business Combinations*. London: IFRS Foundation.

The Board (2024) IFRS 5 *Non-current Assets Held for Sale and Discontinued Operations*. London: IFRS Foundation.

The Board (2024) IFRS 8 *Operating Segments*. London: IFRS Foundation.

The Board (2024) IFRS 9 *Financial Instruments*. London: IFRS Foundation.

The Board (2024) IFRS 10 *Consolidated Financial Statements*. London: IFRS Foundation.

The Board (2024) IFRS 11 *Joint Arrangements*. London: IFRS Foundation.

The Board (2024) IFRS 13 *Fair Value Measurement*. London: IFRS Foundation.

The Board (2024) *IFRS 15 Revenue From Contracts with Customers*. London: IFRS Foundation.

The Board (2024) *IFRS 16 Leases*. London: IFRS Foundation.

The Board (2024) IFRS 18 *Presentation and Disclosure in Financial Statements*. London: IFRS Foundation.